科幻创作研究丛书

中国科幻的探索者
——刘慈欣科幻小说精品赏析
（上册）

颜　实　　王卫英　主编

科学普及出版社
·北　京·

图书在版编目（CIP）数据

中国科幻的探索者：刘慈欣科幻小说精品赏析：全
2 册 / 颜实，王卫英主编 . —北京：科学普及出版社，
2018.6

ISBN 978-7-110-09660-4

I . ①中⋯ II . ①颜⋯ ②王⋯ III . ①科学幻想小说—
小说评论—中国—当代 IV . ① I207.42

中国版本图书馆 CIP 数据核字（2017）第 226876 号

策划编辑	王卫英
责任编辑	鞠 强 符晓静
装帧设计	中文天地
责任校对	杨京华 焦 宁
责任印制	徐 飞

出 版	科学普及出版社
发 行	中国科学技术出版社发行部
地 址	北京市海淀区中关村南大街16号
邮 编	100081
发行电话	010-62173865
传 真	010-62173081
网 址	http://www.cspbooks.com.cn

开 本	787mm×1092mm 1/16
字 数	1100千字
印 张	72.75
版 次	2018年6月第1版
印 次	2018年6月第1次印刷
印 刷	北京长宁印刷有限公司
书 号	ISBN 978-7-110-09660-4 / I·505
定 价	268.00元

编 委 会

序

科学技术是人类的共同财富，也是社会发展的重要驱动力。在当今世界激烈的综合国力竞争中，优先发展科技已经成为各国公认的发展战略。而科技创新、科学普及是实现创新发展的两翼，二者相辅相成，不可或缺。目前，我国正处于建设创新型国家、奋力实现中国梦的关键时期，为了推动公民科学素质提升，激发全社会的创新创造活力，科普事业尤需迎头赶上，全面繁荣。

在科普事业的发展大局中，科普创作是科学普及的源头活水，地位十分重要。而科幻作为近年来我国科普创作天地中的生力军，更是充满朝气与活力，带动了科普创作和科普产业的繁荣发展。科幻在激发人类想象力，培养科学兴趣，促进创新方面有着不可忽视的价值；在实现中国梦的伟大征程中，具有独特的魅力和感召力。

科幻文学萌生于 19 世纪初期的西方，是以科学为源文化的文学形式。科学性是科幻作品之根本。科幻作品需基于一定的科学依据，但未必等同于现实世界的科技细节，也不追求科学印证，科幻是假说式的，甚至是想象的，艺术的"科学"。科幻作品的灵魂是"幻"。想象力是科幻作品之翼，科幻作品的"幻想"，并非违背科学常理的"胡思乱想"，而是基于科学基础之上的、闪耀智慧火花的"奇思妙想"，蕴含着无穷的创新思想和创造力。科幻作品的精髓是批判性。初期科幻作品的批判向"外"，多是对社会的批判；当代科幻文学的批判则常常是向"内"，拿科学本身开刀。对科学本身的批判、怀疑和反省，恰恰符合科学的精髓，即怀疑精神。

科幻作品的价值不仅体现在文学层面，更彰显于科技与社会发展领域。科幻作品关注科技发展对人类文化及更深层面的影响，开启思想实验与创新之门，引导科技发展与社会进步，是当今时期科学普及事业发展不可或缺的新推手。

科幻文学的初始使命之一是普及科学，传承知识。科幻小说在晚清肇起之初就与科普有着天然的联系："导中国人群以进行，必自科学小说始"。鲁迅在20世纪之初率先从日本翻译引进凡尔纳的科幻小说，传播科学和技术，目的就是"于不知不觉间，获一斑之智识，破遗传之迷信，改良思想，补助文明"，即用文学化的方式传播科学和技术。新中国成立之初，百废待兴，在"向科学进军"的号召下，科幻再次应运而起，惠及民识，负笈科普。此后，中国科幻文学的发展又几经起伏，辗转至今天的繁荣初现。当然，也有人认为不应将科普功能强加于科幻作品。事实上，科幻作品在激发人们的想象力、培育创新意识方面正是科普的重要功能，如果人为地把科幻中的科普功能全面剔除，就会削减中国科幻的历史承袭感和使命感，同时会减低它在读者中的辐射力和影响力。

近年来，科幻在发达国家已逐渐形成了完整的产业链条，科幻的发展某种程度上能够体现一个国家科技水平的状况。中国科幻也已经走过百年历程。经过几代作家的辛勤耕耘，科幻创作取得了可喜的发展。一是科幻创作队伍不断壮大，涌现出王晋康、刘慈欣、韩松、何夕、杨鹏、郝景芳等一批优秀作家；二是产出了一批优秀的、甚至具有国际影响力的科幻作品，如《三体》《天父地母》《红色海洋》《天年》《逐影追光》《北京折叠》等。尤为令人振奋的是，2015年8月23日，著名科幻作家刘慈欣创作的《三体》获第73届世界科幻大会"雨果奖"最佳长篇小说奖，这标志着中国科幻已经走向世界。紧随其后，2016年，青年科幻作家郝景芳创作的《北京折叠》又获第74届世界科幻大会"雨果奖"最佳短篇小说奖，中国的科幻创作在国际上再度引起强烈反响。与此同时，科幻创作引起了国家领导层面的关注。2015年9月14日，国家副主席李源潮与科普科幻创作者代表座谈会在中南海召开，李源潮副主席发表了热情洋溢的讲话《繁荣科普科幻创作，为实现中国梦注入科学正能量》；2016 年 9 月 8 日，首届中国科幻大会在北京隆重召开，国家副主席李源潮亲临大会并发言致辞，他的题为《为建设世界科技强国播撒科学种子》的讲话极大地鼓舞了我国的科幻创作者；2017 年 11 月 10 日—12 日，又在成都隆重召开了 2017 中国科幻大会和第四届中国国际科幻大会。这使我们看到，中国的科幻创作正迎来一个全新的发展时机。

近年来，中国科协对科幻创作十分重视，先后支持中国科普研究所和中国科普作家协会设立"百年中国科幻小说精品赏析""中国科幻的思想者——王晋康科幻创作研究文集""中国科幻的探索者——刘慈欣科幻小说精品赏析"等科幻研究专题，旨在搭建中国科幻理论深入发展的理论平台，激励和鼓舞中国科幻作家的创作信心，提升读者的阅读水平。

一位科幻作家曾讲过："科幻文学并不必定承担普及具体科学知识和预测未来的义务，但是一部优秀的科幻作品一定能够达到这两种效果。"我们相信，只要人类离不开科学技术，科幻文学也会永葆其生命力。

是为序。

王康友

绪　论

　　在当代科幻文坛，刘慈欣是一匹异军突起的黑马。自 20 世纪 90 年代起与王晋康、何夕等新生代作家围绕《科幻世界》杂志形成一支强劲的创作力量，在青少年读者群体中产生了广泛影响。可以说，他们的作品使读者对科幻产生了兴趣，刘慈欣的创作尤为引人注目。迄今为止他已发表作品 300 余万字，其中包括 7 部长篇、30 多部中短篇和若干科幻随笔及评论文章，蝉联 1999—2006 年 8 届中国科幻银河奖；并获得 2010—2012 年度赵树理文学奖的荣誉奖，2011 年《当代》长篇小说五佳第三名，全球华语科幻文学最高成就奖；2010、2011 年度全球华语科幻星云奖最佳科幻作家奖；2012 年人民文学柔石奖短篇小说金奖；2013 年首届"西湖·类型文学双年奖"金奖和第九届全国优秀儿童文学奖。2015 年，《三体》获第 73 届世界科幻大会"雨果奖"，2017 年，《三体Ⅲ：死神永生》获世界级科幻奖项"轨迹奖"最佳长篇科幻小说奖，第 75 届世界科幻大会"雨果奖"提名等。

　　刘慈欣科幻创作风格鲜明。他的作品试图在科学与文学、文学与思想、现实与幻想之间达到一种巧妙的平衡，表现出科学知识深厚、创作态度严谨的特点。他的作品无论是人物塑造、情节构思，还是语言的空灵诗意化表现，都自成一家，透过作品的故事情节，可以清晰地看到刘慈欣在技术观、艺术观、历史观等方面的思索；虽为科幻创作，却密切关注当下现实生活，体现出对社会现实和宇宙世界的多重思考。刘慈欣在积极借鉴西方科幻小说艺术的同时，执着于对中国本土化的追求和探索。所以，在 21 世纪的中国科幻文坛，刘慈欣是一个标志性存在，他的作品成为当代中国科幻文学的成功范例。

一、起步　发展　成熟

自 20 世纪 90 年代起，刘慈欣开始向《科幻世界》投稿，对他来说，创作科幻纯粹是一项业余爱好。当时在山西娘子关电厂供职的他，身份为计算机工程师，这一职业特点从他的作品中如浮雕般清晰地凸现出来，《太原诅咒》（原名《太原之恋》）即是很好的例证。在那颇具诙谐幽默的计算机灾难描述中，依稀可见一个计算机工程师轻松自如敲击键盘的模样。这位并不安分的工程师将大量的业余时间用在科幻文学创作上，以至于副业渐成主业，而曾经的主业则成为提供创作素材与灵感的源泉。2014 年，刘慈欣终于完成了身份的彻底转换——调入阳泉市文学艺术创作研究室，从工程师变成一名职业作家。

自处女作《鲸歌》于 1999 年 6 月在《科幻世界》发表，同年，刘慈欣陆续发表了《微观尽头》《坍缩》等，创作进入了井喷期，每年均有重要作品推出并获奖。《鲸歌》的故事构架颇有新意，科学研究者霍普金斯丧失了道德底线，对蓝鲸的大脑进行生物控制，用来为毒枭运送毒品，获取暴利，但接下来的情节却发生了意想不到的逆转，令人叹息又值得深思。《微观尽头》描述了人类试图击破已知最小单位夸克，当夸克第一次被击中后，夜空变成乳白色，星星则成为小黑点，世界走到微观尽头，便返回到整个宏观。夸克第二次被击中后，宇宙瞬间反转，夜空依然漆黑，群星灿烂，世界恢复到以前的状态，展现了某种物极必反的发展规律。刘慈欣将自己早期的科幻小说视为纯科幻阶段，用他自己的话说"除了科幻构思外再没有其他东西，对一些深层次的东西缺乏开掘。"①

从《流浪地球》（2000）开始，刘慈欣的作品显示出对科幻文学的美学性追求，无论意象的营造、叙述节奏的把握，还是情节与细节的勾勒、人文内涵的挖掘等均有了明显进步，显示出一个科幻作者的巨大潜力。甚至很多年

---

① 刘慈欣. 重返伊甸园——科幻创作十年回顾［J］. 南方文坛，2010（6）.

后刘慈欣风格已臻成熟时，还有人说《流浪地球》是其最好的作品，足见读者对这篇小说的喜爱。自《流浪地球》始，作者第一次将宏观的大历史作为细节来描写，即作者提出的"宏细节"。同年的《地火》显示了作者对情感的深度刻画，将沉甸甸的现实与遥远的幻想结合起来。

2001年，《乡村教师》《微纪元》《全频带阻塞干扰》等短中篇小说的发表，显示了刘慈欣对多种题材的驾驭能力及对情节的掌控能力。《全频带阻塞干扰》一文重视人物之间微妙的情感交流，每个人物均个性突出，甚至惊鸿一瞥的卡琳娜少校的爷爷都让人印象深刻，他手握勋章冻死在古玩店门口的一幕更是令人唏嘘不已，能"让人物活起来"是科幻小说不易达到的。最终儿子米沙为元帅父亲的梦想献出了生命，两代人看似不同的道路最终合二为一，体现了作者对各种类型人物的深入理解，同时也展现出作者内心深处隐藏的"英雄情结"。小说在页面下方标有脚注，对"跳频""猝发""频率捷变"等电子战术语进行了解释。与此相似，2002年发表的《混沌蝴蝶》后记中，也详细地标注道："小说中所描写的事情是不可能发生的，不是人类能力的局限，而是从大自然的物理和数学本质上不可能。"这些文字，均体现了刘慈欣创作态度的严谨与核心科幻特质。

刘慈欣的创作，不仅涉猎更多题材，且对人性善恶的独特分析，和对社会问题的深入思考也使他的小说获得了更多读者的肯定。《中国太阳》《思想者》《地球大炮》《镜子》《赡养人类》等相继问世后，高校逐渐出现以刘慈欣为研究对象的毕业论文，各类作品受到青年读者的追捧。2005—2010年完成的《三体》系列，不仅体现了他个人的创作成就，也代表了中国科幻创作的新高度，在中国读者中引发了科幻阅读热潮。

二、技术观　艺术观　历史观

科技推动人类社会的进步，极大地促进了生产力的发展。但同时，极端的科技膨胀也会催生出种种弊端。对此，刘慈欣表现出较为理性的态度，一方面既肯定科技带来的进步，另一方面又对高科技引发的弊端予以冷静的深思。作品《镜子》《太原诅咒》《2018年4月1日》均体现出这一点。

科技发展加速了人类对世界和宇宙探索的脚步，使人类不断了解自己赖以栖息的地球及遥远的太空，包括人类自身。当然，在探索过程中人类付出的代价也是惨重的。《带上她的眼睛》《地球大炮》等小说，通过曲折的情节或故事主人公的命运充分昭示了这一点。再如《时间移民》，大使拒绝留在无形时代，虽然那里的科技发展到了登峰造极的地步，但他依然选择进入超睡，设定在 11000 年后解冻。苏醒时无形时代已消失，大家再次看到河水、蓝天、绿草、一个太阳，远离了高科技的困扰，重新皈依自然。如何摆脱高科技带来的种种灾难，恢复人性的自由，成为刘慈欣诸多小说的共同旨归。

现实中的刘慈欣明确表达了对技术坚决支持的态度。他在创作随笔《为什么人类还值得拯救》一文中宣称："我是一个疯狂的技术主义者，我个人坚信技术能解决一切问题。"然而作家的现实态度与文本的表达并非一致。一个科幻作家，如果在小说中只竭力宣扬技术的力量，那阅读的广泛性一定会受到影响。因为能够打动读者的文学，都与作品对人物、对生活、对现实的揭示程度及能否使读者产生共鸣有关。因此，除了技术层面，刘慈欣面对文学创作时，还非常巧妙地选择了其他角度，如艺术。

在诸多作品中，刘慈欣不遗余力地赞颂艺术。他的写作计划"大艺术系列"中便有"音乐艺术篇——《欢乐颂》，冰雪造型艺术篇——《梦之海》，文学艺术篇——《诗云》"，计划中的另外三篇分别为"雕塑艺术篇""绘画艺术篇""行为艺术篇"。"艺术"几乎是他超越科学的一个重要切入点。他的长、中、短篇小说中遍布着痴迷于艺术的人物、技术与艺术、艺术与生存、艺术与哲学等的讨论与思辨。这些艺术痴迷者中，有穷人、富人、年轻人、老人，还有外星生物，他们将艺术的地位置于科学之上。艺术成为人类之间、人类与外星生物之间沟通交流的利器和精神追求。在历经多年科幻创作之路后，刘慈欣坦言"大艺术系列"中的《梦之海》与《诗云》是自己最钟爱的两篇小说，写这样的小说是一种享受，一种狂欢。

他毫不吝惜地使用各种溢美之词夸张地描述着艺术的力量。在他的作品中可以随处见到各种艺术符号，比如德彪西的《月光》、贝多芬的《欢乐颂》、怀斯的《克里斯蒂娜的世界》、卢浮宫的名画、鲁迅的《呐喊》、但丁的《神曲》等。短篇小说《西洋》中，作为殖民侵入者的"我"与被殖民者艾米谈到艺术时，"我惊奇地发现我们有那么多的话可谈"。艺术消解了两人身份与年龄的差距，成为具有神奇功效的共同语言。技术可以应用，但却未必能够沟通，艺术仿佛成为冥冥中联通一切生命形式的语言，同时也成为人类和外星生物追求的终极目标，他们可以为艺术而活，为艺术而死。

《梦之海》中的地球人与外星人在艺术上形成了无障碍交流。来自外星的低温艺术家受地球人颜冬冰雕的启示和感染，也要进行艺术创作。他称艺术对自己来说"是一切"，而对科学则不屑一顾，认为那是"婴儿文明的课程，当探索进行到一定程度，一切将毫发毕现，你会发现宇宙是那么简单，科学也就没必要了"。他只对艺术感兴趣，称"艺术是文明存在的唯一理由"。对艺术的执著可以使他漠视人类的生存，将地球上的海水取之殆尽，后来人们费尽心力才将这些变成冰发射到天上的海水收回。而地球上，还未从人类窘境中摆脱出来的老冰雕家叹息道："日子难不能不要艺术啊！"这分明使人悟到一个关于艺术的推论：它是可以超越生存境遇、生存空间、生存状态的力量，永恒地支撑着人类在宇宙中前行。

《欢乐颂》中，人类与外星生物"镜子"之间，"放弃了与镜子在技术上进行沟通的尝试，人类离理解这些还差得很远，就像蚂蚁离理解国际空间站差得很远一样"。但在艺术层面，却可以与"镜子"和谐对话，相谈甚欢。克莱德曼请"镜子"用太阳弹奏一首人类的音乐《欢乐颂》，人们唱起这支曲子，歌声通过镜子传给太阳，太阳用强大的电磁脉冲传向太空的各个方向，"镜子"由衷地说，"是首好歌"。地球人类与外星生物在艺术层面达到高度的融合，艺术成为二者沟通的唯一桥梁。

《赡养人类》中的艺术沟通是在两个身份悬殊者之间展开，即职业杀手与穷画家。穷画家拒绝接受富人施舍的理由竟是："我的画都是描写贫穷与死亡的，如果一夜之间成了百万富翁，我的艺术就死了。"为了艺术，他宁可继续忍饥挨饿。冷酷的杀手滑膛欣赏穷画家的艺术风骨，买下了他的画，不住地端详揣摩，在得知穷画家的心声后，心被软化了，答应为拾荒女孩复仇。两个不同身份、经历和层次的人在艺术面前达成了默契。

　　如果技术与艺术对决，到底哪一方会胜出呢？《诗云》中刘慈欣对于艺术的肯定及对本土文化的热爱，通过故事情节毫无保留地彰显出来。人类已沦为吞食帝国的奴隶，诗人伊依教授家禽人古典文学的目的在于改善其肉质，使吞食者们吃起来口感更好。即便如此，伊依仍然对自己的语言保持着热爱，他狂热地赞颂着古汉语，称它是不可翻译的，否则会失去内涵和魅力。他请求神将写着人类古诗的纸片留作纪念，并向宇宙传播。当"神"用高科技掌握了古汉语的读法后，同样发出这样的感叹："在如此小巧的矩阵中蕴涵着如此丰富的感觉层次和含义分支，而且这种表达还要在严酷得有些变态的诗律和音韵的约束下进行，这，我确实是第一次见到……"

　　关于汉语古诗，当《诗云》中的"神"表示不屑，认为"技术能超越一切"，伊依却说"这与技术无关，这是人类心灵世界的精华，不可超越"。这仿佛是刘慈欣在左右互搏。一方面，作为工程师，他体会到技术强大的力量，另一方面，作为作家，他又充分领会到文学的独特意义，通过技术手段可以熄灭太阳或将其变成绿色，可以克隆出一个李白，可以试遍所有汉字组合，写出所有可能的诗篇，并用量子计算机把这些诗存贮起来，但"具备古诗鉴赏力的软件"却编不出来，不能将好诗从诗云中检索出来。这说明，无论如何高端的技术也取代不了艺术的价值，取代不了人类对语言文化的深爱。

　　一个人对待时间的态度，便是对待历史的态度。纵观刘慈欣的几十部作品，可清晰地提炼出他的历史观。他从不认为世界是一部向着特定目的地前行的战车。相反，他更相信偶然对这个世界的塑造：认为"必然"只是想象，"偶然"才是真实。《命运》中"我"与爱玛在宇宙漫游，不料意外误入了时间虫洞，并推开了一颗小行星，后来才意识到这颗小行星本应毁灭地球上的恐龙，我们推开它无意间改写了历史。但"我"信奉"人择原理"，坚信无论怎样人都是万物之灵，即使与恐龙同在一个地球，也一定会战胜它。当我们降落后发现，事实恰恰相反，恐龙不仅主宰了地球，而且成为人类的主人，宇宙没有按照我们想象的那样选择人类。小说批判了人类愚蠢的自信，所谓不可更改的命运，真的存在吗？事实上，人类的道路如曲径交叉的花园，如错综复杂的棋局，没有注定的输赢。于是感慨："我们的时间里，人类文明在地球上达到了巅峰，不过是一次偶然的机遇，而我们以人类的自负把偶然当成了必然。"这种思想的启发无疑会更新读者对历史的认知，了解基础主义、本质主义存在的不足。

在《信使》中，来自未来的年轻人告诉爱因斯坦"上帝也会掷骰子"。因为上帝并非胸有成竹的总设计师，即使他是存在的，也不可能给每个人、每个国家安排出路，万事万物都可能出现意外。我们成为自己是一种偶然，生活在某一环境，面对某一种境遇亦是偶然，必然有可能只是众多偶然角逐后的随机选择。

《西洋》或许并不是刘慈欣最好的小说，全篇有某种积贫积弱多年后的民族关于经济文化强国的意淫倾向，强势的叙述口吻与浓重的殖民色彩让人颇有不适之感，但它却完整体现了刘慈欣的历史观。小说以整体假设的角度书写了历史发展的多种可能，假如郑和下西洋后赢得了对西方的战争，大明朝会成为日不落帝国，某一节点上的差异便会重新改写整部历史，而这一节点的发展方向则并不带有必然性。我们所看到的结局或许只是众多可能中的一种，于是发出"历史就是这么不可思议"的感慨。

但是，直面偶然的世界，刘慈欣并未劝导人们放弃信念，听凭偶然的拨弄。相反，怀有强烈"英雄情结"的他，往往让人物成为"明知不可为而为之"的悲剧英雄，他们是这个社会的智者、勇士和精神支柱。《朝闻道》中为了真理不惜献出生命的学者，一批又一批科学家完成生命和真理的交换后化成火球升向天空，后继者一个个走上前去，向排险者询问不解的问题。他们是扑火的飞蛾，为了追逐光明扇动着翅膀。朝闻道，夕死可矣。对于真理的无限接近，是人类永不停息的信仰。《光荣与梦想》中的奥卡老师，为了支持辛妮训练长跑，变卖《古兰经》，甚至卖血，声称自己是她的亲生父亲，最后累死在课堂上，而辛妮也以生命为代价跑到了最后一场马拉松的终点。这里，奔跑是他们的信念，是他们不可剥夺的权力。《人和吞食者》中用智慧誓死捍卫家园的上校，带领人们拒绝了大牙邀大家去吞食帝国做合法公民的请求，宁可留下来作为蚂蚁的食物，让地球的生命在自己的身体上复苏。刘慈欣似在歌颂一种伟大的精神，这种精神可以超越贫困，超越种族，超越星际，并重塑历史。

刘慈欣的作品使我们看到，科幻小说绝不仅仅是以科学为背景或主题，而是可以凝练更多内容，内涵更为宽广深厚的一种类型文学。对于技术、艺术和历史的思索，使刘慈欣小说摆脱了类型文学的限制，转而进入宇宙探索的深处，与哲学、文化达到某种程度的交融，这也是其科幻作品与同类作品的差异所在。

三、社会性　现实感　中国风

科幻同其他文学，如玄幻、神话、传奇等一样，都是用来反映人类生活的手段，其中的科学或神鬼本身绝非终极目的。具体到科幻，将科学题材与社会生活结合有一定难度，但二者若结合得当，则为作品提供了另一种思路和可能。社会性与现实感恰恰是刘慈欣小说的另一特色。提出问题并引发思索是刘慈欣所擅长的，形如"五四"时期冰心和叶绍钧等人的写作，他们关注社会重大问题，试图通过文学开启民智，探求人生。20 世纪四五十年代，赵树理的小说同样是"问题小说"，他以故事、人物的方式提出当前社会亟待解决的问题，引起民众与政府的注意。与二者相较，刘慈欣小说所关涉的问题或许更为宏观，更具哲学意味。

乍一看，科幻与"问题小说"似乎相去甚远，因为"幻"本身与现实社会保持着无形的距离。"幻"耽于想象，而现实社会则是放眼即可感知。对读者而言，书写现实和批判社会更多的应是主流作家的事。但刘慈欣似乎并不这么想。他笔下的人物很接地气，人物语言与身份、个性常常浑然一体，除却科学背景，故事本身亦能给人身临其境之感。许多篇目与现实社会紧紧相连，或形成某种暗喻关系，发出寓言式叹息及警示。

《地火》带有强烈的自传色彩，主人公刘欣也很容易让人想到刘慈欣的名字。它讲述了在典型的中国矿区，矿工的灾难恐惧、责任与期盼，矿工子女黑色的记忆与浓厚的父子之情。作品似乎揭示了这样一个问题：人类是不断踩着前人的骸骨前进的，而这些前行者最终又会成为后人踩踏的骸骨，人类就是这样生生不息，代代更迭。小说强烈的现实感及触动人心的情感表现，成为中国煤矿工人的生活写照。剔除其中关于气化煤的部分，整体便是一部矿工的哀歌。120年后，初中生的日记更是让人倍感生存的冷酷，那句"过去的人真笨，过去的人真难"，凝结了多少代人经历的辛酸与绝望，又忽略了多少生离死别的故事，它让人生显得苍凉但却异常真实，表达了对现代工人的深度关注和痛切的悲悯。

《赡养人类》提出贫富差距问题。小说中，穷人的境遇令人毛骨悚然，已很难用"悲惨"二字形容。在社会机器对私有财产的强力保护下，财富越来越集中到一个人手中，无产阶级连出门都不被允许，地位贱如一只狗，连出卖劳动力的机会都没有。父亲将自己身体里的水全部提取出来留给儿子饮用，穷人们被迫背井离乡去外星球移民……作品通过故事警示人们，贫富悬殊或可带来怎样严重的后果，体现了作者对人类未来命运的隐忧。

刘慈欣借助作品，不断探讨着人生中可能出现的各种问题和矛盾：生存的艰辛与人性的呼唤，人性与兽性的冲突，民主与独裁的冲突，伟人和普通人在历史中的作用，科技与伦理的关系，生存权与人权的关系等，利用科幻的独特性设想出主流文学所无法设想的场景，直指社会深处。《天使时代》将故事设定在贫困的非洲国家桑比亚，那里有三分之二的人在挨饿，伊塔博士为了让人们吃饱，用基因工程改造人体，他创造出的儿童能以草和树叶为生，身体健康结实。这一做法却严重违背了西方世界的伦理道德。当有人看到儿童吃草的一幕时便晕过去，有人心脏病发作，有人则命令逮捕伊塔，生物安理会主席声称伊塔违反了第一伦理，抽掉了人类文明的基石。而伊塔则认为："人类文明的基石是有饭吃。"两类国家、两种文化开始了针锋相对的交战，从现实到思想。当伊塔和他创造的儿童卡多坐上回国的飞机后，空中小姐满脸恐惧，似乎看到了异类，甚至有人竟冲动地枪杀了卡多。杀人者不仅没有在她的国家获罪，反而成为捍卫人类尊严的英雄。此后，西方对桑比亚的大规模战争开始了。

这是一个关于生存权与人权的矛盾故事，实际上反映的是科技与伦理的冲突。人们要么不择手段地活着，要么以生命为代价在某种文明制定的伦理规范中循规蹈矩。这里，深刻的主题通过并不复杂的故事得以表现，科幻的假设性发挥了其他文学门类所不具备的作用。

刘慈欣的小说还涉及两代人不同的理想和认知，这一主题可从《全频带阻塞干扰》《地火》《圆圆的肥皂泡》中看出。在《圆圆的肥皂泡》中，父亲希望女儿能像妈妈一样有坚定的理想，圆圆却志不在此，她从游戏、"好玩儿"开始，大胆想象与创造，与父母的按部就班、直接向目标进发截然相反，两代人产生了强烈的矛盾与思想碰撞。最终，父亲接受了女儿的思维与方式，女儿也理解了父母那一辈人的艰辛。代际的融通，勾画出一个温馨的故事。

刘慈欣的许多作品不以讲述完整的故事情节为旨归，而试图带给读者以精神启发，将社会性、思想性交融在一起，在科学知识的背后蕴含着丰富的人文内涵。《朝闻道》中，丁仪愿以生命为代价质询的那个问题"宇宙的目的是什么？"，在女儿长大后发出同样的疑问，确实令人深思；《镜子》是科幻与刑侦类文学的结合，将反贪腐作为辅线，揭示了人性的复杂；《地球大炮》中，南极庭院建设中的施工灾难具有强烈的现实感，让人联想丰富；《纤维》不足五千字，却是一部科幻的"罗生门"，它揭示了环境不同、角度不同、身份不同的人，认知上的差异。每个人眼中的世界都带有自我的色彩，宇宙并非只是你眼中的宇宙。作者不断提出问题，以科学的角度另辟蹊径，对当前的社会与时代予以关注，对此，始终保持高昂的热情。

除了社会性与现实感，刘慈欣还充分意识到科幻小说的民族性，将小说的本土化作为内在追求之一。在世界科幻之林，他的小说因此具有鲜明的中国气派，独特而新颖。

西方是现代科幻文学的诞生地。自 1818 年英国女作家玛丽·雪莱创作了第一篇科幻小说《弗兰肯斯坦》以来，到 1923 年"科幻杂志之父"雨果·根斯巴克创立《惊异故事》，并将"Scientfiction"（缩写为"SF"，科幻小说）作为一种文学类型大力推广，至 1953 年世界科幻协会设立科幻诺贝尔奖"雨果奖"，再到美国科幻大片的崛起，欧美始终是科幻文学的重镇，作为一个强有力的辐射源向亚、非等世界各地输出自己的文本和文化理念。因此，完全脱离西方科幻影响并不现实。

同样，刘慈欣的小说也受到了这种影响，在他的作品中，不乏儒勒·凡尔纳、赫伯特·乔治·威尔斯、阿瑟·克拉克、坎贝尔这些科幻大家的身影，不仅可以看到作家对他们作品的分析，读到对这些前辈的景仰与怀念之情，还能看到某些作品的模仿痕迹。他曾坦言是克拉克让他产生了写作科幻的念头，并说："我的所有作品都是对《2001：太空漫游》的拙劣模仿。"甚至包括《三体》也模仿了这篇小说的结构。当他第一次参加《科幻世界》笔会时带去了几篇作品，有评论家说，若这几篇作品署上克拉克的名字，也完全可以。[①] 他的《魔鬼积木》很像威尔斯的《莫洛博士岛》,《思想者》近似托马斯·品钦的《万有引力之虹》。他为科幻迷开列了一张阶梯式阅读书目，针对菜鸟级、职业级、明星级、骨灰级的不同读者推荐了适宜的科幻作品，作为他们走近科幻了解科幻的捷径。在这份书单所推荐的 21 位作家中，除两位中国作家、一位日本作家外，其余均为西方科幻大师。

　　对于西方科幻的了解与模仿是中国科幻发展的必由之路，如同陈独秀、鲁迅、林语堂、周作人等在"五四时期"均侧目西向，怀着巨大的热情从西方引进"德先生""赛先生"（即"Democracy"和"Science"，民主与科学），然后将其作为砸碎中国传统封建礼教拯救民族于危亡的武器，不仅无可厚非，还值得称道。而刘慈欣在对西方科幻进行借鉴的过程中，从未忘记将中国元素置于科幻文本，并积极探索对中国科幻的文化建构，用他自己的话说："我写作主要是面对中国市场、中国读者，没有过多地去想自己作品的输出问题。"[②] 这种定位使他的本土化特征十分鲜明。中国式叙述方式、中国式人物、中国式思维遍布他的小说，这种中国风追求并非自发，而是出于理性的自觉。他对眼前的科幻现状颇感忧虑，"在日益多元化的科幻创作中，中国科幻也正在失去自己曾经有过的鲜明特色"。因此，打造中国自己的科幻文学、追求科幻的本土化成为刘慈欣小说的显见目的。在随笔《筑起我们的金字塔——由"银河奖"想到的》一文中，他提出，中国科幻目前最应做的并非向往云中的金字塔，而应齐心协力在中国的大地上放好第一块沉重的基石。《三体》等小说无疑体现了这种放置基石的努力。

<hr />

　　① 李福莹. 专访著名科幻作家刘慈欣：克拉克到现在都不过时［N］. 深圳日报，2013–03–31.

　　② 《鲁豫有约·〈三体〉外传》. 2015–12–01 期.

首先是人物与场景的中国化。起步于向西方借鉴学习的中国科幻小说，会有一个不约而同的趋鹜，喜欢将主人公圈定为高智商、高研发能力者，他们或是外国人，或是科学家、留学经历者、高等学历者，或从事某种特殊职业，譬如教授、宇航员、机械师等。故事发生的场景会选择在较大的空间范围内，如外太空、荒岛等。这些人物与场景的设定无疑是为了与科技前沿更加接轨，只有先进的"科学"才能带来非同一般的"幻想"。徐念慈《月球殖民地小说》中流亡海外的龙孟华和日本友人玉太郎，乘坐气球环游世界；顾均正《和平的梦》中的美国特工夏恩查访并捣毁神秘电台，消除它的催眠作用；童恩正《珊瑚岛上的死光》里的旅居美国的华裔科学家赵谦教授、马太博士，在荒岛上闪烁的激光器；老舍《猫城记》中的驾驶飞机至火星巧遇猫城人的"我"；许地山《铁鱼底鳃》中在外国船厂工作的工程师雷先生；张系国《超人列传》中的史普克博士……科学家、博士、教授之类的头衔会使人物浑身散发出高能量，宏大的、超越现实的空间又使"幻"的色彩倍加突出。

但刘慈欣的小说中却遍布着读者熟悉而亲切的文化符号，它们散发着某种家乡的气息。《坍缩》中的西周陶土盘，《微纪元》中被带到太空的茅台酒，《太原诅咒》中的中秋节、平遥牛肉，《梦之海》中的松花江与冰雪艺术节，《镜子》中的名人字画、红木家具，《超新星纪元》中的少先队队歌，《诗云》中对古诗的品评，《思想者》中"两情若是长久时，又岂在朝朝暮暮"的古典式灵魂之爱……这些描述，无疑都是刘慈欣小说中的中国符号。从小说的多个层面，如人物、故事、情感、心理、思维逻辑、文化内涵等方面，均带有这一倾向，这使他的小说能从众多模仿西方的作品中脱颖而出。

原汁原味的中国人物形象和中国场景散发着故乡土壤的味道，中国农民、工人、教师、知识分子、领导干部都成为他描写的对象。《中国太阳》中的水娃，一个地地道道的农民，没有什么文化知识，来自缺水少电的贫困大西北。这样的人物和科幻会有什么关系呢？初读起来令人生疑。但也正是这位质朴的农民，不仅担当起了清扫中国太阳的重任，还挺身而出，驾驶中国太阳飞出太阳系，以唤回人们的宇宙远航之梦。这是一个普通中国农民的高科技人生，是一个农民终极的理想，它似乎说明了一个问题：科学绝对与普通人有关！小说将科幻的定位从极虚幻拉向极现实，将人物从高大上拉向社会底层。

《乡村教师》不仅从题目看不出与科幻的关系，大部分情节看似也与科幻无关。遥远贫困的山村，封闭愚昧的乡民，孩子期待渴盼的眼神，带病上课的老师，几乎是一部科幻版的《凤凰琴》，在揭示乡村落后现状及人们精神面貌的描述上绝不亚于主流文学。然而，如果仅仅停留在浅表性的人物与场景上，尚不足以用"中国风"来形容，深层的"中国风"还应体现在民族根性的揭露上，对民族根性的挖掘与批判是刘慈欣科幻小说达到的另一高度。

"他"辛辛苦苦跑下来的校舍维修款，村民却要拿出一部分请人唱戏，他给搅了，于是扫了全村人的兴，大家自此百般刁难，及至他死在课堂上，也只有学生悲伤，而无他人怀念与追悼。在众人眼中，和大家想法、做法不一样的"他"不过是一个不可理喻的怪人而已。这让人想到鲁迅《药》中的夏瑜，为人民的解放而死却未曾想到所谓人民却会买其行刑之血来入药，使英雄的自我牺牲价值归零，这是何等的悲怆与凄凉。

一百年前，鲁迅先生在他众多的作品中曾不遗余力批判着国人内心深处的人性之恶与民族之劣根，无论《阿Q正传》《藤野先生》《狂人日记》中记录的自欺欺人的精神胜利法，还是看客心理、吃人与自愚，都显示了对民族未来的忧患。这一主题在百年后的中国科幻小说中依然延续着。

"他"的心理独白中大段引用了鲁迅关于"铁屋子"的描述，"假如有一间铁屋子是绝无窗户而万难破毁的……然而几个人既然起来，你不能说决没有毁坏这铁屋的希望。"很少有科幻小说会如此深思鲁迅先生对国民性的批判。一方面对国民固守千百年的封建思维、落后思想与自私、懒惰、旁观予以坚决抨击，另一方面又如《药》结局中的花环，留给读者以些许的希望。那些痛哭着埋葬了老师，并能回答出外星舰队文明测试题，避免了太阳系毁灭的孩子们，他们不就是民族的希望吗？

刘慈欣怀疑着公众的判断，质疑看似万众一声实则毫无主见的盲从，反思着国民衡量事物的标准，揭示着人们内心深处的封建沿袭。《梦之海》中的颜冬经历着大起大落的人生。与外星低温艺术家结识后，他成为名人、英雄，受到众人的羡慕和尊敬。当低温艺术家掠走海水后又成为罪人及同谋，承受着社会的厌弃与报复。人们任由自己的情绪给他定位，而从不在乎客观现实，不在乎他究竟做了什么。《三体》中描写了"文革"的荒诞与疯狂，描写了叶文洁曲折的人生经历及心路历程，力透纸背、入木三分。看到它，会让中国读者反思那远去的岁月，引以为鉴。这说明，科幻小说同样可以具有民族史诗的风格。

《赡养上帝》中人们最初对上帝满怀期望、兴奋与渴求，当发现上帝们所掌握的技术在眼下不能直接应用，赡养他们得到的费用又不够优厚时，便视其为负担，嫌弃加虐待。如果没有法律的约束，不知多少上帝会被赶出家门。但当上帝们要集体离去时，人们又诚心诚意地去欢送，好像从不曾虐待这些可怜的老人。健忘而虚伪的人性，让人读来无比熟悉，似乎跨越时空与遥远的鲁迅式思索进行了对接。

刘慈欣的科幻小说在揭露、批判现实的同时，还包含着巨大的悲悯情怀。他悲悯于叶哲泰在"文革"中的遭际，悲悯于亚历山大为了国家奉献出自己与整个家庭却无人知晓，悲悯于圆圆母亲以生命为代价却交换不到那遥不可及的理想……他们像不知疲倦的西绪福斯，一遍遍将巨石推上山顶，又看它坠落。他甚至悲悯于外星人的孤独。《山》中住在球心内部的外星人不是以强者或异类的面目出现，而是处于无比困顿与无奈之中，在空泡世界面临着地球人无法想象的绝望。

刘慈欣的语言能力、写作灵气在科幻创作中淋漓尽致地发挥出来，达到了知识传递与文学感动的双重功效。但这世界上没有完美的人或作家。严谨如刘慈欣这样的作家，作品中也难免会出现种种瑕疵。作者也曾对作品中存在的硬伤表示出深深的遗憾与歉疚。在《无奈的和美丽的错误——科幻硬伤概论》一文中，他以自己的小说为例将科幻硬伤分为疏忽硬伤、知识硬伤、背景硬伤、灵魂硬伤四种，并诚恳地举出作品的错误：《乡村教师》中的行星文明测试数量，《流浪地球》中地球绕太阳公转却不产生日夜，《邮差》中欧洲第二天知道亚洲战况等。一些读者也热衷于从其小说深处寻找这些硬伤作为阅读之外的乐趣，如同在电视剧中寻找穿帮镜头。

但无论如何，硬伤是每一位科幻作家都难以避免的，即使凡尔纳、威尔斯这样的大家也不例外。刘慈欣曾说："科幻小说里的科学并不是真的科学，而是文学的一种映象，不太可能完全真正地符合科学规律。"（2015-12-01 期刘慈欣作客《鲁豫有约·〈三体〉外传》访谈）当他遇到科学与文学发生抵牾无法达到平衡时，会理智地收回一个技术主义者的固执，倾向到文学轨道上来，而这也正是其读者群日益扩大的原因。

如果定要给刘慈欣一个最恰当的身份，如"作家""工程师"等，那么"思想的探索者"也许更为恰当，他站在浩瀚的宇宙苍穹下，仰望星空，然后闭上双眼，幻想宇宙的神奇，陷入久久的沉思。但愿，他的探索永不停止，他的幻想带给读者以更多的惊喜。

王卫英 徐彦利

目　录
CONTENTS

—————— 下　册 ——————

科幻中篇赏析

科幻长篇赏析

附　　录

科幻短篇赏析

鲸　歌

刘慈欣

　　沃纳大叔站在船头，望着大西洋平静的海面沉思着。他很少沉思，总是不用思考就知道怎样做，不用思考就直接去做，现在看来事情确实变难了。

　　沃纳大叔完全不是媒体所描述的那种恶魔形象，而是一副圣诞老人的样子。除了那双犀利的眼睛外，他那圆胖的脸上总是露着甜蜜而豪爽的笑容。他从不亲自带武器，只是上衣口袋中装着一把精致的小刀。他用它既削水果又杀人，干这两件事时，他的脸上都露着这种笑容。

　　在沃纳大叔的这艘三千吨的豪华游艇上，除了他的八十名手下和两个皮肤黝黑的南美女郎外，还有二十五吨的高纯度海洛因，这是他在南美丛林中的提炼厂两年生产的产品。两个月前，哥伦比亚政府军包围了提炼厂，为了抢出这批货，他的弟弟和另外三十多名手下在枪战中身亡。他急需用这批货换回的钱再建一个提炼厂，这次可能建在玻利维亚，甚至亚洲金三角，以使自己苦心经营了一生的毒品帝国维持下去。但直到现在，已在海上漂泊了一个多月，货却一克都没能运进美国大陆。这是因为从海关进入根本不可能——自从中微子探测器发明以来，毒品是绝对藏不住的。一年前，他们曾把海洛因铸在每块十几吨重的进口钢坯的中心，还是被轻而易举地查了出来。后来，沃纳大叔想了一个很绝妙的办法：用一架轻型飞机，通常是便宜的赛斯纳型，载着大约五十公斤的货从迈阿密飞入，一过海岸，飞行员就身上绑着货跳伞。这样虽然损失了一架小飞机，但那五十公斤货还是有很大赚头。这曾经是一个似乎战无不胜的办法，但后来美国人建起了由卫星和地面雷达构成的庞大的空中监视系统，这系统甚至能发现并跟踪跳伞的飞行员，以至于大叔的那些英勇的小伙子们还没着地就发现警察在地面上等着他们。后来，大叔又试着用小艇运货上岸，结果更糟：海岸警卫队的快艇全部装备着中微子探测器，只要在三千米之内对小艇进行扫描，就能发现它上面的毒品。沃纳大叔甚至想到了用微型潜艇，但美国人也完善了"冷战"时期的水下监测网，潜艇在距海岸很远处就被发现。

沃纳大叔束手无策了。他恨科学家，认为是他们造成了这一切。但从另一方面想，科学家也同样能帮助自己。于是，他让在美国读书的小儿子做这方面的努力，告诉他不要舍不得钱。

今天上午，小沃纳从另一艘船上了游艇，告诉父亲他找到了要找的人，"他是个天才，爸爸，是我在加州理工大学认识的。"

沃纳的鼻子轻蔑地动了动："哼，天才？你在加州理工已浪费了三年时间，并没有成为天才，天才真那么好找吗？"

"可他真是天才，爸爸！"

沃纳转身坐在游艇前甲板的一张躺椅上，掏出那把精致的小刀削着一个菠萝。那两个南美女郎走过来在他肉乎乎的肩膀上按摩着。小沃纳领来的人一直远远站在船舷边看大海，这时那人走了过来。他看上去瘦得惊人，脖子像一根细棍，细得很难让人相信能支撑得住他那大得不成比例的头，这使他看起来多少有些异类的感觉。

"戴维·霍普金斯博士，海洋生物学家。"小沃纳介绍说。

"听说您能帮我们的忙，先生。"沃纳脸上带着他那圣诞老人似的笑说。

"是的，我能帮您把货运上海岸。"霍普金斯脸上毫无表情地说。

"用什么？"沃纳懒洋洋地问。

"鲸。"普霍金斯简短地回答。这时小沃纳挥了一下手，就有两个人抬来一件奇怪的东西。这是一个透明的小舱体，用类似透明塑料的某种材料做成，呈流线形，高一米，长两米，舱体的空间同小汽车差不多大，里面有两个座位，座位前有带着微型屏幕的简单仪表盘，座位后面还有一定的空间，显然是为了放货用的。

"这个舱体能装两个人和约一吨的货。"霍普金斯说。

"这玩意儿如何在水下走五百海里到达迈阿密海岸呢？"

"鲸把它含在嘴里。"

沃纳狂笑起来，他那由细尖变粗放的笑用来表达几乎所有的感情：高兴、愤怒、怀疑、绝望、恐惧、悲哀……每次的大笑都一样，代表什么只有他自己知道。"妙极了，孩子，那么，我得付给那头鲸鱼多少钱，它才能按我们说的方向游到我们要去的地点呢？"

"鲸不是鱼，它是海洋哺乳动物。您只需把钱付给我，我已在那头鲸的大脑中安放了生物电极，在它的大脑中还有一台计算机接收外部信号，并把它翻译成鲸的脑电波信号，这样在外部可以控制鲸的一切活动，就用这个装置。"霍普金斯从口袋中拿出了一个电视遥控器模样的东西。

沃纳更剧烈地狂笑起来，"哈哈哈哈……这孩子一定看过《木偶奇遇记》，哈哈……啊……哈哈……"他笑得弯下了腰，喘不过气来，手里的菠萝掉在地上。"……哈哈……那个木偶，哦，皮诺曹，同一个老头儿被一头大鱼吃到肚子里……哈哈……"

"爸爸，您听他说下去，他的办法真能行！"小沃纳请求道。

"……啊哈哈哈……皮诺曹和那个老头儿在鱼肚子里过了很长时间，他们还在那里面……哈哈哈哈……在那里面点蜡烛……哈哈哈哈……"

沃纳突然止住了笑，他的狂笑消失之快，就像电灯关掉电源那样，可圣诞老人的微笑还留着。他问身后的一个女郎："皮诺曹说谎后，怎么来着？"

"鼻子变长了。"女郎回答说。

沃纳站起，一手拿着削菠萝的小刀，一手托起霍普金斯的下巴，研究着他的鼻子，后者平静地看着他。"你们看他的鼻子在变长吗？"他微笑着问两位女郎。

"在变长，大叔！"她们中的一个娇滴滴地说，显然看别人在沃纳大叔手下倒霉是她们的一种乐趣。

"那我们帮帮他。"沃纳说。他的儿子来不及阻拦，那把锋利的小刀就把霍普金斯的鼻子尖切下一块。血流了出来，但霍普金斯仍是那么平静，沃纳放开他的下巴后，他仍垂手站在那儿任血向下流，仿佛鼻子不是长在他脸上似的。

"把这个天才放到这玩意儿里面，扔到海里去。"沃纳轻轻地挥了一下手。当两个南美大汉把普霍金斯塞进透明小舱后，沃纳把那个遥控器拾起来，从小舱的门递给霍普金斯，就像圣诞老人递给孩子一个玩具那样亲切，"拿着，叫来你那宝贝鲸鱼，……哈哈哈……"他又狂笑起来。当小舱在海中溅起高高的水花时，他收敛笑容，显出少有的严肃。

"你迟早得死在这上面。"他对儿子说。

透明小舱在海面上随波起伏，像一个气泡那样脆弱无助。

突然，游艇上的两个女郎惊叫起来，在距船舷二百多米处，海面涌起了一个巨大的水包，那水包以惊人的速度移动着，很快从正中分开化为两道巨浪，一条黑色的山脊在巨浪中出现了。

"这是一头蓝鲸，长四十八米，霍普金斯叫它波赛冬，希腊神话中海神的名字。"小沃纳伏在父亲耳边说。

山脊在距小舱几十米处消失了，接着，它巨大的尾巴在海面竖立起来，像一面黑色的巨帆。很快，蓝鲸的巨头在小舱不远处出现，巨头张开大嘴，一下把小舱吞了进去，就像普通的鱼吃面包屑一样。然后，蓝鲸绕着游艇游了起来，那座生命的小山在海面庄严地移动，激起的巨浪冲击着游艇，发出轰轰的巨响。在这景象面前，即使像沃纳这样目空一切的人也感到了一种敬畏，那是人见到了神的感觉。这是大海神力的化身，是大自然神力的化身。蓝鲸绕着游艇游了一圈后，径直朝游艇冲来。它的巨头在船边伸出海面，船上的人清楚地看到它那粘着蚌壳的礁石般粗糙的皮肤，这时他们才真正体会到蓝鲸的巨大。接着，蓝鲸张开了大嘴，把小舱吐了出来，小舱沿着一条几乎水平的线掠过船舷，滚落在甲板上。舱门打开，霍普金斯爬了出来，他鼻子上流出的血已把胸前的衣服弄湿了一片，但除此之外，安然无恙。

"还不快叫医生来，没看到皮诺曹博士受伤了吗？"沃纳大叫起来，好像霍普金斯的伤同他无关似的。

"我叫戴维·霍普金斯。"霍普金斯庄严地说。

"我就叫你皮诺曹。"沃纳又露出他那圣诞老人的笑。

几个小时后，沃纳和霍普金斯钻进了透明小舱。装在防水袋中的一吨海洛因放在座位后面。沃纳决定亲自去，他需要冒险来激活他血管中近乎凝滞的血液，这无疑是他一生中最刺激的一次旅行。小舱被游艇上的水手用缆绳轻轻放到海面上，然后游艇慢慢地驶离小舱。

小舱里的两个人立刻感到了海的颠簸，小舱有二分之一露出水面，大西洋的落日照进舱里。霍普金斯按动遥控器上的几个键，召唤蓝鲸。他们听到远处海水传来低沉的搅动声，这声音越来越大，蓝鲸的大嘴出现在海面上，向他们压过来。小舱好像被飞速吸进一个黑洞中，光亮的空间迅速缩小，变成一条线，最后消失了，一切都陷入黑暗中，只听到咔的一声巨响，那是蓝鲸的巨牙合拢的撞击声。接着是一阵电梯下降时的失重感，表明蓝鲸在向深海潜去。

"妙极了，皮诺曹，哈哈哈……"沃纳在黑暗中又狂笑起来，以掩饰他的恐惧。

"我们点上蜡烛吧，先生。"霍普金斯说，他的声音听起来快乐自在，这是他的世界了。沃纳意识到这点，恐惧又加深了一层。这时，小舱里一盏灯亮了起来，灯在小舱的顶部，发出蓝幽幽的冷光。

沃纳首先看到的是小舱外面的一排白色的柱子，那些柱子有一人多高，从底部向头部渐渐变尖，上下交错，组成了一道栅栏。他很快意识到这是蓝鲸的牙齿。小舱似乎放在一片柔软的泥沼上，那泥沼的表面还在不停地蠕动。上方像一个拱顶，可以看到一道道由巨大骨骼构成的拱梁。"泥沼地面"和上方的拱梁都向后倾斜，到达一个黑色的大洞口，那洞口也在不断地变换着形状。沃纳又开始神经质地大笑了，他知道那洞口是蓝鲸的嗓子眼。周围飘着一层湿雾，在灯的蓝光下，他们仿佛置身于神话里的魔洞中。

小舱里的屏幕上显示出一幅巴哈马群岛和迈阿密海区的海图，霍普金斯开始用遥控器"驾驶"蓝鲸，海图上一条航迹开始露头，它精确地指向沃纳要去的迈阿密海岸。"航程开始了，波塞冬的速度很快，我们五个小时左右就能到达。"霍普金斯说。

"我们在这里不会闷死吧？"沃纳尽量不显出担心。

"当然不会，我说过，鲸是哺乳动物，它也呼吸氧气，我们周围有足够的氧气，通过一个过滤装置我们就可以维持正常的呼吸。"

"皮诺曹，你真是个魔鬼！你怎么做到这一切的？比如说，你怎样把控制电极和计算机放进这个大家伙的脑子中？"

"一个人是做不到的。首先需要麻醉它，所用的麻醉剂有五百公斤。这是一个耗资几十亿美元的军事科研项目，我曾是这个项目的负责人。波赛冬是美国海军的财产，在冷战时期用来向华约国家的海岸输送间谍和特种部队。我还主持过一些别的项目，比如，在海豚或鲨鱼的大脑中埋入电极，然后在它们身上绑上炸弹，使它们变成可控制的鱼雷。我为这个国家做了很多的事情，可后来，国防预算削减了，他们就把我一脚踢出来。我在离开研究院的时候，把波赛冬也一起带走了。这些年来，我和它游遍了各个大洋……"

"那么，皮诺曹，你用你的波赛冬干现在这件事，有没有道德上的，嗯，困扰呢？当然你会觉得我谈道德很可笑，但我在南美的提炼厂里有很多化学家和工程师，他们常常有这种困扰。"

"我一点儿没有，先生。人类用这些天真的动物为他们肮脏的战争服务，这已经是最大的不道德了。我为国家和军队做出了巨大的贡献，有资格得到我想要的东西，既然社会不给，只好自己来拿。"

"哈哈哈哈……对，只好自己拿！哈哈哈……"沃纳笑着，突然止住，"听，这是什么声音？"

"是波赛冬的喷水声，它在呼吸。小舱里装有一个灵敏的声呐，能放大外面的所有声音。听……"

一阵嗡嗡声，夹杂着水击声，由小变大，然后又变小，渐渐消失。

"这是一艘万吨级的油轮。"霍普金斯解释说。

突然，前面两排巨牙缓缓动了起来，海水汹涌地涌了进来，发出轰轰的巨响，小舱很快被浸在水中。霍普金斯按动一个按键，小屏幕上的海图消失了，代之以复杂的波形，这是蓝鲸的脑电波。"哦，波赛冬发现了鱼群，它要吃饭了。"蓝鲸的嘴张开了一个大口，小舱面对着深海漆黑的无底深渊。突然，鱼群出现了，它们蜂拥着进入大口，猛烈地冲撞着小舱。在沃纳和霍普金斯的面前，全是在灯光中闪着耀眼银光的鱼群，它们并不知道自己的命运，觉得这只是一个大珊瑚洞而已。咔的一声巨响，沃纳透过纷飞的鱼群，隐约看到巨牙合拢了，但蓝鲸巨大的嘴唇还开着，这时响起一阵水流的尖啸声，鱼群突然倒退，退到巨牙的栅栏时被堵住，沃纳很快意识到这是鲸嘴里的海水在向外排，巨大的气压把同鱼群一起冲入的海水压出去。沃纳惊奇地看到，在鲸嘴产生的巨大压力下，水面垂直着从小舱边移过去。很快，鲸嘴里的海水排空了，吸入的鱼群乱蹦乱跳地堆在巨牙的栅栏前。小舱下柔软的"地面"开始蠕动，这蠕动在"地面"上形成了一排排飞快移动的波状起伏，鱼堆随着这起伏向后移去。当沃纳明白了这是在干什么时，恐惧使他从头凉到了脚。

"放心，波赛冬不会把我们咽下去的。"霍普金斯明白沃纳恐惧的原因，"它能识别出我们，就像您吃瓜子能识别出皮和仁一样。小舱对它进食会有一定的影响，但它已习惯了。有时候鱼群很大，它会在吃前暂时把小舱吐出来。"

沃纳松了一口气，他还想狂笑，可已没有力气了。他呆呆地看着鱼群慢慢地移过了纹丝不动的小舱，移向后面那黑暗的大洞，当两三吨重的那堆鱼在蓝鲸巨大的喉咙里消失时，响起了一阵山崩似的声音。

震惊使沃纳呆呆地沉默着，就这样过了很长时间。霍普金斯突然推了推他："听音乐吗？"说着，他放大了声呐扬声器的音量。

沃纳听到了一阵低沉的隆隆声，不解地看着霍普金斯。

"这是波赛冬在唱歌，这是鲸歌。"

渐渐地，沃纳从这低沉的时断时续的轰鸣声中听出了某种节奏，甚至还听出了旋律……"它干什么，求偶吗？"

"不全是。海洋科学家们研究鲸歌有很长时间了，至今无法明了其含义。"

"可能根本没有什么含义。"

"恰恰相反，含义太深了，深到人类无法理解。科学家们认为这是一种音乐语言，但同时表达了许多人类语言难以表达的东西。"

鲸歌在响着，这是大海的灵魂在歌唱。鲸歌中，上古的闪电击打着原始的海洋，生命如萤火在混沌的海水中闪现；鲸歌中，生命睁着好奇而畏惧的眼睛，用带着鳞片的脚，第一次从大海踏上火山还没熄灭的陆地；鲸歌中，恐龙帝国在寒冷中灭亡，时光飞逝，沧海桑田，智慧如小草，在冰川过后的初暖中萌生；鲸歌中，文明幽灵般出现在各个大陆，亚特兰蒂斯在闪光和巨响中沉入洋底；鲸歌中，一次次海战，鲜血染红了大海；数不清的帝国诞生了，又灭亡了，一切的一切都是过眼烟云……蓝鲸用它那古老得无法想象的记忆唱着生命之歌，全然没有感觉到它含在嘴中的渺小的罪恶……

蓝鲸于午夜到达迈阿密海岸。以后的一切都惊人的顺利。为避免搁浅，蓝鲸在距海岸两百多米处停了下来。今夜的月亮很好，沃纳和霍普金斯可清楚地看到岸上的棕榈树丛。接货的人有八个，都穿着轻便潜水服，他们顺利地把这一吨货运到了岸上，并爽快地付了沃纳报出的最高价，还许诺以后有多少要多少。接货者很惊奇这两个人和那个透明小舱能穿过严密的海上防线，甚至一开始不知他们是人是鬼（这时霍普金斯已操纵波赛冬远远游开了）。半小时后，接货的人已走远，霍普金斯唤回了蓝鲸，带着满满两手提箱美元现钞，他们踏上了归程。

"好极了，皮诺曹！"沃纳兴高采烈地说，"这次的收入全归你，以后的收入我们再按比例分成。你已经是一个千万富翁了，皮诺曹！……哈哈哈……我们还要跑二十多趟才能把二十多吨的货都出手。"

"可能用不了那么多趟，我觉得经过一些改进，我们一次可带两到三吨。"

"哈哈哈哈……好极了，皮诺曹！"

在海下平静的航程中，沃纳睡着了。不知过了多长时间，他被霍普金斯推醒。他看看小屏幕上的海图和航迹，航程已走了三分之二，似乎没有什么异常。霍普金斯让他注意听，他听到了一艘海面航船的声音，在以前的航程中，这已司空见惯，他不解地看看霍普金斯。但接着听下去，他知道事情不对：与以前不同，这次声音的大小没有变化。

那条船在跟着蓝鲸。

"多长时间了？"沃纳问。

"有半个小时了，这期间我变换了几次航向。"

"怎么会呢？海岸警卫队的巡逻艇不会对一头鲸进行中微子扫描的。扫描又怎样，鲸上现在并没有毒品。而且，要想收拾我们，在迈阿密海岸最方便，为什么要等到这时？"沃纳迷惑不解地看看屏幕上的海图，他们已越过了佛罗里达海峡，现在接近古巴海岸。

"波塞冬要换气了，我们不得不浮上海面，只十几秒钟就行了。"霍普金斯拿起遥控器，沃纳慢慢地点点头。霍普金斯按动遥控器，他们感到一阵超重，蓝鲸上浮了。很快，他们听到了一阵浪声，鲸在海面上了。

突然，声呐中传来了一声闷响，小舱里感觉到一阵振动。接着又一声同样的响声，这次蓝鲸的振动变得疯狂起来，小舱在鲸嘴里来回滚动，重重地撞在巨牙上，发出了一阵破裂声，两个人几乎被撞昏过去。

"那船向我们开炮了！"霍普金斯惊叫道。他用遥控器极力稳住了蓝鲸，然后发出了下潜的指令，但蓝鲸没有执行这个指令，仍在海面上毫无目标地狂奔。霍普金斯感到了一阵颤抖，那颤抖发自蓝鲸庞大的身躯，这是疼痛的颤抖。

"我们快出去，不然就晚了！"沃纳大叫。

霍普金斯发出了吐出小舱的指令，这次蓝鲸执行了。小舱从它的嘴里以惊人的速度冲了出去，并很快浮上了海面。朝阳已在大西洋上升起，阳光使他们一时眯起了双眼。但他们很快发现自己的双脚浸在水中，刚才在鲸牙上的猛烈撞击已把小舱撞出了几个破口，海水涌了进来。整个小舱已严重变形，他们拼尽全力也没能拉开舱门逃生。他们开始用一切可找到的东西堵口，甚至用上了手提箱中那一捆捆钞票。但没有用，海水继续涌了进来，很快小舱中的水就有齐胸深了。在小舱下沉前的一刻，霍普金斯看到了那只船，那是一艘很大的船；他还看到了船头的那门形状奇怪的炮，看到了炮口火光一闪，看到了那火箭状的带绳子的炮弹击中了挣扎着的蓝鲸的脊背。蓝鲸用最后的力气在海面翻起了巨浪，它的鲜血已使一大片海面变成了红色……小舱下沉了，在茫茫的红色的血雾中沉下去。

"我们死在谁手里？"当水已淹到下巴时，沃纳问。

"捕鲸船。"霍普金斯回答。

沃纳最后一次狂笑起来。

"国际公约早在五年前就全面禁止捕鲸了！这群坏蛋！"霍普金斯破口大骂。

沃纳继续狂笑着，"……哈哈哈哈……他们不讲道德……哈哈哈哈……社会不给他们……哈哈哈哈……他们自己来拿……哈哈……自己来拿……"

海水淹没了小舱中的一切。在残存的意识中，霍普金斯和沃纳听到了蓝鲸波塞冬又唱起了凝重的鲸歌。那是生命最后的歌声，穿透血色的海水，在大西洋中久久地回荡，回荡……

技术之下，生态之上

——《鲸歌》赏析

贺 江

《鲸歌》是刘慈欣最早发表的小说，包含着刘慈欣科幻小说的两个基本命题：技术和生态意识。技术是一把双刃剑，在推进人类社会发展的同时，也带来了负面的影响。刘慈欣是一名技术主义者，他推崇科技的力量，但也通过"鲸歌"对科技的负面结果进行了反思，体现了他强烈的生态意识和人文关怀。

《鲸歌》并不是刘慈欣最早创作的小说，却是他最早发表的小说。1999年6月，《科幻世界》刊载短篇小说《鲸歌》《微观尽头》，标志着刘慈欣长达十多年的无声耕耘终于有了结果。

《鲸歌》的故事情节很简单，主人翁沃纳大叔是一名毒贩，他想尽办法试图把二十五吨海洛因偷运到美国；为此，沃纳大叔的儿子物色了海洋生物学家霍普金斯来帮忙，霍普金斯采用现代新技术控制了一头大鲸鱼，利用它把一吨毒品成功地运到美国。在返回的途中，鲸鱼被捕鲸者捕获，毒贩子全都命丧大海。这样一个看似简单的故事，其内涵却非常丰富，它同时也包含着两个基本命题：技术和生态意识。

一、科技是一种什么样的力量

人类发展离不开科技的进步，科幻小说的发展也同样离不开科技。以科技为载体，创造出一个色彩斑斓的科幻世界，一直都是科幻小说家的任务。但科技到底是一种什么样的力量？人类到底该怎样合理地利用？这也是科幻小说家们不得不面对的问题。刘慈欣同样对此有所反思。在《鲸歌》中，看似是一则简单的贩毒故事，但科技在其中的作用却很大。一方面，毒贩沃纳大叔利用高科技来贩毒挣钱，比如利用飞机运送毒品到美国，并多次成功；但另一方面，科技也为缉毒提供了便利。比如美国利用中微子探测器，建立的庞大的监视系统能扫描并跟踪毒品，这就导致了小说一开始沃纳大叔的困境：怎样才能把毒品运到美国去。沃纳大叔把希望寄托在高科技上，相信科学最终能够帮助自己。于是，他让自己的小儿子帮忙找一些科学家，小沃纳最终把霍普金斯博士介绍给了父亲。

当海洋生物学家霍普金斯告诉沃纳大叔用鲸鱼可以把毒品运到美国时，沃纳大叔觉得很荒谬，因为他认为鲸鱼是不可控制的。这时科技的力量就体现出来，霍普金斯告诉沃纳大叔，他通过在鲸鱼的大脑中安放生物电极和计算机翻译器，就可以在外部控制鲸鱼的一切活动。沃纳大叔最开始不相信霍普金斯的说法，把霍普金斯看成是童话里爱撒谎的匹诺曹，专门过来骗人的，他差点把霍普金斯丢进大海里，而当霍普金斯用遥控器把鲸鱼召唤过来，并安全地从大海中返回到游艇上时，沃纳大叔终于相信可以用鲸鱼来运送毒品。

《鲸歌》对用鲸鱼第一次运送毒品的经过有详细的描写，这种描写纯粹是刘慈欣的想象，但却刻画得无比真实，细节尤为生动。尤其是关于鲸鱼吞食时的描写，可以体现出刘慈欣对小说细节的高度重视。在《球状闪电》的后记中，刘慈欣曾经详细解释了为何要注重科幻小说中的细节描写："创造一个在所有细节上都栩栩如生的想象世界是十分困难的，需要深刻的思想，需要在宏观和微观上都强劲有力、游刃有余的想象力，需要从虚无中创世纪的造物主的气魄，而后面两项，恰恰是我们的文化所缺乏的。但如果我们一时还无力创造整个世界，是否能退而求其次，先创造其中的一个东西呢？"① 用技术来构建一个"真实"的世界，用对技术的真实描写来表现可能的现实，这是刘慈欣创作的一个常用手段。

刘慈欣是一个技术主义者。在 2007 年成都（中国）国际科幻·奇幻大会期间，刘慈欣和江晓原教授曾经有过一场十分精彩的对谈。刘慈欣态度坚决地宣称："我是一个疯狂的技术主义者，我个人坚信技术能解决一切问题。"② 因此，如果探究刘慈欣的小说，我们可以发现，技术是一个很有用的"武器"，它能够让人类通过对新技术的不断掌握而建立自信，不断地开拓新疆域。在"三体"世界里，人类对抗三体人，能够在外太空生存下来，不也是依靠着新技术吗？

但技术是一把双刃剑，使用不当会给人类带来巨大的危害，比如切尔诺贝利事故，以及用于制造杀伤性武器的那些高科技。在《鲸歌》中，先进的科学技术被贩毒分子所利用，他们把毒品装在鲸鱼的嘴里，并成功地把毒品运到了美国，但事情的结果却出人意料。当毒贩子乘着鲸鱼返回时，却被捕鲸船捕获，最终命丧大海。这样的结局表明，刘慈欣对那些利用新技术来做坏事的人是持否定态度的，但另一方面，也透露出刘慈欣的生态意识。

二、鲸歌是一曲生态之哀歌

《鲸歌》的主题是生态保护，技术在小说中仅仅是体现刘慈欣生态意识的载体。小说结尾毒贩命丧大海并不是因为他们被缉毒者发现，而是因为被捕鲸船所捕获。当沃纳大叔所乘坐的蓝鲸浮上海面换气时，被追踪的捕鲸船开炮射中，霍普金斯在蓝鲸身上所设定的控制系统被破坏，他们的小舱进了水，并最终沉入大海。临死之前，他们听到蓝鲸唱起了鲸歌。"海水淹没了小舱中的一切，在残存的意识中，霍普金斯和沃纳听到了蓝鲸波塞冬又唱起了凝重的鲸歌，那生命最后的歌声穿透血色的海水，在大西洋中久久地回荡，回荡……"

---

① 刘慈欣. 球状闪电［M］. 成都：四川科学技术出版社，2015：281.
② 刘慈欣，江晓原. 为什么人类还值得拯救［J］. 新发现，2007（11）.

捕鲸具有悠久的历史。据考证，捕鲸活动最早可追溯到公元前 6000 年。由于受各种条件的限制，最早的捕鲸活动仅限于近岸水域。16 世纪，欧洲的巴斯克人最早从事商业化的捕鲸活动，这个产业持续了几个世纪。到 17 世纪，荷兰人和英国人也加入了捕鲸的行列。19 世纪，由于对鲸油的需求大幅上升，再加上工业革命中捕鲸技术的极大提高，捕鲸业高度繁荣。截至 1850 年，海上大约有 1000 艘捕鲸船和 7 万人参与捕鲸活动。[①]

人类疯狂的捕鲸活动使得鲸鱼种群逐步走向灭绝，严重破坏了海洋生态的平衡。于是，从 1931 年开始，主要的捕鲸国家开始对"限制捕鲸"进行讨论，并于 1946 年签署了《国际捕鲸公约》，对鲸鱼的种类、捕鲸的区域都进行了规范，还成立了国际捕鲸委员会。随着人类环保意识的加强，1986 年，国际捕鲸委员会还宣布自当年捕鲸季节过后无限期地中止商业性捕鲸活动，但一些国家以科学研究的名义仍在进行捕鲸，比如日本和冰岛。他们的捕鲸行为遭到了绿色和平组织和其他的一些环境团体的反对，但捕鲸行为仍然屡禁不止。

《鲸歌》中，捕鲸船对沃纳大叔所乘坐蓝鲸的猎杀就是这一行动的生动写照。沃纳万万没有想到，躲得过美国高科技的监控，却躲不过一艘捕鲸船。这里也透露出刘慈欣对生态危机的一种担心。无论人类如何禁止捕鲸，但都阻止不了非法的捕鲸行为。小说中关于"鲸歌"的描写值得我们深思。《鲸歌》一共有两处写到"鲸歌"。除了前面引用到的，还有一处关于鲸歌的描写。霍普金斯用声呐扩音器放着鲸鱼发出的叫声，沃纳问这代表着什么，霍普金斯说，"这是鲸歌，但人类至今无法理解。"但是，紧接着，刘慈欣就对鲸歌做出了生动的阐释。在刘慈欣看来，鲸歌代表着大海的灵魂："鲸歌在响着，这是大海的灵魂在歌唱。鲸歌中，上古的闪电击打着原始的海洋，生命如萤火在混沌的海水中闪现；鲸歌中，生命睁着好奇而畏惧的眼睛，用带着鳞片的脚，第一次从大海踏上火山还没熄灭的陆地；鲸歌中，恐龙帝国在寒冷中灭亡，时光飞逝，沧海桑田，智慧如小草，在冰川过后的初暖中萌生；

---

① Johan Hjort. *A brief history of whaling* [J]. http://journals.cambridge.org.1932：3.

鲸歌中，文明幽灵般出现在各个大陆，亚特兰蒂斯在闪光和巨响中沉入洋底；鲸歌中，一次次海战，鲜血染红了大海；数不清的帝国诞生了，又灭亡了，一切的一切都是过眼烟云……"鲸歌声中，世界的进化史开始片段化地展现。也许鲸歌所表达的是一种不可逆转的命运：鲸鱼最终在人类的捕杀中消失殆尽。

1962年，雷切尔·卡逊发表《寂静的春天》(*Silent Spring*)，通过对喷洒农药DDT所造成危害的研究，呼吁人类停止使用这类杀虫剂，因为这种农药最终会造成没有鸟语花香的"寂静的春天"。该书一出，引起轰动，并引发了人类对环境保护的高度重视。1972年，罗马俱乐部发表了《增长的极限》，认为经济过热和人口的大量增加，人类将会由于环境污染和食物不足而在一百年内毁灭。"现代性"的弊病越来越被人们认识到，环境保护意识开始席卷全球，越来越多的人加入到环保宣传行列。从20世纪末开始，美国等一些国家开始"拆除大坝"行动，而捕鲸行动也被越来越多的人所反对。但是，完全杜绝捕鲸活动是不可能实现的。《鲸歌》中的"鲸歌"，就是一曲生态之哀歌。

麦尔维尔曾经有一部关于捕鲸的小说《白鲸》，描写了捕鲸船船长亚哈因被一条名为莫比迪克的白鲸咬掉了一条腿而誓死复仇，并最终命丧大海。从生态批评的角度来讲，白鲸代表的就是大自然的力量，而亚哈向大自然疯狂的复仇，最终必然被大自然所吞噬。麦尔维尔告诉读者，人不能一直向大自然不断地索取，要学会和平共处，要学会保护大自然。而《鲸歌》也表达了保护自然的主题。当毒贩和捕鲸者这两类不相及的人最终通过鲸鱼的死亡而联系在一起时，我们不得不深思，环境保护的出路在哪里？技术又当如何被恰当地使用？这正是《鲸歌》带给读者的思考。

（贺江：文学博士，博士后，深圳职业技术学院讲师）

微观尽头

刘慈欣

今天夜里，人类将试图击破夸克。

这个壮举将在位于罗布泊的东方核子中心完成。核子中心看上去只是沙漠中一群优雅的白色建筑，巨大的加速器建在沙漠地下深处的隧道中，加速器的周长有 150 公里。在附近专门建了一座 100 万千瓦的核电厂为加速器供电，但要完成今天的实验还远远不够，只能从西北电网临时调来电力。今天，加速器将把粒子加速到 10 的 20 次方吉电子伏特，这是宇宙大爆炸开始时的能量，是万物创生时的能量，在这难以想象的能量下，目前已知的物质最小单位夸克将被撞碎，人类将窥见物质世界最深层的秘密。

核子中心的控制大厅中人不多，其中有目前世界上最杰出的两位理论物理学家，他们代表着目前对物质深层结构研究的两个不同的学派。其中之一是美国人赫尔曼·琼斯，他认为夸克是物质的最小单位，不可能被击破；另一位是中国人丁仪，他的理论认为物质无限可分。控制大厅中还有负责加速器运行的总工程师，以及为数不多的几名记者。其他众多的工作人员都在地下深处的几十间分控室内，控制大厅只能看到综合后的数据。这里最让人惊奇的人物是一名叫迪夏提的哈萨克族牧羊老人，他的村庄就在核子中心加速器的圆周内。在昨天的野餐中，物理学家们吃了他的烤全羊，并坚持把他请来。他们认为这个物理学的伟大时刻，也是全人类的伟大时刻，所以应该有一个最不懂物理学的人到场。

加速器已经启动，大显示屏上的能量曲线像刚苏醒的蚯蚓一样懒洋洋地爬着，向标志着临界能量的红线升去，那就是击碎夸克所需的能量。

"电视为什么不转播？"丁仪指着大厅一角的一台电视机问，电视中正转播着一场人山人海的足球赛。这位物理学家从北京到这儿一直身着一件蓝工作服，很容易被误认为是勤杂工。

"丁博士，我们并非世界中心，试验结果出来后，能出一条三十秒的小新闻就不错了。"总工程师说。

"麻木，难以置信的麻木。"丁仪摇摇头说。

"但这是生存之必须。"琼斯说，他一副颓废派打扮，头发老长，还不时从衣袋中掏出一个银制酒瓶喝一口。"我很不幸地不麻木，所以难以生存下去。"他说着掏出了一张纸，在空中晃着，"先生们，这是我的遗书。"

语惊四座，记者们立刻围住了琼斯。

"这个试验结束后，物质世界将不再有什么可以探索的秘密。物理学将在一个小时内完结！我是来迎接自己世界的末日，我的物理学啊，你这个冷酷的情人，你穷尽之后我如何活得下去！"

丁仪不以为然地说："这话在牛顿时代和爱因斯坦时代都有人说过，比如20世纪的马克斯·玻恩和史蒂芬·霍金，但物理学并没有结束，将来也不会结束。您很快就会看到，夸克将被击破，我们在通向无底阶梯上又踏上一节。我是来迎接自己世界的早晨！"

"您这是抄袭毛泽东的理论，丁博士，他在20世纪50年代就提出物质无限可分的思想了。"琼斯反唇相讥。

"你们过分沉湎于自己的思想了。"总工程师插进来说，"通过阳光同一时刻在埃及和希腊的干井中不同的投影，可以推测出地球是圆的，甚至由此可以计算出它的直径，但只有麦哲伦的旅行才是真正激动人心的。你们这些理论物理学家以前只是待在井里，今天我们才要在微观世界做真正的环球航行！"

大屏幕上，能量曲线接近了那条红线。外面的世界似乎觉察到了这沙漠深处涌动的巨大能量，一群鸟儿从红柳丛中惊飞，在夜空中久久盘旋，远方传来阵阵狼叫……终于，能量曲线越过了红线，加速器中的粒子已获得了撞击夸克所需的能量，这是人类有史以来所获得的最高能量的粒子。控制计算机立刻把这些超能粒子引出了加速器周长 150 公里的环道，进入一条支线，以接近光速的速度向靶标飞去。在这极限能量的轰击下，靶标立刻迸发出一场粒子辐射的暴雨。无数个传感器睁大眼睛盯着这场暴雨，它们能在一瞬间分辨出暴雨中几个颜色稍有不同的雨滴，正是从这几个雨滴的组合中，超级计算机将判断出是否发生了撞击夸克的事件，并进一步判断夸克是否被撞碎。

超能粒子在源源不断地产生，加速器中的撞击在持续，人们在紧张地等待着。超能粒子击中夸克的概率是很小的，他们不知道要等多长时间。

"哦，来自远方的朋友们，"迪夏提老人打破沉默，"十多年前，这些东西开始修建时我就在这里。那时工地上有上万人，钢铁和水泥堆得像山一样高，还有几百个像大楼一样高的线圈，他们告诉我那是电磁铁……我不明白，这么多的钱和物，这么多的人力，能灌溉多少沙漠，使那里长满葡萄和哈密瓜，可你们干的事情谁都不明白。"

"迪夏提大爷，我们在寻求物质世界最深的秘密，这比什么都重要！"丁仪说。

"我没有读过多少书，但我知道，你们这些世界上最有学问的人，在找世界上最小的沙粒。"

哈萨克老牧人对粒子物理出色的定义使在场所有的人都兴奋起来。

"妙极了！"琼斯在听到翻译后叫起来，"他认为，"他指指丁仪，"沙粒要多小就有多小；而我认为，存在最小的沙粒，这粒沙子不能再小了，用最强有力的锤都不可能砸碎它。尊敬的迪夏提大爷，您认为我们谁对呢？"

迪夏提在听完翻译后摇了摇头，"我不知道，你们也不可能知道，世界万物究竟是怎么回事，凡人哪能搞清呢？"

"这么说，您是一位不可知论者？"丁仪问。

老牧人饱经风霜的双眼沉浸在梦幻和回忆中，"世界真让人想不出啊！从小，我就赶着羊群在无边的戈壁沙漠中寻找青草。多少个夜晚，我和羊群躺在野外，看着满天的星星。那些星星密密麻麻的啊，晶亮晶亮的啊，像姑娘黑发中的宝石；夜不深时，身下的戈壁还是热的，轻风一阵阵的，像它的呼吸……这时世界是活的，就像一个熟睡的大娃娃。这时不用耳朵，而用心听，你就能听到一个声音，那声音充满天地之间，那是真主的声音，只有他才知道世界究竟是怎么回事。"

这时，蜂鸣器刺耳地响了，这是发生夸克撞击事件的信号，人们都转向大屏幕，物理学的最后审判日到了，人类争论了三千年的问题马上就会有答案了。

超级计算机的分析数据如洪水般在屏幕上涌出，两位理论物理学家马上发现事情不对，他们困惑地摇摇头。

结果并没有显示夸克被撞碎，但也没有显示它保持完整，试验数据完全不可理解。

突然，有人惊叫了一声，那是迪夏提，这里只有他对大屏幕上撞击夸克的数据不感兴趣，仍站在窗边。"天啊，外面怎么了，你们快过来看啊！"

"迪夏提大爷，请别打扰我们！"总工程师不耐烦地说，但迪夏提的另一句话使所有人都转过身来。

"天……天怎么了！"

一片白光透进窗来，大厅中的人们向外看去，他们不相信自己的眼睛：整个夜空变成了乳白色！人们冲出了大厅，外面，在广阔的戈壁之上，乳白色的苍穹发着柔和的白光，像一片牛奶海洋，地球仿佛处于一个巨大的白色蛋壳的中心！当人们的双眼适应了这些时，他们发现乳白色的天空中有一群群的小黑点，仔细观察了那些黑点的位置后，他们真要发疯了。

"真主啊，那些黑点……是星星！"迪夏提喊出了每个人都看到但又不敢相信的结论。

他们在看着宇宙的负片。

震惊之中，有人从窗外注意到了大厅中的那台正在转播球赛的电视机，屏幕上的情形证明了他们不是在做梦：千里之外的体育场也笼罩在一片白光中，看台上的几万人都惊恐地仰望着天空……

"这事什么时候发生的？"首先镇静下来的总工程师问。

"刚才里面那个鸣声响起来的时候。"迪夏提说。

人们沉默了，他们把目光都集中到琼斯和丁仪身上，希望这两位自爱因斯坦以来最杰出的物理学家，能对眼前这噩梦般的现实做出哪怕一点点的解释。

两位物理学家已不看天空了，他们在低头沉思着。丁仪首先抬起头来仰望着乳白色的宇宙，长长地出了一口气。

"我们早该想到的。"

琼斯也抬起头来，望着丁仪："是的，这就是超统一理论方程中那个变量的含义！"

"你们在说什么？"总工程师喊道。

"工程师，我们的环球航行成功了！"丁仪笑着说。

"你是说，我们的试验导致了这一切？"

"事实正是如此！"琼斯说，同时掏出了那个银酒瓶，"现在麦哲伦知道了，地球是圆的。"

"圆……的？"其他的人都困惑地看着两位物理学家。

"地球是圆的，从其表面任意一点一直向前走，就会回到原点。现在我们知道了宇宙的时空形状，很类似，我们一直向微观的深层走，当走到微观尽头时，就回到了整个宏观。加速器刚才击穿了物质最小的结构，于是其力量作用到最大的结构上，把整个宇宙反转了。"琼斯解释说。

丁仪说："琼斯博士，您可以活下去了，物理学没有完结，才刚刚开始，就像人类知道地球形状后，地理学刚刚开始一样。我们都错了，要说最接近事实的论述，是迪夏提大爷刚才说出的，我虽不相信真主，但宇宙之深奥之神奇远远超过我们的想象。"

"我想起来了，20 世纪时，英国人阿瑟·克拉克在科幻小说中提出过宇宙负片的概念，但谁会想到它成为现实呢？"

"可现在怎么办？"总工程师问。

"现在很好，我很乐意生活在负片宇宙中，它和反转前的同样美，不是吗？"琼斯喝干了瓶中的酒，微醉着伸开双臂拥抱整个新宇宙。

"可你们看……"总工程师从窗口指了指大厅里的电视，体育场里惊恐的骚动在加剧，一种集体的歇斯底里在人海中蔓延开来。从这个画面上可以想象，整个人类世界正陷入混乱之中。

"继续轰击靶标。"丁仪对总工程师说。在第一次夸克撞击事件发生后，为了分析结果，控制计算机已中止了超能粒子对靶标的轰击。

"你疯了？鬼知道第二次夸克撞击事件会产生什么效应？也许会造成宇宙坍缩或大爆炸！"

"不会的！前面的现象已证明了超统一方程的正确，我们知道下一次撞击会发生什么。"琼斯说。

加速器中的超能粒子再次被引向靶标，人们期待着粒子的暴雨中那几滴不同颜色雨点的出现。

1分钟，2分钟……10分钟……

各种曲线和数据在大屏幕上懒洋洋地滚动着，什么都没发生。

电视屏幕上，体育场中的人海已失去了控制，在乳白色的天空下，人们无目标地乱撞，互相践踏……图像抖动了一下，电视信号中断了，屏幕上只有一片荒漠一样的雪花。宇宙的突变超出了人类所有的知识和想象，超出了他们的精神承受力，世界处于疯狂的边缘。

蜂鸣器第二次响了，夸克第二次被击中。

没有任何预兆，比眨眼的速度更快，宇宙再次被反转，漆黑的夜空，晶莹的星群，人类的宇宙又回来了。

"天啊，你们在干真主的事！"迪夏提大爷说。核子中心的人们这时都聚集在外面的戈壁滩上，聚集在醉人的星空下。

"是的，对物质本原的不懈探索使我们拥有了上帝的力量，这真是做梦都想不到的。"琼斯说。

"但我们仍是人，谁知道以后还会发生什么呢？"丁仪说。

夜空中，群星灿烂，那听不见的乐曲充满整个宇宙。

"真主啊……"迪夏提大爷对着星空伏下身来。

翻转乾坤的科幻奇观

——《微观尽头》的科学意识与宇宙意识

高亚斌

  刘慈欣具有广博宏大的宇宙意识和洞察入微的"微观意识",他把好奇的目光投向苍茫的宏观宇宙和微渺的微观世界,在《微观尽头》中,通过科学家击穿物质微粒的实验,让人们目睹了宇宙背面的奇幻景观,引领读者进入一个惊心动魄而又美不胜收的叙事空间和文学世界,产生了撼动人心的艺术效果。

  小说家是一个存在的勘探者,优秀的作品能为我们打开别样的文学空间。读刘慈欣的科幻小说能明显感受到,他总是善于展现一个全然不同的文学世界,令人叹为观止,赏心悦目。在科幻小说领域,刘慈欣是一个出色的叙述者,他的小说不但科学含量十足,文学分量也毫不逊色,他曾经创下了连续八年蝉联中国科幻文学最高奖"银河奖"的纪录,被誉为"当代中国科幻第一人"。

  《微观尽头》是刘慈欣早期的短篇小说,小说叙写科学家试图击破夸克微粒,窥测微观世界尽头的景观,发现世界最深层的奥秘的故事。一群科学家经过科学的设计和精密的计算,终于击穿了夸克微粒,见到了宇宙背面无比奇幻的底片一样的世界,实现了人类科学上的这一辉煌奇迹;然后,科学家又通过再次击穿夸克微粒,重新回到宇宙正面的正常世界。小说展现了宇宙背面令人惊心动魄的壮丽景观，在揭示世界奥秘的同时，对大自然的神奇造化之功进行了热情讴歌。

一、科学意识与宇宙意识

刘慈欣的科幻小说，总是选择最为前沿的科学领域，表现出对人类存在、宇宙现象等宏大主题的高度关注，构成了他小说富有现代意义的"科学意识"和"宇宙意识"。他虽然身居偏僻一隅，却把深邃的目光投向遥远的星空，投向宇宙的深处，在苍茫浩瀚的太空，留下意味深长而又辽远深邃的思考。

受西方科幻文学的影响，刘慈欣从小就对科幻小说表现出了异常浓烈的兴趣，科幻成为他少年时代的思想启蒙，也成为他成长之后探索世界、思考未来的一种方式，为他开启了一个无限丰富的文学空间。他毫不讳言自己对西方科幻作家如儒勒·凡尔纳、阿瑟·克拉克等科幻大师的由衷热爱，在这些作家的作品中，他找到了自我灵魂的投影与个人心灵的安放，这些作家都成为他的精神导师。受他们的影响，刘慈欣关注宇宙、星空这类宏大磅礴的科幻主题，极力展现科学之美，彰显作家的科学意识与人文情感，并在思想视野上与这些伟大的作家进行精神对话。在很大程度上，他的科幻小说，就是向这些小说大家们的崇高致敬。

在文学性与科学性之间，刘慈欣的创作天平明显朝着后者倾斜，他更多地把科幻小说作为科学知识的载体，以及培养科学意识的重要文体。在他的小说中，有着一个明显的"核心科幻"（王晋康提出的科幻概念）的思维构架，作为小说的整体创作思想。在《微观尽头》中，小说以微观的夸克微粒能否被继续分割的科学命题引起情节、铺设悬念，以夸克微粒尽头的神奇景观收束，故事显得不枝不蔓、紧凑天然，却又跌宕起伏、引人入胜，达到了以少胜多、举重若轻的艺术效果。

中国是一个现代科学精神有待提高的国家。自古以来，神鬼迷信习俗流行于民间，巫风陋习弥漫朝野，于是，各种迷信思想和装神弄鬼的骗子大行其道，相反，科学却总是被人们拒绝甚至遗忘。对此，刘慈欣曾经深恶痛绝地指出："中国社会面临的真正灾难是科学精神在大众中的缺失"[1]。在小说《微观尽头》中，当意义重大的击穿夸克微粒的实验正在进行之际，电视台和新闻媒体却对此略显冷漠，在民众普遍的科学意识匮乏的时代氛围中，只有科学家精英们在不惮前驱与勇敢探索。正如作家在小说《乡村教师》中所写："他们有一种个体，有一定数量，分布于这个种群的各个角落，这类个体充当两代生命体之间知识传递的媒介。"包括科学家在内的知识分子充当了这特殊的"个体"，他们如鲁迅笔下"独异个人"，在普遍的"庸众"群体中显得异常醒目，在《朝闻道》《中国太阳》等小说中，科学家形象更是上升为一种献身精神的象征。在一个物质至上、利益与欲望驱动人心的时代，漠视知识、科学观念淡薄，成为时代的可怕痼疾，刘慈欣以知识分子的视角，对此进行了一定的反思与批判。

科学意识是现代意识的重要标志，是现代文明的一大表现。自"五四"运动以来，科学与民主成为时代的崭新主题，也成为社会进步的一大标尺。在文学上，也出现了对科学知识和科学意识的倡导和弘扬，科幻小说即是其良好的载体，对此，鲁迅早就说过："导中国人群以进行，必自科学小说始。"[2]刘慈欣是科学意识非常鲜明强烈的作家，在他的科幻小说中，对科学理念的输入和科学知识的渗透、对科学意识的培养，构成了他小说创作的重要思想内涵。而且，科学意识的高倡，还会催生包括科幻小说在内的所有文学形式的繁荣。正是由于"五四"科学精神、民主意识的高倡，才导致了新文学的繁荣；也正是由于20世纪80年代西方外来科学与文化观念的输入，才导致了当时包括文学在内的整个文化的复兴。可见，随着科幻小说的发展，以及科学意识与观念的引入，会使文学发展迎来又一个崭新的局面。

二、文化差异与科学家形象

尽管刘慈欣说："我创作的注意力主要集中在科幻构思上，人物只是讲故事的工具。"[3]在他早期的作品中，他的确并不重视小说人物形象的设置与性格的凸现，并力图淡化这一因素。但在《微观尽头》中，角色形象的特征还是非常鲜明的，中国科学家丁仪和美国科学家赫尔曼·琼斯的文化背景和形象气质迥异，他们的行为与思想方式也大相径庭。这是"世界上最杰出的两位理论物理学家",他们"代表着目前对物质深层结构研究的两个不同的学派",围绕夸克微粒能否被击穿的理论问题,他们有了科学理论甚至思想观念上的合作与交锋。颓废派打扮、几乎玩世不恭的琼斯,性情开朗、幽默滑稽,但对未来却充满迷惘和绝望情绪;而丁仪表面上严谨刻板、不苟言笑,骨子里却乐观豁达、不拘世俗格套,对人类的未来与科学发展的前景充满了信心。在这一层面,作家对中西方文化的特点与其差异,进行了一番颇有意味的对比和反观。

精英意识与世俗观念的对抗与冲突,始终是刘慈欣小说关注的一大主题。通过不同角色的对比,来突出小说的主题表达,是刘慈欣诸多小说所惯用的构思方式。这种人物形象设置,有助于在相互对比中凸显人物的精神风貌,彰显人物的性格特征。在《微观尽头》中,作家把叙事的重心放在了丁仪的一边,丁仪是一个具有中国传统知识分子风骨的科学家,他有着鲜明的精英意识和启蒙思想,他全身心地投入到科学研究中,因而显得不同流俗。他有一种成竹在胸的聪明睿智与从容气度,具有翻转天地、掣动乾坤的气魄,源于他所具有的雄厚的科学知识积淀,以及他超前时代、洞穿宇宙的科学思想。而且,小说中科学家丁仪敢于击穿夸克微粒,有其完善的科学知识与强大的科学信念作支撑,但是其中又有着某种不计后果、无所畏惧的冒险精神,凸显出一个聪明睿智和富于挑战精神的科学家的动人形象。正是由于他们富有远见卓识而又孜孜以求的探索精神,才能够推动科学创新的发展与社会文明的进步,也才能够使人们日益突破现实世界的狭隘阈限,走向无限广阔深邃的思想与精神空间。

刘慈欣的科幻小说一般把叙事情节放置在现实中国的社会语境中,以本土化的叙事风格讲述故事。中国与美国都是目前世界上的重要大国,也都具有影响国际事务的能力,小说中所虚拟创设的击穿夸克微粒事件,由这两国重要的科学家来完成,其本身就具有某种寓言的性质。一方面,丁仪和琼斯是业内两个顶尖级的科学家,具有引导世界科学发展的个人能力;另一方面,在他们的背后,也是两个超级大国、两个不同的世界:以美国为代表的第一世界的高度发达的科学技术和社会形态,以及正在上升的第三世界国家中国。

他们的思维方式和对待未来人类前途和命运的态度，也存在着明显的差异：体现的是两种不同的文化背景和思维方式乃至世界观之间的差异。

刘慈欣不但关注那些非凡人物——包括卓越的科学家或者显赫的政要等，他还关注那些名不见经传的小人物，体现出建立在现代民主平等观念基础上的平民意识和人间情怀。在他的许多科幻小说中，平民形象是其中最为生动感人的形象谱系之一，比如《乡村教师》中的小学教师、《中国太阳》中的农民工水娃等。在《微观尽头》中，小说特意设置了一位名叫迪夏提的哈萨克族牧羊老人，与科学家相比，老人所代表的是一种来自生活的饱经沧桑之后的人生智慧，他以一个平凡老人的睿智目光和一颗经过宗教情怀净化过的淳朴心灵，以宽厚悲悯的良知和敏锐可靠的直觉，看到了这个世界的某些奥秘。这种角色形象的安排，有利于让小说回到日常生活的人生状态，避免由于小说情节过于离奇出格、人物形象偏向传奇失真所造成的脱离生活和向壁虚构，凸显小说的生活基础与现实质地，增强小说的真实感。

诚如刘慈欣本人所言："在科幻小说中，人类一般是作为一个整体出现的，科幻小说所面对的问题和危机也是人类所共同面对的，所以，我没有在自己的创作中刻意展现中国特色。"[3] 科幻小说是超越于国家民族观念之上的"普世"化的文体，科学无边界、科幻无国界，但我们依然可以看到，刘慈欣具有强烈的民族情怀。小说《坍缩》《微观尽头》《乡村教师》《中国太阳》等在构建科学家形象的同时，也完成了对于国家民族形象的建构。正如自己的国家意识一样，科幻小说的作家也是属于某个特定民族国家的，他理应具有个人的民族国家意识。从史的角度看来，爱国主义情怀与民族主义情绪，一直是中国现代文学中一个难以回避和绕开的话题，科幻小说也如此，从早期的科幻小说《新中国未来记》《铁鱼底鳃》《猫城记》，到建国以后的《小灵通漫游未来》《珊瑚岛上的死光》等，可以见到民族情绪的印痕。如刘慈欣在一文中谈到的："有人认为，科幻是唯一可以直接描写出中国梦的文学题材"[4]，在《微观尽头》中，作家也是通过讲述自己的中国故事，倾诉自己心中的"中国梦"，表现出炽烈的强国梦想。

三、叙事时间与叙事空间

刘慈欣科幻小说一般都有一个科学理论的基本构架，他承袭了鲁迅"经以科学"的科幻理念和叙事传统，在传奇性的故事情节中，向读者传输一些科学知识——甚至那些最为前沿和深奥的科学知识，都能够在他的小说中得到生动的表达。在此过程中，他竭力避免对科学理念的文学图解，他娴熟的叙事技巧和超凡出众的驾驭题材的能力，使其小说显得情节跌宕起伏、叙事摇曳生姿，绝无某些科普类文章的深奥晦涩或生硬枯燥。

刘慈欣的科幻小说很注意对叙事时间的安排，他喜欢把小说故事的叙事时间设置在一个特殊的"节点"上，或者一个较为短暂的时间片段里，以此作为小说展开的良好契机。在他的小说中，这个叙事时间的"临界状态"，可能是一个巨大的变动或者转机，也可能是一个时代乃至旧世界的结束，或是一个新的时代、新世界的开始。正是在这个特殊的时间临界点上，由于面临着各种不同的可能性，而便于展开不羁的想象，引领读者进入一个自由辽阔而又深邃丰富的艺术世界。在《微观尽头》中，小说以夸克微粒的击穿瞬间，作为叙事的临界时间，这是一个激动人心的时刻，也是小说起承转合的主要线索，成为抓住读者的巧妙关枢，从叙事时间上来说，这种安排非常紧凑，收放自如。他的其他小说，如《坍缩》《朝闻道》等，也都有这样的关键时刻和叙事节点，这体现出他在小说叙事时间上的处理方式和构思特点。

小说家往往致力于创设属于自己独特的文学空间，在文学史中留下令人难忘的"领地"，如鲁迅的鲁镇、周作人的苦雨斋、废名的桃园、沈从文的边城、萧红的呼兰河、钱钟书的围城等，都是别有意味的文学空间。在科幻小说中，作家们更是以其汪洋恣肆、奔放不羁的想象，打破现实生活的刻板阈限，通过跨越时空，穿梭古今，进入星空，回到史前等方式，来创设小说空间和文学情境，引领读者进入一个陌生化的、魅力无穷的幻想世界。如西方科幻作家儒勒·凡尔纳笔下的神秘岛和金银岛，阿西莫夫笔下的基地世界和银河帝国等，以及中国作家荒江钓叟笔下的"月球殖民地"，老舍笔下的猫城，郑文光笔下的人马座等。刘慈欣善于描摹人类创造的那些恢宏壮观、美不胜收的雄奇景观，但他似乎更钟爱不为人们日常所注意到的微渺世界，比如《白垩纪往事》中与恐龙王国相对的蚂蚁王国、《微纪元》中与宏人社会相对的微人社会等。他把好奇的目光，投向了非常微渺的世界，为读者打开了饶有趣味的微观空间。正应了他所说的："科幻能使我们从大海见一滴水。"[1]他要发现事物内部"一沙一世界，一花一菩提""方寸之间，深不见底"，《三体Ⅲ·死神永生》的隐微奥义，这或许可以称之为与他的"宇宙意识"相对的所谓"微观意识"。在他后来的《白垩纪往事》《微纪元》《梦之海》《三体》等小说中，这一"微观意识"更是得到了淋漓尽致的表现。在科幻小说《微纪元》中他这样描写道：

> ……他想象着当微人们第一次看到那棵顶天立地的绿色小草时的狂喜。那么一小片草地呢？一小片草地对微人意味着什么？一个草原！一个草原又意味着什么？那是微人的一个绿色的宇宙了！草原中的小溪呢？当微人们站在草根下看着清澈的小溪时，那在他们眼中是何等壮丽的奇观啊！地球领袖说过会下雨，会下雨就会有草原，就会有小溪的！还一定会有树。天啊，树！先行者想象一支微人探险队，从一棵树的根部出发开始他们漫长而奇妙的旅程，每一片树叶，对他们来说都是一个一望无际的绿色平原……还会有蝴蝶，它的双翅是微人眼中横贯天空的彩云；还会有鸟，每一声啼鸣在微人耳中都是一声来自宇宙的洪钟……

刘慈欣对于宏大与微渺的世界都充满了探索的好奇与想象的乐趣，在时间与空间的两个不同维度上，不断地建构和叙说着属于自己的文学世界，开拓着他小说的创作领域，延伸着小说的想象维度；同时，在很大程度上，也在丰富和拓展着中国科幻小说的发展路径和创作领域。无论是在宏观层面上宇宙意识的彰显，还是在微观层面上对微渺世界的打开，都是想象宇宙存在与人类生存的可能形式。由于他对人类未知领域、对科幻文学盲区的不懈探索，终于使中国的科幻小说得以跻身于世界最优秀的科幻小说之林，如有评论者说："这个人单枪匹马，把中国科幻文学提升到了世界级的水平。"[5]

一个优秀的作家，同时也应该是一个卓越的思想家、哲学家。庄子在《秋水》一篇中曾经展开对小大之辩的思考，表达了"小而不寡，大而不多"的观点，体现了古人对于宏观世界与微观世界的思考。刘慈欣在小说中不断揭示宏观与微观世界奥秘的同时，也是在传输着某种世界观和哲学理念，他以文学和科学的双重视角，用瑰丽绚烂的想象与客观严谨的态度，开辟着科幻小说的思想空间，提升着科幻小说的艺术境界，从而缔造了中国科幻小说的一座雄奇高峰。

参考文献

[1] 刘慈欣. 从大海见一滴水——对科幻小说中某些传统文学要素的反思 [J]. 科普研究，2011（6）.

[2] 鲁迅. 月界旅行·辨言 [M] // 鲁迅. 鲁迅全集：第 10 卷. 北京：人民文学出版社，1987：151.

[3] 刘慈欣，吴言. 星空的奥妙：刘慈欣访谈 [J]. 名作欣赏，2016（1）.

[4] 刘慈欣. 让科幻文学推动创新 [N]. 光明日报，2016-03-10.

[5] 严锋. 追寻"造物主的活儿"——刘慈欣的科幻世界 [J]. 书城，2009（2）.

（高亚斌：文学博士，兰州交通大学文学院副教授）

坍　缩

刘慈欣

坍缩将在凌晨 1 时 24 分 17 秒发生。

对坍缩的观测将在国家天文台最大的观测厅进行。这个观测厅接收在同步轨道上运行的太空望远镜发回的图像，并把它投射到一面面积有一个篮球场大小的巨型屏幕上。现在，屏幕上还是空白的。到场的人并不多，但都是理论物理学、天体物理学和宇宙学的权威，对即将到来的这一时刻，他们是这个世界上少数的真正能理解其含义的人。此时他们静静地坐着，等着那一时刻的到来，就像刚刚用泥土做成的亚当夏娃等着上帝那一口生命之气一样。只有天文台的台长在焦躁地来回踱着步。巨型屏幕出了故障，而负责维修的工程师到现在还没来，如果她来不了的话，来自太空望远镜的图像只能在小屏幕上显示，那这一伟大时刻的气氛就差多了。

丁仪教授走进了大厅。

科学家们都提前变活了，他们一起站了起来。除了半径二百亿光年的宇宙外，能让他们感到敬畏的就是这个人了。

丁仪同往常一样目空一切，没有同任何人打招呼，也没有坐到那把为他准备的大而舒适的椅子上去，而是信步走到大厅的一角，欣赏起那里放在玻璃柜中的一个大陶土盘来。这个陶土盘是天文台的镇台之宝，是价值连城的西周时代的文物，上面刻着几千年前已化为尘土的用人的眼睛所看到的夏夜星图。这个陶土盘经历了沧海桑田的漫长岁月已到了崩散的边缘，上面的星图模糊不清，但大厅外面的星空却丝毫没变。

丁仪掏出一个大烟斗，向一个上衣口袋里挖了一下，就挖出了满满一斗烟丝,然后旁若无人地点上烟斗抽了起来。大家都很惊诧,因为他有严重的气管炎,以前是不抽烟的,别人也不敢在他面前抽烟。再说,观测大厅里严禁吸烟,而那个大烟斗产生的烟比抽十支香烟产生的都多。

但丁教授是有资格做任何事情的。他创立了统一场论,实现了爱因斯坦的梦。他的理论对宇宙大尺度空间所做的一系列预言都得到了实际观测的精确证实。后来,使用统一场论的数学模型,上百台巨型计算机不间断地运行了三年,得出了令人难以置信的结论:已膨胀了二百亿年的宇宙将在两年后转为坍缩。

现在,这两年时间只剩不到一个小时了。白色的烟雾在丁仪的头上聚集盘旋,形成梦幻般的图案,仿佛是他那不可思议的思想从大脑中飘出……

台长小心翼翼地走到丁仪身边,说:"丁老,今天省长要来,请到他不容易,请您一定对省长施加一些影响,让他给我们多少拨一些钱。本来不该用这些事使您分心的,但台里的经费状况已经到了山穷水尽的地步,国家今年不可能再给钱,只能向省里要了。我们是国内主要的宇宙学观测基地,可您看我们到了什么地步,连射电望远镜的电费都拿不出来。现在,我们已经开始打它的主意了,"台长指了指丁仪正欣赏的古老的星图盘,"要不是有文物法,我们早就卖掉它了!"

这时,省长同两名随行人员一起走进了大厅,他们的脸上露着忙碌的疲惫,把一缕尘世的气息带进这超脱的地方。"对不起,哦,丁老您好,大家好,对不起来晚了。今天是连续暴雨后的第一个晴天,防洪形势很紧张,长江已接近一九九八年的最高水位了。"

台长激动地说了许多欢迎的话,然后把省长领到丁仪面前,"下面请丁老为您介绍一下宇宙坍缩的概念……"他同时向丁仪递了个眼色。

"这样好不好,我先说说自己对这个概念的理解,然后请丁老和各位科学家指正。首先,哈勃发现了宇宙的红移现象,是哪一年我记不清了。我们所能观测到的所有星系的光谱都向红端移动,根据开普勒效应,这显示所有的星系都在离我们远去。由此现象,我们可以得出结论:宇宙在膨胀。由此又得出结论:宇宙是在二百亿年前的一次大爆炸中诞生的。如果宇宙的总质量小于某一数值,宇宙将永远膨胀下去;如果总质量大于某一数值,则万有引力逐渐使膨胀减速、停止，之后，宇宙将在引力作用下走向坍缩。以前宇宙中所能观测到的物质总量使人们倾向于第一个结论，但后来发现中微子具有质量，并且在宇宙中发现了大量的以前没有观测到的暗物质，这使宇宙的总质量大大增加，使人们又转向了后一个结论：认为宇宙的膨胀将逐渐减慢，最后转为坍缩，宇宙中的所有星系将向一个引力中心聚集。这时，同样由于开普勒效应，在我们眼中，所有星系的光谱将向蓝端移动，即蓝移。现在，丁老的统一场论计算出了宇宙由膨胀转为坍缩的精确时间。"

"精彩！"台长恭维地拍了几下手，"像您这样对基础科学有如此了解的领导是不多的，我想，丁老也是这么认为的。"他又向丁仪使了个眼色。

"他说得基本正确。"丁仪慢慢地把烟灰磕到干净的地毯上。

"对，对，如果丁老都这么认为……"台长高兴得眉飞色舞。

"正确到足以显示他的肤浅。"丁仪又从上衣口袋挖出一斗烟丝。

台长的表情凝固了，科学家们那边传来了低低的几声笑。

省长很宽容地笑了笑，"我也是学物理专业，但以后这三十年，我都差不多忘光了，同在场的各位相比，我的物理学和宇宙学知识，怕是连肤浅都达不到。唉，我现在只记得牛顿三定律了。"

"但离理解它还差得很远。"丁仪点上了新装的烟丝。

台长哭笑不得地摇摇头。

"丁老，我们生活在两个完全不同的世界里。"省长感慨地说，"我的世界是一个现实的、无诗意的、烦琐的世界，我们整天像蚂蚁一样忙碌，目光也像蚂蚁一样受到局限。有时深夜从办公室里出来，抬头看看星空，已是难得的奢侈了。您的世界充满着空灵与玄妙，您的思想跨越上百亿光年的空间和上百亿年的时间，地球对于您只是宇宙中的一粒灰尘，现世对于您只是永恒中短得无法测量的一瞬，整个宇宙似乎都是为了满足您的好奇心而存在的。说句真心话，丁老，我真有些嫉妒您。我年轻时做过那样的梦，但进入您的世界太难了。"

"但今天晚上并不难，您至少可以在丁老的世界中待一会儿，一起目睹这个世界最伟大的一瞬间。"台长说。

"我没有这么幸运。各位，很对不起，长江大堤已出现多处险情，我得马上赶到防总去。在走之前，我还有个问题想请教丁老，这些问题在您看来可能幼稚可笑，但我苦想了很长时间也没有弄明白。第一个问题，坍缩的标志是宇宙由红移转为蓝移，我们将看到所有星系的光谱同时向蓝端移动。但目前能观测到的最远的星系距我们二百亿光年，按您的计算，宇宙将在同一时刻坍缩，那样的话，我们要过二百亿年才能看到这些星系的蓝移出现。即使最近的半人马座，也要在四年之后才能看到它的蓝移。"

丁仪缓缓地吐出一口烟雾，那烟雾在空中飘浮，像微缩的旋涡星系。"很好，能看到这一点，使您有点像一个物理系的学生了，尽管仍是一个肤浅的学生。是的，我们将同时看到宇宙中所有星系光谱的蓝移，而不是在从四年到二百亿年的时间上依次看到。这源于宇宙大尺度范围内的量子效应，它的数学模型很复杂，是物理学和宇宙学中最难表述的概念，没指望您能理解。但由此您已得到第一个启示，它提醒您，宇宙坍缩产生的效应远比人们想象的复杂。您还有问题吗？哦，您没有必要马上走，您要去处理的事情并不像您想象的那样紧迫。"

"同您的整个宇宙相比，长江的洪水当然微不足道了。但丁老，神秘的宇宙固然令人神往，现实生活也还是要过的。我真的该走了，谢谢丁老的教诲，祝各位今晚看到你们想看的。"

"您不明白我的意思，"丁仪说，"现在长江大堤上一定有很多人在抗洪。"

"但我有我的责任，丁老，我必须回去。"

"您还是不明白我的意思，我是说大堤上的人们一定很累了，你可以让他们也离开。"

所有的人都惊呆了。

"什么……离开？干什么，看宇宙坍缩吗？"

"如果他们对此不感兴趣，可以回家睡觉。"

"丁老，您真会开玩笑！"

"我是认真的，他们干的事已没有意义。"

"为什么？"

"因为坍缩。"

沉默了好长时间，省长指了指大厅一角陈列的那个古老的星图盘说："丁老，宇宙一直在膨胀，但从上古时代到今天，我们所看到的宇宙没有什么变化。坍缩也一样，人类的时空同宇宙时空相比，渺小到可以忽略不计，除了纯理论的意义外，我不认为坍缩会对人类生活产生任何影响。甚至，我们可能在一亿年之后都不会观测到坍缩使星系产生的微小位移，如果那时还有我们的话。"

"十五亿年，"丁仪说，"如果用我们目前最精密的仪器，十五亿年后我们才能观测到这种位移，那时太阳早已熄灭，大概没有我们了。"

"而宇宙完全坍缩要二百亿年，所以，人类是宇宙这棵'大树'上的一滴'小露珠'，在它短暂的寿命中，是绝对感觉不到大树的成长的。您总不至于同意互联网上那些可笑的谣言，说地球会被坍缩挤扁吧！"

这时，一位年轻姑娘走了进来，她脸色苍白，目光暗淡，她就是负责巨型显示屏的工程师。

"小张，你也太不像话了！你知道这是什么时候吗？"台长气急败坏地冲她喊到。

"我父亲刚在医院去世。"

台长的怒气立刻消失了，"真对不起，我不知道，可你看……"

工程师没再说什么，只是默默地走到大屏幕的控制计算机前，开始埋头检查故障。丁仪叼着烟斗慢慢走了过去。

"哦，姑娘，如果你真正了解宇宙坍缩的含义，父亲的死就不会让你这么悲伤了。"

丁仪的话激怒了在场的所有人，工程师猛地站起来，她苍白的脸由于愤怒而涨红，双眼充满泪水。

"您不是这个世界上的人！也许，同您的宇宙相比，父亲不算什么，但父亲对我很重要，对我们这些普通人很重要！而您的坍缩，那不过是夜空中弱得不能再弱的光线频率的一点点变化而已，这变化，甚至那光线，如果不是由精密仪器放大上万倍，谁都看不到！坍缩是什么？对普通人来说什么都不是！宇宙膨胀或坍缩，对我们有什么区别？但父亲对我们是重要的，您明白吗？"

当工程师意识到自己是在向谁发火时，她克制了自己，转身继续她的工作。

丁仪叹息着摇摇头，对省长说："是的，如您所说，两个世界。我们的世界，"他挥手把自己和那一群物理学家和宇宙学家划到一个圈里，然后指指物理学家们，"小的尺度是亿亿分之一毫米，"又指指宇宙学家们，"大的尺度是百亿光年。这是一个只能用想象来把握的世界；而你们的世界，有长江的洪水，有紧张的预算，有逝去的和还活着的父亲……一个实实在在的世界。但可悲的是，人们总要把这两个世界分开。"

"可您看到它们是分开的。"省长说。

"不！基本粒子虽小，却组成了我们；宇宙虽大，我们身在其中。微观和宏观世界的每一个变化都牵动着我们的一切。"

"可即将发生的宇宙坍缩牵动着我们的什么吗？"

丁仪突然大笑起来，这笑除了神经质外，还包含着一种神秘的东西，让人毛骨悚然。

"好吧，物理系的学生，请背诵您所记住的时间空间和物质的关系。"

省长像一个小学生那样顺从地背了起来："由相对论和量子力学所构成的现代物理学已证明，时间和空间不能离开物质而独立存在，没有绝对时空，时间、空间和物质世界是融为一体的。"

"很好，但有谁真正理解呢？您吗？"丁仪问省长，然后转向台长，"您吗？"转向埋头工作的工程师，"您吗？"又转向大厅中的其他技术人员，"你们吗？"最后转向科学家们，"甚至你们？不，你们都不理解。你们仍按绝对时空来思考宇宙，就像脚踏大地一样自然，绝对时空就是你们思想的大地，离开它你们对一切都无从把握。谈到宇宙的膨胀和坍缩，你们认为那只是太空中的星系在绝对的时间、空间中散开和会聚。"他说着，踱到那个玻璃陈列柜前，伸手打开柜门，把那个珍贵的星图盘拿了出来，放在手上抚摸着、欣赏着。台长万分担心地抬起两只手在星图盘下护着，这件宝物放在那儿二十多年，还没有人敢动一下。台长焦急地等着丁仪把星图盘放回原位，但他没有，而是一抬手，把星图盘扔了出去！

价值连城的古老珍宝，在地毯上碎成了无数陶土块。

空气凝固了，大家呆若木鸡。只有丁仪还在悠然地踱着步，是这僵住的世界中唯一活动的因素，他的话音仍不间断地响着。

"时空和物质是不可分的，宇宙的膨胀和坍缩包括整个时空，是的，朋友们，包括整个时间和空间！"

又响起了一声破裂声，这是一只玻璃水杯从一名物理学家手中掉下去的声音。引起他们震惊的原因同其他人不一样，不是星图盘，而是丁仪话中的含义。

"您是说……"一名宇宙学家死死地盯住丁仪，话卡在喉咙里说不出来。

"是的。"丁仪点点头，然后对省长说，"他们明白了。"

"那么，这就是统一场数学模型的计算结果中那个负时间参量的含义？"一名物理学家恍然大悟地说。丁仪点点头。

"为什么不早些把它公布于世？您太不负责任了！"另一名物理学家愤怒地说。

"有什么用？只能引起全世界范围的混乱，对时空，我们能做些什么？"

"你们都在说些什么？"省长一头雾水地问。

"坍缩……"台长，同时是一名天体物理学家，做梦似的喃喃地说。

"宇宙坍缩会对人类产生影响，是吗？"

"影响？不，它将改变一切。"

"能改变什么呢？"

科学家们都在匆匆地整理着自己的思绪，没人回答他。

"你们就告诉我，坍缩时，或宇宙蓝移开始时，会发生什么？"省长着急地问。

"时间将反演。"丁仪回答。

"……反演？"省长迷惑地望望台长，又望望丁仪。

"时光倒流。"台长简短地解释。

巨型屏幕这时修好了，壮丽的宇宙出现在大家面前。为了使坍缩的出现更为直观，太空望远镜发回的图像由计算机进行变频处理，并对频率变化所产生的色彩效应进行了视觉上的夸张。现在所有的恒星和星系发出的光在大屏幕上都呈红色，象征着目前膨胀中宇宙的红移。当坍缩开始时，它们将同时变为蓝色。屏幕的一角显示出蓝移出现的倒计时：一百五十秒。

"我们的时间随宇宙膨胀了二百亿年，但现在，这膨胀的时间只剩不到三分钟了。之后，时间将随宇宙坍缩，时光将倒流。"丁仪走到木然的台长面前，指指摔碎的星图盘，"不必为这件古物而痛心，蓝移出现后不久，碎片就会重新复原，它会回到陈列柜中去，多少年以后，回到土中深埋，再过几千年的时间，它将回到燃烧的窑中，然后作为一团潮泥回到那位上古天文学家的手中……"他走到那位年轻的女工程师身边，"也不要为你的父亲悲伤，他将很快复活，你们很快就会见面。如果父亲对你很重要，你应该感到安慰，因为在坍缩的宇宙中，他比你长寿，他将看着你作为婴儿离开这个世界。是的，我们这些老人都是刚刚踏上人生旅途，而你们年轻人则已近暮年，或者说幼年。"他又走到省长面前，"如果过去没有，那么长江的洪水未来永远不会在您的任期内越出江堤，因为现在宇宙中的未来只剩一百秒了。坍缩宇宙中的未来就是膨胀宇宙中的过去。最大的险情要到一九九八年才会出现，但那时您的生命已接近幼年，那不是您的责任了。还有一分钟，现在无论做什么，都不会对将来产生后果，大家可以做各自喜欢的事情而不必顾虑将来，在这个时间里已经没有将来了。至于我，我现在只是干我喜欢，但以前由于气管炎而不能干的一件小事。"丁仪又用大烟斗从口袋里挖了一锅烟丝点上，悠然地抽了起来。

蓝移倒计时五十秒。

"这不可能！"省长叫道，"从逻辑上这说不通，时间反演？一切都将反过来进行，难道我们倒着说话吗？这太难以想象了！"

"您会适应的。"

蓝移倒计时四十秒。

"也就是说，以后的一切都是重复，那历史和人生变得多么乏味。"

"不会的，你将在另一个时间里，现在的过去将是您的未来，我们现在就在那时的未来里。您不可能记住未来，蓝移开始时，您的未来一片空白，对它，您什么都不记得，什么都不知道。"

蓝移倒计时二十秒。

"这不可能！"

"您将会发现，从老年走向幼年，从成熟走向幼稚是多么合理，多么理所当然，如果有人谈起时间还有另一个流向，您会认为他是痴人说梦。快了，还有十几秒，十几秒后，宇宙将通过一个时间奇点，在那一点时间不存在。然后，我们将进入坍缩宇宙。"

蓝移倒计时八秒。

"这不可能！真的不可能！"

"没关系，您很快就会知道的。"

蓝移倒计时五秒，四，三，二，一，零。

宇宙中的星光由使人烦躁的红色变为空洞的白色……

……时间奇点……

……星光由白色变为宁静美丽的蓝色，蓝移开始了，坍缩开始了。

……

……

……星光由白色变为宁静美丽的蓝色，蓝移开始了，坍缩开始了。

……时间奇点……

宇宙中的星光由使人烦躁的红色变为空洞的白色……

蓝移倒计时五秒，四，三，二，一，零。

"没关系，您很快会知道的。"

"这不可能！真的不可能！"

蓝移倒计时八秒。

"……多么理所当然，如果有人谈起时间还有另一个流向，您会认为他是痴人说梦。快了，还有十几秒，十几秒后，宇宙将通过一个时间奇点，在那一点时间不存在。然后，我们将进入坍缩宇宙。"

宇宙重生的恢宏颂歌

——《坍缩》中的科幻景观

高亚斌

刘慈欣是文体意识很强的作家，他在科幻小说的表现主题和创作风格方面，都进行了积极有效的探索。《坍缩》是刘慈欣最早的作品之一，小说通过宇宙坍缩、时光倒流等奇幻现象的叙述，对无比恢宏的宇宙唱出了一曲壮丽的颂歌。与此同时，也塑造了科学家献身科学、达观睿智的动人形象，对人类的智慧发出了由衷的礼赞。

刘慈欣具有出类拔萃的想象力，加之其深厚的科学知识素养与积淀，使他的科幻创作，从一开始就表现得出手不凡。1999 年，他在《科幻世界》上发表科幻小说《宇宙坍缩》（又名《坍缩》），同年，他在《科幻世界》上还发表了《鲸歌》《微观尽头》《带上她的眼睛》三个短篇，基本奠定了他今后写作的路向。

一、构建宏大的宇宙主题

对人类存在与人的命运的关注，对宇宙灾难与自然灾害的叙写，对人类未来生存状态的探索，是科幻小说所着力表现的重要领域之一，也是刘慈欣科幻小说创作一以贯之的主题。他总是怀着超时代的忧患意识和持之以恒的探索热情，以抒情的笔调和富有浪漫主义的叙事手法，揭示这个世界的未知奥秘和无穷无尽的可能性，展现科学创造的恢宏景观，奏响人类智慧荡气回肠的颂歌。

《坍缩》是刘慈欣最早的作品之一，它和《微观尽头》是作家自己所称的创作第一阶段的纯科幻代表性作品，开启了他诸如太空探索、外星文明、地球灾难、生存困境等主题。这些主题都关涉科技发展的前沿，很多是人类思维与认识尚未抵达的领域，它为人的想象力提供了一个无限辽阔深邃的表现领域。刘慈欣的小说大都与这一宏大的宇宙主题有关，便于作为承担科学知识的载体，来思考世界存在的奥秘，是他小说创作所致力的方向。他曾经说过："几乎所有科幻小说的顶峰之作都是在对这种未来的描写中产生的。在对未来的黑暗和灾难的描写中，他们创造了最让人难忘的幻想世界，挖掘了最深刻的主题"[1]，可以看出，他的所有作品，都是向着创造"最让人难忘的幻想世界"、挖掘"最深刻的主题"的主旨靠近，都是向着所谓"顶峰之作"的迈进。

《坍缩》叙写科学家通过国家天文台最大的观测厅观察宇宙坍缩的瞬间所发生的情景，正如小说主人公、科学家丁仪所料，宇宙坍缩的现象准时发生，时间开始逆向回流，往事重现，人们都亲眼目睹了这一宇宙奇观的壮丽过程。小说的故事虽然发生在中国，但已超越了国度的界限，成为全球性乃至整个宇宙的一大事件。可见，在创作之初，刘慈欣就已经突破了将科幻小说作为科普宣传以及"科学救国"等科幻小说创作主题的阈限，而直接抵达了星空、天际、宇宙、世界的宏大层面，显露出作家非凡的想象力。

在一篇随笔中，刘慈欣曾经提到美国短篇科幻小说《时光倒流》，小说讲述在没有任何技术背景下时光倒流的故事，这篇小说肯定对《坍缩》有所启发。但是，与之不同，在《坍缩》中，他为不可思议的时光倒流景观设置了令人信服的科学理论支撑，从而使之显得极其自然、合乎情理。宇宙坍缩是人力难以左右的自然现象，但是，人类却能够凭借自己卓越的智慧，洞悉宇宙的神秘力量，感受其浩大无比与恢宏壮丽。诚如有论者所言："在叙事特征上，刘慈欣承袭了古典主义科幻小说中节奏紧张、情节生动的特征，并且在看似平实拙朴的语言中，浓墨重彩地渲染了科学和自然的伟大力量。"[2]

同刘慈欣其他科幻小说一样,《坍缩》这篇小说带给我们的,是一种来自宇宙力量的巨大震撼;同时,它又以极其富有吸引力的情节,演绎叙说了人类智慧与精神力量的无与伦比,是对人类自身的无比崇高的礼赞,洋溢着明朗激昂的浪漫主义激情。

二、在现实与永恒之间

在小说创作中,刘慈欣善于以超乎寻常的想象力和出人意料的构思,把读者裹挟进小说的叙事氛围,产生强烈的共鸣。小说以即将出现的宇宙坍缩这一事件,作为牵动人心的绝好契机,在此过程中,作家设置了抗洪救灾和宇宙坍缩两个毫不相干并且几乎天壤悬隔的事件,抗洪救灾是短期的社会事件,是现实的当务之急,与宇宙的坍缩相比,它没有能够影响整个历史和人类发展进程的永恒意义。对于普通的人们来说,抗洪救灾、救民水火,是刻不容缓的大事,但是,对于包括科学家在内的知识分子精英阶层来说,他们所关心的是更加深远和属于未来的东西,是世界的本质、宇宙的真谛乃至人类存在的终极意义。正是在现实与永恒的两相比照中,作家呈现了科学家超越现实的献身精神与人格魅力,从而彰显了科学的伟大价值与永恒意义,并形成了有趣的张力与冲突,令人回味无穷。这样的情节设置,在后来的《乡村教师》等小说中再度出现:一个普通教师为了向学生传递科学精神的微薄努力,避免了来自银河系的毁灭地球的灭顶之灾,科学的非凡意义与深远价值,起到了振聋发聩和直击人心的艺术效果。

尽管刘慈欣指出,他早期小说并不重视文学性和人物形象的塑造,“其中除了科幻构思外再没有其他东西”[3],属于所谓“纯科幻”的小说,但是,作为小说的创作形式,他还是难以回避人物形象在小说中的必要存在。《坍缩》中,出现了科学家和省长这两个截然不同的主要形象,两人都具有高度的社会责任感,在不同层面上承担着社会发展和历史进步的使命,但相较而言,省长是世俗社会的象征,而科学家则是精神世界的象征。正如小说中的省长对科学家丁仪所说:“我们生活在两个完全不同的世界里”,“我的世界是一个现实的、无诗意的、繁琐的世界,我们整天像蚂蚁一样忙碌,目光也像蚂蚁一样受到局限……您的思想跨越上百光年的空间和上百亿年的时间，地球对于您只是宇宙中的一粒灰尘，现世对于您只是永恒中短得无法测量的一瞬"。的确，普通人只是在现实社会中发挥作用，而科学家则具有一种超越现实的超前意识和预知能力；芸芸众生只拘囿于眼前的事物，而作为知识分子精英的科学家，则能够摆脱平庸现实的束缚，抵达事物的本质的内核和世界终极的真相。正是在对这两个人物形象的比照中，作家凸显出一个睿智、冷静、临危不乱、处事不惊的科学家的动人形象，坦露出他富有智慧而又极有远见的博大浩瀚、气度恢宏的内心世界。

在刘慈欣许多小说中，都特意引入了某些迥异于科学家的世俗角色形象，《坍缩》中的省长形象即是一例。这种角色设置，一方面，可以通过不同人物形象性格气质的对比，呈现科学家异乎常人的精英思想；另一方面，这类世俗角色的介入，也有利于打破科幻小说趋于狭隘的人物谱系，拓展科幻小说的表现主题。同时，在科幻小说中吸纳不同小说的表达元素的探索，有利于向雅文学与大众文学的双重靠拢，推动科幻文学文体的自身建设。

三、创世神话与宗教意味

神话故事是古代人们试图阐释世界的一种文学表达，而宗教则是对于宇宙法则的揭示与破译，在这一层面上，神话代表了人们业已获得的科学知识，而宗教则承担了对现存世界的阐释功能。因此，许多科幻作家都致力于向古老的神话汲取创作灵感，进行如宗教般的终极追问与探索。由于关涉到宇宙变迁、世界起源、地球灾难、人类存在等宏大主题，科幻小说与神话宗教发生了深刻的精神联系。对此，刘慈欣曾明确提出："要注意到科幻文学的一个重要特性：现代神话性质"[3]，在《坍缩》中，正是通过引人入胜的故事情节和形象生动的文字描述，呈现出一幕雄奇壮观的现代神话的情景。

刘慈欣在随笔中说过，一个人的末日体验是一种很珍贵的体验，从小说的整体构思来说，《坍缩》为我们提供了某种末日体验：在坍缩的过程发生前夕，整个宇宙时空，包括地球和人类，都处于类似世界末日般的境遇中，坍缩之后世界的面貌会如何变化，都有着难以预知的不确定性，人类自身的命运也令人担忧，直到坍缩现象发生后，整个宇宙似乎经历了末日之后的涅槃再生，人们才意识到了宇宙的神奇新生。基于此，作家在小说中提出了关于世界、时间及人之存在的一个大胆构想：在特殊的情境下，什么都可以向过去重新返回，那么，生命可以不死，万物可以轮回，时间可以不断再生，过去又可以重新来过，宇宙自身本来就具有生生不息的不朽生命力，这不正和宗教文化中的各种观念以及宗教故事的诸多情节惊人相似吗？

同时，《坍缩》又表现了一个倒叙形式的"创世纪"的故事：一旦发生了坍缩现象，溯着历史之河，一切又开始逆过程地呈现，昨天成为明天、而明天则成为昨天，往事成为未来，死亡可以复生……借助科学的手段，小说使人们有幸目睹了宇宙的辉煌重生过程，也可以说是基督教的"创世纪"的一个逆过程。如刘慈欣所言："主流文学描写上帝已经创造的世界，科幻文学则像上帝一样创造世界再描写它。"[4]上帝用不可思议的神力来创造世界，科学家则用非凡的智慧来创造世界。在由自由王国进入必然王国的科学史进程中，人类也在不断制造着惊心动魄的科学奇迹，改变着宇宙的秩序和世界的面貌，而优秀的科学家则无疑充当了造物主或上帝的伟大角色。在《坍缩》中，科学家也是承担了上帝的角色职能，他通过对宇宙坍缩现象的预知和把握，宣告了一个新世界的到来。

而且，在小说的行文中，也能体现出某些宗教意味。比如，在小说开头，那些等待坍缩奇观的人们，"他们静静地坐着，等着那一时刻，就像刚刚用泥土做成的亚当夏娃等着上帝那一口生命之气一样"，宛如那种宗教传说中的创世情景；而当女工程师的父亲去世后，科学家对于死亡的超脱态度，也多少具有道家思想的意味。此外，还有时空轮回重现的情景，以及科学家丁仪在坍缩前夕对待一切事物的超然态度等，都多少带有宗教文化的叙事特征。而且，在某种意义上，《坍缩》中的抗洪救灾和宇宙坍缩事件，以及科学家和省长的不同职能，都可以说是此岸的现实世界与彼岸的宗教世界的差异与分野，这就使小说呈现出某种宗教的意味。

本来，当人们面对这浩大而玄妙的世界，以及它无与伦比的宏大秩序时，就会不由自主地发出由衷的赞叹，与此同时，一种源自外物和发自内心的宗教感，也会油然而生。因此，科学家执着寻求世界真理的过程，也可以说是一个艰难的朝圣过程。对于优秀的科幻作家而言，他要用充满想象力的文字书写宇宙，这在某种程度上就需要作家有一定的宗教意识的参与。借用刘慈欣之言："创造一个在所有细节上都栩栩如生的想象世界是十分困难的，需要深刻的思想，需要在宏观和微观上都强劲有力、游刃有余的想象力，需要从虚无中创世纪的造物主的气魄"[5]。同时，宗教精神也体现出作家对于现实世界的超越，正是由于宗教精神的介入，才使作家的创作进入了一个无比深邃、意蕴深厚的思想空间和艺术境地。

四、文体探索与忧患意识

刘慈欣是一个先锋意识很强的科幻作家，他称得上是科幻领域的"文体家"。他的许多作品都是文体意义上的探索之作。

首先，刘慈欣着意追求小说中的科学因素，他力图淡化小说的人物、情节等传统小说的主要因素，而致力于彰显小说的科学性与思想性。如评论者所言："科幻文学作为独立的文学类型，肯定应该具有某种区别于其他文学类型的核心价值！"[6]刘慈欣早期的小说，无论《坍缩》还是《微观尽头》《梦之海》《朝闻道》，都是以科学作为叙事重心，凸显科学的崇高。而且在刘慈欣小说中，作家所关注的并不是世界的现实面貌，而是它无穷无尽的可能性。作家以科学的视角揭示了世界不可思议的各种可能，呈现出宇宙及科学神秘莫测的美感，这正是作家在不同场合所表达的"科学之美"。

其次，他具有"核心科幻"的创作理念。在他每一部小说中，都有着某一科学知识或特定理论的主体构架，比如《坍缩》中宇宙坍缩事件、《微观尽头》中击穿夸克微粒的实验、《朝闻道》中的真空衰变现象、《球状闪电》中的球状闪电等。有了这一"核心科幻"的科学知识或认知理论作为小说的叙事支撑，使小说的展开有了相对集中的出发点与归宿，也便于寓科学知识的传播于生动的文学叙事之中，使小说成为"经以科学，纬以人情"[7]的特殊文体。他此后的小说，如《月夜》《山》等，乃至《三体》，几乎都具有这种"核心科幻"的构思模式，形成了刘慈欣小说独特的叙事理念和创作风格。

此外，刘慈欣非常重视小说表达主题和叙事风格的革新，为此，他时刻在对自己的创作做出恰当的反思与调整。他把自己的创作历程分为三个阶段，即"纯科幻阶段""人与自然的阶段"和"社会实验阶段"[3]，每个阶段的过程，即是一种有意识的探索和突破。他尤其看重小说悬念的设置和解除过程，悬念始终是他推动小说情节发展的一个关键因素。他善于在小说情节的展开过程中，抽丝剥茧、层层设伏，使小说显得起伏有致、引人入胜，具有极强的传奇性和可读性。从读者接受的角度看来，悬念的设置，还可以让读者在不断的阅读期待受挫的体验中，经受不同的阅读挑战和考验，经历一次次"灵魂的奇遇"（法朗士语），达到阅读的巅峰。

刘慈欣是忧患意识非常强烈的作家，当大多数人在蒙昧无知的状态中安然酣睡、毫不觉醒时，他已把饱含忧患的目光投向了未来。他的许多作品在对科学家们追求科学的精神与探索未知奥秘的热情极力揄扬之余，也伴随着人类防患于未然的忧患意识和深重的危机感。大到宇宙、小到地球，都是我们的家园，是我们生息繁衍、安身立命的所在，但是，这个家园并非安如磐石，可以高枕无忧，它面临着流星撞击、黑洞吞噬等形形色色的宇宙灾难，对人类的栖息之地造成了巨大的威胁。另外，还有来自外星文明的各种觊觎。如刘慈欣所描述的，外星文明犹如在宇宙丛林中游荡的各种猛兽，时刻准备对地球文明发起袭击，千万不能掉以轻心。另一方面，各种来自地球内部的自然灾害，诸如地震海啸、火山喷发、水旱灾害、工业污染、极端气候、生态恶化、人口膨胀等严重问题，也在考验着地球的环境和人类的生存。科学家往往是最杞人忧天的一群，由于他们身上所具有的前瞻性和超前意识，他们最早敲响了人类的警世钟。如鲁迅等"五四"新文化运动的先驱者一样，刘慈欣所做的，也是在民众生存的凡俗世界中进行"呐喊"和"疗救"工作，从而通过科幻文学播撒科学启蒙的精神火种。

参考文献

[1]刘慈欣. 重建科幻文学的信心［N］. 文艺报，2015-08-28.

［2］王泉根. 现代中国科幻文学主潮［M］. 重庆：重庆出版社，2011：376.

［3］刘慈欣. 重返伊甸园——科幻创作十年回顾［J］. 南方文坛，2010（6）.

［4］刘慈欣. 从大海见一滴水——对科幻小说中某些传统文学要素的反思［J］. 科普研
　　究，2011（6）.

［5］刘慈欣.《球状闪电》后记［M］//刘慈欣·球状闪电. 成都：四川科学技术出版社，2005.

［6］王瑶. 我依然想写出能让自己激动的科幻小说——作家刘慈欣访谈录［J］. 文艺研究，
　　2015（12）.

［7］鲁迅. 月界旅行·辨言［M］//鲁迅. 鲁迅全集：第10卷. 北京：人民文学出版社，
　　1987：151.

（高亚斌：文学博士，兰州交通大学文学院副教授）

带上她的眼睛

刘慈欣

连续工作了两个多月，我实在累了，便请求主任给我两天假，出去短暂旅游一下散散心。主任答应了，条件是我再带一双眼睛去。我也答应了，于是他带我去拿眼睛。眼睛放在控制中心走廊尽头的一个小房间里，现在还剩下十几双。

主任递给我一双眼睛，指指前面的大屏幕，把眼睛的主人介绍给我。她好像是一个刚毕业的小姑娘，呆呆地看着我。在肥大的太空服中更显娇小，一副可怜兮兮的样子，显然刚刚体会到太空不是她在大学图书馆中想象的浪漫天堂，某些方面甚至可能比地狱还稍差些。

"麻烦您了，真不好意思。"她连连向我鞠躬。这是我听到过的最轻柔的声音，我想象着这声音从外太空飘来，像一阵微风吹过轨道上那些庞大粗陋的钢结构，使它们立刻变得像橡皮泥一样软。

"一点儿都不，我很高兴有个伴儿的。你想去哪儿？"我豪爽地说。

"什么？您自己还没决定去哪儿？"她看上去很高兴。但我立刻感到两个异样的地方，其一，地面与外太空通信都有延时。即使在月球，延时也有两秒钟，小行星带延时更长，但她的回答几乎感觉不到延时。这就是说，她现在在近地轨道，那里回地面不用中转，费用和时间都不需多少，没必要托别人带眼睛去度假。其二，是她身上的太空服。作为航天个人装备工程师，我觉得这种太空服很奇怪：在服装上看不到防辐射系统，放在她旁边的头盔的面罩上也没有强光防护系统；我还注意到，这套服装的隔热和冷却系统异常发达。

"她在哪个空间站？"我扭头问主任。

"先别问这个吧。"主任的脸色很阴沉。

"别问好吗？"屏幕上的她也说，还是那副让人心软的小可怜样儿。

"你不会是被关禁闭了吧？"我开玩笑说，因为她所在的舱室十分窄小，显然是一个航行体的驾驶舱，各种复杂的导航系统此起彼伏地闪烁着，但没有窗子，也没有观察屏幕，只有一支在她头顶打转的失重的铅笔说明她是在太空中。听了我的话，她和主任似乎都愣了一下，我赶紧说："好，我不问自己不该知道的事了，你还是决定我们去哪儿吧。"

这个决定对她很艰难，她的双手握在胸前，双眼半闭着，似乎是在决定生存还是死亡，或者认为地球在我们这次短暂的旅行后就要爆炸了。我不由笑出声来。

"哦，这对我来说不容易，您要是看过海伦·凯勒的《假如给我三天光明》的话，就能明白这多难了！"

"我们没有三天，只有两天。在时间上，这个时代的人都是穷光蛋。但比那个 20 世纪的盲人幸运的是，我和你的眼睛在三小时内可以到达地球的任何一个地方。"

"那就去我们起航前去过的地方吧！"她告诉了我那个地方，于是我带着她的眼睛去了。

草　原

这是高山与平原、草原与森林的交接处，距我工作的航天中心有两千多公里，乘电离层飞机只用了 15 分钟就到了。面前的塔克拉玛干，经过几代人的努力，已由沙漠变成了草原，又经过几代强有力的人口控制，这儿再次变成了人迹罕至的地方。现在，大草原从我面前一直延伸到天边，背后的天山覆盖着暗绿色的森林，几座山顶还有银色的雪冠。我掏出她的眼睛戴上。

所谓眼睛，就是一副传感眼镜。当你戴上它时，你所看到的一切图像会由超高频信息波发射出去，被远方的另一个戴同样传感眼镜的人接收到，于是那人就能看到你所看到的一切，就像你带着那人的眼睛一样。

现在，长年在月球和小行星带工作的人已有上百万，他们回地球度假的费用是惊人的。于是，吝啬的宇航局就设计了这玩意儿，使每个生活在外太空的宇航员在地球上都有了另一双眼睛，由地球上真正能去度假的幸运儿带上这双眼睛，让身处外太空的那个思乡者分享他的快乐。这个小玩意开始被当作笑柄，但后来由于用它"度假"的人能得到可观的补助，竟流行开来。最尖端的技术被采用，这人造眼睛越做越精致，现在，它竟能通过采集戴着它的人的脑电波，把他（她）的触觉和味觉一同发射出去。多带一双眼睛去度假成了宇航系统地面工作人员从事的一项公益活动。当然，由于度假中的隐私等原因，并不是每个人都乐意再带双眼睛，但我这次无所谓。

我对眼前的景色大发感叹，但从她的眼睛中，我听到了一阵轻轻的抽泣声。

"上次离开后，我常梦到这里，现在回到梦里来了！"她细细的声音从她的眼睛中传出来，"我现在就像从很深很深的水底冲出来呼吸到空气，我太怕封闭了。"

我真的听到她在做深呼吸。

我说："可你现在并不封闭，同你周围的太空比起来，这草原太小了。"

她沉默了，似乎连呼吸都停止了。

"啊，当然，太空中的人还是封闭的。20世纪的一个叫耶格尔的飞行员曾有一句话，是描述飞船中的宇航员的，说他们像……"

"罐头里的肉。"

我们都笑了起来。她突然惊叫："呀，花儿，有花啊！上次我来时没有的！"是的，辽阔的草原上到处点缀着星星点点的小花。"能近些看看那朵花吗？"我蹲下来看，"呀，真美耶！能闻闻它吗？不，别拔下它！"我只好半趴到地上闻，一缕淡淡的清香，"啊，我也闻到了，真像一首隐隐传来的小夜曲呢！"

我笑着摇摇头，这是一个闪电变幻、疯狂追逐的时代，女孩子们都浮躁到了极点，像这样的见花落泪的林妹妹真是太少了。

"我们给这朵小花起个名字好吗？嗯……叫她梦梦吧。我们再看看那一朵好吗？它该叫什么呢？嗯，叫小雨吧；再看那一朵，啊，谢谢，看它的淡蓝色，它的名字应该是月光……"

我们就这样一朵朵地看花，闻花，然后再给它们起名字。她陶醉于其中，没完没了，忘记了一切。我对这套小女孩的游戏实在厌烦了，到我坚持停止时，我们已给上百朵花起了名字。

一抬头，我发现已走出了好远，便回去拿丢在后面的背包。当我拾起草地上的背包时，又听到了她的惊叫："天啊，你把小雪踩住了！"我扶起那朵白色的野花，觉得很可笑，就用两只手各捂住一朵小花，问她："它们都叫什么？长什么样儿？"

"左边那朵叫水晶，也是白色的，它的茎上有分开的三片叶儿；右边那朵叫火苗，粉红色，茎上有四片叶子，上面两片是单的，下面两片连在一起。"

她说的都对，我有些感动了。

"你看，我和它们都互相认识了。以后漫长的日子里，我会好多次一遍遍地想它们每一个的样儿，像背一本美丽的童话书。你那儿的世界真好！"

"我这儿的世界？要是你再这么孩子气地多愁善感下去，那些挑剔的太空心理医生会让你永远待在地球上。"

我在草原上无目标地漫步，很快来到一条隐没在草丛中的小溪旁。我迈过去，继续向前走，她叫住了我，说："我真想把手伸到小溪里。"我蹲下来把手伸进溪水，一股清凉流遍全身。她的眼睛用超高频信息波把这感觉传给远在太空中的她，我又听到了她的感叹。

"你那儿很热吧？"我想起了她那窄小的控制舱和隔热系统异常发达的太空服。

"热，热得像……地狱。呀，天啊，这是草原的风！"这时我刚把手从水中拿出来，微风吹在湿手上凉丝丝的，"不，别动，这真是天国的风呀！"我把双手举在草原的微风中，直到手被吹干。然后应她的要求，我又把手在溪水中打湿，再举到风中把天国的感觉传给她。我们就这样又消磨了很长时间。

我再次上路后，沉默地走了一段，她又轻轻地说："你那儿的世界真好。"

我说："我不知道，灰色的生活把我这方面的感觉都磨钝了。"

"怎么会呢？这世界能给人多少感觉啊！谁要能说清这些感觉，就如同说清大雷雨有多少雨点一样。看天边那大团的白云，银白银白的，我觉得它们好像是固态的，像发光玉石构成的高山。下面的草原，倒像是气态的，好像所有的绿草都飞离了大地，成了一片绿色的云海。看！当那片云遮住太阳又飘开时，草原上光和影的变幻是多么气势磅礴啊！看看这些，您真的感受不到什么吗？"

……

我带着她的眼睛在草原上转了一天。她渴望看草原上的每一朵野花，每一棵小草，看草丛中跃动的每一缕阳光，渴望听草原上的每一种声音。一条突然出现的小溪，小溪中的一条小鱼，都会令她激动不已；一阵不期而至的微风，风中一缕绿草的清香都会让她落泪……我感到，她对这个世界的情感已丰富到病态的程度。

日落前，我走到了草原中一间孤零零的白色小屋，那是为旅游者准备的一间小旅店，似乎好久没人光顾了，只有一个迟钝的老式机器人照看着旅店里的一切。我又累又饿，可晚饭只吃到一半，她又提议我们立刻去看日落。

"看着晚霞渐渐消失，夜幕慢慢降临森林，就像在听一首宇宙间最美的交响曲。"她陶醉地说。我暗暗叫苦，但还是拖着沉重的双腿去了。

草原的落日确实很美，但她对这种美倾泻的情感使这一切蒙上了一种异样的色彩。

"你很珍视这些平凡的东西。"回去的路上我对她说，这时夜色已很深，星星满天。

"你为什么不呢？这才像在生活。"她说。

"我，还有其他的大部分人，不可能做到这样。在这个时代，得到太容易了。物质的东西自不必说，蓝天绿水的优美环境、乡村和孤岛的宁静都可以毫不费力地得到；甚至以前人们认为最难寻觅的爱情，在虚拟现实网上至少也可以暂时体会到。所以人们不再珍视什么了，面对着一大堆伸手可得的水果，他们把拿起的每一个咬一口就扔掉。"

"但也有人面前没有这些水果。"她低声说。

我感觉自己刺痛了她，但不知为什么。回去的路上，我们都没再说话。

这天夜里，梦境中，我看到了她，穿着太空服在那间小控制舱中，眼里含着泪，向我伸出手来喊："快带我出去，我怕封闭！"我惊醒了，发现她真在喊我，我是戴着她的眼睛仰躺着睡的。

"请带我出去好吗？我们去看月亮，月亮该升起来了！"

我脑袋发沉，迷迷糊糊，很不情愿地起了床。到外面后发现月亮真的刚升起来，草原上的夜雾使它有些发红。月光下的草原也在沉睡，有无数萤火虫的幽光在朦朦胧胧的草海上浮动，仿佛是草原的梦在显形。

我伸了个懒腰，对着夜空说："喂，你是不是从轨道上看到了月光照到这里了？告诉我你的飞船的大概方位，说不定我还能看到呢，我肯定它是在近地轨道上。"

她没有回答我的话，而是轻轻哼起了一首曲子。一小段旋律过后，她说："这是德彪西的《月光》。"又接着哼下去，陶醉于其中，完全忘记了我的存在。《月光》的旋律同月光一起从太空降落到草原上。我想象着太空中的那个娇弱的女孩，她的上方是银色的月球，下面是蓝色的地球，小小的她从中间飞过，把音乐融入月光……

直到一个小时后我回去躺到床上，她还在哼着音乐，但是不是德彪西的我就不知道了。那轻柔的乐声一直在我的梦中飘荡。

不知过了多久，音乐变成了呼唤，她又叫醒了我，还要出去。

"你不是看过月亮了吗？"我生气地说。

"可现在不一样了，记得吗？刚才西边有云的，现在那些云可能飘过来了，现在月亮正在云中时隐时现呢，想想草原上的光和影，多美啊，那是另一种音乐。求你带上我的眼睛出去吧！"

我十分恼火，但还是出去了。云真的飘过来了，月亮在云中穿行，草原上大块的光斑在缓缓浮动，如同大地深处浮现的远古的记忆。

"你像是来自18世纪的多愁善感的诗人，完全不适合这个时代，更不适合当宇航员。"我对着夜空说，然后摘下她的眼睛，挂到旁边一棵红柳的枝上，"你自己看月亮吧，我真的得睡觉去了，明天还要赶回航天中心，继续我那毫无诗意的生活呢。"

她的眼睛中传出了她细细的声音，我听不清说什么，径自回去了。

我醒来时天已大亮，阴云已布满了天空，草原笼罩在蒙蒙的小雨中。她的眼睛仍挂在红柳枝上，镜片蒙上了一层水雾。我小心地擦干镜片，戴上它。原以为她看了一夜月亮，现在还在睡觉，但我却从她的眼睛中听到了她低低的抽泣声，我的心一下子软下来。

"真对不起，我昨晚实在太累了。"

"不，不是因为你，呜呜，天从三点半就阴了，五点多又下起雨……"

"你一夜都没睡？"

"……呜呜，下起雨，我，我看不到日出了，我好想看草原的日出，呜呜，好想看的，呜……"

我的心像是被什么东西融化了，脑海中浮现出她眼泪汪汪、小鼻子一抽一抽的样儿，眼睛竟有些湿润。不得不承认，在过去的一天一夜里，她教会了我某种东西，一种说不清的东西，像月夜中草原上的光影一样朦胧。由于她，以后我眼中的世界与以前会有些不同了。

"草原上总还会有日出的，以后我一定会再带你的眼睛来，或者，带你本人来看，好吗？"

她不哭了，突然，她低声说："听……"

我没听见什么，但紧张起来。

"这是今天的第一声鸟叫，雨中也有鸟呢！"她激动地说，那口气如同听到庄严的世纪钟声一样。

落日六号

又回到了灰色的生活和忙碌的工作中，以上的经历很快就淡忘了。很长时间后，当我想起洗那些旅行时穿的衣服时，在裤脚上发现了两三颗草籽。同时，在我的意识深处，也有一棵小小的种子留了下来。在我孤独寂寞的精神沙漠中，那颗种子已长出了令人难以察觉的绿芽。虽然是无意识的，当一天的劳累结束后，我已能感觉到晚风吹到脸上时那淡淡的诗意，鸟儿的鸣叫已能引起我的注意，我甚至黄昏时站在天桥上，看着夜幕降临城市……世界在我的眼中仍是灰色的，但星星点点的嫩绿在其中出现，并在增多。当这种变化发展到让我觉察出来时，我又想起了她。

也是无意识地，在闲暇时甚至睡梦中，她身处的环境常在我的脑海中出现，那封闭窄小的控制舱、奇怪的隔热太空服……后来这些东西在我的意识中都隐去了，只有一样东西凸现出来，那就是在她头顶上打转的失重的铅笔。不知为什么，一闭上眼睛，这只铅笔总在我的眼前飘浮。终于有一天，我走进航天中心高大的门厅，一幅见过无数次的巨大壁画把我吸引住了，壁画上是从太空中拍摄的蔚蓝色的地球。那只飘浮的铅笔又在我的眼前出现了，同壁画叠印在一起，我又听到了她的声音："我怕封闭……"一道闪电在我的脑海里出现。

除了太空，还有一个地方会失重！

我发疯似的跑上楼，猛砸主任办公室的门。他不在，我心有灵犀地知道他在哪儿，就飞跑到存放眼睛的那个小房间。他果然在里面，正看着大屏幕。她在大屏幕上，还在那个封闭的控制舱中，穿着那件"太空服"。画面凝固着，是以前录下来的。"是为了她来的吧？"主任说，眼睛还看着屏幕。

"她到底在哪儿？"我大声问。

"你可能已经猜到了，她是'落日六号'的领航员。"

一切都明白了，我无力地跌坐在地毯上。

"落日工程"原计划发射十艘飞船，它们是"落日一号"到"落日十号"，但计划由于"落日六号"的失事而中断了。"落日工程"是一次标准的探险航行，它的航行程序同航天中心的其他航行几乎一样。

唯一不同的是，"落日"飞船不是飞向太空，而是潜入地球深处。

第一次太空飞行一个半世纪后，人类开始了向相反方向的探险，"落日"系列地航飞船就是这种探险的首次尝试。

四年前，我在电视中看到过"落日一号"发射时的情景。那时正是深夜，吐鲁番盆地的中央出现了一个如太阳般耀眼的火球，火球的光芒使新疆夜空中的云层变成了绚丽的朝霞。当火球暗下来时，"落日一号"已潜入地层。大地被烧红了一大片，这片圆形的发着红光的区域中央，是一个岩浆的湖泊，白热化的岩浆沸腾着，激起一根根雪亮的浪柱……那一夜，远至乌鲁木齐，都能感到飞船穿过地层时传到大地上的微微振动。

"落日工程"的前五艘飞船都成功地完成了地层航行，安全返回地面。其中，"落日五号"创造了迄今为止人类在地层中航行深度的记录：海平面下3100公里。"落日六号"不打算突破这个记录。因为据地球物理学家的结论，在地层3400 ~ 3500公里深处，存在着地幔和地核的交界面，学术上把它叫作"古腾堡不连续面"，一旦通过这个交界面，便进入地球的液态铁镍核心，那里物质密度骤然增大，"落日六号"的设计强度是不允许在如此大的密度中航行的。

"落日六号"的航行开始很顺利，飞船只用了两个小时便穿过了地壳和地幔的交界面——莫霍不连续面，并在大陆板块漂移的滑动面上停留了五个小时，然后开始了在地幔中3000多公里的漫长航行。宇宙航行是寂寞的，但宇航员们能看到无垠的太空和壮丽的星群；而地航飞船上的地航员们，只能凭感觉触摸飞船周围不断向上移去的高密度物质。从飞船上的全息后视电视中能看到这样的情景：炽热的岩浆刺目地闪亮着，翻滚着，随着飞船的下潜，在船尾飞快地合拢起来，瞬间充满了飞船通过的空间。有一名地航员回忆：他们一闭上眼睛，就看到了飞快合拢并压下来的岩浆，这个幻象使航行者意识到压在他们上方那巨量的并不断增厚的物质，一种地面上的人难以理解的压抑感折磨着地航飞船中的每一个人，他们都受到这种封闭恐惧症的袭击。

"落日六号"出色地完成着航行中的各项研究工作。飞船的速度大约是每小时15公里，飞船需要航行200小时才能到达预定深度。但在飞船航行150小时40分钟时，警报出现了。从地层雷达的探测中得知，航行区的物质密度由每立方厘米6.3克猛增到9.5克，物质成分由硅酸盐类突然变为以铁镍为主的金属，物质状态也由固态变为液态。尽管"落日六号"当时只到达了2500公里的深度，目前所有的迹象却残酷地表明，他们闯入了地核！后来得知，这是地幔中一条通向地核的裂隙，地核中的高压液态铁镍充满了这条裂隙，使得在"落日六号"的航线上，古腾堡不连续面向上延伸了近1000公里！飞船立刻紧急转向，企图冲出这条裂隙，不幸就在这时发生了：由中子材料制造的船体顶住了突然增加到每平方厘米 1600 吨的巨大压力，但是，飞船分为前部烧熔发动机、中部主舱和后部推进发动机三大部分，当飞船在远大于设计密度和设计压力的液态铁镍中转向时，烧熔发动机与主舱结合部断裂，从"落日六号"用中微子通信发回的画面中我们看到，已与船体分离的烧熔发动机在一瞬间被发着暗红光的液态铁镍吞没了。地层飞船的烧熔发动机用超高温射流为飞船切开航行方向的物质，没有它，只剩下一台推进发动机的"落日六号"在地层中是寸步难行的。地核的密度很惊人，但构成飞船的中子材料密度更大，液态铁镍对飞船产生的浮力小于它的自重，于是，"落日六号"便向地心沉下去。

人类登月后，用了一个半世纪才有能力航行到土星。在地层探险方面，人类也要用同样的时间才有能力从地幔航行到地核。现在的地航飞船误入地核，就如同 20 世纪中期的登月飞船偏离月球迷失于外太空，获救的希望是丝毫不存在的。

好在"落日六号"主舱的船体是可靠的，船上的中微子通信系统仍和地面控制中心保持着完好的联系。以后的一年中，"落日六号"航行组坚持工作，把从地核中得到的大量宝贵资料发送到地面。他们被裹在几千公里厚的物质中，这里别说空气和生命，就连空间都没有，周围是温度高达 5000 度、压力可以把碳在一秒钟内变成金刚石的液态铁镍！它们密密地挤在"落日六号"的周围，密得只有中微子才能穿过，"落日六号"是处于一个巨大的炼钢炉中！在这样的世界里，《神曲》中的《地狱篇》像是在描写天堂了；在这样的世界里，生命算什么？仅仅能用脆弱来描写它吗？

沉重的心理压力像毒蛇一样噬咬着"落日六号"地航员们的神经。一天，船上的地质工程师从睡梦中突然跃起，竟打开了他所在的密封舱的绝热门！虽然这只是四道绝热门中的第一道，但瞬间涌入的热浪立刻把他烧成了一缕青烟。指令长在一个密封舱飞快地关上了绝热门，避免了"落日六号"的彻底毁灭。但他自己被严重烧伤，在写完最后一页航行日志后死去了。

从那以后，在这个星球的最深处，在"落日六号"上，只剩下她一个人了。

现在，"落日六号"内部已完全处于失重状态，飞船已下沉到 6800 公里深处，那里是地球的最深处，她是第一个到达地心的人。

她在地心的世界是那个活动范围不到 10 平方米的闷热的控制舱。飞船上有一个中微子传感眼镜，这个装置使她同地面世界多少保持着一些感性的联系。但这种如同生命线的联系不能长时间延续下去，飞船里中微子通信设备的能量很快就要耗尽，现有的能量已不能维持传感眼镜的超高速数据传输，这种联系在三个月前就中断了，具体时间是在我从草原返回航天中心的飞机上，当时我已把她的眼睛摘下来放到旅行包中。

那个没有日出的细雨蒙蒙的草原早晨，竟是她最后看到的地面世界。

后来"落日六号"同地面只能保持着语音和数据通信，而这个联系也在一天深夜中断了，她被永远孤独地封闭于地心中。

"落日六号"的中子材料外壳足以抵抗地心的巨大压力，而飞船上的生命循环系统还可以运行五十至八十年，她将在这不到 10 平方米的地心世界里度过自己的余生。

我不敢想象她同地面世界最后告别的情形，但主任让我听的录音却出乎我的意料。这时来自地心的中微子波束已很弱，她的声音时断时续，但这声音很平静。

"……你们发来的最后一份补充建议已经收到。今后，我会按照整个研究计划努力工作的。将来，可能是几代人以后吧，也许会有地心飞船找到'落日六号'并同它对接，有人会再次进入这里，但愿那时我留下的资料会有用。请你们放心，我会在这里安排好自己的生活。我现在已适应这里，不再觉得狭窄和封闭了，整个世界都围着我呀，我闭上眼睛就能看见上面的大草原，还可以清楚地看见每一朵我起了名字的小花呢。再见。"

透明地球

在以后的岁月中，我到过很多地方，每到一处，我都喜欢躺在那里的大地上。我曾经躺在海南岛的海滩上、阿拉斯加的冰雪上、俄罗斯的白桦林中、撒哈拉的沙漠里……每当此时，地球在我脑海中就变得透明了，在我下面6000公里深处，在这巨大的水晶球中心，我看到了停泊在那里的"落日六号"地航飞船，感受到了从几千公里深的地球中心传出的她的心跳。我想象着金色的阳光和银色的月光透射到这个星球的中心，我听到了那里传出的她吟唱的《月光》，还听到她那轻柔的话音：

"……多美啊，这又是另一种音乐了……"

有一个想法安慰着我：不管走到天涯还是海角，我离她都不会再远了。

"你那儿的世界真好"
——《带上她的眼睛》的通俗化表达

姚利芬

　　《带上她的眼睛》是刘慈欣第一篇文艺科幻，也是他创作史上的转型之作。本文剖析了这篇作品婉转细腻而不失悲壮的情感表达、从设疑到解疑的"拆谜"式的叙事结构以及对殉道者的礼赞。

　　《带上她的眼睛》最初发表于《科幻世界》1999年第10期。这篇小说可谓老少咸宜，已入选2016年教育部审定的人民教育出版社出版的初中语文教材七年级下册。小说讲述了人类使用地层飞船深入地球内部进行探险，一艘地层飞船在航行中失事，下沉到地心，船上剩下一名年轻的女领航员，只能在封闭的地心度过余生。起初并不知情的"我"利用虚拟现实眼镜带她游历了草原，体验的过程中，他发现这个女领航员对于自然之美有着近乎病态的依恋与敏感，最后，"我"终于了解了事件真相和她的处境。

　　这是很特别的一个短篇，浪漫蚀骨，却又残忍至极。刘慈欣非常善于把笔下的人物置于残忍极端的境地，让渺小的个体在绝望的边缘撕扯挣扎。本篇中小女孩的生存环境真可谓生不如死，然而即便深处"地狱"，她还能保持乐观和坚强。这种强烈反差中展现出的人性力量，可谓夺人心魄。

　　这篇小说是刘慈欣第一篇文艺科幻，曾斩获1999年银河奖一等奖。刘慈欣称，之所以写《带上她的眼睛》这种科幻，是读者选择的结果，他在2000

年所写的"转型心得"中直称："这篇能获奖出乎预料，给我带来的思考远多于喜悦，我发现自己完全错误地估计了中国科幻读者的价值取向，他们想看的，不是我热爱的那种科幻。"此处"我热爱的那种科幻"，指单纯试图使技术诗意化的技术内核型小说，而无意于将其同厚重的文学和复杂的人性做关联，就阅读快感而言，不过是"让一些爱做技术梦的理工科低年级学生会心一笑并从中体会到水晶一样单纯的快乐的东西"①；但很大一部分"中国科幻读者"的阅读取向，则更愿意去读通俗化叙事的那一类科幻作品，譬如这篇文艺兴味颇浓的《带上她的眼睛》。

一、创作之路的"被转型"：虚拟现实设定下的情感表达

1999年，刘慈欣发表了4篇小说，按照完成时间的顺序是：《鲸歌》《微观尽头》《宇宙坍缩》（又名《坍缩》）和《带上她的眼睛》，从这4篇小说中，可以看到一条明显的分水岭，从写作角度来讲，《鲸歌》《带上她的眼睛》是转型之作，意味着他真正走上了科幻和社会现实相结合之路。小说中的人物开始丰满，也有了一个比较圆顺的故事情节。随后，刘慈欣走上了量产优秀作品的快车道，他脍炙人口的几个短篇，如《乡村教师》《全频带阻塞干扰》《朝闻道》均是1999—2001年这一时期的作品。"他不再把科幻小说当成科幻创意来写，而是真正学会了怎么去写一篇有起承转合、前后呼应的，让人喘不过气来的，悬念迭生，有鲜活人物的小说"②。刘慈欣坦诚"被转型"时的心理："选择《鲸歌》和《带上她的眼睛》这样的写法是为了作品能发出去，但现在发现，如果想在科幻领域存活下去，这是一条不归路。"①

一百多年前的凡尔纳在《地心游记》中讲述了一个充满天真乐观主义精神的地心旅行的故事，记载了旅途上的艰险经历和地下的种种奇观。然而，随着对地内世界认识越深，忧患越多，有关的科幻作品开始不似从前的温和，末日气息无处不在。倪匡在《地心洪炉》中就设置了两个危机：地球自转速

---

① 刘慈欣．筑起我们的金字塔——由银河奖想到的［EB/OL］．http://www.cclawnet.com/khxsj/lcx/42.htm.

② 陈慕雷．刘慈欣．进化史［J］．北京文学，2015（12）．

度从减慢发展至消失；热胀冷缩造成球体爆裂。无论哪一个危机都摆明要地球人面临毁灭。地心旅行因为对其本质的了解变得不敢来去自如，不复有凡尔纳时代孩童似的乐观想象。《带上她的眼睛》的"地心"设定直接受了凡尔纳的影响，"落日六号"飞船沉入岩浆世界回不了地面，船上唯一存活下来的年轻女宇航员从此无缘目睹春秋更迭，花落花开。

小说以虚拟现实装备——传感眼镜为科技设定的道具，人们可以通过虚拟现实眼镜（类似进化版的 Oculus）来进行配对，匹配后的一双眼镜不仅能分别接收到对方的视觉图像，甚至还能传递对方佩戴者的触觉和嗅觉。最需要这个眼镜的群体就是飘浮在遥远太空的宇航员们，他们终日被封闭在狭小的太空舱中，即便出行面对的也是充满死亡和黑暗的真空。于是，很多人会戴着眼镜替宇航员分享体验，分享在地球上所能感受到的缤纷多彩。本文的主人公就拿到了这样一副眼镜，眼镜的对方是一个叫沈静的女领航员。主人公一开始以为沈静也是在太空舱里，于是按女孩的要求戴着眼镜去看草原。

故事分两大部分展开讲述，第一部分"草原"写了"我"戴着沈静的"眼睛"游历草原，第二部分揭开真相，回溯了"落日六号"的失事以及抒发"天涯共此时"式的怀念。末日情绪的笼罩似乎更容易"煽情"，正如江晓原教授在《百年科幻：中国与西方接轨，刘慈欣反潮流》中所说，刘慈欣在他科幻小说特设的"思想刑讯室"里，对人性进行了科幻所特有的严刑逼供。小说详尽叙述了就像"罐头中的肉"一般存在的女主人对"你那儿的世界"的感叹与唏嘘：低头嗅花的香气，给花儿起名字，记住每一朵花儿的形态；感受将手臂没入溪水的清凉，再将双手举在草原的微风中吹干；看如发光的玉石聚成的银白云朵，如海一般驿动的绿色草原，感受草原光影的旖旎变幻，直到因下雨未能看到草原日出而啜泣……难得看到大刘如此温婉的笔触，刘慈欣在名字设定上也颇具匠心，失事飞船取名"落日六号"，女主人公的"眼睛"游历之旅以看日出未得做结，对看日出的期待映射了女主人公"虚拟的重生"。其他像海伦·凯勒《假如给我三天光明》、德彪西的《月光》《神曲》中的《地狱》篇等相关叙事意象的代入将科幻、现实与寓言交织在一起，现实与虚拟、隐蔽与断裂彼此互相生成，使整个作品变得更为丰茂。但科幻小说式的描述在这里只是表层意义上的联结，内在而深刻的表达在铺叙意象的恣肆中展开，从而赋予了小说哲理特质以及悲壮的意味。

如此，刘慈欣在科幻小说中完成了婉约文艺范的情感叙事，小说中的主人公被永远禁闭在地心深处了却余生，类似小说中提到的传感眼镜却在现实生活中获得了长足发展，这篇小说发表13年后的2012年，智能可穿戴设备开始勃兴，能够让人实时、不受限地置身虚拟世界中，人们可以在虚拟现实的世界里感觉新的沉浸式体验，随着技术瓶颈的突破，你可以戴着头盔打一场未来战争，或者在手机上感触千里之外的情人体温，一切似乎都变得指日可待。

二、叙事策略：从谜面到谜底

这篇小说采用了从设疑到解疑的"拆谜"式结构，地心深处的女领航员始终是一个谜。由于作者采用第一人称内聚焦叙事，叙述者是故事中的一个主要人物，由他的所见所感来串联故事、推动情节的发展。其好处是"使作者十分自然地进入主人公的内心深处，并用意识流或其他方式将他最隐秘的思想公之于众"，我们可以得知"我"的内心想法。然而对于女主人公这个聚焦者来说，我们无法了解她的内心。与其说是写地球6000公里深处因飞船失事被禁闭的幸存者，倒不如说她是一面镜子，映照出我们日渐麻木淡漠的灵魂。限知型叙事角度无疑加大了故事的悬疑性，更便于兜圈子设谜：别人的眼睛能"带"吗？怎么带？带上她的眼睛能看到什么？封闭窄小的控制舱，奇怪的隔热太空服，飘浮的铅笔，她究竟身在何处……一系列悬念将我们引入作品设定的情节之中。小说的后一部分"落日六号"将为我们逐渐解开这些悬念。她那封闭窄小的控制舱，她那奇怪的隔热太空服，她的真实身份，她的科研课题，她现在的空间位置，她目前的处境……作者像变魔术一样，揭开层层帷幕，让我们看到了她的真面目。

如张爱玲偏爱"葱绿配桃红"参差对照的美学，刘慈欣也格外青睐这种极端对比的叙事——穿着肥大太空服的小姑娘，身置如炼钢炉般炽热的地心深处——需要特别注意的是，刘慈欣选择的人物形象是"一个好像刚毕业的小姑娘"，似有意加大这种反差感，也更易捕捉读者内心深处最柔软的部分。"我"对周遭世界的漠然与小姑娘仿佛新生儿般欣喜的眼睛也形成了鲜明的对比：

> "我，还有其他的大部分人，不可能做到这样。在这个时代，得到太容易了。物质的东西自不必说，蓝天绿水的优美环境、乡村和孤岛的宁静等都可以毫不费力地得到；甚至以前人们认为最难寻觅的爱情，在虚拟现实网上至少也可以暂时体会到。所以人们不再珍视什么了，面对着一大堆伸手可得的水果，他们把拿起的每一个咬一口就扔掉。"
>
> "但也有人面前没有这些水果。"她低声说。

刘慈欣的小说无论中短篇还是长篇，均不乏苍凉之韵，之所以有更深长的回味，就因为恰如葱绿配桃红，是一种参差的极端对照，一种立体而非平面的、深层而非表面的、交叉的而非单线的创作手法，这大概是刘慈欣笔触的素朴与放恣吧。

刘慈欣在接受《城市画报》的采访时，称自己"不喜欢殉道者，也不喜欢苦行僧"，但有意思的是，"殉道者"的形象却频频出现在他的小说里，譬如《朝闻道》中获知真理之后被毁灭的科学家；《地火》中的刘欣走进火海中，与自己的父辈走到一起，让这个造成巨大灾难的人无法引起人的一点反感，只能发出"过去的人真笨，过去的人真难"的感慨。大刘总说，技术可以解决一切问题，我相信这绝对是他发自本心的想法，然而技术的进步并非总是一帆风顺，总是伴随着失败甚至灾难，诸如本篇地心深处因事故被囚禁的女孩，这种殉道情结或许连刘慈欣自己也未意识到。

三、结语

大体来看，刘慈欣在创作之路上走了一条软硬结合的道路，《带上她的眼睛》是他通俗化叙事的尝试，也是他创作旅程中的转折点。《科幻世界》编辑部主任刘维佳在前不久接受笔者采访时指出："通俗化叙事恰恰是中国科幻创作者需要学习和发扬之处，这也是健全、壮大、发展科幻生态链的必由之路，而大部分中国科幻作家并未学会纯熟的通俗化叙事。"奇妙的是，这像是刘慈欣在世纪之交的创作随笔中所列观点的回声："我做梦都不会想到，我有一天要用科幻之外的东西去吸引读者，那东西是从那些以前看都懒得看的通俗小说中学来的……在这个多元化的时代，大家汇集于科幻广场，目的地相同已很不容易了，各条路上来的人在 SF 广场上都有其存在的合理性，我们应齐心协力使这个广场繁荣起来，而多样性是繁荣的保证之一。"①撇开科幻陈旧过时的软硬之争，与大国气象匹配的提法是"大科幻"的概念，"不要去刻意区分科幻奇幻、软科幻硬科幻，不要把符合科学意义上的正确作为科幻作品的桎梏。"②从科幻通俗化叙事的意义上来说，《带上她的眼睛》无论是在中国科幻创作史还是在刘慈欣个人创作史上均具有里程碑式的意义。

（姚利芬：文学博士，博士后，中国科普研究所助理研究员）

---

① 刘慈欣. 筑起我们的金字塔——由银河奖想到的［EB/OL］. http://www.cclawnet.com/khxsj/lcx/42.htm.

② 王晋康. 漫谈核心科幻［J］. 科普研究，2011（3）.

地　火

刘慈欣

父亲的生命已走到了尽头，他用尽力气呼吸，比他在井下扛起二百多斤的铁支架时用的力气都大得多。他的脸惨白，双目突出，嘴唇因窒息而呈深紫色，仿佛一条无形的绞索正在脖子上慢慢绞紧，他那艰辛一生的所有淳朴的希望和梦想都已消失，现在他生命的全部渴望就是多吸进一点点空气。但父亲的肺，就像所有患三期矽肺病的矿工的肺一样，成了一块由网状纤维连在一起的黑色的灰块，再也无法把吸进的氧气输送到血液中。组成那个灰块的煤粉是父亲在 25 年中从井下一点点吸入的，是他这一生采出的煤中极小极小的一部分。

刘欣跪在病床边，父亲气管发出的尖啸声一下下割着他的心。突然，他感觉到这尖啸声中有些杂音，他意识到这是父亲在说话。

"什么，爸爸？你说什么呀爸爸？"

父亲突出的双眼死盯着儿子，那垂死呼吸中的杂音更急促地重复着……

刘欣又声嘶力竭地叫着。

杂音没有了，呼吸也变小了，最后成了一下一下轻轻的抽搐，然后一切都停止了，父亲那双已无生命的眼睛焦急地看着儿子，仿佛急切地想知道他是否听懂了自己最后的话。

刘欣进入了一种恍惚状态，他不知道妈妈怎样晕倒在病床前，也不知道护士怎样从父亲鼻孔中取走输氧管，他只听到那段杂音在脑海中回响，每个音节都刻在他的记忆中，像刻在唱片上一样清晰。后来的几个月，他一直都处在这种恍惚状态中，那杂音日日夜夜在脑海中折磨着他，最后他觉得自己也窒息了，不让他呼吸的就是那段杂音，他要想活下去，就必须弄明白它的含义！直到有一天，也是久病的妈妈对他说，他已大了，该撑起这个家了，别去念高中了，去矿上接爸爸的班吧。他恍惚着拿起父亲的饭盒，走出家门，在 1978 年冬天的寒风中向矿上走去，向父亲的二号井走去，他看到了黑黑的井口，好像一只眼睛看着他，通向深处的一串防爆灯是那只眼睛的瞳仁，那是父亲的眼睛，那杂音急促地在他脑海响起，最后变成一声惊雷，他猛然听懂了父亲最后的话：

"不要下井……"

二十五年后

刘欣觉得自己的奔驰车在这里很不协调，很扎眼。现在矿上建起了一些高楼，路边的饭店和商店也多了起来，但一切都笼罩在一种灰色的不景气之中。

车到了矿务局，刘欣看到局办公楼前的广场上黑压压坐了一大片人。刘欣穿过坐着的人群向办公楼走去，在这些身着工作服和便宜背心的人们中，西装革履的他再次感到了自己同周围一切的不协调，人们无言地看着他走过，无数的目光像钢针穿透他身上的两千美元一套的名牌西装，令他浑身发麻。

在局办公楼前的大台阶上，他遇到了李民生，他的中学同学，现在是地质处的主任工程师。这人还是 20 年前那副瘦猴样，脸上又多了一副憔悴的倦容，抱着的那卷图纸似乎是很沉重的负担。

"矿上有半年发不出工资了，工人们在静坐。"寒暄后，李民生指着办公楼前的人群说，同时上下打量着他，那目光像看一个异类。

"有了大秦铁路，前两年国家又实行限产，还是没好转？"

"有过一段好转，后来又不行了，这行业就这么个样子，我看谁也没办法。"李民生长叹了一口气，转身走去，好像刘欣身上有什么东西使他想快些离开，但刘欣拉住了他。

"帮我一个忙。"

李民生苦笑着说："10多年前在市一中，你饭都吃不饱，还不肯要我们偷偷放在你书包里的饭票，可现在，你是最不需要谁帮忙的时候了。"

"不，我需要，能不能找到地下一小块煤层，很小就行，储量不要超过3万吨，关键，这块煤层要尽量孤立，同其他煤层间的联系越少越好。"

"这个……应该行吧。"

"我需要这煤层和周围详细的地质资料，越详细越好。"

"这个也行。"

"那我们晚上细谈。"刘欣说。李民生转身又要走，刘欣再次拉住了他，"你不想知道我打算干什么？"

"我现在只对自己的生存感兴趣，同他们一样。"他朝静坐的人群偏了一下头，转身走了。

沿着被岁月磨蚀的楼梯拾级而上，刘欣看到楼内的高墙上沉积的煤粉像一幅幅巨型的描绘雨云和山脉的水墨画，那幅《毛主席去安源》的巨幅油画还挂在那里，画很干净，没有煤粉，但画框和画面都显示出了岁月的沧桑。画中人那深邃沉静的目光在20多年后又一次落到刘欣的身上，他终于有了回家的感觉。

来到二楼，局长办公室还在20年前那个地方，那两扇大门后来包了皮革，后来皮革又破了。推门进去，刘欣看到局长正伏在办公桌上看一张很大的图纸，白了一半的头发对着门口。走近了看，那是一张某个矿的掘进进尺图，局长似乎没有注意窗外楼下静坐的人群。

"你是部里那个项目的负责人吧？"局长问，他只是抬了一下头，然后仍低下头去看图纸。

"是的，这是个很长远的项目。"

"呵，我们尽力配合吧，但眼前的情况你也看到了。"局长抬起头来把手伸向他，刘欣又看到了李民生脸上的那种憔悴的倦容，握住局长的手时，感觉到两根变形的手指，那是早年一次井下工伤造成的。

"你去找负责科研的张副局长，或去找赵总工程师也行，我没空，真对不起了，等你们有一定结果后我们再谈。"局长说完又把注意力集中到图纸上去了。

"您认识我父亲，您曾是他队里的技术员。"刘欣说出了他父亲的名字。

局长点点头，"好工人，好队长。"

"您对现在煤炭工业的形势怎么看？"刘欣突然问，他觉得只有尖锐地切入正题才能引起局长的注意。

"什么怎么看？"局长头也没抬地问。

"煤炭工业是典型的传统工业、落后工业和夕阳工业，它劳动密集，工人的工作条件恶劣，产出效率低，产品运输要占用巨量运力……煤炭工业曾是英国工业的一个重要组成部分，但英国在 10 年前就关闭了所有的煤矿！"

"我们关不了。"局长说，仍未抬头。

"是的，但我们要改变！彻底改变煤炭工业的生产方式！否则，我们永远无法走出现在这种困境，"刘欣快步走到窗前，指着窗外的人群，"煤矿工人，千千万万的煤矿工人，他们的命运难以有根本的改变！我这次来……"

"你下过井吗？"局长打断他。

"没有。"一阵沉默后刘欣又说，"父亲死前不让我下。"

"你做到了。"局长说，他伏在图纸上，看不到他的表情和目光，刘欣刚才那种针刺的感觉又回到身上。他觉得很热，这个季节，他的西装和领带只适合有空调的房间，这里没有空调。

"您听我说，我有一个目标，一个梦，这梦在我父亲死的时候就有了，为了我的那个梦，那个目标，我上了大学，又出国读了博士……我要彻底改变煤炭工业的生产方式，改变煤矿工人的命运。"

"简单些，我没空儿。"局长把手向后指了一下，刘欣不知他是不是指的窗外那静坐的人群。

"只要一小会儿，我尽量简单些说。煤炭工业的生产方式是：在极差的工作环境中，用密集的劳动，很低的效率，把煤从地下挖出来，然后占用大量铁路、公路和船舶的运力，把煤运输到使用地点，然后再把煤送到煤气发生器中，产生煤气；或送入发电厂，经磨煤机研碎后送进锅炉燃烧……"

"简单些，直截了当些。"

"我的想法是：把煤矿变成一个巨大的煤气发生器，使煤层中的煤在地下就变为可燃气体，然后用开采石油或天然气的地面钻井的方式开采这些可燃气体，并通过专用管道把这些气体输送到使用点。用煤量最大的火力发电厂的锅炉也可以燃烧煤气。这样，矿井将消失，煤炭工业将变成一个同现在完全两样的崭新的现代化工业！"

"你觉得自己的想法很新鲜？"

刘欣不觉得自己的想法新鲜，同时他也知道，这位局长，矿业学院20世纪60年代的高材生，国内最权威的采煤专家之一，也不会觉得新鲜。局长当然知道，煤的地下气化在几十年前就是一个世界性的研究课题，这几十年中，数不清的研究所和跨国公司开发出了数不清的煤气化催化剂，但至今煤的地下气化仍是一个梦，一个人类做了将近一个世纪的梦，原因很简单：那些催化剂的价格远大于它们产生的煤气。

"您听着：我不用催化剂就可以做到煤的地下气化！"

"怎么个做法呢？"局长终于推开了眼前的图纸，似乎很专心地听刘欣说下去，这给了他一个很大的鼓舞。

"把地下的煤点着！"

一阵长时间的沉默，局长直直地看着刘欣，同时点上一支烟，兴奋地示意他说下去。但刘欣的兴奋劲儿一下子降了下来，他已经看出了局长热情和兴奋的实质。在这日日夜夜艰难而枯燥的工作中，他终于找到了一个短暂的放松消遣的机会：一个可笑的傻瓜来免费表演了。刘欣只好硬着头皮说下去。

"开采是通过在地面向煤层的一系列钻孔实现的，钻孔用现有的油田钻机就可实现。这些钻孔有以下用途：一是向煤层中布放大量的传感器；二是点燃地下煤层；三是向煤层中注水或水蒸气；四是向煤层中通入助燃空气；五是导出气化煤。"

"地下煤层被点燃并同水蒸气接触后，将发生以下反应：碳同水生成一氧化碳和氢气，碳同水生成二氧化碳和氢气，然后碳同二氧化碳生成一氧化碳，一氧化碳同水又生成二氧化碳和氢气。最后的结果将产生一种类似于水煤气的可燃气体，其中的可燃成分是百分之五十的氢气和百分之三十的一氧化碳，这就是我们得到的气化煤。"

　　"传感器将煤层中各点的燃烧情况和一氧化碳等可燃气体的产生情况通过次声波信号传回地面，这些信号汇总到计算机中，生成一个煤层燃烧场的模型，根据这个模型，我们就可从地面通过钻孔控制燃烧场的范围和深度，并控制其燃烧的程度，具体的方法是通过钻孔注水抑制燃烧，或注入高压空气或水蒸气加剧燃烧，这一切都是在计算机根据燃烧场模型的变化自动进行的，使整个燃烧场处于最佳的水煤混合不完全燃烧状态，保持最高的产气量。您最关心的当然是燃烧范围的控制，我们可以在燃烧蔓延的方向上打一排钻孔，注入高压水形成地下水墙阻断燃烧；在火势较猛的地方，还可采用大坝施工中的水泥高压灌浆帷幕来阻断燃烧……您在听我说吗？"

　　窗外传来一阵喧闹声，吸引了局长的注意力。刘欣知道，他的话在局长脑海中产生的画面肯定和自己想象中的不一样。局长当然清楚点燃地下煤层意味着什么：现在，地球上各大洲都有很多燃烧着的煤矿，中国就有几座。去年，刘欣在新疆第一次见到了地火。在那里，极目望去，大地和丘陵寸草不生，空气中涌动着充满硫磺味的热浪，这热浪使周围的一切像在水中一样晃动，仿佛整个世界都被放在烤架上。入夜，刘欣看到大地上一道道幽幽的红光，这红光是从地上无数裂缝中透出的。刘欣走近一道裂缝探身向里看去，立刻倒吸了一口冷气，这像是地狱的入口。那红光从很深处透上来，幽暗幽暗的，但能感到它强烈的热力。再抬头看看夜幕下这透出道道红光的大地，刘欣一时觉得地球像一块被薄薄的地层包裹着的火炭！陪他来的是一个强壮的叫阿古力的维吾尔族汉子，他是中国唯一一支专业煤层灭火队的队长，刘欣这次来的目的就是要把他招聘到自己的实验室中。

　　"离开这里我还有些舍不得，"阿古力用生硬的汉话说，"我从小就看着这些地火长大，它在我眼中成了世界必不可少的一部分，像太阳星星一样。"

　　"你是说，从你出生时这火就烧着？"

　　"不，刘博士，这火从清朝时就烧着！"

　　当时刘欣呆立着，在这黑夜中的滚滚热浪里打了个寒战。

　　阿古力接着说："我答应去帮你，还不如说是去阻止你，听我的话，刘博士，这不是闹着玩的，你在干魔鬼的事呢！"

......

这时窗外的喧闹声更大了，局长站起身来向外走去，同时对刘欣说："年轻人，我真希望部里投资在这个项目上的那六千万干些别的，你也看到了，需要干的事太多了，再见。"

刘欣跟在局长身后来到办公楼外面，看到静坐的人更多了，一位领导在对群众喊话，刘欣没听清他在说什么，他的注意力被人群一角的情景吸引了，他看到了那里有一大片轮椅，这个年代，人们不会在别的地方见到这么多的轮椅，后面，轮椅还在源源不断地出现，每个轮椅上都坐着一位因工伤截肢的矿工……

刘欣感到透不过气来，他扯下领带，低着头急步穿过人群，钻进自己的汽车。他无目的地开车乱转，脑子一片空白。不知转了多长时间，他刹住车，发现自己来到一座小山顶上，他小时候常到这里来，从这儿可以俯瞰整个矿山，他呆呆地站在那儿，又不知过了多长时间。

"都看到些什么？"一个声音响起，刘欣回头一看，李民生不知什么时候站在他身后。

"那是我们的学校。"刘欣向远方指了一下，那是一所很大的、中学和小学在一起的矿山学校，校园内的大操场格外醒目，在那儿，他们埋葬了自己的童年和少年。

"你自以为记得过去的每一件事。"李民生在旁边的一块石头上坐下来，有气无力地说。

"我记得。"

"那个初秋的下午，太阳灰蒙蒙的，我们在操场上踢足球，突然大家都停下来，呆呆地盯着教学楼上的大喇叭……记得吗？"

"喇叭里传出哀乐，过了一会儿张建军光着脚跑过来说，毛主席死了……"

"我们骂他说，你这个小反革命！狠揍了他一顿，他哭叫着说那是真的，向毛主席保证是真的，我们没人相信，扭着他往派出所送……"

"但我们的脚步渐渐慢下来，校门外也响着哀乐，仿佛天地间都充满了这种黑色的声音……"

"以后这20多年中，这哀乐一直在我脑海里响着。最近，在这哀乐声中，尼采光着脚跑过来说，上帝死了，"李民生惨然一笑，"我信了。"

刘欣猛地转身盯着他童年的朋友，"你怎么变成这个样子了？我不认识你了！"

李民生猛地站起身，也盯着刘欣，同时用一只手指着山下黑灰色的世界，"那矿山怎么变成这个样子了？你还认识它吗？"他又颓然坐下，"那个时代，我们的父辈是多么骄傲的一群，伟大的煤矿工人是多么骄傲的一群！就说我父亲吧，他是八级工，一个月能挣一百二十元！毛泽东时代的一百二十元啊！"

刘欣沉默了一会儿，想转移话题："家里人都好吗？你爱人，她叫……什么珊来着？"

李民生又苦笑了一下，"现在连我都几乎忘记她叫什么了。去年，她对我说去出差，向单位请年休假，扔下我和女儿，不见了踪影。两个多月后她来了一封信，信是从加拿大寄来的，她说再也不愿和一个煤黑子一起葬送人生了。"

"有没有搞错，你是高级工程师啊！"

"都一样，"李民生对着下面的矿山划了一大圈，"在她们眼里都一样，煤黑子。呵，还记得我们是怎样立志当工程师的吗？"

"那年创高产，我们去给父亲送饭，那是我们第一次下井。在那黑乎乎的地方，我问父亲和叔叔们，你们怎么知道煤层在哪儿？怎么知道巷道向哪个方向挖？特别是，你们在深深的地下从两个方向挖洞，怎么能准准地碰到一块儿？"

"你父亲说，孩子，谁都不知道，只有工程师知道。我们上井后，他指着几个把安全帽拿在手中围着图纸看的人说，看，他们就是工程师。当时在我们眼中那些人就是不一样，至少，他们脖子上的毛巾白了许多……"

"现在我们实现了儿时的愿望，当然说不上什么辉煌，但总得尽责任做些什么，要不岂不是自己背叛自己？"

"闭嘴吧！"李民生愤怒地站了起来，"我一直在尽责任，一直在做着什么，倒是你，成天就生活在梦中！你真的认为你能让煤矿工人从矿井深处走出来？能让这矿山变成气田？就算你的那套理论和试验都成功，又能怎么样？你计算过那玩意儿的成本吗？还有，你用什么来铺设几万公里的输气管道？要知道，我们现在连煤的铁路运费都付不起了！"

"为什么不从长远看？几年，几十年以后……"

"见鬼去吧！我们现在连几天以后的日子都没着落呢！我说过，你是靠做梦过日子的，从小就是！当然，在北京六铺炕那幢安静的旧大楼中你这梦自可以做（注：国家煤炭设计院所在地），我不行，我在现实中！"

李民生转身要走，"哦，我来是告诉你，局长已安排我们处配合你们的试验，工作是工作，我会尽力的。3天后我给你试验煤层的位置和详细资料。"说完他头也不回地就走了。

刘欣呆呆地看着他出生并度过了童年和少年时代的矿山，他看到了竖井高大的井架，井架顶端巨大的卷扬轮正转动着，把看不见的大罐笼送入深深的井下；他看到一排排轨道电车从他父亲工作过的井口出入；他看到选煤楼下，一列火车正从一长排数不清的煤斗下缓缓开出；他看到了电影院和球场，在那里他度过了童年最美好的时光；他看到了矿工澡堂高大的建筑，只有在煤矿才有这样大的澡堂，在那宽大澡池被煤粉染黑的水中，他居然学会了游泳！是的，在这远离大海和大河的地方，他是在那儿学会的游泳！他的目光移向远方，看到了高大的矸石山，那是上百年来从采出的煤中捡出的黑石堆成的山，看上去比周围的山都高大，矸石中的硫磺因雨水而发热，正冒出一阵阵青烟……这里的一切都被岁月罩上一层煤粉，整个矿山呈黑灰色，这是刘欣童年的颜色，这是他生命的颜色。他闭上双眼，听着下面矿山发出的声音，时光在这里仿佛停止了流动。

啊，爸爸的矿山，我的矿山……

这是离矿山不远的一个山谷，白天可以看到矿山的烟雾和蒸汽从山后升起，夜里可以看到矿山灿烂的灯火在天空中映出的光晕，矿山的汽笛声也清晰可闻。现在，刘欣、李民生和阿古力站在山谷的中央，看到这里很荒凉，远处山脚下有一个牧人赶着一群瘦山羊慢慢走过。这个山谷下面，就是刘欣要做地下气化煤开采试验的那片孤立的小煤层，这是李民生和地质处的工程师们花了一个月的时间，从地质处资料室那堆积如山的地质资料中找到的。

"这里离主采区较远，所以地质资料不太详细。"李民生说。

"我看过你们的资料，从现有资料上看，实验煤层距大煤层至少有二百米，还是可以的。我们要开始干了！"刘欣兴奋地说。

"你不是搞煤矿地质专业的，对这方面的实际情况了解更少，我劝你还是慎重一些。再考虑考虑吧！"

"不是什么考虑，现在实验根本不能开始！"阿古力说，"我也看过资料，太粗了！勘探钻孔间距太大，还都是 20 世纪 60 年代初搞的。应该重新进行勘探，必须确切证明这片煤层是孤立的，实验才能开始。我和李工搞了一个勘探方案。"

"按这个方案完成勘探需要多长时间？还要追加多少投资？"

李民生说："按地质处现有的力量，时间至少一个月；投资没细算过，估计……怎么也得 200 万左右吧。"

"我们既没时间也没钱干这事儿。"

"那就向部里请示！"阿古力说。

"部里？部里早就有一帮混蛋想搞掉这个项目了！上面急于看到结果，我再回去要求延长时间和追加预算，岂不是自投罗网！直觉告诉我不会有太大问题的，就算我们冒个小险吧。"

"直觉？冒险？把这两个东西用到这件事上？刘博士，你知道这是在什么上面动火吗？这还是小险？"

"我已经决定了！"刘欣断然地把手一劈，独自向前走去。

"李工，你怎么不制止这个疯子？我们可是达成过一致看法的！"阿古力对李民生质问道。

"我只做自己该做的。"李民生冷冷地说。

山谷里有 300 多人在工作，他们中除了物理学家、化学家、地质学家和采矿工程师外，还有一些意想不到的专业人员：有阿古力率领的一支十多人的煤层灭火队，还有来自任丘油田的两个完整的石油钻井班，以及几名负责建立地下防火帷幕的建筑工程师和工人。这个工地上，除了几台高大的钻机和成堆的钻杆外，还可以看到成堆的袋装水泥和搅拌机，高压泥浆泵轰鸣着将水泥浆注入地层中，还有成排的高压水泵和空气泵，以及蛛丝般错综复杂的各色管道……

工程已进行了两个月，他们已在地下建立了一圈总长两千多米的灌浆帷幕，把这片小煤层围了起来。这本是一项水电工程中的技术，用于大坝基础的防渗，刘欣想到用它建立地下的防火墙，高压注入的水泥浆在地层中凝固，形成一道地火难以穿透的严密屏障。在防火帷幕包围的区域中，钻机打出了近百个深孔，每个都直达煤层。每个孔口都连接着一根管道，这根管道又分成三根支管，连接到不同的高压泵上，可分别向煤层中注入水、水蒸气和压缩空气。

最后的一项工作是放"地老鼠"，这是人们对燃烧场传感器的称呼。这种由刘欣设计的神奇玩意儿并不像老鼠，倒很像一颗小炮弹。它有 20 厘米长，头部有钻头，尾部有驱动轮，当"地老鼠"被放进钻孔中时，它能凭借钻头和驱动轮在地层中移动上百米，自动移到指定位置，它们都能在高温高压下工作，在煤层被点燃后，它们用可穿透地层的次声波通信把所在位置的各种参数传给主控计算机。现在，他们已在这片煤层中放入了上千个"地老鼠"，其中有一半放置在防火帷幕之外，以监测可能透过帷幕的地火。

在一间宽大的帐篷中，刘欣站在一面投影屏幕前，屏幕上显示出防火帷幕圈，计算机根据收到的信号用闪烁光点标出了所有"地老鼠"的位置，它们密密地分布着，整个屏幕看上去像一幅天文星图。

一切都已就绪，两根粗大的点火电极被从帷幕圈中央的一个钻孔中放下去，电极的电线直接通到刘欣所在的大帐篷中，接到一个有红色大按钮的开关上。这时所有的工作人员都各就各位，兴奋地等待着。

"你最好再考虑一下，刘博士，你干的事太可怕了，你不知道地火的厉害！"阿古力对刘欣说。

"好了，阿古力，从你到我这儿来的第一天，就到处散布恐慌情绪，还告我的状，一直告到煤炭部，但公平地说你在这个工程中是做了很大贡献的，没有你这一年的工作，我不敢贸然试验。"

"刘博士，别把地下的魔鬼放出来！"

"你觉得我们现在还能放弃吗？"刘欣笑着摇摇头，然后转向站在旁边的李民生。

李民生说："根据你的吩咐，我们第六遍检查了所有的地质资料，没有问题。昨天晚上我们还在某些敏感处又加了一层帷幕。"他指了指屏幕上帷幕圈外的几个小线段。

刘欣走到点火电极的开关前，当把手指放到红色按钮上时，他停了一下，闭起了双眼像在祈祷，他嘴动了动，只有离他最近的李民生听清了他说的两个字。

"爸爸……"

红色按钮按下了，没有任何声音和闪光，山谷还是原来的山谷，但在地下深处，在上万伏的电压下，点火电极在煤层中迸发出雪亮的高温电弧。投影屏幕上，放置点火电极的位置出现了一个小红点，红点很快扩大，像滴在宣纸上的一滴红墨水。刘欣动了一下鼠标，屏幕上换了一个画面，显示出计算机根据"地老鼠"发回的信息生成的燃烧场模型，那是一个洋葱状的不断扩大的球体，洋葱的每一层代表一个等温层。高压空气泵在轰鸣，助燃空气从多个钻孔汹涌地注入煤层，燃烧场像一个被吹起的气球一样扩大着……一小时后，控制计算机启动了高压水泵，屏幕上的燃烧场像被刺破了的气球一样，形状变得扭曲复杂起来，但体积并没有缩小。

刘欣走出了帐篷，外面太阳已落下山，各种机器的轰鸣声在黑下来的山谷中回荡。三百多人都聚集在外面，他们围着一个直立的喷口，那喷口有一个油桶粗。人们为刘欣让开一条路，他走上了喷口下的小平台。平台上已有两个工人，其中一人看到刘欣到来，便开始旋动喷口的开关轮，另一位用打火机点燃了一个火把，把它递给刘欣。随着开关轮的旋动，喷口中响起了一阵气流的嘶鸣声，这嘶鸣声急剧增大，像一个喉咙嘶哑的巨人在山谷中怒吼。在四周，三百张紧张期待的脸在火把的光亮中时隐时现。刘欣又闭上双眼，再次默念了那两个字：

"爸爸……"

然后他把火把伸向喷口，点燃了人类第一口燃烧气化煤井。

轰的一声，一根巨大的火柱腾空而起，猛蹿至十几米高。那火柱紧接喷口的底部呈透明的纯蓝色，向上很快变成刺眼的黄色，再向上渐渐变红，它在半空中发出低沉强劲的呼声，离得最远的人都能感觉到它汹涌的热力；周围的群山被它的光芒照得通亮，远远望去，黄土高原上出现了一盏灿烂的天灯！

人群中走出一个头发花白的人，他是局长，他握住刘欣的手说："接受我这个思想僵化的落伍者的祝贺吧，你搞成了！不过，我还是希望尽快把它灭掉。"

"您到现在还不相信我！它不能灭掉，我要让它一直燃着，让全国和全世界都看看！"

"全国和全世界已经看到了，"局长指了指身后蜂拥而上的电视台记者，"但你要知道，试验煤层和周围大煤层的最近距离不到二百米。"

"可在这些危险的位置，我们连打了三道防火帷幕，还有好几台高速钻机随时处于待命状态，绝对没有问题的！"

"我不知道，只是很担心。这是部里的工程，我无权干涉，但任何一项新技术，不管看上去多成功，都有潜在的危险，这几十年中在煤炭行业这种危险我见了不少，这可能是我思想僵化的原因吧，我真的很担心……不过，"局长再次把手伸给了刘欣，"我还是谢谢你，你让我看到了煤炭工业的希望，"他又凝望了火柱一会儿，"你父亲会很高兴的！"

以后的两天，又点燃了两个喷口，使火柱达到了三根。这时，试验煤层的产气量按标准供气压力计算已达每小时五十万立方米，相当于上百台大型煤气发生炉。

对地下煤层燃烧场的调节全部由计算机完成，燃烧场的面积严格控制在帷幕圈总面积的三分之二，且界限稳定。应矿方的要求，刘欣多次做了燃烧场控制试验，他在计算机上用鼠标画一个圈圈住燃烧场，然后按住鼠标把这个圈缩小，随着外面高压泵轰鸣声的改变，在一个小时内，实际燃烧场的面积退到缩小的圈内。同时，在距离大煤层较近的危险方向上，又增加了两道长二百多米的防火帷幕。

刘欣没有太多的事可做，他把所有的时间都花在接受记者采访和对外联络上。国内外的许多大公司蜂拥而至，对这个项目提出了庞大的投资和合作意向，其中包括像杜邦和埃克森这样的巨头。

第三天，一个煤层灭火队员找到刘欣，说他们队长要累垮了。这两天阿古力带领灭火队发疯似的一遍遍地搞地下灭火演习；他还自作主张，租用国家遥感中心的一颗卫星监视这一地区的地表温度；他自己已连着三夜没睡觉，晚上在帷幕圈外面远远近近地转，一转就是一夜。

刘欣找到阿古力，看到这个强壮的汉子消瘦了许多，双眼红红的，"我睡不着，"他说，"一合眼就做噩梦，看到大地上到处喷着这样的火柱子，像一个火的森林……"

刘欣说："租用遥感卫星是一笔很大的开销，虽然我觉得没必要，但既然已做了，我尊重你的决定。阿古力，我以后还是很需要你的，虽然我觉得你的煤层灭火队不会有太多的事可做，但再安全的地方也是需要消防队的。你太累了，先回北京去休息几天吧。"

"我现在离开？你疯了！"

"你在地火上面长大，对它形成了一种根深蒂固的恐惧感。现在，我们还控制不了新疆煤矿地火那么大的燃烧场，但我们很快就能做到的！我打算在新疆建立第一个投入商业化运营的气化煤田，到时候，那里的地火将在我们的控制中，你家乡的土地将布满美丽的葡萄园。"

"刘博士，我很敬重你，这也是我跟你干的原因，但你总是高估自己。对于地火，你还只是孩子呢！"阿古力苦笑着，摇着头走了。

灾难是在第五天降临的。当时天刚亮，刘欣被推醒了，看到面前站着阿古力，他气喘吁吁，双眼发直，像得了热病，裤腿都被露水打湿了。他把一张激光打印机打出的照片举到刘欣眼前，举得那么近，都快挡住刘欣的双眼了。那是一幅卫星发回的红外假彩色温度遥感照片，像一幅色彩斑斓的抽象画，刘欣看不懂，迷惑地望着他。"走！"阿古力大吼一声，拉着刘欣的手冲出帐篷。刘欣跟着他向山谷北面的一座山上攀去，一路上，刘欣越来越迷惑。首先，这是最安全的一个方向，在这个方向上，试验煤层距大煤层有上千米远；其次，阿古力现在领他走得也太远了，他们已接近山顶，帷幕圈远远落在下面，在这儿能出什么事呢？到达山顶后，刘欣喘息着正要质问，却见阿古力把手指向山另一边更远的地方。刘欣放心地笑了，笑阿古力神经过敏。顺着阿古力所指的方向望去，矿山尽收眼底，在矿山和这座山之间，有一段平缓的山坡，在山坡的低处有一块绿色的草地，阿古力指的就是那块草地。放眼望去，矿山和草地像往常一样平静，但顺着阿古力手指的方向看了好一会儿后，刘欣终于发现了草地有些异样：在草地上出现了一个圆，圆内的绿色比周围略深一些，不仔细看根本无法察觉。刘欣的心猛然抽紧了，他和阿古力向山下跑去，向草地上那个暗绿色的圆跑去。

跑到那里后，刘欣跪到草地上仔细看圆内的草，并把它们同圆外的相比较，发现这些草已蔫软，倒伏在地，像被热水泼过一样。刘欣把手按到草地上，明显地感觉到了来自地下的热力。在圆区域的中心，有一缕蒸汽在刚刚出现的阳光中缓缓升起……

经过一上午的紧急钻探，又施放了上千个"地老鼠"，刘欣终于确定了一个噩梦般的事实：大煤层着火了。燃烧的范围一时还无法确定，因为"地老鼠"在地下的行进速度只有每小时十几米，但大煤层比试验煤层深得多，它的燃烧热量已透至地表，说明已燃烧了相当长的时间，火场已很大了。

事情有些奇怪，在燃烧的大煤层和试验煤层之间的一千米土壤和岩石带完好无损，地火是在这上千米隔离带的两边烧起来的，以至于有人提出大煤层的火同试验煤层没有什么关系。但这只是个安慰，连提出这个意见的人自己也不太相信这个说法。随着勘探的深入，事情终于在深夜搞清楚了。

从试验煤层中伸出了八条狭窄的煤带，这些煤带最窄处只有半米，很难察觉。其中五条煤带被防火帷幕截断，而有三条煤带向下延伸，刚好爬过了帷幕的底部。这三条"煤蛇"中的两条中途中断了，但有一条一直通向千米外的大煤层。这些煤带实际是被煤填充的地层裂缝，这些裂缝都与地表相通，为燃烧提供了良好的供氧，于是，那条煤带成了连接试验煤层和大煤层的一根导火索。

这三条煤带都没有在李民生提供的地质资料上标明。事实上，这种狭长的煤带在煤矿地质上是极其罕见的，大自然开了一个残酷的玩笑。

"我没有办法，孩子得了尿毒症，要不停地做透析，这个项目的酬金对我太重要了！所以我没有尽全力阻止你……"李民生脸色苍白，回避着刘欣的目光。

现在，他们和阿古力三人站在隔开两片地火的那座山峰上，这又是一个早晨，矿山和山峰之间的草地已全部变成了深绿色，而昨天他们看到的那个圆形区域现在已成了焦黄色！蒸汽在山下弥漫，矿山已看不清楚了。

阿古力对刘欣说："我在新疆的煤矿灭火队和大批设备已乘专机到达太原，很快就到这里了。全国其他地区的力量也在向这儿集中。从现在的情况看，火势很凶，蔓延飞快！"

刘欣默默地看着阿古力，好大一会儿才低声问："还有救吗？"

阿古力轻轻地摇摇头。

"你就告诉我，还有多大的希望？如果封堵供氧通道，或注水灭火……"

阿古力又摇摇头，"我有生以来一直在灭火，可地火还是烧毁了我的家乡。我说过，在地火面前，你只是个孩子。你不知道地火是什么，在那深深的地下，它比毒蛇更光滑，比幽灵更莫测，它想去哪儿，凡人是拦不住的。这里的地下有巨量的优质无烟煤，是这魔鬼渴望了上亿年的东西。现在你把魔鬼放出来了，它将拥有无穷的能量和力量，这里的地火将比新疆的大百倍！"

刘欣抓住这个维吾尔族汉子的双肩绝望地摇晃着："告诉我还有多大希望？求求你说真话！"

"百分之零。"阿古力轻轻地说，"刘博士，你此生很难赎清自己的罪了。"

在局大楼里召开了紧急会议，与会的除了矿务局主要领导和五个矿的矿长外，还有包括市长在内的市政府的一群忧心忡忡的官员。会上首先成立了应急指挥中心，中心总指挥由局长担任，刘欣和李民生都是领导小组的成员。

"我和李工将尽自己最大努力做好工作，但还是请大家明白，我们现在都是罪犯。"刘欣说，李民生在一边低头坐着，一言不发。

"现在还不是讨论责任的时候，只干，别多想。"局长看着刘欣说，"知道最后这五个字是谁说的吗？你父亲。那时我是他队里的技术员，有一次为了达到当班的产量指标，我不顾他的警告，擅自扩大了采掘范围，结果造成工作面大量进水，队里二十几个工友被水困在巷道的一角。当时大家的头灯都灭了，也不敢用打火机，一怕瓦斯，二怕消耗氧气，因为水已把这里全封死了。黑得伸手不见五指，你父亲这时告诉我，他记得上面是另一条巷道，顶板好像不太厚。然后我就听到他用镐挖顶板，我们几个也都摸到镐跟着他在黑暗中挖了起来。氧气越来越少，开始感到胸闷头晕，还有那黑暗，那是地面上的人见不到的绝对的黑暗，只有镐头撞击顶板的火星在闪烁。当时对我来说，活着真是一种折磨，是你父亲支撑着我，他在黑暗中反复对我说那五个字：只干，别多想。不知挖了多长时间，当我就要在窒息中昏迷时，顶板挖塌了一个洞，上面巷道防爆灯的光亮透射进来……后来你父亲告诉我，他根本不知道顶板有多厚，但那时人只能是：只干，别多想。这么多年，这五个字在我脑子中越刻越深，现在我替你父亲把它传给你了。"

会上，从全国各地紧急赶到的专家们很快制定了灭火方案。可供选择的手段不多，只有三个：一是隔绝地下火场的氧气；二是用灌浆帷幕切断火路；三是向地下火场大量注水灭火。这三个措施同时进行，但第一个方法早就证明难以奏效，因为通向地下的供氧通道极难定位，就是找到了，也很难堵死；第二个方法只对浅煤层火场有效，且速度太慢，赶不上地下火势的迅速蔓延；最有希望的只剩第三个灭火方法了。

消息仍然被封锁，灭火工作在悄悄进行。从任丘油田紧急调来的大功率钻机在人们好奇的目光中穿过煤城的公路，军队开进了矿山，天空出现了盘旋的直升机……一种不安的情绪笼罩着矿山，各种谣言开始像野火一样蔓延。

大型钻机在地下火场的火头上一字排开，钻孔完成后，上百台高压水泵开始向冒出青烟和热浪的井孔中注水。注水量是巨大的，以至于矿山和城市生活区全部断水，社会的不安和骚动进一步加剧。但注水结果令人鼓舞，在指挥中心的大屏幕上，红色火场的前锋面出现了一个个以钻孔为中心的暗色圆圈，标志着注水在急剧降低火场温度。如果这一排圆圈连接起来，就有希望截断火势的蔓延。

但这使人稍稍安慰的局势并没有持续多长时间。在高大的钻塔旁边，来自油田的钻井队长找到了刘欣。

"刘博士，有三分之二的井位不能再钻了！"他在钻机和高压泵的轰鸣声中大喊。

"你开什么玩笑？我们现在必须在火场上大量增加注水孔！"

"不行！那些井位的井压都在急剧增大，再钻下去要井喷的！"

"你胡说！这儿不是油田，地下没有高压油气层，怎么会井喷？"

"你懂什么？我要停钻撤人了！"

刘欣愤怒地抓住队长满是油污的衣领，"不行！我命令你钻下去！不会有井喷的！听到了吗？不会！"

话音未落，钻塔方向传来了一声巨响，两人转头望去，只见沉重的钻孔封瓦裂成两半飞了出来，一股黄黑色的浊流嘶鸣着从井口喷出，浊流中，折断的钻杆七零八落地飞出。在人们的惊叫声中，那股浊流的色调渐渐变浅，这是由于其中泥沙含量减少的缘故。接着，它变成了雪白色，人们明白了，这是注入地下的水被地火加热后变成的高压蒸汽！刘欣看到了司钻的尸体，被挂在钻塔高高的顶端，在白色的蒸汽冲击下疯狂地摇晃，时隐时现。而钻台上的另外三个工人已不见踪影！

更恐怖的一幕出现了，那条白色巨龙的头部脱离了地面，渐渐升起，最后升到了钻塔上，仿佛横空出世的一个白发魔鬼，而这魔鬼同地面的井口之间，除了破损的井架之外竟空无一物！只能听到那可怕的啸声，以至于几个年轻工人以为井喷停了，犹豫地向钻台迈步，但刘欣死死抓住了他们中的两个，高喊："不要命了！过热蒸汽！"

在场的工程师们很快明白了眼前这奇景的含义，但让其他人理解并不容易。同人们的常识相反，水蒸气是看不到的，人们看到的白色只是水蒸气在空气中冷凝后结成的微小水珠。而水在高温高压下会形成可怕的过热蒸汽，其温度高达四百至五百度！它不会很快冷凝，所以现在只能在钻塔上方才能看到它显形。这样的蒸汽平常只在火力发电厂的高压汽轮机中存在，它一旦从高压输气管中喷出（这样的事故不止一次发生），可以在短时间内穿透一堵砖墙！人们惊恐地看到，刚才潮湿的井架在无形的过热蒸汽中很快被烤干了，几根悬在空中的粗橡胶管像蜡做的一样被熔化！这魔鬼蒸汽冲击着井架，发出让人头皮发麻的巨响……

地下注水已不可能了，即使可能，注入地下火场中的水的助燃作用已大于灭火作用。

应急指挥中心的全体成员来到距地火前沿最近的三矿四号井井口前。

"火场已逼近这个矿的采掘区，"阿古力说，"如果火头到达采掘区，矿井巷道将成为地火强有力的供氧通道，那时地火火势将猛增许多倍……情况就是这样。"他打住了话头，不安地望着局长和三矿矿长，他知道采煤人最忌讳的是什么。

"现在井下情况怎么样？"局长不动声色地问。

"八个井的采煤和掘进工作都在正常进行，这主要是为了安定着想。"矿长回答。

"全部停产，井下人员立即撤出，然后，"局长停了下来，沉默了两三秒钟。

人们觉得这两三秒很长很大。

"封井。"局长终于说出了那两个最让采煤人心碎的字。

"不！不行！"李民生失声叫道，然后才发现自己还没想好理由，"封井……封井……社会马上就会乱起来，还有……"

"好了。"局长轻轻挥了一下手，他的目光说出了一切：我知道你的感觉，我也一样，大家都一样。

李民生抱头蹲到地上，他的双肩在颤抖，但哭不出声来。矿山的领导者和工程师们面对井口默默地站着，宽阔的井口像一只巨大的眼睛看着他们，就像20多年前看着童年的刘欣一样。

他们在为这座百年老矿致哀。

不知过了多长时间，局总工程师低声打破沉默，"井下的设备，看看能弄出多少就弄出多少。"

"那么，"矿长说，"组织爆破队吧。"

局长点点头，"时间很紧，你们先干，我同时向部里请示。"

局党委书记说："不能用工兵吗？用矿工组成的爆破队……怕要出问题。"

"考虑过，"矿长说，"但现在到达的工兵只有一个排，即使爆破一个井，人力也远远不够，再说他们也不熟悉井下爆破作业。"

……

距火场最近的四号井最先停产，当井下矿工一批批乘电轨车上到井口时，发现上百人的爆破队正围在一堆钻杆旁边等待着什么。人们上去打听，但爆破队的矿工们也不知道自己要干什么，他们只是接到命令带着钻孔设备集合。突然，人们的注意力都被吸引到一个方向，一个车队正在朝井口开来。第一辆卡车上坐满了持枪的武警士兵，跳下车来为后面的卡车围出了一块停车场。后面有十一辆卡车，它们停下后，篷布很快被掀开，露出了下面整齐码放的黄色木箱。矿工们惊呆了，他们知道那是什么。

整整十卡车，是每箱二十四公斤装的硝酸铵二号矿井炸药，总重约有五十吨。最后一辆较小的卡车上有几捆用于绑药条的竹条，还有一大堆黑色塑料袋，矿工们知道那里面装的是电雷管。

刘欣和李民生刚从一辆车的驾驶室里跳下来，就看到刚任命的爆破队队长，一个长着络腮胡的壮汉，手里拿着一卷图纸迎面走来。

"李工，这是让我们干什么？"队长问，同时展开图纸。

李民生指点着图纸，手微微发抖，"三条爆破带，每条长35米，具体位置在下面那张图上。爆孔分150毫米和75毫米两种，装药量分别是每米28公斤和每米14公斤，爆孔密度……"

"我问你要我们干什么？"

在队长那喷火的双眼的逼视下，李民生无声地低下了头。

"弟兄们，他们要炸毁主巷道！"队长转身冲人群高喊。矿工人群中一阵骚动，接着如一堵墙一样围逼上来。武警士兵组成半圆形阻止人群靠近卡车，但在那势不可挡的黑色人海的挤压下，警戒线弯曲变形，很快就要被冲破了。这一切都是在阴沉的气氛中发生的，只听到脚步的摩擦声和拉枪栓的声响。在最后关头，人群停止了涌动，矿工们看到局长和矿长出现在一辆卡车的踏板上。

"我十五岁就在这口井干了，你们要毁了它？"一个老矿工高喊，他脸上那刀刻般的皱纹在厚厚的煤灰下也很清晰。

"炸了井，往后的日子怎么过？"

"为什么炸井？"

"现在矿上的日子已经很难了，你们还折腾什么？"

……

人群炸开了，愤怒的声浪一阵高过一阵，在那落满煤灰的黑脸的海洋中，白色的牙齿十分醒目。局长冷静地等待着，人群在愤怒的声浪中又骚动起来，在即将再次失控时，他才开始说话。

"大家往那儿看，"他的手向井口旁边的一个小山丘指去。他的声音不高，但却使愤怒的声浪立刻平静下来，所有的人都朝他指的方向看去。

那座小山丘顶上立着一根黑色的煤柱子，有两米多高，粗细不一。有一圈落满煤尘的石栏杆围着那根煤柱。

"大家都管那东西叫老炭柱，但你们知道吗？它立起来的时候并不是一根柱子，而是一块四四方方的大煤块。那是100多年前，清朝的张之洞总督在建矿典礼上立起的。它是被这百多年的风风雨雨蚀成一根柱子了。这一百多年，我们这个矿山经历了多少风风雨雨，多少大灾大难，谁还能记得清呢？这时间不短啊同志们，四五辈人啊！这么长时间，我们总该记下些什么，总该学会些什么。如果实在什么也记不下，什么也学不会，总该记下和学会一样东西，那就是——"局长对着黑色的人海挥起双手，"天，塌不下来！"

人群在空气中凝固了，似乎连呼吸都已停止。

"中国的产业工人，中国的无产阶级，没有比我们历史更长的了，没有比我们经历的风雨和灾难更多的了。煤矿工人的天塌了吗？没有！我们这么多人现在能站在这儿看那老炭柱，就是证明。我们的天塌不了！过去塌不了，将来也塌不了！"

"说到难，有什么稀罕啊同志们，我们煤矿工人什么时候容易过？从老祖宗辈算起，我们什么时候有过容易日子啊！你们再扳着指头算算，中国的，世界的，工业有多少种，工人有多少种，哪种比我们更难？没有，真的没有。难有什么稀罕？不难才怪，因为我们不但要顶起天，还要撑起地啊！怕难，我们早断子绝孙了！"

"但社会和科学都在发展，很多有才能的人在为我们想办法，这办法现在想出来了，我们有希望完全改变自己的生活，我们要走出黑暗的矿井，在太阳底下，在蓝天底下采煤了！煤矿工人，将成为最让人羡慕的工作！这希望刚刚出现，不信，就去看看南山沟那几根冲天的大火柱！但正是这个努力，引发了一场灾难，关于这个，我们会对大家有个详细的交代，现在大家只需明白，这可能是煤矿工人的最后一难了，这是为我们美好明天付出的代价，就让我们抱成一团度过这一难吧。我还是那句话，多少辈人都过来了，天塌不下来！"

人群默默地散去后，刘欣对局长说："现在，我算真正认识了你和我父亲，我死而无憾。"

"只干，别多想。"局长拍拍刘欣的肩膀，又在那里攥了一下。

四号井主巷道爆破工程开始一天后，刘欣和李民生并肩走在主巷道里，脚步发出空洞的回响。他们正走过第一条爆破带，昏暗的顶灯下，可以看到高高的巷道顶上密布的爆孔，引爆电线如彩色的瀑布从上面泻下来，在地上堆成一堆。

李民生说："以前我总觉得自己讨厌矿井，恨矿井，恨它吞掉了自己的青春。但现在才知道，我已同它融为一体了，恨也罢，爱也罢，它就是我的青春了。"

"我们不要太折磨自己了，"刘欣说，"我们毕竟干成了一些事，不算烈士，就算阵亡吧。"

他们沉默下来，同时意识到，他们谈到了死。

这时，阿古力从后面气喘吁吁地跑过来，"李工，你看！"他指着巷道顶说。他指的是几根粗大的帆布管子，那是井下通风管，现在它们瘪下来了。

"天啊，什么时候停的通风？"李民生大惊失色。

"两个小时了。"

李民生用对讲机很快叫来了通风科科长和两名通风工程师。

"没法恢复通风了，李工，下面的通风设备：鼓风机、马达、防爆开关，甚至部分管路，都拆了呀！"通风科长说。

"混蛋！谁让你们拆的，找死啊！"李民生一反常态，破口大骂起来。

"李工，这是怎么讲话嘛！谁让拆？封井前尽可能多地转移井下设备可是局里的意思，停产安排会你我都是参加了的！我们的人没日没夜干了两天，拆上来的设备有上百万元，就落你这一顿臭骂？再说井都封了，还通什么鸟风！"

李民生长叹一口气，直到现在事情的真相还没有公布，因而出现了这样的协调问题。

"这有什么？"通风科的人走后，刘欣问，"通风不该停吗？这样不是还可以减少向地下的氧气流量？"

"刘博士，你真是个理论的巨人、行动的矮子，一接触到实际，你就什么都不懂了，真像李工说的，你只会做梦！"阿古力说，自煤层失火以来，他对刘欣就一直没有客气过。

李民生解释："这里的煤层是瓦斯高发区，通风一停，瓦斯在井下很快聚集，地火到达时可能引起大爆炸，其威力有可能把封住的井口炸开，至少有可能炸出新的供氧通道。不行，必须再增加一条爆破带！"

"可，李工，上面第二条爆破带才只干到一半，第三条还没开工，地火距南面的采区已很近了，把原计划的三条做完都怕来不及啊！"

"我……"刘欣小心地说，"我有个想法不知行不行。"

"哈，这可是，用你们的话怎么说，破天荒了！"阿古力冷笑着说，"刘博士还有拿不准的事儿？刘博士还有需问别人才能决定的事儿？"

"我是说，现在这最深处的一条爆破带已做好，能不能先引爆这一条？这样一旦井下发生爆炸，至少还有一道屏障。"

"要行早这么做了。"李民生说，"爆破规模很大，引爆后，巷道里的有毒气体和粉尘长时间散不去，让后面的施工无法进行。"

地火的蔓延速度比预想的快，施工领导小组决定只打两条爆破带就引爆，尽快从井下撤出施工人员。天快黑时，大家正在离井口不远的生产楼中，围着图纸研究如何利用一条支巷最短距离引出起爆线，李民生突然说："听！"

一声低沉的响声隐隐约约从地下传上来，像大地在打嗝。几秒钟后又一声。

"是瓦斯爆炸，地火已到采区了！"阿古力紧张地说。

"不是说还有一段距离吗？"

没人回答，刘欣的地老鼠探测器已用完，现有落后的探测手段很难准确把握地火的位置和推进速度。

"快撤人！"

李民生拿起对讲机，但任凭他如何大喊，都没有回答。

"我上井前看见张队长干活时怕碰坏对讲机，把它和导线放一块儿了，下面几十台钻机同时干，声儿很大！"一个爆破队的矿工说。

李民生跳起来冲出生产楼，安全帽也没戴，叫了一辆电轨车，以最快速度向井下开去。当电轨车在井口消失前的一瞬间，追出来的刘欣看到李民生在向他招手，还在向他笑，他很长时间没笑过了。

地下又传来几声"打嗝"声，然后平静下来。

"刚才的一阵爆炸，能不能把井下的瓦斯消耗掉？"刘欣问身边的一名工程师，对方惊奇地看了他一眼。

"消耗？笑话，它只会把煤层中更多的瓦斯释放出来！"

果然，一声冲天巨响，仿佛是地球在脚下爆炸了，井口立刻淹没于一片红色火焰之中。气浪把刘欣高高抛起，世界在他眼中疯狂旋转，同他一起飞落的是纷乱的石块和枕木，刘欣还看到了电轨车的一节车厢从井口的火焰中飞出来，像一粒被吐出的果核。刘欣被重重地摔到地上，碎石在他身边纷纷掉下，他觉得每一块碎石上都有血……刘欣又听到了几声沉闷的巨响，那是井下炸药被引爆的声音。失去知觉前，他看到井口的火焰消失了，代之以滚滚的浓烟……

一年以后

　　刘欣仿佛行走在地狱中。整个天空都是黑色的烟云，太阳是一个刚刚能看见的暗红色圆盘。由于尘粒摩擦产生的静电，烟云中不时出现幽幽的闪电，每当此时，地火之上的矿山就在青光中凸现出来，那图景一次次烙印在他的脑海中。烟尘是从矿山的一个个井口中冒出的，每个井口都吐出一根烟柱，那烟柱的底部映着地火狰狞的暗红光芒，向上渐渐变成黑色，如天地间一条条扭动的怪蛇。

　　公路是滚烫的，沥青路面熔化了，每走一步几乎要扯下刘欣的鞋底。路上挤满了逃难的人流和车辆，闷热的空气中充满了硫黄味，还不时有雪花状的灰末从空中落下，每个人都戴着呼吸面罩，身上落满了白灰。道路拥挤不堪，全副武装的士兵在维持秩序，一架直升机穿行在烟云中，在空中用高音喇叭劝告人们不要惊慌……疏散移民在冬天就开始了，本计划在一年时间完成，但现在地火势头突然变猛，只得紧急加快进程。一切都乱了，法院对刘欣的开庭一再推迟，以至于今天早上他所在的候审间一时没人看管了，他迷迷糊糊地走了出来。

　　公路以外的地面干燥开裂，裂纹又被厚厚的灰尘填满，脚踏上去扬起团团尘雾；一个小池塘，冒出滚滚蒸汽，黑色的水面上浮满了鱼和青蛙的尸体；现在是盛夏，可见不到一点儿绿色，地面上的草全部枯黄了，埋在灰尘中；树也都是死的，有些还冒出青烟，已变成木炭的枝丫像怪手一样伸向昏暗的天空。所有的建筑都已人去楼空，有些从窗子中冒出浓烟；刘欣看到了老鼠，它们被地火的热力从穴中赶出，数量惊人，大群大群地涌过路面……刘欣向矿山深处走去，地火的热力愈发强劲，这热力从他的脚踝沿身体升腾上来。空气更加闷热污浊，即使戴上面罩也难以呼吸。地火的热量在地面上并不均匀，刘欣本能地避开灼热的地面，但能走的路越来越少了。地火热力突出的区域，建筑物燃起了大火，火海中不时响起建筑物倒塌的巨响……刘欣已走到井区，他走过一个竖井，那竖井已变成了地火的烟道，高大的井架被烧得通红，热流冲击井架发出让人头皮发麻的尖啸，滚滚热浪逼得他不得不远远绕行。选煤楼被浓烟吞没了，后面的煤山已燃烧了多日，成了一块发出红光和火苗的巨大火炭……

这里已看不到一个人了，刘欣的脚已烫起了泡，身上的汗几乎流干，他呼吸艰难，几乎濒临休克，但他的意识是清醒的。他用生命最后的能量向最后的目标走去。那个井口喷出的地火的红色光芒召唤着他，他到了，他笑了。

刘欣转身朝井口对面的生产楼走去，还好，虽然从顶层的窗口中冒出浓烟，但楼还没有着火。他走进开着的楼门，拐入一间宽大的班前更衣室。地火的红光从窗外照进来，映红了这里的一切，包括那一排衣箱。刘欣沿着这排衣箱走去，仔细辨认上面的号码，很快他找到了要找的那个。关于这衣箱他想起了儿时的一件事：那时父亲刚调到这个采煤队当队长，这是最野的一个队，出名的难带。那些野小子们根本没把父亲放在眼里，本来嘛，看他在班前会上那可怜样儿，怯生生地要求大家把一个掉了的衣箱门钉上去，当然没人理他，小伙子们只顾在边上甩扑克说脏话，父亲只好说，那你们给我找几个钉子我自己钉吧，有人扔给他几个钉子，父亲说再找个锤吧，这次真没人理他了。但接着，小伙子们突然鸦雀无声，他们目瞪口呆地看着父亲用大拇指把那些钉子一根根轻松地摁进木头中去！事情有了改变，小伙子们很快站成一排，敬畏地听着父亲的班前讲话……现在，这箱子没锁，刘欣拉开后发现里面的衣物居然还在！他又笑了，心里想象着这20多年来用过父亲衣箱的那些矿工的模样。他把里面的衣服取出来，首先穿上厚厚的工作裤，再穿上同样厚的工作衣。这套衣服上涂满了厚厚的油泥，发出一股浓烈的、刘欣并非不熟悉的汗味和油味，这味道使他真正镇静下来，进入一种类似幸福的状态中。他接着穿上胶靴，拿起安全帽，把放在衣箱最里面的矿灯拿出来，用袖子擦干灯上的灰，把它卡到帽檐上。他又找电池，但没有找到，只好另开了一个衣箱，找到了。他把那块笨重的矿灯电池用皮带系到腰间，突然想到电池还没充电，毕竟矿上完全停产一年了。但他记得灯房的位置，就在更衣室对面，他小时候不止一次在那儿看到灯房的女工们把冒着白烟的硫酸喷到电池上充电。但现在不行了，灯房笼罩在硫酸的黄烟之中。他庄重地戴上有矿灯的安全帽，走到一面布满灰尘的镜子面前，在那红光闪动的镜子中，他看到了父亲。

"爸爸，我替您下井了。"刘欣笑着说，转身走出楼，向喷着地火的井口大步走去。

后来有一名直升机驾驶员回忆说，他当时低空飞过二号井，在那一带作最后的巡视，好像看到井口有一个人影，那人影在井内地火的红光中呈一个黑色的剪影，他好像在向井下走去，但一转眼，那井口又只有火光，别的什么都看不见了。

一百二十年后

（一个初中生的日记）

过去的人真笨，过去的人真难。

知道我这印象是怎么来的吗？今天我参观了煤炭博物馆。给我印象最深的是一件事：

居然有固体的煤炭！

我们首先穿上了一身奇怪的衣服，那衣服有一个头盔，头盔上有一盏灯，那灯通过一根导线同挂在我们腰间的一个很重的长方形物体连着，我原以为那是一台电脑（也太大了些），谁想到那竟是这盏灯的电池！这么大的电池，能驱动一辆高速赛车的，却只用来点亮这盏小小的灯。我们还穿上了高高的雨靴，老师告诉我们，这是早期矿工的井下服装。有人问井下是什么意思，老师说你们很快就会知道的。

我们上了一列运行在小铁轨上的铁车，有点像早期的火车，但小得多，上方有一根电线为车供电。车开动起来，很快钻进一个黑黑的洞口中。里面真黑，只有上方不时掠过一盏暗暗的小灯，我们头上的灯发出的光很弱，只能看清周围人的脸。风很大，在我们耳边呼啸，我们好像在向一个深渊坠下去。艾娜尖叫起来，讨厌，她就会这样叫。

"同学们，我们下井了！"老师说。

不知过了多长时间，车停了，我们由较为宽大的隧洞进入了它的一个分支，这条洞又窄又小，要不是戴着头盔，我的脑袋早就碰起好几个包了。我们头灯的光圈来回晃着，但什么都看不清楚，艾娜和几个女孩子又叫着说害怕。

过了一会儿，我们眼前的空间开阔了一些，这里有许多根柱子支撑着顶部。在对面，我又看到许多光点，也是我们头盔上的这种灯发出的。走近一看，发现那里有许多人在工作，他们有的人在用一种钻杆很长的钻机在洞壁上打孔，那钻机不知是用什么驱动的，声音让人头皮发麻。有的人在用铁锹把看不清楚的黑色东西铲到轨道车上和传送皮带上，不时有一阵尘埃扬起，把他们隐没其中，头灯在尘埃中划出一道道光柱……

"同学们，我们现在所在的地方叫采煤工作面，你们看到的是早期矿工工作的景象。"

有几个矿工向我们这方向走来，我知道他们都是全息图像，没有让路，几个矿工的身体和我互相穿过，我把他们看得一清二楚，感到很吃惊。

"老师，那时的中国煤矿全部雇用黑人吗？"

"为了回答这个问题，我们将真实地体验一下当时采煤工作面的空气，注意，只是体验，所以请大家从右衣袋中拿出呼吸面罩戴上。"

我们戴好面罩后，又听到老师的声音："孩子们注意，这是真实的，不是全息影像！"

一片黑尘飘过来，我们的头灯也散射出了道道光柱，我惊奇地看着光柱中密密的尘粒在纷飞闪亮。这时艾娜又惊叫起来，像合唱的领唱，好几个女孩子也跟着她大叫起来，再后来，竟有男孩的声音加入！我扭头想笑他们，但看到他们的脸时自己也叫出声来，所有人也都成了黑人，只有呼吸面罩盖住的一小部分是白的。这时我又听到一声尖叫，立刻汗毛直立，这是老师在叫：

"天啊，斯亚！你没戴面罩！"

斯亚真没戴面罩，他同那些全息矿工一样，成了最地道的黑人。"您在历史课上反复强调，学这门课的关键在于对过去时代的感觉，我想真正感觉一下。"他说着，黑脸上白牙一闪一闪地。

警报声不知从什么地方响起，不到一分钟，一辆水滴状微型悬浮车无声地停到我们中间，这种现代的东西出现在这里真是煞风景。从车上下来两个医护人员，现在真正的煤尘已被完全吸收，只剩下全息影像"煤尘"还飘浮在周围，所以医生在穿过"煤尘"时雪白的服装一尘不染。他们拉住斯亚往车里走。

"孩子，"一个医生盯着他说，"你的肺已受到很严重的损伤，至少要住院一个星期，我们会通知你家长的。"

"等等！"斯亚叫道，手里抖动着那个精致的全隔绝内循环面罩，"一百多年前的矿工也戴这东西吗？"

"不要废话，快去医院！你这孩子也太不像话了！"老师气急败坏地说。

"我和先辈同样是人，为什么……"

斯亚没说完就被硬塞进车里，"这是博物馆第一次出这样的事故，您要对此事负责的！"一个医生上车前指着老师严肃地说。悬浮车同来时一样无声地开走了。

我们继续参观，沮丧的老师说："井下的每一项工作都充满危险，且需消耗巨大的体力。随便举个例子，这些铁支柱，在这个工作面的开采工作完成后，都要回收，这项工作叫放顶。"

我们看到一个矿工用铁锤击打支架中部的一个铁销，使支架折为两段取下，然后把它扛走了。我和一个男孩试着去搬躺在地上的一个支架，才知道它重得要命。"放顶是一项很危险的工作，因为在撤走支架的过程中，工作面顶板随时都会塌落……"

这时，我们头顶发出不祥的摩擦声，我抬起头来，在矿灯的光圈中看到头顶刚撤走支架的那部分岩石正在张开一个口子，我还没来得及反应，它就塌了下来，大块岩石的全息影像穿透了我的身体落到地上，发出一声巨响，尘埃腾起遮住了一切。

"这个井下事故叫作冒顶。"老师的声音在旁边响起，"大家注意，伤人的岩石不只是来自上部……"

话音未落，我们旁边的一面岩壁竟垂直着向我们扑来，岩壁冲出相当的距离才化为一堆岩石砸下来，好像有一个巨大的手掌从地层中把它推出来一样。岩石的全息影像把我们埋没了，一声巨响后我们的头灯全灭了，在一片黑暗和女孩儿们的尖叫声中，我又听到老师的声音。

"这个井下事故叫瓦斯突出。瓦斯是一种气体，它被封闭在岩层中，有巨大的气压。刚才我们看到的景象，就是工作面的岩壁抵挡不住这种压力，被它推出的情景。"

所有人的头灯又亮了，大家长出了一口气。这时，我听到了一个奇怪的声音，有时高亢，如万马奔腾，有时低沉，好像几个巨人在耳语。

"孩子们注意，洪水来了！"

正当我们迷惑之际，不远处的一个巷道口喷出了一道粗大汹涌的洪流，整个工作面很快淹没在水中。我们看着浑浊的水升到膝盖上，然后又没过了腰部，水面反射着头灯的光芒，在顶上的岩石上映出一片模糊的亮纹。水面上漂浮着被煤粉染黑的枕木，还有矿工的安全帽和饭盒……当水到达我的下巴时，我本能地长吸一口气，然后就全部没在水中了，只能看到自己头灯的光柱照出的一片混沌的昏黄，和下方不时升上的一串水泡。

"井下的洪水有多种来源，可能是地下水，也可能是矿井打通了地面的水源，无论是哪一种，它都比地面洪水对人生命的威胁大得多。"老师的声音在水下响着。

水的全息影像在瞬间消失了，周围的一切又恢复了原样。这时，我看到了一个奇怪的东西，像一个肚子鼓鼓的大铁蛤蟆，很大很重，我指给老师看。

"那是防爆开关，因为井下的瓦斯是可燃气体，防爆开关可避免一般开关产生的电火花。这关系到我们就要看到的最可怕的井下危险……"

又一声巨响，但同前两次不一样，似乎是从我们体内发出，冲破我们的耳膜来到外面，来自四方的强大冲击压缩着我的每一个细胞，在一股灼人的热浪中，我们都淹没于一片红色的光晕里，这光晕是周围的空气发出的，充满了井下的每一寸空间。不多时，红光迅速消失，一切都陷入无边的黑暗中……

"很少有人真正看到瓦斯爆炸，因为在井下遇到它的人很难生还。"老师的声音像幽灵般在黑暗中回荡。

"过去的人来这样可怕的地方，到底为了什么？"艾娜问。

"为了它。"老师举起一块黑石头，在我们头灯的光柱中，它的无数小平面闪闪发光。就这样，我第一次看到了固体的煤炭。

"孩子们，我们刚才看到的是二十世纪中叶的煤矿，后来，出现了一些新的机械和技术，比如液压支架和切割煤层的大型机器等，这些设备在那个世纪的后二十年进入矿井，使井下的工作条件有了一些改善，但煤矿仍是一个工作环境恶劣且充满危险的地方，直到……"

以后的事情就索然无味了。老师给我们讲气化煤的历史，说这项技术是在八十年前全面投入应用的，那时，世界石油即将告罄，各大国为争夺仅有的油田陈兵中东，世界大战一触即发，是气化煤技术拯救了世界……这我们都知道，没意思。

我们接着参观现代煤矿，有什么稀奇的，不就是我们每天看到的从地下接出并通向远方的许多大管子么？不过我倒是第一次进入了那座中控大楼，看到了燃烧场的全息图，真大！还看了看监测地下燃烧场的中微子传感器和引力波雷达，还有激光钻机……也没意思。

老师在回顾这座煤矿的历史时说，100多年前，这里被失控的地火烧毁过，那火烧了十八年才扑灭。那段时期，我们这座美丽的城市草木生烟，日月无光，人民流离失所。失火的原因有多种说法，有人说是一次地下武器试验造成的，也有人说与当时的绿色和平组织有关。

我们不必留恋所谓过去的好时光，那个时候生活充满艰险和迷惘；我们也不必为今天的时代过分沮丧，因为今天，也总有一天会被人们称作是——过去的好时光。

过去的人真笨，过去的人真难。

脚踏实地的科学幻想

——《地火》赏析

张志敏

短篇科幻小说《地火》是典型的煤矿题材作品，作家以煤的地下气化开采为故事发展主线，运用现实主义创作手法表现自然灾害、技术进步和人类生存等宏大主题。作家善用比喻、对比修辞手法以及"密集叙事""时间跳跃"叙事手法，使得作品虽以科技为内核却文学色彩不减。作品既热情赞颂科学理想，也冷静批判盲目非理性。

《地火》是科幻作家刘慈欣中短篇科幻小说中公认的佳作之一。自问世以来，《地火》深得国内科幻界的青睐，网友将其评为《科幻世界》十大经典原创短篇之一[1]；而随后出版的重要科幻作品集，如《中国九十年代科幻佳作集》《中国科幻新生代精品集》《中国当代科幻文学精选》《20世纪末10年中国科幻小说精品选（上）》《2018》《流浪地球：刘慈欣获奖作品》《带上她的眼睛：刘慈欣科幻短篇小说集》等，都无一例外地收录了这部作品。

《地火》是一部典型的煤矿题材作品。它以煤的地下气化开采为故事主线，表现了自然灾害、技术进步和人类生存等宏大主题。在《地火》中，乌托邦式的科学幻想与落后无奈的客观现实激烈碰撞；对科学理想的热情赞颂与对盲目非科学理性的冷静批判交织进行。作品篇幅不长，却气势恢宏，场面壮大，写出了科学技术应用中的憧憬、热情、坚持、冒险、悔悟与痛惜，表现了因技术变革失败而造成的人间悲剧，气氛悲壮，透露出纵观时空的历史沧桑感。

一、煤矿题材划过科幻文学长空

回望历史，煤的气化开采止步幻想。《地火》讲述的是矿工之子刘欣为改变传统、落后的煤炭工业而进行的一场气化煤实验，憧憬无限美好，结局却悲恸天地。

刘欣的父亲曾在矿井下劳作半生，罹患矽肺。生命弥留之际，未能说出对儿子的嘱托，含恨而去。然而，年少的刘欣读懂了父亲饱受折磨的眼神中那份深沉寄托。于是他克服生活困顿，坚持读书并出国深造。多年后，正值国内煤炭行业走下坡路之时，刘欣带着改变煤炭工业生产方式和煤矿工人命运的雄心壮志学成归国，争取到开展气化煤实验的机会。刘欣的想法是：把煤矿变成一个巨大的煤气发生器，使煤层中的煤在地下就变为可燃气体，然后用开采石油或天然气的地面钻井的方式开采这些可燃气体，并通过专用管道把这些气体输送到使用点，实现煤炭工业的现代化。刘欣将实验区选在了生他、养他却也埋葬了父亲的矿区。这场气化煤实验的设计十分精确，却并非万无一失；初期进展顺利并一度成功，但后期却因刘欣盲目冒进、个人英雄主义的非理性决策而断送前程。刘欣听不进去矿区李局长"任何一项新技术，不管看上去多成功，都有潜在的危险"的警示，也拒不接受灭火专家阿古力的风险劝阻，一意孤行，将实验范围扩大，导致矿区地下主煤层起火，放出了地下的火魔鬼。注水、灌注屏障、关风乃至关闭矿井，任何努力在地火狂魔面前都只是杯水车薪。无情的地火肆虐在刘欣本想拯救的矿区，然而，转眼已是山河焦枯，生灵涂炭。一场雄心勃勃的气化煤实验以人间灾难告终。刘欣也带着无限遗憾与歉疚走向熊熊燃烧的井口，满含辛酸与悲壮……一个世纪后，煤炭工业已经实现现代化，人们感慨"过去的人真笨，过去的人真难"时，似乎忘却了前辈的坚韧与不懈探索。过往如风，融进了历史。

作品故事跌宕起伏。从情节发展进程来看，《地火》与作者的另一部作品《地球大炮》有相似之处。有读者总结说，这两部作品讲的都是"某个科学技术提出、应用、造成灾难，最后n多年过去了得到善终"的故事。这种观察是贴切的。《地火》正是起始于技术改革派对新技术的激情与憧憬，在与技术保守派的抗衡和斗争中一步步激化矛盾，之后在新技术试验并走向失败的过程中达到故事发展的高潮，当人们被现实的残酷场景所震撼的同时，发现时间能解决一切问题。可以说，这种讲故事的逻辑正是刘慈欣乐观技术主义者思想的体现。

"煤矿"题材是一个当仁不让的创作传统[2]，也是中国现当代文学中不可或缺的组成部分。1983年，由中国煤矿文联和中国作协设立的全国煤矿文学"乌金奖"，在文学界一直享有很高声誉。而一直以来的煤矿文学创作也是态势强劲，佳作不穷。刘庆邦、荆永鸣的小说，徐迅、夏榆的散文和叶臻、刘欣的诗歌均真切、深情地反映了煤矿工人的工作状况，影响广泛。

在上世纪末本世纪初，我国煤炭行业经历了久盛转衰的变迁。彼时，节能减排的巨大压力和频发的恶性矿难，让煤炭行业背上了沉重的包袱。文学创作历来是反射社会的一面镜子，对此社会变迁作家自然不会袖手旁观。这一时期的煤矿文学创作十分活跃，涌现出众多名篇佳作，小说作品如《渴望出逃》《蓝蓝的山桃花》，报告文学作品如《走出地平线》《黑锅》，散文作品有《脸上有煤》《大地的心》等。而《地火》作为一篇同时代创作的同类题材作品，自然属于煤矿文学天地中的一员。然而，与诗歌、散文和小说等纯文学作品相比，《地火》显然又是不同的。作为科幻小说，而且是"硬科幻"小说，《地火》创造的是科学幻想与现实之间的疏离之美，别样而殊异，为当代煤矿文学园地又添一朵奇葩。

应该说，刘慈欣并不属于煤矿文学创作队伍成员。之所以选择煤矿题材进行创作，与他的生活经历和专业背景直接相关。"刘慈欣的父亲从前在北京的煤炭研究院工作，后来下放去了山西，作为在山西长大的孩子，他小时候常给井下的父亲送饭"，而刘慈欣本人"从华北水利水电学院毕业"[3]，在山西娘子关发电厂任计算机工程师。因此，家庭背景、童年生活经历赋予他对煤矿的熟识与特殊情感，而专业背景又让他对这一煤矿行业的相关科学、技术驾轻就熟。因此，在《地火》中，作者写煤矿产业、矿区生活、采矿技术等信手拈来，游刃有余，使得作品的现实感扑面而来，透露出深厚的生活底蕴。此外，在刘欣追求技术变革成功的过程中，父亲的勤劳、坚韧、沉着、无畏的精神一直是鼓舞他前行的精神力量。作者有心为之，做出这样的安排，应是向父辈们的深沉致敬。

二、技术内核与文学之美相映生辉

（一）生活打底：现实主义创作手法

《地火》表达的是对中国煤矿的强烈关注，深层次折射出当时的社会现实，极具现实感。对此，读者也有广泛共识。有人认为，"《地火》最吸引人的地方在于，它虽然是科幻却有着奇妙的现实感……仿佛真的是在身边发生的故事""现实和理想在那一刻交融，发现自己周遭的世界原来如此奇妙"[4]。

刘慈欣曾说过，"用现实主义的方法去描写最疯狂、离现实最远的东西，也是科幻小说一个基本的创作理念。[5]"而现实主义作品一般具备三个特性：细节的真实性、形象的典型性和描写方式的客观性。细读《地火》这部作品，正是现实主义创作手法淋漓尽致的运用，成就了其"脚踏实地"的科学幻想的传达。作品中，对父亲临终、矿工集会等场面的描写笔触真实，富有画面感；对矿山、矿区办公楼和澡堂的实景刻画也是细致入微；而对一系列人物的塑造，如劳苦一生却坚韧的父亲、忙于生计却被妻子抛弃的李工程师、为不景气煤矿行业所累而忧心忡忡的矿务局长和责任感重于泰山而又敬畏地火的阿古力，均称得上呼之欲出，仿佛我们从他们身边经过时，就会有煤尘抖落。更让人震撼的是，作品结尾处借孩子们的眼、耳、四肢感受到的全息技术的井下作业与矿难描写，竟唤醒了读者的视觉、嗅觉、触觉，如临其境：

过了一会儿，我们眼前的空间开阔了一些，这个空间有许多根柱子支撑着顶部。在对面，我又看到许多光点，也是我们头盔上的这种灯发出的，走近一看，发现那里有许多人在工作，他们有的人在用一种钻杆很长的钻机在洞壁上打孔，那钻机不知是用什么驱动的，声音让人头皮发麻。有的人在用铁锹把什么都看不清楚的黑色东西铲到轨道车上和传送皮带上，不时有一阵尘埃扬起，把他们隐没其中，许多头灯在尘埃中划出一道道光柱……

总之，《地火》所营造的现实感来自于对煤矿生活中的故事情节、人物对白、矛盾冲突等的真实再现，非常逼真。而作者在成长、学习、工作中的深厚积淀，正是营造出《地火》强烈现实感的根源。

（二）巧妙叙事："密集叙事"和"时间跳跃"

学者吴岩将刘慈欣的科幻小说称为新古典主义小说，认为其对古典主义小说的发展之一，就体现在"密集叙事"和"时间跳跃"，并认为这是刘慈欣对生活节奏异常快速的今天做出的两种新的、巧妙的回应[6]。

密集叙事是无限加快叙事的步伐，这种叙事方法加快了故事的推进节奏，克服了古典主义科幻小说情节发展缓慢的通病[6]。《地火》的叙事节奏无疑是密集的。作品以倒叙开始，随即将故事跳跃至二十五年后展开，并在110年后回顾历史如过眼烟云。在纵贯一百三十六年的时间线上，展示了作者的成长、矿区由盛转衰、气化煤实验幻想的从生到灭乃至煤炭工业实现现代化的历程。在作品中，作者的思维是大幅跳跃的，读者的思维也随着腾挪跌宕，颇具震慑力。

在叙事过程中，《地火》分别留下二十五年、一年、一百一十年的三次时间空缺，直接进入不远或遥远的未来，形成"时间跳跃"。比起《地球大炮》《诗云》和《微纪元》中动辄千万载的时间跳跃，《地火》的跳跃更像是用脚尖踏着轻盈的小步，而这对于煤炭工业现代化来说恰是最好的时间安排。在刘慈欣其他小说中，如《人和吞食者》《梦之海》，也有这类创作技法的使用，它们是刘慈欣科幻作品可读、好看的秘密武器之一。

实际上，"密集叙事"和"时间跳跃"是辩证的统一。密集叙事要求时间跳跃，时间跳跃为密集叙事创造了可能。吴岩认为，这种在作品中无限加快叙事步伐，使叙事过程留下大量的时间空缺，将未来发展呈现于读者面前，产生一种独特的"沉舟侧畔千帆过"的历史感。这种理解是恰如其分的，作为读者，笔者也感受到了《地火》的这种力量。

（三）匠心独运：对比与比喻

刘慈欣曾表示，如果把科幻文学比作一个广场，他是从科学这个门进来的。他认为科幻创作是他感受科学魅力的一种方式，他也自称是技术乐观主义者，认为技术可以解决一切问题[7]。因而，刘慈欣的很多作品都是以技术为内核的，《地火》也不例外。这种技术内核型的作品在创作语言上更多地体现出平实、质朴的风格，并无太多华丽的辞藻。然而，正如吴岩所讲，这看似平实、拙朴的语言却浓墨重彩地渲染了科学和自然的伟大力量。

仔细推敲《地火》的语言，不难发现作者在对比、比喻的运用方面匠心独运。例如，作者对地火的描写中，恰当、真切的比喻让人无不震慑于地火的滚烫与威力：

> 去年，刘欣在新疆第一次见到了地火。在那里，极目望去，大地和丘陵寸草不生，空气中涌动着充满硫磺味的热浪，这热浪使周围的一切像在水中一样晃动，仿佛整个世界都被放在烤架上。入夜，刘欣看到大地上一道道幽幽的红光，这红光是从地上无数裂缝中透出的。刘欣走近一道裂缝探身向里看去，立刻倒吸了一口冷气，这像是地狱的入口。那红光从很深处透上来，幽暗幽暗的，但能感到它强烈的热力。再抬头看看夜幕下这透出道道红光的大地，刘欣一时觉得地球像一块被薄薄地层包裹着的火炭！

再如，作者对实验控制系统的描写所用的比喻也十分形象，能够很好地帮助读者理解作品的技术内核：

> 投影屏幕上，放置点火电极的位置出现了一个小红点，红点很快扩大，像滴在宣纸上的一滴红墨水。刘欣动了一下鼠标，屏幕上换了一个画面，显示出计算机根据"地老鼠"发回的信息生成的燃烧场模型，那是一个洋葱状的不断扩大的球体，洋葱的每一层代表一个等温层。高压空气泵在轰鸣，助燃空气从多个钻孔汹涌地注入煤层，燃烧场像一个被吹起的气球一样扩大着……一小时后，控制计算机启动了高压水泵，屏幕上的燃烧场像被针刺破了的气球一样，形状变得扭曲复杂起来，但体

积并没有缩小。

如果说《地火》的比喻出色，那么，其对比的运用则更有章法，大处小处皆有着眼。大处来看，刘欣对新技术的极力坚持与周遭人的极力反对之间、实验过程中刘欣的狂热、非理性与局长、阿古力的谨慎、理性之间，美好的科学幻想与沉痛的失败之间、百年前落后的采煤技术与百年后现代化采煤技术之间，等等，强烈的对比反衬出差距，一步一步激化矛盾，推动故事情节发展。小处着眼，诸如"当时刘欣呆立着，在这黑夜中的滚滚热浪里打了个寒战"等对比也很常见。这些生动化的语言运用，是小说感染人的又一要素。

有人说，《地火》删掉结尾适合发在《人民文学》，添上结尾比较适合《科幻世界》。或许这正好说明了该作品虽然以技术为内核，但其文学性也值得肯定。

三、播撒科学的种子

《地火》创作之时，煤的气化开采实验研究已经进行了半个世纪，有催化剂、地下燃烧等多种方案且试验都已成功，但由于种种原因都无法实现商业化。因此，有人说《地火》几乎不是科幻，或者说，像 20 世纪 50 年代的科幻小说[1]，就连刘慈欣本人也这么认为。的确，比起动辄亿万年的星际穿越，《地火》真的好像算不上科幻。然而，它所传达的科学幻想精神却是不折不扣的。

一方面，在《地火》中，刘欣对气化煤实验憧憬、奉献、执着、热情乃至狂热，他对新科学技术的不懈探索与追求，正是作者要歌颂的。虽然气化煤实验以失败告终，我们仍然能够透过作者用一百一十年后煤炭工业现代化的事实，感受到对刘欣心中宏伟科学幻想的肯定、珍爱与呵护。这正是刘慈欣作为乐观技术主义者对科技的信心的传达——科技能够解决一切问题。由此，作品的激励性可见一斑。

然而，另一方面，作者于科学幻想的热烈赞颂中，对刘欣的个人英雄主义、盲目冒进、缺乏理性又是不无批判的。如果刘欣能够听从阿古力的建议，在实验前期对煤层的孤立性进行更为科学的勘测，在实验初告捷时能够听从队长的建议及时停止，或许就不会导致生灵涂炭的悲剧发生。刘欣在科学实验设计上不够严谨，对新技术的不确定性和不稳定性没有正确认识，这些都是科学研究和探索中的隐患、祸患和敌人。从这一层面来说，《地火》又是具有深刻警示意义的。

一种较有共识的观点认为，科普不一定是科幻作品的必然功能。但是，实际创作中，科幻作品具备科普功能却也是常有之事。《地火》中的科普元素是多处可见的。例如，作者对新疆地火的描写，神秘、神奇而令人敬畏，既在传说中，又在现实里。这就很容易激发读者的好奇心，而兴趣又以好奇为起点。这样一来，自然而然成就了作品一处耀眼的科普点。此外，文中对煤的气化开采技术原理、全息影像技术、矿难等都有十分科学的描述，也是作品的科普要素所在。

2016年3月，《科学》杂志确认了中国的研究团队在煤制气方面取得的新成就，被称为是里程碑式的成就。昔日的幻想今天正在变为现实。如果没有《地火》的感染，笔者恐怕不会关注这样的科技事件。照此，我们也有理由相信，更多的人会因为《地火》迷上地火、研究地火，甚至有朝一日去扑灭地火，让大地的创伤在不远的未来愈合。这，就是《地火》的力量，也是科幻作品的力量。

提起科幻，多数人会在第一时间想到超人拯救地球和外星人宇宙大战等诸如此类的神秘、奇幻主题。但刘慈欣的《地火》告诉我们，科幻就在生活里，可以离我们很近，科幻既可以眼望九天，又可以脚踏实地。

参考文献

［1］磁铁.［大刘专栏］第二期 地火［EB/OL］. http://songshuhui.net/archives/12844.

［2］钱晓宇. 一座待挖的富矿：中国当代煤矿文学的类型研究初探［J］. 现代中国文化与文学，2013（1）.

［3］吴虹飞. 生活在平行宇宙中［J］. 人物，2012（4）.

［4］刘慈欣吧读者留言［EB/OL］. http://tieba.baidu.com/p/1019648793.

［5］刘慈欣，李骏虎. 科幻文学与现实主义密不可分［N］. 文艺报，2015-10-30.

［6］吴岩，方晓庆. 刘慈欣与新古典主义科幻小说［J］. 湖南科技学院学报，2006（2）.

［7］包惠. 刘慈欣：握住现实的科幻狂人［N］. 成都日报，2006-08-09.

（张志敏：文学博士，中国科普研究所副研究员）

乡村教师

刘慈欣

作者附言：

这篇小说同我以前的作品相比有一些变化，主要是不那么"硬"了，重点放在营造意境上。不要被开头所迷惑，它不是你想象的那种东西。我不敢说它的水准高到哪里去，但从中你将看到中国科幻史上最离奇、最不可思议的意境。

他知道，这最后一课要提前讲了。

又一阵剧痛从肝部袭来，几乎使他晕厥过去。他已没气力下床了，便艰难地移近床边的窗口。月光映在窗纸上，银亮亮的，使小小的窗户看上去像是通向另一个世界的门，那个世界的一切一定都是银亮亮的，像用银子和不冻人的雪做成的盆景。他颤颤地抬起头，从窗纸的破洞中望出去，幻觉立刻消失了，他看到了远处自己度过了一生的村庄。

村庄静静地卧在月光下，像是百年前就没人似的。那些黄土高原上特有的平顶小屋，形状上同村子周围的黄土包没啥区别，在月夜中颜色也一样，整个村子仿佛已溶入这黄土坡之中。只有村前那棵老槐树很清楚，树上干枯枝杈间的几个老鸦窝更是黑黑的，像是滴在这暗银色画面上的几滴醒目的墨点……其实村子也有美丽温暖的时候，比如秋收时，外面打工的男人女人们大都回来了，村里有了人声和笑声，家家屋顶上是金灿灿的玉米，打谷场上娃们在秸秆堆里打滚；再比如过年的时候，打谷场被汽灯照得通亮，在那里连着几天闹红火，摇旱船，舞狮子。那几个狮子只剩下咔嗒作响的木头脑壳，上面油漆都脱了，村里没钱置新狮子皮，就用几张床单代替，玩得也挺高兴……但十五一过，村里的青壮年都外出打工挣生活去了，村子一下没了生气。只有每天黄昏，当稀拉拉几缕炊烟升起时，村头可能出现一两个老人，扬起山核桃一样的脸，眼巴巴地望着那条通向山外的路，直到在老槐树挂住的最后一抹夕阳消失。天黑后，村里早早就没了灯光，娃娃和老人们睡的都早，电费贵，现在到了一块八一度电了。

这时，村里隐约传出了一声狗叫，声音很轻，好像那狗在说梦话。他看着村子周围月光下的黄土地，突然觉得那好像是纹丝不动的水面。要真是水就好了，今年是连着第五个旱年了，要想有收成，又要挑水浇地了。想起田地，他的目光向更远方移去，那些小块的山田，月光下像一个巨人登山时留下的一个个脚印。在这只长荆条和毛蒿的石头山上，田也只能是这么东一小块西一小块的，别说农机，连牲口都转不开身，只能凭人力种了。去年一家什么农机厂到这儿来，推销一种微型手扶拖拉机，可以在这些巴掌大的地里干活儿。那东西真是不错，可村里人说他们这是闹笑话哩！他们想过那些巴掌地能产出多少东西来吗？就是绣花似的种，能种出一年的口粮就不错了，遇上这样的旱年，可能种子钱都收不回来呢！为这样的田买那三五千一台的拖拉机，再搭上两块多一升的柴油？唉，这山里人的难处，外人哪能知晓呢？

这时，窗前走过了几个小小的黑影，这几个黑影在不远的田垄上围成一圈蹲下来，不知要干什么。他知道这都是自己的学生，其实只要他们在近旁，不用眼睛他也能感觉到他们的存在，这直觉是他一生积累出来的，只是在这生命的最后时间里更敏锐了。

他甚至能认出月光下的那几个孩子，其中肯定有刘宝柱和郭翠花。这两个孩子都是本村人，本来不必住校的，但他还是收他们住了。刘宝柱的爹十年前买了个川妹子成亲，生了宝柱，五年后娃大了，对那女人看得也松了，结果有一天她跑回四川了，还卷走了家里所有的钱。这以后，宝柱爹也变得不成样儿了，开始是赌，同村子里那几个老光棍一样，把个家折腾得只剩四堵墙一张床；然后是喝，每天晚上都用八毛钱一斤的地瓜烧把自己灌得烂醉，喝完就拿孩子出气，每天一小揍三天一大揍，直到上个月的一天半夜，抡了根烧火棍差点把宝柱的命要了。郭翠花更惨了，要说她妈还是正经娶来的，这在这儿可是个稀罕事，男人也很荣光了，可好景不长，喜事刚办完大家就发现她是个疯子，之所以迎亲时没看出来，大概是吃了什么药。本来嘛，好端端的女人哪会到这穷得鸟都不拉屎的地方来？但不管怎么说，翠花还是生下来了，并艰难地长大了。但她那疯妈妈的病也越来越重，犯起病来，白天拿菜刀砍人，晚上放火烧房，更多的时间还是在阴森森地笑，那声音让人汗毛直竖……

剩下的都是外村的孩子了，他们的村子距这里最近的也有十里山路，只能住校了。在这所简陋的乡村小学里，他们一住就是一个学期。娃们来时，除了带自己的铺盖，每人还背了一袋米或面，十多个孩子在学校的那个大灶做饭吃。当冬夜降临时，娃们围在灶边，看着菜面糊糊在大铁锅中翻腾，灶膛里秸秆橘红色的火光映在他们脸上……这是他一生中看到过的最温暖的画面，他会把这画面带到另一个世界的。

窗外的田垄上，在那圈娃们中间，亮起了几点红色的小火星星，在这一片银灰色的月夜的背景上，火星星的红色格外醒目。这些娃们在烧香，接着他们又烧起纸来，火光把娃们的形象以橘红色在冬夜银灰色的背景上显现出来，这使他又想起了那灶边的画面。他脑海中还出现了另外一个类似的画面：当学校停电时（可能是因为线路坏了，但大多数时间是因为交不起电费），他给娃们上晚课。他手里举着一根蜡烛照着黑板，"看见不？"他问，"看不显！"娃们总是这样回答，那么一点点亮光，确实难看清，但娃们缺课多，晚课是必须上的。于是他再点上一根蜡，手里两根举着。"还是不显！"娃们喊，他于是再点上一根，虽然还是看不清，娃们不喊了，他们知道再喊老师也不会加蜡了，蜡太多了也是点不起的。烛光中，他看到下面那群娃们的面容时隐时现，像一群用自己的全部生命拼命挣脱黑暗的小虫虫。

娃们和火光，娃们和火光，总是娃们和火光，总是夜中的娃们和火光，这是这个世界深深刻在他脑子中的画面，但始终不明其含义。

他知道娃们是在为他烧香和烧纸，他们以前多次这么干过，只是这次，他已没有力气像以前那样斥责他们迷信了。他用尽了一生在娃们的心中燃起科学和文明的火苗，但他明白，同笼罩着这偏远山村的愚昧和迷信相比，那火苗是多么弱小，像这深山冬夜中教室里的那根蜡烛。半年前，村里的一些人来到学校，要从本来已很破旧的校舍取下椽子木，说是修村头的老君庙用。问他们校舍没顶了，娃以后住哪儿，他们说可以睡教室里嘛，他说那教室四面漏风，大冬天能住？他们说反正都外村人。他拿起一根扁担和他们拼命，结果被人家打断了两根肋骨。好心人抬着他走了三十多里山路，送到了镇医院。

就是在那次检查伤势时，意外发现他患了食道癌。这并不稀奇，这一带是食道癌高发区。镇医院的医生恭喜他因祸得福，因为他的食道癌现处于早期，还未扩散，动手术就能治愈，食道癌是手术治愈率最高的癌症之一，他算捡了条命。

于是他去了省城，去了肿瘤医院，在那里他问医生动一次这样的手术要多少钱，医生说像你这样的情况可以住我们的扶贫病房，其他费用也可适当减免，最后下来不会太多的，也就两万多元吧。想到他来自偏远山区，医生接着很详细地给他介绍住院手续怎么办，他默默地听着，突然问：

"要是不手术，我还有多长时间？"

医生呆呆地看了他好一阵儿，才说："半年吧。"并不解地看到他长出了一口气，好像得到了很大安慰。

至少能送走这届毕业班了。

他真的拿不出这两万多元。虽然民办教师工资很低，但干了这么多年，孤身一人无牵无挂，按说也能攒下一些钱了。只是他把钱都花在娃们身上了，他已记不清给多少学生代交了学杂费，最近的就有刘宝柱和郭翠花；更多的时候，他看到娃们的饭锅里没有多少油星星，就用自己的工资买些肉和猪油回来……反正到现在，他全部的钱也只有手术所需费用的十分之一。

沿着省城那条宽阔的大街，他向火车站走去。这时天已黑了，城市的霓虹灯开始发出迷人的光芒，那光芒之多彩之斑斓，让他迷惑；还有那些高楼，一入夜就变成了一盏盏高耸入云的巨大彩灯。音乐声在夜空中飘荡，疯狂的、轻柔的，走一段一个样。

　　就在这个不属于他的世界里，他慢慢地回忆起自己不算长的一生。他很坦然，各人有各人的命，早在二十年前初中毕业回到山村小学时，他就选定了自己的命。再说，他这条命很大一部分是另一位乡村教师给的。他就是在自己现在任教的这所小学度过童年的，他爹妈死得早，那所简陋的乡村小学就是他的家，他的小学老师把他当亲儿子待，日子虽然穷，但他的童年并不缺少爱。那年，放寒假了，老师要把他带回自己的家里过冬。老师的家很远，他们走了很长的积雪的山路，当看到老师家所在的村子的一点灯光时，已是半夜了。这时他们看到身后不远处有四点绿荧荧亮光，那是两双狼眼。那时山里狼很多的，学校周围就能看到一堆堆狼屎。有一次他淘气，把那灰白色的东西点着扔进教室里，使浓浓的狼烟充满了教室，把娃们都呛得跑了出来，让老师很生气。现在，那两只狼向他们慢慢逼近，老师折下一根粗树枝，挥动着它拦住狼的来路，同时大声喊着让他向村里跑。他当时吓糊涂了，只顾跑，只想着那狼会不会绕过老师来追他，只想着会不会遇到其他的狼。当他上气不接下气地跑进村子，然后同几个拿猎枪的汉子去接老师时，发现他躺在一片已冻成糊状的血泊中，半条腿和整只胳膊都被狼咬掉了。老师在送往镇医院的路上就咽了气，当时在火把的光芒中，他看到了老师的眼睛，老师的腮帮被深深地咬下一大块，已说不出话，但用目光把一种心急如焚的牵挂传给了他，他读懂了那牵挂，记住了那牵挂。

　　初中毕业后，他放弃了在镇政府里一个不错的工作机会，直接回到了这个举目无亲的山村，回到了老师牵挂的这所乡村小学，这时，学校因为没有教师已荒废好几年了。

　　前不久，教委出台新政策，取消了民办教师，其中的一部分经考试考核转为公办。当他拿到教师证时，知道自己已成为一名国家承认的小学教师了，很高兴，但也只是高兴而已，不像别的同事们那么激动。他不在乎什么民办公办，他只在乎那一批又一批的娃们，从他的学校读完了小学，走向生活。不管他们是走出山去还是留在山里，他们的生活同那些没上过一天学的娃们总是有些不一样的。

他所在的山区，是这个国家最贫困的地区之一。但穷不是最可怕的，最可怕的是那里的人们对现状的麻木。记得那是好多年前了，搞包产到户，村里开始分田，然后又分其他的东西。对于村里唯一的一台拖拉机，大伙对于油钱怎么出时怎么分配总也谈不拢，最后唯一大家都能接受的办法是把拖拉机分了，真的分了，你家拿一个轮子他家拿一根轴……再就是两个月前，有一家工厂来扶贫，给村里安了一台潜水泵，考虑到用电贵，人家还给带了一台小柴油机和足够的柴油，挺好的事儿，但人家前脚走，村里后脚就把机器都卖了，连泵带柴油机，只卖了一千五百块钱，全村好吃了两顿，算是过了个好年……一家皮革厂来买地建厂，什么都不清楚就把地卖了，那厂子建起后，硝皮子的毒水流进了河里，渗进了井里，人一喝了那些水浑身起红疙瘩，就这也没人在乎，还沾沾自喜那地卖了个好价钱……看村里那些娶不上老婆的光棍汉们，每天除了赌就是喝，但不去种地，他们能算清：穷到了头县里每年总会有些救济，那钱算下来也比在那巴掌大的山地里刨一年土坷垃挣得多……没有文化，人们都变得下作了，那里的穷山恶水固然让人灰心，但真正让人感到没指望的，是山里人那呆滞的目光。

他走累了，就在人行道边坐下来。他面前，是一家豪华的大餐馆，那餐馆靠街的一整堵墙全是透明玻璃，华丽的枝形吊灯把光芒投射到外面。整个餐馆像一个巨大的鱼缸，里面穿着华贵的客人们则像一群多彩的观赏鱼。他看到在靠街的一张桌子旁坐着一个胖男人，这人头发和脸似乎都在冒油，使他看上去像用一大团表面涂了油的蜡做的。他两旁各坐着一个身材高挑穿着暴露的女郎，那男人转头对一个女郎说了句什么，把她逗得大笑起来，那男人跟着也笑起来，而另一个女郎则娇嗔地用两个小拳头捶那个男的……真没想到还有个子这么高的女孩子。秀秀的个儿，大概只到她们一半……他叹了口气，唉，又想起秀秀了。

秀秀是本村唯一一个没有嫁到山外的姑娘，也许是因为她从未出过山，怕外面的世界，也许是别的什么原因。他和秀秀好过两年多，最后那阵差点儿就成了，秀秀家里也通情达理，只要一千五百块的肚疼钱（注：西北一些农村地区彩礼的一个名目，意思是对娘生女儿肚子疼的补偿）。但后来，村子里一些出去打工的人赚了些钱回来，和他同岁的二蛋虽不识字但脑子活，去城里干起了挨家挨户清洗抽油烟机的活儿，一年下来竟能赚个万把块。前年回来待了一个月，秀秀不知怎的就跟这个二蛋好上了。秀秀一家全是睁眼瞎，家里粗糙的干打垒墙壁上，除了贴着一团一团用泥巴和起来的瓜种子，还划着长长短短的道道儿，那是她爹多少年来记的账……秀秀没上过学，但自小对识文断字的人有好感，这是她同他好的主要原因。但二蛋的一瓶廉价香水和一串镀金项链就把这种好感全打消了，"识文断字又不能当饭吃。"秀秀对他说。虽然他知道识文断字是能当饭吃的，但具体到他身上，吃得确实比二蛋差好远，所以他也说不出什么。秀秀看他那样儿，转身走了，只留下一股让他皱鼻子的香水味。

和二蛋成亲一年后，秀秀生娃儿死了。他还记得那个接生婆，把那些锈不拉叽的刀刀铲铲放到火上烧一烧就向里捅，秀秀可倒霉了，血流了一铜盆，在送镇医院的路上就咽气了。成亲办喜事儿的时候，二蛋花了三万块，那排场在村里真是风光死了，可他怎的就舍不得花点钱让秀秀到镇医院去生娃呢？后来他一打听，这花费一般也就二三百，就二三百呀。但村里历来都是这样儿，生娃是从不去医院的。所以没人怪二蛋，秀秀就这命。后来他听说，比起二蛋妈来，她还算幸运。生二蛋时难产，二蛋爹从产婆那儿得知是个男娃，就决定只要娃了。于是，二蛋妈被放到驴子背上，让那驴子一圈圈走，硬是把二蛋挤出来，听当时看见的人说，在院子里血流了一圈……

想到这里他长出了一口气，笼罩着家乡的愚昧和绝望使他窒息。

但娃们还是有指望的，那些在冬夜寒冷的教室中，盯着烛光照着的黑板的娃们，他就是那蜡烛，不管能点多长时间，发出的光有多亮，他总算是从头点到尾了。

他站起身来继续走，没走多远就拐进了一家书店，城里就是好，还有夜里开门的书店。除了回程的路费，他把身上所有的钱都买了书，以充实他的乡村小学里那小小的图书室。半夜，提着那两捆沉重的书，他踏上了回家的火车。

在距地球五万光年的远方，在银河系的中心，一场延续了两万年的星际战争已接近尾声。

那里的太空中渐渐隐现出一个方形区域，仿佛灿烂的群星的背景被剪出一个方口，这个区域的边长约十万公里，区域的内部是一种比周围太空更黑的黑暗，让人感到一种虚空中的虚空。从这黑色的正方形中，开始浮现出一些实体，它们形状各异，都有月球大小，呈耀眼的银色。这些物体越来越多，并组成一个整齐的立方体方阵。这银色的方阵庄严地驶出黑色正方形，两者构成了一幅挂在宇宙永恒墙壁上的镶嵌画，这幅画以绝对黑体的正方形天鹅绒为衬底，由纯净的银光耀眼的白银小构件整齐地镶嵌而成。这又仿佛是一首宇宙交响乐的固化。渐渐地，黑色的正方形消融在星空中，群星填补了它的位置，银色的方阵庄严地悬浮在群星之间。

银河系碳基联邦的星际舰队，完成了本次巡航的第一次时空跃迁。

在舰队的旗舰上，碳基联邦的最高执政官看着眼前银色的金属大地，大地上布满了错综复杂的纹路，像一块无限广阔的银色蚀刻电路板，不时有几个闪光的水滴状的小艇出现在大地上，沿着纹路以令人目眩的速度行驶几秒钟，然后无声地消失在一口突然出现的深井中。时空跃迁带过来的太空尘埃被电离，成为一团团发着暗红色光的云，笼罩在银色大地的上空。

最高执政官以冷静著称，他周围那似乎永远波澜不惊的淡蓝色智能场就是他人格的象征，但现在，像周围的人一样，他的智能场也微微泛出黄光。

"终于结束了。"最高执政官的智能场振动了一下，把这个信息传送给站在他两旁的参议员和舰队统帅。

"是啊，结束了。战争的历程太长太长，以至我们都忘记了它的开始。"参议员回答。

这时，舰队开始了亚光速巡航，它们的亚光速发动机同时启动，旗舰周围突然出现了几千个蓝色的太阳，银色的金属大地像一面无限广阔的镜子，把蓝太阳的数量又复制了一倍。

远古的记忆似乎被点燃了，其实，谁能忘记战争的开始呢？这记忆虽然遗传了几百代，但在碳基联邦的万亿公民的脑海中，它仍那么鲜活，那么铭心刻骨。

两万年前的那一时刻，硅基帝国从银河系外围对碳基联邦发动全面进攻。在长达一万光年的战线上，硅基帝国的五百多万艘星际战舰同时开始恒星蛙跳。每艘战舰首先借助一颗恒星的能量打开一个时空蛙洞，然后从这个蛙洞时空跃迁至另一个恒星，再用这颗恒星的能量打开第二个蛙洞继续跃迁……由于打开蛙洞消耗了恒星大量的能量，使得恒星的光谱暂时向红端移动，当飞船从这颗恒星完成跃迁后，它的光谱渐渐恢复原状。当几百万艘战舰同时进行恒星蛙跳时，所产生的这种效应是十分恐怖的：银河系的边缘出现了一条长达一万光年的红色光带，这条光带向银河系的中心移过来。这个景象在光速视界是看不到的，但在超空间监视器上显示出来。那条由变色恒星组成的红带，如同一道一万光年长的血潮，向碳基联邦的疆域涌来。

碳基联邦最先接触硅基帝国攻击前锋的是绿洋星，这颗美丽的行星围绕着一对双星恒星运行，她的表面全部被海洋覆盖。那生机盎然的海洋中漂浮着由柔软的长藤植物构成的森林，温和美丽、身体晶莹透明的绿洋星人在这海中的绿色森林间轻盈地游动，创造了绿洋星伊甸园般的文明。突然，几万道刺目的光束从天而降，硅基帝国舰队开始用激光蒸发绿洋星的海洋。在很短的时间内，绿洋星变成了一口沸腾的大锅，这颗行星上包括五十亿绿洋星人在内的所有生物在沸水中极度痛苦地死去，它们被煮熟的有机质使整个海洋变成了绿色的浓汤。最后海洋全部蒸发了，昔日美丽的绿洋星变成了一个由厚厚蒸汽包裹着的地狱般的灰色行星。

这是一场几乎波及整个银河系的星际大战，是银河系中碳基和硅基文明之间惨烈的生存竞争，但双方谁都没有料到战争会持续两万银河年！

现在，除了历史学家，谁也记不清有百万艘以上战舰参加的大战役有多少次了。规模最大的一次超级战役是第二旋臂战役，战役在银河系第二旋臂中部进行，双方投入了上千万艘星际战舰。据历史记载，在那广漠的战场上，被引爆的超新星就达两千多颗，那些超新星像第二旋臂中部黑暗太空中怒放的焰火，使那里变成超强辐射的海洋，只有一群群幽灵似的黑洞漂行于其间。战役的最后，双方的星际舰队几乎同归于尽。一万五千年过去了，第二旋臂战役现在听起来就像上古时代缥缈的神话，只有那仍然存在的古战场证明它确实发生过。但很少有飞船真正进入过古战场，那里是银河系中最恐怖的区域，这并不仅仅是因为辐射和黑洞。当时，双方数量多得难以想象的战舰群为了进行战术机动，进行了大量的超短距离时空跃迁，据说当时的一些星际歼击机，在空间格斗时，时空跃迁的距离竟短到令人难以置信的几千米！这样就把古战场的时空结构搞得千疮百孔，像一块内部被老鼠钻了无数长洞的大乳酪。飞船一旦误入这个区域，可能在一瞬间被畸变的空间扭成一根细长的金属绳，或压成一张面积有几亿平方公里但厚度只有几个原子的薄膜，立刻被辐射狂风撕得粉碎。但更为常见的是飞船变为建造它们时的一块块钢板，或者立刻老得只剩下一个破旧的外壳，内部的一切都变成古老的灰尘；人在这里也可能瞬间回到胚胎状态或变成一堆白骨……

但最后的决战不是神话，它就发生在一年前。在银河系第一和第二旋臂之间的荒凉太空中，硅基帝国集结了最后的力量，这支有一百五十万艘星际战舰组成的舰队在自己周围构筑了半径一千光年的反物质云屏障。碳基联邦投入攻击的第一个战舰群刚完成时空跃迁就陷入了反物质云中。反物质云十分稀薄，但对战舰具有极大的杀伤力，碳基联邦的战舰立刻变成一个个刺目的火球，但它们仍奋勇冲向目标。每艘战舰都拖着长长的火尾，在后面留下一条发着荧光的航迹，这由三十多万个火流星组成的阵列形成了碳硅战争中最为壮观最为惨烈的画面。在反物质云中，这些火流星渐渐缩小，最后在距硅基帝国战舰阵列很近的地方消失了，但它们用自己的牺牲为后续的攻击舰队在反物质云中打开了一条通道。在这场战役中，硅基帝国最后的舰队被赶到银河系最荒凉的区域：第一旋臂的顶端。

现在，这支碳基联邦舰队将完成碳硅战争中最后一项使命：他们将在第一旋臂的中部建立一条五百光年宽的隔离带，隔离带中的大部分恒星将被摧毁，以制止硅基帝国的恒星蛙跳。恒星蛙跳是银河系中大吨位战舰进行远距离快速攻击的唯一途径，而一次蛙跳的最大距离是二百光年。隔离带一旦产生，硅基帝国的重型战舰要想进入银河系中心区域，只能以亚光速跨越这五百光年的距离，这样，硅基帝国实际上被禁锢在第一旋臂顶端，再也无法对银河系中心区域的碳基文明构成任何严重威胁。

"我带来了联邦议会的意愿，"参议员用振动的智能场对最高执政官说，"他们仍然强烈建议：在摧毁隔离带中的恒星前，对它们进行生命级别的保护甄别。"

　　"我理解议会。"最高执政官说，"在这场漫长的战争中，各种生命流出的血足够形成上千颗行星的海洋了，战后，银河系中最迫切需要重建的是对生命的尊重。这种尊重不仅是对碳基生命的，也是对硅基生命的，正是基于这种尊重，碳基联邦才没有彻底消灭硅基文明。但硅基帝国并没有这种对生命的感情，如果说碳硅战争之前，战争和征服对于它们还仅仅是一种本能和乐趣的话，现在这种东西已根植于它们的每个基因和每行代码之中，成为它们生存的终极目的。由于硅基生物对信息的存贮和处理能力大大高于我们，可以预测硅基帝国在第一旋臂顶端的恢复和发展将是神速的，所以我们必须在碳基联邦和硅基帝国之间建成足够宽的隔离带。在这种情况下，对隔离带中数以亿计的恒星进行生命级别的保护甄别是不现实的，第一旋臂虽属银河系中最荒凉的区域，但其带有生命行星的恒星数量仍可能达到蛙跳密度，这种密度足以使中型战舰进行蛙跳，而即使只有一艘硅基帝国的中型战舰闯入碳基联邦的疆域，可能造成的破坏也是巨大的。所以，在隔离带中只能进行文明级别的甄别。我们不得不牺牲隔离带中某些恒星周围的低级生命，是为了拯救银河系中更多的高级和低级生命。这一点我已向议会说明。"

　　参议员说："议会也理解您和联邦防御委员会，所以我带来的只是建议而不是立法。但隔离带中周围已形成 3C 级以上文明的恒星必须被保护。"

　　"这一点无需质疑，"最高执政官的智能场闪现出坚定的红色，"对隔离带中带有行星的恒星的文明检测将是十分严格的！"

　　舰队统帅的智能场第一次发出信息："其实我觉得你们多虑了，第一旋臂是银河系中最荒凉的荒漠，那里不会有 3C 级以上文明的。"

　　"但愿如此。"最高执政官和参议员同时发出了这个信息，他们智能场的共振使一道弧形的等离子体波纹向银色金属大地的上空扩散开去。

　　舰队开始了第二次时空跃迁，以近乎无限的速度奔向银河系的第一旋臂。

夜深了，烛光中，全班的娃们围在老师的病床前。

"老师歇着吧，明儿个讲也行的。"一个男娃说。

他艰难地苦笑了一下，"明儿个有明儿个的课。"

他想，如果真能拖到明天当然好，那就再讲一堂课，但直觉告诉他怕是不行了。

他做了个手势，一个娃把一块小黑板放到他胸前的被单上，这最后一个月，他就是这样把课讲下来的。他用软弱无力的手接过娃递过来的半截粉笔，吃力地把粉笔头放到黑板上，这时又是一阵剧痛袭来，手颤抖了几下，粉笔嗒嗒地在黑板上敲出了几个白点儿。从省城回来后，他再也没去过医院。两个月后，他的肝部疼了起来，他知道癌细胞已转移到那儿了，这种疼痛越来越厉害，最后变成了压倒一切的痛苦。他一只手在枕头下摸索着，找出了一些止痛片，是最常见的用塑料长条包装的那种。对于癌症晚期的剧疼，这药已经没有任何作用，可能是由于精神暗示，他吃了后总觉得好一些。杜冷丁倒是也不算贵，但医院不让带出来用，就是带回来也没人给他注射。他像往常一样从塑料条上取下两片药来，但想了想，便把所有剩下的12片全剥出来，一把吞了下去，他知道以后再也用不着了。他又挣扎着想向黑板上写字，但头突然偏向一边，一个娃赶紧把盆接到他嘴边，他吐出了一口黑红的血，然后虚弱地靠在枕头上喘息着。

娃们中又传出了低低的抽泣声。

他放弃了在黑板上写字的努力，无力地挥了一下手，让一个娃把黑板拿走。他开始说话，声音如游丝一般。

"今天的课同前两天一样，也是初中的课。这本来不是教学大纲上要求的，我是想到，你们中的大部分人，这一辈子永远也听不到初中的课了，所以我最后讲一讲，也让你们知道稍深一些的学问是什么样子。昨天讲了鲁迅的《狂人日记》，你们肯定不大懂，不管懂不懂都要多看几遍，最好能背下来，等长大了，总会懂的。鲁迅是个很了不起的人，他的书每一个中国人都应该读读的，你们将来也一定找来读读。"

他累了，停下来喘息着歇歇，看着跳动的烛光，鲁迅写下的几段文字在他的脑海中浮现出来。那不是《狂人日记》中的，课本上没有，他是从自己那套本数不全已经翻烂的鲁迅全集上读到的，许多年前读第一遍时，那些文字就深深地刻在他脑子里了。

　　"假如一间铁屋子，是绝无窗户而万难破毁的，里面有许多熟睡的人们，不久都要闷死了，然而是从昏睡入死灭，并不感到就死的悲哀。现在你大嚷起来，惊起了较为清醒的几个人，使这不幸的少数者来受无可挽救的临终的苦楚，你倒以为对得起他们么？

　　然而几个人既然起来，你不能说决没有毁坏这铁屋的希望。"

他用尽最后的力气，接着讲下去。

"今天我们讲初中物理。物理你们以前可能没有听说过，它讲的是物质世界的道理，是一门很深很深的学问。"

"这课讲牛顿三定律。牛顿是从前的一个英国大科学家，他说了三句话，这三句话很神的，它把人间天上所有的东西的规律都包括进去了，上到太阳月亮，下到流水刮风，都跑不出这三句话划定的圈圈。用这三句话，可以算出什么时候日食，就是村里老人说的天狗吃太阳，一分一秒都不差的；人飞上月球，也要靠这三句话，这就是牛顿三定律。"

"下面讲第一定律：当一个物体没有受到外力作用时，它将保持静止或匀速直线运动不变。"

娃们在烛光中默默地看着他，没有反应。

"就是说，你猛推一下谷场上那个石碾子，它就一直滚下去，滚到天边也不停下来。宝柱你笑什么？是啊，它当然不会那样，这是因为有摩擦力，摩擦力让它停下来，这世界上，没有摩擦力的环境可是没有的……"

是啊，他人生的摩擦力就太大了。在村里他是外姓人，本来就没什么分量，加上他这个倔脾气，这些年来把全村人都得罪了。他挨家挨户拉人家的娃入学，跑到县里，把跟着爹做买卖的娃拉回来上学，拍着胸脯保证垫学费……这一切并没有赢得多少感激，关键在于，他对过日子的看法同周围人太不一样，成天想的说的，都是些不着边际的事，这是最让人讨厌的。在他查出病来之前，他曾跑到县里，居然从教育局跑回一笔维修学校的款子，村子里只拿出了一小部分，想过节请个戏班子唱两天戏，结果让他搅了，愣从县里拉了个副县长来，让村里把钱拿回来，可当时戏台子都搭好了。学校倒是修了，但他扫了全村人的兴，以后的日子更难过。先是村里的电工——村长的侄子，把学校的电掐了，接着做饭取暖用的秸秆村里也不给了，害得他扔下自个儿的地不种，一人上山打柴，更别提后来拆校舍的房椽子那事了……这些摩擦力无所不在，让他心力交瘁，让他无法做匀速直线运动，他不得不停下来了。

也许，他就要去的那个世界是没有摩擦力的，那里的一切都是光滑可爱的，但那有什么意义？在那边，他心仍留在这个充满灰尘和摩擦力的世界上，留在这所他倾注了全部生命的乡村小学里。他不在了以后，剩下的两个教师也会离去，这所他用力推了一辈子的小学校就会像谷场上那个石碾子一样停下来，他陷入深深的悲哀，但无论在这个世界或是那个世界，他都无力回天。

"牛顿第二定律比较难懂，我们最后讲，下面先讲牛顿第三定律：当一个物体对第二个物体施加一个力，这第二个物体也会对第一个物体施加一个力，这两个力大小相等、方向相反。"

娃们又陷入了长时间的沉默。

"听懂了没？谁说说？"

班上学习最好的赵拉宝说："我知道是啥意思，可总觉得说不通：晌午我和李权贵打架，他把我的脸打得那么痛，肿起来了，所以作用力应该不相等的才对，我受的肯定比他大嘛！"

喘息了好一会儿，他才解释说："你痛是因为你的腮帮子比权贵的拳头软，它们相互的作用力还是相等的……"

他想用手比划一下，但手已抬不起来了，他感到四肢像铁块一样沉，这沉重感很快扩展到全身，他感到自己的躯体像要压塌床板，陷入地下似的。

时间不多了。

"目标编号：1033715，绝对目视星等：3.5，演化阶段：主星序偏上，发现两颗行星，平均轨道半径分别为 1.3 和 4.7 个距离单位，在一号行星上发现生命，这是红 69012 舰报告。"

碳基联邦星际舰队的十万艘战舰目前已散布在一条长一万光年的带状区域中，这就是正在建立的隔离带。工程刚刚开始，只是试验性地摧毁了五千颗恒星，其中带有行星的只有 137 颗，而行星上有生命的这是第一颗。

"第一旋臂真是个荒凉的地方啊。"最高执政官感叹道。他的智能场振动了一下，用全息图隐去了脚下的旗舰和上方的星空，使他、舰队统帅和参议员悬浮于无际的黑色虚空中。接着，他调出了探测器发回的图像：虚空出现了一个发着蓝光的火球，最高执政官的智能场产生了一个白色的方框，那方框调整大小，圈住了这颗恒星并把它的图像隐去了，他们于是又陷入无边的黑暗之中，但这黑暗中有一个小小的黄色光点，图像的焦距开始大幅度调整，行星的图像以令人目眩的速度推向前来，很快占满了半个虚空，三个人都沉浸在它反射的橙黄色光芒中。

这是一颗被浓密大气包裹着的行星，在它那橙黄色的气体海洋上，汹涌的大气运动描绘出了极端复杂的不断变幻的线条。行星图像继续移向前来，直到占据了整个宇宙，三个人被橙黄色的气体海洋吞没了。探测器带着他们在这浓雾中穿行，很快雾气稀薄了一些，他们看到了这颗行星上的生命。

那是一群在浓密大气上层飘浮的气球状生物，表面有着美丽的花纹，那花纹不停在变幻着色彩和形状，时而呈条纹状，时而呈斑点状，不知这是不是一种可视语言。每个气球都有一条长尾，那长尾的尾端不时炫目地闪烁一下，光沿着长尾传到气球上，化为一片弥漫的荧光。

"开始四维扫描！"红 69012 舰上的一名上尉值勤军官说。

一束极细的波束开始从上至下飞快地扫描那群气球。这束波只有几个原子粗细，但它的波管内的空间维度比外部宇宙多一维。扫描数据传回舰上，在主计算机的内存中，那群气球被切成了几亿亿个薄片，每个薄片的厚度只有一个原子的尺度，在这个薄片上，每个夸克的状态都被精确地记录下来。

"开始数据镜像组合！"

主计算机的内存中，那几亿亿个薄片按原有顺序叠加起来，很快，组合成一群虚拟气球，在计算机内部广漠的数字宇宙中，这个行星上的那群生物体有了精确的复制品。

"开始 3C 级文明测试！"

在数字宇宙中，计算机敏锐地定位了气球的思维器官，它是悬在气球内部错综复杂的神经丛中间的一个椭圆体。计算机在瞬间分析了这个大脑的结构，并越过所有低级感官，直接同它建立了高速信息接口。

文明测试是从一个庞大的数据库中任意地选取试题，测试对象如果能答对其中三道，则测试通过；如果头三道题没有答对，测试者有两种选择：可以认为测试没有通过，或者继续测试，题数不限，直到被测试者答对的题数达到三道，这时可认为其通过测试。

"3C 文明测试试题 1 号：请叙述你们已探知的组成物质的最小单元。"

"滴滴，嘟嘟嘟，滴滴滴滴。"气球回答。

"1 号试题测试未通过。3C 文明测试试题 2 号：你们观察到物体中热能的流向有什么特点？这种流向是否可逆？"

"嘟嘟嘟，滴滴，滴滴嘟嘟。"气球回答。

"2 号试题测试未通过。3C 文明测试试题 3 号：圆的周长和它的直径之比是多少？"

"滴滴滴滴嘟嘟嘟嘟嘟。"气球回答。

"3 号试题测试未通过。3C 文明测试试题 4 号……"

"到此为止吧，"当测试题数达到 10 道时，最高执政官说，"我们时间不多。"他转身对旁边的舰队统帅示意了一下。

"发射奇点炸弹！"舰队统帅命令。

奇点炸弹实际上是没有大小的，它是一个严格意义上的几何点，一个原子同它相比都是无穷大，虽然最大的奇点炸弹质量有上百亿吨，最小的也有几千万吨。但当一颗奇点炸弹沿着长长的导轨从红 69012 舰的武器舱中滑出时，却可以看到一个直径达几百米的发着幽幽荧光的球体，这荧光是周围的太空尘埃被吸入这个微型黑洞时产生的辐射。同那些恒星引力坍缩形成的黑洞不同，这些小黑洞在宇宙创世之初就形成了，它们是大爆炸前的奇点宇宙的微缩模型。碳基联邦和硅基帝国都有庞大的船队，游弋在银河系银道面外的黑暗荒漠搜集这些微型黑洞，一些海洋行星上的种群把它们戏称为"远洋捕鱼船队"，而这些船队带回的东西，是银河系中最具威慑力的武器之一，是迄今为止唯一能够摧毁恒星的武器。

奇点炸弹脱离导轨后，沿一条由母舰发出的力场束加速，直奔目标恒星。过了不长的一段时间，这颗灰尘似的黑洞高速射入了恒星表面火的海洋。想象在太平洋的中部突然出现一个半径一百公里的深井，就可以大概把握这时的情形。巨量的恒星物质开始被吸入黑洞，那汹涌的物质洪流从所有方向汇聚到一点并消失在那里，物质吸入时产生的辐射在恒星表面产生一团刺目的光球，仿佛恒星戴上了一个光彩夺目的钻石戒指。随着黑洞向恒星内部沉下去，光团暗淡下来，可以看到它处于一个直径达几百万公里的大旋涡正中，那巨大的旋涡散射着光团的强光，缓缓转动着，呈现出飞速变幻的色彩，使恒星从这个方向看去仿佛是一张狰狞的巨脸。很快，光团消失了，旋涡渐渐消失，恒星表面似乎又恢复了它原来的色彩和光度。但这只是毁灭前最后的平静，随着黑洞向恒星中心下沉，这个贪婪的饕餮者更疯狂地吞食周围密度急剧增高的物质，它在一秒钟内吸入的恒星物质总量可能有上百个中等行星。黑洞巨量吸入时产生的超强辐射向恒星表面漫延，由于恒星物质的阻滞，只有一小部分到达了表面，但其余的辐射把它们的能量留在了恒星内部，这能量快速破坏着恒星的每一个细胞，从整体上把它飞快地拉离平衡态。从外部看，恒星的色彩在缓缓变化，由浅红色变为明黄色，从明黄色变为鲜艳的绿色，从绿色变为如洗的碧蓝，从碧蓝变为恐怖的紫色。这时，在恒星中心的黑洞产生的辐射能已远远大于恒星本身辐射的能量，随着更多的能量以非可见光形式溢出恒星，紫色渐渐加深，这颗恒星看上去像太空中一个在忍受着超级痛苦的灵魂，这痛苦在急剧增大，紫色已深到了极限，这颗恒星用不到一个小时的时间就走完了它未来几十亿年的旅程。

一团似乎吞没整个宇宙的强光闪起，然后慢慢消失，在原来恒星所在的位置上，可以看到一个急剧膨胀的薄球层，像一个被吹大的气球，这是被炸飞的恒星表面。随着薄球层体积的增大，它变得透明了，可以看到它内部的第二个膨胀的薄球层，然后又可以看到更深处的第三个薄球层……这个爆炸中的恒星，就像宇宙中突然显现的一个套一个的一组玲珑剔透的镂花玻璃球，其中最深处的一个薄球层的体积也是恒星原来体积的几十万倍。当爆炸的恒星的第一层膨胀外壳穿过那个橙黄色行星时，它立刻被汽化了。其实在这整个爆炸的壮丽场景中根本就看不到它，同那膨胀的恒星外壳相比，它只是一粒微不足道的灰尘，其大小甚至不能成为那几层镂花玻璃球上的一个小点。

"你们感到消沉？"舰队统帅问，他看到最高执政官和参议员的智能场暗下来了。

"又一个生命世界毁灭了，像烈日下的露珠。"

"那您就想想伟大的第二旋臂战役，当两千多颗超新星被引爆时，有十二万个这样的世界同碳硅双方的舰队一起化为蒸汽。阁下，时至今日，我们应该超越这种无谓的多愁善感了。"

参议员没有理会舰队统帅的话，也对最高执政官说："这种对行星表面取随机点的检测方式是不可靠的，可能漏掉行星表面的文明特征，我们应该进行面积检测。"

最高执政官说："这一点我也同议会讨论过，在隔离带中我们要摧毁的恒星有上亿颗，这其中估计有一千万个行星系，行星数量可能达五千万颗，我们时间紧迫，对每颗行星都进行面积检测是不现实的。我们只能尽量加宽检测波束，以增大随机点覆盖的面积，除此之外，只能祈祷隔离带中那些可能存在的文明在其星球表面的分布尽量均匀了。"

"下面我们讲牛顿第二定律……"

他心急如焚，极力想在有限的时间里给娃们多讲一些。

"一个物体的加速度，与它所受的力成正比，与它的质量成反比。首先，加速度，这是速度随时间的变化率，它与速度是不同的，速度大加速度不一定大，加速度大速度也不一定大。比如：一个物体现在的速度是110米每秒，2秒后的速度是120米每秒，那么它的加速度就是120减110除2，5米每秒，呵，不对，5米每秒的平方；另一个物体现在的速度是10米每秒，2秒后的速度是 30 米每秒，那么它的加速度就是 30 减 10 除 2，10 米每秒的平方；看，后面这个物体虽然速度小，但加速度大！呵，刚才说到平方，平方就是一个数自个儿乘自个儿……"

他惊奇自己的头脑如此清晰，思维如此敏捷，他知道，自己生命的蜡烛已燃到根上，棉芯倒下了，把最后的一小块蜡全部引燃了，一团比以前的烛苗亮十倍的火焰熊熊燃烧起来。剧痛消失了，身体也不再沉重，其实他已感觉不到身体的存在，他的全部生命似乎只剩下那个在疯狂运行的大脑，那个悬在空中的大脑竭尽全力，尽量多尽量快地把自己存贮的信息输出给周围的娃们，但说话是个该死的瓶颈，他知道来不及了。他产生了一个幻象：一把水晶样的斧子把自己的大脑无声地劈开，他一生中积累的那些知识，虽不是很多但他很看重的，像一把发光的小珠子毫无保留地落在地上，发出一阵悦耳的叮当声，娃们像见到过年的糖果一样抢那些小珠子，抢得摞成一堆……这幻象让他有一种幸福的感觉。

"你们听懂了没？"他焦急地问，他的眼睛已经看不到周围的娃们，但还能听到他们的声音。

"我们懂了！老师快歇着吧！"

他感觉到那团最后的火焰在弱下去，"我知道你们不懂，但你们把它背下来，以后慢慢会懂的。一个物体的加速度，与它所受的力成正比，与它的质量成反比。"

"老师，我们真懂了，求求你快歇着吧！"

他用尽最后的力气喊道："背呀！"

娃们抽泣着背了起来："一个物体的加速度，与它所受的力成正比，与它的质量成反比。一个物体的加速度，与它所受的力成正比，与它的质量成反比……"

这几百年前就在欧洲化为尘土的卓越头脑产生的思想，以浓重西北方言的童音在二十世纪中国最偏僻的山村中回荡，就在这声音中，那烛苗灭了。

娃们围着老师已没有生命的躯体大哭起来。

"目标编号：500921473，绝对目视星等：4.71，演化阶段：主星序正中，带有九颗行星。这是蓝84210号舰报告。"

"一个精致完美的行星系。"舰队统帅赞叹。

最高执政官很有同感："是的，它的固态小体积行星和气液态大体积行星的配置很有韵律感，小行星带的位置恰到好处，像一条美妙的装饰链。还有最外侧那颗小小的甲烷冰行星，似乎是这首音乐最后一个余音未尽的音符，暗示着某种新周期的开始。"

"这是蓝84210号舰，将对最内侧1号行星进行生命检测，检测波束发射。该行星没有大气，自转缓慢，温差悬殊。1号随机点检测，白色结果；2号随机点检测，白色结果……10号随机点检测，白色结果。蓝84210号舰报告，该行星没有生命。"

舰队统帅不以为然地说："这颗行星的表面温度可以当冶炼炉了，没必要浪费时间。"

"开始2号行星生命检测，波束发射。该行星有稠密大气，表面温度较高且均匀，大部为酸性云层覆盖。1号随机点检测，白色结果；2号随机点检测，白色结果……10号随机点检测，白色结果。蓝84210号舰报告，该行星没有生命。"

通过四维通信，最高执政官对一千光年之外蓝84210号舰上的值勤军官说："直觉告诉我，3号行星有生命可能性很大，在它上面检测30个随机点。"

"阁下，我们时间很紧了。"舰队统帅说。

"照我说的做。"最高执政官坚定地说。

"是，阁下。开始3号行星生命检测，波束发射。该行星有中等密度的大气，表面大部为海洋覆盖……"

来自太空的生命检测波束落到了亚洲大陆靠南一些的一点上，波束在地面上形成了一个约五千米的圆形。如果是在白天，用肉眼有可能觉察到波束的存在，因为当波束到达时，在它的覆盖范围内，一切无生命的物体都将变成透明状态。现在它覆盖的中国西北的这片山区，那些黄土山在观察者的眼里将如同水晶的山脉，阳光在这些山脉中折射，将是一幅十分奇异壮观的景象，观察者还会看到脚下的大地也变成深不可测的深渊；而被波束判断为有生命的物体则保持原状态不变，人、树木和草在这水晶世界中显得格外清晰醒目。但这效应只持续半秒钟，这期间检测波束完成初始化，之后一切恢复原状。观察者肯定会认为自己产生了一瞬间的幻觉。而现在，这里正是深夜，自然难以觉察到什么了。

这所山村小学，正好位于检测波束圆形覆盖区的圆心上。

"1 号随机点检测，结果……绿色结果，绿色结果！蓝 84210 号舰报告，目标编号：500921473，第 3 号行星发现生命！"

检测波束对覆盖范围内的众多种类生命体进行分类，在以生命结构的复杂度和初步估计的智能等级进行排序的数据库中，在一个方形掩蔽物下的那一簇生命体排在首位。于是，波束迅速收缩，汇聚到那座掩蔽物上。

最高执政官的智能场接收到从蓝 84210 号舰上发回的图像，并把它放大到整个太空背景上，那所山村小学的影像在瞬间占据了整个宇宙。图像处理系统已经隐去了掩蔽物，但那簇生命体的图像仍不清晰，这些生命体的外形太不醒目了，几乎同周围行星表面的以硅元素为主的黄色土壤融为一体。计算机只好把图像中所有的无生命部分，包括这些生命体中间的那具体形较大的已没有生命的躯体，全部隐去，这样那一簇生命体就仿佛悬浮在虚空之中，即使如此，它们看上去仍是那么平淡和缺乏色彩，像一簇黄色的植物，一看就知是那种在它们身上不会发生任何奇迹的生物。

一束纤细的四维波束从蓝 84210 号舰发射，这艘有一个月球大小的星际战舰正停泊在木星轨道之外，使太阳系暂时多了一颗行星。那束四维波束在三维太空中以接近无限的速度到达地球，穿过那所乡村小学校舍的屋顶，以基本粒子的精度对这十八个孩子进行扫描。数据的洪流以人类难以想象的速率传回太空，很快，在蓝 84210 号舰主计算机那比宇宙更广阔的内存中，孩子们的数字复制体形成了。

十八个孩子悬浮在一个无际的空间里，那空间呈一种无法形容的色彩，实际上那不是色彩，虚无是没有色彩的，虚无是透明中的透明。孩子们都不由想拉住旁边的伙伴，他们看上去很正常，但手从他们身体里毫无阻力地穿过去了。孩子们感到了难以形容的恐惧。计算机觉察到了这一点，它认为这些生命体需要一些熟悉的东西，于是在自己的内存宇宙的这一部分模拟这个行星天空的颜色。孩子们立刻看到了蓝天，没有太阳没有云更没有浮尘，只有蓝色，那么纯净，那么深邃。孩子们的脚下没有大地，也是与头顶一样的蓝天，他们似乎置身于一个无限的蓝色宇宙中，而他们是这宇宙中唯一的实体。计算机感觉到，这些数字生命体仍然处于惊恐中，它用了亿分之一秒想了想，终于明白了：银河系中大多数生命体并不惧怕悬浮于虚空之中，但这些生命体不同，他们是大地上的生物。于是它给了孩子们一个大地，并给了他们重力感。孩子们惊奇地看着脚下突然出现的大地，它是纯白色的，上面有黑线划出的整齐方格，他们仿佛站在一个无限广阔的语文作业本上。他们中有人蹲下来摸摸地面，这是他们见过的最光滑的东西，他们迈开双脚走，但原地不动，这地面是绝对光滑的，摩擦力为零，他们很惊奇自己为什么不会滑倒。这时，有个孩子脱下自己的一只鞋子，沿着地面扔出去，那鞋子以匀速直线运行向前滑去，孩子们呆呆地看着它以恒定的速度渐渐远去。

他们看到了牛顿第一定律。

有一个声音，空灵而悠扬，在这数字宇宙中回荡。

"开始 3C 级文明测试，3C 文明测试试题 1 号：请叙述你所在星球生物进化的基本原理，是自然淘汰型还是基因突变型？"

孩子茫然地沉默着。

"3C 文明测试试题 2 号：请简要说明恒星能量的来源。"

孩子茫然地沉默着。

……

"3C 文明测试试题 10 号：请说明构成你们星球上海洋的液体的分子构成。"

孩子仍然茫然地沉默着。

那只鞋在遥远的地平线处变成一个小黑点消失了。

"到此为止吧！"在一千光年之外，舰队统帅对最高执政官说，"不能再耽误时间了，否则我们肯定不能按时完成第一阶段的任务。"

最高执政官的智能场发出了微弱的表示同意的振动。

"发射奇点炸弹！"

载有命令信息的波束越过四维空间，瞬间到达了停泊在太阳系中的蓝84210号舰。那个发着幽幽荧光的雾球滑出了战舰前方长长的导轨，沿着看不见的力场束急剧加速，向太阳扑去。

最高执政官、参议员和舰队统帅把注意力转向了隔离带的其他区域，那里，又发现了几个有生命的行星系，但其中最高级的生命是一种生活在泥浆中的无脑蠕虫。接连爆炸的恒星像宇宙中怒放的焰火，使他们想起了史诗般的第二旋臂战役。

不知过了多长时间，最高执政官智能场的一小部分下意识地游移到太阳系，他听到了蓝84210号舰舰长的声音：

"准备脱离爆炸威力圈，时空跃迁准备，三十秒倒数！"

"等一下，奇点炸弹到达目标还需多长时间？"最高执政官说，舰队统帅和参议员的注意力也被吸引过来。

"它正越过内侧1号行星的轨道，大约还有十分钟。"

"用五分钟时间，再进行一些测试吧。"

"是，阁下。"

接着听到了蓝84210号舰值勤军官的声音："3C文明测试试题11号：一个三维平面上的直角三角形，它的三条边的关系是什么？"

沉默。

"3C文明测试试题12号：你们的星球是你们行星系的第几颗行星？"

沉默。

"这没有意义，阁下。"舰队统帅说。

"3C文明测试试题13号：当一个物体没有受到外力作用时，它的运行状态如何？"

数字宇宙广漠的蓝色空间中突然响起了孩子们清脆的声音："当一个物体没有受到外力作用时，它将保持静止或匀速直线运动不变。"

"3C 文明测试试题 13 号通过！3C 文明测试试题 14 号⋯⋯"

"等等！"参议员打断了值勤军官，"下一道试题也出关于低速力学基本定律的。"他又问最高执政官："这不违反测试准则吧？"

"当然不，只要是测试数据库中的试题。"舰队统帅代为回答，这些令他大感意外的生命体把他的注意力全部吸引过来了。

"3C 文明测试试题 14 号：请叙述相互作用的两个物体间力的关系。"

孩子们说："当一个物体对第二个物体施加一个力，这第二个物体也会对第一个物体施加一个力，这两个力大小相等，方向相反！"

"3C 文明测试试题 14 号通过！3C 文明测试试题 15 号：对于一个物体，请说明它的质量、所受外力和加速度之间的关系。"

孩子们齐声说："一个物体的加速度，与它所受的力成正比，与它的质量成反比！"

"3C 文明测试试题 15 号通过，文明测试通过！确定目标恒星 500921473 的 3 号行星上存在 3C 级文明。"

"奇点炸弹转向！脱离目标！"最高执政官的智能场急剧闪动着，用最大的能量把命令通过超空间传送到蓝 84210 号舰上。

在太阳系，推送奇点炸弹的力场束弯曲了，这根长几亿公里的力场束此时像一根弓起的长杆，努力把奇点炸弹挑离射向太阳的轨道。蓝 84210 号舰上的力场发动机以最大功率工作，巨大的散热片由暗红变为耀眼的白炽色。力场束向外的推力分量开始显示出效果，奇点炸弹的轨道开始弯曲，但它已越过水星轨道，距太阳太近了，谁也不知道这努力是否能成功。通过超空间直播，全银河系都在盯着那个模糊的雾团的轨迹，并看到它的亮度急剧增大，这是一个可怕的迹象，说明炸弹已能感受到太阳外围空间粒子密度的增大。舰长的手已放到了那个红色的时空跃迁启动按钮上，以在奇点炸弹击中太阳前的一刹那脱离这个空间。但奇点炸弹最终像一颗子弹一样擦过太阳的边缘，当它以仅几万米的高度掠过太阳表面上空时，由于黑洞吸入太阳大气中大量的物质，亮度增到最大，使得太阳边缘出现了一个刺眼的蓝白色光球，使它在这一刻看上去像一个紧密的双星系统，这奇观对人类将一直是个难解的谜。

蓝白色光球飞速掠过时，下面太阳浩瀚的火海黯然失色。像一艘快艇掠过平静的水面，黑洞的引力在太阳表面划出了一道 V 型的划痕，这划痕扩展到太阳的整个半球才消失。奇点炸弹撞断了一条日珥，这条从太阳表面升起的百万公里长的美丽轻纱在高速冲击下，碎成一群欢快舞蹈着的小小的等离子体旋涡……奇点炸弹掠过太阳后，亮度很快暗下来，最后消失在茫茫太空的永恒之夜中。

"我们险些毁灭了一个碳基文明。"参议员长出一口气说。

"真是不可思议，在这么荒凉的地方竟会存在 3C 级文明！"舰队统帅感叹说。

"是啊，无论是碳基联邦，还是硅基帝国，其文明扩展和培植计划都不包括这一区域，如果这是一个自己进化的文明，那可是一件很不寻常的事。"最高执政官说。

"蓝 84210 号舰，你们继续留在那个行星系，对 3 号行星进行全表面文明检测，你舰前面的任务将由其他舰只接替。"舰队司令命令道。

同他们在木星轨道之外的数字复制品不一样，山村小学中的那些娃们丝毫没有觉察到什么，在那间校舍里的烛光下，他们只是围着老师的遗体哭啊哭。不知哭了多长时间，娃们最后安静下来。

"咱们去村里告诉大人吧。"郭翠花抽泣着说。

"那又咋的？"刘宝柱低着头说，"老师活着时村里的人都腻歪他，这会儿肯定连棺材钱都没人给他出呢！"

最后，娃们决定自己掩埋自己的老师。他们拿了锄头铁锹，在学校旁边的山地上开始挖墓坑，灿烂的群星在整个宇宙中静静地看着他们。

"天啊！这颗行星上的文明不是 3C 级，是 5B 级！"看着蓝 84210 号舰从一千光年之外发回的检测报告，参议员惊呼起来。

人类城市的摩天大楼群的影像在旗舰上方的太空中显现。

"他们已经开始使用核能，并用化学推进方式进入太空，甚至已登上了他们所在行星的卫星。"

"他们的基本特征是什么？"舰队统帅问。

"您想知道哪些方面？"蓝84210号上的值勤军官问。

"比如，这个行星上生命体记忆遗传的等级是多少？"

"他们没有记忆遗传，所有记忆都是后天取得的。"

"那么，他们的个体相互之间的信息交流方式是什么？"

"极其原始，也十分罕见。他们身体内有一种很薄的器官，这种器官在这个行星以氧氮为主的大气中振动时可产生声波，同时把要传输的信息调制到声波之中，接收方也用一种薄膜器官从声波中接收信息。"

"这种方式信息传输的速率是多大？"

"大约每秒1至10比特。"

"什么？"旗舰上听到这话的所有人都大笑起来。

"真的是每秒1至10比特，我们开始也不相信，但反复核实过。"

"上尉，你是个白痴吗？"舰队统帅大怒，"你是想告诉我们，一种没有记忆遗传，相互间用声波进行信息交流，并且是以令人难以置信的每秒1至10比特的速率进行交流的物种，能创造出5B级文明？而且这种文明是在没有任何外部高级文明培植的情况下自行进化的？"

"但，阁下，确实如此。"

"但在这种状态下，这个物种根本不可能在每代之间积累和传递知识，而这是文明进化所必需的！"

"他们有一种个体，有一定数量，分布于这个种群的各个角落，这类个体充当两代生命体之间知识传递的媒介。"

"听起来像神话。"

"不，"参议员说，"在银河文明的太古时代，确实有过这个概念，但即使在那时也极其罕见，除了我们这些星系文明进化史的专业研究者，很少有人知道。"

"你是说那种在两代生命体之间传递知识的个体？"

"他们叫教师。"

"教——师？"

"一个早已消失的太古文明词汇，很生僻，在一般的古词汇数据库中都查不到。"

这时，从太阳系发回的全息影像焦距拉长，显示出蔚蓝色的地球在太空中缓缓转动。

最高执政官说："在银河系联邦时代，独立进化的文明十分罕见，能进化到5B级的更是绝无仅有，我们应该让这个文明继续不受干扰地进化下去，对它的观察和研究，不仅有助于我们对太古文明的研究，对今天的银河文明也有启示。"

"那就让蓝84210号舰立刻离开那个行星系吧，并把这颗恒星周围一百光年的范围列为禁航区。"舰队统帅说。

北半球失眠的人，会看到星空突然微微抖动，那抖动从空中的一点发出，呈圆形向整个星空扩展，仿佛星空是一汪静水，有人用手指在水中央点了一下似的。

蓝84210号舰跃迁时产生的时空激波到达地球时已大大衰减，只使地球上所有的时钟都快了3秒，但在三维空间中的人类是不可能觉察到这一效应的。

"很遗憾，"最高执政官说，"如果没有高级文明的培植，他们还要在亚光速和三维时空中被禁锢两千年，至少还需一千年时间才能掌握和使用湮灭能量，两千年后才能通过多维时空进行通信，至于通过超空间跃迁进行宇宙航行，可能是五千年后的事了，至少要一万年，他们才具备加入银河系碳基文明大家庭的起码条件。"

参议员说："文明的这种孤独进化，是银河系太古时代才有的事。如果那古老的记载正确，我那太古的祖先生活在一个海洋行星的深海中。在那黑暗世界中的无数个王朝后，一个庞大的探险计划开始了，他们发射了第一个外空飞船，那是一个透明浮力小球，经过漫长的路程浮上海面。当时正是深夜，小球中的先祖第一次看到了星空……你们能够想象，那对他们是怎样的壮丽和神秘啊！"

最高执政官说："那是一个让人向往的时代，一粒灰尘样的行星对先祖都是一个无限广阔的世界，在那绿色的海洋和紫色的草原上，先祖敬畏地面对群星……这感觉我们已丢失千万年了。"

"可我现在又找回了感觉！"参议员指着地球的影像说，她那蓝色的晶莹球体上浮动着雪白的云纹，他觉得她真像一种来自他祖先星球海洋中的一种美丽的珍珠，"看这个小小的世界，她上面的生命体在过着自己的生活，做着自己的梦，对我们的存在，对银河系中的战争和毁灭全然不知，宇宙对他们来说，是希望和梦想的无限源泉，这真像一首来自太古时代的歌谣。"

他真的吟唱了起来，他们三人的智能场合为一体，荡漾着玫瑰色的波纹。那从遥远得无法想象的太古时代传下来的歌谣听起来悠远、神秘、苍凉，通过超空间，它传遍了整个银河系，在这团由上千亿颗恒星组成的星云中，数不清的生命感到了一种久已消失的温馨和宁静。

"宇宙的最不可理解之处在于它是可以理解的。"最高执政官说。

"宇宙的最可理解之处在于它是不可理解的。"参议员说。

当娃们造好那座新坟时，东方已经放亮了。老师是放在从教室拆下来的一块门板上下葬的，陪他入土的是两盒粉笔和一套已翻破的小学课本。娃们在那个小小的坟头上立了一块石板，上面用粉笔写着"李老师之墓"。

只要一场雨，石板上那稚拙的字迹就会消失；用不了多长时间，这座坟和长眠在里面的人就会被外面的世界忘得干干净净。

太阳从山后露出一角，把一抹金晖投进仍沉睡着的山村；在仍处于阴影中的山谷草地上，露珠在闪着晶莹的光，可听到一两声怯生生的鸟鸣。

娃们沿着小路向村里走去，那一群小小的身影很快消失在山谷中淡蓝色的晨雾中。

他们将活下去，以在这块古老贫瘠的土地上，收获虽然微薄但确实存在的希望。

宇宙维度下对教师的致敬

——《乡村教师》赏析

姚利芬

《乡村教师》是刘慈欣写作软科幻的开始，双线叙事、参差对比与镜头语言是这篇小说较突出的叙事策略；论文结合写作背景及文本，归纳出小说旨在传达对社会现实的焦虑，对小人物的悲悯同情，对教师这一职业的致敬，对人类真知的回礼，以及对未来的美好寄寓。

《乡村教师》是刘慈欣最为偏爱的作品之一，与以前的小说相比，这篇不那么"硬"了，重点在意境营造，刘慈欣声称将带读者领略"中国科幻史上最离奇最不可思议的意境。"[①]

故事从中国黄土高原上的贫困山乡切入，身居僻壤的陕北山村教师李宝库罹患食道癌，已时日不多。社会的磨难，生活的阻力，乡人的不解，无穷无尽且无法颠覆的绝望仿佛一道屏障，无法逾越。希望不死，从恩师那里继承的衣钵让他心念村里的学生，并拼尽生命最后一丝力气将力学三大定律镌刻进十八个孩子的脑海中。学生们背下来的力学定律，最终从碳基联邦的除星行动中拯救了地球文明及整个太阳系。

小说意境宏大，忽而人间，忽而天外，外星舰队、乡村教师与学生在宇宙的维度下有了倏忽而即，却又攸关生死的相遇，于交汇处达致浑融之境。

---

① 韩松. 2001 年度中国最佳科幻小说集［M］. 成都：四川人民出版社，2002：89.

无巧不成书，情节链条由偶然缩结：相遇、抽取人员测试与不着痕的救赎。双线推进与对比铺陈是本篇突出的叙事特色，而最为动人处则是行文深处的人间情怀。

一、当外星舰队遇上乡村教师：双线叙事、参差对比与镜头语言

双线叙事是中国古代小说较有特色的一种叙事方式，旧小说常有"花开两朵，各表一枝"等语，即为"双线结构"的标志，运用双线结构叙事可以拓展事件的时空跨度。小说以双线叙事对比推进，第一条是现实主义叙事，西北黄土高原上，一位乡村教师倾其所有，投身教育，后来发现患上癌症，需不菲的医疗费，于是放弃治疗，生命的最后一刻仍挣扎在讲台上教授学生牛顿三大定律；第二条是科幻叙事，银河系中碳基联邦为阻止硅基帝国恒星蛙跳，决定摧毁一些不具备文明特征的恒星。俨然两条逶迤并下的河流，汇流处浪花迸起，升至高潮，牛顿定律最终挽救了太阳系。如果说经典叙事接近男性书写，散文式的双线叙事结构则更像是女性书写的嫁接，从山村与宇宙、逼仄与广袤、自由与束缚等多重二元对立的关系张弛拉伸，使故事在并行而悖反的逻辑叙述中弥散出浓郁的抒情气质。

小说采用横比叙事策略，意在产生反差，在反衬中凸显冲突。刘慈欣选择了对比这种表达力度最大化的方式，不妨从文中随手拈来几组对比：穷病交加的濒死教师—拯救地球的传道者（小—大）；无法享受更好教育、知识结构失衡的乡村学生—拯救地球的功臣（小—大）；村庄的渺小—地球的庞大（小—大）；地球的渺小—外星人联盟的可怕（小—大）……类似这样的对比，充斥在短短的《乡村教师》中。乡村教师的故事，本为常见的叙事选题，但放在宇宙的维度下，就有了点石成金、化腐朽为神奇的效果，以至会令读者产生阅读庄子《逍遥游》的体验，螳蜣春秋，尘埃野马，不同的文字质感，传递的气息在某种程度上却极为相似。

李欧梵曾说过："中国传统小说没有什么镜头感，必须有了电影以后才能在文本中催生出视觉性的效果来。"当今视觉媒体发达，电影化想象越来越成

为潜藏于科幻作家头脑里的冰山，有意识地在写作中运用镜头化语言则成为一种流行趋势。这对几乎看过所有科幻电影的刘慈欣也不例外，他经常在小说中运用电影化表现手法，使小说读起来具有很强的视觉冲击和精神震撼，《乡村教师》即是范例，并荣膺他五部搬上银幕的电影之一，由小马奔腾公司参与拍摄，宁浩导演掌镜。这篇小说由局部特写开篇，逐步向远景方向发展，即特写—近景—中景—全景—远景层层过渡，类似电影剪辑的方式将最精彩的、反映主题或最富有戏剧性的部分前置突出出来，以局部特写开篇，形成先声夺人的效果：

> 他知道，这最后一课要提前讲了。
>
> 又一阵剧痛从肝部袭来，几乎使他晕厥过去。他已没气力下床了，便艰难地移近床边的窗口。月光映在窗纸上，银亮亮的，使小小的窗户看上去像是通向另一个世界的门，那个世界的一切一定都是银亮亮的，像用银子和不冻雪做成的盆景。他颤颤地抬起头，从窗纸的破洞中望出去，幻觉立刻消失了，他看到了远处自己度过了一生的村庄。

这便是开场的镜头语言。这篇《乡村教师》几乎不用专门设计镜头，刘慈欣在写作时已然设计好了镜头和场景切换的方式。接下来的广角取景，对乡村教师李宝库人生境遇的叙述，以类似电影蒙太奇组接的手法，将生活的片断拼接构成小说人物人生的全部。穿插描述了李老师生存的乡村环境以及他的病情、贫瘠与坚韧，麻木与觉醒。局部特写之后倏尔转向长焦镜头，浩渺的银河之心——

> 在距地球五万光年的远方，在银河系的中心，一场延续了两万年的星际战争已接近尾声。
>
> 那里的太空中渐渐隐现出一个方形区域，仿佛灿烂的群星的背景被剪出一个方口，这个区域的边长约十万公里，区域的内部是一种比周围太空更黑的黑暗，让人感到一种虚空中的虚空。

这样的长焦镜头将远方的景物拉得很近，同时将物体与物体之间的距离缩小，压缩了画面的纵深空间。小说真正的高潮在李老师的讲台生命完结之后，碳基联邦的除星行动中，3C文明测试轮回上演，来自太空的生命检测波束落到了中国西北被黄土覆盖的山区，这所山村小学，正好位于检测波束圆形覆盖区的圆心上。接下来的情节仿佛美国好莱坞，从正面镜头移至反打镜头①，外星舰队那番有关文明进化和宇宙是否可以理解的对话是典型的反打镜头，正反镜头切换构成颇具张力的对峙，虚实相映，科幻独有的奇妙、浩大而纯净的意境也就此托出。

二、致敬教师：科幻版的"一个都不能少"

刘慈欣接受媒体采访时提及最多的是行文的"情怀"，情怀在他的作品中也几乎从不缺席。《乡村教师》小说塑造了一个典型的乡村教师形象：生存在物理环境与社会环境皆贫瘠恶劣的山乡僻壤，身肩育人事业，砥砺为艰，春蚕到死。某种程度上，小说中的李老师是无数个乡村教师的化身。诚如严锋教授在文中所言："他用微弱的生命的最后一点余烬，给小学生们上了最后一课，他想努力再塞给孩子们一点点物理知识，哪怕这些知识很可能对这些孩子的将来不会有一点点作用，这难道不就是刘醒龙《凤凰琴》的翻版吗？"②

《凤凰琴》是第八届茅盾文学奖获奖作品《天行者》中的一篇，最初发表于《青年文学》1992年第5期，电影拍摄于1994年。刘慈欣的《乡村教师》发表于2001年《科幻世界》，两者写作年代相近，塑造的乡村教师形象也如出一辙。题材相近的还有施祥生的《天上有个太阳》，发表于1997年第

---

① 反打镜头也称"反拍镜头"。指后一个镜头的拍摄方向与前一个镜头相反，即其拍摄角度处于前者的反面或反侧面。用一系列镜头组成电影场面时，从正面和侧面拍摄，只能表现环境的三个面（三面墙）；而反拍则可表现环境的第四面（四面墙）。电影中的反打镜头，使观众看到环境的完整性，赋予场面以真实感。反打镜头还有助于表现被摄主体的多面和立体形态，为演员塑造人物提供表演的条件。在同一组镜头中，运用反打镜头往往可以起对比、暗示、强调和渲染的作用。——张骏祥，程季华. 中国电影大辞典［M］. 上海：上海辞书出版社，1995.

② 严锋. 创世与灭寂——刘慈欣的宇宙诗学［J］. 南方文坛，2011（5）.

6 期《飞天》，小说于 1998 年被张艺谋改编为电影《一个都不能少》。20 世纪 90 年代是中国社会主义现代化建设的关键时期，也是经济体制改革的关键时期，社会基层经历着持续性变革与失血，诸如工人下岗、全国性乡村教师工资拖欠等。20 世纪 90 年代的知识分子或者说未来的中产阶级群体中弥漫着前途迷茫、焦虑不安的心理，写于这种背景之下的《乡村教师》不免夹杂着知识分子式的焦灼，突出地表现于这篇小说的现实主义叙事线条中，主人公李老师在去世前给学生传授他认为最有价值的文理知识，"文"为鲁迅的《狂人日记》，"理"为牛顿三定律。《狂人日记》是五四时期重要的启蒙主义小说，对麻木愚昧国民性的批判及对将来的坚定信念和热烈希望。小说重述鲁迅《呐喊·自序》中著名的"铁屋呐喊"有启蒙与救赎之义，然而切实履行拯救的是理科知识域中的牛顿三大定律。有意思的是,《乡村教师》（2001 年）之后不久，中国迎来了一段爆发式增长的黄金时光，旧的社会矛盾逐渐消解，可谓"劫后余生"——《乡村教师》所讲述的，也正是一个劫后余生的故事，教师被分配了救世主的角色。

真的能拯救于世吗？在那个年代及小说所叙的语境中，乡村教师的生存尚成问题，其群像类似紧趴在大地上负笈蠕行的蜗牛，刘慈欣以生花妙手将蜗牛放置到了宇宙的维度下，并赋予了它超能力。刘慈欣在《乡村教师》中开了现实一个玩笑，真的是这小小的乡村教师拯救了世界吗？即便认识了几个字，背会了几个公式，这一代农村孩子的命运又会有什么根本性的改变吗？《乡村教师》反映了一个十分深刻而且沉重的人文命题，那就是在教育者自己都无法理解知识和学习的本质时，面对迫在眉睫的生存压力和来源于人类自身的惰性，越艰苦、越壮烈的挣扎，也越显得可悲。"[①]

情怀与悲悯是解读刘慈欣作品的两大密钥，这也是他的作品最能打动人心的地方。韩松评价刘慈欣的作品，"渗透着一股对宇宙的敬畏，骨子里的东西是形而上的，有种哲学与宗教上的意味。他总是在悲天悯人，而且是一种

---

① 韩松. 2001 年度中国最佳科幻小说集［M］. 成都：四川人民出版社，2002.

大悲大悯，像佛陀。"小说传达折射了社会底层对现实的焦虑，对小人物的悲悯同情，对教师这一职业的致敬，对人类真知的回礼，以及对未来的美好寄寓。

在《乡村教师》中，刘慈欣尝试把山野乡村和外星舰队这两种截然不同的事物编织在一起叙事，"这几百年前就在欧洲化为尘土的卓越头脑产生的思想，以浓重西北方言的童音在 20 世纪中国最偏僻的山村中回荡"，这样的叙述让读者感受到了一种参差错落而又荡气回肠的心灵震颤。信夫斯言，这篇也是刘慈欣尝试写软科幻的开始，碳基硅基生物联邦决战之类并未深入去写，只是制造了一个让孩子们拯救地球的机会。有评论称它制造了"科幻史上最神奇的一幕"，没错，刘慈欣做到了。

（姚利芬：文学博士，博士后，中国科普研究所助理研究员）

微纪元

刘慈欣

回　归

先行者知道，他现在是全宇宙中唯一的一个人了。

他是在飞船越过冥王星时知道的。从这里看去，太阳是一颗暗淡的星星，同三十年前他飞出太阳系时没有两样。但飞船计算机刚刚进行的视行差测量告诉他，冥王星的轨道外移了许多，由此可以计算出太阳比他启程时损失了 4.74% 的质量，由此又可推论出另外一个使他的心先是颤抖然后冰冻的结论。

那事已经发生过了。

其实，在他启程时，人类已经知道那事要发生了，通过发射上万个穿过太阳的探测器，天体物理学家们确定了太阳将要发生一次短暂的能量闪烁，并损失大约 5% 的质量。

如果太阳有记忆，它不会对此感到不安。在几十亿年的漫长生涯中，它曾经历过比这大得多的剧变。当它从星云的旋涡中诞生时，它的生命的剧变是以毫秒为单位的。在那辉煌的一刻，引力坍缩使核聚变的火焰照亮了星云混沌的黑暗……它知道自己的生命是一个过程，尽管现在处于这个过程中最稳定的时期，偶然的、小小的突变总是免不了的，就像平静的水面上不时有一个小气泡浮起并破裂。能量和质量的损失算不了什么，它还是它，一颗中等大小、视星等为 –26.8 的恒星。甚至太阳系的其他部分也不会受到太大的影响，水星可能被熔化，金星稠密的大气将被剥离，再往外围的行星所受的影响就更小了，火星颜色可能由于表面的熔化而由红变黑，地球嘛，只不过表面温度升高至4000℃，这可能会持续100小时左右，海洋肯定会被蒸发，各大陆表面岩石也会熔化一层，但仅此而已。以后，太阳又将很快恢复原状，但由于质量的损失，各行星的轨道会稍微后移。这影响就更小了，比如地球，气温可能稍稍下降，平均降到零下110℃左右，这有助于熔化的表面重新凝结，并多少保留一些水和大气。

那时人们常谈起一个笑话，说的是一个人同上帝的对话：上帝啊，一万年对你是多么短啊！上帝说：就一秒钟；上帝啊，一亿元对你是多么少啊，上帝说：就一分钱；上帝啊，给我一分钱吧！上帝说：请等一秒钟。

现在，太阳让人类等了"一秒钟"：预测能量闪烁的时间是在一万八千年之后。这对太阳来说确实只是一秒钟，但却可以使目前活在地球上的人类对"一秒钟"后发生的事情采取一种超然的态度，甚至当作一种哲学理念。影响不是没有的，人类文化一天天变得玩世不恭起来，但人类至少还有四五百代的时间可以从容地想想逃生的办法。

两个世纪后，人类采取了第一个行动：发射了一艘恒星际飞船，在周围一百光年以内寻找带有可移民行星的恒星。飞船被命名为"方舟号"，这批宇航员都被称为"先行者"。

"方舟号"掠过了六十颗恒星，也就是掠过了六十个炼狱。其中的一颗恒星有一颗卫星，那是一滴直径八千公里的处于白炽状态的铁水。因其液态，在运行中不断地改变着形状……"方舟号"此行唯一的成果，就是进一步证明了人类的孤独。

"方舟号"航行了二十三年时间，但这是"方舟时间"，由于飞船以接近光速行驶，地球时间已过了两万五千年。

本来"方舟号"是可以按预定时间返回的。

由于在接近光速时无法同地球通信，必须把速度降至光速的一半以下，这需要消耗大量的能量和时间。所以，"方舟号"一般每月减速一次，接收地球发来的信息。而当它下一次减速时，收到的已是地球一百多年后发出的信息了。"方舟号"和地球的时间，就像从高倍瞄准镜中看目标一样，瞄准镜稍微移动一下，镜中的目标就跨越了巨大的距离。"方舟号"收到的最后一条信息是在"方舟时间"自启航十三年、地球时间自启航一万七千年时从地球发出的，"方舟号"一个月后再次减速，发现地球方向已寂静无声了。一万多年前对太阳的计算可能稍有误差，在"方舟号"这一个月，地球这一百多年间，那事发生了。

"方舟号"真成了一艘方舟，但已是一艘只有诺亚一人的"方舟"。其他七名先行者，有四名死于一颗在飞船四光年处突然爆发的新星的辐射，两人死于疾病，一人（男）在最后一次减速通信时，听着地球方向的寂静，开枪自杀了。

以后，这唯一的先行者曾使"方舟号"很长时间保持在可通信速度，后来他把飞船加速到光速，心中那微弱的希望之火又使他很快把速度降下来聆听，由于减速越来越频繁，回归的行程拖长了。

寂静仍持续着。

"方舟号"在地球时间启程两万五千年后回到太阳系，比预定时间晚了九千年。

纪念碑

穿过冥王星轨道后，"方舟号"继续飞向太阳系深处。对于一艘恒星际飞船来说，在太阳系中的航行如同海轮行驶在港湾中。太阳很快大了亮了，先行者曾从望远镜中看了一眼木星，发现这颗大行星的表面已面目全非，大红斑不见了，风暴纹似乎更加混乱。他没再关注别的行星，径直飞向地球。

先行者用颤抖的手按动了一个按钮，高大舷窗的不透明金属窗帘正在缓缓打开。啊，我的蓝色水晶球，宇宙的蓝眼珠，蓝色的天使……先行者闭起双眼默默祈祷着，过了很长时间，才强迫自己睁开双眼。

他看到了一个黑白相间的地球。

黑色的是熔化后又凝结的岩石，那是墓碑的黑色；白色的是蒸发后又冻结的海洋，那是殓布的白色。

"方舟号"进入低轨道，从黑色的大陆和白色的海洋上空缓缓越过。先行者没有看到任何遗迹，一切都被熔化了，文明已成过眼烟云。但总该留个纪念碑的，一座能耐 4000℃ 高温的纪念碑。

先行者正这么想着，纪念碑就出现了。飞船收到了从地面发上来的一束视频信号，计算机把这信号显示在屏幕上，先行者首先看到了用耐高温摄像机拍下的两千多年前的大灾难景象。能量闪烁时，太阳并没有像他想象的那样亮度突然增强，太阳迸发出的能量主要以可见光之外的辐射传出。他看到，蓝色的天空突然变成地狱般的红色，接着又变成噩梦般的紫色；他看到，纪元城市中他熟悉的高楼群在几千度的高温中先是冒出浓烟，然后像火炭一样发出暗红色的光，最后像蜡一样熔化了；灼热的岩浆从高山上流下，形成一道道巨大的瀑布，无数道这样的瀑布又汇成一条条发着红光的岩浆的大河，大地上火流的洪水在泛滥；原来是大海的地方，只有蒸汽形成的高大的蘑菇云，这形状狰狞的云山下部映射着岩浆的红色，上部透出天空的紫色，蘑菇云在急剧扩大，很快一切都消失在这蒸汽中……

当蒸汽散去，又能看到景物时，已是几年以后了。这时，大地已从烧熔状态初步冷却，黑色的波纹状岩石覆盖了一切。还能看到岩浆河流，它们在大地上形成了错综复杂的火网。人类的痕迹已完全消失，文明如梦一样消失得无影无踪了。又过了几年，水在高温状态下离解成的氢氧又重新化合成水，大暴雨从天而降，灼热的大地上再次蒸汽迷漫，这时的世界就像在一个大蒸锅中一样阴暗、闷热和潮湿。暴雨连下几十年，大地被进一步冷却，海洋渐渐恢复了。又过了上百年，因海水蒸发形成的阴云终于散去，天空现出蓝色，太阳再次出现了。再后来，由于地球轨道外移，气温急剧下降，大海完全冻结，天空万里无云，已死去的世界在严寒中变得无比宁静。

先行者接着看到了一个城市的图像：先看到林立的细长的高楼群，镜头从高楼群上方降下去，出现了一个广场，广场上一片人海。镜头再下降，先行者看到所有的人都在仰望着天空。镜头最后停在广场正中的一个平台上，平台上站着一个漂亮姑娘，好像只有十几岁，她在屏幕上冲着先行者挥挥手，娇滴滴地喊："喂，我们看到你了，像一颗飞得很快的星星！你是'方舟一号'？"

在旅途的最后几年，先行者的大部分时间是在虚拟现实游戏中度过的。

在游戏中，计算机接收玩者的大脑信号，根据玩者思维构筑一个三维画面，画面中的人和物还可根据玩者的思想做出有限的反应。先行者曾在寂寞中构筑过从家庭到王国的无数个虚拟世界，所以现在他一眼就看出这是一幅那样的画面。但这个画面造得很拙劣，由于大脑中思维的飘忽性，这种由想象构筑的画面总有些不对的地方，但眼前这个画面中的错误太多了：首先，当镜头移过那些摩天大楼时，先行者看到有很多人从楼顶窗子中钻出，径直从几百米高处跳下来，经过让人头晕目眩的下坠，这些人都平安无事地落到地上；同时，地上有许多人一跃而起，像会轻功似的一下就跃上几层楼的高度，然后他们的脚踏上了楼壁伸出的一小块踏板（这样的踏板每隔几层就有一个，好像专门为此而设），再一跃，又飞上几层，就这样一直跳到楼顶，从某个窗子钻进去。仿佛这些摩天大楼都没有门和电梯，人们就是用这种方式进出的。当镜头移到那个广场平台上时，先行者看到人海中出现了几个用线吊着的水晶球，那球直径可能有一米多。有人把手伸进水晶球，轻易地抓出水晶球的一部分，在他们的手移出后，晶莹的球体立刻恢复原状，而人们抓到手中的那部分立刻变成了一个小水晶球，那些人就把那个透明的小球扔进嘴里……除了这些明显的谬误外，有一点最能反映设计这幅计算机画面的人思维的混乱：在这城市的所有空间，都飘浮着一些奇形怪状的物体，它们大的有两三米，小的也有半米，有的像一块破碎的海绵，有的像一根弯曲的大树枝，那些东西缓慢地飘浮着，有一根大树枝飘向平台上的那个姑娘，她轻轻推开了它，那大树枝又打着转儿向远处飘去……先行者理解这些，在一个濒临毁灭的世界中，人们是不会有清晰的和正常的思维的。

这可能是某种自动装置，在大灾难前被人们深埋地下，躲过了高温和辐射，后来又自动升到这个已经毁灭的地面世界上。这装置不停地监视着太空，监测到零星回到地球的飞船时就自动发射那个画面，给那些幸存者以这样糟糕透顶又滑稽可笑的安慰。

"这么说，后来又发射过'方舟'飞船？"先行者问。

"当然，又发射了十二艘呢！"那姑娘说。且不说这个荒诞变态的画面的其他部分，这个姑娘造得倒是真不错，她那融合东西方精华的姣好面容露出一副无比天真的样子，仿佛她仰望的整个宇宙是个大玩具。那双大眼睛好像会唱歌，还有她的长发，好像失重似的永远飘在半空不落下，使得她看上去像身处海水中的美人鱼。

"那么，现在还有人活着吗？"先行者问，他最后的希望像野火一样燃烧起来。

"您这样的人吗？"姑娘天真地问。

"当然是我这样的真人，不是你这样用计算机造出来的虚拟人。"

"前一艘'方舟号'是在七百三十年前回来的，您是最后一艘回归的'方舟号'了。请问您船上还有女人吗？"

"只有我一个人。"

"您是说没有女人了？"姑娘吃惊地瞪大了眼睛。

"我说过只有我一人。在太空中还有没回来的其他飞船吗？"

姑娘把两只白嫩的小手在胸前绞着，"没有了！我好难过好难过啊，您是最后一个这样的人了。如果，呜呜……如果不克隆的话……呜呜……"这美人儿捂着脸哭起来，广场上的人群也是一片哭声。

先行者的心如沉海底，人类的毁灭最后被证实了。

"您怎么不问我是谁呢？"姑娘又抬起头来仰望着他说。她又恢复了那副天真神色，好像转眼忘了刚才的悲伤。

"我没兴趣。"

姑娘娇滴滴地大喊："我是地球领袖啊！"

"对，她是地球联合政府的最高执政官！"下面的人也都一起闪电般地由悲伤转为兴奋，这真是个拙劣到家的仿制品。

先行者不想再玩这种无聊的游戏了，起身要走。

"您怎么这样？首都的全体公民都在这儿迎接您。前辈，您不要不理我们啊！"姑娘带着哭腔喊。

先行者想起了什么，转过身来问："人类还留下了什么？"

"照我们的指引着陆，您就会知道！"

首　都

先行者进入了着陆舱，把"方舟号"留在轨道上，在那束信息波的指引下开始着陆。他戴着一副视频眼镜，可以从其中的一个镜片上看到信息波传来的那个画面。

"前辈，您马上就要到达地球首都了。它虽然不是这个星球上最大的城市，但肯定是最美丽的城市，您会喜欢的！不过您的着落点要离城市远些，我们不希望受到伤害……"画面上那个自称地球领袖的女孩还在喋喋不休。

先行者在视频眼镜中换了一个画面，显示出着陆舱正下方的区域。现在高度只有一万多米了，下面是一片黑色的荒原。

后来，画面上的逻辑更加混乱起来。也许是几千年前那个画面的构造者情绪沮丧到了极点，也许是发射画面的计算机的内存在这几千年的漫长岁月中老化了。画面上，那姑娘开始唱起歌来：

> 啊，尊敬的使者，你来自宏纪元！
> 辉煌的宏纪元，
> 伟大的宏纪元，
> 美丽的宏纪元，
> 你是烈火中消逝的梦……

这个漂亮的歌手唱着唱着开始跳起来。她一下从平台跳上几十米高的半空，落到平台上后又一跳，居然飞越了大半个广场，落到广场边的一座高楼顶上，又一跳，飞过整个广场，落到另一边，看上去像一只迷人的小跳蚤。有一次她在空中抓住一根几米长得奇形怪状的飘浮物，那根大树干载着她在人海上空盘旋，她优美地扭动着苗条的身躯。

下面的人海沸腾起来，所有人都大声合唱："宏纪元，宏纪元……"每个人轻轻一跳就能升到半空，以至于整个人群看起来如撒到振动鼓面上的一片沙子。

先行者实在受不了了，把声音和图像一起关掉。他现在知道，大灾难前的人们嫉妒他们这些跨越时空的幸存者，所以做了这些变态的东西来折磨他们。但过了一会儿，当那画面带来的烦恼消失一些后，当感觉到着陆舱接触地面的振动时，他产生了一个幻觉：也许他真的降落在一个高空看不清楚的城市中？当他走出着陆舱，站在那一望无际的黑色荒原上时，幻觉消失了，失望使他浑身冰冷。

先行者小心地打开宇宙服的面罩，一股寒气扑面而来，空气很稀薄，但能维持人的呼吸。气温在摄氏零下 40℃左右。天空呈大灾难前黎明和黄昏时的深蓝色，但现在太阳正在当空照耀着，先行者摘下手套，没有感到它的热力。由于空气稀薄，阳光散射较弱，天空中只能看到几颗较亮的星星。脚下是刚凝结了两千年左右的大地，到处可见岩浆流动的波纹形状，地面虽已开始风化，但仍然很硬，很难见到土壤。这带波纹的大地伸向天边，其间有一些小小的丘陵。在另一个方向，可以看到冰封的大海在地平线处闪着白光。

先行者仔细打量四周，看到了信息波的发射源。那儿有一个镶在地面岩石中的透明半球护面，直径大约有一米，半球护面下似乎扣着一片很复杂的结构。他还注意到远处的地面上还有几个这样的透明半球，相互之间相隔二三十米，像地面上的几个大水泡，反射着阳光。

先行者又在他的左镜片中打开了画面。在计算机的虚拟世界中，那个恬不知耻的小骗子仍在那根飘浮在半空中的大树枝上忘情地唱着扭着，并不时向他送飞吻，下面广场上所有的人都在向他欢呼。

……

宏伟的宏纪元！

浪漫的宏纪元！

忧郁的宏纪元！

脆弱的宏纪元！

……

先行者木然地站着。深蓝色的苍穹中，明亮的太阳和晶莹的星星在闪耀，整个宇宙围绕着他——最后一个人类。

孤独像雪崩一样埋住了他，他蹲下来，捂住脸抽泣起来。

歌声戛然而止，虚拟画面中的所有人都关切地看着他。那姑娘骑在半空中的大树枝上，突然嫣然一笑。

"您对人类就这么没信心吗？"

这话中有一种东西使先行者浑身一震，他真的感觉到了什么，站起身来。他突然注意到，左镜片画面中的城市暗了下来，仿佛阴云在一秒钟内遮住了天空。他移动脚步，城市立即亮了起来。他走近那个透明半球，伏身向里面看，虽然看不清里面那些密密麻麻的细微结构，但他看到左镜片中的画面上，城市的天空立刻被一个巨大的东西占据了。

那是他的脸。

"我们看到您了！您能看清我们吗？去拿个放大镜吧！"姑娘大叫起来，广场上人海再次沸腾起来。

先行者明白了一切。他想起了那些跳下高楼的人们，在微小环境下，重力是不会造成伤害的。同样，在那样的尺度下，人也可以轻易地跃上几百米（几百微米？）的高楼。那些大水晶球实际上就是水，在微小的尺度下，水的表面张力处于统治地位，那是一些小水珠，人们从这些水珠中抓出来喝的水珠就更小了。城市空间中飘浮的那些看上去有几米长的奇怪东西，包括载着姑娘飘浮的大树枝，只不过是空气中细微的灰尘。

那个城市不是虚拟的，它就像两万五千年前人类的所有城市一样真实，它就在这个直径一米的半球形透明玻璃罩中。

人类还在，文明还在。

在微型城市中，飘浮在树枝上的姑娘——地球联合政府最高执政官，向几乎占满整个宇宙的先行者自信地伸出手来。

"前辈，微纪元欢迎您！"

微人类

"在大灾难到来前的一万七千年中，人类想尽了逃生的办法，其中最容易想到的是恒星际移民，但包括您这艘在内的所有'方舟'飞船都没有找到带有可居住行星的恒星。即使找到了，以大灾难前一个世纪人类的宇航技术，连移民千分之一的人类都做不到。另一个设想是移居到地层深处，躲过太阳能量闪烁后再出来。但这不过是拖长死亡的过程而已，大灾难后，地球的生态系统将被完全摧毁，养活不了人类的。"

"有一段时期，人们几乎绝望了。但某位基因工程师的脑海中闪现出了一个这样的火花：如果把人类的体积缩小十亿倍会怎么样？这样人类社会的尺度也缩小了十亿倍，只要有很微小的生态系统，消耗很微小的资源，就可以生存下来。很快，全人类都意识到这是拯救人类文明唯一可行的办法。这个设想是以两项技术为基础的：其一是基因工程，在修改人类基因后，人类将缩小至 10 微米左右，只相当于一个细胞大小，但其身体的结构完全不变。做到这点是完全可能的，人和细菌的基因本来就没有太大的差别；其二是纳米技术，这是一项在 20 世纪就发展起来的技术，那时人们已经能造出细菌大小的发电机了，后来人们可以在纳米尺度上造出从火箭到微波炉的一切设备，只是那些纳米工程师做梦都不会想到他们的产品的最后用途。"

"培育第一批微人类似于克隆：从人类细胞中抽取全部遗传信息，然后培育出同主体一模一样的微人，但其体积只是主体的十亿分之一。以后他们就同宏人（微人对你们的称呼，他们还把你们的时代叫宏纪元）一样生育后代了。"

"第一批微人的亮相极富戏剧性，有一天，大约是您的飞船启航后一万两千五百年吧，全球的电视上都出现了一个教室，教室中有三十个孩子在上课，画面极其普通，孩子是普通的孩子，教室是普通的教室，看不出任何特别之处。但镜头拉开，人们发现这个教室是放在显微镜下拍摄的……"

"我想问，"先行者打断最高执政官的话，"以微人这样微小的大脑，能达到宏人的智力吗？"

"那么您认为我是个傻瓜了？鲸鱼也并不比您聪明！智力不是由大脑的

大小决定的，以微人大脑中的原子数目和它们的量子状态的数目来说，其信息处理能力是同宏人大脑一样绰绰有余的……嗯，您能请我们到那艘大飞船里去转转吗？"

"当然，很高兴。可……怎么去呢？"

"请等我们一会儿！"

于是，最高执政官跳上了半空中一个奇怪的飞行器，那飞行器就像一片带螺旋桨的大羽毛。接着，广场上的其他人也都争着向那片"羽毛"上跳。这个社会好像完全没有等级观念，那些从人海中随机跳上来的人肯定是普通平民，他们有老有少，但都像最高执政官姑娘一样一身孩子气，兴奋地吵吵闹闹。这片"羽毛"上很快挤满了人，空中不断出现新的"羽毛"，每片刚出现，就立刻挤满了跳上来的人。最后，城市的天空中飘浮着几百片载满微人的"羽毛"，它们在最高执政官那片"羽毛"的带领下，浩浩荡荡向一个方向飞去。

先行者再次伏在那个透明半球上方，仔细观察着里面的微城市。这一次，他能分辨出那些摩天大楼了，它们看上去像一片密密麻麻的直立的火柴棍。先行者穷极目力，终于分辨出那些像羽毛的交通工具，它们像一杯清水中漂浮的细小的白色微粒，如果不是几百片一群，根本无法分辨出来。凭肉眼看到微人是不可能的。

在先行者视频眼镜的左镜片中，那由一个微人摄像师用小得无法想象的摄像机实况拍摄的画面仍很清晰，现在那摄像师也在一片"羽毛"上。先行者发现，在微城市的交通中，碰撞是一件随时都在发生的事。那群快速飞行的"羽毛"不时互相撞在一起，或撞在空中飘浮的巨大尘粒上，甚至不时迎面撞到高耸的摩天大楼上！但飞行器和它的乘员都安然无恙，似乎没有人去注意这种碰撞。其实这是个初中生都能理解的物理现象：物体的尺度越小，整体强度就越高，两辆自行车碰撞与两艘万吨巨轮碰撞的后果是完全不一样的。如果两粒尘埃相撞，它们会毫无损伤。微世界的人们似乎都有金刚之躯，毫不担心自己会受伤。当"羽毛"群飞过时，旁边的摩天大楼上不时有人从窗中跃出，想跳上其中的一片，这并不总是能成功的，于是，那人就从几百米处开始了令先行者头晕目眩的下坠，而那些下坠中的微人，还在神情自若地同经过的大楼窗子中的熟人打招呼！

"呀，您的眼睛像黑色的大海，好深好深，带着深深的忧郁呢！您的忧郁罩住了我们的城市，您把它变成一个博物馆了！呜呜呜……" 最高执政官又伤心地哭了起来，其他人也都同她一起哭，任他们乘坐的"羽毛"在摩天大楼间撞来撞去。

先行者也从左镜片中看到了城市的天空中自己那双巨大的眼睛，那放大了上亿倍的忧郁深深震撼了他自己。"为什么是博物馆呢？"先行者问。

"因为只有在博物馆中才有忧郁，微纪元是无忧无虑的纪元！"地球领袖高声欢呼，尽管泪滴还挂在她那娇嫩的脸上，但她已完全没有悲伤的痕迹了。

"微纪元是无忧无虑的纪元！"其他人也都忘情地欢呼起来。

先行者发现，微纪元人类的情绪变化比宏纪元快上百倍，这变化主要表现在悲伤和忧郁这类负面情绪上，他们能在一瞬间摆脱这种情绪。还有一个发现让他更惊奇：由于负面情绪在这个时代十分少见，以至于微人们把它当成了稀罕物，一有机会就迫不及待地去体验。

"您不要像孩子那样忧郁。您很快就会发现，微纪元没有什么可忧虑的！"

这话使先行者万分惊奇，他早看出微人的精神状态很像宏时代的孩子，但孩子的精神状态还要夸张许多倍才真正像他们。"你是说，在这个时代，人们越长越……越幼稚？"

"我们越长越快乐！"领袖女孩说。

"对，微纪元是越长越快乐的纪元！"众人大声应和着。

"但忧郁也是很美的，像月光下的湖水，它代表着宏时代的田园爱情，呜呜呜……"地球领袖又大放悲声。

"对，那是一个多美的时代啊！"其他微人也眼泪汪汪地附和着。

先行者笑起来，"你们根本不知道什么是忧郁，小人儿。真正的忧郁是哭不出来的。"

"您会让我们体验到的！"最高执政官又恢复到兴高采烈的状态。

"但愿不会。"先行者轻轻地叹息说。

"看，这就是宏纪元的纪念碑！"当"羽毛"群飞过另一个城市广场时，最高执政官介绍说。先行者看到那个纪念碑是一根粗大的黑色柱子，有过去的巨型电视塔那么粗，表面覆盖着无数片车轮大小的黑色巨瓦，叠合成鱼鳞状，高耸入云，他看了好长时间才明白，那是一根宏人的头发。

宴　会

"羽毛"群从半球形透明罩上的一个看不见的出口飞了出来，这时，最高执政官在视频画面中对先行者说："我们距您那个飞行器有一百多公里呢，我们还是落到您的手指上，您把我们带过去要快些。"

先行者回头看看身后不远处的着陆舱，心想，他们可能把计量单位也都微缩了。他伸出手指，"羽毛"群落了上来，看上去像是在手指上飘落了一小片细小的白色粉末。

先行者从视频画面中看到，自己的指纹如一道道半透明的山脉，降落其上的"羽毛"飞行器显得很小。最高执政官第一个从"羽毛"上跳下来，立刻摔了个四脚朝天。

"太滑了，您是油性皮肤！"她抱怨着，脱下鞋子远远地扔出去，光着脚丫好奇地来回转着。其他人也都下了"羽毛"，手指上的半透明山脉间出现了一片人海。先行者粗略估计了一下，他的手指上现在有一万多人！

先行者站起来，伸着手指小心翼翼地向着陆舱走去。

刚进入着陆舱，微人群中就有人大喊："哇，看那金属的天空，人造的太阳！"

"别大惊小怪，像个白痴！这只是小渡船，上面那个才大呢！"最高执政官训斥道，但她自己也惊奇地四下张望，然后又同众人一起唱起那支奇怪的歌来：

> 辉煌的宏纪元，
> 伟大的宏纪元，
> 忧郁的宏纪元，
> 你是烈火中消逝的梦……

在着陆舱飞向"方舟号"的途中，地球领袖继续讲述微纪元的历史。

"微人社会和宏人社会共存了一个时期，在这段时间里，微人完全掌握了宏人的知识，并继承了他们的文化。同时，微人在纳米技术的基础上，发展起了一个十分先进的技术文明。宏纪元向微纪元的过渡期大概有，嗯，二十代人左右吧。"

"后来，大灾难临近，宏人不再进行传统生育了，他们的数量一天天减少；而微人的人口飞快增长，社会规模急剧扩大，很快超过了宏人。这时，微人开始要求接管世界政权，这在宏人社会中激起了轩然大波，顽固派拒绝交出政权，用他们的话说，怎么能让一帮细菌领导人类。于是，在宏人和微人之间爆发了一场世界大战！"

"那对你们可太不幸了！"先行者同情地说。

"不幸的是宏人，他们很快就被击败了。"

"这怎么可能呢？他们一个人用一把大锤就可以捣毁你们一座上百万人的城市。"

"可微人不会在城市里同他们作战的。宏人的那些武器对付不了微人这样看不见的敌人，他们能使用的唯一武器就是消毒剂，而他们在整个文明史上一直用这东西同细菌作战，最后也并没有取得胜利。他们现在要战胜的是跟他们有着同样智力的微人，取胜就更没可能了。他们看不到微人军队的调动，而微人可以轻而易举地在他们眼皮底下腐蚀掉他们的计算机的芯片。没有计算机，他们还能干什么呢？大不等于强大。"

"现在想想是这样。"

"那些战犯得到了应有的下场，几千名微人的特种部队带着激光钻头空降到他们的视网膜上……"领袖女孩恶狠狠地说。

"战后，微人取得了世界政权。宏纪元结束了，微纪元开始了！"

"真有意思！"

登陆舱进入了近地轨道上的"方舟号"，微人们乘着"羽毛"四处观光，这艘飞船之巨大令微人们目瞪口呆。先行者本想从他们那里听到赞叹的话，但最高执政官这样告诉他自己的感想："现在我们知道，就是没有太阳的能量闪烁，宏纪元也会灭亡的。你们对资源的消耗是我们的几亿倍！"

"但这艘飞船能够以接近光速的速度飞行，可以到达几百光年远的恒星。小人儿，这件事，只能由巨大的宏纪元来做。"

"我们目前确实做不到，我们的飞船目前只能达到光速的十分之一。"

"你们能宇宙航行？"先行者大惊失色。

"当然不如你们。微纪元的飞船队最远到达金星，刚收到他们的信息，说那里现在比地球更适合居住。"

"你们的飞船有多大？"

"大的有你们时代的，嗯，足球那么大，可运载十几万人；小的嘛，只有高尔夫球那么大，当然是宏人的高尔夫球。"

现在，先行者最后的一点优越感荡然无存了。

"前辈，您不请我们吃点什么吗？我们饿了！"当所有"羽毛"飞行器重新聚集到"方舟号"的控制台上时，地球领袖代表所有人提出要求。几万个微人在控制台上眼巴巴地看着先行者。

"我从没想到会请这么多人吃饭。"先行者笑着说。

"我们不会让您太破费的！"女孩怒气冲冲地说。

先行者从贮藏舱拿出一听午餐肉罐头，打开后，用小刀小心地剜下一小块，放到控制台上那一万多人的旁边。他们所在的位置是控制台上一小块比硬币大些的圆形区域，那区域只是光滑度比周围差些，像在上面呵了口气一样。

"怎么拿出这么多？这太浪费了！"地球领袖指责道。从视频眼镜中可以看到，在她身后，人们拥向一座巍峨的肉山，从那粉红色的山体里抓出一块块肉来大吃着。再看看控制台上，那小块肉丝毫不见减少。眼镜屏幕上，拥挤的人群很快散开了，有人还把没吃完的肉扔掉，领袖女孩拿起一块咬了一口的肉摇摇头。

"不好吃。"她评论说。

"当然，这是在生态循环机中合成的，味道肯定好不了。"先行者充满歉意地说。

"我们要喝酒！"地球领袖又提出要求，这又引起了微人们的一片欢呼。

先行者吃惊不小，因为他知道酒是能杀死微生物的！

"喝啤酒吗？"先行者小心翼翼地问。

"不，喝苏格兰威士忌或莫斯科伏特加！"地球领袖说。

"茅台酒也行！"有人喊。

先行者还真有一瓶茅台酒，那是他自启航时一直保留在"方舟号"上，准备在找到新殖民行星时喝的。他把酒拿出来，把那白色瓷瓶的盖子打开，小心地把酒倒在盖子中，放到人群的边上。他在眼镜屏幕上看到，人们开始攀登瓶盖那道似乎高不可攀的悬崖绝壁，光滑的瓶盖在微尺度下有大块的突出物，微人们用他们攀爬摩天大楼的本领很快攀到了瓶盖的顶端。

"哇，好美的大湖！"微人们齐声赞叹。从眼镜屏幕上，先行者看到那个广阔酒湖的湖面由于表面张力而呈巨大的弧形。微人记者的摄像机一直跟着最高执政官，这个女孩用手去抓酒，但够不着，于是她坐到瓶盖沿上，用一只白嫩的小脚在酒面上划了一下，她的脚立刻包在一颗透明的酒珠里，她把脚伸上来，用手从脚上那颗大酒珠里抓出了一颗小酒珠，放进嘴里。

"哇，宏纪元的酒比微纪元好多了。"她满意地点点头。

"很高兴我们还有比你们好的东西，不过你这样用脚够酒喝，太不卫生了。"

"我不明白。"她不解地仰望着他。

"你光脚走了那么长的路，脚上会有病菌什么的。"

"啊，我想起来了！"地球领袖大叫一声，从旁边一个随行者的手中接过一个箱子，她把箱子打开，从中取出一个活物，那是一个足球大小的圆家伙，长着无数只乱动的小腿，她抓着其中一只小腿，把那东西举起来。"看，这是我们的城市送您的礼物！乳酸鸡！"

先行者努力回忆着他的微生物学知识，"你说的是……乳酸菌吧！"

"那是宏纪元的叫法。这就是使酸奶好吃的动物，是有益的动物！"

"有益的细菌。"先行者纠正说，"现在我知道细菌确实伤害不了你们，我们的卫生观念不适合微纪元。"

"那不一定。有些动物，呵，细菌，会咬人的，比如大肠杆狼，战胜它们需要体力，但大部分动物，像酵母猪，是很可爱的。"地球领袖说着，又从脚上取下一团酒珠送进嘴里。当她抖掉脚上剩余的酒球站起来时，已喝得摇摇晃晃了，舌头也有些打不过转来。

"真没想到人类连酒都没有失传！"

"我……我们继承了人类所有美好的东西，但那些宏人却认为我们无权代……代表人类文明……"地球领袖可能觉得天旋地转，又一屁股坐在地上。

"我们继承了人类所有的哲学，西方的、东方的、希腊的、中国的！"人群中有一个声音说。

地球领袖坐在那儿，向天空伸出双手大声朗诵着："没人能两次进入同一条河流；道生一，一生二，二生三，三生万……万物！"

"我们欣赏梵高的画，听贝多芬的音乐，演莎士比亚的戏剧！"

"活着还是死了，这是个……是个问题！"领袖女孩又摇摇晃晃站起来，扮演起哈姆雷特来。

"但在我们的纪元，你这样儿的女孩是做梦也当不了世界领袖的。"先行者说。

"宏纪元是忧郁的纪元，有着忧郁的政治；微纪元是无忧无虑的纪元，需要快乐的领袖。"最高执政官说，她现在看起来清醒了许多。

"历史还没……没讲完，刚才讲到，哦，战争，宏人和微人间的战争，后来微人之间也爆发过一次世界大战……"

"什么？不会是为了领土吧？"

"当然不是。在微纪元，要是有什么取之不尽的东西的话，就是领土了。是为了一些……一些宏人无法理解的事。在一场最大的战役中，战线长达……哦，按你们的计量单位吧，一百多米。那是多么广阔的战场啊！"

"你们所继承的宏纪元的东西比我想象的多多了。"

"再到后来，微纪元就集中精力为即将到来的大灾难做准备了。微人用了五个世纪的时间，在地层深处建造了几千座超级城市，每座城市在您看来都是一个直径两米的不锈钢大球，可居住上千万人。这些城市都建在地下八万公里深处……"

"等等，地球半径只有六千公里。"

"哦，我又用了我们的单位。那相当于你们的，嗯，八百米深吧！当太阳能量闪烁的征兆出现时，微世界便全部迁移到地下。然后，然后就是大灾难了。"

"在大灾难后的四百年，第一批微人从地下城中沿着宽大的隧道（大约是宏人时代的自来水管的粗细）用激光钻透凝结的岩浆来到地面；又过了五个世纪，微人在地面上建起了人类的新世界，这世界有上万个城市，一百八十亿人口。"

"微人对人类未来是乐观的，这种乐观之彻底、之毫无保留，是宏纪元的人们无法想象的。这种乐观的基础，就是微纪元社会尺度的微小，这种微小使人类在宇宙中的生存能力增强了上亿倍。比如您刚才打开的那听罐头，够我们这座城市的全体居民吃一到两年，而那个罐头盒，又能满足这座城市一到两年的钢铁消耗。"

"作为一个宏纪元的人，我更能理解微纪元文明这种巨大的优势。这是神话，是史诗！"先行者由衷地说。

"生命进化的趋势是向小的方向。大不等于伟大，微小的生命更能同大自然保持和谐。巨大的恐龙灭绝了，同时代的蚂蚁却生存下来。现在，如果有更大的灾难来临，一艘像您的着陆舱这样大小的飞船就可能把全人类运走。在太空中一块不大的陨石上，微人也能建立起一个文明，创造一种过得去的生活。"

沉默了许久，先行者对着他面前占据硬币般大小面积的微人人海庄严地说："当我再次看到地球时，当我认为自己是宇宙中最后一个人时，我是全人类最悲哀的人，哀莫大于心死，没有人曾面对过那样让人心死的境地。但现在，我是全人类最幸福的人，至少是宏人中最幸福的人，我看到了人类文明的延续。其实，用文明的延续来形容微纪元是不够的，这是人类文明的升华！我们都是一脉相传的人类，现在，我请求微纪元接纳我作为你们社会中一名普通的公民。"

"从我们探测到'方舟号'时，我们就已经接纳您了，您可以到地球上生活，微纪元供应您一个宏人的生活还是不成问题的。"

"我会生活在地球上，但我需要的一切都能从'方舟号'上得到，飞船的生态循环系统足以维持我的残生了，宏人不能再消耗地球的资源了。"

"但现在情况正在好转，除了金星的气候正变得适于人类外，地球的气温也正在转暖，海洋正在融化，可能到明年，地球上很多地方将会下雨，将能生长植物。"

"说到植物，你们见过吗？"

"我们一直在保护罩内种植苔藓，那是一种很高大的植物，每个分支有十几层楼高呢！还有水中的小球藻……"

"你们听说过草和树木吗？"

"您是说那些像高山一样巨大的宏纪元植物吗？唉，那是上古时代的神话了。"

先行者微微一笑，"我要办一件事情，回来时，我将给你们看我送给微纪元的礼物，你们会很喜欢那些礼物的！"

新　生

先行者独自走进了"方舟号"上的一间冷藏舱，冷藏舱内整齐地摆放着高大的支架，支架上放着几十万个密封管，那是种子库，收藏了地球上几十万种植物的种子，这是"方舟号"准备带往遥远的移民星球上去的。还有几排支架，那是胚胎库，冷藏了地球上十几万种动物的胚胎细胞。

明年气候变暖时，先行者将到地球上去种草。这几十万类种子中，有生命力极强的能在冰雪中生长的草，它们肯定能在现在的地球上种活的。

只要地球的生态能恢复到宏时代的十分之一，微纪元就拥有了一个天堂中的天堂，事实上，地球能恢复的可能远不止于此。先行者沉醉在幸福的想象之中，他想象着当微人们第一次看到那棵顶天立地的绿色小草时的狂喜。那么一小片草地呢？一小片草地对微人意味着什么？一个草原！一个草原又意味着什么？那是微人的一个绿色宇宙了！草原中的小溪呢？当微人们站在草根下看着清澈的小溪时，那在他们眼中是何等壮丽的奇观啊！地球领袖说过会下雨，会下雨就会有草原，就会有小溪的！还一定会有树，天啊，树！

先行者想象一支微人探险队，从一棵树的根部出发，开始他们漫长而奇妙的旅程。每一片树叶，对他们来说都是一个一望无际的绿色平原……还会有蝴蝶，它的双翅是微人眼中横贯天空的彩云；还会有鸟，每一声啼鸣在微人耳中都是来自宇宙的洪钟……是的，地球生态资源的千亿分之一就可以哺育微纪元的一千亿人口！现在，先行者终于理解了微人们向他反复强调的一个事实。

微纪元是无忧无虑的纪元。

没有什么能威胁到微纪元，除非……

先行者打了一个寒战，他想起了自己要来干的事，这事一秒钟也不能耽搁了。他走到一排支架前，从中取出了一百支密封管。

这是他同时代人的胚胎细胞，宏人的胚胎细胞。

先行者把这些密封管放进激光废物焚化炉，然后又回到冷藏库仔细看了好几遍，他在确认没有漏掉这类密封管后，回到焚化炉边，毫不动感情地，他按动了按钮。

在激光束几十万度的高温下，装有胚胎的密封管瞬间汽化了。

重建科幻文学的"生态"意识

——《微纪元》赏析

胡用琼　任美衡

在现代科技飞速发展的今天，生态意识的构建成为文学表现人与自然的共同命运的审美主旨，传统文学中生态意识主要对环境污染、资源耗竭、自然灾难等生态问题进行批判与追问，多在表现"人为"灾难的因果关系。同样，科幻小说也凭借科学幻想关怀人与自然的生态问题，刘慈欣的《微纪元》就是一篇表达生态意识的科幻小说。作者跳出生态文学透视人类生态危机的复杂原因的关注与思考，利用现代科技重构新的人类形态与生态体系。在科学想象中既表现了人类面临的生态危机，又表现了人类在生态危机中的渺小与脆弱；同时，作者在生态描写中渗透了形而上的哲理透视。最后，作者还表现了与生态意识相对应的精神生态，这是科幻小说《微纪元》独特的文学表达，也是作者对生态意识更深层次的理解。

科幻小说是指主要描写想象的科学技术对社会与个人的影响的虚构性文学作品，对于理工科出身的刘慈欣而言，他以科学术语与科学元素为"武器"，驾轻就熟地在"文学宇宙"里进行虚构与想象。在"硬科幻""软科幻"与反映人生、哲理的科幻史诗等多重发展路径中，科幻小说的创作主旨也发生了从科普关怀到人性渗透，再及生态意识的审美转变。刘慈欣的系列科幻小说向我们清晰地勾勒了科幻小说不同时期的审美指向。长期以来，研究者对刘慈欣科幻小说的解读，主要立足于科技美感、文学语言、题材、表达方式等科学与文学的跨学科融合的审美立场，即不离文学本色，也不离科幻初衷。然而在纷繁的解读中，大多数研究者忽略了刘慈欣科幻小说试图阐释的介于文学与科幻之外的生态意识，由此，本文试图从生态文学批评的立场分析刘慈欣小说《微纪元》表现的生态意识。

一、无可比拟的微小自然生态

刘慈欣在小说《微纪元》里表现了人与自然环境的关系。小说中的自然环境不是我们常见的山川河流，也不是人们日常生活中的吃穿住行，而是来自于太空的自然灾害。以自然灾害和大自然奇迹为基础的科幻小说屡见不鲜，他们在自然灾害描写中始终有一种"人为"灾难的因果关系，比如环境污染、资源浩劫等。《微纪元》里人类遭受的自然灾难来自于太阳的天体运动，与以往科幻小说的人为自然灾难或者高科技带来的灾难有所不同。作者通过"方舟号"飞船上唯一躲过浩劫的人类幸存者的目光向读者展示了因太阳能量闪烁造成的灾难，用高温摄像机向读者还原了地球所遭受的毁灭性打击：大气被剥离，地球表面温度骤升骤降，海洋蒸发，高楼、岩石熔化，洪水泛滥，人类绝迹。几年后，气温骤降，连年暴雨。百年后，地球上仍旧出现了蓝天、海洋，但却出现了怪异的城市图像。因为噩梦般的紫色、地狱般的红色、火炭般的暗红色、岩浆的红色、天空的紫色，表现了高温下山川景物色彩的瞬间变化，字里行间，作者勾勒了一幅罕见的人间奇景。作者以惊人的冷静描写人类面临的空前危机和灾难，向读者展示宇宙灾难后的奇丽与震撼，实则打破了传统科幻小说或者生态作家关于自然灾难描写的惯常指向，没有在自然灾难的书写中透视人性关怀，而是对比描写了太阳微不足道的小小的突变带来的自然生态的毁灭。太阳毫秒的能量闪烁，整个人类地球的绝迹，作者在这一大一小的对比中，渗透着一种对宇宙的敬畏，甚至还有一种哲学意味。"它的生命剧变是以毫秒为单位的……小小的突变总是免不了的，就像平静的水面上不时有一个小气泡浮起并破裂。"在长与短的时间较量上："太阳让人类等了一秒钟：预测能量闪烁的时间是在一万八千年之后。这对太阳来说确实只是一秒钟，但却可以使目前活在地球上的人类对一秒钟后发生的事采取一种超然的态度，甚至当作一种哲学理念。"在大与小的对比上、时间长短的较量中，作者表现了人类的"渺小"和"微不足道"。科学本身是冰冷的、零度情感的，与作者哲理化的零度透视相互交织，在大与小、长与短的对比叙述中彰显作者的生态意识和生态忧患。

在有关生态的小说中，作者一方面关注人与自然界或者生物圈里各物种之间的自然关系，凸显人与自然之间或者物种之间不可割裂的亲缘关系；另一方面，作者还多方面透视造成生态危机的各种复杂原因，建构新的生态体系。《微纪元》没有追寻造成这种灾难的原因，甚至对人类灾难场景的描述也不是作者主要关心的目标，作者重点关注人类灭迹之后基因克隆的微人类的生态问题，并用微人类的生态和谐指向人类的生态危机，表现了作者的生态诗学视野。

"大灾难后生态系统将完全被摧毁，养活不了人类。"作为应对策略，作者运用科学幻想创造了另一个人类世界——微人类。现代高科技把创造微人类的幻想变为现实，利用基因工程，"从人类的细胞中抽取全部遗传信息，培育出与主体一模一样的微人，其体积只是主体的十亿分之一，同人类一样生育后代。"微人类是把人类的体积缩小十亿倍，把人类社会的尺度也缩小了十亿倍，只需要很微小的生态系统，消耗微小的资源就可以活下来，这是拯救人类文明唯一可行的办法。作者通过人类唯一幸存者的眼光向读者展示了微人类的生态画面：微人从几百米的摩天大楼上平安下坠到地上，再一跃而上几百米的高楼，还可以借空中飘浮的尘埃随意跳跃等。与此相对的是，微人微小的身体相应需求微自然生态，身体微小的优越性促使微自然生态的和谐共处，由此，读者终于可以理解作者在小说前半部何以冷静叙述人类遭受的灭顶之灾。作者用微人类的微小生态系统来应付人类生态破坏后的困境，从对人们贪婪地破坏生态的道德关怀和高科技带来的灾难走向的终极追问走向创造微世界来建构微人类的自然生态。当然这种"创造"出来的微人类，带有乌托邦的想象，对人与自然的现实关系看似毫无意义，作者实际上想用微人类得天独厚的优越性与自然生态的和谐状态作为宏人类自然生态的目标构想。作者通过太空飞船幸存者的眼光，反复向读者强调微人、微社会、微生态的"颠倒、错乱"的画面。微人微小的身躯具有宏大人类的一切情感与行动，可以借助羽毛在天空自由跳跃，他们只需要微小的食物、微小的生态系统便足以维持生存，微小身躯的食量与能量的消耗相对于人类来说几乎是十亿分之一，先行者给予的一小片罐头肉在微人看来却是巍峨的肉山，水滴可以形成一片湖，一片树叶或者树根相对微人来说就是参天大树。在资源消耗中，微人微不足道的生态资源消耗是宏人（人类）无可比拟的，所以"最高执政官这样告诉他自己的感想：'现在我们知道，就是没有太阳的能量闪烁，宏纪元也会灭亡的。你们对资源的消耗是我们的几亿倍！'"过度摄取资源也会导致人类的消亡，作者把当今关注的过度消耗自然的环境问题融于作品不经意的叙述中，表现了人与自然共存亡的生态关系。

二、无虑乐观的精神生态

刘慈欣在《微纪元》里不光关注人与自然之间的生态问题，他还从微人类的生态世界扩大到微人类的精神生态，并指向人类的精神生态。人与自然的和谐是以"微小"来维护的，微人的统领说"微小的生命更能同大自然保持和谐"。微人类身体的微小具有较强的生存能力，当自然灾难降临时能轻易地实现远距离运输从而及时躲避灾难，这是从身体技能上相比于人类的优越性。在资源需求方面主要表现在饮食方面，一小片罐头肉够一座城市的人吃一到两年，微小的需求使微人类与大自然保持和谐，微人的和谐的微自然生态是精神生态形成的外在环境。

微人类典型的精神生态就是乐观无虑。微人对人类未来是乐观的，这种乐观之巨大之毫无保留，是宏纪元的人们无法想象的。这种乐观的基础，就是微纪元社会尺度的微小，地球领袖对先行者说："这种微小使人类在宇宙中生存能力增强了上亿倍。比如你刚才打开的那听罐头，够我们这座城市一到两年的钢铁消耗。"微人类需求的微小与宏人类需求的巨大形成鲜明对照，作者跳出传统生态文学批判人类的过度需求导致自然生态破坏的圈子，用微人类无可比拟的优越性暗指人类应该缩小无止境而膨胀的"需求"。比如，当下人们为了领土争端爆发了无数冲突，甚至酿成战争。领土纷争对于微人类而言微不足道，"要是有什么取之不尽的东西的话，就是领土了……在一场最大的战争中，战线长达……哦，按你们的计量单位吧，一百多米，那是多么广阔的战场啊！"微小的尺寸、微小的需求是微人类无忧无虑的根本原因。"微人对人类的未来是乐观，这种乐观之巨大之毫无保留，是宏纪元的人们无法想象的。"微人类和谐的自然生态与微人的精神生态相生相谐，以至于微人类的地球领袖说："我们是无忧无虑的微纪元。"先行者也惊奇地发现，"微人的精神状态很像宏时代的孩子，但孩子的精神状态还要夸张许多倍才真正像他们。"微人们的精神状态处于一种"越长越快乐"的纪元，微人类的乐观无忧来自于孩童般的天真、单纯，甚至比孩子的精神状态还要童真。精神上的"童真"永远是快乐的，人类的不快来自于成人丢失了孩童的天真和幻想，取而代之的是成人世界对现实的攫取，对未来的忧虑。所以微人感叹"忧虑是一座博物馆"，博物馆是陈列文化遗传的场所，忧虑是宏人惯有的情感，而宏纪元的时代已不复存在，只能像遗物遗产一样供在博物馆里供人凭吊。作者以博物馆、童真来比拟宏人和微人两种不同的精神生态，作为人类唯一幸存者将何去何从呢？人的本能是追求快乐的。在弗洛伊德的人格结构理论中，本我活动追求"快乐原则"，整个精神的基本促进动力，来自没有得到满足的愿望或者没有得到平息的激动——一个释放由此而产生的未满足感（不快）的愿望，从而消解紧张，得到快乐。弗洛伊德的"快乐原则"来自于本我不顾现实，只要求满足欲望，寻求快乐。这是一种欲望化的快乐，而人类的忧虑正是来自于这种欲望化的快乐，欲望的无止境导致自然生态的破坏，导致人类的精神危机。微人的"快乐"是一种欲望充分弱化的快乐。所以飞船上的先行者经过慎重思索，做出了一个大胆的决定：他把同时代人的胚胎细胞——宏人的胚胎细胞的密封管放进激光废物焚化炉里，并再次确定冷藏库没有漏掉的人类胚胎细胞密封管，毫无感情地按动了烧毁的按钮。小说里表现先行者销毁人类胚胎细胞的行动耐人寻味。在飞船进行太空生命勘探时，其他星球上没有发现生命迹象，他进一步证实了人类世界的孤独。他确证太阳能量闪烁后，怀着痛苦的心情返回地球，闭起双眼默默祈祷："啊，我的蓝色水晶球，宇宙的蓝眼珠，蓝色的天使……"然而，看到的却是黑白相间的地球和人类的灭绝，又进一步强化了先行者的孤独感。自然生态的消亡，人类的灭绝必然产生深深的忧虑。按照先行者的意图，只要恢复他携带的各种物种的种子和人类的胚胎细胞，他就可以摆脱孤独的忧虑。然而，先行者留下十几万种的生物种子，却焚烧了人类胚胎细胞。先行者放弃了人类诞生的一次绝好机会，他像刽子手一样亲自毁灭了人类的再次诞生。他害怕人类再次诞生繁衍，造成资源的枯竭和生态的破坏，从而陷入忧虑的精神生态中。

人类忧虑的精神生态是相对于微人类的乐观无虑而言。"'方舟号'飞船上先行者是唯一的人类，他是忧虑的，他的忧虑罩住了微人的整个城市，他看到自己那双巨大的眼睛，放大了上亿倍的忧虑深深地震撼了他自己。"生态破坏—人类灭迹—孤独忧虑，这三者之间存在着紧密的关联。"先行者木然地站着，深蓝色的苍穹中，明亮的太阳和晶莹的星星在闪耀，整个宇宙围绕他——最后一个人类。"在生态诗学里，家园毁坏往往会激起人们的怀旧情绪，甚至产生一种背井离乡之感。先行者的孤独、忧虑、恐惧来自于家园的毁坏，先行者刚开始面对微人类时，以为是电脑游戏或者恶作剧，画面颠倒错乱，甚至丑态百出，当知道微人类能够因身体的微小轻易躲过太空灾难，微小的生态需求、精神上的无忧无虑等都是宏人无可比拟的，作者笔下的先行者却是那样迫切地想要融入微人类，没有家园毁坏的背弃感，表现了先行者对人类自然生态和精神生态的背弃与规避，对微人类和谐自然生态和乐观无忧精神生态的皈依。小说的结尾充分表现了先行者的这种精神企盼："他想象着当微人们第一次看到那棵顶天立地的绿色小草时的狂喜……一个草原！一个草原又意味着什么？那是微人的一个绿色宇宙了……当微人们站在草根下看着清澈的小溪时，那在他们眼中是何等壮丽的奇观啊！""先行者想象一支微人探险队，从一棵树的根部出发开始他们漫长而奇妙的旅程，每一片树叶，对他们来说都是一个一望无际的绿色平原……还会有蝴蝶，它的双翅是微人眼中横贯天空的彩云；还会有鸟，每一声啼鸣在微人耳中都是一声来自宇宙的洪钟……"正是在这样的自然生态乌托邦想象中，先行者抛弃了自己的孤独与忧虑，在人类胚胎细胞焚烧中，高呼"哦，微纪元，我来了……"

刘慈欣在《微纪元》里没有单纯地描写人与自然的关系，也没有表现现代文明是怎样影响自然界或者自然界怎样报复人类，他构建了一个新的社会形态来适应有限的自然生态，用细胞学说原理创造一个新的人类世界，意在说明人类如何应对有限的自然生态，或者说以自然生态为基础，调整人类自身的需求，在人与自然生态和谐的基础上构建人类孩童般天真无忧的精神乐园。

（胡用琼：文学博士，南华大学文法学院讲师；
任美衡：文学博士，博士后，衡阳师范学院文学院教授）

纤　维

刘慈欣

"喂，你走错纤维了！"

这是我到达这个世界后听到的第一句话，当时我正驾驶着这架 F-18 返回 "罗斯福号"，这是在大西洋上空的一次正常的巡逻飞行，不知怎地突然就闯进了这里，尽管我把加力开到最大，歼击机还是悬在这巨大的透明穹顶下一动不动，好像被什么看不见的力场固定住了。穹顶外面那颗巨大的黄色星球，围绕着星球的纸一样薄的巨环在它的表面投下阴影。我不像那些傻瓜，我并不认为自己是在做梦，我知道这是现实，理智和冷静是我的长项，正因为如此，我才通过了淘汰率高达百分之九十的严格选拔，登上了 F-18。

"请到意外闯入者登记处！当然，你得先下飞机。"那声音又在我的耳机中说。

我看看下面，飞机现在悬停的高度足有 50 米。

"跳下来，这里重力不大！"

果然如此，我打开舱盖，双腿使劲想站起来，人却跳了起来，整个人像乘了弹射座椅似的飞出了座舱，轻轻地飘落在地。我看到在光洁的玻璃地面上有几个人在闲逛，他们让我感到最不寻常的地方就是太寻常了，这些人的穿着和长相，就是走在纽约大街上都不会引起注意的，但这种地方，这种寻常反而让人感觉怪异。然后我就看到了那个登记处，那里除了那个登记员外已经有了 3 个人，可能都是与我一样的意外闯入者，我走了过去。

"姓名？"那个登记员问，那人又黑又瘦，一副地球上低级公务员的样子，"如果你听不懂这里的语言，就用翻译器。"他指了指旁边桌子上那一堆形状奇怪的设备，"不过我想用不着，我们的纤维都是相邻的。"

"戴维·斯科特。"我回答，接着问，"这是哪儿？"

"这儿是纤维中转站，您不必沮丧，走错纤维是常有的事。您的职业？"

我指着外面那个有环的黄色星球："那，那是哪儿？"

登记员抬头看了我一眼，我发现他面带倦容，无精打采，显然每天都在处理这类事，见这类人，已厌烦了，"当然是地球了。"他说。

"那儿怎么会是地球！"我惊叫起来，但很快想到了一种可能，"现在是什么时间？"

"您是问今天的日期吗？2001年1月20日，您的职业？"

"您肯定吗？"

"什么？日期？当然肯定，今天是美国新总统就职的日子。"

听到这里我松了一口气，多少有了些归宿感，他们肯定是地球人。

"戈尔那个白痴，怎么能当选总统？"旁边那3位中一个披着棕色大衣的人说。

"您搞错了，当选总统的是布什。"我对他说。

他坚持说是戈尔，我们吵了起来。

"我听不明白你们在说些什么。"后面的一个男人说，他穿着一件很古典的外套。

"他们两个的纤维距离较近。"登记员解释说，又问我："您的职业，先生？"

"先别扯什么职业，我想知道这是哪儿？外面这个星球绝不是地球，地球怎么会是黄色的？"

"说得对！地球怎么会是这种颜色？你拿我们当白痴吗？"披棕色大衣的人对登记员说。

登记员无奈地摇摇头："您最后这句话是虫洞产生以来我听到的最多的一句话。"

我立刻对披棕色大衣的人产生了亲切感，问他："您也是走错纤维的吗？"尽管我自己也不理解这话的意思。

他点点头："这两位也都是。"

"您是乘飞机进来的？"

他摇摇头，"早上跑步跑进来的，他们两位的情况有些不同，但都类似，走着走着，突然一切都变了，就到了这儿。"

我理解地点点头："所以你们一定明白我的话：外面那个星球绝不是地球！"

他们3个都频频点头，我得意地看了登记员一眼。

"地球怎么会是这种颜色？拿我们当白痴？"披棕色大衣的人重复道。

我也连连点头。

"连白痴都知道，地球从太空中看是深紫色的！"

在我发呆的当儿，穿古典外套的人说："您可能是色盲吧？"

我又点头，"或者真是个白痴。"

穿古典外套的人接着说："谁都知道地球的色彩是由其大气的散射特性和海洋的反射特性决定的，这就决定了它的色彩应该是……"

我不停地点头，穿古典外套的人说着也对我点头。

"……是深灰色。"

"你们都是白痴吗？"那个姑娘第一次说话了，她身材袅窕、面容姣好，如果我这时不是心烦意乱，会被她吸引住的，"谁都知道地球是粉红色的！它的天空是粉红色的，海洋也是，你们没听过这首歌吗：'我是一个迷人的女孩儿，蓝色的云彩像我的双眸，粉红的晴空像我的脸蛋儿……'"

"您的职业？"登记员又问我。

我冲他大喊起来："别急着问什么职业，告诉我这是哪儿？这儿不是地球！就算你们的地球是黄色的，那个环是怎么回事？"

这下我们4个走错纤维的人达成了一致，他们3个都同意说地球没有环，只有土星、天王星和海王星才有环。

姑娘说："地球只不过是有3颗卫星而已。"

"地球只有一颗卫星！"我冲她大叫。

"那你们谈情说爱时是多么乏味，你们怎么能体会到两人手拉手在海边上，一月、二月和三月给你们在沙滩上投下6个影子的浪漫？"

穿古典外套的人说："我觉得那情形除了恐怖外没什么浪漫，谁都知道地球没有卫星。"

姑娘说："那你们谈情说爱就更乏味了。"

"您怎么能这么说？两人在海滩上看着木星升起，乏味？"

我不解地看着他："木星？木星怎么了？你们谈恋爱时还能看到木星？"

"您是个瞎子吗？"

"我是个飞行员，我的眼睛比你们谁都好！"

"那您怎么会看不到一颗准恒星呢？您怎么这么看着我？您难道不知道木星因为质量太大，其引力在八千万年前引发了内部的核反应，使其变成了一颗准恒星吗？您难道不知道恐龙因此而灭绝吗？您没有上过学吗？就算如此，您总看到过木星单独升起那银色的黎明吧？您总看到过木星与太阳一同落下时那诗一般的黄昏吧？唉，您这个人啊。"

我感觉像来到了疯人院，便转向登记员："你刚才问我的职业，好吧，我是美国空军少校飞行员。"

"哇！"姑娘大叫起来，"您是美国人？"

我点点头。

"那您一定是角斗士吧！我早看出您不一般。我叫哇哇妮，印度人，我们会成为朋友的！"

"角斗士？那和美国有什么关系？"我一头雾水。

"我知道美国国会是打算取消角斗士和角斗场的，但现在这个法案不是还没通过吗？再说布什与他老子一样，是个嗜血者，他上台法案就更没希望通过了。您觉得我没有见识是吗？最近一次在亚特兰大的角斗会我可是去了的，唉，买不起票，只在最次的座位上看了一场最次的角斗，那叫什么？两人扭成一团，刀都掉了，一点儿血都没见。"

"您说的是古罗马的事吧？"

"古罗马？呸，那个绵软的时代，那个没有男人的时代，那时最重的刑罚就是让罪犯看看杀鸡，他百分之百会晕过去。"她温情地向我靠过来，"您就是角斗士。"

我不知该说什么了，甚至不知该有什么表情，于是又转向了登记员："您还想问什么？"

登记员冲我点点头："这就对了，我们 10 个人应该互相配合，事情就能快点完。"

我、哇哇妮、披棕色大衣的人和穿古典外套的人都四下看看："我们只有 5 个人啊？"

"'5'是什么？"登记员一脸茫然，"你们 4 个加上我不就是 10 个吗？"

"你真是白痴吗？"穿古典外套的人说，"如果不识数我就教你，达达加 1 才是 10！"

这次轮到我不识数了，"什么是达达？"

"你的手指和脚趾加起来是多少？ 10 个；如果砍去一个，随便手指或脚趾，就剩达达个了。"

我点点头："达达是 19，那你们是 20 进制，他们，"我指指登记员，"是 5 进制。"

"您就是角斗士……"哇哇妮用手指亲昵地触摸着我的脸说，感觉很舒服。

穿古典外套的人轻蔑地看了一眼登记员："多么愚蠢的数制，你有两只手和两只脚，计数时却只利用了四分之一。"

登记员大声反驳："你才愚蠢呢！如果你用一只手上的指头就能计数，干嘛还要把你的另一个爪子和两个蹄子都伸出来？"

我问大家："那你们的计算机的数制呢？你们都有电脑吧？"

我们再次达成了一致，他们都说是二进制。

披棕色大衣的人说："这是很自然的，要不计算机就很难发明出来。因为只有两种状态：豆子掉进竹片的洞中或没掉进去。"

我又迷惑了："……竹片？豆子？"

"看来你真的没上过学，不过周文王发明计算机的事应该属于常识。"

"周文王？那个东方的巫师？"

"你说话要有分寸，怎么能这样形容控制论的创始人？"

"那计算机……您是指的中国的算盘吧？"

"什么算盘，那是计算机！占地面积有一个足球场那么大，用竹片和松木制造，以黄豆作为运算介质，要一百多头牛才能启动呢！可它的 CPU 做得很精致，只有一座小楼那么大，其中竹制的累加器是工艺上的绝活。"

"怎么编程序呢？"

"在竹片上打眼呀？那个出土的青铜钻头现在还保存在北京的故宫博物院里呢！周文王开发的'易经 3.2'，有上百万行代码，钻出的竹条有上千公里长呢……"

"您就是角斗士……"哇哇妮依偎着我说。

登记员不耐烦地说："我们先登记好吗？之后我再试着向你们解释这一切。"

我看着外面那有环的黄色地球沉思了一会儿，说："我好像明白一些了，我不是没上过学，我知道一些量子力学。"

"我也明白一些了。"穿古典外套的人说，"看来，量子力学的多宇宙解释是正确的。"

披棕色大衣的人是这几个人中看上去最有学问的，他点点头说："一个量子系统每做出一个选择，宇宙就分裂为两个或几个，包含了这个选择的所有可能，由此产生了众多的平行宇宙，这是量子多态叠加放大到宏观宇宙的结果。"

登记员说："我们把这些平行宇宙叫纤维，整个宇宙就是这样一个纤维丛，你们都来自临近的纤维，所以你们的世界比较相似。"

我说："至少我们都能听懂彼此的语言。"刚说完，哇哇妮就部分否定了我的话。

"妙名其莫！你们都在说些什么？"她最没学问，但最可爱，而且我相信，那个词在她的纤维中就是那个顺序，她又冲我温柔地一笑："您就是角斗士。"

"你们打通了纤维？"我问登记员。

他点点头："只是超光速航行的附带效应，那些虫洞很小，会很快消失的，但同时又有新的出现，特别是当你们的纤维都进入超光速宇航时代时，虫洞就更多了，那时会有更多的人走错门的。"

"那我们怎么办呢？"

"你们不能驻留在我们的纤维，登记后只能把你们送回原纤维。"

哇哇妮对登记员说："我想让角斗士和我一起回到我的纤维。"

"他要愿意当然行，只要不留在这个纤维就行。"他指了一下黄地球。

我说："我要回自己的纤维。"

"您的地球是什么颜色的？"哇哇妮问我。

"蓝色，还点缀着雪白的云。"

"真难看！跟我回粉色的地球吧！"哇哇妮摇着我娇滴滴地说。

"我觉得好看，我要回自己的纤维。"我冷冷地说。

我们很快登记完了，哇哇妮对登记员说："能给件纪念品吗？"

"拿个纤维镜走吧，你们每人都可以拿一个。"登记员指着远处玻璃地板上散放着的几个球体说，"分别之前把球上的导线互相连接一下，回到你们的纤维后，就可以看到相关纤维的图像。"

哇哇妮惊喜极了，"如果我和角斗士的球联一下，那我回去后可以看到角斗士的纤维了？"

"不仅如此，我说过是相关纤维，不止一个。"

我对登记员的话不太明白，但还是拿了一个球，把上面的导线与哇哇妮的球连了一下，听到一声表示完成的蜂鸣后，就回到了我的 F-18 上，座舱里勉强能放下那个球。几分钟后，纤维中转站和黄色地球都在瞬间消失，我又回到了大西洋上空，看到了熟悉的蓝天和大海，当我在"罗斯福号"上降落时，塔台的人说我没有耽误时间，还说无线电联系也没有中断过。

但那个球证明我到过另一个纤维，我设法偷偷从机舱中拿回了球。当天晚上，航母在波士顿靠岸了，我把那个球带到军官宿舍。当我从大袋子中把它拿出来时，球上果然显示出了清晰的图像，我看到了粉色的天空和蓝色的云，哇哇妮正在一座晶莹的水晶山的山脚下闲逛。我转动球体，看到另一个半球在显示着另一幅图像，仍是粉色的天空和蓝色的云，但画面上除了哇哇妮外还有一个人，那人穿着美国空军的飞行夹克，那人是我。

其实事情很简单：当我做出了不随哇哇妮走的决定时，宇宙分裂为二，我看到的是另一种可能的纤维宇宙。

纤维镜伴随了我的一生，我看着我和哇哇妮在粉红色的地球上恩恩爱爱，隐居在水晶山，生了一大群粉红色的娃娃，白头到老。

在哇哇妮孤身回到的那个纤维，她也没有忘记我。在我们走错纤维30周年那天，我在球体相应的一面上看到她挽着一个老头的手，亲密地在海边散步，一月、二月和三月把他们的6个影子投在沙滩上，这时哇哇妮在球体中向我回过头来，她的眸子已不像蓝色的云，脸蛋也不再像粉红色的天空，但笑容还是那么迷人，我分明听见她在说：

"您就是角斗士！"

平行宇宙与多元状态

——《纤维》赏析

刘　军

　　《纤维》是刘慈欣早期创作的短篇科幻小说，作者以贴近读者的科幻构思，来尝试回答人类的未解之谜。实现作者科幻意图的，是小说中层出不穷的矛盾，作者以矛盾推动故事情节的发展。这篇小说的叙事方式也是有意味的，从《纤维》的叙述来看，作者的姿态是平等的，心态是宽容的，认知是多元的。刘慈欣没有肯定谁或否定谁，在他的科学构思中，每一个人所观察的世界，都是合理的，不存在正确和错误。

　　《纤维》发表于 2001 年，是一篇近五千字的短篇科幻小说。作者刘慈欣以第一人称的叙述视角，讲述了一个充满喜剧色彩的科幻故事：2001 年 1 月，美国宇航员戴维·斯科特驾驶 F-18 在大西洋上空正常巡逻飞行，竟意外进入所在纤维的虫洞，在纤维中转站遇到另外三位闯入者，他们与纤维中转站的登记员经过一番唇枪舌战之后，达成共识，最终被登记员送回各自所在的纤维。

一、贴近读者的科幻构思

　　这篇小说是刘慈欣从事科幻小说创作早期写出的作品，用他自己的话来说，属于其科幻小说创作的第一阶段，即纯科幻阶段。他当时秉持的理念是："科幻小说的成功，在很大程度上取决于其幻想的奇丽与震撼的程度，这可能是科幻小说的读者们主要寻找的东西。"(《重返伊甸园》)在这种创作观指导下,《纤维》确实表现出科幻构思大于故事情节的倾向,它的科幻构思立足于令人疑惑的未解之谜:千百年来,世界各地都有关于人在瞬间神秘消失的记录和传说,如经常出现失踪事件的百慕大三角,再如南朝梁任昉《述异记》中的烂柯人和"山中方一日,世上已千年"的感叹,此类现象以纪实或传奇的方式,反映了人类在这种现象面前的恐惧、疑惑,且无法用目前的科学手段来预测和解释。

刘慈欣说:"从我本人的创作而言,我长期身处基层,对广大科幻读者所处的草根阶层有较多的了解,知道他们对未来的渴望是什么样子,知道星空在他们眼中是怎样的色彩,自己的想象世界也比较容易与他们产生共鸣。十年来,我一直把自己当作科幻迷中的一员,以科幻迷的方式去思考,去感受,去创作,我自己的想象世界也是为科幻迷而建造。"[①]正是这种贴着科幻迷的平等写作姿态,刘慈欣关注茫茫宇宙中人类神秘消失的现象,意欲在《纤维》中用奇妙的科幻构思,来尝试回答未解之谜——人突然消失,究竟去哪里了。

当然,面对人的突然消失这种偶然现象,中国古代的小说家们是无法以科学的方式自圆其说的,因此,存量不多的此类小说多以神魔志异的方式展现。无论小说情节如何曲折离奇,最终他们还是回到现实世界。因此,这类小说读来,使人觉得这种突然消失,是上天的恩赐,是不可多得的生命体验。而现代新闻报刊记载的神秘失踪事件,则有恐惧和悲观的情绪。

刘慈欣试图以个人智慧,营造一个井然有序的世界,即平行宇宙,整个宇宙就是一个纤维丛,每一类人都有各自所属的纤维。纤维有虫洞,人的突然消失,是意外碰到了纤维上的虫洞,导致他们走错了门。刘慈欣以宗教的情怀来对待消失现象,特意安排了一个纤维中转站,中转站有专门的工作人员,来安排这些消失者回到原来的世界中去。可以说,刘慈欣的科幻构思是大胆新奇的,科幻想象的出发点也是善良的。

---

① 刘慈欣. 重返伊甸园——科幻创作十年回顾 [J]. 南方文坛, 2010 (6).

二、以矛盾推动故事情节

科幻小说，说到底，还是要以故事情节来诠释、演绎和展现作者的科幻构思，《纤维》也不例外。在这么短的篇幅内，要讲清楚纤维与平行宇宙的关系，又要吸引读者阅读的兴趣，作者的叙事技巧就显得很重要了。

我更愿意将《纤维》看作一篇科幻小品，或者是一篇科幻舞台剧本，它很适合以舞台剧的形式来演绎：四个闯入者与一个登记员，在纤维中转站，以对话与问答的方式，较好地表达了刘慈欣的科幻构思。而实现作者意图的，主要还是小说中层出不穷的矛盾。

首先，作为闯入者，戴维·斯科特与纤维中转站的登记员之间，构成了一组对立的矛盾关系。其次，同样作为闯入者，戴维·斯科特与其他三名闯入者，因认知的不同，也形成了矛盾关系。例如，他们关于地球的颜色，众说纷纭，戴维·斯科特认为地球是蓝色的，披棕色大衣的人认为地球是深紫色的，穿古典外套的人认为地球是深灰色的，印度女子哇哇妮认为地球是粉红色的。事实上，他们在纤维中转站看到的地球是黄色的。再如，他们关于地球有几颗卫星的问题、计数的进制方式等问题也各执一词，争论不断。

还有一个充满喜剧效果的矛盾，即感性的哇哇妮认为来自美国的宇航员戴维·斯科特是角斗士，并温情地朝他靠过来，不管不顾其他人在争论什么问题，只在乎她的角斗士，亲昵地用手指触摸他的脸，依偎着他，不断重复一句："您就是角斗士。"戴维·斯科特很清楚，角斗士是古罗马的，自己根本不是角斗士。

这些不同的认知，打破了读者的原有常识和固定认知，给读者带来陌生化的效果：原来世界这么丰富多彩。那么，在《纤维》中，是什么造成了大家对客观世界的不同认知呢？刘慈欣在小说的后半部，回答了这些矛盾的源头：量子系统以多种状态并存，一个量子系统每做出一个选择，宇宙就分裂为两个或几个，由此产生了众多的平行宇宙，每一个平行宇宙就是一个纤维，整个宇宙就是一个纤维丛。

三、有意味的叙事方式

《纤维》给读者提供了一种新的阅读范式，即由纤维虫洞中溢出的生命个体均来自地球，只存在距离远近的差别，不存在很大的沟通障碍，至少，语言可以共通，对政治时事的掌握可以共通。当然，也存在一些差别。如对文化的认同，对常识的理解，各有各的答案，各有各的体系。

对于单个闯入者来说，他们是封闭视角，所掌握和了解的事与人，均从各自的生命体验出发，囿于自己的见识。浩瀚宇宙，对他们展开的，不过是冰山一角，他们有着很强的主体意识，认为自己掌握的就是真理，具有不可争辩的权威性。

刘慈欣说："透视现实和剖析人性不是科幻小说的任务，更不是它的优势。科幻小说的目标与上帝一样：创造各种各样的新世界。"① 从《纤维》的叙述来看，作者的姿态是平等的，心态是宽容的，认知是多元的。他没有肯定谁或否定谁，在他的科学构思中，每一个人所观察的世界，都是合理的，不存在正确和错误。

其次，是存在一个无所不知的全能视角，即那位登记员及其所属的生命物种。科幻小说的叙事常取对立的二元模式，我者与他者之间，势不两立，互相竞争，彼此之间，缺乏有效的交流和互动。登记员所属的群体，对闯入者并无敌意，他们将各种闯入者进行分类登记，并允许他们选择今后的发展路径和生活方式，也赞同其回归原来的生活空间，这样看来，登记员仿佛是宇宙警察，维持着纤维丛正常的运转秩序，保持人类的平衡与和谐。有意味的是，即便是登记员这类神一般的存在，在作者笔下，只有全能的知识和能力，没有神圣的外衣，一如芸芸众生中凡人一个，"又黑又瘦，一副地球上低级公务员的样子"。

《纤维》的叙事结构也有特点，其短篇小说的体量，决定了其结构，即在集中的时间、集中的地点，集中一批人物。这种时空的有限性，能较好地

---

① 刘慈欣. 超新星纪元［M］. 北京：作家出版社，2003：314.

实现作者的创作意图。不过，科幻小说的魅力，除了让读者了解一个具有科幻元素的故事之外，还在于唤起读者对未知世界的憧憬，激发他们的想象力。所以，《纤维》的结构呈现出前后截然不同的叙事模式：前面部分类似舞台剧，作者以具体人物、具体事件，来推动情节发展。到最后，作者跳出具体叙述，在短短四段文字中，跨越了三十年的时空。每个闯入者返回各自的生活区域之后，通过离开纤维中转站时获得的纤维镜，看到了不同的生活轨迹，这个球体仿佛一双上帝之眼，悲悯地看着纷纭世事，以一种敞开、自由的方式，打开了人们对未知世界或潜在世界的想象力。

（刘军：文学博士，江苏省昆山博物馆副研究馆员）

命　运

刘慈欣

我们是在距地球 180 万公里处发现那颗小行星的，它的直径约有 10 公里，呈不规则的椭圆形。它缓缓地转动着，表面的许多小切面反射着阳光，像是一眨一眨的眼睛。飞船上的计算机显示，它的轨道与地球相交，再过 18 天，这块太空巨石就要陨落在墨西哥湾附近了！

地球的监视系统应该在一年前就注意到它了，但我们没有听到过任何这方面的消息。我们同地球联系，在应有的 5 秒钟延时后，耳机中仍是一片寂静。我们又试了多次，没有收到任何回答，仿佛整个人类世界都休克了，而就在 10 分钟前我们还与地球通过话。这件事比小行星的出现更令我们震惊。

20 天前，我和爱玛租了这艘小飞船在太空中度蜜月，这是一艘老式的传统动力飞船，在宇宙航行的时空跃迁时代，这个像蜗牛一样慢的老古董显得很有情调。我们游览了同步轨道上的太空城，又到月球上旅行，接着从月球又向外飞了 100 多万公里，整个行程如田园牧歌般浪漫而顺利。但就在我们即将返回时，一切突然变得如此诡异。

但那颗小行星就在我们前方 50 公里处，凸现在太空漆黑的背景上，像放在黑天鹅绒上的展品那样真实，我确信自己不是在做噩梦。

"我们得做些什么！"我说。

同以前一样，一旦我做出行动的决定，爱玛总能想出行动的细节："我们可以把飞船上的一台发动机向它发射出去，这样可以把它炸离轨道。"

计算机的模拟表明这是可行的，但必须在 24 分钟内完成，如果小行星再向前运行一段的话就晚了。

我们没有再犹豫，驾驶飞船与小行星拉开 100 公里的安全距离，然后向计算机发出指令。飞船尾部的一台发动机与船体脱离，我们透过舷窗，看着那个小小的圆柱体尾部喷出一道淡蓝色火焰，向小行星方向飞去，火焰很快变成了一个闪耀的小星星，我们屏住呼吸看着它撞到那块太空中飘浮的巨石上。一道强光闪过后，从小行星上出现了一个火球，飞快膨胀，仿佛是前方太空中突然出现了一个向我们猛扑过来的太阳。就在这火球似乎要把我们的飞船吞没之际，它停止了膨胀，急剧缩小并消失了。小行星又在太空中显现出来，可以清楚地看到，爆炸的发动机在它上面炸出了一个凹坑，按比例看坑的直径至少有三千米。有许多小光点从小行星上呈放射状飞散，那是被炸飞的岩石碎片，其中一片从飞船很近处掠过。这时，计算机正在对小行星的轨道进行重新测定，我们紧张地等待着。

"变轨成功，小行星将不会撞击地球表面，它将在 58037 公里轨道处被地球捕获，成为一颗地球卫星。"

我和爱玛激动地拥抱，"飞船租赁公司会让我们赔发动机吗？"爱玛半开玩笑地问。

"他们敢向救世主提出这个要求？再说，我们拥有这颗小行星的所有权，上面的矿藏会使我们成为亿万富翁的！"

带着救世主的喜悦和自豪，我们用剩下的一台发动机向地球飞去。但再次同地球联系，仍没有回音，这使我们的心又悬了起来，实在想象不出我们的世界究竟发生了什么事。

由于只有一台发动机，我们的飞船加速很慢，小行星超过了飞船，很快消失在地球方向。一直在屏幕上观察小行星的爱玛突然惊叫起来：

"天啊，地球！你看地球！"

我向地球方向看去，在这个距离上，它只有棒球大小，看着那个晶莹的蓝色球体，我没发现有什么异常。爱玛让我看屏幕上放大的图像，我扫了一眼后立刻大惊失色：地球上的大陆都变成了我从未见过的形状。

我们向计算机求助，得到了这样的回答："我们现在看到的，是白垩纪晚期地球的大陆形状和分布，其中最大的那一块就是冈瓦纳古陆。"

"白垩纪？距现在有多长时间！"

"约 6500 万年。不过您的问题提法可能有误，各种迹象表明，现在就是白垩纪。"

计算机是对的，我们现在明白了为什么地球方向一片寂静，因为人类还没有出现。

在我们的时代，人类利用时空跃迁方式进行恒星际航行，恒星际飞船每次发射都在发射点留下了一个或几个时空虫洞，这些虫洞飘浮于地球周围的太空中，如果行星际飞船不慎误入它，则会在瞬间被抛到几万光年的远方，时间也会向前或向后跳跃很漫长的一段。后来，经过改进的恒星际飞船留下的虫洞消除了空间性质，只有时间性质，也就是说，通过这样一个虫洞，你的空间位置不会改变，但会产生时间跳跃。这种虫洞的危险性大大减小，如果不慎误入它，只要沿原航线回航，从相反的方向再次通过它，就会精确地回到原来的时间。

我们就是误入了这样一个时间虫洞，当时竟丝毫没有感觉到。

误入时间虫洞的事故时有发生，但向后跳跃的飞船都返回了，其中有一艘行星采矿飞船竟跳跃到了寒武纪，宇航员们看到了一个发着暗红色光芒的地球，海洋还没有出现，陆地上岩浆横流。跳跃到未来的飞船都没有回来，这倒使现在的人们很乐观地期待一个美好的未来。

但地球政府最关心的还是向过去的跳跃，有严格的法令，规定误入虫洞的飞船必须返回，如果因虫洞漂移而回不来的（这种情况发生的概率很小），必须航行到距地球足够远的太空中自毁，以避免改变地球历史。

"天啊，我们都干了些什么？"爱玛惊叫道，我的心也一下子沉到了底，转眼间，我们由救世主变成了魔鬼。

"不要怕，亲爱的，并不是每一个微扰动都能触发蝴蝶效应。"我安慰她。

"微扰动？我们干的事还叫微扰动吗？"她突然想起了什么，问计算机："这是白垩纪晚期？"

计算机给出了肯定的回答，我们都明白，刚才我们推开的，就是毁灭恐龙的那颗小行星。

沉默了好一阵，爱玛低声说："我们回去吧。"于是我们调转航向，使飞船精确地沿原航线驶去。

"回去干什么？接受审判吗？"我叹口气说。

"那是最好的结果，如果真的还有审判者，还有人类，我们死也安心了。"

我笑着摇摇头："你的担心是多余的，爱玛，你想过没有，为什么人类文明领先于地球上的其他物种那么远？为什么像蚂蚁或海豚之类的动物，虽然也有一定的社会结构或智能，但其文明程度连我们的零头都达不到？要知道，物种进化的机会是均等的。"

"为什么呢？"

"因为人类是万物之灵，宇宙选择了我们。我们的文明才发展到现在，这个自信是应该有的！我们将要返回的世界也许与来时有所不同，但人类肯定会有，文明也会有！"

爱玛也笑了一下，"我忘了，你是人择原理的信奉者，"她在胸前划了一个十字，"但愿如此吧。"

再次穿过时间虫洞时我们感觉到了，宇宙消失又出现，这过程极其短暂，像是太空眨了一下眼，难怪上次穿过时我们没有觉察到。在穿过虫洞的一瞬间，一直寂静无声的地球方向立刻传来了嘈杂的无线电信号，但我们的兴奋马上转为失望，那些信号听上去是一阵阵低沉的鸣叫声，我们和计算机都完全无法理解。我们向地球呼叫，仍然没有回答。再看监视屏上的地球图像，大陆又恢复成我们熟悉的形状，这使我多少松了一口气：如果真有蝴蝶效应，也不会是天翻地覆的。

我们的小飞船用仅有的一台发动机向地球飞去，两天后进入近地轨道。飞船上剩下的燃料刚够我们完成降落。我们落在靠近澳洲的太平洋上，飞船很快沉了下去，我们靠一个小救生筏浮在海面上。这时正是凌晨，太阳还没有升起来，我四下看看，海是熟悉的海，天是熟悉的天，这世界似乎没什么变化。

我们在海上漂了半个小时后，远远看到了一艘大船，我们打信号弹呼救，那船便向这个方向驶来。

"啊，真的还有人类！"爱玛喊道，眼中涌出激动的泪花。

"我说过人类是万物之灵，总会登上地球文明之巅的。"我说。

"但现在的世界肯定不是我们出发时的世界了，看那船的样子，人类可能还没有进入技术时代呢。"爱玛有些恐惧地说。

那艘船的外形很古老，绝不是我们生活过的现代世界的船只，但这并不意味着这个世界在技术上落后，我注意到那船没有帆，不知它用的是什么动力。

大船驶到我们近处，停了下来，从船舷抛下一个绳梯，我和爱玛沿梯爬上了船。我们看到船员都皮肤黝黑，看不出是什么人种，穿着粗糙的很有沧桑感的衣服。我向他们说话，他们不回答，其中一位示意我们跟他走。

我们沿着长长的台阶登上了船中央的一个塔形建筑，这里是全船的制高点。那名船员把我们领到一位体格强壮、有着银色胡须的老人面前，并向我们说了一句话，我们听不懂他的语言，但我戴在胸前的计算机听懂了，它说："这是一种类似于古拉丁语的语言，虽有些差别，但可以理解，意思是：这是我们的船长。"船长也向我们说了一句话，计算机翻译道："你们怎么敢独自在海里漂？不怕被吃掉吗？"

"吃掉？被什么？"我不解地问，计算机把我的话翻译过去。

船长指指前面的海面，这时太阳已升了起来，海面上薄薄的晨雾散射出一片黄色的阳光。这时我看到，刚才还十分平静的海面上涌现出一个个大浪包，浪包很快破裂，一头体形巨大的怪兽跃出海面，接着又钻出一头，随着哗哗的水声，海面上很快出现了一大群怪兽。现在，我和爱玛都明白了我们在6500万年前干的那件事的后果。

恐龙一直活到现在。

一只恐龙向我们的船游来，在船边停住了，它那巨大的身躯如同一座可怖的山峰，我们都处于这山峰的阴影中。在那灰色的滑腻皮肤下，我看到了纵横交错的黑色血脉，像缠绕在那灰色山峰上的藤蔓。恐龙粗大的脖颈向前探出，它那巨大的头颅就悬在我们上方，海水像暴雨般从上面泻到甲板上，那一双巨大的怪眼直勾勾地盯着我们，在那阴冷的目光下我们的血液几乎凝固了。爱玛浑身颤抖着紧紧贴住我。

"不要怕，它不会伤人的，这儿是动物园。"船长说。

果然，这条恐龙盯着我们看了一会儿，就转身游走了，它激起的涌浪轰轰地拍打着船帮，使船摇晃起来。这时，我们看到远方的海面上也有一条这样的大船，有两只恐龙正向那条大船游去。

"你们驯化了恐龙？真了不起！"爱玛兴奋地说。

我也十分激动："是啊，我们原以为，恐龙生存下来会对人类的进化造成威胁，现在看来这反而使人类文明更加强大！"

爱玛点点头："是啊！恐龙为人类工作显然比牛和马强多了，它们可以不费劲儿地搬走一座小山呢！亲爱的，你说得对，人真是万物之灵！从此以后，我也是人择原理的信奉者了！"

计算机把我们的话都翻译了，船长呆呆地看着我们，似乎有些迷惑，"这儿是动物园，它们不伤人的。"他又喃喃地说。

这时，我又有了一个惊人的发现：在天海连线处，有一片高大的柱状物，那些巨柱的高度是惊人的，白色的云层在它们的半腰处飘浮。我们从这里看去，像是蚂蚁看着一片大森林，我问船长那是什么。

"楼群，岸上的高楼群。"船长淡淡地说。

"天啊，那楼有多高？"爱玛惊叫道。

"有一万个你这么高吧。"船长说。

"一万多米的高楼？那楼有几千层吧？"我问。

船长摇摇头："不，只有百层左右。"

"那每层就有上百米高？那是多么宏伟的宫殿！"爱玛由衷地赞叹着。

"伟大的文明，伟大的人类文明！"我欢呼起来。

"那些高楼是游客建的。"船长说。

"游客？是啊，您说这里是动物园，可是游客呢？你们显然不是游客。"我问。

"可能是时间还早，动物园还没有开门吧。"爱玛说。

船长用惊诧的目光看看我们，又转头看看远处海面上那些恐龙。他这个动作使我们有了一种不祥的感觉，面前这些人类的木讷表情也使我们迷惑。

这时，那群恐龙发出了一阵吼叫声，我们感觉很熟悉，这是我们在太空中从地球发出的无线电波里听到的声音；再看看那上万米高的巨楼，我的脑海中炸响了一声惊雷，爱玛在旁边惊叫一声瘫倒在地，她也一定同我一样明白了这一切。

宇宙并没有选择人类，在我们的时间里人类文明在地球上达到巅峰，不过是一次偶然的机遇，而我们以人类的自负把偶然当成了必然。现在，大自然掷出的进化硬币翻到了另一面。

我们确实处于地球文明的动物园里，但恐龙是游客。

我两腿一软，与爱玛一起跌坐在甲板上，眼前的世界一片漆黑，只听到计算机在翻译船长的话：

"你们的长相很精致，与我们在一起吧，你们会被批准成为观赏人的。"

"观赏人？"我木然地问，眼前的世界渐渐清晰起来，又看到了海天连线处的巨城，听到爱玛喃喃地说："不，我想上岸……"

"你疯了？上岸后你们会成为菜人的！"

"菜人？"

"就是作为食品的人，那座城市每天需要供应几千名菜人呢！只有在动物园中做观赏人，才不会被吃掉，这是所有人追求的目标。"

这时，整个世界似乎变成了一座阴森的冰窖，我们彻底绝望了。我已失去了活下去的信心，开始打算怎样结束自己的生命，爱玛却突然用手指向天空，高声说："看！"

那是一颗明亮的星星，它刚才隐没于朝阳的光芒中，现在才可以看清。它的运行速度很快，在空中可以明显地看出它在动，仔细看看，它不只是一个光点，还显出一定的大小。

"那是魔星，"船长说，"游客中的一位科学家说，它们对它进行了仔细的研究，确定那颗星在很久很久以前是直冲地球而来的，救世主用一次强烈的爆炸推开了它，使游客们的先祖免遭灭绝，现在，在魔星的表面上还留有一个爆炸产生的凹坑。看那儿……"船长指指远方的巨城，指向城中最高大的一幢尖顶巨楼，"那就是大教堂，游客们在里面朝拜救世主。"

"你们知道我们的来历吗？"

船长摇摇头，他不感兴趣，好奇心只属于巅峰物种，他们没有任何好奇心，就像在我们的世界里蚂蚁和蜜蜂没有好奇心一样。

我说，对爱玛又对自己，可能还对这些不可能理解我的人："进化的命运是冷酷的，人类曾经生在幸运中而不知幸运，但现在，比起蚂蚁和蜜蜂来，我们仍有更多的机会，我们应该抓住这些机会，不向命运屈服。"

爱玛说："是的，我们既然已经无意中改变过地球历史，那就再改变一次吧。"

我看看远方那耸入云霄的大教堂，然后指着海面上的恐龙群问船长："他们……那些游客，很崇拜救世主，是吗？"

船长点点头："对它们来说，救世主是至高无上的。"

我和爱玛通过视网膜屏幕接通了胸前的计算机，检索飞船的航行记录，发现我们在 6500 万年前改变小行星轨道的过程，包括数据和图像，都被完整地记录下来。

"你会讲它们的语言吗？"爱玛问船长，后者点点头。

"那好，"我说，"告诉它们，我们就是推开魔星的救世主，我们可以向它们出示确切的证据。"

船长和船员们呆呆地看着我们。

"快一些！以后我再告诉你们人类的另一个故事，现在请快一些把我的话告诉它们！"

船长用双手在嘴边围成喇叭状，向那些恐龙喊了起来，比起恐龙的吼叫，他的声音纤细而微弱，很难相信这是同一种语言。

那群恐龙同时停止了戏耍，一起向我们转过头来，接着，都向我们的大船游过来。

狂澜不可挽　浮云变古今

——《命运》赏析

王晓勇

　　科幻小说具有文学与哲学的双重性，又包含科技的现实水平与未来可能的双重性，这就造成命运主题和四个维度的叠加。刘慈欣的《命运》就蕴涵着这四个维度，分别构成命运的荒诞性、必然性、内在性和反思性。人类命运是由宇宙命运决定的，后者是主体，前者是被动；人类命运只是偶然的，二者间的联系是必然的。人类的目的性是非常有限和短视的，宇宙的目的性至少要比人类的更全面更远大。人类虽有能力改变世界，但这个能力一定要受到限制。合理改变命运才是人类的命运之道。

　　刘慈欣的短篇小说《命运》，涉及一个非常古老的思想主题和文学主题——命运。他是用科幻小说的方式重新诠释命运主题，还是在用命运主题的哲学内涵思考人类的未来？对这两个问题的理解和回答，是读懂《命运》的关键。但无论怎么理解和回答，命运主题都可以还原为关于世界的主宰者问题或主体性问题。古代社会认为命运主宰人类，命运是世界的主体；现代社会认为人类主宰命运，人类是世界的主体。毋庸置疑，未来社会人类对世界的主宰能力会越来越强。那么，命运在人类完全主导的未来社会，还有存在的意义吗？命运会彻底退出历史舞台吗？就此意义而言，刘慈欣的《命运》

涉及一个深刻的现代性问题，是在人类主宰世界的未来背景下，对人类主体性的反思，也包括对命运自身的反思。

一、作为上古文学和哲学共同主题的"命运"与科幻小说的关系

从东方思想的发展历程看，早在中国的夏朝和商朝时期，天命观念就是我们祖先的信仰，就连《论语》中都记载着"生死有命，富贵在天"的上古格言。孔子创立的儒家学说将"人的外在命运"改造为"人的内在使命"，提升了命运的哲学内涵。从西方思想的发展历程看，远在古希腊爱琴文明时期，无论是荷马的两部伟大史诗《伊里亚特》和《奥德赛》，还是赫西俄德的《神谱》，作品中的诸神与英雄都无法主宰自己的未来，甚至连众神之神的宙斯也必须服从命运的安排。所以，命运是一种神秘莫测的力量，是一种未卜先知的预言，甚至是来自厄运的精准的诅咒。

其实命运最可怕的地方并不在于结果，而在于事件尚未发生时，一切已经被注定好了。在《希腊神话与传说》中，原始神族的领袖乌兰诺斯注定要被他的儿子克洛诺斯取代，巨神族的领袖克洛诺斯注定要被他的儿子宙斯取代，奥林匹斯神族的领袖宙斯也注定要被他的某个儿子取代。这三代神王的同构叙事，都没有让神权至高无上，而是指向了偶然性与必然性之间的辩证法——与其说命运是权力的偶然更替，不如说命运是历史的必然轮回。神的权力再大，也要服从命运的制约。因此，晚唐诗人罗隐在《筹笔驿》中对历史命运叹道："时来天地皆同力，运去英雄不自由。"命运因为人类的无法操纵而显得无常，谋事在人，成事在天，它似乎是人类主体性的对立面；但这并不意味着命运是随机的、缺少原则的。古希腊哲学家赫拉克利特提出著名的"万物皆流，变动不居"命题，指出变化是绝对的，不变是相对的；但他也认为，变化的背后有一个变化的原则"逻各斯"。一切变化都必须遵守逻各斯的安排，逻各斯实际上就是命运主题的哲学化。"变化"看起来是偶然的随机的，"如何变"却是必然的确定的；"命运"看起来是荒诞的，"命运背后的逻各斯"却是理性的。与希腊文学家相比，希腊哲学家对命运的认识更加深

刻，这就是现象认识与本质认识的区别。到了古罗马帝国时代后期，逻各斯被认为是普世的"世界理性"，最终成为世界法学体系中自然法的哲学基础，奠定了法的精神。所以，命运是现象之偶然，本质之必然。

科幻小说具有文学与哲学的双重性，又包含科技的现实水平与未来可能的双重性，这就造成了命运主题和四个维度的叠加，即现象维度的命运、本质维度的命运、现实维度的命运和未来维度的命运。刘慈欣的《命运》就蕴涵着这四个维度，分别构成命运的荒诞性、命运的必然性、命运的内在性和命运的反思性。所以，刘慈欣的科幻小说，总是将文学想象延伸到未来，又用未来对现实进行哲学批判。这种来回穿梭的手法并不是简单的时空穿越，而是一种揭示事物深层矛盾的特殊方法论。从刘慈欣的《命运》看，他在这方面的技巧十分娴熟，能够在文学想象与哲学反思之外，又融入科学视角和科幻视角，从而让他的作品呈现出多层面的立体化效果。

二、《命运》的现象维度与偶然性危机

刘慈欣短篇小说《命运》的篇幅虽小，构思却非常自然精妙。故事主要内容是地球人都知道的一种科学现象：小行星撞地球。据现代欧洲科学家测算，地球平均每 15 年就有一次被直径约为 10 米的小行星撞击的危险，平均每一个世纪就有一次被直径约为 100 米的小行星撞击的危险，平均每 10 万年就有一次被直径约为 1 千米的小行星撞击的危险，平均每 1 亿年左右地球就会面临一次被直径约为 10 千米以上的小行星撞击的危险。照这样的算法，地球被小行星撞击的概率非常大，随时都可能造成灾难性的后果。事实上，6500 万年前尚处于白垩纪时代的地球，就遭受过一颗直径约 10 千米的小行星的猛烈撞击，其结果就是造成了恐龙的集体灭绝。地球不可能永远避免这样的悲剧，躲过一时，躲不过一世，这就是地球的必然命运。刘慈欣在《命运》中预设了这样一些问题：假如那颗小行星没有撞击地球，恐龙就不会集体灭绝，那么人类会不会出现？如果恐龙与人类同在，人类还会不会成为地球的主宰？这个问题实际上是对达尔文进化论的挑战，作者认为人类不一定是自然选择的结果，人类也未必代表进化的最高级物种，在宇宙中，一切皆

有可能。《命运》中最可怕的一幕是："我的脑海中炸响了一声惊雷，爱玛在旁边惊叫一声瘫倒在地，她也一定同我一样明白了这一切。宇宙并没有选择人类，在我们的时间里，人类文明在地球上达到巅峰，不过是一次偶然的机遇，而我们以人类的自负把偶然当成了必然。现在，大自然掷出的进化硬币翻到了另一面。我们确实处于地球文明的动物园里，但恐龙是游客。"[①] 假如不是白垩纪时代的那次小行星撞击事件，地球很可能不是现在这个样子。偶然性虽然造就了人类，但很难保证它未来不会毁灭人类。我们能够做的，就是不断提高自己的主体能力，对可能发生的偶然性危机做好预测工作，防患于未然。然而，人类的主体性水平越高，越有可能带来更深层次的危机——必然性危机。

三、《命运》的本质维度与必然性危机

如果说偶然性危机是命运的外在安排，那么必然性危机则来自命运的内在选择。《命运》中的女主人公爱玛出现过一次误判："是啊！恐龙为人类工作显然比牛和马强多了，它们可以不费劲儿地搬走一座小山呢！亲爱的，你说得对，人真是万物之灵！从此以后，我也是人择原理的信奉者了！"[②] 人择原理又称人择宇宙学原理或观察选择效应，最初由英国天体物理学家布兰登·卡特（Brandon Carter）提出。该理论认为宇宙是观察的结果，没有观察者，就无法形成对宇宙的描述和理解。只有作为观察者的人类出现，才能解释我们这个宇宙的种种特性。这种理论其实为人类在宇宙中的主体性地位提供了科学辩护，源自于笛卡尔著名的主体性哲学原则"我思故我在"。但是，智能生命一定就是人类吗？2016 年的围棋智能机器人阿尔法狗（Alpha-go）不是已经开始显示出智能生命的某些特征吗？我们不难想象，在信息智能化的时代，人类的主体性最终会让位于智能的主体性。人类并不是宇宙的最终选择，他顶多只是宇宙发展过程中的一个环节或一个过渡。宇宙的本质中包含着万物，而不仅是万物之灵；人类也不是宇宙中唯一的智能形式，否则人

---

① 刘慈欣. 时间移民 [M]. 南京：江苏凤凰文艺出版社，2014：116.
② 刘慈欣. 时间移民 [M]. 南京：江苏凤凰文艺出版社，2014：115.

类就不可能开发出人工智能和大数据技术。所以，人类命运是由宇宙命运决定的，后者是主体，前者是被动；人类命运只是偶然的，宇宙命运与人类命运之间的联系才是必然的。现代性危机的根本原因在于：人类把自己的命运当作了宇宙的命运，把人类的主体性和目的性凌驾于宇宙之上。这种看不到宇宙命运与人类命运之间必然联系的危机，是人类自己选择的结果，应该称为必然性危机。

四、《命运》的过去与未来维度的交错及主体性危机

时间穿越是科幻小说的重要内容，无论从现在穿越到过去，还是穿越到未来，都意味着人类对宇宙的自然进程的干预和改变。穿越的背后隐藏着人类改变历史的任性。这就是主体性危机。《命运》中写道："在我们的时代，人类利用时空跃迁方式进行恒星际的航行，恒星际飞船每次发射都在发射点留下了一个或几个时空虫洞，这些虫洞飘浮于地球周围的太空中，如果行星际飞船不慎误入它，则会在瞬间被抛到几万光年的远方，时间也会向前或向后跳跃很漫长的一段。后来，经过改进的恒星际飞船留下的虫洞消除了空间性质，只有时间性质，也就是说，通过这样一个虫洞，你的空间位置不会改变，但会产生时间跳跃。"[1] 没想到小说中的主人公夫妇以拯救地球为己任，竟然意外造成了时空跃迁，起初以为是回到了遥远的白垩纪时代，后来才知道进入了另外一种可能的未来。这里面蕴含的哲学原理是：改变过去，就等于改变未来。这让人不禁想起乔治·奥威尔政治寓言式科幻小说《1984》中的黑色格言："谁掌握了现在，谁就掌握过去；谁掌握过去，谁就掌握未来。"无论是政治行为还是科学行为，背后都是可怕的权力欲望在起作用。在刘慈欣的《命运》中，这一点警惕心是人类早就有的："但地球政府最关心的还是向过去的跳跃，有严格的法令，规定误入虫洞的飞船必须返回，如果因虫洞漂移而回不来的（这种情况发生的概率很小），必须航行到距地球足够远的太空中自毁，以避免改变地球历史。"[2] 由此，我们发现一个真理：人类的目的性是非常有限和

---

[1]　刘慈欣. 时间移民 [M]. 南京：江苏凤凰文艺出版社，2014：111.
[2]　刘慈欣. 时间移民 [M]. 南京：江苏凤凰文艺出版社，2014：112.

短视的，宇宙的目的性至少要比人类的更全面和更远大。因为宇宙作为一个超级系统，它顾及的是整体的和谐发展；而人类作为一个比较小的系统，只会顾及自己局部的切身利益。

五、黑色幽默的结尾：人类作为救世主能拯救自己吗？

在《命运》的最后部分，主人公夫妇发现自己虽然改变了人类的历史进程，却成就了恐龙世界的文明，而且他们推移的小行星，已作为魔星被恐龙供奉。他们自己当然就是恐龙世界的救世主。

> "那是魔星，"船长说，"游客中的一位科学家说，他们对它进行了仔细的研究，确定那颗星在很久很久以前是直冲地球而来的，救世主用一次强烈的爆炸推开了它，使游客们的先祖免遭灭绝，现在，在魔星的表面上还留有一个爆炸产生的凹坑。看那儿……"船长指指远方的巨城，指向城中最高大的一幢尖顶巨楼，"那就是大教堂，游客们在里面朝拜救世主。"[1]

然而，救世主需要被拯救吗？这太幽默了，让我们看不清人类未来的命运究竟是喜剧，还是悲剧。

刘慈欣的《命运》，其实留给我们的是人类对自己权力欲望的反思：我们虽然有能力改变世界，但是这个能力一定要受到限制。合理地改变命运，才是人类的命运之道。

（王晓勇：哲学博士，陕西省社会科学院助理研究员）

---

[1]　刘慈欣. 时间移民［M］. 南京：江苏凤凰文艺出版社，2014：117.

信　使

刘慈欣

　　老人是昨天才发现楼下那个听众的。这些天他的心绪很不好，除了拉琴，很少向窗外看。他想用窗帘和音乐把自己同外部世界隔开，但做不到。

　　早年，在大西洋的那一边，当他在狭窄的阁楼上摇着婴儿车，在专利局喧闹的办公室中翻着那些枯燥的专利申请书时，他的思想却沉浸在另一个美妙的世界。在那个世界中，他正以光速奔跑……现在，普林斯顿是一个幽静的小城，早年的超脱却离他而去，外部世界时时困扰着他。有两件事使他不安：其中一件是量子理论，这个由普朗克开始，现在有许多年轻的物理学家热衷的东西，让他觉得很不舒服，他不喜欢那个理论中的不确定性，"上帝不掷骰子。"他最近常常自言自语。而他后半生所致力的统一场论却没有什么进展，他所构筑的理论只有数学内容，而缺少物理内容。另一件事是原子弹。广岛和长崎的事已过去很长时间了，甚至战争也过去很长时间了，但他的痛苦在这之前只是麻木的伤口，现在才痛起来。那只是一个很小的、很简单的公式，只是说明了质量和能量的关系。事实上，在费米的反应堆建成之前，他自己也认为人类在原子级别把质量转化为能量是异想天开……海伦·杜卡斯最近常这么安慰他。但她不知道，老人并不是在想自己的功过荣辱，他的忧虑要深远得多。最近的睡梦中，他常常听到一种可怕的声音，像洪水，像火山，终于有一夜他被这声音从梦中惊醒，发现那不过是门廊中一只小狗的鼾声。以后，那声音再也没在他梦中出现。而在梦中他梦见了一片荒原，上面有被残阳映照着的残雪。他试图跑出这荒原，但它太大了，无边无际。后来他看到了海，残阳中呈血色的海，他才明白，整个世界都是盖着残雪的荒原。他再次从梦中惊醒，这时，一个问题像退潮时黑色的礁石一样突然出现在他的脑海中：人类还有未来吗？这问题像烈火一样煎熬着他，他已几乎无法忍受了。

楼下的那人是个年轻人，穿着现在很流行的尼龙夹克。老人一眼就看出他是在听自己的音乐。后来的三天，每当老人在傍晚开始拉琴时，那人总是准时到来，静静地站在普林斯顿渐渐消失的晚霞中，一直到夜里九点左右老人放下琴要休息时，他才慢慢地离去。这人可能是普林斯顿大学的学生，也许听过老人的讲课或某次演讲。老人早已厌倦了从国王到家庭主妇的数不清的崇拜者，但楼下这个陌生的知音却给了他一种安慰。

第四天傍晚，老人的琴声刚刚响起，外面就下起雨来。从窗口看下去，年轻人站到了这里唯一能避雨的一棵梧桐树下。雨越下越大，那棵在秋天已很稀疏的树遮不住雨了。老人停下了琴，想让他早些走。但年轻人似乎知道这不是音乐结束的时间，仍一动不动地站在那儿，浸透了雨水的夹克在路灯下发亮。老人放下提琴，迈着不灵便的步子走下楼，穿过雨雾，走到年轻人面前。

"你如果，哦，喜欢听，就到楼上去听吧。"

没等年轻人回答，老人便转身往回走。年轻人呆呆地站在那儿，双眼望着无限远处，仿佛刚才发生的是一场梦。后来，音乐又在楼上响了起来，他慢慢转过身，恍惚地走进门，走上楼去，好像被那乐声牵着魂儿一样。楼上老人房间的门半开着，他走了进去。老人面对着窗外的雨夜拉琴，没有回头，但感觉到了年轻人的到来。对这个如此迷恋自己琴声的人，老人心中有一丝歉意。他拉得不好，特别是今天这首他最喜欢的莫扎特的《回旋曲》，常常拉走调。有时，他忘记了一个段落，就用自己的想象补上。还有那把价格低廉的小提琴，很旧了，音也不准。但年轻人静静地听着，他们俩很快就沉浸在这不完美但充满想象力的琴声中。

这是 20 世纪中叶一个普通的夜晚。这时，东西方的铁幕已经落下，在刚刚出现的核阴影下，人类的未来就像这秋天的夜雨一样阴暗而迷蒙。就在这夜、这雨中，莫扎特的《回旋曲》从普林斯顿这座小楼的窗口飘出……

时间过得似乎比往常快，又到九点了。老人停下琴，想起了那个年轻人，抬头见他正向自己鞠躬，然后转身向门口走去。

"哦，你明天还来听吧？"老人说。

年轻人站住，但没有转身，"不了，教授，您明天有客人。"他拉开门，又像想起了什么，"哦，对，客人八点十分就会走的，那时您还拉琴吗？"

老人点点头，并没有仔细领会这话的含义。

"好，那我还会来的，谢谢。"

第二天雨没停，但晚上真有客人来，是以色列大使。老人一直在祝福那个遥远的新生的自己民族的国家，并用出卖手稿的钱支援过它。但这次大使带来的请求让他哭笑不得，他们想让他担任以色列总统！他坚决拒绝了。他送大使到外面的雨中，大使上车前掏出怀表。老人在路灯下看到表上的时间是八点十分。他突然想起了什么。

"您，哦，您来这里还有人知道吗？"他问大使。

"请放心，教授。这是严格保密的，没有任何人知道。"

也许那个年轻人知道，但他还知道……老人又问了一个很奇怪的问题，"那么，您来之前就打算八点十分离开吗？"

"嗯……不，我想同您谈很长时间的，但既然您拒绝了，我就不想再打扰了。我们都会理解的，教授。"

老人困惑地回到楼上，但当他拿起小提琴时，就把这困惑忘记了。琴声刚刚响起，年轻人就出现了。

十点钟，两个人的音乐会结束了。老人又对将要离去的年轻人说了昨天的话："你明天还来听吧？"他想了想又说："我觉得这很好。"

"不，明天我还在下面听。"

"明天好像还会下雨，这是连阴天。"

"是的，明天会下雨，但在您拉琴的时候不下；后天还会下一天，您拉琴时也下，我会上来听；雨要一直下到大后天上午十一点才会停。"

老人笑了，觉得年轻人很幽默。但看着他离去的背影，他突然预感到这未必是幽默。

老人的预感是对的。往后几天的天气精确地证实着年轻人的预言：第二天晚上没雨，他在楼下听琴；第三天外面下雨，他上来听；普林斯顿的雨准确地在第四天的上午十一点停了。

雨后初晴的这天晚上，年轻人却没有在楼下听琴，他来到老人的房间里，拿着一把小提琴。他没说什么，用双手把琴递给老人。

"不，不，我用不着别的琴了。"老人摆摆手说。有很多人送给他提琴，其中有很名贵的意大利著名制琴师的制品，他都谢绝了，认为自己的技巧配不上这么好的琴。

"这是借给您的，过一段时间您再还给我。对不起，教授，我只能借给您。"

老人接过琴来，这是一把看上去很普通的小提琴，居然没有弦！再仔细一看，弦是有的，但是极细，如蛛丝一般。老人不敢把手指按到弦上，那蛛丝似乎一口气就可吹断。他抬头看了看年轻人，后者微笑着向他点点头，于是他轻轻地把手指按到弦上，弦没断，他的手指却感到了那极细的蛛丝所不可能具有的强劲张力。他把弓放上去，就是放弓时这不经意的一点滑动，那弦便发出了声音。这时，老人知道了什么叫天籁之音！

那是太阳的声音，那是声音的太阳！

老人拉起了《回旋曲》，立刻把自己融入了无边的宇宙。他看到光波在太空中行进，慢得像晨风吹动的薄雾；无限宽广的时空薄膜在引力的巨浪中轻柔地波动着，浮在膜上的无数恒星如晶莹的露珠；能量之风浩荡吹过，在时空之膜上激起梦幻般的霓光……

当老人从这神奇的音乐中醒来时，年轻人不知什么时候已经走了。

从此以后，老人被那把小提琴迷住了，每天都拉琴到深夜。杜卡斯和医生都劝他注意身体，但他们也知道，每当琴声响起时，老人就能感到一种从未有过的生命活力在血管中涌动。

年轻人却再也没来。

这样过了十多天，老人的琴突然拉得少了，并且有时又拉起了他原来那把旧提琴。这是因为他突然产生了一种忧虑，怕过多的演奏会磨断那蛛丝般的弦。但那把琴所发出的声音的魔力让他无法抗拒，特别是想到年轻人在某一天还会来要回那把琴，他又像开始时那样整夜地拉那把琴了。每天深夜，当他依依不舍地停止演奏时，总要细细地察看琴弦。他已老眼昏花，就让杜卡斯找了一个放大镜，而放大镜下的琴弦丝毫没有磨损的痕迹，它的表面如宝石一样光滑晶莹，在黑暗中还会发出蓝色的荧光。

这样又过了十多天。

这天深夜，入睡前，老人像往常那样最后看了看那把琴，突然发现琴弦有些异样。他拿起放大镜仔细察看，肯定了自己的判断。其实这迹象在几天前就出现了，只是到了现在，它才明显到能轻易察觉的程度。

琴弦越磨越粗。

第二天晚上，当老人刚把弓放到琴弦上时，年轻人突然出现了。

"你来要琴吗？"老人不安地问。

年轻人点点头。

"哦……如果能把它送给我的话……"

"绝对不行，真对不起教授，绝对不行。我不能在现在留下任何东西。"

老人沉思起来，他有些明白了。双手托起那把琴，他问："那么这个，不是现在的东西了？"

年轻人点点头。他现在站在窗前，窗外，银河横贯长空，群星灿烂，在这壮丽的背景前，他呈现出一个黑色的剪影。

老人明白了更多的事情。他想起了年轻人神奇的预测能力，其实很简单，他不是在预测，是在回忆。

"我是信使，我们的时代不想看到您太忧虑，所以派我来。"

"那么你给我带来什么呢？这把琴吗？"老人并没有表现出任何惊奇。在他的一生中，整个宇宙对他来说就是一个大惊奇，正因为如此，他才超越别人，首先窥见了宇宙最深的奥秘。

"不是的，这把琴只是一个证明，证明我来自未来。"

"怎么证明呢？"

"在您的时代，人们能够把质量转化为能量：原子弹，还有很快将出现的核聚变炸弹。在我们的时代，已可以把能量转化成质量，您看——"他指着那把提琴的琴弦，"它变粗了，所增加的质量是由您拉琴时产生的声波能量转化的。"

老人困惑地摇摇头。

"我知道，这两件事不符合您的理论：一，我不可能逆时间而行；二，按照您的公式，要增加琴弦上已增加的那么多的质量，需要大得多的能量。"

老人沉默了一会儿，宽容地笑了，"哦，理论是灰色的，"他微微叹息，"我的生命之树也是灰色的了。好吧，孩子，你给我带来了什么信息？"

"两个信息。"

"那么第一？"

"人类有未来。"

老人宽慰地仰躺到扶手椅上，像每一个了却了人生最后夙愿的老者一样，一种舒适感涌遍全身，他可以真正休息了。"孩子，见到你我就应该知道这一点的。"

"投在日本的两颗原子弹是人类最后两颗用于实战的核弹。20世纪九十年代末，大部分国家签署了禁止核试验和防止核扩散国际公约。又过了五十年，人类的最后一颗核弹被销毁。我是在那二百年后出生的。"

年轻人拿起那把他要收回的小提琴，"我该走了，为了听您的音乐，我已耽误了很多行程。我还要去三个时代，见五个人，其中有统一场论的创立者，那是距您百年以后的事了。"

他没说的还有：他在每个时代拜见伟人，都选在其不久于人世的时候，这样可把对未来的影响减到最小。

"还有你带来的第二条信息呢？"

年轻人已拉开房门，他转过身来微笑着，似乎带着歉意。

"教授，上帝确实掷骰子。"

老人从窗口看着年轻人来到楼下，此时已是深夜，街上没什么人。年轻人开始脱下衣服，他不想带走这个时代的东西。他的紧身衣在夜色中发着荧光，那显然是他的时代的衣服。他没有像老人想象的那样化作一道白光离去，而是沿一条斜线飞速向上升去。几秒钟后，他就消失在群星灿烂的夜空之中。他上升的速度很恒定，没有加速过程。很明显，不是他在上升，而是地球在转动，他是绝对静止的，至少在这个时空中是绝对静止的。老人猜测，他可能使自己处于一个绝对时空坐标的原点，就像站在时间长河的河岸上，看着时间急流滚滚而过，愿意的话，他可以走到上下游的任何一处。

爱因斯坦默默站了一会儿，慢慢地转身，又拿起了他的那把旧小提琴。

重返伊甸园

——《信使》赏析

任美衡　宋俊宏　文　玲

　　《信使》是刘慈欣小说中显示其艺术技巧的一篇小说，讲述了 23 世纪的人类派遣信使穿越时空来到了 20 世纪中叶的普林斯顿，给爱因斯坦带来了两个好消息：一个是人类有未来，另一个是上帝确实掷骰子。爱因斯坦为人类太过忧虑的心灵得到了宽慰，精神获得了彻底的解放，生命也达到了最后的圆满。作者由此认为，科学也有边界，并不能解决社会发展的所有问题，人类仍需要热切的人文关怀；对所有的文明都需心存敬畏，爱才会让我们真正地回到家乡，实现重返伊甸园的最高目标。

　　《信使》是刘慈欣创作于 1999 年的一篇短篇小说，最初发表于《科幻大王》2001 年第 11 期。小说讲述了 23 世纪的人类派遣信使穿越时空来到了 20 世纪中叶的普林斯顿，给一直为核战争困扰、并为人类的未来忧虑不已的爱因斯坦带来了两个好消息：一个是人类有未来，且没有被核武器所毁灭，人类利用自己的智慧和理智销毁了所有的核弹；另一个是上帝确实掷骰子，也就是说，爱因斯坦晚年一直困扰的量子力学中的不确定理论被后世的科学家证明是存在的。当爱因斯坦从信使口中听到这两个消息时，他为人类太过忧虑的心灵得到了宽慰，精神获得了彻底的解放，生命也获得了最后的圆满。

一、爱因斯坦的忧虑

这篇小说构思新颖、结构巧妙，典型地表现了刘慈欣的写作功力和叙事能力。小说开门见山，用一句"老人是昨天晚上才发现楼下那个听众"，将读者直接拉进他所营造的故事情景中，令人禁不住去猜想"老人"和"听众"的身份和关系，从而被小说所叙述的情节紧紧牵引；随着故事情节的展开，当看到年轻的"听众"对"老人"说"我是信使，我们的时代不想看到您太忧虑，所以派我来"时，才恍然明白，原来年轻的"听众"是来自未来的信使，读者至此才发现这是一篇科幻小说。更为巧妙的是，直到小说最后一句，作者才点出这位"老人"就是一代科学大师爱因斯坦，在让人大吃一惊之时，小说也随之戛然而止。这种时间颠倒之构思，这种悬念使用之结构，让作品充满了奇幻色彩，读完令人回味无穷。

爱因斯坦的"相对论"之提出，使他成了理论物理学界的一代科学大师，但他终生对人类命运的忧虑却成就了他的伟大，甚至不朽，同时也变成了他留给我们人类至为重要的精神遗产。在《信使》中，作者没有选取爱因斯坦在理论物理学上的重要贡献，而是选取了爱因斯坦对人类未来命运忧虑的这一点来展开叙述，从中显示出其独具慧眼的选材眼光和高超的题材取舍能力。小说一开始，就叙述"老人"晚年的两大困扰：一个是量子理论中的不确定性，因为他相信"上帝不掷骰子"；另一个是原子弹，因为广岛和长崎的原子弹爆炸所引起的后果让老人始终处在不安和悔罪当中，因为他的理论导致了原子弹的成功研制，他也成了人们眼中的"原子弹之父"。但老人担忧的并不是他个人的功过荣辱，而是他从这件事中"看到"了人类未来可怕的"荒原"命运，从而陷入深深的自责当中，噩梦时时缠身。作者的这一叙述，把一个有良知有担当且对人类未来深怀忧患的爱因斯坦的形象凸显了出来。

爱因斯坦是一代科学大师。在他所处的时代，当大多数科学家沉醉于日新月异的科技新发明的时候，他并没有被其表象所迷惑，而是从中看出了科学技术及其创造物的悲剧意味，看出了人类将会用新的科技成果来互相残杀的可怕后果，从而对科技的负面效应和人类的未来充满了担忧。"技术进步的最大害处，在于用它来毁灭人类生命和辛苦赢得的劳动果实。"①正是基于对人类未来命运之担忧，他在 1939 年的《噩运的十年——〈我的世界观〉续篇》中这样写道："在这十年中，我对文明人类社会的稳定性的信心，甚至对它的生存能力的信心，已大大消失了。""意识到事态的这种情况，我目前生活的每时每刻都笼罩着阴影，而在十年以前这种意识并没有占据我的思想。"①

1945 年 8 月 6 日，当爱因斯坦得知广岛遭原子弹轰炸的消息时，感到极度震惊，禁不住发出了"ojweh！"（我很痛心！）的沉痛悲叹。是年 11 月，他在《大西洋月刊》发表文章指出："我认为原子能在可见的将来不会是一种福音，因此我必须说，它当前是一种威胁。"②1948 年 7 月，爱因斯坦在写给"国际知识界和平大会"的信中说道："科学家的悲剧性命运使我们帮忙制造出来了更可怕、威力更大的毁灭性武器，因此，防止这些武器被用于野蛮的目的是我们义不容辞的责任。"②直到去世前，他都利用一切机会呼吁美国不要把科学的发现变成杀人武器，并号召全世界科学家团结起来反对核战争。甚至在生命的最后时光，他还毅然决然地在英国哲学家伯特兰·罗素起草的关于全世界禁止使用核武器的宣言（《罗素——爱因斯坦宣言》）上签了字。

但刘慈欣最后让信使带给爱因斯坦的两个信息，却将爱因斯坦忧虑人类未来命运的可贵精神削弱甚至消解了，让人情不自禁地产生疑问：爱因斯坦是否在自寻烦恼，或者"杞人忧天"？当然，作者这样构思小说情节，可能是基于对人类未来前途的高度自信，是基于对人类有能力彻底解决科学难题的高度自信；是为了让读者、特别是青少年读者读完小说后，对人类的未来充满信心，对科学技术的不断发展充满信心。这种感觉和理解并不是毫无道理

---

① ［美］爱因斯坦. 爱因斯坦文集（第 3 卷）［M］. 北京：商务印书馆，1979：78，170-172.

② 杨建邺. 科学的双人器：诺贝尔奖和蘑菇云［M］. 北京：商务印书馆，2008：269，270.

的，我们还可以从作者设置的信使这一人物身上窥出一二，甚至可以说，信使就是作者这一思想观念的代言人。

二、信使：相信未来人类的智力与能力

信使在小说中一开始就是一个神秘的存在。每个傍晚，他都会准时出现在老人的楼下，聆听老人常常走调的琴声；即使下雨，也会准时到来。不仅是老人，几乎所有读者都会禁不住猜想：这个年轻人到底是谁？大多数人可能会猜测他是普林斯顿大学的学生，是听过老人讲课或者某次演讲的老人的崇拜者。但看到他准确无误地说出老人"明天有客人""客人八点十分就会走的"的时候，他的身份就开始让人琢磨不透了；再看到他又精确地预测了天气的变化情况后，其身份便变得更让人迷惑不解了；再到他"只能借给"老人一把看上很普通但能发出"天籁之音"的小提琴后就消失不见了，其身份的神秘莫测便开始在老人和读者心中拂之不去了。他到底是何许人呢？直到他取琴时对老人说出那句"我不能在现在留下任何东西"的话后，老人和读者才隐隐约约地觉察到这个年轻人很可能来自未来，直到他说出"我是信使，我们的时代不想看到您太忧虑，所以派我来"的时候，老人和读者才彻底明白，他是来自未来时空的信使。

信使自信地告诉老人："我来自未来。"从这一点就完全可以证明老人曾经对人类未来的忧虑是多余的；他还告诉老人："在您的时代，人们能够把物质转化为能量，如原子弹，还有很快将出现的核聚变炸弹。在我们的时代，已可以把能量转化成质量，您看，"他指着那把提琴的琴弦说，"它变粗了，所增加的质量是由您拉琴时产生的声波能量转化的。"信使的这些话，其实是明确地告诉老人，我们未来的人类完全有能力破解你们这些科学家曾经解决不了的科学难题，为此，您也不要太过忧虑，实在没必要，要相信未来人类的智力和能力。老人对此虽然感到困惑，但他还是发出"理论是灰色的""我的生命之树也是灰色"的叹息。这实际上证明老人已相信了信使的话语，开始放弃了自己的忧虑，相信了人类是有未来的这一事实，也相信未来的人类靠自己的才智能够解决一个又一个前辈科学

家遗留下来的科学难题。至此，作者通过信使的口吻将自己的观点表露无遗——不仅人类是有未来的，人类有能力解决面临的一切难题，而且人类文明必将长存。

从某种意义上来说，刘慈欣的这一观点是建立在人道主义的思想基础之上的；也就是说，作者相信人类当下面临的一切问题和危机都是可以通过科学技术的不断进步来解决的，我们不必为暂时的危机担惊受怕，要充分相信人类的才智和能力。从这一点也可以看出，作者是一个乐观的科技至上主义者。也许正因为对人类的这份自信和对科学技术必将不断进步的坚强信念，才导致他自觉不自觉地忽略甚至有意淡化了科学技术带给人类的各种负面影响。其实，在当下，科学技术的负面影响已严重地影响着人类乃至整个宇宙的存在，这一点我们不能视而不见。也许，当我们真正直面科技的负面效应并进而反思科技文明不能解决所有问题的时候，我们就会想起生态思想家莫斯科维奇所说的："过去，人们为科学的自由而斗争，今天，他们应当奋起限制科学的权力。"① 由此，人类才会真正进入我们曾经梦想的社会，才能真正创建一个人类与宇宙万物和谐共处的大同世界。

三、启蒙与反启蒙：科学需要人文的温度

当人类凭借科学与理性成为世界的中心与大自然的主人时，我们也不得不思考科学的边界问题，即科学能否解决人类的所有问题？科学的进步观是否能让人类永远行走在线性发展的轨道中？我们深忧大自然正被科学无情践踏，最终的惩罚正在来临。认为"原始"的人类与仁慈的"自然"如果要携手并进，只有回归伊甸园，回归简约的生活方式，才能避免灾难。但这种理想状态可以实现吗？作者借爱因斯坦表达了人类对自身命运之担忧是不无道理的："最近的睡梦中，他常常听到一种可怕的声音，像洪水、像火山，终于有一夜他被这声音从梦中惊醒，发现那不过是门廊中一只小狗的鼾声。以后，那声音再也没在他梦中出现。而在梦中，他梦见

---

① ［法］塞尔日·莫斯科维奇. 还自然之魅：对生态运动的思考［M］. 庄晨燕，等译. 北京：三联书店，2005：47.

了一片荒原，上面有被残阳映照着的残雪。他试图跑出这荒原，但它太大了，无边无际。后来他看到了海，残阳中呈血色的海，才明白整个世界都是盖着残雪的荒原……"

显然，作者不是以反理性的方式拯救人类，他是以一种更高级、更综合、更全面、更未来的科学拯救人类。在 2007 年中国（成都）国际科幻·奇幻大会期间，在女诗人翟永明的"白夜"酒吧里，刘慈欣和著名科学史家江晓原教授之间有一场十分精彩的论辩。刘慈欣的态度很鲜明："我是一个疯狂的技术主义者，我个人坚信技术能解决一切问题。"[①] 他还列举了一个例子：假设人类将面临巨大的灾难，在这种情况下可否运用某种芯片技术控制人的思想，从而更有效地组织起来，面对灾难。江晓原则认为脑袋中植入芯片，这本身就是一个灾难，因为这会摧毁人的自由意志，带来人性的泯灭，由此可见，科学不是万能的，不是至高无上的，更不能解决所有的问题。

在推崇技术这一层面，可以说，作者是一个启蒙主义者。但信使的到来，却让我们发觉他是一个反启蒙主义者。信使以琴声扭转科学定理，信使在两百年后出生，信使以绝对静止的姿态消失，这一切都瓦解了我们对启蒙的理解。启蒙者推崇理性，尊崇进步观，将科学视为一种构筑秩序的工具；依据科学理性，人类社会将发展到一个更完美的境界，进步永远没有终点。科学理性的膨胀使其不仅瞄向神灵，还对准了一切形而上的思想——包括道德和自由。"工具理性"和马克思所说的支撑着资本主义社会关系的"商品形式"被认为是一回事，对一切事情都可以进行成本和利润计算。甚至艺术和审美情趣也被冠以"文化工业"之名——其目的只是为了替产品寻找最廉价、最普通的标准，使利益最大化。作者警惕科学理性的膨胀，他要为科学注入人文关怀，用人文的形式诠释科学。科学不是铁板钉钉的事实，他借信使之口称"上帝确实掷骰子"，告诉我们科学也有不确定性，让爱因斯坦意识到"理论是灰色的"。这一结论，将人从科

---

① 刘慈欣，江晓原. 为什么人类还值得拯救 [J]. 新发现，2007（11）.

学的真理性中解放出来，科学定论是可以改变的，正如质量可以转换为能量，能量也可以转换为质量。科学也允许想象，在琴声中，老人"立刻把自己融入了无边的宇宙。他看到光波在太空中行走，慢得像晨风吹动的薄雾；无限宽广的时空薄膜在引力的巨浪中轻柔地波动着，浮在膜上的无数恒星如晶莹的露珠；能量之风浩荡吹过，在时空之膜上激起梦幻般的霓光……"老人从理性的世界飞到了神性的世界，世界由盖着残雪的荒原变成了梦幻般的迷雾，人的精神在这个世界自由翱翔。宇宙对于人不是神秘、陌生，人在宇宙中也不是蒙昧、无知。人在理解宇宙后，获得对宇宙的亲密感，从而解放自我，展望未来。

传统人文科学是智力运作的结果，用语句化的概念、常用论点、固定说法建立观念体系，这一观念体系为确保其真理性和证伪性，成为经久不衰、无限延续的权力话语，毫无顾忌地强迫别人接受。这种话语是可怕的、严厉无情的独裁者，享受君临一切的独白乐趣。人们近乎麻痹地重复着这种语言，人的自我感受力被扼杀。但刘慈欣通过想象，将科学与幻想联系起来，使得历史、自然界中的每一部分都独立、清晰、生动地被吟唱和听闻，世界由此成为一个众声合唱的完整乐谱。科学实际上也是一种"元语言"，人类可以运用想象阐释科学，使得科学与解放人类的终极目的相吻合。

四、英雄与反英雄：以神性观照现世

《信使》以人文关怀解释科学，既肯定了科学的重要性，也排除了科学对神的亵渎，年轻人作为神的使者沟通了人与宇宙、自然的关系。人，即便是世界最优秀的科学家爱因斯坦，也不过是茫茫宇宙中渺小的一员。对宇宙的发现，就像哥白尼的太阳系日心说那样，会摧毁人类的自我形象和关于永恒性的神话。刘慈欣在《重返伊甸园——科幻创作十年回顾》一文中，将自己的创作分为三个阶段。第一阶段起始于 1999 年，他在《科幻世界》发表了四个短篇，即《鲸歌》《微观尽头》《宇宙坍缩》（又名《坍缩》）和《带上她的眼睛》。这个阶段的创作是以纯科幻的方式处理"两个世界"之间的关系：

一个是沉重的现实世界，另一个是空灵的科幻世界。第二阶段主要是处理人与自然的关系。作者写道：

> "对传统文学以人为本的核心理念进行了反思，发现'文学是人学'这句被奉为金科玉律的话并不确切。在文学史的大部分时间里，人类文学其实一直在描述人与大自然的关系，而不是人与人的关系。各民族古代神话中神的形象其实是宇宙的象征，而其中的人也不是真实历史意义上社会的人。文学成为人学，只描写社会意义上的人与人的关系，其实只是从文艺复兴以后开始的，这一阶段，在时间上只占全部文学史的十分之一左右。所以，传统文学给我的印象就是一场人类的超级自恋，文学需要超越自恋，最自觉做出这种努力的文学就是科幻文学，科幻文学描写的重点应该是人与大自然的关系，科幻给文学一个机会，可以让文学的目光再次宽阔起来。"①

在《信使》中，爱因斯坦已经远离了传统的革命英雄主义，开始走向黑暗的宇宙之心，他拯救的甚至不是一个国家，而是整个地球，甚至整个宇宙。人只是宇宙中的一个剪影："他现在站在窗前，窗外，银河横贯长空，群星灿烂，在这壮丽的背景前，他呈现出一个黑色的剪影。"刘慈欣的科幻是浪漫的科幻，他在自己创作的科幻世界里极尽所能地展示科幻的美、星河的瑰丽和宇宙的神秘，让人们心生敬畏。宇宙是如此静谧与美好，人类是渺小的，但关于对宇宙生命、文明的追问又是伟大的。人性究竟是什么，生命的本源与意义何在？对宇宙与文明的终极追问使我们敬畏不已。这种敬畏不仅推动了科技乃至科幻文学的发展，更推动着地球文明向前迈进。冷静的科学理性与热烈的人文关怀叠加在一起，相互激荡，形成更为丰厚的复调之声，这正是刘慈欣科幻小说的魅力所在。

科幻是科学与幻想的结合，这种幻想赋予了科学属人的本性，将人置于

---

① 刘慈欣. 重返伊甸园——科幻创作十年回顾 [J]. 南方文坛，2010（6）.

浩瀚的宇宙中，思考人类的命运与价值。作者是以神性观照现世，信使其实是神的使者。神派使者来拯救人类，年轻人称："我是信使，我们的时代不想看到您太忧虑，所以派我来。"人所处身的现实世界，是以理性建构世界，以客观真理性保证他的唯一稳定性，但这只是理性构筑的幻象。理性追求的是现实原则，任何事情都必须加以证明，神的存在无法证明；于是，理性主义者认为宗教是黑暗，信仰对于他们是无稽之谈。现实原则使得人与人之间的关系变得可以计算，如何以最小的代价获取最大的利益，从获利的角度试探对方，从而决定自己的行为，自私成为与理性相适应的道德价值。所以，对于无神论者，他们不相信任何超自然的现象，只相信看得见、摸得着的物质。真、善、美这些形而上的东西不会给自己带来任何实际利益，报复、仇恨却能损人利己。宗教则强调现世的虚幻性，正如印度教认为世界是梦境，基督教认为神的国在天上。宗教是理性的对立面，宗教依靠的是信仰，崇尚的是爱。信仰摆脱了逻辑必然性的束缚，实现由必然王国向自由王国的飞跃；通过爱，人类超越了现实生命的有限性和物质世界的短暂性。爱因斯坦也正是通过使者的爱，看到了人类的未来。

五、重返伊甸园

刘慈欣说："科幻小说存在和发展的基础，是自然科学所提供的思想和故事资源，这也是科幻小说相对于其他文学体裁独有的优势，正因为如此，大自然已经成为科幻小说中永恒的文学形象，人与自然的关系也是永恒的主题。科幻中的宇宙或大自然永远是一个伊甸园，其中的人类总是处于懵懂之中，处于茫然、恐惧、好奇和敬畏中，在这种精神状态下面对大自然。科幻小说中的自然形象一旦被弱化，科幻文学便失去了灵魂，失去了存在的依据，变得与其他文学类型没有本质的区别。"[①] 因此，他的写作即重返伊甸园。"重返"二字，表明了一种否定之否定，即肯定的态度。

亚当和夏娃无忧无虑地生活在伊甸园，由于夏娃禁不住蛇的诱惑，偷吃

---

① 刘慈欣. 重返伊甸园——科幻创作十年回顾［J］. 南方文坛，2010（6）.

了禁果（智慧果），被逐出了伊甸园。人类对知识的追求是永无止境的，人类文明的落后并不意味着对伊甸园的回归，人类理性的发展并不意味着人类走向末路。伊甸园生态主义在西方有很悠久的历史传承。这种观点认为污秽、嘈杂、无人性、道德沦丧的工业社会玷污了自然秩序，人类应当返回到一种与自然规律紧密相连、与血液和土地紧密维系的生活方式。推崇伊甸园生态主义者猛烈抨击工业资本主义、帝国主义、白种人霸权、男性霸权，认定妇女、非白种人和被欧洲人野蛮掠夺的受害者，在被征服以前是生活在伊甸园的状态中。作者所称重返伊甸园，并非这种对文明的全盘否定。

《信使》探讨了重返伊甸园的路径：一是对人类理性的合理利用。"投在日本的两颗原子弹是人类最后两颗用于实战的核弹。20 世纪 90 年代末，大部分国家签署了禁止核试验和防止核扩散国际公约，又过了五十年，人类的最后一颗核弹被销毁。"二是对宇宙的敬畏之感。作者认为科幻作者的第一课应该是教会他们在内心深处真正找到科幻的感觉，使他们拥有一种对宇宙的宗教感情，要对宇宙的宏大与神秘产生敬畏之心，只有这样，才能感受太空的广阔、个体的孤独与渺小；才能体会先驱者的悲壮，感知命运在宇宙时间维度中的无情。在《信使》中，爱因斯坦即是通过神的使者领悟到宇宙的神秘："老人猜测，他可能使自己处于一个绝对时空坐标的原点，他站在时间长河的河岸上，看着时间急流滚滚而过，愿意的话，他可以走到上下游的任何一处。"三是对人类的爱。作者通过科幻作品来对宇宙和科学进行诗意解读，营造科学的神性。上帝不安于老人的焦虑，派使者告诉老人只要拥有爱，科学就能将人类带入美好的未来。作者用科幻精神创造了新的神话，只要人类坚信神话是真的，人类的灵魂将得到救赎。

科幻小说本身就需要大量科学幻想作支撑，如何在庞大的想象空间里营造科幻的真实感，使其不至于虚无缥缈而失去现实的基础，是小说创作者最需要解决的技术性问题。刘慈欣作品主题很空灵，但涉及时间本质和生命起源等哲学性问题，这些思考最终通过作者的叙事、结构、主题和意象展现出来。《信使》中恒星闪烁的意象，为我们带来震撼，让人类感受到自身的渺小与宇宙的浩大无边。另外，他的小说里还有一类科幻意象：

先驱者。无论是作为探索外太空文明的宇航员，还是探索地内世界的地航者，他们无一不是要独自承受一生的孤独去探索宇宙和地球，爱因斯坦正是先驱者的化身。

刘慈欣对所有的文明都持敬畏态度，无论是人类无法观测到的微观文明，还是远高出人类文明水平的其他宇宙文明。他开始慢慢意识到，自己的科幻之路也就是一条寻找家园的路，回乡情结隐藏在连自己都看不到的深处，是因为不知道家园在哪里，所以，要到很远的地方去找寻；逃亡是为了生存，而逃亡的地点是宇宙中未知的可能世界，这正是作者重返伊甸园的最终目的。

（任美衡：文学博士，博士后，衡阳师范学院文学院教授；
宋俊宏：文学博士，湖北民族学院文学与传媒学院讲师；
文玲：文学博士，衡阳师范学院文学院讲师）

梦之海

刘慈欣

上 篇

低温艺术家

是冰雪艺术节把低温艺术家引来的。这想法虽然荒唐，但自海洋干涸以后，颜冬一直是这么想的。不管过去多少岁月，当时的情景仍然历历在目。

当时，颜冬站在自己刚刚完成的冰雕作品前，他的周围都是玲珑剔透的冰雕，向更远处望去，雪原上矗立着用冰建成的高大建筑，这些晶莹的高楼和城堡浸透了冬日的阳光。这是最短命的艺术品，不久之后，这个晶莹的世界将在春风中化作一汪清水。这一过程除了带给人一种淡淡的忧伤外，还包含了更多说不清道不明的东西，这也许正是颜冬迷恋冰雪艺术的真正原因。

颜冬把目光从自己的作品上移开，下决心在评委会宣布获奖名次之前不再看它。他长出一口气，抬头扫了一眼天空，就在这时，他第一次看到了低温艺术家。

最初他以为那是一架拖着白色尾迹的飞机，但那个飞行物飞行的速度比飞机的要快得多。它在空中转了一个大弯，那尾迹如同一支巨大的粉笔在蓝天上随意地画了个勾，在"勾"的末端，那个飞行物居然停住了，就停在颜冬正上方的高空中。尾迹从后向前渐渐消失，像是被它的释放者吸了回去似的。

颜冬仔细观察尾迹最后消失的那一点，发现那个点不时地出现短暂的闪光。他很快确定，那闪光是由于一个物体反射阳光所致。接着，他看到了那个物体，它是一个小小的球体，呈灰白色。很快他又意识到那个球体并不小，它看上去小只是因为距离的原因，它这时正在飞快地扩大。颜冬很快明白了，那个球体正在从高空向他站的位置掉下来，周围的人也意识到了这一点，立刻四散而逃。颜冬也低头跑起来，他在一座座冰雕间七拐八拐。突然间，地面被一个巨大的阴影所笼罩，颜冬的头皮一紧，一时间血液仿佛凝固了。但预料的打击并未出现，颜冬发现周围的人也都站住了，呆呆地向上仰望。他也抬头看，那个巨大的球体就悬在他们上空百米左右的位置。它并不是一个完全的球体，似乎在高速飞行的过程中被气流冲击得变了形：向着飞行方向的一半是光滑的球面，另一半则出现了一束巨大的毛刺，使它看上去像一颗被剪短了彗尾的彗星。它的体积很大，直径肯定超过了一百米，像一座悬在半空中的小山，使地面上的人产生了一种巨大的压迫感。

急剧下坠的球体在半空中急刹住后，被它带动的空气仍向下冲来，很快到达地面，激起了一圈飞快扩散的雪尘。据说，当非洲的土著人首次触摸西方人带来的冰块时，总是猛抽回手并惊叫：好烫！在颜冬接触到那团下坠的空气的一刹那，他也产生了这种感觉：这团空气的温度一定低得惊人。幸亏它很快扩散了，否则地面上的人都会被冻僵，但即使这样，几乎所有人暴露在外的皮肤还是受到了不同程度的冻伤。

颜冬的脸由于突然出现的严寒而麻木。他抬头仔细观察那个球体表面，那半透明的灰白色物质是他再熟悉不过的东西：冰，这悬在半空中的是一个大冰球。

空气平静下来之后，颜冬吃惊地发现，那半空中巨大冰球的周围居然飘起了雪花，雪花很大，在蓝天的映衬下显得异常洁白，并在阳光下闪闪发光。但这些雪花只在距球体表面一定距离内出现，飘出这段距离后就立刻消失了，以球体为中心形成了一个雪圈，仿佛是雪夜中的一盏街灯照亮了周围的雪花。

"我是一名低温艺术家！"一个清脆的男音从冰球中传出，"我是一名低温艺术家！"

"这个大冰球就是你吗？"颜冬仰头大声问。

"我的形象你们是看不到的，你们看到的冰球是我的冷冻场冻结空气中的水分形成的。"低温艺术家回答说。

"那些雪花是怎么回事？"颜冬又问。

"那是空气中氧和氮的结晶体，还有二氧化碳形成的干冰。"

"你的冷冻场真厉害！"

"当然，就像无数只小手攥紧无数颗小心脏一样，它使其作用范围内所有的分子和原子停止运动。"

"它还能把这个大冰团举在空中吗？"

"那是另一种场了，反引力场。你们每人使用的那一套冰雕工具真有趣：有各种形状的小铲和小刀，还有喷水壶和喷灯。有趣！为了制作低温艺术品，我也拥有一套小小的工具，那就是几种力场，种类没有你们的这么多，但也很好使。"

"你也创作冰雕吗？"

"当然，我是低温艺术家。你们的世界很适合进行冰雪造型艺术，我惊讶地发现这个世界早已存在这种艺术。我很高兴，我们是同行。"

"你从哪里来？"颜冬旁边的另一位冰雕创作者问。

"我来自一个遥远的、你们无法理解的世界，那个世界远不如你们的世界有趣。本来，我只从事艺术，一般不同其他世界交流，但看到这样一个展览会，看到这么多的同行，我产生了交流的愿望。不过坦率地说，下面这些低温作品中真正称得上是艺术品的并不多。"

"为什么？"有人问。

"过分写实，过分拘泥于形状和细节。当你们明白宇宙除了空间什么都没有，整个现实世界只不过是一大堆曲率不同的空间时，就会明白这些作品是何等可笑。不过，嗯，这一件还是有点儿感觉的。"

话音刚落，冰团周围的雪花伸下来细细的一缕，仿佛是沿着一条看不见的漏斗流下来的，从半空中一直伸到颜冬的冰雕作品顶部才消失。颜冬踮起脚尖，试探着向那缕雪花伸出戴着手套的手，在那缕雪花的附近，他的手指又感觉到了那种灼热，他急忙抽回来，但手已经在手套里冻僵了。

"你是指我的作品吗？"颜冬用另一只手揉着冻僵的手说，"我，我没有用传统的方法，而是用现成的冰块雕刻作品，建造了一个由几大块薄膜构成的结构，在这个结构下面长时间地升腾起由沸水产生的蒸汽，蒸汽在薄膜表面冻结，形成一种复杂的结晶体。当这种结晶体达到一定的厚度后，去掉薄膜，就做成了你现在看到的造型。"

"很好，很有感觉，很能体现寒冷之美！这件作品的灵感是来自……"

"来自窗玻璃！不知你是否能理解我的描述：在严冬的凌晨醒来，你蒙眬的睡眼看到窗玻璃上布满了冰晶，它们映着清晨暗蓝色的天光，仿佛是你一夜梦的产物……"

"理解理解，我理解！"低温艺术家周围的雪花欢快地舞动起来，"我的灵感也被激发了，我要创作！我必须创作！"

"那个方向就是松花江，你可以去取一块冰，或者……"

"什么？你以为我这样的低温艺术家，要从事的是你们这种细菌般可怜的艺术吗？这里没有我需要的冰材！"

地面上的人类冰雕艺术家们都茫然地看着来自星际的低温艺术家。颜冬呆呆地说："那么，你要去……"

"我要去海洋！"

取　冰

一支庞大的机群在五千米空中向海岸线方向飞行。这是有史以来最混杂的一个机群，由从体型庞大的波音巨无霸到蚊子似的轻型飞机在内的各种飞机组成，是全球各大通讯社派出的采访飞机，还有研究机构和政府派出的观察监视飞机。这乱哄哄的机群紧跟着前面一条短粗的白色航迹飞行着，像一群追赶着牧羊人的羊群。那条航迹是低温艺术家飞行时留下的，它不停地催促后面的飞机快些，为了等它们，它不得不忍受这比爬行还慢的速度（对于可随意进行时空跃迁的它，光速已经是爬行了），它不停地抱怨说，这会使自己的灵感消失的。

对于后面飞机上的记者们通过无线电喋喋不休的提问，低温艺术家一概懒得回答，它只有兴趣同坐在一架中央电视台租用的运十二上的颜冬交谈。于是到后来，记者们都不吱声了，只是专心地听着这一对艺术家同行的对话。

"你的故乡是在银河系之内吗？"颜冬问，这架运十二距离低温艺术家最近，可以看到那个飞行中的冰球在白色航迹的头部时隐时现，这航迹是冰球周围的超低温冷凝大气中的氧氮和二氧化碳形成的。有时飞机不慎进入这滚滚掠过的白雾中，机窗上立刻覆盖了厚厚的一层白霜。

"我的故乡不属于任何恒星系，它处于星系之间广漠的黑暗虚空中。"

"你们的星球一定很冷。"

"我们没有星球，低温文明起源于一团暗物质云中，那个世界确实很冷，生命从接近绝对零度的环境中艰难地取得微小的热量，吮吸着来自遥远星系的每一丝辐射。当低温文明学会走路时，我们便迫不及待地进入银河系这个最近的温暖世界。在这个世界中，我们也必须保持低温状态才能生存，于是我们成了温暖世界的低温艺术家。"

"你指的低温艺术就是冰雪造型吗？"

"哦，不，不。用远低于一个世界平均温度的低温与这个世界发生作用，以产生艺术效应，这都属于低温艺术。冰雪造型只是适合于你们世界的低温艺术，冰雪的温度在你们的世界属于低温，在暗物质世界就属于高温了；而在恒星世界，熔化的岩浆也属于低温材料。"

"我们之间对艺术美的感觉好像有共同之处。"

"不奇怪。所谓温暖，不过是宇宙诞生后一阵短暂的痉挛所产生的同样短暂的效应，它将像日落后的暮光一样转瞬即逝，能量将消失，只有寒冷永存，寒冷之美才是永恒的美。"

"这么说，宇宙最终将热寂？"颜冬听到耳机中有人问，事后知道提问者是坐在后面飞机上的一位理论物理学家。

"不要离题，我们只谈艺术。"低温艺术家冷冷地说。

"下面是海了！"颜冬无意间从舷窗望下去，看到弯曲的海岸线正在下面缓缓移过。

"再向前，我们要到海洋最深的地方，那里便于取冰。"

"可哪儿有冰啊？"颜冬看着下面广阔的蓝色海面不解地问。

"低温艺术家到哪里，哪里就会有冰。"

低温艺术家又向前飞行了一个多小时，颜冬从飞机上向下看，下面早已是一片汪洋。这时，飞机突然拉升，超重使颜冬两眼一黑。

"天啊，我们差点撞上它！"飞行员大叫。原来低温艺术家突然停下了，后面的飞机都猝不及防地纷纷转向。"嘿，惯性定律对这家伙不起作用，它的速度好像是在瞬间减到零。按理说，这样的减速早把冰球扯碎了！"飞行员对颜冬说，同时拨转机头，与别的飞机一起，浩浩荡荡地围绕着悬在空中的冰球盘旋。静止的冰球又在空气中产生了大量的氧氮雪花，但由于高空中的强风，雪花都被吹向一个方向，像是冰球随风飘舞的白发。

"我要开始创作了！"低温艺术家说，没等颜冬回话，它突然垂直降落下去，仿佛在空中举着它的那只无形的巨手突然放开了。飞机上的人们看着它以自由落体越来越快地下落，很快消失在海面蓝色的背景中，只能隐约看到它在空气中拉出的一道雾化痕迹。很快，海面上出现了一团白色的水花，水花消失后，有一圈波纹在扩散。

"这个外星人投海自杀了。"飞行员对颜冬说。

"别瞎扯了！"颜冬拖着东北口音，白了飞行员一眼，"飞低些，那个冰球很快就要浮起来了！"

但冰球并没有浮出来，在那个位置的海面上出现了一个白点，这白点很快扩大成一个白色的圆形区域。这时飞机的高度已经很低，颜冬仔细观察，发现那白色区域其实是覆盖海面的一层白色雾气。白雾区域急剧扩大，加上飞机在继续降低，很快，目力所及的海面全部冒起了白雾。这时颜冬听到了一个声音，像连续的雷声，又像是大地和山脉在断裂。这声音来自海面，盖住了引擎的轰鸣声。飞机贴海飞行，颜冬向下仔细观察白雾下的海面，首先发现海面反射的阳光很完整很柔和，不像刚才那样呈刺目的碎金状；他接着看到海的颜色变深了，海面的波浪变得平滑了，但真正震撼他的是下一个发现：那些波浪是凝固不动的。

"天啊，海冻住了！"

"你没疯吧？"飞行员扭头扫了他一眼说。

"你自个儿仔细看看……嗨，我说你怎么还往下降啊？想往冰面上降落？"

飞行员猛拉操纵杆，颜冬眼前又一黑，听到他说："啊，不，嘿，真邪门儿了……"再看看飞行员，一副梦游的表情，"我没下降。那海面，哦不，那冰面，在自己上升！"

这时他们听到了低温艺术家的声音："你们的飞行器赶快让开，别挡住上升的路。哼，要不是有同行在一架飞行器里，我才不在乎撞着你们呢，我在创作中最讨厌干扰灵感的东西。向西飞，向西飞，那面距边缘比较近！"

"边缘？什么的边缘？"颜冬不解地问。

"我采的冰块呀！"

所有的飞机像一群被惊飞的鸟，边爬高边向低温艺术家指引的方向飞去。在它们下面，因温度突降产生的白雾已消失，深蓝色的冰原一望无际。尽管飞机在爬高，但冰原的上升速度更快，所以飞机与冰面的相对高度还是在不断降低。"天啊，地球在追着我们呢！"飞行员惊叫道。渐渐地，飞机又紧贴着冰面飞行了，凝固的波涛从机翼下滚滚而过，飞行员喊道："我们只好在冰面上降落了！我的天，边爬高边降落，这太奇怪了！"

就在这时，运十二飞到了冰块的尽头，一道笔直的边缘从机身下飞速掠过，下面重新出现了波光粼粼的液态海洋。这情形很像航空母舰上的战斗机起飞时，跃出甲板的瞬间所看到的，但后面这艘"航母"有几千米高！颜冬猛回头，看到巨大的暗蓝色悬崖正在向后退去。这道悬崖表面极其平整，向两端延伸出去，一时还望不到尽头。悬崖下部与海面相接，可以看到海浪拍打在上面形成的一条白边。但这道白边在颜冬看到它几秒钟后就突然消失了，代之以另一条笔直的边缘——大冰块的底部已离开了海面。

大冰块以更快的速度上升。运十二同时在下降，它的高度很快位于海面和空中的冰块之间。这时，颜冬看到了另一个广阔的冰原，与刚才不同的是，它在上方，形成了一个极具压抑感的阴暗天空。

随着大冰块的继续上升，颜冬终于在视觉上证实了低温艺术家的话：这确实是一大块冰，一大块呈规则长方体的冰。现在，在空中已经可以完整地看到它。这暗蓝色的长方体占据了三分之二的天空，它那平整的表面不时反射着阳光，如同高空的一道道刺目的闪电。在由它构成的巨大背景前，有几架飞机在缓缓爬行，如同在一座摩天大楼边盘旋的小鸟，只有仔细看才能看到。事后从雷达观测到的数据表明，这个冰块长六十公里，宽二十公里，高五公里，为一个扁平的长方体。

大冰块继续上升，它在空中的体积渐渐缩小，终于在心理上可以让人接受了。与此同时，它投在海面上巨大的阴影也在移动，露出了海洋上有史以来最恐怖的景象。

颜冬看到，他们飞行在一个狭长的盆地上空，这盆地就是大冰块离开后在海中留下的空间。盆地四周是高达五千米的海水的高山，人类从未见过水能构成这样的结构：它形成了几千米高的悬崖！这液态的悬崖底部翻起百米高的巨浪，上部在不停地崩塌，悬崖就在崩塌中向前推进，它的表面起伏不定，但总体与海底保持着垂直。随着海水悬崖的推进，盆地在缩小。

这是摩西劈开红海的反演。

最让颜冬震撼的是，整个过程居然很慢！这显然是尺度的缘故，他见过黄果树瀑布，觉得那水流下落得也很慢，而眼前的这海水悬崖，尺度要比那瀑布大两个数量级，这使得他可以有充足的时间欣赏这旷世奇观。

这时，冰块投下的阴影已完全消失。颜冬抬头一看，冰块看上去只有两个满月大小，在天空中已不太显眼了。

随着海水悬崖的推进，盆地已缩成了一道峡谷。紧接着，两道几十公里长、五千米高的海水悬崖迎面相撞，一声沉闷的巨响在海天间久久回荡，冰块在海洋中留下的空间完全消失了。

"我们不是在做梦吧？"颜冬自语道。

"是梦就好了，你看！"飞行员指指下面。在两道悬崖相撞之处，海面并未平静，而是出现了两道与悬崖同样长的波带，仿佛是已经消失的两道海水悬崖在海面的化身，分别朝着相反的方向分离开来。从高空看去，波带并没有惊人之处，但仔细目测，可知它们的高度都超过了两百米，如果近看，肯定像两道移动的山脉。

"海啸？"颜冬问。

"是的，可能是有史以来最大的海啸，海岸要遭殃了。"

颜冬再抬头看，蓝天上，冰块已看不到了。据雷达观测，它已成为地球的一颗冰卫星。

在这一天，低温艺术家以同样的方式又从太平洋中取走了上千块同样大小的冰块，把它们送入绕地球运行的轨道。

这天，在处于夜晚的半球，每隔两三个小时就可以看到一群闪烁的亮点横贯夜空，与背景上的星星不同的是，如果仔细看，每个亮点都可以看出形状。那是一个个小长方体，它们都在以不同的姿势自转，使它们反射的阳光以不同的频率闪动。人们想了很久也不知如何形容这些太空中的小东西，最后还是一名记者的比喻得到了认可：

"这是宇宙巨人撒出的一把水晶骨牌。"

两名艺术家的对话

"我们应该好好谈谈了。"颜冬说。

"我约你来就是为了谈谈，但我们只谈艺术。"低温艺术家说。

颜冬此时正站在一个悬浮于五千米高空中的大冰块上，是低温艺术家请他到这里来的。现在，送他上来的直升机就停在旁边的冰面上，旋翼还转动着，随时准备起飞。四周是一望无际的冰原，冰面反射着耀眼的阳光，向脚下看看，蓝色的冰层深不见底。在这个高度上，晴空万里，风很大。

这是低温艺术家从海洋中取走的五千块大冰中的一块。在这之前的五天里，它以平均每天一千块的速度从海洋中取冰，并把冰块送到地球轨道上去。在太平洋和大西洋的不同位置，一块块巨冰在海中被冻结后升上天空，成为夜空中那越来越多的亮闪闪的"宇宙骨牌"中的一块。世界沿海的各大城市都受到了海啸的袭击，但随着时间的推移，这种灾难渐渐减少了，原因很简单：海面在降低。

地球的海洋，正在变成围绕它运行的冰块。

颜冬用脚跺了跺坚硬的冰面说："这么大的冰块，你是如何在瞬间把它冻结，如何使它成为一个整体而不破碎，又用什么力量把它送到太空轨道上去的？这一切远远超出了我们的理解和想象。"

低温艺术家说："这有什么，我们在创作中还常常熄灭恒星呢！不是说好了只谈艺术吗？我这样制作艺术品，与你用小刀铲制作冰雕，从艺术角度看没什么太大的区别。"

"那些轨道中的冰块暴露在太空强烈的阳光中时，为什么不融化呢？"

"我在每个冰块的表面覆盖了一层极薄的透明滤光膜，这种膜只允许不发热频段的冷光进入冰块，发热频段的光线都被反射，所以冰块能保持不化。这是我最后一次回答你这类问题了，我停下工作，不是为了谈这些无聊的事。下面我们只谈艺术，要不你就走吧，我们不再是同行和朋友了。"

"那么，你最后打算从海洋中取多少冰呢？这总和艺术创作有关吧！"

"当然是有多少取多少。我向你谈过自己的构思，要完美地表达这个构思，地球上的海洋还是不够的。我曾打算从木星的卫星上取冰，但太麻烦了，就这么将就吧。"

颜冬整理了一下被风吹乱的头发，高空的寒冷使他有些颤抖。他问："艺术对你很重要吗？"

"是一切。"

"可……生活中还有别的东西，比如，我们还需为生存而劳作，我就是长春光机所的一名工程师，业余时间才能从事艺术。"

低温艺术家的声音从冰原深处传了上来，冰面的震动使颜冬的脚心有些痒痒，"生存，咄咄，它只是文明的婴儿时期要换的尿布。以后，它就像呼吸一样轻而易举了，以至于我们忘了有那么一个时代竟需要花精力去维持生存。"

"那社会生活和政治呢？"

"个体的存在也是婴儿文明的麻烦事，以后个体将融入主体，也就没有什么社会和政治了。"

"那科学，总有科学吧？文明不需要认识宇宙吗？"

"那也是婴儿文明的课程，当探索进行到一定程度，一切将毫发毕现，你会发现宇宙是那么简单，科学也就没必要了。"

"只剩下艺术？"

"只剩艺术，艺术是文明存在的唯一理由。"

"可我们还有其他的理由，我们要生存。下面这颗行星上有几十亿人和更多的其他物种要生存，而你要把我们的海洋弄干，让这颗生命行星变成死亡的沙漠，让我们全渴死！"

从冰原深处传出一阵笑声，又让颜冬的脚痒起来，"同行，你看，我在创作灵感汹涌澎湃的时候停下来同你谈艺术，可每次，你都和我扯这些鸡毛蒜皮的事，真让我失望。你应该感到羞耻！你走吧，我要工作了。"

"呸！"颜冬终于失去了耐心，用东北话破口大骂起来。

"是句脏话吗？"低温艺术家平静地问，"我们的物种是同一个体一直成长进化下去的，没有祖宗。再说，你对同行怎么能这样？嘻嘻，我知道，你忌妒我，你没有我的力量，你只能搞细菌的艺术。"

"可你刚才说过，我们的艺术只是工具不同，没有本质的区别。"

"可我现在改变看法了。我原以为自己遇到了一位真正的艺术家，可原来是一个平庸的可怜虫，成天喋喋不休地谈论诸如海洋干了呀生态灭绝呀之类与艺术无关的小事，太琐碎、太琐碎。我告诉你，艺术家不能这样。"

"呸！"

"随你便吧，我要工作了，你走吧。"

这时，颜冬感到一阵超重，一屁股跌坐在光滑的冰面上，同时，一股强风从头顶上吹下来，他知道冰块又继续上升了。他连滚带爬地钻进直升机，直升机艰难地起飞，从最近的边缘飞离冰块，险些在冰块上升时产生的龙卷风中坠毁。

人类与低温艺术家的交流彻底失败了。

梦之海

颜冬站在一个白色的世界中，脚下的土地和周围的山脉都披上了银装。那些山脉高大险峻，使他感到仿佛置身于冰雪覆盖的喜马拉雅山中。事实上，这里与那里相反，是地球上最低的地方。这是马里亚纳海沟，昔日太平洋最深的海底。覆盖这里的白色物质并非积雪，而是以盐为主的海水中的矿物质，当海水被冻结后，这些矿物质就析出并沉积在海底，最厚的地方可达百米。

在过去的二百天中，地球上的海洋已被低温艺术家用光了，连南极和格陵兰的冰川都被洗劫一空。

现在，低温艺术家邀请颜冬来参加他的艺术品最后完成的仪式。

前方的山谷中有一片蓝色的水面，那蓝色很纯很深，在雪白的群峰间显得格外动人。这就是地球上最后的海洋了，它的面积相当于滇池大小，早已没有了海洋那广阔的万顷波涛，表面只是荡起静静的微波，像深山中一个幽静的湖泊。有三条河流汇入了这最后的海洋，它们是在干涸的辽阔海底长途跋涉后幸存下来的大河，是地球上有史以来最长的河，到达这里时已变成细细的小溪了。

颜冬走到海边，在白色的海滩上把手伸进轻轻波动着的海水中。由于水中的盐分已经饱和，海面上的波浪显得有些沉重，而颜冬的手在被微风吹干后，析出了一层白色的盐末。

空中传来一阵颜冬熟悉的尖啸声，这声音是低温艺术家向下滑落时冲击空气发出的。颜冬很快在空中看到了它，它的外形仍是一个冰球，但由于直接从太空返回这里，在大气中飞行的距离不长，球的体积比第一次出现时小了许多。在这之前，在冰块进入轨道后，人们总是用各种手段观察离开冰块时的低温艺术家，但什么也没看到，只有它进入大气层后，那个不断增大的冰球才能显示它的存在和位置。

低温艺术家没有向颜冬打招呼，冰球垂直坠入这最后海洋的中心，激起了高高的水柱。然后又出现了那熟悉的一幕：一圈冒出白雾的区域从坠落点飞快扩散，很快白雾盖住了整个海面；然后是海水快速冻结时发出的那种像断裂声的巨响；再往后白雾消散，露出了凝固的海面。与以往不同的是，这次整个海洋都被冻结了，没有留下一滴液态的水；海面也没有凝固的波浪，而是平滑如镜。在整个冻结过程中，颜冬都感到寒气扑面。

接着，已冻结的最后的海洋被整体提离了地面。开始只是小心地升到距地面几厘米处，颜冬看到前面冰面的边缘与白色盐滩之间出现了一条黑色的长缝，空气涌进长缝，去填补这刚刚出现的空间，形成一股紧贴地面的疾风，被吹动的盐尘埋住了颜冬的脚。提升速度加快，最后的海洋转眼间升到半空中，体积如此巨大的物体的快速上升在地面产生了强烈的气流扰动，一股股旋风卷起盐尘，在峡谷中形成一道道白色的尘柱。颜冬吐出飞进嘴里的盐末，那味道不是他想象的咸，而是一种难言的苦涩，正如人类所面临的现实。

最后的海洋不再是规则的长方体，它的底部精确地模印着昔日海洋最深处的地形。颜冬注视着最后的海洋上升，直到它变成一个小亮点融入浩荡的冰环中。

冰环相当于银河的宽度，由东向西横贯长空。与天王星和海王星的环不同，冰环的表面不是垂直而是平行于地球球面，这使得它在空中呈现一条宽阔的光带。这光带由二十万块巨冰组成，环绕地球一周。在地面可以清楚地分辨出每个冰块，并能看出它的形状。这些冰块有的自转，有的静止。这二十万个闪动或不闪动的光点构成了一条壮丽的天河，在地球的天空中庄严地流动着。

在一天的不同时段，冰环的光和色都不断地变幻。

清晨和黄昏是它色彩最丰富的时段，这时，冰环的色彩由地平线处的橘红渐变为深红，再变为碧绿和深蓝，如一条宇宙彩虹。

白天，冰环在蓝天上呈耀眼的银色，像一条流过蓝色平原的钻石大河。白天冰环最壮观的景象是日环食，即冰环挡住太阳的时刻。这时大量的冰块折射着阳光，天空中出现奇伟瑰丽的焰火表演。依太阳被冰环挡住的时间长短，分为交叉食和平行食。所谓平行食，是太阳沿着冰环走过一段距离。每年还有一次全平行食，即太阳从升起到落下，沿着冰环走完它在天空中的全部路程。这一天，冰环仿佛是一条撒在太空中的银色火药带，在日出时被点燃，那璀璨的火球疯狂燃烧着越过长空，在西边落下，其壮丽至极，已很难用语言表达。正如有人惊叹："这一天，上帝从空中踱过。"

然而，冰环最迷人的时刻是在夜晚，它发出的光芒比满月亮一倍，银色的光芒撒满大地。这时，仿佛全宇宙的星星都排成密集的队列，在夜空中庄严地行进。与银河不同，这条浩荡的星河中可以清楚地分辨出每个长方体的星星。这密密麻麻的星星中有一半在闪耀，这十万颗闪动的星星在星河中构成涌动的波纹，仿佛宇宙的大风吹拂着河面，使整条星河变成了一个有灵性的整体……

在一阵尖啸声中，低温艺术家最后一次从太空返回地面，悬在颜冬上空，一圈纷飞的雪花立刻裹住了它。

"我完成了，你觉得怎么样？"它问。

颜冬沉默良久，只说出了两个字："服了。"

他真的服了，在这之前，他曾连续三天三夜仰望着冰环，不吃不喝，直到虚脱。能起床后，他又到外面去仰望冰环。他觉得永远也看不够。在冰环下，他时而迷乱，时而沉浸于一种莫名的幸福之中，这是艺术家找到终极之美时的幸福。他被这宏大的美完全征服了，整个灵魂都融化其中。

"作为一个艺术家，能看到这样的创造，你还有他求吗？"低温艺术家又问。

"我别无他求了。"颜冬由衷地回答。

"不过嘛，你也就是看看，你肯定创造不出这种美，你太琐碎。"

"是啊，我太琐碎，我们太琐碎，有啥法子？都有自己的老婆孩子要养活啊。"

颜冬坐到盐地上，把头埋在双臂间，沉浸在悲哀之中。这是一个艺术家在看到自己永远无法创造的美时，在感觉到自己永远无法超越的界限时，产生的最深的悲哀。

"那么，我们一起给这件作品起个名字吧，叫——'梦之环'，如何？"

颜冬想了一会，缓缓地摇了摇头："不好，它来自于海洋，或者说是海洋的升华，我们做梦也想不到海洋还具有这种形态的美，就叫——'梦之海'吧。"

"'梦之海'……很好很好，就叫这个名字，'梦之海'。"

这时颜冬想起了自己的使命："我想问，你在离开前，能不能把'梦之海'再恢复成我们的现实之海呢？"

"让我亲自毁掉自己的作品，笑话！"

"那么，你走后，我们是否能自己恢复呢？"

"当然可以，把这些冰块送回去不就行了？"

"怎么送呢？"颜冬抬头问，全人类都在竖起耳朵听。

"我怎么知道！"低温艺术家淡淡地说。

"最后一个问题：作为同行，我们都知道冰雪艺术品是短命的，那么'梦之海'……"

"'梦之海'也是短命的。冰块表面的滤光膜会老化，不再能阻拦热光。但它消失的过程与你的冰雕完全不同，这过程要剧烈和壮观得多：冰块将汽化，压力使薄膜炸开，每个冰块变成一个小彗星，整个冰环将弥漫着银色的雾气，然后'梦之海'将消失在银雾中，银雾也将扩散到太空中消失。宇宙只能期待我在遥远的另一个世界的下一个作品。"

"这将在多长时间后发生？"颜冬声音有些发颤。

"滤光膜失效，用你们的计时，嗯，大约二十年吧。嗨，怎么又谈起艺术之外的事了？琐碎、琐碎！好了，同行，永别了，好好欣赏我留给你们的美吧！"

冰球急速上升，很快消失在空中。据世界各大天文机构观测，冰球沿垂直于黄道面的方向急速飞去，在其加速到光速一半时，突然消失在距太阳13个天文单位的太空中，好像钻进了一个看不见的洞，以后再也没回来。

下 篇

纪念碑和导光管

干旱已持续了五年。

焦黄的大地从车窗外掠过。时值盛夏，大地上没有一点儿绿色，树木全部枯死，裂纹如黑色的蛛网覆盖着大地，干热风扬起的黄沙不时遮盖了这一切。有好几次，颜冬确信他看到了铁路边被渴死的人的尸体，但那些尸体看上去像是旁边枯死的大树上掉下的一根根干树枝，倒没什么恐怖感。这严酷的干旱世界与天空中银色的"梦之海"形成鲜明的对比。

颜冬舔了舔干裂的嘴唇，一直舍不得喝自己带的那壶水。那是他全家四天的配给，是妻子在火车站硬让他带上的。昨天单位里的职工闹事，坚决要求用水来发工资，市场上非配给的水越来越少，有钱也买不到了……这时有人拍了拍他的肩膀，扭头一看，是邻座。

"你就是那个外星人的同行吧？"

自从成为人类与低温艺术家沟通的信使，颜冬就成了名人。开始他是一位正面角色和英雄，可是低温艺术家走后，情况就发生了变化。传言说，是他在冰雪艺术节上激发了低温艺术家的灵感，否则什么事都不会发生。大多数人都知道这是无稽之谈，但有个发泄怨气的对象总是好事，所以到现在，他在人们的眼中简直成了外星人的同谋。好在后来有更多的事要操心，人们渐渐把他忘了。但这次他虽戴着墨镜，还是被认了出来。

"你请我喝水！"那人沙哑地说，嘴唇上的两小片干皮屑掉了下来。

"干什么，你想抢劫？"

"放聪明点儿，不然我要喊了！"

颜冬只好把水壶递给他，这家伙一口气喝了个底朝天。旁边的人惊异地看着他，从过道上路过的列车员也站住呆呆地看了他半天。他们不敢相信竟有人这么侈奢，这就像有海时（人们对低温艺术家到来之前的时代的称呼）看着一个富豪一人吃一顿价值十万元的盛宴一样。

那人把空水壶还给颜冬，又拍拍他的肩膀低声说："没关系的，很快就都结束了。"

颜冬明白他这话的含义。

首都的街道上已很少有汽车，罕见的汽车也是改装后的气冷式，传统的水冷式汽车已经严格禁止使用了。幸亏世界危机组织中国分部派了辆车来接他，否则他绝对到不了危机组织的办公大楼的。一路上，他看到街道都被沙尘暴带来的黄尘所覆盖，见不到几个行人。缺水的人在这干热风中行走是十分危险的。

世界像一条离开水的鱼，已经奄奄一息了。

到了危机组织办公大楼后，颜冬首先去找组织的负责人报到。负责人带着他来到了一间很大的办公室，告诉他这就是他将要工作的机构。颜冬看看办公室的门，与其他的办公室不同，这扇门上没有标牌。负责人说："这是一个秘密机构，这里所有的工作严格保密，以免引起社会动乱，这个机构的名称叫纪念碑部。"

走进办公室，颜冬发现这里的人都有些古怪：有的人头发太长，有的人没有头发；有的人的穿着在这个艰难时代显得过分整洁，有的人除了短裤什么都没穿；有的人神色忧郁，有的人兴奋异常……中间的长桌上放着许多奇形怪状的模型，看不出是干什么用的。

"欢迎您，冰雕艺术家先生！"在听完负责人的介绍后，纪念碑部的部长热情地向颜冬伸出手来，"您终于有机会把您从外星人那里得到的灵感发挥出来。当然，这次不能用冰为材料。我们要创作的，是一件需要永久保存的作品。"

"这是在干什么？"颜冬不解地问。

部长看看负责人，又看看颜冬，说："您还不知道？我们要建立人类纪念碑！"

颜冬显得更加茫然了。

"就是人类的墓碑。"旁边一位艺术家说。这人头发很长，衣衫破烂，一副颓废派模样，一手拿着一瓶二锅头，喝得很有些醉意。这东西是有海时剩下的，现在比水便宜多了。

颜冬向四周看看说："可……我们还没死啊。"

"等死了就晚了。"负责人说，"我们应该做最坏的打算，现在是考虑这事的时候了。"

部长点点头说："这是人类最后的艺术创作，也是最伟大的创作。作为一名艺术家，还有什么比参加这一创作更幸福的吗？"

"其实都多……多余！"长发艺术家挥着酒瓶说："墓碑是供后人凭吊的，没有后人了，还立个鸟碑？"

"注意名称，是纪念碑！"部长严肃地更正道，然后笑着对颜冬说："他虽这么说，可提出的创意还是不错的：他提议全世界每人拿出一颗牙齿，用这些牙齿可以建造一座巨碑，每颗牙齿上刻一个字，足以把人类文明最详细的历史都刻上了。"他指指一个看上去像白色金字塔的模型。

"这是对人类的亵渎！"另一位光头艺术家喊道，"人类的价值在于其大脑，他却要用牙齿来纪念！"

长发艺术家又抡起瓶子灌了一口，"牙……牙齿容易保存！"

"可大部分人都还活着！"颜冬又严肃地重复一遍。

"但还能活多久呢？"长发艺术家说，一谈到这个话题，他的口齿又利落了，"天上滴水不下，江河干涸，农业全面绝收已经三年了，百分之九十的工业已经停产，剩下的粮食和水还能维持多长时间？"

"这群废物，"秃头艺术家指着负责人说，"忙活了五年时间，到现在，一块冰也没能从天上弄下来！"

对秃头艺术家的指责，负责人只是付之一笑："事情没有那么简单。以人类现有的技术，从轨道上迫降一块冰并不难，迫降一百甚至上千块冰也能做到，但要把在太空中绕地球运行的二十万块冰全部迫降，那完全是另一回事了。如果用传统手段，用火箭发动机减速冰块使其返回大气层，就需制造大量可重复使用的超大功率发动机，并将它们送入太空。这将是一个巨大的技术工程，以人类目前的技术水平和资源储备，有许多不可克服的障碍。比如说，要想拯救地球的生态系统，如果从现在开始，需要在四年时间里迫降一半冰块，这样平均每年就要迫降两万五千块冰，它所需要的火箭燃料在重量上比有海时人类一年消耗的汽油还多！可那不是汽油，那是液氢、液氧和四氧化二氮、偏二甲肼之类，制造它们所消耗的能量和资源，是生产汽油的上百倍。仅此一项，就使整个计划成为不可能。"

长发艺术家点点头："所以说末日不远了。"

负责人说："不，不是这样。我们还可以采取许多非传统、非常规方法，希望还是有的，但在我们努力的同时，也要做最坏的打算。"

"我就是为这个来的。"颜冬说。

"为最坏的打算？"长发艺术家问。

"不，为希望。"他转向负责人说，"不管你们召我来干什么，我来有自己的目的。"他说着，指了指自己带的那体积很大的行囊，"请带我到海洋回收部去。"

"你去回收部能干什么？那里可都是科学家和工程师！"秃头艺术家惊奇地问。

"我从事应用光学研究，职称是研究员。除了与你们一样做梦外，我还能干些更实际的事。"颜冬扫了一眼周围的艺术家说。

在颜冬的坚持下，负责人带他来到了海洋回收部。这里的气氛与纪念碑部截然不同，每个人都在电脑前紧张地工作着。办公室的正中央放着一台可以随意取水的饮水机，这简直是国王的待遇。不过想想，这些人身上背负了人类的全部希望，也就不奇怪了。

见到海洋回收部的总工程师后，颜冬对他说："我带来了一个回收冰块的方案。"说着他打开背包，拿出了一根白色的长管子，管子有手臂粗，接着他又拿出一个约一米长的圆筒。颜冬走到一个向阳的窗前，把圆筒伸到窗外摆弄着，那圆筒像伞一样撑开，"伞"的凹面镀着镜面膜，使它成为一个类似于太阳灶的抛物面反射镜。接着，颜冬把那根管子从反射镜底部的一个小圆洞中穿过去，然后调节镜面的方向，使它把阳光聚焦到伸出的管子的端部。立刻，管子的另一端把一个刺眼的光斑投到室内的地板上。由于管子平放在地上，那个光斑呈长椭圆形。

颜冬说："这是用最新的光导纤维做成的导光管，在导光时衰减很小。当然，实际系统的尺寸比这要大得多。在太空中，只要用一面直径二十米左右的抛物面反射镜，就可以在导光管的另一端得到一个温度达三千度以上的光斑。"

颜冬向周围看看，他的演示并没有产生预期的效果。那些工程师们扭头朝这边看了看，又都继续专注于自己的电脑屏幕，不再理会他了。直到那光斑使防静电地板冒出了一股青烟，才有最近的一个人走了过来，说："干什么，还嫌这儿不热？"同时把导光管轻轻向后一拉，使采光的一端脱离了反射镜的焦点。地板上的光斑虽然还在，但立刻变暗了许多，失去了热度。颜冬惊奇地发现，这人摆弄这东西很在行。

总工程师指指导光管说："把这些东西收起来，喝点水吧。听说你是坐火车来的，从长春到这儿的火车居然还开？你一定渴坏了。"

颜冬急着想解释自己的发明，但他确实渴坏了，冒烟的嗓子一时说不出话来。

"不错，这确实是目前最可行的方案。"总工程师递给颜冬一杯水。

颜冬一口气喝光了那杯水，呆呆地望着总工程师问："您是说，已经有人想到了？"

总工程师笑着说："与外星人相处，使你低估了人类的智力。其实，在低温艺术家把第一块冰送到轨道上时，就已经有很多人想到了这个方案。后来又有了许多变种，比如用太阳能电池板代替反射镜，用电线和电热丝代替导光管，其优点是设备容易制造和运送，缺点是效率不如导光管方案高。现在，对这一方案的研究已进行了五年，技术上已经成熟，所需的设备大部分也制造出来了。"

"那为什么还不实施？"

旁边的一名工程师说："这个方案，将使地球海洋失去百分之二十一的水。这部分水或变成推进蒸汽散失了，或在再入大气时被高温离解。"

总工程师扭头对那名工程师说："你们可能还不知道，美国人最新的计算机模拟表明，在电离层之下，再入时高温离解产生的氢气会立刻同周围的氧再化合形成水，所以高温离解的损失以前被高估了，总损失率估计为百分之十八。"他又转头看向颜冬，"但这个比例也够高的了。"

"那你们有把太空中的水全部取回来的方案吗？"

总工程师摇摇头，"唯一的可能是用核聚变发动机，但目前我们在地面上都得不到可控的核聚变。"

"那为什么还不快些行动呢？要知道，犹豫不决的话，地球会失去百分之百的水的。"

总工程师坚定地点点头："所以，在长时间的犹豫之后，我们决定行动了。很快，地球将为生存决一死战。"

回收海洋

颜冬加入了海洋回收部，负责对已生产出的导光管进行验收的工作。这虽不是核心岗位，但他感到很充实。

在颜冬到达首都一个月后，人类回收海洋的工程开始了。

在短短的一个星期内，从全球各大发射基地，有八百枚大型运载火箭发射升空，把五万吨荷载送入地球轨道。然后，从北美的发射基地，二十架航天飞机向太空运送了三百名宇航员。由于沿同一航线频繁发射，在各基地上空形成了一道长久不散的火箭尾迹，从轨道上看，仿佛是从各大陆向太空牵了几根蛛丝。

这批发射，把人类在太空的活动规模提高了一个数量级，但所使用的技术仍是 21 世纪初的。这使人们意识到，在现有的条件下，如果全世界齐心协力孤注一掷干一件事，会取得怎样的成就。

在直播电视中，颜冬同所有人一起目睹了在第一个冰块上安装减速推进系统的过程。

为了降低难度，首批迫降的冰块都是不自转的。三名宇航员降落在这样一个冰块上，他们携带着如下装备：一辆形状如炮弹、能够在冰块中钻进的钻孔车，三根导光管，一根喷射管，三个折合起来的抛物面反射镜。只有这时，才能感觉到冰块的巨大。他们三人仿佛是降落在一个小小的水晶星球上，在太空中强烈的阳光下，脚下冰的大地似乎深不可测。在黑色的天空中，远远近近悬浮着无数个这样的水晶星球，有些还在自转着。周围那些自转或不自转的冰块反射和折射着阳光。在三名宇航员站立的冰面上，不停地进行着令人目眩的光与影的变幻。向远处看，冰环中的冰块越来越小，密度却越来越大，渐渐缩成一条致密的银带弯向地球的另一面。距离最近的一个冰块与他们所在的这块冰块间距只有三千米，以它的短轴为轴自转着。在他们眼中，这种自转有一种摄人心魄的气势，仿佛三只小蚂蚁看着一幢水晶摩天大楼一次次倒塌下来。这两个冰块在一段时间后将会因引力而相撞，结果将使滤光膜破裂，冰块解体，破碎后的冰块将很快在阳光下蒸发消失。这种相撞在冰环中已发生了两次，这也是首先迫降这块冰的原因。

操作开始后，一名宇航员启动了那辆钻孔车，钻头转起来，冰屑呈锥状向外飞溅，在阳光下闪闪发光。钻孔车钻破了冰面那层看不见的滤光膜，像一颗被拧进去的螺丝一样钻进了冰面，在后面留下一个圆形的钻洞。随着钻洞向冰层深处延伸，在冰层中隐约可以看到一条不断延长的白线。到达预定深度后，钻孔车转向，沿另一个方向驶出冰面，这就形成了另一条钻洞。共向冰块深处打了四条钻洞，使其相交于冰层深处的一点。接下来，宇航员们把三根导光管插入三个钻洞，再把一根喷射管插入直径较大的第四条钻洞，喷射管的喷口正对着冰块运行的方向。然后，宇航员用一根细管向导光管、喷射管与洞壁之间填充某种速凝液体，使其形成良好的密封。最后，他们张开了抛物面反射镜。如果说回收海洋的最初阶段采用了什么最新技术的话，那就是这些反射镜了。它们是纳米科技创造的奇迹，折叠起来时只有一立方米大小，但张开后能形成一面直径达五百米的巨型反射镜。这三面反射镜，像冰块上生长的三片银色的荷叶。宇航员们调整导光管的伸出端，使其受光端头与反射镜的焦点重合。

在冰层深处三条钻洞的交点，出现了一个明亮的光点，它像一个小太阳，照亮了大冰块中神话般的奇景：银色的鱼群，随波浪舞动的海草……这一切在瞬间冻结时都保持着栩栩如生的姿态，甚至连鱼嘴中吐出的串串小气泡都清晰可见。在距此一百多公里的另一个回收中的冰块里，导光管导入冰层深处的阳光照出了一个巨大的黑影，那是一条长达二十多米的蓝鲸！这就是人类昔日的海洋。

蒸汽使冰层深处的光点很快模糊了。在蒸汽散射下，光点变成了一个白色光球。随着被融化的冰体积的增加，光球渐渐膨胀。当压力达到预定值后，喷射管喷嘴上的盖板被冲开了，一股汹涌的蒸汽急速喷出。由于没有阻力，它呈一个尖尖的锥形向远方扩散，最后在阳光中淡化消失了；还有一部分蒸汽进入了另一个冰块的阴影，被冷凝成冰晶，仿佛是一大群在阴影中闪闪发光的萤火虫。

首批一百个冰块上的减速推进系统启动了。由于冰块质量巨大，系统产生的推力相对来说很小，所以它们须运行少则十五天、多则一个月的时间，才能使冰块减速到坠入大气层的速度。在坠落之前，宇航员们将再次登上冰块，取回导光管和反射镜。要全部迫降二十万个冰块，这些设备应尽可能重复使用。

以后对自转的冰块的回收操作要复杂许多，推进系统将首先刹住其自转，再进行减速。

冰流星

颜冬与危机委员会的人们一起来到太平洋中部的平原上，观看第一批冰流星坠落。

昔日的洋底平原一片雪白，反射着强烈的阳光，不戴墨镜是睁不开眼的。但这并没有使颜冬想起自己东北故乡的雪原，因为这里是地狱般炎热，地面气温接近 50 摄氏度。热风吹起盐尘，打得脸生疼。在远处，有一艘十万吨油轮，那巨大的船体斜立在地面，下面有几层楼高的螺旋桨和舵上覆满了盐层。再看看更远处连绵的白色群山，那是人类从未见过的海底山脉，颜冬的脑海中顿时涌出两句诗：

大海是船儿的陆地，黑夜是爱情的白天。

他苦笑了一下，经历了这样的灾难，还摆脱不了艺术家的思维。

一阵欢呼声响起，颜冬抬头朝人们所指的方向望去，看到在横贯长空的银色冰环中，出现了一个红色的亮点。这亮点飘出了冰环，膨胀成一个火球，火球的后面拖着一条白色的尾迹。这蒸汽尾迹越来越长，越来越粗，色彩也更浓更白。很快，火球分裂成数十块，每一块又继续分裂，每一小块都拖着长长的白尾，这一片白色的尾迹覆盖了半个天空，好像一棵白色的圣诞树，每根树枝的枝头都挂着一盏亮闪闪的小灯……

更多的冰流星出现了，超音速音爆传到地面，像滚滚春雷。旧的蒸汽尾迹在渐渐淡化，新的尾迹不断出现，使天空被一张错综复杂的白色巨网所覆盖。现在，已有几万亿吨的水重新属于地球了。

大部分冰流星都在空中分裂汽化了，但是也有较大的碎冰块直接坠落到地面，其中一块的坠落点距离颜冬所在的地方约四十公里。海底平原在一声巨响中震动不已，远处的山脉间腾起一团顶天立地的白色蘑菇云。这大团的蒸汽在阳光下发出耀眼的白光，并随风渐渐扩散，变为天空中的第一片云层。后来，云多了起来，第一次挡住了炙烤大地五年的烈日，并盖满了整个天空，颜冬感到一阵沁人心脾的凉爽。

云层继续变黑变厚，其中红光闪闪，不知是闪电，还是仍在不断坠落的冰流星的光芒。

下雨了！这是即使在有海时也罕见的大暴雨。颜冬和其他人在雨中欢呼狂奔，仿佛灵魂都在这雨中融化了。但后来大家只好都躲进车内或直升机里，因为这时人在雨地中会窒息。

雨一直下到黄昏才停。海底平原上出现了许多水洼，在从云缝中露出的夕阳下闪着金光，仿佛大地的一只只刚睁开的眼睛。

颜冬随着人群，踏着黏稠的盐浆，跑到最近的水洼前。他掬起一捧水，把那沉甸甸的饱和盐水洒到自己的脸上，任它和泪水一同流下，哽咽着说："海啊，我们的海啊……"

尾 声

十年以后。

颜冬走上了冰封的松花江江面，他裹着一件破大衣，旅行袋中放着那套保存了十五年的工具：几把形状各异的刀铲、一个锤子、一只喷水壶。他跺跺脚，证实江面确实冻住了。松花江早在五年前就有了水，但这是第一次封冻，而且是在夏天封冻。由于干旱少雨，同时大量的冰流星把其引力势能在大气层中转化为热能，全球气候一直炎热无比。但在海洋回收的最后阶段，最大体积的冰块被迫降，这些冰块分裂后的碎块也较大，大多直接撞击地面。除了几座城市被摧毁外，撞击激起的尘埃挡住了太阳的热量，使全球气温骤降，地球进入了新的冰期。

颜冬抬头看看夜空，这是他童年时看到的星空，冰环已经消失，群星的背景上，只有少数残存的小冰块在快速移动。"梦之海"又变回现实的海，这件宏伟的艺术品，其绝美与噩梦一起永远铭刻在人类的记忆中。

虽然回收海洋的工程已经结束，但以后的全球气候肯定仍是极其恶劣的，生态还要很长时间才能恢复。在可以预见的未来，人类的生活将十分艰难，但至少可以活下去了，这使所有人感到了满足。确实，冰环时代使人类学会了满足，但人类还学会了更重要的东西。现在，世界危机组织改名为太空取水组织，另一个宏大的工程正在计划中：人类打算飞向遥远的类木行星，把木星卫星上和土星光环中的水取回地球，以弥补地球在海洋回收过程中失去的百分之十八的水。人们首先打算用已经掌握的冰块驱动技术，驱动土星光环中的冰块驶向地球。当然，在那样遥远的距离上，阳光已很微弱，只有用核聚变来汽化冰块核心，以得到所需的推力。至于木星卫星上的水，要用更复杂的技术才能取得。已经有人提出把整个木卫二从木星的引力巨掌中拉出来，使其驶向地球，成为地球的第二个卫星。这样，地球上能得到的水将超过百分之十八，地球的生态系统将变得天堂般美好。当然，这都是遥远未来的事，活着的人谁都没有希望看到它实现。但这希望使人们在艰难的生活中感到了前所未有的幸福，这是人类从冰环时代得到的最大财富：回收"梦之海"使人类看到了自己的力量，教会了他们做以前从来不敢做的梦。

颜冬看到远处的冰面上聚着一小堆人，便一滑一滑地走了过去。那些人看到他后都向他跑来，有人摔了一跤后爬起来接着跑。

"哈哈，老伙计！"跑在最前面的人同颜冬热情拥抱。颜冬认出来了，他就是冰环时代之前好几届冰雪艺术节的冰雕评委之一。颜冬曾发誓不再同这些评委说话，因为上一届艺术节上的冰雕特等奖，显然是基于那个妙龄女作者的脸蛋和身段，而不是基于她的作品。接着，他又认出了其他几个人，大都是冰环时代之前的冰雕作者。同这个时代的所有人一样，他们穿着破烂，苦难和岁月已把他们中许多人的双鬓染白。现在，颜冬有种流浪多年后回家的感觉。

"听说，冰雪艺术节又恢复了？"他问。

"当然，要不咱们到这儿来干什么？"

"我寻思着，日子这么难……"颜冬裹紧了破大衣，在寒风中发抖，不停地跺着冻得麻木的脚。其他人也同他一样，哆嗦着，跺着脚，像一群乞丐难民。

"咄，日子难怎么了？日子再难，也不能不要艺术啊，对不对？"一位老冰雕家上下牙打着架说。

"艺术是文明存在的唯一理由！"另一个人说。

"呸，老子存在的理由多了！"颜冬大声说，众人都大笑起来。

然后大家都沉默了。他们回顾着这十几年的艰难岁月，挨个儿数着自己存在的理由。最后，他们重新把自己从大灾难的幸存者变回为艺术家。

颜冬掏出一瓶二锅头，大家你一口我一口传着喝，暖暖身子。然后，他们在空旷的江岸上生起一堆火，在火上烘烤一把油锯，直到它能在严寒中启动。大家走到江面上，油锯哗哗作响地切入冰面，雪白的冰屑四下飞溅，很快，他们从松花江中取出了第一块晶莹的方冰。

艺术境界与主体自由

——《梦之海》赏析

张懿红

　　《梦之海》是刘慈欣"大艺术系列"之一，具有该系列小说的共同特征。借助低温艺术家这种超越人类科技局限的智慧存在，刘慈欣把人类纳入宇宙生命等级系统，让我们意识到人类的渺小、局限、潜力和未来。《梦之海》对生命等级、文明水平的思考，最后聚焦为对艺术创造与主体自由的现实指涉。低温艺术与冰雕艺术的境界高低之别，与艺术手段与工具的革命，以及高科技给创作主体的自由程度息息相关。刘慈欣的叙述令人着迷，无论是奇观想象、细节描写，还是黑色幽默、生活化与个性化的对话，都让人惊叹不已。

　　《梦之海》是刘慈欣发表于21世纪初的"大艺术系列"之一。除了冰雪造型篇《梦之海》之外，还有诗词篇《诗云》和音乐篇《欢乐颂》。这一组系列小说的创意是悬想宇宙中有某种超越人类科技局限的智慧存在，其超能力体现为艺术创造必然如同神迹，这样的大艺术将如何刷新我们关于艺术的想象。于是，刘慈欣为我们引见了这样的大艺术家：把海洋变成地球冰环的低温艺术家，毁灭太阳系以量子存储器存储所有诗词的诗神"李白"，以整个宇宙为听众、以恒星为乐器的音乐家。他们凭空而来横空出世，都是罔顾宇宙法则、物种文明、生灵涂炭而任性妄为的艺术至上者、疯狂艺术家；他们作为智慧生命所拥有的超级文明神乎其技：纯能化，随意操纵力场、毁灭星球，在宇宙中超光速飞行、任意跃迁……他们以毁灭为手段在宇宙尺度搬演艺术，其大艺术具有宏大、毁灭、非理性、高科技、反文明等特点。但吊诡的是，他们的艺术依然遵循人类的艺术法则，因此能够被人类理解并欣赏——即便作为大艺术的受害者，人类也折服于那技术与艺术合一的终极艺术。这是一组神奇的小说，想来刘慈欣写作的过程也充满淘气的快感吧！他卸下历史反思与社会批判的重负，回归天真甚至邪性的顽童世界，随心所欲放纵想象力与黑色幽默相互追逐，达成最纯粹、最邪性、最放浪、最好玩，同时又最具艺术体操般极致美感的科幻想象。

"大艺术系列"的每一篇都令人惊喜。借助"大艺术系列"，刘慈欣是要把人类纳入宇宙生命等级系统，让人类清醒意识到自己的渺小局限，意识到自己的潜力和未来。

我们已经习惯了人道主义、启蒙主义以及晚近的生态主义关于人甚至物种平等、自由的政治理念、道德理念，但生命的等级在自然秩序中是不可否认的存在，在上帝的国度亦是如此。因此毫不奇怪，科幻、魔幻、奇幻等涉及多种生命形态的幻想小说常常蕴含独特的生命等级观念，甚至有意建构自己的等级次序。

在《梦之海》中，刘慈欣提供给人类一个参照，让人类看到自己在宇宙中的位置。一个来自低温文明，以艺术为一切的"低温艺术家"，不仅完胜地球上所有的冰雕艺术家，而且把地球文明推向毁灭的边缘！这个生成于暗物质云的低温文明，其文明程度已经达到地球文明难以企及的高度，他们可以超光速随意进行时空跃迁，能够操纵冷冻场、反引力场，不遵循惯性定律，也不需要考虑生存、社会生活、政治、科学这些人类文明的基础。对他们来说，艺术至上不再是相对的权衡，"艺术是文明存在的唯一理由。"于是，当低温艺术家与地球上的冰雕艺术邂逅而激发创作灵感的时候，按照地球人对艺术的理解，这本该是美好的一件事，结果却让人大跌眼镜，急转直下演变为毁灭地球的灾难。低温艺术家竟然取走地球上所有的海洋进行艺术创作，差点把我们蔚蓝的地球变成寸草不生的荒漠！然而他的作品却体现了终极之美，彻底征服了冰雕艺术家颜冬，让他觉得此生别无他求。

《梦之海》描写地球冰环的几个段落，虽然不是小说最精彩的部分，但也堪称华彩乐章，读来令人沉醉。刘慈欣的描写功力在这个时期达到高峰，他描写在一天的不同时段，冰环的光和色如何进行丰富的变幻，描写环食——冰环挡住太阳时奇伟瑰丽的焰火表演，让人折服于大艺术无与伦比的完美。面对这样的大能，我们只能和冰雕艺术家颜冬一样谦卑膜拜，不得不承认：与低温文明艺术相比，地球文明还有很大差距！

这样的差距，其根源在于科技水平。在时空中自由跃迁的低温文明，与刚刚开始太空探索的地球文明，两者科技水平的差距判若云泥，造成交流的严重不对等。试想，如果低温文明意图占领地球，地球有无抗争的实力和自保的可能？所幸，这次低温艺术家只是偶然造访，并无摧毁地球的故意。即便如此，任性的大艺术创作也给地球造成了难以挽回的灾难。

《梦之海》对生命等级、文明水平的思考，最后聚焦为对艺术创造与主体自由的现实指涉。作为一个小说家，这肯定也是刘慈欣切身体验、深入思考过的一个问题。我们经常讲，艺术的本质是主体自由，艺术是自由的象征，是对自由的确认。然而，《梦之海》却告诉我们，艺术自由不仅仅是主体对现实痛苦、压迫与束缚的挣脱、超越、升华，不仅仅是主体创造心理因素的自由游戏（想象力、知性力、理性力和鉴赏力的自由协调），也与艺术手段与工具的革命息息相关。低温艺术与冰雕艺术之所以境界不同，关键在于创作主体掌握的科技手段不是一个档次。低温艺术家用的工具是几种力场，可以瞬间冰冻海洋，把巨大冰块运到绕地球运行的轨道，给每个冰块表面覆盖一层极薄的透明滤光膜使之保持不化；而冰雕艺术家们用的是油锯、小铲、小刀、喷水壶、喷灯……两者完全不是一个重量级！所以，低温艺术家可以创造横贯长空围绕地球的壮丽冰环，冰雕艺术却只能是小打小闹、渺小而短命的艺术品，在低温艺术家眼里简直等同儿戏，是"细菌的艺术"。

其次，低温艺术与冰雕艺术的境界高低之别，还在于艺术对生活的超越——这又与高科技给创作主体的自由程度息息相关。对低温艺术家来说，艺术是文明存在的唯一理由，他们的文明已经不需要维持生存，也不需要社会生活、政治甚至科学，因为那都是"婴儿文明的课程"。所以，艺术就是一切。他可以罔顾其他专心艺术，只考虑如何完美表达构思，为此不要说取走所有的海洋，就是熄灭恒星也无所谓；而对冰雕艺术家颜冬来说，生活中还有别的东西，除了艺术还有自己和老婆孩子要养活，还需要为生存而劳作，只能业余时间从事创作。颜冬是所有地球艺术家的代表。即便有些地球艺术家生活宽裕，可以不用为稻粱谋而专注于创作，也依然会受到所处时代、环境和科技水平的制约，无法真正做到随心所欲完全超脱，无法使艺术脱离生活升华为最高目的。

不过，虽然境界不同，艺术始终是生命存在的执着表现方式，不论创作主体是低等生命还是高等生命。《梦之海》的结尾绕有韵味。回收海洋的工程刚刚结束，地球生态还未恢复，经历苦难岁月的人类就又恢复了冰雪艺术节。颜冬他们重新把自己从一群大灾难的幸存者变回艺术家，重申艺术诉求的坚定："咄，日子难怎么了，日子难不能不要艺术啊，对不对？"

当然，《梦之海》对艺术境界与主体自由的思考，只是刘慈欣探讨这一问题的部分思想成果。在"大艺术系列"的另一篇小说《诗云》中，刘慈欣探讨了问题的另一面，即技术与艺术的分野。科技与艺术并不总是相互促进同步发展的关系，高科技并不能保证艺术创造的高水平，人类的历史文化、生命体验、心灵感受、情感表达、语言符号创造了自己独特、辉煌、不可超越的艺术，并非外星智慧生命的高科技可以轻松理解和掌握，以至于他们发出这样的感叹："智慧生命的精华和本质，真的是技术所无法触及的吗？"

或许这正是技术与艺术关系的两面性。对艺术而言，技术是一把双刃剑。一方面，"技术是反诗意的"（《诗云》）；另一方面，技术助力我们实现创作自由，无论从工具角度还是从主体角度都是如此。在貌似游戏的科幻想象中，刘慈欣探索技术与艺术的关系，追溯艺术哲学的根源问题，这是"大艺术系列"最有意思的地方，三部曲从不同角度表达了刘慈欣对科幻艺术的哲理思考。

《梦之海》的叙述令人着迷，无论是奇观想象、细节描写，还是黑色幽默、生活化与个性化的对话，都让人惊叹不已。我最喜欢小说描写低温艺术家从海洋取冰的段落，以及低温艺术家与颜冬的对话。前者想象巨大水体被瞬间冷冻离开海面的场景，别开生面地从飞机的角度观察、体验这亘古未有之奇观，描写地球追着飞机、飞机边爬高边降落的错觉，描写海水悬崖崩塌推进如同摩西开红海的反演，描写海啸如同移动山脉向着相反的方向分离开来……写得气象万千，历历在目，令人赞叹作者想象细节、刻画细节的深厚功力。把科幻设定从理性推演的逻辑转化为异彩纷呈的科幻奇观，以形象和细节编织的科幻叙述呈现其刷新感官的新奇性，换句话说，用认知逻辑确证科幻虚构的新奇性，这种疏离与认知的巨大张力，正是科幻独特的艺术魅力。《梦之海》的设定足以体现科幻小说追求的新奇性，而刘慈欣的细节想象力更是精彩绝伦，小说中那些生动具体的细节刻画堪称科幻经典。

印象深刻的还有低温艺术家与颜冬等地球艺术家的对话。由于二者生命等级差别太大，几乎无法沟通，鸡同鸭讲的对话就充满黑色幽默辛辣爽利的快感。地球人的担忧在外星人那里琐碎得不值一提，怎能不让人怒火攻心呢？于是颜冬终于失去耐心，用东北话破口大骂："呸！"我承认看到这里忍俊不禁，想来刘慈欣是给自大的人类竖起一面哈哈镜，让我们看看自己有多渺小，有多丑陋，有多可怜。刘慈欣的叙述机智、诙谐，不乏黑色幽默残酷荒诞的喜剧性，惹人发笑的同时引人思考，让我们认识到人类在高级生命面前的局限性和危险处境。

（张懿红：文学博士，博士后，兰州城市学院教授）

朝闻道

刘慈欣

爱因斯坦赤道

"有一句话我早就想对你们说，"丁仪对妻子和女儿说，"我心中的位置大部分都被物理学占据了，只能努力挤出一个小角落给你们，对此我心里很痛苦，但也实在是没办法。"

他的妻子方琳说："这话你对我说过两百遍了。"

十岁的女儿文文说："对我也说过一百遍了。"

丁仪摇摇头说："可你们始终没能理解我这话的真正含义，你们不懂得物理学到底是什么。"

方琳笑着说："只要它的性别不是女就行。"

这时，他们一家三口正坐在一辆时速达五百公里的小车上，行驶在一条直径5米的钢管中。这根钢管的长度约为三万公里，在北纬45度线上绕地球一周。

小车完全自动行驶，透明的车舱内没有任何驾驶设备。从车里看出去，钢管笔直地伸向前方，小车像是一颗在无限长的枪管中正在射出的子弹，前方的洞口似乎固定在无限远处，看上去针尖大小，一动不动。如果不是周围的管壁如湍急的流水飞快掠过，他们肯定觉察不出车的运动。在小车启动或停车时，可以看到管壁上安装的数量巨大的仪器，还有无数等距离的箍圈。当车加速起来后，它们就在两旁浑然一体地掠过，看不清了。丁仪告诉她们，那些箍圈是用于产生强磁场的超导线圈，而悬在钢管正中的那条细管是粒子通道。

他们正行驶在人类迄今所建立的最大的粒子加速器中。这台环绕地球一周的加速器被称为"爱因斯坦赤道"，借助它，物理学家们将实现上世纪那个巨人肩上的巨人最后的梦想：建立宇宙的大统一模型。

这辆小车本是加速器工程师们用于维修的，现在被丁仪用来带着全家进行环球旅行，这旅行是他早就答应妻子和女儿的，但她们万万没有想到要走这条路。整个旅行耗时六十小时，在这环绕地球一周的行驶中，她们除了笔直的钢管什么都没看到。不过，方琳和文文还是很高兴、很满足，至少在这两天多时间里，全家人难得地聚在一起。

旅行的途中也并不枯燥，丁仪不时指着车外飞速掠过的管壁对文文说："我们现在正在驶过蒙古，看到大草原了吗？还有羊群……我们在经过日本，但只是擦过它的北角。看，朝阳照到积雪的国后岛上了，那可是今天亚洲迎来的第一抹阳光……我们现在在太平洋底了，真黑，什么都看不见。哦不，那边有亮光，暗红色的。嗯，看清了，那是洋底火山口，它涌出的岩浆遇水很快冷却了，所以那暗红光一闪一闪的，像海底平原上的篝火。文文，大陆正在这里生长啊……"

后来，他们又在钢管中驶过了美国全境，潜过了大西洋，从法国海岸登上欧洲的土地，驶过意大利和巴尔干半岛，第二次进入俄罗斯，然后从里海回到亚洲，穿过哈萨克斯坦进入中国。现在，他们已走完最后的路程，回到了爱因斯坦赤道在塔克拉玛干沙漠中的起点——世界核子中心，这儿也是环球加速器的控制中心。

当丁仪一家从控制中心大楼出来时，外面已是深夜，广阔的沙漠静静地在群星下伸向远方，世界显得简单而深邃。

"好了，我们三个基本粒子，已经在爱因斯坦赤道中完成了一次加速试验。"丁仪兴奋地对方琳和文文说。

"爸爸，真的粒子要在这根大管子中跑这么一大圈，要多长时间？"文文指着他们身后的加速器管道问。那管道从控制中心两侧向东西两个方向延伸，很快消失在夜色中。

丁仪回答说："明天，加速器将首次以它最大的能量运行，在其中运行的每个粒子，将受到相当于一颗核弹的能量的推动，加速到接近光速。这时，每个粒子在管道中只需十分之一秒就能走完我们这两天多的环球旅程。"

方琳说："别以为你已经实现了自己的诺言，这次环球旅行是不算的！"

"对！"文文点点头说，"爸爸以后有时间，一定要带我们在这长管子的外面沿着它走一圈，看看我们在管子里面到过的地方，那才叫真正的环球旅行呢！"

"不需要，"丁仪对女儿意味深长地说，"如果你睁开了想象力的眼睛，那这次旅行就足够了。你已经在管子中看到了你想看的一切，甚至更多！孩子，更重要的是，蓝色的海洋、红色的花朵、绿色的森林都不是最美的东西，真正的美眼睛是看不到的，只有想象力才能看到它。与海洋、花朵、森林不同，它没有色彩和形状。只有当你用想象力和数学把整个宇宙在手中捏成一团儿，使它变成你的一个心爱的玩具，你才能看到这种美……"

丁仪没有回家，送走了妻女后，他回到了控制中心。控制中心只有不多的几个值班工程师，在加速器建成以后历时两年的紧张调试后，这里第一次这么宁静。

丁仪上到楼顶，站在高高的露天平台上。他看到下面的加速器管道像一条把世界一分为二的直线，他产生了一种感觉：夜空中的星星像无数只眼睛，它们的目光此时都聚焦在下面这条直线上。

丁仪回到下面的办公室，躺在沙发上睡着了，进入了一个理论物理学家的梦乡。

他坐在一辆小车里，小车停在爱因斯坦赤道的起点。小车启动，他感觉到了加速时强劲的推力。他在45度纬线上绕地球旋转，一圈又一圈，像轮盘赌上的骰子。随着速度趋近光速，急剧增加的质量使他的身体如一尊金属塑像般凝固了，意识到了这个身体中已蕴含了创世的能量，他有一种帝王般的快感。在最后一圈，他被引入一条支路，冲进一个奇怪的地方。这里是虚无之地，他看到了虚无的颜色，虚无不是黑色也不是白色，它的色彩就是无色彩，但也不是透明。在这里，空间和时间都还是有待于他去创造的东西。他看到前方有一个小黑点，急剧扩大，那是另一辆小车，车上坐着另一个自己。当他们以光速相撞后同时消失了，只在无际的虚空中留下一个无限小的奇点，这万物的种子爆炸开来，能量火球疯狂暴胀。当弥漫整个宇宙的红光渐渐减弱时，冷却下来的能量天空中，物质如雪花般出现了，开始是稀薄的星云，然后是恒星和星系群。在这个新生的宇宙中，丁仪拥有一个量子化的自我，可以在瞬间从宇宙的一端跃至另一端。其实他并没有跳跃，他同时存在于这两端，同时存在于这浩瀚宇宙中的每一点，他的自我像无际的雾气弥漫于整个太空，由恒星沙粒组成的银色沙漠在他的体内燃烧。他无所不在，同时又无所在。他知道自己的存在只是一个概率的幻影，这个多态叠加的幽灵渴望地环视着宇宙，寻找那能使自己坍缩为实体的目光。正找着，这目光就出现了，它来自遥远太空中浮现出来的两双眼睛，它们出现在一道由群星织成的银色帷幕后面，那双有着长长睫毛的美丽的眼睛是方琳的，那双充满天真灵性的眼睛是文文的。这两双眼睛在宇宙中茫然扫视，最终没能觉察到这个量子自我的存在，波函数颤抖着，如微风扫过平静的湖面，但坍缩没有发生。正当丁仪陷入绝望之时，茫茫的星海扰动起来，群星汇成的洪流在旋转奔涌。当一切都平静下来时，宇宙间的所有星星构成了一只大眼睛，那只百亿光年大小的眼睛如钻石粉末在黑色的天鹅绒上撒出的图案，正盯着丁仪看。波函数在瞬间坍缩，如回放的焰火影片，他的量子存在凝聚在宇宙中微不足道的一点上。他睁开双眼，回到了现实。

是控制中心的总工程师把他推醒的。丁仪睁开眼，看到核子中心的几位物理学家和技术负责人围着他躺的沙发站着，用看一个怪物的目光盯着他。

"怎么？我睡过了吗？"丁仪看看窗外，发现天已亮了，但太阳还未升起。

"不，出事了！"总工程师说。这时丁仪才知道，大家那诧异的目光不是冲着他的，而是由于刚出的那件事情。总工程师拉起丁仪，带他向窗口走去。丁仪刚走了两步就被人从背后拉住，回头一看，是一位叫松田诚一的日本物理学家，上届诺贝尔物理学奖获得者之一。

"丁博士，如果您在精神上无法承受马上要看到的东西，也不必太在意，我们现在可能是在梦中。"日本人说，他脸色苍白，抓着丁仪的手在微微颤抖。

"我刚从梦中醒来！"丁仪说，"发生了什么事？"

大家仍用那种怪异的目光看着他。总工程师拉起他继续朝窗口走去，当丁仪看到窗外的景象时，立刻对自己刚才的话产生了怀疑，眼前的现实突然变得比刚才的梦境更虚幻了。

在淡蓝色的晨光中，以往他熟悉的横贯沙漠的加速器管道消失了，取而代之的是一条绿色的草带，这条绿色大道沿东西两个方向伸向天边。

"再去看看中心控制室吧！"总工程师说。丁仪随着他们来到楼下的控制大厅，又受到了一次猝不及防的震撼：大厅中一片空旷，所有的设备都消失得无影无踪，原来放置设备的位置也长满了青草，那草是直接从防静电地板上长出来的。

丁仪发疯似的冲出控制大厅，奔跑着绕过大楼，站到那条取代加速器管道的草带上。看着它消失在太阳即将升起的东方地平线处，在早晨沙漠上寒冷的空气中，他打了个寒战。

"加速器的其他部分呢？"他问喘着气跟上来的总工程师。

"都消失了，地上、地下和海中的，全部消失了。"

"也都变成了草？"

"哦不，草只在我们附近的沙漠上有，其他部分只是消失了，地面和海底部分只剩下空空的支座，地下部分只留下空隧道。"

丁仪弯腰拔起了一束青草。这草在别的地方看上去一定很普通，但在这里就很不寻常：它完全没有红柳或仙人掌之类的耐旱沙漠植物的特点，看上去饱含水分，青翠欲滴，这样的植物只能生长在多雨的南方。丁仪搓碎了一根草叶，手指上沾满了绿色的汁液，一股淡淡的清香飘散开来。丁仪盯着手上的小草呆立了很长时间，最后说：

"看来，这真是梦了。"

东方传来一个声音："不，这是现实！"

真空衰变

在绿色草路的尽头，朝阳已升出了一半，它的光芒照花了人们的眼睛。在这光芒中，有一个人沿着草路向他们走来。开始他只是一个以日轮为背景的剪影，剪影的边缘被日轮侵蚀，显得变幻不定。当那人走近些后，人们看到他是一名中年男子，穿着白衬衣和黑裤子，没打领带。再近些，他的面孔也可以看清了，这是一张兼具亚洲和欧洲人特点的脸，这在这个地区并没有什么不寻常，但人们绝不会把他误认为是当地人。他的五官太端正了，端正得有些不现实，像某些公共标志上表示人类的一个图符。当他再走近些时，人们也不会把他误认为是这个世界的人了。他并没有走，他一直两腿并拢笔直地站着，鞋底紧贴着草地飘浮而来。在距他们两三米处，来人停了下来。

"你们好，我以这个外形出现是为了我们之间能更好地交流，不管各位是否认可我的人类形象，我已经尽力了。"来人用英语说，他的话音一如其面孔，极其标准而无特点。

"你是谁？"有人问。

"我是这个宇宙的排险者。"

回答中两个含义深刻的字立刻深入了物理学家们的脑海："这个宇宙"。

"您和加速器的消失有关吗？"总工程师问。

"它在昨天夜里被蒸发了，你们计划中的试验必须被制止。作为补偿，我送给你们这些草，它们能在干旱的沙漠上以很快的速度生长蔓延。"

"可这些都是为了什么呢？"

"这个加速器如果真以最大功率运行，能将粒子加速到10的20次方吉电子伏特，这接近宇宙大爆炸的能量，可能会给我们的宇宙带来灾难。"

"什么灾难？"

"真空衰变。"

听到这回答，总工程师扭头看了看身边的物理学家们，他们都沉默不语，紧锁眉头思考着什么。

"还需要进一步解释吗？"排险者问。

"不，不需要了。"丁仪轻轻地摇摇头说。物理学家们本以为排险者会说出一个人类完全无法理解的概念，但没想到，他说出的东西人类的物理学界早在上世纪八十年代初就想到了，只是当时大多数人都认为那不过是一个新奇的假设，与现实毫无关系，以至于现在几乎被遗忘了。

真空衰变的概念最初出现在1980年《物理评论》杂志的一篇论文中，作者是西德尼·科尔曼和弗兰克·德卢西亚。早在这之前，狄拉克就指出，我们宇宙中的真空可能是一种伪真空。在那似乎空无一物的空间里，幽灵般的虚粒子在短得无法想象的瞬间出现又消失，这瞬息间创生与毁灭的活剧在空间的每一点上无休止地上演，我们所说的真空实际上是一个沸腾的量子海洋，这就使得真空具有一定的能级。科尔曼和德卢西亚的新思想在于：他们认为某种高能过程可能产生出另一种状态的真空，这种真空的能级比现有的真空低，甚至可能出现能级为零的"真真空"。这种真空的体积开始可能只有一个原子大小，但它一旦形成，周围相邻的高能级真空就会向它的能级跌落，变成与它一样的低能级真空。这就使得低能级真空的体积迅速扩大，形成一个球形，这个低能级真空球的扩张速度很快就能达到光速，球中的质子和中子将在瞬间衰变，使球内的物质世界全部蒸发，一切归于毁灭……

"……以光速膨胀的低能级真空球将在0.03秒内毁灭地球，五个小时内毁灭太阳系，四年后毁灭最近的恒星，十万年后毁灭银河系……没有什么能阻止球体的膨胀，随着时间的推移，整个宇宙都难逃劫难。"排险者说，他的话正好接上了大多数人的思维，难道他能看到人类的思想？排险者张开双臂，做出一个囊括一切的姿势，"如果把我们的宇宙看作一个广阔的海洋，我们就是海中的鱼儿。我们周围这无边无际的海水是那么清澈透明，以至于我们忘记了它的存在。现在我要告诉你们，这不是海水，是液体炸药，一粒火星就会引发毁灭一切的大灾难。作为宇宙排险者，我的职责就是在这些火星燃到危险的温度前扑灭它。"

丁仪说："这大概不太容易，我们已知的宇宙有二百亿光年半径，即使对于你们这样的超级文明，这也是一个极其广阔的空间。"

排险者笑了笑。这是他第一次笑，这笑同样毫无特点："没有你想的那么复杂。你们已经知道，我们目前的宇宙，只是大爆炸焰火的余烬，恒星和星系不过是仍然保持着些许温热的飘散的烟灰罢了。这是一个低能级的宇宙，你们看到的类星体之类的高能天体只存在于遥远的过去，在目前的自然宇宙中，最高级别的能量过程，如大质量物体坠入黑洞，其能级也比大爆炸低许多数量级。在目前的宇宙中，发生创世级别的能量过程的唯一机会，只能来自于其中的智慧文明探索宇宙终极奥秘的努力，这种努力会把大量的能量聚焦到一个微观点上，使这一点达到创世能级。所以，我们只需要监视宇宙中进化到一定程度的文明世界就行了。"

松田诚一问："那么，你们是从何时起开始注意到人类的呢？普朗克时代吗？"

排险者摇摇头。

"那么是牛顿时代？也不是？不可能远到亚里士多德时代吧？"

"都不是。"排险者说，"宇宙排险系统的运行机制是这样的：它首先通过散布在宇宙中的大量传感器监视已有生命出现的世界，当发现这些世界中出现有能力产生创世能级能量过程的文明时，传感器就发出警报，我这样的排险者在收到警报后，将亲临那些世界，监视其中的文明，但除非这些文明真要进行创世级的试验，我们是绝不会对其进行任何干预的。"

这时，在排险者的头部左上方出现了一个黑色的正方形，约两米见方，正方形呈深不见底的漆黑状，仿佛现实被挖了一个洞。几秒钟后，那黑色的空间中出现了一个蓝色的地球影像。排险者指着影像说："这就是放置在你们世界上方的传感器拍下的地球影像。"

"这个传感器是在什么时候放置于地球的？"有人问。

"按你们的地质学纪年，在古生代末期的石炭纪。"

"石炭纪！""那就是……三亿年前了！"……人们纷纷惊呼。

"这……太早了些吧？"总工程师敬畏地问。

"早吗？不，是太晚了，当我们第一次到达石炭纪的地球，看到在广阔的冈瓦纳古陆上，皮肤湿滑的两栖动物在原生松林和沼泽中爬行时，真吓出了一身冷汗。在这之前相当长的岁月里，这个世界都有可能突然进化出技术文明。

所以，传感器应该在古生代开始时的寒武纪或奥陶纪就放置在这里。"

地球的影像向前推来，充满了整个正方形。镜头在各大陆间移动，让人想到一双警惕巡视的眼睛。

排险者说："你们现在看到的影像是在更新世末期拍摄的，距今 37 万年，对我们来说，几乎是在昨天了。"

地球表面的影像停止了移动，那双眼睛的视野固定在非洲大陆上。这个大陆正处于地球黑夜的一侧，看上去是一个由稍亮些的大洋三面围绕的大墨块。显然大陆上的什么东西吸引了这双眼睛的注意，焦距拉长，非洲大陆向前扑来，很快占据了整个画面，仿佛观察者正在飞速冲向地球表面。陆地黑白相间的色彩渐渐在黑暗中显示出来，白色的是第四纪冰期的积雪，黑色部分很模糊，是森林还是布满乱石的平原，只能由人想象了。镜头继续拉近，一个雪原充满了画面，显示图像的正方形现在全变成白色了，是那种夜间雪地的灰白色，带着暗暗的淡蓝。在这雪原上有几个醒目的黑点，很快可以看出那是几个人影，接着可以看出他们的身型都有些驼背，寒冷的夜风吹起他们长长的披肩乱发。图像再次变黑，一个人仰起的面孔占满了画面。在微弱的光线里无法看清这张面孔的细部，只能看出他的眉骨和颧骨很高，嘴唇长而薄。镜头继续拉近这似乎已不可能再近的距离，一双深陷的眼睛充满了画面，黑暗中的瞳仁中有一些银色的光斑，那是映在其中的变形的星空。

图像定格，一声尖利的鸣叫响起，排险者告诉人们，预警系统报警了。

"为什么？"总工程师不解地问。

"这个原始人仰望星空的时间超过了预警阈值，已对宇宙表现出了充分的好奇。到此为止，已在不同的地点观察到了十起这样的超限事件，符合报警条件。"

"如果我没记错的话，你前面说过，只有当有能力产生创世能级能量过程的文明出现时，预警系统才会报警。"

"你们看到的不正是这样一个文明吗？"

人们面面相觑，一片茫然。

排险者露出那毫无特点的微笑说："这很难理解吗？当生命意识到宇宙奥

秘的存在时，距它最终解开这个奥秘就只有一步之遥了。"看到人们仍不明白，他接着说："比如地球生命，用了四十多亿年时间才第一次意识到宇宙奥秘的存在，但那一时刻距你们建成爱因斯坦赤道只有不到四十万年时间，而这一进程最关键的加速期只有不到五百年时间。如果说那个原始人对宇宙的几分钟凝视是看到了一颗宝石，那么其后你们所谓的整个人类文明，不过是弯腰去拾它罢了。"

丁仪若有所悟地点点头："要说也是这样，那个伟大的望星人！"

排险者接着说："以后我就来到了你们的世界，监视着文明的进程，像是守护着一个玩火的孩子，周围被火光照亮的宇宙使这孩子着迷，他不顾一切地让火越烧越旺，直到现在，宇宙已有被这火烧毁的危险。"

丁仪想了想，终于提出了人类科学史上最关键的问题："这就是说，我们永远不可能得到大统一模型，永远不可能探知宇宙的终极奥秘？"

科学家们呆呆地盯着排险者，像一群在最后审判日里等待宣判的灵魂。

"智慧生命有多种悲哀，这只是其中之一。"排险者淡淡地说。

松田诚一声音颤抖地问："作为更高一级的文明，你们是如何承受这种悲哀的呢？"

"我们是这个宇宙中的幸运儿，我们得到了宇宙的大统一模型。"

科学家们心中的希望之火又重新开始燃烧。

丁仪突然想到了另一种恐怖的可能："难道说，真空衰变已被你们在宇宙的某处触发了？"

排险者摇摇头："我们是用另一种方式得到的大统一模型，这一时说不清楚，以后我可能会详细地讲给你们听。"

"我们不能重复这种方式吗？"

排险者继续摇头："时机已过，这个宇宙中的任何文明都不可能再重复它。"

"那请把宇宙的大统一模型告诉人类！"

排险者还是摇头。

"求求你，这对我们很重要。不，这就是我们的一切！"丁仪冲动地去抓排险者的胳膊，但他的手毫无感觉地穿过了排险者的身体。

"知识密封准则不允许这样做。"

"知识密封准则？"

"这是宇宙中文明世界的最高准则之一，它不允许高级文明向低级文明传递知识（我们把这种行为叫知识的管道传递），低级文明只能通过自己的探索来得到知识。"

丁仪大声说："这是一个不可理解的准则。如果你们把大统一模型告诉所有渴求宇宙最终奥秘的文明，他们就不会试图通过创世能级的高能试验来得到它，宇宙不就安全了吗？"

"你想得太简单了。这个大统一模型只是这个宇宙的，当你们得到它后就会知道，还存在着无数其他的宇宙，你们接着又会渴求得到制约所有宇宙的超统一模型。而大统一模型在技术上的应用会使你们拥有产生更高能量过程的手段，你们会试图用这种能量过程击穿不同宇宙间的壁垒，不同宇宙间的真空存在着能级差，这就会导致真空衰变，同时毁灭两个或更多的宇宙。知识的管道传递还会对接收它的低级文明产生其他更直接的不良后果甚至灾难，其原因大部分你们目前还无法理解，所以知识密封准则是绝对不允许违反的。这个准则所说的知识不仅是宇宙的深层秘密，它是指所有你们不具备的知识，包括各个层次的知识——假设人类现在还不知道牛顿三定律或微积分，我也同样不能传授给你们。"

科学家们沉默了。在他们眼中，已升得很高的太阳熄灭了，一切都陷入黑暗之中，整个宇宙顿时变成一个巨大的悲剧。这悲剧之大之广他们一时还无法把握，只能在余生不断地受其折磨。事实上，他们知道，余生已无意义。

松田诚一瘫坐在草地上，说了一句后来成为名言的话："在一个不可知的宇宙里，我的心脏懒得跳动了。"

他的话道出了所有物理学家的心声。他们目光呆滞，欲哭无泪。就这样不知过了多长时间，丁仪突然打破沉默："我有一个办法，既可以使我得到大统一模型，又不违反知识密封准则。"

排险者对他点点头："说说看。"

"你把宇宙的终极奥秘告诉我，然后毁灭我。"

"给你三天时间考虑。"排险者说。他的回答不假思索，十分迅速，紧接着丁仪的话。

丁仪欣喜若狂："你是说这可行？"

排险者点点头。

真理祭坛

人们是这么称呼那个巨大的半球体的真理祭坛的，它直径五十米，底面朝上，球面向下，放置在沙漠中，远看像一座倒放的山丘。这个半球是排险者用沙子筑成的，当时沙漠中出现了一股巨大的龙卷风，风中那高大的沙柱最后凝聚成这个东西。谁也不知道他是用什么东西使大量的沙子聚合成这样一个精确的半球形状的，其强度使它球面朝下放置都不会解体。但半球这样的放置方式使它很不稳定，在沙漠中的阵风里，它有明显的摇晃。

据排险者说，在他的那个遥远世界里，这样的半球是一个论坛，在那个文明的上古时代，学者们就聚集在上面讨论宇宙的奥秘。由于这样放置的半球的不稳定性，论坛上的学者们必须小心地使他们的位置均匀地分布，否则半球就会倾斜，使上面的人都滑下来。排险者一直没有解释这个半球形论坛的含义，人们猜测，它可能是暗示宇宙的非平衡态和不稳定。

在半球的一侧，还有一条沙子构筑的长长的坡道，通过它可以从下面走上祭坛。在排险者的世界里，这条坡道是不需要的。在纯能化之前的上古时代，他的种族是一种长着透明双翼的生物，可以直接飞到论坛上。这条坡道是专为人类修筑的，他们中的三百多人将通过它走上真理祭坛，用生命换取宇宙的奥秘。

三天前，当排险者答应了丁仪的要求后，事情的发展令世界恐慌。在短短一天时间内，有几百人提出了同样的要求。这些人除了世界核子中心的其他科学家外，还有来自世界各国的学者。开始只有物理学家，后来报名者的专业越出了物理学和宇宙学，出现了数学、生物学等其他基础学科的科学家，甚至还有经济学和史学这类非自然科学的学者。这些要求用生命来换取真理的人，都是他们所在学科的刀锋，是科学界精英中的精英，其中诺贝尔奖获得者就占了一半，可以说，在真理祭坛前聚集了人类科学的精华。

真理祭坛前其实已不是沙漠了，排险者在三天前种下的草迅速蔓延，那条草带已宽了两倍，它那已变得不规则的边缘已伸到了真理祭坛下面。在这绿色的草地上聚集了上万人，除了这些即将献身的科学家和世界各大媒体的记者外，还有科学家们的亲人和朋友，两天两夜无休止的劝阻和哀求已使他们心力交瘁，精神都处于崩溃的边缘，但他们还是决定在这最后的时刻做最后的努力。与他们一同做这种努力的还有数量众多的各国政府的代表，其中包括十多位国家元首，他们也竭力留住自己国家的科学精英。

"你怎么把孩子带来了？"丁仪盯着方琳问。在他们身后，毫不知情的文文正在草地上玩耍，她是这群表情阴沉的人中唯一的快乐者。

"我要让她看着你死。"方琳冷冷地说。她脸色苍白，双眼无目标地平视着远方。

"你认为这能阻止我？"

"我不抱希望，但能阻止你女儿将来像你一样。"

"你可以惩罚我，但孩子……"

"没人能惩罚你，你也别把即将发生的事情伪装成一种惩罚，你正走在通向自己梦中天堂的路上！"

丁仪直视着爱人的双眼说："琳，如果这是你的真实想法，那么你终于从最深处认识了我。"

"我谁也不认识，现在我的心中只有仇恨。"

"你当然有权恨我。"

"我恨物理学！"

"可如果没有它，人类现在还是丛林和岩洞中愚钝的动物。"

"但我现在并不比它们快乐多少！"

"但我快乐，也希望你能分享我的快乐。"

"那就让孩子也一起分享吧，当她亲眼看到父亲的下场，长大后至少会远离物理学这种毒品！"

"琳，把物理学称为毒品，你也就从最深处认识了它。看，在这两天你真正认识了多少东西，如果你早点理解这些，我们就不会有现在的悲剧了。"

那几位国家元首则在真理祭坛上努力劝说排险者，让他拒绝那些科学家的要求。

美国总统说："先生——我可以这么称呼您吗？我们的世界里最出色的科学家都在这里了，您真想毁灭地球的科学吗？"

排险者说："没有那么严重，另一批科学精英会很快涌现出来并补上他们的位置，对宇宙奥秘的探索欲望是所有智慧生命的本性。"

"既然同为智慧生命，您就忍心杀死这些学者吗？"

"这是他们自己的选择，生命是他们自己的，他们当然可以用它来换取自己认为崇高的东西。"

"这个用不着您来提醒我们！"俄罗斯总统激动地说，"用生命来换取崇高的东西对人类来说并不陌生，在上个世纪的一场战争中，我的国家就有两千多万人这么做了。但现在的事实是，那些科学家的生命什么都换不到！只有他们自己能得知那些知识，这之后，你只给他们十分钟的生存时间！他们对终极真理的欲望已成为一种地地道道的变态，这您是清楚的！"

"我清楚的是，他们是这个星球上仅有的正常人。"

元首们面面相觑，然后都困惑地看着排险者，说他们不明白他的意思。

排险者伸开双臂拥抱天空："当宇宙的和谐之美一览无遗地展现在你面前时，生命只是一个很小的代价。"

"但他们看到这种美后只能再活十分钟！"

"就是没有这十分钟，仅仅经历看到那终极之美的过程，也是值得的。"

元首们又互相看了看，都摇头苦笑。

"随着文明的进化，像他们这样的人会渐渐多起来的，"排险者指指真理祭坛下的科学家们说，"最后，当生存问题完全解决，当爱情因个体的异化和融合而消失，当艺术因过分的精致和晦涩而最终死亡，对宇宙终极美的追求便成为文明存在的唯一寄托，他们的这种行为方式也就符合了整个世界的基本价值观。"

元首们沉默了一会儿，试着理解排险者的话。美国总统突然哈哈大笑起来，"先生，您在耍我们，您在耍弄整个人类！"

排险者露出一脸困惑："我不明白……"

日本首相说："人类还没有笨到你想象的程度，你话中的逻辑错误连小孩子都明白！"

排险者显得更加困惑了："我看不出这有什么逻辑错误。"

美国总统冷笑着说："一万亿年后，我们的宇宙肯定充满了高度进化的文明，照您的意思，对终极真理的这种变态的欲望将成为整个宇宙的基本价值观，那时全宇宙的文明将一致同意，用超高能的试验来探索囊括所有宇宙的超统一模型，不惜在这种试验中毁灭包括自己在内的一切？您想告诉我们这种事会发生？"

排险者盯着元首们长时间不说话，那怪异的目光使他们不寒而栗。他们中有人似乎悟出了什么：

"您是说……"

排险者举起一只手制止他说下去，然后向真理祭坛的边缘走去。在那里，他用响亮的声音对所有人说："你们一定很想知道我们是如何得到这个宇宙的大统一模型的，现在可以告诉你们了。"

"很久很久以前，我们的宇宙比现在小得多，而且很热，恒星还没有出现，但已有物质从能量中沉淀出来，形成弥漫在发着红光的太空中的星云。这时生命已经出现了，那是一种力场与稀薄的物质共同构成的生物，其个体看上去很像太空中的龙卷风。这种星云生物的进化速度快得像闪电，很快产生了遍布全宇宙的高度文明。当星云文明对宇宙终极真理的渴望达到顶峰时，全宇宙的所有世界一致同意，冒着真空衰变的危险进行创世能级的试验，以探索宇宙的大统一模型。"

"星云生物操纵物质世界的方式与现今宇宙中的生命完全不同，由于没有足够多的物质可供使用，他们的个体自己进化为自己想要的东西。在最后的决定做出后，某些世界中的一些个体飞快地进化，把自己进化为加速器的一部分。最后，上百万个这样的星云生物排列起来，组成了一台能把粒子加速到创世能级的高能加速器。加速器启动后，暗红色的星云中出现了一个发出耀眼蓝光的灿烂光环。"

"他们深知这个试验的危险，所以在试验进行的同时把得到的结果用引力波发射了出去，引力波是唯一能在真空衰变后存留下来的信息载体。"

"加速器运行了一段时间后，真空衰变发生了，低能级的真空球从原子大小以光速膨胀，转眼间扩大到天文尺度，内部的一切蒸发殆尽。真空球的膨胀速度大于宇宙的膨胀速度，虽然经过了漫长的时间，最后还是毁灭了整个宇宙。"

"漫长的岁月过去了，在空无一物的宇宙中，被蒸发的物质缓慢地重新沉淀凝结，星云又出现了，但宇宙一片死寂，直到恒星和行星出现，生命才在宇宙中重新萌发。而这时，早已毁灭的星云文明发出的引力波还在宇宙中回荡，实体物质的重新出现使它迅速衰减，但就在它完全消失以前，被新宇宙中最早出现的文明接收到，它所带的信息被破译，从这远古的试验数据中，新文明得到了大统一模型。他们发现，对建立模型最关键的数据，是在真空衰变前万分之一秒左右产生的。"

"让我们的思绪再回到那个毁灭中的星云宇宙，由于真空球以光速膨胀，球体之外的所有文明世界都处于光锥视界之外，不可能预知灾难的到来，在真空球到达之前，这些世界一定在专心地接收着加速器产生的数据。在他们收到足够建立大统一模型的数据后的万分之一秒，真空球毁灭了一切。但请注意一点：星云生物的思维频率极高，万分之一秒对他们来说是一段相当长的时间，所以他们有可能在生命的最后时刻推导出了大统一模型。当然，这也可能只是我们的一种自我安慰，更有可能的是，他们最后什么也没推导出来，星云文明掀开了宇宙的面纱，但他们自己没来得及向宇宙那终极的美瞥一眼就毁灭了。更为可敬的是，开始试验前他们可能已经想到了这种结果，但仍然决定牺牲自己，把那些包含着宇宙终极秘密的数据传给遥远未来的文明。"

"现在你们应该明白，对宇宙终极真理的追求，是文明的最终目标和归宿。"

排险者的讲述使真理祭坛上下的所有人陷入长久的沉思中，不管这个世界对他最后那句话是否认同，有一点可以肯定：它将对今后人类思想和文化的进程产生重大影响。

美国总统首先打破沉默说："您为文明描述了一幅阴暗的前景，难道生命这漫长进程中所有的努力和希望，都是为了那飞蛾扑火的一瞬间？"

"飞蛾并不觉得阴暗，它至少享受了短暂的光明。"

"人类绝不可能接受这样的人生观！"

"这完全可以理解。在我们这个真空衰变后重生的宇宙中，文明还处于萌芽阶段，各个世界都有自己的生活方式，追求着不同的目标，对大多数世界来说，对终极真理的追求并不具有至高无上的意义，为此而冒着毁灭宇宙的危险，对宇宙中大多数生命是不公平的。即使在我自己的世界中，也并非所有的成员都愿意为此牺牲一切。所以，我们自己没有继续进行探索超统一模型的高能试验，并在整个宇宙中建立了排险系统。但我们相信，随着文明的进化，总有一天，宇宙中的所有世界都会认同文明的终极目标。其实，就是现在，就是在你们这样一个婴儿文明中，也已经有人认同了这个目标。好了，时间快到了，如果各位不想用生命换取真理，就请你们下去，让那些想这么做的人上来。"

元首们走下真理祭坛，来到那些科学家面前，进行最后的努力。

法国总统说："能不能这样，把这事稍往后放一放，让我陪大家去体验另一种生活，让我们放松自己，在黄昏的鸟鸣中看着夜幕降临大地，在银色的月光下听着怀旧的音乐，喝着美酒想着你心爱的人……这时你们就会发现，终极真理并不像你们想得那么重要，与你们追求的虚无缥缈的宇宙和谐之美相比，这样的美更让人陶醉。"

一位物理学家冷冷地说："所有的生活都是合理的，我们没必要互相理解。"

法国元首还想说什么，美国总统已失去了耐心："好了，不要对牛弹琴了！您还看不出来这是怎样一群毫无责任心的人？还看不出这是怎样一群骗子？他们声称为全人类的利益而研究，其实只是拿社会的财富满足自己的欲望，满足他们对那种玄虚的宇宙和谐美的变态欲望，这和拿公款嫖娼有什么区别！"

丁仪挤上前来拍拍他的肩膀，笑着说："总统先生，科学发展到今天，终于有人对它的本质进行了比较准确的定义。"

旁边的松田诚一说："我们早就承认这点，并反复声明，但一直没人相信我们。"

交　换

生命和真理的交换开始了。

第一批八位数学家沿着长长的坡道向真理祭坛上走去。这时，沙漠上没有一丝风，仿佛大自然屏住了呼吸，寂静笼罩着一切，刚刚升起的太阳把他们的影子长长地投在沙漠上，那几条长影是这个凝固的世界中唯一能动的东西。

数学家们的身影消失在真理祭坛上，下面的人们看不到他们了。所有的人都凝神听着，他们首先听到祭坛上传来排险者的声音，在死一般的寂静中这声音很清晰：

"请提出问题。"

接着是一位数学家的声音："我们想看到费尔玛和哥德巴赫两个猜想的最后证明。"

"好的，但证明很长，时间只够你们看关键的部分，其余用文字说明。"

排险者是如何向科学家们传授知识的，以后对人类一直是个谜。在远处的监视飞机上拍下的图像中，科学家们都在仰起头看着天空，而他们看的方向上空无一物。一个被普遍接受的说法是：外星人用某种思维波把信息直接输入到他们的大脑中。但实际情况比那要简单得多：排险者把信息投射在天空上，在真理祭坛上的人看来，整个地球的天空变成了一个显示屏，而在祭坛之外的角度什么都看不到。

一个小时过去了，真理祭坛上有个声音打破了寂静，有人说："我们看完了。"

接着是排险者平静地回答："你们还有十分钟的时间。"

真理祭坛上隐隐传来了多个人的交谈声，只能听清只言片语，但能清楚地感受到那些人的兴奋和喜悦，像是一群在黑暗的隧道中跋涉了一年的人突然看到了洞口的光亮。

"……这完全是全新的……""……怎么可能……""……我以前在直觉上……""……天啊，真是……"

当十分钟就要结束时，真理祭坛上响起了一个清晰的声音："请接受我们八个人真诚的谢意。"

真理祭坛上闪起一片强光。强光消失后，下面的人们看到八个等离子体火球从祭坛上升起，轻盈地向高处飘升，它们的光度渐渐减弱，由明亮的黄色变成柔和的橘红色，最后一个接一个地消失在蓝色的天空中，整个过程悄无声息。从监视飞机上看，真理祭坛上只剩下排险者站在圆心。

"下一批！"他高声说。

在上万人的凝视下，又有十一个人走上了真理祭坛。

"请提出问题。"

"我们是古生物学家，想知道地球上恐龙灭绝的真正原因。"

古生物学家们开始仰望长空，但所用的时间比刚才数学家们短得多，很快有人对排险者说："我们知道了，谢谢！"

"你们还有十分钟。"

"……好了，七巧板对上了……""……做梦也不会想到那方面去……""……难道还有比这更……"

然后强光出现又消失，十一个火球从真理祭坛上飘起，很快消失在沙漠上空。

……

一批又一批的科学家走上真理祭坛，完成了生命和真理的交换，在强光中化为美丽的火球飘逝而去。

一切都在庄严与宁静中进行。真理祭坛下面，预料中生离死别的景象并没有出现，全世界的人们静静地看着这壮丽的景象，心灵被深深地震慑了，人类在经历着一场有史以来最大的灵魂洗礼。

一个白天的时间不知不觉过去了，太阳已在西方地平线处落下了一半，夕阳给真理祭坛洒上了一层金辉。物理学家们开始走向祭坛，他们是人数最多的一批，有八十六人。就在这一群人刚刚走上坡道时，从日出时一直持续到现在的寂静被一个童声打破了。

"爸爸!"文文哭喊着从草坪上的人群中冲出来,一直跑到坡道前,冲进那群物理学家中,抱住了丁仪的腿,"爸爸,我不让你变成火球飞走!"

丁仪轻轻抱起了女儿,问她:"文文,告诉爸爸,你能记起来的最让自己难受的事是什么?"

文文抽泣着想了几秒钟,说:"我一直在沙漠里长大,最……最想去动物园,上次爸爸去南方开会,带我去了那边的一个大大的动物园,可刚进去,你的电话就响了,说工作上有急事,那是个野生动物园,小孩儿一定要大人们带着才能进去,我也只好跟你回去了,后来你再也没时间带我去。爸爸,这是最让我难受的事儿,回来的飞机上我一直在哭。"

丁仪说:"但是,好孩子,那个动物园你以后肯定有机会去,妈妈以后会带文文去的。爸爸现在也在一个大动物园的门口,那里面也有爸爸做梦都想看到的神奇的东西,而爸爸如果这次不去,以后真的再也没机会了。"

文文用泪汪汪的大眼睛呆呆地看了爸爸一会儿,点点头说:"那……那爸爸就去吧。"

方琳走过来,从丁仪怀中抱走了女儿,眼睛看着前面矗立的真理祭坛说:"文文,你爸爸是世界上最坏的爸爸,但他真的很想去那个动物园。"

丁仪两眼看着地面,用近乎祈求的声调说:"是的,文文,爸爸真的很想去。"

方琳用冷冷的目光看着丁仪说:"冷血的基本粒子,去完成你最后的碰撞吧,记住,我绝不会让你女儿成为物理学家的!"

这群人正要转身走去,另一个女性的声音使他们又停了下来。

"松田君,你要再向上走,我就死在你面前!"

说话的是一位娇小美丽的日本姑娘,她此时站在坡道起点的草地上,把一支银色的小手枪顶在自己的太阳穴上。

松田诚一从那群物理学家中走了出来,走到姑娘的面前,直视着她的双眼说:"泉子,还记得北海道那个寒冷的早晨吗?你说要出道题考验我是否真的爱你,你问我,如果你的脸在火灾中被烧得不成样子,我该怎么办?我说我将忠贞不渝地陪伴你一生。你听到这回答后很失望,说我并不是真的爱你,如果我真的爱你，就会弄瞎自己的双眼，让一个美丽的泉子永远留在心中。"

泉子拿枪的手没有动，但美丽的双眼噙满了泪水。

松田诚一接着说："所以，亲爱的，你深知美对一个人生命的重要。现在，宇宙终极之美就在我面前，我能不看她一眼吗？"

"你再向上走一步我就开枪！"

松田诚一对她微笑了一下，轻声说："泉子，天上见。"然后转身和其他物理学家一起沿坡道走向真理祭坛。身后清脆的枪声、脑浆溅落在草地上的声音和柔软的躯体倒地的声音，都没使他回头。

物理学家们走上了真理祭坛那圆形的顶面，在圆心，排险者微笑着向他们致意。突然间，映着晚霞的天空消失了，地平线处的夕阳消失了，沙漠和草地都消失了，真理祭坛悬浮于无际的黑色太空中，这是创世前的黑夜，没有一颗星星。排险者挥手指向一个方向，物理学家们看到在遥远的黑色深渊中有一颗金色的星星，开始它小得难以看清，后来由一个亮点渐渐增大，开始具有面积和形状，他们看出那是一个向这里飘来的旋涡星系。星系很快增大，显出它磅礴的气势。距离更近一些后，他们发现星系中的恒星都是数字和符号，它们组成的方程式构成了这金色星海中的一排排波浪。

宇宙大统一模型缓慢而庄严地从物理学家们的上空移过。

……

当八十六个火球从真理祭坛上升起时，方琳眼前一黑，倒在草地上。她隐约听到文文的声音："妈妈，那些哪个是爸爸？"

最后一个上真理祭坛的人是史蒂芬·霍金。他的电动轮椅沿着长长的坡道慢慢向上移动，像一只在树枝上爬行的昆虫。他那仿佛已抽去骨骼的绵软身躯瘫陷在轮椅中，像一支在高温中变软且即将熔化的蜡烛。

轮椅终于开上了祭坛，在空旷的圆面上开到了排险者面前。这时，太阳落下了一段时间，暗蓝色的天空中有零星的星星出现，祭坛周围的沙漠和草地模糊了。

"博士，您的问题？"排险者问。对霍金，他似乎并没有表示出比对其他人更多的尊重，他面带毫无特点的微笑，听着博士轮椅上的扩音器中发出的呆板的电子声音："宇宙的目的是什么？"

天空中没有答案出现。排险者脸上的微笑消失了，他的双眼中掠过了一丝不易觉察的恐慌。

"先生？"霍金问。

仍是沉默。天空仍是一片空旷，在地球的几缕薄云后面，宇宙的群星正在涌现。

"先生？"霍金又问。

"博士，出口在您后面。"排险者说。

"这是答案吗？"

排险者摇摇头："我是说您可以回去了。"

"你不知道？"

排险者点点头说："我不知道。"这时，他的面容第一次不再是一个人类符号，一片悲哀的黑云罩上这张脸，这悲哀表现得那样生动和富有个性，以至于谁也不怀疑他是一个人，而且是一个最平常因而最不平常的普通人。

"我怎么知道？"排险者喃喃地说。

尾　声

十五年之后的一个夜晚，在已被变成草原的昔日的塔克拉玛干沙漠上，有一对母女正在交谈。母亲四十多岁，但白发已过早地出现在她的双鬓，从那饱经风霜的双眼中透出的，除了忧伤，就是疲倦。女儿是一位苗条的少女，大而清澈的双眸中映着晶莹的星光。

母亲在柔软的草地上坐下来，两眼失神地看着模糊的地平线说："文文，你当初报考你爸爸母校的物理系，现在又要攻读量子引力专业的博士学位，妈都没拦你。你可以成为一名理论物理学家，甚至可以把这门学科当做自己唯一的精神寄托，但，文文，妈求你了，千万不要越过那条线啊！"

文文仰望着灿烂的银河，说："妈妈，你能想象，这一切都来自于二百亿年前一个没有大小的奇点吗？宇宙早就越过那条线了。"

方琳站起来，抓着女儿的肩膀说："孩子，求你别这样！"

文文双眼仍凝视着星空，一动不动。

"文文，你在听妈妈说话吗？你怎么了？"方琳摇晃着女儿。文文的目光仍被星海吸住收不回来，她盯着群星问："妈妈，宇宙的目的是什么？"

"啊……不——"方琳彻底崩溃了，又跌坐在草地上，双手捂着脸抽泣着，"孩子，别，别这样！"

文文终于收回了目光，蹲下来扶着妈妈的双肩，轻声问道："那么，妈妈，人生的目的是什么？"

这个问题像一块冰，使方琳灼热的心立刻冷了下来。她扭头看了女儿一眼，然后看着远方深思。十五年前，就在她看着的那个方向，曾矗立过真理祭坛，再早些，爱因斯坦赤道曾穿过沙漠。

微风吹来，草海上泛起道道波纹，仿佛是星空下无际的骚动的人海，向整个宇宙无声地歌唱着。

"不知道，我怎么知道呢？"方琳喃喃地说。

宇宙光点明灭间的灿然与超然

——《朝闻道》中人类殉道始末与宇宙终极哲学

薛钦文

刘慈欣的作品常以表现技术的宏大美感为宗旨呈现出硬科幻的典型范式，在《朝闻道》中，技术之美虽也层出不穷，然而，一种更为形而上的概念凌驾于科技之上，成就了整部作品的基调。《朝闻道》中，无论是人物的塑造还是故事的架构，甚至其中更深层的寓意和思考全部基于对人类求知精神的礼赞，正如小说的题目，展现了一种崇高和超脱之美。

《朝闻道》是刘慈欣早期的科幻创作。与同时期的其他作品一样，《朝闻道》不吝以巨大的篇幅描写技术的壮美绮丽，用密集式的知识推演，展现令人眼花缭乱的未来世界。不同的是，在畅快地展现技术之美和无边的想象之时，一种宗教式的殉道主义悄然夺占了整部作品的基调，也恰与作品的题目绾结，道出了作者对科学真理有如殉道者一般的追求。韩松曾在《我为什么欣赏刘慈欣》中评价道："他（刘慈欣）写一些技术味道很浓的科幻，但是，后面的东西，骨子里的东西，其实是形而上的。在《朝闻道》中，这种情感表露得最无遗的了。也就是有一种哲学上的意味，宗教上的意味。"[1]

《朝闻道》叙述了人类科技发展到一定程度后建造了最大的粒子加速器——爱因斯坦赤道。科学家们将借助它寻找宇宙的大一统模型。在爱因斯坦赤道即将启动的前一天，主人公丁仪和他的妻女在爱因斯坦赤道中完成了

"环球旅行"实验。而当他回到实验室，沉浸于虚幻缥缈的梦境中时，一个比梦还虚幻的场景将其拉回了现实——环绕地球的加速器突然蒸发了！加速器的发射台上长满了青翠欲滴的绿草，与沙漠的自然环境格格不入。此时，出现了一个自称是宇宙排险者的外星文明。作为高级文明的代言人，他告诉科学家们，加速器运行产生的能量将会导致真空衰败，届时地球、银河、甚至宇宙都将归于毁灭。科学家还从排险者的口中得知他们那里的文明已经获得了宇宙大一统模型，但因为"知识密封原则"无法传达给人类。为了获得宇宙大一统的奥秘，科学家们决定与排险者做一个交易，用自己的生命换取真理，以确保知识密封。最终，排险者答应了，在沙漠上建起了真理祭坛，让想要知道宇宙奥秘的科学家们走上祭坛获得真理，随后在十分钟后毁灭。越来越多的科学家走上了祭坛，化作天空中的明亮火焰越飞越高。科学界的泰斗霍金坐着轮椅颤颤巍巍地登上了祭坛，他问出了最后一个问题："宇宙的目的是什么？"真理祭坛沉默了，排险者脸上的微笑消失了，他悲哀地意识到自己也无法回答这个问题。于是，一场轰轰烈烈的殉道仪式宣告结束。很多年后，丁仪的女儿成长为新一代物理学家，她仰望着星空，问出了当年霍金的问题。她接着发问："人生的目的是什么？"她的母亲也和排险者一样茫然无措。故事结束。

一、人物·殉道

《朝闻道》作为一个短篇小说，出场人物众多，有为真理不惜自我毁灭的科学家群像，有贴近现实的科学家亲人与爱人的形象，有自诩为民代言用国家利益约束科学家的国家元首、政客，有拥有高级文明用上帝般的目光俯视地球生命的外星高智能生物。以下分析几个较为重要的文学形象。

《朝闻道》以丁仪一家三口在量子加速器中的"环球旅行"为开端展开故事。丁仪在刘慈欣的六部小说中都出现过，形象大同小异，他是一个有科学信仰的精英，是一个天赋异禀的科学家，是刘慈欣心中一类科学家的代表，名为丁仪是取"定义"的谐音。刘慈欣笔下的人物大都属于类型化的人物，主要是为了推动情节发展而安插的，丁仪也不例外。刘慈欣曾说："科幻文学并没有抛弃人物，但人物的形象和地位与主流文学相比已大大降低。"[2]在他看来，人物并没有必要有丰富的层次和内涵，越是具备自我生命力的人物越可能冲淡科幻的成分。不过，在《朝闻道》中，丁仪的形象略有不同，作品一开场就展现了他与妻女的一段对白，借此道出了人物的内心世界。在丁仪看来物理甚至占据了自己的全部，只好"挤"出些许缝隙给自己的妻女，他"实在没有办法"。从中我们可以窥见他面对世俗情感和自我信仰拉扯之时的不安与纠结，他并不冷酷无情，只是物理已经如同神灵一般根植于他的精神世界，以至于家庭在他心中只能挤出一个小小的空间。而当丁仪走上真理祭坛之时，文文哭喊着不要他变成火球飞走的时候，我们似乎已看不到他内心的波动，能够预料到他已变得理性自我，将家国置身事外。令人想不到的是，他停下了脚步，转过身来轻轻抱起了女儿，安抚她，并试图让她明白自己要做的事。那一刻，他又重新回归到父亲的角色，周身散发着温柔的光彩。可见丁仪在此篇中是颇具人性的，只是面对物理时变成了狂热的教徒。小说为了将其推向科学殉道者的前端，总是展现他冷峻的理性和近乎无情的一面，但对于他内心深层的波动还是在字里行间点染了数笔。这样的叙述方式更能反衬出丁仪对科学的狂热，也能让我们窥探到他一步步走上神坛的内心道路，从而对这个角色更加地理解和包容。面对人类情感与科学真理的对立，丁仪毅然决然地选择了却生前身后事，用生命换取真理。他给文文打了去动物园的比方，说自己这次如果不去，以后再也没有机会了。语言简单却力度惊人，说出了他全部的人生信仰——朝闻道（知识），夕死可矣。丁仪其实早就做好了准备，只是一直在等这个契机而已。这是一次朝拜的体验，无关道德，却于个体而言伟大至极，暗含着一种超凡脱俗的宗教体验。刘慈欣曾借用康德语录表示：敬畏头顶的星空，但对心中的道德不以为然。[3]也许这正是人类的好奇又崇高的天性使然。面对无限奥秘的宇宙，丁仪拥有孩子般的天真，他明白自己在天地间如同蜉蝣一般朝生夕死，自我的存在不过火光乍现的一瞬，而真正广阔和美妙的是内心与宇宙的神交。这个将物理科学的神圣性无限放大的学者在面对真理祭坛时抛却了世间情感、国家利益、集体荣耀正如踏过一粒微尘一样毫无挂碍。

　　文中着墨较多的另一个科学家是日本物理学家松田诚一。他首次出场是在发现加速器被蒸发后通知睡梦中的丁仪，面对加速器的消失，他面色苍白，手微微颤抖，情感波动剧烈。第二次出场是在得知他们永远无法知道宇宙真理之时，且看他在草地上瘫坐下来，说："在一个不可知的宇宙里，我的心脏懒得跳动了。"松田诚一的第三次出场直接酿成了一个凄婉的悲剧。与前两次行为状态迥异，松田诚一能够不顾美丽爱人的自杀式的劝阻，微笑着、毅然决然地走上了祭坛。这一幕相信看过此篇作品的读者都颇为震撼。松田诚一这个人物能够从另一角度将科学家这一群体形象的精神理念更加"形而上"。不同于丁仪的温和与一丝纠结，他表现得更为冷酷无情，像发条驱动着的机器一般走向了自己的终点。他是真正诠释了"生命诚可贵，爱情价更高，若为'真理'故，二者皆可抛"的科学狂人。如果说丁仪的殉道在妻女的挽留当中还不够决绝与震撼的话，松田诚一的出现让人们在叹息一个美丽生命消失之时，了解到殉道的含义——一种自私的自我救赎。对松田诚一毫无"人性"的描写，刘慈欣曾在与江晓原的对话中说："当我写科幻的时候就变得残酷了。"刘慈欣的思想无疑是前卫的，纯粹的，与现实剥离的，就科幻而科幻的。也正因为这种纯粹才能让我们沉浸在他精心建构的科幻世界中思接千载，视通万里。

　　文中最后一个科学家形象是代表物理界学术权威的霍金先生。在刘慈欣笔下，霍金是站在人类科学金字塔顶端的老人。文中的描写生动传神而又有些滑稽怪诞，把霍金坐轮椅缓慢走上真理祭坛比作一只昆虫在树枝上爬行。在真理祭坛面前这位人类科学的精英巨擘身体是那样的脆弱无力："他那仿佛已抽去骨骼的绵软的身躯瘫陷在轮椅中，像一支在高温中变软且即将熔化的蜡烛。"即便如此，他还是为了获取真理成为了最后一个登上祭坛的殉道者。霍金的形象象征着人类文明之于宏大宇宙的弱小与不屈。而当霍金问道："宇宙的目的是什么"时，天空中一片空旷，真理祭坛没有给出答案，排险者呆愣在那里无所适从。人类借助霍金之问扳回了一局，在科学世界霍金的魅力正是如此。

　　此篇还有一个重要的角色——宇宙排险者，这个有趣的人物一出场就用人类无法企及的科技震慑了地球上的科学家们，导致之后真理祭坛的出现。关于地外生命与地球人的关系，此篇的构思十分有趣，它既不像《三体》那样的掠夺与反抗关系，也不是《赡养上帝》中"上帝文明"对人类友爱却复杂暧昧的关系，而是一种监护与被监护的关系。在排险者看来，地球文明不过是"婴儿"级别的，地球文明的崛起是幼儿在大人监护下的一次玩火，即便这样也非常危险，所以要在出现危险趋势之前，阻止人类文明的演进。排险者来到低级文明的地球，以上帝般的姿态凌驾于人类精英之上，却在被问及宇宙终极问题之时，出现了戏剧性的尴尬变脸。即便他们掌握了最核心的宇宙大统一模型还是无法回答这个旷世之问。或许他们的文明之外，还有更高阶的文明，抑或他们也无法回答这个问题。作者在这一幕之后顿转笔锋，将视线穿梭到十五年后，给读者留下了无尽的想象空间。而排险者这个无所不知的高等文明生命形象也在被打破"智慧"的神话后转瞬间土崩瓦解。

刘慈欣在《朝闻道》中通过他者角度描绘了拥有人类最高智慧的科学家群像，为我们展现了人类精英的殉道之路。从真理的祭坛的搭建到人类走上祭坛又归于毁灭，这段在现实中极为漫长的历史被他浓缩在短短数天之内，诉说了一段宗教仪式的始末，也让我们欣赏到刘慈欣那大气恢宏又善抓细节的强悍笔触。

二、宇宙·终极

科幻小说中常常包含着对"人性"（伦理＋宗教）和科学的复杂观照，刘慈欣的科幻作品中对人性和科学之间的纠葛表现得更为深刻，与耀眼的高科技紧紧相连的是人的上下求索、挣扎斗争，而刘慈欣在其中总是以一种上帝般的视角鸟瞰着这个残酷的世界，给人性与科学的裂缝中注入温暖的暗流。

小说题目出自《孔子·里仁第四》子曰："朝闻道，夕死可矣"，是大家耳熟能详的名句。孔子在此仅仅是为了阐明道在他心中的至高无上的地位，而在刘慈欣笔下，闻道赴死却化作了震慑人心的真实画面，让世人为之惊叹。刘慈欣的目光无疑是在宇宙深处的，他的视线凝结于斯，思想迸发于斯。《朝闻道》通过描写科学家与排险者的交锋，与国家元首的辩论，与亲人、爱人的诀别，逐渐道出了刘慈欣心中的宇宙之道，也构筑起人类认知范畴外的宇宙哲学。正如刘慈欣所言，"科学之美一旦展现在人们面前，其对灵魂的震颤和净化的力量是巨大的。"[4]文中科学家们用生命换取真理那样飞蛾扑火似的疯狂举动，在排险者看来是人类唯一明智的举措。所以他们的殉道之举，也得到了排险者的认同，并帮助他们建筑起真理祭坛。

人的生命对于宇宙而言不过光点明灭的一瞬，与其在懵懂无知中苟活，不如在明道后消失。这也是宗教中宣扬的终极归宿——永生或灭迹。《朝闻道》中殉道的科学家们在地面上的人性已逐渐淡化，取而代之的是为宇宙真理殉道的无畏精神，好像电光石火的一记明灭，虽然转瞬消失但光线却延展到无尽的宇宙虚空中去，从这个意义上说科学家既能获得宇宙真理，又能在宇宙中产生一丝生命的璀璨明灭，已经是明智的不能再明智了。所以文中排险者说："现在你们应该明白，对宇宙终极真理的追求，是文明的最终目标和归宿。"正好能与《三体》中那一句对白"你很幸运，这世界大多数人到死都没有向尘世之外瞥上一眼"相照应。文中提到人类的一次仰望能够触发排险者设置的警报系统，引起高级生命的恐慌，这恰恰说明人类文明具有能在短时间内厚积薄发的强大力量，也暗示了人类跨越无知之后的必然道路。科学精英群体的毁灭，之于宇宙不过微尘在阳光下闪耀的一瞬，而这种光彩之于人类则是璀璨夺目的，因为它是精神信仰的又一次胜利。刘慈欣始终强调科幻文学需要"超越自恋"反对"人本主义"，在他看来，科幻描写的重点应该是人与自然的关系，甚至可以隐去人，将物或意识作为主角。所以就会有冷酷理性的科学家、将情感扼杀于摇篮的外星人等角色。而科学家们不将自己流于世俗名、利、情、欲的做法或许正接洽了庄子笔下至人、神人、圣人的浪漫。他们一个个变作火球越飞越高的同时也宣告着人类文明星火正在点燃，朝着信仰的终极前行。

作品的尾声，刘巧妙地设计了"宇宙的目的是什么"这个终极问题，并借助霍金之口问出来。自古以来，人们的好奇心首要关注的正是宇宙星空。一直以来人们总是从自我出发将关注点围绕在人与自然、人与人和人自身的问题，却没有人询问星空的目的、宇宙的目的，这个命题可以说虚空玄远，也难怪排险者听后会出现充满戏剧性的变脸。也许，再完美的科技也无法回答这样一个宗教哲学范畴的问题。

《朝闻道》这部小说通过巧妙的构思，完整的情节叙述，对技术的精细描绘，极富张力的冲突处理，贯穿始终的对于宇宙、人生的思考成为不亚于鸿篇巨制的宏大作品。整部作品由"朝闻道"这一名句起势逐步架构起一个概念清晰、颇具气势的故事，借由该故事表达了对不懈追求科学极致的一群科技狂人的精神礼赞。

故事尾声，已经成长为新一代物理学家的文文（丁仪女儿）再次问起了"人生的目的是什么"这一终极问题，标志着人类探索宇宙的脚步不会因为一批科学精英的消逝而止步，而是前仆后继，仰望星空，探寻宇宙大一统的奥秘。这也是刘慈欣希望看到的结果。对于文中设计的终极问题，刘慈欣曾回答自己也不知道。他曾在访谈中强调："写科幻的人应该让自己的世界观处于一种飘忽不定的状态，要是太坚定什么都想看清了，写什么小说都很难出彩，尤其是科幻文学，写的就是人类的迷茫和探索。至于我自己，对人类社会并没有板上钉钉的看法，可能在这本书里是这样，在另外一本书里又是那样。"[5] 正是这样有意识的"飘忽不定"的创作思维，成就了刘慈欣心中的科幻世界，也成就了刘慈欣一系列优秀的硬科幻作品。

参考文献

[1] 韩松. 我为什么欣赏刘慈欣 [J]. 异度空间，2004（2）.

[2] 刘慈欣. 超越自恋——科幻给文学的机会 [J]. 山西文学，2009（7）.

[3] 刘慈欣，江晓原. 人类为什么还值得拯救 [J]. 新发现，2007（11）.

[4] 刘慈欣. 我的科幻之路上的几本书 [N]. 南方周末，2007-09-03.

[5] 刘慈欣. 我知道，意外随时可能出现 [J]. 新发现，2011（1）.

（薛钦文：文学博士，中国科学技术信息研究所博士后）

混沌蝴蝶

刘慈欣

混沌学的现代研究使人们渐渐明白，十分简单的数学方程完全可以模拟系统如瀑布一样剧烈的行为。输入端微小的差别能够迅速放大到输出端，变成压倒一切的差别，这种现象被称为"对初始条件的敏感性"。例如，在天气系统中，这种现象以趣称为"蝴蝶效应"而闻名。意思是说，今天一只蝴蝶在北京拍动一下空气，就足以使纽约产生一场暴雨。

在民谣中对类似现象早有描述：

> 少了一颗钉子，丢了一块蹄铁；
>
> 少了一块蹄铁，丢了一匹战马；
>
> 少了一匹战马，丢了一个骑手；
>
> 少了一个骑手，丢了一场胜利；
>
> 少了一场胜利，丢了一个国家。

——詹姆斯·格莱克《混沌学》

3月24日，贝尔格莱德

四岁的卡佳是在儿童医院五楼的病房中听到最初的几声爆炸的，她看看窗外，夜空依旧。比爆炸声更响、更可怕的是楼内人们纷乱的脚步声，仿佛使整座楼都颤抖了。这时，妈妈艾琳娜抱起卡佳跑出去，混在楼道中的人群里向地下室跑去，而同她们一起跑出病房的父亲亚历山大和他那位叫烈伊奇的俄国朋友同他们分开，逆着人流向楼上跑去。艾琳娜没有注意他们，她这一年来把全部身心都放在了卡佳身上。为了把女儿从尿毒症中拯救出来，她把自己的一个肾移植给了卡佳。今天是卡佳出院的日子，女儿获得新生带给她的喜悦使她对战争的爆发不太在意了。

但对亚历山大来说就大不一样了。爆炸声响过之后，战争将占据他的全部生活。这时，他和烈伊奇站在露天的楼顶上，环视着远方刚刚出现的几处火光，仰望着高射炮的曳光弹在夜中写下的一串串明亮的省略号。

"有一个笑话，"亚历山大说，"说的是一家人，有一个漂亮任性的女儿。有一天，这家旁边建了一个兵营，驻扎了很多放荡不羁的大兵，那些大兵经常挑逗那姑娘，这令他的父亲忧心忡忡。有一天，有人告诉他，他女儿怀孕了！他听后长松一口气，欣慰地说：很好，总算发生了。"

"这不是一个俄国式的笑话。"烈伊奇说。

"开始我也不太理解，但现在理解了，你害怕已久的事终于发生了，有时是一种解脱。"

"你不是神，亚历山大。"

"这点总参谋部和国防部的那帮混蛋已提醒过我了。"

"这么说你找过政府了？他们不相信你能找到大气敏感点？"

"你相信吗？"

"以前也不信，但看到你的数学模型的运转后有些信了。"

"那里没人会仔细看那个数学模型，但他们主要是不相信我这个人。"

"你好像不是反对党。"

"我什么都不是，我对政治没兴趣，也许是因为我在前几年的内战时期说了些不该说的话吧。"

这时，爆炸声停止了，但远方的火光更亮了，火光映照在市内最高的两座建筑上。它们处在萨瓦河的两边，一座是在新区的塞尔维亚社会党总部，它白色的楼体在火光中凸现出来；另一座是"贝尔格莱德人"大厦，它黑色的楼体在火光中时隐时现，看不清形状，仿佛是前者的一个奇怪的镜像。

"从理论上说，你的模型也许能行，但你想过没有，要计算出一个可作用于这个国家天气的敏感点，并计算出作用方式，用南斯拉夫所拥有的最快的计算机，大概一个月也完成不了一次计算。"

"这正是我找你的原因，我要用你在杜布纳的那一台计算机。"

"你凭什么肯定我会答应？"

"我没肯定。不过你爷爷是铁托的军事顾问，在苏捷斯卡战役中负过伤。"

"好吧。但我如何得到全球大气的初始数据呢？"

"这是公开的，从国际气象网络上就能下载。这是全球所有气象卫星，以及参加国际气象观测网的地面及海面观测点的实时数据汇总，量很大，用电话线不行，你至少要有一条传输率大于一兆的专线。"

"这我有。"

亚历山大把一个小号码箱递给烈伊奇，"神需要的一切都在这里面，最重要的是那块光盘，上面刻录了我的大气模型软件，有六百多兆字节，一块盘刚能存下，是没编译过的 C 语言原码，在你们那台大机器上应该能运行的。还有一部卫星电话，以及同这部电话相连的一个经过改装的 GPS 全球卫星定位系统，通过这个，你就能看到我在全球任何一处的精确位置。"

烈伊奇接过箱子说："我连夜走，到罗马尼亚去赶飞往莫斯科的班机。顺利的话，明天的这个时候我就能用卫星电话告诉你那个神奇的敏感点，但我很怀疑它的效应真能按预定被放大，呼风唤雨毕竟是神的事。"

烈伊奇走后，亚历山大同妻子和女儿离开医院回家。车到萨瓦河与多瑙河的交汇处时，亚历山大把车停下，他们三人下车，默默地看着夜中的河水。

亚历山大沉默了好一会儿才开口说："我说过，战争一爆发我就要离开家的。"

"你是害怕炸弹吗，爸爸？带我走吧，我也怕，它的声儿真大！"卡佳说。

"不，亲爱的，我是去想法不让炸弹落到我们的土地上。爸爸去的地方可能很远，不能带卡佳，事实上，爸爸现在也不知要去哪儿。"

"那你有什么办法不让炸弹落下来呢？你能召集强大的军队来保卫我们吗？"

"用不着，卡佳。爸爸只是在某个特定的时间，在地球上某个特定的地方，干某件特定的小事，比如说泼一盆热水或抽一支雪茄，就能让整个南斯拉夫笼罩在阴云和大雾中，让投炸弹的人和炸弹都看不到目标！"

"干嘛跟孩子说这些？"艾琳娜说。

"不要紧的，她就是说出去也没人相信，包括你。"

"一年前，你曾到澳大利亚的海岸开动一架大鼓风机，并认为这能使干旱的埃塞俄比亚下大雨……"

"那次我是没成功，但并非是因为我的理论和数学模型有误，而是因为我没有足够快的计算机，等敏感点计算出来时，全球大气的演变早已使它不敏感了！"

"亚历山大，你一直生活在自己的梦里。我不拦你，我就是被你的这些梦想打动才嫁给你的……"回首往事，艾琳娜黯然神伤。她出生在一个波黑穆斯林家庭，五年前，当她逃出被围困的萨拉热窝、同这个塞族的大学同学结合时，她那顽固的父亲和哥哥差点儿用冲锋枪杀了她。

把艾琳娜和卡佳送回家后，亚历山大驱车前往罗马尼亚，路很不好走，战争使路上多了许多关卡，还经常塞车，他在第二天中午才通过边境。后面的路好走了许多，他在天没黑时就到达了布加勒斯特机场。

3月25日，杜布纳

莫斯科正北方向一百多公里处，有一个小镇。在那里，看不到莫斯科的颓废和衰落，整洁的小镇坐落于美丽的绿荫和草地之中。这里时光停止了流动，可以看到列宁的塑像，在小镇的出口，那条穿过伏尔加河底的隧道口上方，还有苏联时代的一行大字"劳动光荣"。小镇有六万人口，几乎全部是科学家。这座小镇叫杜布纳，是苏联的高科技和核武器研究中心。

小镇中有一座新建的楼房，外表精致前卫，同周围那些苏联时代的建筑形成鲜明对比。小楼二层是一个全封闭的机房，机房内居然有一台美国造的克雷巨型计算机。它虽然型号较老，但也属于当时"巴统协议"严格禁止向东方出口的设备。四年前，美、英、德、法等国提供资金，同俄罗斯联合建立了一个高科技研究中心，想以优厚的待遇和良好的研究环境吸引俄罗斯国内科学家，以阻止那些每月只能挣一百多美元的俄国核科学家流向非西方国家，同时西方还能同俄罗斯共享中心的研究成果。这座楼房就是研究中心在杜布纳的一个分部。由于俄罗斯的大型计算机结构落后、操作困难，美国人在这里安装了这台克雷巨型机，巨型机由美国工程师控制，在上面运行的软件都经过他们的审查。如果这台计算机有感觉的话，它一定会感到孤独，因为它在这儿安家的三年时间里，绝大部分时间只是在空转和定时自检，只有在杜布纳的莫斯科大学电子学院的几个研究生通过一楼的终端传给它几个计算程序，那些东西，它用熟睡时残留的神经就能解决。

这天深夜，克雷计算机收到了一个 C 语言原码软件和要求对其进行编译的指令。这个软件很庞大，事实上，是它见过的最大的软件，但这并没有使它兴奋。它见过很多几百万行甚至几千万行的大程序，运行后才知其中大部分是机械的循环和像素转换，最后只是生成一个乏味的三维模型动画。它启动了编译器，漠然地把一行行 C 代码翻译成由 0 和 1 组成的它自己的语言，把那长得难以想象的 01 链放到外存中。它刚刚完成编译，立刻收到了执行的命令，它迅速把那刚吐出的 01 堆成的高山吸回内存，并从那堆庞大的乱麻中抽出了一根细细的线头，程序开始执行了。克雷机倒吸了一口冷气，呼啦一下，那个程序瞬间生成了一百多万个高阶矩阵、三百多万个常微分方程和八百多万个偏微分方程！这些数学怪物张着贪婪的大嘴等待着原始数据。很快，从另一个 10 兆速率的入口，一股数据洪流汹涌而入，克雷机能隐约分辨出组成洪流的分子，它们是一组组的压力、温度和湿度参数。这原始数据的洪流如炽热的岩浆，注入了矩阵和方程的海洋，立刻一切都沸腾起来！克雷机一千多个CPU满负荷运行，内存里广阔的电子世界中，逻辑的台风在呼啸，数据大洋上浊浪滔天……这种状态持续了四十多分钟，这在克雷机看来有几个世纪那样长。它终于松了一口气，它的能力用到极限，刚刚能控制这个疯狂的世界。台风弱下来，大洋也渐渐平静。又过了一会儿，台风消失了，大洋凝固，且急剧缩小。最后，它的精华凝结成一粒微小的数据种子，在内存无边的虚空中发出缕缕金光，化作几行数据显示在一楼的一台终端的屏幕上。

屏幕前，烈伊奇拿起了卫星电话。

"第一个敏感点已出现，现正在由西经13度和15度、北纬22度和25度围成的区域内徘徊。作用方式：使该敏感点急剧降温。那里是，我看看，哦，去非洲吧，亚历山大！"

3月27日，非洲，毛里塔尼亚

直升机低空掠过炎热的沙漠，热浪让亚历山大窒息。但这个黑人飞行员却满不在乎，一路说个不停。他对这个奇怪的白人很感兴趣，从努瓦克肖特机场一下班机，这人就租了他的轻型直升机，然后从机场旁的一家饭店里买了一个冰柜，又买了一大块冰放到冰柜中，把冰柜放进直升机，还带了一把大铁锤。这人说不出目的地，只是让直升机按他指的方向向内地沙漠飞去。一路上，他一直把一部形状奇怪的大电话放在耳边，那电话还连着一个像游戏机一样的东西，飞行员在为一支铜矿勘探队工作时见过那东西，知道它是全球卫星定位仪。

"嗨，朋友，你好像是从开罗来的？"飞行员在发动机的轰鸣声中用生硬的法语大声说。

"我从巴尔干来，在开罗换乘飞机。"亚历山大心不在焉地回答。

"你说什么？是巴尔干吗？那儿在打仗呢！"

"好像是吧。"

耳机中，烈伊奇在六千公里外告诉亚历山大，他的位置指示清晰，敏感点现在很稳定，飘移很慢，距他只有五公里了。

"美国人在那里扔了很多炸弹，还有'战斧'导弹，呲——轰！喂，朋友，你知道一枚'战斧'多少钱吗？"

"一百五十万美元吧，我想。"

"亚历山大，注意，只有三千五百米了。"

"哇，白人真阔气，干什么都阔气。那么多钱在这里可以建一个种植园，或一个水库，能养活很多人呢！"

"亚历山大，三千米！"

"美国为什么打仗？你不知道？哦，听说米洛舍维奇在那个叫科索沃的地方杀人，杀了四十多人……"

"两千米，亚历山大，它又飘移了，向左！"

"左转一些！"

"……什么？左转？好。好了吗？"

"好了吗，烈伊奇？"

"呵，过了些。"

"过了些，再向回转一下！"

"你应该说清方位角……好了吗？"

"好了吗，烈伊奇？"

"好了亚历山大，正对，还有一千五百米！"

"好了，把定，谢谢朋友！"

"不用谢。你给的价钱公道！哦，刚才说杀了四十多人，可你记得吗？前两年非洲也在杀人……"

"一千米！"

"……在卢旺达……"

"五百米！"

"……杀了五十万人……"

"一百米！"

"……谁管了？"

"亚历山大，你在敏感点上了！"

"降落！"

"……你们大概已经忘了那事儿……什么，降落？在这儿？好的！但愿沙子别把滑橇陷住……好了，你到了，等会儿再出去，你会迷了眼的！"

亚历山大同黑人飞行员一起把冰柜抬到沙漠上，然后又把已开始融化的大冰块取出来放到沙漠上。四周，沙漠在热气中微微颤动。

"嘿，这玩意儿烫手啊！"飞行员笑着说。亚历山大在冰块前举起了铁锤。

为了苦难中的祖国，我扑动蝴蝶的翅膀……

他半闭双眼，用塞尔维亚语默诵。然后，他挥动铁锤猛砸冰块，冰块很快碎成一片片晶莹的碎屑，在沙地上迅速融化，如同飞逝的梦幻。一股沁人心肺的凉气升腾扩散开来，很快被这炎热的空气吞没了。

"你到底在干什么，朋友？"飞行员看着这情景，一脸茫然。

"一种仪式，一种图腾仪式，像你们在火上的舞蹈。"亚历山大擦着汗笑着说。

"那这仪式，还有你那神秘的咒语，是向你的神祈求什么？"

"阴雨和大雾，盖住我遥远祖国的阴雨和大雾。"

3月29日，贝尔格莱德

这是卡佳睡得最好的一夜。新移植的肾脏有排异反应，她发起烧来。妈妈让一个当护士的邻居给她注射了从医院带回来的抗排异针剂，她才好了些。更主要的是，昨天晚上爆炸声少多了，只有零星的两三声，公寓楼里的人们也没有半夜钻进地下室待到天亮。第二天，卡佳才知道原因。

这天早晨，卡佳起晚了，虽然已是八点多，但外面天还很黑。卡佳来到阳台上，看到天阴了，天空灰蒙蒙的，树丛间有缕缕雾气在聚集。

"上帝啊……"艾琳娜看到这景象后，低低叫了一声。

"妈妈，是不是爸爸干的？"

"不太可能。不过天要是能连阴半个月的话，就有可能是他干的。"

"爸爸现在在哪儿？"

"不知道。他是一只蝴蝶，在世界的什么地方扑动翅膀。"

"哪有他那么难看的蝴蝶？再说，我不喜欢阴天。"

3月29日，北约空军1362号作战指令

发自：北约盟军空军司令部作战指挥中心

全文转发：南欧盟军司令部，美军南欧特遣部队司令部，第六舰队司令部

EAM 来源和 NM 来源 [①] 的 M441 情报有误（见战场条件数据库 ASD119，气象部分），已更正于 M483 情报。

由此引起 1351、1353、1357 号作战指令变动如下。

以下部分转发前方攻击基地：意大利基地（科米索基地、阿维亚诺基地、利科纳基地、马达莱那岛基地、锡戈内拉基地、布林迪西基地），希腊基地（苏达基地、伊拉克翁基地、雅典基地、敦马科里基地）

并转发：地中海航空母舰战斗群

取消 1351 指令和 1357 指令中所有 B3 类弹药 [②] 攻击，目标群：GH56，IIT773，NT4412，BBH091145，LO88，1123RRT，691HJ。（索引见目标数据库 TAG471）

保留 1353 指令 B3 类弹药攻击，目标群：PA851，SSF67（索引同上）

1351，1353，1357 指令中 A2 类 [③] 攻击指令不变。

以下转发阿维亚诺基地：

增加低空观测航次，对保留的 B3 类弹药攻击进行 AF3 级效果评估。

绝密，原件无副本。

3月29日，杜布纳

"亚历山大，亚历山大！听着，第二个敏感点已形成，在东经 134 度和 133 度、北纬 29 度和 30 度围成的区域内飘移，现在移动速度很快，但正在稳定下来。作用方式：剧烈扰动该点的海水。知道吗，它在海上。"

3月31日，太平洋琉球群岛海面

海面很平静，像蓝色的缎子。这艘小渔船全速行驶着，航迹拖得很长。

在船的后甲板上，两个皮肤很黑的冲绳渔民正在用防水纸包起一捆 TNT 炸药，并用长长的导线把插在炸药上的电雷管同起爆器连起来。亚历山大在

---

① 分别指美国驻欧空军气象情报中心和美国国家气象局。
② 指激光制导炸弹和电视制导炸弹。
③ 指战斧巡航导弹。

旁边看着他们。他们边干活边聊天，由于亚历山大在旁边，他们说的是口音不正但很流利的英语，他们谈的仍是战争，现在全世界都在谈。

"我觉得这对我们有利，"他们中的一个说，"这开了一个先例，将来朝鲜或中国台湾有什么事，我们的七七舰队就和美国人的航空母舰一起浩浩荡荡开过去，那多威风！"

"去他的美国人，我看到他们就讨厌！他们快从冲绳滚蛋吧，他们飞机的声音太难听了！"

"你是笨蛋，从小方面考虑，没有基地，我们的鱼卖给谁？从大方面说，你是日本人，应该为日本的利益着想。"

"这要看话怎么说了，岩田君。我和你不一样，你们家十年前才从九州过来，而我呢，祖祖辈辈都在冲绳。冲绳曾经是一个独立的王国，你们同美国人一样，也是外来者。"

"广濑君，听听你说的这是什么话？那个大田知事不是个东西，他把好多你们这样的人都带坏了……哦，先生，好了。"

亚历山大把包好的炸药搬到船尾，把卫星电话放在耳边等待着。

"先生，您如果真想炸到鱼，听我的话，换个方向吧！"

"我不想炸鱼，只想炸海水。"

"您花了钱，当然愿意怎么干都行。现在到冲绳来的游客中，您这样的怪人越来越多了。"

"亚历山大，亚历山大！你已经在敏感点上了！扰动海水！"

亚历山大把炸药抛入海中。

"当心别让导线缠住螺旋桨！"一个冲绳人大喊。在甲板上盘成一盘的导线被迅速放入海中。亚历山大把手指按在起爆按钮上。

为了苦难中的祖国，我扑动蝴蝶的翅膀……

一声沉闷的巨响从海面下传出，一根高大的水柱从船后三十多米处腾起。在阳光下，白花花的水花很耀眼。水柱落下，海面上涌起大大的水包，但很快一切归于平静。

"我说过，您什么也炸不到的。"一个冲绳人看着那片海面说。

4月1日，贝尔格莱德

"妈妈，连着三天阴天了，这次肯定是爸爸干的！"卡佳站在窗前说。

天上的云层已由前两天的灰白变成了灰黑色，低低地压在城市上空。萨瓦河两边的一白一黑两幢最高建筑的顶部都隐没于云层中，小雨在下着。

艾琳娜仍然摇摇头，"我更相信是上帝干的。"

4月1日，南斯拉夫上空，F117 攻击编队

目标指示机："黑美人黑美人，你已到达目标上空。"

F117："独眼独眼，目标可视度为零，我高度 4500 米，在云层上方。"

目标指示机："我高度 1800 米，在云层下方，刚刚试过激光制导照射，照射点可识别度低于攻击标准，雾太大。"

F117："独眼，测试电视制导。"

目标指示机："正在测试……黑美人，可识别率刚刚达到攻击标准，你必须穿过云层攻击，现在目标上空云底高 2000 米。"

F117："我已做好攻击准备，独眼，请记录攻击效果。"

目标指示机："黑美人黑美人，不能进入低空！云层下炮火很猛，且发现塔马拉迹象①！"

F117："独眼，我仍打算低空攻击，我们不能再次空手而归了！"

目标指示机："黑美人，拉起来！记住指令中的作战原则，格兰特少校，你想上军事法庭吗？"

格兰特把操纵杆拉回怀中，再向右偏，F117 棱角分明的黑色机体懒洋洋地抬起来，又笨拙地转了向，在一望无际的云层上向意大利方向飞去。格兰特在飞行头盔中叹了口气。

唉，在阿维亚诺基地起飞前，我是在下面这两颗马克 12 型激光滑翔炸弹上签了名的。

---

① 塔马拉是一种由捷克生产的雷达，采用先进独特的被动探测方式，据说能发现 F117 和 B2 两种隐形战机，深为北约空军所恐惧。

4月1日，北约空军1694号作战指令

发自：北约盟军空军司令部作战指挥中心

全文转发：南欧盟军司令部，美军南欧特遣部队司令部，第六舰队司令部

EAM 来源和 NM 来源的 M769、M770 情报再次有误（见战场条件数据库 ASD123，气象部分），该来源情报可信度由 T1 级降至 T3 级。

由此引起 1681 至 1690 号作战指令变动如下，变动根据：ND224 战场目标攻击效果空中评估报告，S24 来源地面情报。

以下部分转发前方攻击基地：意大利基地（科米索基地、阿维亚诺基地、利科纳基地、马达莱那岛基地、锡戈内拉基地、布林迪西基地），希腊基地（苏达基地、伊拉克翁基地、雅典基地、敦马科里基地）

并转发：地中海航空母舰战斗群

继续取消 1681 及后续作战指令中所有 B3 类弹药攻击，目标群：TA67 至 TA71，110LK，TU81，GH1632，SPT4418，MH703，BR45 至 BR67（索引见目标数据库 TAG471）

绝密，原件无副本。

4月2日，杜布纳

"亚历山大，第三敏感点！区域：东经92度至93度，南纬76度至77度，很稳定。作用方式：急剧升高该点温度。"

"你得去南极了，朋友。你首先赶到阿根廷的纳塔莱斯港，但别租船，来不及的！我在那里有个朋友，在上次南极臭氧空洞调查中，他曾为考查队工作，他很有办法。他有私人飞机，可从纳塔莱斯港直接飞到敏感点所在的南极玛丽伯德地，在那里他可能还有落脚点。这次你追上敏感点可能要花一些时间，到时第二敏感点的作用可能已过去，我们只能让你的国家放晴两三天了。不过请放心，这个新敏感点很稳定，不会飘得太远，能维持很长时间，我想可能同南极的低温有关。更重要的是，它可多次作用！这样，你只要待在那里（当然不会太舒适），至少能让阴云和大雾在半个月内盖住巴尔干！"

"干得很漂亮，亚历山大，令人难以置信的漂亮！"

4月4日，贝尔格莱德

"天晴了，妈妈！"卡佳在阳台上看着蓝天高兴地说。

艾琳娜轻轻叹了口气，"亚历山大，你真的不是救世主。"

一声巨响传来，玻璃嗡嗡响。又一声巨响，天花板上落下了尘土。

"卡佳，我们该去地下室了！"

"不嘛，我喜欢晴天！"

4月6日，南极大陆玛丽伯德地

"好一个纯净的世界，真想永远待在这儿。"亚历山大感叹道。

从飞机上两千多米的空中望下去，无际的冰原在低至地平线上的太阳下呈一种醉人的微蓝色。

驾驶飞机的是一个叫阿方索的健壮的阿根廷人，他看了亚历山大一眼说："这种纯净马上就要消失。南极的旅游业发展很快，开始只是在设得兰群岛一带，现在要深入到内陆了。游客们乘船或飞机一群群地拥来。现在我的旅游公司很兴旺，我不会再像父辈那样去捕鱼或经营牧场了。"

"不只是旅游，你们的政府不是还打算向这个大陆移民吗？"

"为什么不行？我们毕竟是离南极最近的国家！我看，世界迟早要为这个大陆打得头破血流，就像现在的巴尔干那样。"

这时，卫星电话中传来了烈伊奇的声音："亚历山大，有了点麻烦，美国人把克雷机机房关闭了！"

"你是说，他们觉察到我们在做的事？"

"完全没有。我只是对他们讲，我运行的是一个全球大气模拟软件，我并没说假话。现在政府同西方的关系紧张，这个研究中心也不可能不受影响。你在那里待下来等着，我会很快把事情理顺的。"

飞机降落在雪原上，亚历山大看到前面有一间小屋，小屋是用保温板材搭成的。为防积雪，它是被四根柱子架空在地面上的。

"这是一支英国考察队留下的，我把它修整了一下，里面的食品和燃油够我们待一个月的。"阿方索指着小屋说。

4月7日，贝尔格莱德

卡佳的排异反应又出现了，她发高烧，说胡话。而艾琳娜在卡佳出院时带回的针剂已用完了，她只得去医院拿。医院在城市的另一面，路很远。

今天仍是晴天。

"妈妈，给我讲个故事再走吧。"卡佳从床上支起身来拉住妈妈。

"亲爱的，妈妈所知道的童话故事都给你讲完了。现在妈妈给你讲最后一个童话，卡佳已经长大了，以后妈妈不会再给卡佳讲童话故事了。"

"我听着呢，妈妈，很久很久以前……"卡佳虚弱地躺下了。

"不，孩子，这个童话故事并不太久。在不太远的过去，也就是卡佳出生前的三四年吧，我们生活在一个比现在大得多的国家里，我们的国家几乎绵延了亚得里亚海的整个东岸。在这个国家里，塞尔维亚人、克罗地亚人、斯洛文尼亚人、马其顿人、黑山人和波黑穆斯林，都生活在一个大家庭里，和睦相处，情同手足……"

"也包括科索沃的阿尔巴尼亚人吗？"

"当然也包括他们。有一个叫铁托的强有力的人领导着我们的国家，我们强大自豪，有着丰富多彩的文化，受到了全世界的尊敬……"

艾琳娜湿润的双眼呆呆地看着窗外那一角蓝天。

"后来呢？"卡佳问。

艾琳娜站起身来，"孩子，我回来前你就在家躺着，轰炸来时听隔壁列特尼奇叔叔的话。记住，到地下室去时多穿衣服，那里又潮又冷，你的病会加重的。"说完，她拿起包开门走了。

"那个国家后来呢？"卡佳冲妈妈的背影问。

家里的车已没有油了，艾琳娜只好乘出租汽车。等车的时间比平时长了好几倍，但总算是等来了。路上还算顺利，街上的人和车都很少，可以看到远处冒起的几根烟柱。到儿童医院后，她看到医院因轰炸停电了，护士们围着早产婴儿的密封保育箱用手工向里面输送氧。药品短缺，但卡佳要用的药还是拿到了。艾琳娜拿到药后急匆匆地往回赶，这次等车用了更长的时间，只等来了一辆公共汽车，车上的人不多。

当艾琳娜从车窗中看到多瑙河时，她长出了一口气，这意味着回家的路已走了一半。天空万里无云，整座城市如同摆放在大地上的靶子。

"你不是救世主，亚历山大。"艾琳娜又在心中默默地说。

车走上了河上的大桥，桥上空荡荡的，车很快驶到了大桥中央。一阵凉爽的风从河面吹进车窗，艾琳娜并没有闻到硝烟味。除了那几根隐隐约约的烟柱外，城市的一切在明媚的阳光下显得那么宁静，甚至比以前都宁静。

就在这时，艾琳娜看到了它。

她是在远处不高的空中看到它的，开始只是一个在蓝天背景上隐约闪现的黑点，后来能看到它细长的形状。它飞得不快，艾琳娜真的没想到它竟飞得那么慢，似乎在寻找着什么。它飞到了河上，划出一条优美的曲线，然后降低了高度，贴着河面飞行，艾琳娜现在要向下才能看到它。它已很近，她看得更清了，它看上去那么光滑无害，根本不像报纸上描述的像一条恶鲨，倒像是从多瑙河中跃出的一条天真无邪的海豚……

"战斧"导弹击中了这座多瑙河上的大桥，并把它完全摧毁了。几天后，人们清理那辆翻落在河中的公共汽车时，发现了车中几具已烧焦的尸体，其中有一位女性，她怀中紧紧抱着一个手提包，包中放着两盒针剂。她把手提包保护得很好，那些针剂有一半没碎，盒上的药名也能看清，担任打捞工作的消防队员们觉得，那是一种很不常见的药。

4月7日，南极大陆玛丽伯德地

"我教你跳探戈吧！"阿方索说，于是他和亚历山大在雪地上跳起来。在这里，亚历山大仿佛到了另一个星球，在这似乎是永恒的雪原黄昏中，他忘记了时间，甚至忘记了战争。

"你跳得已很不错了，不过不是正宗的阿根廷探戈。"

"我的头部动作总是做不好。"

"那是因为你不理解这些动作的含义。在阿根廷牛仔们最初跳探戈时，头可能是不动的，但后来，那些围着看跳舞的牛仔嫉妒圈中的抱着漂亮姑娘跳舞的牛仔，就用石头打他们。所以以后在跳探戈时，你就不得不机警地转着头左顾右盼。"

笑过之后，亚历山大叹了口气，"是啊，这就是外面的世界。"

4月10日，杜布纳

"亚历山大，事情更糟了，西方中止了在研究中心的所有合作项目，美国人要拆下克雷计算机并把它运走……我在想办法再找一台巨型机，杜布纳有一个核爆炸模拟中心，是一个军方机构，他们那里有巨型机。俄罗斯造的机器可能慢一些，但还是能胜任这些计算的。但这就需要把这事向上面反映，可能要反映到很高的层次。你再坚持两天，虽然现在不能跟踪了，但我相信敏感点还在南极！"

4月13日，贝尔格莱德

在昏暗的地下室中，在地面传来的低沉的爆炸声中，卡佳已奄奄一息。

邻居们想尽了办法，列特尼奇大叔在两天前就让自己的儿子到医院取药，但城里所有的医院都已没有抗排异药物了。这药只能从西欧进口，这在现在根本没有可能。

卡佳的妈妈一直没有消息。

卡佳在昏迷中不停地喊妈妈，但在她残存的意识中出现的却是爸爸，爸爸变成一只大蝴蝶，翅膀有足球场那么大，他在高空不停地扑动巨翅，阴云和浓雾散了，阳光照耀着城市和多瑙河……

"我喜欢晴天……"卡佳喃喃地说。

4月17日，杜布纳

"亚历山大，我们失败了，我没得到巨型机。是的，我已向最高层反映了这事，通过科学院的渠道，但……不不不，他们没说不相信，也没说相信。信不信已不重要，我被解雇了，他们赶走一个院士，就像赶走一条狗一样。你问为什么？就因为我参与了这事……是的，他们是允许志愿军前往南斯拉夫的，但我干的事不一样……我也不知道，他们是政治家，我们永远无法理解他们的思维方式，就像他们永远无法理解我们一样……别天真了，相信我，真的没有可能了，能在短时间完成如此复杂计算的计算机在全球也没几台……回家？不，别回去，卡佳……怎么对你说呢，朋友，卡佳三天前死了，死于排异反应。艾琳娜八天前去医院给孩子拿药，没回来，到现在也没有消息……不知道，我好不容易打通了你家的电话，只从你邻居那里听到这些。亚历山大，朋友，到莫斯科来吧！到我家里来，我们至少还有你的软件，它可以改变世界的！喂，喂，亚历山大！"

……

4月24日，南极大陆玛丽伯德地

"阿方索，你先回阿根廷吧，我想一个人待在这里。"在雪原上的小屋前，亚历山大脸上挂着惨然的微笑说，"谢谢你所做的一切，真的谢谢！"

"你不像烈伊奇所说的那样，是希腊人，"阿方索盯着亚历山大说，"你是南斯拉夫人，我不知道你到这里来干什么，但肯定同战争有关。"

"就算是吧，但都无关紧要了。"

"在你听收音机中的新闻时我就看出来了，那种表情在十多年前的马尔维纳斯岛上我见得多了，那时我是一名英勇作战的士兵。是的，我很英勇，整个阿根廷都很英勇，我们不缺勇敢和热情，只缺几枚飞鱼……我还记得投降的那天，岛上的天那个阴啊潮啊冷啊，还好，英国人允许我们带枪走……好了，朋友，我过几天再来。别远离屋子，最近可能有暴风。"

目送阿方索的飞机消失在南极白色的天空中，亚历山大转身走进小屋，从屋里提出了一个小桶。

他再也没有走进小屋。

亚历山大提着小桶，在南极大陆无际的雪原上漫无目的地走着。不知过了多久，他站住了。

……作用方式：急剧升高该点的温度。

他把桶打开，用已冻僵的手掏出打火机。

"为了苦难中的祖国，我扑动蝴蝶的翅膀……"

他点燃了桶中的汽油，然后坐在雪地上，看着升腾的火苗。这是普通的火苗，不是敏感点的火苗，不会给他的祖国带去阴云和浓雾了……

少了一颗钉子，丢了一块蹄铁；

少了一块蹄铁，丢了一匹战马；

少了一匹战马，丢了一个骑手；

少了一个骑手，丢了一场胜利；

少了一场胜利，丢了一个国家。

7月10日，意大利，北约南欧盟军司令部

在一切都结束之后，周末舞会又恢复了，终于可以脱下穿了三个多月的迷彩服，换上笔挺的军礼服了。在这个文艺复兴时代建成的大厅中，在豪华的大理石立柱间，在巨大的水晶枝形吊灯的光芒下，将官的金星和校官的银星交相辉映。意大利上流社会的女士们不仅外表美艳动人，而且谈吐机智博学，如一朵朵鲜花点缀其间，加上流光溢彩的葡萄美酒，使这个夜晚无比醉人。现在，所有人都庆幸自己参加了这场光荣而浪漫的远征。

当威斯利·克拉克将军在他的一群参谋校官陪同下出现时，大厅里响起了热烈的掌声。这掌声并不仅仅是对他在这场战争中功勋的颂扬。克拉克将军身材颀长，一派儒雅风度，同上次战争中的施瓦兹克普夫形成鲜明对照，深得女士们的青睐。

两曲华尔兹后，开始跳方块舞，这是在五角大楼中流行的一种舞，女士们大多不会，于是年轻军官们便热情地教她们。克拉克将军想一个人出去散散步，就走出了大厅的侧门，来到湖边的一处葡萄园中。有一个人从大厅里跟了出来，同将军小心翼翼地保持着一段距离。将军沿着幽静的园中小路来

到湖边，仿佛陶醉于这傍晚的湖光山色之中。

但他突然说："你好，怀特中校。"

怀特没想到将军的第六感这么敏锐，赶紧快步上前立正敬礼，"您还认识我，将军？"

克拉克将军仍没有回头，"对你这三个月的工作我印象很深，中校，谢谢你，以及作战中心所有的人。"

"将军，请原谅我的打扰。有件事想同您谈谈，这基本上是一个……私人事件。如果现在不谈，以后可能就没有机会了。"

"请讲吧。"

"在攻击开始的几天里，目标区气象情报有些……不稳定。"

"不是不稳定，中校，是完全错误。连着三四天的阴雨和大雾，给我们带来很大被动。如果预报正确，我们会推迟首次攻击的。"

现在日落已有一段时间了，西方的天空还有一点暮光，远方的群山呈黑色的剪影，湖面如镜子般平静，湖中的什么地方，传来了优美的意大利船歌……在这样的时刻，他们的谈话实在太不协调了。但中校没办法，这是他唯一的机会，只好硬着头皮讲下去。

"可有些人抓住这事不放，参议院军备委员会质问过去三年空军气象情报系统那二十多亿美元预算是怎么花的，他们还组成了一个调查组，还要开听证会，好像想把这事闹大。"

"我想闹不大的。但总要有人对此负责，中校。"

怀特汗如雨下，"这不公平，将军。谁都知道，气象预报是一件随机性很大的事，大气系统是一个超复杂的混沌系统，精确地预测它的行为几乎是不可能的……"

"中校，如果我没记错的话，你是负责目标甄别工作的，同气象并无关系。"

"是的，将军，但……负责巴尔干目标区气象情报的是驻欧空军司令部气象中心的戴维·凯瑟琳中校……嗯……您见过她的，她常到作战中心来。"

"哦……我想起来了，那个麻省博士，"克拉克将军高兴地转过身来，"高高的个子，棕色皮肤，细长的腿，典型的地中海型美人儿。"

"对对对，将军，我……"

"中校，记得你刚才说过这是一个私人事件。"

"……"

克拉克将军一脸严肃，"中校，我不但记得你的名字，还知道你已结了婚，还知道，嗯，你的妻子不是凯瑟琳中校。"

"是的，将军，可……这儿也不是美国啊。"

克拉克将军想放声大笑，但忍住了，他实在不愿意破坏这幽静的美景。

后　记

小说中所描写的事情是不可能发生的，不是人类能力的局限，而是从大自然的物理和数学本质上不可能。但科幻小说的魅力之一是：它可以对自然规律进行一些改变，然后展示在这种改变之后宇宙是如何带着硬伤运行的。

非线性理论中的英雄主义悲歌

——《混沌蝴蝶》赏析

薛钦文

《混沌蝴蝶》延续刘慈欣以往的创作思路，用故事演绎理论，在战争题材的包裹下，完成了对混沌理论的深刻阐释。刘慈欣在这部作品中，将科技的精妙与现实的残酷一并展现，娴熟地运用混沌原理，叙述了人与自然、人与战争、人与命运的博弈，以现实事件唤起人们的情感，在冷峻的叙事中透露出强烈的现实关怀。

这部构思精巧的短篇小说写于 1999 年 7 月，发表于 2002 年 5 月，在刘慈欣早期作品中不太为人关注，却深受一部分读者的喜爱。小说题目浅显直白，顾名思义就是一篇关于混沌理论的故事。刘慈欣在《混沌蝴蝶》的后记部分写道："这篇小说中所描写的事情是不可能发生的，不是人类能力的局限，而是从大自然的物理和数学本质上不可能。但科幻小说的魅力之一是：它可以对自然规律进行一些改变，然后展示在这种改变之后宇宙是如何带着硬伤运行的。①" 所以，这部小说是完全基于混沌理论演绎的故事。

《混沌蝴蝶》讲述了在北约轰炸南斯拉夫首都贝尔格莱德期间，一个名叫亚历山大的气象学家发现了大气敏感点，并创造了一系列数学模型。为了祖国免受战乱，亚历山大想要利用气象学的混沌理论，通过一些力所能及的

---

① 刘慈欣. 混沌蝴蝶［J］. 科幻大王，2002（1）.

行动搅动大气敏感点，让南斯拉夫上空布满阴云，以打乱北约盟军的空袭计划。他的女儿卡佳患有尿毒症，妻子艾琳娜刚刚把自己的一个肾移植给了女儿。在战火濒临城池之际，他无暇顾及妻女，在她们的不解中踏上了救国的旅程。他的朋友烈伊奇是苏联高科技核武器研究中心院士，在烈伊奇的帮助下，亚历山大顺利找到了两个大气敏感点——非洲的毛里塔尼亚和太平洋的琉球群岛，他用很小的力气成功地将气象改变，导致贝尔格莱德连续三天都笼罩在大雾和阴云之下。北约盟军认为是情报失误，一次次修改作战指令。当他来到南极等待着第三个大气敏感点出现之时，卡佳出现了排异反应，艾琳娜焦急地去医院取药，不料在回去的路上被北约提前轰炸的导弹炸死。四天后，卡佳死于无药可医，她在弥留之际看到爸爸化作一只大蝴蝶，扑动巨翅，驱散了城市的阴云。三天后，亚历山大才得知妻女亡故的噩耗，他提着一桶汽油在南极大陆漫无目的地走着，心中默念祖国，点燃了汽油。这一次他没有点燃敏感点的火苗，再也不会给祖国带去阴云和浓雾了……与硝烟四起的南斯拉夫不同，意大利盟军司令部这边正在举行一场周末舞会，将士们同一群女士在大厅中轻歌曼舞。在这样的诗情画意当中，怀特中校和克拉克将军的对话还原了整个轰炸事件的始末：因为连续的大雾，气象情报系统失误才不得不提前进行轰炸；最终被情报失误牵连的凯瑟琳中校也因为怀特中校的求情有可能免于起诉。

一、混沌理论

混沌理论产生于 20 世纪中期，在此之前，世界各地文化中早有混沌概念的雏形，如我国古代的天地混沌说、古希腊的宇宙混沌说、世界各地民俗谚语中所反映的混沌认知等。混沌理论作为一个学科概念最初发现于气象学领域，20 世纪 80 年代到 20 世纪末被用于自然科学的探索研究，该理论的普世性特征使其迅速进军人文科学领域。由于混沌理论与后现代范式天然的契合，使文艺评论家非常热衷于用混沌理论诠释文学作品。作家则运用混沌理论的隐喻和丰富哲学内涵进行创作，也常用混沌理论的不确定性对以往小说中的线性结构和小说中所描述的世界的确定性进行解构。当然，也有直接利用混沌理论术语创作的作品，如美国当代文学作家对混沌理论的青睐不亚于20世纪前半叶进化论对作家们的影响。麦卡锡的《老无所依》《骏马》《穿越》和理查德·鲍尔斯的《金甲壳虫的变异》《回声制造者》等作品都有意识地利用了混沌原理。

刘慈欣非常关注科技前沿，也是较早将混沌理论直接运用于作品的中国科幻作家，他以混沌理论为核心，用真实的历史事件包裹，架构起一个完全概念化的作品。读起来颇有20世纪50年代科幻小说黄金时期的"古早味道"，却又充满了现代科幻的精神内核。作品同时囊括了爱国主义、亲情、科学、人性、命运等多个命题，在冷峻的叙事中暗藏着深刻的人文关怀，呈现出刘氏科幻的独特美感。

小说的情节演进完全依据混沌原理的科学构思来推动，由混沌缘起，再由混沌结束。从宏观层面，展现极端条件下，人类微小的行为是如何对世界产生影响的，世界又会如何继续；在微观层面，用时间节点分割剧情，展现了一个家庭、一个国家是如何在微小的作用下变成一场针对主人公和他祖国的巨大灾难的。正如刘慈欣所言，故事是"不可能发生的"，但在虚构的故事中的确包含着一个深刻的真实——世界是一个巨大的混沌，你永远无法预测当初改变的那一小点对于以后是多大的一场混乱，况且没有任何人能够力挽狂澜。

在混沌理论中，蝴蝶是一个典型隐喻，是该理论的核心所在。在小说中，作者将蝴蝶意象贯穿全篇，既强化了叙事，又照应了主题，使该意象包含了多层次的隐喻：理论层面，蝴蝶代表了影响世界的微弱因素，支撑着小说的框架核心；文学层面，蝴蝶代表着与强大命运的弱小抗争，象征着主人公个人力量在战争中如螳臂当车，也暗示了主人公的悲剧命运；文化层面，蝴蝶在中国文化中同时包含着庄子"物我同一"的概念，亚历山大曾对女儿说，自己要变作那个蝴蝶扇一扇翅膀就能制造阴云；卡佳在弥留之际残存的意识里看见爸爸果然变成一只大蝴蝶；亚历山大默念的那句："为了苦难的祖国，我扑动蝴蝶的翅膀"，都将蝴蝶和主人公合二为一，也时刻提醒着读者亚历山大所代表的拯救人类的科技在人类的战争中作用微弱。

混沌理论缘于气象学，而气象的敏感性和变幻莫测组成混沌理论的基础。这种神秘不可测的特性深深吸引了科幻作家。科幻大家阿瑟·克拉克的《天堂的喷泉》，就运用了气象的混沌理论①，不过这种理论的运用是在先验的前提下运行的。而在《混沌蝴蝶》中，主人公成功地运用混沌理论改变自然，当他以为大功告成时，却被命运的混沌折磨得满盘皆输。刘慈欣在小说中通过对命运混沌性的探讨，展示了命运的不确定性。

细读作品，还能发现另一个定律也在起作用，即墨菲定律。人类是善于发挥能动性的动物，但墨菲定律告诉我们，人类常常犯错，如果一个事件有坏的可能，肯定有人这样做。坏事必然会发生，人永远无法成为上帝。小说中亚历山大一心想要救国图存，试图依靠神一般的科技手段改变天气秩序，但最终换来的却是国破家亡。显然主人公亚历山大高估了自己的能力，忽视了战争是不可逆的，最终导致悲剧命运。

刘慈欣借助小说阐释了这样一个道理：我们身处的宇宙，包括我们人类的生活，是个复杂系统，不仅不确定，更难以预测，当人类自以为能够主宰世界，却不知道自己实际上只是一只弱小的蝴蝶，蝴蝶也许可以扇动翅膀、可以制造飓风，但蝴蝶永远都无法与飓风对抗。混沌理论能够帮助我们了解世界的奥秘，也让人类更有自知之明：一切在开始时总是简单的组合，最后呈现出来的却往往复杂难辨，无法把握。借用霍金的一句名言："上帝不仅掷骰子，而且他总是把骰子扔到我们看不到的地方！"②

二、英雄主义与时代记忆

刘慈欣作品中洋溢着古典主义文学时期的崇高美感。严锋曾指出："刘慈欣的宏大美学，落实到人物身上，就是他作品中的英雄群像。"③ 并强调与传

---

① 《天堂的喷泉》中叙述顶级气象学家兼职虔诚僧侣，为了阻止众人在山顶的庙宇旁修筑太空电梯，用激光扰动大气制造龙卷风以破坏他们的轨道垂丝实验，结果意外地把山底那些从来无法上山的金色蝴蝶卷到了庙中，应验了几百年前的谶言，让住持带着全庙人离开了。［英］亚瑟·克拉克. 天堂的喷泉［M］. 李敏，译. 北京：科学普及出版社，1984.

② 赵峥. 探求上帝的秘密［M］. 北京：北京师范大学出版社，2009：170.

③ 严锋. 创世与灭迹：刘慈欣的宇宙诗学［J］. 南方文坛，2011（5）.

统英雄不同，他们是"一种跨历史的奇异复合体"。

刘氏笔下的英雄很多出自科学家，这是作者精英思想的深刻体现。小说主人公亚历山大，是一个极富道德感和爱国主义精神的天才型的科学家，他有着革命志士般的高尚情操。"爆炸响过后，战争将占据他的全部生活"这句话充分反映了他的人生。战争开始之前，亚历山大就努力研制在气象领域能够抵御外敌的方法，战争爆发之后，他承受着祖国的无视、妻子的不解和女儿懵懂的抗拒，在女儿重病未愈之时，毅然奔赴救国事业。他穿梭于北半球千辛万苦地寻找着大气敏感点。心中一直默念着："为了苦难中的祖国，我扑动蝴蝶的翅膀。"这样一个科学天才倘若生在科技强盛的美国也许真的能够推动世界变革，但在这个贫困又战乱的国家，他的光芒注定归于黯淡。

刘慈欣的作品热衷于表现如亚历山大这样的科学家，他们拥有强烈的责任心和使命感，有牺牲自我、救世人于苦难的古道热肠。这缘于作者本人"执拗的，属于上上个世纪的英雄气"。[①] 他曾说"科幻文学是英雄主义和理想主义的最后一个栖身之地，就让它们在这里多待一会儿吧。"[②] 在这个"嘲弄英雄的时代"，他却用作品表达着对英雄的同情和理解。这是因为刘慈欣深受爱国主义教育的熏陶，听说过很多战争中烈士的英雄事迹，也惊叹于这些英雄面对痛苦和死亡表现出惊人的平静和从容，"他们的精神似乎是由核能驱动的。"[②] 在那个时代的人们都有着这样的英雄情怀。不过他笔下的英雄在本质上已经发生了变化，他们不再是戎马疆场的铁血战士，不再是拥有强壮的身体和超能力的英雄，而是科学精英，他们往往试图操纵科学的"神力"改变世界，却因种种因素，产生了不同的结果。

在《混沌蝴蝶》中，由于作者时代感情的介入，强弱的两方变为蛮横霸道的北约和贫穷落后的中欧小国，救亡母题也在这段沉痛的历史背景下展开。作品的大背景是1999年北约轰炸南联盟，但影响大刘写作的最终诱因还是北约轰炸我国驻南斯拉夫大使馆。1999年5月8日清晨，以美国为首的北约

---

① 韩松. 我为什么欣赏刘慈欣［J］. 异度空间，2004（2）.

② 刘慈欣. 从大海见一滴水——对科幻小说中某些传统文学要素的反思［J］. 科普研究，2011（3）.

悍然使用导弹袭击了中国驻南斯拉夫联盟共和国大使馆，驻南使馆内 3 死 20 余伤，馆舍严重毁坏，激起了中国人民的极大愤慨。青壮年时期的刘慈欣想必有着同样的心情，他在短短两个月内就完成了这部小说的写作，并将自己的情感诉诸作品。1999 年我们的国家还不够强盛，南斯拉夫的灾难很容易给我们造成移情心理。主人公一遍遍默念"为了苦难的祖国，我扑动蝴蝶的翅膀"是多么似曾相识的情感。那是属于 20 世纪国人的集体记忆，属于一代人渴望祖国富足强盛能与美国抗衡的赤子之心。尽管作者始终有意识地将现实生活和科幻划分开来，但在《混沌蝴蝶》中处处折射着他渴望和平、期盼祖国强大的深沉情感。刘慈欣曾说："如果一个人成天只会沉浸于个人的小情感之中，对祖国民族和人类的命运漠不关心，对大自然的神秘和宏大麻木不仁，那这人不可能写出好的科幻小说来。"[①] 事实上，他的作品包含的对现实世界的深切关照，不同于现当代主流文学中对人性的关注，大刘始终以一颗追寻宏大的心关注着人类战争、世界格局、国家兴亡、人类命运乃至宇宙群星。在他的科幻中，文明之间的战争往往不可避免，宇宙如是，地球亦然。正如《光荣与梦想》中说的："和平视窗计划只是个美丽的童话，竞赛代替不了战争，就像葡萄酒代替不了鲜血。"[②]

三、叙事特色

《混沌蝴蝶》构思精巧严密，作品采用多线交叉的叙事方式，围绕主人公的行动展开。用日记体的方式结构情节，在时间设置上基本与历史事件重合，营造出来的真实感不亚于一篇报告文学。在一个月的时间跨度中不断地变换地域、场景编织出极有质感的时空图景。

小说在语言运用上极为娴熟，开篇用很短的对话就交代了时代背景、主要人物及相互关系，写配角时，也不流于符号化，文中的非洲飞行员、盟军飞行员、日本渔民、西班牙友人等配角都真实鲜明。在场景描写方面，作者又表露出古典文学时代的优美和适度。亚历山大妻子艾琳娜被炸弹炸死之前

① 刘慈欣. 初学者如何写科幻［EB/OL］. http://www.kehuan.net.cn/article/14.html. 2011-02-17.

② 刘慈欣. 光荣与梦想［J］. 科幻世界，2003（8）.

的那个场景在小说中被描述得很别致：阳光明媚，城市是那么的宁静，"它看上去那么光滑无害，根本不像报纸上描述的像一条恶鲨，倒像是从多瑙河中跃出的一条天真无邪的海豚"，这种美好的表象中却隐藏着悲剧，这比斩钉截铁地控诉式描写更发人深省、更令人悲愤。

当然，在写技术场景时，刘慈欣保持了一贯的如粒子风暴般扑面而来的澎湃激情。文中，克雷计算机面对简单数据表现"漠然"，遇到复杂数据时极为"兴奋"，在洪流一般急促混乱的代码中力挽狂澜："这原始数据的洪流如炽热的岩浆，注入了矩阵和方程的海洋，立刻一切都沸腾起来！克雷机一千多个 CPU 进入了满负荷，内存里广阔的电子世界中，逻辑的台风在呼啸，数据大洋上浊浪滔天……"[①] 小说中技术语言、军事语言、口语相互融合营造出新鲜的语境，为古典主义思想增添了现代科技的血液。

小说反复采用对比手法：亚历山大一心想要用科技改变战争，妻子艾琳娜则认为他不是上帝；亚历山大制造阴云来保护祖国，女儿卡佳则说她不喜欢阴天。死了几百人的南斯拉夫遭到北约联军的进攻，而因为没有涉及国际利益，非洲小国一夜之间死亡几百万人的战争却没有被国际干预。亚历山大最终因为国破家亡而自杀；北约将军们则在轻歌曼舞，因亚历山大制造的阴云将被处分的女中校，也因为别人的说情有可能免于处分。这一切都真实反映了残酷的现实。刘氏深沉的情感和人文关怀也在反复对比中体现得淋漓尽致。

刘慈欣始终强调现实与科幻的界限，他用"零度的情感"叙述残酷的画面。但在《混沌蝴蝶》所表现的残酷现实却时时诱发作者的悲悯。所以，刘慈欣在为我们指出了飞向宇宙的窗口时，并没有为我们指明逃离残酷现实的出口。在他的科幻世界里，人类的悲剧并没有因为技术而解决，人类的温情和善良也无法改变残酷的现实，但这些作品带给我们的绝不是虚无和绝望。他强调："只描写人类避免的世界，而不描写人类做出难以想象的巨大牺牲、世世代代用全部生命去追求的世界，这绝不是完美的科幻。从社会使命来说，科幻不应是一块冰冷的石头，无情地打碎人类的所有梦想，而应是一支

---

① 刘慈欣. 混沌蝴蝶 [J]. 科幻大王，2002（1）.

火炬，在寒夜的远方给人以希望；从文学角度讲，真正的美最终还是要从光明和希望中得到。"① 由此看来，有时刘慈欣冷酷的叙事和阴沉的设定是一种"革命尚未成功，同志仍需努力"的警惕感和忧患意识，一种对人类进步的鞭策。借用《纽约客》曾援引徐志摩的那句话："他们相信天堂是有的，可以实现的，但在现实与那天堂中间隔着一座血海，人类得渡过这血海，才能登上彼岸，他们决定先实现那血海。"②

《混沌蝴蝶》没有同时期科幻作品密集的逻辑推演、跃迁式的时空跨越、天马行空的智慧联想，相较于刘慈欣诸多作品中宏大的宇宙空间显得太"接地气"，科技感也不够新颖炫目。但作品中紧贴现实事件的理论联想、交互式的空间跨越、浓厚的象征意味，伴随着沉重的命运叩问，让我们同情主人公悲剧人生的同时，迸射出巨量的情感火焰，国将不复，何以为家？因此小说以精致的构思和浓厚时代感，唤起读者的爱国激情。

（薛钦文：文学博士，中国科学技术信息研究所博士后）

① 刘慈欣. 重建科幻文学的信心［N］. 文艺报，2015-08-28.

② 纽约客. 刘慈欣的科幻小说是对极限问题的哲学思考［EB/OL］. http://www.chinawriter.com.cn. 2015-03-10.

西　洋

刘慈欣

公元 1420 年，非洲，索马里，摩加迪沙沿海

这是明朝舰队打算到达的最远的地方，永乐皇帝也只让走到这里，现在，二百多只船和两万多人，静静地等待着返航的命令。

郑和沉默地站在"清和号"的舰首，他面前，印度洋笼罩在热带的暴雨中。四周一片雨雾，只有当闪电刺破这一片朦胧时，舰队才在青色的电光中显现，"清远号""惠康号""长宁号""安济号"……如同围在旗舰四周纹丝不动的巨大礁石。众多的非洲酋长在船上欢宴三天后已上岸，激越的非洲鼓声从雨中隐隐传来，岸上棕榈林中打鼓的黑人狂舞的身影如暴雨中时隐时现的幽灵。

"该返航了，大人。"副将王景弘低声说。在郑和身后，站着远航统帅部，包括七名四品宦官及众多的将军和文官。

"不，继续向前走。"郑和说。

在统帅部其他人的感觉中，这一刻空气和雨滴都凝固了，"向前？到哪里？"

"向前走，看看前面有什么。"

"那有什么用呢？我们已证实建文帝不在海外，他肯定死了。我们也给圣上搞到了足够的珍宝，该回航了。"

"不，如果天圆地方，大海就应有边缘，大明的船队应该航到那里。"郑和的双眼渴望地看着雨雾深处，看着他想象中的海天连线。

"这是违抗圣命，大人！"

"我意已决，不从者可以自己回去，但最多只能带十艘船。"

郑和听到身后有剑出鞘的声音，那是王景弘卫士的剑。接着有更多的出鞘声，那是郑和卫士的剑。然后一切都沉默着，郑和没有回头。

像来时一样突然，暴雨停了。太阳的光柱刺破云层，天水相连处金光灿烂，显示出无法抗拒的神秘诱惑。

"起航！"郑和大声发令。

公元 1420 年 6 月 10 日，明朝舰队浩浩荡荡，撞开印度洋的滚滚波涛，向好望角驶去。

公元 1997 年 7 月 1 日，欧洲，北爱尔兰，贝尔法斯特

中国国旗降下后，英国国旗在《上帝保佑女王》的乐声中升起，在旗的上缘接触杆顶时，时钟刚刚走过零点。这时，我们在这块土地上已是外国人了。

虽有幸参加交接仪式，我也只能站最后排，所以是最早走出议会大厅的。十五岁的儿子在外面等着我。静静地，我们最后看看北爱尔兰。这是典型的英伦夏夜，潮湿多雾，雾在街灯的黄光中像轻纱般飘过，拂在脸上像毛毛雨。在幽暗的灯光和迷蒙的雾中，贝尔法斯特像一个宁静的欧洲乡村。这是我度过前半生的地方，一个小时后，我们会带着所有的东西离开，但我带不走自己的童年、青春和梦想，它们将永远留在这块宁静而多雾的土地上。

本来，中英联络组要工作到下世纪初，但我还是说服领导，早早调到新大陆去。表面上我给自己的理由是：对自己的前途来说，早走比晚走好；但内心深处真正的理由是，想尽快远离一起生活了 16 年的刚刚离婚的前妻。她虽是中国人，但作为领事馆的高级官员，她还要长期留在北爱尔兰。我已没有希望留住她，就像中国没有希望留住北爱尔兰一样。好在儿子跟我走。

"是你们丢失了北爱尔兰！"儿子愤怒地对我说。在儿子眼里，我是国家元首，更准确地说，是个不称职的国家元首。他认为我应该把俄罗斯再分成更小些的几个国家；他认为我给贫穷的西欧太多的贷款，却对他们提了太少的要求；他认为许多年前，我就不应该让中东的那些恐怖主义国家和亚洲的

某些极权主义国家存活下去；特别是北爱尔兰问题，他认为我应该以主权换治权，而不是拱手相让……一句话，他认为中国在世界的领导地位正从我手里丢掉，尽管我只是个只有副司级的普通外交官。儿子好像浑身都长满了咄咄逼人的精神长矛，这点真像他妈妈，而我的忍让和儒家风度他一点都没继承，反而成了他对我感到失望的原因。他跟我回国不是因为我的原因，而是因为无论如何也不能忍受作为一个外国人生活在北爱尔兰。

一小时后，运送中国最后一批撤离人员的专机把北爱尔兰留在下面的浓雾里，我们在夜色中飞向自己的新生活。

公元 1997 年 7 月 1 日，欧洲，巴黎

飞往新大陆之前，我们在欧洲大陆短暂停留。在伦敦时，还能感受到英国人庆祝回归的喜庆气氛，但欧洲大陆的其他地方对此似乎没什么反应。一出北爱尔兰，西欧的其他城市那混乱和贫穷的气息便扑面而来。交通被自行车的洪流所堵塞，空气浑浊。一出巴黎海关，我们便被一大群渴望换到人民币的法国青年围住，好不容易才摆脱他们。同行的其他人还处于"北爱综合征"之中，没精打采地躺在机场饭店里不出来。但儿子硬拉着我去看古战场。

初升的太阳驱散了晨雾，古战场显出一片醉人的绿色。这地方我们不知来过多少次了，特别是在去年，几乎每个星期天我们都要乘英吉利海底隧道列车来一次。每次在这里，儿子都要对我进行一番例行的折磨，现在又开始了。像往常一样，他站在纪念碑的底座上，慷慨激昂地背诵起小学的历史课本：

"1421 年 8 月，明舰队到达西欧沿海，欧洲惊恐万状……"

"好了，爸爸累了，这次就算了吧。"我不耐烦地打断他。

"不行，春秋时代的夫差身边有一个人时刻提醒他报杀父之仇，你们这些政治家和外交官也需要这么一个人。"

"我们在欧洲和北爱没有杀父之仇。一百年的协议到期了，我们就把北爱还给英国，这是顺理成章的事，谈不上什么失误或失败。"

儿子不听我这一套，继续他的演讲："……欧洲惊恐万状。郑和本想像在南洋诸国一样，同欧洲人友善相待，但他派往欧洲大陆的五位使者全部被杀，

东西方只有一战！罗马教皇马丁五世呼吁四分五裂的封建诸侯联合对敌，还颁布了赦罪法令，凡此时应征入伍的罪犯都可获得赦免。为了给战争筹款，教会出卖神职，甚至把教皇的金冠卖给了佛罗伦萨的商人。英法匆匆结束百年战争，结成军事同盟。慑于明舰队的强大，西欧海军不敢出战，欧洲人把胜利的希望寄托在陆战上。1421年12月，明朝军队在加来登陆，十天后兵临巴黎城下。双方在巴黎近郊进行决战。当时欧洲人集结了十万大军，其中有英王亨利五世率领的三万英军、法国勃艮第公爵率领的四万法军和来自德意志神圣罗马帝国的三万条顿骑士团。明军只有两万五千兵力。12月20日清晨，巴黎战役开始。西欧联军统帅部拟以法军和条顿骑士团的重铠步兵攻击明军正面，以英格兰轻骑兵作右翼迂回。日出时分，西欧联军首先发起进攻。欧洲步兵战阵严整，成无数个整齐的方队向前推进。重装步兵的盔甲在朝阳下闪着金银两色的光芒，从明军阵地看去，仿佛是金属的大地在移动，无数的长矛如同大地上的麦田。战鼓声、苏格兰风笛声、士兵们用剑柄有节奏地击打胸甲发出的撞击声渐渐清晰可闻……"

"这样下去我们要误飞机了。"

"……郑和看准了欧军进攻队形密集死板的特点，把炮兵集中部署在正面。明军迟迟不出击，而是进行了炮兵齐射。在前三次猛烈的齐射中，欧军伤亡惨重，但进攻队形纹丝不乱，方队踏着尸体继续推进。在敌人严整的进攻方队已近在眼前时，郑和沉着地命令进行第四次更为猛烈的炮击。明军的几百门大炮发出雷鸣般的轰响，把暴雨般的霰弹倾泻到欧洲人密集的方队中，霰弹打在盔甲上，发出一阵哗哗的潮水般的声音。欧军的队形乱了，开始是前一排方队，然后如同推倒了多米诺骨牌，整个阵线大乱起来。郑和这时才命令明军出击，他的数量不多的骑兵以楔形队形攻击欧军正面，向敌阵深处猛插，很快把欧洲步兵阵线切成两半，并集中攻击右翼。这时，迂回的英国骑兵正从右翼方向攻击，却遇上了溃散下来的联军步兵，人马相践，死伤无数……"

"真的该走了，孩子！"

"……战斗一直持续到黄昏，在如血的残阳中，明军才吹响了他们凄厉的号角……巴黎战役，西欧联军大败，十万军队半数被歼，英王亨利五世殒命沙场，上百位公爵、伯爵和王室将军阵亡或被俘……巴黎战役之后，西欧难以在短时间内集结起足以对付明军的力量，加上明舰队对西欧沿海特别是英吉利海峡的封锁，以及关于明朝后续舰队正在驶援的传闻，西欧脆弱的抗明联盟瓦解了，以后……"

"以后的我都知道，以前的也都知道，你要没完没了，我可自己走了，你一个人留在这里与郑和做伴好了。"

我们终于离开了古战场，如果可能再回来，也是很长时间以后了。

公元 1997 年 7 月 2 日，中国新大陆，纽约

"欢迎到中国新大陆！"海关小姐对我们甜蜜地一笑，我感到了一种回家的温暖，但儿子对回国似乎并没什么感觉。

"明朝船队首航美洲已有五百多年了，他们还把这儿叫新大陆。"他说。

"一种习惯，就像欧洲人仍把中国人叫洋人一样。"

"我们早就该再有一个真正的新大陆了！"

"哪儿？南极洲吗？"

"为什么不行？"

我暗自摇摇头。对儿子性格中咄咄逼人的进攻性，我已经习惯了，但又时时感到一种压力。似乎他妈妈的性格越过大洋通过儿子作用于我。想到这儿，我心中一阵酸楚。

我们驱车赶往联合国总部，很快沿着高速公路一头扎进了纽约的高楼森林。同来自欧洲的每一个人一样，我觉得来到了巨人国，一切都那么大。半小时后，我们的车停在了联合国大厦前。

"这就是我下半生工作的地方了。"我指着大厦对儿子说。

"但愿已经十分臃肿的联合国机构不是又增加了一个多余的人，爸爸。"

"哈，我该怎样干和干什么才能不多余呢？"

"至少，由于多了您一个中国人，中国在联合国可以相应地多一份权威。"

"那又该怎么干呢？"我心不在焉地问，想着是先进去报到呢，还是先去

公寓看看新房子。

儿子像往常一样，又向我提了一个只适合于向国家元首提的建议："没有我们每年缴纳的一百个亿的会费联合国就运行不下去。想到这点，增加权威就很容易了。"

"住嘴！我警告你，以后我们生活在联合国的环境里，你这种话是很让人讨厌的！"

在联合国大厦前的广场上，有几个人在做政治演讲，他们都穿着分离主义者的蓝色衬衫。每个演讲者前面都有一堆各种肤色的听众，一个离我们较近的演讲者的话音传到我们耳中。

"……自五百年前明朝覆灭后，新大陆就开始了新文化运动。这以后的几个世纪，我们一直领导着中华文化的走向，而旧大陆只是战战兢兢地跟在我们后面，现在几乎被我们甩开了，他们的悟性比我们要慢半个世纪！而直到现在，他们还以文化宗主自居。事实上，新大陆文化现已发展成为一种全新的文化，它的渊源在旧大陆，但它是一种全新文化！第三点，在经济上，新大陆和旧大陆……"

演讲者是一个大学生模样的瘦弱年轻人。儿子冲上前去，把他从高台上一把揪了下来，"闭上你的狗嘴，你个臭分离分子！"他在儿子的手中挣扎着，眼镜掉到地上摔碎了，"看到北爱的事，你们这些杂种又狂起来了是不是？记住，北爱是租借地，但新大陆却是我们的国土！"

"新大陆是印第安人的国土，旧大陆先生。"那个年轻人挣脱了儿子的手，冷笑地说。

"你是不是中国人？"儿子怒视着他说。

"这得由全民公决来决定。"演讲者整整领带，仍不动声色。

"呸！做梦去吧！你们几个兄弟公决不认爹娘，行吗？"儿子挥着拳头说，我赶紧冲进围观者中把他拉出来。

"爸爸，他们在这儿这么猖狂，你不管吗？"儿子甩开我的手说。

"我只是个普通外交官，你看看吧，我们管得了吗？"我指指四周那些穿蓝衬衫的人。在这儿他们还算文雅，在费城和华盛顿，这些家伙剃了光头，胳膊上裹着带钢刺的护腕，儿子要是在那里做出这种举动可真要遭殃了。

"先生，给您画张像好吗？"一个轻柔的、怯生生的声音从我身后传来。这是一个白人姑娘，像所有欧洲移民一样，她穿着很朴素，手里拿着画板和画笔。第一眼看到这姑娘瘦弱的身材时，我脑海中突然浮现出一幅欧洲古典油画，画面是一个瘫痪的姑娘在草地上的背影，她渴望地看着远处的一所小房子，那房子对于她是那么遥远，那么可望而不可即。更奇怪的是，我还想起了前妻，不是由于她们的相像，而是由于她们的差异。这个姑娘在生活中所渴望得到的一切，就像油画中的那所小房子一样，遥远而不可即，但像画中的姑娘一样，她仍胆怯地，同时顽强地在这个冷酷的世界上一点点挪动着自己……那画上的姑娘背对着观众，但你能感觉到她渴望而动人的目光，那就是现在这位移民姑娘看着我的目光。我心中突然涌现出一种多年没出现过的异样的感觉。

"对不起，我们还有事情。"我说。

"很快的，先生，真的很快。"姑娘说。

"我们真的要走了，很对不起，小姐。"

姑娘还想说什么，儿子把几张钞票朝她扔过去，"你不就是要钱吗？别烦我们，走开！"

姑娘蹲下来，默默地把散落在地上的钱拾起来，然后站起来慢慢走到儿子身边，把钱递还到他面前。

"如果打扰了你们，真对不起。但我想问问年轻的先生，如果……"她停了好一会儿，很艰难地把话说下去，"如果我的皮肤是黄色的，您还会这样对待我吗？"

"你是说我搞种族歧视？"儿子挑衅地看着她。

"向小姐道歉！"我厉声说。

"凭什么？这些年，他们像蝗虫一样涌进来，抢走我们的工作。"

"可是，先生，欧洲移民在新大陆只干你们最不愿干的工作，拿最低的工资。"

"但像你这样的，还在红灯区败坏我们的社会风气！"

姑娘吃惊地盯着儿子，羞辱和愤怒使她说不出话来，手里的画具和钱都掉到地上。

我打了儿子一巴掌，这是我第一次打他。

儿子只愣了一秒钟，突然兴奋地抱住我，"哈哈！爸爸，你早就该有这种气魄！这才是你在联合国应该显示的气魄！这是你的一个好开端！"

他这出人意料的反应更令我怒不可遏，"滚，滚得远远的！"我冲他吼道。

"好，我滚。"儿子很高兴地走开了，以为他看到了一个脱胎换骨的新父亲。走远了还回头对我打招呼："一个好开端，爸爸！"

我呆呆地站在那儿，对自己的失态有些迷惑。除了对儿子失礼的愤怒外，还与这位姑娘在我心中产生的异样感情有关。我向她深表歉意，并同她一起蹲下来收拾地上的东西。她叫赫尔曼·艾米，英国人，只身来中国新大陆留学，在纽约州立大学学美术，她昨天刚到这里。

"我儿子是在旧大陆长大的，今年才到新大陆。在旧大陆的年轻人中，极端民族主义情绪在膨胀，像这里的分离主义一样，简直成了一种公害。"

我把散落在地上的几张画递给她，并注意到了她画夹中的一幅画，画面上有一个戴着头灯安全帽、饱经风霜的脸上满是煤灰的男人，他身后是纽约的高楼群。

"我父亲，他是伯明翰的一个矿工。"艾米指着那张画说。

"在画中，你让他到了新大陆。"

"是的，这是他永远无法实现的一个愿望。我选择了画画，就是因为画和梦一样，在其中能走进现实中永远无法走进的世界，能实现永远无法实现的愿望。"

"你的油画画得很好。"

"但我必须学中国画，这样回到欧洲后才能靠画笔生活。东方的艺术充斥着欧洲，那里很少有人对本土艺术感兴趣了。"

"中国画应该到旧大陆去学。"

"那里的签证很难办到，费用也太高。学中国画是为了生活，我最后还是要画油画的，我们的艺术总得有人继承。请您相信，先生，同大多数的英国人不一样，我不是到中国来淘金的。"

"我相信。哦，你到过故宫博物馆吗？那里有很多中国画的经典作品。"

"没有，我刚到纽约。"

"那么我带你去，作为对刚才那件事的道歉和补偿。"

同旧大陆一样，新大陆的故宫博物馆也在紫禁城中。新大陆的紫禁城皇宫建于明朝中期，位于纽约东南部，它的面积是旧大陆紫禁城的两倍，是一片金碧辉煌的东方宫殿。明朝有两个皇帝巡视过新大陆，并在这座皇宫中住过。艾米很快发现了这里与旧大陆紫禁城的不同。

"这里只有一道城墙，却有这么多城门，远不像北京的皇宫那么森严。"

"是的，新大陆是一个开放的大陆，几百年来接受着不同文化的八面来风。正因为如此，我们的封建王朝首先在新大陆覆灭。"

"您是说，如果没有新大陆，你们现在还是一个王国？"

"哈哈，这不一定，但至少，明朝不会是最后一个王朝。"

"郑和为振兴大明朝而远航，却把它推向了坟墓？"

"历史就这么不可思议。"

我和艾米漫步在古代的皇宫中，人不多，我们的脚步声在一个又一个空旷的大厅中回荡，一根根巨大的立柱在朦胧中从我们两侧缓缓移过，好像是在黑暗中俯视着我们的一个个巨人，静静的空气中仿佛游动着神秘的幻影。

我们来到了一个陈列柜前，里面陈列着许多黄得发黑的欧洲中世纪的拉丁文旧书，有《荷马史诗》，有欧几里得的《几何原理》，亚里士多德的《物理学》，还有柏拉图的《理想国》和但丁的《神曲》……其中，很多是15世纪欧洲宗教裁判所的禁书。这些都是郑和到达西欧后让翻译给他读过的。

我对艾米说："看，他读的是你们的书，从你们那儿得到了很多他没有的东西：他有指南针，却没有远航必需的欧洲精确钟表；他有比你们当时最大的船还大三倍的船，却没有欧洲绘制精确海图的技术……特别是基础科学，那时的明朝落后于欧洲，比如在地理学上，中国人仍相信天圆地方的世界。没有你们的科学，或者说没有东西方文化的融合，郑和不会接着向西航行，我们也不会得到美洲。"

"就是说，我们不像自己想象的那么贫乏。我那些自卑的年轻同胞应该有您这样的老师！"

我们谈得更多的还是艺术，看着博物馆中那些中国画的珍品，我们谈中国画最古老的源头，谈狂草派和空白派在中国的出现和流行，谈欧洲画派复兴的可能……我惊奇地发现我们有那么多的话可谈。

"像您这样正眼看欧洲文化的人不多了，我永远为您祝福，真想让您以后成为看我的画的第一个中国人。"

艾米说这话可能没有别的意思，但我还是有些心跳。

不知过了多久，我们发现刚走进的大厅有些不同，这里灯光很亮，人也很多。古老的大厅正面，放着一个高大的航天器，那是"孔子号"登月飞船着陆舱的复制品。从大厅高高的顶端射下几道多彩的光柱，聚焦到一个衬着天鹅绒的玻璃柜上。天鹅绒上放着许多大小不一的石块，每块都标着昂贵的价格。这是中国1965年首次登月时，"孔子十一号"上的宇航员从月球静海带回的岩石标本。

"真美！"艾米感叹道。

"可它们只是一些普通的石块。"我说。

"不是的，想想它们来自那么遥远的世界，包含着多少故事。就像我父亲给我的一块晶亮的煤块，它在地层深处睡了上亿年，这是多么长的时间，这时间中能有多少个人生？这些东西就像凝固了的梦一样。"

"像你这样能看到内在美的姑娘现在真是不多了！"我激动地说。我买了一块很小的岩石标本，上面系着一条银色的链子。岩石的一个切面上还可以看到登月宇航员的签字。我把它送给艾米。她不愿收这么贵重的礼物，可我坚持说这仍表示我对今天不愉快事情的深深歉意，她最后默默地收下了。在她的目光里，我又一次感到了回家的温暖，真奇怪，在一个移民姑娘的目光里。

离开故宫后，我们开着车漫无目的地在纽约乱转，只是想延长分别的时间。最后，我们来到了纽约港，隔着一片海水，对面是世界闻名的上百米高的郑和像。他的一只巨手指着前方的新大陆。现在，天已黑了，我们身后的曼哈顿灯火辉煌，如同一个巨大的宝石切面。无数道光柱集中到郑和像上，使他成为屹立于海天之间的发着蓝色光芒的巨人。

这时，我们身后有人"嗨"了一声，是我儿子。"我知道你们最后会来这儿的。"他说着，然后走到艾米面前，向她伸出手，"我向你道歉，小姐。那时我心情不好，想想我们是刚从北爱尔兰撤出来的中国人，您就会理解了。"

"孩子，"我说，"你太锋芒毕露了，这是不成熟的表现，你该成熟起来了。"我指指面前的郑和巨像，"他是你最崇拜的人，你认为他是最高大最完美的人。想像他那样去开拓一切，这也是你形成现在性格的重要原因。但现在，应该让你看到一个完整而真实的郑和了。"

"我了解郑和，我读过关于他的所有的书。"

"你读到的都是现代作家们写的书，他们只写理想的东西。"

"有什么不对吗？"

"比如说，明舰队航行到西欧已是奇迹，为什么郑和又能在那么短的时间内从西欧再次远航，跨越大西洋，发现美洲新大陆呢？"

"郑和是一个伟大的开拓者，他的每一个细胞都渴望着探索未知世界，神秘的大西洋强烈地吸引着他，就是这样，爸爸。现在中国的领航者要是有他一半的气魄就好了！"

"现在的年轻人都这么认为。"

"有什么不对吗？"

"郑和的某些方面你可能不知道，首先，作为一个男人他是残缺的，他是一个太监。"

儿子和艾米惊愕地瞪大了双眼，"你胡说！"儿子说。但很快，他似乎想起了他看过的某本书中的某些暗示，转身看着巨像沉默下来。

"巴黎战役后的第二天，郑和率领八千骑兵进入巴黎，同欧洲各君主和罗马教皇签订了那个划时代的协定。骑马走在巴黎的大街上，郑和和他的同行者第一次看到了那些古希腊风格的雕塑，他们看到了波塞冬、阿波罗、雅典娜、阿佛洛狄忒……这些在明朝的土地上不可能看到的男人女人健壮美丽的裸体被塑造得那么完美，这是西洋文化对他们产生的第一次强烈震撼。对郑和来说，这震撼更是深入灵魂，他从来没有这样铭心刻骨地意识到自己的缺憾、自己的不完美。此后，他陷入了深深的迷茫和忧郁之中，这迷茫和忧郁使他感到这个世界越来越陌生，最后，一个强烈的愿望在他和所有随行者的心中出现了……"

"什么？"

"回家。"

"回家？"

"回家。这愿望如此强烈，以至于他们想走一条更近的路。从欧洲的地理学中，他们知道了地球的形状，知道了如果一直向西，就和向东返回一样能回家。于是，在征服欧洲后不久，明朝舰队就向西，向大西洋的深处驶去。他们走啊走，走啊走，在两个月艰难的航程中，一双双眼睛望着大西洋天水相连的远方，盼望着家乡的海岸在那里浮现……终于，陆地出现了，但那不是梦中的乡土，而是一个长着龙舌兰和仙人掌、出没着红种人部落的陌生世界。当他们踏上新大陆时，并不像那些浅薄的历史作家们描写的那样欢呼雀跃，而是抱头痛哭……郑和因此一病不起，在新大陆结束了一生。之后，舰队中很多船继续沿着海岸航行，直到五年后，这些船才在白令海峡找到了通向太平洋的路。又过了五年，他们才回到魂牵梦绕的祖国，大明朝日不落帝国的世界才连为一体。"

儿子面对着巨像长久地沉思着，这可能是他有生以来最长时间的一次沉思，我感到从未有过的欣慰。

"孩子，历史和生活不是你一直认为的那种简单的征战和开拓，其中有很多说不清道不明的东西，很多需要成熟后才明白的东西。"

"是的，"艾米说，"想想，假如郑和当年按照最初的计划，最远只航行到索马里海岸就返回，后来会是什么样子？也许是一个欧洲人的船队后来首先绕过了好望角，更说不定，另一支欧洲人的船队还发现了美洲呢！"

"唉，历史啊，同人的命运很相像。"我感叹道。

"那么，爸爸，"儿子从沉思中醒来，指指艾米，"她是您的新大陆吗？"

我和艾米相视一笑，我们谁都没有否认这点。

我们身后，曼哈顿的灯火更加辉煌，纽约港的水面成了一片跳跃的光海，这又是新大陆多梦的一夜。

后　记

郑和如果一直向前航行，以后的历史会怎样？这是无数个中国人魂牵梦绕的问题。历史学家们的看法是：郑和远航的目的是落后的，只是为了"布皇恩于天下"（寻找建文帝？），而不是为了贸易和征服。在这样的指导思想下，即使明朝船队航行到西欧甚至美洲，也不会有大的作为。但笔者的看法是：人的思想在新环境中是会变化的，如果郑和真的航行到西欧，他必然会接触到西方的思想和科学，这是东方文化撞击西方文化，同以后人家的文化撞击我们完全不同，必然会结出意想不到的果实。另外，在真实的历史中，郑和远航中曾两次用兵，其中至少有一次是针对一个国家的。

在这篇科幻小说描写的世界里，中华文化有了更大的影响力和地域范围，但那不是一个理想社会，它面临着比我们的现实更多的问题、更大的危机和危险。现在重读一遍，发现这个世界造得很笨拙，同时，我自己也不喜欢小说中很重的殖民主义和霸权主义色彩。

中国文化能拟换人类的殖民历史吗

——《西洋》的言说与沉思

姜振宇

《西洋》在整个刘慈欣的科幻创作当中，提供了一个特殊的阐释空间。作为"拟换历史"类的文本，它当中有虚构历史与现实世界的二元对立；小说以殖民者归还租借地开篇，提供了另一种拟换性的观察视角；主人公"我"与"儿子"之间的矛盾最为明显，但实际上指向的是历史的复杂真实与浅薄宏大叙事之间的对立；这种对立很快让位于"我"与"艾米"之间的逐渐协调和相爱，他们所分别代表的中外文化在宇宙与科技面前达到了统一。

在刘慈欣的所有作品当中，《西洋》是最为特殊、争议也最大的一篇。一方面是因为，在创作这篇作品之时，刘慈欣刚刚进入创作的旺盛期，整体风格并未完全定型，作者在有意地不断探索多种创作方向；另一方面，在"拟换历史"（Alternate History）的基本模式下，《西洋》所选取的题材，暗含着远比作者本意深刻得多也宽泛得多的阐释与讨论空间。

就小说本身的艺术效果和最终的影响来看，作品并不能说很成功。《西洋》创作于 1999 年，但直到 2002 年才被收入韩松主编的《2001 年度中国最佳科幻小说集》；之后在作者的各种短篇作品选当中，本篇也极少入选。而放到作者本人的创作生涯当中，《西洋》的创作大致与《鲸歌》《坍缩》《微观尽头》

《带上她的眼睛》处在同一时期。虽然作者一直强调自己"对用科幻隐喻反映现实不感兴趣"①，但无论是从"拟换历史"的文类自身，还是从之后的读者反映来看，作品与中国的社会现实之间显然存在某种张力，并进而提供了丰富的阐释可能。

在谈及本篇的创作动机时，刘慈欣给出的理由是："主要是想写一种当时国内很少见的科幻类型"②。从文类角度来看，拟换历史有时也被翻译成"颠倒历史"；而在《西洋》诞生的 20 世纪 90 年代末，它也还没有与"架空世界""架空历史"以及"穿越"等不同层面和角度的概念进行混淆——简而言之，《西洋》所遵循的文类惯例，类似于菲利普·迪克（Philip K. Dick）的《城堡里的男人》（*The Man in the High Castle*）。

在这类小说中，世界的历史走向总是在某一时刻发生了偏移（《城堡里的男人》是"轴心国赢得'二战'"，《西洋》是"郑和的船队'继续向前走'"）；故事的主要书写对象，是发生了偏移之后的"世界"本身（而不止于一两个人物的"改变世界"或"塑造历史"）；具体的情节时间，则是历史偏移了之后的"现在"（而非始于历史偏移的当时）。

当然，按照菲利普·迪克的一贯风格，《城堡里的男人》要比上述设定更为复杂一些：作者在作品被拟换的历史当中，引入了第三重"历史"，即"同盟国赢得'二战'的世界"。这就使得在文本之内，历史、虚构以及叙事本身构成了循环往复的多重指征，而这一过程在《西洋》中则付诸阙如，这就使得文本须在与现实的密切关联当中，才能构成意义。那么，科幻虚构的文本边界也因此而被自然打破，在"如果这样，又会如何"（What if）的设置之下构建另一种历史的思想实验，不得不被放置到更广阔的现实生活语境中进行考量——这恰恰是作者本人所一贯试图回避的。

与虚构的历史和现实世界之间的关联性相似，我们可以从《西洋》中见到

---

① 专访刘慈欣：我对用科幻隐喻反映现实不感兴趣［EB/OL］. http://book.sohu.com/20110720/n314035545.shtml.

② 来自作者与笔者的私人通信。

一连串极富张力的二元对立。而正是在对这些关系双方的深入探讨中，作者原本的创作思路和意图也才会呈现出来，并显得与众不同。

小说以郑和并未返航，而是驶向好望角开篇，但实际故事的起点则是"1997 年 7 月 1 日，中国向英国归还北爱尔兰"。单从形式上看，虽然这时候还囿于"蝴蝶效应"的传统套路，《三体Ⅲ·死神永生》中那种通过对古代历史的叙述来暗示此后整体情节走向的结构，已初具雏形。

必须注意到，在创作的当时，恰逢香港、澳门的次第回归。虽然如前所述，作者极力否认作品对现实的隐喻或批判态度，但题材上的关联性则无法回避。"领土回归"与"归还租界"两种叙述视角，明确地在文本与现实之间形成了二元对立，而事件当中那种微妙的内在矛盾得到了强调：对于被殖民者来说，在近百年前的租借地重新行使主权，既是对国家民族之耻辱的洗刷，也是一种重提；而站在殖民者的角度，老大帝国日薄西山的压抑感，与对历史辉煌的追忆也彼此交融。无论对于哪一方，自豪感与屈辱感都始终如影相随，难以区分。单纯从作者试图臆想一个"中国统治世界"的角度来解读这部作品，显然失之偏颇，而这种历史事件的复杂性与内在矛盾、对立，正是贯穿文本的基本特征。

在进入叙述情节之后，与大部分科幻小说最为人诟病的特征相符，对这五百年历史的交代由"我"与"儿子"之间的对话勉强完成。出人意料的是，虽然这场对话明显是为了向读者展现世界历史背景而刻意为之，但其中两者的形象却得到了罕见的突出刻画。尽管从整体上看，其中的人物仍旧不是书写的目的，而仅仅是在传达作者的理念，以及发挥结构性作用；但作者仍然有意为他们设置了颇为复杂的背景：

在夫妻关系上，夫弱妻强的政府地位与婚姻破裂之间有无直接联系并未得到展开，但作者显然是有意将其比作"就像中国没有希望留住北爱尔兰一样"[①]，而在儿子这里，家庭的悲剧在"丢失了北爱"面前却显得毫不重要。

---

① 刘慈欣. 西洋［M］// 韩松. 2001 年度中国最佳科幻小说集. 成都：四川人民出版社，2002：379.

当然，这种国家情感远大于家庭情感的态度，被作者刻意幼稚化了：取代一个十五岁的个体自身经验的，是"小学的历史课本"上的宏大叙事。即便这种肤浅的宏大叙事在小说的最后崩塌，并且成为儿子沉思与成长的契机，但经由"郑和是个太监"所引发的，也仅仅是宏大叙事的更深层次。甚至在触及"很多说不清道不明的东西，很多需要成熟后才明白的东西"之后，个体自身，以及个体与个体之间的直接情感经验，仍旧为"她是您的新大陆吗"这样的比拟所遮蔽。

除了儿子的成长之外，"我"与"艾米"的相识和相爱是另一条充满微妙暗示的情节线索。作者讨巧地将艾米的出场与儿子的退场放在一起，此后三人的会面，又发生在爱情发生之后，由此故事当中的对立被始终限制在两个立场之间：这对于作者的书写来说，显然是较为方便的，但同时也使得我们的分析更容易深入。

不同于"我"和"儿子"之间的直接冲突，"我"和"艾米"之间的关系，看似是文本之外中西人物形象的简单置换，实际上却隐约指向了另一种儒家文化主导下的世界范式：这一类似的拟换性，可以与韩松的《红星照耀美国》相比较参看。同样是中西、中美地位的转变，在刘文与韩文中，最大的共同特征，在于向中国文化去追问弥补现实的种种可能。而差异之处更多：刘慈欣幻想过去，而韩松寄希望于未来；刘慈欣依照的是故去的光荣，而韩松则等待未来的衰落；《西洋》探讨的是中西文化的内部逻辑，并且将希望寄托在超越性的外部可能上，而《红星照耀美国》虽然展示人类文化与科技的种种方向，却暗示着即便是外星人的拯救，也并不能确保未来"福地"的降临。

恰如刘慈欣在后记中直陈，即便是这个虚构的拟换历史，也"面临着比我们的现实更多的问题"，当中又有着"很重的殖民主义和霸权主义色彩"。在小说里，郑和的拟换性选择，仅仅是构成科幻故事的起点，虽然这一"设定"（及其臆想式的后果）在很大程度上掩盖甚至支配了作者所真正试图讨论的文化问题：作者有意将"新文化运动"前推了五百年，并将郑和所代表的中国传统文化与西方——准确地说，古希腊——文化的交融与封建帝国的崩溃联系在一起。在刘慈欣笔下，作为先祖的郑和们，既是征服者，也是学习者，而"我"正是这种二元对立所产生的理想人格：虽然主人公在家庭与国家的同时分裂面前显得有些手足无措，好在艾米这一形象适时出现。

艾米的矿工父亲将她从"贫困的欧洲"送到新大陆来学习美术。在她的身上，中国与欧洲、中国画与欧洲本土油画仍然是分裂和对立的，恰如"我"与艾米在肤色、地位上的截然对立。在刘慈欣所摹写的理想文化状况当中，对立可以消解，分裂可以弥合，而外来移民与本土居民也可以产生真正的爱情。但在这个过程当中，真正发挥作用的，并非单纯的儒家文化，抑或中西文艺与科学的简单结合，而是远远高于人类文化的科学与技术，以及对它们的审美。

与小说之外的现实直接对应，小说里中国的"孔子十一号"于 1965 年登月。在作者眼中，宇航员从月球静海带回岩石标本，与"在地层深处睡了上亿年"的煤块有着相类似的美感。实际上，正是这些凝聚在"普通的石块"当中的美和意义，构成了刘慈欣科幻美学的基本内核。

作者将这种认同感乃至归属感描述为"回家的温暖"，这显然有明确的指代：小说当中还有两处提及"回家"，一处是在主人公回国时面对海关小姐的感受，另一处则是五百年前，彼时郑和为古希腊艺术所震撼，而回家的迫切愿望却未能实现，新大陆的发现也对此毫无裨益。古人的回家愿望未能完成，今人的文化认同，其实际效果相当有限。如果说儿子最初并不对"回家"有所感触还可以归咎于幼稚和肤浅，那么局限在地球表面上的文化革新，也仍旧不能处理分离主义和极端民族主义。一如作者自陈，《西洋》所造就的，实在是一个笨拙的世界，但我们的历史与现实，实在更加糟糕。至于面向星辰大海的科幻梦想，虽然是作者在当时开出的简要甚至有些幼稚的疗救方案，但好在还暗示着一个相对美好的夜晚，这正是作品的情感至归。

（姜振宇：北京师范大学文学院博士生）

超新星纪元

刘慈欣

这时，地球是天上的一颗星。

这时，北京是地上的一座城。

在这座已是一片灯海的城市里，有一所小学校，在校园里的一间教室中，一个毕业班正在开毕业晚会，像每一个这种场合必不可少的，孩子们开始畅谈自己的理想，未来像美丽的花朵一样在他们眼前绽开。

班主任郑晨是一名年轻的女教师，她问旁边的一个女孩儿，"晓梦，你呢？你长大想干什么？"那女孩儿一直静静地看着窗外想心事，她穿着朴素，眼睛大而有神，透出一种与年龄不相称的忧郁和成熟。

"家里困难，我将来只能读职业中学了。"她轻轻叹了一口气说。

"那华华呢？"郑晨又问一个很帅的男孩儿，他的一双大眼睛总是不停地放出惊喜的光芒，仿佛世界在他的眼中，每时每刻都是一团刚刚爆发的五彩缤纷的焰火。

"未来太有意思了，我一时还想不出来，不管干什么，我都要成为最棒的！"

"其实说这些都没什么意思，"一个瘦弱的男孩儿说，他叫严井，因为戴着一副度数很高的近视镜，大家都管他叫眼镜，"谁都不知道将来会发生什么，未来是不可预测的，什么事情都可能发生。"

华华说："用科学的方法就可以预测，有未来学家的。"

眼镜摇摇头："正是科学告诉我们未来不可预测，那些未来学家以前做出的预测没有多少是准的，因为世界是一个混沌系统，混沌系统，三点水的沌，不是吃的馄饨。"

"这你好像跟我说过，这儿蝴蝶拍一下翅膀，在地球那边就有一场风暴。"

眼镜点点头："是的，混沌系统。"

华华说："我的理想就是成为那只蝴蝶。"

眼镜又摇摇头："你根本没明白：我们每个人都是蝴蝶，每只蝴蝶都是蝴蝶，每粒沙子和每滴雨水都是蝴蝶，所以世界才不可预测。"

"同学们，"班主任站起身来说："我们最后看看自己的校园吧！"

于是，孩子们走出了教室，同他们的班主任老师一起漫步在校园中。这里的灯大都灭着，大都市的灯光从四周远远地照进来，使校园的一切显得宁静而朦胧。孩子们走过了两幢教学楼，走过了办公楼，走过了图书馆，最后穿过那排梧桐树，来到操场上。这43个孩子站在操场的中央，围着他们年轻的老师，郑晨张开双臂，对着在城市的灯光中暗淡了许多的星空说：

"孩子们，童年结束了。"

这似乎只是一个很小的故事，43个孩子，将离开这个宁静的小学校园，各自继续他们刚刚开始的人生旅程。

这似乎是一个极普通的夜，在这个夜里，时间一如既往平静地流动着，"不可能两次进入同一条河流"不过是古希腊人的梦呓，在人们心中，时间的河一直是同一条，以永恒的节奏流个没完。所以，即使在这个夜里，这个叫地球行星上的名字叫人的碳基生物，在时间长河永恒感的慰藉下，仍能编织着已延续了无数代人的平静的梦。

这里有一个普通的小学校园，校园的操场上有43个13岁的孩子，同他们年轻的班主任一起仰望着星空。

苍穹上，冬夜的星座：金牛座、猎户座和大犬座已沉到西方地平线下；夏季的星座：天琴座、武仙座和天秤星座早已出现。一颗颗星如一只只遥远的眸子，从宇宙无边的夜海深处一眨一眨地看着人类世界，只是在今夜，这来自宇宙的目光有些异样。

这时，人类所知道的历史已走到了尽头。

死 星

在我们周围十光年的太空里，有大团的宇宙尘埃存在，这些尘埃像是漂浮在宇宙夜海中的乌云。正是这片星际尘埃，挡住了距地球八光年的一颗恒星，那颗恒星直径是太阳的 23 倍，质量是太阳的 67 倍。现在它已进入了漫长演化的最后阶段，离开主星序，步入自己的晚年期，我们把它称为死星。

如果它有记忆的话，也无法记住自己的童年。它诞生于五亿年前，它的母亲是另一片星云。经过剧变的童年和骚动的青年时代，核聚变的能量顶住了恒星外壳的坍缩，死星进入了漫长的中年期，它那童年时代以小时、分钟甚至秒来计算的演化现在以亿年来计算了，银河系广漠的星海又多了一个平静的光点。

但如果飞近死星的表面，就会发现这种平静是虚假的。这颗巨星的表面是核火焰的大洋，炽热的火的巨浪发着红光咆哮撞击，把高能粒子像暴雨般地撒向太空；大得无法想象的能量从死星深深的中心涌上来，在广阔的火海上翻起一团团刺目的涌浪；火海之上，核能的台风在一刻不停地刮着，暗红色的等离子体在强磁场的扭曲下，形成一根根上千万公里高的龙卷柱，像伸向宇宙的红色海藻群……死星在人类看到的星空中应该是很亮的，它的视星等是 −7.5，如果不是它前方三光年处那片星际尘埃挡住它射向地球的光线的话，将有一颗比最亮的恒星——天狼星还亮 5 倍的星星照耀着人类历史，在没有月光的夜晚，那颗星星能在地上映出人影。那梦幻般的蓝色星光，一定会使人类更加多愁善感。

死星平静地燃烧了四亿六千万年，它的生命壮丽辉煌，但冷酷的能量守恒定律使它的内部不可避免地发生了一些变化：随着氦的沉积，它那曾是能量源泉的心脏渐渐变暗，死星老了。又经过一系列复杂的变化，死星中心的核聚变已无法支撑沉重的外壳，曾使死星诞生的万有引力现在干起了相反的事，死星在引力之下坍缩成了一个致密的小球，组成它的原子在不可思议的压强下被压碎，首先坍塌的是核心，随后失去支撑的外壳也塌了下来，猛烈地撞击致密的核心，在瞬间最后一次点燃了核聚变。

五亿年引力和火焰的史诗结束了，一道雪亮的闪电撕裂了宇宙，死星化作亿万块碎片和尘埃。强大的能量化为电磁辐射和高能粒子的洪流，以光速涌向宇宙的各个方向。在死星爆发三年后，能量的巨浪轻而易举地推开了那片星际尘埃，向太阳扑来。

　　死星的强光越过了人马座三星后，又在冷寂而广漠的外太空走了四年，终于到达了太阳系的外围（这时，那个小学班级的毕业晚会刚刚开始）。

　　死星的强光越过了冥王星，在它那固态氮的蓝色晶体大地上激起一片蒸气；很快，强光又越过了天王星和海王星，使它们的星环变得晶莹透明；越过了土星和木星，高能粒子的狂风在它们的液体表面掀起一阵磷光；死星的能量到达月球，哥白尼环形山和雨海平原发出一片刺目的白光。又过了一秒钟，在太空中行走了八年的死星的能量到达地球。

夜空骄阳

是中午了！

这是孩子们视力恢复后的第一个感觉，刚才的强光出现得太突然，仿佛有谁突然打开了宇宙中一盏大电灯的开关，使他们暂时失明了。

　　这时是 22 点 18 分，但孩子们确实站在正午的晴空之下！抬头看看这万里碧空，他们倒吸了一口冷气。这绝不是人们过去看到的那种蓝天，这天空蓝得惊人，蓝得发黑，如同超还原的彩色胶卷记录的色彩；而且这天空似乎纯净到了极点，仿佛是过去那略带灰白的天空被剥了一层皮，这天空的纯蓝像皮下的鲜肉一样，似乎马上就要流出血来。城市被阳光照得一片雪亮，看看那个太阳，孩子们失声惊叫起来。

那不是人类的太阳！

　　那个夜空中突然出现的太阳的强光使孩子们无法正视，他们从指缝中瞄了几眼，发现那个太阳不是圆的，它没有形状，事实上它的实体在地球上看去和星星一样是一个光点，白色的强光从宇宙中的一个点迸发出来，但由于它发出的光极强（视星等为 –51.23，几乎是太阳的两倍），所以看上去并不小。它发出的光芒经大气的散射，好像是西天悬着的一个巨大而刺目的毒蜘蛛。

操场上的孩子们还没回过神来，空中就出现了闪电，这是由于死星的射线电离大气造成的。长长的紫色电弧在纯蓝的天空中出现，越来越密，雷声震耳欲聋。

"快！回教室去！"郑老师喊，孩子们纷纷向教学楼跑去，每个人都捂着头，阵阵雷声在他们头顶炸响，仿佛整个世界都在分崩离析。跑进教室后，孩子们都瑟瑟发抖地在老师的周围挤成一团。死星的光芒从一侧窗户中透射进来，在地板上投下明亮的方形；另一侧窗户则透进闪电的光，那蓝紫色的电光在教室的这一半急骤地闪动。空气中开始充满了静电，人们衣服上的金属小件，都噼噼啪啪地闪起了小火花；皮肤上的汗毛都竖了起来，使人觉得浑身痒痒；周围的物体都像长了刺似的扎手。

死星在宇宙中照耀了 1 小时 25 分钟后，突然消失了。现在，只有巨大的射电望远镜阵列才能探测到死星的遗体——一颗飞速旋转的中子星，它发出具有精确时间间隔的电磁脉冲。

孩子们把脸贴在教室的玻璃窗上，从头至尾目睹了这没有日落的日落，这最怪异的黄昏。他们看到，天空的蓝色渐渐变深，很快成了夜幕降临时的蓝黑色。死星的光芒在收敛，在它的周围形成了一片暮曙光，这暮曙光最初占据了半个天空，很快缩小至围着死星的一圈，色彩由蓝紫色过渡到白色，这时天空的大部分已黑了下来，零星的星星开始出现。死星周围的光晕继续缩小，最后完全消失。死星这时已由一个光芒四射的光源变成了一个亮点，当星空完全重现时，它仍是最亮的一颗星，然后它的亮度继续减小，成了银河系中一颗普通的星星，5 分钟后，死星完全消失在宇宙深渊中。

看到闪电停了，孩子们跑出教室，他们发现自己置身于一个荧光世界中，在黑色的夜空下，外面的一切：树木、房屋、地面……全都发出蓝绿色的荧光，仿佛大地和它上面的一切都变成了半透明的玉石，而大地的深处有一个月亮似的光源照上来，把其光亮浸透于玉石之中。夜空中悬浮着发着绿光的云朵，被死星惊动的鸟群像一群发着绿光的精灵从空中飞快掠过。最让孩子们震惊的是，他们自己也发出荧光，从黑暗中看去如负片上的图像，像一群幽灵。

"我说过嘛，什么事情都会发生的……"眼镜喃喃地说。

这时，教室里的灯亮了，周围城市的灯光也相继亮了起来，孩子们才意识到刚才停电了。随着灯光的出现，那无处不在的荧光消失了。孩子们原以为世界恢复了原状，但他们很快发现让人震惊的事情还没有完。

在东北方向的天边有一片红光，过了一会儿，那个方向的天空中升起了发着暗红色光的云层，像刚刚出现的朝霞。

"这次是真的天亮了！"

"胡说，还不到12点呢！"

那红云浩浩荡荡地飘过来，很快覆盖了半个夜空，这时孩子们才发现，那云本身就发光。当红云的前缘飘至中天时，他们看到那里由一条条巨大的光带组成的，像是从太空中垂下的无数条红色的帷幔，在缓缓地扭动变幻。

"是北极光呀！"有孩子喊。

由死星的辐射产生的极光很快布满了整个天空，在以后的两天，东半球的夜空都涌动着红色的光幔。

在死星出现的那个位置，浮现出一小片发光的星云！这是超新星爆发后留下的尘埃，死星残骸发出的高能电脉冲激发了它，使其在可见光波长发出同步加速辐射，人类才能看到它。星云现在还很小，初看上去只像一颗昏暗的星星，仔细看才能看出形状，但它在缓慢地长大，按照它的形状，人们称它为玫瑰星云。

从此，玫瑰星云将照耀着人类历史，直至这个继恐龙之后统治地球的物种毁灭或永生。

山谷世界

死星的出现对人类世界来说无疑是一件大事。从天文学的角度来讲，说这次超新星爆发近在眼前已不准确，应该是近在睫毛上。但到了第二天，普通人已经重新埋头于自己平淡的生活了，人们对超新星的兴趣，仅限于玫瑰星云又长到了多大、形状又发生了什么变化，不过这种关注已是休闲性质的了。

超新星爆发后的第三天，郑晨接到了校长的一个紧急通知，让她集合已放假的毕业班。郑晨很奇怪，这个班已正式毕业，按说已与她的学校没有什么关系了。当这个班的 43 个孩子又在他们的母校集合后，发现操场上有一辆大轿车在等着他们，车上下来 3 个人，其中那个负责的中年人叫张林，校长介绍说他们来自中央非常委员会。

"非常委员会？"这个名称让郑晨很困惑。

"是一个刚成立的机构。"张林简单地说，"您这个班的孩子要有一段时间不能回家，我们负责通知他们的家长，您对这个班比较熟悉，和他们一起去吧。不用拿什么东西了，现在就走。"

"这么急？"郑晨吃惊地问。

"时间紧。"张林简单地说。

载着 43 个孩子的大轿车出了城，一直向西开。张林坐在郑晨的旁边，一上车就仔细地看这个班的学生登记表，看完后两眼直视着车的前方，沉默不语。另外两个年轻人也是一样，看着他们那凝重的神色，郑晨也不好问什么。这气氛也感染了孩子们，他们一路上很少说话。车过了颐和园继续向西开，一直开到西山，又在丛林间的僻静的山间公路上开了一会儿，来到一个山谷里，山谷两边的山坡很平缓，到深秋的时候这里可能会有很多红叶，但是现在还是一片绿色。谷底有一条小河，挽起裤脚就能走过去。车停在公路旁的一块空地上，这里已经停着一大片与这辆车一模一样的大轿车，郑晨和她的学生们下了车，看到这里已聚集了许多孩子，可能有上千名，他们的年龄看上去与这个班孩子的年龄差不多。

一位负责人站在一块大石头上大声讲话。

"孩子们，现在我告诉你们此行的目的：我们要做一个大游戏！"

他显然不是一个常与孩子打交道的人，说话时一脸严肃，没有一点儿做游戏的样子，但却在孩子们中引起了一阵兴奋的骚动。

"你们看，"他指指这个山谷，"这就是我们做游戏的场地。你们 24 个班，每个班将在这里分到一块地，面积有 3 ~ 4 平方公里，已经不小了。你们每个班将在这块土地上……听着，将在这块土地上建立一个小国家！"

他最后的这句话吸引了孩子们的注意力，上千双眼睛一动不动地聚焦在他身上。

"这个游戏为期 15 天，这 15 天时间你们将自己生活在分配给你们的国土上！"

孩子们欢呼起来。

"安静安静！听我说：在这 24 块国土上，已经放置了必需的生活资料，如帐篷、行军床、燃料、食品和饮用水，但这些物资并不是平均分配的，比如有的国土上帐篷比较多，食品比较少，有的则相反。但有一点可以肯定：这些国土上总的生活物资的数量，是不够维持这么多天的生活的，你们将通过以下两个渠道获得生活物资：

"一，贸易，你们可以用自己多余的物资来换取自己短缺的物资，但即使这样，仍不可能使你们的小国家维持 15 天，因为生活物资的总量是不够的，这就需要你们——

"二，进行生产，这将是你们的小国家中主要的活动和任务。生产是在你们的国土上开荒，在开好的地上播下种子并浇上水。你们当然不可能等到田地里长出粮食，但根据你们开垦的土地的数量和播种灌溉的质量，可从游戏指挥组这里换到相应数量的食品。这 24 个小国家是沿着这条小河分布的，它是你们的共同资源，你们将用小河的水灌溉开垦的土地。

"国家的领导人由你们自己选举，每个国家有 3 位最高领导人，权力相等，国家的最高决策由他们共同做出。国家的行政机构由你们自己设置，你们自己决定国家的一切：如建设规划、对外政策等，我们不会干涉，国家的公民可以自由流动，你觉得哪个国家好就可以去哪里。

"下面就到分配给你们的国土上去，首先给你们的国家起个名字，报到指挥组来，剩下都是你们自己的事了。我只想告诉你们，这场游戏的限制很少很少，孩子们，这些小国家的命运和未来掌握在你手里，希望你们使自己的小国家繁荣壮大！"

这是孩子们见过的最棒的游戏了，他们一哄而散，纷纷奔向自己的国土。

在张林的带领下，郑晨的班级很快找到了他们的国土，在这个被白色栅栏围起来的区域里，河滩和山坡各占一半，在河滩和山坡的交接处整齐地堆放着帐篷和食品等各种物资。孩子们向前跑去，在那堆物资中翻腾起来，把张林和郑晨甩在后面。郑晨听到孩子们发出一阵惊呼声，然后围成一圈看着什么，她走过去分开孩子们向地上看去，一时像见了鬼。

在一块绿色的篷布上，整齐地摆放着一排冲锋枪。

郑晨对武器比较陌生，但她肯定这些不是玩具。她弯腰拿起其中的一支，有种沉甸甸的质感，还闻到了一股枪油味，那钢制的枪身现出冷森森的蓝色光泽。她看到旁边还有三个绿色的金属箱，一个孩子打开其中的一个，露出了里面装着的黄灿灿的子弹。

"叔叔，这是真枪吗？"一个孩子问刚走过来的张林。

"当然，这种微型冲锋枪是我军最新装备的制式武器，它体积小、重量轻，枪身可折叠，很适合孩子使用。"

"哇……"男孩子们兴奋地去拿枪，但郑晨厉声说："别动！谁也不许碰这些东西！"然后转身质问张林："这是怎么回事？"

张林淡淡地说："作为一个国家，必需的物资中当然包括武器。"

"你刚才说，适合孩子们……使用？"

"呵，你不必担心，"张林笑笑说，弯腰从弹药箱中拿出一排子弹，"这种子弹是没有杀伤力的，它实际上是粘在一小片塑料两侧的两小团金属丝，分量很轻，射出后速度很快减慢，击中人体也不会造成伤害。但这两团金属丝充有很强的静电，击中目标时会产生几十万伏的放电，会把人击倒并失去知觉，但其电流强度很小，被击中的人会很快恢复，不会造成永久伤害。"

"被电击怎么能不造成伤害？"

"这种弹药最初是作为警用的，曾做过大量的动物和人体试验，西方警察早在80年代就装备过这种子弹，有过大量的使用案例，从没有造成伤亡。"

"如果打到眼睛上呢？"

"可以戴上护目镜。"

"如果被击中的人从高处摔下来呢？"

"我们特别选了比较平缓的地形……当然应该承认，绝对保证安全是很难的，但受伤的机会确实很小。"

"你们真的要把这些武器交给孩子们，并允许他们对别的孩子使用它？"

张林点点头。

郑晨的脸色变得苍白："不能用玩具枪吗？"

张林摇摇头："战争是国家历史中不可少的组成部分，我们必须尽可能制造一种真实的氛围，得出的结果才可靠。"

"结果？什么结果？"郑晨惊恐地盯着张林，像在看一个怪物，"你们到底要干什么？"

"郑老师，您冷静些，我们做得很节制了，据可靠情报，有一半国家让孩子们使用实弹。"

"一半国家？全世界都做这种游戏？"

郑晨用恍惚的眼神四下看了看，似乎在确定她是不是处在噩梦中，然后努力使自己平静下来，撩了一下额前的乱发说："请送我和孩子们回去。"

"这不可能，这个地区已经戒严了，我对您说过这个工作极其重要……"

郑晨再次失去控制："我不管这些，我不允许你们这样做，作为一名教师，我有自己的责任和良心！"

"我们也有良心，但同样有更大的责任，正是这两样东西迫使我们这样做。"张林用很真诚的目光看着郑晨，"请相信我们。"

"送孩子们回去！"郑晨不顾一切地大喊。

"请相信我们。"

这不高的话音是从郑晨身后传来的，她觉得这声音很熟，但一时又想不起在哪儿听到过。看到面前的孩子们都在呆呆地看着她身后的方向，她转过身来，看到这里已站了许多人，当她看清这些人时，更觉得自己不是在现实中了，这反而使她再次平静下来。这些人中，她认出了后面几位在电视上常见到的国家高级领导人，但她最先认出的是站在最前面的两个人。

他们是国家主席和国务院总理。

"有在噩梦中的感觉，是吗？"主席神情祥和地问。

郑晨说不出话，只是点点头。

总理说："这不奇怪，开始我们也有这种感觉，但很快就会适应的。"

主席的一句话使郑晨多少清醒过来："你们的工作很重要，关系到国家和民族的命运，以后我们会对大家解释清楚这一切的，到那时，老师同志，你会为你以前和现在所做的工作感到自豪的。"

一行人开始向相邻的那片小国土走去，总理走了一步又停下来，转身对郑晨说："年轻人，现在你要明白的只有一点：世界已不是原来的世界了。"

"同学们，给我们的小国家起个名字吧！"眼镜建议。

这时，太阳已从山脊落下，给山谷撒下了一层金辉。

"就叫太阳国吧！"华华说，看到大家一致赞同，他又说："我们要画一面国旗。"

于是，孩子们从那堆物资中找到一块白布，华华从带来的书包中拿出一支粗记号笔，在上面画了一个圆圈，"这是太阳，谁有红色笔，把它涂上。"

"这不成了日本旗吗？"有孩子说。

晓梦拿过笔来，在太阳中画上了一双大大的眼睛和一张笑嘻嘻的嘴巴，又在太阳的周围画上了象征光芒的放射状线条，于是这面国旗也得到了孩子们的认同。在超新星纪元，这面稚拙的国旗被作为最珍贵的历史文物保存在国家历史博物馆。

"国歌呢？"

"就用少先队的队歌吧。"

当太阳完全升出来时，孩子们在他们小小的国土中央举行了升旗仪式。

仪式结束后，张林问华华："为什么首先想到设计国旗和国歌呢？"

"国家总得有一个，嗯，象征吧，总得让同学们看到国家吧，这样大家才有凝聚力！"

张林在笔记本上记下了些什么。

"我们做得不对吗？"有孩子问。

张林说："已经说过，你们自己决定这里的一切，照自己想的去做，我的任务只是观察，绝不干涉你们。"他又对旁边的郑晨说："郑老师，你也是这样。"

然后孩子们选举国家领导人，过程很顺利，华华、眼镜和晓梦当选。华华让吕刚组建军队，结果班里的 25 个男孩子全是军队成员，其中的 20 个孩子领到了冲锋枪，吕刚安慰那 5 个没领到枪的怒气冲冲的男孩儿，答应这几天大家轮换着拿枪。晓梦则任命林莎为卫生部长，让她管理生活物资中所有的药品，并给可能出现的病人看病。孩子们决定，其他的机构在国家的运行过程中根据需要建立。

然后孩子们开始在新国土上安家，他们清理空地，并在上面支起帐篷，当几个孩子钻进刚支起的第一顶帐篷时，它倒了下来，把孩子们盖到里面，费了好大劲儿才钻出来，但这也让他们很开心。到中午时，他们终于支起了几顶帐篷，并把行军床搬进去，基本安顿了下来。

在孩子们开始做午饭前，晓梦建议，应该把所有的食品和饮用水清点一下，对每天的消耗量做一个详细的计划。头两天的食品应尽量节省，因为开荒开始后，劳动强度更大，大家会吃得更多。还要考虑到开荒不顺利，不能从指挥组那里及时换到食品的情况。孩子们干了一上午活儿，胃口都出奇的好，现在又不让敞开吃，大家都很有意见，但晓梦还是晓之以理，用极大的耐心说服了大家。

张林在旁边默默地观察着这一切，又在本子上记了些什么。

饭后，孩子们走访了邻国，与他们进行了一些易货贸易，用多余的帐篷和工具换来了较短缺的食品，同时了解了自己的国家所处的位置：他们在小河这一侧，上游的邻国是银河共和国，下游邻国是巨人国，小河正对岸是伊妹儿国，它的上下游分别是毛毛虫国和蓝花国（分别以本国国土上的特色物产命名）。山谷中还有其他 18 个小国家，但距这里有一段距离，孩子们不太感兴趣。

其后的一天一夜是山谷世界的黄金时代，孩子们对新生活充满了兴奋和热情。第二天，所有的小国家都开始在山坡上开荒，孩子们使用铁锹和锄头等简单工具，用塑料桶从小河中提水浇地。晚上，小河边燃起一堆堆篝火，山谷中回荡着孩子们的歌声和笑声，这时的山谷世界完全是一个童话中美丽的田园国度。

但童话世界很快消失了，灰色的现实又回到了山谷。

随着新鲜感的消失，开荒劳动的强度开始显现出来，孩子们一天干下来累得筋疲力尽，回到帐篷里倒在行军床上不想起来，晚上山谷中一片寂静，再也没有歌声和笑声了。

小国家之间的自然资源差别也显现出来，虽然相距不远，但有的国土土质松厚，开垦容易，有的则全是乱石，费半天劲也开不出多少地来。太阳国的国土属于最贫瘠之列，不但山坡上的土质极差，最要命的是河滩太宽。指挥组有一个规定：较平整的河滩只能作为居住地，开荒必须在山坡上，在河滩里开出的地不被承认。有的国土山坡距小河较近，可以排成一个人链向山坡上传递水桶浇地，这是一个高效省力的办法。但太阳国宽宽的沙滩拉大了小河与山坡的距离，排不成人链，只能单人一桶桶地向坡上提水，劳动强度增大了许多。

眼镜这时提出了一个设想：在小河中用大石块筑一道坝，河水可以从坝上漫过或从石块的缝隙中流走，但水位也相应抬高了；再在山坡下挖一个大坑，用一条小水渠把河水引到坑里。于是太阳国抽调了 10 名壮劳力干这个工程。工程一开始就遭到了下游巨人国和蓝花国的强烈抗议，虽然眼镜反复向他们解释，坝只是抬高了水位，河水仍从坝上流过，不会影响下游河段的流量和水位，但下游两国死活不答应。华华主张不管它们的抗议，工程照常进行。但晓梦经过仔细考虑后认为，应该搞好与邻国的关系，从长远考虑不能因小失大，同时小河是山谷世界的公共资源，与它有关的事情都很敏感，太阳国应该在山谷世界树立起自己良好的形象；眼镜则从实力方面考虑，虽然吕刚一再承诺一旦与下游两国爆发冲突，军队能保证国家的安全，但人家毕竟是两个国家，轻率挑起冲突是不理智的。于是，太阳国放弃了原工程计划，在不建坝的情况下挖了一条引水渠，这样水渠要比原设计挖得深一倍，引到山脚下坑里的水也比原来少得多，但还是使开荒效率提高了很多。

现在，太阳国似乎引起了指挥组的注意，派驻太阳国的观察员除张林外又增加了一个人。

第三天，各种纠纷和冲突在山谷世界急剧增多，大部分都是因自然资源的分配和易货贸易引起的，孩子们对冲突的调解是没有什么技巧和耐心的，山谷中开始出现枪声。开始，这些冲突都局限在小范围内，还没有扩大到整个山谷世界。在太阳国这一带，局势相对平静，但下午由饮水引起的冲突彻底打破了这种平衡。

小河中的水浑浊不堪，不能饮用，而山谷世界中随生活物资配发的饮用水数量是一定的，但分配不均，有的小国家占有的饮水数量是其他小国家的几倍甚至十几倍，这种分配的差别远大于其他物资，显然是策划者有意设置的。开荒的成果只能换取粮食而不能换饮水，所以在第二天以后，饮水问题成了一些小国家生存下去的关键，自然也成了冲突的焦点。在太阳国周围的5国中，银河共和国占有的饮水量最大，是其他小国家的近10倍。它对面的毛毛虫国饮水首先耗尽，那个小国家的孩子们干什么都无计划，挥霍无度，开始因懒得去河里取水，洗脸洗手都用饮用水，结果早早就陷入了困境。于是他们只好与河对岸的银河共和国谈判，想通过易货贸易来换取饮用水，但对方提出的要求让他们绝对无法接受：银河共和国要毛毛虫国用土地换水！

这天夜里，太阳国从对岸的伊妹儿国的一个孩子那里得知，毛毛虫国向他们借枪，一借就是10支，还借子弹，并声称如果不借就向他们开战。毛毛虫国的45个孩子中就有37个男孩子，自恃军力雄厚，而伊妹儿国正相反，三分之二是女孩儿，根本打不了仗，他们不想惹麻烦，加上毛毛虫国答应他们的优厚条件，就把枪和子弹借给他们了。第二天中午，毛毛虫国的国土上响起了枪声，那些男孩子们在学习射击。

在太阳国紧急召开的国务会议上，华华这样分析形势："毛毛虫国肯定要发起对银河共和国的战争，从军事实力上看，银河共和国肯定战败，被毛毛虫国吞并。毛毛虫国本来就有大片优良的山坡地，再拥有银河共和国的饮水和武器，那就十分强大了，迟早要找我们的麻烦，应该及早准备才好。"

晓梦说："我们应该与伊妹儿国、巨人国和蓝花国结成联盟。"

华华说："既然这样，我们还不如趁战争爆发之前，把银河共和国也拉入联盟，这样毛毛虫国就不敢发动战争了。"

眼镜摇摇头说："世界战略格局的基本原理是势力均衡，你们违反了这个原理。"

"大博士，你能不能说明白些？"

"一个联盟，只有面对与自己实力相当的威胁时，才是稳定的，面对的威胁太大或太小，这个联盟都会解体。再说上游的国家都离我们较远，我们6国是相对独立的系统，如果银河共和国也加入联盟，毛毛虫国就找不到谁结盟，必然陷入了绝对的劣势，对联盟构不成威胁，联盟也就不稳定。再说，银河共和国自恃有那么多饮水，自高自大，会认为我们打它水的主意，也不会真心与我们结盟。"

大家都同意这个看法，晓梦问："那剩下的这三个国家愿意与我们结盟吗？"

华华说："伊妹儿国应该没有问题，他们已经感觉到了毛毛虫国的威胁；至于其他两个国家，由我去说服他们。结盟符合他们的利益，加上在前面的水坝纠纷中，我国给他们留下了很好的印象，我想问题不大的。"

当天下午，华华出访相邻三国，他发挥了卓越的辩才，很快说服了这些小国家的领导人，伊妹儿国自愿并入太阳国。他们在三国交界处的小河边开会，正式成立三国联盟。

这之后，派驻太阳国的观察员又增加了一个人。

指挥组设在山顶上的一个电视转播站里，从这儿可以俯视整个山谷世界。三国联盟成立的这天晚上，郑晨来到转播站的小院外。

现在，玫瑰星云在空中的可视面积已长到两个满月那样大，它在苍穹中发出庄严而神秘的蓝光，这光芒照到大地上后就变成月光那样的银色，有满月那样亮，照亮了山谷中的每一个细节。玫瑰星云的面积和亮度在今后的几十年时间里会一直增长。据天文学家预测，当它达到最大时，将占据天空五分之一的面积，地球的夜晚将如白天的阴天时那么亮，夜晚将消失。

郑晨将目光下移到星云光芒中的山谷。一天的劳累后，孩子们都睡了，下面只能看到零星的几点灯火。现在，郑晨已经使自己完全投入到了这项惊异的工作当中，不再问这一切都是为什么。

这时，原来用作转播站职工宿舍的那间小屋的门开了，张林走了出来，来到郑晨身边，同她一起看着山谷，说："郑老师，目前在所有的小国家中，你的班级是运行得最成功的，那些孩子素质很高。"

"你怎么说他们是最成功的？据我所知，在山谷最西边有一个小国家，现在已吞并了周围5个小国，形成了一个国土面积和人口数都是原来5倍的国家，并且还在不停地扩张。"

"不，郑老师，这并不是我们所看重的，我们看重的是小国家自身建设的成就，自身的凝聚力，对自己所处的小世界的形势判断，以及由此所做出的长远决策等。"

山谷世界的游戏是可以自由退出的。这两天，几乎每个小国家都有孩子上山来到指挥组，说他们不玩了，越来越没意思了，干活太累，孩子们还用枪打架，太吓人了。负责人对他们说的都是同一句话："好的，孩子，回家去吧。"于是他们很快被送回了家。但唯独太阳国无一个孩子退出，这是最为指挥者们看重的一点。

这时，山谷响起了一阵枪声。

"是太阳国的位置！"郑晨失声惊叫。

张林看了看说："不，是在他们上游，毛毛虫国开始进攻银河共和国了。"

枪声变得密集起来，山谷中可以看到一片枪口喷出的火焰。

"你们真的打算任事情这么发展下去吗？我的精神已经承受不了了。"郑晨的声音有些发颤。

"整个人类历史就是一部战争史，就是现在，人类世界还是战争不断，我们不是照样生活吗？"

"可他们是孩子！"

"很快就不是了。"

在这天下午，毛毛虫国答应了银河共和国的交换条件，同意用未开垦的土地中最好的一块来交换饮水，但提出要举行一个土地交接仪式，双方各派出一支由20个男孩儿组成的仪仗队，银河共和国答应了这个条件。当双方的国家领导人和仪仗队正在举行升降旗仪式时，埋伏在周围的十多名毛毛虫国的男孩儿突然向银河共和国的仪仗队射击，毛毛虫国的仪仗队也端枪扫射，银河共和国的那20名男孩子在一片电火花中相继倒地。10分钟后当他们浑身麻木地醒来时，发现已成了毛毛虫国的战俘，自己的国土也全部落入敌手。

在这段时间里，毛毛虫国的军队冲过河进攻银河共和国，对方只剩下 6 名男孩儿和 20 多个女孩儿，枪全随仪仗队落入敌手，连招架之功都没有了。

毛毛虫国吞并银河共和国后，果然立即对下游的三国联盟提出了领土要求，他们一时还不敢对三国发动军事进攻，只是打饮水这张牌，因为下游三国的饮水即将耗尽。

这时，眼镜广博的知识再次发挥了作用，他想出了一个办法：把 5 个洗脸盆在底部钻许多小孔，分别装上石块摞起来，石块的直径由上往下依次减小，这样就做成了一个水过滤器。吕刚也提出一个净水方法：把野草和树叶捣成糊状，放入水中搅拌，让其沉淀后水就被净化，他说这是在随父亲看部队的野外生存训练时学到的。他们把用这两种方法处理后的水送到指挥组去鉴定，结果达到了饮用标准。这之后三国联盟反而可以向毛毛虫国出口饮水了。

毛毛虫国开始准备进攻三国联盟，孩子们已无心去开荒，扩张领土已成了他们唯一的兴趣，也是未来食品的唯一来源，但他们很快发现这已经没有必要了。

从小河上游传来消息，山谷最西边的星云帝国已连续吞并了 13 个国家，形成了一个超级大国，他们那人数达 400 多的大军正沿山谷而下，声称要统一山谷世界。面对如此强大的敌人，毛毛虫国的领导人完全没了吞并银河共和国时的魄力，惊慌失措，不知如何是好，其结果是毛毛虫国乱作一团，最后作鸟兽散了。那些孩子们一半到上游去投了星云帝国，其余则找指挥组退出游戏回家了。三国联盟中的巨人国和蓝花国也随之解体，大部分也都退出了游戏。这样，只剩下太阳国在山谷的一端面对强敌。

太阳国的全体公民决心战斗到底，保卫国家，孩子们对这十多天来他们洒下汗水的小小国土产生了感情，由此产生了让指挥组的大人们都惊叹的精神力量。

吕刚制定了一个作战方案：太阳国的孩子们把那片宽阔河滩上的帐篷全部推倒，用各种杂物筑成了两道防线，分别位于这片河滩的东西两侧。河滩西侧首先迎敌的第一道防线上只布置了 10 个男孩儿。吕刚这样吩咐他们："你们打完一梭子后，就喊'没有子弹了！'然后向回跑。"

防线刚布置完毕，星云帝国的军队就沿山谷密密麻麻地涌了过来，很快布满了原来银河共和国和毛毛虫国的国土。有个男孩子在用扩音器喊：

"喂，太阳国的孩子们，山谷世界已经被星云帝国统一，你们这些小可怜还玩个什么劲啊，快投降吧！别给脸不要脸！"

回答他们的只有沉默。于是，星云帝国开始进攻，太阳国第一道防线的孩子开始射击，进攻的帝国军队立刻卧倒，双方对射起来，太阳国防线的枪声渐渐稀下来，有一个孩子大喊："没子弹了！快跑啊！"于是防线上的所有孩子起身向后跑去，"他们没子弹了！冲啊！"帝国军队见状起身高呼着成群冲来，当他们冲到那片河滩开阔地的一半时，太阳国第二道防线的冲锋枪突然开火，帝国军队猝不及防，被打倒了一大片，后面的孩子见状向回跑，第一次进攻被击退了。

等到那些被带电子弹击中的孩子们都爬起来后，星云帝国马上组织了第二次进攻。太阳国这时子弹真的不多了，他们看着那十倍于己沿河边谨慎行进的大群帝国士兵，准备做最后的抵抗。这时，有孩子惊呼："天啊，他们还有直升机！"

真有一架直升机从山后飞来，在战场上空悬停，飞机上的扩音器中响起一个大人的声音：

"孩子们！停止射击！游戏结束了！"

灾 变

天刚黑下来时，三架载着54个孩子的直升机向市内飞去，这些孩子大部分是郑晨班级的。

直升机依次降落在一幢灯火通明的建筑物前，这个建筑物外表是50年代建筑的朴素风格。山谷游戏指挥组的负责人和郑晨带领着这54个孩子进了大门，沿着一条长长的走廊向前走，走廊尽头有一扇有着闪光的、黄铜把手的、包着皮革的大门，孩子们走近时，门前两位哨兵轻轻把门打开，他们走进了一个宽阔的大厅。这是一个发生过很多大事的大厅，在那些高大的立柱间，仿佛游动着历史的幻影。

大厅中有 3 个人，他们是国家主席、国务院总理和军队的总参谋长，他们在这里好像已经有一段时间了，在低声地谈着什么，当大厅的门打开时，他们都转身看着孩子们。

带孩子们来的两位负责人走到主席和总理面前，简短地低声汇报了几句。

"孩子们好！"主席说，"这是我最后一次把你们当孩子了，历史要求你们在这十分钟时间里，从十三岁长到三十岁。首先请总理为大家介绍情况吧。"

总理说："大家都知道，六天前发生了一次近距离的超新星爆发，你们肯定已对其过程了解得很详细，我就不多说了，下面只说一件你们不知道的事情。超新星爆发后，世界各国的医学机构都在研究它对人类健康的影响。现在，我们已收到了来自各大洲的权威医学机构的信息，他们同国内医学机构得出的结论是相同的。超新星的高能射线完全破坏了人体细胞中的染色体，这种未知的射线穿透力极强，在室内甚至矿井中的人都不能幸免。但对一部分人来说，染色体受到的损伤是可以自行修复的，年龄为 13 岁的人有百分之九十七可以修复，12 岁和 12 岁以下的孩子可百分之百修复，其余的人的机体受到的损伤是不可逆转的，我们的生存时间，从现在算起，大约还有两到三天。超新星在可见光波段只亮了一个多小时，但其不可见的高能射线持续了两天，也就是天空中出现极光的那段时间，这期间地球自转了两圈，所以全世界都是一样的。"

总理的声音沉稳而冷峻，仿佛在说一件很平常的事情。孩子们的头脑一时还处于麻木之中，他们费力地思考着总理的话，好长时间都不明白，突然，几乎就在同时，他们都明白了。

几十年后，当超新星纪元的第二代人成长起来，他们对父辈听到那个消息时的感受很好奇，因为那是有史以来最让人震惊的消息。新一代的历史学家和文学家们也做了无数种生动的描述，但他们全错了，这时，在国家心脏的这个大厅里，这 54 个孩子所感到的不是震惊而是陌生，仿佛一把无形的利刃凌空劈下，把过去和未来从这一点齐齐斩断，他们面对的是一个完全陌生的世界。这时，从那宽大的窗户可以看到刚刚升起的玫瑰星云，它把蓝色的光芒投到大厅的地板上，仿佛宇宙中凝视着他们的一只怪异的巨眼。

那两天时间里，大地和海洋笼罩在密密的射线暴雨里，高能粒子以巨大的能量穿过人类的躯体，穿过组成躯体的每个细胞。细胞中那微小的染色体，如一根根晶莹而脆弱的游丝在高能粒子的弹雨中颤抖挣扎，DNA双螺旋被撕开，碱基四下飞散。受伤的基因仍在继续工作，但经过几千万年进化的精确的生命之链已被扭曲击断，已变异的基因现在不是复制生命而是播撒死亡了。地球在旋转，全人类在经历一场死亡淋浴，在几十亿人的体内，死神的钟表上满了弦，滴答滴答地走了起来……

世界上13岁以上的人将全部死去，地球，将成为一个只有孩子的世界。

紧接着又一个晴空霹雳，将使孩子们眼中这刚刚变得陌生的世界四分五裂，使他们悬浮于茫然的虚空之中。

郑晨首先醒悟过来："总理，这些孩子们，如果我没有猜错，是……"

总理点点头，平静地说："你没有猜错。"

"这不可能！"年轻的小学教师惊叫起来。

国家领导人无言地看着她。

"他们是孩子，怎么可能……"

"那么，年轻人，你认为该怎么办呢？"总理问。

"……至少，应在全国范围内选拔的。"

"你认为这可能吗？我们，只有两三天的时间了……与成人不一样，孩子们并没有一个全国范围的由上至下的社会结构，所以不可能在短时间内在4亿孩子中找到最有能力和最适合承担这种责任的人。在这人类最危难的时刻，我们绝不能让整个国家处于没有大脑的状态，还能有别的选择吗？所以，我们与世界各国一样采取了这种非常特殊的选拔方式。"

年轻的教师几乎要昏倒了。

主席走到她面前说："你的学生们未必同意你的看法。你只了解平时的他们，并不了解极限状态时的他们，在极端时刻，人，包括孩子，都有可能成为超人！"

主席转向这群对眼前的一切仍然处于茫然中的孩子，说：

"是的，孩子们，你们将领导这个国家。"

认识国家

一支小小的车队向北京近郊驶去，来到一处僻静的周围有小山环绕的地方。车停了，主席和总理，还有三个孩子：华华、眼镜和晓梦下了车。

"孩子们，看。"主席指指前方，他们看到了一条铁路，只有单轨，上面停着长长的载货列车，那列车有首尾相接的许多列，太长了，成一个巨大的弧形从远方的小山脚下拐过去，看不到尽头。

"哇，这么长的火车！"华华喊道。

总理说："这里共有 11 列货车，每列车有 20 节，共 220 节车皮。"

主席说："这是一条环形试验铁路，是一个大圆圈，刚出厂的机车就在这条铁路上进行性能试验。"他指指最近的那一列火车，"去看看那上面装的什么。"

三个孩子向列车跑去，华华顺着梯子爬上了一节车皮，然后眼镜和晓梦也爬了上去。他们站在装得满满一车皮的白色大塑料袋上，向前方看去，这一列车全部装着这种白色的袋子，在阳光下反射着耀眼的白光。他们蹲下来，眼镜用手指在一个袋子上捅了个小洞，看到里面是一些白色半透明的针状颗粒，华华夹起一粒来用舌头舔了一下。

"当心有毒！"眼镜说。

"我觉得好像是味精。"晓梦说，也夹起一粒舔了一下，"真的是味精。"

"你能尝出味精的味道？"华华怀疑地看着晓梦。

"确实是味精，你们看！"眼镜指着前面正面朝上的一排袋子，上面有醒目的大字，这种商标他们在电视广告上常见，但孩子们很难把电视上那个戴着高高白帽子的大师傅放进锅里的一点白粉末同眼前这白色的巨龙联系起来。他们在这白袋子上走到车皮的另一头，小心地跨过连接处，来到另一节车皮上，看看那满装的白色袋子，也是味精。他们又连着走过了 3 节车皮，上面都满载着大袋的味精，无疑，剩下的车皮装的也都是味精。对于看惯了汽车的孩子们来说，这一节火车车皮已经是十分巨大了，他们数了数，如刚才总理所说，整列货车共有 20 节车皮，都满满地装着大袋味精。

"哇，太多了，全国的味精肯定都在这儿了！"

孩子们从梯子下到地面，看到主席和总理一行人正沿着铁道边的小路向他们走来，他们刚想跑过去问个究竟，却见到总理冲他们挥挥手，喊道："再看看前面那些火车上装的是什么！"

于是，3个孩子在小路上跑过了十多节车皮，跑过机车，来到与这辆火车间隔十几米的另一辆火车的车尾，爬到最后一节车皮的顶上。他们又看到了装满车皮的白色袋子，但不是刚才看到的塑料袋，而是编织袋，袋子上标明是食盐。这袋子很难弄破，但有少量粉末漏了出来，他们用手指沾些尝尝，确实是盐。前面又是一条白色的长龙，这列火车的20节车厢上装的都是食盐。

孩子们下到铁路旁的小路上，又跑过了这列长长的火车，爬到第3列的车皮顶上看，同第2列相同，这列火车的20节车厢上装的也全是食盐。他们又下来，跑去看第4列火车，还是满载着食盐。去看第5列火车时，晓梦说跑不动了，于是他们走着去，走过这20节车皮花了不少时间，第5列火车上也全是食盐。

站在第5列火车车皮的顶上向前望，他们有些泄气了：列车的长龙还是望不到头，弯成一个大弧形消失在远处的一座小山后面。孩子们又走过了两列载满食盐的列车，第7列列车的头部已绕过了小山，站在车皮顶上终于可以看到这条列车长龙的尽头，他们数了数，前面还有4列火车！

3个孩子坐在车皮顶的盐袋上喘着气，眼镜说："累死了，往回走吧，前面那几列肯定也都是盐！"

华华又站起来看了看："哼，环球旅行，我们已经走过了这个环形铁路大圆圈的一半，从哪面回去距离都一样！"

于是，孩子们继续向前走，走过了一节又一节车皮，路途遥遥，真像环球旅行了。每个车皮他们不用爬上去就能知道里面装的是食盐，他们现在知道盐也有味，眼镜说那是海的味道。3个孩子终于走完了最后一列火车，走出了那长长的阴影，眼前豁然开朗。他们面前出现了一段空铁轨，铁轨的尽头就是那列停在环形铁路起点的满载味精的火车了，孩子们沿着空铁轨走去。

在环形铁路的起点上，主席和总理站在火车旁谈着什么，总理在说着，主席缓缓地点头，两人的脸色凝重严峻，显然已谈了很长时间，他们的身影与黑色的高大车体形成了一个凝重有力的构图，仿佛是一幅年代久远的油画。当他们看到远远走来的孩子们时，神情立刻开朗起来，主席冲孩子们挥挥手。

华华低声说："你们发现没有，他们在我们面前时和他们自己在一起时很不一样，在我们面前，好像天塌下来时也是乐观的；他们自己在一起时，那个严肃，让我觉得天真的要塌下来了。"

晓梦说："大人们都是这样，他们能够控制自己的情绪，华华，你就不行。"

"我怎么了？我让小朋友们看到真实的自己有什么不好？"

"控制自己并不是虚假！知道吗，你的情绪会影响周围的人，特别是孩子们，最易受影响，所以你以后要学着控制自己，这点你应该向眼镜学习。"

"他？哼，他脸上就比别人少一半神经，什么时候都那个表情。行了晓梦，你比大人们教我的都多。"

"真的，你没有发现大人们教的很少吗？只有这一天时间，他们为什么不抓紧呢？"

走在前面的眼镜转过身来，那"少一半神经"的脸上还是那副漠然的表情："这是人类历史上最难上的课，他们怕教错了。"

"孩子们辛苦了！今天下午你们可真走了不少的路，对看到的东西一定印象深刻吧？"主席对走到面前的孩子们说。

眼镜点点头说："再普通的东西，数量大了就成了不普通的奇迹。"

华华附和道："是的，真没想到世界上有这么多的味精和盐！"

主席和总理对视了一下，微微一笑，总理说："我们的问题是：这么多的味精和盐够我们国家所有的公民吃多长时间？"

"起码1年吧。"眼镜不假思索地说。

总理摇摇头。

华华也摇头："1年可吃不了，5年！"

总理又摇头。

"那是10年？"

总理说："孩子们，这么多的味精和盐，只够全国公民吃1天。"

"1天？"3个孩子大眼瞪小眼地呆立了好一会儿，华华对总理不自然地笑笑："这……开玩笑吧？"

主席说："按每人一天吃 1 克味精和 10 克盐计算，这每节车皮的载重量是 60 吨，这个国家有 12 亿公民。一道很简单的算术题，你们自己算吧。"

3 个孩子在脑子里吃力地数着那一长串 0，终于知道这是真的。

"天啊！"华华说。

"天啊！"眼镜说。

"天啊！"晓梦说。

总理说："这两天，我们总是在试图找到一个办法，使你们对自己国家的规模有一个感觉，这很不容易。但要领导这样一个国家，没有这种感觉是不行的。"

"实在对不起，孩子们，时间有限，只能给你们上这唯一的一堂课了。"主席沉重地对 3 个孩子，几个小时之后，将是世界上最大国家的最高领导人说。

交接世界

这是公元世纪的最后一夜。

国家领导集体和他们的孩子继任者们再次相聚在中南海的那个大厅中。在过去的一天里，孩子们上了一堂人类历史上最难的课：试图在这一天内掌握这世界上绝大多数人终其一生都不可能掌握的东西。

在古老的围墙外面，首都的灯海消失了，城市静静地躺在玫瑰星云的光辉下，与远方同样没有灯光的广阔大地融为一体。此时，全世界的发电厂都小心翼翼地停止了运转，谁也不知道它们多少年以后才能重新启动。但由小型发电机维持的最基本的通信系统仍在运转，收音机仍能收听到已换成童声的广播，世界突然变得广漠无边，但并没有崩溃。

在大厅里，两代国家领导人在做最后的告别。大人们的病情已很重，他们都发着高烧，步履艰难。每位大人领导人都把他们的孩子继任者拉到身边，做最后的叮嘱。有些大人领导者只是在急促地不停地说，仿佛想把自己的全部记忆在这最后的几十分钟里移植到继任者的大脑里；另一些领导者则长时间默默无言，要说的话分量太重，一时不知怎样说起。

总理对华华、眼镜和晓梦说："你们首先要做的事情，是和全国各省取得联系，他们同我们一样已有所准备。记住，一定要和省一级领导机关联系，再往下更细的事情由他们去做，否则，你们是绝对顾不过来的。下一步，要确保全国孩子的基本生活，这个国家将只有四亿左右的人口了，只要组织得当，在相当长的一段时间内，这是不难做到的。但要记住，再多的存粮也会吃光的，要立刻着手恢复农业生产，尽你们的所能，夏粮能收多少就收多少，秋粮能种多少就种多少；工业生产的恢复要难得多，但也要立刻着手干，首先是交通，然后是能源，要知道，没有这两样，现有的大中城市将无法存在下去。对你们来说这些都很难，但一定要试着干，不能等，等不来什么了。六岁以上的孩子都要参加工作，但这并不意味着停止学习，相反，不但要把你们现在的课程继续学下去，还要学多得多的东西，白天工作，就在晚上学。这种学习应该是跳跃式的，你们得提前学会很多只有大学才学的东西，才能使社会各领域运转起来，孩子们，要准备吃苦啊。"

"你们必须尽快使国家稳定下来，使国民经济正常运转起来，越快越好。因为据我们预测，你们的注意力很快不得不集中到另一件事情上：在三至五年内，国家有很大的可能将面对外敌入侵。"

总参谋长接着说："我们无法准确预测未来的世界格局，但有一点可以肯定：孩子控制的世界将重新失去理智，现有的国际政治体系将全面崩溃，世界将进入野蛮争霸时代，战争会再次成为解决国际问题的主要手段。战争一旦爆发，将是全面的、大规模的，战争的样式和技术水平大约同第一次世界大战相当，虽然进程缓慢，但战场广阔，战况激烈残酷。北约一时不具备向亚洲投放大规模兵力的能力，首批入侵可能来自近邻强国。所以，军队的恢复也要立即进行，且不能小于现有规模。"

参谋长伸出一只手，他身后的一位大校军官把一只号码箱递给他。

"孩子们，我们很高兴把所有的东西都留给你们，但这件例外。这是国家战略核武器的启动密码和技术资料。我们只给了你们一小部分，但也是很不情愿的。这是把一支拉开栓的手枪放到了婴儿手里。可没有办法，如果人家的孩子手里有了这东西而你们没有，那个亏中华民族是吃不起的。千万记住，绝不能首先用它来打别人！剩下的一切，只能由你们自己来把握了。"

孩子们几双手同时伸来，接住了那只沉甸甸的箱子。

只有主席还没说话，大家这时都安静下来，把目光会聚到他身上。

主席沉思良久才开口："孩子们，在你们很小的时候，大人们就教导你们：有志者事竟成。现在我要告诉你们，这句话不对。只有符合科学规律和社会发展规律的事，才能成。事实上，你们想干的大部分事，不管多么努力，是成不了的。你们的责任，就是在一百件事情中除去九十九件不能成的事情，找出那一件能成的来。这极难，但你们必须做到！"

总理转身向后，领导者们向两边散开，露出了他们身后的一张大桌子，上面整齐地摆放着三十多部电话，主席指着些电话说："当世界交换完成时，各省的领导机构将通过这些电话同中央联系。这之前还有一段时间，大家要好好休息，睡一会儿，以后，不会有很多睡觉的时间了。"

主席说："其实把超新星称为死星是完全错误的，冷静地想想，构成我们这个世界的所有重元素都来自于爆发的恒星，构成地球的铁和硅、构成生命的碳，都是在远得无法想象的过去，从某个超新星喷发到宇宙中的。所以超新星不是死星，而是真正的造物主！人类文明被拦腰切断，孩子们，我们相信，你们会使这新鲜的创口上开出绚丽的花朵。当超新星第二次袭击地球时，你们肯定已经学会了怎样挡住它的射线。"

华华说："那时我们会引爆一颗超新星，用它的能量飞出银河系！"

主席高兴地说："孩子们对未来的设想总比我们高一个层次，在同你们相处的这段时间里，这是最使我们陶醉的……好了，孩子们，我们该走了。"

"我想同孩子们在一起。"年轻的班主任郑晨说。

"小郑老师，我们还是一起走吧，相信你的学生们！姑娘，你应该骄傲地离开这个世界，人类历史上没有任何一位教师能与你相比，你培养出了一个国家！"

大人们相互搀扶着走出大厅，融入玫瑰星云银色的光芒之中。主席走在最后，他出门前转身对新的国家领导集体挥了挥手：

"孩子们，世界是你们的了！"

全世界的大人们用最后的时间到最后聚集地去迎接死亡，这些被称为终聚地的地方大都很偏僻，很大一部分在无人烟的沙漠、极地甚至海底。由于世界人口猛减至原来的五分之一，地球上大片地区重新变成人迹罕至的荒野，直到很多年后，那一座座巨大的陵墓才被发现。

创世纪

当只剩下他们时，孩子们真的感觉累了，五十多个孩子就在大厅里的长沙发和地毯上睡着了。

像透明的雾气无声无息地穿越宇宙，时间在无声地流动着……

当他们中的第一个人醒来时，天还黑着。接着，其他孩子也醒来了，一个孩子无意中看到了大厅一角的那座大钟，他失声惊叫起来，其他的孩子也都看着钟呆住了。

他们睡了十多个小时，地球，现在已是一个孩子的世界了。

这一刻，被后来的历史学家称为人类的"精神奇点"，这是人类有史以来最孤独的时刻。这巨大的孤独感如崩塌的天空死死压住了孩子们，攫住了他们的每一个细胞。

"妈妈——"有个女孩失声叫了一声，所有的孩子都想哭，但——

电话响了。

开始是那三十只电话中的一部，紧接着两部、三部……分不清多少部电话在响了，蜂鸣声汇成一片，外部世界在呼唤，提醒着孩子领导集体记起他们的责任和使命。

他们没时间哭了。

"同志们，进入工作岗位！"华华大声说，新的国家领导集体向电话走去。

蓝色的玫瑰星云仍然那么明亮，这是古老恒星庄严的坟墓和孕育着新恒星的壮丽的胚胎，这光芒透过高高的落地窗，这群小身躯被镀上了一层银色光辉，与此同时，东方曙光初现，新世界将迎来她的第一次日出。

超新星纪元开始了。

当孩子手握地球的明天

——《超新星纪元》赏析

杨　琼

  《超新星纪元》是刘慈欣的重要作品之一，讲述一颗超新星爆发，给地球成年人身体带来致命伤害，留下了一个只有孩子的世界。宏大的想象和多种叙事手法相结合，使小说文本具备丰富的意义，向教育、社会制度、人性，以及进步和正义等多个方面的解读敞开，留给读者巨大的反思空间。两个版本的《超新星纪元》强调点相异，带来不同的启示。

  《超新星纪元》是刘慈欣格外倾注心血的一部小说。从1989年开始酝酿，到1990年提笔创作，再到2003年最终出版，小说经历了五次创作和大改写，经手编辑和相关人员接近二十位。在最终出版之际，刘慈欣坦诚地写道，由于出版历程很长，这过程中由于个人思想发展加上编辑意见等外部因素，"小说中所表现的思想，在最后一稿中已与第一稿完全相反，这种情况在现在日新月异的科幻创作中应该是不常见的。"[①]《超新星纪元》首次出版发行2.5万册[②]，2009年又由重庆出版社再版。除了节选改编为中篇小说以外，小说还将

---

① 刘慈欣. 第一代科幻迷的回忆——写在《超新星纪元》出版之际［M］//刘慈欣. 刘慈欣谈科幻. 武汉：湖北科学技术出版社，2014：134.

② 谭楷. "雨果奖"与中国科幻的土壤［N］. 文艺报，2015-11-20.

被改编为漫画，而其电影版本也已在酝酿之中。

《超新星纪元》是长篇小说，出版稿共有十八万余字。另外有中篇版本《创世纪》，发表于《科幻大王》杂志。

一、《超新星纪元》：故事、假设和核心人物

《超新星纪元》讲述 20 世纪末，位于御夫座的一颗超新星爆发，强烈的辐射使地球上的成人患病，走向死亡。但由于基因的自主修复功能强，十三岁以下孩子的健康不会受到辐射的影响。获知大人很快就要全体死亡、世界上将只剩下孩子之后，中国大人迅速采取行动，以游戏选拔的方式从全国孩子中选出了未来的领导人，并对所有孩子进行专业和生活方面的培训。世界其他国家也以自己的方式开始了交接。在全世界的大人全部死亡后，地球进入"超新星纪元"。纪元之初，恐慌感和无所适从占据了孩子们的心灵，国家陷入了混乱，是谓"悬空时代"。利用超级计算机"大量子"，中国孩子领导人解决了混乱危机。在接下去的"惯性时代"，孩子们对大人世界的运行方式感到无趣，纷纷在虚拟网络社区"新世界"表达不想工作、只想玩的意愿，并在虚拟空间中建立了以游戏为核心的国度。很快，享乐主义盛行，社会进入"糖城时代"，孩子们肆意消耗着大人留下的食品、商品，不事生产。而这并不是中国一国的情况——在地球的另一端，美国也进入了"糖城时代"，孩子们拿着武器开始了死亡游戏。在美国主导的全球谈判中，最终各国协商决定全体派出部队，到南极进行战争游戏，以决定南极的所属权。游戏中，美国向中国基地发送了核弹，而作为反击，中国也启动了核弹，战争结束。由于气候突变，在南极的各国军队紧急撤兵。经过漫长的海上颠簸，孩子们终于看到了中国的海岸线，开始欢呼。而这时，国内已经完成了大迁移，所有孩子迁到长江以南居住，长江以北将成为绿色的世界。

一个没有大人、秩序被打破、人类童年时的兴趣和欲望推动的世界会是怎样的？整个小说围绕这样的假设展开。关于新科技的设想不多，主要关注点放在了社会运行规则的改变上。这个想象的世界和读者所熟悉的世界之间有着巨大的反差："好玩"是最大的意义，人类追求享乐和游戏的本能得到了

张扬和释放，而少数服从多数的民主在一个由十三岁以下儿童组成的社会里几乎必然带来决策的不成熟。最危险的一点是，从许多孩子的立场出发，"不成熟"根本不是问题：理性和责任感是大人世界的价值观念，在一个孩子做主的世界，这些不值一提。

但是，在世界进入非理性的"糖城时代"，孩子们任性地在南极开始了战争游戏的同时，始终有一支理性的力量在控制着事态的发展，这就是小说的中心人物：以华华、眼镜、晓梦为代表的领导核心。在游戏选拔之中，他们以深谋远虑的思考、顾全大局的眼光和行动赢得了大人的信任，接受委托领导国家。在超新星纪元开始后的悬空时代里，全国各地陷入了失去依靠的恐慌，但领导核心保持冷静，利用大量子计算机稳定了全国情绪；在绝对民主时期，他们理性地拒绝大多数孩子支持的提案；在战争游戏里，他们使用大人留下的战略和武器制敌。

可以说，以华华、眼镜、晓梦为代表的孩子延续了大人世界的责任感，因而成为孩子世界继续运行的保障力量。华华具有优秀的组织能力、战略眼光，能够处理外交事务，言语行为成熟；眼镜代表了研究思辨的力量，名言是"我只负责想，不负责说"；晓梦则是人文关怀的化身。在美国对中国基地进行核打击后的关键时期，"特别观察组"向中国领导核心移交了"公元地雷"和大人留下的信，使得中国在战争游戏中重获主动权。这是秩序、理性和技术的力量在全文中的最强音。

二、"后记"带来的文本复杂性

小说最后的"后记"相当令人回味：这部分文字显示，全书是一位超新星纪元的历史学家回顾晚近历史的学术作品，在他写作这本书的时候，人类已经移居到火星之上。"后记"给小说加上了一个充满希望又令人反思的收尾——地球已经不再适合居住，但在火星上一切正在变好。不过，比起对情节推进的意义，这一后记的结构意义似乎更为重要：它将核心故事嵌套在回望从前的历史学视角之中。核心故事中也插入直接引用"历史文献"和"研究成果"的段落，书名、作者、出版时间一应俱全，颇具史料形式。两相呼应，拉长故事的叙事时间，产生历史纵深感，使小说具备了明显的反思品质。

"后记"还对如何进行历史研究和写作展开了讨论。虚构的"作者"采用类似纪实手法写作的本书，在"后记"中被描述为不属于流行历史学派、也不受到出版商欢迎的作品，并且还被刘慈欣的女儿、架空学派历史学家刘静嘲讽为"不伦不类"。"后记"的作者还表示，根本读不下去公元纪元作家刘慈欣的作品。小说作者用游戏的手法将文学和历史学派的矛盾呈现出来，塑造了多立场的对话。更耐人寻味的是，小说开头作者以本人的身份写道："献给我的女儿刘静，她将生活在一个好玩儿的世界。"正文的全能叙事者、"后记"中的历史学家与其对立立场上的刘慈欣和刘静、全文开头的作者本人三个角色的叠加出现，使得小说呈现了多声部的交汇。

三、两个不同的故事：长篇和中篇

发表于《科幻大王》2004 年第 12 期、2005 年第 1 期上的《创世纪》，即《超新星纪元》的中篇节选版，主要讲述的是超新星爆发、游戏选拔领导人这段故事，即长篇中的开头一段，没有真正进入"超新星纪元"。中篇的视角集中在北京的一个小学班主任郑晨老师的班级上，在超新星爆发、其危害被发觉之后，眼镜、华华、晓梦等核心人物领导班级通过游戏选拔，成为国家领导核心人选和未来的中坚力量。另一方面，短短的一个月时间（长篇内留给大人的时间是一年，而中篇中被改成一个月）内不可能将很多东西灌输给孩子，为了使后代尽可能掌握领导国家所需的技能，国家领导人使用了他们认为最直观的方法，传授关键的原则大义。故事的结尾，大人们在最后聚集地死去，而孩子们振作精神，即将开始全新的"超新星纪元"生活。

在单行本中，大人们的死去、超新星纪元的到来是故事真正的开端。在新的纪元，孩子天性中对大人世界规训力量的逃避与他们惊人的创造力相结合，在代表大人社会价值的领导核心的制约下，造成了完全不同的社会运行形态，也留下了不少历史教训。整体来说，单行本是充满冲突和矛盾的，整体是一个沉重反思的氛围，但不又失希望。

中篇版本则氛围更为乐观。虽然成人面临集体死亡，但人类直面灾难，以最大的勇气和最高的效率开始自救行动，人类的希望——孩子也显示了足够的能力，可以期待在灾难过后仍然延续社会的正常运转。

中篇节选自长篇单行本，节选的部分文字相比原文改动不大，只是结束的时间点不同。但这就决定了节选版和单行本版是两个很不一样的故事。如果说单行本版是关于孩子世界的故事，那么中篇版本还是一个关于大人世界的故事。中篇版本中，当还有一个月就要进入超新星纪元时，世界并没有陷入崩溃状态。大人们冷静地开始设计选拔领导人的方案并付诸实施，安排从国际政治到柴米油盐的一切事宜。而突然意识到自己肩上重担的孩子们在震惊之余，也迅速开始了接班工作，准备担当国家的未来。虽然时间紧急，但是一切都有条不紊地进行，故事在当前和未来的领导人层面上展开。

中篇版本中，大人离世的时间是一个月，交接准备时间短，学习的任务紧迫，在短时间内能做的事也更少。对小说中人来说，这样就不可能面面俱到，只能从最重要的事情抓起，而小说写作也必须将目光集中在最为重大的国家运行和民生问题上。给人带来极大冲击的一幕是，大人领导者带领未来的孩子领导者参观用火车皮装载的味精和盐——二百多火车皮的味精和盐只够全国人民一天的供应。这一直观地想象人口规模的方式也显示了大人世界的全局观和责任感。"味精和盐"这一典故在单行本后文中再次出现，被孩子领导核心用来指代负责任的民生观。

但是，不管之前做过怎样的心理建设，在世界真的变成孩子的天下时，在种种设想被现实考验时，事情的发展可能会出乎意料。正如作者所说，"面对黑暗而幽深的宇宙，人类徒劳地想抓住一双并不存在的手""这也是全人类最恐惧的事，这恐惧深深地根植于人类文明之中。"① 无所依靠的恐惧会不会占据孩子们的心灵？领导层理性制定的政策能否在全国几亿孩子之中顺利推行？庞大的社会由无数微小的个体组成，而个体的行动常常是非理性、情绪化的，容易导致意料之外、不好控制的群体行动，也因此常常使得历史的发展充满偶然性。小说中篇版将这些问题留白，给读者想象的空间。有多少读

---

① 刘慈欣.《超新星纪元》后记 [M]// 刘慈欣. 超新星纪元. 北京：作家出版社，2002：322.

者能够预料到接下来会出现"悬空时代"和"糖城时代"等呢？

四、"真正认识孩子"：《蝇王》与《超新星纪元》

小说的核心创意，一个只有孩子的世界会怎么样，使人联想到英国作家、诺贝尔文学奖获得者威廉·戈尔丁的《蝇王》。在这部小说中，流落荒岛的孩子之间展开了互相残杀，科学民主代表的现代文明败于野蛮血腥的争夺之下。《超新星纪元》单行本版也提到了这部作品。在眼镜和华华的讨论中，戈尔丁被赞许为"少数真正认识孩子的大人"之一，他们认为超新星纪元充满变数的、不可控制的历史发展来源于大人们的"最后的也是最重大的失误"，即"以君子之心度孩子之腹"，对孩子本性的冷酷和对生命的不尊重缺乏认识。这似乎表示小说认同《蝇王》对孩子乃至人类恶的本性的认识，但是，《超新星纪元》的立场和《蝇王》并不相同。

《蝇王》将儿童作为缩小版的大人，荒岛上的儿童世界就是大人世界的缩影，小说充满了对文明不存、人性本恶的绝望情绪。《超新星纪元》则真的把儿童当作儿童，看到他们身上与大人不同的特质——他们爱玩，缺乏自我约束，放纵本能欲望，需要在社会化学习之中逐渐懂得生命的珍贵。这些儿童的特质使他们不负责任、藐视生命，导致文明倒退，开展残酷的战争游戏。但是，孩子的特质也同时孕育着希望。一方面，他们有天马行空的想象力，是因循守旧的大人所不可及的；另一方面，孩子做事情的动力更接近动物的天性——舒服、好玩，这些出自本性的欲望推动他们废寝忘食地奋斗。在从南极浴血归来、中国人全部到南方生活之后，在移居到火星之后，发生了什么呢？从"后记"中透露的只言片语中可以看到，人类显然已经进入了稳步发展的新阶段，依靠孩子的想象力和大人留下的宝贵物质和精神财富，度过了混乱的时期，终于进入了一个新的时代。

五、不在场的主角：关于"公元世界"的思考

孩子是《超新星纪元》不可争辩的出场主角，而大人和大人社会则是不在场的主角。小说以对孩子世界的想象为核心，但却处处有着大人社会或正

面或负面的影子，实际上是对当前社会的反思之作。这种深刻的反思首先体现在对家庭和学校教育作用的充分认识上——长篇版提到几位孩子领导核心及其他同学的家庭背景对他们思维、行为的影响，而郑晨老师作为实验班的班主任，对这些孩子的影响无疑也是非常大的。但这只是表层的思考。

更为深入的探讨体现在社会价值取向和制度建构方面：一个社会最基本的物质要求是什么？如何保证？作为个体应当承担的社会责任是什么？学习、工作是不是个体的责任？如果是的话，它们与个人兴趣的关系又是怎样的？进而，怎样的民主才是合理的？人的天性在社会化的过程中必须受到规训和打磨，《超新星纪元》以孩子做主的世界为例，讨论了社会化过程的合法性问题。

以上问题并没有确定的答案，小说只是指出一些可能性。但眼镜、华华、晓梦无疑代表了确定的、人类最为宝贵的核心价值：理论研究、领导力、人文关怀。通过几位主要人物，这些重要的价值贯穿了从公元纪元到超新星纪元的始终，保证了人类文明的延续和发展。

尽管刘慈欣说这只是一个"相当平淡"的故事[1]，但它给读者的启迪却是丰富的，可以从教育、社会制度、人性，以及进步和正义等多方面解读。比如，"孩子"和"大人"能在阅读中增进对彼此的理解：青少年读者通过设想自己主宰的世界可能面对的问题，能够更加理解成年人的价值观，增强学习的动力；而对成年读者来说，不受拘束的想象力和创造力、对快乐的追求，这些曾经熟悉的回忆将因阅读而被唤醒。

（杨琼：文学博士，中国社会科学杂志社编辑）

---

[1] 刘慈欣.《超新星纪元》后记［M］//刘慈欣. 超新星纪元. 北京：作家出版社，2002：322.

诗　云

刘慈欣

　　伊依一行三人乘一艘游艇在南太平洋上作吟诗航行，他们的目的地是南极，如果几天后能顺利地到达那里，他们将钻出地壳去看诗云。

　　今天，天空和海水都很清澈，对于作诗来说，世界显得太透明了。抬头望去，平时难得一见的美洲大陆清晰地出现在天空中，在东半球构成的覆盖世界的巨大穹顶上，大陆好像是墙皮脱落的区域……

　　哦，现在人类生活在地球里面，更准确地说，人类生活在气球里面，哦，地球已变成了气球。地球被掏空了，只剩下厚约一百公里的一层薄壳，但大陆和海洋还原封不动地存在着，只不过都跑到里面了，球壳的里面。大气层也还存在，也跑到球壳里面了，所以地球变成了气球，一个内壁贴着海洋和大陆的气球。空心地球仍在自转，但自转的意义已与以前大不相同：它产生重力。构成薄薄地壳的那点质量产生的引力是微不足道的，地球重力现在主要由自转的离心力来产生了。但这样的重力在世界各个区域是不均匀的：赤道上最强，约为 1.5 个原地球重力；随着纬度增高，重力也渐渐减小，两极地区的重力为零。现在吟诗游艇航行的纬度正好是原地球的标准重力，但很难令伊依找到已经消失的实心地球上旧世界的感觉。

　　空心地球的球心悬浮着一个小太阳，现在正以正午的阳光照耀着世界。这个太阳的光度在二十四小时内不停地变化，由最亮渐变至熄灭，给空心地球里面带来昼夜更替。在适当的夜里，它还会发出月亮的冷光，但只是从一点发出的，看不到圆月。

　　游艇上的三人中有两个其实不是人，其中的一个是一头名叫大牙的恐龙，它高达十米的身躯一移动，游艇就跟着摇晃倾斜，这令站在船头的吟诗者很烦。吟诗者是一个干瘦老头儿，同样雪白的长发和胡须混在一起飘动。他身着唐朝的宽大古装，仙风道骨，仿佛是在海天之间挥洒写就的一个狂草字。

这就是新世界的创造者，伟大的——李白。

礼　物

事情是从十年前开始的。当时，吞食帝国刚刚完成了对太阳系长达两个世纪的掠夺，来自远古的恐龙驾驶着那个直径五万公里的环形世界飞离太阳，航向天鹅座方向。吞食帝国还带走了被恐龙掠去当作小家禽饲养的十二亿人类。但就在接近土星轨道时，环形世界突然开始减速，最后竟沿原轨道返回，重新驶向太阳系内层空间。

在吞食帝国开始返程后的一个大环星期，使者大牙乘一艘如古老锅炉般的飞船飞离大环，它的衣袋中装着一个叫伊依的人。

"你是一件礼物！"大牙对伊依说，眼睛看着舷窗外黑暗的太空，它那粗放的嗓音震得衣袋中的伊依浑身发麻。

"送给谁？"伊依在衣袋中仰头大声问，他能从袋口看到恐龙的下颚，像是悬崖顶上一大块突出的岩石。

"送给神！神来到了太阳系，这就是帝国返回的原因。"

"是真的神吗？"

"它们掌握了不可思议的技术，已经纯能化，并且能在瞬间从银河系的一端跃迁到另一端，这不就是神了？如果我们能得到那些超级技术的百分之一，吞食帝国的前景就很光明了。我们正在完成一个伟大的使命，你要学会讨神喜欢！"

"为什么选中了我？我的肉质是很次的。"伊依说，他三十多岁，与吞食帝国精心饲养的那些肌肤白嫩的人类相比，他的外貌很有些沧桑感。

"神不吃虫虫，只是收集，我听饲养员说你很特别，你好像还有很多学生？"

"我是一名诗人，现在在饲养场的家禽人中教授人类的古典文学。"伊依很吃力地念出了"诗""文学"这类在吞食语中很生僻的词。

"无用又无聊的学问。你那里的饲养员之所以默许你授课，是因为其中的一些内容在精神上有助于改善虫虫们的肉质……我观察过，你自视清高，目空一切，对于一个被饲养的小家禽来说，这很有趣。"

"诗人都是这样！"伊依在衣袋中站直，虽然知道大牙看不见，但他还是骄傲地昂起头。

"你的先辈参加过地球保卫战吗？"

伊依摇摇头："我在那个时代的先辈也是诗人。"

"一种最无用的虫虫。在当时的地球上也十分稀少了。"

"他生活在自己的内心世界里，对外部世界的变化并不在意。"

"没出息……呵，我们快到了。"

听到大牙的话，伊依把头从衣袋中伸出来，透过宽大的舷窗向外看。看到了飞船前方有两个发出白光的物体，那是悬浮在太空中的一个正方形平面和一个球体，当飞船移动到与平面齐平时，平面在星空的背景上短暂地消失了一下，这说明它几乎没有厚度。那个完美的球体悬浮在平面正上方，两者都发出柔和的白光，表面均匀得看不出任何特征。它们仿佛是从计算机图库中取出的两个元素，是这纷乱的宇宙中两个简明而抽象的概念。

"神呢？"伊依问。

"就是这两个几何体啊，神喜欢简洁。"

距离拉近，伊依发现平面有足球场大小，飞船正在向平面上降落，发动机喷出的火流首先接触到平面，仿佛只是接触到一个幻影，没有在上面留下任何痕迹。但伊依感觉到了重力和飞船接触平面时的震动，说明它不是幻影。大牙显然以前已经来过这里，毫不犹豫就拉开舱门走了出去，伊依看到他同时打开了气密过渡舱的两道舱门，心一下抽紧了，但他并没有听到舱内空气涌出时的呼啸声。当大牙走出舱门后，衣袋中的伊依嗅到了清新的空气，伸出外面的脸上感到了习习的凉风……这是人和恐龙都无法理解的超级技术，却以温柔而漫不经心的方式呈现出来，这震撼了伊依。与人类第一次见到吞食者时相比，这震撼更加深入灵魂。他抬头望望，以灿烂的银河为背景，球体悬浮在他们上方。

"使者，这次你又给我带来了什么小礼物？"神问。他说的是吞食语，声音不高，仿佛从无限远处的太空深渊中传来，让伊依第一次感觉到这种粗陋的恐龙语言听起来很悦耳。

大牙把一只爪子伸进衣袋，抓出伊依放到平面上，伊依的脚底感到了平面的弹性。大牙说："尊敬的神，得知您喜欢收集各个星系的小生物，我带来了这个很有趣的小东西：地球人。"

"我只喜欢完美的小生物，你把这么肮脏的虫子拿来干什么？"神说。球体和平面发出的白光微微地闪动了两下，可能是表示厌恶。

"您知道这种虫虫？"大牙惊奇地抬起头。

"只是听这个旋臂的一些航行者提到过，不是太了解。在这种虫子不算长的进化史中，航行者曾频繁地造访地球，这种生物的思想之猥琐、行为之低劣、历史之混乱和肮脏，都让他们恶心，以至于直到地球世界毁灭之前，也没有一个航行者屑于同它们建立联系……快把它扔掉。"

大牙抓起伊依，转动着硕大的脑袋，看看可以往哪儿扔，"垃圾焚化口在你后面。"神说，大牙一转身，看到身后的平面上突然出现了一个小圆口，里面闪着蓝幽幽的光……

"你不要这样说！人类建立了伟大的文明！"伊依用吞食语声嘶力竭地大喊。

球体和平面的白光又颤动了两次。神冷笑了两声："文明？使者，告诉这个虫子什么是文明。"

大牙把伊依举到眼前，伊依甚至听到了恐龙的两个大眼球转动时骨碌碌的声音："虫虫，在这个宇宙中，对一个种族文明程度的统一度量是这个种族所进入的空间的维度。只有进入六维以上空间的种族才具备加入文明大家庭的起码条件，我们尊敬的神的一族已能够进入十一维空间。吞食帝国已能在实验室中小规模地进入四维空间，只能算是银河系中一个未开化的原始群落。而你们，在神的眼里不过是杂草和青苔。"

"快扔了，脏死了。"神不耐烦地催促道。

大牙举着伊依向垃圾焚化口走去。伊依拼命挣扎，从衣服中掉出了许多白色的纸片。那些纸片飘荡着下落，从球体中射出一条极细的光线，当那束光线射到其中一张纸上时，纸片便在半空中悬住了，光线飞快地在上面扫描了一遍。

"唷，等等，这是什么东西？"

大牙把伊依悬在焚化口上方，扭头看着球体。

"那是……是我的学生们的作业！"伊依在恐龙的巨掌中吃力地挣扎着说。

"这种方形的符号很有趣，它们组成的小矩阵也很好玩儿。"神说，从球体中射出的光束又飞快地扫描了已落在平面上的另外几张纸。

"那是汉……汉字，这些是用汉字写的古诗！"

"诗？"神惊奇地问，收回了光束，"使者，你应该懂一些这种虫子的文字吧？"

"当然，尊敬的神，在吞食帝国吃掉地球前，我在它们的世界生活了很长时间。"大牙把伊依放到焚化口旁边的平面上，弯腰拾起一张纸，举到眼前吃力地辨认着上面的小字："它的大意是……"

"算了吧，你会曲解它的！"伊依挥手制止大牙说下去。

"为什么？"神很感兴趣地问。

"因为这是一种只能用古汉语表达的艺术。即使翻译成人类的其他语言，也会失去大部分内涵和魅力，变成另一种东西了。"

"使者，你的计算机中有这种语言的数据库吗？还有有关地球历史的一切知识。给我传过来吧，就用我们上次见面时建立的那个信道。"

大牙急忙返回飞船，在舱内的电脑上鼓捣了一阵儿，嘴里嘟囔着："古汉语部分没有，还要从帝国的网络上传过来，可能有些时滞。"伊依从敞开的舱门中看到，恐龙的大眼球中映射着电脑屏幕上变幻的彩光。当大牙从飞船上走出来时，神已经能用标准的汉语读出一张纸上的中国古诗了：

"白日依山尽，黄河入海流，欲穷千里目，更上一层楼。"

"您学得真快！"伊依惊叹道。

神没有理他，只是沉默着。

大牙解释说："它的意思是：恒星已在行星的山后面落下，一条叫黄河的河流向着大海的方向流去，哦，这河和海都是由那种由一个氧原子和两个氢原子构成的化合物组成，要想看得更远，就应该在建筑物上登得更高些。"

神仍然沉默着。

"尊敬的神，你不久前曾君临吞食帝国，那里的景色与写这首诗的虫虫的世界十分相似，有山有河也有海，所以……"

"所以我明白诗的意思，"神说。球体突然移动到大牙头顶上，伊依感觉它就像一只盯着大牙看的没有眸子的大眼睛，"但，你，没有感觉到些什么？"

大牙茫然地摇摇头。

"我是说，隐含在这个简洁的方块符号矩阵的表面含义后面的一些东西？"

大牙显得更茫然了，于是神又吟诵了一首古诗：

"前不见古人，后不见来者，念天地之悠悠，独怆然而涕下。"

大牙赶紧殷勤地解释道："这首诗的意思是：向前看，看不到在遥远过去曾经在这颗行星上生活过的虫虫；向后看，看不到未来将要在这行星上生活的虫虫；于是感到时空的无限，于是哭了。"

神沉默。

"呵，哭是地球虫虫表达悲哀的一种方式，它们的视觉器官……"

"你仍没感觉到什么？"神打断了大牙的话。球体又向下降了一些，几乎贴到大牙的鼻子上。

大牙这次坚定地摇摇头："尊敬的神，我想里面没有什么的，一首很简单的小诗罢了。"

接下来，神又连续吟诵了几首古诗，都很简短，且属于题材空灵超脱的一类，有李白的《下江陵》《静夜思》《黄鹤楼送孟浩然之广陵》、柳宗元的《江雪》、崔颢的《黄鹤楼》、孟浩然的《春晓》等。

大牙说："在吞食帝国，有许多长达百万行的史诗。尊敬的神，我愿意把它们全部献给您！相比之下，人类虫虫的诗是这么短小简单，就像他们的技术……"

球体忽地从大牙头顶飘开去，在半空中沿着随意的曲线飘行着："使者，我知道你们最大的愿望就是希望我回答一个问题：吞食帝国已经存在了八千万年，为什么其技术仍徘徊在原子时代？我现在有答案了。"

大牙热切地望着球体说："尊敬的神，这个答案对我们很重要！求您……"

"尊敬的神，"伊依举起一只手大声说，"我也有一个问题，不知能不能问？"

大牙恼怒地瞪着伊依，像要把他一口吃了似的，但神说："我仍然讨厌地球虫子，但那些小矩阵为你赢得了这个权利。"

"艺术在宇宙中普遍存在吗？"

球体在空中微微颤动，似乎在点头："是的，我就是一名宇宙艺术的收集者和研究者。我穿行于星云间，接触过众多文明的各种艺术，它们大多是庞杂而晦涩的体系。用如此少的符号，在如此小巧的矩阵中包含如此丰富的感觉层次和含义分支，而且这种表达还要在严酷得有些变态的诗律和音韵的约束下进行。这，我确实是第一次见到……使者，现在可以把这虫子扔了。"

大牙再次把伊依抓在爪子里："对，该扔了它，尊敬的神。吞食帝国中心网络中存贮的人类文化资料是相当丰富的，现在您的记忆中已经拥有了所有资料，而这个虫虫，大概就记得那么几首小诗。"说着，它拿着伊依向焚化口走去。"把这些纸片也扔了。"神说。大牙又赶紧返身去用另一只爪子收拾纸片，这时伊依在大爪中高喊：

"神啊，把这些写着人类古诗的纸片留作纪念吧！您收集到了一种不可超越的艺术，向宇宙中传播它吧！"

"等等，"神再次制止了大牙。伊依已经悬到了焚化口上方，他感到了下面蓝色火焰的热力。球体飘过来，在距伊依的额头几厘米处悬定，他同刚才的大牙一样受到了那只没有眸子的巨眼的逼视。

"不可超越？"

"哈哈哈……"大牙举着伊依大笑起来，"这个可怜的虫虫居然在伟大的神面前说这样的话，滑稽！人类还剩下什么？你们失去了地球上的一切，即便能带走的科学知识也忘得差不多了。有一次在晚餐桌上，我在吃一个人之前问他：地球保卫战争中的人类的原子弹是用什么做的？他说是原子做的！"

"哈哈哈哈……"神也让大牙逗得大笑起来，球体颤动得成了椭圆，"不可能有比这更正确的回答了，哈哈哈……"

"尊敬的神，这些脏虫虫就剩下那几首小诗了！哈哈哈……"

"但它们是不可超越的！"伊依在大爪中挺起胸膛庄严地说。

球体停止了颤动，用近似耳语的声音说："技术能超越一切。"

"这与技术无关，这是人类心灵世界的精华，不可超越！"

"那是因为你不知道技术最终能具有什么样的力量，小虫子，小小的虫子，你不知道。"神的语气变得父亲般温柔，但潜藏在深处的阴冷杀气让伊依不寒而栗，神说："看着太阳。"

伊依按神的话做了，这是位于地球和火星轨道之间的太空，太阳的光芒使他眯起了双眼。

"你最喜欢的颜色是什么？"神问。

"绿色。"

话音刚落，太阳变成了绿色。那绿色妖艳无比，太阳仿佛是一只突然浮现在太空深渊中的猫眼，在它的凝视下，整个宇宙都变得诡异无比。

大牙爪子一颤，伊依掉在平面上。当理智稍稍恢复后，他们都意识到另一个比太阳变绿更加震撼的事实：从这里到太阳，光需要行走十几分钟，但这一切都发生在一瞬间！

半分钟后，太阳恢复原状，又发出耀眼的白光。

"看到了吗？这就是技术，是这种力量使我们的种族从海底淤泥中的鼻涕虫变为神。其实，技术本身才是真正的神，我们都真诚地崇拜它。"

伊依眨着昏花的双眼说："但神并不能超越那样的艺术，我们也有神，想象中的神，我们崇拜它们，但并不认为它们能写出李白和杜甫那样的诗。"

神冷笑了两声，对伊依说："真是一只无比固执的虫子，这使你更让人厌恶。不过，为了消遣，就让我来超越一下你们的矩阵艺术。"

伊依也冷笑了两声："不可能的，首先你不是人，不可能有人的心灵感受，人类艺术在你那里只是石板上的花朵，技术并不能使你超越这个障碍。"

"技术超越这个障碍易如反掌，给我你的基因！"

伊依不知所措，"给神一根头发！"大牙提醒说，伊依伸手拔下一根头发，一股无形的吸力将头发吸向球体，后来那根头发又从球体中飘落到平面，神只是提取了发根上的一点皮屑。

球体中的白光涌动起来，渐渐变得透明了，里面充满了清澈的液体，浮起串串水泡。接着，伊依在液体中看到了一个蛋黄大小的球，它在射入液球的阳光中呈淡红色，仿佛自己会发光。小球很快长大，伊依认出了那是一个曲蜷着的胎儿，他肿胀的双眼紧闭着，大大的脑袋上交错着红色的血管。胎儿继续成长，小身体终于伸展开来，像青蛙似的在液球中游动着。液体渐渐变得浑浊了，透过液球的阳光只映出一个模糊的影子，看得出那个影子仍在飞速成长，最后变成了一个游动着的成人的身影。这时，液球又恢复成原来那样完全不透明的白色光球，一个赤裸的人从球中掉出来，落到平面上。伊依的克隆体摇摇晃晃地站了起来，阳光在他湿漉漉的身体上闪亮。他的头发和胡子老长，但看得出来只有三四十岁的样子，除了一样的精瘦外，一点也不像伊依本人。克隆体僵立着，呆滞的目光看着无限远方，似乎对这个刚刚进入的宇宙浑然不知。在他的上方，球体的白光在暗下来，最后完全熄灭了，球体本身也像蒸发似地消失了。但这时，伊依感觉什么东西又亮了起来，很快发现那是克隆体的眼睛，它们由呆滞突然变得充满了智慧的灵光。后来伊依知道，神的记忆这时已全部转移到克隆体中了。

"冷，这就是冷？"一阵轻风吹来，克隆体双手抱住湿乎乎的双肩，浑身打战，但声音中充满了惊喜，"这就是冷，这就是痛苦，精致的、完美的痛苦，我在星际间苦苦寻觅的感觉，尖锐如洞穿时空的十维弦，晶莹如类星体中心的纯能钻石，啊——"他伸开皮包骨头的双臂仰望银河，"前不见古人，后不见来者，念宇宙之……"一阵冷战使克隆体的牙齿咯咯作响，赶紧停止了出生演说，跑到焚化口边烤火。

克隆体把两手放到焚化口的蓝火焰上烤着，哆哆嗦嗦地对伊依说："其实，我现在进行的是一项很普通的操作，当我研究和收集一种文明的艺术时，总是将自己的记忆借宿于该文明的一个个体中，这样才能保证对该艺术的完全理解。"

这时，焚化口中的火焰亮度剧增，周围的平面上也涌动着各色的光晕，使得伊依感觉整个平面像是一块漂浮在火海上的毛玻璃。

大牙低声对伊依说："焚化口已转换为制造口了，神正在进行能—质转换。"看到伊依不太明白，他又解释说："傻瓜，就是用纯能制造物品，上帝的活计！"

制造口突然喷出了一团白色的东西，那东西在空中展开并落了下来，原来是一件衣服，克隆体接住衣服穿了起来，伊依看到那竟是一件宽大的唐朝古装，用雪白的丝绸做成，有宽大的黑色镶边，刚才还一副可怜相的克隆体穿上它后立刻显得飘飘欲仙，伊依实在想象不出它是如何从蓝火焰中被制造出来的。

又有物品被制造出来，从制造口飞出一块黑色的东西，像石头一样"咚"的砸在平面上，伊依跑过去拾起来。不管他是否相信自己的眼睛，手中拿着的分明是一块沉重的石砚，而且还是冰凉的。接着又有什么"啪"的掉下来，伊依拾起那个黑色的条状物，他没猜错，这是一块墨！接着被制造出来的是几支毛笔，一副笔架，一张雪白的宣纸——从火里飞出的纸！还有几件古色古香的案头小饰品，最后制造出来的也是最大的一件东西：一张样式古老的书案！伊依和大牙忙着把书案扶正，把那些小东西在案头摆放好。

"转化这些东西的能量，足以把一颗行星炸成碎末。"大牙对伊依耳语，声音有些发颤。

克隆体走到书案旁，看着上面的摆设满意地点点头，一手理着刚刚干了的胡子，说："我，李白。"

伊依审视着克隆体问："你是说想成为李白呢，还是真把自己当成了李白？"

"我就是李白，超越李白的李白！"

伊依笑着摇摇头。

"怎么，到现在你还怀疑吗？"

伊依点点头说："不错，你们的技术远远超过了我的理解力，已与人类想象中的神力和魔法无异，即使是在诗歌艺术方面也有让我惊叹的东西：跨越如此巨大的文化和时空的鸿沟，你竟能感觉到中国古诗的内涵……但理解李白是一回事，超越他又是另一回事，我仍然认为你面对的是不可超越的艺术。"

克隆体——李白的脸上浮现出高深莫测的笑容，但转瞬即逝，他手指书案，对伊依大喝一声："研墨！"然后径自走去，在几乎走到平面边缘时站住，理着胡须遥望星河沉思起来。

伊依提起书案上的一个紫砂壶向砚上倒了一点清水，拿起那条墨研了起来，他是第一次干这个，笨拙地斜着墨条磨边角。看着砚中渐渐浓起来的墨汁，伊依想到自己正身处距太阳 1.5 个天文单位的茫茫太空中，这个无限薄的平面（即使刚才由纯能制造物品时，从远处看它仍没有厚度）仿佛是一个漂浮在宇宙深渊中的舞台，在它上面，一头恐龙、一个被恐龙当作肉食家禽饲养的人类、一个穿着唐朝古装的准备超越李白的技术之神，正在演出一场怪诞到极点的活剧，想到这里，伊依摇头苦笑起来。

墨研得差不多了，伊依站起来，同大牙一起等待着。这时，平面上的轻风已经停止，太阳和星河静静地发着光，仿佛整个宇宙都在期待。李白静立在平面边缘，由于平面上的空气层几乎没有散射，他在阳光中的明暗部分极其分明，除了理胡须的手不时动一下外，简直就是一尊石像。伊依和大牙等啊等，时间在默默地流逝，书案上蘸满了墨的毛笔渐渐有些发干了。不知不觉，太阳的位置已移动了很多，把他们和书案、飞船的影子长长地投在平面上，书案上平铺的白纸仿佛变成了平面的一部分。终于，李白转过身来，慢步走回书案前。伊依赶紧把毛笔重新蘸了墨，用双手递了过去，但李白抬起一只手回绝了，只是看着书案上的白纸继续沉思着，目光中有了些新的东西。

伊依得意地看出，那是困惑和不安。

"我还要制造一些东西，那都是……易碎品，你们去小心接着。"李白指了指制造口说，那里面本来已暗淡下去的蓝焰又明亮进来。伊依和大牙刚刚跑过去，就有一股蓝色的火舌把一个球形物推出来，大牙眼疾手快地接住了，细看是一个大坛子。接着又从蓝焰中飞出了三只大碗，伊依接住了其中的两只，有一只摔碎了。大牙把坛子抱到书案上，小心地打开封盖，一股浓烈的酒味溢了出来，他与伊依惊奇地对视了一眼。

"在我从吞食帝国接收到的地球信息中，有关人类酿造业的资料不多，所以这东西造得不一定准确。"李白说，同时指着酒坛示意伊依尝尝。

伊依拿碗从中舀了一点儿，抿了一口，一股火辣从嗓子眼儿流到肚子里，他点点头："是酒，但是与我们为改善肉质喝的那些相比太烈了。"

"满上。"李白指着书案上的另一个空碗说。待大牙倒满烈酒后，李白端起来咕咚咕咚一饮而尽，然后转身再次向远处走去，不时踉跄两下。到达平面边缘后，又站在那里对着星海深思，但与上次不同的是，他的身体有节奏地左右摆动，像在和着某首听不见的曲子。这次李白沉思不久就走回到书案前，回来的一路上近乎在跳舞，他一把抓过伊依递过来的笔，扔到远处。

"满上。"李白眼睛直勾勾地盯着空碗说。

……

一小时后，大牙用两个大爪小心翼翼地把烂醉如泥的李白放到已清空的书案上，但他一翻身又骨碌下来，嘴里嘀咕着恐龙和人都听不懂的语言。他已经红红绿绿地吐了一大摊——真不知是什么时候吃进去的这些食物，宽大的古服上也污一片。那一摊呕吐物被平面发出的白光透过，形成了一幅抽象图形。李白的嘴上黑乎乎的全是墨，这是因为在喝光第四碗后，他曾试图在纸上写什么，但只是把蘸饱墨的毛笔重重地戳到桌面上，接着，李白就像初学书法的小孩子那样，试图用嘴把笔毛理顺……

"尊敬的神？"大牙伏下身来小心翼翼地问。

"哇咦卡啊……卡啊咦唉哇。"李白大着舌头说。

大牙站起身，摇摇头叹了一口气，对伊依说："我们走吧。"

另一条路

伊依所在的饲养场位于吞食者的赤道上。当吞食者处于太阳系内层空间时，这里曾是一片夹在两条大河之间的美丽草原。吞食者航出木星轨道后，严冬降临了，草原消失，大河封冻，被饲养的人类都转到地下城中。当吞食者受到神的召唤而返回后，随着太阳的临近，大地回春，两条大河很快解冻了，草原也开始变绿了。

气候好的时候，伊依总是独自住在河边自己搭的一间简陋的草棚中，种地过日子。对于一般人来说，这是不被允许的，但由于伊依在饲养场中讲授的古典文学课程有陶冶情操的功能，他的学生的肉有一种很特别的风味，所以恐龙饲养员也就不干涉他了。

这是伊依与李白初次见面两个月后的一个黄昏，太阳刚刚从吞食帝国平直的地平线上落下，两条映着晚霞的大河在天边交汇。在河边的草棚外，微风把远处草原上欢舞的歌声隐隐送来，伊依独自一人自己和自己下着围棋，抬头看到李白和大牙沿着河岸向这里走来。这时的李白已有了很大的变化，他头发蓬乱，胡子老长，脸晒得很黑，左肩挎着一个粗布包，右手提着一个大葫芦，身上那件古装已破烂不堪，脚上穿着一双已磨得不像样子的草鞋。伊依觉得这时的他倒更像一个人了。

李白走到围棋桌前，像前几次来一样，不看伊依一眼就把葫芦重重地向桌上一放，说：“碗！”待伊依拿来两个木碗后，李白打开葫芦盖，把两只碗里倒满酒，然后又从布包中拿出一个纸包，打开来，伊依发现里面竟放着切好的熟肉，香味扑鼻，不由拿起一块嚼了起来。

大牙只是站在两三米远处静静地看着他们，有前几次的经验，他知道他们俩又要谈诗了，这种谈话，他既无兴趣，也没资格参与。

“好吃，”伊依赞许地点点头，“这牛肉也是纯能转化的？”

“不，我早就回归自然了。你可能没听说过，在距这里很遥远的一个牧场，饲养着来自地球的牛群。这牛肉是我亲自做的，是用山西平遥牛肉的做法，关键是在炖的时候放——”李白凑到伊依耳边神秘地说：“尿碱。”

伊依迷惑不解地看着他。

“哦，就是人类的小便蒸干以后析出的那种白色的东西，能使炖好的肉外观红润，肉质鲜嫩，肥而不腻，瘦而不柴。”

“这尿碱……也不是纯能做出来的？”伊依恐惧地问。

“我说过自己已经回归自然了！尿碱是我费了好大劲儿从几个人类饲养场收集来的，这是很正宗的民间烹饪技艺，在地球毁灭前就早已失传。”

伊依已经把嘴里的牛肉咽下去了，为了抑制呕吐，他端起了酒碗。

李白指指葫芦说："在我的指导下，吞食帝国已经建起了几个酒厂，能够生产大部分地球名酒。这是它们酿制的正宗竹叶青，是用汾酒浸泡竹叶而成。"

伊依这才发现碗里的酒与前几次李白带来的不同，呈翠绿色，入口后有甜甜的药草味。

"看来，你对人类文化已了如指掌了。"伊依感慨地对李白说。

"不仅如此，我还花了大量的时间亲身体验。你知道，吞食帝国很多地区的风景与李白所在的地球极为相似。这两个月来，我浪迹于这山水之间，饱览美景，月下饮酒，山巅吟诗，还在遍布各地的人类饲养场中有过几次艳遇……"

"那么，现在总能让我看看你的诗作了吧。"

李白呼地放下酒碗，站起身，不安地踱起步来，"是作了一些诗，而且是些肯定让你吃惊的诗，你会看到，我已经是一个很出色的诗人了，甚至比你和你的祖爷爷都出色。但我不想让你看，因为我同样肯定你会认为那些诗没有超越李白，而我……"他抬起头遥望天边落日的余晖，目光中充满了迷离和痛苦，"也这么认为。"

远处的草原上，舞会已经结束，快乐的人们开始享用丰盛的晚餐。有一群少女向河边跑来，在岸边的浅水中嬉戏。她们头戴花环，身上披着薄雾一样的轻纱，在暮色中构成一幅醉人的画面。伊依指着距草棚较近的一个少女问李白："她美吗？"

"当然。"李白不解地看着伊依说。

"想象一下，用一把利刃把她切开，取出她的每一个脏器，剜出她的眼球，挖出她的大脑，剔出每一根骨头，把肌肉和脂肪按其不同部位和功能分割开来，再把所有的血管和神经分别理成两束，最后在这里铺上一大块白布，把这些东西按解剖学原理分门别类地放好，你还觉得美吗？"

"你怎么在喝酒的时候想到这些？恶心。"李白皱起眉头说。

"怎么会恶心呢？这不正是你所崇拜的技术吗？"

"你到底想说什么？"

"李白眼中的大自然就是你现在看到的河边少女，而同样的大自然在技术的眼睛中呢，就是那张白布上那些井然有序但血淋淋的部件，所以，技术是反诗意的。"

"你好像对我有什么建议？"李白理着胡子若有所思地说。

"我仍然不认为你有超越李白的可能，但可以为你的努力指出一个正确的方向：技术的迷雾蒙住了你的双眼，使你看不到自然之美。所以，你首先要做的是把那些超级技术全部忘掉。你既然能够把自己的全部记忆移植到你现在的大脑中，当然也可以删除其中的一部分。"

李白抬头和大牙对视了一下，两者都哈哈大笑起来。大牙对李白说："尊敬的神，我早就告诉过您，虫虫是多么的狡诈，您稍不小心就会跌入他们设下的陷阱。"

"哈哈哈哈，是狡诈，但也有趣。"李白对大牙说，然后转向伊依，冷笑着说："你真的认为我是来认输的？"

"你没能超越人类诗词艺术的巅峰，这是事实。"

李白突然抬起一只手，指着大河，问："到河边去有几种走法？"

伊依不解地看了李白几秒钟："好像……只有一种。"

"不，是两种，我还可以向这个方向走，"李白指着与河相反的方向说，"这样一直走，绕吞食帝国的大环一周，再从对岸过河，也能走到这个岸边，我甚至还可以绕银河系一周再回来。对于我们的技术来说，这也易如反掌。技术可以超越一切！我现在已经被逼得要走另一条路了！"

伊依努力想了好半天，终于困惑地摇摇头："就算是你有神一般的技术，我还是想不出超越李白的另一条路在哪儿。"

李白站起来说："很简单，超越李白的两条路是：一、把超越他的那些诗写出来；二、把所有的诗都写出来！"

伊依显得更糊涂了，但站在一旁的大牙似有所悟。

"我要写出所有的五言和七言诗，这是李白所擅长的；另外，我还要写出常见词牌的所有的词！你怎么还不明白？我要在符合这些格律的诗词中，试遍所有汉字的所有组合！"

"啊，伟大！伟大的工程！"大牙忘形地欢呼起来。

"这很难吗？"伊依傻傻地问。

"当然难，难极了！如果用吞食帝国最大的计算机来进行这样的计算，可能到宇宙末日也完成不了！"

"没那么多吧？"伊依充满疑问地说。

"当然有那么多！"李白得意地点点头，"但使用你们还远未掌握的量子计算技术，就能在可以接受的时间内完成这样的计算。到那时，我就写出了所有的诗词，包括所有以前写过的和所有以后可能写的，特别注意，所有以后可能写的！超越李白的巅峰之作自然包括在内。事实上，我终结了诗词艺术，直到宇宙毁灭，所出现的任何一个诗人，不管他们达到了怎样的高度，都不过是个抄袭者，他的作品肯定能在我那巨大的存储器中检索出来。"

大牙突然发出了一声低沉的惊叫，看着李白的目光由兴奋变为震惊，"巨大的……存储器？尊敬的神，您该不是说，要把量子计算机写出的诗都……都存起来吧？"

"写出来就删除有什么意思呢？当然要存起来！这将是我的种族留在这个宇宙中的艺术丰碑之一！"

大牙的目光由震惊变为恐惧，把粗大的双爪向前伸着，两腿打弯，像要给李白跪下，声音也像要哭出来似的："使不得，尊敬的神，这使不得啊！"

"是什么把你吓成这样？"伊依抬头惊奇地看着大牙问。

"你个白痴！你不是知道原子弹是原子做的吗？那存储器也是原子做的，它的存储精度最高只能达到原子级别！知道什么是原子级别的存储吗？就是说一个针尖大小的地方，就能存下人类所有的书！不是你们现在那点儿书，是地球被吃掉前上面所有的书！"

"啊，这好像是有可能的，听说一杯水中的原子数比地球上海洋中水的杯数都多。那，他写完那些诗后带根儿针走就行了。"伊依指指李白说。

大牙恼怒之极，来回急走几步，总算挤出了一点儿耐性："好，好，你说，按神说的那些五言七言诗，还有那些常见的词牌，各写一首，总共有多少字？"

"不多，也就两三千字吧，古典诗词是最精练的艺术。"

"那好，我就让你这个白痴虫虫看看它有多么精练！"大牙说着走到桌前，用爪指着上面的棋盘说："你们管这种无聊的游戏叫什么？哦，围棋，这上面有多少个交叉点？"

"纵横各 19 行，共 361 点。"

"很好，每个点上可以放黑子、白子或空着，共三种状态，这样，每一个棋局，就可以看作由三个汉字写成的一首 19 行 361 个字的诗。"

"这比喻很妙。"

"那么，穷尽这三个汉字在这种诗上的所有组合，总共能写出多少首诗呢？让我告诉你：3 的 361 次方首，或者说，嗯，我想想，10 的 172 次方首！"

"这……很多吗？"

"白痴！"大牙第三次骂出这个词，"宇宙中的全部原子只有……啊——"它气恼得说不下去了。

"有多少？"伊依仍是那副傻样。

"只有 10 的 80 次方个！你个白痴虫虫啊——"

直到这时，伊依才表现出了一点儿惊奇："你是说，如果一个原子存储一首诗，用光宇宙中的所有原子，还存不完他的量子计算机写出的那些诗？"

"差远呢！差 10 的 92 次方倍呢！再说，一个原子哪能存下一首诗？人类虫虫的存储器，存一首诗用的原子数可能比你们的人口都多，至于我们，用单个原子存储一位二进制还仅处于实验室阶段……唉。"

"使者，在这一点上是你目光短浅了。想象力不足，正是吞食帝国技术进步缓慢的原因之一。"李白笑着说："使用基于量子多态迭加原理的量子存储器，只用很少量的物质就可以存下那些诗。当然，量子存贮不太稳定，为了永久保存那些诗作，还需要与更传统的存储技术结合使用，即使这样，制造存储器需要的物质量也是很少的。"

"是多少？"大牙问，看那样子显然心已提到了嗓子眼儿。

"大约为 10 的 57 次方个原子，微不足道，微不足道！"

"这……这正好是整个太阳系的物质量！"

"是的，包括所有的太阳行星，当然也包括吞食帝国。"

李白最后这句话是轻描淡写地随口而出的，但在伊依听来却像晴天霹雳，不过大牙反倒显得平静下来。当长时间受到灾难预感的折磨后，灾难真正来临时，反而有一种解脱感。

"您不是能把纯能转换成物质吗？"大牙问。

"得到如此巨量的物质需要多少能量你不会不清楚，这对我们也是不可想象的，还是用现成的吧。"

"这么说，皇帝的忧虑不无道理。"大牙自语道。

"是的是的，"李白欢快地说，"我前天已向吞食皇帝说明，这个伟大的环形帝国将被用于一个更伟大的目的，所有的恐龙应该为此感到自豪。"

"尊敬的神，您会看到吞食帝国的感受的。"大牙阴沉地说，"还有一个问题：与太阳相比，吞食帝国的质量实在是微不足道，为了得到这九牛之一毛的物质，有必要毁灭一个进化了几千万年的文明吗？"

"你的这个疑问我完全理解。但要知道，熄灭、冷却和拆解太阳是需要很长时间的，在这之前对诗的量子计算就已经开始了，我们需要及时地把结果存起来，清空量子计算机的内存以继续计算。这样，可以立即用于制造存储器的行星和吞食帝国的物质就是必不可少的了。"

"明白了，尊敬的神，最后一个问题：有必要把所有的组合结果都存起来吗？为什么不能在输出端加一个判断程序，把那些不值得存储的诗作剔除掉？据我所知，中国古诗是要遵从严格的格律的。如果把不符合格律的诗去掉，那最后的总量将大为减少。"

"格律？哼，"李白不屑地摇摇头，"那不过是对灵感的束缚。中国南北朝以前的古体诗并不受格律的限制，即使是在唐代以后严格的近体诗中，也有许多古典诗词大师不遵从格律，写出了许多卓越的变体诗。所以，在这次终极吟诗中，我将不考虑格律。"

"那，您总该考虑诗的内容吧？最后的计算结果中肯定有百分之九十九的诗是毫无意义的，存下这些随机的汉字矩阵有什么用？"

"意义？"李白耸耸肩说，"使者，诗的意义并不取决于你的认可，也不取决于我或其他任何人，它取决于时间。许多在当时无意义的诗后来成了旷世杰作，而现今和以后的许多杰作在遥远的过去肯定也曾是无意义的。我要作出所有的诗，亿亿亿万年之后，谁知道伟大的时间把其中的哪首选为巅峰之作呢？"

"这简直荒唐！"大牙大叫起来，它那粗放的嗓音惊起了远处草丛中的几只鸟，"如果按现有的人类虫虫的汉字字库，您的量子计算机写出的第一首诗应该是这样的：

啊啊啊啊啊
啊啊啊啊啊
啊啊啊啊啊
啊啊啊啊唉

"请问，伟大的时间会把这首选为杰作？"

一直不说话的伊依这时欢叫起来："哇！还用什么伟大的时间来选？它现在就是一首巅峰之作耶！前三行和第四行的前四个字都是表达生命对宏伟宇宙的惊叹，最后一个字是诗眼，是诗人在领略了宇宙之浩渺后，对生命在无限时空中的渺小发出的一声无奈的叹息。"

"呵呵呵呵呵，"李白抚着胡须乐得合不上嘴，"好诗，伊依虫虫，真的是好诗，呵呵呵……"说着拿起葫芦给伊依倒酒。

大牙挥起巨爪，一巴掌把伊依打了老远，"混账虫虫，我知道你现在高兴了，可不要忘记，吞食帝国一旦毁灭，你们也活不了！"

伊依一直滚到河边，好半天才爬起来，他满脸沙土，咧大了嘴，不顾疼痛地大笑起来，"哈哈，有趣，这个宇宙真不可思议！"他忘形地喊道。

"使者，还有问题吗？"看到大牙摇头，李白接着说，"那么，我在明天就要离去，后天，量子计算机将启动作诗软件，终极吟诗将开始；同时，熄灭太阳，拆解行星和吞食帝国的工程也将启动。"

"尊敬的神，吞食帝国在今天夜里就能做好战斗准备！"大牙立正后庄严地说。

"好好，真是很好，往后的日子会很有趣的，但这一切发生之前，还是让我们喝完这一壶酒吧。"李白快乐地点点头说，同时拿起了酒葫芦，倒完酒，他看着已笼罩在夜幕中的大河，意犹未尽地回味着："真是一首好诗，第一首，呵呵，第一首就是好诗。"

终极吟诗

吟诗软件其实十分简单，用人类的 C 语言表达可能超不过两千行代码，另外再加一个存储所有汉字字符的不大的数据库。当这个软件在位于海王星轨道上的那台量子计算机（一个飘浮在太空中的巨大透明锥体）上启动时，终极吟诗就开始了。

这时吞食帝国才知道，李白只是那个超级文明种族中的一个个体。这与以前预想的不同，当时恐龙们都认为进化到这样技术级别的社会在意识上早就融为一个整体了，吞食帝国在过去一千万年中遇到的五个超级文明都是这种形态。李白一族保持了个体的存在，这也部分解释了他们对艺术超常的理解力。当吟诗开始时，李白一族又有大量的个体从外太空的各个方位跃迁到太阳系，开始了制造存储器的工程。

吞食帝国上的人类看不到太空中的量子计算机，也看不到新来的神族。在他们看来，终极吟诗的过程，就是太空中太阳数目的增减过程。

在吟诗软件启动一个星期后，神族成功地熄灭了太阳。这时，太空中太阳的数目减到零，但太阳内部核聚变的停止使恒星的外壳失去了支撑，使它很快坍缩成一颗新星，于是暗夜很快又被照亮，只是这颗太阳的亮度是以前的上百倍，使吞食帝国表面草木生烟。新星又被熄灭了，但过一段时间后又爆发了，就这样亮了又灭灭了又亮，仿佛太阳是一只九条命的猫，在没完没了地挣扎。但神族对于杀死恒星其实很熟练，他们从容不迫地一次次熄灭新星，使它的物质最大比例地聚变为制造存储器所需的重元素。当第十一次新星熄灭后，太阳才真正咽了气。这时，终极吟诗已经开始了三个地球月。早在这之前，在第三次新星出现时，太空中就有其他的太阳出现，这些太阳在太空中的不同位置此起彼伏地亮起或熄灭，最多时，天空中出现过九个新太阳。这些太阳是神族在拆解行星时的能量释放，由于后来恒星太阳的闪烁已变得暗弱，人们就分不清这些太阳的真假了。

对吞食帝国的拆解是在吟诗开始后第五个星期进行的。这之前，李白曾向帝国提出了一个建议：由神族将所有恐龙跃迁到银河系另一端的一个世界，那里有一个文明，比神族落后许多，仍未纯能化，但比吞食文明要先进得多。恐龙们到那里后，将作为一种小家禽被饲养，过着衣食无忧的快乐生活。但恐龙们宁为玉碎不为瓦全，愤怒地拒绝了这个提议。

李白接着提出了另一个要求：让人类返回他们的母亲星球。其实，地球也被拆解了，它的大部分用于制造存储器，但神族还是剩下了其中的一小部分物质为人类建造了一个空心地球。空心地球的大小与原地球差不多，但其质量仅为后者的百分之一。说地球被掏空了是不确切的，因为原地球表面那层脆弱的岩石根本不可能用来做球壳。球壳的材料可能取自地核，另外球壳上像经纬线般交错的、虽然很细但强度极高的加固圈，是用太阳坍缩时产生的简并态中子物质制造的。

令人感动的是，吞食帝国不但立即答应了李白的要求，允许所有人类离开大环世界，还把从地球掠夺来的海水和空气全部还给了地球，神族借此在空心地球内部恢复了原地球所有的大陆、海洋和大气层。

接着，惨烈的大环保卫战开始了。吞食帝国向太空中的神族目标大量发射核弹和伽马射线激光，但这些对敌人毫无作用。在神族发射的一个无形的强大力场推动下，吞食者大环越转越快，最后在超速自转产生的离心力下解体了。这时，伊依正在飞向空心地球的途中，他从一千二百万公里之外目睹了吞食帝国毁灭的全过程：

    大环解体的过程很慢，如同梦幻，在漆黑太空的背景上，这个巨大的世界如同一团浮在咖啡上的奶沫一样散开来，边缘的碎块渐渐隐没于黑暗之中，仿佛被太空溶解了，只有不时出现的爆炸的闪光才使它们重新现形。

这个充满阳刚之气的伟大文明就这样被毁灭了，伊依悲哀万分。只有一小部分恐龙活了下来，与人类一起回归地球，其中包括使者大牙。

在返回地球的途中，人类普遍都很沮丧，但原因与伊依不同：回到地球后是要开荒种地才有饭吃的，这对于已在长期被饲养的生活中变得四肢不勤、五谷不分的人们来说，确实像一场噩梦。

但伊依对地球世界的前途充满信心，不管前面有多少磨难，人将重新成为人。

诗　云

吟诗航行的游艇到达了南极海岸。

这里的重力已经很小，海浪的运行很缓慢，像是一种描述梦幻的舞蹈。在低重力下，拍岸浪把水花送上十几米高处，飞上半空的海水由于表面张力而形成无数水球，大的像足球，小的如雨滴。这些水球在缓慢地下落，慢到可以用手在它们周围划圈。它们折射着小太阳的光芒，使上岸后的伊依、李白和大牙置身于一片晶莹灿烂之中。由于自转的原因，地球的南北极地轴有轻微的拉长，这就使得空心地球的两极地区保持了过去的寒冷状态。低重力下的雪很奇特，呈一种蓬松的泡沫状，浅处齐腰深，深处能把大牙都淹没。但在被淹没后，他们竟能在雪沫中正常呼吸！整个南极大陆就覆盖在这雪沫之下，起伏不平，一片雪白。

伊依一行乘一辆雪地车前往南极点。雪地车像是一艘掠过雪沫表面的快艇，在两侧激起片片雪浪。

第二天，他们到达了南极点。极点的标志是一座高大的水晶金字塔，这是为纪念两个世纪前的地球保卫战而建立的纪念碑，上面没有任何文字和图形，只有晶莹的碑体在地球顶端的雪沫之上默默地折射着阳光。

从这里看去，整个地球世界尽收眼底。光芒四射的小太阳周围围绕着大陆和海洋，使它看上去仿佛是从北冰洋中浮出来似的。

"这个小太阳真的能够永远亮着吗？"伊依问李白。

"至少能亮到新的地球文明进化到能制造新太阳之时，它是一个微型白洞。"

"白洞？是黑洞的反演吗？"大牙问。

"是的，它通过空间虫洞与二百万光年外的一个黑洞相连，那个黑洞围绕着一颗恒星运行，它吸入的恒星的光从这里被释放出来，可以把它看作一根超时空光纤的出口。"

纪念碑的塔尖是拉格朗日轴线的南起点，这是指连接空心地球南北两极的轴线，因战前地月之间的零重力拉格朗日点而得名，这是一条长一万三千公里的零重力轴线。以后，人类肯定要在拉格朗日轴线上发射各种卫星，比起战前的地球来，这种发射易如反掌：只需把卫星运到南极或北极点，愿意的话用驴车运都行，然后用脚把它向空中踹出去就行了。

就在他们观看纪念碑时，又有一辆较大的雪地车载来了一群年轻的旅行者。这些人下车后双腿一弹，径直跃向空中，沿拉格朗日轴线高高飞去，把自己变成了卫星。从这里看去，有许多小黑点在空中标出了轴线的位置，那都是在零重力轴线上飘浮的游客和各种车辆。本来，从这里可以直接飞到北极，但小太阳位于拉格朗日轴线中部，最初有些沿轴线飞行的游客因随身携带的小型喷气推进器坏了，无法减速而一直飞到太阳里，其实在距小太阳很远的距离上他们就被蒸发了。

在空心地球，进入太空也是一件很容易的事，只需要跳进赤道上的五口深井（名叫地门）中的一口，向下坠落一百公里，穿过地壳，就被空心地球自转的离心力抛进太空了。

现在，伊依一行为了看诗云也要穿过地壳，但他们走的是南极的地门，在这里，地球自转的离心力为零，所以不会被抛入太空，只能到达空心地球的外表面。他们在南极地门控制站穿好轻便太空服后，就进入了那条长一百公里的深井，由于没有重力，叫它隧道更合适一些。在失重状态下，他们借助于太空服上的喷气推进器前进，这比在赤道的地门中坠落要慢得多，用了半个小时才来到外表面。

空心地球外表面十分荒凉，只有纵横的中子材料加固圈。这些加固圈把地球外表面按经纬线划分成了许多个方格，南极点正是所有经线加固圈的交点。当伊依一行走出地门后，看到自己身处一个面积不大的高原上，地球加固圈像一道道漫长的山脉，以高原为中心呈放射状地向各个方向延伸。

抬头，他们看到了诗云。

诗云处于已消失的太阳系所在的位置，是一片直径为一百个天文单位的旋涡状星云，形状很像银河系。空心地球处于诗云边缘，与原来太阳在银河系中的位置也很相似。不同的是，地球的轨道与诗云不在同一平面，这就使得从地球上可以看到诗云的一面，而不是像银河系那样只能看到截面。但地球离开诗云平面的距离还远不足以使这里的人们观察到诗云的完整形状，事实上，南半球的整个天空都被诗云所覆盖。

诗云发出银色的光芒，能在地上照出人影。据说诗云本身是不发光的，这银光是宇宙射线激发出来的。由于空间的宇宙射线密度不均，诗云中常涌动着大团的光晕，那些色彩各异的光晕滚过长空，好像是潜行在诗云中的发光巨鲸。也有很少的时候，宇宙射线的强度急剧增加，在诗云中激发出粼粼的光斑，这时的诗云已完全不像云了，整个天空仿佛是一个月夜从水下看到的海面。地球与诗云的运行并不是同步的，所以有时地球会处于旋臂间的空隙上，这时透过空隙可以看到夜空和星星，最为激动人心的是，在旋臂的边缘还可以看到诗云的断面形状，它很像地球大气中的积雨云，变幻出各种宏伟的让人浮想联翩的形体，这些巨大的形体高高地升出诗云的旋转平面，发出幽幽的银光，仿佛是一个超级意识没完没了的梦境。

伊依把目光从诗云收回，从地上拾起一块晶片，这种晶片散布在他们周围的地面上，像严冬的碎冰般闪闪发亮。伊依举起晶片，对着诗云密布的天空。晶片很薄，有半个手掌大小，正面看全透明，但把它稍斜一下，就会看到诗云的亮光在它表面映出的霓彩光晕。这就是量子存储器，人类历史上产生的全部文字信息，也只能占它们每一片存贮量的几亿分之一。诗云就是由 10 的 40 次方片这样的存储器组成的，它们存储了终极吟诗的全部结果。这片诗云，是用原来构成太阳和它的九大行星的全部物质所制造，当然也包括吞食帝国。

"真是伟大的艺术品！"大牙由衷地赞叹道。

"是的，它的美在于其内涵：一片直径一百亿公里的，包含着全部可能的诗词的星云，这太伟大了！"伊依仰望着星云激动地说："我，也开始崇拜技术了。"

一直情绪低落的李白长叹一声："唉，看来我们都在走向对方，我看到了技术在艺术上的极限，我……"他抽泣起来，"我是个失败者，呜呜……"

"你怎么能这样讲呢？"伊依指着上空的诗云说，"这里面包含了所有可能的诗，当然也包括那些超越李白的诗！"

"可我却得不到它们！"李白一跺脚，飞起了几米高，在半空中卷成一团，悲伤地把脸埋在两膝之间呈胎儿状，在地壳那十分微小的重力下缓缓下落："在终极吟诗开始时，我就着手编制诗词识别软件，这时，技术在艺术中再次遇到了那道不可逾越的障碍，到现在，具备古诗鉴赏力的软件也没能编出来。"他在半空中指指诗云，"不错，借助伟大的技术，我写出了诗词的巅峰之作，却不可能把它们从诗云中检索出来，唉……"

"智慧生命的精华和本质，真的是技术所无法触及的吗？"大牙仰头对着诗云大声问，经历过这一切，它变得越来越哲学了。

"既然诗云中包含了所有可能的诗，那其中自然有一部分诗，是描写我们全部的过去和所有可能与不可能的未来的。伊依虫虫肯定能找到一首诗，描述他在三十年前的一天晚上剪指甲时的感受，或十二年后的一顿午餐的菜谱；大牙使者也可以找到一首诗，描述它的腿上的某一块鳞片在五年后的颜色……"说着，已重新落回地面的李白拿出了两块晶片，它们在诗云的照耀下闪闪发光："这是我临走前送给二位的礼物，这是量子计算机以你们的名字为关键词，在诗云中检索出来的与二位有关的几亿亿首诗，描述了你们在未来各种可能的生活，当然，在诗云中，这也只占描写你们的诗作里极小的一部分。我只看过其中的几十首，最喜欢的是关于伊依虫虫的一首七律，描写他与一位美丽的村姑在江边相爱的情景……我走后，希望人类和剩下的恐龙好好相处，人类之间更要好好相处，要是空心地球的球壳被核弹炸个洞，可就麻烦了……诗云中的那些好诗目前还不属于任何人，希望人类今后能写出其中的一部分。"

"我和那位村姑后来怎样了？"伊依好奇地问。

在诗云的银光下，李白嘻嘻一笑："你们幸福地生活在一起。"

连接悖论两端的视觉之桥

——论《诗云》中的奇观叙事

黄 灿

　　《诗云》是刘慈欣创作的一部充满悖论的小说。其悖论存在的基础是小说中无处不在的多重指涉，尤其是"李白"这一形象背后的不同意涵。在一种充斥着矛盾、惊讶、反讽的悖论写作中，小说形塑了"诗云"这一视觉奇观，并在这一奇观中寄托了三重悖论：可知与不可知的悖论，奇观表象与内涵的悖论和艺术与科学的悖论。悖论艺术让小说呈现出一种含混而复义的美学效果，并在激烈的冲突中，探讨了人类命运的局限和探索宇宙的无限之间令人喟叹的关系。

　　《诗云》是一部"正统"的科幻小说。

　　这种"正统"不同于太空歌剧时代雄奇瑰丽、现在看来有些童趣稚嫩的传奇叙事，不同于"赛博朋克"写作对近未来的步步紧逼，也不同于科幻作家美学旨趣与文学主流思潮的有意无意地靠近，"（菲利普·迪克）这种无法设想历史性差异的情况，被马尔库塞称之为乌托邦想象的萎缩症，它是一个比诸如'自恋'这类的特点重要得多的晚期资本主义的病态表征。"[①]

　　这种正统性源于它以古典的方式直接叩问科幻内核——科学与艺术的关

---

　　① ［美］弗里德里克·詹姆逊. 未来考古学：乌托邦欲望和其他科幻小说［M］. 吴静，译. 南京：译林出版社，2014：454.

系。小说的主要目的都在于探讨这样一组问题：科学与艺术孰轻孰重？宇宙间是否存在二者融合的某种"大道"？当这种融合推导至极致的时候，会造成怎样的后果？进入 21 世纪后，我们很少看到把科幻本身的问题摊开来写的作品，从这一意义上来说，《诗云》是一种正统的元科幻叙事。这种元叙事看上去似乎有些费力不讨好，颇有些朴拙的效果，但刘慈欣却将其发扬光大。在之后的《三体》中，这种叩问以更圆融的方式融入小说中：被二向箔二维化的太阳系在震撼人心的死亡美学效果上，与诗云没有本质的区别。所以，不妨将《诗云》这种有些刻意的一本正经看作是一个实验和一个抉择，一个刘慈欣创作道路的节点。

作为一个深受俄罗斯文学影响的"理科男"，刘慈欣从来都不是一个均衡的作者。人物的丰满、情节的复杂、对话的蕴藉，既不是他的强项，也不是他追求的目标。刘慈欣的兴趣所在，大概在于两类：一类是呈现两种势力/思想的剧烈冲突，如《乡村教师》《全频带阻塞干扰》《人和吞食者》；另一类是进行某种大尺度的"奇观展示"，如《地火》《山》《流浪地球》。如果说前者是很多作家都会选择的道路，那后者就是刘慈欣所独有的。在这两种类型的不断碰撞融合中，刘慈欣的独特性脱颖而出，走出了独树一帜的道路。

"大艺术"系列就是刘慈欣进行风格尝试的重要文本。为了能够直接进入主题，《诗云》选取了三个种族交汇的一点作为小说开端，此时人类已被吞食者灭族，而吞食者即将离开太阳系的时候遭遇了更上位的文明"神"，为了取悦"神"，吞食者"大牙"带上幸存的人类伊依去觐见"神"。这样，代表艺术的人类幸存者、迷信技术的吞食者和试图将两者结合起来的"神"完成了初次的对接，一场关于艺术与技术、也关乎几个种族命运的讨论开始了。

在这一讨论过程中，小说叙事传达出惊人的复义（ambiguity）。在对待艺术与科学的关系，以及作为这一关系表征的奇观"诗云"时，我们可以看到不同的意涵既对立又融合地呈现出来。本文拟用"悖论"这一概念来描述这种对立又融合的风格。悖论（Paradox）原是古典修辞学的一格，指的是"表面上荒谬而实际上真实的陈述"。在新批评学者克林斯·布鲁克斯看来，悖论是诗歌区别于其他文本的最本质特征，"科学家的真理要求语言清除悖论的一切痕迹；很明显，诗人要表达的真理只能用悖论语言。"①布鲁克斯在分析华兹华斯名作《西敏寺桥上作》时，精准地把握住了诗作中互相矛盾的要素，以及这种矛盾对立融合后造成的惊异感，并认为这种悖论在诗语中普遍存在。

布鲁克斯关于悖论的观点对于我们分析《诗云》是大有裨益的。《诗云》是一篇谈论诗的小说，考虑到作者有意为之的复义效果，小说与其说是转喻的，毋宁说是隐喻的，或者说，它有浓郁的诗性。在小说几处关键的节点，比如"李白"和"诗云"的符号建构上，我们都可以看到重重隐喻。细究这些隐喻，困惑、坚定、赞赏、批判、毁灭、新生等对立的思想不加辨别地融合和相互转换。这种悖论的存在既是主题上的，也是手法上的。其最终的落脚点，就是可见而不可言说的视觉奇观"诗云"。荒谬与真实，惊异和反讽，"诗云"饱含了悖论应有的要素，它也成为奇观叙事与诗性结构的交接点。从这一意义上来说，《诗云》这部看似质朴的作品，堪称新世纪以来最复杂的科幻小说之一。

一、悖论的基础："李白"背后的多重指涉

《诗云》另有一个题目是《李白》。此处的"李白"在小说中有多重指涉：李白是人类诗歌精神的象征，是人类灭亡之后一个不灭的符号。小说中，"神"为了感受东方古典诗歌，正是以神乎其技的技术手段化身为李白，来感受诗歌的神韵。但更重要的是，"李白"成了一众含混不清、甚至互相对立的观念的聚合体，剖析这一聚合体，对于我们了解小说看似朴拙、实则充满张力的内涵，有着重要的意义。

首先，对于掌握无上技术的"神"而言，研习中国古诗究竟是一种提升还是一种降格？作为宇宙中的上位者，它眼中的古诗是被征服的下位族群中

---

① ［美］克林斯·布鲁克斯."新批评"文集［M］. 赵毅衡，译. 北京：中国社会科学出版社，1988：313.

的文化产品，这一微不足道的产品，是必然要纳入到上位者眼中的宇宙的一部分加以理解的。上位者不会为了诗而重新设立一个宇宙，而只会在原有的框架中加以理解，那就是，一切都是可分解可操控的极端理性精神。即便它自称是宇宙艺术的收集者，它对诗的理解也近乎 20 世纪形式批评的科学主义路线：

> 我穿行于星云间，接触过众多文明的各种艺术，它们大多是庞杂而晦涩的体系。用如此少的符号，在如此小巧的矩阵中涵含着如此丰富的感觉层次和含义分支，而且这种表达还要在严酷得有些变态的诗律和音韵的约束下进行，这，我确实是第一次见到……

古诗对于"神"的震撼，在于其"丰富的感觉层次和含义分支"。这一论断透露的信息很丰富。上位者真正在意的，是古诗背后的信息含量和不确定性，毋宁说，正是这种不确定性，导致了古诗信息含量呈几何级数上升。按照科学理性的思路，从符号的角度索解诗歌是自然而然的选择，因为诗语本身也是由符号构成的，而且诗的词与句本身也具有某种系统性。著名结构主义学者列维－施特劳斯和雅各布逊，就曾对波德莱尔诗作《猫》进行过逐字逐句的符号分析。这一分析的过程可以说是成功的，因为在对诗歌符号的探究上，两位学者做到了极致，无论是细分的程度，还是符号推论的严谨，都具有不可辩驳的科学性。但同时，这一分析也是失败的，过分细碎谨慎的考证、探索，让全诗的诗意荡然无存。"神"走得更远一些，显然，它意识到了对于古诗而言，符号矩阵的无用之处，诗的"神秘的核心"，或者某种"意在言外""意与境谐"之处。

很难想象作为上位者，"神"只拥有寥寥数种读解诗歌的方法，以至于对古诗束手无策。作为漫游宇宙的艺术收藏者，"神"的无力只能证明它经历的文明的单调与同质。与其接受这样的设定，不如承认，这个"破绽"是刘慈欣结构全文的需要。一组矛盾的持久对立，需要矛盾双方都处于一个大致平等的地位。而人类与"神"位阶上的巨大落差，也只能由"神"对于人类艺术的无解加以填补。这当然是一个欠缺说服力的设定，就像20世纪90年代的很多中国科幻一样，有些稚嫩和随意。但刘慈欣从来不是一个"完美无缺"的科幻作家。这种设定不过是通往他想要展示的末日乌托邦的入口，就如同《流浪地球》和《三体》一样，"为什么"从来都不是重点，"怎么样"才是重中之重。

正是在这种意图的驱使下，"神"与"人"达成了某种脆弱的平衡。在这一过程中，刘慈欣甚至让"神"做了进一步降格处理：如果说接触中国古诗时的震惊，是源于感悟到故事背后巨大的表意空间，这尚且能为人所理解的话，那么建造"诗云"，也即以10的57次方的原子（相当于太阳系物质量总和）建造量子计算机，来存储用穷举法写出的每一首诗，就让人不得不怀疑上位种族的智慧了。因为一旦使用这样的方法，本身就已经承认了自己的失败。而我们也不难发现，一直到此处，"神"都在用"计算"这一单一的方法面对诗歌，甚至没有尝试着用被征服种族文化库中的其他资源（比如古典哲学）来去尝试解决这一问题。

这样的种族是如何成为宇宙的主宰的？一个成熟的读者显然不会轻易接受这样的设定。最简单的方法是将其归咎于作者思虑的不成熟。但若考虑到刘慈欣对于诗歌的深层次理解，这一"任性"的设定未尝不是一种借他人酒杯，浇自己块垒之举。

刘慈欣多年前曾经编写过一个叫作"电子诗人"的软件，这个软件可以自动生成现代诗，作品选词合理，组合出人意表，一本正经的模仿中带着一丝让人忍俊不禁的欢乐，如"我面对着黑色的艺术家和荆棘丛生的波浪／我看到，刺眼的心灵在午睡，程序代码在猛击着操场"。可见，在刘慈欣的视域中，穷举法是认真考虑过的。"神"的存在，一方面是刘慈欣对自身过往设想的反思，另一方面也是一种延续——既然有这样一个机会，为何不将穷举法推导到极致，看看会有什么效果？从这一意义上而言，"神"和诗云所寄托的意蕴就复杂了，这究竟是一种否认，还是一种认可呢？

对这一问题的判断让我们再次回到"李白"这一形象上来。显然，较之之前僵硬、简单、自大的"神"，它的化身"李白"是个更具张力的形象。其张力在于，在转化成人类之后，它具有更多的人性，包括人类的形貌、行为举止以及人类的价值观，它越来越接近一个柔弱的中国古代诗人。但这种浸染的表象下，它并未放弃作为上位者的能力，以及能力带来的残酷判断，小说在"神"决定牺牲吞食者帝国来完成诗云时这样写道：

> "使者，还有问题吗？"看到大牙摇头，李白接着说，"那么，我在明天就要离去，后天，量子计算机将启动作诗软件，终极吟诗将开始，同时，熄灭太阳，拆解行星和吞食帝国的工程也将启动。"

> "尊敬的神，吞食帝国在今天夜里就能做好战斗准备！"大牙立正后庄严地说。

> "好好，真是很好，往后的日子会很有趣的，但这一切发生之前，还是让我们喝完这一壶吧。"李白快乐地点点头说，同时拿起了酒葫芦，倒完酒，他看着已笼罩在夜幕中的大河，意犹未尽地回味着："真是一首好诗，第一首，呵呵，第一首就是好诗。"

这一幕意味深长，一个新的三元结构取代原本的单一食物链被建立起来了：原本强大而克制的变得貌似柔弱而残忍，原本强大而残忍的变得貌似强大而柔弱，原本柔弱的仍然柔弱，却借力打力，祸水东引，完成了复仇。这大概是《三体》之前刘慈欣对三元结构的一次预演。比较一下写于2002年的《人和吞食者》那种二元对抗，显然在三元结构中建立新的平衡更为复杂也更为精妙：弱者、强者、捉摸不透、高高在上的仲裁者，就像《三体》中人类、三体人、黑暗森林中其他高等智慧种族结构一样。

这一身份转换的过程中，人物形象的变化不可避免。三个人物都有了刷新自我的机会。柔弱的伊依渐渐变得疯狂，嘴里胡乱的呓语像是与毁灭同步的间奏。一直作为丑角存在的大牙，面对毁灭难得地表现出军人般的肃然和庄严。最引人瞩目的是"李白"，这个人物开始展现出兼具恶魔艺术家和毁灭君王的双重戏剧感，不得不说，这是小说给读者的一个小小惊喜。对艺术的无尽追问像一个缓缓转动并不断加速的旋涡，使三个人物都卷入其中，并向着自身也无法预知的方向变化。

这条转换之途的终点就是诗云。

二、悖论的核心：作为奇观的"诗云"

不得不说，作者将小说标题从《李白》改为《诗云》是明智之举。诗云既是云状的量子计算机，也是诗在"云"（言说）。这部小说就像一部舞台剧，代表不同种族的三方不断在说话，讨论诗的真意。但自始至终，诗本身是没有发言的。这个沉默的在场通过同样沉默的奇观——诗云——来发言：

> 诗云发出银色的光芒，能在地上照出人影。据说诗云本身是不发光的，这银光是宇宙射线激发出来的。由于空间的宇宙射线密度不均，诗云中常涌动着大团的光晕，那些色彩各异的光晕滚过长空，好像是潜行在诗云中的发光巨鲸。也有很少的时候，宇宙射线的强度急剧增加，在诗云中激发出粼粼的光斑，这时的诗云已完全不像云了，整个天空仿佛是一个月夜从水下看到的海面。地球与诗云的运行并不是同步的，所以有时地球会处于旋臂间的空隙上，这时透过空隙可以看到夜空和星星，最为激动人心的是，在旋臂的边缘还可以看到诗云的断面形状，它很像地球大气中的积雨云，变幻出各种宏伟的让人浮想联翩的形体，这些巨大的形体高高地升出诗云的旋转平面，发出幽幽的银光，仿佛是一个超级意识没完没了的梦境。

对于这样巨大而沉默的人造物体，阿瑟·克拉克曾在《与拉玛相会》中有过形象的比喻：太空中巨大的人造物体会因其尺寸让人困惑。因为当你降落在自然物体如月球或火星时，会自然而然意识到它们是巨大的自然物。而当你接近一个比任何一个投放到太空的物体都大百万倍的人造物时，人的判断会被彻底颠倒过来。当这一造物越来越充满天空的时候，人的心会被一种渺小和压抑的感觉所充斥。但在刘慈欣的笔下，太空巨大沉默体的恐惧与压抑被一种诗般华丽的观感取代：明明是一种以毁灭文明为代价的造物，偏偏让人如置身童话般的海底世界，它"激动人心"，让人浮想联翩，"仿佛是一个超级意识没完没了的梦境"。

作为巨大的沉默体，刘慈欣的诗云与克拉克的拉玛截然不同。归根结底，诗云是物质的终点，也是思想的终点。构成它的每一颗微粒都是诗，它的宏观形象更像一首诗，这使得它带有某种形而上的气质，但它又是彻底的物质造物。这种似物质又似诗、非物质又非诗的状态完美隐喻了它的载体——量子计算机。也许，只有量子态才能真正解决刘慈欣在"电子诗人"软件里无法解决的中国古典诗歌问题：情与景、实与虚、言与意的共存方式。

由此，我们面对另一个不容忽视的问题是：这一段炫目的描写，观察者是谁呢？诗云的诗意，或者说，由诗意的观照赋予诗云的诗意是谁？是谁在诗云下观看，并发出由衷的赞叹呢？是谁以自己的眼睛，引导读者的视线慢慢扫过这一奇观呢？按小说里的说法，这一观察者是"他们"，也即小说中出现的三个人物。但显然，这一统一的意识不可能来自处在不同命运、不同位阶、不同身份的三个观察者。而且从技术层面上讲，这一段描写所展现的画面，也远远超出了地球上一个个体观察者所能看到的内容，对"整个天空"的观览，对地球与诗云位置的宏观把握，好像有一个处于上帝位置的视角，多方位、多角度地呈现这一幕奇观。

唯一合理的解释，此处小说叙述者夺走了视觉聚焦的控制权，是叙述者取代人物，直接向读者念出诗云这首诗。叙述者附着在人物身上，以一种更超拔的视角赞美诗云。以上帝视角取代人物视角是刘慈欣在展示奇观时的常用策略，最典型的是他在《三体》中对受到二向箔攻击的太阳系进行的全景式描写。考虑到奇观的尺度和展开方式，上帝视角是合情合理的选择。对《诗云》这样的小说而言，人物刻画、情节衔接的重要性都位于奇观展示之后。刘慈欣最中意也最擅长的，便是以宇宙为幕布，以物理法则为颜料，以人类伟力为画笔，将人类难以理解的奇观以一种惊奇但可以理解的方式呈现在读者面前。

三、悖论的结构：三重悖论

如此，我们可以部分理解在描述奇观时叙述者那种华丽的、夸张的、带着几分赞叹的戏剧性语气。用语言包容奇观是非常困难的，因为人类对世界万物的理解是有自身框架的，而这一框架形成于我们赖以生活的小环境。但当我们将目光投注于宇宙时，我们面对的实际上是我们根本无从知晓的世界（即便最顶尖的天文物理学家也只能了解它很小一部分），来自宇宙的神秘和压抑不可避免。刘慈欣的奇观叙事，恰恰在"不可知"和"可知"之间建构了一座桥梁。以这种戏剧式的夸张和修辞，让人们能够理解在广袤宇宙中发生的事情。关于这一点，《三体》里面有一个极好的例子：人类在地球上是观测不到三体舰队的，但可以看到三体舰队的尾迹，这些长长的尾迹在望远镜的镜头下，整齐地慢慢向前伸展，就像夜空中的一把梳子一样。三体舰队本来是带来毁灭的，但"梳子"这一意象却生动鲜活，引人入胜，化不可见之物如在眼前。同样的道理适用于诗云，量子计算机的云雾本是人类难以理解之物，但在一种修辞的、热情的视角下，它变得诗意盎然，让人亲近了。

除了可知与不可知、沉默与言说之间的张力，我们不难发现刘慈欣奇观叙事的第二个重要结构：奇观的表象和内涵被刻意分开了，表象被过度展示。这一展示构成了奇观叙事的表层：被赞美的、诗意宏大的宇宙奇观。也正是因为这刻意夸张的赞美，桥梁的另一头——奇观内涵——带来的张力不断加大。因为这些奇观表象背后，都是毁灭与死亡。也就是说，毁灭与死亡被奇观掩盖，但并没有消失。这一结构非常独特，刘慈欣的宇宙奇观永远是话语溢出的，但也永远是沉默的。

话语溢出的奇观表象构成了小说悖论的基础。对表象的描述提供了一种赞美惊叹的视角，但夸张的话语本身构成了对这一赞美的质疑。这一夸张的叙述者是自我解构性的，他的叙述带有强烈的呓语色彩，可靠性并不高。这是刘慈欣为小说的悖论艺术提供的第一重对立结构。更深刻的对立产生于表象和内涵之间：奇观真的能完全脱离它背后的毁灭而存在吗？或者说，为了造就这一奇观，必须付出多大的代价？这一罔顾事实、"没心没肺"的叙述者在刘慈欣的一系列的奇观叙事中不断出现，显然是作者有意为之。当叙述者变得"不可靠"的时候，叙述者的身份便从文本中凸显出来了。叙述者自我现身，如戏剧念白一样以上帝视角赞颂奇观，这让奇观小说的舞台感大大加强。现实中不可跨越的尺度被取消了，无论是奇观还是宇宙法则，都成了舞台上的布景和道具，它们近在咫尺，仿佛触手可及。也就是说，刘慈欣的奇观叙事，从表面上看是容纳奇观，但本质上，是他力图以戏剧的方式容纳宇宙的努力。

与其他奇观叙事（如《流浪地球》《三体》）有所不同的是，《诗云》中的奇观带有第三重悖论结构，那就是对"诗"的探讨。诗云的存在，并非由于自然灾害或者外敌入侵，而直接源于一场对于诗的讨论。换句话说，诗云并不仅仅是关于毁灭和生存的纪念碑，它更是对"那个问题"的回答。在小说的尾声，争论的三方都走向了自己原来观点的对立面：

> "真是伟大的艺术品！"大牙由衷地赞叹道。
>
> "是的，它的美在于其内涵：一片直径一百亿公里的、包含着全部可能的诗词的星云，这太伟大了！"伊依仰望着星云激动地说，"我，也开始崇拜技术了。"
>
> 一直情绪低落的李白长叹一声，"唉，看来我们都在走向对方，我看到了技术在艺术上的极限，我……"他抽泣起来，"我是个失败者，呜呜……"

这可以看作贯穿全文的悖论艺术的高潮：诗云的诞生以一种奇观的方式重新讨论了技术与艺术的问题。人们转换了观点，但对立仍然存在，而且被推向了更深入的层面——艺术与技术由彼此对立变成了互相融合，在融合中继续保持对立的张力。造成这一融合的原因有很多，本文无意一一揣测，但有一点可以确定，科学技术天然具有美的因素，这一特质伴随着 20 世纪现代物理学的深入发展，不是消失，而是愈发明显了。爱因斯坦便认为："从那些看来同直接可见的真理十分不同的各种复杂的现象中认识到它们的统一性，那是一种壮丽的感觉。"[①] 昌德拉斯卡（S. Chandrasekhar）也指出："衡量一个

---

① 爱因斯坦. 爱因斯坦文集：第 3 卷 [M]. 许良英，等译. 北京：商务印书馆，1979：347.

科学理论的成就，事实上就在于衡量它的美学价值……支配科学家的动机从一开始就表现为这种美学的冲动……科学在艺术上的不足程度，正是科学上所不完善的程度。"[1] 科学发展到极致，便近于一种美学。对于这一点，刘慈欣是十分关注的。他在《三体》中塑造的杨冬、丁仪等理论物理学家，便对于科学之美有一种极致的追求。在他过往的奇观叙事中，对技术奇观的赞美，很难说没有发自内心的赞叹。

这种对科学之美的赞赏和追寻与奇观叙事结合在一起，进一步推进了小说的悖论艺术。科学技术都是具有两面性的，而宇宙虽然雄奇瑰丽，但它的法则是冷酷无情的。人类栖居的地球是一个刚好达到微妙平衡的摇篮，任何对于宜居要素的改变，都有可能破坏这种平衡，带来灾难。这便是奇观叙事自然而然会有反讽效果的内因。刘慈欣的奇观叙事，很大程度上便是一种灾难美学或毁灭美学。对于科学的艺术美的爱好是发乎自然的，但奇观的代价也是难以面对的。这种落差，其根源在于人类想象力的天性被禁锢在技术水准低下的现实中，要突破这一现实，必然伴随着巨大的代价。

通过分析，我们可以发现《诗云》是一部看似简单，实则饱含多重悖论的作品。这种悖论在小说人物塑造、主题设置、奇观描述、情节架构中都得到充分的体现。《诗云》并不是一部完美的作品，它的实验性非常明显。正是这种探索奠定了刘慈欣在后来创作中的灾难美学的风格，他以悖论的方式表达了对宇宙之美的热切呼唤，以及对奇观背后不得不承受的灾难后果的叹息。这一矛盾结构性地存在于刘慈欣的奇观叙事中，并以一种戏剧化的方式表现出来，使刘慈欣笔下的宇宙带有鲜明的剧场感，在对宇宙无常的喟叹中，映射着人类谨慎前行又渴望远方的无尽命运。

（黄灿：文学博士，长沙学院影视艺术与文化传播学院讲师）

---

[1] S. Chandrasekhar. *Truth and Beauty：Aesthetics and Motivations in Science* [M]. Chicago：The University of Chicago Press，1987：60.

思想者

刘慈欣

太　阳

他仍记得 34 年前第一次看到思云山天文台时的感觉，当救护车翻过一道山梁后，思云山的主峰在远方出现，观象台的球形屋顶反射着夕阳的金光，像镶在主峰上的几粒珍珠。

那时他刚从医学院毕业，是一名脑外科见习医生，作为主治医生的助手，到天文台来抢救一位不能搬运的重伤员，那是一名到这里做访问研究的英国学者，散步时不慎跌下山崖摔伤了脑部。到达天文台后，他们为伤员做了颅骨穿刺，吸出了部分淤血，降低了脑压，当病人改善到能搬运的状态后，便用救护车送他到省城医院做进一步的手术。

离开天文台时，已是深夜，在其他人向救护车上搬运病人时，他好奇地打量着周围那几座球顶的观象台，它们的位置组合似乎有某种晦涩的含意，如月光下的巨石阵。在一种他在后来的生命中都百思不得其解的神秘力量的驱使下，他走向最近的一座观象台，推门走了进去。

里面没有开灯，但有无数小信号灯在亮着，他感觉是从有月亮的星空走进了没有月亮的星空。只有细细的一缕月光从球顶的一道缝隙透下来，投在高大的天文望远镜上，用银色的线条不完整地勾画出它的轮廓，使它看上去像深夜的城市广场中央一件抽象的现代艺术品。

他轻步走到望远镜的底部，在微弱的光亮中看到了一大堆装置，其复杂超出了他的想象，正在他寻找着可以把眼睛凑上去的镜头时，从门那边传来一个轻柔的女声：

"这是太阳望远镜，没有目镜的。"

一个穿着白色工作服的苗条身影走进门来，很轻盈，仿佛从月光中飘来的一片羽毛。这女孩走到他面前，他感到了她带来的一股轻风。

"传统的太阳望远镜，是把影像投在一块幕板上，现在大多是在显示器上看了……医生，您好像对这里很感兴趣。"

他点点头："天文台，总是一个超脱和空灵的地方，我挺喜欢这种感觉的。"

"那您干嘛要从事医学呢？噢，我这么问很不礼貌的。"

"医学并不仅仅是琐碎的技术，有时它也很空灵，比如我所学的脑医学。"

"哦？您用手术刀打开大脑，能看到思想？"她说，他在微弱的光线中看到了她的笑容，想起了那从未见过的投射到幕板上的太阳，消去了逼人的光焰，只留下温柔的灿烂，不由得心动了一下。他也笑了笑，并希望她能看到自己的笑容。

"我，尽量看吧。不过你想想，那用一只手就能托起的蘑菇状的东西，竟然是一个丰富多彩的宇宙，从某种哲学观点看，这个宇宙比你所观察的宇宙更为宏大，因为你的宇宙虽然有几百亿光年大，但好像已被证明是有限的；而我的宇宙无限，因为思想无限。"

"呵，不是每个人的思想都是无限的，但医生，您可真像是有无限想象的人。至于天文学，它真没有您想象的那么空灵，在几千年前的尼罗河畔和几百年前的远航船上，它曾是一门很实用的技术，那时的天文学家，往往长年累月在星图上标注成千上万颗恒星的位置，把一生消耗在星星的人口普查中。就是现在，天文学的具体研究工作大多也是枯燥乏味没有诗意的，比如我从事的项目，我研究恒星的闪烁，没完没了地观测记录再观测再记录，很不超脱，也不空灵。"

他惊奇地扬起眉毛："恒星在闪烁吗？像我们看到的那样？"看到她笑而不语，他自嘲地笑着摇摇头，"噢，我当然知道那是大气折射。"

她点点头："不过呢，作为一个视觉比喻这还真形象，去掉基础恒量，只显示输出能量波动的差值，闪烁中的恒星看起来还真是那个样子。"

"是由于黑子、耀斑什么的引起的吗？"

她收起笑容，庄严地摇摇头："不，这是恒星总体能量输出的波动，其动因要深刻得多，如同一盏电灯，它的光度变化不是由于周围的飞蛾，而是由于电压的波动。当然，恒星的闪烁波动是很微小的，只有十分精密的观测仪器才能觉察出来，要不我们早被太阳的闪烁烤焦了。研究这种闪烁，是了解恒星的深层结构的一种手段。"

"你已经发现了什么？"

"还远不到发现什么的时候，到目前为止，我们还只观测了一颗最容易观测的恒星——太阳的闪烁，这种观测可能要持续数年，同时把观测目标由近至远，逐步扩展到其他恒星……知道吗，我们可能要花十几年的时间在宇宙中采集标本，然后才谈得上归纳和发现。这是我博士论文的题目，但我想我会一直把它做下去的，用一生也说不定。"

"如此看来，你并不真觉得天文学枯燥。"

"我觉得自己在从事一项很美的事业，走进恒星世界，就像进入一个无限广阔的花园，这里的每一朵花都不相同……您肯定觉得这个比喻有些奇怪，但我确实有这种感觉。"

她说着，似乎是无意识地向墙上指指，朝那个方向看去，他看到墙上挂着一幅画，很抽象，画面只是一条连续起伏的粗线。注意到他在看什么时，她转身走过去从墙上取下那幅画递给他，他发现那条起伏的粗线是用思云山上的雨花石镶嵌而成的。

"很好看，但这表现的是什么呢？一排邻接的山峰吗？"

"最近我们观测到太阳的一次闪烁，其剧烈的程度和波动方式在近年来的观测中都十分罕见，这幅画就是它那次闪烁时辐射能量波动的曲线。呵，我散步时喜欢收集山上的雨花石，所以……"

但此时吸引他的是另一条曲线，那是信号灯的弱光在她身躯的一侧勾出的一道光边，而她的其余部分都与周围的暗影融为一体。如同一位卓越的国画大师在一张完全空白的宣纸上信手勾出的一条飘逸的墨线，仅由于这条柔美曲线的灵气，宣纸上所有的一尘不染的空白立刻充满了生机和内涵……在山外他生活的那座大都市里，每时每刻都有上百万个青春靓丽的女孩子在追逐着浮华和虚荣，像一大群做布朗运动的分子，没有给思想留出哪怕一瞬间的宁静。但谁能想到，在这远离尘嚣的思云山上，却有一个文静的女孩子在长久地凝视星空……

"你能从宇宙中感受到这样的美，真是难得，也很幸运。"他觉察到了自己的失态，收回目光，把画递还给她，但她轻轻地推了回来。

"送给您做个纪念吧，医生，威尔逊教授是我的导师，谢谢你们救了他。"

十分钟后，救护车在月光中驶离了天文台。后来，他渐渐意识到自己的什么东西留在了思云山上。

时光之一

直到结婚时，他才彻底放弃了与时光抗衡的努力。这一天，他把自己单身宿舍的东西都搬到了新婚公寓，除了几件不适于两人共享的东西，他把这些东西拿到了医院的办公室，漫不经心地翻看着，其中有那幅雨花石镶嵌画，看着那条多彩的曲线，他突然想到，思云山之行已经是十年前的事了。

人马座 α 星

这是医院里年轻人组织的一次春游，他很珍惜这次机会，因为以后这类事越来越不可能请他参加了。这次旅行的组织者故弄玄虚，在路上一直把所有车窗的帘子紧紧拉上，到达目的地下车后让大家猜这是哪儿，第一个猜中者会有一份不错的奖励。他一下车立刻知道了答案，但沉默不语。

思云山的主峰就在前面，峰顶上那几个珍珠似的球形屋顶在阳光下闪亮。

当有人猜对这个地方后，他对领队说要到天文台去看望一个熟人，然后径自沿着那条通向山顶的盘山公路徒步走去。

他没有说谎，但心里也清楚那个连姓名都不知道的她并不是天文台的工作人员，十年后她不太可能还在这里。其实他压根就没想走进去，只是想远远地看看那个地方，十年前在那里，他那阳光灿烂、燥热异常的心灵泻进了第一缕月光。

一小时后，他登上了山顶，在天文台油漆已斑驳褪色的白色栅栏旁，他默默地看着那些观象台，这里变化不大，他很快便认出了那座曾经进去过的圆顶建筑。他在草地上的一块方石上坐下，点燃一支烟，出神地看着那扇已被岁月留下痕迹的铁门，脑海中一遍遍重放着那珍藏在他记忆深处的画面：那铁门半开着，一缕如水的月光中，飘进了一片轻盈的羽毛……他完全沉浸在那逝去的梦中，以至于现实的奇迹出现时并不吃惊：那个观象台的铁门真的开了，那片曾在月光中出现的羽毛飘进阳光里，她那轻盈的身影匆匆而去，进入了相邻的另一座观象台。这过程只有十几秒钟，但他坚信自己没有看错。

五分钟后，他和她重逢了。

他是第一次在充足的光线下看到她，她与自己想象的完全一样，对此他并不惊奇，但转念一想已经十年了，那时在月光和信号灯弱光中隐现的她与现在应该不太一样，这让他很困惑。

她见到他时很惊喜，但除了惊喜似乎没有更多的东西："医生，您知道我是在各个天文台巡回搞观测项目的，一年只能有半个月在这里，又遇上了您，看来我们真有缘分！"她轻易地说出了最后那句话，更证实了他的感觉：她对他并没有更多的东西，不过，想到十年后她还能认出自己，也感到一丝安慰。

他们谈了几句那个脑部受伤的英国学者后来的情况，然后他问："你还在研究恒星闪烁吗？"

"是的。对太阳闪烁的观测进行了两年，然后我们转向其他恒星，但您应该能够理解，观测其他恒星的手段与观测太阳的完全不同，项目没有新的资金，中断了好几年，我们三年前才重新恢复了这个项目，现在正在观测的恒星有二十五颗，数量还在增加。"

"那你一定又创作了不少雨花石画。"

他这十年中从记忆深处无数次浮现的那月光中的笑容，这时在阳光下出现了："啊，您还记得那个！是的，我每次来思云山还是喜欢收集雨花石，您来看吧！"

她带他走进了十年前他们相遇的那座观象台，他迎面看到一架高大的望远镜，不知道是不是十年前的那架太阳望远镜，但周围的电脑设备都很新，肯定不是那时留下来的。她带他来到一面高大的弧形墙前，他在墙上看到了熟悉的东西：大小不一的雨花石镶嵌画。每幅画都只是一条波动曲线，长短不一，有的平缓如海波，有的陡峭如一排高低错落的塔松。

她挨个告诉他这些波形都来自哪些恒星，"这些闪烁我们称为恒星的 A 类闪烁，与其他闪烁相比，它们出现的次数较少。A 类闪烁与恒星频繁出现的其他闪烁的区别，除了其能量波动的剧烈程度大几个数量级外，其闪烁的波形在数学上也更具美感。"

他困惑地摇摇头："你们这些基础理论科学家们时常在谈论数学上的美感，这种感觉好像是你们的专利，比如你们认为很美的麦克斯韦方程，我曾经看懂了它，但看不出美在哪儿……"

像十年前一样，她突然又变得庄严了："这种美像水晶，很硬，很纯，很透明。"

他突然注意到了那些画中的一幅，说："哦，你又重做了一幅？"看到她不解的神态，他又说："就是你十年前送给我的那幅太阳闪烁的波形图呀。"

"可……这是人马座 α 星的一次 A 类闪烁的波形，是在，嗯，去年 10 月观测到的。"

他相信她表现出的迷惑是真诚的，但他更相信自己的判断，这个波形他太熟悉了，不仅如此，他甚至能够按顺序回忆出组成那条曲线的每一粒雨花石的色彩和形状。他不想让她知道，在过去十年里，除去他结婚的最后一年，他一直把这幅画挂在单身宿舍的墙上，每个月总有那么几天，熄灯后窗外透进的月光足以使躺在床上的他看清那幅画，这时他就开始默数那组成曲线的雨花石，让自己的目光像一个甲虫沿着曲线爬行。一般来说，当爬完一趟又返回一半路程时他就睡着了，在梦中继续沿着那条来自太阳的曲线漫步，像踏着块块彩石过一条永远见不到彼岸的河……

"你能够查到十年前的那条太阳闪烁曲线吗？日期是那年的 4 月 23 日。"

"当然能，"她用很特别的目光看了他一眼，显然对他如此清晰地记得那日期有些吃惊。她来到电脑前，很快调出了那列太阳闪烁波形，然后又调出了墙上的那幅画上的人马座 α 星闪烁波形，立刻在屏幕前呆住了。

两列波形完美地重叠在一起。

当沉默延长到无法忍受时，他试探着说："也许，这两颗恒星的结构相同，所以闪烁的波形也相同，你说过，A 类闪烁是恒星深层结构的反映。"

"它们虽同处主星序，光谱型也同为 G2，但结构并不完全相同。关键在于，就是结构相同的两颗恒星也不会出现这样的情况，都是榕树，您见过长得完全相同的两棵吗？如此复杂的波形竟然完全重叠，这就相当于有两棵连最末端的枝丫都一模一样的大榕树。"

"也许，真有两棵一模一样的大榕树。"他安慰说，知道自己的话毫无意义。

她轻轻地摇摇头，突然又想到了什么，猛地站起来，目光中除了刚才的震惊又多了恐惧。

"天啊。"她说。

"什么？"他关切地问。

"您……想过时间吗？"

他是个思维敏捷的人，很快捕捉到她的想法："据我所知，人马座 α 星是距我们最近的恒星，这距离好像是……4 光年吧。"

"1.3 秒差距，就是 4.25 光年。"她仍被震惊攫住，这话仿佛是别人通过她的嘴说出的。

现在事情清楚了：两个相同的闪烁出现的时间相距 8 年零 6 个月，正好是光在两颗恒星间往返一趟所需的时间。当太阳的闪烁光线在 4.25 年后传到人马座 α 星时，后者发生了相同的闪烁，又过了同样长的时间，人马座 α 星的闪烁光线传回来，被观测到。

她又伏在计算机上进行了一阵演算，自语道："即使把这些年来两颗恒星的相互退行考虑进去，结果仍能精确地对上。"

"让你如此不安，我很抱歉，不过这毕竟是一件无法进一步证实的事，不必太为此烦恼吧。"他又想安慰她。

"无法进一步证实吗？也不一定。太阳那次闪烁的光线仍在太空中传播，也许会再次导致一颗恒星产生相同的闪烁。"

"比人马座 α 星再远些的下一颗恒星是……"

"巴纳德星，1.81 秒差距，但它太暗，无法进行闪烁观测；再下一颗，佛耳夫 359，2.35 秒差距，同样太暗，不能观测；再往远，莱兰 21185，2.52 秒差距，还是太暗……只有到天狼了。"

"那好像是我们能看到的最亮的恒星了，有多远？"

"2.65 秒差距，也就是 8.6 光年。"

"现在太阳那次闪烁的光线在太空中已行走了 10 年，已经到了那里，也许天狼星已经闪烁过了。"

"但它闪烁的光线还要再等 7 年多才能到达这里。"

她突然像从梦中醒来一样，摇着头笑了笑："呵，天啊，我这是怎么了？太可笑了！"

"你是说，作为一名天文学家，有这样的想法很可笑？"

她很认真地看着他："难道不是吗？作为脑外科医生，如果您同别人讨论思想是来自大脑还是心脏，有什么感觉？"

他无话可说了，看到她在看表，他便起身告辞，她没有挽留他，但沿下山的公路送了他很远。他克制了朝她要电话号码的冲动，因为他知道，自己在她眼中不过是一个十年后又偶然重逢的陌路人而已。

告别后，她返身向天文台走去，山风吹拂着她那白色的工作衣，突然唤起他十年前那次告别的感觉，阳光仿佛变成了月光，那片轻盈的羽毛正离他远去……像一个落水者极力抓住一根稻草，他决意要维持他们之间那蛛丝般的联系，几乎是本能地，他冲她的背影喊道："如果，7 年后你看到天狼星真的那样闪烁了……"

她停下脚步，转过身来，微笑着回答他："那我们就还在这里见面！"

时光之二

婚姻使他进入了一种完全不同的生活，但真正彻底改变生活的是孩子，自从孩子出生后，生活的列车突然由慢车变成特快，越过一个又一个沿途车站，永不停息地向前赶路。旅途的枯燥使他麻木了，他闭上双眼不再看沿途那千篇一律的景色，在疲倦中顾自睡去。但同许多在火车上睡觉的旅客一样，心灵深处的一个小小的时钟仍在走动，使他在到达目的地前的一分钟醒来。

这天深夜，妻儿都已睡熟，他难以入睡，一种神秘的冲动使他披衣来到阳台上。他仰望着在城市的光雾中暗淡了许多的星空，在寻找着，找什么呢？好一会儿他才在心里回答自己：找天狼星。这时他不由打了一个寒战。

七年已经过去，现在，距他和她相约的那个日子只有两天了。

天狼星

昨天下了今年的第一场雪，路面很滑，最后一段路出租车不能走了，他只好再一次徒步攀登思云山的主峰。

路上，他不止一次地质疑自己的精神是否正常。事实上，她赴约的可能性为零，理由很简单：天狼星不可能像17年前的太阳那样闪烁。在这7年里，他涉猎了大量的天文学和天体物理学知识，7年前那个可笑的发现让他无地自容，她没有当场嘲笑，也让他感激万分。现在想想，她当时那种认真的样子，不过是一种得体的礼貌而已，7年间他曾无数次回味分别时她的那句诺言，越来越从中体会出一种调侃的意味……随着天文观测向太空轨道的转移，思云山天文台在四年前就不存在了，那里的建筑变成了度假别墅，在这个季节已空无一人，他到那儿去干什么？想到这里他停下了脚步，这7年的岁月显示出了它的力量，他再也不可能像当年那样轻松地登山了。他犹豫了一会儿，最终还是放弃了返回的念头，继续向前走。

在这人生过半之际，就让自己最后追一次梦吧。

所以，当他看到那个白色的身影时，真以为是幻觉。天文台旧址前的那个穿着白色风衣的身影与积雪的山地背景融为一体，最初很难分辨，但她看到他时就向这边跑过来，这使他远远看到了那片飞过雪地的羽毛。他只是呆立着，一直等她跑到面前。她喘息着一时说不出话来，他看到，除了长发换成短发，她没变太多。7年不是太长的时间，对于恒星的一生来说连弹指一挥间都算不上，而她是研究恒星的。

她看着他的眼睛说："医生，我本来不抱希望能见到您，我来只是为了履行一个诺言，或者说满足一个心愿。"

"我也是。"他点点头。

"我甚至，甚至差点错过了观测时间，但我没有真正忘记这事，只是把它放到记忆中一个很深的地方，在几天前的一个深夜里，我突然想到了它……"

"我也是。"他又点点头。

他们沉默了，只听到阵阵松涛声在山间回荡。"天狼星真的那样闪烁了？"他终于问道，声音微微发颤。

她点点头："闪烁波形与17年前太阳那次和7年前人马座 α 星那次精确重叠，一模一样，闪烁发生的时间也很精确。这是孔子三号太空望远镜的观测结果，不会有错的。"

他们又陷入长时间的沉默，松涛声在起伏轰响，他觉得这声音已从群山间盘旋而上，充盈在天地之间，仿佛是宇宙间的某种力量在进行着低沉而神秘的合唱……他不由得打了个寒战。她显然也有同样的感觉，打破沉默，似乎只是为了摆脱这种恐惧。

"但这种事情，这种已超出了所有现有理论的怪异现象，要想让科学界严肃地面对它，还需要更多的观测和证据。"

他说："我知道，下一个可观测的恒星是……"

"本来小犬座的南河二星可以观测，但五年前该星的亮度急剧减弱到可测值以下，可能是飘浮到它附近的一片星际尘埃所致，这样，下一次只能观测天鹰座的河鼓二星了。"

"它有多远？"

"5.1 秒差距，16.6 光年，17 年前的太阳闪烁信号刚刚到达那颗恒星。"

"这就是说，还要再等将近 17 年？"

她缓缓地点点头："人生苦短啊。"

她最后这句话触动了他心灵深处的什么东西，他那被冬风吹得发干的双眼突然有些湿润："是啊，人生苦短。"

她说："但我们至少还有时间再这样相约一次。"

这话使他猛地抬起头来，呆呆地望着她，难道又要分别17年？

"请您原谅，我现在心里很乱，我需要时间思考。"她拂开被风吹到额前的短发说，然后看透了他的心思，动人地笑了起来，"当然，我给您我的电话和邮箱，如果您愿意的话，我们以后常联系。"

他长长地松了一口气，仿佛漂浮在大洋上的航船终于看到了岸边的灯塔，心中充满了一种难言的幸福感，"那……我送你下山吧。"

她笑着摇摇头，指指后面的圆顶度假别墅："我要在这里住一阵儿，别担心，这里有电，还有一户很好的人家，是常驻山里的护林哨……我真的需要安静，很长时间的安静。"

他们很快分手，他沿着积雪的公路向山下走去，她站在思云山的顶峰上久久地目送着他，他们都准备好了这17年的等待。

时光之三

在第三次从思云山返回后，他突然看到了生命的尽头，他和她的生命都再也没有多少个17年了，宇宙的广漠使光都慢得像蜗牛，生命更是灰尘般微不足道。

在这17年的头5年里他和她保持着联系，他们互通电子邮件，有时也打电话，但从未见过面，她居住在另一个很远的城市。以后，他们各自都走向人生的巅峰，他成为著名脑医学专家和这个大医院的院长，她则成为国家科学院院士。他们要操心的事情多了起来，同时他明白，同一个已取得学术界最高地位的天文学家过多地谈论那件把他们联系在一起的神话般的事件是不适宜的。于是，他和她相互间的联系渐渐少了，到17年过完一半时，这联系完全断了。

但他很坦然，他知道他们之间还有一个不可能中断的纽带，那就是在广漠的外太空中正在向地球日夜兼程的河鼓二的星光，他们都在默默地等待它的到达。

河鼓二星

他和她在思云山主峰见面时正是深夜，双方都想早来些以免让对方等自己，所以都在凌晨 3 点多攀上山来。他们各自的飞行车都能轻而易举地到达山顶，但两人都不约而同地把车停在山脚下，徒步走上山来，显然都想找回过去的感觉。

自从十年前被划为自然保护区后，思云山成了这世界上少有的越来越荒凉的地方，昔日的天文台和度假别墅已成为一片被藤蔓覆盖的废墟，他和她就在这星光下的废墟间相见。他最近还在电视上见过她，所以已熟悉岁月在她身上留下的痕迹，但今夜没有月亮，无论怎样想象，他都觉得面前的她还是 34 年前那个月光中的少女，她的双眸映着星光，让他的心融化在往昔的感觉中。

她说："我们先不要谈河鼓二好吗？这几年我在主持一个研究项目，就是观测恒星间 A 类闪烁的传递。"

"呵，我一直以为你不敢触及这个发现，或干脆把它忘了呢。"

"怎么会呢？真实的存在就应该去正视，其实就是经典的相对论和量子力学描述的宇宙，其离奇和怪异已经不可思议了……这几年的观测发现，A 类闪烁的传递是恒星间的一种普遍现象，每时每刻都有无数颗恒星在发生初始的 A 类闪烁，周围的恒星再把这个闪烁传递开去，任何一颗恒星都可能成为初始闪烁的产生者或其他恒星闪烁的传递者，所以整个星际看起来很像是雨中泛起无数圈涟漪的池塘……怎么，你并不感到吃惊？"

"我只是感到不解：仅观测了四颗恒星的闪烁传递就用了三十多年，你们怎么可能……"

"你是个十分聪明的人，应该能想到一个办法。"

"我想……是不是这样：寻找一些相互之间相距很近的恒星来观测，比如两颗恒星 A 和 B，它们距地球都有一万光年，但它们之间相距仅 5 光年，这样你们就能用 5 年时间观察到它们一万年前的一次闪烁传递。"

"你真的是聪明人！银河系内有上千亿颗恒星，可以找到相当数量的这类恒星对。"

他笑了笑，并像 34 年前一样，希望她能在夜色中看到自己的笑。

"我给你带来了一件礼物。"他说着，打开背上山来的一个旅行包，拿出一个很奇怪的东西，足球大小，初看上去像是一团胡乱团起的渔网，对着天空时，透过它的孔隙可以看到断断续续的星光。他打开手电，她看到那东西是由无数米粒大小的小球组成的，每个小球都伸出数目不等的几根细得几乎看不见的细杆与其他小球相连，构成了一个极其复杂的网架系统。他关上手电，在黑暗中按了一下网架底座上的一个开关，网架中突然充满了快速移动的光点，令人眼花缭乱，她仿佛在看着一个装进了几万只萤火虫的空心玻璃球。再定睛细看，她发现光点最初都是由某一个小球发出，然后向周围的小球传递，每时每刻都有一定比例的小球在发出原始光点，或传递别的小球发出的光点，她形象地看到了自己的那个比喻：雨中的池塘。

"这是恒星闪烁传递模型吗？啊，真美，难道……你已经预见到这一切？"

"我确实猜测恒星闪烁传递是宇宙间的一种普遍现象，当然是仅凭直觉。但这个东西不是恒星闪烁传递模型。我们院里有一个脑科学研究项目，用三维全息分子显微定位技术，研究大脑神经元之间的信号传递，这就是一小部分右脑皮层的神经元信号传递模型，当然只是很小很小一部分。"

她着迷地盯着这个星光窜动的球体："这就是意识吗？"

"是的，正如巨量的 0 和 1 的组合产生了计算机的运算能力一样，意识也只是由巨量的简单连接产生的，这些神经元间的简单连接聚集到一个巨大的数量，就产生了意识，换句话说，意识就是超巨量的节点间的信号传递。"

他们默默地注视着这个星光灿烂的大脑模型，在他们周围的宇宙深渊中，飘浮着银河系的千亿颗恒星，和银河系外的千亿个恒星系，在这无数的恒星之间，无数的 A 类闪烁正在传递。

她轻声说："天快亮了，我们等着看日出吧。"

于是他们靠着一堵断墙坐下来，看着放在前面的大脑模型，那闪闪的荧光有一种强烈的催眠作用，她渐渐睡着了。

思想者

她逆着一条苍茫的灰色大河飞行，这是时光之河，她在飞向时间的源头，群星像寒冷的冰碛飘浮在太空中。她飞得很快，扑动一下双翅就越过上亿年时光。宇宙在缩小，群星在会聚，背景辐射在剧增，百亿年过去了，群星的冰碛开始在能量之海中融化，很快消散为自由的粒子，后来粒子也变为纯能。太空开始发光，最初是暗红色，她仿佛潜行在能量的血海之中；后来光芒急剧增强，由暗红变成橘黄，再变为刺目的纯蓝，她似乎在一个巨大的霓虹灯管中飞行，物质粒子已完全溶解于能量之海中。透过这炫目的空间，她看到宇宙的边界球面如巨掌般收拢，她悬浮在这已收缩到只有一间大厅般大小的宇宙中央，等待着奇点的来临。终于一切陷入漆黑，她知道已在奇点中了。

一阵寒意袭来，她发现自己站立在广阔的白色平原上，上面是无限广阔的黑色虚空。看看脚下，地面是纯白色的，覆盖着一层湿滑的透明胶液。她向前走，来到一条鲜红的河流边，河面覆盖着一层透明的膜，可以看到红色的河水在膜下涌动。她离开大地飞升而上，看到血河在不远处分了叉，还有许多条树枝状的血河，构成了一个复杂的河网。再上升，血河细化为白色大地上的血丝，而大地仍是一望无际。她向前飞去，前面出现了一片黑色的海洋，飞到海洋上空时她才发现这海不是黑的，呈黑色是因为它深而完全透明，广阔海底的山脉历历在目，这些水晶状的山脉呈放射状由海洋的中心延伸到岸边……她拼命上升，不知过了多长时间才再次向下看，这时整个宇宙已一览无遗。

这宇宙是一只静静地看着她的巨大的眼睛。

……

她猛地醒来，额头湿湿的，不知是汗水还是露水。他没睡，一直在身边默默地看着她，他们前面的草地上，大脑模型已耗完了电池，穿行于其中的星光熄灭了。

在他们上方，星空依旧。

"'他'在想什么？"她突然问。

"现在吗？"

"在这34年里。"

"源于太阳的那次闪烁可能只是一次原始的神经元冲动，这种冲动每时每刻都在发生，大部分像蚊子在水塘中点起的微小涟漪，转瞬即逝，只有传遍全宇宙的冲动才能成为一次完整的感受。"

"我们耗尽了一生时光，只看到'他'的一次甚至自己都觉不到的瞬间冲动？"她迷茫地说，仿佛仍在梦中。

"耗尽整个人类文明的寿命，可能也看不到'他'的一次完整的感觉。"

"人生苦短啊。"

"是啊，人生苦短……"

"一个真正意义上的孤独者。"她突然没头没尾地说。

"什么？"他不解地看着她。

"呵，我是说'他'之外全是虚无，'他'就是一切，还在想，也许还做梦，梦见什么呢……"

"我们还是别试图做哲学家吧！"他一挥手像赶走什么似的说。

她突然想起了什么，从靠着的断墙上直起身说："按照现代宇宙学的宇宙暴胀理论，在膨胀的宇宙中，从某一点发出的光线永远也不可能传遍宇宙。"

"这就是说，'他'永远也不可能有一次完整的感觉。"

她两眼平视着无限远方，沉默许久，突然问道："我们有吗？"

她的这个问题令他陷入对往昔的追忆，这时，思云山的丛林中传来了第一声鸟鸣，东方的天际出现了一线晨光。

"我有过。"他很自信地回答。是的，他有过，那是 34 年前，在这个山峰上的一个宁静的月夜，一个月光中羽毛般轻盈的身影，一双仰望星空的少女的眼睛……他的大脑中发生了一次闪烁，并很快传遍了他的整个心灵宇宙，在以后的岁月中，这闪烁一直没有消失。这个过程更加宏伟壮丽，大脑中所包含的那个宇宙，要比这个星光灿烂的已膨胀了 150 亿年的外部宇宙更为宏大，外部宇宙虽然广阔，毕竟已被证明是有限的，而思想无限。

东方的天空越来越亮，群星开始隐没，思云山露出了剪影般的轮廓，在它高高的主峰上，在那被藤蔓覆盖的天文台废墟中，这两个年近六十的人期待地望着东方，等待着那个光辉灿烂的脑细胞升出地平线。

人与自然的沟通者

——《思想者》赏析

王家勇

        刘慈欣的《思想者》在主题意蕴上表现了人与自然的关系，其更偏向于欧洲中世纪的"人类中心主义"；在叙事结构上，作品将人脑的微观世界与宇宙的宏观世界进行了交错，并使用了"蒙太奇"式现代性叙事策略；在语言运用上，兼顾了高雅的文学性与朴素的科学性，既有不媚俗的描述性文学语言，也节制了科技术语并大量使用对白。

    《思想者》创作于 2002 年，并获得了 2003 年度（第十五届）中国科幻银河奖的读者提名奖。刘慈欣曾在《重返伊甸园——科幻创作十年回顾》中将自己的科幻创作划分为三个阶段，而《思想者》应明确归属其第二个创作阶段，即"人与自然的阶段"，这个阶段的"科幻创作由对纯科幻意象的描写转而描述人与大自然的关系"[①]，可以说，刘慈欣最为成功的科幻小说也许都出自这个时期，因为这个时期的刘慈欣既不是初入科幻门道的新兵，也不是在科幻市场低迷时无奈走上"歧路"的社会实验者，他是真正从文学的本质出发创作科幻的。在不惑之年的刘慈欣思维深处，文学的本质就是探讨人与自然的关系，这从原始神话时代就呈现出的文学核心，他是坚信不疑的。

    《思想者》所讲述的故事，给人的阅读感受是非常复杂的，有一丝苦、

---

① 刘慈欣. 重返伊甸园——科幻创作十年回顾 [J]. 南方文坛，2010（6）.

一丝甜、一丝惆怅、一丝惊喜。小说的男女主人公在三十四年的漫长时间里只见过四次面，男主人公是医生，女主人公是天文学家，他们的第一次见面是由于意外事故，这次见面也因为太阳的闪烁而结下日后三十四年的美妙奇缘；第二次见面是在十年后，男主人公已经结婚，在单位的一次春游中他重返思云山，令人意外的是，他竟然与女主人公在十年前他们见面的那座天文台中重逢了，并且因为一幅雨花石画而使女主人公对恒星闪烁有了新的认识，随后他们相约七年后再见；第三次见面在七年后如约而至，男主人公已经有了孩子，思云山天文台已经改建成了度假别墅，可是他们还是如前两次般重逢了，只为验证十七年前太阳的那次闪烁是否会到达天狼星，当结果如预料般发生时，他们相约十七年后再见；十七年后，男主人公已是大医院的院长，女主人公也成为国家科学院的院士，他们的联系虽已中断，但当三十四年前太阳的那次闪烁到达河鼓二星时，他们又在思云山重逢了。三十四年间只见了四次面，这种等待里有一丝苦，可每次漫长等待后的重逢又有一丝甜；主人公们慨叹"人生苦短"时总有一丝浓浓的惆怅，而当他们发现人的思维与自然宇宙的微妙关系时则有一丝难以言说的惊喜。

一、人与自然的关系：《思想者》的主题意蕴

刘慈欣曾明确地描述过其本阶段科幻创作的特征："就是同时描述两个截然不同的世界：一个是现实世界，灰色的，充满着尘世的喧嚣，为我们所熟悉；另一个是空灵的科幻世界，在最遥远的远方和最微小的尺度中，是我们永远无法到达的地方。这两个世界的接触和碰撞，它们强烈的反差，构成了故事的主体。"[①] 可令人疑惑的是，《思想者》虽然表面上也有两个世界，即宇宙和人脑，但这两个世界并非具有强烈反差并截然对立，故事的主体也不是因两个世界的"接触和碰撞"而产生的，反而是因为这两个世界的相似而引发出了故事的核心主题。难道《思想者》是刘慈欣本阶段创作的另类和反叛吗？当然不是，因为作家在这个阶段的科幻创作中，真正关心的并不是现实

---

① 刘慈欣. 重返伊甸园——科幻创作十年回顾［J］. 南方文坛，2010（6）.

真实与科学幻想的反差给人们所带来的强烈感官刺激，而是科幻因子在人与自然这一永恒文学主题下的火花闪现。

那么，《思想者》中人与自然的主题含义是什么呢？其中的人与自然的关系又是什么呢？在小说的开头，刘慈欣这样写道："你的宇宙虽然有几百亿光年大，但好像已被证明是有限的；而我的宇宙（人脑，笔者注）无限，因为思想无限。"而在小说的结尾，作家再次写道："外部宇宙虽然广阔，毕竟已被证明是有限的，而思想无限。"作家反复地提及"宇宙有限""思想无限"，其目的和含义是什么呢？其实，说到人与自然的关系，古往今来有很多思想家都在探究其答案，如中国古代复杂的"天人合一"思想，其虽然不能简单地等同于人与自然和谐相处的理论，但确实在一定程度上阐明了古人在对待人与自然关系时的态度，即"'天'的绝对性和权威性"①。"天人合一"思想无论如何发展和传承，其在处理人与自然关系时往往是自然高于人。而反观刘慈欣在《思想者》中反复强调的观点，其则更偏向于欧洲中世纪的"人类中心主义"，整个宇宙都是为人类而存在的。在这篇小说中，宇宙恒星闪烁似乎只是人脑思维活动的一个角落或缩影，却无法代表人类思维的全部；宇宙中的一次恒星闪烁需要漫长的时间才能实现，而人脑的思维活动则有可能在一瞬间完成，作家的意图应是在证明人的进化要比宇宙更高级。从这个角度来说，刘慈欣并非否定人与自然的关系，只是在处理这对关系时，他将人放在了中心位置上，这与其在这个阶段非常推崇文艺复兴前的文学传统是有直接关系的。当然，在刘慈欣近二十年的科幻创作经历中，关于人与自然关系的阐述是有变化的，这里只是就文论文。

二、微观与宏观的交错：《思想者》的叙事结构

《思想者》的叙事结构安排与刘慈欣在这篇小说中所阐释的人与自然宇宙的关系是同步进行的。作品中有人脑和宇宙两个世界，作家便在人脑的微观世界与宇宙的宏观世界交错中将整个故事的叙事结构呈现了出来。

---

① 刘立夫. "天人合一"不能归约为"人与自然和谐相处"［J］. 哲学研究，2007（2）.

　　小说开头使用了较为典型的倒叙手法，以回忆的方式从三十四年前的那场意外事故开始叙说。在第一节"太阳"中，男女主人公便就人脑和宇宙这两个截然不同的世界发表了各自的看法，男主人公眼中的人脑医学"不仅仅是琐碎的技术，有时它也很空灵"，而女主人公眼中的宇宙天文学"大多也是枯燥乏味没有诗意的""一项很美的事业"。可以说，在两位主人公看来，他们所从事的职业似乎都存在一种悖论，可正是因为这种相似性才使得微观和宏观世界在小说的一开始便交错在了一起。而在随后的行文中，作家似乎有意忽略了这两个世界的交流，直至文末的倒数第二节"河鼓二星"，男主人公带来了人脑的神经元信号传递模型，这种微观世界的客观呈现让女主人公陷入了一种顿悟般的思想境界中，终于在最后一节"思想者"中，微观和宏观两个世界再次交错，甚至两位主人公间的那份潜藏的微妙的情愫也在这种交错中得到了升华。所以，正是微观与宏观的交错才使得这篇小说的叙事结构能够首尾呼应、完整呈现。

　　当然，在这一叙事结构中还是隐藏着刘慈欣的某些现代性叙事策略的。著名科幻作家、理论家吴岩曾说道："摹写现在，重构现实，把现实所发生的一切，用一种折光镜重新展现出来，而这种现实中最重要的一个元素，就是科学技术及其发展过程"[①]，而刘慈欣也是非常重视乃至崇拜这种技术现代性的，他也在《思想者》中试图呈现出"科学技术及其发展过程"，只不过他使用了一种文学现代性的叙事手法，即蒙太奇。普多夫金认为："把各个分别拍好的镜头很好地连接起来，使观众终于感觉到这是完整的、不间断的、连续的运动——这种技巧我们惯于称之为蒙太奇。"[②] 的确是这样的，《思想者》的第二节和第三节是"时光之一"和"人马座 α 星"，第四节和第五节是"时光之二"和"天狼星"，第六节和第七节是"时光之三"和"河鼓二星"，其中的三节"时光"片段是一组镜头，描绘的是男主人公的现实生活：结婚、生子、事业，并一路感慨着时间的飞逝与生命的微不足道；而其中的三节

---

　　① 吴岩. 两百万买来科幻定义［J］. 科幻世界，2007（6）.
　　② ［俄］普多夫金. 普多夫金论文选集［M］. 罗慧生，何力，译. 北京：中国电影出版社，1982：135.

"恒星"片段又是另一组镜头，叙述着两位主人公在三十四年间的三次"约会"，三节"时光"与三节"恒星"分别对应并连接在一起，虽然都是片段，但却让读者感受到了一种完整的时间流动轨迹并体悟到刘慈欣在这种叙事结构中的隐喻主题，那就是"人生苦短"。当然，刘慈欣在这种文学现代性的叙事手法中并没有忘记对技术现代性的推崇，这一方面体现在女主人公这三十多年中不断向前推进的技术发现，另一方面则是科幻小说中科幻道具的使用。在《思想者》中，三十四年前英国学者摔伤后是需要人力搬动并通过救护车才能送到省城医院的，而三十四年后两位主人公则是分别驾驶各自的飞行车到思云山"约会"的，从人力到飞行车的演进，虽然只是这篇小说的灵光一现，却足以证明刘慈欣硬派科幻的理念。

三、高雅与朴素的融合：《思想者》的语言魅力

在主题意蕴上，刘慈欣探究的是人与自然的关系；在叙事结构上，他又在勾连微观与宏观世界，而在语言使用上，作家似乎又在寻找两种不同风格的交融点，那就是高雅的文学性与朴素的科学性的兼顾。刘慈欣就好似科幻世界里的哲学家，既喜欢一分为二，又着迷于辩证统一。

首先，是《思想者》语言上高雅的文学性特征。刘慈欣是发电厂的高级工程师，按照常理来看，理工科出身的作家特别是科幻小说作家，在语言使用上可能会更为偏向科技语体，可刘慈欣在《思想者》中的语言却让人眼前一亮。比如他在描写女主人公时，在第一节"太阳"中这样写道："一个穿着白色工作服的苗条身影走进门来，很轻盈，仿佛从月光中飘来的一片羽毛"；在第三节"人马座 α 星"中描述女主人公是"一缕如水的月光中，飘进了一片轻盈的羽毛"；在第五节"天狼星"中，当男主人公看到相隔七年后的女主人公时，他觉得"远远看到了那片飞过雪地的羽毛"；在小说的结尾处男主人公再次想到了"一个月光中羽毛般轻盈的身影"，虽然这片"羽毛"在文中出现了四次之多，却毫无啰嗦繁冗之感，不但每次对"羽毛"的描写都有细微差异，而且还将女主人公的那份清冷、纯净和轻盈表现得淋漓尽致，如此高端的语言描写的确让人对刘慈欣刮目相看。当然，刘慈欣的语言使用不仅仅

体现在这些描写上，还有辞格的使用，例如比拟。在"太阳"一节中，他这样写道："只有细细的一缕月光从球顶的一道缝隙透下来，投在高大的天文望远镜上，用银色的线条不完整地勾画出它的轮廓，使它看上去像深夜的城市广场中央一件抽象的现代艺术品。"这是多么贴切的比拟，将相对比较专业、冷僻的天文台比作一件现代艺术品，足见作家高超的语言功力。如果读者能够细细地去品味《思想者》的文学语言，那一定会感受到刘慈欣不以科学幻想去媚俗的传统文学理念。

其次，是《思想者》语言上朴素的科学性特征。身为计算机工程师，作者在写作科幻小说的过程中，并没有刻意大量使用科技语体，而是努力使作品的语言更加朴素和日常化，降低科幻小说的科技门槛，扩大读者群。正如科幻作家韩松所说："作为一个普通的科幻读者来说，我很喜欢看刘慈欣的作品，因为很过瘾。讲的都是些明明白白的故事，说的都是些人话，节奏很紧张，情节很吸引人。"① 刘慈欣的《思想者》之所以能达到这样的艺术效果，与他节制科技术语和使用大量对白是有直接关系的。在《思想者》中，出现频率最高的科技术语无非就是恒星、天文台、人类大脑与思想等，这些术语在人们的日常生活中并不罕见，而在其他文体的文学作品中也会出现，只是频率低一些罢了。这种对科技术语的有意节制和日常化，使小说中科学幻想与现实真实保有了紧密的联系。另外，刘慈欣科幻语言的朴素性还体现在大量对白的使用上。纵观《思想者》，可以发现其超过三分之二的篇幅都是由男女主人公的对话构成的，对话就必然具有口语化的特征，这会极大地拉近普通读者与科幻世界的距离，"说的都是些人话"，"人"才能看懂、才能被吸引。在这一点上，刘慈欣的语言平实、不做作。

最后，正如前文所述，刘慈欣既喜欢一分为二，又着迷于辩证统一。因此，在《思想者》的语言使用中，他将高雅的文学性与朴素的科学性进行了完美融合，既内敛含蓄，又有智慧闪烁，是值得后辈科幻文学创作者借鉴和学习的。

---

① 韩松. 我为什么欣赏刘慈欣［J］. 异度空间，2004（2）.

关于《思想者》的赏析，到这里是远没有结束的，其虽然只有万余字的篇幅，且也少有研究者关注它，但在刘慈欣自己特别看重的第二个创作阶段中，《思想者》的重要性是不言而喻的。其中既隐含着刘慈欣对人与自然关系的哲学思考，也有其对科幻创作的大胆创新和尝试，《思想者》是一座宝库，还有待人们继续挖掘。总而言之，刘慈欣才是他所营造的科幻世界里最具思辨力的"思想者"和最为睿智的人与自然的"沟通者"。

参考文献

［1］吴岩. 科幻文学论纲［M］. 重庆：重庆出版社，2011.

［2］［英］布赖恩·奥尔迪斯，等. 亿万年大狂欢：西方科幻小说史［M］. 舒伟，等译. 合肥：安徽文艺出版社，2011.

［3］朱立元. 当代西方文艺理论［M］. 上海：华东师范大学出版社，2005.

［4］吴岩. 科幻文学理论和学科体系建设［M］. 重庆：重庆出版社，2008.

［5］［美］罗洛·梅. 人的自我寻求［M］. 郭本禹，等译. 北京：中国人民大学出版社，2008.

（王家勇：文学博士，沈阳师范大学文学院副教授）

圆圆的肥皂泡

刘慈欣

一

很多人生来就会莫名其妙地迷上一样东西，仿佛他（她）的出生就是要和这东西约会似的，正是这样，圆圆迷上了肥皂泡。

圆圆出生后一直是一副无精打采的样子，连啼哭都像是在应付差事，似乎这个世界让她很失望。

直到她第一次看到肥皂泡。

圆圆第一次看到肥皂泡时才五个月大，当时，她立刻在妈妈怀中手舞足蹈起来，小眼睛中爆发出足以使太阳星辰都黯然失色的光芒，仿佛这才是她第一次真正地看到这个世界。

这是一个西北的正午，已经数月无雨，窗外，烈日下的城市弥漫着沙尘。在这异常干燥的世界中，那飘浮在空中的绚丽的水的精灵确实是绝美的东西。看到小女儿能认识到这种美，为她吹出肥皂泡的爸爸很高兴，抱着她的妈妈也很高兴。圆圆的妈妈放弃了还有一个月的产假，第二天就要回实验室上班了。

二

时光飞逝，圆圆进幼儿园大班了，她仍然热爱肥皂泡。

这个星期天和爸爸出去玩儿，她的小衣袋中就装着吹泡泡的小瓶儿，爸爸许诺要让妈妈带她坐飞机吹泡泡。这并不是吹牛，他们真的去了近郊的一个简易机场，妈妈用来进行飞播造林研究用的飞机就停在那里。但圆圆很失望，因为那是一架破旧的双翼农用飞机，估计是以前的社会主义联盟制造的。圆圆觉得它是旧木板做的，像童话中的猎人住在森林中的破木屋，很难相信这玩意儿能飞起来。但就这架破飞机，妈妈也不让圆圆坐。

"今天是孩子的生日，你还加班不回家。让圆圆坐坐飞机，就算给她个惊喜嘛！"爸爸说。

"惊喜什么呀，她这么重了，我要少带多少树种？"妈妈说着，又把一个沉重的大塑料包吃力地搬进舱门。

圆圆觉得自己没有多重，咧嘴大哭起来。妈妈于是赶紧来哄女儿，从地上一堆大塑料袋中拿出一件奇怪的东西，样子和大小与胡萝卜差不多，头儿尖尖的，呈流线型，屁股上还有一对用硬纸板做的尾翼，看上去像个小炸弹，但却是透明的，很好玩儿的样子。圆圆伸手去抓，但小手立刻又松开了，这玩意儿是冰做的。妈妈指着小炸弹中心的一个小黑粒，告诉圆圆那就是树种："飞机从好高的地方把这些冰炸弹扔下去，它们落到地上时会扎进沙土中。春天来了，冰弹就会在沙土里悄悄地化开，化出的水会让种子发芽出苗。把好多好多这样的冰炸弹投下来，沙漠就会变绿，沙子就不会吹到我圆圆的小脸儿上了……这是妈妈的研究项目，它能使西北干旱地区飞播造林的成活率提高一倍……"

"孩子懂什么成活率，真是！圆圆，咱们走！"爸爸抱起圆圆，气鼓鼓地走了。妈妈没有留他们，只是赶紧用两手又捧了一下女儿的脸蛋儿。

圆圆感到妈妈的手比爸爸的粗糙多了。

圆圆伏在爸爸的肩膀上看到"猎人木屋"轰鸣着起飞了。她对着飞机吹出一串肥皂泡，看着它消失在沙尘迷漫的空中。

爸爸抱着圆圆走出了机场，在公路边的车站等候回市里的汽车。圆圆感到爸爸的身体突然颤抖了一下。

"爸爸，你冷吗？"

"不……圆圆。你没听到什么？"

"嗯……没有呀。"

但他听到了。那是一声沉闷的爆炸声，从飞机飞向的远方传来，隐隐约约，他几乎是用第六感听到的。他猛地回头看着那个方向，在他和女儿面前，大西北干旱的大地冷酷地凝视着苍穹。

三

时光继续飞逝，圆圆上了小学，她仍然热爱吹肥皂泡。

清明节，当她和爸爸来到妈妈墓前时，仍拿着吹泡泡的小瓶。当爸爸把鲜花放到那朴素的墓碑前时，圆圆吹出了一串泡泡。爸爸正要发作，女儿的一句话使他平静下来，双眼湿润了。

"妈妈会看到的！"圆圆指着飘过墓碑的肥皂泡说。

"孩子啊，你要做一个妈妈那样的人，像她那样有责任感和使命感，像她那样有一个远大的人生目标！"爸爸搂着圆圆说。

"我有远大的目标呀！"圆圆喊道。

"说给爸爸听听？"

"吹——"圆圆指着已飞远的肥皂泡，"大——大——的——泡——泡！"

爸爸苦笑着摇摇头，拉着女儿离去。这里距几年前飞机坠毁的地点不远。当年，由自天而降的冰弹播下的种子确实都成活了，长成了小树苗，但最后的胜利者仍是无边的干旱。飞播林在干旱少雨的第二年都死光了，沙漠化仍在继续着它不可阻挡的步伐。爸爸回头看看，夕阳将墓碑的影子拉得好长好长，圆圆吹出的肥皂泡已经一个都不见了，像墓中人的理想，像西部大开发美丽的梦幻。

四

时光继续飞逝，圆圆上了中学，仍然喜欢吹肥皂泡。

这天，圆圆年轻的女班主任老师来家访，递给爸爸一把新奇漂亮的玩具手枪，说是圆圆在课上玩儿，被物理老师没收的。那把枪有个大肚子，枪管顶部固定着一个天线似的圆圈。爸爸翻来覆去地看着，很迷惑它应该怎么玩儿，"这是泡泡枪。"班主任说着，拿过来一扣扳机，随着一阵嗡嗡的轻响，从枪口的小圆圈上飞出一长串肥皂泡。

班主任告诉爸爸，圆圆的学习成绩一直在年级中领先，她最大的长处是有很强的创造性思维，班主任说，自己还是第一次看到思想这么活跃的学生，要让爸爸珍惜这个苗头。

"你不觉得这孩子……怎么说呢，有些轻飘飘的吗？"爸爸拿着泡泡枪问。

"现在的孩子嘛，都这样儿……其实在这个新时代，轻松洒脱一些的思想和性格也不一定就是缺点。"

爸爸叹口气，挥挥泡泡枪，结束了谈话。他觉得和这个班主任没什么可谈的，她自己几乎还是个孩子呢。

送走了班主任，回到只有他们父女两人的家中，爸爸想和圆圆谈谈泡泡枪的问题，但立刻发生了另一件让他不愉快的事。

"又换了一个？今年你已经换了一个了！"他指着圆圆挂在胸前的手机问。

"没有呀，爸爸，人家只是换了个壳儿嘛！看，这能给我新鲜感。"圆圆说着，拿出了一个扁盒子。爸爸打开来，看到一排鲜艳的色块，最初以为是绘画颜料一类的东西，仔细一看，才发现那是十二个手机外壳，十二种色彩。

爸爸摇摇头，把盒子放在一边，"我正想和你谈谈你的这种……嗯，思想倾向。"

圆圆看到了爸爸手中的泡泡枪，一把抢了过来："爸爸，我保证以后不再带它去学校了！"说完，她对着爸爸射出一串泡泡。

"我要说的不是这个，我要说的问题比这深刻得多。圆圆，你看你这么大了还喜欢吹肥皂泡……"

"不行吗？"

"哦，不，这本来不算什么大问题。我是说，你的这种喜好反映出了你的一种……嗯，刚才说过的，思想倾向。"

圆圆不解地看着父亲。

"这说明你倾向于追求美丽、新奇而虚幻的东西，容易对远离现实的幻影着迷，你的双脚将离开大地，会将你的人生引向一个错误的方向。"

圆圆看看满屋飘浮着的肥皂泡，显得更迷惑了。那些肥皂泡像一群透明的金鱼，在空气中幽幽地游着。

"爸爸，咱们还是谈一些更有趣的事吧！"圆圆靠到爸爸的肩膀上，语气变得神秘起来，"爸，我们的班主任漂亮吗？"

"没注意……圆圆，我刚才的意思是……"

"她显然很漂亮的！"

"也许吧……我刚才要说的是……"

"爸爸，您真没注意到她和您说话时的眼神？她好像被您吸引了耶！"

"我说你这个孩子，就不能少想些无聊的事儿？"爸爸生气地把女儿的手从肩上拨开。

圆圆长叹一声："唉，爸爸呀爸爸，您已经变成了一个对什么都提不起兴趣的人了。您这没有新鲜、没有新奇、没有激动的日子，有什么劲呢？还好意思当别人的人生导师。"

一个肥皂泡飘到爸爸脸前爆裂了，他隐约感到了一小股弱得不能再弱的湿润水汽。这一场转瞬即逝的微型毛毛雨令他感到片刻的陶醉，不可思议，这竟让他想起了自己遥远的南方故乡。他不为人察觉地叹息了一下。

"我年轻的时候也追逐过缥缈的梦想，和你妈妈从上海来到这里，天真地把大西北看作实现自己人生价值的地方。我们那批建设者只用了那么短的时间，就让荒漠上出现了这座崭新的城市，我们曾把它当作一生的骄傲，想到在离开人世之前，这城市能作为自己没有虚度一生的证明。谁能想到，它不过是我们这一代人用青春甚至生命吹出的一个肥皂泡。"

圆圆很吃惊："丝路市怎么是肥皂泡呢？它可是实实在在的，总不会啪的一下消失吧？"

"它将消失，中央已经认可了省里的报告，停止为丝路市引水的一切规划和努力。"

"那要把我们渴死吗？现在已经是两天来一次水，每次只来一个半小时！"

"正在制定一个为期十年的拆迁计划，整座城市将全部分散迁移，丝路市将成为现代世界第一座因缺水而消失的城市，一个现代的楼兰……其实，曾让年轻的我们热血沸腾的整个西部大开发，现在已经变成了噩梦般的西部大开矿。谁知道，这是不是一个更大的肥皂泡呢？"

"哇，太棒了！"圆圆欢呼起来，"早就该离开这地方了！一个平淡乏味的地方，我真的不喜欢这里耶！迁移！迁移到一个全新的地方，开始全新的生活，这是多美妙的事啊，爸爸！"

爸爸默默地看了女儿一会儿，站起身来走到窗前，呆呆地看着外面黄沙中的城市。他双肩下垂的背影，看上去一下子老了许多。

"爸——"圆圆轻轻叫了一声，父亲没有回答。

两天后，圆圆的爸爸成为这即将消失的城市的最后一任市长。

五

高考结束了，圆圆取得了全省理科第二名的成绩。爸爸难得彻底地高兴了一次，慷慨地问女儿有什么要求，过分些也行。圆圆冲他张开一个手掌。

"五……五个什么？"

"五块雕牌透明皂。"说完她又张开另一个手掌，"十袋汰渍洗衣粉，"两手翻了一下，"二十瓶白猫洗洁精，"最后拿出一张纸，"最重要的是这些化学药剂，照清单上的分量买。"

那些化学药剂让父亲费了些事，他让一个在北京出差的办公室副主任跑了一天才买齐。

拿到这些东西后，圆圆一头扎进了卫生间，在那里面忙活了三天，配制了整整一浴池的溶液，怪味弥漫在家里的每个房间。第四天，两个男生送来了她定做的一个直径一米多的圆环，那圆环是用一根钻了许多小眼的长金属管弯成的。

第五天，家里早早就有一群人来访，他们中包括两个电视台的摄影师。市长还认出了其中的一位漂亮女士，是省电视台一个娱乐节目的主持人，还有两个穿着花里胡哨的家伙，自称是吉尼斯中国分部的人，昨天刚从上海飞来，其中一位沙哑着嗓子说："市长先生，您的女儿……咳咳……这地方空气真干燥……您的女儿要创造吉尼斯纪录了！"

市长随着一行人爬到开阔的楼顶上，发现女儿和她的几个同学已经上来了。圆圆扛着那个大圆环，面前放着的那个大澡盆中盛满了她配的那种溶液。

那两个吉尼斯的人开始架设两根有刻度的标杆，市长后来才知道，那是用于测量肥皂泡直径的。

一切准备就绪后，圆圆把那个圆环伸进澡盆，再提出来时，环面已附着了一层液膜。她小心地把带液膜的圆环固定在一根长杆顶端，走到楼顶边缘，挥动长杆，使圆环在空中画了一个大圈，吹出了一个巨大的肥皂泡。那个大泡在空中颤颤地变着形状，像是在跳舞。市长后来得知，这个大泡的直径竟达四点六米，打破了由比利时人凯利斯保持的三点九米的吉尼斯纪录。

"液体的配方是很重要的，但窍门还是在这个大环上。"圆圆在回答主持人提问时说，"那个比利时人用的只是一个普通的液膜环圈，而我这个，是由钻了一排洞的铅管弯成的，管里面充满了发泡液体，在大泡的形成过程中，这些液体不断地从管上的小孔中泄出，以使尽可能多的液体参与成泡，这样自然就可以形成更大的泡泡了。"

"那么，你还有可能制造出更大的泡泡来吗？"主持人问。

"当然会的！这就要研究肥皂泡形成的几个要素，包括液体黏度、延展性、蒸发率和表面张力，但对于形成超大的泡泡来说，最需要改进的是后两项。蒸发率必须降低，因为蒸发是泡壁破裂的主要原因之一；表面张力嘛……你知道为什么纯水不能吹出泡泡？"

"当然是它的表面张力太小了。"

"恰恰相反，是因为水的表面张力太大了，形不成气泡。再问一句，你知道肥皂泡形成以后，它的表面张力与直径大小有什么关系？"

"那……照你说的，张力越小，泡就越大呗？"

"NO，NO！当泡形成后，随着直径的增大，它反而需要增大自己的表面张力，以维持泡壁的强度。这就出现了一个问题：液体的表面张力是恒定的，那么要想吹出超大的泡泡，我们该解决什么样的问题呢？"

主持人茫然地摇摇头，她属于外形漂亮、口齿伶俐但头脑简单的那一类，圆圆看出了这点，"算了，我们还是给观众们再吹几个大泡吧！"

于是，又有几个直径四五米的大肥皂泡顺风飘行在城市上空，在这沙尘弥漫的干旱世界中，它们显得那么不真实，仿佛是来自另一个世界的幻影。

一星期后，圆圆离开了这座她出生长大的西北城市，到中国那所最好的理工科大学去学习纳米专业了。

六

时光继续飞逝，但圆圆不再吹肥皂泡了。

圆圆读完了学士、硕士和博士，然后以令她父亲头晕目眩的速度开始创业。她以做博士课题时创造的一项技术为基础，开发了一种新的太阳能电池，成本仅为传统的单晶硅电池的几十分之一，可以作为马赛克贴到整个建筑表面上。仅三四年时间，她的公司就发展到几亿元资产的规模，成为纳米技术的东风催生的一大批急剧膨胀的奇迹企业之一。

圆圆的父亲由此陷入了一个尴尬的境地。以事业的成功程度而言，女儿现在已经有资格教导父亲了。看来圆圆当年的那个漂亮班主任说得有道理，轻飘洒脱的思想和性格不一定就是缺点。这是一个令父亲这一代人恼火的时代，现在的成功需要的是逼人的思想灵气，经验、毅力和使命感之类的不再起决定作用，凝重和沉重更是显得傻乎乎的。

"很久没有过这种感觉了，这是我听过的最好的歌声，他们确实比上一代那三个强。"在国家大剧院广阔的出口平台上，市长对女儿说。圆圆知道父亲喜欢听古典美声，这是他不多的爱好之一，于是圆圆趁父亲到北京开会之际，请他听新一代世界三大男高音为即将到来的奥运会举办的演唱会。

"早知道我该买最好座位的票，怕您又嫌我浪费，就买了两张中等的。"

"这样的票多少钱一张？"父亲随口问。

"便宜多了，好像每张两万八吧。"

"嗯……啊，什么？"

看着父亲目瞪口呆的样子，圆圆笑了起来："如果您能找回很久没有过的感觉，就是二十八万也值得。看这座大剧院，投资几十个亿，还不是为了人们从艺术中得到或找回某种感觉？"

"也许你有道理，我还是希望你的钱能花到更有意义的地方。圆圆，我想与你谈谈有关丝路市的事，你能不能进行一项它的市政投资？"

"是什么？"

"一个大型的水处理工程，建成后能够大大提高城市用水的循环利用率，还能够用太阳能淡化一部分盐湖的水。如果这个系统能够实现，丝路市就能在缩小规模后继续存在下去，避免完全消失的命运。"

"投资是多少？"

"初步规划，大约十六个亿吧。大部分资金已有来源，但到位时间很长，怕来不及了，所以现在需要你投入一笔启动资金，约一个亿吧。"

"爸爸，不行，我目前能周转的资金也就这么多了，我想用它搞一个研究项目……"

父亲举起一只手，打断女儿的话说："那就算了。圆圆，我丝毫不想影响你的事业，其实，我本来没打算向你提这个要求的，虽然你的投资能保证收回，但利润回报却微乎其微。"

"呵，那倒无所谓，爸爸。我这个项目更惨，别说赢利，投资都肯定会打水漂！"

"你想搞基础研究吗？"

"不，但也不是应用研究，是好玩儿的研究。"

"……"

"我将研制一种超级表面活性剂，已为它想好了名字，叫飞液。它的溶液黏性和延展性比现有的任何液体都大几个数量级，蒸发速度仅是甘油的千分之一。这种表面活性剂溶液还具有一个魔鬼般的特性——它的表面张力能够随着液层的厚度和液面的曲率自动调节，调节范围从水的张力的百分之一到一万多倍。"

"它是干什么用的？"父亲惊恐地问，他已知道答案，但还是不敢相信。

年轻的亿万富婆搂住父亲的肩膀大声说："吹——大——大——的——泡——泡！"

"你不是开玩笑吧？"

圆圆看着长安街上的灯火，沉默了好久："谁知道呢？也许我的整个生活就是一个大玩笑。但，爸爸，我觉得这也没有什么不好，一个人用一生开一个玩笑也是一种使命吧。"

"用一亿元吹泡泡？有什么用吗？"父亲的语气好像觉得自己在做梦。

"没什么用，好玩呗。不过，比起你们当年用几百个亿建起一座很快就拆掉的城市，我的奢侈微不足道。"

"可你现在能救这城市，它也是你的城市，你在那里出生长大。可你却用这笔钱吹肥皂泡！你……也太自私了！"

"我在过自己的生活，无私奉献并不一定能推动历史，您的那座城市就是证明！"

直到圆圆把车开上长安街，父女俩都没有再说话。

"对不起，爸爸。"圆圆轻声说。

"这些天我总是想起拉着你小手儿的那些日子，那是多好的时光啊。"灯光中，父亲的双眼一闪一闪的，似乎有些湿润。

"我知道让您失望了。您一直想让我成为妈妈那样的人，如果我能有两次人生的话，其中的一次会照您的做，把自己奉献给责任和使命。可是，爸爸，我只能活一次。"

父亲没有说话。当这沉默的路程快结束时，圆圆拿出一个大纸袋递给父亲。

"什么？"父亲不解地问。

"房产证和钥匙。爸，我给您买了一幢别墅，在太湖边上，您退休后可以回到南方了。"

父亲把纸袋轻轻地推了回来："不，孩子，我会在丝路的废墟上度过余生，我和你妈妈的青春和理想都埋在那儿，离不开了。"

北京的灯在夏夜里尽情地闪烁着。看着这绚丽的光海，圆圆和父亲竟同时联想到肥皂泡。这无边的灿烂似乎在极力向他们展示着什么，是生命之重还是生命之轻？

七

两年后的一天，市长在办公室里接到了女儿的电话。

"爸爸，生日快乐！"

"呵，圆圆吗？你在哪儿？"

"离您那儿不远，我给您送生日礼物来了！"

"嗨，我好多年没想起生日这回事儿了。那中午回家吧，我也有一个多月没回家了，就保姆在那儿照看着。"

"不，礼物现在就送给您！"

"我在工作，马上要开市政周例会了。"

"没关系，您打开窗户向天上看！"

今天的天空万里无云，蓝得清澈，这种天气在这一地区是很少见的。空中传来引擎的轰鸣声，市长看到有一架飞机在城市上空缓缓地盘旋，在蓝天的背景上很醒目。

"爸爸，我在飞机上呢！"圆圆在电话中喊道。

这是一架老式双翼螺旋桨飞机，在空中像一只懒洋洋的大鸟。时光瞬间闪回，一种熟悉的感觉闪电般出现，市长浑身颤抖了一下，二十多年前他也这样过，那时女儿问他是不是冷了。

"圆圆，你……要干什么？"

"要送礼物啦，爸爸，注意飞机下面！"

市长刚才就发现，飞机机腹下面吊着一个大环，那环的直径比飞机还长，显然是升空以后才展开的。整体看去，飞机和大环组成了一个在空中飞行的戒指。他后来知道，那个大环的结构同圆圆破吉尼斯纪录时用的环一样，由轻型金属管制成，管内充满了那种叫飞液的魔鬼液体。环面上罩着一层飞液的液膜，环上有无数的小洞，使飞液能够不断地从围成大圆环的细管中流出。

令人震惊的景象出现了，在那个大环后面，吹出了一个大肥皂泡！它反射着阳光，形状时隐时现。肥皂泡在急剧膨胀，很快，飞机与它相比只是透明西瓜上的一粒小芝麻。

下面的城市广场上，所有人都在驻足仰望，市政府办公大楼里也开始有人跑出来看。

飞机拖着巨泡在城市上空缓缓盘旋，肥皂泡的膨胀速度大大减慢，但仍在继续着。最后，它脱离了飞机下的大环，独自在空中飘浮着。虽然巨泡的进气口已经消失，它的膨胀却没有停止，这是由于阳光的热量在泡内聚集使其中的空气膨胀的缘故。渐渐地，巨泡占据了半个天空！

"这就是礼物啦，爸爸！"圆圆在电话中兴奋地喊着。

蓝天上晃动着大片的闪光，仿佛整个天空就是一张平滑的玻璃纸，正被一双无形的大手在阳光下抖动着。细看上去，那些闪光勾勒出了一个巨大的球体形状，那个透明球体此时占据了大部分天空，下面的人们得将头转动近一百八十度才能看全它。它仿佛是地球在天空的镜面上投下的一个晶莹的幻影。

城市骚动起来，大街上开始出现交通堵塞。

巨泡缓缓从空中降下来，当它降到足够低时，地面上的人们竟然在泡壁上看到了城市的高楼群的镜像，由于泡壁在风中的波动，高楼群扭曲变形，像是海中的植物林。这广阔的泡壁从上方气势磅礴地压下来，人们不由得捂住了脑袋。当巨泡接触地面时，暴露在外的人们在身体穿过泡壁时感到脸上痒痒了一下。

巨泡没有破碎，而是呈一个直径近十公里的半球形立在大地上。这座城市，连同边缘的一座火力发电厂和一个化工厂，全被巨泡扣在其中！

"我们不是故意的，真的不是故意的！"圆圆对着摄像机说，"本来，按一般的情况，大泡会顺风飘走。谁想到今天这里的风力竟这么弱，这儿一贯是风很大的！所以它才掉了下来，把城市扣住了！"

市长看着市电视台中断了正常节目插进的紧急现场报道，电视中的女儿身穿航空皮夹克，拉链敞开着，露出里面的蓝色工作服。她的身后，是那架老式双翼飞机……时光再次闪回，太像了，太像了……市长的心融化了，泪水夺眶而出。

两小时后，市长同刚刚成立的紧急小组一起，驱车来到了城市边缘巨泡泡壁的位置，圆圆和她的几个工程师早已等在那里。

"爸爸，我的肥皂泡很棒吧？"圆圆没有了刚才的恐慌，不合时宜地一脸兴奋。

市长没理女儿，抬头打量着泡壁，这是一张在阳光下发着多彩霓光的大膜，它表面那结构极其精细的衍射条纹，令人迷惑地变幻着，构成一个疯狂展示宇宙间所有色彩的妖艳的海洋。大膜是全透明的，这使得透过它看到的外部世界也蒙上了一层霓彩。向上到一定的高度，霓彩消失了，从空中看不出膜的存在。

市长伸出一只手，小心地触摸泡壁。他的手背感到一阵极其轻微的瘙痒，手已在膜的另一面了。这膜可能只有几个分子的厚度。他抽回手来，膜瞬间恢复原状，那一处的霓彩光纹仍是完整的形状，仿佛根本没有中断过。

现在，他一贯认为虚幻象征的肥皂泡已是这样一个实实在在的巨大现实，而透过它看到的现实世界反倒变得虚幻了。

其他人也开始触摸大膜，后来大家挥手试图撕裂膜面，最后发展成对大膜拳打脚踢。市长的司机从车里拿出一根铁棍，抡得呜呜作响，击打膜面……但这一切对大膜没有丝毫影响，所有的打击物都毫无阻碍地穿膜而过，之后膜面完好无损。市长挥手制止了大家的徒劳，接着指指远处的高速公路，人们看到，公路上的车流正在不间断地高速穿过大膜。

"这同肥皂泡沫的性质一样：固体可以穿过，但不透气。"圆圆说。

"正是因为它不透气，现在城市里的空气质量在急剧恶化。"市长瞪了一眼女儿说。

众人抬头看去，发现城市上空出现了一个巨大的半球状白色顶盖。这是由于城市和工厂产生的烟雾被大膜限制在泡内，使大泡的形状显现出来。这时如果从远处看城市，恐怕只能看到一个顶天立地的乳白色半球了。

"可能需要关闭发电厂和化工厂，以减缓空气污染的速度。"紧急小组组长说，"但最严重的问题是泡内气温的上升，现在城市实际上处于一个密闭极好的温室内，与外界没有空气流通，阳光的热量在很快聚集，现在正值盛夏，据测算，泡内气温最终将达到摄氏六十度！"

"到现在为止，都进行了哪些方面的尝试来打破它？"市长问。

一名驻军指挥官回答："一小时前，我们曾调用陆军航空兵的直升机在泡顶反复穿过，试图用螺旋桨撕裂它，没有用；后来又用炸药在泡壁与地面的交接处进行爆破，爆炸只是使大膜波动了一会儿，没造成任何破坏。更邪乎的是，这张膜居然瞬间延伸到爆炸产生的大坑中，天衣无缝地横穿过坑的底部！"

市长问圆圆："大泡要多长时间才能自然破裂？"

"大泡的破裂主要是由于泡壁液体的蒸发，这种物质的蒸发速度是极慢的，即使日照良好，大泡也得五六天才能破。"圆圆回答，令父亲气恼的是，女儿的语气显得很得意。

"那只有全城紧急疏散了。"紧急小组组长叹了口气说。

市长摇摇头："不到万不得已，不能走这一步。"

"还有一个办法，"一名环境专家说，"赶造许多长筒，口径越大越好，把这些筒的一头伸出泡外，在筒的底部装上大功率换气扇，以实现与外界的空气交换。"

"哈哈哈哈……"圆圆大笑起来，把大家吓了一跳，她在众人气愤的目光中笑得直不起腰来，"这想法真……真够滑稽的！哈哈……"

"这都是你干的好事！"市长厉声喝道，"你要为此负责的，必须赔偿对本市造成的一切损失！"

圆圆两眼看着天，止住笑说："那是，我们会赔的。不过，我刚想出一个使大泡破裂的简单方法——烧。在泡壁与地面交接线的内侧，挖一条一百至二百米长的壕沟，沟中灌满燃油并点燃，火焰会大大加速泡壁的蒸发，可以在三个小时左右使大泡破裂。"

市长命令抢险队照圆圆的方案做了。城市的边缘出现了一道一百多米长的火墙，在那一排冲天烈焰的上方，被火舌舔着的泡壁变幻着各种怪异的色彩和图案。从图案的纹路可以看出，大膜上其他部分的飞液正在涌过来补充已被火焰蒸发掉的部分，这使得大膜上被烧灼的位置像一个大旋涡，绚丽妖艳的色彩洪水般从四面八方涌来，消失在火焰中。火焰的黑烟顺着泡壁上升，在天空中形成了一个黑色巨掌，令大泡中的百万市民惊恐不已。

三小时后，大泡破裂了，城市里的人们听到天地间发出一声轻微的破碎声，清脆悠扬深远，仿佛宇宙的琴弦被轻轻拨动了一下。

"爸爸，我很奇怪，您并没有像我想象的那样暴跳如雷。"圆圆对父亲说，这时，他们正站在市政府大楼的楼顶看着大泡破裂。

"我一直在思考一件事情……圆圆，你认真回答我几个问题。"

"关于大肥皂泡的？"

"是的。我问你，既然泡壁是不透气的，那大泡也能保持住内部的湿润空气了？"

"当然。其实，在飞液的研制即将完成时，我不经意想到了它的一项可能的用途：用大泡作为超大型温室，可以在冬季制造小型气候区，为大片的土地提供适合作物生长的湿度和温度。当然，这还要使大泡更持久些。"

"第二个问题：你能让大泡随风飘很远吗？比如说几千公里？"

"这没问题，阳光的热量在泡内聚集，使其内部空气膨胀，会产生类似于热气球的浮力。至于今天这个大泡的坠落，只是因为它生成的位置太低，风也太小了。"

"第三个问题：你能让大泡在确定的时间破裂吗？"

"这也不难，只需调节飞液内的一种成分，改变其溶液的蒸发速度就行了。"

"最后一个问题：如果有足够的资金，你能够吹出几千万甚至上亿个大泡吗？"

圆圆吃惊地瞪大双眼："上亿个？天啊，干什么？"

"想象这样一幅图景：在遥远的海洋上空，形成了无数个大肥皂泡，它们在平流层强风的吹送下，飞越了漫长的路程，来到大西北上空，然后全部破裂，把它们在海洋上空包裹起来的潮湿空气，都播散在我们这片干旱的土地上……是的，肥皂泡能为大西北从海洋上运来潮湿空气，也就是运来雨水！"

震惊和激动使圆圆一时间说不出话来，只是呆呆地看着父亲。

"圆圆，你送给我一件伟大的生日礼物，说不定，这一天也是大西北的生日！"

这时，外界清凉的风吹过城市，上空那个由烟雾构成的巨大白色半球失去了大膜的限制，在风中缓慢地改变着形状。东方的天空中有一道色彩奇异的彩虹，这是大泡破裂后，构成它的飞液散布到空中形成的。

八

向中国西部空中调水的宏大工程进行了十年。

这十年，在中国南海和孟加拉湾，建成了许多巨大的天网。这些天网是由表面布满小孔的细管构成，每个网眼有几百米甚至上千米的直径，相当于那个十多年前曾吹出超级肥皂泡的大圆环。每张天网有几千个网眼。天网分陆基和空中两种，陆基天网沿海岸线布设，空中天网则由巨型系留气球悬挂在几千米的高空。在南海和孟加拉湾，天网在海岸线和海洋上空连绵两千多公里，被称作"泡泡长城"。

空中调水系统首次启动的那天，构成天网的细管中充满了飞液，并在每个网眼上形成一层液膜。潮湿而强劲的海风在天网上吹出了无数巨型气泡，它们的直径都有几公里，这些气泡相继脱离天网，一群群升上更高的天空，升向平流层，随风而去。同时，更多的气泡从天网上源源不断地被吹出来。大群大群的巨型气泡浩浩荡荡地飘向大陆深处，包裹着海洋的湿气，飘过了喜马拉雅山，飘过了大西南，飘到大西北上空，在南海、孟加拉湾和大西北之间的天空中，形成了两条长达数千公里的气泡长河！

九

在空中调水系统正式启动的两天后，圆圆从孟加拉湾飞到大西北的一座省会城市。当她走下飞机时，看到一轮圆月静静地悬在夜空中，从海上启程的气泡还没有到达。在城市里，月光下挤满了人，圆圆也在中心广场停下车，挤在人群中，同他们一起热切地等待着。一直到午夜，夜空依旧，人群开始同前两天一样散去，但圆圆没走，她知道气泡在今夜一定会到达这里。她坐在一张长椅上，正在睡意蒙眬之际，突然听到有人喊："天啊，怎么这么多的月亮！"

圆圆睁开眼，真的在夜空中看到了一条月亮河！那无数个月亮是由无数个巨型气泡映出的。与真月亮不同，它们都是弯月，有上弦的，也有下弦的，每个都是那么晶莹剔透，真正的月亮倒显得平淡无奇了，只有根据其静止状态才能从浩浩荡荡流过长空的月亮河中将它分辨出来。

从此，大西北的天空成了梦的天空。

白天，空中的气泡看不太清楚，只是蓝天上到处出现泡壁的反光，整个天空像阳光下泛起涟漪的湖面，大地上缓缓运行着气泡巨大而清晰的影子。最壮丽的时刻是在清晨和黄昏，那时，地平线上的朝阳或夕阳将天空中的气泡大河镀上灿烂的金色。

但这些美景并不会存在很久，空中的气泡相继破裂。虽然有更多的气泡滚滚而来，天空中的云却多了起来，使气泡看不清了。

接着，在这个往年最干旱的季节，天空飘起了绵绵细雨。

圆圆在雨中来到了自己出生的那座城市。经过十年的搬迁，丝路市已成了一座寂静的空城。一座座空荡的高楼在小雨中静静地立着。圆圆注意到，这些建筑并没有真正被抛弃，它们都被保护得很好，窗上的玻璃还都完整，整座城市仿佛在沉睡中，等待着肯定要到来的复活之日。

小雨掩盖了尘埃，空气清新怡人，雨洒在脸上凉丝丝的，很舒服。圆圆慢慢地行走在她熟悉的街道上。那些街道，爸爸曾拉着她的小手无数次地走过，曾洒落过她吹出的无数个肥皂泡。圆圆的心里响起了一支童年的歌。

突然她发现，这歌真的在响着。这时天已黑了，在整座浸没于夜色中的空城里，只有一扇窗户亮着灯，那是一幢普通住宅楼的二楼，是她的家，歌声就是从那里传出来的。

圆圆来到楼前，看到周围收拾得很干净，还有一小片菜地，里面的菜长得很好。地边有一辆小工具车，车上装有大铁桶，显然是用来从远处运水浇地的。即使在朦胧的夜色中，这里也能感觉到一股生活的气息，它在这一片死寂的空城里，像沙漠中的绿洲一样令圆圆向往。

圆圆走上了扫得很干净的楼梯，轻轻地推开家门，看到灯下头发花白的父亲仰在躺椅上，陶醉地哼着那首童年老歌。他手里拿着那个圆圆在孩提时代装肥皂液的小瓶儿，还有那个小小的塑料吹环，正吹出一串五光十色的肥皂泡。

温情的代沟与空灵的梦想

——《圆圆的肥皂泡》赏析

范轶伦

在刘慈欣的科幻宇宙中，《圆圆的肥皂泡》无疑是"非典型"的。小说的主角是一个爱吹肥皂泡的女儿和一位坚守大西北的父亲，两人对于梦想的不同诠释反映了两代人之间、父女之间的"代沟"，而这一隔阂最终通过科学技术和解于崇高的理想。质朴的文字流露着童真，是刘慈欣最成功的作品之一。

在刘慈欣笔下恢宏磅礴的宇宙中，《圆圆的肥皂泡》无疑是一个异数：没有大国军事争霸，没有世界末日，更没有外星人侵略地球，只有一个爱吹肥皂泡的女儿和一位坚守大西北的父亲。质朴的文字挟着一缕童真，令人颇有如沐春风之感，读来宛如一篇温馨的小品。此作是刘慈欣在 2003 年年底创作的，第二年刊登在《科幻世界》第 3 期，同年获得第 16 届中国科幻银河奖读者提名奖。2015 年，由 Carmen Yiling Yan 翻译成英文发表在美国电子科幻杂志《克拉克世界》（*CLARKESWORLD*）第 12 期上，并获得读者选择奖小说奖（并列）第二名。不过，尽管此作在国内外反响都不错，人们在谈论刘慈欣作品时却甚少提及，与《流浪地球》《乡村教师》等脍炙人口的名篇相比，《圆圆的肥皂泡》仿佛是一个出离于人们视线之外的肥皂泡。

然而，这个看似平淡的标题却是一语双关，既捕捉了肥皂泡的形态，也嵌入了主人公圆圆的名字。无论是在中文还是英文里，和"肥皂"有关的东西似乎都不那么正面，比如，情节拖沓、内容琐碎的连续剧被称为"肥皂剧"（soap opera），而五光十色却脆弱易破的"肥皂泡"则常被用来比喻美好但又不切实际的东西。在常人眼里只有小孩子才爱玩儿的肥皂泡，却在《圆圆的肥皂泡》中成为刘慈欣笔下解决西部干旱问题的终极方案。究竟是希望的幻灭，还是对梦想的践行？故事一开始，父亲和圆圆对于肥皂泡的相反态度便折射出两代人对于梦想和希望截然不同的诠释。在父亲看来，肥皂泡是远离现实的幻影，女儿对肥皂泡异乎寻常的迷恋似乎反映了某种不切实际的思想倾向，甚至可能令她以后的人生误入歧途。而在圆圆眼里，肥皂泡却是整个世界，用文中的话讲"她的出生似乎就是要和这东西约会似的"。这种与生俱来的迷恋超越了一般意义上的喜好或兴趣，成为她整个人生的目的。从小学到创业，"吹更大的泡泡"——这个在父亲看来不可思议的"远大理想"，一直是圆圆为之奋斗的人生目标。

与此相反的是两者对于丝路市的态度。丝路市不仅承载着父亲的梦想，更是他们这一代人青春与汗水的见证。尽管完全可以回到江南安度晚年，作为市长的他却一直坚守着这个空城等待它的复苏。然而，对于圆圆来说，虽然丝路市是自己出生长大的故乡，却并没有让她产生一丝的眷恋。当听说丝路市将要实施为期十年的拆迁计划时，父亲的内心是沉重的，年幼的圆圆却为离开这个"平淡乏味的城市"倍感兴奋，翘首期待开始全新的美妙生活。高考结束，北上求学的圆圆可谓如愿以偿地离开了这座城市。毕业之后，她又以纳米技术成功创业，摇身变为年轻的亿万富婆。然而，当父亲希望她投资一个能拯救丝路市的水处理工程时，圆圆却以过自己的生活为由而断然拒绝，原因是她正计划用这笔资金"吹大大的泡泡"。

圆圆和父亲对于梦想的不同诠释，多少折射出两代人间的世代隔阂（generation gap）。世代隔阂俗称"代沟"，由美国人类学家玛格丽特·米德（Margaret Mead）于20世纪60年代末在同名著作中首次提出。广义的世代隔阂，指老一代与年轻一代在价值观、信仰、政治态度等方面存在的心理距离或心理隔阂；狭义上则通常指父母和子女之间的心理差距或隔阂。时代的变迁、社会的发展是造成代沟的主要原因。虽然是科幻小说，除却对纳米肥皂泡的大胆想象，《圆圆的肥皂泡》的整体基调可谓相当写实。圆圆父母的原型可追溯到20世纪50年代支援大西北的理想青年。当时，在国家的号召下，千千万万名热血青年从四面八方来到大西北，用青春和汗水开垦这片贫瘠的土地。那是一个理想主义的时代，也是一个讲求脚踏实地的时代：如果没有决心、毅力和经验，使命感就只是一纸空谈。时代的巨轮前进到圆圆这一代，个体主义大行其道，"成功需要的是逼人的思想灵气，轻飘洒脱的思想和性格不一定就是缺点，凝重和沉重反而显得傻乎乎的"。这个时代让圆圆如鱼得水，却令父亲这一代人颇为受挫。现实与理想、使命与自由，两代人之间的理念冲突成为推动故事情节发展的内在动力，亦构成整篇小说最大的张力。

然而，这条横亘在父女两代人之间的代沟并非不可跨越，父亲对于肥皂泡的态度，正如圆圆对于丝路市一样，不知不觉发生了微妙的转变。圆圆把一亿元吹出的"大大的泡泡"送给父亲作生日礼物，无意间启迪了后者利用肥皂泡进行空中调水的设想。当十年后"大西北的天空成了梦的天空"，圆圆和父亲的梦想同时实现了，或者说，父亲让丝路市继续存在下去的梦想，通过圆圆吹肥皂泡的梦想实现了。故事的最后，圆圆返回故里，点点滴滴的童年回忆涌上心头，竟发现年迈的父亲也吹起了肥皂泡。《圆圆的肥皂泡》也许是刘慈欣所有作品中唯一一篇以父女关系为主轴的作品。与充满火药味的父子关系相比，如《地球大炮》中的沈华北和儿子沈渊、《全频带阻塞干扰》中的十号和儿子庄宇，圆圆和父亲的冲突并没有剑拔弩张的激烈。相同的是，无论两代人之间有多深的摩擦和误解，最终都会和解于某种崇高的理想：为国家乃至人类谋福祉。而不同的是，在父子关系中，我们看到的往往是一位拥有掌控权的严父，但是在《圆圆的肥皂泡》中，这个父亲虽身为市长，却拿古灵精怪的女儿一点办法都没有，无奈、落寞得有些可爱。这会不会是刘慈欣自己的写照呢？坊间流传刘慈欣开始科幻创作的缘起就是觉得没有合适的故事讲给女儿听。女儿出生于2000年，也正是这一年，国务院成立西部地区开发领导小组，开始实施包括南水北调在内的西部大开发计划。这会不会是《圆圆的肥皂泡》最初的灵感来源？

尽管字里行间透露着温馨与童真，《圆圆的肥皂泡》却并不是一个梦幻般的童话，作者毫不留情地在圆圆的世界里设定了一个比沙漠化更残酷的现实，那便是母亲的早逝。和父亲一样，母亲也是从上海来到大西北参与建设的知识分子，作为科学家的她比父亲更敬业，甚至有些不近人情：放弃一个月的产假回实验室上班，女儿生日那天还在继续飞播造林研究——不幸的是，她在这次任务中遇难。母亲的意外去世，给全文明丽的色调染上了一抹灰色，然而她在女儿的成长中并不是缺位的——对梦想的执著，是母亲留给圆圆的精神遗产，这一点，被圆圆完全继承了下来，尽管后者并不是出于"责任感和使命感"。"美妙人生的关键在于你能迷上什么东西"，刘慈欣在《球状闪电》中的名言，正是他笔下这些女科学家的写照，比如《思想者》中眷恋着星空的女天文学家"她"、《全频带阻塞干扰》中痴迷于武器的电子对抗排排长林云，还有本文中把一生奉献给大西北的圆圆母亲等。而圆圆呢？与星空、武器相比，她所迷恋的肥皂泡似乎有些幼稚。她也算不上真正的科研工作者，就读纳米专业并非出自献身科研事业或为国捐躯的崇高理想，文中对她公司的评价甚至带着些嘲讽："纳米技术的东风催生的一大批急剧膨胀的奇迹企业之一。"如果说，圆圆和父亲间的理念冲突是推动情节发展的动力，她与早逝母亲的差异则进一步印证了两代人对于梦想的不同定义。圆圆开着母亲的那架老式双翼飞机给父亲送生日礼物"大大的泡泡"，不仅是整个故事的转折点，亦是极富象征性的一幕：圆圆在那一刻"再现"了母亲在世时的英姿，暗示着她将接替母亲完成其未遂的心愿，而与父亲间的隔阂亦将随之消弭。

圆圆和父母间的张力，让我们感受到刘慈欣对于时代脉搏下代际更替的微妙体察，而岿然不变的，则是科学技术对于时代发展的推进之力。纳米技术一直是刘慈欣十分关注的领域，从《微纪元》中的纳米人，到《圆圆的肥皂泡》中的"飞液"，再到《三体》中"古筝计划"成功的关键材料"飞刃"，如果把当今的纳米技术比作一个蹒跚学步的婴儿，刘慈欣早已用宏伟的想象力勾画了它成年后的灿烂图景。在此文中，用无数巨大的肥皂泡裹挟湿润的空气进入西部内陆，从而调节气候的设想是惊人的。从技术上来讲，如何制造圆圆所谓的超级液体"飞液"目前还只是梦想。和当今争议巨大、耗资惊人的南水北调工程相比，这个"肥皂泡工程"的确美好得像个肥皂泡。对于科学技术的乐观，是贯穿刘慈欣科幻创作的核心理念之一，无论是大国间的军事制衡，还是劫后余生的艰难图存，抑或抵抗外星文明入侵的终极武器，科学技术是人类掌控自我命运、不断自我超越的工具和手段。在《圆圆的肥皂泡》中，科学技术不仅挽救了一座城市，还让一对父女冰释前嫌。当白发苍苍的父亲吹出一串五光十色的肥皂泡时，这样的反差是不是让读者会心一笑呢？

刘慈欣在《给女儿的一封信中》写道："你当然有权选择自己的生活，但如果你是他们中的一员，我为你而骄傲。"这里的他们，是人类派遣去宇宙深处的拓荒者，在火星的荒漠、金星的硫酸雨、木卫二冰冻的海洋上，都能见到他们筚路蓝缕的身影，一如文中为丝路市奉献了一生的父亲。把视野从广袤的宇宙拉回到大西北，除了开拓者的进取奉献，更有令人感动的父女间的温情，这也许就是《圆圆的肥皂泡》的独特之处吧！虽然颇为"非典型"，却是刘慈欣最为成功的作品之一，空灵而童真，仿佛一个出离于人们视线之外的肥皂泡，闪耀着独特的光芒。

参考文献

[1] 米德. 文化与承诺：一项有关代沟问题的研究 [M]. 周晓虹，周怡，译. 石家庄：河北人民出版社，1987.

[2] 刘慈欣. 给女儿的一封信 [M]// 刘慈欣. 最糟的宇宙，最好的地球——刘慈欣科幻评论随笔集. 成都：四川科学技术出版社，2016.

（范轶伦：美国加州大学河滨分校比较文学与外国语言系博士生）

欢乐颂

刘慈欣

音乐会

为最后一届联合国大会闭幕举行的音乐会是一场阴郁的音乐会。

自本世纪初某些恶劣的先例之后，各国都对联合国采取了一种更加实用的态度，认为将它作为实现自己利益的工具是理所当然的，进而对《联合国宪章》都有了自己更为实用的理解。中小国家纷纷挑战常任理事国的权威，而每一个常任理事国都认为自己在这个组织中应该有更大的权威，结果是联合国丧失了一切权威……当这种趋势发展了十年后，所有的拯救努力都已失败。人们一致认为，联合国和它所代表的理想主义都不再适用于今天的世界，是摆脱它们的时候了。

最后一届联合国大会是各国首脑到得最齐的一届，他们要为联合国举行一场最隆重的葬礼，这场在联合国大厦外的草坪上举行的音乐会是这场葬礼的最后一项活动。

太阳已落下去好一会儿了，这是昼与夜最后交接的时刻，也是一天中最迷人的时候。这时，让人疲倦的现实的细节已被渐浓的暮色所掩盖，夕阳最后的余晖把世界最美的一面映照出来，草坪上充满嫩芽的气息。

联合国秘书长最后来到。在走进草坪时，他遇到了今晚音乐会的主要演奏者之一克莱德曼，并很高兴地与他谈起来。

"您的琴声使我陶醉。"他微笑着对钢琴王子说。

克莱德曼穿着他喜欢的那身雪白的西装，看上去很不安："如果真是这样，我万分欣喜，但据我所知，对请我来参加这样的音乐会，人们有些看法……"

其实不仅仅是看法，教科文组织的总干事，同时是一名艺术理论家，公开说克莱德曼顶多是街头艺人的水平，他的演奏是对钢琴艺术的亵渎。

秘书长抬起一只手制止他说下去："联合国不能像古典音乐那样高高在上，如同您架起古典音乐通向大众的桥梁一样，它应把人类最崇高的理想播撒到每个普通人心中，这是今晚请您来的原因。请相信，我曾在非洲炎热肮脏的贫民窟中听到过您的琴声，那时我有种在阴沟里仰望星空的感觉，真的使我陶醉。"

克莱德曼指了指草坪上的元首们："我觉得这里充满了家庭的气氛。"

秘书长也向那边看了一眼："至少在今夜的这块草坪上，乌托邦还是现实的。"

秘书长走进草坪，来到了观众席的前排。本来，在这个美好的夜晚，他打算把自己政治家的第六感关闭，做一个普通的听众，但这不可能做到。在走向这里时，他的第六感注意到了一件事：正在同美国总统交谈的中国国家主席抬头看了一眼天空。这本来是一个十分平常的动作，但秘书长注意到他仰头观看的时间稍长了一些，也许只长了一两秒钟，但秘书长注意到了。当秘书长同前排的国家元首依次握手致意后坐下时，旁边的中国主席又抬头看了一眼天空，这证实了他刚才的猜测。国家元首的举止看似随意，实际上都暗含深意。在正常情况下，后面这个动作是绝对不会出现的，美国总统也注意到了这一点。

"纽约的灯火使星空暗淡了许多，华盛顿的星空比这里更灿烂。"总统说。

中国主席点点头，没有说话。

总统接着说："我也喜欢仰望星空，在变幻不定的历史进程中，我们这样的职业最需要一个永恒稳固的参照物。"

"这种稳固只是一种幻觉。"中国主席说。

"为什么这么说呢？"

中国主席没有回答，指着空中刚刚出现的群星说："您看，那是南十字座，那是大犬座。"

总统笑着说："您刚刚证明了星空的稳固，在一万年前，如果这里站着一位原始人，他看到的南十字座和大犬座的形状一定与我们现在看到的完全一样，这些星座的名字可能就是他们首先想出来的。"

"不，总统先生，事实上，昨天这里的星空都可能与今天不同。"中国主席第三次仰望星空，他脸色平静，但眼中严峻的目光使秘书长和总统都暗暗紧张起来。他们也抬头看看天，这是他们见过无数次的宁静星空，并没有什么异样，他们都询问式地看着主席。

"我刚才指出的那两个星座，应该只能在南半球看到。"主席说，他没有再次向他们指出那些星座，也没有再看星空，双眼沉思着平视前方。

秘书长和总统迷惑地看着中国主席。

"我们现在看到的，是地球另一面的星空。"中国主席平静地说。

"您……开玩笑？"总统差点失声惊叫起来，但他控制住了自己，声音反而比刚才更低了。

"看，那是什么？"秘书长指指天顶说，为了不惊动其他人，他的手只举到与眼睛平齐的位置。

"当然是月亮。"总统向正上方看了一眼答道，但看到旁边的中国主席缓缓地摇了摇头，他又抬头看，这次他对自己的判断产生了怀疑：初看去，天空正中那个半圆形的东西很像半盈的月亮，但它呈蔚蓝色，仿佛是白昼的蓝天退去时被粘下了一小片。总统仰头仔细观察太空中的那个蓝色半圆，一旦集中注意力，他那敏锐的观察力就表现出来，他伸出一根手指，用它作为一把尺子量着这个蓝月亮，说："它在扩大。"

三人都仰头目不转睛地盯着看，不再顾及是否惊动了别人。两边和后面的国家元首们都注意到了他们的动作，有更多的人抬头向那个方向看，露天舞台上乐队调试乐器的声音戛然而止。

这时已经可以肯定，那个蓝色的半球不是月亮，因为它的直径已膨胀到月亮的两倍左右，它的另一个处在黑暗中的半球也显现出来，呈暗蓝色。在明亮的半球上可以看清一些细节，人们发现它的表面并非全部是蓝色，还有一些黄褐色的区域。

"天啊，那不是北美洲吗？"有人惊叫。他是对的，人们看到了那熟悉的大陆形状，此时它正处在球体明亮与黑暗的交界处，不知是否有人想到，这与他们现在所处的位置一致。接着，人们又认出了亚洲大陆，认出了北冰洋和白令海峡……

"那是……是地球！"

美国总统收回了手指，这时，太空中蓝色球体的膨胀不借助参照物也能看出来，它的直径现在至少三倍于月球了！开始，人们都觉得它像太空中被急速吹胀的一个气球，但人群中的又一声惊呼立刻改变了人们的这个想象。

"它在掉下来！"

这话给人们看到的景象提供了一个合理的解释。不管是否正确，他们都立刻对眼前发生的事有了新的感觉：太空中的另一个地球正在向他们砸下来！那个蓝色球体在逼近，它已占据了三分之一的天空，其表面的细节可以看得更清楚了：褐色的陆地上布满了山脉的皱纹，一片片云层好像是紧贴着大陆的残雪，云层在大地上投下的影子给它们镶上了一圈黑边；北极也有一层白色，它们的某些部分闪闪发光，那不是云，是冰层；在蔚蓝色的海面上，有一个旋涡状的物体懒洋洋地转动着，雪白雪白的，看上去柔弱而美丽，像一朵贴在晶莹蓝玻璃瓶壁上的白绒花，那是一处刚刚形成的台风……当那蓝色的巨球占据了一半天空时，几乎在同一时刻，人们的视觉再次发生了奇妙的变化。

"天啊，我们在掉下去！"

这感觉的颠倒是在一瞬间发生的。这个占据半个天空的巨球表面突然产生了一种高度感，人们感觉到脚下的大地已不存在，自己处于高空中，正向那个地球掉下去，掉下去……那个地球表面可以看得更细了，在明暗交界线黑暗一侧的不远处，视力好的人可以看到一条微弱的荧光带，那是美国东海岸城市的灯光，其中较为明亮的一小团荧光就是纽约，是他们所在的地方。来自太空的地球迎面扑来，很快占据了三分之二的天空，两个地球似乎转眼间就要相撞了，人群中传出一两声惊叫声，许多人恐惧地闭上了双眼。

就在这时，一切突然静止，天空中的地球不再下落，或者脚下的地球不再向它下坠。这个占据三分之二天空的巨球静静地悬在上方，大地笼罩在它那蓝色的光芒中。

这时，市区传来喧闹声，骚乱开始出现了。但草坪上的人们毕竟是人类中在意外事变面前神经最坚强的一群，面对这噩梦般的景象，他们很快控制住自己的惊慌，默默思考着。

"这是一个幻象。"联合国秘书长说。

"是的，"中国主席说，"如果它是实体，应该能感觉到它的引力效应，我们离海这么近，这里早就被潮汐淹没了。"

"远不是潮汐的问题了，"俄罗斯总统说，"两个地球的引力足以互相撕碎对方了。"

"事实上，物理定律不允许两个地球这么待着！"日本首相说，他接着转向中国主席："那个地球出现前，你谈到了我们上方出现了南半球的星空，这与现在发生的事有什么联系吗？"他这么说，等于承认刚才偷听了别人的谈话，但现在也顾不了这么多了。

"也许我们马上就能得到答案！"美国总统说，他这时正拿着一部手机说着什么，旁边的国务卿告诉大家，总统正在与国际空间站联系。于是，所有的人都把期待的目光汇聚到他身上。总统专心地听着手机，几乎不说话，整个草坪陷入一片寂静之中。在天空中另一个地球的蓝光里，人们像一群虚幻的幽灵。就这么等了约两分钟，总统在众人的注视下放下电话，登上一把椅子，大声说："各位，事情很简单，地球的旁边出现了一面大镜子！"

镜　子

它就是一面大镜子，很难再被看成别的什么东西。它的表面对可见光进行毫不衰减、毫不失真的全反射，也能反射雷达波；这面宇宙巨镜的面积约一百亿平方公里，如果拉开足够的距离看，镜子和地球，就像一个棋盘正中放着一枚棋子。

本来，对于"奋进号"上的宇航员来说，得到这些初步的信息并不难，他们中有一名天文学家和一名空间物理学家，他们还可借助包括国际空间站在内的所有太空设施进行观测，但航天飞机险些因他们暂时的精神崩溃而坠毁。国际空间站是最完备的观测平台，但它的轨道位置不利于对镜子的观测，因为镜子悬于地球北极上空约 450 公里的高度，其镜面与地球的自转轴几乎垂直。而此时，"奋进号"航天飞机已变轨至一条通过南北极上空的轨道，以完成一项对极地上空臭氧空洞的观测，它的轨道高度为 280 公里，正从镜子与地球之间飞过。

那情形真是一场噩梦，航天飞机在两个地球之间爬行，仿佛飞行在由两道蓝色的悬崖构成的大峡谷中。驾驶员坚持认为这是幻觉，是他在三千小时的歼击机飞行时间中遇到过两次的倒飞幻觉（注：一种飞行幻觉，飞行员在幻觉中误认为飞机在倒飞），但指令长坚持认为确实有两个地球，并命令根据另一个地球的引力参数调整飞行轨道，那名天文学家及时制止了他。当他们初步控制了自己的恐慌后，通过观测航天飞机的飞行轨道得知，两个地球中有一个没有质量，大家都倒吸了一口冷气：如果按两个地球质量相等来调整轨道，"奋进号"此时已变成北极冰原上空的一颗火流星了。

宇航员们仔细观察那个没有质量的地球。目测可知，航天飞机距那个地球要远许多，但它的北极与这个地球的北极好像没有什么不同，事实上，它们太相像了。宇航员们看到，在两个地球的北极点上空都有一道极光，这两道长长的暗红色火蛇在两个地球的同一位置以完全相同的形状缓缓扭动着。后来他们终于发现了一件这个地球没有的东西：那个零质量地球上空有一个飞行物，通过目测，他们判断那个飞行物是在零质量地球上空约 300 公里的轨道上运行，他们用机载雷达探测它，想得到它精确的轨道参数，但雷达波在一百多公里处却像遇到一堵墙一样被弹了回来，零质量地球和那个飞行物都在墙的另一面。指令长透过驾驶舱的舷窗，用高倍望远镜观察那个飞行物，看到那也是一架航天飞机，它正沿低轨道越过北极的冰海，看上去像一只在蓝白相间的大墙上爬行的蛾子。他注意到，在那架航天飞机的前部舷窗里有一个身影，看得出那人正举着望远镜向这里看，指令长挥挥手，那人也同时挥挥手。

于是，他们得知了镜子的存在。

航天飞机改变轨道，向上沿一条斜线朝镜子靠近，一直飞到距镜子 3 公里处。在视距 6 公里远处，宇航员们可以清楚看到"奋进号"在镜子中的映像，尾部发动机喷出的火光使它像一只缓缓移动的萤火虫。

一名宇航员进入太空，去进行人类同镜子的第一次接触。太空服上的推进器拉出一道长长的白烟，宇航员很快越过了这 3 公里距离，他小心翼翼地调整着推进器的喷口，最后悬浮在与镜子相距 10 米左右的位置。在镜子中，他的映像异常清晰，毫不失真；由于宇航员是在轨道上运行，而镜子与地球处于相对静止状态，所以宇航员与镜子之间有高达每秒近十公里的相对速度，他实际上是在闪电般掠过镜子表面，但从镜子上丝毫看不出这种运动。

这是宇宙中最平滑、最光洁的表面了。

在宇航员减速时，把推进器的喷口长时间对着镜子，苯化物推进剂形成的白雾向镜子飘去。以前在太空行走中，当这种白雾接触航天飞机或空间站的外壁时，会立刻在上面留下一片由霜构成的明显污痕，他由此断定，白雾也会在镜子上留下痕迹。由于相互间的高速运动，这痕迹将是长长的一道，就像他童年时常用肥皂在浴室的镜子上划出的一样。但航天飞机上的人没有看到任何痕迹，白雾接触镜面后就消失了，镜面仍是那样令人难以置信的光洁。

由于轨道的形状，航天飞机和这名宇航员能与镜子这样近距离接触的时间不多，这就使宇航员焦急地做了下一件事。看到白雾在镜面上消失，几乎是下意识地，他从工具袋中掏出一把空心扳手，向镜子掷过去。扳手刚出手，他和航天飞机上的人都惊呆了，他们这时才意识到扳手与镜面之间的相对速度，这速度使扳手具有一颗重磅炸弹的威力。他们恐惧地看着扳手翻滚着向镜面飞去，想象着在接触的一瞬间，蛛网状致密的裂纹从接触点放射状地在镜面平原上闪电般扩散，巨镜化为亿万块在阳光中闪烁的小碎片，在漆黑的太空中形成一片耀眼的银色云海……但扳手接触镜面后立刻消失了，没留下一丝痕迹，镜面仍光洁如初。

其实，很容易得知镜子不是实体，没有质量，否则它不可能以与地球相对静止的状态悬浮在北半球上空（按双方的大小比例，更准确的说法应该是地球悬浮在镜面的正中）。镜子不是实体，而是一种力场类的东西，刚才与其接触的白雾和扳手证明了这一点。

宇航员小心地开动推进器，喷口的微调装置频繁地动作，最后使他与镜面的距离缩短为半米。他与镜子中的自己面对面地对视着，再次惊叹映像的精确，那是现实的完美拷贝，给人的感觉甚至比现实更精细。他抬起一只手，伸向前去，与镜面中的手相距不到1厘米，几乎合到一起。耳机中一片寂静，指令长并没有制止他。他把手向前推去，手在镜面下消失了，他与镜中人的两只胳膊从手腕处连在一起，他的手在这接触过程中没有任何感觉。他把手抽回来，举在眼前仔细看，太空服手套完好无损，也没有任何痕迹。

宇航员和下面的航天飞机正在飘离镜面，他们只能不断地开动发动机和推进器，保持与镜面的近距离，但由于飞行轨道的形状，飘离越来越快，很快将使这种修正成为不可能。再次近距离接触只能等绕地球一周转回来，那时谁知道镜子还在不在？想到这里，他下定决心，启动推进器，径直向镜面冲去。

宇航员看到镜中自己的映像迎面扑来，最后，映像的太空服头盔上那个像大水银泡似的单向反射面罩充满了视野。在与镜面相撞的瞬间，他努力使自己没有闭上双眼。相撞时没有任何感觉，这一瞬间后，眼前的一切消失了，空间黑了下来，他看到了熟悉的银河星海。他猛地回头，在下面也是完全一样的银河景象，但有一样上面没有的东西：渐渐远去的他自己的映像。映像是从下向上看，只能看到他的鞋底，他和映像身上的两个推进器喷出的两条白雾平滑地连接在一起。

他已穿过了镜子，镜子的另一面仍然是镜子。

在他冲向镜子时，耳机中响着指令长的声音，但穿过镜面后，这声音像被一把利刃切断了，这是镜子挡住了电波。更可怕的是，镜子的这一面看不到地球，周围全是无际的星空，宇航员感到自己被隔离在另一个世界，心中一阵恐慌。他调转喷口，刹住车后，向回飞去。这一次，他不像来时那样使身体与镜面平行，而是与镜面垂直，头朝前像跳水那样向镜面飘去。在即将接触镜面前，他把速度降到了很低，与镜中的映像头顶头地连在一起，在他的头部穿过镜子后，他欣慰地看到了下方蓝色的地球，耳机中也响起了指令长熟悉的声音。

他把飘行的速度降到零。这时，他只有胸部以上的部分穿过了镜子，身体的其余部分仍在镜子的另一面。他调整推进器的喷口方向，开始后退，这使得仍在镜子另一面的喷口喷出的白雾溢到了镜子这一面，白雾从他周围的镜面冒出，他仿佛是在沉入一个白雾缭绕的平静湖面。当镜面升到鼻子的高度时，他又发现了一件令人吃惊的事：镜面穿过了太空服头盔的面罩，充满了他的脸和面罩间的这个月牙形的空间，他向下看，这个月牙形的镜面映着他那惊恐的瞳仁。镜面一定整个切穿了他的头颅，但什么也感觉不到。他把飘行速度减到最低，比钟表的秒针快不了多少，一毫米一毫米地移动，终于使镜面升到自己的瞳仁正中。这时，镜子从视野中完全消失了，周围的一切都恢复了原状：一边是蓝色的地球，另一边是灿烂的银河。但这个他熟悉的世界只存在了两三秒钟，飘行的速度不可能完全降到零，镜面很快移到了他双眼的上方，一边的地球消失了，只剩下另一边的银河。在眼睛的上方，是挡住地球的镜面，一望无际，伸向十几万公里的远方。由于角度极偏，镜面反射的星空图像在他眼中变了形，成了这镜面平原上的一片银色光晕。他将推进器反向，向相反的方向飘去，使镜面降到眼睛平视线以下。在镜面通过瞳仁的瞬间，镜子再次消失，地球和银河再次同时出现。这之后，银河消失了，地球出现了，镜子移到了眼睛的下方，镜面平原上的光晕变成了蓝色的。他就这样以极慢的速度来回飘移着，使瞳仁在镜面的两侧浮动，感到自己仿佛穿行于隔开两个世界的一张薄膜间。经过反复努力，他终于使镜面较长时间地停留在瞳仁的正中，镜子消失了。他睁大双眼，想从镜面所在的位置看到一条细细的直线，但什么也没看出来。

"这东西没有厚度！"他惊叫。

"也许它只有几个原子那么厚，你看不到而已。这也是它的到来没有被地球觉察的原因，如果它以边缘对着地球飞来，就不可能被发现。"航天飞机上的人看着传回的图像评论道。

但最让他们震惊的是：这面可能只有几个原子的厚度，但面积有上百个太平洋的镜子，竟绝对平坦，以至于镜面与视线平行时完全看不到它，这是古典几何学世界中的理想平面。

绝对的平坦可以解释绝对的光洁，这是一面理想的镜子。

在宇航员们心中，孤独感开始压倒震惊和恐惧，镜子使宇宙变得陌生了。他们仿佛是一群刚出生就被抛在旷野的婴儿，无力地面对着这不可思议的世界。

这时，镜子说话了。

音乐家

"我是一名音乐家，"镜子说，"我是一名音乐家。"

这是一个悦耳的男音，在地球的整个天空响起，所有的人都能听得到。一时间，地球上熟睡的人都被惊醒，醒着的人则都如塑像般呆住了。

镜子接着说："我看到了下面在举行一场音乐会，观众是能够代表这颗星球文明的人，你们想与我对话吗？"

元首们都看着秘书长，他一时茫然不知所措。

"我有事情要告诉你们。"镜子又说。

"你能听到我们说话吗？"秘书长试探着说。

镜子立即回答："当然能。如果愿意，我可以分辨出下面的世界里每个细菌发出的声音。我感知世界的方式与你们不同，我能同时观察每个原子的旋转，我的观察还包括时间维，可以同时看到事物的历史，而不像你们，只能看到时间的一个断面，我对一切明察秋毫。"

"那我们是如何听到你的声音的呢？"美国总统问。

"我在向你们的大气发射超弦波。"

"超弦波是什么？"

"是一种从原子核中解放出来的强互作用力，它振动着你们的大气，如同一只大手拍动着鼓膜，于是你们听到了我的声音。"

"你从哪里来？"秘书长问。

"我是一面在宇宙中流浪的镜子，我的起源地在时间和空间上都太遥远，谈它已无意义。"

"你是如何学会英语的？"秘书长问。

"我说过，我对一切明察秋毫。这里需要声明，我讲英语，是因为听到这个音乐会上的人们在交谈中大都用这种语言，这并不代表我认为下面的世界里某些种族比其他种族更优越。你们的世界没有通用语言，我只能这样。"

"我们有世界语，只是很少使用。"

"你们的世界语，与其说是为世界大同进行的努力，不如说是沙文主义的典型表现：凭什么世界语要以拉丁语系而不是这个世界的其他语系为基础？"

最后这句话在元首中引起了极大的震动，他们紧张地窃窃私语起来。

"你对地球文明的了解让我们震惊。"秘书长由衷地说。

"我对一切明察秋毫。再说，透彻地了解一粒灰尘并不困难。"

美国总统看着天空说："你是指地球吗？你确实比地球大很多，但从宇宙尺度来说，你的大小与地球是同一个数量级的，你也是一粒灰尘。"

"我连灰尘都不是，"镜子说，"很久很久以前，我曾是灰尘，但现在我只是一面镜子。"

"你是一个个体呢，还是一个群体？"中国主席问。

"这个问题无意义，文明在时空中走过足够长的路之后，个体和群体将同时消失。"

"镜子是你固有的形象呢，还是你许多形象中的一种？"英国首相问，秘书长把问题接下去："就是说，你是否故意对我们显示出这样一个形象呢？"

"这个问题也无意义，文明在时空中走过足够长的路之后，形式和内容将同时消失。"

"我们无法理解你对最后两个问题的回答。"美国总统说。

镜子没说话。

"你到太阳系来有什么目的吗？"秘书长问出了最关键的问题。

"我是一个音乐家，要在这里举行音乐会。"

"这很好！"秘书长点点头说，"人类是听众吗？"

"听众是整个宇宙，虽然最近的文明世界也要在百年后才能听到我的琴声。"

"琴声？琴在哪里？"克莱德曼在舞台上问。

这时，人们发现，占据了大部分天空的地球映像突然向东方滑去，速度很快。天空的这种变幻看上去很恐怖，给人一种天在塌下来的感觉，草坪上有几个人不由自主地捂住了脑袋。很快，地球映像的边缘已接触东方的地平线。几乎与此同时，一片强光突然出现，使所有人的眼睛一花，什么都看不清了。当他们的视力恢复后，看到太阳突然出现在刚才地球映像腾出来的天空中，灿烂的阳光瞬间洒满大地，周围的世界毫发毕现，天空在瞬间由漆黑变成明亮的蔚蓝。地球的映像仍然占据东半部天空，但上面的海洋已与蓝天融为一体，大陆像是天空中一片片褐色的云层。这突然的变化使所有的人目瞪口呆，过了好一阵儿，秘书长的一句话才使大家对这不可思议的现实多少有了一些把握。

"镜子倾斜了。"

是的，太空中的巨镜倾斜了一个角度，使太阳也进入了映像，把它的光芒反射到地球这黑夜的一侧。

"它转动的速度真快！"中国主席说。

秘书长点点头："是的，想想它的大小，以这样的速度转动，它的边缘可能已接近光速了！"

"任何实体物质都不可能经受这样的转动所产生的应力，它只是一个力场，这已被我们的宇航员证明了。作为力场，接近光速的运动是很正常的。"美国总统说。

这时，镜子说话了："这就是我的琴，我是一名恒星演奏家，我将弹奏太阳！"

这气势磅礴的话把所有的人镇住了，元首们呆呆地看着天空中太阳的映像，好一阵儿才有人敬畏地问怎样弹奏。

"各位一定知道，你们使用的乐器大多有一个音腔，它们是由薄壁所包围的空间区域，薄壁将声波来回反射，这样就将声波禁锢在音腔内，形成共振，发出动听的声音。对电磁波来说，恒星也是一个音腔，它虽没有有形的薄壁，但存在对电磁波的传输速度梯度，这种梯度将折射和反射电磁波，将其禁锢在恒星内部，产生电磁共振，奏出美妙的音乐。"

"那这种琴声听起来是什么样子呢？"克莱德曼向往地看着天空问。

"在九分钟前，我在太阳上试了试音，现在，琴声正以光速传来。当然，它是以电磁形式传播的，但我可以用超弦波在你们的大气中把它转换成声波，请听……"

长空中响起了几声空灵悠长的声音，很像钢琴的声音，仿佛有一种魔力，一时攫住了所有的人。

"从这声音中，您感到了什么？"秘书长问中国主席。

主席感慨地说："我感到整个宇宙变成了一座大宫殿，一座有二百亿光年高的宫殿，这声音在宫殿中缭绕不止。"

"听到这声音，您还否认上帝的存在吗？"美国总统问。

主席看了总统一眼说："这声音来自于现实世界，如果这个世界就能够产生出这样的声音，上帝就变得更无必要了。"

节　拍

"演奏马上就要开始了吗？"秘书长问。

"是的，我在等待节拍。"镜子回答。

"节拍？"

"节拍在四年前就已启动，它正以光速向这里传来。"

这时，天空发生了惊人的变化，地球和太阳的映像消失了，代之以一片明亮的银色波纹，这波纹跃动着，盖满了天空，地球仿佛沉于一个超级海洋中，天空就是从水下看到的阳光照耀下的海面。

镜子解释说："我现在正在阻挡来自外太空的巨大辐射，我没有完全反射这些辐射，你们看到有一小部分透了过去，这辐射来自一颗四年前爆发的超新星。"

"四年前？那就是人马座了。"有人说。

"是的，人马座比邻星。"

"可是据我所知，那颗恒星完全不具备成为超新星的条件。"中国主席说。

"我使它具备了。"镜子淡淡地说。

人们这时想起了镜子说过的话，他说为这场音乐会进行了四年多的准备，那指的就是这件事了，镜子选定太阳为乐器后立刻引爆了比邻星。从镜子刚才对太阳试音的情形看，它显然具有超空间的作用能力，这种能力使它能在一个天文单位的距离之外弹振太阳，但对四光年之遥的恒星，它是否仍具有这种能力还不得而知。镜子引爆比邻星可能通过两种途径：在太阳系通过超空间作用，或者通过空间跳跃在短时间内到达比邻星附近引爆它，再次跳跃回到太阳系。不管通过哪种方式，对人类来说这都是神的力量。但不管怎样，超新星爆发的光线仍然要经过四年时间才能到达太阳系。镜子说过演奏太阳的乐声是以电磁形式传向宇宙的，那么对于这个超级文明来说，光速就相当于人类的声速，光波就是他们的声波，那他们的光是什么呢？人类永远不得而知。

"对你操纵物质世界的能力，我们深感震惊。"美国总统敬畏地说。

"恒星是宇宙荒漠的石块，是我的世界中最多最普通的东西。我使用恒星，有时把它当作一件工具，有时是一件武器，有时是一件乐器……现在我把比邻星做成了节拍器，这与你们的祖先使用石块没什么本质的区别，都是用自己世界中最普通的东西来扩大和延伸自己的能力。"

然而，草坪上的人们看不出这两者有什么共同点，他们放弃与镜子在技术上进行沟通的尝试，人类离理解这些还差得很远，就像蚂蚁离理解国际空间站差得很远一样。

天空中的光波开始暗下来，渐渐地，人们觉得照着上面这个巨大海面的不是阳光，而是月光，超新星正在熄灭。

秘书长说："如果不是镜子挡住了超新星的能量，地球现在可能已经是一个没有生命的世界了。"

这时，天空中的波纹已经完全消失了，巨大的地球映像重现，仍占据着大部分夜空。

"镜子说的节拍在哪里？"克莱德曼问，这时他已从舞台上下来，与元首们站在一起。

"看东面！"有人喊了一声，人们发现东方的天空中出现了一条笔直的分界线，横贯整个天空。分界线两侧的天空是两个不同的景象：分界线西面仍是地球的映像，但它已被这条线切去了一部分；东面则是灿烂的星空，有很多人都看出来了，这是北半球应有的星空，不是南半球星空的映像。分界线在由东向西庄严地移动，星空部分渐渐扩大，地球的映像正在由东向西被抹去。

"镜子在飞走！"秘书长喊道，人们很快知道他是对的。镜子在离开地球上空，它的边缘很快消失在西方地平线下，人们又站在了他们见过无数次的正常星空下。这以后人们再也没有见到镜子，它也许飞到它的琴——太阳附近了。

草坪上的人们带着一丝欣慰看着周围熟悉的世界，星空依旧，城市的灯火依旧，甚至草坪上嫩芽的芳香仍飘散在空气中。

节拍出现。

白昼在瞬间降临，蓝天突现，灿烂的阳光洒满大地，周围的一切都明亮凸现出来；但这白昼只持续了一秒钟就熄灭了，刚才的夜又恢复了，星空和城市的灯火再次浮现；这夜也只持续了一秒钟，白昼再次出现，一秒钟后又是夜；白昼、夜、白昼、夜、白昼、夜……以与脉搏相当的频率交替出现，仿佛世界是两片不断切换的幻灯片映出的图像。

这是白昼与黑夜构成的节拍。

人们抬头仰望，立刻看到了那颗闪动的太阳。它没有大小，只是太空中一个刺目的光点。"脉冲星。"中国主席说。

那是超新星的残骸，一颗旋转的中子星。中子星那致密的表面有一个裸露的热斑，随着星体的旋转，中子星成为一座宇宙灯塔，热斑射出的光柱旋转着扫过广漠的太空。当这光柱扫过太阳系时，地球的白昼就短暂地出现了。

秘书长说："我记得脉冲星的频率比这快得多，它好像也不发出可见光。"

美国总统用手半遮着眼睛，艰难地适应着这疯狂的节拍世界："频率快是因为中子星聚集了原恒星的角动量，镜子可以通过某种途径把这些角动量消耗掉；至于可见光嘛……你们真认为镜子还有什么做不到的事？"

"但有一点，"中国主席说，"没有理由认为宇宙中所有生物的生命节奏都与人类一样。它们的音乐节拍的频率肯定各不相同，比如镜子，它的正常节拍频率可能比我们最快的电脑主频都快……"

"是的，"总统点点头，"也没有理由认为它们的可视电磁波段都与我们的可见光相同。"

"你们是说，镜子是以人类的感觉为基准来演奏音乐的？"秘书长吃惊地问。

中国主席摇摇头说："我不知道，但肯定要有一个基准的。"

脉冲星强劲的光柱庄严地扫过冷寂的太空，像一根长达四十万亿公里、还在以光速不断延长的指挥棒。这一端，太阳在镜子无形手指的弹拨下发出浑厚的、以光速向宇宙传播的电磁乐音，太阳音乐会开始了。

太阳音乐

一阵沙沙声，像是电磁干扰，又像是无规则的海浪冲刷沙滩的声音。从这声音中，有时能听出一丝荒凉和广漠，但更多的是混沌和无序。这声音一直持续了十多分钟，毫无变化。

"我说过，我们无法理解它们的音乐。"俄罗斯总统打破沉默说。

"听！"克莱德曼用一根手指指着天空说，其他人过了好一会儿才听出了他那经过训练的耳朵听到的旋律，那是结构最简单的旋律，只由两个音符组成，好像是钟表的一声嘀嗒。这两个音符不断出现，但有很长的间隔。后来，又出现了另一个双音符小节，然后出现了第三个、第四个……这些双音符小节在混沌的背景上不断浮现，像暗夜中的一群萤火虫。

一种新的旋律出现了，它有四个音符。人们都把目光转向克莱德曼，他在仔细倾听，好像感觉到了些什么。这时，四音符小节的数量也增加了。

"这样吧，"他对元首们说，"我们每个人记住一个双音符小节。"于是大家注意听着，每人努力记住一个双音符小节，然后凝神等着它再次出现，以巩固自己的记忆。过了一会儿，克莱德曼又说："好啦，现在注意听一个四音符小节，得快些，不然乐曲越来越复杂，我们就什么也听不出来了……好，就这个，有人听出什么来了吗？"

"它的前一半是我记住的那一对音符！"巴西元首高声说。

"后一半是我记住的那一对！"加拿大元首说。

人们接着发现，每个四音符小节都是由前面两个双音符小节组成的，随着四音符小节数量的增多，双音符小节的数量却在减少，似乎前者在消耗后者。再后来，八音符小节出现了，结构与前面一样，是由已有的两个四音符小节合并而成的。

"你们都听出了什么？"秘书长问周围的元首们。

"在闪电和火山熔岩照耀下的原始海洋中，一些小分子正在聚合成大分子……当然，这只是我完全个人化的想象。"中国主席说。

"想象请不要拘泥于地球，"美国总统说，"这种分子的聚集也许是发生在一片映射着恒星光芒的星云中。也许正在聚集组合的不是分子，而是恒星内部的一些核能旋涡……"

这时，一个多音符旋律以高音凸现出来，它反复出现，仿佛是这昏暗的混沌世界中一道明亮的小电弧。"这好像是在描述一个质变。"中国主席说。

一种新乐器的声音出现了，这连续的弦音很像小提琴发出的。它用另一种柔美的方式重复着那个凸现的旋律，仿佛是后者的影子。

"这似乎在表现某种复制。"俄罗斯总统说。

连续的旋律出现了，是那种类似小提琴的乐音。它平滑地变幻着，好像是追踪着某种曲线运动的目光。英国首相对中国主席说："如果按照您刚才的思路，现在已经有某种东西在海中游动了。"

不知不觉中，背景音乐开始变化了。这时人们几乎忘记了它的存在，它从海浪声变幻为起伏的沙沙声，仿佛暴雨击打着裸露的岩石；接着又变了，变成一种与风声类似的空旷的声音。美国总统说："海中的游动者在进入新环境，也许是陆上，也许是空中。"

所有的乐器突然齐奏，形成了一声恐怖的巨响，好像是什么巨大的实体轰然坍塌。然后，一切戛然而止，只剩下开始那种海浪似的背景声在荒凉地响着。然后，那简单的双音节旋律又出现了，又开始了缓慢而艰难的组合，一切重新开始……

"我敢肯定，这描述了一场大灭绝，现在我们听到的是灭绝后的复苏。"

又经过漫长而艰难的过程，海中的游动者又开始进入世界的其他部分。旋律渐渐变得复杂而宏大，人们的理解也不再统一。有人想到一条大河奔流而下，有人想到广阔的平原上一支浩荡队伍在跋涉，有人想到漆黑的太空中向黑洞涡旋而下的滚滚星云……但大家都同意，这是在表现一个宏伟的进程，也许是生命的进化。这一乐章很长，不知不觉一个小时过去了，音乐的主题终于发生了变化。旋律渐渐分化成两个，这两个旋律在对抗和搏斗，时而疯狂地碰撞，时而扭缠在一起……

"典型的贝多芬风格。"克莱德曼评论说，这之前很长时间人们都沉浸在宏伟的音乐中，没有说话。

秘书长说："好像是一支在海上与巨浪搏斗的船队。"

美国总统摇了摇头："不，不是的。您应该能听出这两种力量没有本质的不同，我想是在表现一场蔓延到整个世界的战争。"

"我说，"一直沉默的日本首相插进来说，"你们真的认为自己能够理解外星文明的艺术？也许你们对这音乐的理解，只是牛对琴的理解。"

克莱德曼说："我相信我们的理解基本上正确。宇宙间通用的语言，除了数学，可能就是音乐了。"

秘书长说："要证实这一点也许并不难：我们能否预言下一乐章的主题或风格？"

经过短暂的思考，中国主席说："我想下面可能将表现某种崇拜，旋律将具有森严的建筑美。"

"您是说像巴赫？"

"是的。"

果然如此。在接下来的乐章中，听众们仿佛走进了一座高大庄严的教堂，听着自己的脚步在这宏伟的建筑内部发出空旷的回声，对某种看不见但无所不在的力量的恐惧和敬畏压倒了他们。

再往后，已经演化得相当复杂的旋律突然又变得简单了，背景音乐第一次消失了，在无边的寂静中，一串清脆短促的打击声出现了，一声、两声、三声、四声……然后，一声、四声、九声、十六声……一条条越来越复杂的数列穿梭而过。

有人问："这是在描述数学和抽象思维的出现吗？"

接下来，音乐变得更奇怪了，出现了由小提琴奏出的许多独立的小节，每小节由三到四个音符组成，各小节中，音符都相同，但其音程的长短出现各种组合；还出现一种连续的滑音，它渐渐升高，然后降低，最后回到起始的音高。人们凝神听了很长时间，希腊元首说："这，好像是在描述基本的几何形状。"人们立刻找到了感觉，他们仿佛看到在纯净的空间中，一群三角形和四边形匀速地飘过。至于那种滑音，让人们看到了圆、椭圆和完美的正圆……渐渐地，旋律开始出现变化，表现直线的单一音符都变成了滑音。但根据刚才乐曲留下的印象，人们仍能感觉到那些飘浮在抽象空间中的几何形状，但这些形状都扭曲了，仿佛浮在水面上……

"时空的秘密被发现了。"有人说。

下一个乐章是以一个不变的节奏开始的，它的频率与脉冲星打出的由昼与夜构成的节拍相同，好像音乐已经停止了，只剩下节拍在空响。但很快，另一个不变的节奏也加入进来，频率比前一个稍快。之后，不同频率的不变的节奏在不断地加入，最后出现了一个气势磅礴大合奏，但在时间轴上，乐曲是恒定不变的，像一堵平坦的声音高墙。

对这一乐章，人们的理解惊人的一致："一部大机器在运行。"

后来，出现了一个纤细的新旋律，如银铃般清脆地响着，如梦幻般变幻不定，与背后那堵呆板的声音之墙形成鲜明对比，仿佛是飞翔在那部大机器里的一个银色小精灵。这个旋律仿佛是一滴小小的但强有力的催化剂，在钢铁世界中引发了奇妙的反应：那些不变的节奏开始波动变幻，大机器的粗轴和巨轮渐渐变得如橡皮泥般柔软，最后，整个合奏变得如那个精灵旋律一样轻盈而有灵气。

人们议论纷纷："大机器具有智能了！""我觉得，机器正在与它的创造者相互接近。"

太阳音乐在继续，已经进行到一个新的乐章了。这是结构最复杂的一个乐章，也是最难理解的一个乐章。它首先用类似钢琴的声音奏出一个悠远空灵的旋律，然后以越来越复杂的合奏不断地重复演绎这个主题，每次重复演绎都使得这个主题在上次的基础上变得更加宏大。

这种重复进行了几次后，中国主席说："以我的理解，是不是这样的：一个思想者站在一个海岛上，用他深邃的头脑思索着宇宙；镜头向上升，思想者在镜头的视野中渐渐变小，当镜头从空中把整个海岛都纳入视野后，思想者像一粒灰尘般消失了；镜头继续上升，海岛在渐渐变小，镜头升出了大气层，在太空中把整个行星纳入视野，海岛像一粒灰尘般消失了；太空中的镜头继续远离这颗行星，把整个行星系纳入视野，这时，只能看到行星系的恒星，它在漆黑的太空中看去只有台球般大小，孤独地发着光，而那颗有海洋的行星，也像一粒灰尘般消失了……"

美国总统聆听着音乐，接着说："……镜头以超光速远离，我们发现，在我们的尺度上空旷而广漠的宇宙，在更大的尺度上却是一团由恒星组成的灿烂的尘埃，当整个银河系进入视野后，那颗带着行星的恒星像一粒灰尘般消失了；镜头接着跳过无法想象的距离，把一个星系团纳入视野，眼前仍是一片灿烂的尘埃，但尘埃的颗粒已不再是恒星，而是恒星系了……"

秘书长接着说："……这时银河系像一粒灰尘般消失了，但终点在哪儿呢？"

人们重新把全身心沉浸在音乐中，乐曲正在达到它的顶峰：在音乐家强有力的思想推动下，那个拍摄宇宙的镜头被推到了已知的时空之外，整个宇宙都被纳入视野，那个包含着银河系的星系团也像一粒灰尘般消失了。人们凝神等待着终极的到来，宏伟的合奏突然消失了，只有开始那种类似钢琴的声音在孤独地响着，空灵而悠远。

"又返回到海岛上的思想者了吗？"有人问。

克莱德曼倾听着，摇了摇头："不，现在的旋律与那时完全不同。"

这时，全宇宙的合奏再次出现，不久停了下来，又让位于钢琴独奏。这两个旋律就这样交替出现，持续了很长时间。

克莱德曼凝神听着，突然恍然大悟："钢琴是在倒着演奏合奏的旋律！"

美国总统点点头："或者说，它是合奏的镜像。哦，宇宙的镜像，这就是镜子了。"

音乐显然已近尾声，全宇宙合奏与钢琴独奏同时进行，钢琴精确地倒奏着合奏的每一处，它的形象凸现在合奏的背景上，但两者又是那么和谐。

中国主席说："这使我想起了一个现代建筑流派，叫'光亮派'：为了避免新建筑对周围传统环境的影响，就把建筑的表面全部做成镜面，使它通过反射环境来与周围达到和谐，同时也以这种方式表现了自己。"

"是的，当文明达到了一定的程度，它可能也会通过反射宇宙来表现自己的存在。"秘书长若有所思地说。

钢琴突然由反奏变为正奏，这样，它立刻与宇宙合奏融为一体，太阳音乐结束了。

欢乐颂

镜子说："一场完美的音乐会，谢谢欣赏它的所有人类。好，我走了。"

"请等一下！"克莱德曼高喊一声，"我们有一个最后的要求：你能否用太阳弹奏一首人类的音乐？"

"可以，哪一首呢？"

元首们互相看了看，"弹贝多芬的《命运》吧。"德国总理说。

"不，不应该是《命运》，"美国总统摇摇头说，"现在已经证明，人类不可能扼住命运的喉咙，人类的价值在于：我们明知命运不可抗拒，死亡必定是最后的胜利者，却仍能在有限的时间里专心致志地创造着美丽的生活。"

"那就唱《欢乐颂》吧。"中国主席说。

镜子说："你们唱吧，我可以通过太阳把歌声向宇宙传播出去。我保证，音色会很好的。"

这二百多人唱起了《欢乐颂》，歌声通过镜子传给了太阳，太阳再次振动起来，把歌声用强大的电磁脉冲传向太空的各个方向。

……

> 欢乐啊，美丽神奇的火花，
> 来自极乐世界的女儿。
> 天国之女啊，我们如醉如狂，
> 踏进了你神圣的殿堂。

被时尚无情分开的一切，

你的魔力又把它们重新连结。

……

五小时后，歌声将飞出太阳系；四年后，歌声将到达人马座；十万年后，歌声将传遍银河系；二十多万年后，歌声将到达最近的恒星系大麦哲伦星云；六百万年后，歌声将传遍本星系团的四十多个恒星系；一亿年之后，歌声将传遍本超星系团的五十多个星系群；一百五十亿年后，歌声将传遍目前已知的宇宙，并向继续膨胀的宇宙传出去，如果那时宇宙还膨胀的话。

……

在永恒的大自然里，

欢乐是强劲的发条，

在宏大的宇宙之钟里，

是欢乐，在推动着指针旋跳。

它催含苞的鲜花怒放，

它使艳阳普照穹苍。

甚至望远镜都看不到的地方，

它也在使天体转动不息。

……

歌唱结束后，音乐会的草坪上所有人都陷入长时间的沉默，元首们都在沉思着。

"也许，事情还没到完全失去希望的地步，我们应该尽自己的努力。"中国主席首先说。

美国总统点点头："是的，世界需要联合国。"

"与未来所避免的灾难相比，我们各自所需做出的让步和牺牲是微不足道的。"俄罗斯总统说。

"我们所面临的，毕竟只是宇宙中一粒沙子上的事，应该好办。"英国首相仰望着星空说。

各国元首纷纷表示赞同。

"那么，各位是否同意延长本届联大呢？"秘书长满怀希望地问道。

"这当然需要我们同各自的政府进行联系，但我想问题应该不大。"美国总统微笑着说。

"各位，今天真是一个值得纪念的日子！"秘书长无法掩饰自己的喜悦，"现在，让我们继续听音乐吧！"

《欢乐颂》又响了起来。

镜子以光速飞离太阳，它知道自己再也不会回来。在那十几亿年的音乐家生涯中，它从未重复演奏过一颗恒星，就像人类的牧羊人从不重掷同一块石子。飞行中，它听着《欢乐颂》的余音，那永恒平静的镜面上出现了一圈难以觉察的涟漪。

"嗯，是首好歌。"

在这美丽大地上，普世众生共欢乐

——《欢乐颂》赏析

汤哲声　张懿红

有着悠久历史的人类发展至今来之不易，人类应该团结成兄弟，映衬着贝多芬的《欢乐颂》，小说传递着人类的正能量。小说有着精彩的空间艺术描述，显示了"刘慈欣式"的小说风格。小说还是属于"科学春天"思维，是刘慈欣小说创作道路上的一个前行路标。

啊！朋友，何必老调重弹！
还是让我们的歌声
汇合成欢乐的合唱吧！
欢乐女神圣洁美丽
灿烂光芒照大地！
我们怀着火样热情
来到你的圣殿里！
你的威力能把人类
重新团结在一起
在你光辉照耀之下
人类团结成兄弟。

这是贝多芬谱曲的《欢乐颂》中的歌词，为席勒所作。这段歌词显然启发了刘慈欣《欢乐颂》的创作。联合国，尽管矛盾重重、勾心斗角，但它毕竟是人类团结的象征。然而，就是这么一个象征人类团结的组织也要解体了。想想看，没有了联合国的人类将是一个怎样的环境，它将失去规则的束缚而各自为政，它将为了各自的利益更加肆无忌惮，它将是无尽的争斗、战争、杀戮，国家不是国家，人类不是人类，地球不是地球。就在联合国解体的"葬礼"上，"镜子"出现了，它用倒映其上的影像和那匪夷所思的音乐会让人类看到了自己所居住的这颗星球的美丽，看到了人类数亿年的演变过程，看到了人类智慧的物质文明，看到了没有人类的团结，地球将出现什么样的可怕场面。这面在"宇宙中流浪"不知何时起源的"镜子"就是上帝，"可以分辨出下面的世界里每个细菌发出的声音""可以同时看到事物的历史""对一切明察秋毫"。在"镜子"的光辉照耀下，人类保持了联合国，共同唱起了《欢乐颂》，再一次地"团结成兄弟"。小说充满了正能量，这个正能量充盈着地球，洋溢在人间，弥散于宇宙。

这是我们阅读这部小说的第一感觉。可是，当我们再三阅读这部小说之后，忽然有一种异样的感觉涌上心头。在广袤的宇宙中，地球就是一粒灰尘，银河系也是一粒灰尘，人类连一粒灰尘都算不上。连灰尘都算不上的人类却还要为了各自的利益争得你死我活，意义何在？瞬间觉得人特别渺小，特别荒唐，特别可笑。思及于此，整个身心特别地空灵，有了一种宗教的顿悟和启迪。

科幻小说需要传达科学精神。《欢乐颂》传达的科学精神不在生活层面，而在生存理念，并以此显示出作品内涵的厚度。

这部小说充分显示了科幻小说的空间艺术。小说中对话的一方是地球上的人类，另一方是宇宙中的"镜子"，空间在人类与"镜子"之间就构成了距离；"镜子"是一个巨大的宇宙存在，地球与之相比，就犹如围棋棋盘中的一粒棋子，"镜子"观察着人类，洞察着人类的过去、现在与未来，感知着人类的呼吸和思想，渺小与巨大、狭隘与博达、浅薄与宏远也就在其中生成。为了说明这样的空间想象的合理性，作者专门设计了一节，让正在空间飞行的宇航员进行了近距离的观察和触摸，在大气层的环绕和气频的波段阐释中为这样的空间设计寻找出科学的因子。合理的存在决定了想象的合理，"镜子"能够在宇宙中倾斜、倒置和快速地旋转，能够引爆人马座比邻星，能够阻挡宇宙辐射，能够弹奏太阳，那是因为大气层环绕着地球，它就有变化的可能；既然大气层阻挡着辐射，它也可以制造辐射；既然音乐是由气频构成，将太阳的辐射制造成音乐又何尝不可呢？空间的构成、故事的展开，以及伴随着情节展开的神奇的想象都有着似乎合理的解释。科幻而非玄幻，关键在于想象的科学根据，刘慈欣写得精彩而巧妙。不过，当我们为作者这样的空间想象啧啧称奇的时候，应该看到这并不是作者的发明，世界科幻小说的发展已经达到了这样的境界，特别是那些描写宇宙与人类交流对话，被称作"太空歌剧"的科幻作品，几乎都是根据这样的思路进行构思创作的。

值得我们赏析的是作者刘慈欣的贡献。这个贡献就是"镜子"的设置，它给人类带来了映照和反省。先说映照，地球在镜面上旋转，就好像两个同样的星球在旋转，在南半球的人可以看到北半球的景色，在北半球的人可以看到南半球的景色，当地球向镜子靠近时，好像同样的两个星球即将发生碰撞；当地球远离镜子时，又好像两个同样的星球在彼此疏远，这就是小说第一部分带给我们的神奇。再说反省。映照只是物理的神奇，反省才是心灵的启发。刘慈欣赋予了这面"镜子"超人类的思维。"镜子"不仅可以与人类对话和沟通，还通晓过去，掌握现在，预知未来。它通过音乐的演奏，让人类回顾了地球文明的发展史，提醒人类对现有文明的珍惜。从这个意义上说，超思维的"镜子"设置为这部小说的空间建立了第三维：人类在映照中自我反省。在这空间第三维中，人类不再是与"镜子"的对话，而是自己与自己的对话。人类与"镜子"构成了有形的空间，人类自我反省构成了无形的空间。有形的空间演绎的是奇幻，无形的空间传达的是力度，既有眼前的幻境，又有深远的意境，科幻小说的空间艺术的魅力被刘慈欣表现得十分充分。

如果以作者后来的作品《三体》作为坐标系，这部写于2001年的小说可以看作是刘慈欣创作发展中的作品，展示了刘慈欣小说的个性。不同于王晋康将科学和科技看成自然发展规律，对其极为维护和尊重，人类之所以造成科学或科技的灾难，来自于人类对科学科技的僭越和无知的破坏。也不同于韩松利用科学和科技因素写人性和人格。韩松很少写科学要素，更多地写科学或科技环境中人的生存危机。刘慈欣喜欢将科学和科技看成一个实体存在，并以此建立一个空间艺术与人类交流和沟通。既然可以与人类进行交流，刘慈欣笔下的科学或科技的实体就具有人类的思考和社会的结构。这样的空间设计在他后来的小说《三体》中被发挥到极致，而在他这部小说中已初见端倪。小说中那面能够与人类交流的"镜子"就是一个超智慧的实体存在。2008 年，刘慈欣曾对 20 世纪 80 年代的小说做出这样的评价，认为那时的科幻小说是一种"科学春天说"："那时的科幻小说中，外星人都以慈眉善目的形象出现，以天父般的仁慈和宽容，指引着人类这群迷途的羔羊。"[①] 他这部写于 2001 年的小说也应该属于"科学春天说"系列。小说中的"镜子"如天父般悬于半空之中为人类指点迷津，而地球上的人类则怀着崇敬的心情仰望天空。刘慈欣后来的小说《三体》中的"三体文明"虽然高于地球文明，却充满了邪恶。如果将《三体》与这部小说结合在一起看，将会清楚地看到刘慈欣小说的发展轨迹。

作者有着较强的艺术感悟力。小说的好看来自冲突，冲突的产生来自于矛盾的设计，矛盾的设计来自于不同实体的认知差距。这部小说中除了"镜子"和地球的认知差距外，地球上的不同国家也有着不同的认知差距。地球上不同国家的认知差距的不容调和造成了联合国即将解体。那么谁的认知程度更为合理呢？作者写得很有文学技巧性，专门设置了国家感悟能力的不同表现。小说中的"镜子"与人类之间是一种救世主式的点化和受难者式的感悟之间的关系。"镜子"所要点化的内容并没有让"镜子"直接呈现，而是让人类自我感悟。"镜子"与人类之间能够沟通，并能够产生作用，最重要的是人类要有感悟力，否则人类将是愚不可及了。那么，在这些国家中谁认知感悟性最高呢？中国和美国。是中国国家主席最早发现了天体的变化，是中国

---

① 刘慈欣. 三体 [M]. 重庆：重庆出版社，2008：300.

国家主席最快最准确地从音乐里感悟到其中的内涵，是中国国家主席确定共同唱《欢乐颂》，也是中国国家主席最早认可了联合国还可以存在。这些描述之中，作者的拳拳之心可见。

《欢乐颂》是刘慈欣"大艺术系列"三部曲中的一部，另外两部分别是冰雪造型篇《梦之海》和诗词篇《诗云》。《欢乐颂》是音乐篇。科幻最具代表性的特点，无疑是建构了一个异于现实的世界。这可以是另一个星球甚至另一个宇宙，也可以是迥然不同于现在的未来世界，但它必须揭示这种变化，而读者也正是通过解读／建构这些变化的信号而体验科幻文学令人着迷的艺术魅力。刘慈欣发表于 21 世纪初的"大艺术系列"无意构想一个完整的未来世界或宇宙全景，而是设想宇宙中有某种超越人类科技局限的智慧存在，如果它以艺术家的身份横空出世，其超能力则体现为艺术创造。"大艺术系列"三部曲中，刘慈欣卸下历史反思与社会批判的负荷，回归天真而任性的顽童世界，充分展示了烟花节似的璀璨夺目、层出不穷、变幻莫测的想象力。可以说，"大艺术系列"是刘慈欣最纯粹／最邪性／最放浪／最好玩的科幻想象，堪称他所有科幻创作中最具艺术体操般极致美感的作品。这套想象力的"体操"围绕一个主题展开，那就是构想某种超级文明创造的大艺术。这些把海洋变成地球冰环的低温艺术家、毁灭太阳系以量子存储器存储所有诗词的诗神"李白"、以整个宇宙为听众以恒星为乐器的音乐家，他们作为智慧生命所拥有的超级文明堪称神乎其技：纯能化、随意操纵力场、毁灭星球，在宇宙中光速飞行，任意跃迁……小说只需要全架空地设定某种超级文明超级技术的存在，剩下的就是以艺术想象为催化剂而生成情节，架构文本。于是，我们得到的"大艺术系列"科幻小说是这样的：没有精心构筑的科学理性或常识／伦理道德的逻辑，主角是凭空而来、横空出世的宇宙艺术家，他们都是任性妄为的艺术至上者、疯狂艺术家，他们在宇宙尺度上表演艺术，其艺术的特点是：宏大、毁灭、非理性、高科技，但悖论的是他们的艺术依然遵循人类的艺术法则，因此能够被人类理解并欣赏——即便作为大艺术的受害者，人类也折服于那技术与艺术合一的终极艺术。

刘慈欣说：科幻要让人们在尘世的纷扰中，能静心片刻以仰视星空。[①]
仰视星空的关键是要静心片刻，在静心中反省自己，国家与国家之间需要静
心反省，人与人之间也许更为需要。小说《欢乐颂》在众人颂唱中结束，本
文引用交响乐《欢乐颂》歌词开头，也用交响乐《欢乐颂》歌词结尾：

> 欢乐，圣洁之光
>
> 你是极乐世界的女儿
>
> 天国之路，我们如醉如狂
>
> 圣者将归于天堂
>
> 你那魔力之翼消除
>
> 曾有过的所有分歧
>
> 世间众人皆兄弟

（汤哲声：文学博士，苏州大学教授、博士生导师；
张懿红：文学博士，博士后，兰州城市学院教授）

---

① 王晋康. 67年回眸 [M] // 王卫英. 中国科幻的思想者——王晋康科幻创作研究文集.
北京：科学普及出版社，2016：418.

太原诅咒

刘慈欣

诅咒 1.0 诞生于 2009 年 12 月 8 日。

这是金融危机爆发后的第二年，人们本来以为危机已快要结束了，没想到只是开始，所以整个社会陷入焦躁之中，每个人都需要发泄，并积极创造发泄的方式，诅咒的诞生也许与这种氛围有关。诅咒的作者是一个女孩儿，18 岁至 28 岁之间，关于她的信息，后来的 IT 考古学家能知道的就这么多。诅咒的对象是一个男孩儿，20 岁，他的情况却被记载得很清楚，他叫撒碧，在太原工业大学上大四。他和那女孩儿之间发生的事儿没什么特别的，就是少男少女之间每天都在发生的那些个事儿，后来有上千个版本，这里面可能有一个版本是真实的，但人们不知道是哪一个。反正他们之间的事情都结束后，那女孩儿对那男孩儿是恨透了，于是编写了诅咒 1.0。

女孩儿是个编程高手，真不知道她是怎样学来这本事的。在这个 IT 从业者人数急剧膨胀的年代，真正精通系统底层编程的人却并未增加，因为能用的工具太多了，也太方便了，没必要像苦力似的一行行编代码，大部分都可以用工具直接生成。即使像女孩儿要做的编写病毒这样的活计也是一样，有众多功能强大的黑客工具可用。所谓编写病毒，不过是把几个现成模块组装起来，或更简单，对单个模块修改一下即可。在诅咒之前，大规模流行的最后一个病毒"熊猫烧香"就是这么弄出来的。但这个女孩儿却是从头做起，没有借助任何工具，自己一行一行地写代码，像勤劳的农家女用原始织布机把棉线一根一根织成布。想象她伏在电脑前咬牙切齿敲键盘的样子，我们不由地想起海涅的《西里西亚的纺织工人》中的两句诗：老德意志，我们在织你的尸布，我们织！我们织！

诅咒 1.0 是历史上在传播方面最成功的计算机病毒，它成功的主要原因在两个方面。首先，诅咒不对感染者进行任何破坏（其实其他的病毒大部分也没有破坏企图，所造成的破坏是由于其低劣的传播或表现为技术所致，而诅咒在避免传播中的副作用方面做得很完善）；它的表现也很克制，在大部分被感染的电脑上都没有任何表现，只有当系统条件组合符合某一条件时（大约占总感染数的十分之一），才进行表现，且每台电脑只表现一次。具体的表现方式为：在被感染的电脑上弹出一个显示：

撒碧去死吧！！！！！！！！！

如果点击这个显示，就会出现关于撒碧更进一步的信息，告诉你这个被诅咒者住在中国山西省太原市太原工业大学 ×× 系 ×× 专业 ×× 班 ×× 宿舍楼 ×× 寝室。如果不点击，这个显示将在三秒钟内消失，且永不在这台电脑上重新出现，因为被记忆的有硬件信息，所以即使重装系统后也一样。

诅咒 1.0 成功传播的第二个原因在于系统拟态技术，这倒不是女孩儿的发明，但这项技术被她熟练地用到了极致。系统拟态，就是把病毒代码的很多部分做成与系统代码相同，且采用与系统进程类似的行为方式。杀毒软件在杀灭该病毒时，极有可能把系统也破坏掉，最后不得不投鼠忌器。其实，瑞星、NORTON 等都曾盯上过诅咒 1.0，但发现惹上越来越多的麻烦，甚至发生过比 NORTON 在 2007 年误删 Windows XP 系统文件更恶劣的后果，加上诅咒 1.0 在传播中没出现任何破坏行为，且所占系统资源也微不足道，就先后把它从病毒特征库中删掉了。

诅咒诞生之日，正是写科幻的刘慈欣第 264 次因公来太原之时。尽管这是他最讨厌的一座城市，但每次来时还都要逛街。通常都是到柳巷的一个小店去为他那老掉牙的 ZIPPO 打火机买一瓶专用汽油，这是目前极少数不能从 Taobao 或 Ebay 邮购的东西。前两天刚下过雪，像每次下雪一样，这时的雪地被压成了黑乎乎的冰，他摔了一跤，屁股的疼让他忘了在进火车站时把那一小瓶汽油从旅行包中拿出来装到衣袋中，结果过安检时被查了出来，没收后又罚款200元。

他更讨厌这座城市了。

诅咒1.0流传下去，五年，十年，它仍然在日益扩展的网络世界静悄悄地繁衍生息。

这期间，金融危机过去了，繁荣再次到来。随着石油资源的渐渐枯竭，煤炭在世界能源中的比重迅速增加，地下的黑金为山西带来滚滚财源，使其成为亚洲的阿拉伯，省会太原自然也就成了新的迪拜。这是一座具有煤老板性格的城市，过去穷怕了，即使在21世纪初仍处于贫寒的日子里，也是下面穿露屁股的破裤子，上身着名牌西装，在下岗工人成天堵大街的情况下建起了国内最豪华的歌厅和洗浴中心。现在它成了真正的暴发户，更是在歇斯底里的狂笑中穷奢极侈。迎泽大街两旁的超高建筑群令上海浦东相形见绌，而这条除长安街外全国最宽直的大街成了终日难见阳光的深谷。有钱的和没钱的人怀着梦想和欲望拥入这座城市，立刻忘记了自己是谁和想要什么，只是跌入繁华喧闹的旋涡中旋转着，一年转三百六十五圈。

这天，第397次来太原的刘慈欣又到柳巷去买汽油，忽见街上有一位飘逸帅哥，他的长发中那一缕雪白格外引人注目，他就是先写科幻后写奇幻再后来科、奇都写的潘大角。被太原的繁荣所吸引，大角抛弃上海，移居太原。大刘和大角当初分别处于科幻的硬软两头儿，此时相见不亦乐乎。在一家头脑店（头脑是本地的一种传统美食）酒酣耳热之时，刘慈欣眉飞色舞地说出了自己下一步的宏伟创作计划：计划写一部十卷300万字的科幻史诗，描写200个文明的2000次毁灭和多次因真空衰变而发生的宇宙格式化，最后以整个已知宇宙漏入一个抽水马桶般的超级黑洞结束。大角很受感染，认为两人有合作的可能：同一个史诗构思，刘慈欣写硬得不能再硬的科幻版，面向男读者；大角写软得不能再软的奇幻版，面向MM们。大刘、大角一拍即合，立刻抛弃一切俗务，投身创作。

在诅咒1.0十岁生日时，它的末日也快到了。VISTA以后，微软实在难以找到对操作系统频繁升级的理由，这多少延长了诅咒1.0的寿命。但操作系统就像暴发户的老婆，升级总是不可避免的，诅咒 1.0 代码的兼容性越来越差，很快就将沉入网络海洋的底部，成为死亡的沙子销声匿迹。但正在这时，诞生了一门新的学科：IT 考古学。按说网络世界的历史还不到半个世纪，没什么古可考，但仍然有很多怀旧者热衷此道。IT 考古主要是发掘那些仍活在网络世界某些犄角旮旯的东西，比如十年来都没有点击过但仍能点开的网页、二十年没有人光顾但仍能注册发帖的 BBS 等，这些虚拟古董中，来自"远古"的病毒是 IT 考古学家们最热衷寻找的，如果能找到一个十多年前诞生的仍在网上活着的病毒，就有在天池中发现恐龙一般的感觉。

诅咒 1.0 被发现了，发现者把病毒的全部代码升级到新的操作系统下，这样就能保证它再存活十年。这人并没有张扬，也许这是为了他（她）所珍爱的这件古董更顺利地存活下去。这就是诅咒 2.0。人们把十年前诅咒 1.0 的创造者叫"诅咒始祖"，把这个 IT 考古学家叫"诅咒升级者"。

诅咒 2.0 在网上出现的那一刻，在太原火车站附近的一个垃圾桶旁，大刘和大角正在争抢刚从桶中翻找到的半袋方便面。他们卧薪尝胆五六年，各自写出两部 300 万字的十卷本科幻和奇幻史诗，书名分别为《三千体》和《九万洲》。两人对这两部巨作充满信心，但找不到出版者，于是一起变卖了包括房子在内的全部家产并预支了所有退休金自费出版，最后，《三千体》和《九万洲》的销量是分别是 15 本和 27 本，总数 42，科幻迷都知道这是个吉利的数字。在太原举行了同样是自费的隆重签售仪式后，两人就开始了流浪生涯。

太原是一个最适合流浪的城市。在这个穷奢极侈的大都市里，垃圾桶里的食品是取之不尽的，最次也能找到几粒被丢弃的工作丸（见后文）。住的地方也问题不大。太原模仿迪拜，在每一个公交候车亭里都装上了冷暖空调。如果暂时厌倦街头，还可以去救助站待几天，那里不仅有吃有住，太原久已繁荣的性服务业还把每周日定为对弱势群体的性援助日，救助站就是那些来自红灯区的志愿者开展活动的地方之一。在城市各阶层幸福指数调查中，盲流乞丐位列榜首，所以大刘和大角都后悔没有早些投入这种生活。

两人最惬意的时候是《科幻大王》SFK 编辑部每周一次的请客，一般都是去唐都那样的高级酒店。太原的《科幻大王》杂志深得科幻精髓，知道这种文学体裁的灵魂就是神奇感和疏离感，而现在的高技术幻想已经没有这种感觉了，技术奇迹是最平淡不过的事儿，每天都在发生；倒是低技术具有神奇和疏离感，于是，他们创立了幻想未来低技术时代的"反浪潮"科幻，取得了巨大成功，迎来了世界科幻的第二个黄金时代。为了彰显"反浪潮"科幻的理念，《科幻大王》编辑部拒绝一切电脑和网络，只接收手写稿件，用铅字排版印刷，还用每匹相当于一辆宝马车的价格买回几十匹蒙古马，并在编辑部旁建设豪华的马厩，杂志社人员出行一律骑着绝对没有上网的骏马，城市某处如果听到嘚嘚的清脆马蹄声，那就是 SFK 的人来了。他们常请刘慈欣和大角吃饭，因为除了他们以前写过科幻外，还因为虽然他们现在写的科幻已经很不科幻了，但他们本人按照"反浪潮"科幻的理念却是十分科幻的——他们上不起网，也很低技术。

　　SFK 的编辑、大刘和大角都不知道，他们的这个共同特点将会救他们的命。

　　诅咒 2.0 又流传了 7 年。这时，一个后来被称为"诅咒武装者"的女人发现了它。她仔细研究了诅咒 2.0 的代码，尽管经过升级，她仍能感受到 17 年前诅咒始祖的仇恨和怨念。她与始祖有着相同的经历，也处于每天像牙痛般咒恨某个男人的阶段，但她觉得那个 17 年前的女孩儿既可怜又可笑：这么做有何意义？真能动那个臭男人撒碧一根汗毛吗？这就像百年前的怨女在写了名字的小布人儿上扎针的愚蠢游戏一样，解决不了任何问题，结果只是使自己更郁闷。还是让姐姐来帮帮你吧（正常情况下，诅咒始祖应该活着，但诅咒武装者肯定要叫她阿姨了）。

　　17 年后的今天已经完全是一个新时代了，这时，世界上的一切都"落网"了。这么说是因为，在 17 年前，网络上的东西只有电脑。但今天的网络就像一棵超级圣诞树，几乎这世界上的所有东西都挂在上面闪闪发光。以家庭为例，家里所有通电的东西都联上了网并受其控制，甚至连指甲刀和开瓶器也不例外：前者可通过剪下来的指甲判断你是否缺钙，并通过短信或EMAIL 告知；后者可判断酒是否真品并发中奖通知，而过度酗酒者则间隔很长时间才能用它开一次瓶。在这种情况下，通过诅咒病毒直接操纵硬件世界成为可能。

诅咒武装者给诅咒 2.0 增加了一个功能：如果撒碧坐出租车，就撞死他！

其实，对于这个时代的一个人工智能（AI）编程高手来说，这点并不难做到。现在的汽车已经全部无人驾驶，网络就是驾驶员，乘客上出租车时要刷卡，这时新的诅咒就可通过信用卡识别他的身份。只要上了车并被识别，杀他的方法数不胜数，最简单的就是径直撞向路边的建筑物，或从桥上开下去。但诅咒武装者想了想，并不愿简单地撞死撒碧，而是为他选择了一个更为浪漫的死法，完全配得上他对 17 年前的那个妹妹做的事（其实诅咒武装者和别人一样，根本不知道撒碧对始祖做错了什么，也可能错根本不在这男孩儿）。经她升级的诅咒在得知目标上车后，就不理会他设定的目的地，指挥出租车一路疯狂猛开，从太原一直开到张家口。现在，从那里再向前已经是一片沙漠了，车就停在沙漠深处，并切断与外界的一切通讯联系（这时诅咒已经侵入车内电脑，不需要网络了）。这辆出租车被发现的可能性很小，如果偶尔有人或车靠近，它就立刻躲到沙漠的另一处。无论过去多长时间，车门从内部是绝对打不开的。这样，如果在冬天，撒碧将被冻死；如果在夏天，撒碧将被热死；如果在春秋，撒碧将被渴死、饿死。

就这样，诅咒 3.0 诞生了，这是真正的诅咒。

诅咒武装者是一名 AI 艺术家，这也是一族新新人类，他们喜欢通过操纵网络做出一些没有实际意义但具有美感（当然这个时代的美感与十几年前不是一回事了）的行为艺术，比如让全城的汽车同时鸣笛并奏出某种旋律，让大酒店的亮灯窗口组成某个图形等。诅咒 3.0 就是一件这样的作品，不管能否实现其功能，它本身就构成了一件卓越的艺术品，因而在 2026 年上海现代艺术双年展上得到好评。虽然因其人身伤害内容被警方宣布为非法，但它仍在网上进一步流传开来，众多的 AI 艺术家加入了对这一作品的集体创作，诅咒 3.0 飞快进化，越来越多的功能被添加进来。

如果撒碧在家，煤气熏死他！这也比较容易，因为每家的厨房都由网络控制，这样户主就可以在外面遥控厨房做饭，这当然包括打开煤气的功能，而诅咒 3.0 可以使房间里的有害气体报警器失效。

如果撒碧在家，放火烧死他！很容易，包括煤气在内，家里有很多可以点燃的东西，如摩丝发胶什么的，都连在网上（可通过网络由专业发型师做头发），烟火报警器和灭火器当然也可以失效。

如果撒碧洗澡，放开水烫死他！如上，很容易。

如果撒碧去医院看病，开药毒死他！这个稍有些复杂。给目标开特定的药是很容易的，因为现在医院的药房全部是自动取药，且药库系统都联网，关键是药品的包装问题，撒碧不是 SB，要让他拿到药后愿意吃才行，而要做到这点，诅咒 3.0 就得从制药厂的生产包装和销售环节入手。要有一盒表里不一的药只卖给目标，真的有些复杂，但能做到，而且对于 AI 艺术来说，越复杂，作品的观赏价值就越高。

如果撒碧坐飞机，摔死他！这不容易，比出租车操作难多了，因为被诅咒的只有撒碧一人，诅咒 3.0 不能杀死其他人，而撒碧大概没有专机，所以摔死他是不可能的。但可以这样：目标所乘的飞机舱内突然在高空失压（用开舱门或别的什么办法），在所有乘客都戴上的氧气面罩中，只有撒碧的面罩中没有氧气。

如果撒碧吃饭，噎死他！这个看似荒唐，其实十分简单。现代社会的超快节奏催生了超快餐食品，就是一粒小小的药丸，名称叫"工作丸"。工作丸密度很大，拿在手中沉甸甸的，像一颗子弹头，服下去后会在胃中膨化，类似于以前的压缩饼干。关键在生产过程中，工作丸的膨化速度是可以控制的。诅咒 3.0 可以用与生产毒药类似的方式在生产过程中做手脚，生产出一粒超快速膨化的工作丸，再控制销售过程，专卖给撒碧。他在进工作餐时，喝水把工作丸送下去，结果小丸在嗓子眼就膨化了。

……

但诅咒 3.0 从来没有找到目标，也没有杀死过任何人。早在诅咒 1.0 诞生时，撒碧受到了不小的骚扰，还有媒体记者因此采访过他，使他不得不改了名，甚至连姓也改了。姓撒的人本来就很少，加上名字不雅的谐音，所以在这个城市里面没有重名。同时，病毒中记录的撒碧的工作单位和住址仍在他十几年前所上的大学，使得定位他更不可能。诅咒曾经试图进入公安厅电脑追溯目标的改名记录，但没有成功。所以在诅咒 3.0 诞生以后的 4 年中，它仍然只是一件 AI 艺术品。

但诅咒通配者出现了，他们是大刘和大角。

通配符是一个古老的概念，源自导师时代（这是对操作系统的上古时代——DOS 操作系统时代的称呼）。最常见的通配符有"*"和"?"两种，用于泛指字符串中的一切字符，其中"?"指代单一字串，"*"指代的字符数量不限，也最常用。比如：刘 *，指姓刘的所有人；山西 *，指以山西打头的所有字串，而如果只有一个 *，指的则是一切。所以在导师时代，del *.* 是一个邪恶的命令（del 是删除命令，而 DOS 系统下的文件全名分为文件名和扩展名两部分，用.隔开）。在以后的操作系统演进中，通配符功能一直存在，只是系统进入图形界面后，人们很少使用命令行操作，一般人就渐渐把它淡忘了，但在包括诅咒 3.0 在内的各种软件中，它是可用的。

这天是中秋节，但明月在太原城的璀璨灯火中像个脏兮兮的烧饼。大刘、大角在五一广场的一个长椅子上坐下来，摆开他们下午从垃圾桶中翻出的五半瓶酒、两半袋平遥牛肉、几乎一整袋晋祠驴肉和三粒工作丸，准备庆祝一番。天刚黑的时候，大刘还从一个垃圾桶中翻出一台破笔记本电脑。他声称自己能把它修好，否则这辈子计算机工作就算是白干了。他蹲在长椅旁紧张地鼓捣起来，同时和大角意犹未尽地回味着下午救助站的性援助。大刘热情地请大角把三粒工作丸都吃了，这样可为自己省下不少酒肉，但大角并不上当，一粒也没吃，只是喝酒吃肉。

电脑很快能用了，屏幕发出幽幽的蓝光。大角发现无线上网功能竟然也恢复了，就立刻抢过电脑，先上 QQ，他的号已经不能用了；再上九州网站、天空之城、豆瓣、水木清华、大江东去……但那些链接都早已失效。大角最后扔下电脑，长叹一声："唉——昔人已乘黄鹤去。"

大刘拿过半瓶酒喝起来。他看了看屏幕："此地连黄鹤楼也没留下。"

然后大刘便细细查看电脑中的东西，发现里面安装了大量的黑客工具和病毒样本，这可能是一个黑客的本本，也许是在逃避 AI 警察的追捕时匆忙扔到垃圾桶中的。他顺手打开桌面上的一个文件，是一个已经反编译出来的 C

程序。他认出了，这正是诅咒 3.0。他随意翻阅着代码，回忆着自己编写电子诗的时光，酒劲上来时，翻到了目标识别参数那部分。

大角在一边喋喋不休地回忆着当年峥嵘的科幻岁月，大刘很快也受到感染，推开本本，一同回忆起来。想当年，自己那上帝视角的充满阳刚之气的毁灭史诗曾引起多少男人的共鸣啊，曾让他们中的多少人心中充满万丈激情！可现在，15 本，仅仅卖出 15 本！可气！他又灌下去一大口，那还是一瓶老白汾，这酒的味道在这个年代已经面目全非，有点儿像威士忌了，但酒精度一点没减。他开始恨男读者，进而恨所有的男人。他两眼直勾勾地看着屏幕上诅咒 3.0 的目标参数，说："显拽的圆润木妖怪……胡东奇（现在的男人没一个好东西）。"顺手把姓名由"撒碧"换成"*"，工作单位和住址也由"太原工业大学，××系，××专业，××宿舍楼，××寝室"换成了"*，*，*，*，*"，只有性别参数仍为"男"。

大角也处于一把鼻涕一把泪的感慨中。想当初，自己那色彩绚烂、意境悠远的美文如诗如梦，曾经迷倒多少 MM，连自己也成为她们的偶像。可现在，看看旁边经过的那些妙龄 MM，居然没一个人朝自己这边看一眼，太让人失落了！他扔出一个空酒瓶，喃喃说道："圆润木素胡东奇，雨润豆素？（男人不是好东西，女人就是？）"说着，把目标参数中的性别由"男"改成"女"。

大刘不干了，觉得这没女人什么事，自己那些粗陋的小说从来也不指望获得女读者的青睐，就又把性别参数改回"男"。大角再改成"女"，两人为惩罚自己那忘恩负义的读者群争执起来，太原也在成为寡妇城市和光棍城市的可能性之间摇摆不定。大刘、大角最后干脆抢起酒瓶打了起来，直到一名巡警制止了他们。两人摸着脑袋上的鼓包，达成了妥协，把目标的性别参数改成"*"，完成了诅咒 3.0 的通配。也许是因为打架的干扰，或由于已经烂醉，他们谁也没动"太原市""山西省""中国"这三个参数。这样，诅咒 4.0 诞生了。

太原被诅咒了。

新版诅咒诞生之际，立刻意识到了自己肩负的宏伟使命。由于这个操作太宏大了，诅咒 4.0 没有立刻行动，而是留下足够的时间让自己充分繁殖，以达到操作所需的足够数量，同时互相联系，慢慢形成一个统一行动的总体规划。计划的总原则是：对诅咒目标的清除首先从软性操作开始，然后过渡到硬操作，并逐步升级。

10 小时后，晨曦初露时，操作开始。

软操作主要针对敏感的、神经脆弱的和冲动型的目标，特别是那些患有抑郁症和狂躁症的男女。在这个心理病和心理咨询泛滥的时代，诅咒 4.0 很容易找到这类人。在第一批操作中，有 3 万名刚从医院完成检查的人被告知患有肝癌、胃癌、肺癌、脑癌、肠癌、淋巴癌、白血病，最多的是食道癌（本地区高发癌症），另有 2 万名刚化验过血的人被告知 HIV 阳性。这些诊断并非简单伪造出来的，而是由诅咒 4.0 直接操纵 B 超、CT、核磁共振仪、血液化验仪等医疗检查设备得出的"真实"结果，即使去不同医院复查，结果也一样。这 5 万人中，大部分都选择了治疗，但有 400 多人本来就活腻歪了，得知诊断结果后立刻一了百了，以后还陆续有做此选择的。随后，5 万名敏感的、抑郁的或狂躁的男女都接到了配偶或情人的电话，男人听到他们的女人说：你看你那个熊样屁本事没有你还像个男人吗我已经和某某好了我们很和谐很幸福你去死吧；男人对他们的女人说：你已人老珠黄其实你当初就是恐龙我瞎了眼怎么看上你的现在我和某某在一起我们很和谐很幸福你去死吧；这个诅咒 4.0 编造的情敌大都是目标本来就最讨厌的人。这 5 万人中，大部分都通过直接找对方质问而消除了误会，但也有约百分之一的人选择了他杀和自杀，其中一部分把两者同时做了。还有另外一些软操作，比如在已经势不两立、剑拔弩张的几大黑帮之间挑起大规模械斗，或把被判无期或有期徒刑的罪犯的判决书改成死刑并立即执行等。但总的来说，软操作效率很低，总共清除的目标只有几千人。不过诅咒 4.0 有着正确的心态，知道大事情是从一点一滴做起的，不以恶小而不为，所有的手段一定要都试到。

在软操作中，诅咒 4.0 清除了自己最初的创造者。在创造诅咒以后的岁月中，诅咒始祖一直对男人倍加提防，20 年来一直用最现代化的手段监视老公，几乎成为谍报专家。但她突然接到一向安分守己的老公的电话，致使心脏病突发，送医院后又被输入进一步加剧心肌梗死的药物，从而死于自己的诅咒下。

5天后，硬操作开始了。之前的软操作在城市中引发的超常的自杀和他杀率已经引起了高度恐慌，但诅咒4.0仍需避免被政府发现，所以硬操作的第一阶段仍进行得很隐蔽。首先，吃错药的病人数量急剧增加，这些药的包装都正常，但吃下去的大部分一剂致命。同时，吃饭噎死的人也大量出现，都是工作丸在嗓子眼儿膨化所致；还有少部分是撑死的，因为工作丸的压缩密度大大超标，那些食客掂着沉甸甸的小丸，还以为物超所值呢。

第一次大规模清除操作针对自来水系统展开。即使对于一切受控于网络人工智能的城市，把氰化物或芥子气加入自来水也是不可能的，所以诅咒4.0选择了两种无害的转基因细菌，它们混合后能产生毒性。这两种细菌并不是同时加入到自来水系统中，而是先加一种，待其基本排净后再加第二种，两种物质的混合其实是在人体内进行的，后一种细菌与残留在胃和血液中的前一种发生作用，生成毒性。如果这时仍不致命，那目标去医院取到的药物再与体内已有的两种细菌发生反应，做完最后的事。

这时，省公安厅和国家AI安全部已经定位了灾难的来源，针对诅咒4.0的专杀工具正在紧急研发中。于是，诅咒操作急剧加速和升级，由隐藏的暗流变为惊天动地的噩梦。

这天早晨的交通高峰时段，从城市的地下传来一连串沉闷的爆炸声，这是地铁相撞的声音。太原市的地铁建成较晚，设计时正值城市成为暴发户的时候，所以十分先进，磁悬浮在真空隧道中运行，以高速闻名，被称为准时空门，意思是从起点进去后很快就能从终点走出。因此，它们的相撞也格外惨烈，地面因爆炸而隆起一座座冒出浓烟的小山包，像城市突然长出的恶疮。

这时，城市中的大部分汽车已被诅咒控制（这个时代，所有的汽车都能在网络AI的控制下自动行驶），成为进行诅咒操作最有力的工具。一时间，全城上百万辆汽车像做布朗运动的分子那样横冲直撞。但这种撞击并非杂乱无章，而是遵循着经过严密优化计算的规律和顺序，每辆车首先尽可能多地清除车外行走的目标。所以在混乱的初期，发生撞击的车辆并不多，每辆车都在追逐并冲撞行人。车与车之间密切配合，对行人围追堵截，并在空地和广场上形成包围圈，最大的包围圈在五一广场，几千辆汽车围成一圈向中心撞击，一下子就清除了上万个目标。当外面的行人几乎都被清除或躲入建筑物后，汽车开始撞向附近的建筑物，以清除车内的目标。这种撞击同样是经过精密组织的。对于人口密集的大型建筑物，车辆会集中撞击，后面冲来的车会蹿到前面已撞毁的车上面，就这样一层层堆起来。在市里最高建筑——三百层的煤交会大厦下面，车辆堆到十多层楼高，疯狂燃烧着，像是要火化大厦的一圈柴堆。在大撞击的前夜，市里出现出租车集体排长队加油的奇观，撞击时它们的油箱都是满的。与此同时，从城市两个机场强行起飞的上百架民航飞机也纷纷在市区坠毁，像一堆巨型燃烧弹，加剧了火势。

政府发出紧急通告，宣布城市处于危机状态，呼吁人们待在家中。这个决定最初看来是正确的，因为与大型建筑相比，居民楼遭到的袭击并不严重，这是因为居民区的道路显然不像城市主要街道那么宽敞，大撞击开始后不久就堵塞了。但很快，诅咒4.0把每户人家都变成死亡陷阱，煤气和液化气全部开放，达到爆燃浓度后即点火引爆，一座座居民楼在爆炸中被火焰吞没，有的建筑甚至被整座炸飞。

政府的下一步措施是全城断电，但这时城市中已经没电了，诅咒4.0失去了作用，但它们已经成功了。

整座城市陷入一片火海，火势迅速增大，其猛烈程度甚至达到了第二次世界大战时期德累斯顿大轰炸的效应：城内的氧气被火焰耗尽，人即使逃离火区也难逃一死。

由于很少接触上网的东西，同其他盲流哥们儿一样，大刘和大角逃过了诅咒最初的操作。在后期操作开始后，他们凭着在城市中长期步行练就的技巧，以与其高龄不相称的灵活躲过了多次汽车冲撞，又凭着对市区道路的熟悉，在大火初期幸存下来。但情况很快变得愈加险恶，整座城市变成火海时，他们正在还算宽阔的大营盘十字路口中心。窒息的热浪开始笼罩一切，周围高层建筑中的火焰像巨型蜥蜴的长舌般舔过来。描写过无数次宇宙毁灭的大刘惊慌失措，而作品充满人文主义温情的大角却镇定自若。

大角拂须环视着周围的火海，用悠长的语调说："早知毁灭如此壮观，当初何不写之？"

大刘两腿一软，坐到地上："早知毁灭这么恐怖，当初写它真是吃饱撑的！唉，俺这个乌鸦嘴，这下可好……"

最后他们达成了一致见解：只有牵涉到自个儿的毁灭才是最刺激的毁灭。

这时，他们听到一个银铃般的声音，像火海中的一块晶冰："刘和角，快走！"循声望去，只见两匹快马如精灵般穿出火海，马上是SFK编辑部最漂亮的两个长发MM，她们把大刘、大角拉上马背，骏马在火海的间隙中闪电般穿行，飞越过一排排燃烧的汽车残骸。不一会儿，眼前豁然开阔，马已奔上了汾河大桥。大刘和大角深吸着清凉的空气，抱着MM的纤腰，脸上感受着她们长发的轻拂，觉得这逃生之路真是太短了。

过了桥就基本进入了安全地带，他们很快和SFK编辑部的其他人会合，骑上高头大马。这威武的马队向晋祠方向开去，吸引着路边步行逃生者惊羡的目光。大刘、大角和SFK的编辑都看到，幸存者的队伍中还有一名骑自行车的人。之所以注意到他，是因为这年代自行车也都由网络控制，诅咒早就把所有的自行车完全锁死了。骑车的是一个上了年纪的男人，他是撒碧。

由于早年被诅咒病毒骚扰，撒碧对网络产生了本能的恐惧和厌恶，在生活中尽可能地减少与网络的接触，比如他骑的自行车就是一辆二十年前的老古董。他住的地方在汾河岸边，靠近城市边缘。在大撞击开始时，他就骑着这辆绝对没有上网的自行车逃了出来。其实，撒碧是这个时代少有的知足者，对自己艳遇不断的一生很满足，就算这时死了也无怨无悔。

马队和撒碧最后上了山，大家站在山顶呆呆地看着下面燃烧的城市，狂风呼啸，掠过周围的群山，从四面八方刮向向中心的太原盆地，补充那里因热力而上升的空气。

距他们不远，省政府和市政府的主要成员正在走下载着他们逃离火海的直升机。市长的口袋里还装着一份发言稿，那是为即将到来的城庆日的发言。确定太原城的诞生日期颇费了番周折，专家们称，公元前497年，古晋阳城问世，历经春秋、战国至唐、五代等十数个朝代，太原一直是中国北方的军事重镇。从公元 979 年赵宋毁太原，新兴的太原又先后在宋、金、元、明、清等数朝中崛起，它不仅是军事重镇，而且发展成为著名的文化古城和商业都会。于是，提出了城庆口号：热烈庆祝太原建市 2500 年！现在，历经了 25 个世纪的城市正在火海中化为灰烬。

这时，携带的军用电台终于接通了中央，得知救援大军正在从全国四面八方赶来，但通信很快又中断了，只听到一片干扰声。一小时后接到报告，救援队伍已停止前进，空中的救援机群也转向或返回。

省 AI 安全局的一名负责人打开笔记本电脑，上面显示着最新编译的诅咒 5.0 的代码。在目标参数中，其中的"太原市""山西省""中国"也换成了"*""*""*"。

让城市之美在毁灭中绽放

——《太原诅咒》赏析

乔世华

　　《太原诅咒》细致地预演了机器或曰人工智能让人类完败的情形，太原这座城市的毁灭之成为可能，源于刘慈欣对未来人类城市生活的想象。在表现出强烈的忧患意识的同时，刘慈欣还在小说中融入了对现代科技的叩问和对幽暗诡谲的人性的探察等多个层面的思考。

　　据英国《卫报》网站 2014 年 12 月 3 日报道，著名物理学家霍金对英国广播公司记者表示，他相信技术终将产生自我意识并取代人类，因为技术的发展速度要快于生物的进化速度，"我们已经掌握的处于初期形式的人工智能被证明非常有用。但我认为，当人工智能发展完善后，可能会导致人类的灭亡。"这可是和小行星撞击地球、核战争、气候灾难等一样被认为有可能毁灭地球的七大威胁之一。有技术专家认为，在短短几十年后，全球人工智能系统的整体网络运算能力将得到难以控制的快速提升，届时，食品配送、发电、污水与自来水处理、全球银行系统等各种关键系统的控制权都可能被我们拱手让出。① 而近些年来，人机大战让人大跌眼镜的比赛结果也似乎在强化和佐证科学家们的上述断言：1997 年，美国 IBM 公司超级计算机"深蓝"战胜当时世界排名第一的国际象棋大师卡斯帕罗夫；2006 年，中国超算"浪潮天

---

① 英报：霍金称人工智能或致人类灭亡［EB/OL］. 参考消息网，2014-12-09.

梭"同时对战 5 位中国象棋特级大师，最终以总比分险胜；2015 年，美国谷歌公司旗下人工智能公司"深度思维"开发的人工智能程序"阿尔法围棋"以 5：0 的成绩横扫欧洲围棋冠军樊麾，在 2016 年以 4：1 战胜韩国棋手李世石九段（这次比赛前，刘慈欣可是感觉着李世石会获胜的）。① 有人据此认为，未来人类在围棋领域将无战胜机器的可能。《太原诅咒》就细致地预演了机器或曰人工智能让人类完败的情形。

一、强烈的忧患意识

《太原诅咒》完成于 2009 年 1 月。2003 年"非典"在大中城市的肆虐、2008 年汶川"5·12"大地震的惨痛记忆，于作家来说应该都是刻骨铭心的；而多部美国科幻大片诸如电脑病毒爆发将人变成僵尸（《生化危机》，2002 年）、冰河包围纽约淹没美国（《后天》，2004 年）的灾难讲述，也一定是刘慈欣至为熟悉的。小说中这场针对太原的诅咒肇始于一段发生在太原的情事，所以小说有另外一个看上去挺美好的名字:《太原之恋》。一个女孩痛恨用情不专的男孩撒碧，而在 2009 年编写了计算机病毒"诅咒 1.0"发泄怨恨。在以后漫长的岁月里，IT 考古学者、AI 艺术家、落魄的科幻作家都相继为这一病毒添加了越来越多的功能，诅咒软件得以由一件 AI 艺术品升级为针对太原市的具有杀伤力的智能软件"诅咒 4.0"。诅咒 4.0 先是对敏感的、神经脆弱的和冲动型的目标展开软操作，激发了超常的自杀率和他杀率，继而开始硬操作：吃错药和吃饭噎死的人骤然大量出现，自来水系统遭到攻击，出现惊天动地的交通大撞击，家家户户的煤气液化气开放并被引爆……整个太原陷入火海并化为灰烬。

电脑病毒可以在虚拟的网络世界中逞能妄为，这是有目共睹的，譬如，1998 年在全球范围内造成巨大破坏的"CIH"病毒，还有新千年到来之际曾让全世界着实恐慌了好一阵子的"千年虫"。但要让电脑病毒毁灭掉现实生活中的一座城，即使是在科幻作品中，没有逻辑不讲章法，也是难以让人信服地接受这耸人听闻的"事实"的。当时的刘慈欣在单位的计算机中心工作，

---

① 围棋人机大战第一局，人类输了！［N］. 半岛晨报，2016-03-10（A13）.

熟悉计算机软件的开发和运行，所以，诅咒软件由一件完全受人操控的纯粹艺术品变身为具有独立意志并拥有超强杀伤力的神器的过程被交代得天衣无缝。他在小说中对导师时代通配符这"古老"概念的解说、对诅咒软件从产生到传播再到升级和发作全过程的介绍，也都可见出其硬科幻写作风格的一斑。这"诅咒"既有如各类传说故事中的巫言谶语，它所发出的神秘预示在逐渐演化为现实；也好似一个深藏不露而又威力无比、时刻觊觎着太原人的智能机器人，它把太原城杀得片甲不留。

《太原诅咒》是刘慈欣应《九州幻想》杂志之邀为其"城市毁灭"专栏所创作的小说，因此，一定程度地显现出太原城市的特色，以区别于同时期其他作家笔下被毁灭的城市如南京、上海等，便是这篇小说的分内之事。太原至为有名的商业街柳巷、《科幻大王》杂志、唐都饭店、平遥牛肉、晋祠驴肉、老白汾酒，还有那建筑在煤能源基础上的经济繁荣和相伴而生的性服务业以及死要面子活受罪的煤老板性格，都属于作家有意识加进去的"太原"元素，至于大刘和大角因怀才不遇而发出的"显拽的圆润木妖怪……胡东奇""圆润木素胡东奇……雨润豆素"一类牢骚话容或都有太原方言的一鳞半爪。从现实层面看，城市毁灭是一场灾难，但从想象层面来看，这灾难又如造山运动般具有审美意义，显示出一种力量之美来，既恐怖，又壮观：上百万辆汽车像做布朗运动的分子一样遵循着经过严密优化计算的规律和顺序横冲直撞；三百层大厦下面被堆到十多层楼高的撞来的车辆所环绕并疯狂燃烧；一座座居民楼在爆炸中被火焰吞没；威武的马队在火海间隙中闪电般穿行并越过一排排燃烧的汽车残骸……城市这现代工业文明的成果，一方面会在物力维艰的建设中呈现出有别于传统农业文明的美丽来，而另一方面又会在惊天动地的毁灭中将美丽绽放到极致。

太原毁灭之成为可能，刘慈欣对未来人类城市生活的想象构成了这场灾难的坚实基础：超快节奏产生了超快餐食品——工作丸，厨房由网络控制，交通工具全部无人驾驶，所有通电的东西都联上了网并受其控制，"那时的网络就像一棵超级圣诞树，这世界上的几乎所有东西都挂在上面闪闪发光。"在一个网络四通八达的完全智能控制的世界里，那充满敌意的诅咒病毒一旦运作起来，当然可以令整个世界天翻地覆了：所有的医疗设备都报出错误的检查结果，法院判决书遭到改写，工作丸在人嗓子眼膨化，人吃错了药，自来水系统被有序地添加进去了转基因细菌，汽车撞向行人和建筑物，民航飞机强行起飞并着陆于市区，居民家的煤气被打开并引爆。一切现实中不可能发生的事情，在刘慈欣绵密细致的叙说和触类旁通的想象中都变得合情合理、充满必然性。小说中，刘慈欣把科学技术这异化人的工具和人类的灾难联系起来。富有讽刺意味的是，最应该被诅咒病毒毁灭的对象撒碧，却是凭借着老旧的自行车这不能经由网络控制的古老交通工具得以逃生的，其他能够避免葬身火海的人也都是远离了网络的低技术人员。刘慈欣似乎对高速发展、无处不及的现代科技抱有些许疑虑——这匹脱缰的野马到底会把人类载到何处去？人类的"后天"究竟会怎样？

要看到，刘慈欣对未来实体城市毁灭的想象，灵感应该源于其对虚拟城市的认知："从城市的作用和目的来看：城市经济活动正在迅速向网络转移；在政治方面，网络中的舆论和政治倾向正产生越来越大的影响；而网络在社会文化中所占的比重已经超过了传统的城市文化媒介。在地球上的任何偏远角落联入互联网，都使人有置身大都市和时尚中心的感觉。"[1] 当人类的生活越来越依赖于网络世界、作为虚拟城市市民的存在感愈来愈强烈之时，网络世界的一次短路，或者一个病毒的爆发蔓延，是会"火烧连营"、让整个世界失去重心的。

说到底，人类的厄运都是自己造作的结果，如果人类有一天毁灭，就很可能是来自于人类的自我设置和自我破坏。小说对人类、对科技充满了忧患意识，这一切都是通过对令人惊惧的未来的逼真演示流露出来的。

二、冷幽默的文风

刘慈欣认为："人类的科学技术在许多领域中已经接近不可知的质变点，不可想象的机遇和灾变随时可能出现，以线性思维预测未来是危险的，未来的生活比我们能够预测的有更多变数，当然也更有趣。"[2] 刘慈欣对太原毁灭

---

① 刘慈欣. 城市，由实体走向虚拟 [N]. 新华每日电讯报，2013-03-19.
② 刘慈欣. 技术奇点二题 [M]// 张立宪. 读库 1005. 北京：新星出版社，2010：317.

这充满变数而有趣的未来毁灭的想象也充满了趣味性:《太原之恋》是命题作文,是潘海天他们的城市毁灭系列,要求的就是那种风格,所以只能写成那样。写得也挺吃力,还是自己习惯的风格写起来比较顺利。短篇可以尝试不同风格,长篇就不可能那样做了,比较困难。"①在这篇短篇小说中,刘慈欣尝试做出一种风格上的改变,他采用通篇调侃的方式来讲述这场可怖的灾难,这在刘慈欣的小说中并不多见。

科幻作家刘慈欣和潘大角都行不更名坐不改姓地成为这篇小说中地道的滑稽角色,身上挥洒着不得志的屌丝气息。大刘写硬得不能再硬的科幻,大角写软得不能再软的科幻,他们高谈阔论自己的鸿篇巨制,并写出了《三千体》和《九万洲》这两个从形式到内容同样夸张的科幻史诗(都是十卷三百万字的作品,描写二百个文明的两千次毁灭……),最终总共只卖出四十二本。丰满理想在骨感现实面前的折戟沉沙,期待的宏大数字与接受的低效数目之间的落差在维持着小说的"大话"风格的同时,也产生了滑稽的意味。大刘大角因此而破产,流落街头,住在装着冷暖空调的公交候车亭里,有时还去救助站改善生活、接受性援助,事后会意犹未尽地回味这一切;为垃圾桶旁的半袋方便面,两人会发生争抢;一粒工作丸就足够了,大刘却热情地请大角享用三粒工作丸,这热情背后包藏私心——以便自己享用省下的五个半瓶酒、两半袋平遥牛肉、几乎一整袋晋祠驴肉……大刘和大角有时文如其人,可有时也难免"文"与"人"高度不一致:大刘作品充满阳刚之气,发起牢骚来也会爆出"呸"一类粗口,但在目睹灾难进程时却极不协调地两腿一软坐到地上、为自己长着乌鸦嘴而懊悔不已;大角美文如诗如梦,感慨之时也是一把鼻涕一把泪的,但为火海环绕时却镇定自若、语调悠长地感叹自己当初没有写如此壮观的场景。两人一旦遇美女施救,又贪恋起美女英雄的纤腰长发,只感喟逃生路的短暂。刘慈欣用哈哈镜无中生有地把科幻迷们至为熟悉的两位作家的言语、思想、行为"矮化""丑化"了一番,让他们与港片中无厘头爱搞怪的周星驰们不相上下。读者当然可以在文学形象和现实

---

① 刘慈欣,王侃瑜. 科幻文学可以是任何文学 [J]. 萌芽, 2016(3).

原型之间的反差描述中轻而易举地对号入座并解得其中幽默之味。再如被诅咒软件追杀的对象撒碧，其名字的谐音就比较搞笑，而诅咒软件针对撒碧下手方式的种种讨论，诸如煤气熏死他、放火烧死他、放开水烫死他、去医院开药毒死他、坐飞机摔死他、吃饭噎死他之类的 N 种专项谋杀计划，更郑重其事得令人忍俊不禁。

至于《科幻大王》编辑部逆时代之潮流，按照未来低技术时代的反浪潮科幻精神行事，在都市建立豪华马厩，以一匹相当于一辆宝马车的价格买回几十匹蒙古马作为交通工具；大刘与大角为着惩罚自己忘恩负义的读者群而争执不停并打得脑袋鼓包、导致太原在成为寡妇城市和光棍城市之间摇摆不定，这都同样是以"大话"方式体现和延续幽默。

再者，小说置换手法的运用引人注目，这也造成了笑料不断。譬如其中有对传统文学场景的置换：西里西亚纺织工人心怀怨恨地为德意志织尸布的情形，在小说中是以诅咒始祖咬牙切齿编写程序的方式得到了复现；中外文学作品中骑着高头大马的英雄来拯救落难美人的场景，现在却被颠覆为美女救"英雄"模式——两位长发飘飘的美女编辑骑着骏马穿越火海将被围困的大刘和大角救出来。小说也有对才过去不久的"历史"和遥远未来所做的置换：这篇写于 2009 年的小说煞有介事地让太原在建市 2500 周年之际化为火海；而现实生活中，太原是在 2003 年迎来的建市 2500 周年，太原为此还搞过隆重的庆祝仪式。小说有意识的"穿帮"叙说，既道明这不过是一场艺术谎言，也出现了有如刘慈欣《坍缩》所呈现的那种时间反演。

到《太原诅咒》出世时，刘慈欣已经在科幻写作上"蛰伏"了一段时间，甫一出手，似乎有意改变自己从前的叙事风格，走了一条冷峭幽默的写作路线，小说通篇洋溢着黑色幽默的分子，这成为该作突出的艺术特质，太原毁灭的灾难既滑稽又可笑，既夸张也逼真。寄望于读者在嬉笑过之后，学会理性、乐观地对待人类生活中可能出现的各种变数，并深长地反省一切。这应该是具有强烈危机意识的作者的用心，也与他对科幻文学的认知相吻合："虽然科幻文学中经常描写黑暗的未来，但是我觉得科幻文学应该要有一种进取的态度。"① 以乐观书写悲观，用希望照亮绝望，向死而生，它符合刘慈欣作品的总基调。

三、对诡谲人性的探掘

刘慈欣从不想做一个未来的预言家，因为在他看来："科学家和未来学家们以科学为基础的严谨预测，与科幻作家们天马行空的'胡思乱想'，其准确程度（或说误差程度）竟然差不多！"② 他所考虑的只是具有文学美感的想象。即使如此，他还是在这个短篇小说中融入了对多个层面问题的思考，其中既有对未来人类生活的想象，也有对现代科技的叩问，更有对幽暗诡谲的人性的探察。

直到今天，科幻文学对人物刻画的薄弱，向来是其遭遇主流文学界诟病的地方。刘慈欣也坦陈自己的作品在塑造人物方面功力的欠缺，并坚持认为："写人物是文学技巧里最难的，比语言、结构难得多。"③ 这也应该是其信手拈来大刘、大角两位读者较熟悉的人物让他们行走在《太原诅咒》中的部分原因，属于他的扬长避短之术。不过，他在《太原诅咒》中打造的不断升级换代的核心角色——人工智能的诅咒软件，倒是颇具人思想和行为的某些特质，譬如善于韬光养晦，在日益扩展的网络世界里悄无声息地繁衍生长，待到自身威力足够强大了再循序渐进地发力；又如它具有使命感和责任感，一旦意识到自己肩负的宏伟使命，便开始周密部署、积极行动。诅咒1.0的诞生时间节点是在12月8日，这可是太平洋战争的爆发日，这是否意味着刘慈欣的一种认知：在太平年代里，高速发展的科技在改变人类生活的同时，也在悄无声息地向人类发动一场升级了的战争？

要看到，小说碰触到了关乎人性的严肃话题。本来针对一个人的诅咒到后来发展为对一个城市所有人群的诅咒；本来只是字面上的诅咒类乎一次无伤皮毛的"艺术行为"，到后来却演变为对一座城市的毁灭性打击。毫无疑

---

① 刘怡，刘慈欣. 我没有不请自来的灵感［N］. 香港信报，2014-11-05.
② 刘慈欣. 50年后的世界［J］. 环球企业家，2005（12）.
③ 黄修毅，刘慈欣. 精英化只会害了科幻［N］. 南都周刊，2011-01-30.

问，诅咒软件的诞生、传播和每一次升级，都离不开人力。是人把怨恨、不满与恶毒编入软件中，并让它在更大范围内无限扩散、具有越来越大的杀伤力的，就以诅咒 4.0 的制造者大刘和大角来说，他们仅仅是因为自己的作品没能得到读者赏识，而将一腔愤恨发泄到了所有太原人身上。其实，恶毒的诅咒首先一定会伤害的是诅咒者自己。君不见，诅咒 4.0 首先清除的是自己最初的创造者——诅咒始祖和诅咒武装者；若不是有美女及时施救，大角和大刘这两个太原的诅咒者怕也要葬身在火海中。还有，当小说结尾太原已化为火海之际，AI 安全专家发现，诅咒 4.0 已升级为诅咒 5.0 了，原来的目标参数"太原市""山西省""中国"都已经变成了通配符"*"。这意味着未来诅咒软件要攻击和毁灭的目标已经升级为整个人类文明世界了。那么，诅咒 5.0 的制造者是谁？诅咒 5.0 对人类的杀伤力又会如何？小说有意不去交代，而是留下足够的悬念和想象的空间，就像《三体》结尾宇宙到底是走向了毁灭还是重生没有明确交代一样，但已经让人不寒而栗地看到了叵测的居心、人性的阴暗，忍不住要去追问未来。张爱玲的一段话用在这里也许能恰如其分地表达出刘慈欣的认知来："时代是仓促的，已经在破坏中，还有更大的破坏要来。有一天我们的文明，不论是升华还是浮华，都要成为过去。"

（乔世华：文学博士，辽宁师范大学文学院副教授）

月　夜

刘慈欣

　　他第一次看到了城市中的月光。以前从没感觉到月光照进城市，璀璨的灯光盖住了它。今天是中秋节，按照一个由网上发起的民间倡议，城市在今夜关掉了大部分景观灯和一部分路灯，以便市民赏月。从单身公寓的阳台上望出去，他发现人们想错了：只有月光没有灯光的城市全然不是他们预想的那种意境，没有月下田园的感觉，倒像一片被遗弃的废墟。但他仍很欣赏，他现在发现废墟带来的末日感其实是一种很美的感觉，意味着一切都已过去，所有负担都已卸下，只需躺在命运的怀抱中享受最后的宁静，他今天需要这样。

　　这时手机响了，对方是一个男音，核实了他的身份后说："真不该在今天打扰你，这是你最黑暗的一天，这么多年了我还是记得的。"

　　这声音很奇怪，虽然清晰，但显得遥远而空灵，让他头脑中出现这样一幅画面：寒风吹过一架被遗弃在旷野上的竖琴的琴弦。

　　对方接着说："这天应该是雯的婚礼，这么多年了我还是记得的，就是这一天，她请了你，可你没去。"

　　"你哪位啊？"

　　"这么多年我无数次想过这事儿，其实应该去，那样你现在心里舒服得多，可你……当然你还是去了，躲在远处看着穿婚纱的雯拉着他的手走进酒店，这确实是折磨自己的最好方式。"

　　"你是谁？"他吃惊地问，同时注意到了对方话中的一些奇怪之处：他三次重复"这么多年了"，其实婚礼就在今天上午。他首先想到这些话也许是指过去，但旋即否定了这个想法，因为他知道，雯的婚礼日期是一星期前匆匆定下来的，之前这个世界上没人知道是今天。

那遥远的声音接着说："你有个习惯，痛苦时就用左脚大拇指死抠鞋底，刚才回家时你发现脚趾甲都弄断了，不过你的脚趾甲现在确实很长，袜子都磨了个洞，好长时间没剪了，你已经心烦意乱好长时间了。"

"你到底是谁？"他真正惊恐起来。

"我是你，从114年后给你打电话，我在2123年。从这时接入你们的移动网真的很不容易，时空界面损耗很大，如果通话质量不好，你说一下我们重新接入。"

他知道这不是开玩笑，他一开始就知道，那确实不是这个世界上的声音。他紧握手机，呆呆地面对着月光下的楼群，似乎整座城市都凝固了，在听他们说话，他却一时什么也说不出来，对方耐心等待着，这时他听到了微弱的背景声。

"我……怎么能活到那时？"他随口说道，仅仅是为了打破沉默。

"从你现在再过二十多年，基因疗法将出现，人的寿命将被延长到二百岁左右，我现在还算在中年，但感觉已经很老了。"

"你能把整个事情详细地说一下吗？"

"不能，即使简单介绍都不行，我必须保证你得到的未来的信息尽可能少，以避免你由此产生的可能改变历史进程的不恰当行为。"

"那你干嘛还要和我联系？"

"为了一个使命，一个我们将共同承担的使命。我活到这个岁数，可以告诉你一个生活的诀窍：只要你明白了在浩瀚的时空中，个人是如何的微不足道，就能对任何事情都放宽心了。我这次联系你不是要谈个人的事情的，所以你先放下个人的一切，面对这个使命吧。现在，你听到了什么？"

他又仔细倾听电话中的背景声，听到轻微的哗哗啦啦噼噼啪啪，他努力在想象中把声音还原成图像，看到无数怪异的花在黑暗中绽开，看到荒原上一座巨大的冰山在破裂，裂纹像一道道白色的闪电延伸到山体晶莹的深处……

"这是海水拍打建筑物的声音，我在金茂大厦八层，海水就在窗子下面。"

"上海被淹了？"

"是的，它是所有沿海城市中幸存到最后的一个，向海的堤防建得很高很坚固，但海水从后方迂回过来……你能想象我现在看到的景象吗？不，不，不像威尼斯，高楼间的海面上浮着好多东西，脏乎乎的几乎盖满了水面，好像这座城市在两个世纪中积存下来的渣子都浮起来了。今天也是满月，与你那时一样，城市中没有灯光，月亮也远没有你那时亮，大气太浑浊了。海水把月光反射到那一群摩天大楼上，反射到东方明珠塔的大球上，一缕一缕晃晃悠悠的，好像这一切马上就要塌掉似的。"

"海面上升了？"

"极地冰盖融化，海面半个世纪中上升了二十米。现在，有三亿沿海居民迁往内陆，这里一片凄凉，内地却陷入大混乱，社会和经济都面临全面崩溃……我们的使命就是制止这一切的发生。"

"你当我们是上帝？"

"凡人把关键的事情早做一百多年，就能起到上帝的作用。如果从你所在的时间开始，全世界在十年内停止使用化石能源，像煤、石油和天然气，大气变暖就不会加剧，这场灾难就可以避免。"

"这不可能吧。"他说完这句后，他那个一百多年后的自我沉默了好长时间，没有说话，于是他接着说："即使制止使用化石燃料，你也应该与更早些的人联系。"

他感觉到对方在笑："你让我去制止工业革命吗？"

"可现在要做你说的事就更不可能了，只要油、气、煤中断一个星期，这个世界就会崩溃。"

"根据我们的模拟，用不了那么长的时间。但还有别的办法的，我毕竟是在未来和你说话，仔细想想？我们可是聪明人。"

他很快想到一点："给我们某些能源技术，首先它是环保的，不会造成气候变暖，但关键是在能够满足当代能源需求的情况下，成本又大大低于化石能源，这样用不了十年，石油和煤炭就会被完全挤出市场。"

"这正是我们要做的。"

他受到了鼓励，继续发挥："那，给我们可控核聚变技术吧。"

"你想得太简单了，直到现在，这项技术也没有取得真正的突破，倒是有聚变发电机在运行，但其市场竞争力还不如你们那时的裂变发电。另外，聚变发电要从海水中提取核燃料，也不能保证它就是环保的。不，我们不能提供核聚变技术，只能提供太阳能技术。"

"太阳能？什么太阳能？"

"从地面采集太阳能的技术。"

"用什么采集？"

"单晶硅，和你们那时一样。"

"这不扯淡嘛！哦，你们那时还有这说法吗？"

"有，我们这老一辈把那时的所有说法都继承过来了，包括扯淡。但我们的单晶硅太阳能电池的采能效率要高许多。"

"就是达到百分之百也没有用，地面上每平方米的太阳能能有多少？就凭晒几块电池板就能满足现代社会的能耗？你把我们这会儿当成农业时代了是不是？"

他感觉自己又在一百多年后笑了："你别说，这项技术从意象上还真有农业时代的影子。"

"意象？我怎么变得这么酸了？"

"这项技术叫硅犁。"

"什么？"

"硅犁。你知道，造单晶硅太阳能电池的原料是硅，这是地球上最丰富的元素，沙子里土壤里到处都有。硅犁可以像犁那样耕地，在耕的时候它把土壤或沙子中的硅提纯并转化成单晶硅，这样它耕过的地就变成了太阳能电池。"

"那……硅犁是什么样子的？"

"看上去像联合收割机，开始时要一些外部能源，以后它就靠前面耕出的单晶硅田供电继续耕作，有了这种设备，你们可以把整个塔克拉玛干沙漠都变成太阳能电池。"

"你是说，它耕过的地都变成了那种黑乎乎亮晶晶的晶片？"

"不，不，从外观上看耕过的地只是颜色变黑了一些，但采能效率丝毫不比你们那时的晶片电池低，在耕好的地的两端埋上导线，就能产生光伏电流。"

身为能源规划专业博士的他，敏感地被这项技术吸引了，呼吸加快了。

"已经给你发了一个 EMAIL，是所有的技术资料，用你们当代技术完全能够制造，这也是选择这个时代的原因，再向前就不行了。你那个信箱地址，还能用二十多年，以后格式就变了。从明天开始你就要致力于这项技术的传播，你有这个能力和条件的。如何传播你看着办，也许可以利用你正在写的那份报告。但有一点：不能透露它来自未来。"

"可为什么选择我？应该找地位更高的人。"

"这是为了把难以预料的副作用减到最少，至于选择你，你就是我，我还能选谁？"

"你爬到很高位置了是吗？"

"无可奉告，实体国际选择干预历史是下了很大决心的。"

"实体国际？"

"这时的国际分为两个：一个是实体的，另一个在网络上……我不能说更多，以后也别提这方面的问题。"

"那……如果我做了，你怎样看到世界的改变呢？明天一觉醒来一切都变了吗？"

"比那还要快，当你接收到邮件并决定行动时，我的世界可能会在瞬间改变。但这件事只有我们知道，对于我这个时代的其他人来说，历史只有一个，在已经改变的历史中，从你这时到我这时，这一段使用化石能源的历史已经不存在了。"

"我们还会再联系吗？"

"不知道，每次与过去的联系对全世界来说都是一件大事，需要相应的国际决议，再见。"

他回到房间里打开电脑，在邮件列表中豁然显现着那封来自未来的邮件，邮件的正文是空白的，却带着十多个附件，总容量达 1G 多。他把附件大概浏览了一下，是大批详细的技术资料和图纸，他看不太懂，但明白那都是用现在的技术语言写成的，应该能够被解读。他看到了一幅图片，是从远景拍摄的一片开阔地，硅犁正处于开阔地正中，它看上去确实像一台收割机，耕过的土地颜色深了一些，远远看去硅犁就像一把刷子，把黑灰色整齐地刷在大地上，图中已有三分之一的地面被耕过。但最吸引他注意力的还是未来的天空，灰蒙蒙一片，但显然不是云，还有阳光，这时可能是早晨或黄昏，硅犁投下长长的影子，这是一个没有蓝天的时代。

他开始思考下一步该怎么做。他在国家能源部规划司工作，现在的任务就是收集国内新型能源开发项目的成果和进展，这份报告直接提交给部长，并将在国务院办公会议上汇报。国家为应对经济危机投入的四万亿中，有一部分将面向新型能源开发，这次会议的结果将是资金投向的重要依据，未来的他显然是看到了这个机会。在把这个项目写入报告之前，首先需要找到一个科研实体或大公司接受它，并以这个实体或公司的名义上报，这是一件策略性很强的事儿，但如果这些资料是真的，应该有人愿意接收的，毕竟在最坏的情况下对他们也没有什么损失……

他突然打了个寒战，就像从梦中惊醒一般：我决定要做了吗？是的，决定了。行动的结果有两种：成功或失败，如果成功，未来已经改变了。

凡人把关键的事情早做一百多年，就能起到上帝的作用。

他看着屏幕上的那个邮件，突然想到回复它试试，他在回复件的正文上只写了三个字：已收到。发出后显示服务器错误或地址不存在。他又想到了手机，看看刚才打进来的号码，那是一个很平常的中国移动号，他回拨，服务音提示电话无法接通。

他来到阳台上，置身于如水的月光中，夜已深，小区中十分安静，月光中的建筑表面和地面有一种乳脂般的虚假的柔软。他感觉像刚刚做了一场梦，也许仍在梦中。

手机又响了，他在显示屏上看到了另一个陌生的号码，但一听到对方的声音，就知道那是未来的他，声音仍显得那么遥远和空灵，但背景声变了。

"你成功了。"未来的他说。

"你在什么时间？"他问。

"2119年。"

"与上次差不多，早了四年。"

"对我来说这是第一次给过去的你或我打电话，但我记得一百多年前接的那个电话。"

"对我来说那电话只是二十分钟前接的。怎么，海水退了吗？"

"没什么海水，气候从未变暖，海面也从未上升，你二十分钟前听到的那段历史是不存在的。我读到的历史是：在21世纪初，太阳能技术飞速发展，出现了硅犁技术，使大规模采集太阳能成为可能。在21世纪20年代，太阳能占领了世界能源市场的大部分，化石能源消失了。你的一生都是和硅犁联系在一起的，三年后，这项技术很快将在全世界扩散，你度过了辉煌的前半生。但与煤炭和石油工业的历史一样，太阳能工业史上并没有什么人留下特别显赫的名声。"

"我不在乎什么名声，能拯救世界真的很高兴。"

"我们当然不在乎名声，对此我们只能庆幸，否则我们将被当作历史的罪人。世界是改变了，但并没有变得更好。好在知道这点的人只有我们一个人。对于上次干预历史计划的制订者和执行者们，那次化石能源的历史不存在，自然关于它的记忆也不存在，我也不记得向过去打过电话，但记得接到过未来的电话，对于我来说，这是关于那个不存在的历史的唯一线索……你听到什么？"

在背景声中，他听到一片微弱的喧哗，使他想起黄昏的树林上空盘旋的乌云般的鸟群，时而一阵大风扫过树林，用另一种声音盖住了一切。

"听不出是什么，应该不是海水声。"

"哪有什么海水，连黄浦江都快干了，现在是旱季（现在只有旱季和雨季两个季节了），挽起裤腿就能从外滩走过江，事实上现在就有几十万人从外滩过江涌进浦东，像蚂蚁似的盖满了河床，那是外地涌进城的饥饿大军。城市已经一片混乱，我看到有好几处在燃烧。"

"怎么会这样？太阳能是最环保的能源。"

"这是一个可悲的误解。你知道要满足一座上海这样的城市的用电，需要多大面积的电池板，或者说单晶硅田？城市面积的二十倍！而在这以后的一个多世纪里，城市化运动突飞猛进，现在一座中等城市都有你那时上海的规模了。从 21 世纪 20 年代开始，无数架硅犁在各大陆上辛勤耕作，在把所有的沙漠都变成单晶田后，便开始吞食农田和植被，到现在，各大洲的陆地都已严重单晶化了，这个进程比沙漠化要快得多，地球表面几乎变成了一块单晶硅电池板。"

"从经济学原理上看这不可能啊，随着土地成本的增高，硅犁技术会退出能源市场……"

"就像使用化石能源的情况一样，到那时已经晚了，重建新型的能源工业并不容易，甚至恢复石油和煤炭工业都需要很长时间，但能源供应不能停止增长，硅犁继续疯狂耕作。土地的单晶化比沙漠化对气候环境危害更大，生态急剧恶化，干旱笼罩全球，不多的降雨带来的只有洪灾……"

他听着这来自一个多世纪以后的声音，感到窒息了，像掉进深水中，他拼命上浮，就在完全绝望之际竟浮上水面，他长吸一口气，对未来的自己说："幸好有补救的办法，很简单，再简单不过了：我现在除了决定外还什么都没做，立刻把硬盘中的那些资料删除，明天继续我原来的生活不就行了？"

"那上海将再次被海水淹没。"

"……"

"我们必须再次干预历史。"

"你不会是说，这次又要给我什么新能源技术吧？"

"是的，这项技术的核心是超深钻井。"

"钻井？石油开采的技术现在已经很完善了。"

"不，要开采的不是石油，钻井的深度将超过 100 公里，穿透莫霍面（注：地球固态岩层与软流层的分界面），直达软流层。地球为什么有磁场，因为在其内部有强大的电流存在，我们要开采的就是地球深处的电流。当超深钻孔完成后，把巨型电极置入井底，就可把地球电流导出。这种在高温高压下工作的电极是这次传送的另一项核心技术。"

"听起来很宏伟，可我还是感到恐惧。"

"听着，开采地球电流是真正环保的技术，不占用土地，不排放二氧化碳和任何其他污染，直接得到电流。好，又该说再见了，但愿下次联系不再是为了拯救世界……你去收电子邮件吧。"

"等等，干嘛不多谈一会儿？谈谈……我们的生活。"

"与过去联系的时间应该尽可能缩短，以减少未来信息向过去的渗透，你知道，我们其实是在干一件很危险的事。再说也没什么好谈的，我经历过的一切你迟早都会经历。"话音刚落电话就断了，只能听到显然是来自于这个现实时间的忙音。

他回到电脑前，收下了来自未来的第二封 EMAIL，仍是详细庞杂的技术资料，信息量与上一次差不多。他在浏览中发现，超深钻机是采用激光钻头，而不是现有的机械钻头，岩石被熔成岩浆通过钻管导出到地面。在最后一个附件中他又看到了一幅照片，仍是一片空旷广阔的大地，高压线塔林立，也许是材料强度增高的缘故，这些线塔都显得很轻捷，高压线的一头都是从地面引出的，显然连接着地球深处的巨型电极。吸引他的是这片土地，呈现一种没有生气的黑灰色，显然是单晶硅田。地面被一种栅栏似的条状物分割成网格，可能是从田中引出太阳电流的导线。与上次的那幅图片不同，天空一片清澈的湛蓝，没有一丝云，这是一个很少有云的时代，似乎能感到干燥得发脆的空气。

他再次来到阳台上，月亮已经西斜，阴影变得多了，仿佛城市的梦已经做完，陷入深睡之中。

他再次思考如何推广这项未来技术，这次的策略应该与上次不同。首先，激光钻头技术在商业和军事上本身就有巨大的吸引力，应该作为一项单独的技术来开发推广，待其成熟后，再打出地球电流这张牌，同时开发地下电极等技术。第一批投资仍将来自那四万亿，首先要做的仍是为这项技术成果找到一个有巨大影响力的拥有者，他有信心成功，因为自己手里有真东西。

那么，我又决定要做了，历史又改变了吗？

像回答他的思想似的，电话第三次响起。这时，西落的月亮从一幢高楼顶探出半边脸，似乎是在离去之前对这个世界投来最后惊恐的一瞥。

"我是你，从 2125 年给你打电话。"

对方说完后就沉默了，似乎在等他发问，可他不敢问，握电话的手渗出冷汗，浑身感觉如虚脱一般，只是说："又让听声音吗？"

"这次你大概听不到什么了。"

但他还是仔细倾听，只听到一阵沙沙声，直觉告诉他这声音可能只是信号穿越时间产生的干扰，它不是来自 2125 年，可能来自途中的某一年，也可能来自时间之外和宇宙之外的虚无。

"你还在上海吗？"他问未来的自己。

"是的。"

"可我什么都听不到，也许那时的汽车是电动的，噪声小。"

"车都在隧洞里跑，所以你听不见。"

"隧洞？什么隧洞？"

"上海在地下。"

月亮从高楼后完全消失了，一切隐没于昏暗中，他感觉自己也陷入地下，"怎么回事？"

"地面充满了辐射，你如果不穿防护服呆上半天，肯定就没命了，而且死得很惨，血从皮肤里渗出来……"

"哪来的辐射？"

"来自太阳。是的，你又成功了，那项技术的扩散速度比硅犁还快，在 2020 年，地球电流开采工业的规模已经超过了以前的石油和煤炭工业的总和，当大规模开发时，这项技术的产能效率和开发成本都大大优于硅犁，更别提和化石能源相比了，于是，世界能源供应很快全部建立在地球电流工业上。这是清洁廉价的能源，人们奇怪，指南针几千年前就发明了，可怎么直到现在才有人想到开发地球电流这样的宝藏？然后是持续的经济高速发展，生态环境不但没有恶化，还日益改善，人类相信自己的文明已经进入良性发展阶段，未来只会越来越好。"

"然后呢？"

"然后，在本世纪初，地球电流耗尽了，指南针不再指南。你知道，地球磁场是这个行星的护盾，它偏转太阳风粒子流，保护了大气层。可现在，范·艾伦辐射带消失了（注：地球周围存在的一个带电粒子捕获区。它是由地球磁场俘获太阳风中的带电粒子所形成的，对地球生态环境起重要的保护作用），太阳风直接扫向地球，就像——就像把细菌培养基直接放到紫外灯下一样。"

"哦——"他声音有些颤抖，感到很冷。

"这还只是开始，然后，在以后的三至五个世纪的时间里，太阳风会将大气层燃尽，烘干海洋和地球上所有的水。"

"……"

"现在，核聚变技术已经取得突破，包括重新恢复的石油和煤炭工业，人类获得了无尽能源，但大部分能源都用于重新将电流注入地核，试图重建地球磁场，可到目前为止效果不大。"

"那就补救吧。"

"补救，只能补救了，删除你收到的那两个邮件中的所有信息。"

他站起身要向房间里去："我这就去做！"

"稍等等，因为你一做完，历史将再次改变，我们的通话就中断了。"

"哦，是的，或者说什么也没变，世界将继续这个化石能源的历史。"

"你也将继续这种生活。"

"求求你，谈谈我们以后的生活吧。"

"无可奉告，其实那样也就改变了我们以后的生活。"

"是的，知道未来也就改变了未来，这我懂，我只是想知道一些细节。"

"抱歉。"

"比如，我们有过自己理想中的那种生活吗？幸福过吗？"

"抱歉。"

"我结婚了吗？有孩子吗？如果有，男孩儿还是女孩儿？"

"抱歉。"

"除了雯，我这辈子又真正爱过几次？"

他以为这次未来的自己又要说抱歉，但对方沉默了，耳机中只听到沙沙的时间之风从这一百一十六年的漫漫虚谷中吹过，终于，他回答了：

"一次都没有。"

"什么？一百多年了，我再没爱过别人？"

"是的，没有。一个人的人生和整个人类的历史一样，第一次的选择不见得是不好的，只是在没有做其他选择的情况下你不知道而已。"

"这么说，我，我们，将孤独一生？"

"抱歉，无可奉告。人类作为整体本来就是孤独的，所以，我们应好自为之。好，时间到了。"

连一声道别都没有，电话就断了。但几乎同时，短信铃声响了，他收到一封来自未来的短信，那是一段只有十几秒钟的视频。为了看得真切些，他把视频拷到电脑上放出。

他看到了一片火海，好一会儿才辨认出那是未来的天空。其实那不是火，是布满天穹的极光，是太阳风汹涌的粒子流冲击大气层产生的。天空布满了红色的帷幔，像堆积如山的蛇群般缓慢地蠕动着，天空似乎变成液态的，让人疯狂。在这火的长空下，矗立着一个由球体构成的建筑物，那是东方明珠塔，球体表面的镜面反映着天空的火海，像自己燃烧成火球似的。更近处站着一个人，防护服裹住了这人的整个身体，这种防护服有着全反射表面，似乎是充气的，表面没有皱折，是一个连续的人形曲面，仿佛一面弯曲后的镜子。这个人形镜面也反射着火的天空，空中蠕动的火蛇经过镜面的扭曲显得更加诡异。整个画面都在火焰中变幻和流动，仿佛整个世界正在熔成岩浆。那人向镜头举起一只手，像在对过去打招呼，然后视频结束了。

那是我吗？

但他立刻想到更重要的事，删除了两个来自未来的电子邮件和所有的附件，又想了想，他决定把硬盘低级格式化。

当低格的进度条走到头时，这个夜晚又变成了普通的一夜，这个曾在这一夜三次改变人类历史、但最终什么都没改变的人，在电脑前睡着了，外面曙光初现，世界又开始了普通的一天，真的什么都没有发生过。

斜月沉沉藏海雾　天上人间无限路

——《月夜》赏析

王晓勇

　　刘慈欣的《月夜》是一篇独特的审美反思型科幻小说，用未来世界的孤独感和末日感，表达传统文化中的月夜意象已经丧失。作者把审美的对象转变成忧虑的对象，把人生的困惑转变成人类的困惑，旨在反思人类主导世界的荒诞后果。《月夜》的实际主题其实并不是月亮意象，而是太阳意象。月亮是一个隐蔽或被遮蔽的对象，是主人公复杂微妙心理的投射。在科技高度发达的时代，无论太阳崇拜还是月亮崇拜，都要让位于人类对科学的信仰。如果人类有一天真的变成了主宰世界的上帝，恐怕离毁灭之日不远了。

　　刘慈欣的《月夜》是一篇充满意象色彩的科幻小说，颠覆了中国传统中月夜意象的文化内涵，把审美的对象转变成忧虑的对象，把人生的困惑转变成人类的困惑，用个人的时空穿越，见证人类主导世界的荒诞后果；用冷漠的工具理性，改造能源危机时代的美丽家园。这种科幻风格渗透着一种悲剧式的现实反思，既有直面本质的深度，也有经验积淀的厚度，让优美的生命境界与空虚的科技世界形成鲜明对比。科学将引导人类走向何方？是优美的生命境界，还是空虚的科技世界？对于这些疑问，刘慈欣在小说开篇就表达出一种无所适从的困惑感："只有月光没有灯光的城市全然不是他们预想的那种意境，没有月下田园的感觉，倒像一片被遗弃的废墟。但他仍很欣赏，他现在发现废墟带来的末日感其实是一种很美的感觉，意味着一切都已过去，所有负担都已卸下，只需躺在命运的怀抱中享受最后的宁静，他今天需要这样。"当月夜的末日感代替了月夜的优美感，正反映出主人公对现实的厌倦。末日感，往往是失意者到了无法忍耐时的心态，意味着旧的不毁，新的不生。人类的希望如果不寄托于历史发展，如果不寄托于科技进步，那么就只能寄托于一切重来。对末日的渴望不仅意味着哲学大师海德格尔所谓的"向死而在"，其实还包含着一个深刻的现代性问题：以人类为中心的发展前景能不能代表人类内心的希望？

一、月夜意象与太阳意象在小说中的重要性

自古以来，月夜不仅是中国人寄托情感的审美意象，意味着思念，意味着孤独，而且也是一种带有哲学思考的超越意象，意味着永恒，意味着普遍。首先，月夜是超越时间的，唐代诗人张若虚在其代表作《春江花月夜》中写道："江天一色无纤尘，皎皎空中孤月轮。江畔何人初见月，江月何年初照人？人生代代无穷已，江月年年望相似。不知江月待何人，但见长江送流水。"其次，月夜也是超越空间的，宋代文豪苏轼在《水调歌头·丙辰中秋》中写道："但愿人长久，千里共婵娟。"但是在宗教信仰方面，月亮崇拜远不如太阳崇拜重要。在古希腊、古罗马文化中，太阳崇拜比月亮崇拜的地位高。太阳神阿波罗是西方人崇拜的重要神灵，他的地位仅次于宙斯或朱庇特；而月亮女神阿尔忒弥斯虽然是阿波罗的姐姐，却不如弟弟声名显赫。连柏拉图在洞穴之喻中也将太阳作为理性的最高象征；在中国的夏朝时期和商朝时期，太阳崇拜和月亮崇拜竟然都是多元的，先民所崇拜的十个太阳就是十天干，其名称分别是甲、乙、丙、丁、戊、己、庚、辛、壬、癸；先民所崇拜的十二个月亮就是十二地支，其名称分别是子、丑、寅、卯、辰、巳、午、未、申、酉、戌、亥。所以，商朝的国君多用天干起名，例如祖甲、太乙、武丁，后辛等，采用的就是一种特殊的太阳起名法。这些历史文化都说明月亮的地位无论如何，还是不如太阳的地位重要。

《月夜》的实际主题并不是月亮意象，而是太阳意象。因此，太阳的地

位还是比月亮的地位重要。小说中这样写道：

> "太阳能？什么太阳能？"
>
> "从地面采集太阳能的技术。"
>
> "用什么采集？"
>
> "单晶硅，和你们那时一样。"
>
> "这不扯淡嘛！哦，你们那时还有这说法吗？"
>
> "有，我们这老一辈把那时的所有说法都继承过来了，包括扯淡。但我们的单晶硅太阳能电池的采能效率要高许多。"
>
> "就是达到百分之百也没有用，地面上每平方米的太阳能能有多少？就凭晒几块电池板就能满足现代社会的能耗？你把我们这会儿当成农业时代了是不是？"
>
> 他感觉自己又在一百多年后笑了："你别说，这项技术从意象上还真有农业时代的影子。"
>
> "意象？我怎么变得这么酸了？"

作为一名科幻小说家，刘慈欣使用"意象"这个审美概念，是因为他敏锐地发现了科学与美学之间的某种不和谐。科学的目的在于物尽其用，物为我用；美学的目的在于单纯的静观欣赏，而不是带着功利色彩的人为利用。小说中这一句"意象？我怎么变得这么酸了？"是主人公与一百多年后的主人公在时空穿越的对话中说的。刘慈欣用一个"酸"字表明，美学在未来世界中的地位将更加边缘化。现在的太阳是自然光，未来的太阳是太阳能；前者是意象，后者是利用。这就是美学与科学的区别。

二、明明讲太阳能，为何以《月夜》为题目

在《月夜》中，月亮几乎是一个隐蔽或被遮蔽的对象。小说一开始就写道："他第一次看到了城市中的月光。以前从没感觉到月光照进城市，璀璨的灯光盖住了它。"但主人公正准备欣赏月亮时，一百年以后的自己却打来了一

个关于太阳能的电话，月亮再次被遮蔽。主人公"他紧握手机，呆呆地面对着月光下的楼群，似乎整座城市都凝固了。"更为讽刺的是，在这样一个圆满吉祥的中秋节，月亮却处处透着可怕的危机和凶兆。一百年以后的主人公对现在的主人公说："今天也是满月，与你那时一样，城市中没有灯光，月亮也远没有你那时亮，大气太浑浊了。海水把月光反射到那一群摩天大楼上，反射到东方明珠塔的大球上，一缕一缕晃晃悠悠的，好像这一切马上就要塌掉似的。"月夜的诗情画意全然缺场，月光的反射预示着来日大难的发生。当主人公准备按照未来自己发送的电子方案实施新能源计划时，刘慈欣描写了一段唯美的月夜之景："他来到阳台上，置身于如水的月光中，夜已深，小区中十分安静，月光中的建筑表面和地面有一种乳脂般的虚假的柔软。"但这段文字透露出的"虚假"二字，又预示着某种不安。当主人公发现单晶硅技术的弊端时，月亮意象再次出现，"他再次来到阳台上，月亮已经西斜，阴影变得多了，仿佛城市的梦已经做完，陷入深睡之中。"这段描写暗示了希望的破灭。当主人公决定放弃硅犁计划，决定开发地下电极时，又出现了新的焦虑："那么，我又决定要做了，历史又改变了吗？"

像回答他的思想似的，电话第三次响起。这时西落的月亮从一幢高楼顶探出半边脸，似乎是在离去之前对这个世界投来最后惊恐的一瞥。月亮与主人公的心情共浮沉。

至此方才看出，月亮意象其实就是主人公的心理投射。对月亮意象的熟练运用，显示出刘慈欣在《月夜》中高超的文字技巧。

三、人类用技术能拯救世界吗

《月夜》中有一句警语值得体味："凡人把关键的事情早做一百多年，就能起到上帝的作用。"主人公与一百多年后的自己在小说中频繁对话，这种穿越写法与穿越题材的旨趣完全不同。穿越题材只是历史的混搭，《月夜》中的穿越写法却包含一个更深的道理：人类正在变成自己的上帝。

作为一位60后，刘慈欣离那个"人有多大胆，地有多大产"的时代很近；而他的科幻之胆更大，竟然想象出一种硅犁技术：

"硅犁。你知道，造单晶硅太阳能电池的原料是硅，这是地球上最丰富的元素，沙子里土壤里到处都有。硅犁可以像犁那样耕地，在耕的时候它把土壤或沙子中的硅提纯并转化成单晶硅，这样它耕过的地就变成了太阳能电池。"

"那……硅犁是什么样子的？"

"看上去像联合收割机，开始时要一些外部能源，以后它就靠前面耕出的单晶硅田供电继续耕作，有了这种设备，你们可以把整个塔克拉玛干沙漠都变成太阳能电池。"

这种技术并非全无实现的可能，但作者自己对这种技术的负面效应做了批判：

"怎么会这样？太阳能是最环保的能源。"

"这是一个可悲的误解。你知道要满足一座上海这样的城市的用电，需要多大面积的电池板，或说单晶硅田？城市面积的二十倍！而在这以后的一个多世纪里，城市化运动突飞猛进，现在一座中等城市都有你那时上海的规模了。从21世纪20年代开始，无数架硅犁在各大陆上辛勤耕作，在把所有的沙漠都变成单晶田后，便开始吞食农田和植被，到现在，各大洲的陆地都已严重单晶化了，这个进程比沙漠化要快得多，地球表面几乎变成了一块单晶硅电池板。"

硅犁技术方案行不通，又准备采取地球磁场发电的方案。小说写到这里，感觉出作者想表明的意思：人类一直在瞎折腾。如果人类有一天真的变成了主宰世界的上帝，恐怕离毁灭之日就不远了。

刘慈欣的《月夜》实际上讲了这样一个故事：在科技高度发达的时代，无论太阳崇拜还是月亮崇拜，都要让位于人类对科学的信仰。但是人类如果过分改造大自然，大自然的造化之美和生命之光将消失殆尽。

（王晓勇：哲学博士，陕西省社会科学院助理研究员）

2018 年 4 月 1 日

刘慈欣

　　又是犹豫的一天，这之前我已经犹豫了两三个月，犹豫像一潭死滞的淤泥，我感觉自己的生命在其中正以几十倍于从前的速度消耗着，这里说的"从前"是我没产生那个想法的时候，是基延还没有商业化的时候。

　　从写字楼顶层的窗子望出去，城市在下面扩展开来，像一片被剖开的集成电路，我不过是那密密麻麻的纳米线路中奔跑的一个电子，真的算不了什么，所以我做出的决定也算不了什么，所以决定就可以做出了……但像以前多少次一样，决定还是做不出，犹豫还在继续。

　　强子又迟到了，带着一股风闯进办公室，他脸上有淤青，脑门上还贴着一块创可贴，但他显得很自豪，扬着头，像贴着一枚勋章。他的办公桌就在我对面，他坐下后没开电脑，直勾勾地看着我，显然等我发问，但我没那个兴趣。

　　"昨晚电视里看到了吧？"强子兴奋地说。

　　他显然是指"生命水面"袭击市中心医院的事，那也是国内最大的基延中心。医院雪白的楼面上出现了两道长长的火烧的黑迹，像如玉的美人脸被脏手摸了一下，很惊心。"生命水面"是众多反基延组织中规模最大的一个，也是最极端的一个，强子就是其中的一员，但我没在电视中看到他，当时，医院外面的人群像愤怒的潮水。

　　"刚开过会，你知道公司的警告，再这样你的饭碗就没了。"我说。

　　基延是基因改造延长生命技术的简称，通过剔除人类基因中产生衰老时钟的片断，可将人类的正常寿命延长至三百岁。这项技术在五年前开始商业应用，现在却演化为一场波及全世界的社会和政治灾难，原因是它太贵了，在这里，一个人的基延价格相当于一座豪华别墅，只有少数人能消费得起。

"我不在乎，"强子说，"对于一个连一百岁都活不到的人来说，我在乎什么？"他说着点上一支烟，办公室里严禁吸烟，他看来是想表示自己真的不在乎。

"嫉妒，嫉妒是一种有害健康的情绪。"我挥手驱散眼前的烟雾说，"以前也有很多人因为交不起医疗费而降低寿命的。"

"那不一样，看不起病的人是少数，而现在，百分之九十九的人眼巴巴地看着那百分之一的有钱人活三百岁！我不怕承认嫉妒，是嫉妒在维护着社会公平。"他从办公桌上探身凑近我，"你敢拍胸脯说自己不嫉妒？加入我们吧。"

强子的目光让我打了个寒战，一时间真怀疑他看透了我。是的，我就要成为一个他嫉妒的对象了，我就要成为一个基延人了。

其实我没有多少钱，三十多岁一事无成，还处于职场的最底层。但我是财务人员，有机会挪用资金。经过长期的策划，一切都已完成，现在我只要点一下鼠标，基延所需的那五百万新人民币就能进入我的秘密账户，然后再转到基延中心的账户上。这方面我是个很专业的人，在迷宫般的财务系统中我设置了层层掩护，至少要半年时间，这笔资金的缺口才有可能被发现，那时，我将丢掉工作，被判刑、没收全部财产，承受无数鄙夷的目光……

但那时的我已经是一个能活三百岁的人了。

可我还在犹豫。

我仔细研究过法律，按贪污罪量刑，五百万元最多判二十年。二十年后，我前面还有二百多年的诱人岁月。现在的问题是，这么简单的算术题，难道只有我会做吗？事实上只要能进入基延一族，现有法律中除死刑之外的所有罪行都值得一犯。那么，有多少人和我一样处于策划和犹豫中？这想法催我尽快行动，同时也使我畏缩。

但最让我犹豫的还是简简，这已经是属于理性之外了。在遇到简简之前，我不相信世界上有爱情这回事；在遇到她之后，我不相信世界上除了爱情还有什么，离开她，我活两千年又有什么意思？现在，在人生的天平上，一边是两个半世纪的寿命，另一边是离开简简的痛苦，天平几乎是平的。

部门主管召集开会。从他脸上的表情我就能猜出来，这个会不是安排工作，而是针对个人。果然，主管说他今天想谈谈某些员工的"不能被容忍的"社会行为。我没有转头看强子，但知道他要倒霉了，可主管说出的却是另一个人的名字。

"刘伟，据可靠消息，你加入了IT共和国？"

刘伟点点头，像走上断头台的路易十六般高傲，"这与工作无关，我不希望公司干涉个人自由。"

主管严肃地摇摇头，冲他竖起一根手指："很少有事情与工作无关的，不要把你们在大学中热衷的那一套带到职场上来，如果一个国家可以在大街上骂总统那叫民主，但要是都不服从老板，那这个国家肯定会崩溃的。"

"虚拟国家就要被承认了。"

"被谁承认？联合国？还是某个大国？别做梦了。"

其实，主管最后这句话中并没有多少自信。现在，人类社会拥有的领土分为两部分，一部分是地球各大陆和岛屿，另一部分则是互联网广阔的电子空间。后者以快百倍的速度重复着文明史，在那里，经历了几十年无序的石器时代之后，国家顺理成章地出现了。虚拟国家主要有两个起源，一是各种聚集了大量ID的BBS，二是那些玩家已经上亿的大型游戏。虚拟国家有着与实体国家相似的元首和议会，甚至拥有只在网上出现的军队。与实体国家以地域和民族划分不同，虚拟国家主要以信仰、爱好和职业为基础组建，每个虚拟国家的成员都遍布全世界，多个虚拟国家构成了虚拟国际，现已拥有二十亿人口，并建立了与实体国际对等的虚拟联合国，成为叠加在传统国家之上的巨大的政治实体。

IT共和国就是虚拟国际中的一个超级大国，人口八千万，还在迅速增长中。这是一个主要由IT工程师组成的国家，有着咄咄逼人的政治诉求，也有着对实体国际产生作用的强大力量。我不知道刘伟在其中的公民身份是什么。据说IT共和国的元首是某个IT公司的普通小职员，相反，也有不止一个实体国家的元首被曝是某个虚拟国家的普通公民。

主管对大家进行严重警告，不得拥有第二国籍，并阴沉地让刘伟到总经理办公室去一趟，然后宣布散会。我们还没有从座位上起身，一直待在电脑屏幕前的郑丽丽让人头皮发麻地大叫起来，说出大事儿了，让大家看新闻。

我回到办公桌前，把电脑切换到新闻频道，看到紧急插播的重要新闻，播音员一脸阴霾地宣布，在联合国否决 IT 共和国要求获得承认的 3617 号决议被安理会通过后，IT 共和国向实体国际宣战，半个小时前已经开始对世界金融系统进行攻击。

我看看刘伟，他对这事好像也很意外。

画面切换到某个大都市，高楼间的街道，长长的车流拥堵着，人们从车中和两边的建筑物中纷纷拥出，像是发生了大地震一般。镜头又切换到一家大型超市，人群像黑色的潮水般拥入，疯狂地争抢货物，一排排货架摇摇欲坠，像被潮水冲散的沙堤……

"这是干什么？"我惊恐地问。

"还不明白吗？"郑丽丽继续尖叫道，"要均贫富了！所有的人都要一文不名了！快抢吃的呀！"

我当然明白，但不敢相信噩梦已成现实。传统的纸币和硬币已在三年前停止流通，现在即使在街边小货亭买盒烟也要刷卡。在这个全信息化时代，财富是什么？说到底不过是计算机存储器中的一串串脉冲和磁印。以这座华丽宏伟的写字楼来说，如果相关部门中所有的电子记录都被删除，公司的总裁即使拿着房产证，也没有谁承认他的所有权。钱是什么？钱不再是王八蛋了，钱只是一串比细菌还小的电磁印记和转瞬即逝的脉冲，对于 IT 共和国来说，实体世界中近一半的 IT 从业者都是其公民，抹掉这些印记是很容易的。

程序员、网络工程师、数据库管理员这类人构成了 IT 共和国的主体，这个阶层是 19 世纪的产业大军在 21 世纪的再现，只不过劳作的部分由肢体变成大脑，繁重程度却有增无减。在渺如烟海的程序代码和迷宫般的网络软硬件中，他们如二百多年前的码头搬运工般背起重负，如妓女般彻夜赶工。信息技术的发展一日千里，除了部分爬到管理层的幸运儿，其他人的知识和技能很快过时，新的 IT 专业毕业生如饥饿的白蚁般成群涌来，老的人（其实不老，大多三十出头）被挤到一边，被代替和抛弃，但新来者没有丝毫得意，这也是他们中大多数人不算遥远的前景……这个阶层被称作技术无产阶级。

不要说我们一无所有，我们要把世界格式化！这是被篡改的国际歌歌词。

我突然像遭雷劈一样，天啊，我的钱，那些现在还不属于我，但即将为我买来两个多世纪生命和生活的钱，要被删除了吗？但如果一切都格式化了，结果不是都一样吗？我的钱、我的基延、我的梦想……我眼前发黑，无头苍蝇般在办公室中来回走着。

一阵狂笑使我停下脚步，笑声是郑丽丽发出的，她在那里笑得蹲下了。

"愚人节快乐。"冷静的刘伟扫了一眼办公室一角的网络交换机说。我顺着他的目光看去，发现交换机与公司网络被断开了，郑丽丽的笔记本电脑接在上面，充当了服务器，这个婊子！为了这个愚人节笑话她肯定费了不少劲，主要是做那些新闻画面，但在这个一个人猫在屋里就能用 3D 软件做出一部大片的时代，这也算不了什么。

别人显然并不觉得郑丽丽的玩笑过分了，强子又用那种眼光看着我说："咋啦，这应该是他们发毛才对啊，你怕什么？"他指指高管们所在的上层。

我又出了一身冷汗，怀疑他是不是真看透我了，但我最大的恐惧不在于此。

世界格式化，真的只是 IT 共和国中极端分子的疯话？真的只是一个愚人节的玩笑？吊着这把悬剑的那根头发还能支持多久？

一瞬间，我的犹豫像突然打开的强光灯下的黑暗那样消失了，我决定了。

晚上我约了简简，当我从城市灯海的背景中辨认出她的身影时，坚硬的心又软了下来，她那小小的剪影看上去那么娇弱，像一团随时都会被微风吹灭的烛苗，我怎么能伤害她？当她走近，我看到她的眼睛时，心中的天平已经完全倾向另一个方向，没有她，我要那两百多年有什么用？时间真会抚平创伤？那可能不过是两个多世纪漫长的刑罚而已。爱情使我这个极端自私的人又崇高起来。

但简简先说话了，说出的居然是我原来准备向她说的话，一字不差："我犹豫了好长时间，我们还是分手吧。"

我茫然地问她为什么。

"很长时间后，当我还年轻时，你已经老了。"

我好半天才理解了她的意思，随即也读懂了她那刚才还令我心碎的哀怨目光，我本以为是她已经看透了我或猜到了些什么。我轻轻笑了起来，很快变成仰天大笑。我真是傻，傻得不透气，也不看看这是个什么时代，也不看看我们前面浮现出怎样的诱惑。笑过之后，我如释重负，浑身轻松得像要飘起来，不过在这同时，我还是真诚地为简简高兴。

"你哪来那么多钱？"我问她。

"只够我一个人的。"她低声说，眼睛不敢看我。

"我知道，没关系，我是说你一个人也要不少钱的。"

"父亲给了我一些，一百年时间是够的。我还存了一些钱，到那时利息应该不少了。"

我知道自己又猜错了，她不是要做基延，而是要冬眠。这是另一项已经商业化的生命科学成果，在零下五十度左右的低温状态，通过药物和体外循环系统使人体的新陈代谢速度降至正常状态的百分之一，人在冬眠中度过一百年时间，生理年龄仅长了一岁。

"生活太累了，也无趣，我只是想逃避。"简简说。

"到一个世纪后就能逃避吗？那时你的学历已经不被承认，也不适应当时的社会，能过得好吗？"

"时代总是越来越好的，实在不行我到时候再接着冬眠，还可以做基延，到那时一定很便宜了。"

我和简简默默地分别了。也许，一个世纪后我们还能再相会，但我没向她承诺什么，那时的她还是她，但我已经是一个经历了一百三十多年沧桑的人了。

简简的背影消失后，我没再犹豫一刻，拿出手机登录到网银系统，立刻把那五百万元新人民币转到基延中心的账户上。虽然已近午夜，我还是很快收到了中心主任的电话，他说明天就可以开始我的基因改良操作，顺利的话一周就能完成。他还郑重地重复了中心的保密承诺（身份暴露的基延族中，已经有三人被杀害）。

"你会为自己的决定庆幸的，"主任说，"因为你将得到的不只是两个多世纪的寿命，可能是永生。"

我明白这点，谁也不知道两个世纪后会出现什么样的技术，也许，到时可以把人的意识和记忆拷贝出来，做成永远不丢失的备份，随时可以灌注到一个新的身体中；也许根本不需要身体，我们的意识在网络中像神一般游荡，通过数量无限的传感器感受着世界和宇宙，这真的是永生了。

主任接着说："其实，有了时间就有了一切，只要时间足够，一只乱敲打字机的猴子都能打出莎士比亚全集，而你有的是时间。"

"我？不是我们吗？"

"我没有做基延。"

"为什么？"

对方沉默良久后说："这世界变化太快了，太多的机会太多的诱惑太多的欲望太多的危险，我觉得头昏目眩的，毕竟岁数大了。不过你放心，"他接着说出了简简那句话，"时代总是越来越好的。"

现在，我坐在自己狭小的单身公寓中写着这篇日记，这是我有生以来记的第一篇日记，以后要坚持记下去，因为我总要留下些东西。时间也会让人失去一切，我知道，长寿的并不是我，两个世纪后的我肯定是另一个陌生人了，其实仔细想想，自我的概念本来就很可疑，构成自我的身体、记忆和意识都是在不断的变化中，与简简分别之前的我，以犯罪的方式付款之前的我，与主任交谈之前的我，甚至在打出这个"甚至"之前的我，都已经不是同一个人了，想到这里我很释然。

但我总是要留下些东西。

窗外的夜空中，黎明前的星星在发出它们最后的寒光，与城市辉煌的灯海相比，星星如此暗淡，刚能被辨认出来，但它们是永恒的象征。就在这一夜，不知有多少与我一样的新新人类上路了，不管好坏，我们将是第一批真正触摸永恒的人。

天地集方寸　悠然见宇宙

——《2018 年 4 月 1 日》赏析

王　玥

创作日臻成熟的刘慈欣通过自己的作品已经构架起一个奇异的科幻世界,《2018 年 4 月 1 日》就像其中的一块探索作者内心宇宙的"拼图"。小说中的情节与其说是一个愚人节玩笑,不如说是科幻作家关于人类的一个预言,小说中隐于基延技术、IT 共和国等科幻元素之后的是与当下无太大差异的社会现实背景,在个体精神慢慢消融的现实中,人们只能将希望交给未来和另一个虚幻的网络世界。

电影《国产凌凌漆》中周星驰有段台词,大意是"表面上看这是个手提电话,其实它是把剃须刀;表面上看这是把剃须刀,其实它是个吹风筒……",刘慈欣的一些作品大抵也有如此意味,你以为这是个短篇,其实它包含和指向的内容很多,也许经历了很久的积累和铺垫;你以为这是个长篇,其实它说的事情可能很简单。

刘慈欣的短篇小说《2018 年 4 月 1 日》创作于 2009 年,2010 年收录在《时光尽头》作品集中,由花山文艺出版社出版,全篇五千余字。彼时距《三体》进入大众视野时间尚早,刘慈欣也只是科幻迷中的大神,除有少部分铁杆拥趸,这篇小说湮没在作者文字构架的浩瀚星云中不为人所知,以至于当年狂热的粉丝在追翻到这篇文章时,竟忍不住发出疑问:"这是大刘的作品吗？"而这时，距离作者开始创作《三体》已经过去好几年了。

作为一篇日记体小说，《2018年4月1日》采用第一人称叙述，时间背景设定在未来2018年的4月1日，即小说标题，这一天也是西方社会习俗的愚人节。在小说中的2018年，人类社会已经拥有了通过改变基因延长生命的技术（简称"基延"），但因其价格昂贵，只能为少数有钱人服务。主人公"我"作为一名普通人，在有机会通过职务犯罪获得自己做基延手术的巨额费用时，却也陷入了"延长生命直至永恒"和"与爱人共度短暂此生"二选一难题的纠结中。与此同时，从网络虚拟世界中发展而来的"虚拟国家"正试图获得现实世界的认可，这种跨越国家、种族、性别、年龄界限的虚拟国家有着与现实世界遵循已久的运行规律截然不同的价值取向，两者发生冲突在所难免。故事以此为背景展开，主人公"我"借着同事在愚人节这天所开的一个玩笑，做出了最后的决定。

一、刘氏"科幻世界"中的一块拼图

创作日臻成熟的刘慈欣通过自己的作品已经构架起一个奇异的星云世界，各类科幻元素在其中如羚羊挂角，浑然一体。本文像是作者不经意间挥洒下的一座"星门"，我们可以通过一部作品跃迁进作者构建的一个世界，通过这样一块块"拼图"去探索作者的内心宇宙。对于那些习惯了看大场面的读者来说，《2018年4月1日》更像刘慈欣为粉丝们准备的一道开胃小菜。这道佳品情节简单，叙述波澜不惊，但一以贯之的是作者风格的体现，在其不长的篇幅中也可以一窥作者创作的几个基本特点。

刘慈欣的作品往往场面宏大，时空架构跨度深远，让人感受到宇宙史诗的气魄，本文作为短篇，虽没有读者习以为常的宏大时空背景设定，也没有硬科幻中关于科学技术、物理定律等详尽、令人信服的解释，但基延、冷冻技术、IT共和国、虚拟世界等科幻元素的设定，让这篇短文更像是作者为某部正在酝酿的长篇大作所写的序曲，读来令人意犹未尽。考虑到此文创作时间距离《三体》三部曲完稿不久，作者此时无论是价值观、写作风格，还是宇宙观、时空格局等都已经成熟并自成体系，我们自然不能简单、孤立地将本文作为一篇小品文分割欣赏。《三体》完成后不久，作者写了《重返伊甸园——科幻创作十年回顾》，将其创作分为纯科幻、人与自然、社会实验三个阶段，这些作品已经构建起属于作者的科幻世界，本文即应将其置于作者所创造的世界中去分析，就像巴尔扎克的《人间喜剧》系列，人物与人物之间都有交集，故事与故事之间也有连续，两个不相干的作品很可能就成为另一部作品的背景，此时即使是短篇也是在作者的大视野、大格局下产生的，是已然存在于作者脑海中大架构中的一环，是将来解读作者内心世界不可或缺的一块拼图，只要他愿意，一个小短篇随时可以变成长篇，文中任何一个小创意既可以说是得之偶然，也可以说是深思熟虑的必然结果，而且一旦发生，就能被作者信手拈来置入其宏大的宇宙架构中，可长可短，收时戛然而止令人回味无穷，放时则八荒无极神游无限让人欲罢不能。正如本篇，一场人类社会的革命正蓄势待发，届时，这场在小说中并未提及、暗地里却波涛汹涌的革命必将以一种波澜壮阔的形式呈现在读者面前。

刘慈欣的人物塑造十分简洁，从不刻意去描摹人物形象，这点颇似中国山水画中的"写意"技法，寥寥几笔先勾勒出人物骨架，然后让人物在剧情发展中展现性格，进而血肉丰满起来。这种写作技巧与作者所描述的主题对象分不开，要知道再伟大的人物在历史的长河、宇宙的浩瀚中都是渺小、微不足道的，而对宇宙的描绘尽管已有诸多科技文献可以做参考，对于从来没去过太空的人来说却始终是抽象虚无的，对神秘宇宙的终极探索有着无限的可能性，要抓住这些纷至沓来的精彩创意与瞬间，对人物形象的精雕细琢必然会影响到作者创作思维的跳跃性以及读者阅读时的快感。本文人物亦如是，"我"的平凡不自信、女主人公"简简"的脆弱、强子的愤青等，无一正面描写，人物性格只通过几个简单动作、几句话即得以体现。这也反映出刘慈欣的作品向来关注的是"科学"而不是"人"的特点，作者笔下的人物是普通的现实中人，作者本人从来没把他们当成英雄人物来塑造，他们也从来不认为自己是英雄，"他们一定要在社会的变革中被推向改变世界的精英舞台"。这一点与美国好莱坞作品中所极力表现的个人英雄主义泾渭分明，在好莱坞主流文化横扫世界的今天尤其难能可贵，对比风靡世界的由漫威英雄漫画衍生出的真人电影系列，如《美国队长》《钢铁侠》《蜘蛛侠》等即知。

小说表面上描述的是主人公"我"一天时间内的情感起伏，从对女友的留恋不舍到最后的释然放弃，好像又是一个无奈的爱情故事，但刘慈欣在作品中从未将男女关系作为其想要表现的主题，这个特点在《三体Ⅲ·死神永生》中得到最极致的体现。《死神永生》中，程心与云天明的凄美爱情故事读来令人怦然心动，给心爱的人送一颗星星，甚至一个世界，如此创意、浪漫的情节设置，到最后却也只是为了衬托主体情节发展的需要，丝毫不妨碍作者以冷静、理性的态度去展现他心目中那个壮阔、瑰丽的宇宙全景。从年近不惑开始发表作品、偏居娘子关一隅等方面来看，读者难免猜测这样的创作特点是否与刘慈欣本人的经历有关？对此，刘慈欣本人在接受采访时曾做出过回答："这个是科幻小说的普遍现象，看看别的科幻也是这样。作者主要精力集中在科幻创意和科幻故事上，对人物本身考虑的不是太多。而且作为科幻小说，假如你人物本身的生活细节过多的话，会冲淡科幻的内核，那个效果反而不好。你可以看一下别的科幻小说，包括国内的包括国外的，都有这种现象，这个没有什么可奇怪的，更不会和作者本人有什么联系。这个是文学题材的特点。"① 我们有理由相信，这位理工科出身的计算机工程师，在经历过网络文学早期以吸引眼球为特色的年代洗礼后，还能潜心静气于一方小天地中悠然描画心中的宇宙，爱情主题从来就不是他所关注的。

硬科幻作品大多注重科学依据，对科幻因素的解释较为详尽，这就需要扎实的科学素养和严谨的写作态度，《三体》三部曲不足百万字，前后历时五年完稿，与网络写手们动辄一日万字的速度不可相提并论。我们难以确认作者在创作时是经过深思熟虑后一气呵成，还是提笔就写再反复修改，我们需要知道的是，刘慈欣的文笔十分老到，深得俄罗斯文学的精髓，其文洗练，擅以朴实的语言将那些天马行空、极具浪漫色彩的科幻创意描绘成令人信服的"现实"，鲜见拖沓、浮夸等令人诟病的痕迹。正因如此，本文近于白描

---

① 西闪. 刘慈欣访谈"我就是一个理性乐观派"［EB/OL］. http://xishan.baijia.baidu.com/article/145189.

的手法容易让人产生平淡的印象，殊不知，这正是作者创作动机的一贯体现，即刘慈欣并无意于向读者讲述一个曲折、动听的爱情故事，他只是通过男主人公的这段经历和心理变化，借以抛出科幻文学创作的一个古老命题：科学技术进步究竟会造福人类，还是给人类带来灾难，人类社会最终能否创造一个美好的"乌托邦"世界？

二、被裹挟着前进的电子：个体精神的消融

基延技术"通过剔除人类基因中产生衰老时钟的片断，可将人类的正常寿命延长至三百岁"，本应造福人类，长寿、健康的人意味着更有智慧，能为人类社会做出更多的贡献，鲜有人能抗拒这种诱惑。但意料之中的是，这项技术走向了商业化，最终因价格昂贵演化成一场波及全球的社会和政治灾难，现在百分之九十九的人只能眼睁睁看着百分之一的有钱人享用成果。这个情节是否有点眼熟？在电影《2012》中，人类面对洪荒之灾倾全力建造了四艘"诺亚"方舟避难，在这人类生死存亡的时刻，决定着谁能登上方舟延续人类火种的却是一张"天价"船票，财富成为保证个人获得生存的必需条件。人类社会发展到2018年，科学技术已经有了长足进步，在关键领域也有了重要突破，但不幸的是，世界并没有因为科学进步而变得更加美好，未来世界仿佛是沿着我们所熟悉的时下局面惯性地滑向一个更加光怪陆离的深渊，今天主导这个世界的，那时依然掌握着世界的话语权甚至变本加厉，世界仿佛正朝着一个荒谬、虚无的黑暗飘去。

个体在这种环境下变得日益无所适从，也就更加无足轻重毫无意义，"从写字楼顶层的窗子望出去，城市在下面扩展开来，像一片被剖开的集成电路，我不过是那密密麻麻的纳米线路中奔跑的一个电子，真的算不了什么……"尽管物质文明在快速发展，个体精神却在消融，人类社会以这种模式发展下去，个人只会成为社会化大生产中越来越微不足道的一个电子，失去了个体在人类社会发展之初的豪情壮志，每个人被打上标签印记机械而麻木地生活，失去了生存的意义。这其中的典型代表正是"技术无产阶级"。今天互联网经济浪潮下风光无限的IT弄潮儿们最终并没有成为科技进步的受益者，不过是

重复历史的车轮，取代农民、工人阶层成为新的生产劳动力。不合理的社会发展模式将个体置于社会化大生产的车轮下反复碾压，必然造成个人极大的困境，让人难以接受的是至今看不出有丝毫改变的迹象。

焦虑的人们自觉或不自觉地采取着行动，文中男女主人公或选择冷冻或选择基延技术逃避至未来，让未来解决问题；强子选择蛮干，直接攻击现存的不公平制度；刘伟期待"虚拟联合国"的事实化，最终改变现实世界；还有通过格式化金融数据均贫富的玩笑……在这里，作者不是政治家，无意给出治世良方。作为现实主义者，他清醒地认识到"个体 vs 社会"的艰难性，清楚了解个体胜利的渺茫，但本为人道主义者的刘慈欣显然也无法接受人类集体的这种可悲生存状态，这种对人类未来的长期的、严肃的思考，虽然使其作品在不自觉中打上压抑、色调沉重的印记，却并不影响刘慈欣作为一名坚定的"技术乐观主义者"去直面未来，甚至进一步超越其身为"人类"的局限，将关注的眼光投向所有物种，投向整个宇宙。

作者没有因为现实的残酷就将人类社会的问题归因于"科学进步解放生产力使人类获得更大财富也变得更加贪婪"的结论，相反作者发自内心地拥抱科学，刘慈欣本人在接受采访时不止一次强调"技术可以解决一切问题，我坚信这一点。人类社会的问题，包括道德的、经济的、社会的问题，都是技术可以解决的问题。没有什么是技术解决不了的。"[①] 基延技术作为基因改造技术的一种，不可避免地触及人类伦理道德问题，对此，刘慈欣正如其在《天使时代》中那样立场分明："……所谓的文明世界，只要有需要，伦理是第二位的。"而"时代总是越来越好的"这句话在文中反复出现，正意味着作者对人类未来真诚地抱持乐观的肯定态度，因为他始终相信人类的未来是光明的。文末，主人公"我"在日记中写道："自我的概念本来就很可疑，构成自我的身体、记忆和意识都是在不断的变化中，与简简分别之前的我，以犯罪的方式付款之前的我，与主任交谈之前的我，甚至在打出这个'甚至'之前的我，都已经不是同一个人了。"这句类似于"人不能两次踏进同一条河

---

① 西闪. 刘慈欣访谈"我就是一个理性乐观派"［EB/OL］. http://xishan.baijia.baidu.com/article/145189.

流"的意识流解释版再次重申了作者的立场：时间会让人失去一切，时间也会改变一切，包括改变作为个体的人，告别了旧时代的新新人类将带着人类的美好祝愿拥抱未来。

三、会心一笑：电影元素

导演大卫·芬奇在电影《搏击俱乐部》的结尾将存储着全美金融信息的十二座银行大厦炸毁，意味着归零重新开始，这样一种极端的解决方案与刘慈欣在本文中让 IT 共和国将全球金融系统数据格式化的做法可谓英雄所见略同，读来令人会心一笑。文中愚人节的假新闻也让人联想起电影史上的天才奥逊·威尔斯将科幻小说《世界大战》改编成广播剧在节目中播放，民众信以为真，误以为有外星人攻击地球，平白引发一场社会骚乱的趣事，以上种种就当是读者在阅读时的一种乐趣吧。

四、结语

《2018 年 4 月 1 日》与其说是个愚人节玩笑，不如说是科幻作家关于人类的一个预言：基延、冷冻技术、IT 共和国等离我们现有的技术水平和社会现实已并不遥远，放眼于未来、宇宙，人类社会目前所纠结的问题都算不了什么，与宇宙文明相比，人类渺小得正像那颗奔跑的电子。虽然刘慈欣《三体》成为最热门的话题，但科幻文学并没有因此成为主流文化，相反，科幻文学有漫长的道路要走，尤其是在中国，科幻文学只能在少数科幻迷中产生持续影响，更多的普通大众只是受这股风潮影响的陌路人，"科技创造美好生活"这一理念并未深入人心，也未引发大众对科学技术的"狂热"爱好，中国的科普事业任重而道远。但我们也不用悲观，科幻作品吸引人的原因正是，未来哪怕只有万分之一的希望，在科幻作品中都有可能成为现实，而希望，不正是人类拥有的最美好的情感吗？

中国科幻的探索者

刘慈欣科幻小说精品赏析（上册）

参考文献

［1］刘慈欣. 重返伊甸园——科幻创作十年回顾［J］. 南方文坛，2010（6）.

［2］吴岩，方晓庆. 刘慈欣与新古典主义科幻小说［J］. 湖南科技学院学报，2006（2）.

［3］高志立. 刘慈欣科幻小说研究［D］. 延边：延边大学，2014.

［4］西闪. 刘慈欣访谈"我就是一个理性乐观派"［EB/OL］. http://xishan.baijia.baidu.com/article/145189.

（王玥：教育学博士，博士后，北京青年政治学院讲师）

516

时间移民

刘慈欣

前不见古人

后不见来者

念天地之悠悠

独怆然而涕下

　　　　——题记

移　民

告全民书

迫于已无法承受的环境和人口压力，政府决定进行时间移民，首批移民人数为 8000 万，移民距离为 120 年。

要走的只剩下大使一个人了，他脚下的大地是空的，那是一个巨大的冷库，里面冷冻着 40 万人。在这个世界的其他地方，还有 200 个这样的冷库，其实它们更像，大使打了一个寒战，坟墓。

桦不想同他一起走，她完全符合移民条件，并拿到了让人羡慕的移民卡。但与那些向往未来新生活的人不同，她认为现世和现实是最值得留恋的。她留下了，让大使一个人走向 120 年之后的未来。

一小时之后，大使走了，接近绝对零度的液氦淹没了他，凝固了他的生命。他率领着这个时代的 8000 万人，沿着时间踏上了逃荒之路。

跋　涉

不知不觉，时光流逝，太阳如流星般划过长空。出生、爱情、死亡，狂喜、悲伤、失落，追求、奋斗、失败，一切的一切，如迎面而来的列车，在外部世界中呼啸着掠过……

……10 年……20 年……40 年……60 年……80 年……100 年……120 年。

第一站：黑色时代

绝对零度下的超睡中，意识随机体完全凝固，完全感觉不到时间的存在，以至于大使醒来时，以为是低温系统出现故障，出发后不久临时解冻的。但对面原子钟巨大的等离子显示屏告诉他，120 年过去了，一个半人生过去了，他们已是时代的流放者。

100 人的先遣队在一星期前醒来，并与这个时代联系。队长这时站在大使旁边，大使的体力还没有恢复到能说话的程度。在他探询的目光下，先遣队长摇摇头，苦笑了一下。

国家元首在冷冻室大厅里迎接他们。他看去是一个饱经风霜的人，同他一起来的人也一样。在 120 年之后，这很奇怪。大使把自己时代政府的信交给他，并转达自己时代的人民对未来的问候。元首没说太多的话，只是紧紧握住大使的手。元首的手同他的脸一样粗糙，使大使感到一切的变化并不像他想象的那么大，他有一种温暖的感觉。

但这种感觉在他走出冷冻室后立刻消失了。外面是黑色的：黑色的大地，黑色的树林，黑色的河流，黑色的流云。他们乘坐的悬浮车扬起了黑色的尘土。路上相向行驶的坦克纵队像一排移动的黑块，空中低低掠过的直升机像一群黑色的幽灵。特别可怕的是，现在的直升机听不到一点儿声音。一切像被天火遍烧了一样。他们驶过了一个大坑，那坑太大了，像大使时代的露天煤矿。

"弹坑。"元首说。

"……弹坑？"大使没说出那个骇人的字。

"是的，这颗当量大约 15000 吨级。"元首淡淡地说，苦难对他来说已是淡淡的了。

在两个时代的会面中，空气凝固了。

"战争什么时候开始的？"

"这次是两年前。"

"这次？"

"你们走后还有过几次。"

元首避开了这个话题。他不像是 120 年后的晚辈，倒像大使时代的长辈，这样的长辈会出现在那个时代的工地和农场里，用宽阔的胸怀包容一切苦难。"我们将接收所有的移民，并且保证他们在和平环境中生活。"

"这可能吗，在现在这种情况下？"大使的一个随员问道，他本人则沉默着。

"这届政府和全体人民将不惜一切代价做到这点，这是责任。"元首说。"当然，移民还要努力适应这个时代。这有些困难，120 年来变化很大。"

"有什么变化？"大使说，"一样的没有理智，一样的战争，一样的屠杀……"

"您只看到了表面。"一位穿迷彩服的将军说，"以战争为例，现在两个国家这样交战：首先公布自己各类战术和战略武器的数量和型号，根据双方各种武器的对毁率，计算机可以给出战争的结果。武器是纯威慑性质的，从来不会动用。战争就是计算机中数学模型的演算，以结果决定战争的胜负。"

"如何知道对毁率呢？"

"有一个国际武器试验组织，他们就像你们时代的……国际贸易组织。"

"战争已经像经济一样正规和有序了。"

"战争就是经济。"

大使看了一眼车窗外的黑色世界，"但现在，世界好像不仅仅在演算。"

元首用深沉的目光看着大使，"算过了，但我们不相信结果真能决定胜败。"

"所以我们发起了你们那样的战争，流血的战争，'真'的战争。"将军说。

"我们现在去首都，研究一下移民解冻的问题。"元首再次避开了这个话题。

"返回。"大使说。

"什么？"

"返回。你们已无力承受更多的负担了，这个时代不适合移民，我们再向前走一段吧。"

悬浮车返回了一号冷冻室。告别前，元首递给了大使一本精装的书，"这120年的编年史。"他说。

这时，一名政府官员带来一位123岁的老人，他是现在能找到的唯一一位与移民同时代生活过的人，他坚持要见见大使。"好多的事，你们走后，好多的事啊！"老人拿出两个碗，大使时代的碗，又给碗里满上了酒，"我的父母是移民，这酒是我3岁时他们走前留给我的，让我存到他们解冻时喝。我见不到他们了！我也是你们见到的最后一个同时代的人了。"

喝了酒后，大使望着老人平静干涸的双眼，觉得这个时代的人似乎已不会流泪了，老人的眼泪却流了下来。他跪下来，抓住大使的双手。

"前辈保重，西出阳关无故人啊！"

大使在被超低温的液氦凝固之前，桦突然出现在他那残存的意识中，他看到她站在洒满秋日的落叶上，后来落叶变黑，出现了一块墓碑。那是她的墓碑吗？

跋　涉

不知不觉，太阳如流星般划过长空，时光在外部世界中飞速掠过……

……120年……130年……150年……180年……200年……250年……300年……350年……400年……500年……620年。

第二站：大厅时代

"怎么这么久才叫醒我？"大使吃惊地看着原子钟。

"先遣队已以百年为间隔醒来并出动了5次，最长的一次，我们曾在一个时代生活了10年，但每次都无法实现移民，所以没有唤醒您，这个原则是您自己确定的。"先遣队长说。大使这才发现他比上次见面时老了许多。

"又遇到战争了？"

"没有，战争永远消失了。前三个时代的生态环境继续恶化，直到二百年前才开始好转，但后两个时代拒绝接收移民。这个时代是否同意接收，最后需要您和委员会来决定。"

冷冻室大厅里没有人。在巨大的密封门隆隆开启时，先遣队长低声对大使说："变化远远超出您的想象，您要有心理准备呀。"

大使刚一踏进这个时代，脚下就响起了一阵乐声，梦幻般的，像过去时代的风铃声。他低头，看到自己踏在水晶状的地面上，水晶的深处有彩色的光影在变幻。水晶看上去十分坚硬，踏上去却像地毯般柔软。踏到的位置响起那风铃般的乐声，同时有一圈圈同心的彩色光环以踏点为中心扩散开来，如同踏在平静的水面上激起的涟漪。大使抬头望去，发现目力所及之处，整个平原都呈水晶状。

"全球所有的陆地都铺上了这种材料，以至于整个世界都像人造的一样。"先遣队长说，看着大使惊愕的目光，他笑了，好像说：还有更令人吃惊的呢！大使又注意到自己在水晶地面上的影子有好几个，以他为中心向四面延伸。他抬起头来……

六个太阳。

"现在是深夜，但二百年前就没有夜晚了。您看到的是同步轨道上的六个反射镜，它们把阳光反射到地球夜晚的一面，每个镜面有几百平方公里的面积。"

"山呢？"大使发现，地平线上连绵的群山不见了，大地与蓝天的相接处如尺子划出的一般平直。

"没有山了，全被平掉了，全球各大洲都是这样的平原。"

"为什么？"

"不知道。"

大使觉得那六个太阳如大厅里的六盏灯。大厅！对了，他产生了一种朦胧的感觉。他进一步发现，这是一个干净得出奇的时代，整个世界没有尘土，令人难以置信，一点儿都没有。大地如同一个巨大的桌面一样干净。天空同样一尘不染，呈干净的纯蓝色，但由于六个太阳的存在，天空已失去了过去时代的那种广阔和深邃，变得像大厅的拱顶。大厅！他的感觉更确定了，整个世界变成了一个大厅！铺着柔软的发出风铃声的水晶地毯，悬着六盏吊灯的大厅！这是个精致的、干净的时代，同上次的黑色时代形成鲜明对比。以后的移民编年史中，它被叫作"大厅时代"。

"他们不来迎接我们吗？"大使看着眼前空旷的平原问道。

"我们得自己到首都去见他们。这个时代虽然有精致的外表，却是个没有礼仪的时代，甚至连好奇心也没有了。"

"他们对移民是什么态度？"

"同意接收，但移民只能在与社会隔绝的保留区生活。至于保留区的位置，在地球还是其他行星上，或在太空专建一个城市，由我们决定。"

"这绝对不能接受！"大使愤怒地说，"全体移民必须融入现在的社会，融入现在的生活，移民不是二等公民，这是时间移民最基本的原则！"

"这不可能。"先遣队长摇摇头。

"是他们的看法？"

"也是我的。哦，请听我把话说完。您刚解冻，而在此前，我已在这个时代生活了半年多。请相信我，现实远比您看到的更离奇，就是发挥最疯狂的想象力，您也无法想象出这个时代十分之一的现状。与此相比，旧石器时代的原始人理解我们的时代倒容易多了！"

"移民开始时已经考虑了适应的问题，所以移民的年龄都在 25 岁以下。我们会努力学习，努力适应这一切的！"大使说。

"学习？"先遣队长笑着摇摇头。"您有书吗？"他指着大使的手提箱问，"什么书都行。"大使不解地拿出一本伊凡·亚历山大罗维奇·冈察洛夫在 19 世纪末写的《环球航海游记》，这是他出发前看了一半的书。先遣队长看了一眼书名说："随便翻到一页，告诉我页数。"大使照办了，翻到 239 页。先遣队长流利地背诵起航海家在非洲的见闻，令人难以置信的是，一字不差。

"看到了吗？根本不需要学习，他们就像我们往磁盘上拷贝数据一样向大脑中输入知识！人的大脑能达到记忆的极限。如果这还不够，看这个，"先遣队长从耳后取下一个助听器大小的东西，"这是量子级的存储器，人类有史以来所有的书籍都可以存在里面，愿意的话可以连一个账本都不放过！大脑可以像计算机访问内存一样提取它的信息，比大脑本身的记忆还快。看到了吗？我自己就是人类全部知识的载体，如果愿意，您在不到一小时的时间内也能做到。对他们来说，学习是一种古老的不可理解的神秘仪式。"

"他们的孩子一出生就马上得到一切知识？"

"孩子？"先遣队长又笑了，"他们没有孩子。"

"那孩子呢？"

"我说过没有。家庭在更早的时候就没有了。"

"就是说，他们是最后一代人了？"

"也没有代，代的概念不存在了。"

大使的惊奇变成了茫然。但他还是努力去理解，并多少理解了一些。"你是说，他们永远活着？"

"身体的一个器官失效，就更换一个新的，大脑失效，就把其中的信息拷贝出来，再拷贝到一个新培植的大脑中去。当这种更换进行了几百年后，每人唯一留下的就是自己的记忆。你能说清他们是孩子还是老人吗？也许他们倾向于把自己当成老人，所以不来接我们。当然，愿意的话，也会有孩子的，通过克隆或是更传统的方法，但不多了。这一代长生者现在已生存了三百多年，还会继续生存下去。这一切会产生出一个什么样的社会形态，您能想象得出吗？我们所梦想的东西：博学、美貌、长生，在这个时代都是轻而易举就能得到的东西。"

"那么这是理想社会了？他们还有想要而得不到的东西吗？"

"没有，但正因为他们能得到一切，同时也就失去了一切。对我们来说这很难理解，对他们来说却是真实的感受。现在远不是理想社会。"

大使的茫然又变成了沉思。天空中的六个太阳已斜向西方，很快落到地平线下。当西天只剩下两个太阳时，启明星出现了，接着，真正的太阳在东方映出霞光。那柔和的霞光使大使感到了一丝慰藉，宇宙间总有永恒不变的东西。

"500 年，时间不算长，怎么会有这么大的变化呢？"大使像在问先遣队长，又像在问整个世界。

"人类的发展是一个加速的过程，我们时代的 50 年，可与过去 500 年相比；而现在的 500 年，也许与过去的 50000 年相当了！您还认为移民能适应这一切吗？"

"加速到最后会是什么？"大使半闭起双眼。

"不知道。"

"你所拥有的全人类的知识也不能回答这个问题吗？"

"我游历这几个时代最深的感受是：知识能解释一切的时代过去了。"

……

"我们继续朝前走！"大使做出了决定，"带上那块芯片，还有他们向人脑输入知识的机器。"

在进入超睡前的朦胧中，大使又见到了桦，桦越过 620 年的漫漫长夜向他看了一眼，那让人心醉又心碎的眼神，使大使在孤独的时间流浪中有了家园的感觉。大使梦见水晶大地上出现了一阵缥缈的飞尘，那是桦的骨骼变成的吗？

跋　涉

不知不觉，太阳如流星般划过长空，时光在外部世界中飞速掠过……

……620 年……650 年……700 年……750 年……800 年……850 年……900 年……950 年……1000 年。

第三站：无形时代

冷冻室巨大的密封门隆隆开启，大使第三次站在未知时代的门槛前，这次他做好了看一个全新时代的心理准备，但出门后才发现，变化没有他想象的那么大。

水晶地毯仍然存在，铺满大地；六个太阳也在天空中发着光。但这个世界给人的感觉与大厅时代全然不同。首先，水晶地毯似乎已经"死"了，深处的光影还有，但暗了许多，在上面走动时不再发出风铃声，也没有美丽的波纹出现。太空中的六个太阳，有四个已暗淡无光，它们发出的暗红色光只能标明自己的位置，而不能照亮下面的世界。最引人注意的变化是：这世界有尘土了！尘土在水晶地面上薄薄地落了一层。天空不再纯净，有灰色的流云。地平线也不是那么清晰笔直了。所有的一切给人这样一种感觉：大厅时代的大厅已人去屋空，外部的大自然慢慢渗透进来了。

"两个世界都拒绝接收移民。"先遣队长说。

"两个世界？"

"有形世界和无形世界。有形世界就是我们熟知的世界，尽管已很不相同。虽然还有同我们一样的人，但对很大一部分人来说，有机物已不是他们的主要组成部分了。"

"同上次一样，平原上还是看不到一个人。"大使极目远望。

"有几百年，人们都不用那么费力地在地面上行走了。您看——"先遣队长指指空中的某个位置，大使透过尘土和流云，隐约看到一些飞行物，距离很远，仿佛只是一群小黑点。"那个黑点，也许是一架飞机，也许就是一个人。任何机器都可能是一个人的身体，比如海上的一艘巨轮，操纵巨轮的电脑就是这个人大脑的拷贝。一般来说，每个人有几个身体，这些身体中总有一个是同我们一样的有机体，这是人们最重视的一个身体，虽然也是最脆弱的，这也许是由于来自过去的情感吧。"

"我们是在做梦吗？"大使喃喃地问。

"与有形世界相比，无形世界更像一个梦。"

"我已经能想象出那是什么，人们连机器的身体也不要了。"

"是的。无形世界就是一台超级电脑的内存，每个人是内存中的一个软件。"

先遣队长指了指前方，地平线上有一座山峰，孤独地立在那里，在阳光下闪着蓝色的金属光泽。"那就是无形世界中的一个大陆。您还记得上次我们带回的那些小小的量子芯片吧，而您看到的是量子芯片堆成的高山！由此可以想象或根本无法想象，这台超级电脑的容量。"

"在它里面，是一种什么样的生活呢？在内存里，人们什么都不是，只是一些量子脉冲的组合罢了。"大使说。

"正因为如此，您可以真正随心所欲，创造您想要的一切。您可以创造一个有千亿人口的帝国，在那里您是国王；您可以经历一千次各不相同的浪漫史，在一万次战争中死十万次；那里每个人都是一个世界的主宰，比神更有力量。您甚至可以为自己创造一个宇宙，那宇宙里有上亿颗星系，每个星系有上亿颗星球，每颗星球都是您渴望或不敢渴望的各不相同的世界！不要担心没有时间享受这些，超级电脑的速度使那里的一秒都有外面的几个世纪的时间那么长。在那里，唯一的限制就是想象力。在无形世界中，想象与现实是一个东西，在您的想象出现的同时，想象也就变为现实了，当然，是量子芯片内的现实，用您的说法，就是脉冲的组合。这个时代的人们正在渐渐转向无形世界，现在生活在无形世界中的人数已超过了生活在有形世界中的。虽然可以在两个世界都有一份大脑的拷贝，但无形世界中的生活如同毒品一样，一旦经历过那种生活，谁也不想再回到有形世界里了——我们充满烦恼的世界对他们来说如同地狱一般。现在，无形世界已掌握了立法权，正在渐渐控制整个世界。"

跨过1000年的两个人，梦游似的看着那座量子芯片堆成的高山，忘记了时间，直到真正的太阳像过去亿万年的每一天那样点亮了东方才回到了现实。

"再以后会是什么呢？"大使问。

"无形世界中，作为一个软件，您可以轻而易举地拷贝多个自我，如果对自己性格的某些方面不喜欢，比如您认为在受着感情和责任心的折磨，您也可以把这两方面都去掉，或把他们拷贝一份，需要时再连接到您的自我上。您也可以把一个自我分裂成多个，分别代表您个性的某个方面。进一步，您可以和别人合为一体，形成一个由两者精神和记忆组合而成的新自我。再进一步，还可以组合几个、几十个或几百个人……够了，我不想让您发疯，但这一切在无形世界中随时都在发生。"

"再以后呢？"

"只能猜测，现在最明显的迹象是，无形世界中的个体可能会消失，最终所有人合为一个软件。"

"再以后？"

"不知道。这已是个哲学问题了，经过了这几次解冻，我已经害怕哲学了。"

"我则相反，已是个哲学家了。你说得对，这是个哲学问题，必须从哲学的深度来思考。对这次移民，我们早就该这样思考，但现在也不晚。哲学是一层纸，现在至少对于我，这层纸被捅破了，突然间——几乎突然间，我知道我们以后的路了。"

"我们必须在这时代结束移民，再走下去，移民将更难适应目的地时代的环境。"先遣队长说，"我们应该起义，争得自己的权力。"

"这不可能，也没必要。"

"我们难道还有别的选择？"

"当然有，而且这个选择就像前面正在升起的太阳一样清晰和光明。请把总工程师叫来。"

总工程师同大使一起解冻，现在正在冷冻室中检查和维护设备。由于被频繁解冻，他已由出发时的青年变成老人了。当茫然的先遣队长把他叫来后，大使问："冷冻还能维持多长时间？"

"现在绝热层良好，聚变堆的工作情况也正常。在大厅时代，我们按当时的技术更换了全部的制冷设备，并补充了聚变燃料，现在看来，所有200个冷冻室，即使以后不更换任何设备，不进行任何维护，也可维持12000年。"

"好极了。立刻在原子钟上设定最终目的地，全体人员进入超睡，在到达最终目的地之前，不再有任何人解冻。"

"最终目的地定在？"

"11000年。"

......

桦又进入了大使超睡前的残存意识中，这一次最真实：她的长发在寒风中飘动，大眼睛含着泪，在呼唤他。在进入无知觉的冥冥中之前，大使对她喊："桦，我们要回家了！我们要回家了！"

跋　涉

不知不觉，太阳如流星般划过长空，时光在外部世界中飞速掠过……

……1000 年……2000 年……3500 年……5500 年……7000 年……9000 年……10000 年……11000 年。

第四站：回家

这一次，甚至在超睡中也能感觉到时光的漫长了。在 10000 年的漫漫长夜中，在一百个世纪的超长等待中，连忠实地控制着全球 200 个超级冷冻室的电脑都要睡着了。在最后的 1000 年中，它的部件开始损坏，无数只由传感器构成的眼睛一只只地闭上，集成块构成的神经一根根瘫痪，聚变堆的能量相继耗尽，在最后的几十年中，冷冻室仅靠绝热层维持着绝对零度。后来，温度开始上升，很快到了危险的程度，液氦开始蒸发，超睡容器内的压力急剧增高，11000 年的跋涉似乎将在一声爆破中无知觉地完结。但就在这时，电脑唯一还睁着的那双眼看到了原子钟的时间，这最后一秒钟的流逝唤醒了它古老的记忆，它发出了一个微弱的信号，苏醒系统启动了。在核磁脉冲的作用下，先遣队长和一百名先遣队员的身体中接近绝对零度的细胞液在不到百分之一秒的时间内融化，然后升到正常体温。一天后，他们走出了冷冻室。一个星期后，大使和移民委员会的全体委员都苏醒了。

当冷冻室的巨门刚刚开启一条缝时，一股风从外面吹了进来。大使闻到了外面的气息，这气息同前三个时代不同，它带着嫩芽的芳香，这是春天的气息，家的气息。大使现在已几乎肯定，他在一万年前的决定是正确的。

大使同委员会的所有人一起跨进了他们最后到达的时代。

大地是土的，但土是看不见的，因为上面长满了一望无际的绿草。冷冻室的门前有一条小河，河水清澈，可以看到河底美丽的花石和几条悠闲的小鱼。几个年轻的先遣队员在小河边洗脸，他们光着脚，脚上有泥，轻风隐隐送来了他们的笑声。只有一个太阳，蓝天上有雪白的云朵。一只鹰在懒洋洋地盘旋，有小鸟的叫声。远远望去，一万年前大厅时代消失了的山脉又出现在天边，山上盖满了森林……

对经历过前三个时代的大使来说，眼前的世界太平淡了，他为这种平淡流下热泪。经过 11000 年流浪的他和所有人都需要这平淡的一切，这平淡的世界是一张温暖而柔软的天鹅绒，他们把自己疲惫破碎的心轻轻放上去。

平原上没有人类活动的迹象。

先遣队长走过来，大使和委员们的目光集中在他脸上，那是最后审判日里人类的目光。

"都结束了。"先遣队长说。

谁都明白这话的含义。在神圣的蓝天绿草之间，人类沉默着，平静地接受了这个现实。

"知道原因吗？"大使问。

先遣队长摇摇头。

"由于环境？"

"不，不是由于环境，也不是战争，不是我们能想到的任何原因。"

"有遗迹吗？"大使问。

"没有，什么都没留下。"

委员们围过来，开始急促地发问。

"有星际移民的迹象吗？"

"没有，近地行星都恢复到未开发状态。也没有恒星际移民的迹象。"

"什么都没留下？一点点，一点点都没有？"

"是的，什么都没有。以前的山脉都被恢复了，是从海洋中获取的岩石和土壤。植被和生态也恢复得很好，但都看不到人工的痕迹。古迹只保留到公元前一世纪，以后的时代痕迹全无。生态系统自行运转估计有 5000 多年了，现在的自然环境类似于新石器时代，但物种不如那时丰富。"

"什么都没留下，怎么可能？"

"他们没什么话要说了。"

最后这句话使大家再次陷入沉默。

"这一切您都预料到了，是吗？"先遣队长问大使，"那么，您应该想到原因了？"

"我们能想到，但永远无法理解。原因要在哲学的深度上找。在对存在思考到终极时，他们认为不存在是最合理的，并选择了它。"

"我说过，我怕哲学！"

"那好，我们暂时离开哲学吧。"大使走远几步，面向委员们。

"移民到达，全体解冻！"

200 个聚变堆发出最后的强大能量，核磁脉冲在融化着 8000 万人。一天后，人类从冷冻室中走出，并在沉寂了几千年的各个大陆上扩散开来。在一号冷冻室所在的平原上，聚集了几十万人，大使站在冷冻室门前巨大的台阶上面对他们，只有很少一部分人能听到他的讲话，但他们把听到的话像水波一样传开去。

"公民们，本来计划走 120 年的我们，走了 11000 年，最后到达这里。现在的一切你们都看到了，他们消失了，我们是仅存的人类。他们什么都没有留下，但又留下了一切。这几天，所有的人一直在努力寻找，渴望找到他们留下的只言片语，但没有，什么都没有。他们真没什么可说的吗？不！他们有，而且说了！看这蓝天、这草地、这山脉、这森林、这整个重新创造的大自然，就是他们要说的话！看看这绿色的大地，这是我们的母亲！是我们力量的源泉！是我们存在的依据和永恒的归宿！以后人类还会犯错误，还会在苦难和失望的荒漠中跋涉，但只要我们的根不离开我们的大地母亲，我们就不会像他们那样消失。不管多么艰难，人类和生活将永远延续！公民们，现在这世界是我们的了，我们开始了人类新的轮回。虽然我们现在一无所有，但又拥有人类有过的一切！"

大使把那个来自大厅时代的量子芯片高高举起，把全人类的知识高高举起。突然，他像石像一样凝固了，他的眼睛盯着人海中一个飞快移动的小黑点，近了，他看清了那束在梦中无数次出现的长发，那双他认为在一百个世纪前已化为尘土的眼睛。桦没留在 11000 年前，她最后还是跟他来了，跟他跨越了这漫长的时间沙漠！当他们拥抱在一起时，天、地、人合为一体了。

"新生活万岁！"有人高呼。

"新生活万岁！"这呼声响彻了整个平原，群鸟欢唱着从人海上空飞过。

在一切都结束之后，一切都开始了。

入世亦出世的寻家之旅

——《时间移民》赏析

王 玥

　　借助《时间移民》，刘慈欣带领人类的希望种子进行了一场时间旅行，在历史长河中演绎人类文明的兴衰存亡史。旅行每次停留所经历的时代都是作者对未来世界的构筑和推演，这种创世推演过程是艰辛痛苦的，是作者创造的一个个全新世界并不断经历一次次"入世"的考验，作者必须亲手揭开掩藏在"人性"下的残酷事实；而另一方面，在作品中，人类是直接放弃了现世和现时的努力，将希望寄托于未来，反映出作者对现实和人类有清醒的认知，进而抛弃主流文学永恒的"人学"法则，"出世"遁入"宏宇宙学"，站在宏宇宙的高度对人类命运进行锋利的解剖。旅行兜了一大圈回到了起点，这是否就是作者内心深处一直在寻找的"家园"？

　　……120 年……620 年……1000 年……11000 年，在时间旅行中，代表时间的数字就像列车窗外向后闪过的背景，像瞬间回眸而非终点。

　　《时间移民》是刘慈欣的短篇科幻小说，也是江苏凤凰文艺出版社于2014 年出版的一本刘慈欣中短篇小说集的书名。作品集包括《坍缩》《西洋》《微纪元》等经典获奖作品共 14 个故事，收录了刘慈欣历年短篇创作的精华，荣获中宣部出版局、中央电视台、中国图书评论学会联合评选的"2014 中国好书"称号。作品集里的故事或置于微观世界，或发生于宏观宇宙，从最真实、细腻的现实刻画，到最最大胆、不可思议的天外遐想，能一窥作者二十余年创作生涯的发展脉络，带领读者逐渐了解刘慈欣的科幻理念和创作风格；还能看出不少熟悉的《三体》情节，令人感叹作者的成就非一日之功。正如中国作家协会副主席李敬泽的评语："《时间移民》比地球大，因为它飞到了茫茫宇宙中去。这不仅仅是指小说里的故事展开的空间，也是指这个小说对人类精神边界的探索和拓展。"①

能作为书名，可见《时间移民》在作品集中的重要性。文章开篇题记引用初唐诗人陈子昂的千古名篇《登幽州台歌》，将原诗描绘时空的雄浑意境引入本文，使读者瞬间从孤独地球置身于苍茫宇宙，目送人类的移民列车远去。历史上，"时间旅行"题材历来为科幻创作者所钟爱，从英国作家赫伯特·乔治·威尔斯的《时间机器》，到好莱坞的电影《回到未来》三部曲，关于"时间"的想象总是精彩纷呈，各个时代各个国家的作者总会用自己的方式向科幻永恒的经典元素致敬，而这一次，刘慈欣以科幻之名带领人类的希望种子进行时间旅行，在历史长河中去演绎人类文明的兴衰存亡史。

故事发生在未来，迫于环境恶化和人口压力，地球政府决定进行时间移民。政府组建了一支适应性强、25岁以下、总计8000万人口的远征军，借助冬眠技术移民未来，去寻找一个适宜生存的年代以延续人类文明。这支移民远征军进行过多次停留，先后经历了人类的黑色时代、大厅时代、无形时代，时间跨度从一百年、一千年到一万年。每次停留见到的都不是适合人类居住的地球环境，却见证了人类地球文明朝着极致发展时触目惊心的景象。在最后一次航程中，有所领悟的人类移民大使将苏醒时间锁定在旅行极限的一万年后，当他们从这次旅行中醒来时，地球已基本恢复成适合人类居住的原始生态，而那个与他们一脉相传的人类文明却消失不见了，人类站在地球原地开始了新文明的起点。

在作品中，刘慈欣大胆畅想了人类未来社会最神奇的可能性，这种畅想既有当下科学技术发展做依据，也有其天马行空超凡想象力的发挥。文章采取宏观叙事角度，仿佛是篇人类寓言，未来的黑色时代、大厅时代、无形时

① 中国青年网. 刘慈欣《时间移民》入围"2014中国好书"[EB/OL]. http://news.youth.cn/gn/ 201504/t20150424_6597619.htm.

代与希腊神话中以往的黄金时代、白银时代、青铜时代等共同组成一部完整的人类地球文明发展史。这部文明史既有令人心醉驰迷的神话传说部分，也有现代社会的残酷冷血阶段，更有未来高科技的神奇不可思议，在这波澜壮阔叙述中，体现作者对人类社会的深刻反思。

一、入世：关于人类命运的终极思考

"刘慈欣一直被认为是'硬科幻'的代表，他痴迷于世界的构筑，科学的根据，细节的可信。"[①] 他对人类终极命运的拷问，因科学性而变得客观。在《时间机器》中，人类在未来世界走向没落，变得自相残杀、愚昧无知，曾经辉煌的科技、文化以及固有的价值观、道德观土崩瓦解。《时间移民》与此呼应，人类移民的第一站是一百二十年后的"黑色时代"，这个时代的计算机可以通过推演给出战争的精确结果，但结果却是"一样的没有理智，一样的战争，一样的屠杀"，始终会有执政者因不相信计算结果而不惜发动真实流血的残酷战争。在这里，作者没有给出战争的原因，而读者已一目了然。五百年后的"大厅时代"，战争倒是永远消失了，地球被改造得如梦幻一般，人类不需要学习就可以获取一切已知知识，人体器官可以随意更换，美貌、智慧、长生唾手可得，这不就是历来文学作品所描写的乌托邦世界么？然而得到一切也就失去一切，失去了好奇心的人类对一切漠不关心。人类发展以加速度继续前进，在一千年后的"无形时代"达到巅峰，这个时代像是《变形金刚》和《黑客帝国》的综合体，有形世界的人类可以成为任何机械体，无形世界则是由无数量子芯片组成的海洋，无形世界正在吞噬有形世界，在对存在进行终极思考时，这个时代的"人类"最终认为不存在是最合理的并选择了它……

这种创世推演的过程是艰辛的，也是痛苦的，是作者要创造一个全新世界而不得不进行的"入世"考验，作者必须亲手揭开一个掩盖在"人性"下的悲哀事实：我们并非上帝的宠儿，我们不过是宇宙万物中微不足道的一分子而已。基于此，人类的命运并非如主流文学所描绘的那般美好。在科幻作

---

① 严锋. 追寻"造物主的活"——刘慈欣的科幻世界 [J]. 书城，2009（2）.

者的眼里，如果我们向往美好的生活，同样我们也应该坦然接受最糟糕的未来。在《时间移民》中，人类的终极进化最终灭绝了人类，人类在"丛林法则"中野蛮生长迈入文明时代，这"文明"使人类快速进化，却也摒弃了人类的"生存DNA"，使人类复归寂灭，很难说这是一种幸或不幸。

二、出世：关于人类未来的解决之道

当我们说科幻作品是在虚构未来时，其实作者对人类命运的思考并未脱离现实。"在飞翔和超越之际，刘慈欣从来没有停止关注现实问题，人类的困境和人性的极限。"[①] 相反，人类面临的现实问题常常成为刘慈欣创作的背景，如小说开门见山将人类移民的原因归于环境恶化和人口增长的压力，而核战争更是将人类直接推进黑色时代，还有虚拟世界对个体身心健康的影响等，都直接影射着当今的社会问题。而作者作为个体，想要解决这些问题往往是无能为力的，事实上，当代科幻作品已经很少见到描写人类运用科学技术"移山填海"创造美好生活的乌托邦情节了。对人性极限的理性追问使大多数科幻作者对人类的生存状况持有怀疑甚至否定态度，刘慈欣也不例外，从这个角度，我们可以说作者是以一种"出世"的态度在探索人类问题的解决办法。

在《时间移民》中，人类是直接放弃了现世和现时的努力，将希望寄托于未来，在时间隧道中经历了长达一万年的跋涉，最终回到一个类似新石器时代的地球，开始新生活；在《三体》中，人类在外星文明的威胁下，没有团结一致消弭危机，而是令人信服地、不可避免地走向毁灭。这种将故事时间背景设定于未来的地球或遥远的外太空的做法，与科幻作者追寻终极真理、描述对象是广袤宇宙的特征有关，却也反映出他们对现实有清醒的认知，对人类能否解决自身问题抱有怀疑态度，这使刘慈欣的科幻变得越来越冷静，进而抛弃主流文学永恒的"人学"法则，出世遁入"宏宇宙学"，站在宏宇宙的高度对人类命运进行锋利的解剖。在这里，"无形时代"同质化、没有个性的未来不是我们想要的未来；人类也不是宇宙唯一的智慧生物，未

---

① 严锋.《流浪地球》序言［M］// 刘慈欣. 流浪地球. 武汉：长江文艺出版社，2008.

来的道路是集体朝一个方向前进，还是向宇宙分支、移民，须知"参差多态，乃是幸福本源"①，也许让各种文明在宇宙中自然生长才是解决之道。

虽然在一百年前儒勒·凡尔纳的小说就已经产生世界影响，《星球大战》《星舰迷航》等改编自科幻大师作品的电影也受到各国人民的喜爱，而科幻小说发展至今却依然处于边缘状态只为小众所欣赏。科幻小说自身是与科学结盟的更彻底的一种想象性创造模式。②科幻小说，尤其是硬科幻因其"科学性"的内核在世界范围内始终游离于主流文学之外。究其原因，在于科幻文学被认为有着与主流文学截然不同的创作目标。

文学是人学，主流文学关注的重点是"人性"，是描述活生生的"人"的历史，而科幻小说更多的是描绘科学影响下的整个人类社会、地球乃至整个宇宙的未来图景，它关注的是未来，是未来无限的可能性如何指引人类前进的方向。"从本质上说，科幻小说的主人公是全人类，在科幻世界中，全人类已不再是一个个感情丰富、个性鲜明的单独个体的集合，而仅仅是广漠宇宙中孤独地生活在一粒太空灰尘上的、一个单一的智慧微生物。这就是科幻小说的魅力，它能让我们用上帝的眼光看世界。科幻小说的目标与上帝一样：创造各种各样的新世界。"③当"科学"插上"想象力"的翅膀时，刘慈欣比其他人走得更远，他的作品超脱了人学，他的思绪飞出了地球，置身于茫茫宇宙中，以创世纪的视角审视浩渺宇宙中每一个文明、每一个族群，人类个体的悲欢离合在他心中已波澜不惊，他看到人类的命运，看到最终的审判。这种宏观的宇宙视角，给了他决绝的勇气，洒脱直面那些最坏的结局，在一次次极端的条件设定中，将人类一次次置于灭亡境地，以此去寻找他心目中那个最美好的理想国。

三、回家：无限时空交织之旅

时间列车的最后一站是回家。这趟寻找家园之旅，在兜了一大圈后又回到了起点，时间如果可以倒流，也许人类就不用走得那么辛苦，但只有离家的游

---

① 罗素语。

② ［英］亚当·罗伯茨. 科幻小说史［M］. 马小悟，译. 北京：北京大学出版社，2010：17.

③ 刘慈欣.《超新星纪元》后记［M］//刘慈欣. 超新星纪元. 北京：作家出版社，2003.

子才能体会回家的意义。在经历过浮躁喧嚣后复归于平静，在结束流浪回到熟悉的绿色地球后，他们现在一无所有，但又拥有人类拥有过的一切，这是一个新的起点，这可能也是作者心中一直寻找的"家园"。刘慈欣曾写道："其实，自己的科幻之路也就是一条寻找家园的路，回乡情结之所以隐藏在连自己都看不到的深处，是因为我不知道家园在哪里，所以要到很远的地方去找。"①《流浪地球》和《时间移民》都是人类为了"生存"而踏上的寻家之旅，不同的是，《流浪地球》是带着地球一同远走的宇宙空间逃逸，而《时间移民》是朝向无限时间轴线的前方寻找可能性的跋涉，这种在不同维度上的求索，让我们体会到了一种不断扩大的时空感，而人类真实的与小说中虚构的历史和文明在这种对比之下逐渐缩小，慢慢化成一个片断……甚至是宇宙时间中的一个点。刘慈欣正是用这种将如同人类进化史诗般的故事置于如此交织的、宏大的时空背景中的叙述，才让人们感受到了一种别样的怀旧和乡愁。

读完这篇小说，就像亲身参与了一次人类文明的演化史，从过去到现在，从当下到未来，时间列车一次次在眼前呼啸而过，一切都结束了，一切又刚开始，生命的轮回在宇宙的角落里秘密进行着，未来的曙光正在照耀我们。

参考文献

［1］中国青年网. 刘慈欣《时间移民》入围"2014 中国好书"［EB/OL］. http://news.youth.cn/
gn/201504/t20150424_6597619.htm.

［2］严锋. 追寻"造物主的活"——刘慈欣的科幻世界［J］. 书城，2009（2）.

［3］［英］亚当·罗伯茨. 科幻小说史［M］. 马小悟，译. 北京：北京大学出版社，2010：17.

［4］刘慈欣. 《超新星纪元》后记［M］// 刘慈欣. 超新星纪元. 北京：作家出版社，2003.

［5］刘慈欣. 寻找家园之旅——《流浪地球》序［J］. 科幻世界，2009（增）.

［6］任梦莹. 技术漫游中的异乡者——刘慈欣科幻文学中的文化与乡愁［D］. 广州：暨南
大学，2015.

（王玥：教育学博士，博士后，北京青年政治学院讲师）

---

① 刘慈欣. 寻找家园之旅——《流浪地球》序［J］. 科幻世界，2009（增）.

科幻创作研究丛书

中国科幻的探索者

——刘慈欣科幻小说精品赏析

（下册）

颜　实　　王卫英　主编

科学普及出版社
·北　京·

目 录
CONTENTS

———— **上 册** ————

科幻短篇赏析

下　册

科幻中篇赏析

科幻长篇赏析

附 录

科幻中篇赏析

流浪地球

刘慈欣

刹车时代

我没见过黑夜，也没见过星星，我没见过春天、秋天和冬天。

我出生在刹车时代结束的时候，那时候地球刚刚停止转动。

地球自转刹车用了四十二年，比联合政府的计划长了三年。妈妈给我讲过我们全家看最后一个日落的情景：太阳落得很慢，仿佛在地平线上停住了，用了三天三夜才落下去。当然，以后没有"天"也没有"夜"了，东半球在相当长的一段时间里（有十几年吧）将永远是黄昏，因为太阳在地平线下并没落深，还在半边天上映出它的光芒。就在那次漫长的日落中，我出生了。

黄昏并不意味着昏暗，地球发动机把整个北半球照得通明。地球发动机安装在亚洲和美洲大陆上，因为只有这两个大陆完整坚实的板块结构才能承受发动机对地球的巨大推力。地球发动机共有一万两千台，分布在亚洲和美洲大陆的各个平原上。从我居住的地方，可以看到几百台发动机喷出的等离子体光柱。你可以想象一个巨大的宫殿，有雅典卫城上的神殿那么大，殿中有无数根顶天立地的巨柱，每根柱子都像一根巨大的日光灯管那样发出蓝白色的强光。而你，是那巨大宫殿地板上的一个细菌，这样，你就可以想象到我所在的世界是什么样子了。其实这样描述还不是太准确，是地球发动机产生的切线推力分量刹住了地球的自转，因此地球发动机的喷射必须有一定的角度，这样天空中的那些巨型光柱是倾斜的，我们是处在一个将要倾倒的巨殿中！南半球的人来到北半球后突然置身于这个环境中，有许多人会精神失常的。比这景象更可怕的是发动机带来的酷热，户外气温高达七八十摄氏度，必须穿上冷却服才能外出。在这样的气温下常常会有暴雨，而发动机光柱穿过乌云时的景象简直是一场噩梦！光柱那蓝白色的强光在云中散射，变成由无数种色彩组成的疯狂涌动的光晕，整个天空仿佛被白热的火山岩浆所覆盖。爷爷老糊涂了，有一次被酷热折磨得实在受不了了，看到下大雨喜出望外，就赤膊冲出门去，我们没来得及拦住他。外面雨点已被地球发动机超高温的等离子光柱烤热，把他身上烫起了一层皮。

但对于我们这一代在北半球出生的人来说，这一切都很自然，就如同在刹车时代以前的人们看到太阳星星和月亮那么自然一样。我们把那个时代的人类历史叫作前太阳时代，那真是个令人神往的黄金时代啊！

我小学入学时，作为一门课程，老师带我们班的三十个孩子进行了一次环球旅行。这时地球已经完全停转，地球发动机除了维持这个行星的这种静止状态外，只进行一些姿态调整，所以在我三岁到六岁这三年的时间当中，光柱的光度大为减弱，这使得我们可以在这次旅行中更好地认识我们的世界。

我们第一次近距离见到地球发动机是在石家庄附近的太行山出口处，那是一座金属的高山，在我们面前赫然耸立，占据了半个天空，同它相比，西边的太行山山脉如同一串小土丘。有的孩子惊叹它像珠峰一样高。我们的班主任小星老师是一位漂亮姑娘，她笑着告诉我们，这座发动机的高度是一万一千米，比珠峰还要高两千多米，人们管它叫"上帝的喷灯"。我们站在它巨大的阴影中，感受着它通过大地传来的振动。

地球发动机分为两大类，大一些的叫"山"，小一些的叫"峰"。我们登上了"华北794号山"。登"山"比登"峰"花的时间长，因为"峰"是靠巨型电梯上下的，上"山"则要坐汽车沿盘"山"公路走。我们的汽车混在不见首尾的车队中，沿着光滑的钢铁公路向上爬行。我们的左边是青色的金属峭壁，右边是万丈深渊。车队是由50吨的巨型自卸卡车组成的，车上满载着从太行山上挖下的岩石。汽车很快升到了五千米以上，下面的大地已看不清细节，只能看到反射的地球发动机的一片青光。小星老师让我们戴上氧气面罩。随着我们距喷口越来越近，光度和温度都在剧增，面罩的颜色渐渐变深，冷却服中的微型压缩机也大功率地忙碌起来。在六千米处，我们见到了进料口，一车车的大石块倒进那闪着幽幽红光的大洞中，一点声音都没传出来。我问小星老师地球发动机是如何用岩石做燃料的。

"重元素聚变是一门很深的学问，现在给你们还讲不明白。你们只需要知道，地球发动机是人类建造的力量最大的机器，比如我们所在的华北794号，全功率运行时能向大地产生150亿吨的推力。"

我们的汽车终于登上了顶峰，喷口就在我们的头顶上。由于光柱的直径太大，我们现在抬头看到的是一堵发着蓝光的等离子体巨墙，这巨墙向上延伸到无限高处。这时，我突然想起不久前的一堂哲学课，那个憔悴的老师给我们出了一个谜语。

"你在平原上走着走着，突然迎面遇到一堵墙，这墙向上无限高，向下无限深，向左无限远，向右无限远，这墙是什么？"

我打了一个寒战，接着把这个谜语告诉了身边的小星老师。她想了好大一会儿，困惑地摇摇头。我把嘴凑到她耳边，把那个可怕的谜底告诉了她。

"死亡。"

她默默地看了我几秒钟，突然把我紧紧地抱在怀里。我从她的肩上极目望去，迷蒙的大地上耸立着一片金属的巨峰，从我们周围一直延伸到地平线。巨峰吐出的光柱如一片倾斜的宇宙森林，刺破我们摇摇欲坠的天空。

我们很快到了海边，看到城市摩天大楼的尖顶伸出海面，退潮时白花花的海水从大楼无数的窗子中流出，形成一道道瀑布……刹车时代刚刚结束，其对地球的影响已触目惊心：地球发动机加速造成的潮汐吞没了北半球三分之二的大城市，发动机带来的全球高温融化了极地冰川，更使这大洪水雪上加霜，波及南半球。爷爷在三十年前亲眼目睹了百米高的巨浪吞没上海的情景，他现在讲这事的时候眼睛还直勾勾的。事实上，我们的星球还没启程就已面目全非了，谁知道在以后漫长的外太空的流浪中，还有多少苦难在等着我们呢？

我们乘上一种叫船的古老的交通工具在海面上航行。地球发动机的光柱在后面越来越远，一天以后就完全看不见了。这时，大海处在两片霞光之间，一片是西面地球发动机的光柱产生的青蓝色霞光，另一片是东方海平面下的太阳产生的粉红色霞光，它们在海面上的反射使大海也分成了闪耀着两色光芒的两部分，我们的船就行驶在这两部分的分界处，这景色真是奇妙！但随着青蓝色霞光的渐渐减弱和粉红色霞光的渐渐增强，一种不安的气氛在船上弥漫开来。甲板上见不到孩子们了，他们都躲在船舱里不出来，舷窗的帘子也被紧紧拉上。一天后，我们最害怕的那一时刻终于到来了，我们集合在那间用作教室的大舱中，小星老师庄严地宣布：

"孩子们，我们要去看日出了。"

没有人动，我们目光呆滞，像突然冻住一样僵在那儿。小星老师又催了几次，还是没人动地方。她的一位男同事说："我早就提过，环球体验课应该放在近代史课前面，这样学生在心理上就比较容易适应了。"

"没那么简单，在近代史课前，他们早就从社会知道一切了。"小星老师说，她接着对几位班干部说："你们先走，孩子们，不要怕！我小时候第一次看日出也很紧张的，但看过一次就好了。"

孩子们终于一个个站了起来，朝着舱门挪动脚步。这时，我感到一只湿湿的小手抓住了我的手，回头一看，是灵儿。

"我怕……"，她嘤嘤地说。

"我们在电视上也看到过太阳，反正都一样的。"我安慰她说。

"怎么会一样呢，你在电视上看蛇和看真蛇一样吗？"

"……反正我们得上去，要不这门课会被扣分的！"

我和灵儿紧紧拉着手，和其他孩子一起战战兢兢地朝甲板走去，去面对我们人生中的第一次日出。

"其实，人类把太阳同恐惧连在一起也只是近三四个世纪的事。这之前，人类是不怕太阳的；相反，太阳在他们眼中是庄严和壮美的。那时地球还在转动，人们每天都能看到日出和日落。他们对着初升的太阳欢呼，赞颂落日的美丽。"小星老师站在船头对我们说，海风吹动着她的长发，在她身后，海天连线处射出几道光芒，好像海面下的一头大得无法想象的怪兽喷出的鼻息。

终于，我们看到了那令人胆寒的火焰，开始时只是天水连线上的一个亮点，很快增大，渐渐显示出了圆弧的形状。这时，我感到自己的喉咙被什么东西卡住了，恐惧使我窒息，脚下的甲板仿佛突然消失，我在向海的深渊坠下去、坠下去……和我一起下坠的还有灵儿，她那蛛丝般柔弱的小身躯紧贴着我颤抖着；还有其他孩子，其他的所有人，整个世界都在下坠。这时，我又想起了那个谜语，我曾问过哲学老师，那堵墙是什么颜色的，他说应该是黑色的。我觉得不对，我想象中的死亡之墙应该是雪亮的，这就是为什么那道等离子体墙让我想起了它。这个时代，死亡不再是黑色的，它是闪电的颜色，当那最后的闪电到来时，世界将在瞬间变成蒸汽。

三个多世纪前，天体物理学家们就发现太阳内部氢转化为氦的速度突然加快，于是他们发射了上万个探测器穿过太阳，最终建立了这颗恒星完整精确的数学模型。巨型计算机对这个模型计算的结果表明，太阳的演化已向主星序外偏移，氦元素的聚变将在很短的时间内传遍整个太阳内部，由此产生了一次叫氦闪的剧烈爆炸，之后，太阳将变为一颗巨大但黯淡的红巨星，它膨胀到如此之大，地球将在太阳内部运行！事实上，在这之前的氦闪爆发中，我们的星球已被汽化了。

这一切将在四百年内发生，现在已过了三百八十年。

太阳的灾变将炸毁和吞没太阳系所有适合居住的类地行星，并使所有类木行星完全改变形态和轨道。自第一次氦闪后，随着重元素在太阳中心的反复聚集，太阳氦闪将在一段时间内反复发生，这"一段时间"是相对于恒星演化来说的，其长度可能相当于上千个人类历史。所以，人类在以后的太阳系中已无法生存下去，唯一的生路是向外太空恒星际移民，而照人类目前的技术力量，全人类移民唯一可行的目标是人马座比邻星，这是距我们最近的恒星，有 4.3 光年的路程。以上看法人们已达成共识，争论的焦点在移民方式上。

为了加强教学效果，我们的船在太平洋上折返了两次，又给我们制造了两次日出。现在我们已完全适应了，也相信了南半球那些每天面对太阳的孩子确实能活下去。

以后我们就在太阳下航行了，太阳在空中越升越高，这几天凉爽下来的天气又热了起来。我正在自己的舱里昏昏欲睡，听到外面有骚乱的声音。灵儿推开门探进头来。

"嗨，飞船派和地球派又打起来了！"

我对这事儿不感兴趣，他们已经打了四个世纪了。但我还是到外面看了看，在那打成一团的几个男孩儿中，我一眼就看出挑起事儿的是阿东，他爸爸是个顽固的飞船派，因参加一次反联合政府的暴动，现在还被关在监狱里，有其父必有其子。

小星老师和几名粗壮的船员好不容易才拉开架，阿东鼻子血糊糊的，他振臂高呼道："把地球派扔到海里去！"

"我也是地球派，也要扔到海里去？"小星老师问。

"地球派都扔到海里去！"阿东毫不示弱，现在，全世界飞船派情绪又呈上升趋势，所以他们又狂起来了。

"为什么这么恨我们？"小星老师问，其他几个飞船派小子接着喊了起来。

"我们不和地球派傻瓜在地球上等死！"

"我们要坐飞船走！飞船万岁！"

……

小星老师按了一下手腕上的全息显示器，我们面前的空中立刻显示出一幅全息图像，孩子们的注意力立刻被它吸引过去，暂时安静下来。那是一个晶莹透明的密封玻璃球，直径大约有 10 厘米，球里有三分之二充满了水，水中有一只小虾、一小枝珊瑚和一些绿色的藻类植物，小虾在水中悠然地游动着。小星老师说："这是阿东的一件自然课的设计作业，小球中除了这几样东西外，还有一些看不见的细菌。它们在密封的玻璃球中相互依赖、相互作用。小虾以海藻为食，从水中摄取氧气，然后排出含有机物质的粪便和二氧化碳废气，细菌将这些东西分解成无机物质和二氧化碳，然后海藻利用了这些无机物质与人造阳光进行光合作用，制造营养物质，进行生长和繁殖，同时放出氧气供小虾呼吸。这样的生态循环应该能使玻璃球中的生物在只有阳光供应的情况下生生不息。这是我见过的最好的课程设计，我知道，这里面凝聚了阿东和所有飞船派孩子的梦想，这就是你们梦中飞船的缩影啊！阿东告诉我，他按照计算机中严格的数学模型，对球中每一样生物进行了基因设计，使他们的新陈代谢正好达到平衡。他坚信，球中的生命世界会长期活下去，直到小虾寿命的终点。老师们都很钟爱这件作业，我们把它放到所要求强度的人造阳光下，也坚信阿东的预测，默默地祝福他创造的这个小小的世界。但现在，时间只过去了十几天……"

小星老师从随身带来的一个小箱子中小心翼翼地拿出了那个玻璃球，死去的小虾漂浮在水面上，水已浑浊不堪，腐烂的藻类植物已失去了绿色，变成一团没有生命的毛状物覆盖在珊瑚上。

"这个小世界死了。孩子们，谁能说出为什么？"小星老师把那个死亡的世界举到孩子们面前。

"它太小了！"

"说得对，太小了！小的生态系统，不管多么精确，都经不起时间这个风浪。飞船派们想象中的飞船也一样。"

"我们的飞船可以造得像上海或纽约那么大。"阿东说，声音比刚才低了许多。

"是的，按人类目前的技术也只能造这么大，同地球相比，这样的生态系统还是太小了、太小了。"

"我们会找到新的行星。"

"这连你们自己也不相信。人马座没有行星，最近的有行星的恒星在八百五十光年以外，目前人类能建造的最快的飞船也只能达到光速的百分之零点五，这样就需十七万年的时间才能到达那里，飞船规模的生态系统连这十分之一的时间都维持不了。孩子们，只有像地球这样规模的生态系统，这样气势磅礴的生态循环，才能使生命万代不息！人类在宇宙间离开了地球，就像婴儿在沙漠里离开了母亲！"

"可……老师，我们来不及的，地球来不及的，它还来不及加速到足够快、航到足够远，太阳就爆炸了！"

"时间是够的，要相信联合政府！这我说了多少遍了，如果你们还不相信，我们就退一万步说：人类将自豪地去死，因为我们尽了最大的努力！"

人类的逃亡分为五步：第一步，用地球发动机使地球停止转动，使发动机喷口固定在地球运行的反方向；第二步，全功率开动地球发动机，使地球加速到逃逸速度，飞出太阳系；第三步，在外太空继续加速，飞向比邻星；第四步，在中途使地球重新自转，调转发动机方向，开始减速；第五步，地球泊入比邻星轨道，成为这颗恒星的卫星。人们把这五步分别称为刹车时代，逃逸时代，流浪时代 I（加速），流浪时代 II（减速）和新太阳时代。

整个移民过程将延续两千五百年时间，一百代人。

我们的船继续航行，航到了地球黑夜的部分，在这里，阳光和地球发动机的光柱都照不到，在大西洋清凉的海风中，我们这些孩子第一次看到了星空。天啊，那是怎样的景象啊，美得让我们心醉！小星老师一手搂着我们，一手指着星空，"看，孩子们，那就是人马座，那就是比邻星，那就是我们的新家！"说完她哭了起来，我们也都跟着哭了，周围的水手和船长，这些铁打的汉子也流下了眼泪。所有的人都用泪眼探望着老师指的方向，星空在泪水中扭曲抖动，唯有那颗星星是不动的，那是黑夜大海狂浪中远方陆地的灯塔，那是冰雪荒原中快要冻死的孤独旅人前方隐现的火光，那是我们心中的星星，是人类在未来一百代人的苦海中唯一的希望和支撑……

在回家的航程中，我们看到了启航的第一个信号：夜空中出现了一个巨大的彗星，那是月球。人类带不走月球，就在月球上也安装了行星发动机，把它推离地球轨道，以免在地球加速时相撞。月球上行星发动机产生的巨大彗尾使大海笼罩在一片蓝光之中，群星看不见了。月球移动产生的引力潮汐使大海巨浪冲天，我们改乘飞机向南半球的家飞去。

启航的日子终于到了！

我们一下飞机，就被地球发动机的光柱照得睁不开眼，这些光柱比以前亮了几倍，而且所有光柱都由倾斜变成笔直，地球发动机开到了最大功率，加速产生的百米巨浪轰鸣着滚上每个大陆，灼热的飓风夹着滚烫的水沫，在林立的顶天立地的等离子光柱间疯狂呼啸，拔起了陆地上所有的大树……这时从宇宙空间看，我们的星球也成了一个巨大的彗星，蓝色的彗尾刺破了黑暗的太空。

地球上路了，人类上路了。

就在启航时，爷爷去世了，他身上的烫伤已经感染。弥留之际他反复念叨着一句话：

"啊，地球，我的流浪地球啊……"

逃逸时代

学校要搬入地下城了，我们是第一批入城的居民。校车钻进了一个高大的隧洞，隧洞呈不大的坡度向地下延伸。走了有半个钟头，我们被告之已入城了。可车窗外哪有城市的样子？只看到不断掠过的错综复杂的支洞和洞壁上无数的密封门，在高高的洞顶的一排泛光灯下，一切都呈单调的金属蓝色。想到后半生的大部分时光都要在这个世界中度过，我们不禁黯然神伤。

"原始人就住洞里，我们又住洞里了。"灵儿低声说，但这话还是让小星老师听见了。

"没有办法的，孩子们，地面的环境很快就要变得很可怕、很可怕，那时，冷的时候，吐一口唾沫，还没掉到地上呢，就冻成小冰块儿了；热的时候，再吐一口唾沫，还没掉到地上，就变成蒸汽了！"

"冷我知道，因为地球离太阳越来越远了，可为什么还会热呢？"同车的一个低年级的小娃娃问。

"笨，没学过变轨加速吗？"我没好气地说。

"没。"

灵儿耐心地解释起来，好像是为了分散刚才的悲伤。"是这样：跟你想的不同，地球发动机没那么大劲儿，它只能给地球很小的加速度，不能把地球一下子推出太阳轨道，在地球离开太阳前，还要绕着它转 15 个圈呢！在这 15 个圈中地球慢慢加速。现在，地球绕太阳转着一个挺圆的圈儿，可它的速度越快呢，这圈就越扁，越快越扁越快越扁，太阳越来越移到这个扁圈的一边儿，所以后来地球有时离太阳会很远很远，当然冷了……"

"可……还是不对！地球到最远的地儿是很冷，可在扁圈的另一头儿，它离太阳……嗯，我想想，按轨道动力学，还是现在这么近啊，怎么会更热呢？"

真是个小天才，记忆遗传技术使这样的小娃娃具备了成人的智力水平，这是人类的幸运，否则，像地球发动机这样连神都不敢想的奇迹，是不会在四个世纪内变成现实的。

我说："可还有地球发动机呢，小傻瓜！现在，一万多台那样的大喷灯全功率开动，地球就成了火箭喷口的护圈了……你们安静点吧，我心里烦！"

我们就这样开始了地下的生活，像这样在地下五百米处人口超过百万的城市遍布各个大陆。在这样的地下城中，我读完小学后升入中学。学校教育都集中在理工科上，艺术和哲学之类的教育课已压缩到最少，人类没有这份闲心了。这是人类最忙的时代，每个人都有做不完的工作。很有意思的是，地球上所有的宗教在一夜之间消失得无影无踪，现在人们终于明白了，就算真有上帝，他也是个混蛋。历史课还是有的，只是课本中前太阳时代的人类历史在我们看来就像伊甸园中的神话一样。

父亲是空军的一名近地轨道宇航员，在家的时间很少。记得在变轨加速的第五年，在地球处于远日点时，我们全家到海边去过一次。地球运行到远日点顶端那一天，是一个如同新年或圣诞节一样的节日，因为这时地球距太阳最远，人们都有一种虚幻的安全感。像以前到地面上去一样，我们需穿上带有核电池的全密封加热服。外面，地球发动机林立的刺目光柱是主要能看见的东西，地面世界的其他部分都淹没于光柱的强光中，也看不出变化。我们乘飞行汽车飞了很长时间，到了光柱照不到的地方，到了能看见太阳的海边。这时的太阳已成了一个棒球大小，一动不动地悬在天边，它的光芒只在自己的周围映出了一圈晨曦似的亮影，天空呈暗暗的深蓝色，星星仍清晰可见。举目望去，哪有海啊，眼前是一片白茫茫的冰原。在这封冻的大海上，有大群狂欢的人。焰火在暗蓝色的空中开放，冰冻海面上的人们以一种不正常的忘情在狂欢着，到处都是喝醉了在冰上打滚的人，更多的人在声嘶力竭地唱着不同的歌，都想用自己的声音压住别人。

"每个人都在不顾一切地过自己想过的生活，这也没有什么不好。"爸爸突然想起了一件事，"呵，忘了告诉你们，我爱上了黎星，我要离开你们和她在一起。"

"她是谁？"妈妈平静地问。

"我的小学老师。"我替爸爸回答。我升入中学已两年，不知道爸爸和小星老师是怎么认识的，也许是在两年前那次的毕业仪式上？

"那你去吧。"妈妈说。

"过一阵我肯定会厌倦，那时我就回来，你看呢？"

"你要愿意当然行。"妈妈的声音像冰冻的海面一样平静，但很快激动起来："啊，这一颗真漂亮，里面一定有全息散射体！"她指着刚在空中开放的一朵焰火，真诚地赞美着。

在这个时代，人们在看四个世纪以前的电影和小说时都莫名其妙，他们不明白，前太阳时代的人怎么会在不关生死的事情上倾注那么多的感情。当看到男女主人公为爱情而痛苦或哭泣时，他们的惊奇是难以言表的。在这个时代，死亡的威胁和逃生的欲望压倒了一切，除了当前太阳的状态和地球的位置外，没有什么能真正引起他们的注意并打动他们了。这种注意力高度集中的关注，渐渐从本质上改变了人类的心理状态和精神生活，对于爱情这类东西，他们只是用余光瞥一下而已，就像赌徒在盯着轮盘的间隙抓住几秒钟喝口水一样。

过了两个月，爸爸真从小星老师那儿回来了，妈妈没有高兴，也没有不高兴。

爸爸对我说："黎星对你印象很好，她说你是一个有创造力的学生。"

妈妈一脸茫然："她是谁？"

"小星老师嘛，我的小学老师，爸爸这两个月就是同她在一起的！"

"哦，想起来了！"妈妈摇头笑了，"我还不到四十，记忆力就成了这个样子。"她抬头看看天花板上的全息星空，又看看四壁的全息森林，"你回来挺好，把这些图像换换吧，我和孩子都看腻了，但我们都不会调整这玩意儿。"

当地球再次向太阳跌去的时候，我们全家都把这事忘了。

有一天，新闻报道海在融化，于是我们全家又到海边去了。这是地球通过火星轨道的时候，按照当时太阳的光照量，地球的气温应该仍然是很低的，但由于地球发动机的影响，地面的气温正适宜。能不穿加热服或冷却服去地面，那感觉真令人愉快。地球发动机所在的这个半球天空还是那个样子，但到达另一个半球时，真正感到了太阳的临近：天空是明朗的纯蓝色，太阳在空中已同启航前一样明亮了。可我们从空中看到海并没有融化，还是一片白色的冰原。当我们失望地走出飞行汽车时，听到惊天动地的隆隆声，那声音仿佛来自这颗星球的最深处，真像地球要爆炸一样。

"这是大海的声音！"爸爸说，"因为气温骤升，厚厚的海冰层受热不均匀，这很像陆地上的地震。"

突然，一声雷霆般尖利的巨响插进这低沉的隆隆声中，我们后面看海的人们欢呼起来。我看到海面上裂开一道长缝，其开裂速度之快如同广阔的冰原上突然出现的一道黑色的闪电。接着在不断的巨响中，这样的裂缝一条接一条地在海冰上出现，海水从所有的裂缝中喷出，在冰原上形成一条条迅速扩散的急流……

回家的路上，我们看到荒芜已久的大地上，野草在大片大片地钻出地面，各种花朵在怒放，嫩叶给枯死的森林披上绿装……所有的生命都在抓紧时间发泄着活力。

随着地球和太阳的距离越来越近，人们的心也一天天揪紧了。到地面上来欣赏春色的人越来越少，大部分人都深深地躲进地下城中，这不是为了躲避即将到来的酷热、暴雨和飓风，而是躲避那随着太阳越来越近的恐惧。有一天在我睡下后，听到妈妈低声对爸爸说：

"可能真的来不及了。"

爸爸说："前四个近日点时也有这种谣言。"

"可这次是真的，我是从钱德勒博士夫人口中听说的，她丈夫是航行委员会的那个天文学家，你们都知道他的。他亲口告诉她已观测到氦的聚集在加速。"

"你听着亲爱的，我们必须抱有希望，这并不是因为希望真的存在，而是因为我们要做高贵的人。在前太阳时代，做一个高贵的人必须拥有金钱、权力或才能，而在今天只要拥有希望，希望是这个时代的黄金和宝石，不管活多长，我们都要拥有它！明天把这话告诉孩子。"

和所有的人一样，我也随着近日点的到来而心神不定。有一天放学后，我不知不觉走到了城市中心广场，在广场中央有喷泉的圆形水池边呆立着，时而低头看着蓝盈盈的池水，时而抬头望着广场圆形穹顶上梦幻般的光波纹，那是池水反射上去的。这时我看到了灵儿，她拿着一个小瓶子和一根小管儿，在吹肥皂泡。每吹出一串，她都呆呆地盯着空中漂浮的泡泡，看着它们一个个消失，然后再吹出一串……

　　"都这么大了还干这个，这好玩吗？"我走过去问她。

　　灵儿见了我以后喜出望外，"我们俩去旅行吧！"

　　"旅行？去哪？"

　　"当然是地面啦！"她挥手在空中划了一下，从手腕上的计算机上甩出一幅全息景象：显示出落日下的一个海滩，微风吹拂着棕榈树，道道白浪，金黄的沙滩上有一对对的情侣，他们在铺满碎金的海面前呈一对对黑色的剪影。"这是梦娜和大刚发回来的，他们俩现在还满世界转呢，他们说外面现在还不太热，外面可好呢，我们去吧！"

　　"他们因为旷课刚被学校开除了。"

　　"哼，你根本不是怕这个，你是怕太阳！"

　　"你不怕吗？别忘了你因为怕太阳还看过精神病医生呢。"

　　"可我现在不一样了，我受到了启示！你看，"灵儿用小管儿吹出了一串肥皂泡，"盯着它看！"她用手指着一个肥皂泡说。

　　我盯着那个泡泡，看到它表面上光和色的狂澜，那狂澜以人的感觉无法把握的复杂和精细在涌动，好像那个泡泡知道自己生命的长度，疯狂地把自己渺如烟海的记忆中无数的梦幻和传奇向世界演绎。很快，光和色的狂澜在一次无声的爆炸中消失了，我看到了一小片似有似无的水汽，这水汽也只存在了半秒钟，然后什么都没有了，好像什么都没有存在过。

　　"看到了吗？地球就好像宇宙中的一个小水泡，啪的一下，就什么都没了，有什么好怕的呢？"

　　"不是这样的，据计算，在氦闪发生时，地球被完全蒸发掉至少需要一百个小时。"

"这就是最可怕之处了！"灵儿大叫起来，"我们在这地下五百米，就像馅饼里的肉馅一样，先给慢慢烤熟了，再蒸发掉！"

一阵冷战传遍我的全身。

"但在地面就不一样了，那里的一切瞬间被蒸发，地面上的人就像那泡泡一样，啪的一下……所以，氦闪时还是在地面上为好。"

不知为什么，我没同她去，她就同阿东去了，我以后再也没见到他们。

氦闪并没有发生，地球高速掠过了近日点，第六次向远日点升去，人们绷紧的神经松弛下来。由于地球自转已停止，在太阳轨道的这一面，亚洲大陆上的地球发动机正对着它的运行方向，所以在通过近日点前都停了下来，只是偶尔做一些调整姿态的运行，我们这儿处于宁静而漫长的黑夜之中。美洲大陆上的发动机则全功率运行，那里成了火箭喷口的护圈。由于太阳这时也处于西半球，那儿的高温更是可怕，草木生烟。

地球的变轨加速就这样年复一年地进行着。每当地球向远日点升去时，人们的心也随着地球与太阳距离的日益拉长而放松；而当它在新的一年向太阳跌去时，人们的心也一天天紧缩起来。每次到达近日点，社会上就谣言四起，说太阳氦闪就要在这时发生了；直到地球再次升向远日点，人们的恐惧才随着天空中渐渐变小的太阳平息下来，但又在准备着下一次的恐惧……人类的精神像在荡着一个宇宙秋千，更恰当地说，在经历着一场宇宙俄罗斯轮盘赌：升上远日点和跌向太阳的过程是在转动弹仓，掠过近日点时则是扣动扳机！每扣一次时的神经比上一次更紧张，我就是在这种交替的恐惧中度过了自己的少年时代。其实仔细想想，即使在远日点，地球也未脱离太阳氦闪的威力圈，如果那时太阳爆发，地球不是被气化而是被慢慢液化，那种结果还真不如在近日点。

在逃逸时代，大灾难接踵而至。

由于地球发动机产生的加速度及运行轨道的改变，地核中铁镍核心的平衡被扰动，其影响穿过古腾堡不连续面，波及地幔，各个大陆地热逸出，火山横行，这对于人类的地下城市是致命的威胁。从第六次变轨周期后，在各大陆的地下城中，岩浆渗入，灾难频繁发生。

那天当警报响起来的时候，我正走在放学回家的路上，听到市政厅的广播："F112市全体市民请注意，城市北部屏障已被地应力破坏，岩浆渗入！岩浆渗入！现在岩浆流已到达第四街区！公路出口被封死，全体市民到中心广场集合，通过升降梯向地面撤离。注意，撤离时按危机法第五条行事，强调一遍，撤离时按危机法第五条行事！"

我环视了一下四周迷宫般的通道，地下城现在看上去并没有什么异常。但我知道现在的危险：只有两条通向外部的地下公路，其中一条去年因加固屏障的需要已被堵死，如果剩下的这条也堵死了，就只有通过经竖井直通地面的升降梯逃命了。升降梯的载运量很小，要把这座城市的36万人运出去需要很长时间。但也没有必要去争夺生存的机会，联合政府的危机法把一切都安排好了。

古代曾有过一个伦理学问题：当洪水到来时，一个只能救走一个人的男人，是去救他的父亲呢，还是去救他的儿子？在这个时代的人看来，提出这个问题很不可理解。

当我到达中心广场时，看到人们已按年龄排起了长长的队。最靠近电梯口的是由机器人保育员抱着的婴儿，然后是幼儿园的孩子，再往后是小学生……我排在队伍中间靠前的部分。爸爸现在在近地轨道值班，城里只有我和妈妈，我现在看不到妈妈，就顺着几公里长的队伍往后跑，没跑多远就被士兵拦住了。我知道她在最后一段，因为这个城市主要是学校集中地，家庭很少，她已经算年纪大的那批人了。

长队以让人心里着火的慢速度向前移动，三个小时后轮到我跨进升降梯时，我心里一点都不轻松，因为这时在妈妈和生存之间，还隔着两万多名大学生呢！而我已闻到了浓烈的硫磺味……

我到地面两个半小时后，岩浆就在五百米深的地下吞没了整座城市。我心如刀绞地想象着妈妈最后的时刻：她同没能撤出的一万八千人一起，看着岩浆涌进市中心广场。那时已经停电，整个地下城只有岩浆那可怖的暗红色光芒。广场那高大的白色穹顶在高温中渐渐变黑，所有的遇难者可能还没接触到岩浆，就已经被这上千度的高温夺去了生命。

　　但生活还在继续，在这严酷恐惧的现实中，爱情仍不时闪现出迷人的火花。为了缓解人们的紧张情绪，在第十二次到达远日点时，联合政府居然恢复了中断达两世纪的奥运会。我作为一名机动冰橇拉力赛的选手参加了奥运会，比赛是驾驶机动冰橇，从上海出发，从冰面上横穿封冻的太平洋，到达终点纽约。

　　发令枪响过之后，上百只雪橇在冰冻的海洋上以每小时两百公里左右的速度出发了。开始还有几只雪橇相伴，但两天后，他们或前或后，都消失在地平线之外。这时背后地球发动机的光芒已经看不到了，我正处于地球最黑的部分。在我眼中，世界就是由广阔的星空和向四面无限延伸的冰原组成的，这冰原似乎一直延伸到宇宙的尽头，或者它本身就是宇宙的尽头。而在无限的星空和无限的冰原组成的宇宙中，只有我一个人！雪崩般的孤独感压倒了我，我想哭。我拼命地赶路，名次已无关紧要，只是为了在这可怕的孤独感杀死我之前尽早地摆脱它，而那想象中的彼岸似乎根本就不存在。

　　就在这时，我看到天边出现了一个人影。近了些后，我发现那是一个姑娘，正站在她的雪橇旁，她的长发在冰原上的寒风中飘动着。你知道这时遇见一个姑娘意味着什么吗，我们的后半生由此决定了。她是日本人，叫山杉加代子。女子组比我们先出发十二个小时，她的雪橇卡在冰缝中，把一根滑竿卡断了。我一边帮她修雪橇，一边把自己刚才的感觉告诉她。

　　"您说得太对了，我也是那样的感觉！是的，好像整个宇宙中就只有你一个人！知道吗，我看到您从远方出现时，就像看到太阳升起一样耶！"

　　"那你为什么不叫救援飞机？"

　　"这是一场体现人类精神的比赛，要知道，流浪地球在宇宙中是叫不到救援的！"她挥动着小拳头，以日本人特有的执着说。

　　"不过现在总得叫了，我们都没有备用滑竿，你的雪橇修不好了。"

　　"那我们坐您的雪橇一起走好吗？如果您不在意名次的话。"

　　我当然不在意，于是我和加代子一起在冰冻的太平洋上走完了剩下的漫长路程。经过夏威夷后，我们看到了天边的曙光。在这个被小小的太阳照亮的无际的冰原上，我们向联合政府的民政部发去了结婚申请。

当我们到达纽约时，这个项目的裁判们早就等得不耐烦而收摊走了。但有一个民政局的官员在等着我们，他向我们致以新婚的祝贺，然后开始履行他的职责：他挥手在空中划出一个全息图像，上面整齐地排列着几万个圆点，这是这几天全世界向联合政府登记结婚的数目。由于环境的严酷，法律规定每三对新婚配偶中只有一对有生育权，抽签决定。加代子对着半空中那几万个点犹豫了半天，点了中间的一个。当那个点变为绿色时，她高兴得跳了起来。但我的心中却不知是什么滋味，我的孩子出生在这个苦难的时代，是幸运还是不幸呢？那个官员倒是兴高采烈，他说每当一对儿"点绿"的时候他都十分高兴，他拿出了一瓶伏特加，我们三个轮着一人一口地喝着，都为人类的延续干杯。我们身后，遥远的太阳用它微弱的光芒给自由女神像镀上了一层金辉，对面是已无人居住的曼哈顿的摩天大楼群，微弱的阳光把它们的影子长长地投在纽约港寂静的冰面上，醉意蒙眬的我，眼泪涌了出来。

地球，我的流浪地球啊！

分手前，官员递给我们一串钥匙，醉醺醺地说："这是你们在亚洲分到的房子，回家吧！哦，家多好啊！"

"有什么好的？"我漠然地说，"亚洲的地下城充满危险，你们在西半球当然体会不到。"

"我们马上也有你们体会不到的危险了，地球又要穿过小行星带，这次是西半球对着运行方向。"

"上几个变轨周期也经过小行星带，不是没什么大事吗？"

"那只是擦着小行星带的边缘走，太空舰队当然能应付，他们可以用激光和核弹把地球航线上的那些小石块都清除掉。但这次……你们没看新闻？这次地球要从小行星带正中穿过去！舰队只能对付那些大石块，唉……"

在回亚洲的飞机上，加代子问我："那些石块很大吗？"

我父亲现在就在太空舰队干那件工作，所以尽管政府为了避免惊慌照例封锁消息，我还是知道一些情况。我告诉加代子，那些石块大得像一座大山，五千万吨级的热核炸弹只能在上面打出一个小坑。"他们就要使用人类手中威力最大的武器了！"我神秘地告诉加代子。

"你是说反物质炸弹？"

"还能是什么？"

"太空舰队的巡航范围是多远？"

"现在他们力量有限，我爸说只有一百五十万公里左右。"

"啊，那我们能看到了！"

"最好别看。"

加代子还是看了，而且是没戴护目镜看的。反物质炸弹的第一次闪光是在我们起飞不久后从太空传来的，那时加代子正在欣赏飞机舷窗外空中的星星，这使她的双眼失明了一个多小时，眼睛在以后的一个多月都红肿流泪。那真是让人心惊肉跳的时刻，反物质炸弹不断地击中小行星，湮灭的强光此起彼伏地在漆黑的太空中闪现，仿佛宇宙中有一群巨人围着地球用闪光灯疯狂拍照似的。

半个小时后，我们看到了火流星，它们拖着长长的火尾划破长空，给人一种恐怖的美感。火流星越来越多，每一个在空中划过的距离越来越长。突然，机身在一声巨响中震颤了一下，紧接着又是连续的巨响和震颤。加代子惊叫着扑到我怀中，她显然以为飞机被流星击中了，这时舱里响起了机长的声音。

"请各位乘客不要惊慌，这是流星冲破音障产生的超音速爆音，请大家戴上耳机，否则您的听觉会受到永久的损害。由于飞行安全已无法保证，我们将在夏威夷紧急降落。"

这时我盯住了一个火流星，那个火球的体积比别的大出许多，我不相信它能在大气中烧完。果然，那火球疾驰过大半个天空，越来越小，但还是坠入了冰海。从万米高空看到，海面被击中的位置出现了一个小白点，那白点立刻扩散成一个白色的圆圈，圆圈迅速在海面扩大。

"那是浪吗？"加代子颤抖着声音问我。

"是浪，上百米的浪。不过海封冻了，冰面会很快使它衰减的。"我自我安慰地说，不再看下面。

我们很快在檀香山降落，由当地政府安排去地下城。我们的汽车沿着海岸走，天空中布满了火流星，那些红发恶魔好像是从太空中的某一个点同时迸发出来的。一颗流星在距海岸不远处击中了海面，没有看到水柱，但水蒸气形成的白色蘑菇云高高地升起。涌浪从冰层下传到岸边，厚厚的冰层轰隆隆地破碎了，冰面显出了浪的形状，好像有一群柔软的巨兽在下面排着队游过。

"这块有多大？"我问那位来接应我们的官员。

"不超过五公斤，不会比你的脑袋大吧。不过刚接到通知，在北方八百公里的海面上，刚落下一颗二十吨左右的。"

这时他手腕上的通信机响了，他看了一眼后对司机说："来不及到204号门了，就近找个入口吧！"

汽车拐了个弯，在一个地下城入口前停了下来。我们下车后，看到入口外有几个士兵，他们都一动不动地盯着远方的一个方向，眼里充满了恐惧。我们都顺着他们的目光看去，在天海连线处，我们看到一层黑色的屏障，初一看好像是天边低低的云层，但那"云层"的高度太齐了，像一堵横在天边的长墙，再仔细看，墙头还镶着一线白边。

"那是什么呀？"加代子怯生生地问一个军官，得到的回答让我们毛发直竖。

"浪。"

地下城高大的铁门隆隆地关上了，大约过了十分钟，我们感到从地面传来低沉的声音，咕噜噜的，像一个巨人在地面打滚。我们面面相觑，大家都知道，百米高的巨浪正在滚过夏威夷，也将滚过各个大陆。但另一种震动更吓人，仿佛有一只巨拳从太空中不断地击打地球，在地下这震动并不大，只能隐约感到，但每一个震动都直达我们的灵魂深处。这是流星在不断地击中地面。

我们的星球所遭到的残酷轰炸断断续续持续了一个星期。

当我们走出地下城时，加代子惊叫："天啊，天怎么是这样的！"

天空是灰色的，这是因为高层大气弥漫着小行星撞击陆地时产生的灰尘，星星和太阳都消失在这无际的灰色中，仿佛整个宇宙在下着一场大雾。地面上，滔天巨浪留下的海水还没来得及退去就封冻了，城市幸存的高楼形单影只地立在冰面上，挂着长长的冰凌柱。冰面上落了一层撞击尘，于是这个世界只剩下一种颜色：灰色。

　　我和加代子继续回亚洲的旅行。在飞机越过早已无意义的国际日期变更线时，我们见到了人类所见过的最黑的黑夜，飞机仿佛潜行在墨汁的海洋中。看着机舱外那没有一丝光线的世界，我们的心情也暗到了极点。

　　"什么时候到头儿呢？"加代子喃喃地说。我不知道她指的是这个旅程还是这充满苦难和灾难的生活，我现在觉得两者都没有尽头。是啊，即使地球航出了氦闪的威力圈，我们得以逃生，又怎么样呢？我们只是那漫长阶梯的最下一级，当我们的一百代重孙爬上阶梯的顶端，见到新生活的光明时，我们的骨头都变成灰了。我不敢想象未来的苦难和艰辛，更不敢想象要带着爱人和孩子走过这条看不到头的泥泞路，我累了，实在走不动了……就在我被悲伤和绝望窒息的时候，机舱里响起了一声女人的惊叫：

　　"啊！不！不能亲爱的！"

　　我循声看去，见那个女人正从旁边的一个男人手中夺下一支手枪，他刚才显然想把枪口凑到自己的太阳穴上。这人很瘦弱，目光呆滞地看着前方无限远处。女人把头埋在他膝上，嘤嘤地哭了起来。

　　"安静。"男人冷冷地说。

　　哭声消失了，只有飞机发动机的嗡嗡声在轻响，像不变的哀乐。在我的感觉中，飞机已粘在这巨大的黑暗中，一动不动，而整个宇宙，除了黑暗和飞机，什么都没有了。加代子紧紧钻在我怀里，浑身冰凉。

　　突然，机舱前部有一阵骚动，有人在兴奋地低语。我向窗外看去，发现飞机前方出现了一片朦胧的光亮，那光亮是蓝色的，没有形状，十分均匀地出现在前方弥漫着撞击尘的夜空中。

　　那是地球发动机的光芒。

　　西半球的地球发动机已被陨石击毁了三分之一，但损失比启航前预测的要少；东半球的地球发动机由于背向撞击面，完好无损。从功率上来说，它们是能使地球完成逃逸航行的。

　　在我眼中，前方朦胧的蓝光，如同从深海漫长的上浮后看到的海面的亮光，我的呼吸又顺畅起来。

　　我又听到那个女人的声音："亲爱的，痛苦呀……恐惧呀……这些东西，也只有在活着的时候才能感觉到，死了……死了什么也没有了，那边只有黑暗。还是活着好，你说呢？"

那瘦弱的男人没有回答，他盯着前方的蓝光看，眼泪流了下来。我知道他能活下去了，只要那希望的蓝光还亮着，我们就都能活下去，我又想起了父亲关于希望的那些话。

一下飞机，我和加代子没有去我们在地下城中的新家，而是到设在地面的太空舰队基地去找父亲，但在基地我只见到了追授他的一枚冰冷的勋章。这勋章是一名空军少将给我的，他告诉我，在清除地球航线上的小行星的行动中，一块被反物质炸弹炸出的小行星碎片击中了父亲的单座微型飞船。

"当时那个石块和飞船的相对速度有每秒一百公里，撞击使飞船座舱瞬间汽化了，他没有一点痛苦，我向您保证，没有一点痛苦！"将军说。

当地球又向太阳跌回去的时候，我和加代子又到地面上来看春天，但没有看到。世界仍是一片灰色，阴暗的天空下，大地上分布着由残留海水形成的一个个冰冻湖泊，见不到一点绿色。大气中的撞击尘挡住了阳光，使气温难以回升。甚至在近日点，海洋和大地都没有解冻，太阳呈一个朦胧的光晕，仿佛是撞击尘后面的一个幽灵。

三年以后，空中的撞击尘才有所消散，人类终于最后一次通过近日点，向远日点升去。在这个近日点，东半球的人有幸目睹了地球历史上最快的一次日出和日落。太阳从海平面上一跃而起，迅速划过长空，大地上万物的影子在很快地变换着角度，仿佛是无数根钟表的秒针。这也是地球上最短的一个白天，只有不到一个小时。当一小时后太阳跌入地平线，黑暗降临大地时，我感到一阵伤感。这转瞬即逝的一天，仿佛是对地球在太阳系四十五亿年进化史的一个短暂的总结。直到宇宙的末日，它不会再回来了。

"天黑了。"加代子忧伤地说。

"最长的一夜。"我说。东半球的这一夜将延续两千五百年，一百代人后，人马座的曙光才能再次照亮这个大陆。西半球也将面临最长的白天，但比这里的黑夜要短得多。在那里，太阳将很快升到天顶，然后一直静止在那个位置上渐渐变小，在半世纪内它就会融入星群难以分辨了。

按照预定的航线，地球升向与木星的会合点。航行委员会的计划是：地球第 15 圈的公转轨道是如此之扁，以至于它的远日点到达木星轨道，地球将与木星在几乎相撞的距离上擦身而过，在木星巨大引力的拉动下，地球将最终达到逃逸速度。

离开近日点后两个月，就能用肉眼看到木星了，它开始只是一个模糊的光点，但很快显出圆盘的形状；又过了一个月，木星在地球上空已有满月大小了，呈暗红色，能隐约看到上面的条纹。这时，15 年来一直垂直的地球发动机光柱中有一些开始摆动，地球在做会合前最后的姿态调整，木星渐渐沉到了地平线下。以后的三个多月，木星一直处在地球的另一面，我们看不到它，但知道两颗行星正在交会之中。

有一天，我们突然被告知东半球也能看到木星了，于是人们纷纷从地下城中来到地面。当我走出城市的密封门来到地面时，发现开了 15 年的地球发动机已经全部关闭了，我再次看到了星空，这表明同木星最后的交会正在进行。人们都在紧张地盯着西方的地平线，地平线上出现了一片暗红色的光，那光区渐渐扩大，延伸到整个地平线的宽度。我现在发现那暗红色的区域上方同漆黑的星空有一道整齐的边界，那边界呈弧形，那巨大的弧形从地平线的一端跨到了另一端，在缓缓升起，巨弧下的天空都变成了暗红色，仿佛一块同星空一样大小的暗红色幕布在把地球同整个宇宙隔开。当我回过神来时，不由倒吸了一口冷气，那暗红色的幕布就是木星！我早就知道木星的体积是地球的 1300 倍，现在才真正感觉到它的巨大。这个宇宙巨怪在整个地平线上升起时产生的那种恐惧和压抑感是难以用语言描述的，一名记者后来写道："不知是我身处噩梦中，还是这整个宇宙都是一个造物主巨大而变态的头脑中的噩梦！"木星恐怖地上升着，渐渐占据了半个天空。这时，我们可以清楚地看到它云层中的风暴，那风暴把云层搅动成让人迷茫的混乱线条，我知道那厚厚的云层下是沸腾的液氢和液氦的大洋。著名的大红斑出现了，这个在木星表面维持了几十万年的大旋涡大得可以吞下整个地球。这时，木星已占满了整个天空，地球仿佛是浮在木星沸腾的暗红色云海上的一只气球！而木星的大红斑就处在天空正中，如一只红色的巨眼盯着我们的世界，大地笼罩在它那阴森的红光中……这时，谁都无法相信小小的地球能逃出这巨大怪物的引力场，从地面上看，地球甚至连成为木星的卫星都不可能，我们就要掉进那无边云海覆盖着的地狱中去了！但领航工程师们的计算是精确的，暗红色的迷乱的天空在缓缓移动着，不知过了多长时间，西方的天边露出了黑色的一角，那黑色迅速扩大，其中有星星在闪烁，地球正在冲出木星的引力魔掌。这时警报尖叫起来，木星产生的引力潮汐正在向内陆推进，后来得知，这次大潮百多米高的巨浪再次横扫了整个大陆。在跑进地下城的密封门时，我最后看了一眼仍占据半个天空的木星，发现木星的云海中有一道明显的划痕，后来知道，那是地球引力作用在木星表面的痕迹，我们的星球也在木星表面拉起了如山的液氢和液氦的巨浪。这时，木星巨大的引力正在把地球加速甩向外太空。

离开木星时，地球已达到了逃逸速度，它不再需要返回潜藏着死亡的太阳，向广漠的外太空飞去，漫长的流浪时代开始了。

就在木星暗红色的阴影下，我的儿子在地层深处出生了。

叛　乱

离开木星后，亚洲大陆上一万多台地球发动机再次全功率开动，这一次它们要不停地运行 500 年，不停地加速地球。这 500 年中，发动机将把亚洲大陆上一半的山脉用做燃料消耗掉。

从四个多世纪死亡的恐惧中解脱出来，人们长出了一口气。但预料中的狂欢并没有出现，接下来发生的事情出乎所有人的想象。

在地下城的庆祝集会后，我一个人穿上密封服来到地面。童年时熟悉的群山已被超级挖掘机夷为平地，大地上只有裸露的岩石和坚硬的冻土，冻土上到处有白色的斑块，那是大海潮留下的盐渍。面前那座爷爷和爸爸度过了一生的曾有千万人口的大城市现在已是一片废墟，高楼钢筋外露的残骸在地球发动机光柱的蓝光中拖着长长的影子，好像是史前巨兽的化石……一次次的洪水和小行星的撞击已摧毁了地面上的一切，各大陆上的城市和植被都荡然无存，地球表面已变成火星一样的荒漠。

这一段时间，加代子心神不定。她常常扔下孩子不管，一个人开着飞行汽车出去旅行，回来后，只是说她去了西半球。最后，她拉我一起去了。

我们的飞行汽车以四倍音速飞行了两个小时，终于能够看到太阳了，它刚刚升出太平洋，这时看上去只有棒球大小，给冰封的洋面投下一片微弱的、冷冷的光芒。加代子把飞行汽车悬停在五千米的空中，然后从后面拿出了一个长长的东西，去掉封套后我看到那是一架天文望远镜——业余爱好者用的那种。加代子打开车窗，把望远镜对准太阳让我看。

从有色镜片中我看到了放大几百倍的太阳，我甚至清楚地看到太阳表面的缓缓移动的明暗斑点，还有太阳边缘隐隐约约的日珥。

加代子把望远镜同车内的计算机联起来，把一个太阳影像采集下来。然后，她又调出了另一个太阳图像，说："这个是四个世纪前的太阳图像。"接着，计算机对两个图像进行比较。

"看到了吗？"加代子指着屏幕说："它们的光度、像素排列、像素概率、层次统计等参数都完全一样！"

我摇摇头说："这能说明什么？一架玩具望远镜，一个低级图像处理程序，加上你这个无知的外行……别自寻烦恼了，别信那些谣言！"

"你是个白痴！"她说着，收回望远镜，把飞行汽车往回开。这时，在我们的上方和下方，我又远远地看到了几辆飞行汽车，同我们刚才一样悬在空中，从每辆车的车窗中都伸出一架望远镜对着太阳。

以后的几个月中，一个可怕的说法像野火一样在全世界蔓延。越来越多的人自发地用更大型更精密的仪器观测太阳。后来，一个民间组织向太阳发射了一组探测器，它们在三个月后穿过日球。探测器发回的数据最后证实了那个事实。

同四个世纪前相比，太阳没有任何变化。

现在，各大陆的地下城已成了一座座骚动的火山，局势一触即发。一天，按照联合政府的法令，我和加代子把儿子送进了养育中心。回家的路上我们俩都感到维系我们关系的唯一纽带已不存在了。走到市中心广场，我们看到有些人在演讲，另一些人在演讲者周围向市民分发武器。

"公民们！地球被出卖了！人类被出卖了！文明被出卖了！我们都是一个超级骗局的牺牲品！这个骗局之巨大之可怕，上帝都会为之休克！太阳还是原来的太阳，它不会爆发，过去现在将来都不会，它是永恒的象征！爆发的是联合政府中那些人阴险的野心！他们编造了这一切，只是为了建立他们的独裁帝国！他们毁了地球！他们毁了人类文明！公民们，有良知的公民们！拿起武器，拯救我们的星球！拯救人类文明！我们要推翻联合政府，控制地球发动机，把我们的星球从这寒冷的外太空开回原来的轨道！开回到我们的太阳温暖的怀抱中！"

加代子默默地走上前去，从分发武器的人手中接过了一支冲锋枪，加入到那些拿到武器的市民的队列中，她没有回头，同那支庞大的队列一起消失在地下城的迷雾里。我呆呆地站在那儿，手在衣袋中紧紧攥着父亲用生命和忠诚换来的那枚勋章，它的边角把我的手扎出了血……

三天后，叛乱在各个大陆同时爆发了。

叛军所到之处，人民群起响应，直到现在，还很少有人怀疑自己受骗了。但我加入了联合政府的军队，这并非由于对政府的坚信，而是我三代前辈都有过军旅生涯，他们在我心中种下了忠诚的种子，不论在什么情况下，背叛联合政府对我来说都是一件不可想象的事。

美洲、非洲、大洋洲和南极洲相继沦陷，联合政府收缩防线死守地球发动机所在的东亚和中亚。叛军很快对这里构成包围态势，他们对政府军占有压倒优势，之所以在相当长一段时间里攻势没有取得进展，完全是由于地球发动机。叛军不想毁掉地球发动机，所以在这一广阔的战区没有使用重武器，使联合政府得以苟延残喘。这样双方僵持了三个月，联合政府的十二个集团军相继临阵倒戈，中亚和东亚防线全线崩溃。两个月后，大势已去的联合政府连同不到十万军队在靠近海岸的地球发动机控制中心陷入重围。

我就是这残存军队中的一名少校。控制中心有一座中等城市大小，它的中心是地球驾驶室。我拖着一条被激光束烧焦的手臂，躺在控制中心的伤兵收容站里。就是在这儿，我得知加代子已在澳洲战役中阵亡。我和收容站里所有的人一样，整天喝得烂醉，对外面的战事全然不知，也不感兴趣。不知过了多久，听到有人在高声说话。

"知道你们为什么这样吗？你们在自责，在这场战争中，你们站到了反人类的一边，我也一样。"

我转头一看，发现讲话的人肩上有一颗将星，他接着说："没关系的，我们还有最后的机会拯救自己的灵魂。地球驾驶室距我们这儿只有三个街区，我们去占领它，把它交给外面理智的人类！我们为联合政府已尽到了责任，现在该为人类尽责任了！"

我用那只没受伤的手抽出手枪，随着这群突然狂热起来的受伤和没受伤的人，沿着钢铁的通道，向地球驾驶室冲去。出乎预料，一路上我们几乎没遇到抵抗，倒是有越来越多的人从错综复杂的钢铁通道的各个分支中加入我们。最后，我们来到了一扇巨大的门前，那钢铁大门高得望不到顶。它轰隆隆地打开了，我们冲进了地球驾驶室。

尽管以前无数次在电视中看到过，所有的人还是被驾驶室的宏伟震惊了。从视觉上看不出这里的大小，因为驾驶室淹没在一幅巨型全息图中。那是一幅太阳系的模拟图。整个图像实际就是一个向所有方向无限伸延的黑色空间，我们一进来，就悬浮在这空间之中。由于尽量反映真实的比例，太阳和行星都很小很小，小得像远方的萤火虫，但能分辨出来。以那遥远的代表太阳的光点为中心，一条醒目的红色螺旋线扩展开来，像广阔的黑色洋面上迅速扩散的红色波圈。这是地球的航线。在螺旋线最外面的一点上，航线变成明亮的绿色，那是地球还没有完成的路程。那条绿线从我们的头顶掠过，顺着看去，我们看到了灿烂的星海，绿线消失在星海的深处，我们看不到它的尽头。在这广漠的黑色的空间中，还飘浮着许多闪亮的灰尘，其中几个尘粒飘近，我发现那是一块块虚拟屏幕，上面翻滚着复杂的数字和曲线。

我看到了全人类瞩目的地球驾驶台，它好像是飘浮在黑色空间中的一个银白色的小行星，看到它，我更难以把握这里的巨大——驾驶台本身就是一个广场，现在上面密密麻麻地站着五千多人，包括联合政府的主要成员、负责实施地球航行计划的星际移民委员会的大部分成员和那些最后忠于政府的人。这时，我听到最高执政官的声音在整个黑色空间响了起来。

"我们本来可以战斗到底的,但这可能导致地球发动机失控,这种情况一旦发生,过量聚变的物质将烧穿地球,或蒸发全部海洋,所以我们决定投降。我们理解所有的人,因为已经进行了四十代人,在还要延续一百代人的艰难奋斗中,永远保持理智确实是一个奢求。但也请所有的人记住我们,站在这里的这五千多人,这里有联合政府的最高执政官,也有普通的列兵,是我们把信念坚持到了最后。我们都知道自己看不到真理被证实的那一天,但如果人类得以延续万代,以后所有的人都将在我们的墓前洒下自己的眼泪,这颗叫地球的行星,就是我们永恒的纪念碑!"

控制中心巨大的密封门隆隆开启,那五千多名最后的地球派一群群走了出来,在叛军的押送下向海岸走去。一路上两边挤满了人,所有人都冲他们吐唾沫,用冰块和石块砸他们。他们中有人密封服的面罩被砸裂了,外面零下一百多度的严寒使那些人的脸麻木了,但他们仍努力地走下去。我看到一个小女孩,举起一大块冰用尽全身力气狠命地向一个老者砸去,她那双眼睛透过面罩射出疯狂的怒火。

当我听到这五千人全部被判处死刑时,觉得太宽容了。难道仅仅一死吗?这一死就能偿清他们的罪恶吗?能偿清他们用一个离奇变态的想象和骗局毁掉地球、毁掉人类文明的罪恶吗?他们应该死一万次!这时,我想起了那些做出太阳爆发预测的天体物理学家,那些设计和建造地球发动机的工程师,他们在一个世纪前就已作古,我现在真想把他们从坟墓中挖出来,让他们也死一万次。

真感谢死刑的执行者们,他们为这些罪犯找了一种好的死法:他们收走了被判死刑的每个人密封服上加热用的核能电池,然后把他们丢在大海的冰面上,让零下百度的严寒慢慢夺去他们的生命。

这些人类文明史上最险恶最可耻的罪犯在冰海上站了黑压压的一片,在岸上有十几万人在看着他们,十几万副牙齿咬得嘣嘣响,十几万双眼睛喷出和那个小女孩一样的怒火。

这时,所有的地球发动机都已关闭,壮丽的群星出现在冰原之上。

我能想象出严寒像无数把尖刀刺进他们的身体,他们的血液在凝固,生命从他们的体内一点点流走，这想象中的感觉变成一种快感，传遍我的全身。看到那些人在严寒的折磨中慢慢死去，岸上的人们快活起来，他们一起唱起了《我的太阳》。我唱着，眼睛看着星空的一个方向，在那个方向上，有一颗稍大些刚刚显出圆盘形状的星星发出黄色的光芒，那就是太阳。

啊，我的太阳，生命之母，万物之父，我的大神，我的上帝！还有什么比您更稳定，还有什么比您更永恒，我们这些渺小的，连灰尘都不如的碳基细菌，拥挤在围着您转的一粒小石头上，竟敢预言您的末日，我们怎么能蠢到这个程度！

一个小时过去了，海面上那些反人类的罪犯虽然还全都站着，但已没有一个活人，他们的血液已被冻结了。

我的眼睛突然什么都看不见了，几秒钟后，视力渐渐恢复，冰原、海岸和岸上的人群又在眼前慢慢显影，最后完全清晰了，而且比刚才更清晰，因为这个世界现在笼罩在一片强烈的白光中，刚才我眼睛的失明正是由于这突然出现的强光的刺激。但星空没有重现，所有的星光都被这强光所淹没，仿佛整个宇宙都被强光溶化了，这强光从太空中的一点迸发出来，那一点现在成了宇宙中心，那一点就在我刚才盯着的方向。

太阳氦闪爆发了。

《我的太阳》的合唱戛然而止，岸上的十几万人呆住了，似乎同海面上那些人一样，冻成了一片僵硬的岩石。

太阳最后一次把它的光和热撒向地球。地面上的冰结的二氧化碳干冰首先融化，腾起了一阵白色的蒸汽；然后海冰表面也开始融化，受热不均的大海冰层发出惊天动地的巨响；渐渐地，照在地面上的光柔和起来，天空出现了微微的蓝色；后来，强烈的太阳风产生的极光在空中出现，苍穹中飘动着巨大的彩色光幕……

在这突然出现的灿烂阳光下，海面上最后的地球派们仍稳稳地站着，仿佛五千多尊雕像。

太阳爆发只持续了很短的时间，两个小时后强光开始急剧减弱，很快熄灭了。在太阳的位置上出现了一个暗红色球体，它的体积慢慢膨胀，最后从这里看它，已达到了在地球轨道上看到的太阳大小，然而它的实际体积已大到越出火星轨道，而水星、火星和金星这三颗地球的伙伴行星这时已在上亿度的辐射中化为一缕轻烟。但它已不是太阳，它不再发出光和热，看去如同贴在太空中一张冰冷的红纸，它那暗红色的光芒似乎是周围星光的散射。这就是小质量恒星演化的最后归宿：红巨星。

50亿年的壮丽生涯已成为飘逝的梦幻，太阳死了。

幸运的是，还有人活着。

流浪时代

当我回忆这一切时，半个世纪已过去了。二十年前，地球航出了冥王星轨道，航出了太阳系，在寒冷广漠的外太空继续着它孤独的航程。

最近一次去地面是十几年前的事了，那是儿子和儿媳陪我去的，儿媳是一个金发碧眼的姑娘，就要做母亲了。

到地面后，我首先注意到，虽然所有地球发动机仍全功率地运行，但巨大的光柱却看不到了，这是因为地球大气已消失，等离子体的光芒没有散射的缘故。我看到地面上布满了奇怪的黄绿相间的半透明晶体块，这是固体氧氮，是已冻结的空气。有趣的是空气并没有均匀地冻结在地球表面，而是形成了小山丘似的不规则的隆起，在原来平滑的大海冰原上，这些半透明的小山形成了奇特的景观。银河系的星河纹丝不动地横过天穹，也像被冻结了，但星光很亮，看久了还刺眼呢。

地球发动机将不间断地开动500年，到时地球将加速至光速的千分之五，然后地球将以这个速度滑行1300年，之后地球就走完了三分之二的航程，它将调转发动机的方向，开始长达500年的减速，地球在航行2400年后到达比邻星，再过100年时间，它将泊入这颗恒星的轨道，成为它的一颗卫星。

我知道已被忘却
流浪的航程太长太长

但那一时刻要叫我一声啊
当东方再次出现霞光

我知道已被忘却
启航的时代太远太远
但那一时刻要叫我一声啊
当人类又看到了蓝天

我知道已被忘却
太阳系的往事太久太久
但那一时刻要叫我一声啊
当鲜花重新挂上枝头
……

　　每当听到这首歌，一股暖流就涌进我这年迈僵硬的身躯，我干涸的老眼又湿润了。我好像看到人马座三颗金色的太阳在地平线上依次升起，万物沐浴在它温暖的光芒中。固态的空气溶化了，变成了碧蓝的天。两千多年前的种子从解冻的土层中复苏，大地绿了。我看到我的第一百代孙子孙女们在绿色的草原上欢笑着，草原上有清澈的小溪，溪中有银色的小鱼……我看到了加代子，她从绿色的大地上向我跑来，年轻美丽，像个天使……

　　啊，地球，我的流浪地球……

永无归期的航程

——《流浪地球》赏析

徐彦利　王卫英

　　《流浪地球》以悲壮忧郁的笔调描述了人类在氦闪危机下向外太空移民的过程，体现了强烈的家园意识。这种家园意识不仅指向人类赖以生存的地理家园，还包括安置人类灵魂的精神家园。除此之外，小说还站在不同层面，描述了人类无可摆脱的多重悲剧，包括身处宇宙之悲、生命有涯之悲及认知局囿之悲。在这些悲剧性描述中，刻画了人类前所未有的困境。文本洋溢着迥异于主流文学意识的科幻思维，体现了对人类现状及未来的深入思考。

　　《流浪地球》是刘慈欣"末日三部曲"中的一部，另外两部分别是《微纪元》和《超新星纪元》。"末日题材"在中外科幻小说中十分常见，由此诞生出无数作品。但是若仅将《流浪地球》视为众多"末日题材"中的一部未免不够，因为这会忽略题材背后隐含的深层意味，而这种意味是题材本身难以概述的。《流浪地球》全篇两万字，是一篇体量不大的中篇小说，但却高度体现了"具体而微"的全部含义。它有着与众不同的开头、发展、高潮和结局，有跌宕起伏、起承转合，有人物塑造、心理描写，还有奇幻的时空背景与众多宏大的场面，以及瑰丽绚烂的宏细节，显示出刘慈欣独特的叙述方式及思维方式。可以说，它是微缩的《三体》或扩充版的《时间移民》，在某种程度上代表着目前刘慈欣中篇科幻所能达到的最高水平。小说体现着双重

"家园意识"及多重悲剧色彩。

一、双重的"家园"

"我没见过黑夜，我没见过星星，我没见过春天、秋天和冬天。"小说开篇便让人陷入一种沉郁的氛围中，这种超越日常的沉郁在主流文学中不易见到，因为主流文学显然缺乏类似远离现实又无比严峻的故事前提，但《流浪地球》的科幻背景却轻易地做到了这一点。

流浪漂泊的主题使小说弥漫着强烈的失却家园的悲哀。地球已不再是昔日的地球，如利剑般高悬在人类头顶上的太阳氦闪已超越了所有曾经面对的灾难，成为生存的最大障碍。当人们为地球装上发动机踏上逃亡之路后，又不得不忍受由此衍生出的新的危机：小行星的撞击，地下城随时可能发生的岩浆喷发，发动机加速产生的潮汐与酷热，人们必须穿冷却服才能外出……一切能想象出的和无法想象的灾难霎时涌到人们面前。

曾经熟悉的一切，日月星辰或春夏秋冬，都在这种流浪中成为一去不复返的奢望。太阳，从温暖的守护神变成狰狞万状的魔鬼。而人类则变成了砧板上的鱼肉，等待着来自任何一个方向的刀俎。在这漫长的流浪中，人类变得恐惧、敏感而脆弱，他们不得不抛弃始终坚持的东西，如信仰、爱情、道德、艺术等。有人因为恐惧而自杀，有人因为从地下城跑到地面而死去。

家园——这起始于传统农耕文明的字眼，与之相连的是丰富的粮食、可以抵御严寒的温暖，和对世界运行规律的把握。古代的人们在家园中过着平凡、平庸、一成不变的生活，当后世因为逃离氦闪再也无法重复这种平凡、平庸、一成不变，不得不面对颠沛流离时，才发现那种日常幸福的不可企及。当爷爷在酷热中冲出门去，被高温的大雨烫伤；当小学生们去观看日出，恐惧得手心出汗；当人们深入到幽暗的地下城中，面对岩浆的威胁，所有人都知道：梦幻终结，曾经熟悉的家园一去不复返了，地球变成了异己的存在。如同挚爱的母亲忽然狰笑着亮出手中的匕首挥向自己的孩子，所有的眷恋与不舍都不得不在地球发动机启动的那一刻终止。

人类孤独地上路了，没有领路者，没有后援，没有同伴，没有来自任何一方的帮助，就像小说中的人物"我"一个人站在漫无边际的冰原上。这种感觉如同漆黑的夜里，所能抱紧的只有自己的手臂。这是一种独特的阅读感受，它设置的情境使读者的思索变得深邃而悠远，霎时将人们的思绪带入某种不可捉摸的浩渺之中，从而超越了主流文学中人与人之间的纠葛主题。宇宙规律的冷酷以绝对优势压倒了人对自我的肯定与张扬。它仿佛时刻在告诉人们，宇宙是绝没有任何怜悯心与道德感的，但却有强大的足以摧毁一切的力量。

当然，小说中家园的丧失绝不仅仅只是地理层面或物质层面上的，更是一种精神家园的丧失。地球在偏离运行轨道开始太空漂泊的那一刻起，人类已丧失了精神上一直固守的东西。曾经从这里获得的巨大精神支柱亦轰然倒塌，让他们惊慌失措，无处可依。如同亚当、夏娃远离了自他们出生便日夜陪伴身旁的伊甸园，从此踏上了永无归期的流浪。家园的丧失使危机感被放大，并引起观念、行为、心理、社会道德等一系列的改变。安稳感彻底幻灭了，曾经的宁静、欢欣荡然无存，灵魂变成飘浮在空中的尘埃，无处安顿。

对于家园的描写，主流文学大致可分为两种，一种是传统的"歌颂系列"，如沈从文笔下的湘西、孙犁的白洋淀、萧红的呼兰河。作者们对家园表示出思念、缅怀之情，歌颂故园山水，吟咏乡风乡俗和温暖的人情关爱，守望恋旧成为这种家园小说的主导情绪。另一种则是"批判系列"，如威廉·福克纳笔下的约克纳帕塔法、莫言的山东高密东北乡、托马斯·沃尔夫的北卡罗来纳州，他们对家园进行了深刻的批判与反思。然而批判本身也是一种热爱的表征，表达了爱与恨相交织的复杂情愫，如同黑夜与白天相互纠结在一起，不可只择其一。批判至少表明世界的某个角落还有一个地方可以让你如此重视。你把它揣在心口，可以轻易说出它的名字，在地图上指出它的位置，它是某个省份、某个城市或某个不起眼的乡村。而刘慈欣对家园的描写却完全不同，它既非歌颂，也非批判，而更多的是绝望。它不再是某个个体的家园，有着特定的区域及形态，不限于某个个体的记忆，而是整个人类的家园。曾经的地球——作为整个人类几百万年的栖息地已沉积到集体无意识深处，渗透到每个人的毛孔与血液之中。失去了曾经的地球，我们还能坚守什么？还能过怎样的生活？

失却家园虽然同样是主流文学爱用的题材，但却与刘慈欣的失却家园有着较大的差异。托马斯·沃尔夫在《你不能再回家》中说道："离开你熟悉的土地，为了更伟大的发现；离开你已经拥有的生活，为了更有意义的生活；离开你深爱的朋友，为了更崇高的爱情；去寻找比家乡更友善、比大地更辽阔的世界……"这种"离乡——还乡"的复调成为许多家园小说共同的趋鹜，离别是为了归来，挥手意味着再见。而《流浪地球》中的离别却远非如此，最后一次转身便是百代的时光，便是永远的告别，这种无法丈量的悲凉使它的沉郁格调达到了顶点，几乎无语言可以表述。

19 世纪中国象征主义诗人王独清的《我从 cafe 中出来》，用诗的语言描述了对家园的眷恋：

> 我从 cafe 中出来 / 身上添了 / 中酒的 / 疲乏 / 我不知道 / 向哪一处走去，才是我的 / 暂时的住家……

《我从 cafe 中出来》与《流浪地球》所描述的情境有某种相似性，找不到家、方向、未来，被巨大的失落和未可知的命运攫住了内心，在异域的黄昏无言地独走。然而，王独清所感叹的"失了故国"是地理性的，在异乡客居中无家可归的落寞，买醉不成的抑郁与迷惘，它是清浅的、飘忽的，甚至带有某种诗意的味道。而刘慈欣的丧失家园则是更深层次的，它是一种心灵的无处安放，是力量源泉的永久丧失，是人类脊梁无可背负的沉重。哪里还有可供追忆的街衢？哪里还有可供凭吊的黄昏或者淋湿衣衫的细雨？地理家园变成一片废墟、无比煎熬的人间地狱，精神家园亦随之坍塌殆尽。《流浪地球》中的"流浪"二字像两个无比硕大的字块矗立在人类面前，让人惶惑无依。双重家园的丧失使人类成为孤儿，从此开始了主动与被动的异化生活，这种深入骨髓的沉重是主流文学的日常题材难以做到的。

二、多重的悲剧

除却对家园丧失的追悼外，《流浪地球》亦描写了人类存在的种种悲剧性。这些悲剧性渗透在文本的多个层面，成为一种舒缓苍凉的抒情格调萦回缭绕。如果用色彩形容这篇小说，它绝不是花团锦簇、桃红柳绿的浪漫风格，而是灰白的铅色，愁云惨雾般飘浮在文本的各个角落，给人沉闷压抑的视觉感受。但也正是这种沉闷压抑，让人倍感文本分量的厚重与思索的深度。

关于悲剧，鲁迅先生曾下过一个广为人知的定义：将人生的有价值的东西毁灭给人看。是的，对人而言，许多有价值的东西都在种种人生坎坷中匆匆而去，不能保留，我们只能任它渐行渐远，消逝在无可追赶与挽回的前方，我们的无力更衬托出这种悲痛感的真切。而《流浪地球》中的悲剧性却不仅仅是将有价值的东西毁灭给人看，它从远景、中景、近景三个不同的层面，勾勒出人类宿命般的悲剧存在。身而为人，无论你身处哪个国家、属于哪个民族、活在哪个区域，都无法逃脱这三种悲剧的紧紧绑缚。

三、远景定位：身处宇宙之悲

人作为万物之灵长，有着更高的智慧与能力。不仅可以充分认识外界，还有深刻的自省精神及修改不足的可贵优点，因此地球上没有哪一种生命比人类更加强悍。然而，将如此智慧的人类放入时间上无始无终、空间上无边无际的宇宙之中，却成为不值一提的草芥。《流浪地球》中人类通过天文观测可以预知未来发生的氦闪，可以停止地球的自转，用发动机给地球插上翅膀，将其作为一个庞大的航行工具驾驶至外太空，寻找新的栖息之地，还可以用反物质导弹清除运行轨道上小行星的阻挡，一路克服各种艰难飞奔向安全稳妥的未来。除却这些科技力量的运用之外，人们还懂得如何在严酷的环境中控制自身，缩小族群数量，牺牲当下的利益而着眼于未来。但是，无论人类如何殚精竭虑、费尽心思，却敌不过自然界一个小小的喷嚏。地震、洪水、干旱、低温、酷热、氦闪，每一个波动都可能使人类的族群在瞬间湮灭。人，只能生存在宇宙留给它的狭窄罅隙中，而不具备与自然对话或讨价还价的资本。对自然的敬畏，成为《流浪地球》压倒一切的主题。这一点，正是科幻文学超越主流文学彰显自身特质的一个层面。

主流文学中，往往热衷于讴歌人类改造自然、征服自然的能力，对主观能动性战胜客观世界的能力予以无穷的放大。而《流浪地球》却重新回到科学和理性的角度，脱离"人类世界"这一狭小视域，将目光投向更为遥远宏阔的宇宙。它抛弃了人类的自恋意识，还公众以清醒的头脑，正视人在宇宙中的渺小与孤独。塑造出严苛自然中艰难生存的人类族群，而非单独刻画某一人物的命运，这成为《流浪地球》与主流文学明显的分野。将单个主人公的忧喜转化为整个人类的困境，勾勒出人在无边苍穹中的位置，视域之辽阔让人蓦然有一种恍惚之感。

或者也可以说，《流浪地球》是一部站在人类之外描写人类的小说，它剔除了人类的顾影自怜，开始重新认知人类改造世界的能力，在科幻语境下描绘着冷冰冰的宇宙法则，而人则是这法则面前抖衣战栗的弱小生命。如果说主流小说与科幻小说有什么区别的话，那便在于它们关注的焦点是相异的。主流文学（或称纯文学）关注的是人与人或者人与社会之间的关系。无论荒诞派的卡夫卡、黑色幽默的约瑟夫·海勒、魔幻现实主义的马尔克斯，或者意识流大师普鲁斯特，无论他们以哪种风格进入写作，均高度关注着"人"。"文学是人学"是19世纪关于文学的最大命题，似乎具备了某种颠扑不破的真理性。但科幻却不同，它更关注人与环境、人与自然、人与宇宙甚至人与外星生命之间的关系，而并不重视人类自身的纠结缠绕。

这一点上，刘慈欣明确表现了他对"文学是人学"的激烈反对。在他的《超越自恋——科幻给文学的机会》一文中，这样表述着科幻文学的本质：

> "文学是人学，已经成了一句近乎于法律的准则，一篇没有人性的小说是不能被接受的。但科幻却倒向了后者，人性不再是这种新兴文学的灵魂……科幻文学的语境不是人文的，而是冰冷冷的理智和逻辑……在内向的、宅的文学存在的同时，能不能并存一个外向的、反映人和大自然关系的文学？能不能用文学去接触一些比人性更宏大的东西？"

作者心目中的科幻不是去怎样彰显人性，而是借以反映人与自然或者宇宙关系的手段，某种意义上，它更是一种思维的方式。因此，《流浪地球》中并未对人性予以过多描述，相反，它着重描绘了特定科幻背景下人类的自我异化。因为身处流浪的地球，所以妈妈并不在乎爸爸的出轨，而出轨的爸爸也并不知道自己真正想要的是什么，在放荡了一段之后又百无聊赖地回归了家庭；因为身处流浪的地球，所以会有地球派与飞船派之争，会有观点不同而引起的械斗战争；因为流浪的地球，所以会有联合政府与叛乱者之间的冲突，血流成河尸骨遍地。地球的流浪，成为这一切矛盾产生的最终根源。而流浪本身则归结于人与宇宙的关系，这种关系并非亘古不变、万世长存，相反它始终处于或大或小的变化之中，人类要不断改变自己以适应种种意想不到的变化。

哀怨的叙述主人公，悲伤的情调与隐形而理性的隐含作者形成内在和外在于小说的截然不同的两种态度。从叙述主人公"我"这里，我们读到了人类的惶恐不安与挣扎绝望，但在隐含作者这里，我们却读到了以人类之力不可扭转的宿命。那是自然的意志、宇宙的意志，它超脱于人类而独立存在，不可捉摸又无法反抗。

《流浪地球》剔除了道德，甚至剔除了人类反复吟咏的爱，以最赤裸裸的真实描述了人类与宇宙的对峙，对生存的渴望。"活下去"成为所有人考量的第一要义，以及判断所有是非曲直的唯一标准。小说中，刘慈欣与主流文学通常极欲彰显的"爱"与"美"主题逆向而行，以无穷大的距离将镜头拉到极远，在这遥远的凝视中，地球缩小为一个不起眼的点，失去了人类无数次赞颂的伟岸。作者从远景的角度给人类以定位，描述在宇宙苍穹中，这些曾经的地球主宰者不再是万物的灵长，是和其他动物一样，不得不为生存拼尽最后一丝气力，宇宙不会给它任何偏爱与青睐。它冷酷而威严地站在那里，一任无数生命流离失所，魂断他乡。这正是刘慈欣对人类生存最大之悲哀的思索，也是一种以科幻思维取代主流思维的表达。只有了解了这种思维，才能了解小说中那些与主流文学反向而行的情节，了解人们的绝望与无奈。

作者曾多次表达他心目中的"科幻"是一种认知世界的方式而非写作的手法，在许多场合发出了独特的声音，譬如对"爱"或"道德"的遥远审视。

"我只能承认：我在意生存，我信奉好死真不如赖活着，有爱的死不如没爱的生。这说法从个人角度看很低鄙，从文明整体看就是另一回事；在地球大气层中让人鄙视，但放到太空中也是另一回事。"——《东京圣战》和《冷酷的方程式》。

在生存面前，所有的问题都是第二位的。这也许过于俗气，但却异常真实。它仿佛拉开了遥远的距离审视身处宇宙中的人类，而摒弃了坐在镜前的自我端详。从这一点来讲，《流浪地球》充满了带有科幻风格的哲思。

犹太人有句谚语："人类一思考，上帝就发笑。"这句谚语非常传神地道出人与自然对峙过程中人类所处的位置。无论人类的智慧如何增长，科技进步达到了何种登峰造极的地步，对于浩渺的宇宙而言，我们依然是没有还手之力的弱小生命。对于自然界的利用与改造，只能在很小的范围内进行。清醒吧，曾经那些自大而又自恋的想法，认为万物为我而生，皆为我所用，当宇宙发生些微改变时，人类便迎来了自己的末日。

四、中景定位：生命有涯之悲

除了身处宇宙的渺小、无力之悲外，人类自身的悲剧性亦是小说所关注的，生命有涯之悲是文本悲剧性的第二个层面。

"死亡"是人类不变的主题之一。无论文明发展到什么阶段，技术前进到何种程度，死亡是永远不能回避的存在。为了个体的生存和种族的延续，人类用尽智慧，为地球插上翅膀，飞向遥不可知的太空。逃亡路上的艰辛、一次次与死神擦肩而过，成为每个人刻骨铭心的记忆。在不长的篇幅中，多个生命远逝：死于岩浆喷发的妈妈，死于烫伤感染的爷爷，死于行星碎片撞击的父亲，因离开地下城到地面上去便再也没有回来的灵儿和阿东，死于叛乱的加代子。还有那个准备开枪自杀，以使自己从恐惧中解脱出来的男人。也许海明威在自杀前说的话有道理，"今天死的明天就不用死了。"人们对于死亡的恐惧远远超过死亡可能带来的后果。

海德格尔说死亡是"最本己的、无所关联的而又无可逾越的、确知但却不确定的可能性"。人生或许有许多生存的方式与选择，但所有的生命之旅只有一个终点，那便是死亡。小说中，"死亡"一词共出现了七次，并用一个谜语来表示这令人战栗的感受。

"你在平原上走着走着，突然迎面遇到一堵墙，这墙向上无限高，向下无限深，向左无限远，向右无限远，这墙是什么？"

谜底无疑是死亡。面对不知什么时候会突然造访的死亡，人类的恐惧压倒了一切，人性的异化也成为必然。因为害怕死亡，人们放弃了宗教、艺术、哲学，而专心于更加实用的理工科。因为害怕死亡，"我"连地面也不敢去。因为害怕死亡，政府严格控制着人口数量。虽然"希望"一词在文本中也出现了七次，与"死亡"的出场率持平，似乎作者有意借此淡化"死亡"主题的压抑与绝望，然而情节却悖逆了这一初衷。一直追求希望、主张希望、传播希望的父亲，不仅没能避开"死亡"的威胁，还早早去世，瞬间汽化，连尸骸都没有留下，这似乎是"死亡"送给人类的一个巨大嘲讽。

死亡是《流浪地球》的主题之一。它是宿命式的，不可抗拒，不可更改。无论氦闪之前的地球，还是未来某一天冲出氦闪威胁的地球，死亡会始终与人类相伴而行，在任何时候不期而至。对于死亡的恐惧使人类无时无刻不处于孤独与自危之中。人类多么渴望永生，并无数次拼命寻找那通向永生的秘径，但几千年来，除了留下荒诞的实验与笑柄之外，并未真正破解生命有限之谜。将生命无限延长的科幻情节多次出现在刘慈欣其他的小说中，如《三体》《2018 年 4 月 1 日》和随笔《给女儿的一封信》，充分证明其对人生有涯这一悲剧性存在的关注。

在散文《技术奇点二题》中，刘慈欣表达了对死亡的认知：

"在过去的时代，平民可能走三四十年就遇到这堵墙，帝王和贵族可能走出七八十年才遇到，但他们之间相差一般不会超过五十年。如后面所述，这个差别微不足道。所有人在相差不到一个数量级的时间里遇到这堵墙，这是最大的平等，这堵墙就是上帝或大自然为人类社会设置的平等的底线。"

无论人类建立了怎样的丰功伟业，无论其在通往智慧的路上如何反复超越自我，但却无法改变横亘在未来某一个点上的死亡的等待，这也是《流浪地球》发出的沉重叹息。正因为有了死亡的威胁，才更使人类倍感生存的孤独。这个世界上，你只能一个人来，并一个人走，没有人可以在终极意义上相伴左右。因此，活着便成为不得不面对死亡的忧惧过程。小说中，企图自杀的男人在放弃自杀后，看到的依然是无尽的灰色天空和漫漫的逃亡之路，即使暂时性地抛开死亡，不去遥想未来如何，但同样会被刻骨的"孤独"折磨得无以复加。在孤独中，每个人不得不走完被命运捉弄的戏剧化的人生。"我"和加代子的结合并非因为爱情，而是因为对孤独的恐惧。在一望无际的冰原上，"我"感受到只有自己一个人的那种巨大的恐怖。

> "在无限的星空和无限的冰原组成的宇宙中，只有我一个人！雪崩般的孤独感压倒了我，我想哭。我拼命地赶路，名次已无关紧要，只是为了在这可怕的孤独感杀死我之前尽早地摆脱它，而那想象中的彼岸似乎根本就不存在。"

人们为逃避孤独而相互依偎，又因需要这种依偎而结合，爱情变成了逃逸时代的奢侈品。如小说中提到的，"对于爱情这类东西，他们只是用余光瞥一下而已，就像赌徒在盯着轮盘的间隙抓住几秒钟喝口水一样。"当他们拥入更大的人群，暂时忘却孤独，那稀薄的情感便也不复存在了。如同张爱玲《倾城之恋》中白流苏和范柳原的爱情，他们的结合是出于对战争和孤独的恐惧，如果没有这种威胁，二人还是红尘中待价而沽的世俗男女。《流浪地球》中地球是宇宙的孤儿，无法得到任何救援；人类又是互相隔膜的孤儿，无法跨越彼此筑起的心理障壁。地球在宇宙中流浪，人则在地球上流浪，永无归程。

五、近景定位：认知局囿之悲

在有涯的生命中，人类不仅要面对自然界的种种挑衅与折磨，同时还要面对自身认知的局限，因为认知的局囿，不得不走过无数迂回曲折的弯路，每一个真理的发现都需要付出惨痛的代价。《流浪地球》中以加代子为代表，在地球流浪三百多年后，对氦闪的预言表示出强烈的质疑。他们采集太阳影像，调出四个世纪前的影像，发现两者在光度、像素排列、像素概率、层次统计等参数方面都完全一样。对于亲眼所见的自信使他们对氦闪的说法感到愤怒。人们变得怀疑、残暴、失去理智。他们愤怒地反对那些氦闪预言家，认为这是一个天大的阴谋。人们四处联合，动用武力反对政府。将科学精英们维护地球安全的种种努力视为阴暗的权力之争，接下来的你死我活、自相残杀，叛乱、战争、流血，无不成为这种悲剧性认知的昂贵殉葬品。

人们像发疯的猛兽，固执地确信自己的观察与判断，并将这种认知不断扩散，成为压倒多数的存在，对精英们爆发出无与伦比的愤怒。

> "爆发预测的天体物理学家，那些设计和建造地球发动机的工程师，他们在一个世纪前就已作古，我现在真想把他们从坟墓中挖出来，让他们也死一万次。"

认知的局限激发出人性深处的恶，人们用最残忍的方式将那些为保护人类族群生存延续的精英处以极刑。"他们收走了被判死刑的每个人密封服上加热用的核能电池，然后把他们丢在大海的冰面上，让零下百度的严寒慢慢夺去他们的生命。"这些为保全地球付出了全部智慧和唯一生命的精英，甚至连为自己辩白和证实氦闪理论的机会都没有。在他们死亡的一刹那，氦闪突然爆发了。然而，这些最具智慧的精英却再也看不到这一幕，无法再保护这破碎的、已变成地狱的家园，地球丧失了赖以承重的脊梁和忠实的守望，这是怎样令人齿冷的悲剧！

因为认知的局囿，人类成为自己的掘墓者。如同鲁迅先生在《示众》里描写的那些充满人性之恶的看客，在处死自己的同类——联合政府官员时，地球流浪者们显得无比兴奋，他们在精英们最痛苦的时刻高唱凯歌，丧失了人性中最起码的同情与人道主义精神。古老的社会秩序与道德随着家园的失去烟消云散。流浪的地球在宇宙中叫不到救援，流浪的心灵在地球上同样没有任何安全的港湾。人被认知的局囿异化为完全不同的另一种生物，丧失理性，怪诞而癫狂。

真理被漠视，英雄被处死，而这些，无不源于人类愚昧的认知。然而人非神祇，永远无法达到认知的无蔽与澄明状态，只能看到目力所及的近处，这也是难以更改的事实。自然的奥秘也许是人类永远不能完全参破的，其外在的表象与内里的本质往往大相径庭。人甚至不可以相信自己的眼睛或者耳朵。丧失精英捍卫者的地球依然在流浪，懊悔中的人类却无法倒退一步，回到之前的时间，只能在错误的出发点上继续前行，不可重新来过。这便是人类为获得真理必须付出的代价。

《流浪地球》中的悲剧意识不同于中外文学中的悲剧作品，它不是中国古典戏剧《窦娥冤》里恶人作祟的悲剧，不是《孔雀东南飞》中封建礼教造成的悲剧，也不是西方《俄狄浦斯》式无可逃逸的命运悲剧，更不是《哈姆雷特》中的性格悲剧，而是人类整体作为一种生物不得不面对的悲剧。它超越了对某个人、某件事的描写，而上升为对宏大自然的仔细观察，体现着刘慈欣对科幻思维的认知。作者站在宇宙深处审视人类，咏叹其身处宇宙之悲；与地球拉开一段距离观察人类，感慨其生命有涯之悲；站在人类中间反观人类，发现认知局囿之悲。这三重的悲剧紧紧包围着"人"这一生物，无可挣脱。

萦绕小说的旋律"地球，我的流浪地球啊！"反复出现，成为小说显在的节奏。爷爷弥留之际说："啊，地球，我的流浪地球啊……"与加代子结婚后，"我"怅惘地想到孩子在这地球可能拥有的未来，心中呐喊：地球，我的流浪地球啊！文末，"我"已经老迈，再也等不到地球到达比邻星的那一天，依然挣扎着呼唤："地球，我的流浪地球……"循环往复的呐喊形成一种复沓式节奏，回响在文本的每个角落，为故事增加了浓郁的抒情色彩。这抒情中听得到发自灵魂深处的对存在的恐惧，像一首对生命远逝唱起的挽歌。

（徐彦利：文学博士，河北科技大学文法学院副教授；

王卫英：文学博士，双博士后，中国科学技术出版社副研究员）

全频带阻塞干扰

刘慈欣

以深深的敬意献给俄罗斯人民，他们的文学影响了我的一生。

> 在战场电磁干扰形式的选择上，本手册主张采用对某一特定频率或信道所进行的瞄准式干扰，而不主张采用同时干扰一个较宽频带的阻塞式干扰，因为后者对己方的电磁通信和电子支援措施也会产生影响。
>
> ——摘自 1993 年美国陆军《电子战手册》

1月5日，斯摩棱斯克前线

失陷的城市已经看不见了，战线在一夜之间后退了 40 公里。

在凌晨的天光下，雪原呈现出寒冷的暗蓝色。在远方的各个方向上，被击中的目标冒出一道道黑色的烟柱，笔直地向高空升去，好像是连接天地的一条条细长的黑纱。顺着烟柱向上看，卡琳娜吃了一惊：刚刚显现晨光的天空被一团巨大的白色乱麻充塞着，这纷乱的白色线条仿佛是一个精神错乱的巨人疯狂地画在天上的。那是歼击机的混乱尾迹，是俄罗斯空军和北约空军为争夺制空权所进行的一夜激战留下的。

来自空中和远方的精确打击也持续了一夜。在非专业人士看来，打击似乎并不密集，爆炸声每隔几秒钟甚至几分钟才响一次。但卡琳娜知道，每一次爆炸都意味着一个重要目标被击中，几乎不会打空。这一声声爆炸，仿佛是昨夜这篇黑色文章中的一个个闪光的标点符号。当凌晨到来时，卡琳娜不知道防线还剩下多少力量，甚至不知道防线是否还存在，似乎整个世界只有她一人在抵抗。

卡琳娜少校所在的电子对抗排是在半夜被摧毁的，当时这个排所在的位置落下了六颗激光制导炸弹。卡琳娜侥幸逃生的那辆装载干扰机的 BMP-2 装甲车还在燃烧，这个排的其他电子战车辆现在都变成散落在周围雪地上的一堆堆黑色金属块。卡琳娜所在的弹坑中的余热正在散去，她感到了寒冷。她用手撑着坐直身，右手触到了一团黏糊糊的冰冷绵软的东西，看去像一个沾满了黑色弹灰的泥团。她突然意识到那是一块残肉，她不知道它属于身体的哪一部分，更不知道属于哪个人。在昨夜的那次致命打击中，阵亡了一名中尉、两名少尉和八名士兵。卡琳娜呕吐起来，但除了酸水什么也没吐出来。她拼命把双手在雪里擦，想把手上的血迹擦掉，但黑红色的血在寒冷中很快凝固，还是那么醒目。

令人窒息的死寂已持续了半个小时，这意味着新一轮的地面进攻就要开始了。卡琳娜拧大了别在左肩上的对讲机的音量，但传出的只有沙沙的噪音。突然，几句模糊的话语传了出来，仿佛是大雾中掠过的几只鸟儿。

"……06 观察站报告：1437 阵地正面，M1A2 三十七辆，平均间隔六十米；'布莱德雷'运兵车四十一辆，距 M1A2 攻击前锋 500 米；M1A2 二十四辆，'勒克莱尔'八辆，正在向 1633 阵地侧翼迂回，已越过同 1437 的接合部，1437，1633，1752，准备接敌！"

卡琳娜克制住因寒冷和恐惧引起的颤抖，使地平线在望远镜视野中稳定下来。她看到了天边出现的一团团模糊的雪雾，给地平线镶上了一道毛茸茸的边儿。

这时，卡琳娜听到身后传来发动机的轰鸣声，一排 T90 式坦克越过她的位置冲向敌人，在后面，更多的俄罗斯坦克正在越过高速公路的路基。卡琳娜又听到了另一种轰鸣声，敌人的攻击直升机群在前方的天空中出现，它们队形整齐，在黎明惨白的天空中形成一片黑色的点阵。卡琳娜周围坦克的发烟管启动了，随着一阵低沉的爆破声，阵地笼罩在一团白色的烟雾中。透过白雾的缝隙，她看到俄罗斯的直升机群正从头顶掠过。

坦克上的 125 毫米口径炮疾风骤雨般地响了起来，白雾变成了疯狂闪烁的粉红色光幕。几乎与此同时，敌人的第一批炮弹落了下来，白雾中，粉红色的光芒被爆炸产生的刺眼蓝白色闪电所代替。卡琳娜伏在弹坑底部，她感到身下的大地在密集的巨响中像一张振动的鼓皮，身边的泥土和小石块被震得飞起好高，落满了她的后背。在这爆炸声中，还可隐约听到反坦克导弹发射时的嘶鸣声。卡琳娜感到整个宇宙都在这撕心裂肺的巨响中化为碎片，向无限深处坠落……就在她的神经几乎崩溃时，这场坦克战结束了，它只持续了约三十秒钟。

当白雾和浓烟散去时，卡琳娜看到面前的雪地上散布着被击中的俄罗斯坦克，燃起一堆堆裹着黑烟的熊熊大火；她举目望去，远方同样有一大片被击毁的北约坦克，看上去只是雪原上一个个冒出浓烟的黑点。但更多的敌人坦克正越过那一片残骸冲过来，它们裹在由履带搅起的一团团雪雾中，"艾布拉姆斯"那凶猛的扁宽前部不时从雪雾中露出来，仿佛是一只只从海浪中冲出的恶龟，滑膛炮炮口的闪光不时亮起，好像恶龟闪亮的眼睛……低空中，直升机的混战仍在继续，卡琳娜看到一架"阿帕奇"在不远的半空爆炸，一架米 28 拖着漏出的燃料，摇晃着掠过她的头顶，在几十米之外坠地，炸成了一团火球。近距空空导弹的尾迹，在低空拉出了无数条平行的白线……

卡琳娜听到咣的一声响，转身一看，不远处一辆被击中后冒出浓烟的 T90 后部的底门打开了，没看到人出来，只见门下方垂下一只手。卡琳娜从弹坑中跃出，冲到那辆坦克后面，抓住那只手向外拉。车内响起一声沉闷的爆炸，一股灼热的气浪把卡琳娜向后冲了几步远。她的手中抓住了一团黏软的很烫的东西，那是从坦克手的手上拉脱的一团烧熟的皮肤。卡琳娜抬头看到一股火焰从底门中喷出，车内已成了一座小型的炼狱，在那暗红色的透明火焰中，阵亡坦克手的身影清晰可见，像在水中一样波动着。

卡琳娜又听到两声尖啸，这是她左前方的一个导弹班把最后两枚反坦克导弹发射出去，其中一枚有线制导的"赛格"导弹成功地击毁了一辆"艾布拉姆斯"，另一枚无线制导的导弹则被干扰，向斜上方冲去，失去了目标。这时，那个导弹班的 6 个人撤出掩体，向卡琳娜所在的弹坑跑来。一架"科曼奇"直升机向他们俯冲下来，那棱角分明的机体看上去像一只凶猛的鳄鱼。一长排机枪子弹打在雪地上，击起的雪和土如同一道突然立起又很快倒下的栅栏。这栅栏从那支小小的队伍中穿过，击倒了其中四人，只有一名中尉和一名士兵到达了弹坑。这时，卡琳娜才注意到那名中尉戴着坦克防震帽，可能来自一辆已被击毁的坦克。他们每人手中都拿着一管反坦克火箭筒。跳进弹坑后，中尉首先向距他们最近的一辆敌坦克射击，击中了那辆 M1A2 的正面，诱发了它的反应装甲，火箭弹和反应装甲的爆炸声混在一起，听起来很怪异。坦克冲出了爆炸的烟雾，反应装甲的残片挂在它前面，像一件破烂的衣衫。那名年轻的士兵继续对着它瞄准，手中的火箭筒随着坦克的起伏而抖动，一直没有击发。当距他们只有四五十米的坦克冲进一处低洼地时，那名士兵只能站到弹坑边缘向斜下方瞄准。他手中的火箭筒与那辆"艾布拉姆斯"的 120 毫米口径炮同时响了，坦克的炮手情急之中发射的是一发不会爆炸的贫铀穿甲弹，初速每秒 800 米的炮弹击中了那个士兵，把他上半身打成了一团飞溅的血花！卡琳娜感觉到细碎的血肉有力地打在她钢盔上，噼啪作响。她睁开眼睛，看到就在她眼前的弹坑边缘，那名士兵的两条腿如同两根黑色的树桩，无声地滚落到弹坑底部她的脚下。他身体被粉碎的其他部分，在雪地上溅出了一大片放射状的红色斑点。火箭击中了"艾布拉姆斯"，聚能爆炸的热流切穿了它的装甲，车体冒出了浓烟。但那个钢铁怪兽仍拖着浓烟向他们冲来，直冲到距他们 20 米左右才在车体内的一声爆炸中停了下来，那声爆炸把它炮塔的顶盖高高地掀了上去。

紧接着，北约的坦克阵线从他们周围通过，地皮在履带沉重的撞击下微微颤抖。但这些坦克对他们俩所在的弹坑未加理会。当第一波坦克冲过去后，中尉一把拉住卡琳娜的手，搂着她跃出弹坑，来到一辆已布满弹痕的吉普车旁。在两百多米远处，第二道装甲攻击波正快速冲过来。

"躺下装死！"中尉说。于是卡琳娜躺到了吉普车的轮子边，闭上双眼，"睁开眼更像！"中尉又说，并在她脸上抹了一把不知是谁的血。他也躺下，与卡琳娜成直角，头紧挨着卡琳娜的头，他的钢盔滚到了一边，粗硬的头发扎着卡琳娜的太阳穴。卡琳娜大睁着双眼，看着几乎被浓烟吞没的天空。

两三分钟后，一辆半履带式"布莱德雷"运兵车在距他们十几米处停下来，从车上跳下几名身穿蓝白相间雪地迷彩服的美军士兵，他们中的大部分平端着枪呈散兵线向前去了，只有一个朝这辆吉普走来。卡琳娜看到两只粘满雪尘的伞兵靴踏到了紧靠她脸的地方，插在伞兵靴上的匕首刀柄上82空降师的标志清晰可辨：一匹帕加索斯飞马。那个美国人伏身看她，他们的目光相遇了。卡琳娜尽最大努力使自己的目光呆滞无神，对着那双透出惊愕的蓝色瞳仁。

"Oh, god！"

卡琳娜听到了一声惊叹，不知是惊叹这名肩上有一颗校星的姑娘的美丽，还是她那满脸血污的惨相，也许两者都有。接着他伸手解她领口的衣扣，卡琳娜浑身起了鸡皮疙瘩，把手向腰间的手枪移动了几厘米，但这个美国人只是扯下了她脖子上的标志牌。

他们等的时间比预想的长。敌人的坦克和装甲车源源不断地从他们两旁轰鸣着通过，卡琳娜感到自己的身体在雪地上都快冻僵了。她这时竟想起了一首军旅诗歌中的两句，那首诗是她在一本记述马特洛索夫事迹的旧书上读到的："士兵躺在雪地上，就像躺在天鹅绒上一样。"她得到博士学位的那天，曾把这两句诗写到日记上。那也是一个雪夜，她站在莫斯科大学科学之宫顶层的窗前，那夜的雪也真像天鹅绒，雪雾中，首都的万家灯火时隐时现。第二天她就报名参军了。

这时，有一辆吉普车在距他们不远处停了下来，三名北约军官在车上抽着雪茄聊着天。卡琳娜和中尉的周围空旷起来，他们跳上己方吉普车，中尉把车发动，沿着早已看好的路飞快驶去。他们身后响起了冲锋枪的射击声，子弹从头顶飞过，其中一颗打碎了一个后视镜。吉普车迅急拐进了一个燃烧着的居民点，敌人没有追过来。

"少校，你是博士，是吗？"中尉开着车问。

"你在哪儿认识的我？"

"我见过你和列夫森科元帅的儿子在一起。"

沉默了一会儿，中尉又说："现在，他的儿子可是世界上离战争最远的人了。"

"你这话什么意思，你要知道……"

"没什么意思，说说而已。"中尉淡淡地说，他们的心思都不在这个话题上，他们都在想着还抱有的那一线希望。

但愿整个战线只有这一处被突破。

1月5日，近日轨道，"万年风雪号"

米沙感到了一个人独居一座城市的孤独。

"万年风雪号"太空组合体确实有一座小城市那么大，它的体积相当于两艘巨型航空母舰，能容纳5000人同时在太空中生活。当组合体处于旋转重力状态时，里面甚至有一个游泳池和一条小河流，这在当今的太空工作环境中，可以说是绝无仅有的奢侈。但事实是，"万年风雪号"是自"和平号"以来俄罗斯航天界一贯的节俭思维的结果。它的设计思想是：在一个构造中组合太阳系内太空探索的所有功能，这样虽一次性投资巨大，但从长远看还是十分经济的。"万年风雪号"被西方戏称为"太空的瑞士军刀"，它可作为空间站在地球各个高度的轨道上运行，它可以方便地移动到绕月球轨道，或作行星际探索飞行。"万年风雪号"已去过金星和火星，还探测过小行星带。以它那巨大的体积，等于把一个研究院搬到了太空中。就太空科学研究而言，它比西方那些数量众多但小巧玲珑的飞船具有更大的优势。

当"万年风雪号"准备开始前往木星的为期三年的航行时，战争爆发了。它上面的一百多名乘员几乎全都返回了地面，他们大部分是空军军官，只留下了米沙一个人。这时，"万年风雪号"暴露出它的一个缺陷：在军事上，它目标太大且没有任何防御能力。没有预见到后来太空军事化的进程，是设计者的一个失误。战争爆发后，"万年风雪号"只能进行躲避飞行。去外太空是不行的。在木星轨道之内，有大量的北约无人航行器，它们体积都不大，武装或非武装，每一个对"万年风雪号"都是致命的威胁。于是，它只有航向近日空间。"万年风雪号"引以为傲的主动制冷式热屏蔽系统，使它可以比目前人类的任何太空航行器都更接近太阳。现在"万年风雪号"已到达水星轨道，距太阳五千万公里，距地球一亿公里。

虽然"万年风雪号"上的大部分舱室已经关闭，但留给米沙的空间仍大得惊人。透过广阔的透明穹顶，比地球上看去大三倍的太阳在照耀着，可以清楚地看到太阳表面的耀斑和紫色日冕中奇丽的日珥，有时甚至还可以看到光球表面因对流而产生的米粒组织。这里的宁静是虚假的，外面，太阳抛出的粒子流和射电波的狂风巨浪在呼啸，"万年风雪号"就是这动荡海洋中漂浮的一粒小小的种子。

一束如游丝般的电波把米沙同地球连接起来，也把那遥远世界的忧虑带给了他。他刚刚得知，莫斯科近郊的控制中心已被巡航导弹摧毁，对"万年风雪号"的控制转由设在古比雪夫的第二控制中心执行。他每隔5个小时接收一份从地球传来的战争新闻，每到这时他就想起了父亲。

1月5日，俄罗斯军队总参谋部

米哈伊尔·谢米扬诺维奇·列夫森科元帅觉得自己面对着一堵墙，他面前实际是一幅平放的莫斯科战区全息战场地图。而以前当他面对挂在墙上的宽大的纸制地图时，却能看到广阔而深邃的空间。不管怎样，他还是喜欢传统的地图。记不清有多少次，要找的位置在地图的最下方，他和参谋们只好趴在地上看，现在想起来，他不禁微微一笑。他又想起多次演习前，在野战帐篷中用透明胶带把刚发下来的作战地图拼贴起来，他总贴不好，倒是第一次随他看演习的儿子一上手就比他贴得好……发现自己又想起儿子，他警觉地打住了思绪。

作战室中只有他和西部集群司令两人，后者一根接一根地抽着烟，他们凝神盯着全息地图上方变幻的烟团，仿佛那就是严峻的战局。

西部集群司令说："北约在斯摩棱斯克一线的兵力已达七十五个师，攻击正面有一百公里宽，已多处突破。"

"东线呢？"列夫森科元帅问。

"第11集团军的大部也倒向右翼，这您是知道的。右翼军队的兵力已达二十四个师，但他们对雅罗斯拉夫尔的攻击仍然是试探性的。"

地面的一次爆炸把微微的振动传了下来，作战室里充满了随着顶板上的挂灯而轻轻摇晃的影子。

"现在，已有人谈论退守莫斯科，凭借城市外围建筑和工事进行巷战了，像 70 多年前一样。"

"胡说八道！我们一旦从西线收缩，北约就可能从北部迂回，在加里宁同右翼军队会合，莫斯科将不战自乱。下步作战方针，第一是反击，第二是反击，第三还是反击。"

西部集群司令叹了一口气，无言地看着地图。

列夫森科元帅接着说："我知道西线力量不够，准备从东线抽调一个集团军加强西线。"

"什么？现在雅罗斯拉夫尔的防守已经很难了。"

列夫森科元帅笑了笑，"现在相当多的指挥官只从军事角度考虑问题，严峻的形势让我们钻进去出不来了。从目前的态势看，你认为右翼军队没有力量攻下雅罗斯拉夫尔吗？"

"我认为不是，像第 14 集团军这样的精锐部队，集中了如此密集的装甲和低空攻击力量，在没有遭受太大损失的情况下，一天的推进还不到十五公里，显然是有意放慢的。"

"这就对了。他们在观望，在观望西线战局！如果我们在西线夺回战场主动权，他们就会继续观望下去，甚至有可能在东线单方面停火。"

西部集群司令把刚拿出的一根烟夹在手上，忘了点火。

"东线的几个集团军的叛变确实是在我们背后捅了一刀，但一些指挥官在心理上把这当作借口，使我们的作战方针趋向消极。这种心态必须转变！当然，应当承认，要从根本上扭转战局，莫斯科战区的力量不够，我们的最终希望寄托在增援的高加索集群和乌拉尔集群上。"

"较近的高加索集群要完成集结并进入出击位置，最少也需要一个星期。考虑到争夺制空权的因素，时间可能还要长。"

1月5日，莫斯科

卡琳娜和中尉的吉普车开进城时已是下午三点多，空袭警报刚刚响过，街上空荡荡的。

中尉长叹一口气说："少校，我真想念我那辆T90啊！4年前从装甲学院毕业的时候，也正是我失恋的时候，可刚到部队的我一看到那辆坦克，心情一下子由阴转晴了。我摸着它的装甲，光溜溜、温乎乎的，像摸着女孩子的手。嗨，女孩儿算什么，这才是男人真正的伴侣！可今天早上，它中了一颗'西北风'。唉，可能现在火还没灭呢……"

这时，城市西北方向传来密集的爆炸声。这是现代空袭中很少见的野蛮的地毯式轰炸。

中尉仍沉浸在早上的战斗中，"唉，不到三十秒钟，整整一个坦克营就完了。"

"敌人的伤亡也很大，"卡琳娜说，"我注意观察了战果，双方被击毁的装甲的数量相差并不大。"

"敌我双方坦克的对毁率大约1比1.2吧，直升机差一些，但也不会超过1比1.4。"

"要是这样的话，战场的主动权应在我们一边，我们在数量上占很大优势，仗怎么会打成这样呢？"

中尉扭头看了卡琳娜一眼，"你是搞电子战的，还不明白为什么？你们的那套玩意儿，什么第五代C3I，什么三维战场显示，还有动态态势模拟，攻击方案优化之类的，在演习中很像回事，可一到实战中，我面前的液晶屏上显示最多的就两句：COMMUNICATION ERROR 和 COULD NOT LOG IN。就说今天早上吧，我对正面和两翼的情况全不清楚，只接到一个命令：接敌。唉……假如再投入一半的增援兵力，敌人就不会在我们的位置突破。整个战线的情况，大概都这德性。"

卡琳娜知道，在刚刚过去的战斗中，双方在整个战线上投入的坦克总数可能超过10000辆，还有数目相当于坦克一半的武装直升机。

他们的车驶入了阿尔巴特街，昔日的步行街现在空空荡荡，古玩店和艺术品商店的门前堆着做工事的沙袋。

"我的那辆钢铁情人不亏本儿，"中尉仍沉浸在早上的战斗中不可自拔，"我肯定打中了一辆'挑战者'，但我最想打中的是一辆'艾布拉姆斯'，知道吗？一辆'艾布拉姆斯'……"

这时，卡琳娜指着一家古玩店的门口，"那儿，我爷爷就死在那儿。"

"可这儿好像没有遭到空袭。"

"我说的是二十年前的事了，那时我才4岁。那个冬天真冷啊。暖气停了，房间里结了冰，我只好抱着电视机取暖，听着总统在我怀中向俄罗斯人许诺一个温暖的冬天。我哭着喊冷，喊饿，爷爷默默地看着我，终于下了决心，拿出他珍藏的勋章，带着我走了出去，来到这里。那时这儿是自由市场，从伏特加到政治观点，人们什么都卖。一个美国人看上了爷爷的勋章，但只肯出四十美元。他说红旗勋章和红星勋章都不值钱的，但如果有赫梅利尼茨基勋章，他肯出100美元；光荣勋章，150美元；纳希莫夫勋章，200美元；乌沙科夫勋章，250美元；最值钱的胜利勋章您当然不可能有，那只授给元帅，但苏沃洛夫勋章也值钱，他可以出450美元……爷爷默默地走开了。我们沿着寒风中的阿尔巴特街走啊走，后来爷爷走不动了，天也快黑了，他无力地坐到那家古玩店的台阶上，让我先回家。第二天人们发现他冻死在那里，一只手伸进怀中，握着他用鲜血换来的勋章，睁大双眼看着这个他在70多年前从古德里安的坦克群下拯救的城市……"

1月5日，俄罗斯军队总参谋部

一个星期以来，列夫森科元帅第一次走出了地下作战室，踏着厚厚的白雪散步，同时寻找着太阳。这时，太阳已在挂满雪的松林后面落下了一半。在元帅的想象中，有一个小黑点正在夕阳那橘红色的表面缓缓移动，那是"万年风雪号"，元帅的儿子在上面，他是这个星球上离父亲最远的儿子了。

这件事在国内引起了许多流言蜚语，国际上，敌人更是大肆炒作。《纽约时报》用大得吓人的黑体字登出了一个标题：《战争史上逃得最远的逃兵》。

下面是米沙的照片，照片的注脚是：在共产党政府煽动三亿俄罗斯人用鲜血淹没入侵者时，他们最高军事统帅的儿子却乘着这个国家唯一一艘巨型飞船，逃到了距战场一亿公里的地方，他是目前这个国家最安全的人了。

但列夫森科元帅的心中很坦然。从中学到博士后，米沙周围几乎没有人知道他父亲是谁。航天控制中心做出这个决定，仅仅是因为米沙的研究专业是恒星的数学模型，"万年风雪号"这次接近太阳，对他的研究是一次难得的机会，而组合体不能完全遥控飞行，上面至少应有一个人。总指挥也是后来从西方的新闻中才得知米沙的身份的。

另一方面，不管列夫森科元帅是否承认，在他的内心深处，确实希望儿子远离战争。这并不仅仅是出于血肉之情，列夫森科元帅总觉得自己的儿子不属于战争，是的，他是世界上最不属于战争的人了。但他又知道自己这想法有问题：谁是属于战争的？

况且，米沙就属于恒星吗？他喜欢恒星，把全部生命都投入到对它的研究上面。但他自己却是恒星的反面，他更像冥王星，像那颗寂静、寒冷的行星，孤独地运行在尘世之光照不到的遥远空间。米沙的性格，加上他那白皙清秀的外表，使人很容易觉得他像个女孩子。但列夫森科元帅心里清楚，儿子从本质上一点都不像女孩子，女孩儿都怕孤独，但米沙喜欢孤独，孤独是他的营养、他的空气。

米沙是在东德出生的，儿子的生日对元帅来说是一生中最暗淡的一天。那天傍晚，还是少校的他，在西柏林蒂加尔登苏军烈士墓前，同部下一起为烈士们站40多年来的最后一班岗。他的前面，是一群满脸笑容的西方军官和几个牵着狼狗来换防的吊儿郎当的德国警察，还有那些高呼"红军滚出去"的光头新纳粹；他的身后，是大尉连长和士兵们含泪的眼睛，他控制不住自己，只好也让泪水模糊了这一切。天黑后回到已搬空的营地，在这回国前的最后一夜，他得知米沙出生了，但妻子因难产而死……回国后日子也很难，同从欧洲撤回的40万军人和12万文职人员一样，他没有住房，同米沙住在一间冬冷夏热的临时铁皮屋里。他昔日的同志为了生活什么都干，有的向黑社会出售武器，有的甚至到夜总会跳脱衣舞。但他一直像军人一样正直地生活着，米沙也在艰辛中默默地长大。同别的孩子不同，他似乎天生就会忍受，因为他有自己的世界。

早在上小学的时候，米沙每天都在自己的小房间里静悄悄地一人度过整个晚上。开始，元帅以为他在看书，但有一次他无意中发现，儿子是站在窗前一动不动地看着星星。

"爸爸，我喜欢星星，我要看一辈子星星。"他这样对父亲说。

十一岁生日那天，米沙向父亲提出了迄今为止唯一的一个要求：想要一架天文望远镜。这之前，他一直用列夫森科元帅的军用望远镜观察星星。后来，那架天文望远镜就成了米沙唯一的伴侣，他在阳台上看星星可以一直看到东方发白。有不多的几次，他们父子俩一起在阳台上看星星，元帅总是把望远镜对准夜空中看起来最亮的一颗星，但儿子不以为然地摇摇头，"那颗没意思，爸爸，那是金星，金星是行星，我只喜欢恒星。"

但其他男孩子喜欢的东西，米沙却一点兴趣都没有。隔壁空降兵参谋长家的那个小胖子，偷拿父亲的手枪玩，结果走火把大腿打穿了；参谋部将军们的那些男孩子，如果能让爸爸领着到部队的靶场上打一次枪，就算是得到最高的奖赏了。但男孩子对武器的这种天生的依恋，在米沙身上丝毫没有出现，从这点上来说，他确实不像男孩子。元帅对此很不安，他几乎无法容忍自己的儿子对武器无动于衷，以至于后来做了一件至今想起来仍让他很不好意思的事：有一次，他把自己的那支马卡诺夫式手枪悄悄放到了儿子的书桌上。放学回来后不久，米沙就拿着枪从他的小房间中出来，他拿枪像女人那样，小心地握着枪管，把枪轻轻地放到父亲面前，淡淡地说："爸，以后别把这东西乱放。"

在对待米沙的前途问题上，元帅是一个开明的人。他不像自己周围的那些将军们，一心让儿子甚至女儿延续自己的军旅生涯，但米沙离父亲的事业确实太远太远了。

列夫森科元帅不是一个脾气暴躁的人，但作为全军统帅，他不止一次在上万名官兵面前斥责一位将军。但对米沙，他却从来没有发过火。这固然因为米沙一直默默地沿着自己的轨道成长，很少让父亲操心，更重要的是，米沙身上似乎生来就有一种非同寻常的超脱气质，这气质有时甚至让列夫森科元帅感到有些敬畏。就如同他在花盒中随意埋下一颗种子，却长出了绝世珍稀的植物。他敬畏地看着这植物一天天成长，小心地呵护着它，等着它开出花朵。他的期望没有落空，儿子现在已成为世界上最出色的天体物理学家。

这时，太阳已在松林后面完全落下去，地上的雪由白色变成了浅蓝色。列夫森科元帅收回了思绪，回到了地下作战室。开作战会议的人都到齐了，包括西部集群和高加索集群的主要指挥官。

另外，还有更多的电子战指挥官，他们从少将到上尉都有，大部分是刚从前线回来的。作战室里正在进行着一场激烈的争论，争论的双方是西部集群的陆战部队和电子战部队的军官们。

"我们正确判明了敌人主攻方向的转变，"塔曼摩步师的费列托夫师长说，"我们的装甲力量和陆航低空攻击力量的机动性也并不差，但通信系统被干扰得一塌糊涂，C3I指挥系统几乎瘫痪！集团军中的电子战单位，级别从营升到了团，从团又升到了师，这两年在这上面的资金投入比常规装备的投入都多，就这么个结果？"

负责指挥战区电子战的一位中将看了身边的卡琳娜一眼，同其他刚从前线归来的军官一样，她的迷彩服上满是污迹和焦痕，脸上还残留着血迹。中将说："卡琳娜少校在电子战研究方面很有造诣，同时也是总参派往前线的电子战观察员，她的看法可能更有说服力一些。"像卡琳娜这样的年轻博士军官大多心直口快，无所顾忌，往往被人当枪使，这次也不例外。

卡琳娜站起来说："大校，话不能这么说！比起北约，我们这些年对C3I的投入微不足道。"

"那电子反制呢？"师长问，"敌人能干扰我们，你们就不能干扰他们？我们的C3I瘫痪了，北约的却转得很好，像上了润滑油似的，今天早上我对面的陆战一师能那么快速地转变攻击方向就是证明！"

卡琳娜苦笑了一下，"提起对敌干扰，费利托夫大校，不要忘了，就是在你们师的阵地上，你的人用枪顶着操作员的脑袋，逼停了集团军电子对抗部队的干扰机！"

"怎么回事？"列夫森科元帅问，这时人们才发现他进来了，纷纷起身敬礼。

"是这样，"师长对元帅解释说，"对我们的通信指挥系统来说，他们的干扰比北约的更厉害！在北约的干扰中，我们还能维持一定的无线通信，可他们的干扰机一开，就把我们全盖住了！"

卡琳娜说："可同时敌人也全被盖住了！这是我军目前实施电子反制可选择的唯一战略。北约目前在战场通信中，已广泛采用诸如跳频、直接序列扩频、零可控自适应天线、猝发、单频转发和频率捷变等技术①，我们用频率瞄准方式进行干扰根本不起作用，只能采用全频带段阻塞式干扰。"

第5集团军的一位上校质问："少校，北约采用的可全是频率瞄准式干扰，频带还相当窄，而我们的 C3I 系统也普遍采用了你提到的那些通信技术，为什么他们对我们的干扰那样有效呢？"

"这原因很简单，我们的 C3I 系统是建立在什么样的软硬件平台上？UNIX，LINUX，甚至 WINDOWS2010，CPU 是 INTEL 和 AMD！这是用人家养的狗给自己看门！在这种情况下，敌人可以很快掌握诸如跳频规律之类的电子战情报，同时用更多更有效的纯软件攻击加强其干扰效果。总参谋部曾经大力推广过国产操作系统，但到了下面阻力重重，你们集团军就是一个最顽固的堡垒……"

"好了，你们所说的问题和矛盾正是今天会议要解决的。开会！"列夫森科元帅打断了这场争论。

当大家在电子沙盘前坐好后，列夫森科元帅叫过一位少校参谋，这个身材细高的年轻人双眼眯缝着，好像不适应作战室中的光线。"介绍一下，这位是邦达连科少校，他的最大特点就是深度近视，他的眼镜与众不同，别人的眼镜镜片在镜框里边，他的镜片在镜框外面，哈，就像茶杯底那么厚啊！但我们现在看

---

① 对这些电子战术语简介如下：跳频：发射机和接收机以同样的序列变换频率；直接序列扩频：使信号能量分散在很宽的频带上，以给侦听和干扰带来困难；零可控自适应天线：一种覆盖范围似肾形的天线，凹点指向天线无响应的敌方干扰机，以便在其他方向与己方天线通信；猝发：短时间采用宽频带或长时间采用很窄频带发送信息；频率捷变：在遭到干扰时自动改频。

不到它了，早上少校的吉普车遇到空袭时给砸了，好像隐形眼镜也弄丢了？"

"报告首长，那是五天前在明斯克丢的，我的眼睛是在半年内变成这样的。这变化早些的话，我进不了伏龙芝军事学院。"少校立正说。

虽然谁也不知道元帅为什么介绍这位少校，人群中还是响起了几声低低的笑声。

"战争爆发以来的事实说明，虽然有白俄罗斯战场的失利，但在空中和陆上常规武器方面，我们并不比敌人差多少；但在电子战方面，我们的差距之大出乎意料。造成这样的局面有很深远的历史原因，这不是我们今天要讨论的。我们要明确的是以下一点：目前，电子战是我军夺回战争主动权的关键！我们首先必须承认敌人在电子战方面的优势，甚至是压倒优势，然后我们必须以我军现有的电子战软硬件条件为基础，制定出一套行之有效的战略战术。这套战略战术的目的，是要在短时间内，使我军和北约在电子战方面形成某种力量上的平衡。也许大家认为这不可能：我军上世纪末以来的战争理论，主要是基于局部有限战争的，对目前在军事上如此强大的敌人的全面进攻，确实研究得不够。在这样严峻的形势下，我们必须以一种全新的方式思维。下面我要介绍的统帅部新的电子战战略，就可以看作这种思维的结果。"

灯灭了，电脑屏幕和电子沙盘都关闭了，重重的防辐射门也紧紧关闭了，作战室淹没于伸手不见五指的黑暗之中。

"是我让关的灯。"黑暗中传来元帅的声音。

时间在黑暗和沉默中慢慢流逝，这样过了有一分钟。

"大家现在有什么感觉？"列夫森科元帅问。

没有人问答。浓重的黑暗使军官们仿佛沉没在夜之海的海底，他们觉得呼吸都有些困难。

"安德烈将军，你说说看。"

"这几天在战场上的感觉。"第5集团军军长说，黑暗中又响起了一阵低低的笑声。

"其他人呢？大概都与他有同感吧？"元帅说。

"当然。您想想，耳机里除了沙沙声什么也没有，屏幕上一片空白，对作战命令和周围的战场态势一无所知，可不就是这种感觉嘛！这黑暗，压得人喘不过气来啊！"

"但并非所有人都是这种感觉。邦达连科少校，你呢？"列夫森科元帅问。

邦达连科少校的声音从作战室的一角传来："我的感觉不像他们这么糟糕，在亮着灯的时候，我看周围也是模模糊糊的。"

"你甚至还有一种优越感吧？"列夫森科元帅问。

"是的，元帅，您可能听说过，在那次纽约大停电时，是一些瞎子带领人们走出摩天大楼的。"

"但安德烈将军的感觉也是可以理解的。他有一双鹰眼，还是个神枪手，喝酒时常用手枪在十几米外开酒瓶盖。想想他和邦达连科少校在这里用手枪决斗，可是一件很有意思的事。"

黑暗中的作战室又陷入了沉默，指挥官们都在思考。

灯亮了，人们都眯起了双眼，这与其说是不能适应突然出现的亮光，不如说是对元帅刚刚的暗示思想感到震惊。

列夫森科元帅站起来说："我想，刚才我已把我军下一步的电子战新战略表达清楚了：全频段大功率的阻塞干扰，在电磁通信上，制造一个双方'共享'的全黑暗战场！"

"这样将使我军的战场指挥系统全面瘫痪！"有人惊恐地说。

"北约也一样！瞎大家一起瞎，聋大家一起聋，在这样的条件下同敌人达到电子战的力量平衡。这就是新战略的核心思想。"

"那总不至于让我们用通信员骑摩托车传达作战命令吧？"

"要是路不好，他们还得骑马。"列夫森科元帅说，"我们粗略估计了一下，这样的全频段阻塞干扰，至少可覆盖北约70%的战场通信系统，这就意味着他们的C3I系统全面瘫痪；同时还可使敌人50%～60%的远程打击武器失去作用，尤其是'战斧'巡航导弹：现在这种导弹的制导系统同上个世纪有了很大的改变，那时的'战斧'主要使用地形匹配和小型测高雷达来导航，现在这种导航方式只用作末端制导，而其射程的大部分依靠全球卫星定位系统。通用动力公司和麦克唐纳·道格拉斯公司认为，他们所做的这种改进是一大进步。美国人太相信来自太空中的导航电波了，但 GPS 系统的电波传输一旦被干扰，'战斧'就成了瞎子。这种对 GPS 的依赖在北约大部分远程打击武器中都存在。在我们所设想的战场电磁条件出现时，敌人就会被迫同我们打常规战，我们自己的优势就会充分发挥出来。"

"我还是心里没底，"被从东线调往西线的第 12 集团军军长忧心忡忡地说，"在这样的战场通信条件下，我甚至怀疑我的集团军能不能从东线顺利地调到西线。"

"你肯定能的！"列夫森科元帅说："这段距离，对库图佐夫来说都很短，我不信今天的俄罗斯军队离了无线电就走不过去了！被现代化装备惯坏的，应该是美国人而不是我们！我知道，当整个战场都处于电磁黑暗中时，你们心中肯定感到恐惧，这时要记住，敌人比你们恐惧十倍！"

看着卡琳娜的身影混在穿迷彩服的军官中，消失在作战室的出口，列夫森科元帅的心悬了起来。她将重返前线，而她所在的电子战部队将是敌人火力最集中的地方。昨天，在同一亿公里远的儿子那来回延时达 5 分钟的通话中，元帅曾告诉他卡琳娜很好，但在今早的战斗中，她就险些没回来。

米沙和卡琳娜是在一次演习中认识的。那天，元帅和儿子一起吃晚饭，同往常一样，他们默默地吃着，米沙早逝的母亲在远处的镜框中默默地看着他们。米沙突然说："爸爸，我想起明天就是您的五十一岁生日了，我应该送您一件生日礼物。我是看见那架天文望远镜才想起来的，那件礼物真好。"

"送我几天时间吧。"

儿子抬头静静地看着父亲。

"你有你的事业，我很高兴。但做父亲的想让儿子了解自己的事业，这总不算过分吧！明天你和我一起去看军事演习怎么样？"

米沙笑着点点头，他很少笑的。

这是本世纪国内规模最大的一场演习。演习开始的前夜，米沙对公路上那滚滚而过的钢铁洪流没什么兴趣。一下直升机，他就钻进野战帐篷，用透明胶带替父亲粘贴刚发下来的作战地图。在第二天演习的整个过程中，米沙也没表现出丝毫的兴趣。这早在列夫森科元帅的预料之中，但有一件事使他感到莫大的安慰。

上午进行的演习项目是装甲师进攻高地，米沙同一群地方官员一起坐在观摩台的北侧。这次观摩台的位置虽在安全距离上，但应那些猎奇的地方官员的要求，比过去大大靠前了。图22轰炸机群掠过高地上空，重磅航空炸弹雨点般地落下，使那座山头变成一个喷发的火山口。这时，那群地方官员才明白真实战场同电影里的区别，在那地动山摇的巨响中，他们全都用双臂抱住脑袋伏在桌子上，有几位女士甚至尖叫着往桌子下钻。但元帅看到，只有米沙一个人直直坐着，仍是那副冷漠的表情，静静地无动于衷地看着那座可怕的火山，任爆炸的火光在他的墨镜中狂闪。一股暖流冲击着列夫森科元帅的心田，儿子，你的身上到底流着军人的血啊！

这天晚上，父子俩在白天的演习现场散步。远处，各种装甲车辆的前灯如繁星洒满山谷和平原，空气中还残留着淡淡的硝烟味。

"这场演习要花多少钱？"米沙问。

"直接费用大约三亿卢布。"

米沙叹了口气："我们的课题组想搞第三代恒星演化模型，申请了三十五万元的经费都批不下来。"

列夫森科元帅把他早就想对儿子说的话说了出来："我们两个的世界相差太远了，你的恒星，最近的也有4光年吧，它同地球上的军队与战争真是毫不相干。我对你的事业知之不多，但很为之感到骄傲。作为军人，我们也是最想让儿子了解自己事业的人，哪一个父亲不把对儿子讲述自己的戎马生涯当作最大的幸福？而你对我的事业却总抱着冷漠的态度。事实上，我的事业是你的事业的基础和保障。一个国家，如果没有足够数量和质量的武装力量保证它的和平的话，像你从事的这种纯基础研究根本不可能进行。"

"爸爸，您说反了。如果人们都像我们这样，用全部的生命去探索宇宙的话，就能领略到宇宙的美、它的宏大和深远后面的美。而一个对宇宙和自然的内在美有深刻感觉的人，是不会去进行战争的。"

"你这种想法真是幼稚到家了，如果战争是因为人们缺乏美感造成的，那和平可太容易了！"

"您以为让人类感受这种美就那么容易吗？"米沙指指夜空中灿烂的星海，"您看这些恒星，人们都知道它是美的，但有多少人能够真正体会到这种美的最深层呢？这无数的天体，它们从星云到黑洞的演化是那么壮丽，它们喷发的能量是那么巨大！但您知道吗？只用数目不多的几个优美的方程式就能精确地描述这一切，用这些方程式建立的数学模型就能极其精确地预言恒星的一切行为。甚至我们对自己星球上大气层建立的数学模型，精确度都要比它低几个数量级。"

列夫森科元帅点点头，"这是可能的，据说人类对月球的了解比对地球海底的了解还要多。但你所说的宇宙和自然深层次美的感受还是制止不了战争，没有人比爱因斯坦更能感受这种美了，原子弹不还是在他的建议下造出来的吗？"

"爱因斯坦在他的后期研究中没什么建树，很大程度上是由于他过多地介入了政治。我不会走他的老路的。但，爸爸，到了需要的时候，我也会尽自己的责任的。"

米沙在演习区待了五天。元帅不知儿子是什么时候认识卡琳娜的，第一次看到他们在一起的时候，他们已经谈得很融洽了。他们谈恒星，而卡琳娜对此知道的很多。看着还是一个天真烂漫的女孩儿的卡琳娜，因为拥有博士学位，她早早就扛上了一颗校星，他的心里多少有些别扭。不过除此之外，他对卡琳娜的印象还是很好的。第二次见到米沙和卡琳娜在一起时，列夫森科元帅看到他们的关系已更加亲密。他们谈话的内容让他很意外：他们在谈电子战。当时，他们俩在距元帅的吉普车不远的一辆坦克边，由于谈话内容，他们并没有避开别人的意思。

元帅听到米沙说："你们现在只关注于一些纯软件的、高层次的东西，比如C3I、病毒攻击、数字战场等，可你想到没有，你们可能握着一把木头做的剑。"看着卡琳娜惊奇的目光，米沙继续说："你想过这些东西的基础吗，也就是位于网络七层协议最下面的物理层？对于民用网络，可以使用像光纤和定向激光这样一些东西作为通信媒介；但对用于战场的C3I系统，它的各个终端是快速移动和位置不定的，所以只能主要依赖电磁波来进行信息联结，而电磁波这东西，你知道，在干扰下就像薄冰一样脆弱……"

元帅真的吃惊不小，他从未与儿子交流过这些，米沙更不可能偷看他的机密文件，但他却把自己在电子战上多年来形成的思想简明准确地表达出来了！米沙的这番话对卡琳娜的影响更大，居然使她偏离了自己的研究方向，研制出了一种代号"洪水"的电磁干扰装置。"洪水"的大小可以装入一辆装甲车，它能同时发出 3kHz 到 30GHz 的强烈电磁干扰波，覆盖了除毫米波之外的所有电磁通信波段。这种武器在西伯利亚某基地进行的第一次试验就为军队惹来了一屁股官司："洪水"使附近那座城市的电磁波通信全部中断，手机不通了，传呼机不响了，电视机和收音机都收不到信号。对银行和股市的影响更是灾难性的，地方上把造成的损失说成了天文数字。"洪水"的灵感来自于一种电磁炸弹，这种武器是通过高爆炸药在一次性线圈中产生强烈的电磁脉冲。所以"洪水"工作起来如同火箭发动机一样，产生的音响能震破附近的窗玻璃，这就决定了它只能遥控操作，而距它两三千米处的操作人员还得穿上防微波辐射的防护服。"洪水"在总装备部和总参谋部的电子战指挥机构引起了很大的争论，很多人认为它没什么实战价值，在有限战场上使用它，就如同在巷战中使用核武器，对敌我的杀伤力都一样大。但在元帅的坚持下，"洪水"还是批量生产了两百多台。现在，在统帅部新的电子战战略中，它将担当主要角色。

儿子爱上了一个军中的姑娘，元帅深感意外。他的结论是，米沙对卡琳娜的感情同她的职业无关。后来，米沙带卡琳娜到家里来过几次，第一次卡琳娜穿着一件亮丽的连衣裙，走时元帅听到米沙对卡琳娜说："下次穿军装来。"这事使元帅否定了自己先前的结论，他现在知道，米沙爱上了卡琳娜，与她是一名少校军官并非一点关系也没有。与演习第一天上午感到的别扭不同，他现在也觉得卡琳娜肩上的那颗校星无比美丽。

1月6日，莫斯科战区

强烈的电磁波在战区上空很快聚集，最后形成了巨大的电磁台风。据战后人们回忆，当时在远离前线的山村里，人们也看到动物和鸟儿骚动不安；在灯火管制的城市中，人们能看到电视天线上感应出的微小火花……

从东线调往西线的第 12 集团军的一个装甲团正在急速行军，团长站在停靠在路边的吉普车边，满意地看着漫天雪尘中急速行进的部队。敌人的空袭远没有预料的强度，所以部队可以在白天赶路了。这时，三枚"战斧"导弹低低地从他们头顶掠过，冲压发动机低沉的嗡嗡声清晰可闻。不一会儿，远处响起了三声爆炸声。团长身边的通信员拿着只听得到沙沙声的耳机无事可做，转头看看爆炸的方向，然后惊叫起来，让他看，他让通信员不要大惊小怪，但旁边的一位少校营长也让他看，他就看了，然后困惑地摇了摇头。"战斧"不是每枚都能命中目标，但像这样三枚相距上千米落到空无一物的田野上，真是少见。

两架苏 27 孤独地飞行在战区 5000 米上空。他们本来属于一支歼击机中队，但这支中队刚刚在海上同一支北约的 F22 中队发生了遭遇战，在空中混战中，他们和中队失散了。在以前，重新会合是轻而易举的事，但现在无线电联络不通了，原来对高速歼击机很狭小的空域，现在变得如宇宙一样广阔，要想会合如同大海捞针。这对长僚机只能紧贴着飞行，距离之近像在飞特技，只有这样，他们才能听到对方的无线电呼叫。

"左上方发现可疑目标，方位 220，仰角 30！"僚机报告。长机飞行员沿那个方位看去，冬日雪后的晴空一碧如洗，能见度极好，两架飞机向斜上方靠近目标观察。那个目标与他们同一方向飞行，但速度慢了许多，所以他们很快追上了它。

当他们看清目标后，真觉得白天见了鬼。那是一架北约的 E-4A 预警飞机，是歼击机最不可能遇到的敌方飞机，就像一个人不可能看到自己的后脑勺一样。E-4A 预警飞机上的雷达监视面积可达 100 万平方公里，环视一圈只需 5 秒钟，它能发现远离防区 2000 公里处的目标，可以提供 40 分钟以上的预警时间。它能发现 1000 ~ 2000 公里范围里的 800 ~ 1000 个电磁信号，每次扫描可询问和识别 2000 个海陆空各类目标。预警机从不需护航，它强有力的千里眼可使自己远远地避开歼击机的威胁，所以长机飞行员理所当然地认为这可能是一个圈套。他和僚机向四周的空域仔细搜索了一遍，明净寒冷的空中看不到任何东西，长机决定冒一次险。

"雷球，雷球，我将发起攻击，你向 317 方位警戒，但注意不要超出目视距离！"

看着僚机向着他认为最可能有埋伏的方位飞去后，他打开加力，猛拉操纵杆，苏 27 拖着加速产生的黑烟，如一条仰起头的眼镜蛇向斜上方的预警机扑去。这时，E-4A 也发现了向自己逼近的威胁，急忙向东南方向作逃脱的机动飞行，干扰热寻的导弹的镁热弹不断地从机尾蹦出，那一串小小的光球仿佛是它那被吓出壳的灵魂。一架预警飞机在歼击机面前就如同一辆自行车在摩托车面前一样，是无法逃脱的。这时长机飞行员才感到，他刚才给僚机的命令是多么自私。他在 E-4A 的后上方远远跟着它，欣赏着到手的猎物。E-4A 背上蓝白相间的雷达天线罩线条优美，像一件可人的圣诞玩具；它那粗大的白色机身，如同摆在盘子里的一只肥美的烤鸭，令他垂涎欲滴，又不忍下刀叉。但直觉使他不敢拖延，他首先用 20 毫米口径机炮做了一个点射，击碎了雷达天线罩，他看到，西屋公司制造的 AN/PY-3 型雷达的天线碎片飞散在空中，如圣诞节银色的纸花；他接着用机炮切断了 E-4A 的一个机翼，最后，射速达每分钟 6000 发的双管机炮射出的死亡之鞭，将已经翻滚下坠的 E-4A 拦腰切过，把它击成两截。苏 27 盘旋着跟随两块坠落的机体，飞行员看到人员和设备不停地从机舱中掉出来，就像从盒中掉出的糖果一样，有几朵伞花在空中绽开。他想起了在刚过去的空战中，一个战友被击落时的情景：一架 F22 三次从战友的降落伞上方掠过，把伞冲翻了，他看着战友像一块石头一样渐渐消失在大地的白色背景中。他克制了这样做的冲动，同僚机会合后，双机编队以最快的速度脱离了这个空域。

他们仍觉得这可能是个圈套。

走散的飞机并不止那两架。在战线的上空，一架隶属于美国陆军骑一师的"科曼奇"漫无目标地飞着，驾驶员沃克中尉却倍感兴奋。他刚从"阿帕奇"转飞"科曼奇"不久，对这种上世纪末才大量装备陆军的武装攻击直升机不太适应。他不适应"科曼奇"的没有脚踏的操纵系统，觉得它的双目头盔瞄准镜还不如"阿帕奇"的单目镜让人感到舒服，但他最不适应的还是坐在前面的攻击指挥员哈尼上尉。他们第一次见面时，哈尼说："中尉，你要清楚自己的位置，我是这架直升机的大脑，而你只是它的电子和机械部件的一部分，你要尽一个部件的责任！"而沃克最讨厌作为一个部件而存在。记得一位年近百岁的参加过"二战"的前海军飞行员参观他们的基地时，看了看"科曼奇"的座舱后，摇摇头说，"唉，孩子们，我当年那架野马式，座舱里的仪表还不如现在微波炉上的多，我最好的仪表是它！"他拍了拍沃克的屁股，"我们两代飞行员的区别，就是空中骑士和电脑操作员的区别。"沃克想当空中骑士，现在机会来了。在俄罗斯人那近乎变态的疯狂干扰下，这架直升机上的什么"作战任务设备一体化系统"、什么"目标探测系统"、什么"辅助目标探查分类系统"、什么"真实视觉场面发生器"，还有"资料突发系统"，全休克了！只剩下那两台1200马力的T800型引擎还在忠实地转动着。哈尼平时就是全凭那些电子玩意儿活着的，现在他那张喋喋不休的臭嘴也随着这些东西沉默下来。这时，内部送话系统传来哈尼的话音：

"注意，发现目标，好像在左前方，好像在那个小山包旁边，有一支装甲部队，好像是敌人的，你……看着办吧。"

沃克差点笑出声来。哈，这小子，听他以前是怎么指挥的："发现目标，方位133，90式坦克17辆，89式运兵车21辆，向391方位以平均速度43.5公里运动，平均间隔31.4米，按AJ041号优化攻击方案，从179方位以37度倾角进入……"现在呢，"好像"有装甲部队，"好像"在"山包那边"。这还用你说？我早看见了！还让我看着办。你是废物了哈尼，现在是我的天下，我要用屁股当仪表做一个骑士了！这架"科曼奇"在我的手中将不辜负它那英勇的印第安部落的名字。

"科曼奇"向着那显而易见的目标冲去，把机上的62枚27.5英寸口径的"蜂巢"火箭全部发射出去，沃克陶醉地看着那群拖着火尾的"小蜜蜂"欢快地向目标飞去，把敌人的车队淹没于一片火海之中。但当他迂回飞行观察战果时却发现事情不对，地面上敌人的士兵没有隐蔽，而是全都站在雪地上冲他指点着，像是在破口大骂；沃克飞近一些，清楚地看到了一辆被击毁的装甲车上的标志，那是个三环同心圆，中间是蓝色，然后是一个白圈儿和一个红圈儿。沃克眼前一黑，顿时感到世界变成了地狱，不禁破口大骂起来：

"你个白痴，你瞎眼了？"

但他还是聪明地远远飞开，以防那些暴怒的法国佬还击。"你个混蛋，你现在大概在想到军事法庭上怎样把责任推给我吧。你推不掉的，你是负责目标甄别的，你要明白这一点！"

"也许……我们还有机会补救，"哈尼怯生生地说，"我又发现了一支部队，就在对面……"

"去你的吧！"沃克没好气地说。

"这次没错，他们正在同法国人交火！"

这下沃克又来了精神，他驾机向新目标冲去，看到对方主要是步兵，装甲力量不多，这倒证实了哈尼的判断。沃克把仅剩的四枚"地狱火"导弹发射出去，然后把加特林双管机枪的射速调到每分钟 1500 发并开始射击。他舒服地感觉到机枪通过机体传来的微微振动，看到地面敌人的散兵线被撒上了一层白色的"胡椒面"。但一名老练的武装直升机驾驶员的直觉告诉他有危险，他扭头一看，只见一枚肩射导弹刚刚从左下方一名站在吉普车上的士兵肩上发射出来。沃克手忙脚乱地发射了诱饵镁热弹，又向后方做摆脱飞行，但还是晚了些，那枚导弹拖着蛛丝般的白烟击中了"科曼奇"的机头下方。沃克从爆炸带来的短暂晕眩中醒来时，发现直升机已坠落到雪地上。沃克拼命爬出全是白烟的机舱，在雪地上抱住一棵刚被螺旋桨齐腰砍断的树，回头看见前舱中的哈尼上尉被炸成肉浆。他又看到前方一群端着冲锋枪的士兵正在向他跑来，他们那斯拉夫人的面孔清晰可见。沃克颤抖着掏出手枪放到面前的雪地上，然后掏出俄语会话本读了起来：

"吾已方下无起，吾是战扶，日内瓦……"（"我已放下武器，我是战俘……"）

他后脑挨了一枪托，肚子上又挨了一脚。当他翻倒在雪地上时却大笑起来，他可能被揍个半死，但不会全死，因为他看到了那些士兵衣领上波兰军队的鹰形领章。

1月7日，明斯克，北约军队作战指挥中心

"把那个该死的军医叫来！"托尼·帕克上将烦躁地喊道。当那名瘦高的上校军医跑到他面前时，他恼怒地说："怎么搞的？你折腾了两次，我的假牙还在嗡嗡响！"

"将军，这是我见过的最奇怪的事，也许是您的神经系统有问题，要不我给您打一针局部麻醉？"

这时，一位少校参谋走过来说："将军，请把假牙给我，我有办法的。"帕克于是取下假牙，放到了少校递过来的纸巾上。

关于将军掉的两颗门牙，媒体的普遍说法是在波斯湾战争中他所在的坦克被击中时造成的，只有将军自己知道这不是真的。那次是断了下颚，牙则是更早些时候掉的。那是在克拉克空军基地，当时的世界好像除了火山灰外什么都没有：天是灰的，地是灰的，空气也是灰的，就连他和基地最后一批人员将要登上的那架"大力神"，机顶上也落了厚厚白白的一层。火山岩浆的暗红色火光在这灰色的深处时隐时现。那个菲律宾女职员还是找来了，说基地没了，她失业了，房子也压在火山灰下，让她和肚子里的孩子怎么活啊？她拉着他求他一定带她到美国去，他告诉她这不可能，于是她脱下高跟鞋朝他脸上打，打掉了他的两颗门牙。看着灰色的海水，帕克默念：我的孩子，现在你在哪儿？你是和母亲在马尼拉的贫民窟中度日吗？你的父亲现在在某种程度上是为你而战。战后当俄罗斯的民主政府上台后，北约的前锋将抵达中国边境，苏比克和克拉克将重新成为美国在太平洋上的海空军基地，那里将比上个世纪更繁荣，你会在那儿找到工作的！如果你是个女孩，说不定像你妈妈（她叫什么来着，哦，阿莲娜）一样能认识个美国军官……

修牙的少校回来了，打断了将军的胡思乱想。将军拿过了那个纸巾上的假牙，装上感觉了几秒后，惊奇地看着少校："嗯？你是怎么做到的？"

"将军，您的假牙响是因为它对电磁波产生了共振。"

将军盯着少校，分明不相信他的话。

"将军，真是这样！也许您以前也曾暴露在强烈的电磁波下，比如在雷达的照射范围里，但那些电磁波的频率同您的假牙的固有频率不吻合。而现在，空中所有频带的电磁波都很强烈，于是导致了这种情况。我把假牙进行了一些加工，使它的共振频率提高了许多，它现在仍然共振，但您感觉不到了。"

少校离开后，帕克将军的目光落到了电子作战图旁的一个座钟上，钟座是骑着大象的汉尼拔塑像，上面刻着"战必胜"三个字，原来摆放在白宫的蓝厅，当时总统发现他的目光总落在那玩意儿上，就亲自拿起了在那儿放了一百多年的钟赠给了他。

"上帝保佑美国，将军，现在您就是上帝！"

帕克沉思了很久，缓缓地说："命令全线停止进攻，用全部空中力量搜寻并摧毁俄罗斯人的干扰源。"

1月8日，俄罗斯军队总参谋部

"敌人停止进攻了，你好像并不感到高兴。"列夫森科元帅对刚从前线归来的西部集群司令说。

"是高兴不起来。北约的全部空中力量已集中打击我们的干扰部队，这种打击确实是很奏效的。"

"这在我们的预料之中。"列夫森科元帅平静地说，"我们的战术在开始会使敌人手足无措，但他们总会想出对付的办法的。用于阻塞式干扰的干扰机，由于其强烈的全频带发射，很容易被探测和摧毁。好在我们已争取了相当的时间，现在全部希望都寄托在两个集群的快速集结上了。"

"情况可能比预想的要严峻。"西部集群司令说，"在我们失去电子战优势之前，可能没有给高加索集群进入出击位置留下足够的时间。"

西部集群司令走后，列夫森科元帅看着电子沙盘上的前线地形，想起了正处于敌人密集火力下的卡琳娜，由此又想起了米沙。那天，米沙回到家里，脸上青一块紫一块的。这之前他已听到传言，说他儿子是那所大学中唯一的一名反战分子，结果被学生们打了。

"我只是说不要轻言战争，我们真的不能同西方达成一种理智的和平吗？"米沙对父亲解释说。

元帅用从未有过的严厉口吻对儿子说："你知道自己的身份，你可以不说话，但以后绝不许出现类似的言论。"

米沙点点头。

晚上一进家门，元帅就告诉米沙："俄共上台了。"

米沙看了父亲一眼，淡淡地说："吃饭吧。"

再往后，西方宣布俄罗斯新政府为非法，杜波列夫组织右翼联盟并发动内战，列夫森科元帅都不需要告诉米沙了，父子俩每天晚上都像往常一样默默地吃饭。直到有一天，米沙接到航天基地的通知，收拾起行装走了。两天后，他乘航天飞机登上了在近地轨道运行的"万年风雪号"。

又过了一周，战争全面爆发了。这是一场由空前强大的敌人从意料不到的方向发起的旨在彻底肢解俄罗斯的世界大战。

1月9日，近日轨道，"万年风雪号"掠过水星

由于"万年风雪号"的速度很快，它不可能成为水星的卫星，只能从这颗行星面对太阳的那一面高速掠过。这是人类第一次用肉眼直接对水星表面进行近距离观察。米沙看到，水星表面高达两公里的峭壁，蜿蜒数百公里，穿过布满巨大坑穴的平原。他还看到了被行星地质学家们称作"不可思议的地形"的名叫"卡托里萨"的盆地，其直径有 1300 公里。它的不可思议之处在于，在水星的另一面，有一个面积相仿的盆地正对着它。人们猜测，这是一颗巨大的彗星撞击了水星，强烈的震波穿过了整个星体，在两个半球同时形成了极其相似的两个盆地。米沙还发现了许多新的令人激动的东西，他发现水星表面有许多明亮的光斑，当他在屏幕上把那些光斑放大后，激动得屏住了呼吸。

那是水星上的水银湖泊，平均面积达上千平方公里。

米沙想象，在水星那漫长的白天，在那 1800℃的酷热下，站在水银湖岸边的情形。即使在狂风中，水银湖也会很平静，而水星没有大气、没有风，

湖的表面如广阔的镜子平原，太阳和银河毫不失真地投射在上面。

"万年风雪号"掠过水星后，将继续靠近太阳，一直航行到它那由核聚变制冷装置支持的绝热层所能忍受的极限距离。太阳的高温将是它最好的掩护，北约的任何太空航行器都不可能飞进这个酷热的地狱。

看看这广阔的宇宙，再想想那一亿公里之外的母亲星球上的战争，米沙再次哀叹人类目光的狭隘。

1月10日，斯摩棱斯克前线

看着敌人渐渐靠近的散兵线，卡琳娜明白了为什么当周围的干扰点相继被摧毁后，只有她这里幸存下来：敌人想夺取一台完整的"洪水"。

这只由三架"科曼奇"和四架"黑鹰"组成的直升机群轻而易举地发现了这台"洪水"的位置。由于"洪水"巨大的电磁发射，对它的遥控只能通过光缆，敌人顺着光缆的走向发现了卡琳娜所在的距那台"洪水"3000米的遥控站，这是一间被废弃的孤立的小库房。

四架运载着四十多名敌人步兵的"黑鹰"就在距库房不到两百米处降落了。当时，遥控站中除卡琳娜之外，还有一名上尉和一名上士。上士听到引擎声响，刚拉开库房的门，就被直升机上的狙击手射出的一颗子弹掀开了头盖骨。敌人随后的火力很谨慎也很节制，显然怕伤了库房里他们想得到的设备，这就使得卡琳娜和那名上尉多坚守了一段时间。

现在，在卡琳娜的左前方，上尉的冲锋枪声沉默了，这枪声是她唯一的安慰。她看到在作为掩体的树桩后面，上尉的身体一动不动，一圈殷红的鲜血正在他周围的雪地上扩散。卡琳娜处在库房前由几个沙袋堆成的简易掩体后面，她的脚下散落着八个冲锋枪弹匣，滚烫的枪管在沙袋上面的积雪中发出嘶嘶的声音。每当卡琳娜射击时，对面的敌人就卧倒，子弹在他们前面溅起一团团雪花，而半圆形包围圈另一个方向的敌人则跃起快步推进一段距离。现在，卡琳娜只剩下三个弹匣了，她开始打单发，这没有经验的举动等于告诉敌人她子弹不多了，他们开始更快更大胆地推进。当卡琳娜再次换弹匣时，她听到沙袋顶上厚厚的积雪"吱"地响了一声，有什么东西从中飞快地钻了过来，她感到右胁被什么猛推了一下，没有疼痛，只有一阵很快扩散的麻木感，温热的血顺着右侧身体流下去。她坚持着，几乎是漫无目标地打完了这个弹匣。当她伸手拿起沙袋顶上最后一个弹匣时，一颗子弹打断了她的前臂，弹匣掉到雪地上，只剩下一条皮肤相连的手臂来回摆动。卡琳娜站起身，回头向库房门走去，身后的雪地上留下了一条细细的血迹。当她拉开门时，又一颗子弹穿透了她的左肩。

由瑞特·唐纳森上尉率领的美国海军陆战队"海豹"突击队小分队谨慎地靠近库房。当唐纳森和两名陆战队员越过那名俄罗斯中士的尸体，踹开门冲进帐篷时，发现里面只有一名年轻女军官。她坐在他们的目标——"洪水"遥控仪旁边，一只被打断的手臂无力地垂在控制台上，对着显示屏上映出的影子，她用另一只手整理着自己的头发，不断滴下的鲜血在她脚下积成了小小的血洼。她对着冲进来的美国人和那排枪口笑了一下，算是打了招呼。唐纳森长出了一口气，但这口出来的气再也没有吸回去：他看到她整理头发的手从控制仪上拿起了一个墨绿色的椭圆形东西，把它悬在半空中。唐纳森立刻认出了那是一枚气体炸弹，由于是装备武装直升机的，体积很小。那东西可由激光近炸引信引爆，在距地面半米处发生两次爆炸，第一次扩散气体炸药，第二次引爆炸药雾，他现在就是一支箭也飞不出它的威力圈。

他朝她伸出一只手向下压着，"镇静，少校，镇静下来，不要激动！"他朝周围示意了一下，陆战队员们的枪口垂了下来，"您听我说，事情没您想的那么严重，您将得到最好的医疗，您将被送到德国最好的医院，然后，会作为第一批交换的战俘……"少校又对他笑了一下，这使他多少受到了一些鼓励，"您完全没必要采用这种野蛮的方式，这是一场文明的战争，它本来是会很顺利的，这一点在二十天前越过波俄边境时我就感觉到了。当时，你们的大部分火力都被摧毁，只有零星的机枪声恰到好处地点缀着我们这场光荣而浪漫的远征。您看，一切都会很顺利的，没必要……"

"我还知道另一次更美妙的开始。"少校用纯正的英语说，她轻柔的声音如同来自天堂，能让火焰熄灭，钢铁变软，"美丽的沙滩，有棕榈树，树上挂着欢迎的横幅；到处是漂亮的姑娘，留着齐腰的长发，穿着沙沙作响的丝裤，在年轻的士兵群中移动，用红色和粉红色的花环装点着他们，羞怯地对着目瞪口呆的士兵们微笑……上尉，您知道这次登陆吗？"

唐纳森困惑地摇摇头。

"这就是 1965 年 3 月 8 日上午 9 点，在岘港，美国首批海军陆战队登上越南土地的情景，也是越战的开端。"

唐纳森觉得自己一下子掉进了冰窟窿，刚才的镇静瞬间消失了，他的呼吸急促起来，声音开始颤抖，"不，别这样，少校！您这样对待我们是不公平的！我们没有杀过多少人，杀人的是他们。"他指着窗外半空中悬停着的直升机说，"是那些飞行员，还有那些在很远的航空母舰上操作电脑指引巡航导弹的先生，但他们都是些体面的先生，他们所面对的目标都是屏幕上漂亮的彩色标记，他们按一下按钮或动一下鼠标，耐心地等一会儿，那些标志就消失了。他们都是文明的先生，他们没有恶意，真的没有恶意……您在听我说吗？"

少校笑着点点头。谁说死神是丑恶恐怖的？死神真美。

"我有一个女朋友，她在马里兰大学读博士，她像您一样美丽，真的，她还参加反战游行……"我真该听她的，唐纳森想，"您在听我说吗？您也说点什么吧，求您说点什么……"

美丽的少校最后对敌人微笑了一次，"上尉，我尽责任。"

这时，赶来增援的俄军 104 摩步师的一支部队距那个"洪水"遥控站还有半公里，他们首先听到了一声沉闷的爆炸，然后远远看到那间宽阔田野中孤零零的小库房隐没于一团白雾之中；紧接着是一声比刚才响百倍的巨响，地动山摇，一团巨大的火球在库房的位置出现，火焰裹在黑色的浓烟中高高升起，化作一团高耸的蘑菇云，如绽放在天地之间的一朵绝美的生命之花。

1 月 11 日，俄罗斯军队总参谋部

"我知道你想要什么东西，别废话，要吧！"列夫森科元帅对高加索集群司令说。

"我想让前两天的战场电磁条件再持续 4 天。"

"你清楚，我们的战场干扰部队现在有百分之七十已被摧毁，我现在连 4 个小时都无法给你了！"

"那我的集群将无法按时到达出击位置，北约的空中打击大大迟滞了部队的集结速度。"

"要是那样的话，您就把一颗子弹打进自己脑袋里去吧！现在敌人已逼近莫斯科，已到了七十年前古德里安到过的位置。"

在走出地下作战室的途中，高加索集群司令在心里默念：莫斯科，坚持啊！

1 月 12 日，莫斯科防线

塔曼摩步师师长费利托夫大校清楚，他们的阵地最多只能再承受一次进攻了。

敌人的空中打击和远程打击渐渐猛烈起来，而俄军的空中掩护却越来越弱了。这个师的装甲力量和武装直升机都所剩无几，最后的坚守几乎全靠血肉之躯了。

师长拖着被弹片削断的腿，挂着一支步枪走出掩体。他看到战壕挖得不深，这也难怪，现在阵地上大部分都是伤员了。但他惊奇地发现，在战壕的前面构起了一道整齐的高约半米的胸墙。师长很奇怪这胸墙是用什么材料这么快筑起的，他看到被雪覆盖的胸墙上伸出几条树枝一样的东西，走近一看，那是一只只惨白僵硬的手臂……他勃然大怒，一把抓住一位上校团长的衣领。

"混蛋！谁让你们用士兵的尸体筑掩体的？"

"是我命令这样干的。"师参谋长的声音从师长身后平静地响起，"昨天晚上进入新阵地太快，这里又是一片农田，实在没有什么别的材料了。"

他们沉默相视着。参谋长额头绷带中流出的血在脸上一道道地冻结了。这样过了一会儿，他们两人沿战壕慢慢地走去，沿着这堵用青春和生命筑成的胸墙走去。师长的左手挂着用作拐杖的步枪，右手扶正了钢盔，向着胸墙行军礼，仿佛在最后一次检阅自己的部队……他们路过了一个被炸断双腿的小士兵，从断腿中流出的血把下面的雪和土混成了红黑色的泥，这泥的表面现在又冻住了。小士兵正躺着把一颗反坦克手雷往自己怀里放，他抬起没有血色的脸，朝师长笑了笑，"我要把这玩意儿塞进'艾布拉姆斯'的履带里。"

寒风卷起道道雪雾，发出凄厉的啸声，仿佛在奏着一首上古时代的战歌。

"如果我比你先阵亡，请你也把我砌进这道墙里。这确实是一个好归宿。"师长说。

"我们两个不会相差太长时间的。"参谋长用他那特有的平静语调说。

1月12日，俄罗斯军队总参谋部

一个参谋来告诉列夫森科元帅，航天部部长急着要见他，事情很紧急，是有关米沙和电子战的事。

听到儿子的名字，列夫森科元帅心里一震。他已知道了卡琳娜阵亡的消息，同时他也无法想象一亿公里之外的米沙同电子战有什么关系，他甚至想象不出米沙现在和地球有什么关系。

部长一行人走了进来，他没有多说话，把一张3英寸光盘递给了列夫森科元帅，"元帅，这是我们一小时前收到的米沙从'万年风雪号'上发回的信息。后来他又补充说，这不是私人信息，希望您能当着所有相关人员的面播放它。"

作战室中的所有人听着来自一亿公里以外的声音："我从收到的战争新闻中得知，如果电磁干扰不能再持续三四天的话，我们可能输掉这场战争。如果这是真的，爸爸，我能给您这段时间。"

"以前，您总认为我所研究的恒星与现实相距太远，我自己也是这么认为，但现在看来我们都错了。我记得曾对您提起过，恒星产生的能量虽然巨大，但它本身却是一个相对单纯和简单的系统。比如我们的太阳，组成它的只是两种最简单的元素：氢和氦；它的运行也只是由核聚变和引力平衡两种机制构成。这样，同我们的地球相比，它的运行状态在数学模型上就比较容易把握了。现在，我们对太阳的研究已经建立了十分精确的数学模型，其中也有我做的工作。通过这个数学模型，我们可以对太阳的行为作出十分精确的预测。这就使我们可以利用一个微小的扰动，在短时间内局部打破太阳运行的某种平衡。方法很简单：用'万年风雪号'精确撞击太阳表面的某点。"

"也许您认为，这不过是把一块小石头投入海洋，但事实不是这样。爸爸，这是一粒沙子掉进了眼睛！"

"根据数学模型我们得知，太阳是一个极其精细而敏感的能量平衡系统，如果计算得当，一个微小的扰动就能在太阳表面和内部产生连锁反应，这种反应扩散开来，其局部平衡就会被打破。历史上有过这样的先例：最近的记载是在1972年8月初，在太阳表面一个很小的区域发生了一次剧烈的电磁爆发，对地球产生了巨大的影响：飞机和轮船上的罗盘指针胡乱跳动，远距离无线电通信中断；在北极地区，夜空中闪动着炫目的红光；在乡村，电灯时亮时灭，如同处于雷暴的中心。这种效应持续了一个多星期。现在比较可信的解释是：当时一颗比'万年风雪号'还小的天体撞击了太阳表面。这样的太阳表面平衡扰动在历史上一定多次发生，但大部分发生在人类发明无线电接收装置以前，所以没被察觉。这些对太阳表面的撞击都是随机的、偶然的，因而它们所能产生的平衡扰动在强度和范围上都是有限的。"

"但'万年风雪号'对太阳的撞击点是经过精确计算的，它所产生的扰动比上面提到的自然产生的扰动要大几个数量级。这次扰动将使太阳向空间喷发出强烈的电磁辐射，这种辐射包括从极低频到甚高频的所有频带的电磁波。同时，太阳射出的强烈的X射线将猛烈撞击对短波通信十分重要的电离层，从而改变电离层的性质，使通信中断。在扰动发生时，地球表面除毫米波外的绝大部分无线电通信将中断。这种效应在晚上可能相对弱一些，但在白天甚至会超过你们前两天进行的电磁干扰。据计算，这次扰动大约可持续一周。"

"爸爸，以前我们两个人一直生活在相距遥远的两个世界中，互相交流很少。但现在，我们这两个世界已融为一体，我们在为一个共同的目标而战，我为此而自豪。爸爸，像您的每一个士兵一样，我在等着您的命令。"

航天部部长说："米哈伊尔博士所说的都是事实。去年，我们向太阳发射过一个探测器，它依据数学模型的计算对太阳表面进行了一次小型的撞击试验，证实了模型所预言的扰动。庄博士和他的研究小组还提出了一个设想：将来也许可以用这种方法适当改变地球的气候。"

列夫森科元帅走进一个小隔间，拿起一个直通总统的红色电话。过了不一会儿，他就从隔间走了出来。历史对这一时刻的记载是不同的，有人说他马上说出了那句话，也有人说他沉默了一分钟之久，但那句话的内容是一致的。

"告诉米沙，照他说的去做吧。"

1月12日，近日轨道，"万年风雪号"冲向太阳

"万年风雪号"的十台核聚变发动机全部打开，每台发动机的喷口都喷出了长达上百公里的等离子体射流，它在做最后的轨道和姿态修正。

在"万年风雪号"的正前方，有一道巨大的美丽日珥，那是从太阳表面盘旋而上的灼热的氢气气流，像一条长长的轻纱，飘浮在太阳火的海洋上空，梦幻般地变幻着形状和姿态，它的两端都连着日球表面，形成了一座巨大的拱门。"万年风雪号"从这高达四十万公里的凯旋门正中缓缓地、庄严地通过。前方又出现了几道日珥，它们只有一头同太阳相连，另一头则伸进了太空深处。发动机闪着蓝光的"万年风雪号"像穿行在几棵大火树中的一只小小的萤火虫。后来，那蓝光渐渐熄灭，发动机停止了，"万年风雪号"的轨道已精确设定，剩下的一切都将由万有引力定律来完成了。

当飞船进入了太阳的上层大气日冕时，上方太空黑色的背景变成了紫红色，这紫红色的辉光弥漫了这里的所有空间。在下方，可以清楚地看到太阳色球中的景象。在那里，成千上万的针状体在闪闪发光。那些东西在19世纪就被天文学家观察到了，它们是从太阳表面射向高空的发光的气体射流，这些射流使得太阳大气看上去像一片燃烧的大草原，每株草都有上千公里长。在这燃烧的大草原下面就是太阳的光球，那是无边无际的火的海洋。

从"万年风雪号"发回的最后的图像中，人们看到米沙从巨大的监视屏前起身，打开了透明穹顶外面的防护罩，壮丽的火的大洋展现在他面前，他想亲眼看看自己童年梦幻中的世界。火之海在抖动变形，那是半米厚的绝热

玻璃在熔化。很快，那上百米高的玻璃壁化作一片透明的液体滚落下来。像一个初见海洋的人陶醉地面对海风，米沙伸开双臂迎接那向他呼啸而来的6000度的飓风。在摄像机和发射设备被烧熔之前发回的最后几秒钟图像中，可以看到米沙的身体燃烧起来，最后变成了一支跳动的火炬，和太阳的火海融为一体……

接下来的景象只能猜想了："万年风雪号"的太阳能电池板和突出结构首先熔化，由于其表面张力在飞船的表面形成一个个银色的小球。当"万年风雪号"越过色球和日冕的交界处时，它的主体开始熔化。当它深入色球2000公里后，整个飞船完全熔化了。一个个分开的金属液珠合并成一个巨大的银色液球，精确地沿着那已化为液体的计算机所设定的目标高速飞去。太阳大气的作用开始显示，液球的周围出现了一圈淡蓝色的火焰，这火焰向后拖了几百公里长，颜色由淡蓝渐变为黄色，在尾部变成美丽的橘红色。

最后，这美丽的火凤凰消失在浩渺的火海之中。

1月13日，地球

人类回到了马可尼之前的世界。

入夜，即使在赤道地区，夜空也充满了涌动的极光。

面对着一片雪花的电视屏幕，大多数人只能猜测和想象那块激战中的广阔土地上的情形。

1月13日，莫斯科前线

帕克将军推开了企图把他拉上直升机的82空降师师长和几名前线指挥官，举起望远镜继续看着远方。那里，俄罗斯人的坦克阵线滚滚而来。

"定标4000米，9号弹药装填，缓发引信，放！"

从来自后方的射击声帕克知道，还有不到三十门105毫米口径的榴弹炮可以射击，这是他目前唯一可以用于防守的重武器了。

一个小时前，这个阵地上唯一一支装甲力量，德军的一个坦克营，以令人钦佩的勇气发起反冲锋，并取得了显著的战果：在距此八公里处击毁了相当于他们坦克数目一倍半的俄罗斯坦克。但由于数量上的绝对劣势，他们在俄罗斯人的钢铁洪流面前如正午太阳下的露珠一样消失了。

"定标 3500 米，放！"

炮弹飞行的嘶鸣声过后，在俄罗斯人的坦克阵前面掀起了一道由泥土和火焰构成的高墙。但就如同塌方的泥土只能暂时挡住洪水，洪水最终漫了过来。爆炸激起的泥土落下后，俄罗斯人的装甲前锋又在浓烟中显现。帕克看到他们的编队十分密集，如同在接受检阅。若在前几天，用这种队形进攻是自取灭亡，但现在，当北约的空中和远程打击火力几乎全部瘫痪的情况下，这却是一种可以采用的队形，可以最大限度地集中装甲攻击力量，以确保在战线一点上的突破。

防线配置的失误是在帕克将军预料之中的，因为在这样的战场电磁条件下，要想准确快速地判明敌人的主攻方向几乎是不可能的。对下一步的防守他心中一片茫然，在 C3I 系统全面瘫痪的情况下，快速调整防御布局是十分困难的。

"定标 3000 米，放！"

"将军，您在找我？"法军司令若斯凯尔中将走了过来。他身边只跟着一名法军中校和一名直升机驾驶员。他没穿迷彩服，胸前的勋章和肩上的将星擦得亮亮的，但却戴着钢盔，提着一支步枪，显得不伦不类。

"听说在我们的左翼，幼鹿师正在撤出阵地？"

"是的，将军。"

"若斯凯尔将军，在我们的身后，70 万北约部队正在撤退，他们的成功突围取决于我们的坚固防守！"

"是取决于你们的坚固防守。"

"我能得到更明白的说明吗？"

"您什么都明白！你们对我们隐瞒了真实战局，你们早就知道右翼联盟的军队要在东线单方面停火！"

"作为北约军队的最高指挥官，我有权这样做。将军，我想您也明白，您和您的部队有接受指挥的职责。"

......

"定标 2500 米，放！"

......

"我只遵守法兰西共和国总统的命令。"

"我不相信现在您能收到这样的命令。"

"几个月前就收到了，在爱丽舍宫的国庆招待会上，总统亲自向我说明了在这种情况下法国军队的行为准则。"

"你们这些戴高乐的杂种，这几十年来你们一直没变！[①]"帕克终于失去控制。

"话别说得这么难听，将军。如果您不走，我也会一个人留下来，我们一起光荣地战死在这广阔的雪原上。拿破仑在这儿也失败过，我们不丢人。"若斯凯尔向帕克挥动着那支 FAMS 法军制式步枪说。

......

"定标 2000 米，放！"

......

帕克慢慢地转过身来，面对着他面前的一群前线指挥官，"请你们向坚守阵地的美军部队传达我下面的话：我们并非生来就是一支只能靠电脑才能打仗的军队，我们是来自一支庄稼汉的军队。几十年前，在瓜达卡纳尔岛，我们在热带丛林中一个地洞一个地洞地同日本人争夺；在溪山，我们用圆锹挡开北越士兵的手榴弹；更远一些的时候，在那个寒冷的冬夜，伟大的华盛顿领着那些没有鞋穿的士兵渡过冰封的特拉华河，创造了历史……"

"定标 1500 米，放！"

"我命令，销毁文件和非战斗辎重……"

"定标 1200 米，放！"

帕克将军戴上钢盔，穿上防弹衣，并把那支 9 毫米口径手枪别在左腋下。这时榴弹炮的射击声沉默了，炮手正把手榴弹填进炮膛中，接着响起了一阵

[①] 1966 年戴高乐将军使法国退出北约军事一体化组织，这对当时冷战中的北约是一严重打击。

杂乱的爆炸声。

"全体士兵，"帕克将军看着已像死亡屏障一样在他们面前展开的俄罗斯坦克群，说："上刺刀！"

战场的浓烟后面，太阳时隐时现，给血战中的雪野投下变幻的光影。

英雄时代的幻影

——《全频带阻塞干扰》赏析

张懿红

　　《全频带阻塞干扰》用架空历史的形式，构想苏联解体之后二十多年的近未来北约和俄罗斯之间爆发的战争。刘慈欣没有强调或然世界"比现在更糟"这一架空历史的常见主题，而是将更多的情感投射在俄共英勇无畏的抵抗上，借以抒写自己的英雄主义和爱国主义情怀。小说对俄罗斯和北约军人二元对立的形象塑造，延续红色经典小说创作模式和阶级斗争思维模式。小说对电子战的批评切中肯綮，科幻构思经得起事实检验，平行叙述形成紧张有序的叙事节奏。

　　《全频带阻塞干扰》获 2001 年中国科幻银河奖，是刘慈欣中篇小说代表作。小说写作和发表的时间，刚好在苏联解体十年之后。苏联曾经是世界上最强大的社会主义国家，在分裂初期的体制转化过程中难免混乱与喧嚣，于是出现了怀念苏联的社会心理，甚至不乏要求恢复苏联体制的呼声。刘慈欣小说正是以此为背景，用架空历史的形式，构想解体之后二十多年的近未来，俄共上台建立新政府，导致北约和俄罗斯之间爆发战争，"这是一场由空前强大的敌人从预料不到的方向发起的旨在彻底肢解俄罗斯的世界大战。"

　　借助架空历史的反事实思想实验，刘慈欣推演俄共继续执政的灾难性后果，对于那些厚古薄今的恋旧癖，对于那些不顾事实为消逝的专制体制唱颂歌的人来说，这无疑是一瓢令人清醒的冰水。对照已知的事实，当初苏联的解体可谓民心所向，而今天崛起的俄罗斯在政治经济文化等方面也取得了世界瞩目的成就。虽然有人依然怀念强大的苏联，但大多数俄罗斯人不愿意重回过去，不愿意回到独裁专制国富民穷的苏联时代。即使在经济困难的20世纪90年代，俄共在选举中也从未获得超过1/3的选票。民众对俄共的保留态度是以他们对苏共的不信任为基础的，俄罗斯人民不愿意做出危及他们政治自由的选择。关于这个问题，普京有两段名言说得很到位："谁不为苏联解体而惋惜，谁就没有良心；谁想恢复过去的苏联，谁就没有头脑。""我们明白自己该往哪里去，但应依据对历史的清醒认识。20世纪90年代的改革使国家摆脱了只有一个政治力量的统治。实际上，这是迈向自由和民主的第一步。这使我们有机会作为一个正常的文明的欧洲国家与欧洲乃至世界的所有国家建立联系。"[1]

不过，刘慈欣似乎无意强调或然世界"比现在更糟"这一架空历史的常见主题，而是将更多的情感投射在俄共英勇无畏的抵抗上，不遗余力讴歌他们宁为玉碎不为瓦全、献身祖国的牺牲精神，借以抒写自己的英雄主义和爱国主义情怀。《全频带阻塞干扰》是开放式结局，的确，孤胆英雄米沙的牺牲为俄罗斯争取了部署和集结的时间，使他们有可能赢得战争，但俄罗斯与北约的世界大战最终结果如何，谁也不知道。我们看到的是，在北约的钢铁洪流枪林弹雨中，俄罗斯战士如何用鲜血、用生命、用意志顽强抗击。在他笔下，俄罗斯战士众志成城、团结一心，而且从高级指挥官到普通战士都品质高洁令人心生敬仰之情。相反的，北约各国貌合神离，危急时刻分崩离析，而且军人们从上到下不乏虚伪的懦夫，在道德品质和精神力量上都处于绝对劣势。

刘慈欣用饱含感情的笔墨描写俄罗斯军人的爱国主义精神和大无畏的民族气节。"一直像军人一样正直地生活着"的列夫森科元帅为国家尽责失去妻子，挺过从东德撤军回国之后的艰难岁月，一个人把儿子养育成人，精心呵护视如珍宝；但为了取得战争的胜利，他同意儿子慷慨赴死的提议；卡琳娜少校更是作者偏爱的女神。她聪明美丽又勇敢刚烈，不仅研制出了一种代号为"洪水"的强电磁干扰装置，成为俄罗斯实施全频段阻塞干扰电子战的秘密武器，而且为保护"洪水"引爆气体炸弹，与敌人同归于尽。小说这样描写她视死如归的美丽形象："她轻柔的声音如来自天堂，能让火焰熄灭，钢铁变软"；而她的壮烈牺牲也是美丽的："地动山摇，一团巨大的火球在库房的位置出现，火焰裹在黑色的浓烟中高高升起，化做一团高耸的蘑菇云，如绽放在天地之间的一朵绝美的生命之花。"当然还有最后的英雄——元帅之子、天体物理学家米沙。平时超凡脱俗致力于恒星研究，但国家有难的时候，他明明可以躲在太空站"万年风雪号"上远离战争，却挺身而出"尽自己的责任"，驾驶"万年风雪号"撞击太阳，以自己的血肉之躯制造太阳扰动，引发巨大的电磁爆。小说描写米沙投身太阳的场景无比壮丽，毫无悲伤惋惜之意，充斥着慷慨激越的英雄主义豪情。除此以外，其他俄罗斯方面的次要角色也同样令人起敬，比如用尸体筑掩体的参谋长和希望阵亡后把自己也砌进掩体墙里的师长、被炸断双腿还把反坦克手雷放在怀里炸坦克的小士兵。

　　而对待战争的另一方北约，刘慈欣的情感态度截然不同。不仅国家之间的联盟岌岌可危，充斥着相互欺瞒和背叛，而且军人们也大都是自私虚伪的家伙。美国帕克将军抛弃怀孕的情人，被愤怒的情人打掉两颗门牙，却谎称那是在波斯湾战争中他所在的坦克被击中时造成的，还假惺惺希望战争胜利可以帮助被他抛弃的孩子；唐纳森上尉率领的美国海军陆战队包围了遥控站，妄图劝降卡琳娜，说什么"这是一场文明的战争"，辩解说自己一方都是"文明的先生""没有恶意"。还有误中友军互相埋怨的飞行员沃克和指挥员哈尼。当然，他们也不乏军人的荣誉感和牺牲的勇气，比如小说结尾时帕克将军遭到法军背叛，依然鼓舞士气，命令全体士兵上刺刀，誓与俄罗斯坦克群决一死战。不过，在刘慈欣笔下，这种英勇缺乏道德力量和爱国主义精神的支撑，更具困兽犹斗、垂死挣扎的况味，缺乏英雄悲剧的崇高感。

　　这种二元对立的人物描写将俄罗斯和北约放在极不平衡的关系体系中，把俄罗斯提升到道德制高点，而北约则作为一个人群的代号被钉在道德的耻辱柱上。这种二元对立的形象塑造，敌我对比鲜明的描写手法，显然延续了从中华人民共和国成立到新时期以前流行于红色经典小说的创作模式和阶级斗争的思维模式。究其原因，或许源于作者对俄罗斯文学和红色苏联的情感认同。正如小说开头的题记："以深深的敬意献给俄罗斯人民，他们的文学影响了我的一生。"

因此，与其说《全频带阻塞干扰》是对苏联解体事件的理性反思，倒不如说是刘慈欣红色苏联情结的任性宣泄。小说虽然通过变化推演结果，以或然历史为参照来反思现实，但反思被淹没在情绪宣泄的洪流中，使它更像是一部缅怀壮怀激烈的英雄时代的赞歌。

作为科幻小说，《全频带阻塞干扰》对电子战的批评是切中肯綮的。由于以信息论、精确打击为主要军事思想的现代战场主要依赖电磁波来进行信息联结，而电磁波在干扰下像薄冰一样脆弱，其结果是软件再高级也不过是"握着一把木头做的剑"，因此，位于网络七层协议最下面的物理层是电子战的阿喀琉斯之踵。在《全频带阻塞干扰》中，俄罗斯被迫采用"共享黑暗"的全频带阻塞干扰战术，方才有效遏止了北约的进攻，并反败为胜。而通过精确撞击造成太阳表面平衡扰动，从而产生电磁爆，以太阳电磁辐射造成地球表面无线电通信中断的全频带阻塞干扰，这一跳脱习惯思路与常识的大胆想象，则体现了刘慈欣科幻思维的创造性。

《全频带阻塞干扰》的科幻构思是经得起事实检验的，赵洋在《2014：科幻成真》中就举出一个实例：反恐战争中，美军在阿富汗战场上的一架CH-47"支奴干"直升机在一次救援行动中遭遇神秘失败，究其原因，就是太阳风暴造成的通信干扰。"一个偶发的太空天文现象可能对军事行动构成致命的威胁，并导致任务失败、人员伤亡。如果太阳活动在未来变得更加狂暴，无线电通信被阻断的情况增多，会引发怎样的军事变化？军方会主动向敌方施加这种干扰吗？再读读《全频带阻塞干扰》一文，相信你会得出自己的结论。"[2]

对刘慈欣来说，太阳是一个永远能够激起创作冲动的意象。无论同期创作的《流浪地球》《中国太阳》，还是几年之后的《三体》，太阳总是刘慈欣科幻想象的触媒。米沙飞向太阳造成全频带阻塞干扰的壮举，令人想起王晋康发于1997年《科幻世界》的小说《拉格朗日墓场》，与夸父逐日、凤凰涅槃、伊卡洛斯的翅膀等中外神话遥相呼应。应当说，作者把人类自古以来就有的英雄情怀全都寄托在飞向太阳的意象中间了。

《全频带阻塞干扰》采用平行叙述，在俄罗斯、北约和"万年风雪号"之间交替叙述，如同电影镜头一样剪接指挥部、战场和米沙的画面。叙事节奏紧张有序，故事情节的推进中插入人物心理活动和回忆（列夫森科元帅、帕克将军），主要通过元帅父亲的回忆塑造从科学家到英雄的米沙形象。这个形象体现了作者的理想，米沙有疯狂科学家那种超脱世俗的对科学的执著信念和热爱，相信如果人类能领略到宇宙宏大和深远后面的美，就不会去进行战争。在"万年风雪号"上，"看看这广阔的宇宙，再想想那一亿公里之外的母亲星球上的战争，米沙再次哀叹人类目光的狭隘。"然而，当战局恶化、恋人卡琳娜也壮烈牺牲、祖国需要几天电磁干扰赢得战争的时候，米沙决然走出自己的世界，为国家、为民族大义慷慨赴死。从这个形象身上不难看出刘慈欣强烈的爱国主义情感。正如陈慕雷《刘慈欣进化史》中的评论："这篇文章其实也完美体现了刘慈欣本人对自己祖国的态度：她有许多缺点，但我就是不顾一切地爱着她。"[3]

参考文献

[1] 米德拉. 冷面风流：普京［M］. 北京：民主与建设出版社，2012：212.

[2] 赵洋. 2014：科幻成真［J］. 科幻世界，2015（1）.

[3] 陈慕雷. 刘慈欣进化史［J］. 北京文学，2015（12）.

（张懿红：文学博士，博士后，兰州城市学院教授）

中国太阳

刘慈欣

水娃从娘颤抖的手中接过那个小小的包裹，包裹中有娘做的一双厚底布鞋、三个馍、两件打了大块补丁的衣裳、二十块钱。爹蹲在路边，闷闷地抽着旱烟锅。

"娃要出门了，你就不能给个好脸？"娘对爹说，爹仍蹲在那儿，还是闷闷地一声不吭，娘又说："不让娃出去，你能出钱给他盖房娶媳妇啊？"

"走！东一个西一个都走了，养他们还不如养窝狗！"爹干号着说，头也不抬。

水娃抬头看看自己出生和长大的村庄，这处于永恒干旱中的村庄，只靠着水窖中积下的一点雨水过活。水娃家没钱修水泥窖，还是用的土水窖，那水一到大热天就臭了。往年，这臭水热开了还能喝，就是苦点儿涩点儿，但今年夏天，那水热开了喝都拉肚子，听附近部队里的医生说，是地里什么有毒的石头溶进水里了。

水娃又低头看了爹一眼，转身走去，没有再回头。他不指望爹抬头看他一眼，爹心里难受时就那么蹲着抽闷烟，一蹲能蹲几个小时，仿佛变成了黄土地上的一大块土坷垃。但他分明又看到了爹的脸，或者说，他就走在爹的脸上，看周围这广阔的西北土地，干干的黄褐色，布满了水土流失刻出的裂纹，不就是一张老农的脸嘛？这里的什么都是这样，树、地、房子、人，黑黄黑黄，皱巴巴的。他看不到这张伸向天边的巨脸的眼睛，但能感觉到它的存在，那双巨眼在望着天空，年轻时那目光充满着对雨的企盼，年老时就只剩呆滞了。其实，这张巨脸一直是呆滞的，他不相信这块土地还有过年轻的时候。

一阵干风吹过，前面这条出村的小路淹没于黄尘中，水娃沿着这条路走去，迈出了他新生活的第一步。

这条路，将通向一个他做梦都想不到的地方。

人生第一个目标：喝点不苦的水，挣点钱

"哟，这么些个灯！"

水娃到矿区时天已黑了，这个矿区是由许多私开的小窑煤矿组成的。

"这算啥？城里的灯那才叫多哩。"来接他的国强说，国强也是水娃村里的，出来好多年了。

水娃随国强来到工棚住下，吃饭时喝的水居然是甜丝丝的！国强告诉他，矿上打的是深井，水当然不苦了，但他又加了一句："城里的水才叫好喝呢！"

睡觉时国强递给水娃一包硬邦邦的东西当枕头，打开一看，是黑塑料皮包着的一根根圆棒棒，再打开塑料皮，看到那棒棒黄黄的，像肥皂。

"炸药。"国强说，翻身呼呼睡着了。水娃看到他也枕着这东西，床底下还放着一大堆，头顶上吊着一大把雷管。后来水娃才知道，这些东西足够把他们村子给一窝端了！国强是矿上的放炮工。

矿上的活儿很苦很累，水娃前后干过挖煤、推车、打支柱等活计，每样一天下来都把人累得要死。但水娃就是吃苦长大的，他倒不怕活儿重，他怕的是井下那环境，人像钻进了黑黑的蚂蚁窝，开始真像做噩梦，但后来也习惯了。工钱是计件，每月能挣一百五，好的时候能挣到二百出头，水娃觉得很满足了。

但最让水娃满足的还是这里的水。第一天下工后，浑身黑得像块炭，他跟着工友们去洗澡。到了那里后，看到人们用脸盆从一个大池子中舀出水来，从头到脚浇下来，地下流淌着一条条黑色的小溪。当时他就看呆了，妈呀，哪有这么用水的，这可都是甜水啊！因为有了甜水，这个黑乎乎的世界在水娃的眼中才变得美丽无比。

但国强一直鼓动水娃进城，国强以前就在城里找过工，因为偷建筑工地的东西被当作盲流遣送回原籍。他向水娃保证，城里肯定比这里挣得多，也不像这样累死累活的。

就在水娃犹豫不决时，国强在井下出了事。那天他排哑炮时炮炸了，从井下抬上来时浑身嵌满了碎石，死前他对水娃说了一句话：

"进城去，那里灯更多……"

人生第二个目标：到灯更多水更甜的城里，挣更多的钱

"这里的夜像白天一样呀！"

水娃惊叹地说，国强说得没错，城里的灯真是多多了。现在，他正同二宝一起，一人背着一个擦鞋箱，沿着省会城市的主要大街向火车站走去。二宝是水娃邻村人，以前曾和国强一起在省城里干过，按照国强以前给的地址，水娃费了好大的劲儿才找到他，他现在已不在建筑工地干了，而是干起擦皮鞋的活计来。水娃找到他时，与他同住的一个同行正好有事回家了，他就简单地教了水娃几下子，然后让水娃背上那套家伙同他一起去。

水娃对这活计没有什么信心，他一路上寻思着，要是修鞋还差不多，擦鞋？谁花一块钱擦一次鞋（要是鞋油好些得三块钱），这人准有毛病。但在火车站前，他们摊还没摆好，生意就来了。这一晚上到十一点，水娃竟挣了十四块钱！但在回去的路上二宝一脸晦气，说今天生意不好，言下之意显然是水娃抢了他的生意。

"窗户下那些个大铁箱子是啥？"水娃指着前面的一座楼问。

"空调，那屋里现在跟开春儿似的。"

"城里真好！"水娃抹了一把脸上的汗说。

"在这儿只要吃得苦，赚碗饭吃是很容易的，但要想成家立业可就没门儿喽。"二宝说着用下巴指了指那幢楼，"买套房，两三千一平方米呢！"

水娃傻傻地问："平方米是啥？"

二宝轻蔑地晃晃头，不屑理他。

水娃和十几个人住在一间同租的简易房中，这些人大都是进城打工的和

做小买卖的农民，但在大通铺上位置紧挨着水娃的却是个城里人，不过不是这个城市的。在这里时他和大家都差不多，吃的和他们一样，晚上也是光膀子在外面乘凉。但每天早晨，他都西装革履地打扮起来，走出门去像换了一个人，真给人鸡窝里飞出金凤凰的感觉。这人姓陆名海，大伙儿倒是都不讨厌他，这主要是因为他带来的一样东西。那东西在水娃看来就是一把大伞，但那伞是用镜子做的，里面光亮亮的，把伞倒放在太阳地里，在伞把头上的一个托架上放一锅水，那锅底被照得晃眼，锅里的水很快就开了，水娃后来知道这叫太阳灶。大伙用这东西做饭烧水，省了不少钱，可没太阳时不能用。

这把叫太阳灶的大伞没有伞骨，就那么薄薄的一片。水娃最迷惑的时候就是看陆海收伞：这伞上伸出一根细细的电线一直通到屋里，收伞时陆海进屋拔下电线的插销，那伞就扑地一下摊到地上，变成了一块银色的布。水娃拿起布仔细看，它柔软光滑，轻得几乎感觉不到分量，表面映着自己变形的怪象，还变幻着肥皂泡表面的那种彩纹，一松手，银布就从指缝间无声地滑落到地上，仿佛是一掬轻盈的水银。当陆海再插上电源的插销时，银布如同一朵开放的荷花般懒洋洋伸展开来，很快又变成一个圆圆的伞面倒立在地上。再去摸摸那伞面，薄薄的硬硬的，轻敲它还会发出悦耳的金属声响，它强度很高，在地面固定后能撑住一个装满水的锅或壶。

陆海告诉水娃："这是一种纳米材料，表面光洁，具有很好的反光性，强度很高，最重要的是，它在正常条件下呈柔软状态，但在通入微弱电流后会变得坚硬。"

水娃后来知道，这种叫纳米镜膜的材料是陆海的一项研究成果。申请专利后，他倾其所有投入资金，想为这项成果打开市场，但包括便携式太阳灶在内的几项产品都无人问津，结果血本无归，现在竟穷到向水娃借钱交房租的地步。虽落到这地步，但这人一点儿都没有消沉，每天仍东奔西跑，企图为这种新材料的应用找到出路，他告诉水娃，这是自己跑过的第十三个城市了。

除了那个太阳灶外，陆海还有一小片纳米镜膜，平时它就像一块银色的小手帕摊放在床边的桌子上，每天早晨出门前，陆海总要打开一个小小的电源开关，那块银手帕立刻就变成硬硬的一块薄片，成了一面光洁的小镜子，陆海对着它梳理打扮一番。有一天早晨，他对着小镜子梳头时斜视了一眼刚从床上爬起来的水娃，说："你应该注意仪表，常洗脸，头发别总是乱乱的，还有你这身衣服，不能买件便宜点的新衣服吗？"

水娃拿过镜子来照了照，笑着摇摇头，意思是对一个擦鞋的来说，那么麻烦没有用。

陆海凑近水娃说："现代社会充满着机遇，满天都飞着金鸟儿，哪天说不定你一伸手就抓住一只，前提是你得拿自己当回事儿。"

水娃四下看了看，没什么金鸟儿，他摇摇头说："我没读过多少书呀。"

"这当然很遗憾，但谁知道呢，有时这说不定就是一个优势，这个时代的伟大之处就在于其捉摸不定，谁也不知道奇迹会在谁的身上发生。"

"你……上过大学吧？"

"我有固体物理学博士学位，辞职前是大学教授。"

陆海走后，水娃目瞪口呆了好半天，然后又摇摇头，心想陆海这样的人跑了十三个城市都抓不到那鸟儿，自己怎么行呢？他感到这家伙是在取笑自己，不过这人本身也够可怜够可笑的了。

这天夜里，屋里的其他人有的睡了，有的聚成一堆打扑克，水娃和陆海则到门外几步远的一个小饭馆里看人家的电视。这时已是夜里十二点了，电视机中正在播放新闻，屏幕上只有播音员，没有其他画面。

"在今天下午召开的国务院新闻发布会上，新闻发言人透露，举世瞩目的中国太阳工程已正式启动，这是继三北防护林之后又一项改造国土生态的超大型工程……"

水娃以前听说过这个工程，知道它将在我们的天空中再建造一个太阳，这个太阳能给干旱的大西北带来更多的降雨。这事对水娃来说太玄乎，像第一次遇到这类事一样，他想问陆海，但扭头一看，见陆海睁圆双眼瞪着电视，半张着嘴，好像被它摄去了魂儿。水娃用手在他面前晃了晃，他毫无反应，直到那则新闻过去很久才恢复常态，自语道："真是，我怎么就没想到中国太阳呢？"

水娃茫然地看着他，他不可能不知道这件连自己都知道的事，这事儿哪个中国人不知道呢？他当然知道，只是没想到，那他现在想到了什么呢？这事与他陆海，一个住在闷热的简易房中的潦倒流浪者，能有什么关系？

陆海说："记得我早上说的话吗？现在一只金鸟飞到我面前了，好大的一只金鸟儿，其实它以前一直在我的头顶盘旋，我居然没感觉到！"

水娃仍然迷惑不解地看着他。

陆海站起身来："我要去北京了，赶两点半的火车，小兄弟，你跟我去吧！"

"去北京？干什么？"

"北京那么大，干什么不行？就是擦皮鞋，也比这儿挣得多好多！"

于是，就在这天夜里，水娃和陆海踏上了一列连座位都没有的拥挤的列车，列车穿过夜色中广阔的西部原野，向太阳升起的方向驰去。

人生第三个目标：到更大的城市，见更大的世面，挣更多的钱

第一眼看到首都时，水娃明白了一件事：有些东西你只能在看见后才知道是什么样儿，凭想象绝对是想不出来的。比如北京之夜，就在他的想象中出现过无数次，最早不过是把镇子或矿上的灯火扩大许多倍，然后是把省城的灯火扩大许多倍。当他和陆海乘坐的公共汽车从西站拐入长安街时，他知道，过去那些灯火就是扩大一千倍，也不是北京之夜的样子。当然，北京的灯绝对不会有一千个省城的灯那么多那么亮，但这夜中北京的某种东西，是那个西部的城市怎样叠加也产生不出来的。

水娃和陆海在一个便宜的地下室旅馆住了一夜后，第二天早上就分了手。临别时陆海祝水娃好运，并说如果以后有难处可以找他，但当水娃让他留下电话或地址时，他却说自己现在什么都没有。

"那我怎么找你呢？"水娃问。

"过一阵子，看电视或报纸，你就会知道我在哪儿了。"

看着陆海远去的背影，水娃迷惑地摇摇头，他这话可真是让人费解：这人现在已一文不名，今天连旅馆都住不起了，早餐还是水娃出的钱，甚至连他那个太阳灶，也在起程前留给房东顶了房费，现在，他已是一个除了梦之外什么都没有的乞丐。

与陆海分别后，水娃立刻去找活儿干，但大都市给他的震撼使他很快忘记了自己的目的，整个白天他都在城市中漫无目标地闲逛，仿佛是行走在仙境中，一点儿都不觉得累。

傍晚，他站在首都的新象征之一，去年落成的五百米高的统一大厦前，仰望着那直插云端的玻璃绝壁，在上面，渐渐暗下去的晚霞和很快亮起来的城市灯海在进行着摄人心魄的光与影的表演，水娃看得脖子酸疼。当他正要走开时，大厦本身的灯也亮了起来，这奇景以一种更大的力量攫住了水娃的全部身心，他继续在那里仰头呆望着。

"你看了很长时间，对这工作感兴趣？"

水娃回头，看到说话的是一个年轻人，典型的城里人打扮，但手里拿着一顶黄色的安全帽。"什么工作？"水娃迷惑地问。

"那你刚才在看什么？"那人问，同时拿安全帽的手向上一指。

水娃抬头向他指的方向看，看到高高的玻璃绝壁上居然有几个人，从这里看去只是几个小黑点儿，"他们站那么高干什么呀？"水娃问，又仔细地看了看，"擦玻璃？"

那人点点头："我是蓝天建筑清洁公司的人事主管，我们公司，主要承揽高层建筑的清洁工程，你愿意干这工作吗？"

水娃再次抬头看，高空中那几个蚂蚁似的小黑点让人头晕目眩，"这……太吓人了吧。"

"如果是担心安全那你尽管放心，这工作看起来危险，正是这点使它招工很难，我们现在很缺人手。但我向你保证，安全措施是很完备的，只要严格按规程操作，绝对不会有危险，且工资在同类行业中是最高的，你嘛，每月工资一千五，工作日管午餐，公司代买人身保险。"

这钱数让水娃吃了一惊，他呆呆地望着经理，经理误解了水娃的意思："好吧，取消试用期，再加三百，每月一千八，不能再多了。以前这个工种基本工资只有四五百，每天有活儿干再额外计件儿，现在是固定月薪，相当不错了。"

于是，水娃成了一名高空清洁工，英文名字叫蜘蛛人。

人生第四个目标：成为一个北京人

水娃与四位工友从航天大厦的顶层谨慎地下降，用了四十分钟才到达它的第八十三层，这是他们昨天擦到的位置。蜘蛛人最头疼的活儿就是擦倒角墙，即与地面的角度小于九十度的墙。而航天大厦的设计者为了表现他那变态的创意，把整个大厦设计成倾斜的，在顶部由一根细长的立柱与地面支撑，据这位著名建筑师说，倾斜更能表现出上升感。这话似乎有道理，这座摩天大厦也名扬世界，成为北京的又一标志性建筑。但这位建筑大师的祖宗八代都被北京的蜘蛛人骂遍了，清洁航天大厦的活儿对他们来说几乎是一场噩梦，因为这个倾斜的大厦整整一面全是倒角墙，高达四百米，与地面的角度小到六十五度。

到达工作位置后，水娃仰头看看，头顶上这面巨大的玻璃悬崖仿佛正在倾倒下来。他一只手打开清洁剂容器的盖子，另一只手紧紧抓着吸盘的把手。这种吸盘是为清洁倒角墙特制的，但并不好使，常常脱吸，这时蜘蛛人就会荡离墙面，被安全带吊着在空中打秋千。这种事在清洁航天大厦时多次发生，每次都让人魂飞天外。就在昨天，水娃的一位工友脱吸后远远地荡出去，又荡回来，在强风的推送下直撞到墙上，撞碎了一大块玻璃，在他的额头和手臂上各划了一道大口子，而那块昂贵的镀膜高级建筑玻璃让他这一年的活儿白干了。

到现在为止，水娃干蜘蛛人的工作已经两年多了，这活儿可真不容易。在地面上有二级风力时，百米空中的风力就有五级，而现在的四五百米的超高层建筑上，风就更大了。危险自不必说，从本世纪初开始，蜘蛛人的坠落事故就时有发生。在冬天时那强风就像刀子一样锋利；清洗玻璃时最常用的氢氟酸洗剂腐蚀性很大，使手指甲先变黑再脱落；而到了夏天，为防洗涤药水的腐蚀，还得穿着不透气的雨衣雨裤雨鞋，如果是擦镀膜玻璃，除了背上太阳暴晒外，面前玻璃反射的阳光也让人睁不开眼，这时水娃的感觉真像是被放在陆海的太阳灶上了。

但水娃热爱这个工作，这一年多是他有生以来最快乐的时光。这固然是因为在外地来京的低文化层次的打工者中，蜘蛛人的收入相对较高，更重要的是，他从工作中获得了一种奇妙的满足感。他最喜欢干那些别的工友不愿意干的活儿：清洁新近落成的超高建筑，这些建筑的高度都在两百米以上，最高的达五百米。悬在这些摩天大楼顶端的外墙上，北京城在下面一览无遗地延伸开来，那些 20 世纪建成的所谓高层建筑从这里看下去是那么矮小，再远一些，它们就像一簇簇插在地上的细木条，而城市中心的紫禁城则像是用金色的积木搭起来的。在这个高度听不到城市的喧闹，整个北京成了一个可以一眼望全的整体，成了一个以蛛网般的公路为血脉的巨大的生命，在下面静静地呼吸着。有时，摩天大楼高耸在云层之上，腰部以下笼罩在阴暗的暴雨之中，以上却阳光灿烂，干活儿时脚下是一望无际的滚滚云海，每到这时，水娃总觉得他的身体都被云海之上的强风吹得透明了……

水娃从这些经历中悟出了一个哲理：事情得从高处才能看清楚。如果你淹没于这座大都市之中，周围的一切是那么纷繁复杂，城市仿佛是一个无边无际的迷宫，但从这高处一看，整座城市不过是一个有一千多万人的大蚂蚁窝罢了，而它周围的世界又是那么广阔。

第一次领到工资后，水娃到一个大商场转了转，乘电梯上到第三层时，他发现这是一个让自己迷惑的地方。与繁华的下两层不同，这一层的大厅比较空旷，只摆放着几张大得惊人的低桌子，在每张桌子宽阔的桌面上，都有一片小小的楼群，每幢楼有一本书那么高。楼间有翠绿的草地，草地上有白色的凉亭和回廊……这些小建筑好像是用象牙和奶酪做成的，看上去那么可爱，它们与绿草地一起构成了精致的小世界，在水娃眼中，真像是一个个小天堂的模型。最初他猜测这是某种玩具，但这里见不到孩子，桌边的人们也一脸认真和严肃。他站在一个小天堂边上对着它出神地望了很久，一位漂亮小姐过来招呼他，他这才知道这里是出售商品房的地方。他随便指着一幢小楼，问最顶上那套房多少钱，小姐告诉他那是三室一厅，每平方米三千五百元，总价值三十八万元。听到这数目水娃倒吸一口冷气，但小姐接下来的话让这冷酷的数字温柔了许多：

"分期付款，每月一千五百元到两千元。"

他小心地问："我……我不是北京人，能买吗？"

小姐给了他一个动人的微笑："您可真逗，户口已经取消两年了，还有什么北京人不北京人的？您住下不就是北京人了吗？"

水娃走出商场后，漫无目的地在街上走了很长时间，夜中的北京在他的周围五光十色地闪耀着，他的手中拿着售房小姐给他的几张花花绿绿的宣传页，不时停下来看看。仅在一个多月前，在那座遥远的西部城市的简易房中，在省城拥有一套住房对他来说都还是一个神话，现在，他尽管离买得起那套北京的住房还有相当的距离，但这已不是神话了，它由神话变成了梦想，而这梦想，就像那些精致的小模型一样，实实在在地摆在眼前，可以触摸到了。

这时，有人在里面敲水娃正在擦的这面玻璃，这往往是麻烦事。在办公室窗上出现的高楼清洁工总让超级大厦中的白领们有一种莫名的烦恼，好像这些人真如其俗名那样是一个个异类大蜘蛛，他们之间的隔阂远不止那面玻璃。在蜘蛛人干活儿时，里面的人不是嫌有噪声就是抱怨阳光被挡住了，变着法儿和他们过不去。航天大厦的玻璃是半反射型的，水娃很费劲地向里面看，终于看清了里面的人，居然是陆海！

分手后，水娃一直惦记着陆海，在他的记忆中，陆海一直是一个西装革履的流浪汉，在这个大城市中深一脚浅一脚地过着艰难的生活。在一个深秋之夜，正当水娃在宿舍中默默地为陆海过冬的衣服发愁时，却真的在电视上看到了他！这时，中国太阳工程正在选择构建反射镜的材料，这是工程最关键的技术核心，在十几种材料中，陆海研制的纳米镜膜被最后选中了。他由一名科技流浪汉变成了中国太阳工程的首席科学家之一，一夜之间举世闻名。这以后，虽然陆海频频在各种媒体出现，水娃反而把他忘记了，他觉得他们之间已没有什么关系了。

在那间宽大的办公室里，水娃看到陆海与两年前相比，从里到外都没有变，甚至还穿着那身西装，现在水娃知道，这身当时在他眼中高级华贵的衣服实际上次透了。水娃向他讲述了自己在北京的生活，最后他笑着说："看来咱俩在北京干得都不错。"

"是的是的，都不错！"陆海激动地连连点头，"其实，那天早晨对你说那些关于时代和机遇的话时，我几乎对一切都失去了信心，我是说给自己听的，但这个时代真的充满了机遇。"

水娃点点头："到处都是金色的鸟儿。"

接着，水娃打量起这间充满现代感的大办公室来，这里最引人注目的是那一套不同寻常的装饰物：办公室的天花板整个是一幅星空的全息图像，所以在办公室中的人如同置身于一个灿烂星空下的院子。在这星空的背景前悬浮着一个银色的圆形曲面，那是一个镜面，很像陆海的那个太阳灶，但水娃知道，这个太阳灶面积可能有几十个北京那么大。在天花板的一角，有一盏球形的灯，与这镜面一样，这灯球没有任何支撑地悬浮在空中，发出耀眼的黄光。镜面把它的一束光投射到办公桌旁的一个大地球仪上，在其表面打出一个圆圆的亮点。那个灯球在天花板下缓缓飘移着，镜面转动着追踪它，始终保持着那束投向地球仪的光束。星空、镜面、灯球、光束、地球仪和其表面的亮点，形成了一幅抽象而神秘的构图。

"这就是中国太阳吗？"水娃指着镜面敬畏地问。

陆海点点头："这是一个面积达三万平方公里的反射镜，它在三万六千公里高的同步轨道上向地球反射阳光，在地面看上去，天空中像多了个太阳。"

"我一直搞不明白，天上多个太阳，地上怎么会多了雨水呢？"

"这个人造太阳可以以多种方式影响天气，比如通过改变大气的热平衡来影响大气环流、增加海洋蒸发量、移动锋面等，这一两句话说不清楚。其实，轨道反射镜只是中国太阳工程的一部分，另一部分是一个复杂的大气运动模型，它运行在许多台超级计算机上，精确地模拟出某一区域大气的运动状态，然后找准一个关键点，用人造太阳的热量施加影响，就会产生出巨大的效应，足以在一段时间内完全改变目标区域的气候……这个过程极其复杂，不是我的专业，我也不太明白。"

水娃又问了一个陆海肯定明白的问题，他知道自己的问题太傻，但还是鼓足勇气问了出来："那么大个东西悬在天上，不会掉下来吗？"

陆海默默地看了水娃几秒钟，又看了看表，一拍水娃的肩膀说："走，我请你吃饭，同时让你明白中国太阳为什么不会掉下来。"

但事情远没有陆海想得那么简单，他不得不把要讲授的知识线移到最底层。水娃知道自己生活在一个圆的地球上，但他意识深处的世界还是一个天圆地方的结构，陆海费了很大劲儿才使他真正明白了我们的世界只是一颗飘浮在无际虚空中的小石球。这个晚上水娃并没有搞明白中国太阳为什么不会掉下来，但这个宇宙在他的脑海中已完全变了样，他进入了自己的托勒密时代。第二个晚上，陆海同水娃到大排档去吃饭，并成功地使水娃进入了哥白尼时代。又用了两个晚上，水娃艰难地进入了牛顿时代，知道了（当然仅仅是知道了）万有引力。接下来的一个晚上，借助于办公室中的那个大地球仪，陆海使水娃迈进了航天时代。在接下来的一个公休日，也是在那个大地球仪前，水娃终于明白了同步轨道是什么意思，同时也明白了中国太阳为什么不会掉下来。

这一天，陆海带水娃参观了中国太阳工程的指挥中心，在一个高大的屏幕上映出了同步轨道上中国太阳建设工地的全景：漆黑的空间中飘浮着几块银色的薄片，航天飞机在那些薄片前像几只小小的蚊子。最让水娃感到震撼的，是另一个大屏幕上从三万六千公里高度拍摄的地球，他看到，大陆像漂浮在海洋上的一张张大牛皮纸，山脉像牛皮纸的皱褶，而云层如同牛皮纸上残留的一片片白糖末……陆海指给水娃看哪里是他的家乡，哪里是北京。水娃呆呆地看了好半天，冒出一句话：

"站在这么高的地方，人想的事情肯定不一样……"

三个月后，中国太阳的主体工程完工，在国庆节之夜，反射镜首次向地球的黑夜部分投射阳光，并把巨大的光斑固定在京津地区。这天夜里，水娃在天安门广场上同几十万人一起目睹了这壮丽的日出：西边的夜空中，一颗星星的亮度急剧增强，在这颗星的周围有一圈蓝天在扩散，当中国太阳的亮度达到最大时，这圈蓝天已占据了半个天空，在它的边缘，色彩由纯蓝渐渐过渡到黄色、橘红色和深紫色，这圈渐变的色彩如一圈彩虹把蓝天围在中央，形成了人们所称的"环形朝霞"。

水娃在凌晨四点才回到宿舍，他躺在狭窄的上铺，中国太阳的光芒从窗户中透进来，照在枕边墙上那几张商品住宅宣传页上，水娃把那几张彩纸从墙上撕了下来。

在中国太阳的天国之光下，他曾为之激动不已的理想显得那么平淡渺小。

两个月后，清洁公司的经理找到水娃，说中国太阳工程指挥中心的陆总让他去一下。自从清洁航天大厦的活儿干完后，水娃就再也没见过陆海。

"你们的太阳真是伟大！"在航天大厦的办公室中见到陆海后，水娃由衷地赞叹道。

"是我们的太阳，特别是你也有份儿——现在在这里看不到中国太阳了，它正在给你的家乡造雪呢！"

"我爸妈来信说，那里今冬的雪真的多了起来！"

"但中国太阳也遇到了大问题，"陆海指指身后的一块大屏幕，上面显示着两个圆形的光斑，"这是在同一位置拍摄的中国太阳的图像，时隔两个月，你能看出它们有什么差别吗？"

"左边那个亮一些。"

"看，仅两个月，反射率的降低用肉眼都能看出来了。"

"怎么，是大镜子上落灰了吗？"

"太空中没有灰，但有太阳风，也就是太阳喷出的粒子流，时间一长，它使中国太阳的镜面表层发生了质变，镜面就蒙上了一层极薄的雾膜，反射率就降低了。一年以后，镜面将变得像蒙上一层水雾一样，那时中国太阳就变成了中国月亮，什么事都干不了了。"

"你们开始没想到这些吗？"

"当然想到了……我们还是谈你的事吧：想不想换个工作？"

"换工作？我还能干什么呢？"

"还是干高空清洁工，但是在我们这里干。"

水娃迷惑地四下看看："你们的大楼不是刚清洁过吗？还用专门雇高空清洁工？"

"不，不是让你擦大楼，是擦中国太阳。"

人生第五个目标：飞向太空擦太阳

这是一次由中国太阳工程运行部的高层领导人参加的会议，讨论成立镜面清洁机构的事。陆海把水娃介绍给大家，并介绍了他的工作。当有人问到他的学历时，水娃诚实地说他只读过三年小学。

"但我认字的，看书没问题。"水娃对与会者说。

一阵笑声响起，"陆总，你这是在开玩笑吗？"有人气愤地喊道。

陆海平静地说："我没开玩笑。如果组成三十个人的镜面清洁队，把中国太阳全部清洁一遍需要半年时间，按照清洁周期清洁队需不停地工作，这至少要有六十到九十人进行轮换，如果正在制定中的空间劳动保护法出台，这种轮换可能需要更多的人，也就是说，需要一百二十甚至一百五十人。我们难道要让一百五十名有博士学位的、在高性能歼击机上飞过三千小时的宇航员干这项工作吗？"

"那也得差不多点儿吧？在城市高等教育已经普及的今天，让一个文盲飞向太空？"

"我不是文盲！"水娃对那人说。

对方没理他，接着对陆海说："这是对这个伟大工程的亵渎！"

与会者们纷纷点头赞同。

陆海也点点头："我早就料到各位会有这种反应。在座的，除了这位清洁工之外都具有博士学位，那么好，就让我们看看各位在清洁工作中的素质吧！请跟我来。"

十几位与会者迷惑不解地跟着陆海走出会议室，走进电梯。这种摩天大楼中的电梯分快、中、慢三种，他们乘坐的是最快的电梯，飞快加速，直上大厦的顶层。

有人说："我是第一次乘这种电梯，真有乘火箭升空的感觉！"

"我们进入同步轨道后，大家还将体验清洁中国太阳的感觉。"陆海说，周围的人都向他投来奇怪的目光。

走出电梯后，大家又跟着陆海爬了一段窄扶梯，最后从一扇小铁门走出去，来到了大厦的露天楼顶。他们立刻置身于阳光和强风之中，上面的蓝天似乎比平时看到的清澈了许多，向四周望去，北京城尽收眼底。他们发现楼顶上已经有一小群人在等着，水娃吃惊地发现那竟是清洁公司的经理和他的蜘蛛人工友们！

陆海大声说："现在，我们就请大家体验一下水娃的工作。"

于是，那些蜘蛛人走过来给每一位与会者扎上安全带，然后领他们走到楼顶边缘，使他们小心地站到作为蜘蛛人工作平台的十几块吊板上，然后吊板开始慢慢下降，悬在距楼顶边缘五六米处不动了，被挂在大厦玻璃墙上的与会者们发出了一阵绝不掺假的惊叫声。

"各位，我们继续开会吧！"陆海蹲着从楼顶边缘探出身去对下面的人喊。

"你个混蛋！快拉我们上去！"

"你们每人必须擦完一块玻璃才能上来！"

擦玻璃是不可能的，下面的人能做的只是死抓着安全带或吊板的绳索一动不动，根本不可能松开一只手去拿起放在吊板上的刷子或打开清洁剂桶的盖子。在他们的日常工作中，这些航天官员每天都在图纸或文件上与几万公里的高度打交道，但在这亲身体验中，四百米的高度已经令他们魂飞天外了。

陆海站起身，走到一位空军大校所在的吊板上面，他是被吊下去的十几个人中唯一镇定自若者，他开始擦玻璃，动作沉稳，最让水娃吃惊的是，他的两只手都在干活，并没有抓着什么稳定自己，而他的吊板在强风中贴着墙面一动不动，这对蜘蛛人来说也只有老手才能做到。当水娃认出他就是十多年前神舟八号飞船上的一名宇航员时，对眼前所见也就不奇怪了。

陆海问："张大校，坦率地说，你眼前的工作真的比你们在轨道上的太空行走作业容易吗？"

"如果仅从体力和技巧上来说，相差不是太多。"前宇航员回答说。

"说得好！宇航训练中心的一项研究表明，在人体工程学上，高层建筑清洁工的工作与太空中的镜面清洁工作有许多相似之处：都是在危险且需要时时保持平衡的位置上，从事重复单调且消耗体力的劳动；都要时时保持着警觉，稍一疏忽就会有意外事故发生。这事故对宇航员来说，可能是错误飘移、工具或材料丢失或生命保障系统失灵等；对蜘蛛人来说，则可能是撞碎玻璃、工具或清洁剂跌落或安全带断裂滑脱等。在体能技巧方面，特别是在心理素质方面，蜘蛛人完全有能力胜任镜面清洁工作。"

前宇航员仰视着陆海点了点头："这使我想起了那个古老的寓言：卖油人把油通过一个铜钱的方孔倒进油壶中，所需的技巧与将军把箭射中靶心同样高超，差异只在于他们的身份。"

陆海接着说："哥伦布发现了美洲，库克发现了澳洲，但这些新世界都是由普通人开发的，这些开拓者在当时的欧洲处于社会的最下层。太空开发也一样，国家在下一个'五年计划'中把近地空间作为第二个西部，这就意味着航天事业的探险时代已经结束，它不再只是由少数精英从事的工作，让普通人进入太空，是太空开发产业化的第一步！"

"好了好了，你说得都对！快把我们弄上去啊！"下面的其他人声嘶力竭地喊着。

在回去的电梯上，清洁公司的经理凑到陆海耳边低声说："陆总，您慷慨激昂了半天，讲的道理有点太大了吧？当然，当着水娃和我这些小弟兄的面，您不好把关键之处挑明。"

"嗯？"陆海询问地看着他。

"谁都知道，中国太阳工程是以准商业方式运行的，中途差点因资金缺口而停工，现在，留给你们的运行费用没有多少了。在商业宇航中，正规宇航员的年薪都在百万以上，我这些小伙子们每年就可以给你们省几千万。"

陆海神秘地一笑说："您以为，为这区区几千万我值得冒这个险吗？我这次故意把镜面清洁工的文化程度标准压到最低，这个先例一开，中国太阳在空间轨道的其他工作岗位，我就可以用普通大学毕业生来做，这一下省的可不止几千万。如您所说，这也是没办法的办法，我们真的没剩多少钱了。"

经理说："在我的童年和少年时代，进入太空是一种何等浪漫的事业，我清楚地记得，邓小平在访问肯尼迪航天中心时，把一位美国宇航员称作神仙。现在……"他拍着陆海的后背苦笑着摇摇头，"我们彼此彼此了。"

陆海扭头看了看那几名蜘蛛人小伙子，放大了声音说："但，先生，我给他们的工资怎么说也是你的八到十倍！"

第二天，包括水娃在内的六十名蜘蛛人进入了坐落在石景山的中国宇航训练中心，他们都是从外地来京打工的农村后生，来自中国广阔田野的各个偏僻角落。

镜面农夫

西昌基地，"地平线号"航天飞机从它的发动机喷出的大团白雾中探出头来，轰鸣着升上蓝天。机舱里坐着水娃和其他十四名镜面清洁工，经过三个月的地面培训，他们被从六十人中挑选出来，首批进入太空进行实际操作。

在水娃这时的感觉中，超重远不像传说中的那么可怕，他甚至有一种熟悉的舒适感，这是孩子被母亲紧紧抱在怀中的感觉。在他右上方的舷窗外，天空的蓝色在渐渐变深。舱外隐约传来爆破螺栓的啪啪声，助推器分离，发动机声由震耳的轰鸣变为蚊子似的嗡嗡声。天空变成深紫色，最后完全变黑，星星出现了，都不眨眼，十分明亮。嗡嗡声戛然而止，舱内变得很安静，座椅的振动消失了，接着后背对椅面的压力也消失了，失重出现。水娃他们是在一个巨大的水池中进行的失重训练，这时的感觉还真像是浮在水中。

但安全带还不能解开，发动机又嗡嗡地叫了起来，重力又把每个人按回椅子上，漫长的变轨飞行开始了。小小的舷窗中，星空和海洋交替出现，舱内不时充满了地球反射的蓝光和太阳白色的光芒。窗口中能看到的地平线的弧度一次比一次大，能看到的海洋和陆地的景色范围也一次比一次大。向同步轨道的变轨飞行整整进行了六个小时，舷窗中星空和地球的景色交替变化，也渐渐产生了催眠作用，水娃居然睡着了。但他很快被扩音器中指令长的声音惊醒，那声音说变轨飞行结束了。

舱内的伙伴们纷纷飘离座椅，紧贴着舷窗向外瞅。水娃也解开安全带，用游泳的动作笨拙地飘到离他最近的舷窗，他第一次亲眼看到了完整的地球。但大多数人都挤在另一侧的舷窗边，他也一蹬舱壁窜了过去，因速度太快在对面的舱壁上碰了脑袋。从舷窗望出去，他这才发现"地平线号"已经来到中国太阳的正下方，反射镜已占据了星空的大部分面积，航天飞机如同飞行在一个巨大的银色穹顶下的一只小蚊子。"地平线号"继续靠近，水娃渐渐体会到镜面的巨大：它已占据了窗外的所有空间，一点都感觉不到它的弧度，他们仿佛飞行在一望无际的银色平原上。距离在继续缩短，镜面上出现了"地平线号"的倒影。可以看到银色大地上有一条条长长的接缝，这些接缝像地图上的经纬线一样织成了方格，成了能使人感觉到相对速度的唯一参照物。渐渐地，银色大地上的经线不再平行，而是向一个点会聚，这趋势急剧加快，好像"地平线号"正在驶向这巨大地图上的一个极点。极点很快出现了，所有经线接缝都会聚在一个小黑点上，航天飞机向着这个小黑点下降，水娃震惊地发现，这个黑点竟是这银色大地上的一座大楼，这座大楼是一个全密封的圆柱体，水娃知道，这就是中国太阳的控制站，是他们以后三个月在这冷寂太空中唯一的家。

太空蜘蛛人的生活就这样开始了。每天（中国太阳绕地球一周的时间也是 24 小时），镜面清洁工们驾驶着一台台有手扶拖拉机大小的机器擦光镜面，他们开着这些机器在广阔的镜面上来回行驶，很像在银色的大地上耕种着什么，于是西方新闻媒体给他们起了一个更有诗意的名字："镜面农夫"。这些"农夫"们的世界是奇特的，他们脚下是银色的平原，由于镜面的弧度，这平原在远方的各个方向缓缓升起，但由于面积巨大，周围看上去如水面般平坦。上方，地球和太阳总是同时出现，后者比地球小得多，倒像是它的一颗光芒四射的卫星。在占据天空大部分的地球上，总能看到一个缓缓移动的圆形光斑，在地球黑夜的一面这光斑尤其醒目，这就是中国太阳在地球上照亮的区域。镜面可以调整形状以改变光斑的大小，当银色大地在远方上升的坡度较陡时，光斑就小而亮；当上升坡度较缓时，光斑就大而暗。

但镜面清洁工的工作是十分艰辛的，他们很快发现，清洁镜面的枯燥和劳累，比在地球上擦高楼有过之而无不及。每天收工回到控制站后，往往累得连太空服都脱不下来。随着后续人员的到来，控制站里拥挤起来，人们像生活在一个潜水艇中。但能够回到站里还算幸运，镜面上距站最远处近一百公里，清洁到外缘时往往下班后回不来，只能在"野外"过"夜"，从太空服中吸些流质食物，然后悬在半空中睡觉。工作的危险更不用说，镜面清洁工是人类航天史上进行太空行走最多的人，在"野外"，太空服的一个小故障就足以致人于死地，还有微陨石、太空垃圾和太阳磁暴等。这样的生活和工作条件使控制站中的工程师们怨气冲天，但天生就能吃苦的"镜面农夫"们却默默地适应了这一切。

在进入太空后的第五天，水娃与家里通了话，这时水娃正在距控制站五十多公里处干活，他的家乡正处于中国太阳的光斑之中。

水娃爹："娃啊，你是在那个日头上吗，它在俺们头上照着呢，这夜跟白天一样啊！"

水娃："是，爹，俺是在上面！"

水娃娘："娃啊，那上面热吧？"

水娃："说热也热，说冷也冷，俺在地上投了个影儿，影儿的外面有咱那儿十个夏天热，影儿的里面有咱那儿十个冬天冷。"

水娃娘对水娃爹："我看到咱娃了，那日头上有个小黑点点！"

水娃知道那是不可能的，他的眼泪涌了出来，说："爹、娘，俺也看到你们了，亚洲大陆的那个地方也有两个小黑点点！明天多穿点衣服，我看到一大股寒流从大陆北面向你们那里移过去了！"

......

三个月后，换班的第二分队到来，水娃他们返回地球去休三个月的假。他们着陆后的第一件事就是每人买了一架单筒高倍望远镜。三个月后，他们回到中国太阳上，在工作的间隙，大家都用望远镜遥望地球，望得最多的当然还是家乡，但在四万公里的距离上是不可能看到他们的村庄的。他们中有人用粗笔在镜面上写下了一首稚拙的诗：

> 在银色的大地上我遥望家乡
> 村边的妈妈仰望着中国太阳
> 这轮太阳就是儿子的眼睛

黄土地将在这目光中披上绿装

"镜面农夫"们的工作是出色的，他们逐渐承担了更多的任务，范围都超出了他们的清洁工作。首先是修复被陨石破坏的镜面，后来又承担了一项更高层次的工作——监视和加固应力超限点。

中国太阳在运行中其姿态总是在不停地变化，这些变化是由分布在其背面的三千台发动机完成的。反射镜的镜面很薄，它由背面的大量细梁连成一个整体，在进行姿态或形状改变时，有些位置可能发生应力超限，如果不及时对各发动机的出力给予纠正，或在那个位置进行加固，任其发展，超限应力就可能撕裂镜面。这项工作的技术要求很高，发现和加固应力超限点都需要熟练的技术和丰富的经验。

除了进行姿态和形状调整外，最有可能发生应力超限的时间是在轨道"理发"时，这项操作的正式名称是"光压和太阳风所致轨道误差修正"。太阳风和光压对面积巨大的镜面产生作用力，这种力量在每平方公里的镜面上达两公斤左右，使镜面轨道变扁上移，在地面控制中心的大屏幕上，变形的轨道与正常的轨道同时显示，很像是正常的轨道上长出了头发，这个离奇的操作名称由此而来。轨道"理发"时，镜面产生的加速度比姿态和形状调整时大得多，这时，"镜面农夫"们的工作十分重要，他们飞行在银色大地上空，仔细地观察着镜面的每一处异常变化，随时进行紧急加固，每次都出色地完成了任务。他们的收入因此增长很多，但这中间得利最多的，还是已成为中国太阳工程第一负责人的陆海，他连普通大学毕业生也不必雇了。

但"镜面农夫"们都明白，他们这批人是第一批也是最后一批只有小学文化程度的太空工人了，以后的太空工人最低也是大学毕业生。但他们完成了陆海所设想的使命：证明了太空开发中的底层工作最需要的是技巧和经验，是对艰苦环境的适应能力，而不是知识和创造力，普通人完全可以胜任。

但太空也在改变着"镜面农夫"们的思维方式，没有人能像他们这样，每天从三万六千公里的太空居高临下地看地球，世界在他们面前只是一个可以一眼望全的小沙盘，地球村对他们来说不是一个比喻，而是眼前实实在在的现实。

"镜面农夫"作为第一批太空工人，曾在全世界引起了轰动。但随着近地空间开发产业化的飞速发展，许多超级工程在太空中出现，其中包括用微波向地面传送电能的超大型太阳能电站、微重力产品加工厂等，容纳十万人的太空城也开始建设。大批产业工人涌向太空，他们都是普通人，世界渐渐把"镜面农夫"们忘记了。

几年后，水娃在北京买了房子，建立了家庭，又有了孩子。每年他有一半时间在家里，一半时间在太空。他热爱这项工作，在三万多公里高空的银色大地上长时间地巡行，使他的心中产生了一种超脱的宁静，他觉得自己已找到了理想的生活，未来就如同脚下的银色平原一样平滑地向前伸展。但后来的一件事打破了这种宁静，彻底改变了水娃的心路历程，这就是他与史蒂芬·霍金的交往。

没有人想到霍金能活过一百岁，这既是医学的奇迹，也是他个人精神力量的表现。当近地轨道的第一所太空低重力疗养院建立后，他成为第一位疗养者。但上太空的超重差一点要了他的命，返回地面也要经受超重，所以在太空电梯或反重力舱之类的运载工具发明之前，他可能回不了地球了。事实上，医生建议他长住太空，因为失重环境对他的身体是最合适不过的。

霍金开始对中国太阳没什么兴趣，他从低轨道再次忍受加速重力（当然比从地面进入太空时小得多）来到位于同步轨道的中国太阳，是想看看在这里进行的一项关于背景辐射强度各向微小异性的宇宙学观测，观测站之所以设在中国太阳背面，是因为巨大的反射镜可以挡住来自太阳和地球的干扰。但在观测完成，观测站和工作小组都撤走后，霍金仍不想走，说他喜欢这里，想多待一阵儿。中国太阳的什么东西吸引了他，新闻界做出了各种猜测，但只有水娃知道实情。

在中国太阳生活的日子里，霍金最喜欢做的事就是在镜面上散步，让人不可理解的是，他只在反射镜的背面散步，每天散步的时间长达几个小时。空间行走经验最丰富的水娃被站里指定陪博士散步。这时的霍金已与爱因斯坦齐名，水娃当然听说过他，但在控制站内第一次见到他时还是很吃惊，水娃想象不出一位瘫痪到如此程度的人如何做出这么大的成就，尽管他对这位大科学家做了什么还一无所知。但在散步时，丝毫看不出霍金的瘫痪，也许是有了操纵电动轮椅的经验，他操纵太空服上的微型发动机与正常人一样灵活。

霍金与水娃的交流很困难，他虽然植入了由脑电波控制的电子发声系统，说话不像上个世纪那么困难了，但他的话要通过实时翻译器译成中文水娃才能听得懂。按领导的交代，为了不影响博士思考问题，水娃从不主动搭话，但博士却很愿意与他交谈。

博士最先是问水娃的身世，然后回忆起自己的早年，他向水娃讲述童年时在圣阿尔班斯住的那幢阴冷的大房子，冬天结了冰的高大客厅中响着瓦格纳的音乐；还有那辆放在奥斯明顿磨坊牧场的马戏车，他常和妹妹玛丽一起乘着它到海滩去；还有他常与父亲去的齐尔顿领地的爱文豪灯塔……水娃惊叹这位百岁老人的记忆力，更让他吃惊的是，他们之间居然有共同语言，水娃讲述家乡的一切，博士很爱听，当走到镜面边缘时还让水娃指给他看家乡的位置。

时间长了，谈话不可避免地转到科学方面，水娃本以为这会结束他们之间难得的交流，但并非如此，用最通俗的语言向普通人讲述艰深的物理学和宇宙学，对博士似乎是一种休息。他向水娃讲述了大爆炸、黑洞、量子引力……水娃回去后，就啃博士在上世纪写的那本薄薄的小书，再向站里的工程师和科学家请教，居然明白了不少。

"知道我为什么喜欢这里吗？"一次散步到镜面边缘时，博士对着从边缘露出一角的地球对水娃说，"这个大镜面隔开了下面的地球，使我忘记了尘世的存在，能全身心地面对宇宙。"

水娃说："下面的世界好复杂的，可从这里远远地看，宇宙又是那么简单，只是太空中撒着一些星星。"

"是的，孩子，真是这样。"博士点点头说。

反射镜的背面与正面一样，也是镜面，只是多了些如一座座小黑塔似的姿态和形状的调整发动机。每天散步时，博士和水娃两人就紧贴着镜面缓缓地飘行，常常从中心一直飘到镜面的边缘。没有月亮时，反射镜的背面很黑，表面是星空的倒影。与正面相比，这里的地平线很近，且能看出弧形，星光下由支撑梁组成的黑色经纬线在他们脚下移动，他们仿佛飘行在一个宁静的小星球的表面。遇上姿态或形状调整，反射镜背面的发动机启动，这小星球的表面被一柱柱小火苗照亮，更使这里显出一种美丽的神秘。在这小小的世界之上，银河在灿烂地照耀着。就在这样的境界中，水娃第一次接触到宇宙最深层的奥秘，他明白了自己所看到的所有星空，在大得无法想象的宇宙中也只是一粒灰尘，而这整个宇宙，只不过是百亿年前一次壮丽焰火的余烬。

许多年前，作为蜘蛛人踏上第一座高楼的楼顶时，水娃看到了整个北京；来到中国太阳时，他看到了整个地球；现在，水娃面对着他人生第三个壮丽的时刻，他站到了宇宙的楼顶上，看到了他以前做梦都不会想到的东西，虽然这知识还很粗浅，但足以使他对那更遥远的世界产生一种难以抗拒的吸引力。

有一次水娃向站里的一位工程师说出了自己的一个困惑："人类在20世纪60年代就登上了月球，为什么后来反而缩了回来，到现在还没登上火星，甚至连月球也不去了？"

工程师说："人类是现实的动物，20世纪中叶那些由理想主义和信仰驱动的东西是没有长久生命力的。"

"理想和信仰不好吗？"

"不是说不好，但经济利益更好。如果从那时开始人类就不惜代价，做飞向外太空的赔本买卖，地球现在可能还在贫困之中，你我这样的普通人反而不可能进入太空，虽然只是在近地空间。朋友，别中了霍金的毒，他那套东西一般人玩不了的！"

水娃从此变了，他仍然与以前一样努力工作，表面平静地生活，但显然在想着更多的事。

时光飞逝，二十年过去了。这二十年中，水娃和他的伙伴们从三万六千公里的高度清楚地看到了祖国和世界的变化，他们看到，三北防护林形成了一条横贯中国东西的绿带，黄色的沙漠渐渐被绿色覆盖，家乡也不再缺少雨水和白雪，村前干枯的河床又盈满了清流……这一切也有中国太阳的一份功劳，它在改变大西北气候的宏大工程中起了很大的作用。除此之外，这些年中国太阳还干了许多不寻常的事，比如融化乞力马扎罗山的积雪以缓解非洲干旱，使举行奥运会的城市成为真正的不夜城……

但对于最新的技术来说，用这种方式影响天气显得过于笨拙，且有太多的副作用，中国太阳已完成了它的使命。

国家太空产业部举行了一个隆重的仪式，为人类第一批太空产业工人授勋。这不仅仅是表彰他们二十年来辛勤而出色的工作，更重要的是，这六十位只有小学和初中文化程度的青年进入太空工作，标志着太空开发已对所有人敞开了大门，经济学家们一致认为，这是太空开发产业化的真正开端。

这个仪式引起了新闻媒体的极大关注，除了以上的原因，在普通大众心中，"镜面农夫"们的经历具有传奇色彩；同时，在这个追逐与忘却的时代，有一个怀旧的机会也是很不错的。

当年那些憨厚朴实的小伙子现在都已人到中年，但他们看上去变化并不是太大，人们从全息电视中还能认出他们。他们中的大部分人已通过各种方式接受了高等教育，其中有一些人还获得了太空工程师的职称，但无论在自己还是公众的眼里，他们仍是那群来自乡村的打工者。

水娃代表伙伴们讲话，他说："随着电磁输送系统的建成，现在进入近地空间的费用，只及乘飞机飞越太平洋费用的一半，太空旅行已变成了一件平常而平淡的事。但新一代人很难想象，在二十年前进入太空对一个普通人来说意味着什么，很难想象那会是怎样令他激动和热血沸腾，我们就是那样一群幸运者。

"我们这些人很普通，没什么可说的，我们能有这样不寻常的经历是因为中国太阳。这二十年来，它已成为我们的第二家园，在我们的心目中它很像一个微缩的地球。最初，我们把镜面上的接缝当作北半球的经纬线，说明自己的位置时总是说在北纬多少度、东经西经多少度。到后来，随着我们对镜面的熟悉，渐渐在上面划分出了大陆和海洋，我们会说自己是在北京或莫斯科，我们每个人的家乡在镜面上也都有对应的位置，对那一块我们擦得最勤……在这个银色的小地球上我们努力工作，尽了自己的责任。先后有五位镜面清洁工为中国太阳献出了生命，他们有的是在太阳磁暴爆发时没来得及隐蔽、有的是被陨石或太空垃圾击中。

"现在，这块我们生活和工作了二十年的银色土地就要消失了，我们很难用语言表达自己的感受。"

水娃沉默了，已是太空产业部部长的陆海接过了话头说："我完全理解你们的感受，但在这里可以欣慰地告诉大家：中国太阳不会消失！这我想你们也都知道了，对于这样一个巨大的物体，不可能采用20世纪的方式，让它坠入大气层烧掉，它将用另一种方式找到自己的归宿：其实很简单，只要停止进行轨道'理发'，并进行适当的姿态调整，太阳风和光压将最终使它超过第二宇宙速度，离开地球成为太阳的卫星。许多年后，行星际飞船会在遥远的地方找到它，那时我们也许会把它变成一个博物馆，我们这些人会再次回到那银色的平原上，一起回忆我们这段难忘的岁月。"

水娃突然显得激动起来，他大声问陆海："部长先生，你真的认为会有这一天，你真的认为会有行星际飞船吗？"

陆海呆呆地看着水娃，一时说不出话来。

水娃接着说："20世纪中叶，当阿姆斯特朗在月球上印下第一个脚印时，几乎所有的人都相信人类将在十到二十年之内登上火星。现在，八十六年过去了，别说火星了，月球也再没人去过，理由很简单：那是赔本买卖。

"20世纪冷战结束后，经济准则一天天地统治世界，人类在这个准则下也取得了巨大的成就：现在，我们消灭了战争和贫困、恢复了生态，地球正在变成一个乐园。这就使我们更加坚信经济准则的正确性，它已变得至高无上，渗透到我们的每个细胞中，人类社会已变成了百分之百的经济社会，投入大于产出的事是再也不会做了。对月球的开发没有经济意义，对行星的大规模载人探测是经济犯罪，至于进行恒星际航行，那是地地道道的精神变态。现在，人类只知道投入、产出并享受这些产出了！"

陆海点点头说："21世纪人类的太空开发仍局限于近地空间，这是事实，它有许多更深刻的原因，已超出了我们今天的话题。"

"没有超出，现在，我们有了一个机会，只需花很少的钱就能飞出近地空间进行远程宇宙航行。太阳光压可以把中国太阳推出地球轨道，同样能把它推到更远的地方。"

陆海笑着摇摇头："呵，你是说把中国太阳作为一个太阳帆船？从理论上说是没问题的，反射镜的主体薄而轻，面积巨大，经过长期的光压加速，理论上它会成为人类迄今发射过的速度最快的航天器。但这也只是从理论而言，实际情况是，一艘船只有帆并不能远航，它上面还要有人，一艘无人的帆船只能在海上来回打转，连港口都驶不出去，记得史蒂文森的《金银岛》里对此有生动的描述。要想借助于光压远航并返回，反射镜需要精确而复杂的姿态控制，而中国太阳是为在地球轨道上运行而设计的，离开了人的操作，它自己只能沿着无规则的航线瞎飘一气，而且飘不了太远。"

"不错，但它上面会有人的，我来驾驶它。"水娃平静地说。

这时，收视统计系统显示，对这个频道的收视率急剧上升，全世界的目光正在被吸引过来。

"可你一个人同样控制不了中国太阳，它的姿态控制至少需要……"

"至少需要十二人，考虑到星际航行的其他因素，至少需要十五到二十人，我相信会有这么多志愿者的。"

陆海不知所措地笑笑："真没想到，我们今天的谈话会转移到这个方向。"

"陆部长，二十年前，你不止一次地改变了我的人生方向。"

"可我万万没有想到你沿着那个方向走了这么远，已远远超过我了。"陆海感慨地说，"好吧，很有意思，让我们继续讨论下去吧！嗯……很遗憾，这个想法是不可行的：中国太阳最合理的航行目标是火星，可你想过没有，中国太阳不可能在火星上登陆，如果要登陆，将又是一笔巨大的开支，会使这个计划失去经济上的可行性；如果不登陆，那和无人探测器没有区别，有什么意思呢？"

"中国太阳不去火星。"

陆海迷惑地看着水娃，"那去哪里？木星？"

"也不是木星，去更远的地方。"

"更远？去海王星？去冥王……"陆海突然顿住，呆呆地盯着水娃看了好一会儿，"天啊，你不会是说……"

水娃坚定地点点头："是的，中国太阳将飞出太阳系，成为恒星际飞船！"

与陆海一样，全世界顿时目瞪口呆。

陆海两眼平视前方，机械地点点头："好吧，就让我们不当你是在开玩笑，你让我大概估算一下……"说着他半闭起双眼开始心算。

"我已经算好了：借助太阳的光压，中国太阳最终将加速到光速的十分之一，考虑到加速所用的时间，大约需四十五年时间到达比邻星。"

"然后再借助比邻星的光压减速，完成对半人马座三星系统的探测后，再向相反的方向加速，再用几十年时间返回太阳系。听起来是个美妙的计划，但实际上只是一个根本不可能实现的梦想。"

"你又想错了，到达比邻星后中国太阳不减速，以每秒三万多公里的速度掠过它，并借助它的光压再次加速，飞向天狼星。如果有可能，我们还会继续蛙跳，飞向第三颗恒星，第四颗……"

"你到底要干什么？"陆海失态地大叫起来。

"我们向地球所要求的，只是一套高可靠性但规模较小的生态循环系统和……"

"用这套系统维持二十个人上百年的生命？"

"听我说完，和一套生命低温冬眠系统，在航行的大部分时间我们处于冬眠状态，只在接近恒星时才启动生态循环系统，按目前的技术，这足以维持我们在宇宙中航行上千年。当然，这两套系统的价格也不低，但比起人类从头开始一次恒星际载人探测来，它所需资金只有其千分之一。"

"就是一分钱不要，世界也不会允许二十个人去自杀。"

"这不是自杀，只是探险，也许我们连近在眼前的小行星带都过不去，也许我们会到达天狼星甚至更远，不试试怎么知道？"

"但有一点与探险不同：你们肯定是回不来了。"

水娃点点头："是的，回不来了。有人满足于老婆孩子热炕头，从不向与已无关的尘世之外扫一眼；有的人则用尽全部生命，只为看一眼人类从未见过的事物。这两种人我都做过，我们有权选择各种生活，包括在十几光年之遥的太空中飘荡的一面镜子上的生活。"

"最后一个问题：在上千年的时间里，以每秒几万甚至十几万公里的速度掠过一颗又一颗恒星，发回人类要经过几十年甚至几个世纪才能收到的微弱的电波，这有太大意义吗？"

水娃微笑着向全世界说："飞出太阳系的中国太阳，将会使享乐中的人类重新仰望星空，唤回他们的宇宙远航之梦，重新燃起他们进行恒星际探险的愿望。"

人生第六个目标：飞向星海，把人类的目光重新引向宇宙深处

陆海站在航天大厦的楼顶，凝视着天空中快速移动的中国太阳，在它的光芒下，首都的高楼投下了无数快速移动的影子，使得北京仿佛是一个随着中国太阳转动的大面孔。

这是中国太阳最后一次环绕地球运行，它已达到了第二宇宙速度，将飞出地球的引力场，进入绕太阳运行的轨道。这人类第一艘载人恒星际飞船上有二十个人，除水娃外，其他人是从上百万名志愿者中挑选出来的，其中包括三名与水娃共事多年的"镜面农夫"。中国太阳还未启程就达到了它的目标：人类社会对太阳系外宇宙探险的热情再次高涨起来。

陆海的思绪回到了二十三年前的那个闷热的夏夜，在那个西北城市，他和一个来自干旱土地的农村男孩登上了开往北京的夜行列车。

作为告别，中国太阳把它的光斑依次投向各大城市，让人们最后一次看到它的光芒。最后，中国太阳的光斑投向大西北，水娃出生的那个小村庄就在光斑之中。

村边的小路旁，水娃的爹娘同乡亲们一起注视着向东方飞行的中国太阳。

水娃爹喊道："娃啊，你要到老远的地方去吗？"

水娃从太空中回答："是啊爹，怕是回不了家了。"

水娃娘问："那地方很远？"

水娃回答："很远，娘。"

水娃爹问："比月亮还远吗？"

水娃沉默了几秒钟，用比刚才低许多的声音说："是的，爹，比月亮远些。"

水娃的爹娘并不觉得特别难受，娃是在那比月亮还远的地方干大事呢！再说，这可是个了不起的年头，即使是远在天涯海角的人，随时都可以和他说话，还可以在小电视上看见他，这跟面对面没啥子区别。但他们不会想到，随着时间的流逝，那小屏幕上的儿子将变得越来越迟钝，对爹娘关切的问话，他要想好长时间才能回答。他想的时间开始只有几秒钟，以后越来越长，一年后，爹娘每问一句话，儿子将呆呆地想一个多小时才能回答。最后，儿子将消失，他们将被告之水娃睡觉了，这一觉要睡四十多年。在这以后，水娃的爹娘将用尽余生，继续照顾那块曾经贫瘠现已肥沃起来的土地，过完他们那充满艰辛但已很满足的一生，他们最后的愿望将是：在遥远未来的一天，终于回家的儿子能看到一个更美好的家园。

中国太阳正在飞离地球轨道，它在东方的天空中渐渐暗下去，它周围的蓝天也慢慢缩为一点，最后，它将变为一颗星星融入群星之中，但早在这之前，恒星太阳的曙光就会把它完全淹没。

曙光也照亮了村前的这条小路，现在它的两旁已种上了两排白杨，不远处还有一条与它平行的小河。二十四年前的那天，也是在这清晨时分，在同样的曙光下，一个西北农家的孩子怀着朦胧的希望在这条小路上渐渐远去。

这时，北京的天已经大亮，陆海仍站在航天大厦的楼顶，望着中国太阳最后消失的位置，它已踏上了漫长的不归路。中国太阳将首先进入金星轨道之内，尽可能地接近太阳，以获得更大的加速光压和更长的加速距离，这将通过一系列复杂的变轨飞行来实现，其行驶方式很像大航海时代驶逆向风的帆船。七十天后，它将通过火星轨道；一百六十天后，它将掠过木星；两年后，它将飞出冥王星轨道成为一艘恒星际飞船，飞船上的所有人将进入冬眠；四十五年后它将掠过半人马座，宇航员们将短暂苏醒，自中国太阳启程一个世纪后，地球才能收到他们发回的关于半人马座的探测信息；这时，中国太阳正在飞向天狼星的路上，由于半人马座三星的加速，它的速度将达到光速的百分之十五。六十年后，也就是自地球启程一个世纪后，到达天狼星，当中国太阳掠过这个由天狼星 A、B 构成的双星系统后，它的速度将增加到光速的十分之二，向星空的更深处飞去。按照飞船上生命冬眠系统能维持的时间极限，中国太阳有可能到达波江座 – ε 星，甚至可能（虽然这种可能性很小很小）最后到达鲸鱼座 79 星，这些恒星被认为可能有行星存在。

谁也不知道中国太阳能飞多远，水娃他们将看到什么样的神奇世界。也许有一天，他们对地球发出一声呼唤，要等上千年才能得到回音。但水娃始终会牢记母亲行星上的一个叫中国的国度，牢记那个国度西部干旱土地上的一个小村庄，牢记村前的那条小路，他就是从那里启程的。

是什么推动我们飞向太阳

——《中国太阳》赏析

张懿红

　　《中国太阳》描写水娃从农民工到宇航员的传奇人生，探索科幻小说和人性的根本问题：探索未知奥秘的精神超越性和满足肉体欲望的世俗性。水娃的人生追求从世俗的欲望逐步升级到非功利性太空探险的彻底蜕变，可谓科幻动机与本质的形象化。小说高扬科学理想主义、英雄主义，贬抑日常生活、世俗生活，以飞向太空的梦想抨击世纪之交全球化经济社会法则；平凡与新奇、贫穷与理想、卑贱与光荣、无知与高科技等二元对立的张力结构出奇制胜，表达了科技平民化的理想和反对精英主义的价值观。小说的科幻设定存在硬伤，但强烈的现实感与科幻想象无缝对接是其艺术特色。

　　《中国太阳》是一篇简单、真实、质朴得不像科幻小说的科幻小说。甚至可以说，这个 2002 年获第十四届中国科幻银河奖的作品，是刘慈欣创作的另类。作为刘慈欣前期的小说，它体现的科幻思维并不成熟，甚至可以说，它只是一篇"科学速写"，是思想火花的瞬间记载与推演。相对于构建宇宙社会学、推导星际文明图景的《三体》，这篇早期小说显得土里土气，有点农民工进城的感觉——事实上，故事情节也是从农民工进城开始的。如果仅看开头，你绝对想不到这是科幻小说，你会设想故事最可能的走向：苦难叙事。然而，峰回路转，水娃——这个出身于大西北黄土地的农民的儿子走出永恒干旱的小乡村，从煤矿到省城，从省城到首都，再从首都飞向太空；从农民到矿工到擦鞋匠，再从高空清洁工——蜘蛛人到太空清洁工——镜面农夫，最后驾驶太阳帆船飞出太阳系。这样的人生轨迹可谓神鬼莫测，然而从平凡到神奇的跃迁，恰恰体现了科幻本身的永恒魅力。

扎根泥土的《中国太阳》聚焦个人命运，这种励志小说的叙事模式似乎束缚想象的宽广和玄妙，但恰恰使小说回归科幻小说和人性的根本问题，回归人类永恒缠绕永不餍足的两难追求：一方面是对未知奥秘的探索以及精神的超越性；另一方面是满足肉体欲望的世俗性。前者正是科幻的永恒动机，因此水娃的人生追求从世俗的欲望逐步升级到非功利性太空探险的彻底蜕变，可谓科幻动机与本质的形象化。当水娃抛弃那曾经遥不可及的幸福生活——北京户口、房产、工作、妻儿，甩掉曾经改变自己命运的人生导师——陆海，抱着永不回头的信念飞向太空，他和他的人生传奇就自然而然完成了对当下现实的批判性指涉。自然，这是个人选择，只要合法别人就无权指责或评判，水娃清楚这一点："是的，回不来了。有人满足于老婆孩子热炕头，从不向与己无关的尘世之外扫一眼；有的人则用尽全部生命，只为看一眼人类从未见过的事物。这两种人我都做过，我们有权利选择各种生活，包括在十几光年之遥的太空中飘荡的一面镜子上的生活。"问题是，这一选择究竟有何意义呢？正如陆海的提问："最后一个问题：在上千年的时间里，以每秒几万甚至十几万公里的速度掠过一颗又一颗恒星，发回人类要经过几十年甚至几个世纪才能收到的微弱的电波，这有太大的意义吗？"对此，水娃向陆海、也向全世界发布了这样的宣言："飞出太阳系的中国太阳，将会使享乐中的人类重新仰望星空，唤回他们的宇宙远航之梦，重新燃起他们进行恒星际探险的愿望。"相信这是隐含作者借小说人物之口表达自己的价值观。

显然，《中国太阳》高扬的科学理想主义、英雄主义是对日常生活、世俗生活的贬抑，而且由于小说的近未来时间设定，对现实的批判很快聚焦为对世纪之交全球化经济社会法则的抨击。在水娃的思考中，我们不难看出隐含作者的担忧："20世纪中叶，当阿姆斯特朗在月球上印下第一个脚印时，几乎所有的人都相信人类将在十到二十年之内登上火星。现在，八十六年过去了，别说火星了，月球也再没人去过，理由很简单：那是赔本买卖。20世纪冷战结束后，经济准则一天天地统治世界，人类在这个准则下也取得了巨大的成就：现在，我们消灭了战争和贫困、恢复了生态，地球正在变成一个乐园。这就使我们更加坚信经济准则的正确性，它已变得至高无上，渗透到我们的每个细胞中，人类社会已变成了百分之百的经济社会，投入大于产出的事是再也不会做了。对月球的开发没有经济意义，对行星的大规模载人探测是经济犯罪，至于进行恒星际航行，那是地地道道的精神变态，现在，人类只知道投入、产出、并享受这些产出了！"

同时，水娃的高调宣言也是对旧我的摒弃，水娃的人生选择引领读者一步步攀上精神的高峰，见证他人的生命历程，完成自己的哲理思考：只有怀抱梦想，突破自我，站在高处，人生境界才能得到提升。如果永远匍匐在黄土地上，如同水娃的父亲所期望的那样，水娃就绝不可能拥有超越亿万人的辉煌人生。推动水娃飞向太空的是梦想的力量，而想象一个不同于当下的未来世界，正是科幻小说的原动力。

通过水娃和其他蜘蛛人跻身太空开发的近未来想象，刘慈欣也表达了科技平民化的理想和反对精英主义的价值观。陆海用悬空操作实验打败反对者，把水娃等一批高空清洁工招揽到太空产业部，使之成为中国太阳的镜面清洁工；而水娃们不负众望，用辛勤而出色的工作维护中国太阳，充当了太空开发产业化的先驱。尤其是水娃，没有止步于太空清洁工的岗位，在霍金的教导下接触到宇宙最深层的奥秘，"站到了宇宙的楼顶上，看到了他以前做梦都不会想到的东西"，而那遥远世界难以抗拒的吸引力终于使水娃下定决心飞向太空。水娃的经历堪称普通民众创造历史的科幻传奇，作者此前创作的《乡村教师》也是类似的充满张力的情节结构。似乎刘慈欣对这种平凡与新奇、贫穷与理想、卑贱与光荣、无知与高科技等二元对立的张力结构非常着迷，在《乡村教师》的作者附言中他写道："我不敢说它的水准高到哪里去，但从中你将看到中国科幻史上最离奇最不可思议的意境。"毫无疑问，这样的情节模式确有出奇制胜的效果，但在追求新奇性的叙事策略背后，是作者深思熟虑的全社会公平共享科技与知识的理想。这绝对不是反智主义，相反，是对求知欲、好奇心的肯定与激赏。在刘慈欣笔下，好奇心胜过知识的系统化与机构化，知识阶层并不天然拥有推动科学前行的力量，如果他们已经丧失了求知的欲望，那就会被科技发展的浪潮甩在后面，如同纳米镜膜的发明者陆海一样。而只读过三年小学的水娃却勇敢地投身太空，变成新技术新思维的弄潮儿。这种从农民到航天员的华丽转身产生饱满的叙事张力，形成意义发酵的空间，使小说层层叠加的主题得以伸展。

今天看来，《中国太阳》的科幻设定并不高明。小说中的人造太阳是用纳米材料制作的一个面积达三万平方公里的反射镜，它在三万六千公里高的同步轨道上向地球反射阳光，从而以多种方式影响天气，比如通过改变大气的热平衡来影响大气环流、增加海洋蒸发量、移动锋面等。它在改变大西北气候的宏大工程中起了很大的作用，还干了许多不寻常的事，比如融化积雪以缓解非洲干旱，使举行奥运会的城市成为真正的不夜城。从环境保护和生态学的角度看，这是一种短视的、弊大于利的做法，所以小说也检讨了这种技术的不足："对于最新的技术来说，用这种方式影响天气显得过于笨拙，且有太多的副作用。"

抛开这一科幻设定的硬伤，《中国太阳》将现实与幻想紧密缠绕，编织了一个全然似真的情境，使我们迷失于熟悉的励志主题，不知不觉跟随主人公从黄土地飞向太阳，乘着太阳帆徜徉在壮志凌云的理想中，反观柴米油盐的日常生活和蔚然成风的物质主义，油然而生站在高处的优越感和满足感，以及对日益沉沦于物质享乐的社会现实的批判。水娃的个人经历使科幻想象落地生根，加上真实人物霍金与虚构人物水娃的相遇（有意思的是，这也是历史小说、史诗性小说惯用的技巧），《中国太阳》强烈的现实感与科幻想象无缝对接，形成小说最为引人注目的艺术特色，从中不难看出作者深厚的生活积累和描摹现实的艺术功力。

（张懿红：文学博士，博士后，兰州城市学院教授）

天使时代

刘慈欣

对桑比亚国的攻击即将开始。

执行"第一伦理"行动的三个航空母舰战斗群到达非洲沿海已十多天了。这支舰队以"林肯号"航母战斗群为核心分布在海上，如同大西洋上一盘威严的棋局。

此时，天已经黑了下来，舰队的探照灯集中照亮了"林肯号"的飞行甲板，那里整齐地站列着上千名陆战队员和海军航空兵飞行员。站在队列最前面的是"第一伦理"行动的最高指挥官菲利克斯将军和"林肯号"的舰长布莱尔将军，菲利克斯身材颀长，一派学者风度；布莱尔粗壮强悍，是一名典型的老水兵。在蒸汽弹射器的起点，面对队列站着一位身着黑色教袍的随军牧师，他手捧《圣经》，诵起了为这次远征而作的祷词：

> "全能的主，我们来自文明的世界，一路上，我们看到了您是如何主宰大地、天空和海洋以及这世界上的万种生灵的，组成我们的每一个细胞都渗透着您的威严。现在，有魔鬼在这遥远的大陆上出现，企图取代您神圣的至高无上的权威，用它那肮脏的手拨动生命之弦。请赐予我们正义的利剑，扫除恶魔，以维护您的尊严与荣耀，阿门——"

他的声音在带有非洲大陆土腥味的海风中回荡，令所有人沉浸在一种比脚下的大海更为深广的庄严与神圣感之中。在上空纷纷飞过的巡航导弹火流星般的光芒中，他们都躬下身来，用发自灵魂的虔诚和道："阿门——"

上　篇

自人类基因组测序完成以后，人们就知道飞速发展的分子生物学带来的危机迟早会出现，联合国生物安全理事会就是为了预防这种危机而成立的。生物安理会是与已有的安理会具有同等权威的机构，它审查全世界生物学领域的所有重大研究课题，以确定这项研究是否合法，并进而投票决定是否终止它。

今天将召开生物安理会第 119 次例会，接受桑比亚国的申请，审查该国提交的一项基因工程的成果。按照惯例，申请国在申请时并不提及成果的内容，只在会议开始后才公布。这就带来了一个问题：许多由小国提交的成果在会议一开始就被发现根本达不到审查的等级。但各成员国的代表们却不敢轻视这个非洲最贫穷的国度提交的东西，因为这项研究是由诺贝尔奖获得者、基因软件工程学的创始人伊塔博士做出的。

伊塔博士走了进来，这位年过五十的黑人穿着桑比亚的民族服装，实际上就是一大块厚实的披布，但他骨瘦如柴的身躯似乎连这块布的重量都经不起，像一根老树枝似的被压弯了。他深深地躬下腰，缓缓向圆桌的各个方向鞠躬，他的眼睛始终看着地面，动作慢得令人难以忍受，使这个过程持续了很长时间。印度代表低声地问旁边的美国代表："您觉得他像谁？"美国代表说："一个老佣人。"印度代表摇摇头，美国代表看了看他，又看了看伊塔，"你是说……像甘地？哦，是的，真像。"

本届生物安理会轮值国主席站起来宣布会议开始，他请伊塔在身旁就座后说："伊塔博士是我们大家都熟悉的人，虽然近年来深居简出，但科学界仍然没有忘记他。不过按惯例，我们还是要对他进行一个简单的介绍。博士是桑比亚人，三十二年前于麻省理工学院获计算机科学博士学位，而后回到祖国从事软件研究，但在十年后突然转向分子生物学领域，并取得了众所周知的成就。"他转向伊塔问，"博士，我有个问题，纯粹是出于好奇：您离开软件科学转向分子生物学，除了预见到软件工程学与基因工程的奇妙结合外，是否还有另一层原因——对计算机技术能够给您的祖国带来的利益感到失望？"

"计算机是穷人的假上帝。"伊塔缓缓地说，这是他进来后第一次开口。

"可以理解，虽然当时桑比亚政府在首都这样的大城市极力推行信息化，但这个国家的大部分地区还没有用上电。"

当分子生物学对生物大分子的操纵和解析技术达到一定高度时，这门学科就会面对它的终极目标：通过对基因的重新组合改变生物的性状，直到创造新的生物。这时，这门学科将发生深刻变化，将由操纵巨量的分子变为操纵巨量的信息，这对于与数学仍有一定距离的传统分子生物学来说是极其困难的。直接操纵四种碱基来对基因进行编码，使其产生预期的生物体，就如同用 0 和 1 直接编程产生 Windows XP 一样不可想象。伊塔最早敏锐地意识到了这一点，他深刻地揭示出了基因工程和软件工程共同的本质，把基础已经相当雄厚的软件工程学应用到分子生物学中。他首先发明了用于基因编程的宏汇编语言，接着创造了面向过程的基因高级编程语言，被称为"生命BASIC"；当面向对象的基因高级语言"伊甸园 ++"出现时，人类真的拥有了一双上帝之手。

这时，人们惊奇地发现，创造生命实际上就是编程序，上帝原来是个程序员。与此同时，程序员也成了上帝，这些原来混迹于硅谷或某技术园区的人纷纷混入生命科学行业，他们都是些头发蓬乱、衣冠不整的毛头小子，过着睡两天醒三天的日子，其中许多人连有机物和无机物都分不清，但都是性能良好的编程机器。有一天，项目经理把一张光盘递给一位临时招来的这样的"上帝"，告诉他光盘中存有两个未编译的基因程序模块，让他给这两个模块编一个接口程序。谈好价钱后，"上帝"拿着光盘回到他那间闷热的小阁楼中，在电脑前开始了为期一周的创世工作。他干起活来与上帝没有任何共同之处，倒很像一个奴隶。一周后，他摇晃着从电脑前站起来，从驱动器中取出另一张拷好的光盘，趟着淹没小腿的烟蒂和速溶咖啡袋走出去，来到那家生命科学公司，把光盘交给项目经理。项目经理把光盘放入基因编译器中，在一个球形透明容器的中央，肉眼看不见的分子探针精巧地拨弄着几个植物细胞的染色体。然后，这些细胞被放入一个试管的营养液中培养，直至长成一束小小的植株。其后，这束植株被放入无土栽培车间，长成树苗后再被种进一个热带种植园，最后长成了一棵香蕉树。当第一串沉重的果实从树上砍下后，掰下一个香蕉剥开来，发现里面是一个硕大的橘瓣……

当然，以上只是一个生动的比喻，实际的基因软件开发都是庞大的工程，绝非个人的力量所能及。例如，仅编制一个视网膜感光细胞的基因软件，其代码量就与一个最新的视窗操作系统相当。所以，完全凭借基因编程创造新的生命还只能是病毒级别，科学家们倾向于从生物的自然基因中分离出各种功能的模块和函数，通过引用和组合这些模块和函数来得到具有新特性的生物，对此，面向对象的基因编程语言"伊甸园++"是一个强有力的工具。

"伊塔博士，在宣布会议议程正式开始之前，我想提醒您：您看上去很虚弱。"会议主席关切地对伊塔说。

一位桑比亚官员起身说："各位，伊塔博士每天吃得很少，你们一定知道，桑比亚国内目前正面临着严重的旱灾，博士自愿同他的人民一同挨饿。"

法国代表说："上个月，作为发展计划署考察团的一员，我到过桑比亚和相邻的其他两个受灾国家，那里的旱情确实可怕，如果大量的救济不能及时到位，下半年会饿死很多人的。"

"不过，伊塔博士，"美国代表说，"作为一位从事基础研究的科学家，过分的责任心会影响您的研究，结果反而不能够尽到自己的责任。"

伊塔点点头，并半起身冲他微微鞠躬："您说得很对。唉，小时候留下来的毛病，很难改了……哦，各位想不想听听我小时候的事情？"

这显然离题了，但出于尊敬，大家都没有出声。伊塔用低缓的声音讲述起来，仿佛在回忆中自语：

"那也是一个大旱之年，大地像一个满是裂缝的火炉子，地上被渴死的蛇又被烈日烤干，脚一踏就碎成了末……当时桑比亚正在连年的内战中，就是那场由东方政治集团操纵的推翻布萨诺政权的战争。我们的村子被遗弃了，什么吃的都没有了，雅拉就去吃干草和树叶，哦，雅拉是我的小妹妹，刚懂事，大大的眼睛……她去吃干草和树叶……"伊塔的声音平缓而单调，像是早期的语音软件在读一个文本文件，"她吃得浑身浮肿，肠道也堵塞了……那天晚上，她嘴里含了什么东西，碰着牙喀啦啦响。我问她含着什么？她说在吃糖……她以前只吃过一块糖，是一年前一个来村里招募游击队员的苏联顾问给的。我看到一道血从她嘴里流出来，就掰开她的嘴看，雅拉含的不是糖块，是一个箭头，一个涂着响尾蛇毒液、用来射杀豺狗的箭头。她最后对我说：雅拉难受，雅拉不想再活了，雅拉死后哥哥把雅拉吃了吧，然后哥哥就有劲儿走到城里去，听说那里有吃的……我还记得那天晚上的月亮，从干旱的大地尽头升起来，昏红昏红的……我没吃小妹妹，但那年在村子里确实发生了人吃人的事，有些老人立下遗嘱，饿死后让孩子们吃……"

会场陷入长长的沉默。

主席说："博士，我们现在理解了你在过去十多年用基因软件技术改良农作物的努力。"

"一事无成，一事无成啊……"伊塔摇头叹息，"想当初桑比亚独立之时，我们曾想在祖先的土地上建起天堂，但后来知道，在这样一块苦难深重的土地上，对生活的期望是不能太高的。我们理想的底线在不断后退，我们不要工业化了，我们不要民主了，我们甚至可能连国家和个人的尊严都不要了，但桑比亚人对生活的要求不可能再后退，我们不能不吃饭。这个国家仍然有三分之二的人在挨饿，我们必须想出办法来。"

伊塔的话在会场里引起了很大的反响，代表们纷纷低声议论起来。

美国代表说："非洲确实是一个被文明进程抛下的大陆，但，博士，这是一个涉及社会政治、历史、地理条件等诸多复杂因素的问题，不是科学家们仅凭手中的科学能够解决的。"

伊塔摇摇头说："不，科学也许真能解决饥饿问题，关键在于我们要换一个思考方向。"

代表们茫然地互相对视着，主席首先想到了什么，说："如果我没理解错，伊塔博士已经开始我们这次会议的议程了。"

伊塔郑重地说："是的，主席先生。如果您允许，在介绍我们的研究成果前，我想先让各位认识一个孩子，一个能吃饱饭的桑比亚孩子。"

他挥挥手，一个黑人男孩儿走进会议大厅，他赤裸着上身，肌肉饱满，皮肤光亮，浓密卷发下的一双大眼睛闪闪有神，他用强健而轻快的脚步，把一股旺盛的生命力带进了会议大厅。

"哇，好一个小奥塞罗！"有人赞叹道。

伊塔介绍说："这是卡多，十二岁，一个土生土长的桑比亚孩子。当然，在平均寿命只有四十多岁的桑比亚，他这样的年纪通常已经不算是孩子了，但卡多确实是孩子，而且是个小孩子，因为他的寿命肯定要超过我们在座的各位。"

"这不奇怪，看得出来这孩子的营养状况很好。"代表中的一位医学家说。

伊塔扶着卡多的双肩，环视着会场说："他肯定与各位印象中的桑比亚儿童有很大的差别，那些饥饿中的孩子都是细细的脖颈撑着大大的脑袋，四肢像干树枝般枯瘦，肚子因积水而鼓起，脸上落着苍蝇，身上生着疮……所以大家都看到了，只要吃饱了饭，任何民族的孩子都能变得像天神般高贵。"

卡多向大家点头致意，大声说了一句谁都听不懂的话。

"他在向各位问好，"伊塔说，"卡多只会讲桑比亚语。"

"您刚才说，这孩子是在桑比亚土生土长的？"主席问。

"是的，而且是在桑比亚最贫瘠的地区长大的，从未离开过那里，在这场旱灾中，他的家乡饿死了不少人。"

所有人都目不转睛地盯着这个健壮的黑孩子，一时谁也说不出话来。

伊塔第一次露出了淡淡的微笑，"大家的下一个问题自然是：他在那里吃什么？那么下面，我就请大家看卡多吃一顿午餐。"

他说完，又向门的方向挥了一下手，有三个人走进会议大厅，其中两位是参加会议的桑比亚官员，第三个人令大家吃惊，他竟是一名纽约警察，腰上累赘地别着手枪、警棍、对讲机等，手里提着一个大塑料袋，进门后犹豫地站住了。

"是我们请这位警官进入会场的。"伊塔对主席说。主席示意让那名警察走上前来。

警察走到圆桌旁，两位代表给他让开了位置，他把大塑料袋中的东西都倾倒在桌面上，首先倒出的是一大捆青草，然后是一堆梧桐树叶，最后是一堆深绿色的松针。警察指指这堆青草和树叶，又指指同他一起进来的那两名桑比亚官员说："这两位先生在庭院里的草坪上拔草，还从树上扯树叶，我去制止他们，他们就把我带到这里来了。"

伊塔起身向警察鞠躬："尊敬的警官先生，我对我们的粗鲁行为表示歉意，并愿意交纳相应的罚款，我们只是想请您来做个证明，证明这些青草和树叶是真实的。"

警察瞪大双眼说："当然是真实的！是我把它们收集到袋子里并一直提到这里的。"

伊塔点点头："好吧，卡多该用他的午餐了。"

这个桑比亚孩子抓起一大把青草，卷成粗绳状的一根，像吃香肠那样咬下一大截，津津有味地嚼了起来，草茎被嚼碎时发出的吱吱声清晰可闻……他吃得很快，转眼把那粗粗的一把草吃光了，随即又开始大口吃树叶……

旁观者们的反应分为两类：一部分人极力忍住呕吐的欲望，另一部分人则抑制不住开始咽口水，这是在看到别人享用他感觉中的美味时的一种自然的条件反射，不管那美味是什么。

卡多又卷了一把草吃，然后开始吃松针，他咀嚼的声音立刻发生了变化，一道墨绿色的汁液顺着他的嘴角流下来，他含着满嘴的松针和青草，高兴地对伊塔说了句什么。

"卡多说，这里的草和树叶比桑比亚的味道好。"伊塔解释说，"由于盲目地引进高污染的工业，桑比亚已经成了西方的垃圾倾倒场，那里的环境污染比这里要严重得多。"

在众目睽睽之下，卡多吃光了桌子上所有的青草、梧桐叶和松针，他满意地抹去嘴角的绿色汁液，笑着对伊塔点点头，显然是在感谢这顿美味的午餐。

用后来一位记者的描述，会议大厅陷入了"地狱般的寂静"。不知过了多长时间，这寂静才被主席颤抖的声音打破："这么说，伊塔博士，这就是您代表桑比亚国提交生物安理会审查的研究成果了？"

伊塔镇静地点点头："是的，这就是我刚才说过的换一个思考方向：我们既然可以用基因工程来改造农作物，为什么不能用它来改造人自身呢？比如说这个桑比亚孩子，他的消化系统经过了重新编程，使他的食物范围大大扩展。对于这样的新人类，农作物完全可以改种一些速生或抗旱的植物，那些以前让我们头疼的疯长的野草，对他们来说就是万顷良田。即使是种植传统作物，他们从土地中收获的粮食也要比我们多十倍，比如小麦，麦秸秆甚至根系他们都能食用，粮食对于他们，将真的如空气和阳光一样唾手可得了。"

各国代表都如石雕般站在大圆桌旁，把阴沉的目光聚焦到伊塔身上。伊塔坦然地承受着这些目光，平静地说："尊敬的各位先生，我向联合国转达鲁维加总统的话：桑比亚已准备好为此承受一切。"

主席首先从呆立的状态中恢复过来，撑着桌沿小心地坐下，好像已虚弱得站立不稳似的。他两眼平视前方说："您刚才好像说过，这孩子十二岁？"

伊塔点点头。

"这么说，你们在十二年前就对人类基因重新编程了？"

"确切地说，应该是十五年前。第一批编程是使用基因汇编语言进行的，半年后，编程工具改用面向过程的高级语言'生命 BASIC'。至于卡多，是用面向对象的'伊甸园 ++'编程，这是三年以后的事了。我们从食草动物中提取了大量的消化系统的函数和子模块，去掉了反刍部分，经过优选和组合后植入人类受精卵的基因编码中。但其中有许多程序，比如胃液的成分、胃壁的强度和肠道蠕动方式等，没有借用任何自然代码，纯粹是我们自行编制开发的。"

"伊塔博士，我们最后想知道，在桑比亚，经过重新编程的人类有多少？"

"卡多这一批比较少，只有不到一百人，因为我们对面向对象的编程方式还没有十分把握。重新编程的桑比亚人主要是十五年前那两批，使用宏汇编语言和'生命 BASIC'编程的受精卵共有两万一千零四十三个，其中两万零八百一十六个成活并正常分娩。"

哗啦一声，上届诺贝尔生物学奖获得者、法国生物学家弗朗西斯女士晕倒了。她旁边的另一位诺贝尔奖获得者，德国生理学家、本届生物安理会轮值副主席施道芬格博士脸色发紫，呼吸急促，正闭着眼从胸前的衣袋中摸索硝酸甘油片。只有美国代表很镇静，他指着伊塔，转身对那个仍然目瞪口呆的警察说："逮捕他。"

他说得很平静，像是朝人借个火儿，看到那个警察茫然不知所措，他平静的薄纱立刻被撕毁了，如火山爆发般咆哮起来："听到了吗？逮捕他！别管什么豁免权，那是对人的，不是对魔鬼！"

主席站起身，试图使美国代表平静下来，然后转向伊塔，眼里含着悲愤的泪水说："博士，您和您的国家可以违反联合国生物安全条约的最高禁令，对人类基因进行重新编程，但你们不该如此猖狂，竟到这个神圣的地方来向全人类的脸上泼粪！你们违反了第一伦理，你们抽掉了人类文明的基石！"

"人类文明的基石是有饭吃，桑比亚人只是想吃饱饭。"伊塔向主席鞠了一躬，以他特有的缓慢语调说。

"好了，我们还是散会吧。"美国代表对主席一挥手说，这时他已经平静下来了，"其实大家早就预料到这事迟早会发生，早些比晚些好。我想各位都知道我们该去做什么了，至少美国知道，我们要赶快去做了！"说完，他匆匆而去。

会议大厅中人们相继走散，最后只剩下伊塔和卡多，还有那个警察。伊塔搂着卡多的双肩向门口走去，警察阴沉地盯着孩子的背影，一手摸着屁股上的短管左轮枪低声说："真该崩了这个小怪物。"

消息传出，举世震惊。

第二天，世界各大媒体上都出现了伊塔和卡多的照片，伊塔用枯枝般的双臂把卡多紧紧搂在他那枯枝般的身躯上，眼睛总是看着地面，而那个黑孩子则强壮彪悍，两眼放光，与伊塔形成鲜明对比，两人融为一体，形成了一个不规则的黑色构图，真是活脱脱的一对魔鬼。

在随后桑比亚代表团逗留美国的两天里，世界各国要求就地逮捕他们的呼声日益高涨，联合国大厦前每天都有人山人海的抗议游行队伍。社会上对桑比亚代表团，特别是伊塔和卡多两人的人身威胁层出不穷。但美国政府表现得十分克制，只宣布将代表团驱逐出境。

这两天，伊塔不分昼夜地紧紧搂着小卡多。在公共场合，他的眼睛总是看着地面，但正如有记者描述，他有着"魔鬼的灵敏"，周围一有风吹草动，他就立刻把孩子护到身后，并抬头凝视着异常出现的方向。他的眼窝很深，整个眼睛都隐没于黑暗中。活脱脱的魔鬼！

桑比亚政府提出用专机接代表团回国，但美国政府不准桑比亚的飞机入境，别国又不肯租给他们飞机，桑比亚代表团只好乘欧洲的一架客机。为了安全起见，桑比亚政府买下了一等舱的全部机票。当桑比亚代表团登上飞机，伊塔搂着卡多首先走进空荡荡的一等舱时，他长长地松了一口气，紧搂着卡多的手放松了些。在他们登机时，空中小姐做出了遇到魔鬼时理所当然的反应：满脸恐惧地避得远远的，只有一位欧洲空姐勇敢地领着他们走进一等舱。这位金发碧眼的姑娘美丽动人，脸上露着真诚的微笑，温暖了桑比亚人那已凉透了的心。在走出机舱前，她双手合十，用不知从哪里学来的东方礼仪向孩子默默祝福，一时让旁边的桑比亚人的眼睛都湿润了。

然后，她掏出手枪，紧贴孩子的头部开了两枪。

与后来传说的不同，黛丽丝绝对不是美国政府或其他什么国家派来的杀手，她的谋杀完全是个人行为。事实上，在桑比亚代表团留美期间，美国政府对他们是采取了严密的保护措施的。文明世界要对付的是整个桑比亚国，在此之前不想横生枝节，但这最后一击实在是防不胜防。班机上的空姐们都配有反劫机手枪，这种手枪配备的是不会破坏机舱的橡木弹头，一般来说被击中后不会致命，但黛丽丝是贴着孩子的两眼开枪的。

"我没有杀人！哈哈！我没有杀人！哈哈哈！"黛丽丝在开枪后挥着沾满鲜血的双手歇斯底里地欢呼着。

伊塔抱着卡多的尸体，眼睛仍看着地面，一直等到黛丽丝安静下来。她把血淋淋的手指咬在嘴里，用疯狂的目光盯着伊塔，一时间机舱里死一般寂静，只听到从孩子头部流出的鲜血的汩汩声。

"姑娘，他是人，是我的孙子，一个能吃饱饭的孩子。"

黛丽丝在法庭上被判无罪，很快被媒体炒成捍卫人类尊严的英雄。

桑比亚代表团回国后的第二天，联合国向桑比亚政府发出最后通牒：交出境内所有生物学家和相关的技术人员，交出所有经过重新编程的个体，销毁所有基因工程设施，该国元首到特别法庭同其他主犯和从犯一起接受审判。

现在，全世界都小心地把那些基因被重新编程的桑比亚人称为"个体"。

桑比亚国拒绝了最后通牒。于是，为了维护人类神圣的第一伦理，文明世界向非洲开始了 21 世纪的十字军东征。

下　篇

"您能不能停一会儿，我看着很累，您这么来回走了有一个多小时了。"布莱尔舰长说。

菲利克斯将军仍然以军人标准的步伐来回踱着，"在西点，这是教官惩罚学生的办法之一：让他在操场的一角来回走几个小时。久而久之，我喜欢上了这种惩罚，只有在这时我才能很好地思考。"

"这么说，您在西点是个不讨人喜欢的人？我在安纳波利斯海校却很讨人喜欢。那里也有这种惩罚，我一次也没受过，倒是在高年级时，我常用它来治那些刚进校的毛毛头。"

"世界任何一所军校都不喜欢爱思考的人，安纳波利斯不喜欢，西点不喜欢，圣西尔和伏龙芝都不喜欢。"

"是的，思考，特别是像您那样思考，对我来说是件很累的事。不过，我不认为这场战争有太多值得思考的东西。"

对桑比亚的"外科手术"已持续了二十多天，每天有上千架次的飞机狂轰滥炸。从舰载机上的激光智能炸弹攻击，到从阿森松岛飞来的大型轰炸机的地毯式轰炸，还有巡洋舰和驱逐舰上大口径舰炮日夜不停地轰击，这个非洲穷国实在剩不下什么了。他们那只有二十几架老式米格机的空军和只有几艘俄制巡逻艇的海军，在二十天前就被首批发射的巡航导弹在半小时内毁灭了，而桑比亚陆军的两百多辆老式坦克和装甲车也在随后的两三天内被来自空中的打击消灭干净了。随后，攻击转向了桑比亚境内所有的车辆、道路和桥梁，而摧毁这些也用不了多长时间。现在，桑比亚国已被打回到石器时代。

参加攻击的三个航母战斗群已撤走了两个，只留下"林肯号"战斗群完成"第一伦理"行动最后的使命。除"林肯号"航母外，战斗群还包括一艘贝尔纳普级巡洋舰、两艘斯普鲁恩斯级驱逐舰、一艘孔兹级驱逐舰、两艘诺克斯级护卫舰、两艘佩里级护卫舰、一艘威奇塔级补给舰，以及三艘看不见的"肛鱼"级攻击潜艇。

菲利克斯将军突然从踱步中站住，看着布莱尔舰长，舰长很不舒服地想：这人确实像个学者，而且是神经衰弱的那种。

"我还是认为舰队离海岸太近了。"菲利克斯说。

"这样我们可以向桑比亚人更有力地显示自己的存在。我不明白您担心什么。"舰长挥着雪茄说。

舰队，特别是"林肯号"确实能显示其存在。它是尼米兹级航母的第 5 艘，于 1989 年服役，排水量近十万吨，全长三百多米，有二十层楼高，是一座带来死亡的海上钢铁城市。

菲利克斯又接着踱起步来，"舰长，您清楚我的观点，我对现代战争中航空母舰在海上的生存能力一直存有疑虑。在我的感觉中，舰母总像是一只漂浮在海上的薄壳大鸡蛋，脆弱得很。"

"您也知道，在参联会和军备听证会上，我是一贯支持您的看法的。但现在，桑比亚军队拥有射程最远的武器可能就是 55 毫米口径的迫击炮了。如果有，它也只能藏在地窖里，拉出来十分钟内就会被摧毁……事实上，我也觉得这是一场无聊的战争，军队在精神上正在衰落，主要原因是缺少自己的英雄偶像。20 世纪后期的几场战争，如海湾和科索沃战争，都没有造就出像巴顿、麦克阿瑟、艾森豪威尔这样的英雄，因为敌手太弱了，这次也一样。"

这时，一名参谋递给菲利克斯一份电报，他看后喜上眉梢，这几乎是攻击开始后他第一次真正地露出笑容。

"看来这一切都快结束了，桑比亚政府已接受了所有条件，他们将很快交出桑比亚境内的所有生物学家和基因工程师，以及所有基因被重新编程的个体，在这一切都完成后，元首本人将投案自首。"菲利克斯把电报递给布莱尔。

布莱尔看都没看就把电报扔到海图桌上，"我说过这是一场乏味的战争。"

两位将军透过他们所在的航母塔岛上的舰长室宽大的玻璃窗看到，一架海军陆战队的直升机从海岸方向飞来，降落到"林肯号"的甲板上，伊塔一行几人从直升机上走下来，并在周围陆战队员的枪口下低头向塔岛走来。伊塔走在最前面，他仍穿着那身民族服装，像披着一块大布的老树枝。

过了一会儿，这一行人走进塔岛，进入舰长室。除了伊塔仍两眼朝下外，其他人都不由四下打量起来。如果只看四周，这里仿佛就是欧洲庄园的一间豪华客厅，铺着猩红色的地毯，华丽的镶木四壁上刻着浮雕，挂着体现舰长趣味的大幅现代派油画。但抬头一看，就会发现天花板是由错综复杂的管道组成的，这同周围形成了奇特的对比。高大的落地窗外，舰载飞机在不间断地呼啸着起降。

伊塔博士没有抬头，向菲利克斯所在的方向微微弯了一下腰，用虚弱的声音缓缓地说："尊敬的将军，我带来了桑比亚国真诚的敬意，您率领的舰队那天神般的力量令我们胆寒，我们屈服认罪。"

菲利克斯将军说："博士，我希望您真的明白你们都做了些什么。"

"我们明白，在文明世界的上帝面前我们跪下，我们认罪。但将军，人要是饿得厉害，就顾不得什么廉耻了。"伊塔深深地鞠躬说。

周围一群年轻的参谋都用鄙夷的目光看着面前这根"老干柴"。"博士？"一直没说话的布莱尔舰长喊了一声，伊塔微微抬头，被舰长呸地一口吐在脸上，他仍石雕般一动不动地立着，任白色的唾液顺着他那深纹密布的脸颊流到纷乱的胡子上。

菲利克斯惋惜地摇摇头："您本来可以不挨饿的，留在文明世界，您有可能再获一次诺贝尔奖，但您却去为一个连人类最起码的伦理都不顾的极权政府工作。"

"我为桑比亚人民工作。"伊塔又鞠了一躬。

"你给桑比亚人民带来了灾难。"菲利克斯说。

"不管这灾难是谁带来的，将军，鲁维加总统都殷切希望它快些结束。为表达这个和平的心愿，总统还给将军带来了一件小小的礼物。"

伊塔说完，从后面的一个人手中拿过了一只鸟笼大小的木笼子，伊塔把笼子放到地毯上，轻轻打开笼门，一个雪白的小动物跑了出来，舰长室中的所有军人都发出了一阵惊叹声。那是一匹小马！它只有小猫大小，但在地毯上奔跑起来矫健灵活，雪白的鬃毛在飘荡，明亮有神的眼睛惊奇地看着这个世界，然后发出一声清脆悠扬的嘶鸣。更神奇的是，小马居然长着一对雪白的翅膀！他们仿佛看到了从童话中跑出来的精灵！

"啊，太美了！我想这是您的基因软件的杰作吧？"菲利克斯惊喜地问。

伊塔又微微躬了一下身，回答："这是马和鸽子的基因组合体。"

"它能飞吗？"

"不能，它的翅膀没那么大力量。"

菲利克斯说："博士，我代表贝纳感谢您，哦，贝纳是我的十二岁的小孙女，她一定会为这礼物高兴得发狂的！"

"祝她幸福美丽，也祝未来的桑比亚孩子有她十分之一的幸运，十分之一就足够了，将军。"

以后三天，大批的运输直升机频繁往返于桑比亚的内陆和沿海之间，从内地运来大批桑比亚政府交出的经过基因重新编程的"个体"，他们都是十五岁的黑人，绝大部分是男性。这些人被装上等候在沿海的运输船和登陆艇，每艘船装满后立刻向远海驶去。

由于收到了中央情报局的一份紧急情报，菲利克斯将军决定再次召见伊塔。伊塔走进舰长室后，目不转睛地看着窗外，在不远的海面上，几架体形庞大的"支奴干"运输直升机正悬停在一艘运输船上方，黝黑的"个体"不停地从机舱中爬出，顺着软梯下到戒备森严的甲板上，然后在持枪士兵的推搡下进入舱里。

菲利克斯来到伊塔身边，同他一起看着海上的情景，"这是最后几船了，三天运走了两万个个体。"

"他们要被送到哪里？"伊塔问。

"博士，这不是你我需要关心的事情。"菲利克斯冷冷地说。

"我们所在的这艘大船叫'林肯号'是吗？"伊塔突然问，菲利克斯茫然地点点头，"怎么会叫这个名字呢？在上上个世纪，非洲的黑奴就是这么被运走的，他们的基因并没有经过重新编程。"

菲利克斯笑着摇摇头："这是两回事，博士，我可以许诺，当这些个体还在我的管辖范围内时，我们会尽可能地给予人道的待遇，就是野生动物也应该受到保护，但仅此而已。他们以后的命运与我无关，与您也没有关系了。"

看到伊塔沉默无语，菲利克斯接着说："那么，我们谈正事吧。博士，我知道那些个体比正常人要健康得多，但他们有时也会得一些正常人不会得的病，比如前不久，在个体中传染一种皮肤病，虽不会致命，但令患者十分痛苦。为了防止这种病的传染，你们研制了一种接种疫苗，委托欧洲的一家制药公司生产，据我所知，已交货的疫苗总量够四万个个体用的。"

菲利克斯注意到伊塔掩着披布的一只手难以觉察地抖动了一下，但说话的声调仍是那么沉缓："只有两万余名个体，将军。"

菲利克斯点点头："我愿意相信，博士，只是有一个小小的要求：能把那剩下的两万份疫苗给我们看一下吗？只是看一下，我们不带走，它们对正常人没用。"

伊塔不说话。

"您是想说，它们在轰炸中毁了吗？"

伊塔缓缓地摇摇头，"不，那些疫苗都用完了。将军，我清楚您已经什么都知道了。"

"是的，博士，您撒了谎：十五年前重新编程的受精卵不是两万个，而是四万个，现在桑比亚境内还有两万个个体！立刻把它们交出来。"

伊塔把枯瘦的身体转向菲利克斯，眼睛仍然看着下方，这使人觉得他像一个盲人，他说："将军，在我的感觉中，您是一个明白人。"

菲利克斯双眉一挑，问："哦，在哪些方面？"

"很多方面，比如，您真是以一个十字军骑士的激情来领导这场战争吗？"

菲利克斯摇摇头："不，我是以很理性的态度来对待自己的使命的。对于国际社会在这件事情上的大惊小怪，我觉得多少是一种矫情。"

伊塔无动于衷，倒是旁边的布莱尔舰长把目光从伊塔移到菲利克斯身上，吃惊地盯着他："将军……"

"随着 21 世纪头二十年基因工程突飞猛进的发展，人类社会的宗教情绪也与日俱增。表面看来，这是对生命伦理的崇敬和维护，其实是人类在使其茫然的技术社会中试图找到一种精神依托的表现。"

布莱尔大叫起来："怎么能这样说，将军？您应该知道，对人类基因重新编程，等于把人类置于与他自己可以随意制造的机器一样的地位，这将摧毁现代文明的整个法制和伦理体系的基础！"

"您把电视上的话背得很熟，"菲利克斯不以为然地笑笑说，"但您所说的信仰和伦理体系是以西方基督教文化为基础的，而别的文化并不一定认同这种体系。在伊塔博士的非洲文化中，创世主的概念是很模糊的，比如马萨伊人认为：'当神着手准备开创世界时，他发现那里有了一支多洛勃（狩猎的部落）、一头象和一条蛇。'就是说，人类和其他生命是先出现的，是一种自发的创造物。所以，在他们的文化中，对人为干预生命的进化，并没有西方基督教文化这么多的忌讳。就以西方文化本身来说，它的法制和伦理也不会因为对人类基因重新编程而崩溃，事实上，为了更小的理由，我们早就在违反第一伦理，比如 21 世纪出现的克隆人、20 世纪的试管婴儿，更早一些的时候，我们那些高贵的女士们为了少一些麻烦和责任，并没有太多的犹豫就去流产和堕胎了。在这些事实面前，我们的法制和伦理体系好像也很现实地适应了，并没有丝毫崩溃的迹象。至于西方世界之所以对非洲发生的这件事如此大惊小怪，不过是因为我们不需要以野草和树叶充饥罢了。"

布莱尔目瞪口呆了好一阵儿，迷惑地摇摇头。

菲利克斯对伊塔笑笑说："别在意，博士，布莱尔舰长显然平时很少思考这类问题。"

"我的任务不是思考。"舰长气鼓鼓地说。

"菲利克斯将军是个明白人。"伊塔真诚地说。

"我已经足够坦率，那么，请问博士，您是如何一眼把我看透的呢？"

"不是一眼，我们十多年前见过面，那是在麻省理工的一次鸡尾酒会上，你当时还是一名准将，在南卡罗来纳州的新兵训练营负责新兵训练工作。您说在现在的美国青年中，可以招到像科学家的士兵、像工程师的士兵、像艺术家的士兵，但像士兵的士兵却越来越难找了。接着你就说，基因工程有可能为美国创造出合格的士兵，这是军方人士第一次在生物学家团聚的酒会上说这种话，因此我记住了您。"

"这真是一个好主意。"布莱尔舰长赞许地点点头。

"所以，舰长，只要有需要，伦理终究是第二位的。"菲利克斯对布莱尔说，极力掩盖着自己的轻蔑。

"那么，将军，您一定理解我的恳求，求你们放过那两万个桑比亚人吧。"伊塔对"第一伦理"行动的指挥官连连鞠躬，看上去真像一个老乞丐。

菲利克斯坚定地摇摇头："博士，我是军人，在执行使命，这与我对基因工程的看法没有关系。再说一遍：把那两万个个体交出来，即使您认为他们是桑比亚的未来。"

"将军，他们是全人类的未来。"

"这没有意义，我们不但确切地知道那两万个个体的存在，甚至能猜到他们的藏身之处。如果你们拒绝交出，我们只能轰炸那些丛林。"菲利克斯把手向下一劈说。

"知道怎样轰炸吗？"布莱尔把脸凑近伊塔说，"不是用'林肯号'上的飞机，它们太小了，是从阿松森基地飞来的巨型轰炸机，它们装满了燃烧弹，在那些丛林地带沿 X 形对角线投弹，这样不管风向如何，都能形成一片完美的火场，火焰的温度可以熔化钢梁，连细菌都活不下去。"

菲利克斯接着说："怎么样，博士？即使为了那些个体着想，也应该把它们交出来吧。"

伊塔用当地的土语哀叹了一句什么，整个身体像失去支撑似地摇摇欲坠，"给我电话，我向政府转达你们的意思。"

"很好，还要说明，不能用上次的移交方式。从内陆用直升机运送两万人太困难，在降落点和途中还会不时遭到游击队的袭击。我们要求你们把那两万个个体运到海岸来，就在这片沿海平地上，在舰队的火力控制范围内。以上的事完全由你们来做，然后我们用登陆艇一次性接收。"

"我转达。"伊塔无力地点点头。

当伊塔随着押解的陆战队员走到舰长室门口时，他突然转过身来。美国人惊奇地发现，他的腰不躬了，现在站得笔直，这才可以看到原来他是那么高大的一个人；他那双隐没于眼窝黑影中的眼睛，自那仿佛深不见底的黑潭中射出两道冷光，令在场所有人打了个寒战。

"离开非洲。"伊塔说。

"您说什么？"布莱尔舰长问。

伊塔没有理会，转身迈着大步走出去，那步伐之强健有力也与以前判若两人。

"他说什么？"布莱尔又转身问其他人。

"他让我们离开非洲。"菲利克斯说，双眼沉思地盯着伊塔离去的方向。

"他……哈……他真幽默！"布莱尔大笑起来。

入夜，在舰长室里，菲利克斯将军入神地看着桑比亚人送他的那匹小马。它正站在宽大的海图桌上，津津有味地吃着勤务兵刚送来的卷心菜。然后，他起身来到外面的舰桥上，凝视着远方的非洲海岸。一股热风吹到脸上，风中夹着烟味儿，远方的陆地笼罩在一片红光之中，那是桑比亚的城市在燃烧；火光映红了半边夜空，经海水反射，构成了一个虚假的黎明。

"将军，看得出您很忧虑。"布莱尔舰长也悄声来到舰桥上，在菲利克斯后面问。

"我们面对的，是一个被逼到墙角的民族。"菲利克斯看着燃烧的大陆说。

"那又怎么样？在这个世界上，鸡蛋就是鸡蛋，石头就是石头。我相信一切都会很顺利的。"

"但愿如此吧。四十多年前的那一天我记得很清楚，我和几名陆战队员一起守在西贡大使馆的楼顶，直升机正在运走最后一批人。文进勇将军指挥的北约军队离那儿只有几百米。而美国在越南的势力范围，只剩大使馆楼顶这几十平方米。一颗炮弹飞来，一名陆战队员被齐肩炸成两半，我还记得他的名字，他是最后一个死于越南的美国军人……那一时刻刻骨铭心，从此我明白了战争是一个很深奥的东西，谁都难以真正看透它。"

当菲利克斯被一名中校参谋叫醒时，天刚蒙蒙亮。参谋告诉他，指定的海岸地段已经集结了两万多桑比亚人，好像就是桑比亚政府交出的那两万个个体。

"不可能这么快的！"菲利克斯盯着参谋喊道，"他们靠什么集结？桑比亚大部分的公路和铁路都难以通行，就是有畅通的道路和足够的车辆也不可能这么快集结两万人！"

菲利克斯起身抓起一个望远镜，冲到舰桥上，清晨的海风让他打了一个寒战。舰桥上已站满了举着望远镜观察海岸的海军军官，布莱尔舰长也在其中。

向岸上望去，望远镜中出现的是从海岸伸延出去的广阔平原。燃烧的城市升起的烟雾如同平原后面一张巨大的黑灰色幕布。菲利克斯看到平原的地平线上有几个黑点，这些黑点渐渐变成了一条条黑线，很快，这些黑线连接起来，给地平线镶上了一道黑边。菲利克斯立刻看出这不是那两万个等待接收的"个体"，而是一支准备发起攻击的陆军部队。他们队形整齐地推进着，菲利克斯放下望远镜，用肉眼也能看到桑比亚军队像黑色的地毯一样渐渐覆盖了平原。他再次举起望远镜，看到阵线在加快速度。很快，整个方阵都飞奔起来，黑人士兵们高举着冲锋枪怒吼着，像潮水一样扑向大海。

"桑比亚人要投海自杀？"舰队中所有目睹这一壮观景象的人都迷惑不解。在"林肯号"上，菲利克斯首先发现了什么，脸一下变得煞白。他扔下望远镜，声嘶力竭地大叫起来：

"战斗警报！舰炮射击！所有攻击机起飞！快！"

战斗警报尖利地响起。已冲到海边的桑比亚步兵阵线中突然出现了一大片白色的东西，那一片白色急剧抖动着，激起了高高的尘埃，舰队的人们一时无法相信自己的眼睛。

所有的桑比亚士兵都长着一对白色的翅膀，这是两万多名会飞的人！

在一片尘埃之上，飞人群升到空中，飞行的阵线黑压压一片，遮住了初升的太阳，这空中军队越海向舰队扑来。

这时，舰队的"宙斯盾"系统已对来袭的飞人群做出了反应，首批舰对空导弹从"林肯号"周围的巡洋舰射向飞人，约五十条白色的烟迹扎入了飞人群。这首批导弹都击中了目标，清脆的爆炸声从空中传来，飞人群在一阵闪光后出现了一团团黑烟，被击中的飞人血肉横飞，翅膀的白色羽毛如一片片细微的雪花在天空飘散。航母上观战的人们发出一阵欢呼声，但凭理智仔细观察攻击效果的菲利克斯将军和布莱尔舰长心凉了半截，一道简单但严酷的算术题摆在他们面前。

从现在的情况看，每枚舰空导弹在击中目标时，弹头爆炸的杀伤力可击落周围两到三个飞人。舰队的舰空导弹的弹头是为击毁空中战机这样的点状目标而设计的，爆炸时只产生很少的高速弹片，因而面积杀伤力不大，而飞人群受到导弹攻击后会以很快的速度散开，所以，一枚舰空导弹很快只能击落一个飞人了。具有较强面积杀伤能力的舰对舰导弹和巡航导弹对这样方向和距离的目标毫无用处。

这里还有一个致命的弱点：舰队的舰空导弹中只有不到一半采用传统的红外、雷达和激光制导方式，它们大多是 20 世纪就已装备的"海标枪""海麻雀"和"标准"型舰空导弹。近年来，这支强大舰队真正引以为傲的是采用像素制导的舰空导弹。像素制导是 20 世纪的导弹设计师们追求已久的梦想，在这种制导方式下，导弹感受到的目标不再是传统制导方式下的点状，而是一个三维图像，通过先进的模式匹配技术对目标进行识别，正如给导弹装上了一双智慧的眼睛，这就使得导弹可以打击目标最致命的部位，因而像素制导导弹的战斗部较传统导弹大为减小。但现在，在这双智慧之眼中，那些飞人怎么看也不像是需要打击的空中目标，更像是大些的飞鸟，所以这些聪明的导弹都做出了理智的选择：绕开他们。人工智能再一次变成了人工愚蠢，更换每个导弹的模式数据库是无论如何也来不及了。

整个舰队携带的舰对空导弹约为 3000 枚，这比正常情况已超载一倍了。这样数量的导弹在"宙斯盾"系统的引导下，足以对付一个大国的全部空军力量对舰队发动的攻击，进行这种攻击的敌机可能有两千架左右。而现在，舰队面对着十倍数量的飞人，每个飞人对舰只的攻击能力当然无法同战机相比，但要击落它，也要耗费一枚导弹。用航母上的战斗机对付飞人，道理也一样，况且战斗机可能来不及起飞了。于是，统率着这个星球上最强大舰队的两位将军，现在不得不承认这样的现实：

对于飞人，舰母战斗群的主要武器不再具有优势，质量代替不了数量。

"林肯号"的周围，舰空导弹一批接着一批地发射，导弹的尾迹在空中组成一团巨大的乱麻。舰队没有人欢呼了，现在即使普通水兵也解开了那道算术题，以往他们最引以为自豪的东西现在靠不上了。

当所有的舰空导弹全部用光后，只击中了不到两千个飞人。而现在，从海岸方向向舰队冲来的飞人阵线的前锋，已掠过了战斗群外围的巡洋舰和驱逐舰，直向"林肯号"航母扑来。

现在，舰队只能依靠舰炮和机枪火力了，几乎所有的舰炮都全力射击。打击飞人最为有效的武器是"密集阵"火炮系统，它原是用于击落 1500 米范围内突破舰队防御系统的漏网反舰导弹的，它由 6 管 20 毫米口径火炮组成，具有每分钟 3000 发的高射速。"密集阵"火炮的每一次扫射，都在空中划出一条死亡的曲线，都有一排飞人被它那密集的弹流击落。但"密集阵"火炮无法长时间连续射击，它的高射速和快初速使炮管很快发热老化，必须频繁地更换，加上数量有限，它们最终也无法对来袭的大批飞人形成有力的狙击。其他的大口径舰炮射速太慢，同时，飞人的飞行轨迹是一条不断波动的正弦线，用普通舰炮对它们射击就像用步枪打蝴蝶一样，命中率很低。所以，现在唯一能依靠的武器就是机枪了。

这时，菲利克斯的脑海中浮现出古代中国关于冷兵器战争的一句话："临敌不过三发"。意思是说，在敌人的骑兵冲到阵地前这段时间里，弓箭手只能射出三支箭。这绝妙地反映了目前"林肯号"的处境。

现在，飞人开始对"林肯号"冲击了，飞人从各个高度接近航母，最高的飞人飞到上千米，最低的紧贴海面掠过。近两万名飞人使"林肯号"笼罩在一团死亡的阴云中。航母上的人听到从各个方向上传来的飞人的呼喊声，这些声音使他们头皮发麻，抬头看着那密密麻麻的遮住阳光的飞人群在头顶盘旋，他们仿佛身处噩梦之中，同时也意识到一个严酷的现实：在高技术的温床中沉浸了几十年后，他们终于获得了一个成为真正战士的机会——要同敌人面对面肉搏了。

意识到这点，菲利克斯反而冷静了许多，他拿起扩音器，沉着地发出命令："立刻向舰上人员分发所有轻武器，重点防守塔岛、升降机口、弹药库、航空油库和核反应堆。这是最高指挥官在说话，全舰人员，准备接敌近战！"

布莱尔舰长茫然地看着菲利克斯将军，好半天才理解了他话的含义。他默默地走到海图桌前，从抽屉里拿出自己的手枪，他看着枪，无言地沉思着。突然，他听到了一声悠扬的嘶鸣声，是那匹小飞马发出的。舰长抬枪对着小马射出三发子弹，那个美丽的小精灵倒在血泊中。

又一个措手不及的尴尬场面出现了：在早期航母中，轻武器是由各战位分散保管的，但由于自"二战"以来舰上人员从未有使用轻武器的机会，所以不知从什么时候起，现代舰母上的轻武器都在一个专用仓库中集中保管。"林肯号"上有近六千人，除了不能离开岗位的人，有近四千人涌向位于航母中层的军火库中去领枪，一时把狭窄的通道堵塞了。军火库门口更是乱作一团，负责分发武器的军官只能把步枪向人群中扔，领到枪的人也挤不出去，只能把枪向后传，看上去很像近代某个城市暴动的场面。这时，"林肯号"广阔的飞行甲板只能由舰上数量不多的海军陆战队守卫了。

第一个飞人在"林肯号"的飞行甲板上着陆了，他那雪白的双翅轻盈地抖动，双脚接触甲板时没发出一点声音。这时，谁也不会认为他是魔鬼，反而觉得他是希腊神话中才有的人物，是神灵的化身，来自远古的梦幻，如同一个美丽的幻影降落到人类这粗陋的钢铁世界中。甲板上的陆战队员被他那惊人的美震慑住了，很多人呆呆地看着，忘了开枪。但这个飞人战士还是很快被来自各个方向的弹雨击倒了，飞人倒在甲板上，双翅上雪白的羽毛被鲜血染红了。紧接着又有三个飞人着舰，其中一名幸存下来，躲到飞行甲板左舷的一个光学着舰引导装置后面同陆战队员们对射起来。

又有几个飞人降落被击毙后，飞人战士们意识到这时着舰代价太大，就开始从空中向航母投掷手榴弹。航母上的人们也尝到了被轰炸的滋味，当一大群飞人呼啸着从飞行甲板上空掠过后，手榴弹如冰雹般噼里啪啦地落下，然后在一片爆炸声中，那些仍停在甲板上的昂贵的"雄猫"和"大黄蜂"一架架被炸成了碎片。

来自空中的手榴弹成功地遏制了航母上的轻武器火力，飞人的第二次强行降落取得了成功，很快有上百名飞人战士登上了"林肯号"，他们依托着左右舷的下陷结构和甲板上飞机的残骸同舰上的陆战队和水兵枪战，掩护更多的飞人着舰。

现在，令"林肯号"的守卫者们最尴尬的局面出现了：首先，他们在人员素质上处于劣势。经过基因优化，又在非洲丛林中成长的飞人是天生的战士，在这传统的近战中，他们骁勇敏捷，所向无敌。而"林肯号"上的人，除了为数不多的海军陆战队员外，其他人与其说是军人，还不如说是工程师和技师，受过的陆战训练不多，在这残酷的近战中根本不是飞人战士的对手。最可怜的要数那些飞行员了，这些曾令多少敌人闻风丧胆的空中杀手、航母战斗群的刀锋，现在什么都不是了。布莱尔悲哀地从舰长室的窗中看到一名中校飞行员缩在F14的座舱中，伸出手枪乱射一气，弹匣打光了还在不停地扣扳机，直到一名脸上涂着红黑相间条纹的飞人爬上飞机，用一把猎刀砍下他的脑袋……

更令"第一伦理"行动的执行者们无法忍受的是，他们现在在武器上也处于劣势！在这样的近战中，他们的M16步枪并不比桑比亚飞人手中古老的AK47好多少。而且，"林肯号"上轻武器库中的步枪只有不到两千支，这样，舰上大部分人只能用手枪作战。"林肯号"上的6000名官兵不过是被堵在钢铁中的一堆肉而已。

在三个足球场大小的飞行甲板上，飞人仍在以很快的速度降落，现在，他们在舰上的人数已过千人。"林肯号"虽然在人数上仍占优势，但大部分人都被刚才的手榴弹轰炸堵在舰内，飞行甲板渐渐被飞人战士控制。现在，他们重点攻击的目标有两个：一个是飞机升降机口，这是进入舰体内最宽敞的通道；另一个是塔岛，这是航母的神经中枢。

一群飞人从舰长室外掠过，可以听到手榴弹乒乒乒乒地砸在舱壁上，有一枚破窗而入，落到海图桌上。看着那个冒着青烟旋转的东西，菲利克斯将军仿佛走进了时间隧道，闪回到他的青年时代。那是在热带暴雨中的南越丛林中，18岁的他也看到一枚手榴弹在眼前冒着青烟旋转，甚至外形也同眼前这颗一样，是前华约国的制式武器，弹体和弹柄都是绿色的……对历史和现实的感触都凝缩在这生死的一瞬，将军出神地盯着那个东西，多亏一名参谋把他扑倒在地。

又过了十几分钟，着舰的飞人已超过两千，他们完全控制了飞行甲板，也成功地狙击了周围的巡洋舰和驱逐舰上的增援。现在从外面看，"林肯号"上已全是飞人战士的身影，AK47冲锋枪嘶哑粗放的射击声盖住了一切，M16步枪纤细的啪啪声只能零星地听到。

突然，布莱尔舰长听到了一声爆炸，从升降机方向传来。同到处响起的手榴弹爆炸声相比，它很沉闷，只是隐隐约约能听到。他的心顿时沉到了底，作为一名经验丰富的军人，他不会听错的，这是飞人战士在用塑性炸药炸开了舰体内部的水密门，他们已进入了"林肯号"。菲利克斯也意识到了这点。他知道，现代巨型航空母舰的内部结构是极其复杂的，即使舰上人员，在没有地图的情况下也会迷路。但对于飞人战士，这可能不是个太大的障碍，因为他们要找的地方都体积庞大且方位明确。"林肯号"有三个致命处：弹药库、航空油库（存放着供舰上作战飞机使用的8000吨航空燃油）和为全舰提供动力的两座压水核反应堆，飞人战士找到这三样东西中的任何一样，"林肯号"就死定了。同时，核动力航母是一个极其复杂的系统，在内部随意地破坏也可能带来致命的后果。

那不祥的爆炸声又响了起来，一声比一声更沉闷，如同一只巨兽的脚步，一步步向"林肯号"的深处走去……

现在，结局只是时间问题。

着舰的飞人已过五千，甲板上的战斗基本停止了，而指挥塔岛同全舰和外界的联系几乎中断，虽然塔岛还未完全失守，但"林肯号"已失去了大脑。

在以后的一个多小时内，"林肯号"几乎沉静下来，只有舰体内的爆炸声能隐约听到，而且向不同的方向扩散。飞人战士像进入"林肯号"这只巨兽体内的无数只蚂蚁，正在吞食着它的内脏。同时，飞人加强了对塔岛的攻击，在从下面攻打的同时，他们还从空中直接跳到塔岛的上层建筑上。

突然，"林肯号"微微震动了一下。布莱尔冲到窗边，看到大团的白色蒸汽从舰体两侧升起，并听到一阵隆隆声，那是舰体下面海水沸腾的声音。舰长知道，飞人战士找到了"林肯号"三个致命处的一个：核反应堆。虽然反应堆在舰体的最下部，但它们的方位是最明确的。飞人战士显然已炸毁了反应堆的冷却系统，布莱尔可以想象，堆中的反应物质如火山岩浆般流了出来，但它比岩浆灼热许多倍，它流到航母的舰底，就如同把烧红的火炭放到硬纸板上一样，很快把舰底烧穿了。

又一阵冰雹般的手榴弹扔到舰长室周围，震耳欲聋的爆炸后，AK47 冲锋枪密集地在外面响了起来，好像是一阵突然爆发的狂笑。保卫舰长室的陆战队员们在舱门和窗口相继倒毙。一群飞人战士撞开门冲了进来，他们的翅膀合在身后，像是披着白色的斗篷。布莱尔舰长伸手去拿放在海图桌上的手枪，立刻同几名年轻参谋一起被眼疾手快的飞人战士乱枪打死。菲利克斯将军手里握着枪，但没举起来，飞人战士盯着他肩上的四颗星，没有再开枪。他们就这样对峙着。

飞人们突然向两边分开，伊塔博士走了进来。他仍披着那块披布，同周围戎装的飞人战士形成鲜明对比，一个飞人用生疏的英语让菲利克斯放下武器。

菲利克斯仍紧握着手枪，用另一只手整理了一下军服："开枪吧，黑鬼。"

伊塔博士抬起头来，菲利克斯又一次看到了他那深邃的双眼。

"将军，我们的血也是红的。"

"你们可以击沉'林肯号'，但最终一个也跑不掉的！"

伊塔笑了一下，这是菲利克斯第一次看到他笑，"他们当然能跑掉，他们可以任意飞越国境，雷达系统不能把他们同飞鸟区别开来，他们到处都能得到食物，即使是现代社会，要消灭这样一批人也是不容易的。更重要的是，他们很快就会成为合法的人，将享有作为一个人的一切权利。"

"这我不明白。"

"您是个聪明人，正如您所说，即使在所谓的文明世界，只要有需要，伦理是第二位的。那里的人们当然不需要吃野草和树叶，但他们肯定需要飞翔，这是人类最古老的梦幻，没人能抵挡它的诱惑。您将会看到，想象中的魔鬼并不存在，天使时代即将到来。在那个美好的时代里，人类在城市和原野上空飞翔，蓝天和白云是他们散步的花园，人类还将像鱼一样潜游在海底，并且以上千岁的寿命来享受这一切。将军，您已经看到了这个时代的曙光。"

伊塔博士说完，转身走了出去，同时用桑比亚语说了句什么，接着所有的飞人战士都转身走了，没有一个人再看菲利克斯一眼。

"林肯号"航空母舰直到黄昏时才完全沉没。当舰上的塔岛最后没入水中时，被压出的空气发出巨大的嘶鸣，像非洲海岸凄厉的号角。菲利克斯将军站在一艘巡洋舰的舰桥上，用困惑的目光望着远方非洲古老的土地。

在那块百万年前诞生人类的土地上，飞人们正在夕阳中盘旋。

以思想者的眼光巡视现实与未来

——《天使时代》赏析

乔世华

　　《天使时代》既有意识地对人类面临的道德难题展开思考，展示人在极端情境下所该做的最优选择，同时也像是一部有着无穷寓意的政治小说，对人类历史、政治和现实生活、科学家的责任与良知进行拷问和探察，还对未来人为干预下制造出来的新人类进行预报。刘慈欣在初涉文坛之时就已显示出开阔的写作视野和巨大的思想容量，这令他的作品意蕴饱满，具有多维的解读空间。

　　刘慈欣少小时即因为迷恋科幻而爱上了科幻写作，还在阳泉第一中学读高中时就已经在写作上显示出与众不同的才能。所以，虽然他迟至 1999 年才公开发表第一篇科幻作品，但他对科幻写作的思考一以贯之并有着深切的体会："科幻小说的灵魂，第一是思想，第二是思想，第三还是思想。所谓思想，包括想象力和对宇宙的深刻感悟等，思想必须达到一定的深度才能产生有震撼力的小说。"① 发表于《科幻世界》2002 年第 6 期的中篇小说《天使时代》就富有饱满的思想意蕴和强大的震撼力。

---

① 肖尧. 科幻写作：陌生又熟悉的探秘之旅［J］. 新作文，2015（11）.

一、对人类道德的无情拷问

假如人类世界只剩下你、我、她三个人了，我们三个携带着人类文明的一切。而你和我必须吃了她才能生存下去，你吃吗？[①] 是坚持人类社会的道德准则重要，还是保持人类文明的存续更重要呢？

如果恶化的地球生态必须让三十亿人去死，以防止六十亿人一起死，我们是该继续维护人性和人权，还是该果断地牺牲其中的一部分以换取整个文明的存续？[②]

上述道德难题关系到的是：在有限的生存空间里，是通过消灭一部分人而使另一部分人活下来为好，还是大家一起奔赴死地为好？这些常常被刘慈欣考虑并不断抛给人们的思想实验题，应该得自于一些国外经典科幻作品的启发。比如英国科幻作家阿瑟·克拉克的《冷酷的方程式》，小说就让宇航员面临这样的困难选择：要么让一个天真无邪想去见哥哥的少女去死，要么八个人一起去死。再比如，为刘慈欣所津津乐道的日本导演深作欣二的作品《大逃杀》（又名《东京圣战》），电影中四十多位被置于荒郊野外的中学生面临着同一选择——消灭别人以保全自己。

人类陷于囚徒困境时"生存还是毁灭"的哈姆雷特式的困惑，其实指向了对冷酷的宇宙生存法则的认知，关涉到人类在这一法则作用下是该服从理性或冷血，还是该遵从感情或道德的严肃话题。《天使时代》中，刘慈欣有意识地在作品中就这一话题展开了有益的思考。

非洲桑比亚国科学家伊塔博士为了解决困扰该国人民已久的吃饭问题，对人类基因进行重新编程，这项抛弃了上帝的研究显然违背了人类世界的第一伦理，属于犯罪行为。可是，人类文明的基石是有饭吃，当人类连自身生存都成为问题时，却去高谈阔论"工业化""民主""尊严"一类的话题，这是不是太奢侈了？桑比亚人为了填饱肚皮而对人类基因进行改造，这能被定

[①] 刘慈欣. 为什么人类还值得拯救 [J]. 新发现，2007（11）.

[②] 刘慈欣. 从大海见一滴水——对科幻小说中某些传统文学要素的反思 [J]. 科普研究，2011（3）.

义为有罪吗？当桑比亚国面对西方文明世界强大的炮火威胁，责其交出经过基因重新编程的两万余名个体以换取更多桑比亚人的生存就成为现实的选择了。但当桑比亚国被逼得无路可走之时，被隐匿下来的另外两万名个体以赴汤蹈火的姿态绝处反击，牺牲掉其中的少部分个体以换取整个民族的自由生存，似乎也是明智之举。对极端情境下桑比亚人所做出的这种最优选择，作者显然是理解和认可的。

与此相关联，作者进一步道出了人类道德自身存在着的某种悖谬性。小说中的伊塔博士发出这样的诘问："人们既然可以用基因工程来改造农作物，那么为什么不能用它来改造人自身呢？"小说还借伊塔博士之口提到这样的事实：在过去，流产堕胎、试管婴儿、克隆人这些曾经让人大惊小怪不能接受的事实，在后来都被人类的法制和伦理体系很现实地适应了。所以，一切如伊塔博士所说："即使在所谓的文明世界，只要有需要，伦理是第二位的。"正因为此，刘慈欣会对人性、道德等抱持这样的认知："没有永恒不变的人性，没有真正高尚的道德，一切的标准都有前提。我们如今所珍视的对于自由的向往，在中世纪被认为是一种病态，那时人们尊重的是'忠诚''勇敢'，你要随时勇于赴死。在未来，道德也必将因为条件的改变而改变。"[①] 换言之，人类的道德观念和价值体系不会是铁板一块，而是会随时因情势而发生调整的。刘慈欣是以开放、发展的眼光来看待这一切的。

二、对人类文明差异的反思

在刘慈欣对未来世界的想象和思考的科幻作品中，常常关联着其对人类历史、政治和现实生活的考察，这使得他的作品厚重而蕴藉。比如，《天使时代》更像是一部披着科幻外衣的有着无穷寓意的政治小说。

小说开篇，来自文明世界的"林肯号"航母战斗群向桑比亚国攻击时，随军牧师手捧《圣经》为此次远征作的祷词内容与捍卫主的尊严和荣耀有关，这场景与11—13世纪欧洲在罗马天主教教皇准许下对地中海东岸国家以清

---

① 刘慈欣. 人类会怎么灭亡 [J]. 时尚先生，2009（1）.

除异端的名义发动的十字军东征何其相似！小说也意味无穷地将这次攻击定义为"文明世界向非洲开始了 21 世纪的十字军东征"，在后面还让伊塔博士当面质问菲利克斯将军："您真是以一个十字军骑士的激情来领导这场战争吗？""十字军"的被重提和强调，直接表明了作者对这场以维护人类第一伦理为由的战争的性质判定。作为这场现代"十字军东征"的领导者，菲利克斯将军会不断地由眼下的战争回想起自己四十多年前所参与的越南战争，而两万个桑比亚国个体被"林肯号"航母运走的情形又和上上个世纪非洲黑奴被运到美洲去的情形相仿。这些已有定论的历史场景的不断介入，都时刻提醒着读者对这场由文明世界发动的战争应抱持质询态度。

此外，桑比亚国人因为饥荒而出现人吃人的惨剧，桑比亚国在西方坚船利炮的逼迫下低头认罪，无疑都将作家对现实非洲饥饿问题的关注、对强权即公理和弱肉强食的国际政治秩序架构的不满尽显于小说中。小说所书写的具强烈反差的现实，都别有意味地指向了发达国家与发展中国家之间巨大的政治、文化差异和冲突。

经过基因改良的小卡多靠吃草而肌肉饱满，皮肤光亮，卷发浓密，眼睛有神，表现出旺盛的生命力来，与西方人印象中饥饿的桑比亚儿童有很大的差别，这不能不让人认同伊塔博士的断言："只要吃饱了饭，任何民族的孩子都能变得像天神般高贵。"伊塔博士因为桑比亚人民挨饿而自愿节食，美国专家却劝告他过分的责任心会影响研究，并表现出明显的推诿态度来，认为这"不是科学家们仅凭手中的科学能够解决的"。面对伊塔博士造福桑比亚人民的这项人类基因改造工程，包括西方科学家在内的社会公众相当反感和排斥，菲利克斯将军还为伊塔博士没能留在所谓"文明世界"再获一次诺贝尔奖而感到遗憾；对桑比亚国的饥饿问题，西方世界既熟视无睹也无能为力，但当桑比亚人通过改造人类基因部分地解决了吃饭问题时，早就在堕胎、试管婴儿等一些更小的事情上违反第一伦理的西方世界却无法容忍，对桑比亚国和伊塔博士进行了魔鬼指认，蔑称桑比亚人为"黑鬼"，并大动干戈进行武力挞伐，连菲利克斯将军都会觉得西方世界在转基因人类这件事情上大惊小怪的态度多少是一种矫情。

小说无比清晰地表明：以西方基督教文化为基础的信仰和伦理体系在另外一个文明世界里显然不一定会得到认同。以布莱尔舰长为代表的西方人反对人类基因的重新编程，认为这等同于把人类置于与他自己可以随意制造的机器一样的地位，将摧毁现代文明的整个法制和伦理体系的基础；但是在非洲文化中，创世主的概念很模糊，对人为干预生命的进化，并没有西方基督教文化这么多的忌讳。很显然，小说肯定了人类文明的多样性存在，而不赞同将某一种文明凌驾于其他文明之上。

《天使时代》把诸如文明差异、强权政治、种族歧视、道德虚伪、科学家的责任与良知等诸多值得深究的问题在颇具玩味的书写中一股脑儿端到了台面上来，在显示出刘慈欣开阔的写作视野的同时，也强化了人们对他作品左翼立场的认定。①

三、对未来新人类和战争的预报

对未来人为干预下制造出来的新人类进行预报，是《天使时代》的主题之一。众所周知，1996 年 7 月 5 日，人类首次利用成年动物体细胞克隆成功了第一个生命——克隆羊多莉，这意味着克隆人已经是呼之欲出的现实了。直到今天，诸多生物技术发达的国家都对克隆人的研制采取严格限制和明令禁止的方式，因为克隆人对人类传统伦理道德、法律等的挑战是前所未有的，当人类社会在为克隆人发生旷日持久的口水战时，刘慈欣也在积极思考这一话题，在后来更撰文表示："克隆后的人体可以在无脑状态下的培养槽里成长，这样它在法律上可以看作是你的一部分而不是一个独立的人。当然，类似的做法得到社会和法律承认也极其困难，但只要有需要，人类克服这种障碍的智慧也同样高明，没多少人能挡得住这种诱惑，最后被孤立和抛弃的是那些道学家。"② 显然，刘慈欣对克隆人的最终出现是持肯定和期待态度的。不过，写于 1999 年的《天使时代》并没有停留在对克隆人这一热门话题的表达和书写上，小说在轻描淡写地提到克隆人的出现被世人接受的

---

① 李珊珊. 刘慈欣：让我们仰望星空吧［J］. 南方人物周刊，2011（14）.

② 刘慈欣. 技术奇点二题［M］//张立宪. 读库1005. 北京：新星出版社，2010：317.

事实的同时，将笔触伸向比克隆人还要冒天下之大不韪的转基因人类，这个创意即使在今天也是前卫的。因为在刘慈欣看来："一个作家写科幻小说必须要有内心的冲动、兴奋感。别人一旦抢先创意，就失去了内心最深处的动力。"①

具体来说，《天使时代》中的转基因人类，是由伊塔博士从食草动物中提取大量消化系统的函数和子模块经过优选和组合后植入人类受精卵的基因编码中产生的新人类，他们的消化系统不同于常人，食物范围大大扩展，令人头疼的疯长的野草对他们来说就是美餐；而且更高级一些的经过基因改良的人类还长着一对白色翅膀，能飞到上千米之高，可以任意飞越国境。刘慈欣对这类人为干预下出现的转基因人类表现出乐观其成的态度，假伊塔博士之口认为"他们是全人类的未来"。小说中，菲利克斯将军曾经感慨，在高科技背景下，"可以招到像科学家的士兵，像工程师的士兵，像艺术家的士兵，但像士兵的士兵却越来越难找了。"在面对面的残酷肉搏中，桑比亚国骁勇敏捷、所向无敌的飞人战士们要远远胜过"林肯号"上那些莫如说是工程师和技师的士兵，小说借着对勇于赴死的飞人战士的书写提出了一个思路：基因工程有可能为人类创造出合格的士兵来。小说对人类将转基因技术应用于干预人类生命进程开发上是有一番辩词的，特别提到上帝对生命的创造所做的工作实际上和生命科学的程序员无异，则人类应用这一技术不过意味着人类自己拥有了一双上帝之手。

在《天使时代》设定的时代背景下（是越南战争过去四十多年之后的 21世纪），转基因人类还无法在那时人类的基本伦理里找到合适的栖身地。联合国生物安全理事会判定伊塔博士人为干预生命进程的研究为非法，桑比亚国被视为魔鬼国家，文明世界为了维护人类神圣的第一伦理而派出航空母舰战斗群开始讨伐它。《天使时代》下篇在继续展示新人类的发展可能并为"天使"正名的同时，还关涉另一个有关未来战争的有趣话题：航空母舰是不是天下无敌的巨无霸？人工智能在战争中的实际效果如何？

---

① 朱柳笛. 摸到光年的长度［N］. 新京报，2015-01-31.

小说就给我们演示了航空母舰在战争中拙笨的一面：譬如，当近距离战争即将发生时，将近四千人一起拥向位于航母中层的专用军火库中领枪时狭窄的通道被堵塞、军火库门口乱作一团的场景。航空母舰在海上的生存能力很脆弱，在应对灵巧勇敢的桑比亚国飞人战士反攻时明显火力有限不具有优势。航空母舰上的舰空导弹的弹头是为击毁空中战机这样的点状目标而设计的，爆炸时只产生很少的高速弹片，因而面积杀伤力不大。而具有较强面积杀伤能力的舰对舰导弹和巡航导弹面对能以很快速度散开的飞人群目标则毫无用处。采用像素制导的舰空导弹虽然可以识别目标，但却将需要打击的飞人视作大飞鸟而采取了绕开他们的理智选择，人工智能因此变成了人工愚蠢。更要命的是，导弹的模式数据库在千变万化的战争面前来不及更换，核动力航母是一个极其复杂的系统，在内部随意的破坏也可能带来致命的后果。当飞人战士运用优势成功着陆"林肯号"找到其致命缺陷时，航空母舰的沉没就势难挽回了。航空母舰在作战中优势渐无、劣势凸显乃至被击沉的全过程，之所以能被刘慈欣如数家珍般地细细道来，这完全得益于他平素的写作积累："知识的积累只有看书，我也不认识什么科学家，我喜欢看历史、科学、军事方面的图书，有时也看科幻……" [1] 这是成就其"核心科幻"写作的坚实基石。

四、峰回路转的叙事能力

刘慈欣在设计情节时峰回路转的叙事能力值得称道。小说中，当桑比亚国代表团在抗议声浪中登上飞机，空中小姐们普遍表现出了遇到魔鬼时的恐惧反应，但接下来又有令人动容的描写："只有一位欧洲空姐勇敢地领着他们进到一等舱，这位金发碧眼的姑娘美丽动人，脸上露着真诚的微笑，温暖了桑比亚人那已凉透了的心。在走出机舱前，她双手合十，用不知从哪里学来的东方礼仪向孩子默默地祝福，一时让旁边的桑比亚人的眼睛都湿润了。"看到这里，读者一定都会为这个名叫黛丽丝的空姐勇于挑战偏见、表里如一的美丽所感动，但意想不到的情形出现了：她枪杀了无辜的小卡多并疯狂地叫嚣自己没有

杀人！陡转的情节让读者经历了心理上的九曲十八弯，同时也看到了什么是虚伪，看到了桑比亚国的被妖魔化，看到了西方人根深蒂固的种族歧视。

这场由先进的文明世界对饥饿贫穷的桑比亚国的征伐，其结果一开始就能让人预想到，尤其是当小说讲到桑比亚国在狂轰滥炸中已经被打回到石器时代、桑比亚政府全盘接受了所有投降条件之时，读者是会认同布莱尔舰长们"这是一场无聊的战争"的想法的。但小说结尾，被逼到墙角的桑比亚国居然使出了杀手锏，"文明之师"一败涂地，最终被赶出了非洲！一切都出其不意，却又尽在情理之中。

还有，桑比亚国在西方炮火的胁迫下不得已交出了以前宣称改良出生的两万名个体，似乎已经没有了悬念，但当桑比亚国研制生产的足够四万个个体用的疫苗总量被发现，却又出现了一次大转折——原来桑比亚国还隐匿了另外两万个个体！同时这也巧妙地把转基因人类并不完美、会罹患一些正常人不会得的病的事实交代出来。还有，在隐情被发现之前，小说写到伊塔博士送给菲利克斯将军一匹长着白色翅膀不能飞的小猫大小的马，这是马和鸽子的基因组合体。这并非随意的游戏之笔，而是在为后面两万个被隐匿的桑比亚个体其实是飞人预设伏笔；同时，这个美丽的小精灵也是一件重要道具，它在后来遭到布莱尔舰长的无情枪杀，则布莱尔舰长的残忍本性由此暴露无遗。

此外，小说中的三个主要人物性格各异，他们的命运走向也都符合其性格逻辑：嗜血成性的布莱尔舰长循规蹈矩，不喜欢思考，对非洲人民带着傲慢与偏见，最终被乱枪打死；对弱势民族国家有些许理解和同情、喜欢思考战争性质的菲利克斯将军则被留了下来。至于伊塔博士，他在出场时被人指认与印度的圣雄甘地形貌相似，他也确实具有甘地的风范：布衣蔬食，谦卑而富爱心与良知，懂得坚韧隐忍，视诺贝尔奖一类的荣誉利禄如同粪土，全心全意为桑比亚人民工作，且能进能退，在民族存亡的关键时刻卑己牧人以求得人民的生存权利，在呼告得不到回应之时则挺直胸膛果敢作战抵御外来侵略，终于赢得民族的独立生存。这是一个自始至终让人尊敬的性格统一的科学家，他的塑造是成功的。值得注意的是，伊塔博士与刘慈欣出版于2002年9月的长篇小说《魔鬼积木》中的主角奥拉博士有渊源关系。奥拉博士是一个年过五旬的美籍桑比亚裔黑人科学家，获得诺贝尔奖提名，参与美国政府主导的"创世工程"研究项目，他热爱桑比亚国，容不得包括妻子在内的其他人对桑比亚国的指摘，也疯狂地热爱着自己所从事的基因组合的科研工作，还以此帮助桑比亚国击退强国的进攻；当然，在他身上具有明显的矛盾性和复杂性，这个科学狂人秉持着物种平等的大同思想，梦想建立所谓物种共产主义地球，同时又无情地虐杀自己早期研制出的各种生命组合体，妻子和他分道扬镳，女儿也因为他的研究而丢掉性命。从这两个形象的塑造以及小说中有关桑比亚国飞人击溃"林肯号"航母等的相关书写看，可以认定，带有浓厚恐怖悬疑色彩的《魔鬼积木》的写作在先，《天使时代》是《魔鬼积木》的缩小版和精华版。物种基因组合这同一个构思在刘慈欣笔下结出了"魔鬼"与"天使"这样两个既相通又相异的果子，一方面缘于"一个科幻构思是不容易的，我绝对不会随随便便把它写成个短篇拿出去"[1]，另一方面则缘于刘慈欣要借此点明未来科学技术发展邪恶与美好偕存的事实:《魔鬼积木》中蛇人、马人、狮人等各类人和其他动物的基因组合体被制造出来，令人惊悚;《天使时代》中人类的粮食问题得到了有效解决，还出现了美丽的飞人天使。对照阅读这两部作品，既会深化人们对科技正反作用的辩证认识，也会促使人们对使用科技的人自身进行深刻的检省。

《天使时代》结尾的描写富有寓意，当"林肯号"徐徐沉没之时，"在那块百万年前诞生人类的土地上，飞人们正在夕阳中盘旋"。伴着夕阳沉没的"林肯号"和在空中盘旋的飞人，这一对比鲜明的场景在宣告了西方文明世界的挞伐失败的同时，似乎也意味着人类的终结。伊塔博士对未来人类生活的美丽图景做出了美丽诱人的勾画:"想象中的魔鬼并不存在，天使时代即将到来，在那个美好的时代里，人类在城市和原野上空飞翔，蓝天和白云是他们散步的花园，人类还将像鱼一样潜游在海底，并且以上千岁的寿命来享受这一切。"尽管如此，我们有理由追问：这是否就是我们期待的天使时代呢？"菲利克斯将军站在一艘巡洋舰的舰桥上，用困惑的目光望着远方非洲古老的

---

① 刘怡，刘慈欣. 我没有不请自来的灵感［N］. 香港信报，2014-11-05.

土地。"这困惑不仅仅是菲利克斯的,也会是读者的,甚至也会是富于思辨精神的作家本人就带有的。刘慈欣在后来对未来人类还有过这样的预测:"生物科技是影响未来人类生活的另一个重要方面,第三性的人类(甚至第四性的人类)都有可能被生物技术所攻克。人类秉承了数千年的主流两性关系将被打破。"显然,这预测较之《天使时代》对未来的表现还要大胆得多,但不一定意味着作家本人就完全认同未来的这种变化,其对带有"不可想象的机遇和灾变"[①]的未来高科技、未来世界是既渴望又担忧的,期盼与省思、想象与困惑应该是同时并存的。

一切如刘慈欣所说:"写科幻的人应该让自己的世界观处于一种飘忽不定的状态,要是太坚定什么都看清了,写什么小说都很难出彩,尤其科幻文学,写的就是人类的迷茫和探索。至于我自己,对人类社会并没有铁板钉钉的看法,可能在这套书里是这样,在另外一本书里又是那样。"[②]这种"飘忽不定"显然为他的科幻写作增添了许多思想魅力,《天使时代》的成功应该得益于此。

（乔世华：文学博士，辽宁师范大学文学院副教授）

---

① 刘慈欣. 技术奇点二题 [M] // 张立宪. 读库 1005. 北京：新星出版社，2010：317.
② 许晓，刘慈欣. 我知道，意外随时可能出现 [J]. 城市画报，2011（1）.

人和吞食者

刘慈欣

波江座晶体

　　即使距离很近，上校也不可能看到那块透明晶体，它飘浮在漆黑的太空中，就如同一块沉在深潭中的玻璃。他凭借着晶体扭曲的星光确定其位置，但很快在一片星星稀疏的背景上把它丢失了。突然，远方的太阳变形扭曲了，那永恒的光芒也变得闪烁不定，使他吃了一惊，但以"冷静的东方人"著称的他并没有像飘浮在旁边的十几名同事那样惊叫，他很快明白，那块晶体就在他们和太阳之间，距他们有十几米，距太阳有一亿公里。以后的三个多世纪里，这诡异的景象时常出现在他的脑海中，他真怀疑这是不是后来人类命运的一个先兆。

　　作为联合国地球防护部队在太空中的最高指挥官，他率领的这支小小的太空军队装备着人类有史以来当量最大的热核武器，敌人却是太空中没有生命的大石块，在预警系统发现有威胁地球安全的陨石和小行星时，他的部队负责使其改变轨道或摧毁它们。这支部队在太空中巡逻了二十多年，从来没有使用这些核弹的机会，那些足够大的太空石块似乎都躲着地球走，故意不给他们辉煌的机会。但现在晶体在两个天文单位外被探测到，它沿一条陡峭的绝非自然形成的轨道精确地飞向地球。

　　上校和同事们谨慎地向晶体靠近，他们太空服上推进器的尾迹像条条蛛丝把晶体缠在正中。就在上校与它的距离缩小到不足 10 米时，晶体的内部突然出现了迷雾般的白光，使它的规则的长梭状轮廓清晰地显示出来，它大约有 3 米长，再近一些，还可以看到内部像是推进系统的错综复杂的透明管道。当上校把戴着太空手套的右手伸向晶体表面，以进行人类与外星文明的首次接触时，晶体再次变得透明，内部浮现出一个色彩亮丽的影像，那是一个卡通小女孩儿，眼睛像台球那么大，长发直到脚跟，同漂亮的长裙一起像在水中那样缓缓漂动着。

"警报！呀！警报！吞食者来了！"她惊慌失措地大叫着，大眼睛盯着上校，一只细而柔软的手臂指向与太阳相反的方向，像在指一条追着她的大狼狗。

"那你是从哪里来的呢？"上校问。

"波江座－ε星，你们好像是这么叫的，按你们的时间，我已经飞行了六万年……吞食者来了！吞食者来了！"

"你有生命吗？"

"当然没有，我只是一封信……吞食者来了！吞食者来了！"

"你怎么会讲英语？"

"路上学的……吞食者来了！吞食者来了！"

"那你这个样子是……"

"路上看到的……吞食者来了！吞食者来了！呀，你们真不怕吞食者吗？"

"吞食者是什么？"

"样子像个大轮胎，呵，这是按你们的比喻。"

"你对我们世界的东西真熟悉。"

"路上熟悉的……吞食者来了！"

波江女孩儿喊叫着，闪向晶体的一端，在她空出的空间里出现了那个"轮胎"的图像，它确实像轮胎，表面发着磷光。

"它有多大？"另一名军官问。

"总的直径为五万公里，'轮胎'宽为一万公里，内圆直径为三万公里。"

"……你说的公里是我们的长度单位吗？"

"当然是！它大着呢，可以把一颗行星套进去，就像你们的轮胎套一个足球一样，套住那颗行星后，它就掠夺行星的资源，把它吸干榨尽后吐出去，就像你们吃水果吐核儿一样……"

"我们还是不明白吞食者到底是什么。"

"一艘世代飞船，我们不知道它从哪里来要到哪里去，事实上，驾驶吞食者的那些大蜥蜴肯定也不知道，这个世界已在银河系中飘行了几千万年，它的拥有者一定早已忘记了它的本源和目的。但可以肯定：它被创造出来时远没有那么大，它是靠吃行星长大的，我们的行星就被它吃了！"

这时，晶体中显示的吞食者在变大，渐渐占满了整个画面，显然正在向摄像者的世界缓缓降下来。现在在这个世界居民的眼中，大地仿佛处于一口宇宙巨井的井底，太空就是一圈缓缓转动的井壁，可以看清井壁表面的复杂结构，开始让上校想到了在显微镜下看到的微处理器的电路，后来他发现那是连绵不断的城市。再向上，井壁的顶端是一圈蓝色光焰，在天空中形成一个围绕着群星的巨大火圈，波江女孩告诉他们，那是吞食者尾部的环形推进发动机。在晶体的一端，女孩手舞足蹈，她那飘飘的长发也像许多只挥动的手臂，极力表达着她的惊恐。

"这就是波江座－ε星的第三颗行星被吞食时的情形。这时你要是身在我们的世界，第一个感觉就是身体在变轻，这是由于吞食者巨大质量产生的引力抵消行星引力所致。这引力的扰动产生了毁灭性的灾难：海洋先是涌向行星朝向吞食者的那一极，当行星被套入'轮胎'后又涌向赤道，产生的巨浪能够吞没云层；接着，引力异常将大陆像薄纸一样撕成碎片，火山在海底和陆地密密麻麻地出现……当'轮胎'套到行星的赤道时，吞食者便停止了推进，以后，其相对于恒星的轨道运动始终与行星保持同步，一直把这颗行星含在口里。

"这时对行星的掠夺开始了，无数条上万公里长的缆索从筒壁伸到行星表面，使得行星如同一只被蛛网粘住的虫子，巨大的运载舱频繁地往来于行星表面与筒壁之间，运走行星的海水和空气，更有无数大机器深深地钻进行星的地层，狂采吞食者需要的矿藏……由于吞食者的引力与行星引力的相互抵消，行星与'轮胎'之间的一圈空间是低重力区，这使得行星的资源向吞食者的运输变得很容易，大掠夺因此有很高的效率。

"按地球时间，吞食者对被吞入的每颗行星大约要'咀嚼'一个世纪左右，在这段时间里，行星上包括水和空气在内的资源被掠夺一空；同时，由于'轮胎'长时间的引力作用，行星向赤道方向渐渐变扁，最后变成……还用你们的比喻吧：铁饼状，当吞食者最后移走，从而'吐出'这颗已被榨干的行星时，行星的形状会恢复成圆形，这又引发了最后一场全球范围的地质灾难。这时，行星的表面呈现其几十亿年前刚刚形成时的熔岩状态，早已是一个没有任何生命的地狱了。"

"吞食者距太阳系还有多远？"上校问。

"它紧跟在我后面，按你们的时间，再有一个世纪就到了。警报！吞食者来了！吞食者来了！"

使者大牙

正当人们为波江晶体带来的信息是否可信而争论不休时，吞食者的一艘先遣小型飞船进入了太阳系，最后到达地球。

首先与之接触的仍是上校率领的太空巡逻队，但这次接触的感觉与上次完全不同。玲珑剔透的波江晶体代表了一种纤细精致的技术文明，而吞食者飞船则相反，外形极其粗陋笨重，如同在旷野中遗弃了一个世纪的大锅炉，令人想起凡尔纳描述的粗放的大机器时代。吞食帝国的使者也同样粗陋笨重，他那蜥蜴状的粗壮身躯披着大块的石板般的鳞甲，直立起来有近十米高。他自我介绍的名字发音为"达雅"，按他的外形特点和后来的行为方式，人们管他叫大牙。

当大牙的小型飞船在联合国大厦前着陆时，发动机把地面冲出了一个大坑，飞溅的石块把大厦打得千疮百孔。由于外星使者太高大，无法进入会议大厅，各国首脑就在大厦前的广场上与他见面，他们中的几个人用手帕捂着刚才被玻璃和碎石划破的头。大牙每走一步地面都颤抖一下，说话时声音像十台老式火车头同时鸣笛，让人头皮发麻，然后由挂在他胸前的一个外形粗笨的翻译器把话译成地球英语（也是路上学的），由一个粗犷的男音读出来，声音虽比大牙低了许多，但仍然让听者心惊肉跳。

"呵呵，白嫩的小虫虫，有趣的小虫虫。"大牙乐呵呵地说，人们捂住耳朵等他轰鸣着说完，然后稍微放开耳朵听翻译器里的声音，"我们有一个世纪的时间相处，相信我们会互相喜欢对方的。"

"尊敬的使者，您知道，我们现在最关心的，是您那伟大的母舰到太阳系的目的。"联合国秘书长仰望着大牙说，尽管他大声喊着，声音听起来仍像蚊子在叫。

大牙做了一个类似于人类立正的姿势，地面为之一颤："伟大的吞食帝国将吃掉地球，以便继续它壮丽的航程，这是不可改变的！"

"那么人类的命运呢？"

"这正是我今天要决定的事。"

元首们纷纷相互交换目光，秘书长点点头："这确实需要我们之间充分的交流。"

大牙摇摇头："这是一件十分简单的事情，我只需要品尝一下——"说着，他伸出强壮的大爪，从人群中抓起一个欧洲国家的首脑，从三四米远处优雅地将他扔进嘴里，细细地嚼了起来。不知是出于尊严还是过度的恐惧，那个牺牲品一直没有叫出声，只听到他的骨骼在大牙嘴里碎裂时清脆的咔啪声。半分钟后，大牙扑地一声吐出了那人的衣服和鞋子，衣服虽然浸透了血，但几乎完好无损，这时不止一个旁观者联想到了人类嗑瓜子的情形。

整个地球世界一时间陷入一片死寂，这寂静似乎无限期地持续着，直到被一个人类的声音打破：

"您怎么拿起来就吃啊？"站在人群后面的上校问。

大牙向他走去，人群散开一条道，这个庞然大物咚咚地走到上校面前，用一双篮球大小的黑眼睛盯着他："不行吗？"

"您怎么这么肯定他能吃呢？一个相距如此遥远的世界上的生物能被食用，从生物化学上讲几乎是不可能的。"

大牙点点头，大嘴一咧做出类似于笑的表情："我一开始就注意到你了，你一直冷眼看着我，若有所思，你在想什么？"

上校也笑笑："您呼吸我们的空气，通过声波说话，有两只眼睛、一个鼻子、一张嘴，还有四个对称的肢体……"

"这不可理解吗？"大牙把巨头凑近上校，喷出一股让人作呕的血腥气。

"是的，因为太好理解所以不可理解，我们不应该这么相似。"

"我也有不理解之处，那就是你的冷静，你是军人？"

"我是一名保卫地球的战士。"

"哼，不过是推开一些小石头而已，那能让你成为真正的战士？"

"我准备着更大的考验。"上校庄严地昂起头。

"有趣的小虫虫。"大牙笑着点点头，直起身来："我们还是回到正题吧——人类的命运。你们的味道不错，有一种滑爽的清淡，很像我在波江座行星上吃过的一种蓝色的浆果。所以祝贺你们，你们的种族将延续下去，你们将作为一种小家禽在吞食帝国饲养，到六十岁左右上市。"

"您不觉得那时我们的肉太老了吗？"上校冷笑着说。

大牙大笑起来，声音如火山爆发："哈哈哈哈，吞食人喜欢有嚼头儿的小吃。"

蚂 蚁

联合国又同大牙进行了几次接触，虽然再没有人被吃掉，但关于人类命运的谈判结果都一样。

人们把下一次会面精心安排在非洲的一处考古挖掘现场。

大牙的飞行器准时在距挖掘现场几十米处降落，同每次一样看上去像一场大爆炸，震耳欲聋，飞沙走石。据波江女孩介绍，飞行器是由一台小型核聚变发动机驱动的。对于有关吞食者的信息，她一解释人类的科学家就立刻明白了，但关于波江人的技术却令地球人迷惑，比如那块晶体，着陆后便在空气中融化，最后把与星际航行有关的推进部分全融化掉了，只剩下薄薄的一片，能在空气中轻盈地飘行。

大牙来到挖掘现场时，有两个联合国工作人员抬着一本一米见方的大画册递给他，画册是按他的个头儿精心制作的，有上百页精美的彩图，内容是人类文明的各个方面，很像一本儿童启蒙教材。在挖掘现场的大坑旁，一名考古学家绘声绘色地描述了地球文明的辉煌历程，他竭力想让外星人明白这个蓝色行星上有很多值得珍惜的东西，说到动情处声泪俱下，好不凄惨。最后，他指着挖掘现场的大坑说："尊敬的使者，您看，这是我们刚刚发现的一处城市遗址，是迄今发现的最早的人类城市，距今已有近五万年，你们真的忍心毁灭一个历经五万年的岁月一点一滴发展到今天的灿烂文明？"

大牙在这个过程中一直在翻看那本画册，好像觉得那是一件很好玩的东西，考古学家的最后一句话让他抬起头来，看了看大坑："呵，考古虫虫，我对这个坑和坑里的旧城市不感兴趣，倒是很想看看从坑里挖出的土。"他指了指大坑旁边的一个几米高的土堆。

听完翻译器中的话，考古学家很迷惑："土？那堆土里什么也没有啊。"

"那是你的看法。"大牙说着走到土堆旁，蹲下高大的身躯伸出两只大爪在土里挖起来，人们围成一圈看着，很惊叹他那看似粗笨的大爪的灵活。他拨动着松土，不时拾起什么极小的东西放到画册上。就这样专心致志地干了十多分钟，然后端着画册直起身来，走到人们面前，让大家看画册上的东西。

上百只蚂蚁，有的活着，有的已经死了，卷成一团，仔细辨认才能看出是什么。

"我想讲一个故事，"大牙说，"是关于一个王国的故事。这个王国的前身是一个更大的帝国，它们先祖的先祖可以追溯到地球白垩纪末期，在恐龙那高耸入云的骨架下，那些先祖建起帝国宏伟的城市……但那些历史太久太久了，帝国最后一世女王能记起的就是冬天的降临，在这漫长的冬天中，大地被冰川覆盖，失去已延续了上千万年的生机，生活变得万分艰难。

"在最后一次冬眠醒来时，女王只唤醒了帝国不到百分之一的成员，其他的都已在寒冷中长眠，有的已变成透明的空壳。女王摸摸城市的墙壁，冷得像冰块，硬得像金属，她知道这是冻土，在这严寒时代中，它夏天都不化。女王决定离开这片先祖留下的疆域，去找一块不冻的土地建立新的王国。

"于是，女王率领所有的幸存者来到地面，在高大的冰川间开始艰难地跋涉。大部分成员都在漫漫的路途中死于严寒，但女王与不多的幸存者终于找到了一块不冻土，这是一块被溢出的地热温暖的土地。女王当然不明白，为什么在这严寒世界中有这么一小片潮湿柔软的土地，但她对能到达这里并不感到意外：一个延续了六千万年的种族是不会灭绝的！

"面对冰川纵横的大地和昏暗的太阳，女王宣布要在这里建立一个新的伟大的王国，它将延续万代！她站在一座高大的白色山峰下，就把这个新王国命名为白山王国，那座白色山峰是一头猛犸象的头骨。这是第四纪冰川末期的一个正午，这时的人类虫虫还是零星地龟缩在岩洞中发抖的愚钝的动物，九万年之后，你们的文明的第一点烛光才在另一个大陆的美索不达米亚平原上出现。

"以附近冰冻的猛犸遗体为生，白山王国度过了一万年的艰难岁月。之后，地球冰期结束，大地回春，各大陆又重新披上了生命的绿色。在这新一轮的生命大爆炸中，白山王国很快达到了鼎盛，拥有数不清的成员和广大的疆域。在其后的几万年中，王国经历了数不清的朝代，创造了数不清的史诗。"

大牙指指眼前的大坑："这就是那个王国最后的位置，在考古虫虫专心挖掘下面那已死去五万年的城市时，并没有想到在它上面的土层中还有一个活着的城市。它的规模绝不比纽约小，后者只是一个二维的平面城市，而它是一座宏大的立体城市，有很多层。每一层密布着迷宫般的街道，有宽阔的广场和宏伟的宫殿，整座城市的供排水系统和消防系统的设计也比纽约高明得多。城市有着复杂的社会结构、严格的行业分工，整个社会以一种机器般的精密和协调高效地运转着，不存在吸毒和犯罪问题，也没有沉沦和迷茫。但它们并非没有感情，当有成员死亡时，它们表现出长时间的悲伤，它们甚至还有墓地，它位于城市附近的地面上，掩埋深度为三厘米。最值得说明的是：在城市的底层有一个庞大的图书馆，其中有数量巨大的卵形小容器，这就是一本本书，每个容器中都装有成分极其复杂的化学味剂，这些味剂用其复杂的成分记录着信息。这里有对白山王国漫长历史的史诗般的记载：你能看到在一次森林大火中，王国的所有成员抱成无数个团，顺一条溪流漂下逃出火海的壮举；还能看到王国与白蚁帝国长达百年的战争史，还有王国的远征队第一次看到大海的记载……

"但所有这一切在三个小时之内被毁灭。当时，在惊天动地的轰鸣声中，挖掘机遮盖了整个天空的钢铁巨掌凌空劈下，把包含着城市的土壤一把把抓起，城市和其中的一切在巨掌中被碾得粉碎，包括城市最下层的所有孩子和将成为孩子的几万只雪白的卵。"

地球世界再一次陷入死寂之中，这次寂静比大牙吃人的那一次延续得更长，面对外星使者，人类第一次无话可说。

大牙最后说："我们以后有很长的时间相处，有很多的事要谈，但不要再从道德的角度谈了，在宇宙中，那东西没意义。"

加速度

大牙走后，考古现场的人们仍沉浸在迷茫和绝望之中，还是上校首先打破了寂静，他对周围的各国政要说："我知道自己是个小人物，只是因为两次首先接触外星文明而有幸亲临这些场合，我只想说两句话：一、大牙是对的；二、人类的唯一出路是战斗。"

"战斗？唉，上校，战斗……"秘书长苦笑着摇头。

"对，战斗！战斗！战斗！"波江女孩大喊，此时她所在的晶体片正飘飞在人们头上几米高处，在阳光下的晶体中，那长发女孩在兴奋地手舞足蹈。

有人说："你们波江人也战斗了，结果怎么样？人类得为自己种族的生存着想，我们并没有义务满足你那变态的复仇欲望。"

"不，先生，"上校对所有人说："波江人是在对敌人完全陌生的情况下进行自卫战争的，加上他们本来就是一个历史上完全没有战争的社会，所以失败是不奇怪的。但在这场长达一个世纪的惨烈战争中，他们对吞食者有了细致深刻的了解，现在这大量的资料通过这艘飞船送到了我们手中，这就是我们的优势。

"冷静地初步研究这些资料，我们发现吞食者并没有最初想象的那么可怕。首先，除了其不可思议的庞大外，吞食者并没有太多超出人类已有知识之外的东西。就生命形式而言，吞食者人（据说在'轮胎'上居住着上百亿个）与地球人一样是碳基生物，且生命在分子层次的构造十分相似，人类与敌人处于相同的生物学基础上，使我们有可能真正深刻地理解它们的各个方面，这比我们面对一群由力场和中子星物质构成的入侵者要幸运多了。

"更让我们宽慰的是，吞食者并没有太多的'超技术'。吞食者人的技术比人类要先进许多，但这主要表现在技术的规模上而不是理论基础上。吞食者的推进系统的能量来源主要是核聚变，它所掠夺的行星水资源除了用于吞食者人的生活外，主要是被作为聚变燃料。吞食者上发动机的推进方式也是基于动量守恒的反冲方式，并没有时空跃迁之类玄妙的玩意儿……这些信息可能使科学家们深感失落，因为吞食者毕竟是一个延续了几千万年的文明，它们的技术层次也就标明了科学力量的极限；同时也使我们知道，敌人不是不可战胜的神。"

秘书长说："仅凭这些，就能使人类建立起必胜的信心吗？"

"当然还有许多具体的信息，使我们能够制定出一个成功率较高的战略，比如……"

"加速度！加速度！"波江女孩在人们头顶大叫。

上校对周围迷惑的人们解释说："从波江人送来的资料看，吞食者航行时的加速度有一个极限，在长达两个世纪的观察中，他们从未发现它突破过这个极限。为证实这一点，我们根据波江座飞船送来的其他资料，如吞食者的结构和构成它的材料的强度等，建立了一个数学模型，模型的演算证实了波江人对吞食者加速度极限的观察，这个极限是由它的结构强度所决定的，一旦超出，这个庞然大物就会被撕裂。"

"这又怎么样？"一位大国元首问道。

"我们应该冷静下来，用自己的脑子好好想想。"上校微笑着说。

月球避难所

人类与外星使者的谈判终于有了一点点进展，大牙对人类关于月球避难所的要求做出了让步。

"人是恋家的动物。"在一次谈判中，秘书长眼泪汪汪地说。

"吞食人也是，虽然我们没有家。"大牙同情地点点头。

"那么，能否让我们留下一些人，等伟大的吞食帝国吃完后吐出地球，待它的地质变化稳定下来，再回来重建我们的文明？"

大牙摇摇头："吞食帝国吃东西是吃得很干净的，那时的地球将比现在的火星还荒凉，凭你们虫虫的技术能力，不可能重建文明。"

"总得试试吧，这样我们的灵魂也会安定，特别是在吞食帝国上被饲养的那些小家禽，如果记得在遥远的太阳系还有一个家，会多长些肉的，虽然这个家不一定真的存在。"

大牙点点头："可是当地球被吞下时，这些人去哪儿呢？除了地球，我们还要吃掉金星，木星和海王星太大了，我们吃不下，但要吃它们的卫星，吞食帝国需要上面的碳氢化合物和水；连贫瘠的火星和水星我们也想嚼一嚼，我们想要上面的二氧化碳和金属，这些星球的表面将是一片火海。"

"我们可以去月球避难。据我们所知，吞食帝国在吃地球之前要把月球推开。"

大牙又点点头："是的，由吞食帝国和地球组成的联合星体引力很大，有可能使月球坠落在大环表面，这种撞击足以毁灭帝国。"

"那就对了，让我们住上去一些人吧，这对你们也没有太大损失。"

"你们打算留多少人？"

"从维持一个文明的最低限度着想，十万吧。"

"可以，但你们得干活儿。"

"干活儿？什么活儿？"

"把月球从地球轨道推开，这对我们来说也是一件很麻烦的事。"

"可是……"秘书长绝望地抓着头发，"您这等于拒绝了人类这点小小的可怜的要求，您知道我们没有这种技术力量的！"

"呵，虫虫，那我不管，再说，不是还有一个世纪吗？"

播种核弹

在泛着白光的月球平原上，一群穿着太空服的人站在一个高高的钻塔旁边，吞食帝国高大的使者站在更远一些的地方，仿佛是另一个钻塔。他们注视着一个钢铁圆柱体从钻塔顶端缓缓吊下，沉入钻塔下的深井中，吊索飞快地向井中放下去，三十八万公里外的整个地球世界都在注视着这一幕。当放置物到达井底的信号传来时，包括大牙在内的所有观察者都鼓起掌来，庆祝这一历史性时刻的到来。

推进月球的最后一颗核弹已经就位，这时，距波江晶体和吞食帝国使者到达地球已有一个世纪。

这是一个绝望的世纪，人类在进行着痛苦的奋斗。

上半个世纪，全世界竭尽全力建造月球推进发动机，但这种超级机器始终没能建成，那几台试验用的样机只是给月球表面增加了几座废铁高山，还有几台在试运行时被核聚变的高温熔化成了一片钢水的湖泊。人类曾向吞食帝国使者请求技术支援，推进月球需要的发动机还不及吞食者上那无数超级发动机的十分之一大，但大牙不答应，还讥讽道："别以为知道了核聚变就能造出行星发动机，造出爆竹离造出火箭还差得远呢。其实，你们完全没有必要费这么大的劲儿，在银河系，一个文明成为更强大文明的家禽是很正常的。你们会发现被饲养是一种多么美妙的生活，衣食无忧，快乐终生，有些文明还求之不得呢，你们感到不舒服，完全是陈腐的人类中心论在作怪。"

于是，人类把希望寄托在波江晶体上，但这希望同样落空。波江文明是沿着一条与地球和吞食者完全不同的技术路线发展的，他们的所有技术力量都来自于本星的生物体，比如这块晶体，就是波江行星海洋中的一种浮游生物的共生体。对这个世界中生命的这些奇特能力，波江人只是组合和利用，也不知其深层的秘密，而一旦离开本星的生物，波江人的技术就寸步难行了。

浪费了宝贵的五十多年后，绝望的人类突然想出了一个极其疯狂的月球推进方案，这个方案首先由上校提出，当时他是月球推进计划的主要领导人之一，军衔已升为元帅。这个方案尽管疯狂，在技术上要求却不高，人类现有的技术完全可以胜任，以至于人们惊奇为什么没有及早想到它。

新的推进方案很简单，就是在月球的一面大量埋设核弹，这些核弹的埋设深度一般为三千米左右，其埋设的密度以不被周围核弹的爆炸所摧毁为准。这样，将在月球的推进面埋设五百万枚核弹。与这些热核炸弹的当量相比，人类在冷战时期所制造的威力最大的核弹也算常规武器。因此，当这些埋在月球地下的超级核弹爆炸时，与在以前的地下核试验中被窒息在深洞中的核爆炸完全不同，会将上面的地层完全掀起炸飞，在月球的低重力下，被炸飞的地层岩石会达到逃逸速度，脱离月球冲进太空，进而对月球本身产生巨大的推进力。如果每一时刻都有一定数量的核弹爆炸，这种脉冲式的推进力就会变得连续不断，等于给月球装上了强劲的发动机，而使不同位置的核弹爆炸，可以操纵月球的飞行方向。进一步的设计计划在月面下埋设两层核弹，另一层在第一层之下，深度约六千米，这样当上层核弹耗尽、月球推进面被剥去三千米厚的一层时，第二层接着被不断引爆，使"发动机"的运行时间延长一倍。

当晶体中的波江女孩听到这个计划时，认为人类真的疯了："现在我知道了，如果你们有吞食者那样的技术力量，会比他们还野蛮！"

但这个计划使大牙赞叹不已："呵呵，虫虫们竟能有这样美妙的想法，我喜欢，喜欢它的粗野，粗野是最美的！"

"荒唐，粗野怎么会美？"波江女孩反驳说。

"粗野当然美，宇宙就是最粗野的！漆黑寒冷的深渊中燃烧着狂躁的恒星，不粗野吗？宇宙是雄性的，明白吗？像你们那种女人气的文明，那种弱不禁风的精致和纤细，只是宇宙小角落中一种微不足道的病态而已。"

一百年过去了，大牙仍然生机勃勃，晶体中的波江女孩仍然鲜艳动人，但元帅感到了岁月的力量，一百三十五岁，是老年人了。

这时，吞食者已越过冥王星轨道，它从由波江座－ε星开始的六万年漫长的航程中苏醒了，太空中那个巨大的轮胎变得灯火辉煌，庞大的社会运转起来，准备好了对太阳系的掠夺，吞食者掠过外围行星，沿着陡峭的轨道向地球扑来。

人类的第一次和最后一次星战

月球脱离地球的加速开始了。

推进面的核弹开始爆炸时，月球正处于地球白昼的一面，每次爆炸的闪光都把月球在蓝天上短暂地映现一下，这使得天空中仿佛出现了一只不断眨巴的银色的眼睛。入夜，月球一侧的闪光传过近四十万公里仍能在地面上映出人影，这时还能在月球的后面看到一条淡淡的银色尾迹，它是由从月面炸入太空的岩石构成的。从安装在推进面的摄像机中可以看到，月面被核爆掀起的地层如滔天洪水般涌向太空，向前很快变细，在远方成为一条极细的蛛丝，弯向地球的另一面，描绘出月球加速的轨道。

但人们的注意力都集中在天空中出现的那个恐怖的大环上：吞食者此时已驶近地球，它的引力产生的巨大潮汐已摧毁了所有的沿海城市。吞食者尾部的发动机闪着一圈蓝色的光芒，它正在进行最后的轨道调整，以使其绕太阳运行的轨道与地球保持同步，同时使自己与地球的自转轴线对准在同一直线上，然后它将缓缓向地球移动，将其套入大环中。

月球的加速持续了两个月，这期间在它的推进面平均两三秒钟就爆炸一枚核弹，到目前为止，已引爆了二百五十多万枚。加速后的月球环绕地球第二圈的轨道形状已变得很扁，当月球运行到这椭圆轨道的顶端时，应元帅的邀请，大牙同他一起来到了月球面向前进方向一面。他们站在环形山环绕的平原上，感受着从月球另一面传来的震动，仿佛这颗地球卫星的中心有一颗强劲的心脏。在漆黑的太空背景下，吞食者的巨环光彩夺目，占据了半个天空。

"太棒了，元帅虫虫，真的太棒了！"大牙对元帅由衷地赞叹着，"不过你们要抓紧，只剩下一圈的加速时间了，吞食帝国可没有等待别人的习惯。我还有个疑问：我们下面十年前就已建成的地下城还空着，那些移民什么时候来？你们的月地飞船能在一个月时间里从地球迁移十万人？"

"不会迁移任何人了，我们将是月球上最后的人类。"

听到这话，大牙吃惊地转过身去，看到了元帅所说的"我们"：这是地球太空部队的五千名将士，在环形山平原上站成严整的方阵，方阵前面，一名士兵展开一面蓝色的旗帜。

"看，这是我们行星的旗帜，地球对吞食帝国宣战了！"

大牙呆呆地站着，迷惑多于惊讶。紧接着，他四脚朝天摔倒了，这是由于月面突然增加的重力所致。大牙一动不动地趴在地上，他那庞大身体激起的月尘在周围缓缓降落，但很快月尘又扬起来，这是从月球另一面传来的剧烈震波所致，这震动使平原蒙上了一层白色的尘被。大牙知道，在月球的另一面，核弹的爆炸密度突然增加了几倍，从重力的激增他也能推测出月球的加速度也增加了几倍。他翻了个滚，从太空服胸前的口袋里掏出硕大的袖珍电脑，调出了月球目前的轨道。他看到，如果这剧增的加速度持续下去，轨道将不再闭合，月球将脱离地球引力冲向太空，一条闪着红光的虚线标示出预测的方向。

月球径直撞向吞食者！

大牙缓缓地站了起来，任手中的电脑掉下去。他抬头看去，在突然增加的重力和波浪般的尘雾中，地球军团的方阵仍如磐石般稳立着。

"持续了一个世纪的阴谋。"大牙喃喃地说。

元帅点点头："你明白得晚了。"

大牙长叹着说，"我应该想到地球人与波江人是完全不同的两个物种，波江世界是一个以共生为进化基础的生态圈，没有自然选择和生存竞争，更不知战争为何物……我们却用这种习惯思维来套地球人。而你们，自从树上下来后就厮杀不断，怎么可能轻易被征服呢？我……不可饶恕的失职啊！"

元帅说："波江人为我们提供了大量重要的信息，其中关于吞食者的加速度极限值就是人类这个作战方案的基础：如果引爆月球上的转向核弹，月球的轨道机动加速度将是吞食者速度极限值的三倍，这就是说，它比吞食者灵活三倍，你们不可能躲开这次撞击的。"

大牙说："其实我们也不是完全没有戒备，当地球开始生产大量核弹时，我们时刻监视着这些核弹的去向，确保它们被放置在月球地层中，可没有想到……"

元帅在面罩后面微微一笑："我们不会傻到用核弹直接攻击吞食者，地球人那些简陋的导弹在半途中就会被身经百战的吞食帝国全部拦截，但你们无法拦截巨大的月球。也许凭借吞食者的力量最终能击碎它或使其转向，但现在距离已经很近，时间来不及了。"

"狡诈的虫虫，阴险的虫虫，恶毒的虫虫……吞食帝国是心肠实在的文明，把什么都说在明处，可是最终被狡诈阴险的地球虫虫骗了。"大牙咬牙切齿地说，狂怒中想用大爪子抓元帅，但在士兵们指向他的冲锋枪前停住了，他没有忘记自己也是血肉之躯，一梭子子弹足以让他丧命。元帅对大牙说："我们要走了，劝你也离开月球吧，不然会死在吞食帝国的核弹之下的。"

元帅说得很对，大牙和人类太空部队刚刚飞离月球，吞食者的截击导弹就击中了月面。这时月球的两面都闪烁着强光，朝向前进方向的一面也有大量的岩石被炸飞到太空中，与推进面不同的是，这些岩石是朝着各个方向漫无目标地飞散开，从地球上看去，撞向吞食者的月球如一个披着怒发的斗士，任何力量都无法阻挡它！在能看到月球的大陆上，人山人海爆发出狂热的欢呼。

吞食者的拦截行动只持续了不长的时间就停止了，因为他们发现这毫无意义。在月球走完短暂的距离之前，既不可能使它转向，更不可能击碎它。

月球上的推进核弹也停止了爆炸，速度已经足够，地球保卫者要留下足够的核弹进行最后的轨道机动。

一切都沉静下来，在冷寂的太空中，吞食者和地球的卫星静静地相向飘行着，它们之间的距离在急剧缩短，当两者的距离缩短至五十万公里时，从地球统帅部所在的指挥舰上看去，月球已与"轮胎"重叠，像是轴承圈上的一粒钢珠。

直到这时，吞食者的航向也没有任何变化，这是容易理解的：过早的轨道机动会使月球也作出相应的反应，真正有意义的躲避动作要在月球最后撞击前进行。这就像两名用长矛决斗的中世纪骑士，他们骑马越过长长的距离逼近对方，但真正的胜负是在即将相互接触的一小段距离内决定的。

银河系的两大文明都屏住了呼吸，等待着那最后的时刻。

当距离缩短至三十五万公里时，双方的机动航行开始了。吞食者的发动机首先喷出了上万公里的蓝色烈焰，开始躲避；月球上的核弹则以空前的密度和频率疯狂地引爆，进行着相应的攻击方向修正，它那弯曲的尾迹清楚地描绘出航线的变化。吞食者喷出的上万公里长的蓝色光河的头部镶嵌着月球核弹银色的闪光，构成了太阳系有史以来最壮观的景象。

双方的机动航行进行了三个小时，它们的距离已缩短至五万公里，计算机显示的结果令指挥舰上的人们不敢相信自己的眼睛：吞食者的变轨加速度四倍于波江晶体提供的极限值！以前深信不疑的吞食者的加速度极限，一直是地球人取胜的基础，现在，月球上剩余的核弹已没有能力对攻击方向做出足够的调整。计算表明，即使尽全力变轨，半小时后月球也将以四百公里的距离与吞食者擦肩而过。

在一阵令人目眩的剧烈闪光后，月球耗尽了最后的核弹，几乎与此同时，吞食者的发动机也关闭了。在死一般的寂静中，惯性定律完成了这篇宏伟史诗的最后章节：月球紧擦着吞食者的边缘飞过，由于其速度很高，吞食者的引力没能将其捕获，但扭弯了它的飘行轨迹，月球掠过吞食者后，无声地向远离太阳的方向飞去。

指挥舰上，统帅部的人们在死一般的沉默中度过了几分钟。

"波江人骗了我们。"一位将军低声说。

"也许，那块晶体只是吞食帝国的一个圈套！"一位参谋喊道。

统帅部瞬间陷入一片混乱，每个人都声嘶力竭地叫喊着，以掩盖或发泄自己的绝望。几名文职人员或哭泣或抓着自己的头发，精神已到了崩溃的边缘。只有元帅仍静静地站在大显示屏前，他慢慢转过身来，用一句话稳住了局面："我提请各位注意一个现象：吞食者的发动机为什么要关闭？"

这话引起了所有人的思考，是的，在月球耗尽核弹后，敌人的发动机没有理由关闭，因为他们不可能知道月球上是否还剩有核弹，同时考虑吞食者的引力捕获月球的危险，也应该继续进行躲避加速，继续拉开与月球攻击线的距离，而不可能仅仅满足于这四百公里的微小间距。

"给我吞食者外表面的近距离图像。"元帅说。

大屏幕上出现了一幅全息画面，这是一个飞掠吞食者的地球小型高速侦察器在其表面五百公里上空传回的，吞食者灯光灿烂的大陆历历在目，人们敬畏地看着那线条粗放的钢铁山脉和峡谷缓缓移过。一条黑色的长缝引起了元帅的注意，在过去的一个世纪中，他已记熟了吞食者外表面的每一个细节，绝对肯定这条长缝以前是不存在的，很快别人也注意到了：

"这是什么？一条……裂缝？"

"是的，裂缝，一条长达五千公里的裂缝。"元帅点点头说，"波江人没有骗我们，晶体带来的资料是真实的，那个加速度极限确实存在，但当月球逼近时，绝望的吞食者不顾一切地用超限四倍的加速度来躲避。这就是超限加速的后果：它被撕裂了。"

接下来，人们又发现了另外几条裂缝。

"看啊，那又是什么？"又有人惊叫。这时吞食者的自转正使它表面的另一部分进入视野：金属大陆的边缘上出现了一个刺目的光球，如同它那辽阔地平线上的日出一般。

"自转发动机！"一名军官说。

"是的，是吞食者赤道上很少启动的自转发动机，它此时正在以最大功率刹住自转！"

"元帅，这证实了您的看法！"

"尽快用各种观测手段取得详细资料，进行模拟！"元帅说，但在这之前一切已在进行中了。

经一个世纪建立起来的精确描述吞食者物理结构的数学模型，在从前方取得必需的数据后高速运转，模拟结果很快出来了：需近四十小时的时间，自转发动机才能把吞食者的自转速度减至毁灭值之下，而如果高于这个转速，离心力将使已被撕裂的吞食者在十八个小时内完全解体。

人们欢呼起来。

大屏幕上接着映出了吞食者解体时的全息模拟图像：解体的过程很慢，如同梦幻，在漆黑太空的背景上，这个巨大的世界如同一团浮在咖啡上的奶沫一样散开来，边缘的碎块渐渐隐没于黑暗之中，仿佛被太空融化了，只有不时出现的爆炸的闪光才使它们重新现形。

元帅并没有同人们一起观赏这令人心旷神怡的画面，他远离人群，站在另一块大屏幕前注视着现实中的吞食者，脸上没有一点胜利的喜悦。冷静下来的人们注意到了他，也纷纷站到这个屏幕下。他们发现，吞食者尾部的蓝色光环又出现了，它再次启动了推进发动机。在环体已经被严重损伤的情况下，这似乎是一个不可理解的错误，这时，任何微小的加速度都可能导致大环解体。而吞食者的运行方向更让人迷惑：它正在缓缓回到躲避月球攻击前所在的位置，谨慎地建立与地球同步的太阳轨道，并使自己和地球的自转轴重合在一条直线上。

"怎么？这时它还想吃地球？"有人吃惊地说，他的话引起了稀疏的笑声，但笑声戛然而止，人们看到了元帅的表情：他已不再看屏幕，而是双眼紧闭，苍白的脸上毫无表情。一个世纪以来，作为抗击吞食者的精神支柱之一，太空将士们已经熟悉了他的音容，他们从来没有见到他像今天这样。人们冷静下来，再看屏幕，终于明白了一个严峻的现实：

吞食者还有一条活路。

吞食地球的航行开始了，已与地球运行同步自转同轴的吞食者向着这颗行星的南极移动。如果它慢了，会在自转的离心力下解体；如果太快，推进的加速度可能使其提前解体。吞食者正走在一条生存的钢丝绳上，它必须绝对正确地把握住时间和速度的平衡。

在地球的南极被套入大环前的一段时间，太空中的人们看到，南极大陆的海岸线形状在急剧变化，这个大陆像一块热煎锅上的牛油一样缩小着面积，地球的海水在吞食者引力的拉动下涌向南极，地球顶端那块雪白的大陆正在被滔天巨浪所吞没。

这时，吞食者大环上的裂缝越来越多，且都在延长扩宽。最初出现的那几条裂缝已不再是黑色的，里面透出了暗红色的火光，像几千公里长的地狱之门。有几条蛛丝般的白色细线从大环表面升起，接下来这样的细线越来越多，出现在大环的每一部分，仿佛吞食者长出了稀疏的头发。这是从大环上发射的飞船的尾迹，吞食者开始从他们将要毁灭的世界逃命了。

但当地球被大环吞入一半时，情况发生了逆转：地球的引力像无数根无形的辐条拉住了正在解体的大环，吞食者表面不再有新的裂缝出现，已有的裂缝也停止了扩展。十四小时过去后，地球被完全套入大环，它那引力的辐条变得更加强劲有力，吞食者表面的裂缝开始缩小，又过了五个小时，这些裂缝完全合拢了。

在指挥舰上，统帅部的大屏幕都黑了，甚至连灯都灭了，只有太阳从舷窗中投进惨白的光芒。为了产生人工重力，飞船中部仍在缓缓旋转，使得太阳从不同位置的舷窗中升升降降，光影流转，仿佛在追述着人类那已永远成为过去的日日夜夜。

"谢谢各位在过去一个世纪中尽职尽责地工作，谢谢。"元帅说，并向统帅部的全体人员敬礼，在将士们的注视下，他平静地整理了一下自己的军装，其他的人也这样做了。

人类失败了，但地球保卫者们已经尽到了自己的责任。对于尽责的战士来说，这一时刻仍是辉煌的。他们接受了平静的良心授予自己的无形的勋章，他们有权享受这一时光。

尾声：归宿

"真的有水啊！"一名年轻上尉惊喜地叫出来。面前确实是一片广阔的水面，在昏黄的天空下泛着粼粼波光。

元帅摘下太空服的手套，捧起一点水，推开面罩尝了尝，又赶紧将面罩合上："嗯，还不是太咸。"看到上尉也想打开面罩，他制止说："会得减压病的，大气成分倒没问题，硫磺之类的有毒成分已经很淡了，但气压太低，相当于战前的一万米高空。"

又一名将军在脚下的沙子中挖着什么，"也许会有些草种子的。"他抬头对元帅笑笑说。

元帅摇摇头："这里战前是海底。"

"我们可以到离这里不远的 11 号新陆去看看，那里说不定会有。"那名上尉说。

"即使有也早烤焦了。"有人叹息道。

大家举目四望，地平线处有连绵的山脉，它们是最近一次造山运动的产物，青色的山体由赤裸的岩石构成，从山顶流下的岩浆河发着暗红的光，使山脉像一个巨人淌血的躯体，但大地上的岩浆河已经消失了。

这是战后二百三十年的地球。

战争结束后，统帅部幸存的一百多人在指挥舰上进入冬眠器，等待着地球被吞食者吐出后重返家园。指挥舰则成为一颗卫星，在一个宽大的轨道上围绕着由吞食者和地球组成的联合星体运行。在以后的时间里，吞食帝国并没有打扰他们。

战后第一百二十五年，指挥舰上的传感系统发现吞食者正在吐出地球，就唤醒了一部分冬眠者。当这些人醒来后，吞食者已飞离地球，向金星方向航行，而这时的地球已变成一颗人们完全陌生的行星，像一块刚从炉子里取出的火炭，海洋早已消失，大地覆盖着蛛网般的岩浆河流。他们只好继续冬眠，重新设定传感器，等待着地球冷却，这一等又是一个世纪。

等冬眠者们再次醒来时，发现地球已冷却成一个荒凉的黄色行星，剧烈的地质运动已经平息下来，虽然生命早已消失，但有稀薄的大气，甚至还发现了残存的海洋，于是他们就在一个大小如战前内陆湖泊的残海边着陆了。

一阵轰鸣声，就是在这稀薄的空气中也震耳欲聋，那艘熟悉的外形粗笨的吞食帝国飞船在人类的飞船不远处着陆。高大的舱门打开后，大牙挂着一根电线杆长度的拐杖颤抖着走下来。

"啊，您还活着？有五百岁了吧？"元帅同他打招呼。

"我哪能活那么久啊，战后三十年我也冬眠了，就是为了能再见你们一面。"

"吞食者现在在哪儿？"

大牙指向天空的一个方向："晚上才能看见，只是一个暗淡的小星星，它已航出木星轨道。"

"它在离开太阳系吗？"

大牙点点头："我今天就要启程去追它了。"

"我们都老了。"

"老了……"大牙黯然地点点头，哆嗦着把拐杖换了手，"这个世界，现在……"他指指天空和大地。

"有少量的水和大气留了下来，这算是吞食帝国的仁慈吗？"

大牙摇摇头："与仁慈无关，这是你们的功绩。"

地球战士们不解地看着大牙。

"哦，在那场战争中，吞食帝国遭受了前所未有的创伤。在那次大环撕裂中死了上亿人，生态系统也被严重损坏。战后用了五十个地球年的时间才初步修复过来。这以后才有能力开始对地球的咀嚼。但你知道，我们在太阳系的时间有限，如果不能及时离开，有一片星际尘埃就会飘到我们前面的航线上；如果绕道，我们到达下一个恒星系的时间就会晚一万七千年，到时那颗恒星将会发生变化，烧毁我们要吞食的那几颗行星，所以对太阳几颗行星的咀嚼就很匆忙，吃得不太干净。"

"这让我们倍感自豪。"元帅看看周围的人们说。

"你们当之无愧，那真是一场伟大的星际战争，在吞食帝国漫长的征战史中，你们是最出色的战士之一！直到现在，帝国的行吟诗人还在到处传唱着地球战士史诗般的战绩。"

"我们更想让人类记住这场战争，对了，现在人类怎样了？"

"战后大约有二十亿人类移居到吞食帝国，占人类总数的一半。"大牙说着，打开了他的手提电脑宽大的屏幕，上面映出人类在吞食者上生活的画面：蓝天下一片美丽的草原，一群快乐的人在歌唱舞蹈，一时难以分辨出这些人的性别，因为他们的皮肤都是那么细腻白嫩，都身着轻纱般的长服，头上装饰着美丽的花环。远处有一座漂亮的城堡，其形状显然来自地球童话，色彩之鲜艳如同用奶油和巧克力建造的。镜头拉近，元帅细看这些漂亮人儿的表情，确信他们真的是处于快乐之中。这是一种真正无忧无虑的快乐，如水晶般单纯，战前的人类只在童年能够短暂地享受。

"必须保证它们的绝对快乐，这是饲养中起码的技术要求，否则肉质得不到保证。地球人是高档食品，只有吞食帝国的上层社会才有钱享用，这种美味像我都是吃不起的。哦，元帅，我们找到了您的曾孙，录下了他对您说的话，想看吗？"

元帅吃惊地看了大牙一眼，点点头。屏幕上出现了一个皮肤细嫩的漂亮男孩，从面容上看他可能只有十岁，但身材却有成年人那么高，一双女人般的手上拿着一个花环，显然是刚刚从舞会上被叫过来。他眨着一双水灵灵的大眼睛说："听说曾祖父您还活着？我只求您一件事，千万不要来见我啊！我会恶心死的！想到战前人类的生活我们都会恶心死的，那是狼的生活，蟑螂的生活！你和你的那些地球战士还想维持这种生活，差一点儿真的阻止人类进入这个美丽的天堂了！变态！您知道您让我多么羞耻、多么恶心吗？呸！不要来找我！呸！快死吧你！"说完他又蹦跳着加入到草原上的舞会中去了。

大牙首先打破了尴尬的沉默："他将活过六十岁，能活多久就活多久，不会被宰杀。"

"如果是因为我的缘故，十分感谢。"元帅凄凉地笑了一下说。

"不是。在得知自己的身世后，他很沮丧，也充满了对您的仇恨，这类情绪会使他的肉质不合格。"

大牙感慨地看着面前这最后一批真正的人类。他们身上的太空服已破旧不堪，脸上都深刻着岁月的沧桑，在昏黄的阳光中如同地球大地上一群锈迹斑斑的铁像。

大牙合上电脑，充满歉意地说："本来不想让大家看这些的，但你们都是真正的战士，能够勇敢地面对现实，要承认……"他犹豫了一下才说，"人类文明完了。"

"是你们毁灭了地球文明，"元帅凝视着远方说，"你们犯下了滔天罪行！"

"我们终于又开始谈道德了。"大牙咧嘴一笑说。

"在入侵我们的家园并极其野蛮地吞食一切后，我不认为你们还有这个资格。"元帅冷冷地说，其他的人不再关注他们的谈话，吞食者文明冷酷残暴的程度已超出人类的理解力，人们现在真的没有兴趣再同其进行道德方面的交流了。

"不，我们有资格，我现在还真想同人类谈谈道德……'您怎么拿起来就吃啊！'"

大牙最后这句话让所有人都浑身一震，这话不是从翻译器中传出，而是大牙亲口说的，虽然嗓门震耳，但他对三个世纪前元帅的声调模仿得惟妙惟肖。

大牙通过翻译器接着说："元帅，您在三百年前的那次感觉是对的：星际间的不同文明，其相似要比差异更令人震惊，我们确实不应该这么像。"

人们都把目光聚焦在大牙身上，他们都预感，一个惊天的大秘密将被揭开。

大牙动动拐杖使自己站直，看着远方说："朋友们，我们都是太阳的孩子，地球是我们共同的家园，但我们比你们更有权力拥有她！因为在你们之前的一亿四千万年，我们的先祖就在这个美丽的行星上生活，并创造了灿烂的文明。"

地球战士们呆呆地看着大牙，身边的残海跳跃着昏黄的阳光，远方的新山脉流淌着血红的岩浆，越过六千万年的沧桑时光，曾经覆盖地球的两大物种在这劫后的母亲星球上凄凉地相会了。

"恐——龙——"有人低声惊叫。

大牙点点头："恐龙文明崛起于一亿地球年之前，就是你们地质纪年的中生代白垩纪中期，在白垩纪晚期达到鼎盛。我们是一个体形巨大的物种，对生态的消耗量极大。随着恐龙人口的急剧增加，地球生态圈已难以维持恐龙社会的生存，接着恐龙又吃光了刚刚拥有初级生态的火星。地球上恐龙文明的历史长达两千万年，但恐龙社会真正的急剧膨胀也就是几千年的事，其在生态上造成的影响从地质纪年的长度看很像一场突然爆发的大灾难，这就是你们所猜测的白垩纪灾难。

"终于有那么一天，所有的恐龙都登上了十艘巨大的世代飞船，航向茫茫星海。这十艘飞船最后合为一体，每到达一个有行星的恒星就扩建一次，经过六千万年，就成为现在的吞食帝国。"

"为什么要吃掉自己的家园呢？恐龙没有一点怀旧感吗？"有人问。

大牙陷入了回忆，"说来话长。星际空间确实茫茫无际，但与你们的想象不同，真正适合我们高等碳基生物生存的空间并不多。从我们所在的位置向银河系的中心方向，走不出两千光年就会遇到大片的星际尘埃，在其中既无法航行也无法生存；再向前，则会遇到强辐射和大群游荡的黑洞……如果向相反的方向走呢，我们已在旋臂的末端，不远处就是无边无际的荒凉虚空。在适合生存的这片空间中，消耗量巨大的吞食帝国已吃光了所有的行星。现在，我们的唯一活路是航行到银河系的另一旋臂去，我们也不知道那里有什么，但在这片空间待下去肯定是死路一条。这次航行要持续一千五百万年，途中一片荒凉，我们必须在启程前贮备好所有的消耗品。这时的吞食帝国就像一个正在干涸的小水洼中的一条鱼，它必须在水洼完全干掉之前猛跳一下，虽然多半是落到旱地上，在烈日下死去，但也有可能落到相邻的另一个水洼中活下去……至于怀旧感，在经历了几千万年的太空跋涉和数不清的星际战争后，恐龙种族早已是铁石心肠了。为了前面千万年的航程，吞食帝国要尽可能多吃一些东西……文明是什么？文明就是吞食，不停地吃啊吃，不停地扩张和膨胀，其他的一切都是次要的。"

元帅深思着说："难道生存竞争是宇宙间生命和文明进化的唯一法则？难道不能建立起一个自给自足的、内省的、多种生命共生的文明吗？像波江文明那样。"

大牙长出一口气说："我不是哲学家，也许可能吧，关键是谁先走出第一步呢？自己的生存是以征服和消灭别人为基础的，这是这个宇宙中生命和文明生存的铁的法则，谁要首先不遵从它而自省起来，就必死无疑。"

大牙转身走上飞船，再出来时，手中端着一个扁平的方盒子。那个盒子有三四米见方，起码要四个人才能抬起来。大牙把盒子平放到地上，掀起顶盖。人们看到盒子里装满了土，土上长着一片青草。在这已无生命的世界中，这绿色令所有人心动。

"这是一块战前地球的土地，战后我使这片土地上的所有植物和昆虫都进入冬眠，现在过了两个多世纪，又使它们同我一起苏醒。本想把这块土地带走做个纪念的，唉，现在想想还是算了吧，还是把它放回它该在的地方吧，我们从母亲星球拿走的够多了。"

看着这一小片生机盎然的地球土地，人们的眼睛湿润了，他们现在知道，恐龙并非铁石心肠。在那比钢铁和岩石更冷酷的鳞甲后面，也有一颗渴望回家的心。

大牙一挥爪子，似乎想把自己从某种情绪中解脱出来："好了，朋友们，我们一起走吧，到吞食帝国去。"看到人们的表情，他举起一只爪子："你们到那里当然不是作为家禽饲养，你们是伟大的战士，都将成为帝国的普通公民，你们还会得到一份工作：建立一个人类文明博物馆。"

地球战士们都把目光集中到元帅身上，他想了想，缓缓地点点头。

地球战士们一个接一个地上了大牙的飞船，那为恐龙准备的梯子他们必须一节一节引体向上爬上去。元帅是最后一个上飞船的人，他双手抓住飞船舷梯最下面的一节踏板的边缘，在把自己的身体拉离地面的时候，他最后看了一眼脚下地球的土地，然后他就停在那里看着地面，很长时间一动不动，他看到了——蚂蚁。

这蚂蚁是从那块盒子中的土地里爬出来的，元帅放开抓着踏板的双手，蹲下身，让它爬到手上。他举起那只手，细细地看着它，它那黑宝石般的小身躯在阳光下闪闪发亮。元帅走到盒子旁，把这只蚂蚁放回到那片小小的草丛中，这时他又在草丛间的土面上发现了其他几只蚂蚁。

他站起身来，对刚来到身边的大牙说："我们走后，这些草和蚂蚁是地球上仅有的生命了。"

大牙默默无语。

元帅说："地球上的文明生物有越来越小的趋势，恐龙、人，然后可能是蚂蚁。"他又蹲下来深情地看着那些在草丛间穿行的小生命，"该轮到它们了。"

这时，地球战士们又纷纷从飞船上下来，返回到那块有生命的地球土地前，围成一圈深情地看着它。

大牙摇摇头说："草能活下去，这海边也许会下雨的，但蚂蚁不行。"

"因为空气稀薄吗？看样子它们好像没受影响。"

"不，空气没问题。与人不同，在这样的空气中它们能存活，关键是没有食物。"

"不能吃青草吗？"

"那就谁也活不下去了：在稀薄的空气中青草长得很慢，蚂蚁会吃光青草，然后饿死，这倒很像吞食文明可能的最后结局。"

"您能从飞船上给它们留下些吃的吗？"

大牙又摇头："我的飞船上除了生命冬眠系统和饮用水外，什么都没有，我们在追上帝国前需要冬眠。你们的飞船上还有食物吗？"

元帅也摇摇头："只剩下几支维持生命的注射营养液，没用的。"

大牙指指飞船："我们还是抓紧时间吧，帝国的加速很快，晚了我们会追不上它的。"

沉默……

"元帅，我们留下来。"一名年轻中尉说。

元帅坚定地点点头。

"留下来？干什么？"大牙轮流着看看他们，惊讶地问，"你们飞船上的冬眠装置已接近报废，又没有食品，留下来等死吗？"

"留下来走出第一步。"元帅平静地说。

"什么？"

"您刚才提过的新文明的第一步。"

"你们……要做蚂蚁的食物？"

地球战士们都点点头。大牙无言地注视了他们很长时间，然后转身，挂着拐杖慢慢走向飞船。

"再见，朋友。"元帅在大牙身后高声说。

老恐龙长长地叹息了一声："在我和我的子孙前面，是无尽的暗夜、不休的征战，茫茫宇宙，哪里是家哟！"人们看到他的脚下湿了一片，不知道是不是一滴眼泪。

恐龙的飞船在轰鸣中起飞，很快消失在西方的天空。在那个方向，太阳正在落下。

最后的地球战士们围着那块有生命的土地默默地坐了一会儿，然后，从元帅开始，大家纷纷掀起面罩，在沙地上躺了下来。

时间在流逝，太阳落下，晚霞使劫后的大地映在一片美丽的红光中。然后，有稀疏的星星在天空中出现。元帅发现，一直昏黄的天空这时居然现出了深蓝色。在稀薄的空气夺去他的知觉前，他欣慰地感到他的太阳穴上有轻微的骚动感，蚂蚁正在爬上他的额头。这感觉让他回到了遥远的童年，在海边两棵棕榈树上拴着的一个小吊床上，他仰望着灿烂的星海，妈妈的手抚过他的额头……

夜晚降临了，残海平静如镜，毫不走样地映着横天而过的银河，这是这个行星有史以来最宁静的一个夜晚。

　　在这宁静中，地球重生了。

生存竞争与文明的二元面相

——《人和吞食者》赏析

王一平

种群之间对生存空间与资源的争夺是刘慈欣小说的一大基本主题。中篇小说《人和吞食者》展现了种群间残酷的生存竞争，表达了刘慈欣对资源无度消耗、"他者"野蛮入侵的高度警觉。在宇宙间的生存竞争中，文明呈现为"阴柔－弱者"与"粗野－强者"两种相对立的面相，也由此显露出了小说对强者及其宰制权力的推崇。

刘慈欣 2002 年发表于《科幻世界》的中篇小说《吞食者》，后又名《人和吞食者》虽然既不是他第一次面对"他者"文明发出存亡攸关的预警，也不是最后一次直面生存竞争的残酷，但小说在体现刘慈欣小说的重要主题——种群的生存奋争与相互竞争方面，作为一部承前启后的作品，却也有着独特的意义。

《人和吞食者》开篇就直接发出了"'吞食者'即将降临地球"的警报，来自波江座的"信"表示："它紧跟在我后面，按你们的时间，再有一个世纪就到了。警报！吞食者来了！吞食者来了！"同时，一幅波江座－ε星第三颗行星被吞食的画面骤然展现在地球人面前——形如轮胎的世代飞船"吞食者"由蜥蜴状的大型生物操纵，其直径五万公里、内圆直径三万公里，它以类似"轮胎套球"的方式将星球套入飞船圈中，并不断榨取、"吞食"资源，而在被"吞食"的星球上：

"第一个感觉就是身体在变轻，这是由于吞食者巨大质量产生的引力抵消行星引力所致。……海洋先是涌向行星朝向吞食者的那一极，当行星被套入'轮胎'后又涌向赤道，产生的巨浪能够吞没云层。接着，引力异常将大陆像薄纸一样撕成碎片。火山在海底和陆地密密麻麻地出现"，"吞食者对被吞入的每颗行星大约要'咀嚼'一个世纪左右，在这段时间里，行星上包括水和空气在内的资源被掠夺一空，由于'轮胎'长时间的引力作用，行星向赤道方向渐渐变扁，最后变成……铁饼状。当吞食者最后移走，从而'吐出'这颗已被榨干的行星时，行星的形状会恢复成圆形，这又引发了最后一场全球范围的地质灾难。"①

《人和吞食者》这一令人恐惧的开篇，已经预示了未来更为宏大的《三体》中文明的物质承载体——星球的毁灭场景，当然，由此也不难发现刘慈欣小说在"硬科幻"的基本特色之外，还好用绚烂的笔墨渲染宏伟的意象，从独特的视角出发，引导读者摆脱对俗世的沉溺，放眼宇宙而反观人类自身的生存景况。而在包括《人和吞食者》在内的众多小说中，刘慈欣往往围绕生存竞争这一主题，吸收如马尔萨斯人口理论、达尔文的"自然选择"论、斯宾塞的"适者生存"论、严复等的"物竞天择"理论等，演绎出种群生存之战的奇诡故事。

《人和吞食者》的主题实际上分为两个层面，其隐在层面的核心理念是：所有种群间的斗争故事都蕴含着一个自明的前提——资源的有限性，这既有物理学的能量守恒定律色彩②，又有着"罗马俱乐部"所探讨的"增长的极限"等理论的影子。如"增长的极限"意味着如果人口、工业化、污染、粮食生产、资源消耗等按现有趋势发展下去，将在较短的时期内出现人类发展的极限这样的严重问题。《人和吞食者》的题目"吞食"二字首先暗示了种群大量消耗资源的饕餮之态——吞食帝国正是因为数量的激增和对资源的过

① 刘慈欣. 吞食者 [J]. 科幻世界，2002（11）.

② 彼得·狄肯斯. 社会达尔文主义——将进化思想和社会理论联系起来 [M]. 涂骏，译. 长春：吉林人民出版社，2005：19.

度消耗，才不得不在银河系中四处游荡掠夺。小说最终揭示，吞食帝国的祖先竟是地球上的恐龙，其文明崛起于中生代白垩纪中期。作为一个体形巨大的物种，恐龙对生态的消耗量极大，随着数量的剧增，地球已难以维持恐龙的生存。恐龙社会在数千年间急剧膨胀，其生态影响从地质纪年的长度看如同一场突然爆发的大灾难，这便是人类猜测的令恐龙灭绝的"白垩纪灾难"。当然，事实上恐龙们登上了十艘巨大的世代飞船，从此开启了以掠夺资源为生的流浪旅程。

在收到来自波江座的警报后，《人和吞食者》便以"难题与回应"的方式，展开了故事的正文。人类很快迎来了吞食帝国的先遣人员——大牙，一个高达十米、躯体粗壮、身披鳞甲的大使，说话时如同十台老式火车头在同时鸣笛。而在关于地球、人类命运的谈判和数百年的斗争中，他成为了贯穿始终的线索人物。在小说结尾，当吞食帝国终于完成了对地球资源的榨取时，业已年迈的大牙道出了令人闻风丧胆的吞食者的生存真相：

> "真正适合我们高等碳基生物生存的空间并不多。从我们所在的位置向银河系的中心方向，走不出两千光年就会遇到大片的星际尘埃，在其中既无法航行也无法生存，再向前则会遇到强辐射和大群游荡的黑洞……如果向相反的方向走呢。我们已在旋臂的末端，不远处就是无边无际的荒凉虚空。在适合生存的这片空间中，消耗量巨大的吞食帝国已吃光了所有的行星。现在，我们的唯一活路是航行到银河系的另一旋臂去，我们也不知道那里有什么，但在这片空间待下去肯定是死路一条。这次航行要持续一千五百万年，途中一片荒凉，我们必须在启程前贮备好所有的消耗品。这时的吞食帝国就像一个正在干涸的小水洼中的一条鱼，它必须在水洼完全干掉之前猛跳一下，虽然多半是落到旱地上在烈日下死去，但也有可能落到相邻的另一个水洼中活下去……"①

---

① 刘慈欣. 吞食者 [J]. 科幻世界，2002（11）.

实际上，在同系列小说《人和吞食者》与《诗云》中，人与吞食者、吞食者与高级文明"李白"一族的战争，都源于后者对前者生存资源的抢占。在另一个同样与恐龙有关的故事《白垩纪往事》中，恐龙帝国毁灭的根源亦是如此。不难发现，所谓"干涸水洼中的鱼"所处的生存绝境的比喻，此后再次被运用到了《三体》中，甚至包括其结局中宇宙的归零等——即在地球、太阳系乃至宇宙尺度上对有限资源、超高的"人（种群）土比率"及其后果所进行的科幻演绎。

由此，在资源有限的前提下，为种群延续而进行的"生存竞争"便自然成为了（宇宙）社会生活的第一要义：面对种群数量膨胀、资源紧缺的巨大压力，小如蚂蚁，大至宇宙，都不得不执著于对有限的生存空间、资源的攫取。《人和吞食者》中作为人类代表的元帅追问："难道生存竞争是宇宙间生命和文明进化的唯一法则？难道不能建立起一个自给自足的、内省的、多种生命共生的文明吗？"大牙的回答是："自己生存是以征服和消灭别人为基础的，这是这个宇宙中生命和文明生存的铁的法则，谁要首先不遵从它而自省起来，就必死无疑。"[①] 显然，在刘慈欣小说中，战争与愚昧、贪婪、狂热等情绪性动因关联较弱，始终烙有的乃是"生存竞争"的深刻印记。

因此，以生存意志的顽强性和生存斗争的有效性为区分，刘慈欣小说中的"文明"便具有了两种面相：文明的脆弱性与文明的强力性。文明为何"脆弱"？《人和吞食者》不无讥讽地展示了如下画面：人类邀请大牙到一处考古挖掘现场，联合国工作人员抬来一本一米见方的大画册给大牙，精美的画册展现了人类文明的各个方面，同时一位考古学家绘声绘色地描述了地球文明的辉煌历程：

> "他竭力想让外星人明白这个蓝色行星上有很多值得珍惜的东西，说到动情处声泪俱下，好不凄惨。最后，他指着挖掘现场的大坑说：'尊敬的使者，您看，这是我们刚刚发现的一处城市遗址，是迄今发现的最

---

① 刘慈欣. 吞食者 [J]. 科幻世界，2002（11）.

早的人类城市，距今已有近五万年，你们真的忍心毁灭一个历经五万年的岁月一点一滴发展到今天的灿烂文明？'"

当然，大牙不会被人类展示出的文明成果所感动，同样未被感动的还有作者刘慈欣。考古学家令人觉得可笑的"绘声绘色""竭力""声泪俱下，好不凄惨"等表现，其视点既是出自大牙，更出自叙述者，乃至作者本人。出于回应，大牙在挖掘现场的泥土中刨出了上百只蚂蚁，并毫不留情地指出，这个蚂蚁王国的时间比人类久远得多，经过极为艰辛的生存挣扎而留存了数千万年，期间经历了数不清的朝代，书写了数不清的史诗，创造了宏大的立体城市，"但所有这一切在三个小时之内被毁灭。当时，在惊天动地的轰鸣声中，挖掘机遮盖了整个天空的钢铁巨掌凌空劈下，把包含着城市的土壤一把把抓起，城市和其中的一切在巨掌中被碾得粉碎，包括城市最下层的所有孩子和将成为孩子的几万只雪白的卵。"①《人和吞食者》认为，面对大牙描绘的残酷现实，人类的反应当是"无话可说"——因为这正是宇宙间种群竞争的真理："文明"的"脆弱"既体现在其毁灭的常见性，也体现在若以（柔弱）"文明"的方式呈现"文明"，其本身便是脆弱的。

而"文明"一旦陷入"柔弱无力"的境地，其下场是如何的呢？被摧毁的波江座文明以"卡通小女孩儿"形象出现便是一种隐喻；而根据大牙的展示，吞食帝国最终将人类作为高档食材进行豢养，规模达到20亿，人类的生活画面如下：

"蓝天下一片美丽的草原，一群快乐的人在歌唱舞蹈。一时难以分辨出这些人的性别，因为他们的皮肤都是那么细腻白嫩，都身着轻纱般的长服，头上装饰着美丽的花环。远处有一座漂亮的城堡，其形状显然来自地球童话，色彩之鲜艳如同用奶油和巧克力建造的。镜头拉近，元帅细看这些漂亮人儿的表情，确信他们真的是处于快乐之中，这是一种

---

① 刘慈欣. 吞食者 [J]. 科幻世界, 2002 (11).

真正无忧无虑的快乐，如水晶般单纯，战前的人类只在童年能够短暂地享受。"①

这些被饲养着的人中就包括抗击吞食者的地球元帅的曾孙，他是一个"皮肤细嫩的漂亮男孩……一双女人般的小手拿着一个花环，显然是刚刚从舞会上被叫过来，他眨着一双水灵灵的大眼睛说：'听说曾祖父您还活着？我只求您一件事，千万不要来见我啊！我会恶心死的！想到战前人类的生活我们都会恶心死的，那是狼的生活，蟑螂的生活！……呸！快死吧你！'说完，他又蹦跳着加入到草原上的舞会中去。"此类缺乏男性气质、幼稚的形象在刘慈欣此后的作品中作为"待宰羔羊"一再出现，这透露出了作者的性别观念与认知，但更具启示意义的是，这是以男女性别之分来指代"文明"的面相之分。代表吞食帝国的大牙表示：

"粗野当然美，宇宙就是最粗野的！漆黑寒冷的深渊中燃烧着狂躁的恒星，不粗野吗？宇宙是雄性的，明白吗？像你们那种女人气的文明，那种弱不禁风的精致和纤细，只是宇宙小角落中一种微不足道的病态而已。"①

显然，与非男性化的柔弱文明相对的，是具有男性气质的强悍文明，其强悍主要体现为对"斗争"哲学的掌握上。那么，人类文明是否就是大牙蔑称的"女人气"的文明呢？《人和吞食者》中，人类在与大牙的谈判中提出了建造月球避难所的方案，即将月球推离现行轨道，并组织约10万人移居月球，待吞食者吐出地球后再回地球重建人类文明。出于吞食中需要推开月球的考虑，大牙答应了这一提案。然而，地球部队花了近半个世纪在月球上大量埋设核弹，表面上看只是为了将其推离轨道，但真正计划乃是打算在"吞食者"飞船靠近时引爆月球上的核弹，将月球推向飞船使之炸毁。

---

① 刘慈欣. 吞食者 [J]. 科幻世界，2002（11）.

由此，在存亡攸关的斗争之中，人类文明终于以其强大的生存意志，抛弃了阴柔文明的软弱形象，转而表现出其诡诈有力的一面。虽然人类撞毁"吞食者"的行动最终失败，"吞食者"却也付出了巨大的代价，由此间接地为地球文明重生留下了一线生机。显然，对宇宙世界中的弱者而言，一切为生存而采用的手段都具有了合理性，作者认为地球文明值得尊重而不再"好不凄惨"，正是因为它终于借由顽强的生存欲望和斗争策略得到了"他者"文明的承认，地球人成为了吞食者遭遇的星际战争中"最出色的战士之一"，"帝国的行吟诗人还在到处传唱着地球战士史诗般的战绩"。一言以蔽之，在生存竞争中，文明呈现为两种相对立的面相：

幼稚的群氓（普通庸众）—阴柔—平和—共生—弱者（波江座文明、上校的曾孙等）

成熟的精英（军人、科学家等）—粗野—斗争—独存—强者（吞食者文明、元帅及月球部队等）

在此，王德威所点出的从中国晚清至民国的思想家梁启超、鲁迅，到刘慈欣这条线索便可成立。[①] 人类所经历的恐怖、暴行、奴役、战争以及种种苦难都是进化之中不可避免的残酷过程，而与之相伴的则是强者的存活与壮大。[②] 或如梁启超所言的"强权云者，强者之权利之义也……天下无所谓权利，只有权力而已，权力即利也……"，即"强者拥有权力，有了权力可以'排除他力之妨碍'，于是就有了权利和自由，'以得己之所欲'"的强者权力逻辑。[③] 当《人和吞食者》中的月球计划一度看起来即将成功时，后悔不迭的大牙哀叹：

"我应该想到地球人与波江人是完全不同的两个物种，波江世界是一个以共生为进化基础的生态圈，没有自然选择和生存竞争，更不知战

① 王德威. 乌托邦，恶托邦，异托邦——从鲁迅到刘慈欣 [EB/OL]. http://www.chinawriter.com.cn/bk/2011-07-11/54578.html.

② James Marchant. *Alfred Russel Wallace*：*Letters and Reminiscences*，*Volume 2* [M]. London：Cassell，1916：154.

③ 许纪霖. 现代性的歧路：清末民初的社会达尔文主义思潮 [J]. 史学月刊，2010（2）.

争为何物……而你们，自从树上下来后就厮杀不断。怎么可能轻易被征服呢？"①

在与轻易被毁的"波江文明"的对照中，"地球文明"显得更具生存竞争的实力，并因此而处于种群序列中更高的位置上。刘慈欣小说中常有众声喧哗的假象，但作者之意却昭昭：在大规模的种群生存斗争中，由于空间、资源的有限性，"你死我活"的"零和博弈"是唯一的现实。弱者往往竭尽全力以孤注一掷的方式求生，而强者及其宰制权力却更值得钦羡与崇拜。在极限境遇之下，二元化的文明应当被抛弃，转换为强者才是正确的选择。

总之，包括《人和吞食者》在内的刘慈欣小说将世人熟知的进化论、生存空间争夺等思想贯穿于作品之中，其想象宏远奇特又不乏思考的深度。虽然刘慈欣的精神根基并未脱离以科技为手段的实用性理念，其注目于对有限资源的利用及激烈的生存竞争，乃至得出失之偏颇的结论，但他对中国科幻小说在当代的更新之功却决不可忽视。

参考文献

[1] 彼得·狄肯斯. 社会达尔文主义——将进化思想和社会理论联系起来 [M]. 涂骏，译. 长春：吉林人民出版社，2005：19.

[2] 刘慈欣. 吞食者 [J]. 科幻世界，2002（11）.

[3] 王德威. 乌托邦，恶托邦，异托邦——从鲁迅到刘慈欣 [EB/OL]. http://www.chinawriter.com.cn/bk/2011-07-11/54578.html.

[4] 许纪霖. 现代性的歧路：清末民初的社会达尔文主义思潮 [J]. 史学月刊，2010（2）.

（王一平：文学博士，博士后，四川大学文学与新闻学院副研究员）

---

① 刘慈欣. 吞食者 [J]. 科幻世界，2002（11）.

光荣与梦想

刘慈欣

被推迟的奥运会

晨光已照亮了半个天空，西亚共和国的大地仍然笼罩在黑暗中，仿佛刚刚逝去的夜凝结成了一层黑色的沉积物覆盖在大地上。

格兰特先生开着一辆装满垃圾的小卡车，驶出了联合国人道主义救援基地的大门。基地雇用的西亚工人都走光了，这几天他们只好自己倒垃圾，不过这也是最后一次了。明天，他们这些联合国留在西亚的最后一批人员将撤离，后天或更晚一些时候，战争将再次降临这个国家。

格兰特把车停到不远处的垃圾场旁边，下车后从车上抓起一个垃圾袋扔了出去。当他抓起第二个时，举在空中停了几秒钟，在这一片死寂的世界中，他看到了唯一活动的东西，那是地平线上的一个小黑点儿，它微微跃动着，仿佛时时在否认着自己是这黑色大地的一部分，在晨光白亮的背景上像一个太阳黑子。

一阵声响把格兰特的注意力拉回近处，他看到几个黑乎乎的影子移向他刚扔下的垃圾袋，像是地上的几块石头移动起来。那是几名每天必来的拾荒者，男女老少都有。这个被封锁了十七年的国家已在饥饿中奄奄一息。

格兰特抬起头，已能够分辨出那个远方的黑点是一个跑动的人体，在又亮了一些的晨光背景上，他觉得那个黑点像一只在火焰前舞动的小虫。

这时拾荒者中出现了一阵骚动，有人拾到了半截香肠并飞快地把香肠塞进嘴里，忘情地大嚼着，其他人呆呆地看着他，这让他们静止了几秒钟，但也只有几秒钟，他们紧接着又在撕开的垃圾袋中仔细翻找起来。在他们已被饥饿所麻木了的意识中，垃圾中的食物比即将升起的太阳更加光明。

格兰特再次抬起头，那个奔跑者更近了，从身材上可以看出是个女性，她体形瘦削，在格兰特的第三个印象中，她像一株在晨光中摇曳的小树苗。当她近到连喘息声都能听到时，仍听不到脚步声。她跑到垃圾堆旁，腿一软跌坐在地。这是一个十几岁的女孩子，皮肤黝黑，穿着破旧的运动背心和短裤。她的眼睛吸引了格兰特，那双眼睛在她那瘦小的脸上大得出奇，使她看上去像某种夜行的动物，与其他拾荒者麻木的眼神不同，这双眼睛中有某种东西在晨光中燃烧，那是渴望、痛苦和恐惧的混合，她的存在都集中在这双眼睛上，与之相比，那小小的脸盘和瘦成一根藤似的身躯仿佛只是附属在果实上枯萎的枝叶。她脸色苍白地喘息着，听起来像远方的风声，她的嘴上泛着一层白色的干皮。一名拾荒者冲她嘀咕了句什么，格兰特努力抓住这句西亚语的发音，大概听懂了：

"辛妮，你又来晚了，别再指望别人给你留吃的！"

叫辛妮的女孩子把平视的目光下移到撕开的垃圾袋上，很吃力，仿佛那无限远方有什么东西强烈地吸引着她。但饥饿感很快显现出来，她开始与其他人一样从垃圾里找吃的。现在，剩余的食物几乎已被拾完了，她只找到一个开了口的鱼罐头盒，抓出里面的几根鱼骨嚼了起来，然后吃力地咽下去，她想再次起身去寻找，但却昏倒在垃圾堆旁。格兰特走过去把她抱起来，她的浸满汗水的身体轻软得令人难以置信，仿佛是一条放在他手臂和膝盖上的布袋。

"是饿的，她多次这样了。"有人用很地道的英语对格兰特说，格兰特把辛妮轻轻地放在地上，站起身从驾驶室中拿出了一瓶牛奶蹲下来喂她，辛妮昏迷中很快感到了牛奶的味道，大口喝了起来。

"你家在哪里？"看到辛妮稍微清醒了些，格兰特用生硬的西亚语大声问。

"她是个哑巴。"

"她住得离这儿很远吗？"格兰特抬头问那个说英语的拾荒者，他戴着眼镜，留着杂乱的大胡子。

"不，就住在附近的难民营，但她每天早晨都要从这里跑到河边，再跑回来。"

"河边？那来回……有十多公里呢！她神志不正常？"

"不，她在训练。"看到格兰特更加迷惑，拾荒者接着说："她是西亚共和国的马拉松冠军。"

"哦……可这个国家，好像有很多年没有全国体育比赛了吧？"

"反正人们都是这么说的。"

辛妮已经缓了过来，自己拿着奶瓶在喝剩下的奶。蹲在她旁边的格兰特叹息着摇摇头说："是啊，哪里都有生活在梦想中的人。"

"我就曾是一个。"拾荒者说。

"你英语讲得很好。"

"我曾是西亚大学的英美文学教授，是十七年的制裁和封锁让我们丢失了所有的梦想，最后变成了这个样子。"他指指那些仍在垃圾中翻找的其他拾荒者说，辛妮的昏倒似乎并没有引起他们的注意，"我现在唯一的梦想，就是你们把喝剩的酒也扔一些出来。"

格兰特悲伤地看着辛妮说："她这样会要了自己的命的。"

"有什么区别？"英美文学教授耸耸肩不以为然地说，"两三天后战争再次爆发时，你们都走了，国际救援断了，所有的路也都不通了，我们要么被炸死，要么被饿死。"

"但愿战争快些结束吧，我想会的，西亚的人民已经厌战了，这个国家已经是一盘散沙。"

"那倒是，我们只想有饭吃活下去，你看他，"教授指指一个在垃圾堆中专心翻找的头发蓬乱的年轻人，"他就是个逃兵。"

这时，仍然靠在格兰特臂弯中的辛妮抬起一支枯瘦的手臂指着不远处联合国救援基地的那几幢白色的临时建筑，用两手比划着。"她好像想进去。"教授说。

"她能听到吗？"格兰特问，看到教授点点头，他转向辛妮，一只手比划着，用生疏的西亚语对她说："你不能，不能进去，我再给你一些吃的，明天不要来了，明天我们就走了。"

辛妮用手指在沙地上写了几个西亚文字，教授看了看说："她想进去在你们的电视上看奥运会开幕式。"他悲哀地摇摇头，"这孩子，已不可救药了。"

"奥运会开幕推迟了一天。"格兰特说。

"因为战争？"

"怎么？你们什么都不知道？"格兰特吃惊地看看周围的人说。

"奥运会与我们有什么关系？"教授又耸耸肩。

这时，一阵嘶哑的引擎声打断了他们的对话，一辆只有在西亚才能看到的旧式大客车从公路上开了过来，停在垃圾场边上，车上跳下一个人，看上去五十多岁，头发花白，他冲这一群人大喊："辛妮在这儿吗？威弟娅·辛妮！"

辛妮想站起来，但腿一软又跌坐在地，那人走过来看到了她："孩子，你怎么成了这个样子？还认识我吗？"

辛妮点点头。

"你们是哪儿的？"教授看看那人问。

"我是克雷尔，国家体育运动局局长。"那人回答说，然后把辛妮从地上扶起来。

"这个国家还有体育运动局？"格兰特惊奇地问。

克雷尔手扶辛妮，看着初升的太阳一字一顿地说："西亚共和国什么都有，先生，至少将会什么都有的！"说完，扶着辛妮向大客车走去。

上车后，看着软瘫在破旧座椅上的辛妮，克雷尔回忆起一年前他与这个女孩子相识的情景。

那个傍晚，克雷尔下班后走出体育运动局那幢陈旧的三层办公楼，疲惫地拉开他那辆老伏尔加的车门，突然有人从后面抓住了他的胳膊，一回头他看到了辛妮。她冲他比划着，要上他的车，他很惊奇，但她那诚挚的目光让人信任，于是就让她上了车，并按她指的方向开。

"你，哦，你是西亚人吗？"克雷尔问，他的问题是有道理的，长期进行某些体育项目训练的人，会给自己留下明显的特征，这特征不仅仅是在身形上，还有精神状态上的。虽然辛妮穿着西亚女性常穿的宽大长衫，克雷尔专家的眼睛还是立刻看出了她身上的这种特征，但克雷尔不相信，在这个已十几年处于贫穷饥饿状态的国家里，还有人从事那种运动。

辛妮点点头。

在辛妮的指引下，车开到了首都体育场。下车后，辛妮在地上写了一行字："请您看我跑一次马拉松！"在体育场跑道的起点，辛妮脱下了长衫，露出她后来一直穿着的旧运动衫和短裤，当克雷尔示意计时开始后，她步伐轻捷地跑了起来，这时克雷尔已经确信，这孩子是一块难得的长跑好材料，这反而使他的心头涌上一阵悲哀。

这座能够容纳八万人的西亚共和国最大的体育场现在完全荒废了，杂草和尘土盖住了跑道，西边有一个大豁口，是在不知哪年的空袭中被重磅炸弹炸开的，残阳正从豁口中落下，给体育场巨大阴影上方的看台投下一道如血的余晖。

战前，西亚共和国的体育曾有过辉煌的时代，但十七年前的那场战争以及随后延续至今的封锁和制裁，使得体育在这个国家成为一种巨大的奢侈。国家对体育的投入已压缩到最小，仅仅是为了能零星派出几名运动员参加国际比赛，以满足对外宣传的需要。但近年来，随着这个国家生存环境的日益严酷，这一点投入也消失了，运动员们都不知飘落何处，国家体育运动局仅剩四名工作人员，随时都可能被撤销。

夕阳在西方落下，一轮昏黄的满月又从东方升起。辛妮在一圈又一圈地奔跑着，时而没入阴影，时而跑进如水的月光中，在这如古罗马斗兽场遗址般荒凉的巨大废墟中，回荡着她那轻轻的脚步声。克雷尔觉得，她是来自过去美好时代的一个幻影，时光在这月光下的废墟中倒流，一丝早已消逝的感觉又回到克雷尔的心中，他不由泪流满面。

当月光照亮了大半个体育场时，辛妮跑完了第一百零五圈，到达了终点。她没有去做缓解运动，只是远远地站在那里静静地看着克雷尔。月光下，她很像跑道上一尊细长的雕像。

"两小时十六分三十秒，考虑场内和场外道路的差别，再加三分钟，仍是迄今为止的全国最好成绩。"

辛妮笑了一下。马拉松运动员的特点之一就是表情呆滞,这是他们在训练和比赛中长时间忍受单调的体力消耗的缘故,但克雷尔发现辛妮月光中的笑很动人,但这笑容却像一把刀子把他的心割出血来。他呆立着,使自己也变成了另一尊雕像,直到辛妮的喘息声像退潮的海水般平息后,他才回过神来,把手表戴回腕上,低声说:"孩子,你生错了时候。"

辛妮平静地点点头。

克雷尔弯腰拾起地上的长衫,走过去递给辛妮:"我送你回家吧,天黑了,你父母不放心的。"

辛妮比划着,克雷尔看懂了,她说自己没有父母,也没有家。她接过衣服,转身走去,很快消失在体育场巨大的阴影中。

大客车向市郊方向驶去,辛妮在座椅上绵软无力地随着颠簸摇晃,疲乏和虚弱令她晕晕欲睡,但后座上一个人的一句话使她猛醒过来:"萨里,你是怎么把自己搞到监狱里去的?"

辛妮直起身向后看,看到了那个被叫作萨里的人。她立刻认出了他,但无论如何也不会相信眼前这个可怜的家伙曾是西亚共和国最耀眼的体育明星。亚力克·萨里是西亚被封锁期间在国际大赛中获得奖牌的三个运动员之一,他曾在四年前的世界射击锦标赛上获得男子飞碟双多向射击的金牌,成为全国的英雄。辛妮仍清楚地记得他乘敞篷汽车通过中心大街时那光辉的形象。眼前的萨里骨瘦如柴,苍白的脸上有好几道伤疤,他裹着一件肮脏的囚服,在这并不寒冷的早晨瑟瑟发抖。

克雷尔说:"他去做一个走私集团头目的保镖,人家看上了他的枪法。"

"我不想饿死。"萨里说。

"可是你差点儿被饿死,在自由公民都吃不饱的今天,监狱里会是什么样子?那里每天都有人饿死或病死,我看你也差不多了。"

"局长先生,您把我保释出来确实救了我一命,可这是为什么?我们这是去哪儿?"

"去机场,至于去干什么我也不知道,我们只是奉命召集各个运动项目原国家队的队员。"

车停了，又上来好几个人。与大部分西亚人一样，他们都面黄肌瘦，衣服破旧，有人在不停地咳嗽，饥饿和贫穷醒目地写在他们的脸上。与一般人不同的是他们都个子很高，这高大的身材更增加了他们的憔悴感。他们在车里弯着腰，像一排离水很久而枯萎的大虾。辛妮很快认出这都是原国家男篮的球员。

"嗨，各位，这些年过得怎么样？"克雷尔向他们打招呼。

"在我们有力气给您讲述之前，局长先生，先让大家吃一顿早餐吧！"

"是啊，作为高级官员您体会不到挨饿的滋味，到现在您还在吃体育，可我们吃什么呢？我们一天的配给，只够吃一顿的。"

"就这一顿也快没有了，人道主义救援已经停止了！"

"没关系，再等等吧，战争一爆发，黑市上就又有人卖东西了！"

……

就在男篮队员们七嘴八舌诉苦的时候，辛妮挨个打量他们，发现她最想见的那个人没有来，克雷尔代她提出了这个问题："穆拉德呢？"对，加里·穆拉德，西亚共和国的乔丹。

"他死了，死了有半年了。"

克雷尔好像并不感到意外："哦……那伊西娅呢？"辛妮努力回忆这个名字，想起她是原国家女篮队员，穆拉德的妻子。

"他们死在一起了。"

"天啊，这是怎么了？"

"您应该问问这世道是怎么了……他们和我们一样，除了打球什么都不会，这些年只有挨饿。可他们不该要孩子，那孩子刚出生局势就恶化了，配给又减少了一半，孩子只活了三个月，死于营养不良，或者说是饿死的。孩子死的那天晚上，他们闹到半夜，吵一会儿哭一会儿，后来安静下来，竟做起饭来，然后两人就默默地吃饭，终于吃了这些年来的第一顿饱饭，您知道他们的饭量，把后半月的配给都吃光了。天亮后，邻居发现他们不知吃了什么毒药一起死在了床上。"

一车人陷入沉默，直到车再次停下又上来一个人时，才有人说："哇，终于见到一个不挨饿的了。"上来的是一位娇艳的女郎，染成红色的头发像一团火，描着很深的眼影和口红，衣着俗艳而暴露，同这一车的贫困形成鲜明对比。

"大概不止吃饱吧，她过得好着呢！"又有人说。

"也不一定，现在首都已成了一座饥饿之城，红灯区的生意能好到哪里去？"

"噢，不，穷鬼，"女郎冲说话的人浪笑了一下说，"我主要为联合国维和部队服务。"

车里响起了几声笑，但很快被一阵剧烈的咳嗽声淹没了。"莱丽，你应该多少知道些廉耻！"克雷尔厉声说。

"噢，克雷尔大叔，不管有没有廉耻，谁饿死后身上都会长出蛆来。"女郎不以为然地挥挥手说，在辛妮身边坐了下来。

辛妮瞪圆双眼盯着她，天啊，这就是温德尔·莱丽？这就是那个曾获得世界体操锦标赛铜牌的纯美少女，那朵光彩照人的西亚体育之花？

剩下的路程是在沉默中走完的。二十分钟后，汽车开进了首都机场的停机坪，已经有两辆大客车先到了，它们拉来的也都是前国家队的运动员，加上这辆车，共有七十多人，这其中包括一支男子篮球队、一支男子足球队和十一个其他竞赛项目的运动员。

跑道的起点停着一架巨大的波音客机。在西亚领空被划为禁飞区的十多年里，它显然是这个机场降落过的最大和最豪华的飞机。克雷尔领着西亚共和国的运动员们来到飞机前面，从舱门中走出几位西装革履的外国人，当他们走到舷梯中部时，其中一位挥手对下面的人群大声说了一句什么。运动员们吃惊地认出，这人是国际奥林匹克委员会主席，但最让他们震惊的还是克雷尔翻译过来的那句话：

"各位，我代表国际社会到西亚共和国，来接你们参加第二十九届奥运会！"

北　京

原来北京是这样的！

当车队进入市区后，辛妮感叹道。这个遥远的城市本来与她——一个身处西亚共和国的贫穷饥饿的女孩子没有任何关系的，但奥运会在几年前就使北京成为她心中的圣地。辛妮对北京了解很少，仅限于小时候看过的一部色彩灰暗的武侠片。在她的想象中，北京是一座古老而宁静的城市，她无法把这座城市与宏大壮丽的奥运会联系起来。她无数次梦到过奥运会和北京，但两者从未在同一个梦中出现过。在一些梦里，她像飞鸟般掠过宏伟的奥运赛场上的人海；在另一些梦里，她则穿行于想象中的北京那些迷宫般的小胡同中和旧城墙下，寻找着奥运赛场，但从来没有找到过。

辛妮瞪大双眼，看着车窗外，寻找她想象中的胡同和城墙，但映入她眼帘的是一片崭新的现代化高层建筑群，这林立的高楼在阳光下发出耀眼的白光，像刚开封的新玩具，像一夜之间冲天长出的白嫩的巨大植物。这时，在辛妮的脑海中，奥运会和北京才完美地结合起来。

到达新世界的兴奋感像云缝中的太阳露了一下头，在辛妮的心中投下一线光亮，但阴郁的乌云很快又遮盖了一切。

与世界各大媒体想当然的报道不同，当西亚共和国的运动员们得知自己将参加奥运会时，并没有什么兴奋和喜悦。像其他西亚人一样，十多年的苦难使他们对命运不抱任何幻想。他们对一切意外都抱有一种麻木的冷静，不管这意外是好是坏，他们所做的第一件事就是收紧外壳保护自己。在得知这个消息后，甚至没有人提出问题，就连那些理所当然的问题，如没参加过任何预选赛如何进入奥运会，都没有人提出。他们只是默默地走上飞机，麻木而又敏感地静观着事态的发展。

辛妮走进空荡荡的宽敞机舱后，找了一个靠窗的座位坐下，并一直注意着这里发生的事。她看到国际奥委会主席把克雷尔和西亚代表团的几位官员召集到一等舱中去，一个多小时过去了，还没有任何动静。运动员们也在沉默中静静地等待。终于，克雷尔走了出来。他没有说什么，只是拿着一张纸核对名单。几十双眼睛都盯着他的脸看，那是一张平静的脸。这平静是第一个征兆，它告诉辛妮：事情不对。很快她那敏感的眼睛又发现了第二个征兆：克雷尔拿着名单返回一等舱时，用空着的一只手去开紧闭着的舱门，尽管那只手摸索了半天也没找到把手，他的双眼仍平视着前方而没有向下看，仿佛一时失明了似的。这时，辛妮证实了自己的预感：

事情不对。

在机舱里大家吃了一顿饱饭，每人都吃了两到三份航空餐，这些西亚人的饭量让那几名中国空姐很吃惊。然后飞机起飞了，辛妮透过舷窗，看着云海很快覆盖西亚的大地，这云海在整个航程中都很少散开，仿佛在下面隐藏着一个巨大的谜团。

飞机在北京机场降落后，等了足有两个小时，换上统一服装的西亚体育代表团才走出机舱。当他们进入到达大厅后，立刻被一阵闪光灯的风暴照得睁不开眼。大厅中黑压压挤满了记者，他们在代表团周围拼命拥挤着，像一群看到猎物的饿狼，但又总是小心地与他们保持两米左右的距离，使代表团行走在一小圈移动的空地中央，仿佛他们周围有一种无形力场把记者们排斥开来。更让辛妮和其他西亚人心里发毛的是，没有人提问，大厅中只有闪光灯的咔嚓声和拥挤的人们鞋底摩擦地板的沙沙声。走出大厅时，辛妮听到空中的轰鸣，抬头看到三架小型直升机悬在半空，不知是警戒还是拍照。运送代表团的大客车只有两辆，但却有十几辆警车护送，还有一支武装警察的摩托车队。当车驶上机场到市区的公路时，辛妮和其他西亚运动员发现了一件更让他们震惊的事：路被清空封闭了，看不到一辆车！

事情真的不对。

到达奥运村时，天已经黑了下来，当西亚运动员们走下汽车时，他们心中的疑惑变成了恐惧：奥运村里一片死寂，几十幢整齐的运动员公寓楼大多黑着灯，当他们走向唯一一座亮灯的公寓楼时，辛妮注意到远处一个小广场中央的一排高高的旗杆，那些旗杆上没有国旗，像一长排冬日的枯树。在外面，城市的灯光映亮了半个夜空，喧响声隐隐传来，更加衬托了奥运村诡异的寂静。辛妮打了个寒战，这里让她想到了陵墓。

在运动员公寓的接待厅中，身为代表团团长的克雷尔对运动员们讲了一段简短的话："请大家到各自的房间，晚饭在一小时后会送到房间里，今天晚上任何人不得外出，一定要好好休息。明天上午九点钟，我们将代表西亚共和国参加第二十九届奥林匹克运动会的开幕式。"

辛妮和克雷尔、萨里同乘一趟电梯，她听到萨里低声问团长："您真的不打算告诉我们真相？难道……'和平视窗'设想真要实现了？"

"明天你就会明白一切，我们应该让大家至少有一个晚上能睡好。"

和平视窗

辛妮仰望着雄伟的奥林匹克体育场，短暂的幸福和陶醉暂时掩盖了紧张和恐惧。不管未来几天发生什么，她已来到了所有运动员梦中的圣地，此生足矣。

但对即将到来的事情的恐惧并没有因此而减少，这两天所经历的一切，越来越像是一个阴沉而怪异的梦。早晨，西亚共和国代表团的车队从奥运村出发前往奥林匹克体育场，连接两地的宽阔公路旁人山人海，但辛妮看到，人群中没有鲜花、彩旗和气球，也没有欢笑和欢呼，这成千上万人集体沉默着，表情严肃地目送着车队，昨天那种让辛妮打冷战的感觉又出现了，她觉得这像葬礼。

奥林匹克体育场外面十分空旷，有两道森严的警戒线，当车队驶过时，组成警戒线的武警士兵们整齐地敬礼。车队在体育场的东大门停下，运动员们下车后，克雷尔团长召集他们站成了一个方阵。辛妮站在方阵的第一排，她仔细地搜索着体育场内传出的声音，但什么也没有听到，这巨大的建筑内部一片寂静。克雷尔从车上拿出了一面宽大的西亚共和国国旗，先后招呼萨里和另外两名较有建树的运动员出列，递给他们每人国旗的一角。当他在队列中寻找第四个人时，站在前排的莱丽自己走出来，从克雷尔的手中拿过国旗的最后一角。但克雷尔摇摇头，把国旗从莱丽手中拉了出来，递给了他随便选中的一个女运动员。这巨大的羞辱使莱丽涨红了脸，她恼怒地盯了团长几秒钟，转身回到了队列中。四名运动员把国旗展开来，北京的微风在旗面上拂出道道波纹，国旗旁边的克雷尔对着运动员方阵庄严地说："西亚的孩子们，振作起来！现在，我们代表苦难的祖国，进入第二十九届奥林匹克运动会的主会场！"

在国旗的引导下，西亚共和国的运动员方阵开始行进，很快进入了体育场东大门高大的门廊中。门廊很长，像一条隧道，辛妮走在方阵的前排，与其他运动员一起盯着前方越来越近的入口，她的心在狂跳。在她的意识中，入口那边是另一个时空，另一个不可知的命运和人生在那边等着她。

尽管已有精神准备，当辛妮通过入口看到体育场的全景时，还是浑身僵住了，只是在后面方阵的推送下机械地迈步前行。这时，避免精神崩溃的唯一办法就是保持这两天一直笼罩着她的感觉：这是一场噩梦。而她现在看到的，已经有力地证明了这一点。

他们面对着一个完全空旷的体育场。

九点钟的太阳照亮了这巨大体育场的一半，西亚人仿佛行进在一个与世隔绝的盆地中，这荒凉的世界里只有他们的脚步声在回荡着。震惊的眩晕过去后，辛妮看到宽阔的运动场的另一面有东西在动，那是另一个运动员方阵，正与他们相向行进。那个方阵也由一面四个运动员抬着的大旗帜指引着，阳光下辛妮辨认出那是一面星条旗。与以往进入奥运会场时乱哄哄的样子不同，美国运动员的方阵十分整齐，以一种威严的节奏起伏着，像进攻中的古罗马军团。

在运动场中央，两个方阵行进到相距几十米时开始转向，最后面向简单的主席台停了下来。一切陷入寂静，仿佛时间停止了流动。

有一个人从运动场的一侧向主席台走来，他那单调的脚步声在空旷的看台间回荡，像恐怖的读秒声。来人不是国际奥委会主席，而是联合国秘书长。那个瘦削的巴西老人缓缓地走上主席台，注视着远处的两国运动员方阵，沉默了半分钟之久才开始讲话。经过巨大的音响系统，他的声音仿佛来自整个苍穹：

"第二十九届奥林匹克运动会将只有美利坚合众国和西亚共和国两个国家参加，它将代替这两国间即将爆发的战争。

"如果美国获胜，西亚共和国必须履行最后通牒中的条款，这个国家将被彻底解除武装，并将被肢解为三个独立的国家，原西亚政府中的战犯将受到国际法庭的审判。

"如果西亚共和国获胜，战争将中止，目前处于对西亚攻击状态的美国及其盟国军队将全部撤离，联合国将取消对西亚共和国的经济制裁，并欢迎其回到国际社会中来。"

秘书长把目光投向西亚运动员方阵："你们能够预测，在这届奥运会中，西亚共和国必败，但也请你们注意另一个事实：如果战争爆发，西亚共和国同样注定要战败，而那时，交战双方，特别是你们的国家，将付出血的代价。

"也许你们会认为，这届奥运会只是为西亚共和国的投降寻找一个借口，但不是这样的。举一个极端的例子：如果西亚体育代表团仅以一块金牌之差负于美国的话，虽然西亚仍被认为是战败，但结果已大不相同：这个国家不会被肢解，现政府也可以继续存在，同时保留常备军队。西亚所要做的，只是销毁自己的生化武器，和支付仅为最后通牒中数量三分之一的战争赔款。当然，这种情况也不太可能出现，但西亚运动员在每个单项上获得的每一块金牌，都能为失败的西亚争得一定的权利。美西两国在联合国的框架下经过极其艰难的谈判所达成的协议中，对胜负规则制定了详细的条款。而对于西亚来说，获得金牌的希望也不是完全没有，比如亚力克·萨里和温德尔·莱丽，就分别在射击和体操上占有一定的优势。"

秘书长把目光从西亚运动员方阵上移开，仰望着北京夏日的晴空："这就是联合国'和平视窗'计划的第一次实施，是人类在新千年中为消灭战争进行的伟大实验！

"'和平视窗'计划的名称来自于尊敬的比尔·盖茨先生，在新世纪到来之时，为了使微软的智慧和财富有一个更加伟大的用处，盖茨先生主持了一个宏大的软件项目，开发了一个巨型模拟软件，使其能够在巨型计算机上用数字方式真实地再现各种规模的战争，最后达到在国家间用数字战争代替真实战争的目的，这个软件被命名为'和平视窗'。众所周知，这个设想失败了。首先，目前的软件技术还远没有达到能够全面模拟极其复杂的现代战争的程度，但设想失败更重要的原因还在于，在目前的国际政治条件下，软件初始数据的输入，以及交战国对模拟结果的认可都是不可逾越的障碍。尽管计划在投入巨资后失败了，但盖茨先生所种下的思想种子却生根发芽，并迅速成长起来。他使我们对战争有了一个全新的思维方向，即如果人类不能在短时间内消灭战争，至少可以让它以另一种较为无害的、尊重生命的方式进行。于是，在国际社会的一致赞同下，联合国再次启动了'和平视窗'计划。这是人类社会在社会学和国际政治上的'阿波罗登月'！五年来，各国有无数的政治家、社会学者、法律学者、伦理学者、自然科学家、军事家和其他各界人士为这个伟大的计划贡献了自己的智慧。

"'和平视窗'计划的关键是找出一个战争替代物，它必须满足两个条件：一是较为忠实地反映各交战国的综合国力；二是能够在一个被各交战国和国际社会认可的规则下进行战争模拟。计划的研究者们很快想到了奥林匹克运动会。单个体育项目：如足球，其水平与国家的政治、经济和军事实力关系不大。但奥运会的众多体育项目作为一个整体，其水平却能相当准确地反映一个国家的综合国力。同时，体育作为人类最古老的一项活动，已经建立了被全人类认可的完善的竞赛规则，到目前为止，奥林匹克运动会是世界上规模最大和影响最大的人类体育赛事，这就使得奥运会成为模拟战争最理想的工具。

"古希腊的奥运先哲们和上世纪的顾拜旦做梦都不会想到，他们所创立的奥林匹克运动会有一天会对人类具有如此重大的意义，而你们这些十分单纯的体育人，更不可能想到自己有一天突然肩负如此重大的使命。但历史已经把你们推到这里，请不要回避。千年之后再回首，现在将是人类历史上最伟大的时刻，而你们，'和平视窗'的先驱者，将被载入人类文明的史册。"

这时，又有两个人沿着跑道向主席台走来，其中一人是国际奥委会主席，另一人竟是身穿迷彩服的军人，他举着燃烧的火炬，肩上有四颗将星。走上主席台后，那名军人用低沉的声音说："我是乔治·韦斯特，美国陆军上将，美军西亚战场司令官。再过五分钟，最后通牒就将到期，如果没有'和平视窗'，我将下令开始对西亚共和国的第一波空中打击。但现在，我将点燃奥运圣火。"然后，他向刚刚升起的五环旗敬礼，转身走上通向大火炬的长长的阶梯。他以军人的步伐稳健地攀登着，上身和手中的火炬一直保持笔直。最后，他在运动员们的眼中变成了巨大的奥运火炬下的一个小黑点。韦斯特将军向全世界举起了手中的火炬，庄严地静止几秒钟后，点燃了奥运圣火。

运动员们听到轰的一声沉闷的巨响，奥林匹克的火焰在蓝天上燃烧起来。没有欢呼，没有鸽群，死一般的寂静中，只有那团古老的巨火在呼呼作响，仿佛是掠过苍穹的浩荡天风。

两个国家的奥运会

开幕式后，各项比赛全面展开，在首批赛事中，最引人注目的是男子篮球，由西亚共和国临时组建的国家队对美国梦之队。与开幕式不同，篮球馆的看台上挤满了观众，大部分是记者，其中体育记者只占很小的比例，主要是从西亚前线蜂拥而来的战地记者。与以往的任何球赛都不同，没有人喧哗，甚至很少有人说话，球赛在寂静中进行，只能听到篮球击地的咚咚声和球鞋底摩擦地板的吱吱声。当上半场快结束时，已经没有人再看比分显示板了。梦之队的那些篮球精灵们像几只黑色的大鸟在球场上轻盈地翱翔，仿佛是在一首听不见的轻扬乐曲中跳着梦之舞；而西亚队只是混进这场唯美舞蹈中的一些杂质，试图对舞蹈产生一些干扰，但梦之舞似乎没有感觉到杂质的存在，如水银之河一般顺畅地流下去……中场休息时，西亚队年迈的教练挥着瘦骨嶙峋的拳头，嘶哑地咳嗽着，对精神和体力都要耗尽的球员们说："不要垮掉，孩子们，不要让他们可怜我们！"但他们还是被可怜了。下半场进行到一半时，有很多观众都不忍心再看下去，起身离开了。当终场的锣声响起后，梦之队黑色的篮球舞蹈家们离开球场，西亚队的球员们仍呆立在原地不动，像潮水退后沉淀下来的沙子。过了好长时间，中锋才清醒过来，蹲在地上痛哭起来，另一个球员则跑到篮架下，虚弱地大口吐着酸水……

在此后的比赛中，西亚共和国在所有项目上都全面败北，这本在预料之中，但败得那么惨不忍睹是谁都没有想到的。其实，即使在战后的被封锁阶段，西亚体育还是有一定实力的。近年来，随着局势的恶化，政府无暇顾及体育，原来勉强维持的商业体育俱乐部也全部消失，这些参加奥运会的运动员已有三四年时间没有进行任何训练了。同时，他们除体育外，没有其他一技之长，大多在西亚的苦难岁月中沦为最穷的人，几年的饥饿和疾病使他们已不具备作为运动员的起码体格。

奥运会的赛程在沉闷中已走完大半，这时的民意调查表明，即使是美国观众，也希望看到西亚运动员出现奇迹，人们把创造奇迹的希望寄托在两个西亚人身上，他们是莱丽和萨里，全世界都在等待着他们的出场。

然而，在随后到来的体操比赛中，莱丽还是让全世界失望了。她的技巧还算娴熟，但体力和力量已经不行，多次失误，在她做最具优势的平衡木项目时也从平衡木上掉下来两次，根本无法与美国队那些如彩色弹簧般敏捷的体操天使们相匹敌。体操的最后一场比赛开始之前，在进入赛场的路上，辛妮听到了莱丽和教练的对话：

"你真的打算做卡曼琳腾跃？"教练问，"以前你从来没有完全做成过，高低杠并不是你的强项。"

"这次会成功的。"莱丽冷冷地说。

"别傻了！就算你高低杠自选动作拿满分又怎样？"

"最后得分与美国女孩儿的差距会小些。"

"那又怎么样？听我的，做我制定的那套动作，稳当地做完就行了，现在玩儿命没有意义。"

莱丽冷笑了一下："您真的关心我这条命吗？说真的，我都不关心了。"

比赛开始，当莱丽跃上高低杠后，辛妮立刻看出她已变成另一个人了。她身上的某种无形的桎梏消失了，比赛对于她已不是一种使命，而是一种宣泄痛苦的方式。她在高低杠间翻飞，动作渐渐疯狂起来。观众席上出现了少有的赞叹声，但场内的体操专家们都一脸惊恐地站了起来，美国队那几位美丽的体操天使大惊失色地拥在一起，她们都知道，这个西亚姑娘在玩儿命。当做到高难度的卡曼琳腾跃时，莱丽完全沉浸在她的疯狂中，她成功地完成了空中直体一千零八十度空翻，但在抓住低杠腾回高杠时失手了，莱丽头向下、身体成四十五度角摔在低杠下的地板上，坐在看台头一排的辛妮听到了脊椎骨断裂发出的清脆的卡啪声……

克雷尔抱着一面西亚国旗追上了担架，把旗的一角塞到莱丽的手中，这正是开幕式上引导西亚共和国运动员方阵的那面旗帜。莱丽死死地抓着那个旗角，她并不知道自己抓着什么，她的双眼失神地望着天空，苍白的脸庞因剧痛而不断抽搐，血从嘴角流出来，滴到地上，又沾到拖地的国旗上。

"有一点我们可能没想到，"国际奥委会主席对记者们说，"当运动员成为战士后，体育也会流血。"

其实，人们对莱丽寄予如此大的希望，在很大程度上是媒体炒作的结果。莱丽的优秀只是相对的，即使她超常发挥，实力也比美国队员相差很远。但萨里就不同了，他是真正的世界冠军，而与其他项目相比，停止几年训练对一个射击运动员的影响相对要小一些。虽然美国是世界射击运动强国，但萨里在男子飞碟射击项目上也实力雄厚，曾在 1996 年亚特兰大奥运会上打破飞碟双向射击世界纪录。虽然自从在 2000 年悉尼奥运会上取得该项目的铜牌后，水平就停滞不前。但这次参赛的美国选手詹姆斯·格拉夫早在四年前的世界射击锦标赛上负于萨里，只拿到铜牌。所以，西亚共和国有很大希望能拿到这一块金牌，这将给本届奥运会的最后一个下午带来一个高潮。

前往射击比赛场的最后一段路，萨里是被西亚人高抬着走过的。西亚代表团的运动员们在周围向他欢呼，这时他仿佛成了他们的神明。周围簇拥的摄像记者使全世界都看到了这情景，如果这时真有不知情的人，肯定会认为西亚已取得了整个奥运会的胜利。在亚洲大陆遥远的另一端，西亚共和国的三千万国民聚集在电视机和收音机前，等待着他们唯一的英雄带给他们最后的安慰。但萨里一直很平静，面无表情。

在射击比赛场的入口处，克雷尔郑重地对刚刚被放下来的萨里说："你当然知道这场比赛的意义，如果我们至少拿到一块金牌，并由此为战后的国家争得一点权利，那么这场虚拟战争对西亚人就具有完全不同的含义。"

萨里点点头，冷冷地说："所以，我向国家提出参赛的条件是理所当然的：我要五百万美元。"

萨里的话像一盆冰水，把围绕着他的热情一下子浇灭了，所有人都吃惊地看着他。

"萨里，你疯了吗？"克雷尔低声问。

"我很正常，与我将给国家带来的利益相比，我要的并不多。这笔钱只是为了我今后能到一个喜欢的地方安静地度过后半生。"

"等你拿到金牌后，国家会考虑给予奖励的。"

"克雷尔先生，您真的认为这个即将消失的国家还有什么信誉可言吗？不，我现在就要，否则拒绝比赛。你要清楚，拿到金牌后，我是世界明星；退出比赛，则同样会成为拒绝为独裁政府效力的英雄。后者在西方更值钱。"

萨里与克雷尔长时间地对视着，后者终于屈服地收回目光，"好吧，请等一下。"然后他挤出人群，远远地拿出手机打起电话来。

"萨里，你这是叛国！"西亚代表团中有人高喊。

"我的父亲是为国家而死的，他在十七年前的那场战争中阵亡，那时我才八岁，我和母亲只从政府那里拿到一千二百西亚元的抚恤金，之后物价飞涨，那点儿钱还不够我们吃两个星期的饱饭。"萨里从肩上取下其他西亚运动员为他披上的国旗，抓在手中大声质问："国家？国家是什么？如果是一块面包，它有多大？如果是一件衣服，它有多暖和？如果是一间房子，能为我们挡住风雨吗？西亚的有钱人早就跑到国外躲避战火了，只剩下我们这些穷鬼还在政府编织的爱国主义神话里等死！"

这时，克雷尔已经打完了电话，他挤进人群，来到萨里面前："我已经请示过了，萨里，你是在尽一个西亚公民应尽的义务，政府不能付你这笔钱。"

"很好。"萨里点点头，把国旗塞到克雷尔怀里。

"电话一直打到总统那里，他说，如果一个国家只有雇佣军才为它战斗，那它也没有继续存在的必要了。"

萨里没再说什么，转身离开，兴奋的记者们跟着他蜂拥而去。以手捧国旗的克雷尔为中心，西亚代表团长时间默立着，仿佛在为什么默哀。不知过了多长时间，射击场内响起了枪声，詹姆斯·格拉夫正在得到奥运历史上最容易得到的金牌。这枪声使西亚人渐渐回到现实，他们不约而同地把目光集中到一个人身上。刚才跟随萨里的大群记者也跑了回来，把几百个镜头一起对准了这个人。

威弟娅·辛妮，将参加一小时后开始的本届奥运会的最后一个项目：女子马拉松。

记者们知道辛妮是哑巴，谁都不提问，只是互相低声说着什么，像在观看一个没见过的小动物。在人群和镜头的包围中，这个黑瘦的西亚女孩儿恐惧地睁大双眼，瘦小的身体瑟瑟发抖，像一只被一群猎犬逼到墙角的小鹿。幸好克雷尔拉起她挤出重围，登上了开往主体育场的汽车。

他们很快到达了奥林匹克体育场，这里将在傍晚举行第二十九届奥运会的闭幕式，同时也是马拉松的起点和终点。下车后，他们立刻被更多的记者包围了，辛妮显得更加恐惧和不安，紧紧靠在克雷尔身上。克雷尔好不容易摆脱了纠缠，带着辛妮走进一间空着的运动员休息室，把几乎令她精神崩溃的喧闹关在外面。

克雷尔拿了一纸杯水走到惊魂未定的辛妮面前，在她眼前张开紧攥着的另一只手，辛妮看到掌心上放着一粒白色的药片，她盯着药片看了几秒钟，又惊恐地看看克雷尔，摇摇头。

"吃了。"克雷尔以不可抗拒的口气说，又放缓声音："相信我，没有关系的。"

辛妮犹豫地拿起药片放进嘴里，尝到了酸酸的味道。她接过克雷尔递过来的水，把药片送了下去。几秒钟后，休息室的门轻轻开了，克雷尔猛地回头，看到一个身材魁梧的身影。他盯着那人看了半天，才吃惊地认出了他。

来人是韦斯特将军，在开幕式上点燃圣火的人，已对西亚共和国做好攻击准备的五十万大军的统帅。这时，他穿着一身黑色的西装，双手捧着一个纸盒子。

"请您出去！"克雷尔怒视着他说。

"我想同辛妮谈谈。"

"她不会说话，也听不懂英语。"

"您可以为我翻译，谢谢。"将军对克雷尔微微躬身，他那凝重的声音里有一种难以抗拒的力量。

"我说过请您出去！"克雷尔说着，把辛妮挡在身后。

将军没有回答，用一只有力的手臂轻轻地把克雷尔拨开，蹲在辛妮前面，脱下了她的一只运动鞋。

"您要干什么？"克雷尔喊道。

将军站起身，把那只运动鞋举到克雷尔面前："这是刚在北京的运动商店里买的吧？穿这样非定做的新鞋跑马拉松，不到二十公里脚就会打泡。"说完他又蹲下身，把辛妮的另一只鞋了脱下来，一挥手，把两只鞋都扔出去。然后，他拿起放在旁边的纸盒打开来，露出一双雪白的运动鞋，他把那双鞋捧到辛妮面前："孩子，这是我个人送给你的礼物，是耐克公司的一个特别车间为你定做的，那个车间能做出世界上最好的马拉松鞋。"

克雷尔这时想起来了，三天前的晚上，有两个自称是耐克公司技师的人来到奥运村辛妮的房间，用三维扫描仪为她扫描脚模。他看得出这确实是一双顶级的马拉松鞋，定做这样一双鞋的价格至少要上万美元。

将军开始给辛妮穿鞋："马拉松是一项很美的运动，我也很喜欢，还是中尉的时候，我曾在陆军运动会上拿过冠军。噢，不是马拉松，是铁人三项。"鞋穿好后，他微笑着示意辛妮起来试试，辛妮站起来走了几步，那鞋轻软而富有弹性，与脚贴合极好，仿佛是她双脚的一部分。

将军转身走去，克雷尔跟着他到了门口，说："谢谢您。"

将军站住，但没有转过身来："说实话，我更希望叛逃的不是萨里而是辛妮。"

"这就不可理解了，"克雷尔说，"辛妮的成绩在西亚是最好的，但在世界上排名连前二十都进不了，更别提和埃玛比了。"

将军继续向前走去，留下一句话："我害怕她的眼睛。"

马拉松

新闻媒体早就把第二十九届奥运会称为"寂静的奥运会"。辛妮看到，开幕式时广阔而空旷的体育场现在已被由十万人组成的人海所覆盖，但寂静依旧。这人海中的寂静是最沉重的寂静，辛妮之所以没有在精神上被压垮，是因为埃玛的出现吸引了她的注意力。

西亚共和国在模拟战争中的彻底失败已成定局，萨里的离去使西亚人在精神上也彻底垮掉了，西亚体育代表团已先于他们的国家四分五裂了。代表团中的一些有钱或有关系的官员已经不知去向，哪里也去不了的运动员们则把自己关在奥运村公寓的房间里，等待着命运的发落。没有人还有精神去观看最后一场比赛和参加闭幕式。当辛妮走向起跑点时，只有克雷尔陪着她，在十万人的注视下，她显得那么孤单弱小，像飘落在广阔运动场中的一片小枯叶，随时都会被风吹走。

与那可怜的对手相反，弗朗西斯·埃玛是被前呼后拥着走向起跑点的。她的教练班子有五个人，包括一位著名的运动生理学家；医疗保健组由六个医生和营养专家组成，仅负责她跑鞋和服装的就有三个人。埃玛现在确实已成为半人半神的明星。早在上世纪八十年代初，就有人根据世界女子马拉松最好成绩的增长速度预言，除去射击和棋类等非体力竞赛，马拉松将是女子超过男子的第一个运动项目。这个预言在三年前的芝加哥国际马拉松大赛上变为现实：埃玛创造了超过男子的世界最好成绩。对此，一些男性体育评论员酸溜溜地认为，这是男女分赛所至，在那次女子比赛的过程中，风速条件明显比男子好，如果当时斯科特（男子冠军）与她们一同跑，一定能超过埃玛。这个自我安慰的神话在 2004 年雅典奥运会上被打破了——男女混合跑完全程，埃玛到达终点时把斯科特拉下了五百多米，并首次使马拉松的世界最好成绩降到两小时以下，她由此成为本世纪初最为耀眼的运动明星，被称为"地球神鹿"。

这个叫埃玛的黑人女孩儿一直是辛妮心中的太阳。在自己那几件可怜的财产中，辛妮最珍爱的是一本破旧的剪贴簿，里面收集着她从旧报纸和旧杂志上剪下来的上百张埃玛的照片。她在难民营的窄小的上铺旁边，贴着一张大大的埃玛的彩色运动照，那是一本挂历中的一张。辛妮去年在货摊上看到了那本挂历，但她买不起，就等着别人买。她跟踪了一个买主，看着那个杂货店主把新挂历挂到柜台边的墙上。埃玛的照片在三月那张，辛妮就渴望地等了三个月。她常常跑到杂货店去，趁人不注意，掀开前面的画页看一眼埃玛。在四月一日清晨，她终于从店主那里得到了那张已成为废页的挂历，那是她最高兴的一天。

现在，在起跑点上，辛妮偷偷打量着距自己几米远处的对手，这时体育场和人海都已在辛妮的眼中隐去，只有埃玛在那里。辛妮觉得她周围有一个无形的光晕，她在光晕中呼吸着世外的空气，沐浴着世外的阳光，尘世的灰尘一粒都落不到她身上。

这时，克雷尔轻轻一推，使辛妮警醒过来。他低声说："别被她吓住，她没你想象的那么可怕。我观察过，她的心理素质很差。"听到这话，辛妮转过脸，瞪大眼睛看着他，克雷尔读懂了她的意思："是的，她曾和世界上跑得最快的男人竞赛并战胜了他们，但这又怎么样？那一次她没有任何压力，但这次不同，这是一次她绝对不能失败的比赛！"他斜着瞟了埃玛一眼，声音又压低了些，"她肯定要采取先发制人的战术，起跑后达到最高速度，企图在前十公里甩开你。记住，一开始就咬住她，让她在领跑中消耗。只要在前二十公里跟住她，她的精神就会崩溃！"

辛妮恐慌地摇摇头。

"孩子，你能做到的！那粒药会帮助你！那是一种任何药检都检测不出的药，像核燃料一样强有力，难道你没有感觉出来吗？你已经是世界冠军了，孩子！"

这时，辛妮感到了一种莫名的亢奋，一种通过奔跑来释放某种东西的强烈欲望。她又看了一眼埃玛，埃玛已做完了辛妮从未见过的冗长而专业的准备活动，与她并肩站在起跑线后面。埃玛一直高傲地昂着头，从未向辛妮这边看过一眼，仿佛她并不存在一样。

发令枪终于响了，辛妮和埃玛并排跑了出去，开始以稳定的速度绕场一周。她们所到之处，观众都站了起来，在看台上形成一道汹涌的人浪。人群站起的声音像远方沉闷的滚雷，但除此之外，没有别的声音，人们只默默地看着她们跑过。

在以往的训练中，每次起跑后，辛妮总是感到一种安宁，仿佛暂时离开了这个冷酷的世界，进入了自己的时空，那里是她的乐园。但这次，她的心中却充满了焦虑。她渴望尽快跑完这一圈，进入体育场外的世界。她渴望尽快到达一个地方，那里有她想要的东西，一种叫 GMH-6 的药。

她奔跑在医院昏暗的走廊中，空气中弥漫着刺鼻的药味，但她知道，医院里已经没有多少药能给病人了。走廊边靠墙坐着和躺着许多无助的病人，他们的呻吟声在她耳中转瞬即逝。妈妈躺在走廊尽头的一间同样昏暗的病房中，在病床肮脏的床单上，她的皮肤白得刺眼，这是一种濒死的白色。就在这白皮肤上，正有点点血珠渗出，护士已懒得去擦，妈妈周围的床单湿了殷红的一圈。这是最近有很多人患上的怪病，据说是由于最近那次轰炸中一种含铀的炸弹引起的。刚才，医生对辛妮说妈妈没救了，即使医院有那种药，也只能再维持几天而已。辛妮在医生面前拼命地比划着，问现在哪里还有那种药，医生费了很大劲儿才搞懂了她的意思。那是一种联合国救援机构的医生们最近带来的药，也许在市郊的救援基地有。辛妮从自己的书包中抓出一张纸和一支铅笔，伸到医生面前，她那双大眼睛中透出的燃烧着的焦虑和渴望让医生叹了口气。那是西欧的新药，连正式名字都没有，只有一个代号。算了吧，孩子，那药不是给你们这样的穷人用的。其实，饿死和病死有什么区别？好好，我给你写……

　　辛妮跑出了医院的大门。好高好宏伟的大门啊，门的上方燃着圣火，像天国的明灯。她记得三天前，自己曾跟随着国旗通过这道大门，现在，祖国的运动员方阵在哪儿？现在引导她的不是国旗，是埃玛，她心中的神。正如克雷尔所料，一出大门，埃玛开始迅速加速。她像一片轻盈的黑羽毛，被辛妮感觉不到的强风吹送着。她那双修长的腿仿佛不是在推动自己奔跑，而只是抓住地面避免自己飞到空中。辛妮努力地跟上埃玛，她必须跟上，她自己的两脚在驱动着妈妈的生命之轮。这是首都的大街吗？什么时候变得这么宽阔了？旁边有华丽的高楼和绿色的草坪，但却没有弹坑。路的两边人山人海，那些人整洁白净，显然都是些能吃饱饭的人。她想搭上一辆车，但这一天戒严，说是有空袭，路上几乎没有车，好像只有那辆在埃玛前面时隐时现的引导车，可以看到上面对着她们的几台摄像机。辛妮的意识深处知道自己不能搭那辆车，原因……很清楚，她已经到过那里了，她已经跑到联合国救援基地了。在一幢白房子里，她给那些医生们看那张写着药名的纸。"噢，不，"一名会讲西亚语的医生对她说，"不，这种药不属于救援品，你需要买的，哦，你当然买不起，我都买不起。"那么，埃玛你还跑什么？我得不到那药了，妈妈……当然，我们要跑下去的，要快些回到妈妈那里，让她再最后看我一眼，让我再最后看她一眼。想到这里，辛妮心里焦虑的火又烧了起来，她下意识地加速了，赶上了埃玛，几乎要超过她了——让她在领跑中消耗！辛妮想起了克雷尔的嘱咐，又减速跟到埃玛身后。埃玛觉察到辛妮的举动，立刻开始了第二轮加速，她们已经跑出了五公里，这个西亚毛孩子还没有被甩掉，埃玛有些恼怒。"地球神鹿"显示出疯狂的一面，像一团黑色的火焰在辛妮前面燃烧。辛妮也跟着加速，她必须跟上埃玛，她希望埃玛再快些，她想妈妈……啊，不对，路不对，埃玛这是要去哪里？前方远处那根刺入天空的巨针是什么？电视塔？首都的电视塔好像早就被炸塌了。但不管去哪里，她要跟着埃玛，跟着她心中的神……她知道妈妈已经不在人世了。

　　浑身泥土和汗水的辛妮推开病房的门，看到妈妈已经没有生命的躯体被盖在一张白布下，有两个人正想移走遗体，但辛妮像发狂的小野兽似的阻挠着，他们只好作罢。那个给她写药名的医生说："好吧，孩子，你可以陪妈妈在这里待一个晚上，明天我们为你料理母亲的后事，然后你就得离开了。我知道你没地方可去，但这里是医院。孩子，现在谁都不容易。"于是辛妮静静地坐在妈妈的遗体旁，看着白布上有几点血渍出现，后来惨白的月光从窗户照进来，血渍在月光中变成了黑色。不知过了多少时间，月光已移到了墙上，有人进门开了灯。辛妮没有看那人，只觉得他过来抓住了自己的手，那双粗糙的手按着她的手腕一动不动。过了一会儿，她听那人说："五十二下。"她的手被轻轻放下，那人又说："天黑前我在楼上远远看着你跑过来，他们说你到救援基地去了，今天没有车的，那你就是跑去的？再跑回来，二十公里左右，才用了一小时十几分钟，这还要算上你在救援基地里耽误的时间，而你的心跳现在已恢复到每分钟五十二下。辛妮，其实我早注意到你了，现在更证实了你的天赋。你不记得我了？我是斯特姆·奥卡，体育教师，带过你们班的体育课。你这个学期没来上学，是因为妈妈的病？哦，就在你妈妈去世时，我的孙子在楼上出生了。辛妮，人生就是这样，来去匆匆。你真想像妈妈这样，在贫穷中挣扎一辈子，最后就这么凄惨地离开人世？"最后一句话触动了辛妮，她终于从恍惚状态中醒来，看了奥卡一眼，认出了这个清瘦的中年人，她缓缓地摇摇头。"很好，孩子，你可以过另一种生活，你可以站在宏伟的奥运赛场中央的领奖台上，全世界的人都用崇敬的眼光看着你，我们苦难的祖国的国旗也会因你而升起。"辛妮的眼中并没有放出光来，但她很注意地听着，"关键在于，你打算吃苦吗？"辛妮点点头，"我知道你一直在吃苦，但我说的苦不一样，孩子，那是常人无法忍受的，你肯定能忍受吗？"辛妮站了起来，更坚定地点点头，"好，辛妮，跟我走吧。"

埃玛保持着恒定的高速度，她的动作精确划一，像一道进入死循环的程序，像一架奔驰的机器。辛妮也想把自己变成机器，但是不可能。她在寻找着下一个目的地，而目的地消失了，这让她恐惧。但她竟然支撑下来了，她竟然跟上了"地球神鹿"。她知道那神奇的药起了作用，她能感觉到它在自己的血管中燃烧，给她无尽的能量。路线转向九十度，她们跑到了这条叫长安街的世界上最宽的大街。应该更宽的，因为路的两侧应该是无际的沙漠。在延续几年的每天不少于20公里的训练中，辛妮最喜欢的就是城外的这条路。每天，辽远的沙漠在清晨的暗色中显得平滑而柔软，那条青色的公路笔直地伸向天边，世界显得极其简单，而且只有她一个人，那轮在公路尽头升起的太阳也像是属于她一人的。那段日子，虽然训练是严酷的，但辛妮仍生活得很愉快。与她擦肩而过的男人和女人都不由回头看她一眼，他们惊奇地发现，这个哑女孩儿的脸色居然是红润的。与其他女孩一色儿的菜色面容相比，并不漂亮的她显得动人了许多。辛妮自己也很惊奇，在这个饥饿国度里她竟然能吃饱！奥卡把辛妮安置在学校的一间空闲的教工宿舍中，每天吃的饭奥卡都亲自给她送来，面包、土豆之类的主食管够。这已经相当不错了，还不时有奶酪、牛羊肉和鸡蛋之类的营养补品。这类东西只能在黑市上买到，且贵得像黄金，辛妮不知道奥卡哪儿来的那么多钱。作为教师，他一个月的工资还不够自己吃一个星期的饱饭。辛妮问过好几次，但他总是假装不懂她的哑语……

在亚洲大陆的另一端，西亚共和国已处于分裂的边缘，政府已经瘫痪，已被宣布为战犯的人都开始潜逃，普通公民则麻木地等待着。少数还在看奥运马拉松直播的人开始把消息传开来，越来越多的人回到电视机和收音机前。

路更宽了，宽得辛妮不敢相信，她知道自己奔跑在世界最大的广场上，左边是一座金碧辉煌的东方古代建筑，她知道那后面是一个古代大帝国的宏伟王宫；右边的广场上是这个古老又年轻的广阔国家的国旗。辛妮最初以为这是一个王国，但人们告诉她这也是一个共和国，而且遭受过比她自己的共和国更大的苦难。这时，她看到了红色的标志牌从身边移过，上书"二十一公里"，马拉松半程已过，辛妮仍紧跟着埃玛。埃玛回头看了辛妮一眼，这是她第一次正眼看自己的对手。辛妮捕捉到了她的眼神，那双眼中满是震惊：傲慢已荡然无存，辛妮从中看到了——恐惧。辛妮在心里大喊：埃玛，我的神，你怕什么？我必须跟上你！虽是没有目的地的路，可辛妮有东西要逃避，她要逃开奥卡老师家的那些人，他们正在学校等着她呢！他们推着奥卡来到她的住处，来的有奥卡的抱着婴儿的妻子，有他的三个兄弟，还有其他几个辛妮不认识的亲戚。他们指着辛妮愤怒地质问奥卡，这个野孩子你是从哪儿弄来的？奥卡说她是马拉松天才！他们说奥卡是混蛋，在这每天都有人饿死的时代，谁还会想起马拉松？我们都知道你是个不可救药的梦想家，可你不该把那本老版《古兰经》卖掉，那上面的字用金粉写成的，很值钱，那可是祖传的宝物，全家挨饿这么长时间都没舍得卖，而你竟用那些钱供这个小哑巴过起公主一样的日子来，你自己的孙子还没奶吃呢！你没有听到他整夜哭吗？你看看他瘦成了什么样子……后来有传言说，辛妮是奥卡和威伊娜（辛妮的母亲）的私生子。开始，这种说法似乎不成立，因为在辛妮出生的前后几年，威伊娜一直居住在一座北方的城市中，这是有据可查的，而那段时间，奥卡作为一名陆军少尉正在南方参加第一次西亚战争，还负过伤。但又有传言说，奥卡的战争经历是他自己撒的一个弥天大谎，他根本没有参加过战争，也没有去过南方战线，在第一次战争时期，他实际上是和威伊娜在北方度过的。

三十公里，辛妮仍然紧跟着埃玛。赛况传出，举世关注，空中出现了两架摄像直升机。在西亚共和国，所有人都聚集在电视机和收音机前，屏住呼吸注视着这最后的马拉松。

这时，缺氧造成的贫血已使世界在辛妮的眼中变成了一团黑雾，她感觉到心跳如连续的爆炸，每一次都使胸腔剧疼，大地如同棉花，踏上去没有着落。她知道，那片药的作用已经过去。黑雾中冒出金星，金星合为一团，那是奥运圣火。我的火要灭了，辛妮想，要灭了。韦斯特将军举着火炬，露着父亲般的微笑，辛妮，要想让火不灭，你得把自己点燃，你想燃烧自己吗？点燃我吧！辛妮大喊，将军伸过火炬，辛妮感觉自己轰地燃烧起来⋯⋯

那天夜里，辛妮收拾好自己简单的行李，到教工宿舍奥卡的房间去，他几天前就从家里搬出来住了。辛妮用哑语说：我要走了，老师回家吧，让小孙子有奶吃。奥卡摇摇头，他的头发这几天变得花白。辛妮，你知道，这是我们共同的事业⋯⋯你非走不可吗？你还是觉得我为你所做的这些没理由？那好吧，我给你一个理由：他们说的是真的，我是你父亲，我只是在赎罪而已。辛妮本来对那些传言半信半疑，听到奥卡这话，她全信了。她并没有扑到父亲怀里哭，他欠她们母女的太多了，这使她很平静地接受了这个事实，但那仍然是辛妮有生以来最幸福的时刻，她毕竟有爸爸了。

这时，有一个女孩子的哭声隐隐传来。是埃玛，竟是埃玛！她边跑边哭，断续地说着什么，那几个词很简单，只有初一文化程度的辛妮几乎都能听懂："上帝⋯⋯我该怎么办⋯⋯告诉我⋯⋯我该怎么办⋯⋯"辛妮这时几乎要可怜她了，我的神，你要跑下去，没有你我该怎么办？我不知道目的地。埃玛得到了回答，那声音是从她右耳中的微型耳机传出的，不是上帝，是她的主教练。"别怕，我们能肯定她已经耗尽体力了，她现在是在拼命，而你的潜力还很大，需要的只是冷静一下。听着，埃玛，慢下来，让她领跑。"

当埃玛慢下来时，辛妮曾有过短暂的兴奋感，但当她觉察到埃玛紧跟在自己身后时，才意识到已遇到了致命的一招。辛妮目前只有三个选择：一是随对手慢下来，形成两人慢速并行的局面，这将使埃玛在体力和心理上都得到恢复；二是以现有速度领跑，这样埃玛将有机会在心理上得到恢复（这也是目前她最需要的）。以上任何一种选择，都将使埃玛恢复她作为马拉松巨星的超一流战斗力，在最后一段距离的决斗中辛妮必败无疑。唯一取胜的希望是第三种选择：迅速加速，甩开对手。以辛妮目前已经耗尽的体力，这几乎是不可能成功的，但她还是做出了这个选择，开始加速。即使对于经验丰富的长跑运动员，领跑也是一个沉重的心理负担。正因为如此，在马拉松比赛的大部分赛程中，参赛者都是分成若干个集团以一种约定的速度并行前进，每个集团中如有人发起挑衅开始加速，除非他（她）有把握最后甩开对手，否则只能作为领跑者，成为其跟随者通向胜利的垫脚石。而辛妮的比赛经验几乎为零，当前面的道路无遮挡地展现在她面前，夏天的热风迎面扑来时，她像一名跟着一艘小艇在大洋中游泳的人，那小艇突然消失，只有她漂浮在无际的波涛之中。她需要一个心理上的依托，一个目的地，或一个目的——她找到了，她要去父亲那里。

奥卡把辛妮送到郊区的一名失业的田径教练那里，让教练对她的训练进行一段时间的指导。五天后，辛妮就得到了父亲去世的消息，她立刻赶回去，只拿到了斯特姆·奥卡的骨灰盒。辛妮在最后那段日子里看着父亲的身体一天天虚弱，但她不知道，她这一段的训练是靠他卖血支撑的。辛妮走后，奥卡在一次上体育课时突然栽倒在地，再也没有站起来。同妈妈去世的那天晚上一样，辛妮静坐在学校的那个小房间里，惨白的月光透过窗子照在父亲的骨灰上。但时间不长，门被撞开了，奥卡的妻子和那群亲戚闯了进来，逼问辛妮奥卡给她留下了什么东西，同时在屋里乱翻起来。学校的老校长跟了进来，斥责他们不要胡来，这时有人在辛妮的枕头下找到了奥卡留给辛妮的一件新运动衫，里面缝了一个口袋，撕开那个口袋拿出一个信封，上面注明是给辛妮的遗产。看来奥卡早就意识到自己的身体支持不了多久了。老校长一把抢过了信封，说辛妮是奥卡老师的女儿，有权得到它！双方正在争执中，奥卡的妻子端着骨灰盒贴着耳朵不停地晃，说里面好像有个金属东西，肯定是结婚戒指！话音未落，骨灰盒就被抢去，白色的骨灰被倒了一桌子，一群人在里面翻找着。辛妮惨叫一声扑过去，被推倒在地，她爬起来又扑过去时，有人已经在骨灰里找到了那块金属，但他立刻把它扔在地上。他的手被划破了，血在沾满了骨灰的手掌上流出了一道醒目的痕迹。老校长小心地把那东西从地上拾起来，那是一块小小的菱形金属片，尖角锋利异常。他告诉大家，这是一块手榴弹的弹片。"天啊，这么说，奥卡真的在南方打过仗？"有人惊呼道。一阵沉默后，他们看出了这事的含义：辛妮，奥卡不是你父亲，你也不是他女儿，你没权继承他的遗产！校长撕开了信封，说让我们看看奥卡老师留下了什么吧，他从信封中抽出了一张白纸，在一群人的注视下，他盯着白纸看了足足有三分钟，然后庄重地说："一笔丰厚的遗产。"奥卡的妻子一把从他手中抢去了那张纸，老校长接着说出了后半句话："可惜只有辛妮能得到它。"一群人盯着纸片也看了好长时间，最后，奥卡的妻子困惑地看看辛妮，把纸片递给她，辛妮看到纸片上只有几个字，那是她的老师、教练、虽不是父亲但她愿意成为其女儿的人，用尽生命的最后力气写下的，笔迹力透纸背：

光荣与梦想

辛妮以自己的极限速度跑出了三公里，没能甩掉埃玛。这段时间，有领跑者作为依托，埃玛的心理稳定下来，她由一名惊慌失措的女孩儿重新变回为一名马拉松巨星，"地球神鹿"唤醒了自己沉睡的力量，开始反击了。一阵疯狂加速后，她超过了辛妮，并将两人的间距很快拉大。看着埃玛渐渐消失的背影，力竭的辛妮知道一切都结束了，三十五公里的标志牌出现了，还有七公里，这段距离对辛妮已是无限长了。她似乎在黏液中奔跑，速度很快减下来，最后变得几乎像行走一般。这时，她在路边的人群中看到了西亚体育代表团，她的同伴们在对她喊着，她听不到声音，但从口形看出他们在喊什么：

辛妮，跑到头！

辛妮看到了克雷尔，他拼命冲她挥着双拳，其中的一只手中攥着一个小药瓶，给辛妮的那片神力无比的药就是从这瓶中拿出的，这只是一瓶维生素C。

辛妮看到前方道路两旁的人群中，所有人都用手指着左上方，形成一片手臂的森林。他们指着路边一面巨大的显示屏，辛妮抬头看去，她认出了显示屏上出现的地方，那是西亚共和国首都的英雄广场，她每天早晨的训练都是从那里起跑的。现在，广场上一片沸腾的人海。镜头移近，她又认出了所有人的口形，那几十万同胞在一起高呼：

辛妮，跑到头！

接着，辛妮听到了声音，这是两侧的观众发出的，这成千上万名中国人居然在短时间内同时学会了一句西亚语，这届奥运会的寂静被打破了，他们齐声高喊呼：

辛妮，跑到头！

黑雾又笼罩了辛妮的双眼，韦斯特将军在黑雾中出现，手拿已经熄灭的火炬：辛妮，你的圣火要灭了，你燃尽了自己。一团红光浮现，奥卡举着燃烧的火炬站起身来：不，孩子，还有东西可以燃烧，记得我留给你的遗产吗？韦斯特笑着摇摇头：别再燃烧了，辛妮，你不是圣女贞德，一切都已失败，燃尽一切，你什么都得不到。奥卡挥动火炬，火焰呼呼作响：不，孩子，分裂的祖国正因你而重新联为一体，你的圣火不能灭！辛妮冲奥卡大喊：点燃它！奥卡把手中的火炬伸向前来。

轰然一声，光荣与梦想熊熊燃烧起来。

埃玛冲过终点后，体育场中的十万人静静地等待着。这时北京的天空乌云密布，电闪雷鸣，闪电两次击中了体育场的避雷针，闪出耀眼的火球。十分钟后，辛妮进入了体育场，步伐沉重地绕场一周后越过终点线，然后扑倒在地。十万人同时站了起来，同全世界一起注视着静卧在体育场中的那个小小的身影。一片死寂中，只有奥运圣火在暴雨前的急风中轰轰作响。当人们把一面五环旗和一面西亚共和国的国旗盖在辛妮已没有生命的身体上时，吃惊地发现她竟面带微笑。

她实现了自己的光荣与梦想。

跑到头的国家

"这届伟大的奥运会标志着一个新纪元的开始，'和平视窗'将使人类最终抛弃野蛮，进入真正的文明，人类的道德水平将与技术进步同步上升。这一天来得太晚了，但终于来到了！从此，一个国家的体育水平将是其国力的重要标志，而竞技体育的最高水平是以全民的体育普及为基础的，所以，各国将把用于军备的巨大开支转移到提高人民的健康水平上，将出现一种新的更为健康文明的社会生活和国际政治形式。人类大同的理想社会还很遥远，但它的光辉已照到我们身上！"

这番讲话是国际奥委会主席在飞往西亚共和国的专机上发表的，他同奥委会的其他主要成员去西亚庆祝"和平视窗"计划的第一次成功。同机的还有从北京返回的西亚体育代表团，以及美国体育代表团的部分成员，后者都参加过比赛，他们不但获得了奥运金牌，还得到了总统颁发的自由勋章，因而都显得容光焕发。

奥委会主席指着美国代表团说："你们是人类战争史上最崇高的战胜者。我想，从苦难中解脱出来的西亚人民会把你们当作英雄欢迎的！"他又转向西亚代表团方向："你们也不是失败者，这届奥运会没有失败者，你们都是人类战胜野蛮的勇士，用体育为世界赢来了和平。"

两国运动员们相互握手致意，开始还很勉强，后来大家都泪流满面地拥抱在一起。

这时机长走了过来，神色严肃地对所有人宣布："先生们，西亚上空已经被宣布为飞行危险区，我们是在邻国降落还是返回北京，请你们尽快决定。"

大家都不知所措地看着他。

"对西亚的全面军事打击已经启动，现在正在进行第一轮空袭。"

人们花了很长时间才理解了这话的含义，"你们背信弃义！"一名西亚运动员指着美国代表团怒吼。克雷尔站起身制止了冲动的西亚运动员们："大家冷静，我想，背信弃义的可能是我们西亚人。"

"是的，"机长说，"据我们刚得到的消息，按'和平视窗'协议接管首都的多国部队遭遇猛烈抵抗。"

"可……西亚军队已经解散了，所有的重武器都收缴了啊。"奥委会主席说。

"但轻武器都散落到民间，现在，如果有一阵狂风吹开西亚所有的屋顶，您会看到每扇窗前都有一个射手。"

"这是为什么？"奥委会主席泪如雨下，抓着克雷尔激动地说："你们的城市将是一片火海，你们的人民将血流成河，母亲将失去孩子，孩子将失去父亲，活下来的人将在垃圾堆中寻找食物……而最后，你们还是注定彻底战败，所有的结果还是一样。"

"这就是命运。"克雷尔微笑着对主席说，然后转向所有人，"其实我早就预料到这一点，'和平视窗'计划只是个美丽的童话，竞赛代替不了战争，就像葡萄酒代替不了鲜血。"他走到舷窗前，看着外面的云海，"至于西亚共和国，她只是像辛妮一样，想跑到头而已。"

亚力克·萨里辗转回到战火中的祖国，已是战争爆发一个星期后了。

奥运会闭幕式之后，在雷雨中的看台上，萨里站了很久。他凝视着辛妮倒下的地方，最后自语道："我，还是回家吧。"

首都保卫战正处于最后阶段，城市已大半失陷。虽然大势已去，但从外地增援的部队仍源源不断地进入仍在战斗的城区。这些部队由杂乱的各种人组成，有穿军装的，更多的是扛枪的平民。萨里向一名军官要了一支冲锋枪，那人认出了他，笑着说："呵呵，我们可请不起救世主了。"

"不，我是普通一兵。"萨里微笑着说，接过了枪，加入了高唱国歌的队伍，在被火光映红了一半的夜空下，在颤动的土地上，向激战中的城市走去。

失落的古典精神　不灭的人类意志

——《光荣与梦想》赏析

王晓勇

　　光荣与梦想是希腊罗马时代最重要的精神追求，构成了西方古典文化的精神典范。刘慈欣的《光荣与梦想》具有文艺复兴时代人文主义的色彩：科技可以主导世界，可以主导未来，但不可能主导人类的精神。从这部小说的理念看，它符合科幻小说"用未来评价现在和过去"的宗旨。《光荣与梦想》实际上提出了一个深刻的问题：人类未来的命运和灾难只是由科技进步造成的？人类的原罪来自对世界的主导欲，包括国家主导、文化主导、科技主导等各种形式。作品旨在说明：不屈不挠的意志，面向未来的理想，是人类永远可以依靠的精神力量。

一、"光荣与梦想"的文化根源及其在科幻小说中的象征意义

　　梦想属于希腊，光荣属于罗马。这是人们对西方文明两大理念之源的评价。光荣与梦想，代表着西方古典时期至高无上的精神追求，也是西方文艺复兴时期试图再现的人文辉煌。但是，与宇宙为大背景的科幻小说相比较，光荣与梦想的主题则显得非常局限，它既受时间的限制（古典时期），又受空间的限制（西方世界）。我们不禁要发问：人类发展到宇宙时代，其精神追求应该是什么？什么样的人类意志才能体现宇宙精神？这正是科幻小说应该不断追问的一些问题。科幻小说不能只限于对未来科技的想象上，它也应该

在人类的终极价值和生存意义方面提出建设性的意见，或者至少用科幻的方式揭示现代性的荒谬感。两千多年以来，伴随人类科技力量进步的，却是人类精神力量的沦丧。这种反相关性背后的原因，与其说是对宇宙规律的过度依赖，不如说是对宇宙规律的过度背叛。光荣是梦想的衰退，罗马是希腊的衰退，而罗马分裂为西罗马帝国与东罗马帝国，又是昔日光荣的进一步衰退。用科技的术语说，人类文化和人文精神是不断衰减的。假如未来的科学技术水平引领人类进入宇宙时代，那么，未来的人文精神水平到底是十分先进的，还是要衰减到零？至少，科幻小说为回答这些问题提供了一个新的思考维度，那就是从宇宙论的视角或宇宙伦理学的视角对人类的不断发展进行终极评判。

二、两部《光荣与梦想》的比较

刘慈欣先生的中篇小说《光荣与梦想》虽然与美国历史作家威廉·曼彻斯特的名著《光荣与梦想》同名，但体裁、内容完全不同，题材、写作手法和作品风格更是区别甚大。前者属于科幻小说，内容是关于奥运会竞技的，实质上是反战题材，以小见大的手法；后者属于年代史，内容是关于美国社会发展的，实质上是反思题材，以大见小的手法。刘慈欣作为专业工程师，其写作风格具体理性，作品讲述的只是几位西亚国家运动员参赛的小故事，发生时间为21世纪初的某一年；曼彻斯特作为著名记者，其写作风格宏大全面，作品以超长画卷记录了美国迅速腾飞、狂飙突进的四十年，发生时间为20世纪中期。如果说两部作品有什么共同之处，那就是都在探索：人类在一个失望的世界如何能够捍卫光荣，坚持梦想。因此，无论社会发展到什么阶段，无论世界陷入怎样的困境，人类对尊严与理想的追寻是不变的。然而，光荣与梦想不同于抽象的尊严与理想，显然是具体的和有方向的，或面向遥远的未来，或面向曾经的过去，或面向内心的呼唤，甚至经常受到命运的捉弄。曼彻斯特就在全书结尾引用了小说家斯科特·菲茨杰拉德的话："所以我们掉转船头，逆时代潮流而行，不间歇地向过去驶去。"[①] 可见，曼彻斯特的

---

① ［美］威廉·曼彻斯特. 光荣与梦想［M］. 广州外国语学院美英问题研究室翻译组，译. 北京：商务印书馆，1988：1817.

《光荣与梦想》是沉痛的，对未来充满了幻灭感；刘慈欣则在小说的最后一部分写道："人类大同的理想社会还很遥远，但它的光辉已照到我们身上！"① 这两句话显然对未来充满了盼望感。其实，相信世界越来越美好，是欧洲 17 世纪科学革命运动以来才形成的新观念，人类开始有了"进步"意识。未来意味着进步，正是刘慈欣早期科幻小说的一个重要预设。然而，大刘也用未来作为视角对现在进行评价和批判，陶渊明就曾说过"觉今是而昨非"。其实，用未来的眼光看现在，一定会发现很多的不足，这是难免的。关键是这种想象展开一个未知的神秘领域，表现出超我对自我的诘问。

三、读懂这部小说的关键：时代背景与"光荣与梦想"的联系

刘慈欣《光荣与梦想》的大背景是北京召开的奥运会，虽然没有指明具体哪一年，但是从第 29 届等关键词暗示的还是 2008 年北京奥运会；小说又虚构了一个"西亚共和国"，虽然没有指明具体哪一个国家，但至少表明这个国家位于西亚。最重要的线索来自小说中的一位拾荒者的话，他说："我曾是西亚大学的英美文学教授，是十七年的制裁和封锁让我们丢失了所有的梦想，最后变成了这个样子。"② 那么，"十七年的制裁和封锁"指的应该是西亚的一场重大历史事件。2008 年上溯到 17 年前，就是 1991 年。那一年在西亚恰好发生了著名的 Gulf War ——海湾战争。从 1991 年 1 月 17 日到 2 月 28 日在联合国安理会授权下，以美国为首的多国部队只用了不到一个半月的时间，就将伊拉克入侵者赶出了科威特领土，是一场名副其实的闪电战。这场捍卫科威特主权的反侵略战争，在当时曾是人类战争史上精准打击效率最高、现代化程度最高、使用新式武器最多、投入军费最多的一场高科技战争，使人不禁联想起古希腊神话中诸神共同参与的特洛伊战争。的确，美国和欧洲的军备力量比起第三世界的国家，已达到了诸神与人类的差距。但是古希腊神话早就揭示，诸神对人间事务的干预也不一定就是完全正义的。海洋女神忒提斯之子、希腊第一英雄阿喀琉斯，尽管在诸神的帮助下捍卫了朋友的尊严和

---

① 刘慈欣. 2018［M］. 南京：江苏凤凰文艺出版社，2014：323.

② 刘慈欣. 2018［M］. 南京：江苏凤凰文艺出版社，2014：289.

荣誉，最终还是因为自身的致命弱点而丧生。1991 年发生在西亚的海湾战争，虽然只进行了 42 天，但是此后长期的经济制裁和国际封锁也给伊拉克人民造成了惨重的灾难。在 21 世纪的今天重新看待 25 年前的海湾战争，首先必须承认，伊拉克侵略行径是不正义的，必须受到国际社会的惩罚。然而，西亚问题非常复杂，该地区在历史上的多灾多难是由多种原因造成的，包括民族、文化、宗教信仰等方面都存在着的文明冲突。时至今日，海湾战争早就结束了，它留给西亚的深刻伤痛却始终未能平复。刘慈欣将"海湾战争"和"光荣与梦想"联系在一起的用意是什么？这是读懂小说的关键所在。

一些评论说，刘慈欣的科幻世界是一个冷冰冰的、由科技力量主导的无情世界，他的小说缺少人文之光。这种评论并未看到刘慈欣小说中的反讽手法：科技可以主导世界，可以主导未来，但不可能主导人类的精神。刘慈欣风格之冷具有两个特征：一是科技理性的冷静；二是科技世界的冷酷。15 世纪欧洲的文艺复兴运动，就是一场旨在振兴希腊罗马所代表的古典精神的运动。这场运动的结果是：将希腊崇尚的理想主义和罗马崇尚的功绩主义变成人类新的光荣和梦想，透显出近现代文明的曙光。17 世纪的科技革命和 18 世纪的启蒙运动，都是文艺复兴运动的结果。在此意义上，光荣与梦想的追求并不属于世界上的某一个地区或某一个时代，它是人类内在的精神之光，不断以新的形式引领我们进入未来。刘慈欣的小说《光荣与梦想》是对不断强化的高科技战争的冷静反思，表达出强烈的人文主义关怀。

四、读深这部小说的关键：《光荣与梦想》是科幻小说吗

从小说的内容看，刘慈欣的《光荣与梦想》并非一部识别度很高的科幻作品，因为里面没有出现太多的高科技或现代科学理论（比尔·盖茨的视窗计划是这部小说唯一的科幻发明），没有出现未来世界，甚至没有出现一位思想远远超过我们这个时代的特殊人物。确切地说，《光荣与梦想》应该是一种战争反思小说；但是从这部小说的理念看，它符合科幻小说的"用未来评价现在和过去"宗旨。与刘慈欣的其他科幻小说不同，《光荣与梦想》实际上提出了一个深刻问题：人类未来的命运和灾难只是由科技进步造成的吗？人类的原罪来自对世界

的主导欲，包括国家主导、文化主导、科技主导等各种形式。海湾战争的未来意义远大于它的历史意义，它留给世界一个冷冰冰的逻辑：尖端科技主导现代战争，从而主导国际政治。所以，新式武器的强大足以代表一种强大的话语权。

但是，频繁的现代战争并未给西亚和中东带来繁荣和稳定，刘慈欣的《光荣与梦想》通过各色人物命运反映了战后西亚的悲惨景象。小说主人公，西亚共和国的马拉松冠军辛妮，沦为了一名瘦骨嶙峋、濒临死亡的拾荒者；英美文学教授，也在拾荒者之列；世界射击锦标赛男子飞碟双多向射击金牌得主亚力克·萨里，蜕变为走私头目的保镖，最后沦为囚犯；西亚共和国享有"乔丹"之誉的篮球明星加里·穆拉德和妻子、国家女篮队的伊西亚，因为孩子的饿死，夫妇一起服毒自杀；世界体操锦标赛铜牌得主、号称"西亚体育之花"的美少女温德尔·莱丽，沦为红灯区的女郎，为维和部队服务。她说出了一句很难辩驳的话："不管有没有廉耻，谁饿死后都会长出蛆来。"[1] 在无可奈何的时候，生存大于一切，这是人类面临绝望时的取舍原则。无论这些运动员怎样被国家遗弃、被人遗忘，无论他们沦落到怎样凄惨和耻辱的境地，当西亚共和国需要这群运动员参加比赛时，他们很快就唤醒了沉睡在心中的"光荣与梦想"。高科技武器就算再先进，人类尊严也不可能被打压、被制裁。科幻小说的最高境界不在于未来科技水平，而在于人类精神对于未来世界的超越性，它是永恒的力量。

为了替国家赢得荣誉，小说主人公辛妮意外得到了国家体育局局长克雷尔给的神奇药片，克雷尔说："孩子，你能做到的！那片药会帮助你！那是一种任何药检都检测不出的药，像核燃料一样强有力，难道你没有感觉出来吗？你已经是世界冠军了，孩子！"[2] 读者也期待这粒小药片能帮助辛妮取得冠军。但是，小说后来的情节出人意料："辛妮看到了克雷尔，他拼命冲她挥着双拳，其中的一只手中攥着一个小药瓶，给辛妮的那片神力无比的药就是从这瓶中拿出的，这只是一瓶维生素 C。"[3] 辛妮在比赛中成败与否，其实都与这小药片无关。支撑辛妮不断拼搏的，是人类内在的意志力。

---

① 刘慈欣. 2018 [M]. 南京：江苏凤凰文艺出版社，2014：295.

② 刘慈欣. 2018 [M]. 南京：江苏凤凰文艺出版社，2014：313.

③ 刘慈欣. 2018 [M]. 南京：江苏凤凰文艺出版社，2014：322.

五、读准这部小说的关键：
体育与政治的微妙关系及辛妮的原型

小说中，沦为拾荒者的英美文学教授提出过一个令人深思的问题："奥运会与我们有什么关系？"[①] 体育活动源于希腊和罗马，光荣与梦想既是人类的古典精神，也是人类的体育精神。

首先，体育交往可以促进国际交往。1972 年美国尼克松总统访华，就是通过著名的乒乓外交，用小球推动大球的。其次，体育兴盛也可能会被政治极端分子或野心家利用。当代世界并不太平，各种冲突随时可能变成灾难性事件，即使奥运会、足球赛之类的体育活动也难幸免于外。这些事件是对人类追求的"光荣与梦想"的践踏。1936 年的柏林奥运会更是与臭名昭著的纳粹联系在一起。同年 6 月，法国巴黎召开了"保卫奥林匹克思想大会"，公开抵制柏林奥运会被纳粹分子过度政治化；同年 7 月，美、英、法、希腊等 20 个重要国家的运动员，准备参加 7 月 18 日在西班牙巴塞罗那举行的运动会；尽管国际奥委会坚持在柏林举办奥运会，但这次奥运会实际上为欧洲埋下了分裂的种子，也为第二次世界大战留下了伏笔。2015 年 11 月 14 日，发生在法国巴黎的枪击爆炸案震惊了整个世界。法国总统奥朗德当时正在法兰西大体育场观看法国对德国的一场足球比赛。西亚后遗症和中东危机，留给欧洲的是大量难民的涌入造成的混乱和危机。

小说主人公辛妮参加的项目为马拉松。马拉松的喻义是：在单调而漫长的人生中不断为追求"光荣与梦想"而奋斗。因此，只有以"光荣与梦想"为宗旨的体育竞技精神，才能成为人类面对各种危机和灾难时的精神支撑。在这个意义上，体育竞技精神为解决国际争端提供了一个非常经典的示范。如果现实中争端可以通过体育竞赛来解决，那么可以避免更多的悲剧发生。刘慈欣既然根据海湾战争虚拟了一个西亚共和国，那么，小说主人公辛妮有原型吗？

事实上，刘慈欣小说中的西亚共和国影射的就是海湾战争中的战败国伊拉克。从海湾战争到 2008 年为止，由于战争和接连的暴力事件，已经导致伊

---

① 刘慈欣. 2018［M］. 南京：江苏凤凰文艺出版社，2014：290.

拉克上百名运动员丧生。最为紧张的是，2008 年 7 月 24 日，国际奥委会致函伊拉克方面，正式通知取消伊拉克参加北京奥运会的资格，理由是伊拉克政府解散了该国的奥委会。伊拉克运动员知道消息后，全体失声痛哭。没想到事情峰回路转，7 月 29 日晚国际奥委会又宣布与伊拉克政府达成协议，允许伊拉克奥运代表团参加北京奥运会。但是由于参赛规则，伊拉克最后只有一名铁饼选手和一名短跑选手能够参赛。刘慈欣在写作时应该受到了新闻的触动，那名短路选手极可能就是辛妮的原型。

六、读透这部小说的关键：
"和平视窗计划"只是一种政治科幻及萨里的质问

体育能拯救危机吗？刘慈欣在《梦想与光荣》中最科幻的一笔，是作者虚构的比尔·盖茨的"和平视窗计划"——其实是一个乌托邦式的政治科幻。小说中，联合国秘书长的一段话十分精彩：

> "第二十九届奥林匹克运动会将只有美利坚合众国和西亚共和国两个国家参加，它将代替这两国间即将爆发的战争。
>
> "如果美国获胜，西亚共和国必须履行最后通牒中的条款，这个国家将被彻底解除武装，并将被分解为三个独立的国家，原西亚政府中的战犯将受到国际法庭的审判。
>
> "如果西亚共和国获胜，战争将中止，目前处于对西亚攻击状态的美国及其盟国军队将全部撤离，联合国将取消对西亚共和国的经济制裁，并欢迎其回到国际社会中来。"
>
> 秘书长把目光投向西亚运动员方阵："你们能够预测，在这届奥运会中，西亚共和国必败，但也请你们注意另一个事实：如果战争爆发，西亚共和国同样注定要战败，而那时，交战双方，特别是你们的国家，将付出血的代价。……这就是联合国"和平视窗计划"的第一次实施，是人类在新千年中为消灭战争而进行的伟大试验！"[1]

---

[1] 刘慈欣. 2018[M]. 南京：江苏凤凰文艺出版社，2014：301-302.

"和平视窗计划"其实只是比尔·盖茨的微软公司开发的一套巨型模拟软件，目的是实现用数字战争代替现代战争。"和平视窗计划"要在现实世界中得到执行，必须寻找一个战争替代物，奥运会最后就成了模拟战争的理想工具，这一点才是小说的科幻缘起。但这部小说并不是以科幻为归宿，而是又回到了悲剧的现实中。

> 克雷尔微笑着对主席说，然后转向所有人，"其实我早就预料到这一点，"和平视窗计划"只是个美丽的童话，竞赛代替不了战争，就像葡萄酒代替不了鲜血。"他走到舷窗前，看着外面的云海，"至于西亚共和国，她只是像辛妮一样，想跑到头而已。"①

刘慈欣的许多作品都充满了科幻对现实无奈的感觉，科幻世界与现实世界似乎是两个平行的时空，你影响不了我，我也影响不了你。无论"和平视窗"软件设计得多么美好、多么先进，它都突破不了政治的瓶颈。西亚共和国的命运，甚至整个人类的命运，都不可能按照科学家的设计进行，它们最终都是政治或国家机器这个利维坦的牺牲品。刘慈欣在《光荣与梦想》中还描写了一个非常特殊的运动员射击手萨里，他拒绝为国家荣誉而战，提出了五百万美元的参赛资金。我们不必从道德上评判萨里，只需要思考他的一句话："国家？国家是什么？如果是一块面包它有多大？如果是一件衣服它有多暖和？如果是一间房子能为我们挡住风雨吗？西亚的有钱人早就跑到国外躲避战火了，只剩下我们这些穷鬼还在政府编织的爱国主义神话里等死！"②萨里的质问尽管很愤青，但他对政治的本质看得很透。

唯一令读者欣慰的是，辛妮最后虽然比赛失败了，但这已经无关紧要，她实现了自己的光荣和梦想。不屈不挠的意志，面向未来的理想，是人类永远可以依靠的精神力量。

（王晓勇：哲学博士，陕西省社会科学院助理研究员）

① 刘慈欣. 2018 [M]. 南京：江苏凤凰文艺出版社，2014：325.
② 刘慈欣. 2018 [M]. 南京：江苏凤凰文艺出版社，2014：308.

地球大炮

刘慈欣

随着各大陆资源的枯竭和环境的恶化，世界把目光投向南极洲。南美突然崛起的两大强国在世界政治格局中取得了与他们在足球场上同样的地位，使得《南极条约》成为一纸空文。但人类的理智在另一方面取得了胜利，全球彻底销毁核武器的最后进程开始了，随着全球无核化的实现，人类对南极大陆的争夺过程变得安全了一些。

新固态

走在这个巨洞中，沈华北如同置身于没有星光的夜空下的黑暗平原上。脚下，在核爆的高温中熔化的岩石已经冷却凝固，但仍有强劲的热力透过隔热靴底使脚板出汗。远处洞壁上还没有冷却的部分发着在黑暗中刚能看到的红光，如同这黑暗平原尽头的朦胧晨曦。沈华北的左边走着他的妻子赵文佳，前面是他们八岁的儿子沈渊，这孩子穿着笨重的防辐射服仍在蹦蹦跳跳。在他们周围，是联合国核查组的人员，他们密封服头盔上的头灯在黑暗中射出许多道长长的光柱。

全球核武器的最后销毁采用两种方式：拆卸和地下核爆炸。这是位于中国的地下爆炸销毁点之一。

核查组组长凯文斯基从后面赶上来，他的头灯在洞底投下前面三人晃动的长影子，"沈博士，您怎么把一家子都带来了？这里可不是郊游的好去处。"

沈华北停下脚步，等着这位俄罗斯物理学家赶上来："我妻子是销毁行动指挥中心的地质工程师，至于儿子，我想他喜欢这种地方。"

"我们的儿子总是对怪异和极端的东西着迷。"赵文佳对丈夫说，透过防辐射面罩，沈华北看到了她脸上忧虑的表情。

小男孩儿在前面手舞足蹈地说："这个洞开始时才只有菜窖那么大点儿呢，两次就给炸成这么大了！想想原子弹的火球像一个被埋在地下的娃娃，哭啊叫啊蹬啊踹啊，真的很有趣儿呢！"

沈华北和赵文佳交换了一下眼色，沈华北面露微笑，而赵文佳脸上的忧虑又加深了一些。

"孩子，这次是八个娃娃！"凯文斯基笑着对沈渊说，然后转向沈华北，"沈博士，这正是我现在想要同您谈的：这次销毁的是八颗巨浪型潜射导弹的弹头，每颗当量都有十万吨级，这八颗核弹放在一个架子上呈正立方体布置……"

"有什么问题吗？"

"起爆前我从监视器中清楚地看到，在这个由核弹头构成的立方体正中，还有一个白色的球体。"

沈华北再次停住脚步，看着凯文斯基说："博士，销毁条约虽然规定了向地下放的东西不能少于多少，但好像不禁止多放进去些什么。既然爆炸的当量用五种观测方式都核实无误，其他的事情应该是无所谓的。"

凯文斯基点点头："这正是我在爆炸后才提这个问题的原因，只是出于好奇心。"

"我想您听说过'糖衣'吧。"

沈华北的话如同一句咒语，使这巨洞中的一切都僵滞不动了，所有的人都停下了脚步，指向各个方向的头灯光柱也都不再晃动了。由于谈话是通过防辐射服里的无线电对讲系统进行的，远处的人也都能清楚地听到沈华北的话。短暂的静止后，核查组的成员们从各个方向会聚过来，这些不同国籍的人大部分都是核武器研究领域的精英。

"那东西真的存在？"一个美国人盯着沈华北问，沈华北点点头。

据说，上世纪中叶，毛泽东得知中国第一次核试验完成的消息后，提出的第一个问题是："那是核爆炸吗？"不知是有意还是无意，这个问题问得很内行。裂变核弹的关键技术是向心压缩。核弹引爆时，裂变物质被包裹着它的常规炸药的爆炸力压缩成一个致密的球体，达到临界密度而引发剧烈的链式反应，产生核爆炸。这一切要在百万分之一秒的时间内发生，对裂变物质的向心压缩必须极其精确，向心压力极微小的不平衡都可能在裂变物质还没有达到临界密度前将其炸散，那样的话所发生的只是一次普通的化学爆炸。自核武器诞生以来，研究者们用复杂的数学模型设计出各种形状的压缩炸药，近年来，又尝试用最新技术通过各种手段得到精确的向心压缩，"糖衣"就是这类技术设想中的一种。

"糖衣"是一种纳米材料，它用来在裂变弹中包裹核炸药，外面再包裹一层常规炸药。"糖衣"具有自动平衡分配周围压应力的功能，即使外层炸药爆炸时产生的压应力不均匀，经过"糖衣"的应力平衡分配，它包裹的核炸药仍能得到精确的向心压缩。

沈华北说："你们看到的由八颗核弹头围绕的那个白色球体，是用'糖衣'包裹的一种合金材料，它将在核爆中受到巨大的向心压力。这是我们计划在整个销毁过程中进行的一项研究，这毕竟是一个难得的机会，当核弹全部消失后，短时期内地球上很难再产生这么大的瞬间压应力了。在如此巨大的向心压力下试验材料会变成什么、会发生些什么，将是一件很有意思的事，我们希望通过这项研究，为'糖衣'技术在民用领域找到一个光明的前景。"

一位联合国官员说："你们应该把石墨包在'糖衣'中放进去，那样我们每次爆炸都能得到一大块钻石，耗资巨大的核销毁工程说不定就变得有利可图呢。"

耳机里听到几声笑，没有技术背景的官员在这种场合总是受到轻蔑的。"八十万吨级核爆炸产生的压力，不知比将石墨转化为金刚石的压力大多少个数量级。"有人说。

沈渊清亮的童音突然在大家的耳机中响起："这大爆炸产生的当然不是金刚石，我告诉你们是什么吧：是黑洞！一个小小的黑洞！它将把我们都吸进去，把整个地球都吸进去！通过它，我们将钻到一个更漂亮的宇宙中！"

"呵呵，孩子，那这次核爆炸的压力又太小了……沈博士，您儿子的小脑袋真的不同寻常！"凯文斯基说，"那么试验结果呢？那块合金变成了什么？我想你们多半找不到它了吧？"

"我也还不知道呢，我们去看看吧。"沈华北向前指指说。核爆炸使这个巨洞呈规则的球形，因而洞的底面是一个小盆地，在远方盆地的正中央，晃动着几盏头灯，"那是'糖衣'试验项目组的人。"

大家向盆地中央走去，感觉像在走下一道长长的山坡。这时，凯文斯基突然站住了，接着蹲下来把双手贴着地面，"地下有震动！"

其他人也感觉到了，"不会是核爆炸诱发的地震吧？"

赵文佳摇摇头："销毁点所在地区的地质结构是经过反复勘测的，绝对不会诱发地震，这振动不是地震，它在爆炸后就出现了，持续不断直到现在，邓伊文博士说它与'糖衣'试验有关，具体的我也不清楚。"

随着他们接近盆地中心，由地层深处传来的震动渐渐增强，直到脚底都感觉发麻，仿佛大地深处有一个粗糙的巨轮在疯狂旋转。当他们来到盆地中心时，那一小群人中有一个站起身来，他就是赵文佳刚才提到的邓伊文，材料核爆压缩试验项目的负责人。

"你手里拿的是什么？"沈华北指着邓伊文手中一大团白色的东西问。

"钓鱼线，"邓博士说着，分开围成一圈蹲在地上的那群人，他们正盯着地上的一个小洞看，那个洞出现在熔化后又凝结的岩石表面，直径约十厘米，呈很规则的圆形，边缘十分光滑，像钻机打的孔，郑伊文手中的钓鱼线正源源不断地向洞中放下去，"瞧，已经放了一万多米了，还远没到底儿呢。经雷达探测，这洞已有三万多米深，并且还在不断延长。"

"它是怎么来的？"有人问。

"是从那块被压缩后的试验合金中钻出来的，它沉到地层中去了，就像石块在海面上沉下去一样，这震动就是它穿过致密的地层时传上来的。"

"哦，天啊，这可真是奇迹！"凯文斯基惊叹说，"我还以为那块合金将被核爆的高温蒸发掉了呢。"

郑伊文说："如果没有包裹'糖衣'的话会是那样的结果，但这次它还没来得及被蒸发，就被'糖衣'聚焦的向心压力压缩成一种新的物质形态，叫'超固态'比较合适，但物理学中已经有了这个名称，那么我们就叫它'新固态'吧。"

"您是说，这东西的比重与地层的比重相比，就如同石块与水的比重？"

"比那要大得多，石块在水中下沉主要是因为水是液体，水结冰后比重变化不大，但放在上面的石块就沉不下去。现在新固态物质竟然在固态的岩石中下沉，可见它的密度是多么惊人！"

"您是说它成了中子星物质？"

郑伊文摇摇头："我们现在还没有精确测定，但可以肯定它的密度比中子星的简并态物质小得多，这从它的下沉速度就可以看出来。如果真是一块中子星物质，那么它在地层中的下沉将如同陨石坠入大气层一样快，那会引起火山爆发和大地震。它是介于普通固态和简并态之间的一种物质形态。"

"它会一直沉到地心吗？"沈渊问。

"也许会吧，孩子，因为在下沉到一定深度后，地层物质将变成液态的，那将更有利于它的下沉！"

"真好玩儿，真好玩儿！"

在人们都把注意力集中到那个洞上的时候，沈华北一家三口悄悄地离开了人群，远远地走到黑暗之中。除了脚下地面的震动外，这里很静，他们头灯的光柱照不了多远就融于黑暗中，仿佛他们只是无际虚空中三个抽象的存在。他们把对讲系统调到私人频道，在这里，小沈渊将做出一个决定一生的选择：是跟爸爸还是跟妈妈。

沈渊的父母面临着一个比离婚更糟的处境：他的爸爸现在已是血癌晚期。沈华北不知道他的病是否与所从事的核科学研究有关，但可以肯定自己已活不过半年了。幸运的是人体冬眠技术已经成熟，他将在冬眠中等待治愈血癌的技术出现。沈渊可以和父亲一起冬眠，然后再一同醒来，也可以同妈妈一起继续生活。从各方面考虑，显然后者是一个明智的选择，但孩子倾向于同爸爸一起到未来去，现在沈华北和赵文佳再次试图说服他。

"妈妈，我和你留下来，不同爸爸去睡觉了！"沈渊说。

"你改变主意了？"赵文佳惊喜地问。

"是的，我觉得不一定非要去未来，现在就很好玩儿，比如刚才那个沉到地心去的东西，多好玩儿！"

"你决定了？"沈华北问，赵文佳瞪了他一眼，显然怕孩子又改变主意。

"当然！我去看那个洞了……"小沈渊说着向远处那头灯晃动的盆地中心跑去。

赵文佳看着孩子的背影，忧虑地说："我不知道能不能带好他，这孩子太像你了，整日生活在自己的梦中，也许未来真的更适合他。"

沈华北扶着妻子的双肩说："谁也不知道未来是什么样，再说像我有什么不好，总要有爱做梦的那一类人。"

"生活在梦中没什么可怕，我就是因为这个爱上你的，但你难道没有发现这孩子的另一面？他在学校竟然同时当上了两个班的班长！"

"这我也是刚知道的，真不明白他是怎么做到的。"

"他的权力欲像刀子一样锋利，而且不乏实现它的能力和手段，这与你是完全不同的。"

"是啊，这两种性格怎么可能融为一体呢？"

"我更担心的是这种融合将来会发生什么。"

这时孩子的身影已完全融入远方那一群头灯中，他们将目光收回，都关掉头灯，将自己完全融入黑暗中。

沈华北说："不管怎样，生活还得继续。我所等待的技术，也许在明年就能出现，也许要等上一个世纪，也许……永远也不会出现。你再活四十年没有问题，一定要答应我一个请求：如果四十年后那项技术还没出现，也一定要让我苏醒一次，我想再看看你和孩子，千万不要让这一别成为永别。"

黑暗中赵文佳凄凉地笑笑："到未来去见一个老太婆妻子和一个比你大十岁的儿子？不过，像你说的，生活还得继续。"

他们就在这核爆炸形成的巨洞中默默地度过了在一起的最后时光。明天，沈华北将进入无梦的长眠，赵文佳将和他们那个生活在梦中的孩子一起，继续沿着莫测的人生之路，走向不可知的未来。

苏 醒

他用了一整天时间才真正醒来，意识初萌时，世界在他的眼中只是一团白雾，十个小时后这白雾中出现了一些模糊的影子，也是白色的，又过了十个小时，他才辨认出那些影子是医生和护士。冬眠中的人是完全没有时间感的，所以沈华北这时绝对肯定自己的冬眠时间仅是这模糊的一天，他认定冬眠维持系统在自己刚失去知觉后就出了故障。视力进一步恢复后，他打量了一下这间病房，很普通的白色墙壁，安在侧壁上的灯发出柔和的光芒，形状看上去也很熟悉，这些似乎证实了他的感觉。但接下来他知道自己错了：病房白色的天花板突然发出明亮的蓝光，并浮现出醒目的白字：

> 您好！承担您冬眠服务的大地生命冷藏公司已于2089年破产，您的冬眠服务已全部移交绿云公司，您现在的冬眠编号是WS368200402—118，并享有与大地公司所签订合同中的全部权利。您已经完成全部治疗程序，您的全部病症已在苏醒前被治愈，请接受绿云公司对您获得新生的祝贺。
>
> 您的冬眠时间为74年5个月7天零13小时，预付费用没有超支。
>
> 现在是2125年4月16日，欢迎您来到我们的时代。

又过了三个小时，他才渐渐恢复听力，并能够开口说话，在七十四年的沉睡后，他的第一句话是："我妻子和儿子呢？"

站在床边的那位瘦高的女医生递给他一张折叠的白纸："沈先生，这是您妻子给您的信。"

我们那时已经很少有人用纸写信了……沈华北没把这话说出来，只是用奇怪的目光看了医生一眼，但当他用还有些麻木的双手展开那张纸后，得到了自己跨越时间的第二个证据：纸面一片空白，接着发出了蓝莹莹的光，字迹自上而下显示出来，很快铺满了纸面。他在进入冬眠前曾无数次想象过醒来后妻子对他说的第一句话，但这封信的内容超出了他最怪异的想象：

亲爱的，你正处于危险中！

看到这封信时，我已不在人世。给你这封信的是郭医生，她是一个你可以信赖的人，也许是这个世界上你唯一可以信赖的人，一切听她的安排。

请原谅我违背了诺言，没有在四十年后叫醒你。我们的渊儿已成为一个你无法想象的人，干了你无法想象的事，作为他的母亲我不知如何面对你，我伤透了心，已过去的一生对于我毫无意义，你保重吧。

"我儿子呢？沈渊呢？"沈华北吃力地支起上身问。

"他五年前就死了。"医生的回答极其冷酷，丝毫不顾及这消息带给这位父亲的刺痛，接着她似乎多少觉察到这一点，安慰说："您儿子也活了七十八岁。"

郭医生掏出一张卡片递给沈华北："这是你的新身份卡，里面存贮的信息都在刚才那封信上。"

沈华北翻来覆去地看那张纸，上面除了赵文佳那封简短的信外什么都没有。当他翻动纸张时，折皱的部分会发出水样的波纹，很像用手指按压他那个时代的液晶显示器时发生的现象。郭医生伸手拿过那张纸，在右下角按了一下，纸上的显示被翻过一页，出现了一个表格。

"对不起，真正意义上的纸张已经不存在了。"

沈华北抬头不解地看着她。

"因为森林已经不存在了。"她耸耸肩说，然后逐项指着表格上的内容："你现在的名字叫王若，出生于 2097 年，父母双亡，也没有任何亲属。你的出生地在呼和浩特，但现在的居住地在这里——这是宁夏一个很偏僻的山村，是我能找到的最理想的地方，不会引人注意……不过，你去那里之前需要整容……千万不要与人谈起你儿子，更不要表现出对他的兴趣。"

"可我出生在北京，是沈渊的父亲！"

郭医生直起身来，冷冷地说："如果你到外面去这样宣布，那你的冬眠和刚刚完成的治疗就全无意义了，你将活不过一个小时。"

"到底发生了什么？"

医生苦笑道："这个世界上大概只有你不知道……好了，我们要抓紧时间，你先下床练习行走吧，我们要尽快离开这里。"

沈华北还想问什么，突然响起了震耳的撞门声，门被撞开后，有六七个人冲了进来，围在他的床边。这些人年龄各异，衣着也不相同，他们的共同点是都有一顶奇怪的帽子，或戴在头上或拿在手中，这种帽子有齐肩宽的圆沿，很像过去农民戴的草帽；他们的另一个共同之处就是都戴着一个透明的口罩，其中有些人进屋后已经把它从嘴上扯了下来。这些人齐盯着沈华北，脸色阴沉。

"这就是沈渊的父亲吗？"问话的人看上去是这些人中最老的一位，留着长长的白胡须，像是有八十多岁了，不等医生回答，他朝周围的人点点头，"很像他儿子。医生，您已经尽到了对这个病人的责任，现在他属于我们了。"

"你们是怎么知道他在这儿的？"郭医生冷静地问。

不等老者回答，病房一角的一位护士说："我，是我告诉他们的。"

"你出卖病人？"郭医生转身愤怒地盯着她。

"我很高兴这样做。"护士说，她那秀丽的脸庞被狞笑扭曲了。

一个年轻人揪住沈华北的衣服把他从床上拖了下来，冬眠带来的虚弱使他瘫在地上，一个姑娘一脚踹在他的小腹上，那尖尖的鞋头几乎扎进他的肚子里，剧痛使他在地板上像虾似地弓起身体，那个老者用有力的手抓住他的衣领把他拎了起来，像竖一根竹竿似地想让他站住，看到不行后一松手，他又仰面摔倒在地，后脑撞到地板上，眼前直冒金星，他听到有人说：

"真好，那个杂种欠这个社会的，总算能够部分偿还了。"

"你们是谁？"沈华北无力地问，他在那些人的脚中间仰视着他们，好像在看着一群凶恶的巨人。

"你至少应该知道我，"老者冷笑着说，从下面向上看去，他的脸十分怪异，让沈华北胆寒，"我是邓伊文的儿子，邓洋。"

这个熟悉的名字使沈华北心里一动，他翻身抓住老者的裤脚，激动地喊道："我和你父亲是同事和最好的朋友，你和我儿子还是同班同学，你不记得了？天啊，你就是洋洋？真不敢相信，你那时……"

"放开你的脏爪子！"邓洋吼道。

那个拖他下床的人蹲下来，把凶悍的脸凑近沈华北说："听着小子，冬眠的年头儿是不算岁数的，他现在是你的长辈，你要表现出对长辈的尊敬。"

"要是沈渊活到现在，他就是你爸爸了！"邓洋大声说，引起了一阵哄笑，接着他挨个指着周围的人向他介绍："在这个小伙子四岁时，他的父母同时死于中部断裂灾难；这姑娘的父母也同时在螺栓失落灾难中遇难，当时她还不到两岁；这几位，在得知用毕生的财富进行的投资化为乌有时，有的自杀未遂，有的患了精神分裂症……至于我，被那个杂种诱骗，把自己的青春和才华都扔到那个该死的工程中，现在得到的只是世人的唾骂！"

躺在地板上的沈华北迷惑地摇着头，表示他听不懂。

"你面对的是一个法庭，一个由南极庭院工程的受害者组成的法庭！尽管这个国家的每个公民都是受害者，但我们要独享这种惩罚的快感。真正的法庭当然没有这么简单，事实上比你们那时还要复杂得多，所以我们才不会把你送到那里去，让他们和那些律师扯一年淡之后宣布你无罪，就像他们对你儿子那样。我们会让你得到真正的审判，当一小时后这个审判执行时，你会发现，如果七十多年前就死于白血病，是一件多么幸运的事。"

周围的人又齐声狞笑起来。接着，两个人架起沈华北的双臂把他向门外拖去，他的双腿无力地拖在地板上，连挣扎的力气都没有。

"沈先生，我已经尽力了。"在他被拖出门前，郭医生在后面说，他想回头再看看她，看看这个被妻子称为他在这个冷酷时代唯一可以信任的人，但这种被拖着的姿势使他无力回头，只听到她又说："其实，你不必太沮丧，在这个时代，活着也不是一件容易的事。"当他被拖出门后，听到郭医生在喊："快把门关上，把空气净化器开大，你要把我们呛死吗？"听她的口气，显然不再关心他的命运。

出门后，他才明白郭医生最后那句话的意思：空气中弥漫着一种刺鼻的味道，让人难以呼吸。他被拖着走过医院的走廊，出了大门后，那两个人不再拖他，把他的胳膊搭到肩上架着走。来到外面后，他如释重负地深深地吸了一口气，但吸入的不是他想象的新鲜空气，而是比医院大楼内更污浊更呛人的气体，他的肺里火辣辣的，爆发出持续不断的剧烈咳嗽，就在他咳到要窒息时，听到旁边有人说："给他戴上呼吸膜吧，要不在执行前他就会完蛋。"接着有人给他的口鼻罩上了一个东西，虽然只是一种怪味代替了另一种，但他至少可以顺畅地呼吸了。又听到有人说："防护帽就不用给他了，反正在他能活的这段时间里，紫外线什么的不会导致第二次白血病的。"这话又引起了其他人的一阵怪笑。当他喘息稍定，因窒息而流泪的双眼视野逐渐清晰后，便抬起头来第一次打量未来世界。

他首先看到街道上的行人，他们都戴着被称为呼吸膜的透明口罩和叫作防护帽的大草帽，他还注意到，虽然天气很热，但人们穿得都很严实，没有人露出皮肤。接着他看到了周围的世界，这里仿佛处于一个深深的峡谷中，这峡谷是由高耸入云的摩天大楼构成的，说高耸入云一点都不夸张，这些高楼全都伸进半空中的灰云里，在高楼间狭窄的天空中，他看到太阳呈一团模糊的光晕在灰云后出现，那光晕移动着黑色的烟纹，他这才知道这遮盖天空的不是云而是烟尘。

"一个伟大的时代，不是吗？"邓洋说，他的那些同伙又哈哈大笑起来，好像很久没有这么开心了。

他被架着向不远处的一辆汽车走去，虽然汽车的形状有些变化，但他肯定那是汽车，大小同过去的小客车一样，能坐下这几个人。接着有两个人超过了他们，向另一个方向走去。他们戴着头盔，身上的装束与过去的警察有很大的不同，但沈华北还是一眼就认出了他们的身份，并冲他们大喊起来："救命！我被绑架了！救命！"

那两个警察猛地回头，跑过来打量着沈华北，看了看他的病号服，又看了看他光着的双脚，其中一个问："您是刚苏醒的冬眠人吧？"

沈华北无力地点点头："他们绑架我……"

另一名警察对他点点头说："先生，这种事情是经常发生的，这一时期苏醒的冬眠人数量很多，为安置你们占用了大量的社会保障资源，因而你们经常受到仇视和攻击。"

"好像不是这么回事……"沈华北说，但那警察挥手打断了他。

"先生，您现在安全了。"然后那名警察转向邓洋一伙人，"这位先生显然还需要继续治疗，你们中的两个人送他回医院，这位警官将一同去了解情况，我同时通知你们，你们七个人已经因绑架罪被逮捕。"说着他抬起手腕对着上面的对讲机呼叫支援。

邓洋冲过去制止他："等一下警官，我们不是那些迫害冬眠人的暴徒，你们看看这个人，不面熟吗？"

两个警察仔细地盯着沈华北看，还短暂地摘下他的呼吸膜以便更好地辨认，"他……好像是米西西！"

"不是米西西，他是沈渊的父亲！"

两个警察瞪大双眼在邓洋和沈华北之间来回看着，像是见了鬼。中部断裂灾难留下的孤儿把他们拉到一边低声说着，其间两个警察不时抬头朝沈华北这边看看，每次看的目光都有变化，从最后一次朝这边投来的目光中，沈华北绝望地读出这些人已是邓洋一伙的同谋了。

两个警察走过来，没有朝沈华北看一眼，其中一位警惕地环视四周做放哨状，另一位径直走到邓洋面前，压低了声音说："我们就当没看见吧，千万不要让公众注意到他，否则会引起一场骚乱。"

让沈华北恐惧的不仅仅是警察话中的内容，还有他说这话时的神态，他显然不在乎让沈华北听到这些，好像沈华北只是一件放在旁边的没有生命的物件。

那些人把沈华北塞进汽车，他们也都上了车，在车开的同时车窗的玻璃都变得不透明了，车是自动驾驶的，没有司机，前面也看不到可以手动的操纵装置。一路上，车里没有人说话，仅仅是为了打破这令人窒息的沉默，沈华北随口问："谁是米西西？"

"一个电影明星，"坐在他旁边的螺栓失落灾难留下的孤女说，"因扮演你儿子而出名，沈渊和外星撒旦是目前影视媒体上出现最多的两个大反派角色。"

沈华北不安地挪挪身体，与她拉开一条缝，这时他的手臂无意间触碰了车窗下的一个按钮，窗玻璃立刻变得透明了。他向外看去，发现这辆车正行驶在一座巨大而复杂的环状立交桥上，桥上挤满了汽车，车与车的间距只有不到两米的样子。这景象令人恐惧之处是：这时并不是处于塞车状态，就在这塞车时才有的间距下，所有的车辆都在高速行驶，时速可能超过了每小时一百公里！这使得整个立交桥像一个由汽车构成的疯狂大转盘。他们所在的这辆车正在以令人目眩的速度冲向一个岔路口，在这辆车就要撞入另一条车流时，车流中正好有一个空档在迎接它，这种空档以令人难以觉察的速度在岔路口不断出现，使两条湍急的车流无缝地合为一体。沈华北早就注意到车是自动驾驶的，人工智能已把公路的利用率发挥到极限。

后面有人伸手又把玻璃调暗了。

"你们真想在我对这一切都一无所知的情况下杀死我吗？"沈华北问。

坐在前排的邓洋回头看了他一眼，懒洋洋地说："那我就简单地给你讲讲吧。"

南极庭院

"想象力丰富的人在现实中往往手无缚鸡之力，相反，那些把握历史走向的现实中的强者，大多只有一个想象力贫乏的大脑，你儿子，是历史上少有的把这两者合为一体的人。在大多数时间，现实只是他幻想海洋中的一个小小的孤岛，但如果他愿意，可能随时把自己的世界翻转过来，使幻想成为小岛而现实成为海洋，在这两个海洋中他都是最出色的水手……"

"我了解自己的儿子，你不必在这上面浪费时间。"沈华北打断邓洋说。

"但你无论如何也不会想到沈渊在现实中爬到了多高的位置，拥有了多大的权力，这使他有能力把自己最变态的狂想变成现实。可惜，社会没有及早发现这个危险。也许历史上曾有过他这样的人，但都像擦过地球的小行星一样，没能在这个世界上释放自己的能量就消失在茫茫太空中，不幸的是，历史给了你儿子用变态狂想制造灾难的机会。

"在你进入冬眠后的第五年，世界对南极大陆的争夺有了一个初步结果：这个大陆被确定为全球共同开发的区域，但各个大国都为自己争得了大面积的专属经济区。尽早使自己在南极大陆的经济区繁荣起来，并尽快开发那里的资源，是各大国摆脱因环境问题和资源枯竭而带来的经济衰退的唯一希望，

'未来在地球顶上'成为当时人尽皆知的口号。

"就在这时，你儿子提出了那个疯狂设想，声称这个设想的实现将使南极大陆变为这个国家的庭院，那时从北京去南极将比从北京去天津还方便。这不是比喻，是真的，旅行的时间要比去天津的短，消耗的能源和造成的污染都比去天津的少。那次著名的电视演讲开始时，全国观众都笑成一团，像在看滑稽剧，但他们很快安静下来，因为他们发现这个设想真的能行！这就是南极庭院设想，后来根据它开始了灾难性的南极庭院工程。"

说到这里，邓洋莫名其妙地陷入沉默。

"接着说呀，南极庭院的设想是什么？"沈华北催促道。

"你会知道的。"邓洋冷冷地说。

"那你至少可以告诉我，我与这一切有什么关系？"

"因为你是沈渊的父亲，这不是很简单吗？"

"现在又盛行血统论了？"

"当然没有，但你儿子的无数次表白使血统论适合你们。当他变得举世闻名时，就真诚地宣称他思想和人格的绝大部分是在八岁前从父亲那里形成的，以后的岁月不过是进行一些知识细节方面的补充而已。他还声明，南极庭院设想的最初创造者也是父亲。"

"什么？我？南极……庭院？这简直是……"

"再听我说完最后一点：你还为南极庭院工程提供了技术基础。"

"你指的什么？"

"当然是新固态材料，没有它，南极庭院设想只是一个梦呓，而有了它，这个变态的狂想立刻变得现实了。"

沈华北困惑地摇摇头，他实在想象不出，那超高密度的新固态材料如何能把南极大陆变成这个国家的庭院。

这时车停了。

地狱之门

下车后，沈华北迎面看到一座奇怪的小山，山体呈单一铁锈色，光秃秃的看不到一棵草。邓洋向小山一偏头说："这是一座铁山，"看到沈华北惊奇的目光，他又加上一句"就是一大块铁。"沈华北举目四望，发现这样的铁山在附近还有几座，它们以怪异的色彩突兀地出现在这广阔的平原上，使这里有一种异域的景色。

沈华北这时已恢复到可以行走的状态，他步履蹒跚地随着这伙人走向远处一座高大的建筑物，那个建筑物呈一个完美的圆柱形，有上百米高，表面光滑一体，没有任何开口。他们走近后，看到一扇沉重的铁门轰隆隆地向一边滑开，露出一个入口，一行人走了进去，门在他们身后密实地关上了。

在暗弱的灯光下，沈华北看到他们身处一个像是密封舱的地方，光滑的白色墙壁上挂着一长排像太空服一样的密封装，人们各自从墙上取下一套密封装穿了起来，在两个人的帮助下他也开始穿上其中的一件。在这过程中他四下打量，看到对面还有一扇紧闭的密封门，门上亮着一盏红灯，红灯旁边有一个发光的数码显示，他看出显示的是大气压值。当他那沉重的头盔被旋紧后，在面罩的右上角出现一块透明的液晶显示区，显示出飞快变化的数字和图形，他只看出那是这套密封服内部各个系统的自检情况。接着，他听到外面响起低沉的嗡嗡声，像是什么设备启动了，然后注意到对面那扇门上方显示的大气压值在迅速减小，在大约三分钟后减到零，旁边的红灯转换为绿灯，门开了，露出这个密封建筑物黑洞洞的内部。沈华北证实了自己的猜测：这是一个由大气区域进入真空区域的过渡舱，如此说来，这个巨大圆柱体的内部是真空的。

一行人走进了那个入口，门又在后面关上了，他们身处浓浓的黑暗之中，有几个人的密封服头盔上的灯亮了，黑暗中出现几道光柱，但照不了多远。一种熟悉的感觉出现了，沈华北不由打了个寒战，心里有一种莫名的恐惧。

"向前走。"他的耳机中响起了邓洋的声音，头灯的光晕在前方照出了一座小桥，不到一米宽，另一头伸进黑暗中，所以看不清有多长，桥下漆黑一片。沈华北迈着颤抖的双腿走上了小桥，密封服沉重的靴子踏在薄铁板桥面上发出空洞的声响，他走出几米，回过头来想看看后面的人是否跟上来了，这时所有人的头灯同时灭了，黑暗吞没了一切。但这只持续了几秒钟，小桥的下面突然出现了蓝色的亮光。沈华北回头看，只有他上了桥，其他人都挤在桥边看着他，在从下向上照的蓝光中，他们像一群幽灵。他扶着桥边的栏杆向下看去，几乎使血液凝固的恐惧攫住了他。

他站在一口深井上。

这口井的直径约十米，井壁上每隔一段距离就有一个环绕光圈，在黑暗中标示出深井的存在。他此时正站在横过井口的小桥的正中央，从这里看去，井深不见底，井壁上无数的光圈渐渐缩小，直至成为一点，他仿佛在俯视着一个发着蓝光的大靶标。

"现在开始执行审判，去偿还你儿子欠下的一切吧！"邓洋大声说，然后用手转动安装在桥头的一个转轮，嘴里念念有词："为了我被滥用的青春和才华……"小桥倾斜了一个角度，沈华北抓住另一面的栏杆努力使自己站稳。

接着，邓洋把转轮让给了中部断裂灾难留下的孤儿，后者也用力转了一下："为了我被熔化的爸爸妈妈……"小桥倾斜的角度又增加了一些。

转轮又传到螺栓失落灾难留下的孤女手中，姑娘怒视着沈华北用力转动着转轮："为了我被蒸发的爸爸妈妈……"

因失去所有财富而自杀未遂者从螺栓失落灾难留下的孤女手中抢过转轮："为了我的钱、我的劳斯莱斯和林肯车、我的海滨别墅和游泳池，为了我那被毁的生活，还有我那在寒冷的街头排队领救济的妻儿……"小桥已经转动了九十度，沈华北此时只能用手抓着上面的栏杆坐在下面的栏杆上。

因失去所有财富而患精神分裂症的人也扑过来同因失去所有财富而自杀未遂者一起转动转轮，他的病显然还没好利索，没说什么，只是对着下面的深井笑。小桥完全倾覆了，沈华北双手抓着栏杆倒吊在深井上方。

这时的他并没有多少恐惧，望着脚下深不见底的地狱之门，自己不算长的一生闪电般地掠过脑海：他的童年和少年时代是灰色的，在那些时光中记不起多少快乐和幸福；走向社会后，他在学术上取得了成功，发明了"糖衣"技术，但这并没有使生活接纳他；他在人际关系的蛛网中挣扎，却被越缠越紧，他从未真正体验过爱情，婚姻只是不得已而为之；当他打定主意永远不要孩子时，孩子来到了人世……他是一个生活在自己思想和梦想世界中的人，一个令大多数人讨厌的另类，从来不可能真正地融入人群。他的生活是永远的离群索居，永远的逆水行舟。他曾寄希望于未来，但这就是未来了：已去世的妻子，已成为人类公敌的儿子，被污染的城市，这些充满变态仇恨的人……这一切已使他对这个时代和自己的生活心灰意冷。本来他还打定主意，要在死前知道事情的真相，现在这也无关紧要了，他是一个累极了的行者，唯一渴望的就是解脱。

在井边那群人的欢呼声中，沈华北松开了双手，向那发着蓝光的命运的靶标坠下去。

他闭着眼睛沉浸在坠落的失重中，身体仿佛变得透明，一切生命不能承受之重已离他而去。在这生命的最后几秒钟，他的脑海中突然响起了一首歌，这是父亲教他的一首古老的苏联歌曲，在他冬眠前的时代已没有人会唱了，后来他作为访问学者到莫斯科去，希望在那里找到知音，但这首歌在俄罗斯也失传了，所以这成了他自己的歌。在到达井底之前，他也只能在心里吟唱一两个音符，但他相信，当自己的灵魂最后离开躯体时，这首歌会在另一个世界继续的……不知不觉中，这首旋律缓慢的歌已在他的心中唱出了一半。时间过去了很久，他猛然警醒，睁开双眼，看到自己在不停地飞快穿过一个又一个的蓝色光环。

坠落仍在继续。

"哈哈哈哈……"他的耳机中响起了邓洋的狂笑声，"快死的人，感觉很不错吧？"

他向下看，看到一串扑面而来的发着蓝光的同心圆，他不停地穿过最大的一个圆，在圆心处不断有新的小圆环出现并很快扩大；向上看，也是一个同心圆，但其运动是前一个画面的反演。

"这井有多深？"他问。

"放心，您总会到底的，井底是一块坚硬平滑的钢板，叭叽一下，你摔成的那张肉饼会比纸还薄的！哈哈哈哈……"

这时，他注意到面罩右上角的那块液晶显示区又出现了，有一行发着红光的字：

您现在已到达 100 公里深度，速度 1.4 公里／秒，您已经穿过莫霍不连续面，由地壳进入地幔。

沈华北再次闭上双眼，这次他的脑海中不再有歌声，而是像一台冷静的计算机般飞快地思索着，当半分钟后他再次睁开眼睛时，已经明白了一切：这就是南极庭院工程，那块坚硬平滑的井底钢板并不存在，这口井没有底。

这是一条贯穿地球的隧道。

大隧道

"它是走切线，还是穿过地心？"沈华北问，只是思维以语言的形式冒了一下头。

"聪明的头脑，这么快就想到了！"邓洋惊叹道。

"很像他儿子。"有人跟着说，听上去可能是中部断裂灾难留下的孤儿。

"是穿过地心，由中国的漠河穿过地球到达南极大陆的最东端南极半岛。"邓洋回答沈华北说。

"刚才那座城市是漠河？"

"是的，它因作为地球隧道起点而繁荣起来。"

"据我所知，从那里贯穿地球应该到达阿根廷南部。"

"不错，但隧道有轻微的弯曲。"

"既然隧道是弯曲的，我会不会撞上井壁呢？"

"如果隧道笔直地直达阿根廷，你倒是肯定会撞上，那种笔直的地球隧道只有在贯穿两极之间的地轴上才能实现，这种与地轴成一定角度的隧道必须考虑地球的自转因素，它的弯曲正好能让你平滑地通过。"

"呵，伟大的工程！"沈华北由衷地赞叹道。

您现在已到达 300 公里深度，速度 2.4 公里／秒，已进入地幔黏性物质区。

他看到自己穿过光圈的频率正在加快，下面和上面那两个同心圆的密度增加了许多。

邓洋说："关于建造穿过地球的隧道，不是什么新想法，18 世纪就有两个人提出了这个设想：一位是叫莫泊都的数学家，另一位则是举世闻名的伏尔泰。到后来，法国天文学家佛兰马理翁又把这个计划重新提了出来，并且首先考虑了地球的自转因素……"

沈华北打断他问："那你怎么说这想法是从我这里来的呢？"

"因为前面那些人不过是在做思想试验，而你的设想影响了一个人，这人后来用自己魔鬼般的才能促成了这个狂想的实现。"

"可……我不记得向沈渊提起过这些。"

"真是个健忘的人，你作了一个后来改变人类历史进程的设想，却忘了。"

"我真的想不起来。"

"那你总能想起那个叫贝加多的阿根廷人，还有他送给你儿子的生日礼物吧？"

您现在已到达1500公里深度，速度5.1公里/秒，已进入地幔刚性物质区。

沈华北终于想起来了。那是沈渊六岁的生日，沈华北请在北京的阿根廷物理学家贝加多博士到家里做客。当时南美两强已经崛起，阿根廷对南极大陆的大片陆地提出领土要求，并向南极大量移民，同时快速发展核武器，让全世界大惊失色。在后来的全球无核化进程中，阿根廷自然是以有核国家的身份加入联合国销毁委员会，沈华北和贝加多都是这个委员会中一个技术小组的专家。

那次贝加多给沈渊带来的礼物是一个地球仪，它是用一种最新的玻璃材料制成的，那种玻璃是阿根廷飞速发展的技术水平的一个体现，它的折射率与空气相同，因而看不出玻璃球的存在，地球仪上的大陆仿佛是悬浮在两极之间，沈渊很喜欢这个礼物。

在晚饭后的聊天中，贝加多拿出了一张国内的大报，让沈华北看上面的一幅政治漫画，画上一位阿根廷球星正在踢地球。

"我不喜欢这个，"贝加多说，"中国人对我的国家的了解好像只限于足球，并把这种了解引申到国际政治上，阿根廷在你们的眼中也成了一个充满攻击性的国家。"

"您要知道，阿根廷毕竟是在地球上与中国相距最远的一个国家，你们正在地球的对面。"赵文佳微笑着说，从沈渊的手中拿过那个全透明的地球仪，在上面，中国和阿根廷隔着那个超透明的球体重叠在一起。

"其实，我有个办法能够使两国更好地交流，"沈华北拿过地球仪说，"只需从中国挖一条通过地心贯穿地球的隧道就行了。"

贝加多说："那个隧道也有一万两千多公里长，并不比飞机航线短多少。"

"但旅行时间会短许多的，想想您带着旅行包从隧道的这一端跳进去……"

沈华北的本意是想把话题从政治上引开去，他成功了，贝加多来了兴趣："沈，你的思维方式总是与众不同……让我们看看：我跳进去后会一直加速，虽然我的加速度会随坠落深度的增加而减小，但确实会一直加速到地心，通过地心时我的速度达到最大值，加速度为零；然后开始减速上升，这种减速度的值会随着上升而不断增加，当到达地球的另一面阿根廷的地面时，我的速度正好为零。如果我想回中国，只需从那面再跳下去就行了，如果我愿意，可以在南北半球之间做永恒的简谐振动。嗯，妙极了，可是旅行时间……"

"让我们计算一下吧。"沈华北打开电脑。

计算结果很快出来了，以地球理想的平均密度，从中国跳进地球隧道，穿过直径一万两千多公里的地球，坠落到阿根廷，需四十二分钟十二秒。

"快捷的旅行！"贝加多高兴地说。

……

您现在已到达 2800 公里深度，速度 6.5 公里 / 秒，您正在穿过古腾堡不连续面，进入地核。

坠落中的沈华北又听到邓洋说："在那个晚上，你一定没有注意到，你的儿子瞪圆了那双充满灵气的大眼睛，出神地听着你的话，你更不可能知道，他盯着床头的那个透明地球一夜没睡。当然，你对儿子的这种影响可能有过无数次，你在沈渊的心灵中播下了许多狂想的种子，这只是其中开出花朵的一颗。"

沈华北凝视着周围距自己四五米远处的那一圈飞速上升的井壁，高频掠过的环绕光圈使井壁的表面有些模糊。

"这是新固态材料吗？"他问。

"还能是其他什么？有什么别的材料具有建造这样的隧道的强度呢？"

"这样巨量的新固态物质是如何生产出来的？这种比重大得能沉入地层的材料怎样搬运和加工呢？"

"只能最简略地说说：新固态物质是通过连续不断的小型核爆炸生产出来的，核心技术当然是你的'糖衣'，其生产线是庞大而复杂的；新固态材料有多种密度级别，较低密度的材料不会沉入地层，用它造出一个面积较大的基础，将高密度材料放置于其上，其压强被基础分散，就能够浮在地面上了，用类似的原理，也可以进行这种材料的运输；至于新固态材料的加工，技术更加复杂，以你的知识水平可能无法理解。总之，新固态材料已经是一个庞大的产业，其经济规模超过了钢铁，它并不只是用于南极庭院工程。"

"那么这条隧道是如何建成的呢？"

"首先告诉你一点：建构隧道的基本构件是井圈，每个井圈长约一百米，整条隧道是由大约二十四万个井圈连接而成。至于具体的施工过程，你是个聪明人，也许自己能想出来。"

您现在已到达4100公里深度，速度7.5公里/秒，正处于液态地核中部。

"沉井？"

"是的，是用沉井工艺，首先从中国和南极将井圈沉入地层，并拼接成贯穿地球的一条线；第二步是将拼接后的井圈中的地层物质掏出，隧道就形成了。你在隧道入口的外面看到的那些铁山，就是由从隧道的地核部分中掏出的铁镍合金堆成的。具体的施工要由地下船来进行，这种能在地层中行驶的机器也是由新固态材料制造的，有的型号能在地核深度行驶，它们能在地层中使下沉的井圈定位。"

"这样算下来，只需12万个井圈。"

"超固态物质承受地球深处的压力和高温是没有问题的，但地下还有许多流动体，较浅处是流动的岩浆，更危险的是地核中的液态铁镍流，它们对隧道产生巨大的剪切冲击，新固态材料的强度能够承受这种冲击，但井圈之间的连接处就不行了，所以隧道由内外两层井圈构成，内层的井圈紧贴外层井圈，两层井圈间相互交错，这样就使隧道形成了足够的抗剪切强度。"

您现在已到达 5400 公里深度，速度 7.7 公里 / 秒，正在接近固态地核。

"下面，我想你要告诉我南极庭院工程带来的灾难了。"

灾　难

"南极庭院工程的第一次灾难发生于二十五年前，那时工程进入最后的勘探设计阶段，需要进行大量的地下航行。在一次勘探航行中，一艘名叫'落日六号'的地下船在地幔中失事，并下沉到地核中，船上三名乘员中有两人遇难，只有一名年轻的女领航员幸存，她现在仍被封闭在地心中，将在狭窄的地下船中度过余生。那艘船上的中微子通信设备已失去发射功能，但可能仍能接收。顺便说一句：她的名字叫沈静，是您的孙女。"

沈华北的心抽搐了一下。

在这疯狂的速度下，井壁上的光圈在沈华北眼中已连为一体，使这巨井的井壁发出刺目的蓝光，正在其中飞速坠落的沈华北，仿佛在穿过时光隧道，进入那并不遥远但他不曾经历过的过去。

您现在已到达 5800 公里深度，速度 7.8 公里 / 秒，您已进入固态地核，正在接近地心！

"南极庭院工程进行到第六年，发生了惨烈的中部断裂灾难。前面说过，隧道是由内外两层相互交错的井圈构成，在装入内层井圈时，必须首先将已连接好的外层井圈中的地下物质掏空，以免两层井圈间混入杂质，影响它们之间贴合的紧密度。在施工中采用掏空一段外井圈放入一个内井圈的工艺，这就意味着，在地核段的施工中，在一段外井圈被掏空而内井圈还未到位的这段时间里，包括接合部在内的两个外井圈将单独承受地核铁镍流的冲击。本来，两段井圈间的接合部采用十分坚固的铆接技术，在设计中，应该能够在相当长的时间里承受铁镍流的冲击。但在进入地核四百九十多公里处，两段刚刚掏空的井圈处有一股异常强大的铁镍流，其流速是以前的大量勘探中观测到的最高值的五倍。强大的冲击力使两个井圈错位，高温高压的地核物质瞬时涌入隧道，并沿着已建成的隧道飞速上升。在得知断裂发生后，作为工程总指挥的沈渊立刻下令关闭了位于古腾堡不连续面处的安全闸门，它被称为古腾堡闸。这时在闸门下近五百公里的隧道中，有两千五百多名工程人员在施工，在得知断裂发生后，他们同时乘坐隧道中的高速升降机撤离，共有一百三十多部升降机，最后一辆升降机与沿隧道上升铁镍流保持着三十公里左右的距离。最后只有六十一部升降机来得及通过古腾堡闸，其余都在闸门关闭后被四千多度高温的地核激流吞没，一千五百二十七人殒命地心。

"中部断裂灾难举世震惊，沈渊同时受到了两方面的强烈谴责：一方认为他完全可以等所有升降机都通过古腾堡闸时再关闭闸门，这时铁镍流距闸门还有三十公里，虽然时间很短，但还是来得及的。即使这道闸门没来得及关闭，在上面的莫霍不连续面（地表和地幔的交界面）处还有一道安全闸——莫霍闸。那些遇难者的极端愤怒的家属控告沈渊故意杀人罪。对此，沈渊在媒体面前只有一句话：'我怕出漏子啊！'这漏子确实出不得。有不止一部以南极庭院工程为题材的灾难片，其中最著名的是《铁泉》，在影片中有地核物质冲出地表的噩梦般的景象：一股铁镍液柱高高冲上同温层，散成一朵巨大的死亡之花，发出的刺目白光使北半球的黑夜变成白昼，大地上下起了灼热的铁水的暴雨，亚洲大陆成了一口炼钢炉，人类最终面临恐龙的命运……这描述并不夸张。正因为如此，沈渊又面临着另一项与上面完全相反的指控：他应该更早些关闭古腾堡门，根本没有必要等那六十一部升降机通过。有更多的人支持这项指控，舆论给他安上了一项临时杜撰的罪名：因渎职而反人类罪。虽然在法律上两项指控最终都没有成立，但沈渊因此辞职，离开了南极庭院工程的指挥层，他拒绝了另外的任命，以后一直作为一名普通工程师在隧道中工作。"

这时，井壁发出的蓝光突然变成了红色。

您现在已到达6300公里深度，速度8公里/秒，正在穿过地心！

耳机里响起了邓洋的声音："你现在已达到可以飞出地球的速度，却正处在这个星球的中心，地球正在围着你旋转，所有的海洋和大陆、所有的城市和所有的人，都在围着你旋转。"

沐浴在这庄严的红光中，沈华北的脑海中又响起了音乐，这次是一首宏伟的交响曲，他以第一宇宙速度穿过这发着红光的地心隧道，仿佛漂行在地球的血管中，这使他热血沸腾。

邓洋又说："虽然新固态材料有良好的绝热性能，但现在你周围的温度仍超过了一千五百度，你密封服中的冷却系统正在全功率运行。"

井壁的红光只延续了十多秒钟，又变回宁静的蓝光。

您已通过地心，现在正在上升，并开始减速。您已经上升了 500 公里，速度 7.8 公里 / 秒，仍在固态地核中。

蓝光使沈华北冷静下来，他已适应了失重，现在缓缓地转动身体，使头部向着前进的方向，以找到上升的感觉。他问邓洋："好像还有第三次灾难？"

"螺栓失落灾难发生在五年前，那时南极庭院工程已经完工，地球隧道已投入了正式运营，每时每刻都有地心列车穿行于其中。地心列车的车厢是直径八米、长五十米的圆柱体，每列地心列车最多可由两百节车厢组成，可运载两万吨货物或近万名乘客，穿过地球的单程需四十二分钟，运输过程只是自由坠落，不消耗任何能源。

"当时，在漠河起点站，一名维修工人不小心将一颗直径不到十厘米的螺栓掉进隧道，这枚螺栓是用一种能够吸收电磁波的新材料制造的，因而没有被安全监测系统的雷达检测到。螺栓在隧道中一直坠落，穿过地球到达南极站，又从那里向回坠落，在到达地心时击中了一列正在向南极上升的地心列车。螺栓与列车的相对速度高达每秒十六公里，这样的动能使它像一颗炸弹。它穿透了头两节车厢，把沿路的一切都汽化了，这两节车厢的爆炸使整列列车以每秒八公里的速度擦到井壁上，在一瞬间就被撕得粉碎。大量的碎片在隧道中来回运行，有的一次次穿过整个地球，大部分则因撞击失去了部分速度，只是在地核附近摆动。用了一个月时间才把隧道中的碎片完全清理干净，列车上的三千名乘客的遗体没有找到，地核段的高温已把他们彻底火化了。"

您现在已从地心上升了 2200 公里，速度 7.5 公里 / 秒，已重新进入地核的液态部分。

"但最大的灾难还是这个超级工程本身，南极庭院工程在技术上是人类史无前例的壮举，而在经济上的愚蠢也是空前绝后的，直到现在，人们对这样一个在经济规划上近乎白痴的工程竟得以实施仍百思不得其解，沈渊那魔鬼般的才能固然起了作用，但其根本原因可能还在于人们开发新大陆的狂热和对技术的盲目崇拜。在经济学上，南极庭院工程的完工之日，也就是它的死亡之时。虽然通过地球隧道的运输极其快捷，且几乎不消耗能量，用当时人们的话说：'扔下去就到了'，或'跳下去就到了'，但由于工程巨大的投资，使得地心列车的运输费用极其昂贵，这抵消了它快捷的长处，使得地心列车在与传统运输方式的竞争中没什么明显优势。"

您现在已从地心上升了 3500 公里，速度 6.5 公里／秒，正在穿过古腾堡不连续面，重新进入地幔。

"人类的南极梦很快破灭了，蜂拥而来的工业和过渡的开发很快毁掉了这个地球上仅存的洁净世界，使南极大陆与其他大陆一样成了一个弥漫着烟尘的垃圾场。南极上空的臭氧层被完全破坏，其影响波及全球，即使在北半球，强烈的紫外线已使人们必须加以防护才能出门，南极冰盖的加速融化也使全球的海平面急剧升高。在经历了一个痛苦的过程后，人类的理智再次占了上风，联合国所有的成员国签署了新的'南极公约'，使人类全面撤出南极大陆，再次把南极变成人迹罕至的地方，期望那里的环境能够慢慢恢复。随着向南极运输需求的骤减，在螺栓失落灾难后，地心列车完全停止了运营，地球隧道被封闭，到现在已有八年了。但南极庭院工程带来的经济灾难一直在持续，无数购买了南极庭院公司股票的人血本无归，引发了严重的社会动乱，投资的黑洞使国家经济到了崩溃的边缘，现在，我们还在这场灾难的低谷中痛苦地徘徊着……好了，这就是南极庭院工程的故事。"

随着速度的降低，井壁上本是稳定平滑的蓝光开始闪烁，渐渐地，周围的井壁能够分辨出单个的环绕光圈在掠过，向两个方向看，那密密的同心圆靶标又开始呈现出来。

您现在已从地心上升了 4800 公里，速度 5.1 公里／秒，正在穿过地幔的刚性物质区。

沈渊之死

"我儿子后来怎么样了？"沈华北问。

"隧道封闭后，沈渊作为留守人员待在漠河起点站。有一天我给他打了个电话，他只说了一句话：'我同女儿在一起。'后来我才知道，他在这几年中一直过着一种不可思议的生活：每天都穿着密封服在地球隧道中来回坠落，睡觉都在里面，只有在吃饭和为密封服补充能量时才回到起点站。他每天要穿过地球三十次左右，就这样日复一日、年复一年，在漠河和南极半岛之间，做着周期为八十四分钟、振幅为一万两千六百公里的简谐振动。"

您现在已从地心上升了6000公里，速度2.4公里/秒，正在穿过地幔的黏性物质区。

"谁也不知道沈渊在这永恒的坠落中都干些什么，但据他的同事说，每次通过地心时，他都会通过中微子通讯设备与女儿打招呼，他更是常常在坠落中与女儿长谈，当然只是他一个人在说话，但生活在随着铁镍流在地核中运行的'落日六号'中的沈静应该是能够听到的。"

"他的身体长时间处于失重状态中，但由于必须在起点站吃饭和给密封服充电，每天还要在地面经受两到三次的正常地球重力，这样的折腾使他年老的心脏变得很脆弱，他在一次坠落中死于心脏病，当时没人注意到，于是他的遗体又在地球隧道中运行了两天，密封服的能量耗尽，停止制冷，地球隧道成了他的火葬炉，遗体在最后一次通过地心时被烧成了灰。我相信，你儿子对于这个归宿是很满意的。"

您现在已从地心上升了6200公里，速度1.4公里/秒，已经穿过莫霍不连续面，进入地壳。注意，您正在接近地球隧道的南极顶点！

"这也是我的归宿，对吗？"沈华北平静地问。

"你也应该感到满足，临死前，你已经看到了自己想看的东西。本来我们是想在不穿密封服的情况下把你扔进地球隧道的，但现在让你穿上了，完整地看到了你儿子创造的东西。"

"是的，我很满足，此生足矣。我真诚地谢谢各位了！"

没有回答，耳机中的嗡嗡声骤然消失，地球另一端的那几个复仇者中断了通信。

沈华北看到上方的同心圆已经很稀疏了，他两三秒才能穿过一个光圈，而且这间隔还在急剧地拉长，这时耳机中响起了一声蜂鸣，面罩上显示：

您已经到达地球隧道的南极顶点！

他看到同心圆的圆心变空了，不再有新的光圈浮现，中间那个光圈越来越大。终于，他穿过了这最后一个蓝色光圈，以不太快的速度升向一道与隧道另一端一模一样的横过井口的小桥。小桥上站着几个穿密封服的人，在他升出井口时，这些人一起伸手抓住了他，把他拉上桥。

南极站的内部也处于黑暗之中，只有井壁上光圈的蓝光照上来。他抬起头，迎面看到上方悬着一个巨大的圆柱体，其直径比井口稍小。他走到小桥尽头的井边，再向上看，隐约看到上方有一排这样的圆柱体。他数出了四个，再后面的就隐没到高处的黑暗中了，他知道，这就是停运的地心列车。

南 极

半小时后，沈华北同那几名救他命的警察一起，走出地球隧道的南极站，站在已没有积雪的南极平原上，远处可以看到被废弃的城市。低垂在地平线上的太阳把软弱无力的光芒投在这广阔而没有生气的大陆上。这里的空气比地球的另一端要好些，不用戴呼吸膜。

一名警官告诉沈华北，他们是在南极空城中留守的少数警务人员，接到郭医生的报警后，立刻赶到了南极站。当时井口是被封闭的，他们紧急联系地球隧道管理部门打开井盖，正好看见沈华北在蓝光中升向井口，仿佛从深海中浮出来一般。如果晚几秒钟，沈华北必死无疑，密封的井盖将挡住他，使他开始向北半球的另一次坠落。而在他再次通过地心之前，密封服的能量就会耗尽，他将像儿子一样在地心熔炉中化为灰烬。

"以邓洋为首的那几个家伙已经被逮捕，他们将以杀人罪被起诉，不过，"警官冷冷地盯着沈华北说，"我理解他们的感情。"

沈华北仍然沉浸在失重带来的眩晕中，他看着天边的太阳，长出一口气，又说了一句："我此生足矣——"

"要是这样，您对自己今后的命运就比较容易接受了。"另一名警官说。

"命运？"沈华北清醒过来，扭头看着那名警官。

"您不能在这个时代生活，否则这样的事还会发生。好在政府有一个时间移民计划，为了减轻人口对环境的压力，强制一部分人进入冬眠，让他们到未来去生活。现在政府已经决定，您将作为时间移民的一员，重新进入冬眠。这一次要多长时间才能被苏醒，我可说不准。"

沈华北好一会儿才理解了这话的意思，对警官深深地鞠躬："谢谢！谢谢！我怎么总是这样幸运？"

"幸运？"警官不解地看着他说，"即使是这个时代的冬眠移民，也不可能适应未来社会的生活，别说您这样来自过去的人了！"

沈华北的脸上浮现出微笑："无所谓，关键是我将看到地球隧道再次成为人类的骄傲！"

警官们发出了几声笑："怎么可能呢？这个完全失败的超级工程，只能永远作为你们父子俩的耻辱柱。"

"哈哈哈哈……"沈华北大笑起来，失重的虚弱使他站立不稳，但在精神上他已亢奋到极点，"长城和金字塔都是完全失败的超级工程，长城没能挡住北方骑马民族的入侵，金字塔也没能使其中的法老木乃伊复活，但时间使这些都无关紧要，只有凝结于其上的人类精神永远光彩照人！"他指指身后高高耸立的地球隧道南极站，"与这条伟大的地心长城相比，你们这些哭哭啼啼的孟姜女是多么可怜！哈哈哈哈……"

沈华北张开双臂，让南极的寒风吹透自己的身体，"渊儿，我们此生足矣——"他幸福地说。

尾　声

沈华北再次苏醒是半个世纪以后了，他醒来后，几乎经历了与五十年前的那次苏醒时一样的事：被一群陌生人带上车，进入地球隧道的漠河站，穿上密封服（令他不可理解的是，这密封服竟然比五十年前的那身笨重了许多），再次被扔进地球隧道开始漫长的坠落。40年之后，地球隧道看上去没有什么变化，仍是一条由无数蓝色光圈标示出的不见底的深井。

不过这次，有一个人陪着他下坠，这是一个美丽姑娘，她自我介绍说是他的导游。

"导游？对了，我的预感对了，地球隧道真的成为长城和金字塔了！"坠落中的沈华北兴奋地说。

"不，地球隧道没有成为长城和金字塔，它成了——"导游姑娘在失重中拉着沈华北的手，小心地与他在坠落中保持着同步。

"成了什么？"

"地球大炮！"

"什么？"沈华北吃惊地打量着周围飞速掠过的井壁。

导游开始回忆："在您冬眠后，全球的环境进一步恶化，污染和臭氧层破坏使各大陆最后的植被迅速消失，可呼吸的空气已成了商品……这时，要想拯救地球生态，只有关闭人类所有的重工业和能源工业。"

"那样也许能让地球生态恢复，却会使人类文明毁灭。"沈华北插嘴说。

"面对当时的惨状，真有许多人愿意做出这种选择。不过更多的人在寻找另外的出路，最可行的办法，是把地球上的所有工业转移到太空和月球上。"

"那么，你们建立了太空电梯？"

"没有，试了试才知道那比挖地球隧道还难。"

"那么，发明了反重力飞船？"

"更没有，倒是从理论上证明了它根本不可能。"

"核动力火箭？"

"这倒是有，但其运输成本与传统火箭不相上下。如果用这些手段向太空转移工业，就又会发生地球隧道式的经济灾难了。"

"那么你们什么也转移不了了，这么说，"沈华北咧嘴苦笑，"上面是后人类时代了？"

导游没有回答，两人在沉默中向那无底深渊继续坠下去，周围飞掠而过的光环越来越密，最后井壁成为发出蓝光的平滑的一体。又过了十分钟，蓝光变成红光，他们默默地以每秒8公里的速度通过地心，井壁很快又发出蓝光，导游姑娘灵巧地使身体旋转一百八十度，变为头向上的上升姿态，沈华北也笨拙地跟着这样做了。

"噢——"沈华北突然发出一声惊叫，从面罩右上角的显示中，他看到现在他们的速度是每秒 8.5 公里。

通过地心后，他们仍在加速！

让沈华北惊恐的另一件事是：他感到了重力，在这穿过地球的坠落过程中，本应自始至终是失重的，可他真的感到了重力！科学家的直觉很快告诉他，这不是重力，是推力，正是这推力使他们克服了不断增长的地球引力，保持了加速。

"一定还记得凡尔纳的登月大炮吧。"导游突然问。

"小时候看过的最愚蠢的一本书。"沈华北心不在焉地回答着，四下张望，想搞清这突然出现的怪事。

"一点儿都不愚蠢，用大炮进行发射，是人类大规模进入太空最理想最快捷的方式。"

"除非你想在炮弹中被压成肉酱。"

"被压成肉酱是因为加速度太大，加速度太大是因为炮管太短，如果有足够长的炮管，炮弹就能以温柔的加速度射出去，就像您现在感觉到的一样。"

"这么说，我们是在凡尔纳大炮里？"

"我说过，它叫地球大炮。"

沈华北仰望着发出蓝光的隧道，努力把它想象成一根炮管，由于速度太快，井壁看上去浑然一体，已没有任何运动感了，他们仿佛一动不动地悬浮在这发着蓝光的巨管中。

"在您冬眠后的第四年，我们又研制出一种新型的新固态材料，除了具有以前这类材料的性质外，它还是优良的导体。现在，在这一半的地球隧道外表面，就缠绕着一圈用这种材料制成的粗导线，使这一半地球隧道变为一根长达 6300 公里的电磁线圈。"

"线圈中的电流从哪里来？"

"地核中有强大丰富的电流，正是这些电流产生了地球的磁场。我们用地核船拖着那种新固态导线，在地核中拉了上百个大回路，每个回路都有几千公里长，用这些回路来采集地核中的电流，并将它汇聚到隧道线圈上，使隧道中充满了强磁场。我们的密封服的肩部和腰部有两个超导线圈，线圈中的电流产生方向相反的磁场，推力就是这样产生的。"

由于继续加速，上升段很快要走完了，井壁再次发出红光。

"注意，现在我们的速度已达到每秒 15 公里，超过了第二宇宙速度，我们就要飞出炮口了！"

这时，在地球隧道的南极出口，停放地心列车的高大建筑早已拆除，地球隧道的圆形出口直接面对着天空，上面有一个密封盖板。扩音器中传出这样的声音："游客们请注意，地球大炮将进行今天的第四十三次发射，请您戴上护目镜和耳塞，否则对您的视力和听觉将造成永久的损害。"

十秒钟后，隧道口的密封盖板哗地滑向一边，露出了直径十米的圆形井口，空气涌入真空的井内，发出尖利的呼啸声。一声巨响，井口喷出了一道长长的火舌，其亮度使南极天边低垂的太阳黯然失色，密封盖板又迅速滑回原位盖住井口，井内的抽气机发出低沉的轰鸣声，抽空刚才盖板打开的三秒钟进入井内的空气，以准备下一次发射。人们抬头仰望，只见两颗拖着火尾的流星正在急速上升，很快消失在南极深蓝色的苍穹中。

沈华北并没有像想象中的那样看到隧道出口迎面扑来，速度太快，他不可能看清，只看到身处其中的那条发着红光似乎通向无限高处的隧道在瞬间消失，代之以南极的蓝天，两者之间没有任何过渡，快得像屏幕上两幅图像的切换。他猛地回头，看到脚下的大地正在急速退去，他认出了那座南极城市，那城市很快变成了一块篮球场大小的长方形。抬起头，他看到天空的颜色正在迅速地由蓝变黑，速度之快像一块正在被调暗的屏幕。再低头，他看到了南极半岛狭长弯曲的形状，看到了围绕着半岛的大海。他的身后拖着一条长长的火尾，看看身上才发现密封服的表面在燃烧，他被裹在一层薄薄的火焰中。看看在距他十几米处与他一起上升的导游，也被裹在火焰中，像一个拖着长长火尾的小怪物。巨大的空气阻力像一个巨掌狠狠地压在他的头上和肩上，但随着天空的变黑，这巨掌像被另一个更加强大的力量征服了，它的压力渐渐放松。低头看，南极大陆已显示出了完整的形状，沈华北惊喜地发现这块大陆又恢复了它的白色。向远处看，地球已显示出了弧形，太阳正从地球边缘移上来，在薄薄的大气层中散射出绚丽的曙光。再向上看，群星已在太空中出现，沈华北第一次见到如此晶莹灿烂的星星。身上的火光熄灭了，他们已冲出大气层，漂浮在寂静的太空中。

沈华北有身轻如燕的感觉，他发现自己身上的密封服——太空服变薄了许多，表面的那层散热物质已在与大气的剧烈摩擦中蒸发了。这时，高速通过大气层时的通信盲区已过，他的耳机中响起了导游的声音："穿过大气层时的阻力消耗了一部分速度，但我们现在的速度仍超过了逃逸值，我们正在飞离地球。你看那儿——"

导游指着下面已经变得很小的南极半岛，沈华北在地球隧道出口所在的位置看到了闪光，接着一颗拖着火尾的流星从半岛缓慢地飞升而上，在飞出大气层后火光熄灭了。

"那是地球大炮刚刚发射的一艘太空船，它将接我们回去。地球大炮的炮管中每时每刻都同时运行着五六颗'炮弹'，这样它每过八到十分钟就射出一艘太空船，所以现在进入太空就如乘地铁一样便捷。在二十年前工业大迁移开始时，是发射最频繁的时期，炮管中往往同时有二十多颗'炮弹'在加速，地球大炮以两三分钟一发的频率向太空急促地射击，一批批太空船组成了上升的流星雨，那是人类向命运的庄严挑战，真是壮观！"

这时，沈华北在群星中发现了许多快速移动的星星，它们的运动在静止的星空背景上很容易看出来，那些东西一定就在地球轨道上。再细看，它们中相当一部分可以看出形状，有环形的、圆柱形的，还有多个形状组合而成的不规则体，像漆黑太空上精美的小饰件。

"那是宝山钢铁公司，"导游指着一个发光的圆环说，然后又依次指点着其他几个亮点："那几个是中国石化，当然它们现在不处理石油了；那几个圆柱形的是欧洲冶金联合体；那些是用微波向地球供电的太阳能电站，发光的只是它们的控制中心，太阳能电池组和传输电能的天线阵列是看不到的……"

沈华北被这情景陶醉了，再看看下面蔚蓝色的地球，他的眼泪涌了出来，他现在最大的愿望，就是让参加过南极庭院工程的每一个人——故去的和健在的，都看看这些。他特别想到了其中的一个人，一个在所有人心目中永远年轻的女性。

"找到我的孙女了吗？"他问。

"没有，我们缺少在地核中进行远距离探测的技术，那是一个广阔的区域，谁也不知道铁镍流把她带到哪里了。"

"能不能把我们看到的这些用中微子发向地心？"

"一直在这么做呢，相信她会看到的。"

呵，伟大的工程

——《地球大炮》赏析

张懿红

　　《地球大炮》描写了一百多年后人类过度开发南极形成的废托邦社会，主题是超越时代的科技创新遭受误解与打压的悲剧命运。小说通过疯狂科学家沈华北和沈渊父子的形象，重申乐观的科学主义立场，表达了作者对创造无限可能的超级技术的由衷崇拜。小说的科幻创意和故事情节很精彩。

　　刘慈欣中篇小说《地球大炮》获 2003 年中国科幻银河奖，根据陈慕雷《刘慈欣进化史》中的刘慈欣作品年表，其创作时间是 1998 年，正是在这个时期，刘慈欣开始写出带有自己鲜明印记的东西，如"大艺术三部曲"——《梦之海》《诗云》《欢乐颂》。在此之后，他佳作不断，如陈文所说，"走上了量产优秀作品的快车道"。

　　《地球大炮》的故事背景，是一百多年以后人类过度开发南极形成的废托邦社会，但检讨环境问题、警示未来并非小说的主旨。阅读《地球大炮》的时候，不由自主想起何夕的《伤心者》，因为《地球大炮》与何夕创作于同一时期的代表作《伤心者》有相似的主题，那就是：探索意味着寂寞，超越时代的科技创新可能会伤害自己也伤害别人，但终有一天它会得到认可，成为人类科技史上的丰碑。何夕的《伤心者》以情动人，具有超前思想的主人公何夕生前无人赏识，呕心沥血的著作只能自费出版，恋人也被赞助商撬走，最后终于发疯。他唯一的安慰是母亲的爱，只是因为母亲坚定的爱和信任，他那闪烁不朽光芒的巨著才得以保存。《地球大炮》则另辟蹊径。首先，主人公沈渊的人生不像《伤心者》的何夕那样飞流直下，而是大起大落，经历了巨大的成功才跌下低谷，变成和外星撒旦一样的最大反派。其次，小说没有正面讲述主人公沈渊的悲剧，而是让身患绝症的沈渊之父沈华北七十四年后冬眠苏醒，从"南极庭院工程"的受害者那里听说儿子生前的故事，又让他在半个世纪后第二次苏醒，见证曾经失败的超级工程地球隧道变成超级航天发射器——地球大炮。

在作者笔下，沈渊是一个情商智商俱佳的天才。他有科学头脑又会玩弄权力，轻易把地球隧道这一疯狂设想变成了南极庭院工程。然而，这一超级工程却导致数千人殒命地心的重大事故以及伴随而来的生态灾难、经济灾难，女儿沈静也因地下船失事被封闭在地心中。面对巨大打击，沈渊究竟经历了怎样的心灵痛苦？小说没有直接描写，只是说沈渊引咎辞职后过着一种不可思议的生活：每天都穿着密封服在地球隧道中来回坠落，"同女儿在一起"。日复一日年复一年，在漠河和南极半岛间，做着周期为八十四分钟、振幅为一万两千六百公里的简谐振动。最终，他在一次坠落中死于心脏病，地球隧道成了他的火葬炉。沈渊的形象和遭遇在小说中是以追述和侧面描写的方式表现出来的，作者没有深入描写沈渊的心理世界，也没有用抒情方式感喟"伤心者"的痛苦，而复仇者的愤怒控诉和沈华北出人意料的反应更是抵消了当事人曾经经历的心灵炼狱，使叙述重心转移到对地球隧道这一超级工程的认识与评价上来。这样的结果是，《地球大炮》缺乏《伤心者》那沉痛苦涩的心灵冲击，却多了一份壮怀激烈的英雄情怀，一如既往地体现了刘慈欣对科技进步的乐观主义期盼。

这种审美基调的转换也与人物设定密切相关。有意思的是，当《伤心者》的母子亲情演化为《地球大炮》的父子同气，悲哀痛惜的阴郁之气一扫而空，随之而来的是把握未来的科学家的狂傲自信。不同于没文化的夏群芳，沈华北和儿子一样同属疯狂科学家谱系，他的基因和言传身教深刻影响了儿子的思想和人格，而且他本人就是南极庭院设想的最初创造者，他研制的新固态材料也为该工程提供了技术基础。他与儿子心灵相通，人格几乎同一，与沈渊形成完美的镜像关系。因此，《地球大炮》的叙述重心不在于沈渊生前，而在于生后；或者说，不在子而在父。那从未来归来的父亲对儿子的发现、认同与激赏充分体现了科技的本质：它永远年轻，永远充满活力，永远吸引着一群人为之痴迷为之献身！就像刘慈欣的另一个短篇《朝闻道》一样，对于科学的拥趸来说，"闻道"的诱惑远胜于爱情、家庭甚至生命的价值。

沈渊的正面出场只有一次，那就是小说开头。他跟随父母进入核爆炸之后的巨洞，发现了核爆压缩产生的超高密度新材料——新固态，并因此做出了留下来与母亲继续生活的重大决定。这是小说唯一一次正面描写沈渊，那时的他还是儿童，其性格特点主要由他的父母概括总结：兼具想象力与权力欲，总是对怪异和极端的东西着迷。此后他就退场了，他的故事由仇敌追述给沈华北。作为"人民公敌"之父，沈华北一苏醒就被南极庭院工程受害者劫持并执行私刑判决，扔进地球隧道。复仇者们指望从沈华北那里得到惩罚仇人的快感，然而面对恐怖的死刑，沈华北却甘之如饴，看到儿子的创造，了解地球隧道灾难和儿子的遭遇后他反而欢欣鼓舞，深感欣慰。虽然向地心坠落，他的感觉却仿佛漂行在地球的血管中，脑海中响起宏伟的交响乐，令他热血沸腾，由衷赞叹："呵，伟大的工程！"他甚至真诚地感谢了那些加害者。获救之后他被再次强制冬眠，依然仰天大笑，充满信心地预告说："无所谓，关键是，我将看到地球隧道再次成为人类的骄傲！"事实的确如此，半个世纪之后他的话就变成了现实，地球隧道变成观光隧道，还有导游引领沈华北观看儿子创造的奇迹，这真是神来之笔。尾声描写的壮丽景象完全扫除了灾难的阴霾："在二十年前工业大迁移开始时，是发射最频繁的时期，炮管中往往同时有二十多颗'炮弹'在加速，地球大炮以两三分钟一发的频率向太空急促地射击，一批批太空船组成了上升的流星雨，那是人类向命运的庄严挑战，真是壮观！"

沈华北的疯狂与儿子沈渊一脉相通，体现了疯狂科学家作为人类血统遗传的巨大力量。在作者看来，他们是人类创造精神的载体，他们穷尽想象力的大创造即便耗尽人力物力，也依然值得尊敬。"长城和金字塔都是完全失败的超级工程，前者没能挡住北方骑马民族的入侵，后者也没能使其中的法老木乃伊复活，但时间使这些都无关紧要，只有凝结于其上的人类精神永远光彩照人！"在《地球大炮》中，刘慈欣再次重申科学主义立场，对"技术能解决一切问题"的坚信，表达了他对创造无限可能的超级技术的由衷崇拜。这种科技至上的信仰难免偏激，但期盼一个拥有进步科学技术的未来本是科幻小说题中应有之义。不过，一个世纪以来反科学主义成为科幻小说的主流，刘慈欣的技术乐观主义反倒有点特立独行。

无论科幻创意还是故事情节，《地球大炮》都很精彩。冬眠技术只是小说中一个不起眼的背景设定，但它是故事发生的必要条件。小说中最重要的科技幻想是贯穿地球的隧道，对此，作者并没有居功自傲："关于建造穿过地球的隧道，不是什么新想法，18世纪就有两个人提出了这个设想，一位是叫莫泊都的数学家，另一位则是举世闻名的伏尔泰。到后来，法国天文学家佛兰马理翁又把这个计划重新提了出来，并且首先考虑了地球的自转因素……"对于科幻小说来说，问题的关键是如何把科幻创意、科学狂想变得可信、自洽，而且有足够的细节和形象支撑理论推演的逻辑。为此，刘慈欣构想出新固态建筑材料、沉井工艺、地下船、地心列车、中微子通信设备等一系列技术细节，使貌似疯狂的想象依托技术而变得可信。而以此为基础的更加大胆的想象是在小说的尾声部分，即地球大炮的科幻设想。从地球隧道到地球大炮，从超级灾难到最便捷的航天发射器，从沈华北父子的耻辱柱到人类的骄傲，新的科技幻想引导情节的逆转，这就是作为优良导体的新型新固态材料的发明，它把地球隧道变为一根长达六千三百公里的电磁线圈，从而使凡尔纳笔下的登月大炮成为现实。刘慈欣用童话般的笔触描写沈华北通过地球大炮飞向太空所看到的令人陶醉的美景，使父、子、孙三代的努力在无与伦比的科技奇观中合一，升华为人类探索精神的崇高象征。

《地球大炮》情节紧张刺激。小说没有平铺直叙地球隧道工程和沈渊的命运，而是设置悬念，让沈华北在生死关头一步一步发现儿子的大创造，加上尾声的翻转，大大强化了小说的可读性。但是，或许正是为了制造跌宕起伏的叙述效果，小说在情节设置上也存在一点不合理的地方，即南极庭院工程受害者组成的私刑法庭。这些人为了独享惩罚的快感而绑架沈华北，领头的还是沈渊曾经的同事。问题在于，小说中南极庭院工程发生重大灾难的时候，沈渊还活着，并且一直活到地球隧道被封闭之后。为什么这些人在那个时候不去报复灾难的直接负责人沈渊，而曲里拐弯来报复冬眠几十年后刚刚苏醒的沈渊之父沈华北呢？而且小说对这些人的描写也是单向度的、简单化的、丑化的，他们只会"狞笑""怪笑"，没有丝毫怜悯、犹豫，就是一群充满变态仇恨的人。他们在小说中的功能只有两个：作为加害者，推进情节发展，反衬沈华北沈渊父子殉科学之道的悲壮；作为叙述者，以愤怒的控诉，线索清晰地追述沈渊的故事。是为憾。

（张懿红：文学博士，博士后，兰州城市学院教授）

白垩纪往事

刘慈欣

这是六千五百万年前白垩纪晚期普通的一天，真的不可能搞清是哪一天了，但确实是普通的一天，这一天的地球是在平静中度过的。

那时各大陆的形状和位置与现在大不相同，恐龙主要分布在两块大陆上：其一是冈瓦纳古陆，它在几亿年前原本是地球上唯一的完整大陆，现在经过分裂，面积已大为减小，但仍有现在的非洲和南美洲合起来那么大；其二是罗拉西亚大陆，是从冈瓦纳古陆分裂出去的一块大陆，后来形成现在的北美洲。

这一天，在所有的大陆上，所有的生命都在为生存而奔波，在这蒙昧之中的世界，它们不知道自己从哪里来，也不关心自己到哪里去，当白垩纪的太阳升到正空时，当苏铁植物的大叶在地上投下的影子缩到最小时，它们只关心从哪里找到自己今天的午餐。

一头霸王龙找到了自己的午餐，它此时正处于冈瓦纳古陆的中部地区，在一片高大的苏铁林中的一块阳光明媚的空地上。它的午餐是一条刚刚抓到的肥硕的大蜥蜴，它用两只大爪把那只拼命扭动的蜥蜴一下撕成两半，把尾巴那一半扔进大嘴里，津津有味地大嚼起来，这时它对这个世界和自己的生活很满意。

就在距霸王龙左脚一米左右的地方，有一个蚂蚁的小镇，镇子大部分处于地下，里面生活着一千多只蚂蚁。今年的旱季很长，日子越来越难熬了，它们已经连着两天挨饿了。

霸王龙吃完后，后退两步，满意地躺在树荫里睡午觉了。他的倒卧使小镇产生了一场强烈的地震，涌到地面的蚂蚁们看到霸王龙的身躯像远方一道高大的山脉，不一会儿地震又发生了，只见那道山脉在大地上来回滚动着，霸王龙把一支巨爪伸进嘴里，在巨牙间使劲抠着，蚂蚁们很快明白了恐龙睡不着的原因：牙缝里塞了肉，很难受。

蚂蚁小镇的镇长突然间有了一个主意，它攀上一棵小草，向下面的蚁群发出一股气味语言，气味所到之处，蚂蚁们理解了镇长的意思，也发出气味把这信息更广地传播开来，蚁群中触角挥动，出现了一阵兴奋的浪潮。随后，在镇长的率领下，蚁群向霸王龙行进，在地面上形成了几道黑色的小溪。

十分钟后，蚂蚁们便跟着镇长开始登上恐龙的巨爪。霸王龙看到了前臂上的蚁群，挥起另一只手臂要把它们扫下去。它挥起的巨掌如一片乌云瞬间遮住了正午的太阳，蚁群所在的前臂平原立刻暗了下来。蚂蚁们惊恐地仰望着空中的巨掌，急剧挥动着它们的触须，镇长则抬起前爪指着恐龙的大嘴，其他的蚂蚁也学着镇长的样子，一起指着恐龙的嘴。霸王龙愣了几秒钟，似乎明白了蚂蚁的意思。它想了想，把举着的那只爪子放了下来，前臂平原上立刻云开日出。霸王龙张开大嘴，将爪子的一根指头搭到它的巨牙上，形成了一座沟通前臂平原与巨牙的桥梁。蚂蚁犹豫着，镇长首先向指头走去，蚁群随后跟上。

一群蚂蚁很快走到了手指的尽头，它们站在那光滑的圆锥形指尖上，充满敬畏地向恐龙的嘴里看了一眼，它们仿佛面对着一个处于雷雨前的暗夜中的世界，一阵充满血腥味的潮湿的大风迎面刮来，那无尽的黑暗深处有隆隆的雷声传来。当蚂蚁们的眼睛适应了黑暗，模糊地看到黑暗中的远方有一大片更黑的区域，那片区域的边界还在不断地变幻着形状，好半天蚂蚁们才明白那是恐龙的嗓子眼儿，隆隆的雷声就是从那里传出的，这声音是从那大黑洞的深处——霸王龙庞大的胃发出的。蚂蚁们惊恐地收回目光，纷纷从指尖爬上了恐龙的巨牙，然后沿着牙面那白色的光滑峭壁爬下去。在宽大的牙缝中，蚂蚁们开始用它们有力的双颚撕咬卡在那里的粉红色的蜥蜴肉。这时，霸王龙已经把指头搭到了上排牙上，后来的蚂蚁在持续不断地爬上去，然后进入牙缝中吃肉，这使得上牙的情景仿佛是下牙的镜像。在恐龙的十几道牙缝中，有上千只蚂蚁在忙碌着。很快，牙缝中的残肉被剔得干干净净。

霸王龙牙齿间的不适感消失了，恐龙还没有进化到能说声谢谢的地步，它只是快意地长出一口气，一时间突然出现的飓风掠过两排巨牙，把所有的蚂蚁都吹了出去。蚁群像一片黑色的灰尘纷纷从空中飘落，由于它们身体极轻，都安然无恙地降落在距霸王龙头部一米多远的地方。饱餐一顿的蚂蚁们心满意足地向小镇的入口走去，而消除了齿间不适的霸王龙，又打了一个滚回到凉爽的树荫里，舒适地睡去。

地球在静静地转动着，太阳无声地滑向西方，苏铁植物的影子在悄悄拉长，林间有蝴蝶和小飞虫在静静地飞着。在远方，远古大洋上的浪花拍打着冈瓦纳古陆的海岸……

没有人知道，在这宁静的一刻，地球的历史已被扭向另一个方向。

信息时代

时光飞逝，五万年过去了。

恐龙和蚂蚁的相互依存关系一直延续下来，两个物种一同创造了白垩纪文明，跨越了石器时代、青铜时代、铁器时代、蒸汽机时代、电气时代、原子时代，现在进入了信息时代。

恐龙在各大陆上建起了巨大的城市，这些城市中有上万米高的大楼，站在它们的楼顶向下看，就像坐在我们的高空飞机上鸟瞰一样，可以看到云层几乎贴着大地。这些巨楼站立在云海之上，下面的云很密时，总是处于万里晴空之中的顶层的恐龙就会打电话问底层的门卫，下面是不是在下雨，以决定它们下班回家时要不要带伞。它们的伞也很大，像我们马戏团的顶棚。它们的汽车每一辆都有我们的一幢楼房那么大，行驶时地面在颤动。恐龙的飞机像我们的巨轮那么大，飞行时如惊雷滚过长空，并在地面上投下大大的影子。恐龙还进入了太空进行探险，在地球同步轨道上运行着它们大量的卫星和飞船，这些航天器同样是庞然大物，在地面上就能看出其形状。恐龙的世界是由庞大而复杂的计算机网络连在一起的，它们的计算机键盘上的每一个键都有我们的电脑屏幕那么大，而它们的电脑屏幕像我们的一面墙那么宽。

与此同时，蚂蚁世界也进入了先进的信息时代。蚂蚁世界的能源动力与恐龙世界完全不同，它们不使用石油和煤炭，而是采集风力和太阳能。在蚂蚁城市中能看到大量的风力发电机，外形和大小与我们的孩子玩的纸风车相仿；城市的建筑表面都是一种光亮的黑色材料，那是太阳能电池。蚂蚁世界的另一个重要技术是用生物工程制造的动力肌肉，这种动力肌肉的外形像一根根粗电缆，注入营养液后就能够进行各种频率的伸缩以产生动力，蚂蚁的汽车和飞机都是由这种动力肌肉作为发动机的。蚂蚁也有计算机，它们都是米粒大小的圆粒，与恐龙的计算机不同，没有任何集成电路，所有的计算都是由复杂的有机化学反应完成。蚂蚁计算机没有显示屏，它用化学气味输出信息，这些极其复杂精细的气味只有蚂蚁能够分辨，蚂蚁的感觉可以把这些气味翻译成数据、语言和图像。这些粒状化学计算机同样联成了庞大的网络，只是它们之间的联网不是通过光纤和电波，而是通过化学气味，计算机之间用气味语言来交换信息。蚂蚁社会的结构与我们今天见到的蚁群大不相同，反倒更像我们人类。由于采用生物工程生产胚胎，蚁后在生殖繁衍后代中的作用已微不足道，所以她们在蚂蚁社会中没有今天这样的地位和重要性。

蚂蚁和恐龙两个世界间形成了一种相互依存的关系，四肢笨拙的恐龙依赖蚂蚁的精细操作技能，在恐龙世界的所有工厂中，都有大量的蚂蚁在工作，它们主要从事恐龙工人无法胜任的微小零件的制造、精密设备和仪器的操作、维护和维修等。蚂蚁在恐龙社会发挥重要作用的另一个重要领域是医学，恐龙的所有手术仍然由蚂蚁医师们进入它们那巨大的内脏来实施，蚂蚁拥有了许多精密的医疗设备，包括微小的激光手术刀、能够在恐龙血管中行驶并清淤的微型潜艇等。

冈瓦纳大陆上的蚂蚁帝国最后统一了各个大陆上的未开化的蚂蚁部落，建立了名叫蚂蚁联邦的覆盖整个地球的蚂蚁世界。

与蚂蚁世界相反，原本统一的恐龙帝国却发生了分裂，罗拉西亚大陆独立，建立了另一个庞大的恐龙国家——罗拉西亚共和国。后来经过上千年的扩张，冈瓦纳帝国占据了原生印度、原生南极和原生澳大利亚，而罗拉西亚共和国则把自己的版图扩张至原生亚洲和原生欧洲两个大陆。冈瓦纳帝国主要由霸王龙组成，而罗拉西亚共和国主要龙种是暴龙，双方在领土扩张的漫长历史中不断爆发战争。但在最近的两百年，随着核时代的到来，战争却停止了。这完全是核威慑的结果，两个大国都存贮了大量的热核武器，战争一旦爆发，这些核弹会使地球变成一个没有生命的放射性熔炉。正是对共同毁灭的恐惧，使白垩纪地球维持了这针尖上的可怕和平。

随着时间的流逝，恐龙社会在地球上急剧膨胀，它们的人口迅速增加，各个大陆变得拥挤起来，环境污染和核战争两大威胁变得日益严重。蚂蚁和恐龙两个世界间的裂痕再次出现，白垩纪文明笼罩在一层不祥的阴云之中。

在刚刚闭幕的本年度龙蚁峰会上，蚂蚁世界要求恐龙世界采取断然措施，销毁所有核武器，保护环境和限制人口增长，在要求被拒绝后，白垩纪世界中的所有蚂蚁全体罢工。

蚂蚁罢工

冈瓦纳帝国首都，在高耸入云的皇宫中的一间宽阔的蓝色大厅中，达达斯皇帝躺在一张大沙发上，用大爪捂着左眼，不时痛苦地呻吟一声。围着它站着几头恐龙，它们是：国务大臣巴巴特、国防大臣洛洛加元帅、科学大臣尼尼坎博士、医疗大臣维维克医生。

维维克医生欠身看着皇帝说："陛下，您的左眼已经发炎了，急需手术，但现在找不到动眼科手术的蚂蚁医生，只能用抗生素药物维持，这样下去，您的这只眼睛有失明的危险。"

"见鬼！"皇帝咬牙切齿地说，接着问医生："全国的医院都没有蚂蚁医生了吗？"

维维克点点头："是的陛下，大量需要手术的病人得不到治疗，已经引起了一定的社会恐慌。"

"大概更大的恐慌不是来自于此吧。"皇帝说着，转向国务大臣。

巴巴特欠一下身说："当然，陛下。现在，全国有三分之二的工厂已经停工，有几个城市还停电了，罗拉西亚共和国的情况也比我们好不到哪里去。"

"那些恐龙能够操纵的机器和生产线也停下来了吗？"

"是的陛下，在制造业，比如汽车制造之类，如果精细的小部件造不出来，那些恐龙能够生产的大部件也无法装配成能够使用的成品，所以也都停止生产了。在另外一些工业部门，如化工厂和发电厂，蚂蚁罢工刚开始还影响不大，但后来随着设备故障的增加，维修又跟不上，瘫痪的工厂越来越多。"

皇帝暴跳如雷："混蛋！龙蚁峰会刚结束，我们就命令你们在全国范围内对恐龙产业工人进行紧急培训，以使它们能够逐步胜任原来由蚂蚁从事的精细操作。"

"陛下，这几乎是一件不可能的事。"

"对于伟大的冈瓦纳帝国没有什么是不可能的！在帝国漫长的历史上，冈瓦纳恐龙经历过比这次大得多的危机，有多少次敌众我寡的血战，多少次扑灭覆盖整个大陆的森林大火，多少次在大陆板块运动后岩浆横流的大地上生存下来……"

"但，陛下，这次不同……"

"有什么不同？只要勤学苦练，恐龙也能拥有一双灵巧的手！我们的世界不会因此而屈服于那些小虫子的要挟！"

"我将让您看到，这是一件多么困难的事……"国务大臣说着，张开它的大爪，把两根红色的电线放到沙发上，"陛下，您能试着做一个维修机器设备最基本的操作：把这两根导线接起来吗？"

达达斯皇帝大爪的每根指头都有半米长，比茶杯还粗，那两根直径三毫米的电线，在它看来比我们眼中的头发丝还细，它费了很大劲，蹲在那里把两眼紧凑在沙发上，试图把那两根电线捏起来，爪子粗大的锥形指甲像几颗小炮弹般光滑，夹起的电线最终都滑落下去，剥开电线的胶皮进行连接更是谈不上了。皇帝叹了口气，不耐烦地一挥爪子把电线扫到地上。

"就算是您最终练就了这接线的细功夫，还是无法进行维修工作，因为我们这粗大的手指不可能伸进那些只有蚂蚁才能钻进去的精密机器中。"

"唉——"科学大臣尼尼坎长叹一声，感慨地说："早在八百年前，先皇就看到了恐龙世界对蚂蚁细微操作技能的依赖所产生的危险，并做出了巨大的努力，研究新的技术和设备以摆脱这种依赖，但恕我冒昧，在包括陛下在位的这两个世纪，这种努力几乎停止了，我们舒适地躺在蚂蚁服务的温床上，忘记了居安思危。"

"我没有躺在谁的温床上！"皇帝举起两只大爪愤怒地说，"事实上，先皇看到的那种危险也无数次在我的噩梦中出现，"它用一根粗指头抵着尼尼坎的前胸，"但你要知道，先皇摆脱对蚂蚁技能依赖的努力是因为失败而停止的，在罗拉西亚共和国也一样！"

"是这样，陛下！"国务大臣点点头，指指地上的电线对尼尼坎说："博士，您不可能不知道，要想让恐龙顺利地完成接线操作，这两根电线必须有十至十五厘米粗！即使具有这样大的形体，我们也不可能想象一部内部盘着像小树那么粗的电线的移动电话，或者同样的一台电脑。与此类似，要想由恐龙操作和维护，有一半的机器设备必须造得比现在要大百倍甚至几百倍，这样，资源和能源的消耗也相应地是现在的几百倍，这是恐龙世界的经济根本无法承受的！"

科学大臣点点头承认了上面的说法："是的，更要命的是，有些设备的部件是不可能大型化的，比如光学和电磁波通信设备，包括光波在内的电磁波的波长，决定了调制和处理它们的部件一定是微小的。没有微小部件，怎么可能想象会有计算机和网络？在分子生物学和基因工程的研究和生产方面也是类似的。"

医疗大臣说："我们的医疗也离不开蚂蚁，没有他们，恐龙的外科手术无法想象。"

科学大臣总结道："龙蚁联盟是大自然在进化中的一项选择，它的意义是十分深远的，没有这种联盟，地球上的文明根本不可能出现，我们绝不能容忍蚂蚁破坏这个联盟。"

"可现在我们怎么办呢？"皇帝摊开双爪看看大家问。

一直沉默的国防大臣洛洛加元帅说话了："陛下，蚂蚁联邦固然有它们的优势，但我们也有自己的力量，蚂蚁世界的城市比我们娃娃的积木玩具还小，我们撒泡尿就能把它冲垮！帝国应该使用这种力量。"

皇帝点点头，对元帅说："好吧，你命令总参谋部制定一个行动方案，毁灭几座蚂蚁城市，给他们一个警告！"

"元帅，"国务大臣拉住正要离去的洛洛加说，"关键是要与罗拉西亚协调好。"

"对！"皇帝点点头，"要与它们同时行动，以防让多多米做好人，把蚂蚁联邦拉到罗拉西亚那边去。"

最后的战争

"在我们的那三座城市被摧毁后，为避免更大的损失，蚂蚁联邦已经暂时结束罢工，恢复在恐龙世界的工作。现在的事实已经很清楚：要么蚂蚁消灭恐龙；要么整个地球文明一起毁灭！"蚂蚁联邦最高执政官卡奇卡在议会讲坛上对议员们说。

"我同意最高执政官的看法。"蚂蚁参议员比卢比在自己的座位上挥动着触角说，"照现在的趋势发展下去，地球生物圈只有两个命运：或者被恐龙大工业产生的污染完全毒化，或者在冈瓦纳和罗拉西亚两个恐龙大国间的核战争中被完全毁灭！"

它们的话在蚂蚁议员们中引起了强烈反响："对，是做最后抉择的时候了！""消灭恐龙，拯救文明！""行动吧！行动吧！"

"请大家冷静一下！"蚂蚁联邦的首席科学家乔耶博士挥动触角平息了喧哗，"要知道，蚂蚁和恐龙的共生关系已经延续了两千多年，龙蚁联盟是地球文明的基础，当然也是蚂蚁文明的基础，如果这个联盟突然消失，并且其中的一方恐龙文明被消灭，蚂蚁文明真的能够独自存在下去吗？大家都知道，在龙蚁联盟中，恐龙从蚂蚁这里得到的东西一直是很明确很具体的，而蚂蚁从恐龙那里得到的，除了基本的生活物资外，还有一些无形的东西，那就是它们的思想和科技知识，对于蚂蚁文明来说，后者显然是更重要的，蚂蚁也许能够成为出色的工程师，但永远也成不了科学家！因为蚂蚁大脑的生理结构决定了我们永远也不可能拥有恐龙的两样东西：好奇心和想象力。"

比卢比参议员不以为然地摇摇头："好奇心和想象力？咄咄，博士，您以为这是两样好东西吗？正是这两样东西，使恐龙成为一种神经兮兮的动物，使它们的情绪变幻不定，喜怒无常，整天在胡思乱想的白日梦中浪费时光。"

"但，参议员，正是这种变幻不定和胡思乱想，才使灵感和创造成为可能，才使以探索宇宙最深层规律的理论研究成为可能，而后者是技术进步的基础，"

"好了，好了——"卡奇卡不耐烦地打断乔耶博士的话，"现在不是进行这种无聊的学术讨论的时候，博士，蚂蚁世界现在面临的问题只有一个：是消灭恐龙，还是与它们一起毁灭？"

乔耶无言以对。

卡奇卡转向若列，点头示意。

若列元帅走上讲坛："我想让大家看一样小东西，这也是我们不依赖恐龙老师而进行的技术发明中的微不足道的一项。"

在元帅的示意下，有两只蚂蚁拿上来两小条薄薄的白色片状物，像两片小纸屑，若列介绍说："这是蚂蚁最传统的武器——雷粒的一种最新型号，这种片状的雷粒，是联邦的军事工程师们专为这场终极战争研制的。"它挥了一下触须，又有四只蚂蚁抬上来两小段导线，就是在恐龙的机器中最常见的那种，一段是红色的，另一段为绿色。它们把这两段导线放到一个支架上，然后把那两片白色的小条分别缠到两段导线的中部，小条紧紧地贴在导线上，像在上面缠了两圈白胶布。但接下来神奇的事情发生了：那两圈小白条突然开始变色，分别变成与它们所缠的导线一样的颜色，一条变红一条变绿，很快，它们就与所缠的导线融为一体，根本无法分辨出来。卡奇卡说："这就是联邦的最新武器：变色雷粒。它们一旦安装到位，恐龙是绝对无法发现的！"约两分钟后雷粒爆炸，啪啪两声脆响后，两段导线都被齐齐切断。

"届时，联邦将出动由一亿只蚂蚁组成的大军，它们中的一部分是目前正在恐龙世界工作的蚂蚁，另一部分则正在潜入恐龙世界。这支大军将在恐龙的机器内部的导线上安装两亿片变色雷粒！我们把这个行动称为'断线行动'。"

"哇，真是一个宏伟的计划！"比卢比参议员赞叹道，引发了议员们一阵由衷的附和声。

"同时进行的另一个行动也同样宏伟！联邦将出动另一支由两千万只蚂蚁组成的大军，潜入五百万头恐龙的头颅，在它们的大脑主血管上安装雷粒。这五百万头恐龙是地球上几十亿恐龙中的精英部分，它们包括国家领导层、科学家、关键岗位上的技术人员和操作人员等，这些恐龙一旦被消灭，整个恐龙世界就像失去了大脑，所以我们把这个行动称为'断脑行动'。"

"计划的最精彩之处是对恐龙世界打击的同时性！"卡奇卡接着说，"安放在恐龙世界机器中的那两亿颗雷粒，和布设在恐龙大脑中的五百万颗雷粒，将在同一时刻爆炸！这一时刻的误差不会超过一秒钟！这使得恐龙世界的任何一部分都不可能得到其他部分的救援和替代，整个恐龙社会将像大洋中一艘被抽掉了船底的大船，飞快地沉下去！那时，我们就是真正的地球统治者了。"

"尊敬的卡奇卡执政官，能否告诉我们那一伟大时刻的具体时间？"比卢比问，拼命抑制着自己的兴奋。

"所有雷粒的引爆时间，将设定在一个月后的午夜。"

蚂蚁们发出了一阵欢呼。

乔耶博士拼命地挥动触须，想让众蚂蚁安静下来，但欢呼声经久不息，他大喝了一声，才使大家安静下来把目光转向它。

"够了！你们都疯了？"乔耶大喊道，"恐龙世界是一个极其复杂的超巨型系统，这个系统如果在一瞬间全面崩溃，会产生我们难以预测的后果。"

"博士，除了恐龙世界的毁灭和蚂蚁联邦在地球上的最后胜利，您能告诉大家还会有什么别的后果吗？"卡奇卡问。

"我说过，难以预测！"

"又来了，乔耶书呆子，您那一套我们都厌烦了。"比卢比说，其他的议员对首席科学家扫了大家的兴也纷纷表示不满。

若列走过来用前爪拍拍乔耶，元帅是一只冷静的蚂蚁，也是刚才少数没有同大家一起欢呼的蚂蚁之一，"博士，我理解您的忧虑，其实这种担心我们也有过，我想恐龙的核武器失控算是最可能的一个吧。但不用担心，虽然两个恐龙大国的核武器系统都全部由恐龙控制，日常少量由蚂蚁进行的维护工作也在恐龙的严密监视之下，但对于蚂蚁特种部队来说，进入其内部也不是一件难事。我们在核武器系统中安放的雷粒数量将比别的系统多一倍，当那一时刻过后，核武器系统会同其他系统一样全面瘫痪，不会造成很大的灾难。"

乔耶叹了口气："元帅，事情要复杂得多，问题的关键在于，我们真的了解恐龙世界吗？"

这个问题让所有的蚂蚁都愣了一下，卡奇卡看着乔耶说："博士，蚂蚁遍及恐龙世界的每一个角落，而且上万年来一直如此！您怎么能提出一个如此愚蠢的问题？"

乔耶缓缓地摇摇触须："蚂蚁和恐龙毕竟是两个差异巨大的物种，生活在两个完全不同的世界里。直觉告诉我，恐龙世界肯定存在着某些蚂蚁完全不知晓的巨大秘密。"

"如果您提不出什么具体的来，那就等于没说。"比卢比不以为然地说。

乔耶说："为此，我请求建立一个信息收集系统，具体的计划是，当你们每向恐龙的大脑中布设一颗雷粒，同时也向它的耳蜗中安装一个窃听器，我将领导一个部门监听和分析这些窃听器发回的信息，以期能尽快发现一些我们以前不知道的东西。"

雷　粒

通信大厦是巨石城信息网络的中心，担负着首都同全国的信息处理和交换任务。在冈瓦纳帝国共有上百个这样的网络中心，构成了帝国庞大信息网络的主干。

一支蚂蚁小分队已经进入了信息网络中心的一台服务器内部，它们由上百只蚂蚁组成，在五个小时前沿着一根供水管潜入通信大厦，然后又从地板上一道极小的缝隙进入了服务器机房，最后由通风孔进入这台服务器内部。在恐龙巨大的建筑和机器中，蚂蚁是通行无阻的。听到有恐龙走来，蚂蚁们赶紧躲到比他们的城市中的足球场还大的主板下面，它们听到机柜的门打开，透过主板上的小孔，看到一面放大镜遮住了整个天空，放大镜中扭曲地映出了恐龙工程师的一只巨大的眼睛。这时蚂蚁们胆战心惊，但最后恐龙并没有发现它们。恐龙工程师没有发现蚂蚁刚刚布设的几十颗雷粒，那些小小的薄片已与贴于其上的导线颜色浑然一体，根本不可能分辨出来。在十几根不同颜色和粗细的导线上都贴上了薄片雷粒。还有几张薄片雷粒贴在电路板上，这些雷粒具有更高级的变色功能，它能在不同的位置变出不同的颜色，与下面的电路板精确对应，天衣无缝，比贴在导线上的雷粒更难发现。这种雷粒并不会爆炸，当到达设定的时间后，它会流出几滴强酸，将电路板上的蚀刻电路熔断。

机柜的门关上后，服务器中的世界立刻进入夜晚，只有一个电源指示灯像一颗绿色的月亮挂在空中，冷却扇的嗡嗡声和硬盘嗒嗒的轻响反而加剧了这个世界的宁静。

不久，在信息网络中心的每台服务器中，都有一支蚂蚁小分队完成了雷粒的布设。

在广阔的外部世界，在各个大陆上，有上亿只蚂蚁正在恐龙世界的无数大机器中干着同样的事。

这天夜里，冈瓦纳恐龙帝国皇帝达达斯做了一个噩梦，它梦见黑压压的一大片蚂蚁从鼻孔爬进了自己的身体，然后又从嘴里呈长长的一列爬出来，出来的每只蚂蚁嘴里都衔着一块东西，那是自己被咬碎的内脏。蚂蚁们扔下碎块后又从鼻孔钻进去，形成了一个不停循环的大圈……

达达斯皇帝的梦并非完全没有根据，此时，真的有两只蚂蚁正在钻进它的鼻孔，这两只兵蚁在白天就潜入了它的卧室，藏在枕头下等待机会。在鼻孔呼吸大风的呼啸声中，它们很有经验地在纵横交错的鼻毛丛林间悬浮着行走，以免触发恐龙的喷嚏。它们很快通过了鼻腔，沿着以前在无数次手术中早已熟悉的道路来到了眼球后面。蚂蚁们顺着半透明的视觉神经前行，向着大脑进发。有时，薄薄的隔膜挡住了通路，它们就在上面咬出洞穿过它，那洞极小，恐龙感觉不到。三个蚂蚁终于到达了大脑，大脑静静地悬浮于脑液中，像一个神秘的独立生命体。蚂蚁们仔细寻找着，很快找到了那根粗大的脑血管，它是供应大脑血液的主要通道。一只蚂蚁打开了微小的头灯，很快找到了大脑的主血管，另一只蚂蚁把一颗黄色的雷粒贴在血管透明的外壁上。然后它们从大脑部分撤出，在潮湿黑暗的头颅中沿着另一条曲折的道路向斜下方爬行，很快到达耳部，来到耳膜前，有一丝亮光从半透明的耳膜透进来，经过耳蜗放大的外界微小的声音在耳膜上轰轰作响。两只蚂蚁开始在耳膜下安装窃听器。

达达斯皇帝的噩梦还在继续，梦中自己的内脏已被完全掏空，有更多的蚂蚁钻了进去，要用自己的身体当蚁穴……当它一身冷汗地醒过来时，那两只蚂蚁已经完成了自己的任务，无声无息地从鼻孔中爬出来，爬下床，从地板上撤出了卧室。

达达斯皇帝沉重地翻了个身，再次进入了仍然被噩梦困扰的睡眠。

海神和明月

在蚂蚁联邦统帅部，执政官卡奇卡和联邦军队总司令若列元帅正在指挥着毁灭恐龙世界的巨大行动。有两个大屏幕分别显示着"断线行动"和"断脑行动"的进展情况。

"看起来一切顺利。"若列对卡奇卡说。

这时，联邦首席科学家乔耶走了进来。卡奇卡对它打招呼说：

"啊，乔耶博士，有一个星期没看见您了！一直在忙着分析窃听到的信息吗？看您那严肃的样子，好像真有什么惊人的秘密要告诉我们？"

乔耶点点触须："是的，我必须立刻和你们两位谈谈。"

"我们很忙，请您简短一些。"

"我想让二位听一段录音，是在昨天召开的冈瓦纳帝国和罗拉西亚共和国首脑会议上，我们窃听到的达达斯和多多米的对话。"

卡奇卡不耐烦地说："这次会议有什么秘密可言？我们都知道两国在裁减核武器问题上又谈崩了，冈瓦纳和罗拉西亚之间的战争一触即发，这更证明了我们行动的正确，必须在恐龙世界的核大战爆发之前消灭它们。"

乔耶说："您说的是新闻公告，而我要你们听的是它们秘密进行的会谈的细节，这中间，透露出一件我们以前不知道的事。"

录音开始播放。

……

多多米："达达斯陛下，您真的认为蚂蚁会那么容易屈服吗？几乎可以肯定，它们回到恐龙世界复工只是缓兵之计，蚂蚁联邦一定在策划着针对恐龙世界的重大阴谋。"

达达斯："多多米总统，您以为我愚蠢到连这么明显的事实都看不出来吗？但与罗拉西亚的'明月'进入负计时的事相比，蚂蚁的威胁，甚至你们的核威胁，都变得微不足道了。"

多多米："是的是的，比起蚂蚁威胁和核战争的危险，'明月'和'海神'当然是地球文明更大的危险，那我们就先谈这个问题吧：在'明月'的事情上指责我们是不恰当的，是'海神'首先进入了负计时！"

……

"停停停，"卡奇卡挥挥触角说，"博士，我听不明白它们在说什么。"

乔耶暂停了录音机后说："这段对话中有两个重要信息：它们提到的'明月'和'海神'是什么？负计时又是什么？"

"博士，恐龙高层领导者的谈话中常常出现各种古怪的代号，您干嘛要在这上面疑神疑鬼？"

"从它们的谈话中可以听出，这是很危险的两样东西，能够对整个地球世界构成威胁。"

"从逻辑上说这是不可能的。博士，能够对整个地球构成威胁的东西一定是一个很大的设施，这样的设施如果存在，蚂蚁联邦不可能不知道。"

"执政官，我同意您的看法：地球上不可能有大的设施能瞒过蚂蚁而存在，但简单的规模较小的设施却有可能，它不需要蚂蚁的维护就能正常运行，比如一颗单独的洲际导弹，就可以在没有蚂蚁参与的情况下长期待命并随时可以发射。也许，'明月'和'海神'就是类似这样的东西。"

"要是这样就不必担心了，这种小设施是不可能对整个地球构成威胁的，我刚说过，即使能量最高的热核炸弹，要想毁灭地球也需要上万枚。"

乔耶有几秒钟没有说话，然后它把头凑近卡奇卡，它们触须交错，眼睛几乎撞在一起："这就是问题的关键了，执政官，核弹真的是目前地球上能量最高的武器吗？"

"博士，这是常识啊！"

乔耶缩回头来，点点触须："不错，是常识，这就是蚂蚁思维致命的缺陷，我们的思想只局限于常识，而恐龙则在时时盯着未知的新领域。"

"那都是些与现实无关的纯科学领域。"

"那我就提醒你们一件与现实有关的事：还记得三年前夜空中突然出现的那个新太阳吗？"

卡奇卡和若列当然记得，那件亘古未有的事给它们的印象太深了。那是一个寒冷的冬夜，南半球的天空中突然出现了一个新太阳，世界在瞬间变成白昼。那太阳的光芒十分强烈，直视它会导致暂时的失明。那个太阳大约亮了二十秒钟就熄灭了，它辐射的热量使得那个严冬之夜变得像夏天般闷热，突然融化的积雪产生的洪水淹没了好几座城市。这件事当时令蚂蚁们很震惊，它们去问恐龙是怎么回事，但恐龙科学家们也没有给出任何解释，缺乏好奇心的蚂蚁很快就把这件事忘了。

"当时，蚂蚁所进行的观测所得到的唯一能确定的结果是：那个新太阳出现在太阳系内，距地球约一个天文单位。"

卡奇卡仍不以为然："博士，您所提到的事情仍然与现实无关，就算那种能量真的存在，您也无法证明恐龙已经把它弄到地球上来了，事实上这种可能性几乎不存在。"

"我以前也是这么想的，但……请你们接着听下面的录音吧。"乔耶说着，又启动了录音机。

……

达达斯："我们这场游戏太危险了，危险得超出了可以忍受的上限，罗拉西亚应该立刻停止'明月'的负计时，或至少将其改为正计时，如果这样，冈瓦纳也会跟着做的。"

多多米："应该是冈瓦纳首先停止'海神'的负计时，如果这样，罗拉西亚也会跟着做的。"

达达斯："是罗拉西亚首先启动'明月'的负计时的！"

多多米："可是，陛下，在更早一些的时候，也就是三年前的十二月四日，如果冈瓦纳的飞船没有在太空中做那件事，'明月'和'海神'根本就不会存在！那个魔鬼早已沿着彗星轨道飞出太阳系，与地球无关了！"

达达斯："那是为了科学研究的需要……"

多多米："够了！到现在您还在重复这种无耻的谎言！是冈瓦纳帝国把地球文明推到了悬崖边缘，你们这些罪犯没有资格对罗拉西亚提出任何要求！"

达达斯："看来罗拉西亚共和国是不打算首先做出让步了？"

多多米："冈瓦纳帝国打算吗？"

达达斯："那好吧，看来我们都不在乎地球的毁灭。"

多多米："如果你们不在乎，我们也不在乎。"

达达斯："呵呵，好的好的，恐龙本来就是对什么都不在乎的种族。"

……

乔耶停止了播放，问卡奇卡和若列："我想，二位已经注意到了对话中提到的那个日期。"

"三年前的十二月四日？"若列回忆着，"就是那个新太阳出现的日子。"

"是的，把所有这一切联系起来，不知你们有什么感觉，但我感到毛骨悚然。"

卡奇卡说："我们不反对您尽力搞清这件事。"

乔耶叹了口气："谈何容易！搞清这个秘密的最好办法，是到恐龙的军事网络中查询，但蚂蚁的计算机与恐龙的在结构上完全不同，所以我们虽然能够随意进入恐龙计算机的硬件部分，却至今不能从软件上入侵，否则，怎么会用窃听这样的笨办法来搜集情报呢？而用这种方式，在短时间内揭开这个秘密是不可能的。"

"好吧，博士，我会提供您从事这个调查所需要的力量，但这件事不能影响我们正在进行的对恐龙的全面战争，现在唯一令我毛骨悚然的事就是让恐龙帝国继续存在下去。我觉得您一直生活在幻觉中，这对联邦正在从事的伟大事业是不利的。"

乔耶没再说什么，转身走了，第二天他就失踪了。

恐龙世界的毁灭

两只兵蚁悄悄地从冈瓦纳帝国皇宫大门的底缝中爬出，它们是负责在皇宫的计算机系统和恐龙的头颅中布设雷粒的三千只蚂蚁中最后撤出的两只。爬出门缝后，它们开始爬下那高大的台阶，就在第一级台阶笔直的悬崖上，它们看到了一个向上爬的蚂蚁的身影。

"咦，那不是乔耶博士吗？"一只兵蚁吃惊地对另一只说。

"联邦首席科学家？不错，是他！"

"他怎么会到这里来？我怎么看他怪怪的？"一只兵蚁看着乔耶爬进门缝中后说。

"事情有些不对，你的对讲机呢？快向长官报告！"

达达斯皇帝正在主持一个由帝国主要大臣参加的会议，一个秘书走进来通报：蚂蚁联邦首席科学家乔耶博士紧急求见皇帝。

"让它等一等，开完会再说。"达达斯一挥爪说。

秘书出去不长时间又回来了："它说有极其重要的事情，坚持要立即见您，并且要求国务大臣、科学大臣和帝国军队总司令也在场。"

"混蛋，这个小虫虫怎么这么没礼貌？让它等着，要不就滚！"

"可它……"秘书看了看在座的大臣们，伏到皇帝耳边低声说："它说自己已从蚂蚁联邦叛逃。"

国务大臣插话说："乔耶是蚂蚁联邦领导层的重要成员，它的思维方式似乎也与其他蚂蚁不太一样，它这样做，可能真有什么紧急重要的事。"

"那好，就让它到这里来吧。"达达斯指指会议桌宽大的桌面说。

"我为拯救地球而来。"乔耶站在会议桌光滑的平原上，对周围高山似的恐龙说，翻译器把它的气味语言译成恐龙语，由一个看不见的扩音器播放出来。

"哼，好大的口气，地球现在很好嘛。"达达斯冷笑了一声说。

"您很快就不这么认为了。我首先要各位回答一个问题：'明月'和'海神'是什么？"

恐龙们顿时警觉起来，互相交换着目光，乔耶周围的"高山"一时陷入沉默中，过了好一会儿，达达斯才反问："我们凭什么要告诉你呢？"

"陛下，如果它们真是我预料的那种东西，我也会向你们透露一个关系到恐龙世界生死存亡的超级秘密，你们会认为这种交换是值得的。"

"如果它们不是你预料的那种东西呢？"达达斯阴沉地问。

"那我就不会告诉你们那个超级秘密，你们也可以杀死我或者永远不让我离开这里，以保住你们的秘密。不管怎样，大家都没有什么损失。"

达达斯沉默了几秒钟，对坐在会议桌左边的帝国科学大臣点点头："告诉它。"

在蚂蚁联邦统帅部，若列元帅放下电话，神色严峻地对卡奇卡执政官说："已经发现了乔耶的行踪，看来我们的预测是对的，这家伙叛逃了。"

"雷粒的布设行动进行得怎么样了？"

"'断线行动'已完成了百分之九十二，'断脑行动'也完成了百分之九十。"

卡奇卡转向显示着世界地图的大屏幕，看着闪烁着五光十色的各个大陆，沉默了几秒钟后说："让地球的历史翻开新的一页吧，十分钟后引爆！"

听完了几位恐龙大臣的叙述，震惊使乔耶头昏目眩，一时站立不稳，更说不出话来。

"怎么样，博士？您是否可以按照刚才的承诺，告诉我们您的那个秘密？"达达斯问。

乔耶如梦初醒："这太……太可怕了！你们简直是魔鬼！不过，蚂蚁也是魔鬼……快，立刻给蚂蚁联邦最高执政官去电话！"

"您还没有回答……"

"陛下，没有时间公布什么秘密了！它们已经知道我到这里来，随时都会提前行动，恐龙世界的毁灭已是千钧一发，整个地球的毁灭将紧跟其后！相信我吧，快打电话！快！"

"好吧。"恐龙皇帝拿起会议桌上的电话，乔耶心急如焚地看着它的粗指头一个一个地按动着电话机上那硕大的按键，随后从达达斯爪中的话筒中隐约听到了接通的信号声，几秒钟后信号声停止，它知道卡奇卡已在另一端拿起了那小如米粒的电话，话筒中很快传来了它的声音：

"喂，谁呀？"

达达斯对着话筒说："是卡奇卡执政官吗？我是达达斯，现在……"

正在这时，乔耶听到周围响起了一阵细微的咔嗒声，像是许多钟表的秒针同时走动了一下，它知道，这是从恐龙们的头颅中传出的雷粒的爆炸声，所有的恐龙同时僵住了，这一刻的现实像被定格，达达斯爪中的话筒重重地摔在距乔耶不远处的桌面上，发出一声惊天动地的巨响，然后，所有的恐龙都轰然倒下，桌面平原晃动了几下，那些恐龙高山消失后，地平线处显得空旷了。乔耶爬上电话的耳机，里面仍在传出卡奇卡的声音：

"喂，我是卡奇卡，您有什么事吗？喂……"

耳机的音膜在这声音中振动着，使站在上面的乔耶浑身发麻，它大喊："执政官！我是乔耶！"与刚才不同，它发出的气味语言没有被转化成声音，因而也无法被线路另一端的卡奇卡听到，皇宫的翻译系统已经被雷粒破坏了。乔耶没有再说话，它知道说什么都晚了。

接着，大厅内所有的灯都灭了，这时已是傍晚，这里的一切陷入昏暗之中。乔耶向着最近的一个窗子爬去，远处城市交通的喧哗声消失了，一切都陷入一片死寂之中，很像刚才恐龙倒下前的僵滞状态。当乔耶越过会议桌的边缘向下爬时，外面开始有种种不和谐的声音传进来，先是远远的恐龙的跑动声和惊叫声，乔耶知道这声音来自皇宫外面，因为皇宫内肯定已经没有活着的恐龙了，它们都死于自己头颅中的雷粒；然后，远处的城市有警报声，断断续续地持续了不长时间就消失了；当乔耶在地板上向着窗子爬过一半路程时，远处开始传来隐约的爆炸声。它终于爬上了窗子，向外看去，巨石城尽收眼底，傍晚的城市笼罩在一片黑暗中，可以看到几根细长的烟柱升上还没完全黑下来的天空，后来更多的烟柱出现了，在某些烟柱的根部出现了火光，城市的轮廓在火光中时隐时现。起火点越来越多，火光透过窗子，在乔耶身后高高的天花板上映出跳动的暗红色光影。

终极威慑

"我们成功了！"若列元帅看着大屏幕上红光闪烁的世界地图兴奋地喊道，"恐龙世界已彻底瘫痪，它们的信息系统已经完全中断，所有的城市都已断电，被雷粒所破坏的车辆已堵死了所有的道路，火灾正在到处出现和蔓延。'断脑行动'已经消灭了四百多万恐龙世界的重要领导成员，冈瓦纳帝国和罗拉西亚共和国的首脑机构已不存在，这两个恐龙大国已陷入没有大脑的休克状态，整个社会一片混乱。"

"这还只是开始，"卡奇卡说，"所有的恐龙城市已经断水，存粮也将很快被这些食量很大的居民吃光，那时候真正致命的时刻才到来，大批恐龙将弃城而出，在没有交通工具和道路堵塞的情况下，它们不可能在短时间内真正疏散开来，它们的食量太大了，至少有一半的恐龙将在找到足够的食物之前饿死。其实，在恐龙弃城之际，它们的技术社会就已经彻底崩溃，恐龙世界已退回到低技术的农业时代了。"

"两个大国的核武器系统怎么样了？"有蚂蚁问。

若列回答："正如我们预料的那样，恐龙的所有核武器，包括洲际导弹和战略轰炸机，都在我们大量雷粒的破坏下成了一堆废铁，没有发生任何意外的核事故或核污染。"

"好极了，这真是一个伟大的时刻，我们只需等待恐龙世界自行灭亡就可以了！"卡奇卡兴高采烈地说。

正在这时，有蚂蚁报告，说乔耶博士回来了，急着要见卡奇卡和若列。当疲惫不堪的首席科学家走进指挥中心时，卡奇卡愤怒地斥责道：

"博士，你在最关键的时刻背叛了蚂蚁联邦的伟大事业，你将受到严厉的审判！"

"当你们听完我已得知的一切时，就明白到底谁该受到审判了。"乔耶冷冷地说。

"你到冈瓦纳皇帝那里去干什么了？"若列问。

"我从它那里知道了'明月'和'海神'到底是什么。"

博士的这句话使蚂蚁们亢奋的情绪顿时冷静了下来，它们专注地把目光集中在乔耶身上。

乔耶看看四周问："首先，这里有没有谁知道反物质是什么？"

蚂蚁们沉默了一会儿，卡奇卡说："我知道一些：反物质是恐龙物理学家们猜想中的一种物质，它的原子中的粒子电荷与我们世界中的物质相反。反物质一旦与我们世界的正物质相接触，双方的质量就全部转化为能量。"

乔耶点点触须说，"现在大家知道有比核武器更厉害的东西了，在同样的质量下，正反物质湮灭产生的能量要比核弹大几千倍！"

"但这和那神秘的'明月''海神'有什么关系？"

"请听我接着说：还记得三年前那个南半球的夜间突然出现的新太阳吗？这次闪光是从一个沿彗星轨道进入太阳系的小天体上发出的，那个天体直径还不到三十公里，只是漂浮在太空中的一个小石块。但它是由反物质构成的！在它经过小行星带时，与一块陨石相撞，陨石与反物质发生湮灭爆发出巨大的能量，产生了那次闪光。当时，罗拉西亚和冈瓦纳都发射了探测器，也都得到了同样的结果。这次湮灭产生了许多大大小小的反物质碎片，这些碎片都飞散到太空之中。恐龙天文学家很快定位了几块碎片，这并不是很困难，因为在小行星带以内，太阳风中的正粒子会与反物质产生湮灭，使那些碎片表面发出一种特殊的光。那时正值罗拉西亚和冈瓦纳军备竞赛的高峰期，于是，两个恐龙大国同时产生了一个极其疯狂的想法：采集一些反物质碎片带回地球，作为一种威力远在核弹之上的超级武器威慑对方……"

"等等，等等，"卡奇卡打断了乔耶的话，"这里有一个明显的逻辑错误：既然反物质与正物质接触后会发生湮灭，那它们用什么容器来存贮它并把它带回地球呢？"

乔耶接着说："恐龙天文学家发现，那个反物质天体的相当大一部分是反物质铁，它们在太空中定位的碎片也都是反物质铁。反物质铁与我们世界的铁一样，能受到磁场的作用，这就为解决存贮问题提供了可能，这使得恐龙有可能制造一种容器，容器的内部为真空，并产生一个强大的约束磁场，把要存贮的反物质牢牢约束在容器的正中，避免它与容器的内壁相接触，这样就可以对反物质进行存贮，并能够将它运送或投放到任何地方。当然，这种想法最初只是一种理论上的可能，要想用这种容器将反物质带回地球，则是一个极其疯狂和危险的举动，但疯狂是恐龙的本性，称霸世界的欲望战胜了一切，它们真的那么做了！

"是冈瓦纳帝国首先走出了这通向地狱的第一步。它们设计并制造了磁约束容器，它是一个空心球，在采集反物质碎片时，这个空心球分成两个半球，分别固定在飞船的两支机械臂上，飞船缓慢地接近反物质碎片，机械臂举着两个半球极其小心地向碎片合拢，最后将碎片扣在空心球中，在两个半球合拢的同时，球内由超导体产生的约束磁场开始工作，将碎片约束在球体正中，然后，飞船就将这个球体带回了地球。

"冈瓦纳飞船载着球体容器进入地球大气层，那块碎片重达四十五吨，如果在大气层内湮灭，将使九十吨的正反物质在大气层内转化为纯能，这巨大的能量将毁灭地球上的一切生命。罗拉西亚恐龙当然不想与冈瓦纳帝国玉石俱焚同归于尽，所以它们眼巴巴地看着那艘飞船降落在海面上。

"接下来发生的事情使疯狂达到了巅峰：冈瓦纳飞船降落后，在海上将那个球体容器转载到一艘大货轮上，这艘船叫海神号，以后恐龙也就将它所运载的反物质碎片称为'海神'了。这艘大船不是驶回冈瓦纳，而是驶向罗拉西亚大陆，最后停泊在罗拉西亚最大的港口上！在整个航程中，罗拉西亚不敢对这艘毁灭之船进行任何拦截，只能听之任之，那艘船进入港口如入无人之境。海神号停泊后，船上的恐龙乘直升机返回冈瓦纳，把船遗弃在港口。罗拉西亚恐龙对海神号敬若神明，不敢对它有任何轻举妄动，因为它们知道，冈瓦纳帝国可以遥控球体容器，随时关闭容器内的约束磁场，使那块反物质与容器接触而发生湮灭。如果这事发生，整个世界的毁灭在所难免，但最先毁灭的是罗拉西亚大陆，大陆上的一切将在海岸出现的一轮死亡太阳的烈焰中瞬间化为灰烬。那真是罗拉西亚共和国最黑暗的日子，而冈瓦纳帝国手握地球的生命之弦，变得无比猖狂，不断地向罗拉西亚提出领土要求，并命令其解除核武装。

"但这种一边倒的局面并没有持续多久，冈瓦纳的'海神行动'仅一个月后，罗拉西亚采取了同样的行动，用同样的技术从太空中将第二块反物质碎片带回地球，并做了与冈瓦纳帝国同样的事：将其装载到一艘叫明月号的货轮上，运到了冈瓦纳大陆最大的港口。

"于是，恐龙世界再次形成了平衡，这是终极威慑下的平衡，地球已被推到了毁灭的边缘上。

"为了避免世界性的恐慌，'海神行动'和'明月行动'都是在绝密状态下进行的，即使在恐龙世界，也只有极少数的人知道它的底细。这两个行动都使用了不惜成本的高可靠性设备，同时使用可替换的模块结构，系统的规模不大，所以完全不需要蚂蚁的维护，蚂蚁联邦也就至今对此一无所知。"

乔耶的叙述使统帅部所有的蚂蚁都极为震惊，它们从胜利的巅峰一下子跌入了恐惧的深渊，卡奇卡说："这不只是疯狂，是变态！这样以整个世界共同毁灭为基础的终极威慑，已完全失去了任何政治意义和军事意义，只是彻底的变态！"

"博士，这就是您所推崇的恐龙的好奇心、想象力和创造力产生的结果。"若列元帅讥讽地说。

"别扯远了，还是回到世界面临的极度危险中来吧。"乔耶说："我要谈到两个恐龙大国元首曾提到的'负计时'了。为了避免在对方这种先发制人的打击下无还手之力，两个恐龙大国几乎同时对'海神'和'明月'采取了一种新的待命方式，这就是所谓'负计时'。这以后，本土遥控站不再用于对反物质容器发出引爆信号，相反，它发出的是解除引爆的信号；而球形容器则每时每刻都处于引爆倒计时状态，只有在收到本土遥控站的解除信号后，它才中断本次倒计时，重新复位，从零开始新的一轮倒计时，并等待着下一次的解除信号。每次的解除信号由冈瓦纳皇帝和罗拉西亚总统亲自发出。这样，当某一方遭受对方先发制人的打击而陷入瘫痪后，解除信号就无法发出，球形容器就会完成倒计时引爆反物质。这种待命方式使先发制人的打击等于自杀，使得敌人的存在成为自己存在的必要条件，同时，也使地球面临的危险上升了一个等级，'负计时'是这场终极威慑中最为疯狂，或用执政官的话说，最为变态的部分。"

统帅部再次陷入死寂之中。卡奇卡首先打破沉寂，它的气味语声有些颤抖：
"这就是说，'海神'和'明月'现在都在等待着下一个解除信号？"

乔耶点点触须："也许是两个永远不会发出的信号。"

"您是说，冈瓦纳和罗拉西亚的遥控站已经被我们的雷粒破坏了？"若列问。

"是的。达达斯告诉了冈瓦纳遥控站的位置，也告之我他们侦察到的罗拉西亚遥控站的位置，我回来后在'断线行动'的数据库中查询，发现这是两个很小的信号发射站，由于其用途不明，我们只在其中的通信设备里布设了很少的雷粒，冈瓦纳遥控站中布设了三十五颗，罗拉西亚遥控站中布设了二十六颗，总共切断了六十一根导线。虽然数量不多，但足以使这两个遥控站的信号发射设备完全失效。"

"每次倒计时有多长时间？"

"三天时间，六十六小时，罗拉西亚和冈瓦纳的倒计时几乎是同时开始的，一般解除信号是在倒计时开始后的二十二小时发出的，这次倒计时已过去二十小时，我们还有两天的时间。"

若列说，"如果我们知道解除信号的具体内容，就能够自己建立一个发射台，不停地中断'海神'和'明月'的倒计时了。"

"问题是我们不知道，也不可能知道！恐龙没有告诉我信号的内容，只是说那个信号是一个十分复杂的长密码，每次都在变化，其算法只存贮在遥控站的计算机中，我想现在已没有恐龙知道了。"

"这就是说，只有这两个遥控站能够发出解除信号了？"

"我想是这样。"

卡奇卡迅速思考了一下说："我们能够做的，就是尽快修复它们了。"

遥控站战役

冈瓦纳帝国发射解除信号的遥控站位于巨石城远郊的一片荒漠之中。这是一幢顶端有复杂天线的不大的建筑，看上去像个气象站似的毫不起眼。遥控站的守卫很松懈，只有一个排的恐龙在把守，而这些守卫者主要是为了防止偶尔路过的本国恐龙无意中的闯入，并不担心敌国的间谍和破坏分子。因为，比起冈瓦纳来，罗拉西亚更愿意保证这个地方的安全。

除去守卫者外，负责遥控站日常工作的只有五个恐龙，包括一名工程师、三名操作员和一名维修技师。它们同守卫者一样，对这个站的用途全然不知。

遥控站的控制室里有一个大屏幕，上面显示着一个倒计时，从六十六小时开始递减。但这个倒计时从未减到四十四小时以下，每到这个时间（通常是早晨），另一个空着的屏幕上就出现了帝国皇帝达达斯的影像，皇帝每次只说一句简短的话：

"我命令，发信号。"

这时，值班操作员就会立正回答："是！陛下！"然后移动操作台上的鼠标，点击一下电脑屏幕上的"发射"图标，大屏幕上就会显示出如下信息：

解除信号已发出——收到本次解除成功的回复信号——倒计时重置。

然后，屏幕上重新显示出"66：00"的数字，并开始递减。

在另一个屏幕上，皇帝很专注地看着这一切的进行，直到重置的倒计时开始，它才像松了一口气似的离开了。从皇帝关注信号发出的眼神可以看出，这个信号极其重要，但这些普通恐龙操作员无论如何也不可能想到，这个信号每天都推迟了一次地球的死刑。

这一天，两年如一日的平静生活中断了，信号发射机出了故障。遥控站配备的是高可靠性设备，且有冗余备份，像这样包括备份系统在内的整个设备都因故障停机，肯定不是自然或偶然因素所致。工程师和技师立刻查找故障，很快发现有几根导线断了，而那些导线只有蚂蚁才能接上。于是它们立刻向上级打电话，请求派蚂蚁维修工来，这才发现电话已不通了。它们继续查找故障，发现了更多的断线，而这时，距皇帝命令发信号的时间已经很近了，恐龙们只好自己动手接线，但那些细线，它们的粗爪很难接上，五头恐龙心急如焚。虽然电话不通，但它们相信通信很快就会恢复，在倒计时减到四十四小时，皇帝一定会出现在那个屏幕上。两年来，在恐龙们的意识中，皇帝的出现如同太阳升起一般成了铁打不动的规律。但今天，太阳虽升起了，皇帝却没有出现，倒计时的时钟数码第一次减到了四十四以下，还在以同样恒定的速度继续减少着。

后来恐龙们才知道，不可能再指望蚂蚁了，因为发射机就是它们破坏的。从巨石城逃出来的恐龙开始经过这里，从那些惊魂未定的恐龙那里，遥控站的恐龙们知道了首都的情况，知道了蚂蚁已经用雷粒破坏了恐龙帝国所有的机器，恐龙世界已经陷入瘫痪。

但在遥控站工作的都是尽心尽力的恐龙，它们继续试图接上已断的导线。但这是一项不可能完成的任务，机器中大部分断线所在的地方，恐龙粗大的爪子根本伸不进去，那几根露在外面的断线的线头在它们那粗笨的手指间跳来跳去，就是凑不到一起。

"唉，这些该死的蚂蚁！"恐龙技师揉揉发酸的双眼，骂了一声。

这时，工程师瞪大了双眼，它真的看到了蚂蚁！那是由百只左右的蚂蚁组成的小队伍，正在操作台白色的台面上急速行进，领队的蚂蚁对着恐龙高喊：

"喂，我们是来帮你们修机器的！我们是来帮你们接线的！我们是来……"

恐龙这时没有打开气味语言翻译器，因而也听不到蚂蚁的话，其实就是听到了，它们也不会相信，对蚂蚁的仇恨此时占据了它们的整个心灵。恐龙用它们的爪子在控制台上蚂蚁所在的位置拍着碾着，嘴里咬牙切齿地嘟囔着："让你们放雷粒！让你们破坏机器……"白色的台面上很快出现了一片小小的污迹，这些蚂蚁都被碾碎了。

"报告执政官，遥控站内的恐龙攻击蚂蚁维修队，把它们消灭在控制台上了！"在距遥控站五十米远的一棵小草下，从遥控站中侥幸逃回来的一只蚂蚁对卡奇卡说。蚂蚁联邦统帅部的大部分成员都在这里。

"执政官，我们必须设法与遥控站的恐龙交流，说明我们的来意！"乔耶说。

"怎么交流？它们不听我们说话，根本就不打开翻译器！"

"能不能打电话试试？"有蚂蚁建议。

"早试过了，恐龙的整个通信系统已被破坏，与蚂蚁联邦的电话网完全断开了，电话根本打不通！"

若列说："大家应该知道蚂蚁的一项古老的技艺，在蒸汽机时代之前的漫长岁月，先祖用队列排出字来与恐龙交流。"

"目前在这里已集结了多少部队？"

"十个陆军师，大约十五万蚂蚁。"

"这能排出多少个字来呢？"

"这要看字的大小了，为了让恐龙在一定的距离也能看清，最多也就是十几个字吧。"

"好吧，"卡奇卡想了一下，"就排出以下的字句：我们来帮你们修机器，这台机器能拯救世界。"

"蚂蚁又来了！这次好多耶！"

在遥控站的门前，恐龙士兵们看到有一个蚂蚁方阵正在向这里逼近，方阵约有三四米见方，随着地面的凸凹起伏，像一面在地上飘动的黑色旗帜。

"它们要进攻我们吗？"

"不像，这队形好奇怪。"

蚂蚁方阵渐渐近了，一头眼尖的恐龙惊叫起来："哇，那里面有字耶！"

另一头恐龙一字一顿地念着："我、们、来、帮、你、们、修、机、器、这、台、机、器、能、拯、救、世、界。"

"听说在古代蚂蚁就是这样与我们的先祖交谈的，现在亲眼看见了！"有头恐龙赞叹说。

"扯淡！"少尉一摆触须说，"不要中它们的诡计，去，把热水器中所有的热水都倒到盆里端来。"

恐龙士兵七嘴八舌地议论起来："它们的话太奇怪了，这台机器怎么能拯救世界？""谁的世界？我们的还是它们的？""这台机器发出的信号想必是很重要的。""是啊，要不为什么每天都由皇帝亲自下命令发出呢？"

"白痴！"中尉训斥道，"到现在你们还相信蚂蚁？就因为我们对它们的轻信，它们已经摧毁了帝国！这是地球上最卑鄙最阴险的虫虫，我们决不再上它们的当了！快，去倒热水！"

很快，恐龙士兵们搬出了五大盆热水，五个士兵每人端一盆，一字排开向蚂蚁方阵走去，同时把热水泼向方阵。滚烫的水花在弥漫的蒸汽中飞溅，地上的那行黑色字迹被冲散了，字阵中的蚂蚁被烫死了大半。

"与恐龙交流已不可能，现在唯一的选择，就是强攻遥控站，将其占领后修好机器，我们自己发出解除信号。"卡奇卡看着远处腾起的蒸汽说。

"蚂蚁强攻恐龙的建筑？"若列像不认识似的看着卡奇卡，"这在军事上简直是发疯！"

"没办法，这本来就是一个疯狂的世界。这个建筑规模不大，且处于孤立状态，短时间内得不到增援，我们集结可能集结的最大力量，是有可能攻下它的！"

"看远处那是些什么？好像是蚂蚁的超级行走车！"

听到哨兵的喊声，少尉举起望远镜，看到远方的荒原上果然有一长排黑色的东西在移动，再细看，那确实是哨兵所说的东西。蚂蚁的交通工具一般都很小，但出于军事方面的特殊需要，它们也造出了一些与它们的身体相比极其巨大的车辆，这就是超级行走车。每辆这样的车约有我们的三轮车大小，这在蚂蚁的眼中无疑是庞然大物，与我们眼中的万吨巨轮一样。超级行走车没有轮子，而是仿照蚂蚁用六条机械腿行走，所以能够快速穿越复杂的地形。每辆超级行走车可以搭载几十万只蚂蚁。

"开枪，打那些车！"少尉命令。恐龙士兵用它们仅有的一挺轻机枪向远处的行走车射击，一排子弹在沙地上激起道道尘柱，走在最前面的那辆车的一条前腿被打断了，一下子翻倒在地，剩下的五条机械腿仍在不停地挥动着。从打开侧盖的车厢里滚出许多黑色的圆球，每一个有我们的足球那么大，那是一团团的蚂蚁！这些黑球滚到地面后很快散开来，就像在水中溶化的咖啡块一样。又有两辆行走车被击中停了下来，穿透车厢的子弹并不能杀死多少蚂蚁，黑色的蚁团纷纷从车厢中滚落到地面。

"唉，要是有门炮就好了！"一名恐龙士兵说。

"是啊，有手榴弹也行啊。"

"火焰喷射器最管用！"

"好了，不要废话了，你们数数有多少辆行走车！"少尉放下望远镜，指着前方说。

"天啊，足有二三百辆啊！"

"我看蚂蚁联邦在冈瓦纳大陆的超级行走车都开到这里了。"

"这就是说，这里集结了上亿只蚂蚁！"少尉说，"可以肯定，蚂蚁要强攻遥控站了！"

"少尉，我们冲过去，捣毁那些虫虫车！"

"不行，我们的机枪和步枪对它们没有多少杀伤力。"

"我们还有发电用的汽油，冲过去烧它们！"

少尉冷静地摇摇头："那也只能烧掉一部分。我们的首要任务是保卫遥控站，下面，听我的安排……"

"执政官，元帅，前方空军观察机报告，恐龙们正在挖壕沟，以遥控站为圆心挖了两圈壕沟。它们正在引来附近一条小河的水灌满外圈壕沟，还搬出了几个大油桶，向内圈的壕沟中倒汽油！"

"立刻发起进攻！"

蚁群开始向遥控站移动，黑压压一片，仿佛是空中的云层在大地上投下的阴影。这景象让遥控站中的恐龙们胆战心惊。

蚁群的前锋到达已经注满水的第一道壕沟边，最前边的蚂蚁没有停留，直接爬进了水中，后面的蚂蚁踏着它们的身体爬进稍靠前些的水中，很快，水面上形成了一层厚厚的黑色浮膜，这浮膜在迅速向水壕的内侧扩展。恐龙士兵们都戴上了密封头盔以防蚂蚁钻进体内，它们在水壕的内侧用铁锹向蚁群撒土，还大盆大盆地泼热水，但这些作用都不大，那层黑色浮膜很快覆盖了整个水面，蚁群踏着浮膜如黑色的洪水般涌了过来，恐龙们只得撤到第二道壕沟之内，并点燃了壕沟中的汽油。一圈熊熊烈火将遥控站围了起来。

蚁群到达火沟后，在沟边堆叠起来，形成了一道蚁坝。蚁坝不断增高，最后高达两米多，在火沟外面形成一堵黑色的墙。接着，蚁坝整体开始向火沟移动，它的表面在火光中蠕动着，仿佛是一条黑色的巨蟒。在烈火的烘烤中，蚁坝的表面冒出了青烟，空气中充满了刺鼻的焦味，蚁坝表面被烤焦的蚂蚁不停地滚落下去，掉进火沟烧着了，在火沟的外缘形成了一圈奇异的绿火，蚁坝的表面则不断地被一层新蚂蚁代替，整个蚁坝仍坚定地站立在火沟边上。这时，大批蚂蚁从蚁坝的另一侧登上顶端，聚成了一个个黑色的大蚁球，其大小与一小时前从超级行走车上滚下的那些相当，每个蚁球包含了一个师的蚂蚁兵力。这些黑色的球体从蚁坝的顶端滚下去，有一些被大火吞没了，但大部分借着冲力滚过了火沟，到达沟的另一侧。在穿越烈火的过程中，这些蚁球的外层都被烧焦了，但那无数只蚂蚁仍互相紧抓着不放，在蚁球外面形成了一层焦壳，保护了内层的蚂蚁。滚上火沟对岸的蚁球很快达到了上千个，它们外部的焦壳很快裂开，球体溶散成蚁群，黑压压地拥上遥控站的台阶。

守卫遥控站的恐龙士兵们的精神完全崩溃了，它们不顾少尉的阻拦，夺门而出，绕到建筑物后面，沿着正在包围遥控站的蚁群尚未填充的一条通道狂奔而去。

蚁群涌入了遥控站的底层，然后涌上楼梯，进入控制室。同时，蚁群也爬上了建筑的外墙，由窗户进入，一时间这幢建筑的下半截变成了黑色的。

控制室中还有六头恐龙，它们是少尉、工程师、维修技师和三名操作员。它们惊恐地看着蚂蚁从门、窗和所有的缝隙进入这个房间，仿佛整幢建筑都被浸在蚂蚁之海中，黑色的海水正在从各处渗进来。它们看看窗外，发现这蚂蚁之海真的存在，目力所及之处，大地都被黑色的蚁群所覆盖，遥控站只是这蚂蚁海洋中的一个孤岛。

蚁群很快淹没了控制室的大部分地板，在控制台前留下了一个空圈，六头恐龙就站在空圈中。工程师赶紧取出翻译器，打开开关时立刻听到了一个声音：

"我是蚂蚁联邦的最高执政官，已没有时间向您详细说明一切，您只需要知道，如果遥控站不能在十分钟之内发出信号，地球将被毁灭。"

工程师向四周看看，黑压压的全是蚂蚁，按照翻译器上的方向指示，它看到控制台上有三只蚂蚁，刚才的话就是其中的一只说出的。它对那三只蚂蚁摇摇头：

"发射机坏了。"

"我们的技工已经接好了所有的断线，修好了机器，请立即启动机器发信号！"

工程师再次摇头："没电了。"

"你们不是有备用发电机吗？"

"是的，自从外部电力中断后，我们一直用汽油发电机供电，但现在没有油了，汽油都倒进外面的壕沟中点燃烧光了……世界真的会在十分钟后毁灭吗？"

翻译器中传出了卡奇卡的回答："如果发不出信号，是的！"

卡奇卡看看窗外，发现外面的火已经灭了，这证实了少尉的话，壕沟中也没有剩油了。他转身问若列：

"倒计时还剩多长时间？"

若列一直在看着表，他回答说："还剩五分钟三十秒，执政官。"

乔耶说："刚刚接到电话，罗拉西亚那边已经失败了，守卫遥控站的恐龙在蚂蚁军队的进攻中炸毁了遥控站，对'明月'的解除信号已不可能发出，五分钟后它将引爆。"

若列平静地说："'海神'也一样，执政官，一切都完了。"

恐龙们并没有听明白这三位蚂蚁联邦的最高领导者在说什么，工程师说："我们可以到附近去找汽油，距这里五公里有一个村庄，快的话，二十分钟就能回来。"

卡奇卡无力地挥了挥触须："去吧，你们都去吧，想去哪就去哪儿。"

六头恐龙鱼贯而出，工程师在门口停下脚步，问了刚才少尉问的同一个问题："几分钟后地球真的会毁灭吗？"

蚂蚁联邦的最高执政官对它做出了一个类似微笑的表情："工程师，什么东西都有毁灭的一天。"

"呵，我第一次听蚂蚁说出这么有哲学意味的话。"工程师说，转身走去。

卡奇卡再次走到控制台的边缘，对地板上黑压压一片的蚂蚁军队说："迅速向全军将士传我的话：遥控站附近的部队立刻到这幢建筑的地下室隐蔽，远处的部队就地寻找缝隙和孔洞藏身，蚂蚁联邦政府最后告诉全体公民的话是：世界末日到了，大家各自保重吧。"

"执政官，元帅，我们一起去地下室吧！"卡奇卡说。

"不，您快去吧，博士。我们犯了文明史上最大的错误，已没有资格再活下去了。"

"是的，博士，"若列说，"虽然不太可能，可还是希望您能把文明的火种保存下去。"

乔耶同卡奇卡和若列分别碰了碰触须，这是蚂蚁世界的最高礼仪，然后它转身混入了控制室中正在快速离去的蚁群。

蚂蚁军队离开后，控制室内一片宁静，卡奇卡向窗子爬去，若列跟着它。两只蚂蚁爬到窗前时，正好看到了一幅奇景：此时是夜色将尽的凌晨，天空中有一轮残月。突然，月牙的方向在瞬间转动了一个角度，同时亮度急剧增强，直到那银光变得如电弧般刺目，把大地上的一切，包括正在疏散的蚁群，都照得毫发毕现。

"怎么回事？太阳的亮度增强了吗？"若列好奇地问。

"不，元帅，是又出现了一个新太阳，月球在反射着它的光芒，那个太阳在罗拉西亚出现，正在把那个大陆烧焦。"

"冈瓦纳的太阳也该出现了。"

"这不是吗，来了。"

更强的光芒从西方射来，很快淹没了一切。在被高温汽化之前，两只蚂蚁看到有一轮雪亮的太阳从西方的地平线上迅速升起，那太阳的体积急剧膨胀，最后占据了半个天空，大地上的一切在瞬间燃烧起来。反物质湮灭的海岸距这里有上千公里，冲击波要几十分钟后才能到达，但在这之前，一切都早已在烈火中结束了。

这是白垩纪的最后一天。

漫漫长夜

寒冬已持续了三千年。

在一个稍微暖和一些的正午，冈瓦纳大陆中部，两只蚂蚁从深深的蚁穴中爬到地面。在没有生机的灰蒙蒙的天空中，太阳只是一团模糊的光晕，大地覆盖在厚厚的冰雪下，偶尔有一块岩石从雪中露出，黑乎乎的格外醒目，极目望去，远方的山脉也是白色的。

蚂蚁 A 转过身来，打量着一个巨大的骨架，这种大骨架在大地上到处都有，由于也是白色的，同雪混在一起，从远处不易看到。但从这个角度看，在天空的背景上显得格外醒目。

"听说这种动物叫恐龙。"蚂蚁 A 说。

蚂蚁 B 转过身来，也凝视着天空中的骨架："昨天夜里你听它们讲那个关于神奇时代的传说了吗？"

"听了，它们说在几千年前，蚂蚁有过辉煌的时代。"

"是啊，它们说，那时的蚂蚁不是住在地下的洞穴中，而是生活在地面的大城市里，它们也不是由蚁后来生育，那真是一个神奇的时代。"

"那个传说里面说，那个神奇时代是蚂蚁和恐龙一起创造的，恐龙没有灵巧的手，蚂蚁就为它们干细活儿；蚂蚁没有灵活的思想，恐龙就想出了神奇的技术。"

"那个神奇的时代啊，蚂蚁和恐龙造出了许多大机器，建造了许多大城市，拥有了神一般的力量！"

"你听懂了传说中关于那个世界毁灭的部分了吗？"

"听不太懂，好像很复杂的：恐龙世界里爆发了战争，蚂蚁和恐龙之间也爆发了战争……再到后来，地球上出现了两个太阳。"

蚂蚁 A 在寒风中打着抖："唉，现在要是有个新太阳该有多好啊！"

"你不懂的！那两个太阳很可怕，把陆地上的一切都烧毁了！"

"那现在为什么这么冷呢？"

"这很复杂，好像是这么回事：那两个新太阳出现以后的一段时间内，世界上确实很热，据说太阳附近的大地都融成岩浆了！但后来，新太阳爆炸时激起的尘埃在空中遮住了旧太阳的阳光，世界就变冷了，变得比那两个太阳出现前还冷得多，就是现在这个样子。恐龙那么大个儿，在那可怕的时代自然都死光了，但有一部分蚂蚁钻到地下，活了下来。"

"听说就在不久前蚂蚁还识字的，现在，我们都不认识字了，那些古代留下来的书谁也读不了了。"

"我们在退化，照这样下去，蚂蚁很快就会退化成什么都不知道，只会筑穴觅食的小虫子了。"

"那有什么不好？在这艰难时代，懂得少些就舒服些。"

"那倒也是。"

……

"会不会有那么一天，世界又温暖起来，别的什么动物又建立起一个神奇时代？"

"有可能，我觉得那种动物应该既有足够大的大脑，又有灵巧的双手。"

"是的，但不能像恐龙这么大，它们吃得太多，生活会很难。"

"也不能像我们这么小，脑子不够大。"

"唉，这种神奇的动物怎么会出现呢？"

"我想会的，时间是无穷无尽的，什么都会出现，我告诉你吧，什么都会出现的。"

镜像：或然世界
——《白垩纪往事》赏析

张懿红

　　《白垩纪往事》假设人类文明之前曾经存在又毁灭的或然历史，想象一个由恐龙和蚂蚁共同创造的文明世界，以貌似荒诞不经的科幻寓言影射现实世界的疯狂与危险。小说具有鲜明的现实指涉性，对世界分裂、战争、核武扩散等现实问题的思考，使宛如童话世界的战争游戏背负重大主题。小说的科学设想十分精彩，体现了作者建构未知世界的能力。就轻松刺激的阅读体验而言，《白垩纪往事》更具备儿童文学或寓言故事的特点。

　　架空历史（alternate history）与科幻的结缘由来已久，随着架空的历史时间越来越久远，故事情节与真实历史的关系似乎越来越疏远，而与科幻的关联反倒更加紧密。刘慈欣的《白垩纪往事》就是这样，他让时间退回到遥远的地质年代，返回六千五百万年前的白垩纪晚期，假设人类文明之前曾经存在又毁灭的或然历史，想象一个由恐龙和蚂蚁共同创造的文明世界。由于地质年代本身迷雾重生，如此久远的架空历史，留给假设的想象空间也就更加广阔。我们多少都了解一点白垩纪晚期地球生物大灭绝的历史以及关于恐龙灭绝的五花八门的假说，比如造山运动说、超新星爆发说、气候变迁说、火山爆发说、陨石撞击说、物种斗争说、大陆漂移说、被子植物中毒说、酸雨说等，莫衷一是，没有一种理论能够证明它就是唯一真实的历史真相。于是，刘慈欣抓住这段无人认领的历史空当做文章，仿佛信手拈来似的杜撰了一个貌似荒诞不经的科幻寓言，在今天的文明世界面前竖一面哈哈镜，让我们透过六千五百万年前或然世界的镜像，管窥现实世界的疯狂与危险。因此，《白垩纪往事》是架空历史，更是寓言故事，一则关于文明自毁的辛辣寓言。

对于熟悉量子力学测不准理论、平行宇宙说的读者来说，理解历史的偶然性、不确定性，想象历史分叉、走向歧义的历史（divergent histories）似乎并不是一件困难的事情。但是，《白垩纪往事》的架空历史科幻设定依然具有一定的挑战性，原因在于那段地质年代的晦暗不明。架空历史的一个公认法则是：对于读者而言，虚构历史与真实历史之间的区别应该显而易见，这就意味着作者必须熟悉那个历史时间，不仅能够逼真地描绘它，还能逼真地描摹历史分叉点上小小的变化及其由此导致的不同后果。然而，白垩纪的世界到底是怎样一幅图景呢？恐龙和其他生物大灭绝的真实原因到底是什么呢？我们对这个地质年代的认识只是非常薄弱的纲要式的了解，远远谈不上熟悉，又如何设想一个不同于已知历史的、令人耳目一新的不一样的历史呢？是不是只管天马行空想象就可以了呢？在这个意义上说，《白垩纪往事》并非典型的架空历史小说，虽然取材于真实的时间和事件，但那只不过提供了一个背景，一个描绘科幻世界的画框，一个指涉现实、进行思想实验的孵化器。因此，科幻元素在《白垩纪往事》中是决定性的、压倒性的叙事力量，并不顾及架空历史必要的合理性、似真性。

既然我们承认历史只不过是无数种可能性之中的一种，那么人类文明就只不过是地球文明的一种形式。很难说到底是人类创造了文明，还是文明选择了人类。当我们反思这来之不易的人类文明，也许会心存敬畏与疑惑：人类是不是创造文明的独一无二的天选者？在《白垩纪往事》中，刘慈欣构想了一个蚂蚁与恐龙互利共生的社会。不同于人类一枝独秀的霸权世界，这是两个物种分庭抗礼互补协作相互依存共同发展的共生世界。然而这个世界又似曾相识，二元对立式人群设定让我们想起威尔斯《时间机器》中地上居民埃洛伊人和地下居民莫洛克人。虽然恐龙和蚂蚁不是残忍的豢养者与猎物的食物链关系，但与《时间机器》对阶级斗争和退化的思考一样，《白垩纪往事》的共生世界同样具有鲜明的现实指涉性，对世界分裂、战争、核武扩散等现实问题的思考，使宛如童话世界的战争游戏背负沉重的主题，升级为文明自毁的末日警告。

《白垩纪往事》的二元互补世界是由雄霸地球一亿六千万年之久的恐龙和抗击自然灾害能力最强的动物——蚂蚁构成。两者生存于同一地质年代，但体型相差甚远，结果恐龙灭绝，貌似弱小的蚂蚁却生存下来，一直活跃到今天。基于这一有趣的事实，《白垩纪往事》演绎了一个曾经辉煌的龙蚁文明和一场惨烈的末日大战，并让幸存下来的退化的蚂蚁回忆先祖的荣耀，瞩望人类将要建立的"神奇时代"。在小说中，体型庞大的恐龙有好奇心、想象力和创造力，但四肢笨拙；而体型弱小的蚂蚁缺乏好奇心和想象力，但肢体灵活，具有精细操作技能。小说开头就是历史的分岔点，即龙蚁共生关系的开端：蚂蚁帮助恐龙剔牙，这是跨时代的事件，"在这宁静的一刻，地球的历史已被扭向另一个方向。"从此，"恐龙和蚂蚁的相互依存关系一直延续下来，两个物种一同创造了白垩纪文明，跨越了石器时代、青铜时代、铁器时代、蒸汽机时代、电气时代、原子时代，现在进入了信息时代。"两者各自开发了适用于本物种的技术，恐龙引领科技创新，为蚂蚁提供基本的生活物资和思想与科技知识，而蚂蚁从事恐龙工人无法胜任的微小零件的制造、精密设备和仪器的操作、维护和维修等，同时在医学领域施展才能。本来这样的互利共生关系是 win-win 的稳态结构，但恐龙帝国的分裂和人口增加，使环境污染和核战争两大威胁变得日益严重。于是，"蚂蚁和恐龙两个世界间的裂痕再次出现，白垩纪文明笼罩在一层不祥的阴云之中。"两个世界的冲突逐步升级，从蚂蚁罢工到最后的战争，蚂蚁联邦凭借自主研发的隐形炸弹——变色雷粒发动"断线行动""断脑行动"，同时摧毁恐龙世界的机器和首脑、精英。孰料蚂蚁低估了对手，恐龙世界两个大国之间的军备竞赛留下了足以毁灭地球生命的两颗反物质炸弹："明月"和"海神"。虽然蚂蚁试图挽救危局，不惜代价夺取发射解除信号的遥控站，但却无法发射中断倒计时的信号，最后只能与恐龙同归于尽。

这样的情节设置，不能不令人想起冷战时期美苏之间的核武器竞赛。虽然冷战结束后核武库规模大幅缩减，但当今世界很多强国依旧拥有足够毁灭人类文明的核武器，而且一些没有核武器的国家还千方百计谋求核武器，成为"核门槛"国家。核武扩散使地球危如累卵，人类世界和小说描写的恐龙世界别无二致："正是对共同毁灭的恐惧，使白垩纪地球维持了这针尖上的可怕和平。"而恐龙世界与蚂蚁世界的互利共生关系，则仿佛第一世界和第三世界，发达国家与发展中国家之间相互依存关系的投影。宽泛地说，它反映了物种和谐共生的生态法则。因此，小说中浓墨重彩描写的那场毁灭性的龙蚁大战，也不妨看作以极端化的方式预演生态危机，为人类自毁式发展的绝境敲响了警钟。

架空历史的现实指涉性与其反事实思想实验（counterfactual thought experiments）的特性紧密相关。通过推演那些想象的，不同于事实的变化和结果，架空历史往往导出这样的主题：我们可能做得更糟。一方面，架空历史的虚构性使我们感到宽慰，毕竟那并非事实；另一方面，歧义历史、或然世界的镜像令人警醒，为反思历史、指涉现实提供了例证——尽管那是虚构的证据。

作为科幻小说，《白垩纪往事》关于变色雷粒、采集反物质碎片的科学设想十分精彩，而且系统描写了信息时代恐龙和蚂蚁两个世界不同的科技成果，体现了刘慈欣建构未知世界的能力。蚂蚁为恐龙剔牙、蚁群强攻遥控站的惨烈场面都写得非常生动，融合想象、经验与知识，堪称妙笔生花。

令人困惑的是，抛开严肃而沉重的主题，就轻松刺激的阅读体验而言，《白垩纪往事》更具备儿童文学或寓言故事的特点。我想这种错觉主要来自三方面的因素：动物主角（恐龙和蚂蚁）；人物的名字（恐龙：达达斯皇帝、国务大臣巴巴特、国防大臣洛洛加元帅、科学大臣尼尼坎博士、医疗大臣维维克医生。蚂蚁：最高执政官卡奇卡、参议员比卢比）；趣味横生的战争描写（虽然尸横遍野却不觉得血腥，而你来我往的战争谋略，潜入敌营的惊险刺激，倒是令人怀念小时候玩过的打仗游戏）。显然，作者也非常享受战争描写。我们阅读的时候，几乎可以感觉到他那仿佛重温儿时打仗游戏的心脏怦怦乱跳的快感，他精心设计克敌制胜的计策，运筹帷幄指挥两军对垒的形象也跃然纸上。当我们悄悄跟随蚂蚁先锋队潜入恐龙的信息大厦，我们很清楚蚂蚁背后的军师就是刘慈欣。但是，虽然耽溺于战争描写，但他却通过蚂蚁联邦的首席科学家乔耶博士发出警告，并在战争结束的时候举起和平主义旗帜，批判穷兵黩武的军国主义和霸权主义。这种游戏与思想之间的矛盾或张力，造成某种不和谐感，但吊诡的是，这正是刘慈欣科幻小说的特殊魅力。

（张懿红：文学博士，博士后，兰州城市学院教授）

镜　子

刘慈欣

随着探索的深入，人们发现量子效应只是物质之海表面的涟漪，是物质更深层规律扰动的影子。当这些规律渐渐明朗时，在量子力学中飘忽不定的实在图像再次稳定下来，确定值重新代替了概率，新的宇宙模型中，本认为已经消失了的因果链再次浮现并清晰起来。

追　捕

办公室里竖立着国旗和党旗，宽大的办公桌两旁有两个人。

"我知道首长很忙，但这事必须汇报，说真的，我从来没遇到过这种事。"桌前一位身着二级警监警服的人说，他年近五十，但身躯挺拔，脸上线条刚劲。

"继峰啊，我清楚你最后这句话的分量，毕竟三十年的老刑侦了。"首长说，他说话的时候看着手中的一支缓缓转动的红蓝铅笔，仿佛在专心评价笔尖削出的形状。大多数时间他都是这样将自己的目光隐藏起来，在过去的岁月中，陈继峰能记起的是首长直视自己不超过三次，但每一次都是自己一生的关键时刻。

"每次采取行动之前目标总能逃脱，他肯定预先知道。"

"这事，你不会没遇到过吧？"

"当然，要只是这个倒没什么，我们首先能想到的就是内部问题。"

"你手下的这套班子不太可能。"

"是不可能，按您的吩咐，这个案子的参与范围已经压缩到最小，组里只有四个人，真正知道全部情况的人只有两个。不过我还是怕万一，就计划召开一次会议，对参加人员逐个盘查。我让沈兵召集的会议，您认识的，十一处很可靠的那个，宋诚的事就是他办的……但这时，邪门的事出现了……您，可别以为我是在胡扯，我下面说的绝对是真的。"陈继峰笑了笑，好像对自己的辩解很不好意思似的，"就在这时，他来了电话，我们追捕的目标给我来了电话！我在手机里听到他说：你们不用开这个会，你们没有内奸。而这个时刻，距我向沈兵说出开会的打算不到三十秒钟！"

首长手中的铅笔停止了转动。

"您可能想到了窃听，但不可能，我们的谈话地点是随意选的，在一个机关礼堂中央，礼堂里正在排演国庆大合唱，说话凑到耳根才能听清。后来这样的怪事接连发生，他给我们来过八次电话，每次都谈到我们刚刚说过的话或做过的事。最可怕是，他不仅能听到一切，还能看到一切！有一次，沈兵决定对他父母家进行搜查，组里的两个人刚起身，还没走出局里的办公室呢，就接到他的电话，他在电话里说："你们搜查证拿错了，我的父母都是细心人，可能以为你们是骗子呢，沈兵掏出搜查证一看，首长，他真的拿错了。"

首长轻轻地将铅笔放在桌上，沉默着等陈继峰继续说下去，但后者好像已经说不出什么了。首长拿出一支烟，陈继峰忙拍拍衣袋找打火机，但没有找到。

桌上两部电话中的一部响了。

"是他……"陈继峰扫了一眼来电显示后低声说。首长沉着地示意了一下，他按下免提键，立刻有话音响起，声音听上去很年轻，有一种疲惫无力感：

"您的打火机放在公文包里。"

陈继峰和首长对视了一下，拿起桌上的公文包翻找起来，一时没找到。

"夹在一份文件中了，就是那份关于城市户籍制度改革的文件。"目标在电话中说。

陈继峰拿出那份文件，啪的一下，打火机掉到桌面上。

"好东西，法国都彭牌的，两面各镶有 30 颗钻石，整体用钯金制成，价格……我查查，是三万九千九百六十元。"

首长没动，陈继峰却抬头打量了一下办公室，这不是首长的办公室，而是事先在这座大办公楼上任意选的一间。

目标在继续显示着自己的威力："首长，您那盒中华烟还剩五根，您上衣袋中的降血脂麦非奇罗片只剩一片了，再让秘书拿些吧。"

陈继峰从桌上拿起烟盒，首长则从衣袋中掏出药的包装片，都证实了目标所说准确无误。

"你们别再追捕我了，我现在也很难，不知道该怎么办。"目标继续说。

"我们能见面谈谈吗？"首长问。

"请您相信，那对我们双方都是一场灾难。"说完电话就挂断了。

陈继峰松了一口气，现在他的话得到了证实，而让首长认为他在胡扯，比这个对手的诡异更令他不安，"见了鬼了……"他摇摇头说。

"我不相信鬼，但看到了危险。"首长说，有生以来第四次，陈继峰看到那双眼睛直视着自己。

犯人和被追捕者

市近郊第二看守所。

宋诚在押解下走进这间已有六个犯人的监室，这里大部分是待审期较长的犯人。宋诚面对着一双双冷眼，看守人员出去后刚关上门，有一个瘦小的家伙就站起来走到他面前：

"板油！"他冲宋诚喊，看到后者迷惑的样子，他解释道："这儿按规矩分成大油、二油、三油……板油，你就是最板的那个。喂，别以为是爷们儿欺负你来得晚，"他用大拇指向后指了指斜靠在墙根的一个满脸胡子的人，"鲍哥刚来三天，已经是大油了。像你这种烂货，虽然以前官儿不小，但现在是最板的！"他转向那人，恭敬地问："鲍哥，怎么接待？"

"立体声。"那人懒洋洋地说。

几个躺着的犯人呼啦一下全站了起来，抓住宋诚将他头朝下倒提起来，悬在马桶的上方，慢慢下降，使他的脑袋大部分伸进了马桶里。

"唱歌儿，"瘦猴命令道，"这就是立体声，就来一首同志歌曲，《左右手》什么的！"

宋诚不唱，那几个人一松手，他的脑袋完全扎进了马桶中。

宋诚挣扎着将头从恶臭的马桶中抽出来，紧接着大口呕吐起来，他现在知道，诬陷者给予他的这个角色，在犯人中都是最受鄙视的。

周围兴高采烈的犯人们一下散开，飞快地闪回到自己的铺位上去。门开了，刚才那名看守警察又走了进来，他厌恶地看着蹲在马桶前的宋诚说："到水龙头那儿把脑袋冲冲，有人探视你。"

宋诚冲完头后，跟着看守来到了一间宽大的办公室，探视者在那里等着他。来人很年轻，面容清瘦，头发纷乱，戴着一副宽边眼镜，拎着一个很大的手提箱。宋诚冷冷地坐下了，没有看来人一眼。被获准在这个时候探视他，而且不去有玻璃隔断的探视室，直接到这里面对面，宋诚已基本猜出了来人是哪一方面的。但对方的第一句话让他吃惊地抬起头，大感意外：

"我叫白冰，气象模拟中心的工程师，他们在到处追捕我，和你一样的原因。"来人说。

宋诚看了来人一眼，觉得他此时的说话方式有问题：这种话应该是低声说出的，而他的声音正常高低，好像他所谈的事根本不用避开人。

白冰似乎看出了他的疑惑，说："两小时前我给首长打了电话，他约我谈谈，我没答应。然后他们就跟踪上了我，一直跟到看守所前，之所以没有抓我，是对我们的会面很好奇，想知道我要对你说些什么，现在，我们的谈话都在被窃听。"

宋诚将目光从白冰身上移开，又看着天花板，他很难相信这人，同时对这事也不感兴趣，即使他在法律上能侥幸免于一死，在精神上的死刑却已经执行，他的心已死了，此时不可能再对什么感兴趣了。

"我知道事情的全部真相。"白冰说。

宋诚的嘴角隐现出一丝冷笑，没人知道真相，除了他，但他懒得说出来了。

"你是七年前到省纪委工作的，提拔到这个位置还不到一年。"

宋诚仍沉默着，他很恼火，白冰的话又将他拉回到他好不容易躲开的回忆中。

大　案

自从本世纪初郑州市政府首先以一批副处级岗位招聘博士以来，很多城市都效仿了这种做法，后来这种招聘上升到一些省份的省政府一级，而且不限毕业年限，招聘的职位也更高。这种做法确实向外界显示了招聘者的大度和远见，但实质上只是一种华而不实的政绩工程。招聘者确实深谋远虑，他们清楚地知道，这些只会谋事不会谋人的年轻高知没有任何从政经验，一旦进入陌生险恶的政界，就会陷在极其复杂的官场迷宫中不知所措，根本不可能立足，这样到最后在职缺上不会有什么损失，产生的政绩效益却是可观的。就是这个机会，使当时已是法学教授的宋诚离开平静的校园和书斋投身政界。与他一同来的那几位不到一年就全军覆没，垂头丧气地离去了，唯一的收获就是对现实的幻灭。但宋诚是个例外，他不但在政界待了下来，而且走得很好。这应归功于两个人，其一是他的大学同学吕文明，本科毕业那年宋诚考研时，吕文明则考上了公务员，凭借优越的家庭背景和自己的奋斗，十多年后他成为国内最年轻的省纪委书记。是他力劝宋诚弃学从政的，这位单纯的学者刚来时，吕文明不是手把手，而是手把脚地教他走路，每一步踏在哪儿都细心指点，终于使宋诚绕过只凭自己绝对看不出来的处处雷区，一路向上地走到今天。他要感谢的另一个人就是首长……想到这里，宋诚的心抽搐了一下。

"得承认，这一切都是你自己的选择，不能说人家没给你退路。"白冰说。

宋诚点点头，是的，人家给退路了，而且是一条光明的康庄大道。

白冰接着说："首长和你在几个月前有过一次会面，你一定记得很清楚。那是在远郊阳河边的一幢别墅里，首长一般是不在那里接见外人的。你一下车就发现他在门口迎接，这是很高的礼遇了。他热情地同你握手，并拉着你的手走进客厅。别墅客厅布置给你的第一印象一定是简单和简朴，但你错了：那套看上去有些旧的红木家具价值百万；墙上唯一一幅不起眼的字画更陈旧，细看还有虫蛀的痕迹，那是明朝吴彬的《宕壑奇姿》，从香港佳士得拍卖行以八百万港币购得；还有首长亲自给你泡的那杯茶，那是中国星级茶王赛评出的五星级茶王，五百克的价格是九十万元。"

宋诚确实想起了白冰说的那杯茶，碧绿的茶液晶莹透明，几根精致的茶叶在这小小的清纯空间中缓缓飘行，仿佛一首古筝奏出的悠扬仙乐……他甚至回忆起自己当时的随感：要是外面的世界也这么纯净该多好啊。宋诚意识中那层麻木的帷帐一下子被掀去了，模糊的意识又焦聚起来，他瞪大震惊的双眼盯着白冰。

他怎么知道这些？这件事处于秘密之井的最底端，是隐秘中的隐秘，这个世界上知道的人加上自己不超过四个！

"你是谁？"他第一次开口了。

白冰笑笑说："我刚才自我介绍过，只是个普通人，但坦率地告诉你，我不仅仅是知道得很多，而且我什么都知道，或者说什么都能知道，正因为这个他们也要除掉我，就像除掉你一样。"

白冰接着讲下去："首长当时坐得离你很近，一只手放在你的膝盖上，他看着你的慈祥目光能令任何一个晚辈感动，据我所知（记住，我什么都知道），他从未与谁表现得这样亲近，他对你说：年轻人，不要紧张，大家都是同志，有什么事情，只要真诚地以心换心，总是谈得开的……你有思想、有能力、有责任感和使命感，特别是后两项，在现在的年轻干部里面真如沙漠中的清泉一样珍贵啊，这也是我看重你的原因，从你身上，我看到了自己年轻时的影子啊。这里要说明一下，首长的这番话可能是真诚的，以前在工作中你与他交往的机会不是太多，但有好几次，在机关大楼的走廊上偶然相遇，或在散会后，他都主动与你攀谈几句，他很少与下级、特别是年轻的下级这样的，这些人们都看在眼里。虽然在组织会议上他从没有为你说过什么话，但他的那些姿态对你的仕途是起了很大作用的。"

宋诚又点点头，他知道这些，并曾经感激万分，一直想找机会报答。

"首长抬手向后示意了一下，立刻进来一个人，将一大摞文件材料轻轻地放到桌子上，你一定注意到，那个人不是首长平时的秘书。首长抚着那摞材料说：就说你刚刚完成的这项工作吧，充分证明你的那些宝贵素质：如此巨量而艰难的调查取证，资料充分而翔实，结论深刻，很难相信这些只用半年时间就完成了。你这样出类拔萃的纪检干部要多一些，真是党的事业之大幸啊……你当时的感觉，我就不用说了吧。"

当然不用说，那是宋诚一生中最惊恐的时刻，那份材料先是令他如触电似的颤抖了一下，然后像石化般僵住了。

"这一切都是从对一宗中纪委委托调查的非法审批国有土地案的调查开始的。嗯……我记得你童年的时候，曾与两个小伙伴一起到一个溶洞探险，当地人把它叫老君洞，那洞口只有半米高，弯着腰才能进去，但里面却是一个宏伟的黑暗大厅，手电光照不到高高的穹顶，只有纷飞的蝙蝠不断掠过光柱，每一个小小的响动都能激起辽远的回声，阴森的寒气浸入你的骨髓……这就是那次调查的生动写照：你沿着那条看似平常的线索向前走，它把你引到的地方令你越来越不敢相信自己的眼睛，随着调查的深入，一张全省范围的腐败网络气势磅礴地展现在你的面前，这张网上的每一根经络都通向一个地方，一个人。现在，这份本来要上报中纪委的绝密纪检材料，竟拿在这个人的手中！对这项调查，你设想过各种最坏的情况，但眼前发生的事却是你万万没有想到的。你当时完全乱了方寸，结结巴巴地问：这……这怎么到了您手里？首长从容地一笑，又轻轻抬手示意了一下，你立刻得到了答案：纪委书记吕文明走进了客厅。

"你站起身，怒视着吕文明说：你，你怎么能这样？你怎么能这样违反组织原则和纪律？吕文明挥挥手打断你，用同样的愤怒质问道：这事为什么不向我打个招呼？你回答说：你到中央党校学习的一年期间，是我主持纪委工作，当然不能打招呼，这是组织纪律！吕文明伤心地摇摇头，好像要难过得流出泪似的：如果不是我及时截下了这份材料，那……那是什么后果嘛！宋诚啊，你这个人最要命的缺陷就是总要分出个黑和白，但现实全是灰色的！"

宋诚长长地叹息了一声，他记得当时呆呆地看着同学，不相信这话是从他嘴里说出的，因为以前他从未表露过这样的思想，难道那一次次深夜的促膝长谈中表现出的对党内腐败的痛恨，那一次次触动雷区时面对上下左右压力时的坚定不移，那一次次彻夜工作后面对朝阳发出的对党和国家前途充满使命感的忧虑，都是伪装的？

"不能说吕文明以前欺骗了你，只能说他的心灵还从来没有向你敞开到那么深，他就像那道著名的叫火焙阿拉斯加的菜，那道爆炒冰淇淋，其中的火热和冰冷都是真实的……首长没有看吕文明，而是猛拍了一下桌子，说：'什么灰色？文明啊，我就看不惯你这一点！宋诚做得非常优秀，无可指责，在这点上他比你强！'接着他转向你说：'小宋啊，就应该这样，一个人，特别是年轻人，失去了信念和使命感，就完了，我看不起那样的人。'"

宋诚当时感触最深的是：虽然他和吕文明同岁，但首长只称他为年轻人，而且反复强调，其含意很明显：跟我斗，你还是个孩子。而宋诚现在也不得不承认这一点。

"首长接着说：但，年轻人，我们也应该成熟起来。举个例子来说，你这份材料中关于恒宇电解铝基地的问题，确实存在，而且比你已调查出来的还严重，因为除了国内，还涉及外资方伙同政府官员的严重违法行为。一旦处理，外资肯定撤走，这个国内最大的电解铝企业就会瘫痪，为恒宇提供氧化铝原料的桐山铝矾土矿也要陷入困境；然后是橙林核电厂，由于前几年电力紧张时期建设口子放得太大，现在国内电力严重过剩，这座新建核电厂发出的电主要供电解铝基地使用，恒宇一倒，橙林核电厂也将面临破产；接下来，为橙林核电提供浓缩铀的照西口化工厂也将陷入困境……这些，将使近七百亿的国家投资无法收回，三四万人失业，这些企业就在省城近郊，这个中心城市必将立刻陷入不稳定之中……上面说的恒宇的问题还只是这个案件的一小部分，这庞大的案情涉及正省级一人、副省级三人、厅局级二百一十五人、处级六百一十四人、再往下不计其数。省内近一半经营出色的大型企业和最有希望的投资建设项目都被划到了圈子里，盖子一旦揭开，这就意味着全省政治经济的全面瘫痪！而涉及如此之广的巨大动作，会产生什么其他更可怕的后果还不得而知，也无法预测，省里好不容易得到的政治稳定和经济良性增长的局面将荡然无存，这难道对党和国家就有利？年轻人，你现在不能延续法学家的思维，只要法律正义得到伸张，哪管它洪水滔天！这是不负责任的。平衡，历史都是在各种因素间建立的某种平衡中发展到今天的，不顾平衡一味走极端，在政治上是极其幼稚的表现。

"首长沉默后，吕文明接着说：'这个事情，中纪委那方面我去办，你，关键要做好项目组那几个干部的工作，下星期我会中断党校学习，回来协助你……'

"'混账！'首长再次猛拍桌子，把吕文明吓得一抖。'你是怎么理解我的话的？你竟认为我是让小宋放弃原则和责任？文明啊，这么多年了，你从心里讲，我是这么一个没有党性没有原则的人吗？你什么时候变得这么圆滑，让人伤心啊。'然后首长转向你：'年轻人，在这件事上，你们前面的工作做得十分出色，一定要顶住干扰和压力坚持下去，让腐败分子得到应有的惩罚！案情触目惊心啊，放过他们，无法向人民交代，天理也不容！我刚才讲的你绝不能当成负担，我只是以一个老党员的身份提醒你，要慎重，避免出现不可预测的严重后果，但有一点十分明确，那就是这个腐败大案必须一查到底！'首长说着，拿出了一张纸，郑重地递给你：'这个范围，你看够吗？'"

宋诚当时知道，他们也设下了祭坛，要往上放牺牲品了。他看了一眼那个名单，够了，真的够了，无论从级别上还是从人数上，都真的够了。这将是一个震惊全国的腐败大案，而他宋诚，将随着这个案件的最终告破而成为国家级反腐英雄，将作为正义和良知的化身而被人民敬仰。但他心里清楚，这只是蜥蜴在危急时刻自断的一条尾巴，蜥蜴跑了，尾巴很快还会长出来。他当时看着首长盯着自己的样子，一时间真想到了蜥蜴，浑身一颤。但宋诚也知道他害怕了，自己使他害怕了，这让宋诚感到自豪，正是这自豪，一时间使他大大高估了自己的力量，更由于一个理想主义者血液中固有的某种东西，他做出了致命的选择。

"你站起身来，伸出双手拿起了那摞材料，对首长说：'根据党内监督条例规定，纪委有权对同级党委的领导人进行监督，按组织纪律，这材料不能放在您那里，我拿走了。'吕文明想拦你，但首长轻轻制止了他，你走到门口时听到同学在后面阴沉地说：'宋诚，你过分了。'首长一直送你到车上，临别时他握着你的手慢慢地说：'年轻人，慢走。'"

宋诚后来才真正理解这句话的深长意味：慢走，你的路不多了。

宇宙大爆炸

"你到底是谁？"宋诚充满惊恐地看着白冰，他怎么知道这么多？绝对没人能知道这么多！

"好了，我们不回忆那些往事了。"白冰一挥手中断了讲述，"我说说事情的来龙去脉吧，以解开你的疑问——你……你知道宇宙大爆炸吗？"

宋诚呆呆地看着白冰，他的大脑一时还难以理解白冰最后那句话，后来，他终于做出了一般人的正常反应，笑了笑。

"是的是的，我知道太突兀了，但请相信我没有毛病，要想把事情讲清楚，真的得从宇宙诞生的大爆炸讲起！这……，怎么才能向你说清楚呢？还是回到大爆炸吧。你可能多少知道一些，我们的宇宙诞生于二百亿年前的一次大爆炸，在一般人的想象中，那次创世爆炸像漆黑空间中一团怒放的烟火，但这个图像是完全错误的：大爆炸之前什么都没有，包括时间和空间，都没有，只有一个奇点，一个没有大小的点，这个奇点急剧扩张开来，形成了我们今天的宇宙，现在一切的一切，包括我们自己，都来自于这个奇点的扩张，它是万物的种子！这理论很深，我也搞不太清楚，与我们这事有关的是这一点：随着物理学的进步，随着弦论之类的超级理论的出现，物理学家们渐渐搞清了那个奇点的结构，并且给出了它的数学模型，与这之前量子力学的模型不同，如果奇点爆炸前的基本参数确定，所生成的宇宙中的一切也就都确定了，一条永不中断的因果链贯穿了宇宙中的一切过程……嗨，真是，这些怎么讲得清呢？"

白冰看到宋诚摇摇头，那意思或是听不懂，或是根本不想听下去。

白冰说："我说，还是暂时不要想你那些痛苦的经历吧。其实，我的命运比你好不到哪里去，刚才介绍过，我是一个普通人，但现在被追杀，下场可能比你还惨，就因为我什么都知道。如果说你是为使命和信念而献身，我……我纯粹是倒霉！倒了八辈子的霉！所以比你更惨。"

宋诚悲哀的目光表达了一个明确的意思：没有人会比我惨。

诬　陷

在与首长会面一个星期后，宋诚被捕了，罪名是故意杀人。

其实，宋诚知道他们会采用非常规手段对付自己，对于一个知道的这么多又在行动中的人，一般的行政和政治手段就不保险了，但他没有想到对手行动这么快，出手又这么狠。

死者罗罗是一个夜总会的舞男，死在宋诚的汽车里，车门锁着，从内部无法打开，车内扔着两罐打火机用的丙烷气，罐皮都被割开了口子，里面的气体已全部蒸发，受害人就是在车里因高浓度丙烷气中毒而死的。死者被发现时，手中握着已经破碎的手机，显然是试图用它来砸破车窗玻璃。

警方提供的证据很充分，有长达两个小时的录像证明宋诚与罗罗已有三个多月的不正常交往，最为有力的证据是罗罗死前给110打的一个报警电话：

罗罗："……快！快来！我打不开车门！我喘不上气，我头疼……"

110："你在哪里？把情况再说清楚些！"

罗罗："……宋……宋诚要杀我……"

……

事后，在死者手机上发现一小段通话录音，里面是宋诚和受害人的几句对话：

宋诚："我们既然已走到了这一步，你就和许雪萍断了吧。"

罗罗："宋哥，这何必呢？我和许姐只是男女关系嘛，影响不了咱们的事，说不定还有帮助呢。"

宋诚："我心里觉得别扭，你别逼我采取行动。"

罗罗："宋哥，我有我的活法儿。"

……

这是十分专业的诬陷，其高明之处就在于，警方掌握的证据几乎百分之百是真实的。

宋诚确实与罗罗有长时间的交往，这种交往是秘密的，要说不正常也可以，那两段录音都不是伪造的，只是后面那段被曲解了。

宋诚认识罗罗是由于许雪萍的缘故，许是昌通集团的总裁，与腐败网络的许多结点都有着密切的经济关系，对其背景和内幕了解很深。宋诚当然不可能直接从她嘴里得到任何东西，但他发现了罗罗这个突破口。

罗罗向宋诚提供情况绝不是出于正义感，在他眼里，世界早就是一块擦屁股纸了，他是为了报复。

这个笼罩在工业烟尘中的内地都市，虽然人均收入排在全国同等城市的最后，却拥有多家国内最豪华的夜总会。首都的那些高干子弟，在京城多少要注意一些影响，不可能像民间富豪那样随意享乐，就在每个周末驱车沿高速公路疾驶四五个小时，来到这座城市度过荒淫奢靡的两天一夜，在星期天晚上又驱车赶回北京。罗罗所在的蓝浪夜总会是最豪华的一家，这里点一首歌最低三千元，几千元一瓶的马爹利和轩尼诗一夜能卖出两三打。但蓝浪出名的真正原因并不在于此，而是因为它是一家只接待女客的夜总会。

与其他的同伴不同，罗罗并不在意其服务对象给多少，而在意给的比例。如果是一个年收入仅二三十万的外资白领（在蓝浪她们是罕见的穷人），给个几百他也能收下。但许姐不同，她那几十亿的财富在过去的几年中已威震江南，现在到北方来发展也势如破竹，但在交往几个月后，扔出四十万就把他打发了。让许姐看上不容易，要放到同伴们身上，用罗罗的话说他们要美得肝儿疼了。但罗罗不行，他对许雪萍充满了仇恨。那名高级纪检官员的到来让他看到了报复的希望，于是他施展自己这方面的能力，又和许姐联系上了。平时许雪萍对罗罗嘴也很严，但他们在一起喝多或吸多了时就不一样了。同时，罗罗是个很有心计的人，在许多次黎明前最黑暗的时候，他会从熟睡的许姐身边无声地爬起来，在她的随身公文包和抽屉里寻找自己和宋诚需要的东西，并用数码相机拍下来。

警方手中那些证明宋诚和罗罗交往的录像，大都是在蓝浪的大舞厅拍的，往往首先拍的是舞台，上面一群妖艳的年轻男孩在疯狂地摇滚着，镜头移动，显示出那些服饰华贵的女客人们，在幽暗中凑在一起，对着台上指指点点，不时发出暧昧的笑声。最后镜头总是落到宋诚和罗罗身上，他们往往坐在最后面的角落里，头凑在一起密谈着，显得很亲密。作为唯一的男客，宋诚自然显得很突出……宋诚实在没有办法，大多数时间他只能在蓝浪找到罗罗。舞厅的光线总是很暗，但这些录像十分清晰，显然使用了高级的微光镜头，这种设备不是一般人能拥有的。这么说，他们从一开始就注意到自己了，这令宋诚看到与对手相比自己是何等的不成熟。

这天，罗罗约宋诚通报最新的情况，宋诚在夜总会见到罗罗时，他一反常态，要到他的车里谈，谈完后，他说现在身体不舒服，不想上去了，上去后老板肯定要派事儿，想在宋诚的车里休息一会儿。宋诚以为他的毒瘾又来了，但也没有办法，只好将车开回机关，把车停在机关大楼外面，自己到办公室去处理一些白天没干完的工作，罗罗就待在车里。四十多分钟后他下来时，已经有人发现罗罗死在充满丙烷气味的车里。车门只有宋诚能从外面打开。后来，公安系统参与此案侦查的一位密友告诉宋诚，他的车门锁没有任何被破坏的痕迹，从其他方面也确实能够排除还有其他凶手的可能性。这样，人们理所当然地认为是宋诚杀了罗罗，而宋诚则知道只有一个可能：那两个丙烷罐是罗罗自己带进车里的。

这让宋诚彻底绝望了，他放弃了洗清自己的努力：如果一个人以自己的生命为武器来诬陷他，那他是绝对逃不掉的。

其实，罗罗的自杀并不让宋诚觉得意外，他的 HIV 化验呈阳性。但罗罗以死来陷害自己，显然是受人指使的，那么罗罗得到了什么样的报酬？那些钱对他还有什么意义？他是为谁挣那些钱？也许报酬根本就不是钱，那是什么？除了报复许雪萍，还有什么更强烈的诱惑或恐惧能征服他吗？这些宋诚永远不可能知道了，但他由此进一步看到了对手的强大和自己的稚嫩。

这就是他为人所知的一生了：一个高级纪检干部，生活腐化变态，因同性恋情杀被捕，他以前在男女交往方面的洁身自好在人们眼里反倒成了证据之一……像一只被人群踏死的臭虫，他的一切很快就将消失得干干净净了，即使偶尔有人想起他，也不过是想起了一只臭虫。

现在宋诚知道，他以前之所以做好了为信念和使命牺牲的准备，是因为根本就不明白牺牲意味着什么。他曾想当然地把死作为一条底线，现在才发现，牺牲的残酷远在这条底线之下。在进行搜查时他被带回家一次，当时妻子和女儿都在家，他向女儿伸出手去，孩子厌恶地惊叫一声，扑在妈妈的怀里缩到墙角，她们投向自己的那种目光他只见过一次，那是一天早晨，他发现放在衣柜下的捕鼠夹夹住了一只老鼠，他拿起夹子让她们看那只死老鼠……

"好了，我们暂时把大爆炸和奇点这些抽象的东西放到一边，"白冰打断了宋诚痛苦的回忆，将那只大手提箱提到桌面上，"看看这个。"

超弦计算机、终极容量和镜像模拟

"这是一台超弦计算机，是我从气象模拟中心带出来的，你说偷出来的也行，我全凭它摆脱追捕了。"白冰拍着那个箱子说。

宋诚将目光移到箱子上，显得很迷惑。

"这是很贵的东西，目前在省里还只有两台。根据超弦理论，物质的基本粒子不是点状物，而是无限细的一维弦，在十一维空间中振动，现在，我们可以操纵这根弦，沿其一维长度存贮和处理信息，这就是超弦计算机的原理。

"在传统电子计算机中的一块 CPU，或一条内存，在超弦机中只是一个原子！超弦电路是基于粒子的十一维微观空间结构运行的，这种超空间微观矩阵，使人类拥有了几乎无限的运算和存贮能力。将过去的巨型计算机同超弦机相比，就如我们的十根手指头同那台巨型机相比一般。超弦计算机具有终极容量，终极容量啊，也就是说，它可以将已知宇宙中的每一个基本粒子的状态都存贮起来并进行运算，就是说，如果是基于三维空间和一维时间，超弦机能够在原子级别上模拟整个宇宙……"

宋诚交替地看着箱子和白冰，与刚才不同，他似乎在很注意地听白冰的话，其实他是在努力寻找一种解脱，让这个神秘来人的这番不着边际的话，将自己从那痛苦的回忆中解脱出来。

白冰说："很抱歉我说了这么多莫名其妙的话，大爆炸奇点、超弦计算机什么的，与我们面对的现实好像八竿子打不着，但要把事情解释清楚，就绕不开这些东西。下面谈谈我的专业吧：我是个软件工程师，主要搞模拟软件，也就是建立一个数学模型，在计算机里让它运行，模拟现实世界中的某种事物或过程。我是学数学的，所以建模和编程都搞，以前搞过沙尘暴模拟、黄土高原水土流失模拟、东北能源经济发展趋势模拟等，现在搞大范围天气模拟。我很喜欢这个工作，看着现实世界的某一部分在计算机内存中运动演化，真是一件很有意思的事。"

白冰看看宋诚，后者的双眼一动不动地盯着他，似乎仍在注意听着，于是他接着说下去："你知道，物理学在近年来连续获得大突破，很像上世纪初那阵儿，现在，只要给定边界条件，我们就可以拨开量子效应的迷雾，准确地预测单个或一群基本粒子的运动和演化。注意我说的一群，如果群里粒子的数量足够大，它就构成了一个宏观物体，也就是说，我们现在可以在原子级别上建立一个宏观物体的数学模型。这种模拟被称为镜像模拟，因为它能以百分之百的准确再现模拟对象的宏观过程，如同为宏观模拟对象建立了一个数字镜像。打个比方吧：如果用镜像模拟方式为一个鸡蛋建立数学模型，也就是将组成鸡蛋的每一个原子的状态都输入模型的数据库，当这个模型在计算机中运行时，如果给出的边界条件合适，内存中的那个虚拟鸡蛋就会孵出小鸡来，而且那只内存中的虚拟小鸡，与现实中的那个鸡蛋孵出的小鸡一模一样，连每一根毛尖都不会差一丝一毫！你往下想，如果这个模拟目标比鸡蛋再大些呢？大到一棵树，一个人，很多人；大到一座城市，一个国家，甚至大到整个地球？"白冰说到这里激动起来，开始手舞足蹈，"我是一个狂想爱好者，热衷于在想象中把一切都推向终极，这就让我想到，如果镜像模拟的对象是整个宇宙会怎么样？"白冰进入一种不能自已的亢奋中，"想想，整个宇宙！多么神奇，在一个计算机内存中运行的宇宙！从诞生到毁灭……"

白冰突然中断了兴奋的讲述，警觉地站了起来，这时门无声地开了，走进两个神色阴沉的男人，其中一位稍年长些的对着白冰抬抬双手，示意他照着做，白冰和宋诚都看到了他敞开的夹克中的手枪皮套，白冰顺从地举起双手，年轻的那位上前在他的身上十分仔细地上下轻拍了一遍，然后对年长者摇摇头，同时将那只大手提箱从桌上提开，放到离白冰远一些的地方。

年长者走到门口，对外面做了一个"请"的手势，又进来三个人，第一个人是市公安局长陈继峰，第二人是省纪委书记吕文明，最后进来的是首长。

年轻人拿出了一副手铐，但吕文明冲他摇了摇头，陈继峰则将头向门的方向微微偏了一下，两个便衣警察走了出去，其中的一人走前从办公桌桌腿上取下一个小东西放进衣袋，显然是窃听器。

初始条件

白冰脸上丝毫没有意外的表情，他淡淡一笑说："你们终于抓到我了。"

"准确地说是自投罗网，得承认，如果你真想逃，我们是很难抓到你的。"陈继峰说。

吕文明表情复杂地看了宋诚一眼，欲言又止。首长则缓缓地摇摇头，语气沉重地沉吟道："宋诚啊，你，怎么堕落到这一步呢……"他双手撑着桌沿长久地默立着，眼睛有些湿润，但谁看到都不会怀疑他的悲哀是真诚的。

"首长，在这儿就不必演戏了吧。"白冰冷眼看着这一切说。

首长没有动。

"诬陷他是您策划的。"

"证据？"首长仍没有动，从容地问。

"那次会面后，关于宋诚您只说过一句话，是对他说的。"白冰指指陈继峰，"继峰啊，宋诚的事你当然知道意味着什么，还是认真办一办吧。"

"这能证明什么？"

"从法律意义上当然证明不了什么，这是您的精明和老练之处，即使是密谈都深藏不露。但他，"白冰又指了指陈继峰，"都领会得很准确，他对您的意思一直领会得很准确，对宋诚的诬陷是他指示刚才那两个人中的一个具体干的，那人叫沈兵，是他手下最得力的人，整个过程可是一个复杂的大工程，我就不用细说了吧。"

首长缓缓转过身来，在办公桌边的一把椅子上坐下，两眼看着地板说："年轻人，必须承认，你的突然出现有许多令人吃惊的地方，用陈局长的话说叫见鬼了。"他沉默了一会儿后，语气变得真诚起来，"说明你的真实身份吧，如果你真是上级派来的，请相信，我们是会协助工作的。"

"不是，我多次声明自己是个普通人，身份就是你们已经查明的那样。"

首长点点头，看不出白冰的话让他感到欣慰还是更加忧虑。

"坐，都坐吧。"首长对仍站着的吕、陈二人挥挥手，然后伏身靠近白冰，郑重地说："年轻人，今天，我们把一切都彻底讲清楚，好吗？"

白冰点点头："这也是我的打算。我，从头说起吧。"

"不，不用，你刚才对宋诚说的那些我们都听到了，就从中断处接着说吧。"

白冰语塞，一时想不起刚才说到哪儿了。

"在原子级别模拟整个宇宙。"首长提醒他，但看到白冰仍然不知如何说起，他便自己接着说下去，"年轻人，我认为你这个想法是不可能实现的。不错，超弦计算机具有终极容量，为这种模拟运算提供了硬件基础，但你想过初始状态的问题吗？对宇宙的镜像模拟必须从某个初始状态开始，也就是说，要在模拟开始时的某个时间断面上，将宇宙的全部原子的状态一个一个地输入计算机，以在原子级别上构建一个初始宇宙模型，这可能吗？别说是宇宙了，就是你说的那个鸡蛋都不可能，构成它的原子数比有史以来出现过的所有鸡蛋的数量都要大几个数量级；甚至一个细菌都不可能，它的原子数也是令人望而生畏的。退一步说，就算动用了难以想象的人力和物力，将细菌甚至鸡蛋这类小物体的初始状态从原子级别上输入计算机，那么它们运动和演化所需要的边界条件呢？比如鸡蛋孵出小鸡所需要的温度、湿度等，这些边界条件在原子级别上的资料量同样大得不可想象，甚至可能要大于模拟对象本身。"

"您能对技术问题进行如此描述，我很敬佩。"白冰由衷地说。

"首长是高能物理专业的高才生，是改革开放恢复学位后国内的第一批物理学硕士之一。"吕文明说。

白冰对吕文明点点头，又转向首长："但您忘了，存在着那样一个时间断面，宇宙是十分简单的，甚至比鸡蛋和细菌都简单，比现实中最简单的东西都简单，因为它那时的原子数是零，没有大小，没有结构。"

"大爆炸奇点？"首长飞快地接上话，几乎没有空隙，显示出他沉稳迟缓的外表下灵敏快捷的思维。

"是的，大爆炸奇点。超弦理论已经建立了完善的奇点模型，我们只需要将这个模型用软件实现，输入计算机运算就可以了。"

"是这样，年轻人，真是这样。"首长站起身，走到白冰身边拍拍他的肩膀，显出了少有的兴奋，对刚才的那番对话不甚了了的陈继峰和吕文明则用迷惑的目光看着他。

"这是你从那个科研中心拿出来的超弦计算机吗？"首长指着那只大手提箱问。

"偷出来的。"白冰说。

"呵，没关系，宇宙大爆炸的镜像模拟软件一定在里面吧？"

"是的。"

"做做看。"

创世游戏

白冰点点头，把箱子提到桌面上打开了它。除了显示设备外，箱子中还装着一个圆柱体容器，超弦计算机的主机其实只有一个烟盒大小，但原子电路需要在超低温下运行，所以主机浸在这个绝热容器里的液氮中。白冰将液晶显示器支起来，动了一下鼠标，处于休眠状态下的超弦计算机立刻苏醒过来，液晶屏亮起来，像睁开了一只惺忪的睡眼，显示出一个很简单的接口，仅由一个下拉文本框和一个小小的标题组成，标题是：请选择创世启爆参数。

白冰点了一下文本框旁边的箭头，下拉出一行行资料组，每组约有十几个数据项，各行看上去差别很大，"奇点的性质由十八个参数确定，参数的组合原则上是无限的，但根据超弦理论的推断，能够产生创世爆炸的参数组的数量是有限的，但有多少组目前还是个谜。这里显示的是其中的一小部分，我们随便选一组吧。"

白冰选中一组参数后，屏幕立刻变成了乳白色，正中凸现了两个醒目的大按钮：

引爆　取消

白冰点了引爆按钮，屏幕上只剩下一片乳白，"这白色象征虚无，这时没有空间，时间也还没有开始，什么都没有。"

屏幕的左下角出现了一个红色数字"0"。

"这个数字是宇宙演化的时间，0 的出现说明奇点已经生成，它没有大小，所以我们看不到。"

红色数字开始飞快增长。

"注意，宇宙大爆炸开始了。"

屏幕中央出现了一个蓝色的小点，很快增大为一个球体，发出耀眼的蓝光。球体急剧膨胀，很快占满了整个屏幕，软件将视野拉远，球体重新缩为遥远处的一点，但爆炸中的宇宙很快又充满了整个屏幕。这个过程反复重复着，频率很快，仿佛是一首宏伟乐曲的节拍。

"宇宙现在正处于暴胀阶段，它的膨胀速度远超过光速。"

随着球体膨胀速度的降低，视野拉开的频率渐渐慢下来，随着能量密度的降低，球体的颜色由蓝向黄红渐变，后来宇宙的色彩在红色上固定下来，并渐渐变暗，屏幕上的视野不再拉远，变成黑色的球体在屏幕上很缓慢地膨胀着。

"好，现在距大爆炸已经一百亿年了，这个宇宙处于稳定的演化阶段，我们进去看看吧。"白冰说完动了动鼠标，球体迅速前移，屏幕完全黑了下来，"好，现在我们就在这个宇宙的太空中了。"

"什么也没有啊？"吕文明说。

"我们看看……"白冰说着，按动鼠标右键弹出了一个很复杂的接口，一个程序开始统计这个宇宙中的物质总量，"呵，这个宇宙中只有十一个基本粒子。"他又调出了一大堆信息仔细读着，"有十个粒子结成了五个粒子对，互相环绕对方运行，不过每个粒子对中的两个粒子相距几千万光年，要上百万年才能相对运动一毫米；还有一个粒子是自由的。"

"十一个基本粒子？说了半天还是什么都没有。"吕文明说。

"有空间啊，近千亿光年直径的空间！还有时间，一百亿年的时间！时空是最实在的存在！要说这个宇宙，还是创造得比较成功的，以前创造的相当多的宇宙连空间都很快湮灭了，只剩时间。"

"无聊。"陈继峰哼了一声，转身不再看屏幕。

"不，很有意思，"首长高兴地说，"再来一次。"

白冰退回到引爆接口，重选了一组参数，再次启动了大爆炸。这个新宇宙诞生的过程看上去与刚才基本相同，也是一个在膨胀中渐渐暗下来的球体。在创世后的一百五十亿年，球体完全变黑，宇宙的演化稳定下来，白冰让视点进入宇宙内部，这时，连最不感兴趣的陈继峰也惊叹起来。广漠的黑色太空下，一张银色的大膜向各个方向延伸至无穷远处，大膜上点缀着各种色彩的小球体，像滚动在广阔镜面上的多彩露珠。

白冰又调出了分析接口，看了一会儿后说："运气好，这是一个丰富多彩的宇宙，半径约四百亿光年，其中一半是液体，一半是空间。也就是说，这个宇宙就是一个深度和表面半径都是四百亿光年的大洋！宇宙中的固体星球就浮在洋面上！"白冰将画面推向洋面，可以看到银色的洋面在缓缓波动着，画面中出现了一个星球的近景："这个漂浮着的星球有……我看看，木星那么大吧，哇，它还在自转耶！看它表面的那些山脉，在出水和入水时是何等的壮观！我们就把这液体叫水吧。看那被山脉甩到轨道上的水，在洋面形成了一个半圆的彩虹环耶！"

"是很美，但这个宇宙是违反物理学基本定律的。"首长看着屏幕说，"别说四百亿光年深的海洋，就是四光年，那水体也早在引力下坍缩成黑洞了。"

白冰摇摇头说："您忘了最基本的一点：这不是我们的宇宙，这个宇宙有自己的一套物理定律，与我们宇宙中的完全不同。在这个宇宙中，万有引力常数、普朗克常数、光速等基本物理常数与我们的宇宙完全不同；在这个宇宙中，一加一甚至都不等于二。"

在首长的鼓励下，白冰继续演示下去，第三个宇宙被创造出来，进入其中后屏幕上出现了一堆极其混乱的色彩和形状，白冰立刻将它关掉了。"这是一个六维宇宙，我们无法观察它，其实大多数情况都是这样，我们创造的前两个都是三维宇宙只是运气好而已，宇宙从高能状态冷却后，被释放到宏观的维数为三的概率只有三比十一。"

第四个宇宙出现时，所有的人都很迷惑：宇宙呈现出一个无际的黑色平面，有无数根银光闪闪的直线与黑色平面垂直相交。看过分析资料后，白冰说：“这个宇宙与上面相反，维数比我们的低，是一个二点五维的宇宙。”

“二点五维？”首长很吃惊。

“您看，这个黑色的没有厚度的二维平面就是这个宇宙的太空，直径约五千亿光年；那些与平面垂直的亮线就是太空中的恒星，它们都有几亿光年长，但无限细，只有一维。分数维的宇宙很少见，我要把这组创世参数记下来。”

“有个问题，”首长说，“如果你用这组参数再次启动大爆炸，所得到的宇宙与这个完全一样吗？”

“是的，一样，而且其演化过程也完全一样，一切在大爆炸时就决定了，您看，物理学穿过量子迷雾之后，宇宙又显示出了因果链和决定论的本性。”白冰依次看看每个人，郑重地说：“我请各位都牢记这一点，如果要理解我们后面将要面对的那些可怕的事，这是关键。”

“真的很有意思，做上帝的体验，超脱而空灵，很长时间没有这种感觉了。”首长感叹道。

“我的感觉同您一样，”白冰离开了计算机，站起来来回踱步，“所以，我就一遍又一遍地玩着创世游戏，到现在为止，我已经启动了一千多次大爆炸，那一千多个宇宙，其神奇壮观很难用语言形容，我像吸毒似的上了瘾……本来我可以这样一直玩儿下去，我们之间将永远素不相识，不会有任何关系，我们双方的生活都会按正常的轨迹进行下去，但……唉，真没想到……那是今年年初一个下雪的晚上，已经午夜两点了，很静很静，我启动了那天的最后一次大爆炸，在超弦计算机中诞生了第一千二百零七号宇宙，就是这一个……”

白冰回到计算机前，将文本框下拉到底，选择了最后的一组创世参数，启动了宇宙大爆炸。新生的宇宙在蓝光中急剧膨胀后熄灭为黑色。白冰移动鼠标，在创世之后的一百九十亿年进入了这个他编号为“1207”的宇宙。

这一次，屏幕上出现了灿烂的星海。

“‘1207’的半径约二百亿光年，宏观维数是三；这个宇宙中，万有引力常数是一点六七乘十的负十一次方，真空中的光速是每秒三十万公里；这个宇宙中，电子电量是一点六零二乘十的负十九次方库仑；这个宇宙中，普朗克常数是六点六二六……"白冰凑近首长，用令人胆寒的目光逼视着他，"这个宇宙中，一加一等于二。"

"这是我们的宇宙。"首长点点头，他仍很沉着，但额头有些潮湿了。

历史检索

"得到'1207'号宇宙后，我花了一个多月的时间做了一个搜索引擎，以模式识别为基础的。然后，我就从天文资料中查到银河系与仙女座、大小麦哲伦等相邻星系的几何构图，在全宇宙范围内查询这种构图，得到了八万多个结果。下一步我就在这个范围内，用银河系和邻近星系本身的形状进行查询，很快在宇宙中定位了银河系。"以漆黑的太空为背景，一个银色的大旋涡在屏幕上显示出来，"太阳的定位就更容易了，我们已经知道它在银河系中的大致范围——"白冰用鼠标在大旋涡的一个旋臂顶端拉出一个小矩形框，"仍用模式识别的方法，在这个范围中很快就定位了太阳。"屏幕上出现了一个耀眼的光球，光球周围环绕着一个雾蒙蒙的大环，"哦，这时太阳系的行星还没有诞生，这个星际尘埃构成的环就是构成它们的原材料。"白冰在屏幕下方调出了一个滚动条，"看，用这个来移动时间，"他将滑块缓缓前移，越过了两亿年的漫漫时光，太阳周围的尘埃环消失了，"现在九大行星已经诞生。这是真实尺度的图像，不是天象演示，所以找到地球还要费些事，我把以前存贮的坐标调出来吧。"于是，原始地球在屏幕上出现了，一个灰蒙蒙的球体，白冰转动鼠标的滚轮，"我们降低高度，好，现在，大约是一万米高吧。"下面大陆仍笼罩在迷雾之中，但雾中纵横交错的发着红光的网线显现出来，像胚胎上的血管，白冰指着那些网线说："这是岩浆河，"他继续转动鼠标滚轮，穿过浓浓的酸雾，褐色的海面出现了，紧接着视点扎入海中，一片浑浊，有几个微小的悬浮物，它们大多是圆形的，也有其他较复杂的形状，与其他悬浮物最明显的区别是，它们自己在运动，而不是随水流漂移，"生命，刚出现的生命。"白冰用鼠标点点那些微小的东西说。他很快地反向转动滚轮，将视点重新升到太空中，再次显示出古地球的全貌，然后移动时间滚动条，亿万年时光又飞逝而过，笼罩在地球表面的浓雾消失了，海洋在变蓝，大陆在变绿，后来，巨大的冈瓦纳古陆像初春的冰块分崩离析，"如果愿意，我们可以看到生命进化的全过程，包括几次大灭绝和随之而来的生命大爆发，但是算了吧，省些时间，我们就要看到关系到咱们命运的谜底了。"古陆的各个碎块继续漂移，终于，一幅熟悉的世界构图出现了。白冰改变了时间滚动条的比例，开始以较慢的速度移动时间，并在一点停住了，"好了，在这里，人类出现了。"他又将滑块小心地向前移动一小段："现在，文明出现了。"

"对于上古的历史，一般只能宏观地看看，检索具体事件不太容易，具体人物就更难了。一般的历史检索是靠两个参数：地点和时间，这两点在上古历史记载中很难准确，我们做一次看看吧，来，我们下去了！"白冰说着，将鼠标在地中海范围的一个位置双击了一下，视点高度令人目眩地急剧降低，最后，一个荒凉的海滩出现了，黄沙的尽头，是一片连绵的橄榄丛。

"古希腊时代的特洛伊海岸。"白冰说。

"那……你能移到木马屠城的时间吗？"吕文明兴奋地问。

"从来就没有过什么木马。"白冰淡淡地说。

陈继峰点点头："那种东西像儿戏，在实际的战争中是不可能的。"

"从来没有过特洛伊战争。"白冰说。

首长很惊奇："这么说，特洛伊城是因为别的原因毁灭的？"

"从来没有过特洛伊城。"

另外三个人惊奇地面面相觑。

白冰指着屏幕说："现在显示的就是应该发生那场战争时特洛伊海岸的真实情景，我们再前后移动五百年……"白冰小心地微移鼠标，屏幕上的海岸在白昼和黑夜的高频转换中急剧闪动，树丛的形状也在飞快变化，沙滩的尽头出现过几座小棚屋，时而还能看到一闪而过的几个小小的人影，棚屋时多时少，但最多时也没有超过一个村庄的规模，"看到了吗，伟大的特洛伊城只在那些游吟诗人的想象中存在过。"

"怎么会呢？"吕文明惊叫起来，"本世纪初有考古发现证实啊！当时还挖出了……阿伽门侬的黄金面具。"

"阿伽门侬的面具？Kao！"白冰大笑一声。

"随着历史记载的增多和更加准确，往后的检索就越来越容易，再做一次。"

白冰将视点升回地球轨道，这次他没有使用鼠标，而是手工输入了时间和地理坐标，视点向亚洲西部降落。很快，屏幕上显示出一片沙漠，在一处红柳丛的阴影下躺着几个人，他们穿着破旧的粗布袍，皮肤黝黑，头发很长且被沙尘和汗水弄成一缕缕的，远远看去像一堆破烂的废弃物。白冰说："这里离穆斯林村庄不远，但鼠疫流行，他们不敢去。"有一个身形瘦长的人坐了起来，四下看看，确认别人都睡熟了后，拿起旁边一个人的羊皮水囊喝了一通，又从另一个人的破行囊中拿出一块饼，掰下三分之一放到自己的包里，随后满意地躺下了。

"我用正常速度运行了两天，看到他五次偷别人的水喝，三次偷别人的饼。"白冰用鼠标点着那个刚躺下的人说。

"他是谁？"

"马可·波罗。检索到他可不容易，关押他的那个热那亚监狱的地点和时间都比较准确，我在那里定位了他，随后向回跟踪他经历了那次海战，提取了一些特征点，又向回跳过一大段时间跟到这里，这是在那时的波斯、现在的伊朗巴姆市附近，不过都白费劲儿了。"

"那他是在去中国的路上了，你应该能跟着他进入忽必烈的宫殿。"吕文明说。

"他没有进入过任何宫殿。"

"你是说，他在中国期间只是在民间待着？"

"马可·波罗根本就没有来过中国，前面更加险恶的漫漫长路吓住了他，他们就在西亚转悠了几年，后来这人把从那里道听途说来的传闻讲给了那位作家狱友，后者写成了那本伟大的游记。"

三个人再次惊奇地面面相觑。

"再往后，检索具体的人和事就更加容易了，再来一次，到近代吧。"

在一间很暗的大屋子里，一张很宽的木桌子上铺着一张大地图，桌旁围着几个身着清朝武官服的人，由于很暗，根本看不清他们的面容。

"这是北洋海军提督府的一次会议。"

有一个人在说话，画面传出的声音很模糊，且南方口音重，听不懂。白冰解释说："这个人说，在近海防御中，不要一味追求大炮巨舰，就这么点儿钱，与其从西洋购买大吨位铁甲舰，不如买更多数量的蒸汽鱼雷快艇，每艘艇上可装载四至六枚瓦斯鱼雷，构成庞大的快艇攻击群，用灵活机动的航线避开日舰舰炮火力，抵近攻击……我曾请教过多位海军专家和战史研究者，他们一致认为，如果在当时这人的想法得以实施，北洋水师将是甲午海战中的胜利者。这人的高明和超前之处在于，他是海战史上最早从新式武器的出现发现传统大炮巨舰主义缺陷的人。"

"他是谁？邓世昌？"陈继峰问。

白冰摇摇头："方伯谦。"

"什么？就是那个在黄海大海战中临阵脱逃的怕死鬼？"

"就是他。"

"直觉告诉我，这些才像真实的历史。"首长沉思着说。

白冰点点头："是啊，到这一步，超脱和空灵消失了，我开始陷入郁闷中，我发现，我们基本上被自己所知道的历史骗了：那些名垂青史的英雄，有一大半是卑鄙的骗子和阴谋家，他们用权势为自己树碑立传且成功了；而那些为正义和真理献身的人，三分之二都默默地惨死在历史的尘埃中，没有人知道他们的存在；剩下的三分之一则在强有力的诬陷下遗臭万年，就像现在宋诚的命运；他们中只有极少数的人得到了历史正确的记忆，其比例连冰山的一角都不到。"

这时，人们才注意到一直沉默的宋诚，看到他已经悄悄振作起来，两眼放出光芒，像一个已经倒地的战士又站了起来，拿起武器并跨上一匹新的战马。

现实检索

"然后，你就进入了'1207'宇宙中的现实，是吗？"首长问。

"是的，我在那个镜像中将时间调到现在。"白冰说着，同时将屏幕上时间滑标上的滑块推到尽头，这时视点又回到了太空中，蓝色的地球看上去与古代并没有什么不同，"这就是'1207'镜像中的现实：我们这个内地省份，经过了几十年不间断的能源和资源输出，除了矿产开采和电力之外，至今也未能建立起一个像样的工业体系，只留下了污染，农村的大片地区仍处于贫困线下，城市失业严重，治安状况恶化……我自然想看看领导和指挥着这一切的人是怎样工作的，最后看到了什么，我就不用说了。"

"你这样做的目的呢？"首长问。

白冰苦笑着摇摇头："别以为我有他那样崇高的目的，"他指指宋诚，"我只是个普通老百姓，自得其乐地过日子，你们干什么和我有什么关系？我本来根本不想惹你们的，但……我为这个超级模拟软件费了这么大劲儿，自然想通过它得些实惠，于是，我就给你们中的几个人打电话，想小小地敲一笔钱……"他说着突然变得恼怒起来，"你们干嘛要这么过激反应？干嘛非要除掉我？其实给我那笔钱不就完了嘛！……好了，现在我把一切都讲清楚了。"

五个人陷入了长时间的沉默，他们都默默地盯着屏幕上的地球，这是现实中的地球的数字镜像，他们也在镜像中。

"你真的能够在这台计算机中观察到世界上发生过的一切？"陈继峰打破沉默问。

"是的，历史和现实的所有细节，都是这台计算机中运行的资料，资料是可以随意解析的，不管多么隐秘的事情，观察它们只不过是从数据库中提取一些资料进行处理，这个数据库以原子级别存贮着整个世界的镜像，所有资料都是可以随意提取的。"

"能证明一下吗？"

"这很容易：你出去，随便到什么地方，随便干一件什么事，然后回来。"

陈继峰依次看了看首长和吕文明，转身走出了房间，两分钟后，他回来了，无言地看着白冰。

白冰移动鼠标，使视点从太空急剧下降，悬在这城市上空，城市一览无遗地展现在屏幕上。白冰移动画面仔细寻找，很快找到了近郊的第二看守所，找到了他们所在的这幢三层楼房。视点随即进入了楼房内，在二楼空荡的走廊中移动，画面上出现了坐在走廊中长椅子上的两个便衣警察，其中的沈兵正在点上一支烟；最后，画面中出现了他们所在的办公室的门。

"现在的模拟画面，只比正在发生的现实滞后零点一秒，让我们后退几分钟。"白冰将时间滑标向后移了一点点。

屏幕上，门开了，陈继峰走了出来，坐在长椅上的两个人看到他后立刻站了起来，陈向他们摆摆手示意没事，就向另一个方向走去，视点紧跟着他，像有人用摄像机在跟踪拍摄。镜像画面上，陈继峰进了卫生间，从裤子口袋中掏出手枪，拉了一下枪栓后装回裤袋，白冰将这个画面定住，并使其像三维动画一样旋转至各个方位。陈继峰走出卫生间，画面跟着他回到了办公室，并显示出了正在等待中的另外四人。

首长不动声色地看着屏幕，吕文明则抬头警觉地看了陈继峰一眼。

"这东西确实厉害。"吕文明阴沉着脸说。

"下面我为您演示它更厉害的地方。"白冰说着，使屏幕上的画面静止了，"由于镜像模拟的宇宙是以原子级别存贮的，所以我们可以检索到这个宇宙中的每一个细节。下面，让我们看看陈局长上衣口袋中装着什么。"

白冰在静止画面上拉出一个方框，圈住陈继峰的上衣袋范围，然后弹出一个处理接口，经过一系列操作，上衣袋外侧的布被去除了，显示出放在衣袋中的一张折叠起来的小纸片。白冰使用拷贝键将纸片复制下来，然后启动了一个三维模型处理软件，将拷贝的资料粘贴到软件的处理桌面上，又经过几项操作，那张折叠的纸片被展开来，那是一张外汇支票，数额是二十五万美元。

"下面，我们就追踪这张支票的来源。"白冰说着关闭了图像处理软件，又回到四个人的静止画面上来，白冰在陈继峰上衣袋中那张已被选定的支票上按右键调出功能选项，选择了 trace（意思是"跟踪"）一项，支票闪动起来，画面也立刻活动了，时间在逆向流动，显示首长一行三人退出了办公室，又退出了大楼，退回到一辆汽车上，其中的陈继峰和吕文明戴上了耳机，显然是在监听白冰和宋诚的谈话。跟踪检索继续进行，场景不断变换，但那张闪动的支票作为检索键值一直处于画面的中央，陈继峰仿佛被它吸附着，穿过一个又一个场景。终于，那张支票跳出了陈的上衣袋，钻进了一个小篮子，那个篮子又从陈的手中跳到了另一个人的手中，在这个时刻，白冰使画面静止了。

"就从这里开始放吧。"白冰说着，启动了画面以正常速度播放，这好像是在陈继峰家的客厅里，屏幕上一个穿黑西装的中年人拎着那个水果篮站在那里，好像刚进来，陈继峰则坐在沙发上。

"陈局长，温哥托我来看看您，也是表示一下上次的谢意。他本想亲自来的，但觉得为了免去一些闲话，这种走动还是少些好。"

陈继峰说："你回去告诉温雄，现在他条件好了，一定要走正道，总是出格对谁都没好处，也别怪我不客气！"

"是，是，温哥怎么能忘记陈局的教诲呢？他现在不但为社会积极贡献，在贫困地区建了四所小学，政治上也要求进步，已经当选市人大代表了！"来人说着，将果篮放到茶几上。

"东西拿走。"陈继峰挥挥手说。

"哪敢带什么好东西，那不是成心惹陈局长生气嘛，一点水果，表表心意。您是不知道，温哥一说起您，都眼泪汪汪的，说您是我们的再生父母啊。"

来人走后，陈继峰关上门后回到茶几旁，将果篮的水果全倒出来，从篮底拿出那张支票放进上衣袋。

首长和吕文明都冷冷地看了陈继峰一眼，这些他们显然也都不知晓。温雄是利成集团的总裁，这是个包含着餐饮、长途客运等众多业务的庞大公司，其原始积累来自于温雄黑社会体系的贩毒利润，他们使这座城市成为云南至俄罗斯毒品管道上一个重要的枢纽，现在温雄在合法商业上发展顺利，他的黑道毒品业务也在前者的补充滋养下更快地膨胀起来，致使这座内地城市毒品泛滥，治安恶化。而陈继峰这个后台是其生存的重要保证。

"收的是美元？一定是要给儿子汇去吧。"白冰笑着说，"您儿子在美国读书的钱可全是温雄出的……对了，想不想看看他现在在地球那一边干什么？很容易的，现在波士顿是午夜，不过上两次我看到他时，他都还没有睡觉。"

白冰将视点升到太空，将地球旋转了一百八十度，然后将北美大陆放大，在大西洋海岸找到了那座灯火灿烂的城市，然后很快定位了他以前显然找到过的一座公寓，视点进入公寓卧室后，显示出一幅令人尴尬的画面：那个黄皮肤男孩儿正在和一白一黑两个妓女鬼混。

"陈局长，看到儿子是怎样花你的钱了吗？"

陈继峰恼怒地将液晶显示屏反扣到箱子上。

被深深震撼了的几个人再次陷入长时间的沉默中，然后吕文明问："这些天，你为什么只是逃跑，没有想过通过更……正当的方式摆脱困境吗？"

"您是说我到纪委去举报？真是个好主意，我开始也这么想过，于是便在镜像中对纪委领导班子进行查询，"白冰抬头看了看吕文明，"您应该知道我都看到了什么，我不想落到您老同学这样的下场。那么我能去检察院和反贪局吗？郭院长和常局长对大部分重大举报肯定会严格秉公办理，对一小部分会小心地绕开，而我将举报的那些，一说出口他们就会同你们一起要了我的命。那么还能去哪儿呢？让媒体将这一切曝光吗？省里新闻媒体的那几个关键人物我想你们都清楚，首长的政绩不就是他们捧出来的吗？那些记者与妓女的唯一区别就是出卖的部位不同……这是一张互相联结在一起的大网，哪一根线都动不得啊，我没地方可去。"

"你可以去中央。"首长仔细观察着白冰，不动声色地说。

白冰点点头说："这是唯一的选择了，但我是个普通的小人物，所以首先来见见宋诚，找到一个稳妥可靠的渠道，也顾不得你们的追杀了。"白冰犹豫了一下，接着说："但这个选择并不轻松，你们都是聪明人，知道这样做最终意味着什么。"

"意味着这项技术将公布于世。"

"很对，那时，笼罩在历史和现实上的所有迷雾将一扫而光，一切的一切，在明处和暗处的，过去和现在的，都将赤裸裸地展现于光天化日之下。到那时，光明与黑暗，将不得不进行一场史无前例的大决斗，世界将陷入一片混乱……"

"但最后的结果，是光明取得胜利。"一直沉默的宋诚终于说话了，他走到白冰面前，直视着他说："知道黑暗的力量来自哪里吗？就是来自黑暗，也就是说来自它的隐蔽性，一旦暴露在明处，它的力量就消失了，如腐败之类的，大多如此。而你的镜像，就是使所有黑暗完全暴露的强光。"

首长和陈、吕二人互相交换了一下目光。

沉默，超弦计算机的屏幕上，原子级别的地球镜像静静地悬浮在太空中。

"有一个机会，"首长突然站起身，对吕、陈二人说："好像有一个机会。"

首长上前扶着白冰的肩膀说："为什么不将镜像中的时间标尺移向未来？"

白冰和陈、吕二人不解地看着首长。

"如果我们能够准确地预见未来，就能够在现在改变它，这样我们就能控制未来历史的走向，也就控制了一切……年轻人，你认为这没有可能吗？也许，我们能够一起肩负起创造历史的使命。"

白冰明白过来，苦笑着摇摇头，站起身走到计算机前，用鼠标将时间标尺拉长，在零时标后面拉出了一个未来时段，然后对首长说："您自己来试试吧。"

单程递归

首长扑向计算机，动作敏捷得如饥饿的鹰见到地面上的小鸡，令人恐惧。他熟练地移动鼠标，将时间滑标滑过零时点，在滑标进入未来时段的瞬间，一个错误提示窗口跳了出来：

Stack overflow……

白冰从首长手中拿过鼠标，"让我们启动错误跟踪程序，Step by step 吧。"

模拟软件退回到出错前，开始分步运行。当现实中的白冰将滑块移过零时点，镜像中虚拟的白冰也正在做着同样的事；错误跟踪程序立刻放大了镜像中的那台超弦计算机的屏幕，可以看到，在那台虚拟计算机的屏幕上，第二层的虚拟白冰也正在将滑块移过零时点；于是，错误跟踪程序又放大了第三层虚拟中的那台超弦计算机的屏幕……就这样，跟踪程序一层层地深入，每一层的白冰都在将滑块移过零时点。这是一套依次向下包容的永无休止的魔盒。

"这是递归，一种程序自己调用自己的算法，正常情况下，当调用进行到有限的某一层时会得到答案，多层自我调用的程序再逐层按原路返回。而我们现在看到的是无限调用自己、永远得不到答案的单程递归，由于每次调用时都需将上层的现场资料存入堆栈，就造成了刚才看到的堆栈内存溢出，由于是无限递归调用，即使超弦计算机的终极容量也会被耗尽的。"

"哦。"首长点点头。

"所以，虽然这个宇宙中的一切过程早在大爆炸发生时就已经决定，但未来对我们来说仍是未知的，对讨厌由因果链而产生的决定论的人来说，这也是一个安慰吧。"

"哦——"首长又点点头，他"哦"的这一声很长很长。

镜像时代一

白冰发现，首长发生了奇怪的变化，仿佛他身上的什么东西被抽走了似的，整个身躯在萎缩，似乎失去支撑自身的力量而摇摇欲坠；他脸色苍白，呼吸急促起来，双手撑着椅子慢慢地坐下，动作艰难而小心翼翼，好像怕压断自己的哪根骨头。

"年轻人，你，毁了我的一生。"首长缓缓地说，"你们赢了。"

白冰看看陈继峰和吕文明，发现他们也与自己一样不知所措，而宋诚，则昂然挺立在他们中间，脸上充满了胜利的光彩。

陈继峰缓缓站起来，从裤口袋中抽出握枪的手。

"住手。"首长说，声音不高，但威严无比，使陈继峰手中的枪悬在半空不动了，"把枪放下，"首长命令道，但陈仍然不动。

"首长，到了这一步，必须果断，他们死在这儿说得过去，不过是因拒捕和企图逃跑被击毙……"

"放下枪，你这条疯狗！"首长低沉地喝道。

陈继峰拿枪的手垂了下来，慢慢地转向首长："我不是疯狗，是条好狗，一条知道报恩的狗！一条永远也不会背叛您的狗！像我这样从最底层一步步爬上来的，对让自己有今天的上级，就具有值得信任的狗的道德，脑子当然没有那些一帆风顺的知识分子活。"

"你什么意思？"好长时间没有说话的吕文明站了起来。

"我的意思谁都明白，我不像有些人，每走一步都看好两三步的退路，我的退路在哪儿？到这时刻我不自卫能靠谁？"

白冰平静地说："杀我没用的，如果你想把镜像公布于世，这是最快捷的办法。"

"傻瓜都能想到这类自卫措施，你真的失去理智了。"吕文明低声对陈继峰说。

陈继峰说："我当然知道这小子不会那么傻，但我们也有自己的技术力量，投入全力是有可能彻底销毁镜像的。"

白冰摇摇头："没有可能。陈局长，这是网络时代，隐藏和发布信息是很简单的事，我在暗处，跟我玩这个你赢不了的，就算你动用最出色的技术专家都赢不了，我就是告诉你那些镜像的备份在哪儿，我死后它如何发布，你也没办法，至于那组创世参数，就更容易隐藏和发布了，打消那念头吧。"

陈继峰慢慢地将手枪放回裤袋，颓然坐下了。

"你以为自己已经站在历史的山巅上了，是吗？"首长无力地对宋诚说。

"是正义站在历史的山巅了。"宋诚庄严地说。

"不错，镜像把我们都毁了，但它的毁灭性远不止于此。"

"是的，它将毁灭所有罪恶。"

首长缓缓地点点头。

"然后毁灭所有虽不是罪恶但肮脏和不道德的东西。"

首长又点点头，说："它最后毁灭的，是整个人类文明。"

他这话使其他的人都微微一愣。

宋诚说："人类文明从来就没有面对过如此光明的前景，这场善恶大搏斗将洗去她身上的一切灰尘。"

"然后呢？"首长轻声问。

"然后，伟大的镜像时代将到来，全人类将面对着一面镜子，每个人的一举一动都能在镜像中精确地查到，没有任何罪行可以隐藏，每一个有罪之人，都不可避免地面临最后的审判，那是没有黑暗的时代，阳光将普照到每个角落，人类社会将变得水晶般纯洁。"

"换句话说，那是一个死了的社会。"首长抬头直视着宋诚说。

"能解释一下吗？"宋诚带着对失败者的嘲笑说。

"设想一下，如果 DNA 从来不出错，永远精确地复制和遗传，现在地球上的生命世界会是什么样子？"

在宋诚思考之际，白冰替他回答了："那样的话，现在的地球上根本没有生命，生命进化的基础——变异，正是由 DNA 的错误产生的。"

首长对白冰点点头："社会也是这样，它的进化和活力，是以种种偏离道德主线的冲动和欲望为基础的，清水无鱼，一个在道德上永不出错的社会，其实已经死了。"

"你为自己的罪行进行的这种辩解是很可笑的。"宋诚轻蔑地说。

"也不尽然。"白冰紧接着说，他的话让所有人都有些吃惊，他犹豫了几秒钟，好像下了决心说下去："其实，我不愿意将镜像模拟软件公布于世，还有另一个原因，我……我也不太喜欢有镜像的世界。"

"你像他们一样害怕光明吗？"宋诚质问道。

"我是个普通人，没什么阴暗的罪行，但说到光明，那也要看什么样的光明，如果半夜窗外有探照灯照你的卧室，那样的光明叫光污染……举个例子吧：我结婚才两年，已经产生了那种……审美疲劳，于是与单位新来的一个女大学生有了……那种关系，老婆当然不知道，大家过得都很好。如果镜像时代到来，我就不可能这样生活了。"

"你这本来就是一种不道德不负责任的生活！"宋诚说，语气有些愤怒。

"但大家不都是这么过的吗？谁没有些见不得人的地方？这年头儿要想过得快乐，有时候就得人不人鬼不鬼的，像您这样一尘不染的圣人，能有几个？如果镜像使全人类都成了圣人，一点儿出轨的事儿都不能干，那……那还有什么劲啊！"

首长笑了起来，连一直脸色阴沉的吕、陈二人都露出了些笑容。首长拍着白冰的肩膀说："年轻人，虽然没有上升到理论高度，但你的思想比这位学者要深刻得多。"他说着转向宋诚，"我们肯定是逃不掉的，所以你现在可以将对我们的仇恨和报复欲望放到一边，作为一个社会哲学知识博大精深的人，你不会真浅薄到认为历史是善和正义创造的吧？"

首长这话像强力冷却剂，使处于胜利狂热中的宋诚沉静下来，"我的职责就是惩恶扬善，匡扶正义。"他犹豫了一下说，语气和缓了许多。

首长满意地点点头："你没有正面回答，很好，说明你确实还没有浅薄到那个程度。"

首长说到这里，突然打了一个激灵，仿佛被冷水从头浇下，使他从恍惚中猛醒过来，虚弱一扫而光，那刚失去的某种力量似乎又回到了他的身上，他站起身，郑重地扣上领扣，又将衣服上的皱褶处仔细整理了一下，然后极其严肃地对吕文明和陈继峰说："同志们，从现在起，一切已在镜像中了，请注意自己的行为和形象。"

吕文明神情凝重地站了起来，像首长一样整理了一下自己的仪容，长叹一声说："是啊，从此以后，苍天在上了。"

陈继峰一动不动地低头站着。

首长依次看看每个人，说："好，我要回去了，明天的工作会很忙。"他转向白冰，"小白啊，你在明天下午六点钟到我办公室来一趟，把超弦计算机带上。"然后转向陈、吕二人，"至于二位，好自为之吧。继峰你抬起头来，我们罪不可赦，但不必自惭形秽，比起他们，"他指指宋诚和白冰，"我们所做的真不算什么了。"

说完，他打开门，昂头走去。

生　日

第二天对于首长来说确实是很忙的一天。

一上班，他就先后召见省里主管工业、农业、财政、环保等领域的主要负责人，向他们交代了下一步的工作。虽然同每位领导谈的时间都很短，凭借丰富的工作经验，首长还是言简意赅地讲明了工作重点和最需要注意的问题，同时，他以老道的谈话技巧，让每个人都以为这只是一次普通的工作交代，没发现任何异常之处。

上午十点半钟，送走了最后一位主管领导，首长静下心来，开始写一份材料，向上级阐明自己对本省经济发展和解决省内国有大中型企业面临的问题的意见，材料不长，不到两千字，但浓缩了自己这几十年的工作经验和思考。那些熟悉首长理念的人看到这份材料应该很吃惊，这与他以前的观点有很大差别。这是他在权力高端的这么长时间里，第一次纯粹从党和国家的最高利益的角度，在完全不掺杂私心的情况下发表自己的意见。

材料写完后已经是中午十二点多了，首长没有吃饭，只是喝了一杯茶，便接着工作。

这时，镜像时代的第一个征兆出现了，首长得知陈继峰在自己的办公室里开枪自杀了，吕文明则变得精神恍惚，不断地系领口的扣子，整理自己的衣服，好像随时都有人给他拍照似的。对这两件事，首长一笑置之。

镜像时代还没有到来，黑暗已经在崩溃了。

首长命令反贪局立刻成立一个专案组，在公安和工商有关部门的配合下，立刻查封自己的儿子拥有的大西商贸集团和儿媳拥有的北原公司的全部账目和经营资料，并依法控制这些实体的法人。对自己其他亲戚和亲信拥有的各类经济实体也照此办理。

下午四点半，首长开始草拟一份名单。他知道，镜像时代到来后，省内各系统落马的处级以上干部将数以千计，现在最紧要的是物色各系统重要岗位的合适接任人选，他的这份名单就是向省委组织部和上级提出的建议。其实，在镜像出现之前，这份名单在他的心中已存在了很长时间，那都是他计划清除、排挤和报复的人。

这时已是下午五点半，该下班了，他感到从未有过的欣慰，自己至少做了一天的人。

宋诚走进了办公室，首长将一份厚厚的材料递给他："这就是你那份关于我的调查材料，尽快上报中纪委吧。我昨天晚上写了一份自首材料，也附上了，里面除了确认你们调查的事实外，还对一些遗漏做了补充。"

宋诚接过材料，神情严肃地点点头，没有说话。

"过一会儿，白冰要来这里，带着超弦计算机。你应该告诉他，镜像软件马上就要上报上级，一开始，上级领导会考虑到各方面的因素谨慎使用它，要防止镜像软件提前泄漏到社会上，那样会产生很大的副作用和危险，基于这个原因，你让他立刻将自卫所用的备份，在网上或什么其他地方的，全部删除；还有那个创世参数，如果告诉过其他人，让他列出名单。他相信你，会照办的。一定要确认他把备份删除干净。"

"这正是我们想要做的。"宋诚说。

"然后，"首长直视着宋诚的眼睛，"杀了他，并毁掉那台超弦机。现在，你不会认为我这样做还是为自己着想吧。"

宋诚一愣，随后摇头笑了起来。

首长也露出笑容："好了，我该说的都说完了，以后的事情与我无关。镜像已经记下了我说的这些话，在遥远的未来，也许有那么一天，会有人认真听这些话的。"

首长对宋诚挥了挥手让他走，然后仰在椅子的靠背上长长地出了一口气，沉浸在一种释然和解脱中。

宋诚走后，下午六点整。白冰准时走进了办公室，他的手里提着那只箱子，提着历史和现实的镜像。

首长招呼他坐下，看着放在办公桌上的超弦计算机说，"年轻人，我有一个请求：能不能让我在镜像中看看自己的一生？"

"当然可以，这很容易的！"白冰说着，打开箱子启动了计算机。镜像模拟软件启动后，他首先将时标设定到现在，定位了这间办公室，屏幕上显示出两个人的实时影像后，白冰复制了首长的影像，按动鼠标右键启动了跟踪功能。这时，画面急剧变幻起来，速度之快使整块屏幕看起来一片模糊，但作为跟踪键值的首长的影像一直处于屏幕中央，仿佛是世界的中心，虽然这影像也在急剧变化，但可以看到人越变越年轻。"现在是逆时跟踪搜索，模式识别软件不可能根据您现在的形象识别和定位早年的您，它需要根据您随年龄逐渐变化的形象一步步追踪到那时。"

几分钟后，屏幕停止了闪动，显示出一个初生儿湿漉漉的脸蛋儿，产科护士刚刚把他从秤盘上取下来，这个小生命不哭不闹，睁着一双动人的小眼睛好奇地打量着这个世界。

"呵呵，这就是我了，母亲多次说过，我一生下来就睁开眼睛了。"首长微笑着说，他显然在故作轻松地掩盖自己心中的波澜，但这次很例外地，他做得不太成功。

"您看这个，"白冰指着屏幕下方的一个功能条说，"这些按钮是对图像的焦距和角度进行调整的。这是时间滚动条，镜像软件将一直以您为键值进行显示，您如果想检索某个时间或事件，就如同在文字处理软件中查阅大文件时使用滚动条差不多，先用较大时间跨度走到大概的位置，再进行微调，借助于您熟悉的场景前后移动滚动条，一般总能找到的，这也类似于影碟的快进退操作，当然这张碟正常播放将需……"

"近五万小时吧。"首长替白冰算出来，然后接过鼠标，将图像的焦距拉开，显示出产床上的年轻母亲和整间病房，这里摆放着那个年代式样朴素的床柜和灯，窗子是木制的，引起他注意的是墙上的一块橘红色光斑，"我出生时是傍晚，时间和现在差不多，这可能是最后一抹夕阳了。"

首长移动时间滚动条，画面又急剧闪动起来，时光在飞逝，他在一个画面上停住了，一盏从天花板上吊下的裸露的电灯照着一张小圆桌，桌旁，他那戴着眼镜、衣着俭朴的母亲正在辅导四个孩子学习，还有一个更小的孩子，也就是三四岁，显然是他本人，正笨拙地捧着一个小木碗吃饭。"我母亲是小学教师，常常把学习差的学生带回家里来辅导，这样就不耽误从幼儿园接我了。"首长看了一会儿，一直看到幼年的自己不小心将木碗儿中的粥倒了一身，母亲赶紧起身拿毛巾擦时，才再次移动了时间滚动条。

时光又跳过了许多年，画面突然亮起了一片红光，好像是一个高炉的出钢口，几个穿着满是尘污的石棉工作服的人影在晃动，不时被炉口的火焰吞没又重现，首长指着其中的一个说："我父亲，一名炉前工。"

"可以把画面的角度调一下，调到正面。"白冰说着，要从首长手中拿过鼠标，但被首长谢绝了。

"哦，不不，这年厂里创高产加班，那时要家属去送饭，我去的，这是第一次看到父亲工作，就是从这个角度，以后，他炉火前的这个背影在我脑子里印得很深。"

时光又随着滚动条的移动而飞逝，在一个晴朗的日子停止了，一面鲜红的队旗在蓝天的背景上飘扬，一个身穿白衣蓝裤的男孩子在仰视着它，一双手给男孩儿系上红领巾，孩子右手扬上头顶，激动地对世界宣布他时刻准备着，他的眼睛很清澈，如同那天如洗的碧空。

"我入队了，小学二年级。"

时光跳过，又一面旗帜出现了，是团旗，背景是一个烈士纪念碑，一小群少年对着团旗宣誓，他站在后排，眼睛仍像童年那样清澈，但多了几分热诚和渴望。

"我入团，初一。"

滚动条移动，他一生中的第三面红色旗帜出现了，这次是党旗。这好像是在一间很大的阶梯教室中，首长将焦距调向那六个宣誓中的年轻人中间的那个，让他的脸庞充满了画面。

"入党，大二。"首长指指画面，"你看看我的眼睛，能看出些什么。"

那双年轻的眼睛中，仍能看到童年的清澈、少年的热诚和渴望，但多了一些尚不成熟的睿智。

"我觉得，您……很真诚。"白冰看着那双眼睛说。

"说得对，直到那时，我对那个誓词还是真诚的。"首长说完，从眼睛上抹了一下，动作很轻微，没有被白冰注意到。

时间滚动条又移动了几年，这次移得太过了，经过几次微调，画面上出现了一个林荫道，他站在那里看着一位刚刚转身离去的姑娘，那姑娘回头看了他一眼，眼睛含着晶莹的泪，一副让人心动的冰清玉洁的样子，然后在两排高大的白杨间渐行渐远……白冰知趣地站起身想离开，但首长拦住了他。

"没关系，这是我最后一次见到她了。"说完，他放下了鼠标，目光离开了屏幕，"好了，谢谢，把机器关了吧。"

"您为什么不继续看呢？"

"值得回忆的就这么多了。"

"……我们可以找到现在的她，就是现在的，很容易！"

"不用了，时间不早了，你走吧，谢谢，真的谢谢。"

白冰走后，首长给保卫处打了个电话，让机关院内在岗的哨兵到办公室来一下。很快，那名武警哨兵进来，敬礼。

"你是……哦，小杨吧？"

"首长记性真好。"

"我叫你上来，也没什么事，就是想告诉你，今天是我的生日。"

哨兵立刻变得手足无措起来，话也不会说了。

首长宽容地笑笑："向战士们问好，去吧。"在哨兵敬礼后转身要走之际，他像突然想起来似地说："哦，把枪留下。"

哨兵愣了一下，还是抽出手枪，走过去小心地放在宽大的办公桌的一端，再次敬礼后走出去。

首长拿起枪，取出弹夹，把子弹一颗颗地退出来，只留下一颗在弹夹里，再把弹夹推上枪。下一个拿到这枪的人可能是他的秘书，也可能是天黑后进来打扫的勤杂工，那时空枪总是安全些。

他把枪放到桌面上，把退出来的子弹在玻璃板上摆成一小圈，像生日蛋糕上的蜡烛。然后，他踱到窗前，看着城市尽头即将落下的夕阳，它在市郊的工业烟尘后面呈一个深红色的圆盘，他觉得它像镜子。

他做的最后一件事，就是将自己胸前的"为人民服务"的小标牌摘下来，轻轻地放到桌面上小幅国旗和党旗的基座上。

然后，他在办公桌旁坐下，静静地等候着最后一抹夕阳照进来。

未　来

当天夜里，宋诚来到气象模拟中心的主机房，找到了白冰，他正一个人静静地看着已经启动的超弦计算机的屏幕。

宋诚走过去拍拍他的肩说："小白，我已经向你的单位领导打了招呼，马上有一辆专车送你去北京，你把超弦计算机交给一位中央领导，听你汇报的除了这位领导，可能还有几名这方面的技术专家。由于这项技术非同寻常的性质，让人完全理解和相信可不是一件容易的事，你讲解和演示的时候要耐心……白冰，你怎么了？"

白冰没有转过身来，仍静坐在那里，屏幕上的镜像宇宙中，地球在太空中悬浮着，它的极地冰盖形状有些变化，海洋的颜色也由蓝转灰了些，但这些变化并不明显，宋诚是看不出来的。

"他是对的。"白冰说。

"什么？"

"首长是对的。"白冰说着，缓缓转身面对宋诚，他的双眼布满血丝。

"这是你思考了一天一夜的结果？"

"不，我完成了镜像的未来递归运算。"

"你是说……镜像能模拟未来了？"

白冰无力地点点头："只能模拟很遥远的未来。我在昨天晚上想出了一种全新的算法，避开较近的未来，这样就避免了因得知未来而改变现实对因果链的破坏，使镜像直接跳到遥远的未来。"

"那是什么时间？"

"三万五千年后。"

宋诚小心翼翼地问："那时的社会是什么样子？镜像在起作用吗？"

白冰摇摇头："那时没有镜像了，也没有社会了，人类文明消亡了。"

震惊使宋诚说不出话来。

屏幕上，视点急剧下降，在一座沙漠中的城市上空悬停。

"这就是我们的城市，是一座空城，已死去两千多年了。"

死城给人的第一印象是一个正方形的世界，所有的建筑都是标准的正立方体，且大小完全一样，这些建筑横竖都整齐地排列着，构成了一个标准的正方形城市。只有方格状的街道上不时扬起的黄色沙尘，才使人不至于将城市误认为是画在教科书上的抽象几何图形。

白冰移动视点，进入了一幢正立方体建筑内部的一个房间，里面的一切已经被漫长岁月积累的沙尘埋没了，在窗边，积沙呈一个斜坡升上去，已接上了窗台。沙中有几个鼓包，像是被埋住的家电和家具，从墙角伸出几根枯枝似的东西，那是已经大部锈蚀的金属衣帽架。白冰将图像的一部分拷贝下来，粘贴到处理软件中，去掉了上面厚厚的积沙，露出了锈蚀得只剩空架子的电视和冰箱，还有一张写字台样的桌子，桌上有一个已放倒的相框，白冰调整视点，使相框中的那张小照片充满了屏幕。

这是一张三口之家的合影，但照片上的三人外貌和衣着几乎完全一样，仅能从头发的长短看出男女，从身材的高低看出年龄。他们都穿着样式完全一样的类似于中山装的衣服，整齐而呆板，扣子都是一直扣到领口。宋诚仔细看看，发现他们的容貌还是有差别的，之所以产生一样的感觉，是因为他们那完全一致的表情，一种麻木的平静，一种呆滞的庄严。

"我发现的所有照片和残存的影像资料上的人都是这样的表情，没有见过其他表情，更没有哭或笑的。"

宋诚惊恐地说："怎么会这样呢？你能查查留下来的历史资料吗？"

"查过了，我们以后的历史大略是这样的：镜像时代在五年后就开始了，在前二十年，镜像模拟只应用于司法部门，但已经对社会产生了实质性的影响，人类社会的形态发生了重大变化。以后，镜像渗透到社会生活的各个角落，历史上称为镜像纪元。在新纪元的头五个世纪，人类社会还是在缓慢发展之中。完全停滞的迹象最初出现在镜像六世纪中叶，首先停滞的是文化，由于人性已经像一汪清水般纯洁，没有什么可描写和表现的，文学首先消失了，接着是整个人类艺术都停滞和消失了。接下来，科学和技术也陷入了彻底的停滞。这种进步停滞的状态持续了三万年，这段漫长的岁月，史称'光明的中世纪'。"

"以后呢？"

"以后就很简单了，地球资源耗尽，土地全部沙漠化，人类仍没有进行太空移民的技术能力，也没有能力开发新的资源，在五千年时间里，一切都慢慢结束了……就是我们现在显示的这个时候，各大陆仍有人在生活，不过也没什么看头了。"

"哦——"宋诚发出了像首长那样的长长的一声，过了很长时间，他才用发颤的声音问道："那……我们该怎么办？我是说现在，销毁镜像吗？"

白冰抽出两根烟，递给宋诚一根，将自己的点着后深深地吸了一口，将白色的烟雾吐在屏幕上那三个呆滞的人像上："镜像我肯定要销毁，留到现在就是想让你看看这些。不过，现在我们干什么都无所谓了，有一点可以自我安慰：以后发生的一切与我们无关。"

"还有别人生成了镜像？"

"它的理论和技术都具备了，而根据超弦理论，创世参数的组合虽然数量巨大，但是有限的，不停试下去总能碰上那一组……三万多年后，直到文明的最后岁月，人们还在崇拜和感谢一个叫尼尔·克里斯托夫的人。"

"他是谁。"

"按历史记载：虔诚的基督教徒，物理学家，镜像模拟软件的创造者。"

镜像时代二

五个月后，普林斯顿大学宇宙学实验中心。

当灿烂的星海在五十块屏幕中的一块上出现时，在场的科学家和工程师们都欢呼起来。这里放置着五台超弦计算机，每台中又设置了十台虚拟机，共有五十个创世模拟软件在日夜不停地运行，现在诞生的虚拟宇宙是第32961号。

只有一个中年男人不动声色，他浓眉大眼，气宇轩昂，胸前那枚银色的十字架在黑色的套衫上格外醒目，他默默地划了一个十字，问：

"万有引力常数？"

"一点六七乘十的负十一次方！"

"真空光速？"

"每秒二十九点九八万公里！"

"普朗克常数？"

"六点六二六！"

"电子电量？"

"一点六零二乘十的负十九次方库仑。"

"一加一？"他庄重地吻了一下胸前的十字架。

"等于二，这是我们的宇宙，克里斯托夫博士！"

混沌的历史与人性

——《镜子》赏析

徐彦利

  《镜子》将现实的反腐侦探题材与高端时空物理幻想紧密结合起来，使极端的现实与极端的虚幻达到一种完美的共存与互证关系，不仅表现出高超的科幻创意，同时还表达了对当下社会问题的密切关注，为科幻小说的现实化方向提供了一条思路。小说越过简单的情节描述，将触角深入到对历史与人性的深层探索中，再现了历史的混沌与人性的混沌，表达出重述历史的欲望。在人物形象塑造方面层次清晰，多元厚重，透视出难以尽述的复杂人格。小说整体显示出对技术的崇拜与某种历史决定论倾向，阅读中易产生某种悖论感。

  《镜子》是一篇与现实生活紧密结合的科幻小说，三万多字的文本显示出差异极大的两种风格倾向：无比现实与接地气的情节和人物，高屋建瓴又虚幻莫测的背景和视角，它们像天与地两个永远平行却无法相交的平面一样无限延展开去，但作者却努力将某种思维作为通天的绳索将两者紧紧联系在一起。从实际效果来看，这种尝试基本获得了成功，读者不会产生从阅读中游离而出的荒诞感，而是深深体会到令人讶异的自然缝合与批判力度。事实上，超现实的情节有时也会带给人逼真的现实主义感受，如同卡夫卡的《变形记》中格利高尔变成甲虫的荒诞情节，它与对人类生存状态的拷问天衣无缝地结合在一起，完美而和谐。

如果你是一个地道的科幻迷，请阅读《镜子》，因为可以从中看到最奇妙、最充满激情的想象；如果你是一个心怀天下、欲透彻了解当今社会的读者，请阅读《镜子》，因为可以从中看到最细微的真实和最忧心忡忡的感叹。《镜子》的奇妙在于它能使怀有不同阅读目的的读者得到同样的满足，而不会因此产生任何违和感。

小说讲述了这样一个故事：公安局在侦破一起杀人案件，犯罪嫌疑人宋诚被关进了监狱，因为一个舞男死在了他的车上，并在死之前拨打了报警电话，声称宋诚要杀他。案子似乎没有任何悬疑，但奇怪的是总有一个人给公安局打电话，告诉他们自己得知案件的内幕及公安局的一切部署，说得分毫不差，仿佛此人在冥冥中可以窥视一切，这让局长陈继峰感到不解又害怕。窃听、内奸之类全无可能，这个人到底是谁？他是怎么知道各种部署的？打电话的目的又何在？

气象模拟中心的工程师白冰来探视犯罪嫌疑人宋诚，白冰告诉对方，自己就是那个打电话的人，知道整个案件的来龙去脉。接着，他详细地向宋诚讲述了案件的经过，包括那些只有宋诚一个人知道或者他也根本毫不知情的原委都一一道来，包括宋诚被陷害的整个过程，如同万能的上帝一般。通过白冰的叙述，案件的真相被还原出来：宋诚负责调查一起非法审批国有土地案，调查过程中发现自己的顶头上司"首长"竟是最大的贪污腐败分子，宋诚的铁面无私按律办事惹恼了首长，他指使人栽赃陷害了宋诚，使其百口莫辩，作为犯罪嫌疑人而被捕，但事实上舞男的死是一起刻意为之的自杀事件。

白冰向宋诚解释了自己为什么可以洞悉一切，原来他有一台超弦计算机，是从气象模拟中心带出来的，这台计算机能够在原子级别上模拟整个宇宙，在多次模拟中恰好模拟出了我们所在的宇宙，可以通过模型看到世间的任何事件，历史和现实的所有细节全部呈现在计算机中，白冰便是通过计算机看到了首长、公安局长、宋诚等人背后的真相，变成了无所不知的人。他本想通过对宋诚案件的了解敲诈一笔钱，于是打电话给公安局长陈继峰等人，没想到却遭到怀疑被抓捕。于是，白冰索性故意引公安局长、首长出面，向他们表达了自己的初衷，解释了计算机强大的功能，并亲自演示了创世游戏。

陈继峰因为被白冰窥破了违法乱纪的事情而绝望自杀，首长也写下自首材料，嘱咐宋诚无论如何要毁掉镜像，删除备份并杀掉白冰，因为镜像的存在对于人类来说不啻于一场灭顶之灾，随后开枪自尽。

宋诚将白冰和超弦计算机的事报告给了上级，中央领导决定接白冰进京，此时，白冰已完成了镜像的未来递归运算，镜像已能模拟出遥远的未来，白冰可以通过镜像看到三万五千年后，那时已没有了人类社会，人类文明彻底消亡了。白冰为此销毁了镜像，但销毁之前他知道以后会有一个叫尼尔·克里斯托夫的人再次创造出镜像模拟软件。五个月后，普林斯顿大学宇宙学实验中心，克里斯托夫博士用创世模拟软件再次创造出人类存在的宇宙，镜像的产生无可回避的在白冰费尽心机后依然诞生了。

一、终极现实与终极虚幻的结合

传统科幻小说的题材往往与现实有着较大距离，这一点可以通过科幻小说的发展与现状得到确认。20世纪三位伟大的科幻小说家阿瑟·克拉克、阿西莫夫、海因莱因，三人的代表作分别是《2001：太空探险》《基地三部曲》《星船伞兵》，它们给读者脑海中注入了月球、土星、太空、心理史学、银河帝国、地球舰队、外星虫族、星际大战等宏大场景，这些辽阔而遥远的东西固然异常奇丽、宏阔壮观，但同时也让我们感觉到与现实的距离犹如天壤。伟大的作家将目光指向了亿万光年之遥的太空，纵横捭阖，跨越千年，在使我们脑洞大开的同时，也有意无意地回避了我们身边那些庸常的现实。某家的下水道堵了，孩子跨区上学的困难，关节炎引起的疼痛等，这类情节与科幻题材又有什么关系呢？科幻的目光似乎是应放眼于宇宙而非地面上庸常的生活。

然而《镜子》却反其道而行，将身边的现实——侦探与反腐、官场的污浊、政界的黑暗、人性的丑陋，这些与科幻风马牛不相及的情节融入深邃悠远的科幻想象之中。由此，我们能够看到主流文学面对现实的忧虑与焦灼，看到报告文学式的细节分析与真实再现，看到批判现实主义的沉思与呐喊，看到新闻报道式的揭秘与犀利。反腐与科幻，如此反差巨大的两极，在《镜子》中达到一种共存与互证的关系。这不仅需要巨大的关注现实的勇气，还需要叙事的技巧与融合的能力，否则就会显得异常生硬，遍布斧凿的痕迹。将此极端的现实与极端的虚幻完美交融是一件颇为不易的事，如同让神仙穿上普通人的家常衣服但还要表现出其内在的仙气一样，难度非同一般。

但刘慈欣做得却自然流畅，不露痕迹，很有水到渠自成的效果。虽然他有《流浪地球》《带上她的眼睛》等距现实较为遥远的科幻题材，但《镜子》却和《地火》《乡村教师》等作品成为现实生活的一种写照，透过这些作品，我们可以清晰地看到作家欲使科幻小说负载起反映现实、作用于现实这一重任的努力。无论结果如何，这种努力本身是值得称赞的。《镜子》既表现出一个科幻作家不拘一格、天马行空的想象力，同时又展现出对现实最热切的关注。它超越了普通科幻对现实的疏离，体现出一种顽强的干预现实的精神，对当下严峻的社会问题进行了潜入式揭示与哲学层面的思考。

小说中反映腐败的广度令人唏嘘，刚正不阿的宋诚因发现了首长的腐败而被陷害入狱，如果不是白冰的参与，宋诚一定会成为被陷害的牺牲品。公安局长陈继峰贪污受贿，执法者成为贪赃枉法者，法律赋予他的保护人民的权力和职责变成了钱权交易的资本和从黑恶势力处换得利益的砝码。他唯领导之命是从，设计种种圈套陷害宋诚，成为腐败分子豢养的宠物。省纪委书记吕文明同样忘记神圣的职责，变成了贪官的帮凶，以阿谀奉承为能事，像泥鳅一样钻营在官场的泥淖中。此外，副处级岗位招聘博士的华而不实，流于形式，检察院和反贪局对案件的区别对待，新闻媒体对贪污分子缺乏了解反而大肆吹捧，记者职业道德的丧失，关系网、人情网、腐败网对社会的深层渗透，腐败现象对整个社会的侵蚀，无不显示出现实主义细致的观察和批判力度。

我们并不要求科幻小说一定要与现实紧密相连，毕竟它的特色之一便是"幻"的融入，但是如果科幻小说在提出非同一般的科幻想象的同时，又具有反映现实的深刻力度，那便意味着科幻的内涵被大大加深了，是一种意味的收获。在这种意义上《镜子》是成功的，它似乎给我们提供了这样一个思路：科幻文学的宗旨从来不是脱离地球，脱离地气，将视线远远地投向辽阔无垠的宇宙，它同样可以脚踏实地，从身边的日常，从柴米油盐开始。它可以与任何题材相结合，将科幻的思维渗透到对现实细腻入微的描述中。只要叙事得当，情节真实，科幻小说所暴露现实的深度与广度绝不亚于主流文学。《镜子》是一种积极尝试，它似乎证明了科幻小说的未来有着无限的可能，绝不仅仅为了达到简单的科普目的，或是展现新异的科幻创意，满足于某种标新立异的阅读效果。在反映现实的深度与广度上，科幻完全能够达到主流文学的水平。

二、混沌的历史

　　一流的作家从来不满足于仅用情节取悦读者，否则作家便会降格为写手。作家需将思考注入文字之中，通过情节这一媒介负载起思想的重量，没有思想的小说很快便会被人淡忘。因此，无论小说拥有多么起伏跌宕的情节，都应加入深刻的思想与厚重的观点。《镜子》所表现出的对历史的沉思在这方面尤为醒目，它显示了科幻文学在重述历史方面能够达到的高度，并显示了与主流文学的接轨。让读者明白，除却外星人、穿越时空、超级病毒、古生物复活、世界末日这些有点千篇一律的题材外，对于"历史"，科幻同样可以显示出它静静的沉思与锋利的剖析。"镜子"并非现实生活中的镜子，而是一面可以照出历史真相的科技之镜、反思之镜。

　　历史是什么？"历史是任人打扮的小姑娘""一切历史都是当代史""历史是胜利者书写的"。这些关于历史的论述似乎都存在某种合理性。20世纪90年代兴起了"新历史主义"文学思潮，以苏童、余华、格非等作家为代表，将传统的历史叙述转换为另一种形式。他们认为公众接受的所谓正史并非是对史实的客观记载，而只是某种权威性话语的体现，"新历史主义"小说中，更加强调个体的感知与体验，以野史、稗史、民间史取代正史、官史，忽略并有意消解那些宏大叙事，显示了重构历史的欲望。

　　《镜子》同样显示出对于正史的颠覆，并以科技为切入点导出了作家的历史观。当白冰为首长、吕文明、陈继峰等演示超弦计算机的强大搜索功能时，白冰对正史的不屑表现了作者对正史的怀疑。特洛伊城从未存在过，更没有传说中动人心魄的特洛伊战争和特洛伊木马。马可·波罗从未到过中国，与人们心目中那个跨越万水千山、历尽千难万险来到中国文化交流者相反，他在沙漠中五次偷别人的水，三次偷别人的饼，与传说中的伟大大相径庭。他害怕艰险的路途，只在西亚转了几年，然后把一些道听途说的传闻讲给了一位作家，那位作家写出了伟大的游记《马可·波罗游记》，马可·波罗也因此摇身一变成为人尽皆知的旅行家和中西文化交流的优秀范例。正史中记录的黄海大海战中临阵脱逃的怕死鬼方伯谦，其实却是最有观点与主见的人，对海战有着独特的洞察力，但却被正史死死地钉在耻辱柱上，永世不得翻身。小说中这些关于历史的描述虽然并非情节发展所必须，但却彰显了作品的厚度与思索。历史以一种以讹传讹的形式流传下来，从模糊暧昧、似是而非到悄然修改，以至笃定，然后经过漫长的时间之后又化为不可置疑、言之凿凿。

因为人类生命有限，对于漫长历史的记录只能通过文字记载的方式得以流传，在将客观的历史转为主观的描述后，历史的歧义便产生了。在种种不同人的不同记载中，历史以彼此矛盾冲突的面目出现，以至后人看到的历史多是最强大的叙述者流传下来的，因为他拥有毋庸置疑的话语权。如果镜像朝代真的来临，所有的过往都可纤毫毕现地回放，恐怕每个族群的记忆都会被彻底颠覆。

真实的历史往往被强大的叙述权力所淹没，留给后人的那些关于历史的记录不过是跨越时间的权力体现而已。当首长看到白冰还原的历史后，意味深长地说："直觉告诉我，这些才像真实的历史。"本真的历史也许是杂乱无章的，不能条分缕析，没有必然的走向。历史是混沌的，它的真伪也如水乳般交融在一起，如同燕窝中饱含着营养与杂质。这里，刘慈欣剔除了善恶、忠奸、好坏、是非的简单二元对立，把它还原成最初的散乱状态，并跨越了科幻小说更重情节与创意，而忽略了深层挖掘的通病，努力下潜至历史深处，钩沉出那些沉重而又无可回避的话题。

白冰对历史的阐述便是作者对历史的冥想：

"我们基本上被自己所知道的历史骗了：那些名垂青史的英雄，有一大半是卑鄙的骗子和阴谋家，用他们的权势为自己树碑立传且成功了；

而那些为正义和真理献身的人，三分之二都默默地惨死在历史的尘埃中，没有人知道他们的存在；剩下的三分之一则在强有力的诬陷下遗臭万年……"

那么，历史像水晶一样透明好吗？把一切都变成一泓清水，可以一览无余直视无碍？老于世故的首长并不接受这种形式，因为他知道水至清则无鱼，当每个人的行为都能在镜像中精确地看到，没有任何罪行可以隐藏时，这个社会也便死了。如同 DNA 如果无限复制循环，永远不出错，生命便不会进化一般。发现镜像的白冰也不能接受镜像的存在，他知道如果过去和现在都赤裸裸地展现在光天化日之下时，全人类都不得不变成圣人，那种社会是难以生存的。

通过这些情节，作家提出这样一个命题：透明的历史与混沌的历史，哪一个更可靠？哪一个更是人类所需要的？当我们可以洞悉一切，历史真的沿着既定的轨道前行，不出一点差错，社会就会大幅度进步，人类的生活便能迎来童话般的幸福吗？答案显然是否定的。因此，小说没有止于杀人案件或贪污案件的侦破，而是继续下潜，畅想了镜像作用于人类社会后衍生出来的一系列后果，与其产生的积极作用相比，副作用似乎要更大。

"在前二十年，镜像模拟只应用于司法部门，但已经对社会产生了实质性的影响，人类社会的形态发生了重大变化。以后，镜像渗透到社会生活的各个角落，历史上称为镜像纪元。在新纪元的头五个世纪，人类社会还是在缓慢发展之中。完全停滞的迹象最初出现在镜像六世纪中叶，首先停滞的是文化，由于人性已经像一汪清水般纯洁，没有什么可描写和表现的，文学首先消失了，接着是整个人类艺术都停滞和消失了。接下来，科学和技术也陷入了彻底的停滞。这种进步停滞的状态持续了三万年，这段漫长的岁月，史称'光明的中世纪'。"

小说以某种理性的姿态描述了这样一个事实：如果镜像普遍应用于人类生活，文化将会停滞，文学、艺术将会消失，科技、技术的发展将彻底止步，人类将进入一个看似光明实则无比黑暗的中世纪。镜像如一架巨大的显微镜，强制放大和监视人类任何言行，直至每个毛孔，没有人可以禁得起这种放大和监视，历史是混沌的固然让人不满，但当历史完全透明，同样也是难以想象的地狱。

三、混沌的人性

科幻小说往往具有这样的通病，非常重视情节的设置与宏阔场面的营造，但在人物塑造方面则缺乏耐心与力度。科幻主人公往往很难成为某种性格的代言人，而更多只是扁平人物。人物是叙事的工具，缺少自身独有的特点与魅力。这一点与主流文学相比，尚存在较大距离。如果你想在科幻小说中找到类似贾宝玉、韦小宝、陈奂生、卡门、美狄亚这样标志性的人物，恐怕会有些失望。即使伟大的凡尔纳《神秘岛》中那个无所不能的工程师，人们似乎也难以记住他的名字。因此，科幻小说在人物塑造方面还有很长的路要走。

但《镜子》中对人物的塑造则显示了一种少有的耐心，它全方位地打量人物，写出他们的矛盾与纠结，写出其内心深处的如蛛丝般细微的震颤。透过反腐题材的表象，我们看到的是几个灵魂在现实生活中的辗转扭曲。

公安局长陈继峰，对上级忠心耿耿、知恩必报，但同时又是一个罪不可恕的贪污者，25万美元的支票便将他收买为毒品交易的保护伞。白冰揭露了他收贿的罪行时，他甚至不顾自己执法者的身份，欲开枪打死对方，并准备给对方扣上拒捕和企图逃跑被击毙的罪名。科技奇才白冰在技术一流、思维敏捷的同时又希望通过镜像敲诈钱物，在正常婚姻的表象下同时保持着和女大学生不正当的关系，他创造了镜像又最终亲手毁了镜像。纪委书记吕文明努力帮助提携老同学宋诚，表现出热情真诚的一面，但当宋诚想要揭露首长腐败的事实时，他又表现出官场历练的油滑，干预对方的正常工作，违背职业道德将调查材料转交给被调查者。

这些人物拥有多个侧面，每个侧面都显示出某种互不违逆的统一性。而所有人物中，"首长"身上体现出最复杂的人性，成为整篇小说最为成功的形象。从他身上，我们可以看到一个人努力、成长与堕落的轨迹，真诚与虚伪、狡猾与信仰错综复杂地交织在一起。

他奢侈贪婪。家中有价值百万的红木家具，几百万港币的名人字画，日常饮用的是九十万元 500 克的茶王，儿子与儿媳在他的庇护下各自开办公司，以权谋私。全省范围的腐败网络每一根经络都通向他，首长成为稳居高层的最大贪污犯。

他虚伪善藏。明明享受着无比奢华的生活，外表却给人简单简朴的假象。一边大唱反腐痛恨腐败，一边贪污受贿，结党营私；夸奖宋诚的按纪律办事的同时派人栽赃陷害；慈祥目光能令任何一个晚辈感动，出手制敌时又绝不心软，凶狠歹毒。

他博学多才。是高能物理专业的高才生，改革开放恢复学位后国内的第一批物理学硕士，对白冰的镜像原理有着透彻的认识，甚至会质疑白冰理论的严谨性，与某些胸无点墨的普通官员绝不雷同。

他善于拉拢，能够让公安局长与纪委书记毫无原则地为其效力，成为手中的一枚棋子，为了保护这位领导而甘愿冒着巨大的风险，把他们的作用发挥得淋漓尽致。

他老于世故，含而不露。当纪委书记吕文明责怪宋诚不该保留揭发首长的材料时，他却义正词严批评吕文明对自己的袒护，极力褒扬宋诚的刚正不阿，所说的每一个字都完全符合国家法律、道德、党性原则的三重标准，以至于宋诚在恍惚之间甚至犹豫那些调查材料的真实性。

他理性、睿智、沉稳、从容、富于决断力。制止陈继峰杀掉白冰，因为这一举动除了加速镜像公诸于世，毫无益处。在劣迹败露最应慌乱的时刻，饱经阅历的他始终保持着清醒的头脑和冷静的思维，从而采取了最为理智的做法。当他得知镜像时代很快就要到来后，先查封了自己儿子和儿媳的公司，将本欲排挤、报复的人提拔到重要位置，并写下自首材料，因为他知道，此时此刻已无力回天，何不顺应事态发展，做出积极的应对。

他预见了镜像对人类社会的副作用，自杀前交代宋诚要毁掉镜像，删除备份，并杀掉白冰，这并非由于一己之私欲，而是从整个人类的利益出发。

他以一种长者的睿智洞析了镜像将会带来的极大副作用，成为人类发展的阻碍。说出"清水无鱼，一个在道德上永不出错的社会，其实已经死了。"这句满含哲理的话，小说最终交代的事实恰恰也验证了这句话的确充满先见之明。

但同时，他又暴露出人性善的另一面。怀旧、易感、珍爱亲情、对真善美的向往。在通过看镜像到自己走过的一生时，镜像唤起了他心中那份遥远的真诚与信仰，他感受到自己在岁月沧桑中的变化和对旧我的背叛。作为婴儿来到这个世上的偶然，少先队，入团，入党，童年的清澈，少年的热诚和渴望，读入党誓词时的诚恳，这些追忆使他掉下了眼泪。透过"首长"，我们看到人在生活之路上的迷失，人无法保证自己不会成为年轻时曾经厌恶的那种人。

他做的最后一件事，就是将自己胸前的"为人民服务"的小标牌摘下来，轻轻地放到桌面上小幅国旗和党旗的基座上，在生日的当天开枪自杀，对自己的人生做了最后的了结，生命的终点似乎又回到了起点。在经历几十年的人生浮沉之后，首长理清了生命发展的整条线索，为正义完成了自裁，用自杀否定了自我。

可以说，对于"首长"的塑造成为《镜子》成功的主要原因，如果仅将其塑造为一个脑满肠肥的贪官酷吏则会将人性的混沌性予以简化。从"首长"身上我们可以看到，人性实在是难以用"好坏"二字予以简单概括的。虽然这个人物未必一定会成为科幻文学史上令人难以忘怀的角色，但他的身上却凝结着作者对复杂混沌人性的多重思考。看到"首长"，我们会想：这世界，还有比人更复杂的动物吗？

透过小说，我们可以读到作者将现实与科幻巧妙的融合，为科幻题材反映现实提供了一种范型，表明科幻小说完全可以植根于时代脉搏之上，感受并反映它轻快抑或沉滞的律动。

（徐彦利：文学博士，河北科技大学文法学院副教授）

赡养上帝

刘慈欣

一

上帝又惹秋生一家不高兴了。

这本来是一个很好的早晨，西岑村周围的田野上，在一人多高处悬着薄薄的一层白雾，像是一张刚刚变空白的画纸，这宁静的田野就是从那张纸上掉出来的画儿；第一缕朝阳照过来，今年的头道露珠们那短暂的生命进入了最辉煌的时期……但这个好早晨全让上帝给搅了。

上帝今天起得很早，自个到厨房去热牛奶。赡养时代开始后，牛奶市场兴旺起来，秋生家就花了一万出头儿买了一头奶牛，学着人家的样儿把奶兑上水卖，而没有兑水的奶也成了本家上帝的主要食品之一。上帝热好奶后，就端着去堂屋看电视了，液化气也不关。刚清完牛圈和猪圈的秋生媳妇玉莲回来了，闻到满屋的液化气味，赶紧用毛巾捂着鼻子到厨房关了气，打开窗和换气扇。

"老不死的，你要把这一家子害死啊！"玉莲回到堂屋大嚷着。用上液化气也就是领到赡养费以后的事，秋生爹一直反对，说这玩意儿不如蜂窝煤好，这次他又落着理了。

像往常一样，上帝低头站在那里，那扫把似的雪白长胡须一直拖到膝盖以下，脸上堆着胆怯的笑，像一个做错了事儿的孩子。"我……我把奶锅儿拿下来了啊，它怎么不关呢？"

"你以为这是在你们飞船上啊？"正在下楼的秋生大声说，"这里的什么东西都是傻的，我们不像你们什么都有机器伺候着，我们得用傻工具劳动，才有饭吃！"

"我们也劳动过，要不怎么会有你们？"上帝小心翼翼地回应道。

"又说这个，又说这个，你就不觉得没意思？有本事走，再造些个孝子贤孙养活你。"玉莲一摔毛巾说。

"算了算了，快弄弄吃吧。"像每次一样，又是秋生打圆场。

兵兵也起床了，他下楼时打着哈欠说："爸、妈，这上帝，又半夜地咳，闹得我睡不着。"

"你知足吧小祖宗，我俩就在他隔壁还没发怨呢。"玉莲说。

上帝像是被提醒了，又咳嗽起来，咳得那么专心致志，像在做一项心爱的运动。

"唉，真是倒了八辈子的霉了。"玉莲看了上帝几秒钟，气鼓鼓地说，转身进厨房做饭去了。

上帝再也没吱声，默默地在桌边儿和一家人一块儿就着酱菜喝了一碗粥，吃了半个馒头，这期间一直承受着玉莲的白眼儿，不知是因为液化气的事儿，还是又嫌他吃得太多了。

饭后，上帝像往常一样，很勤快地收拾碗筷，到厨房去洗了起来。玉莲在外面冲他喊："不带油的不要用洗洁精！那都是要花钱买的，就你那点赡养费，哼！"上帝在厨房中连续唉唉地表示知道了。

小两口下地去了，兵兵也去上学了，这个时候秋生爹才睡起来，两眼迷迷糊糊地下了楼，呼噜噜喝了两大碗粥后，点上一袋烟，才想起上帝的存在。

"老家伙，别洗了，出来杀一盘！"他冲厨房里喊道。

上帝用围裙擦着手出来，殷勤地笑着点点头。同秋生爹下棋对上帝来说也是个苦差事，输赢都不愉快。如果上帝赢了，秋生爹肯定暴跳如雷：你个老东西是他妈个什么东西？赢了我就显出你了是不是？屁！你是上帝，赢我算个屁本事！你说说你，进这个门儿这么长时间了，怎么连个庄户人家的礼数都不懂？如果上帝输了，这老头儿照样暴跳如雷：你个老东西是他妈个什么东西？我的棋术，方圆百里内没得比，赢你还不跟捏死个臭虫似的，用得着你让着我？你这是——用句文点儿的话说吧——对我的侮辱！反正最后的结果都一样，老头儿把棋盘一掀，棋子儿满天飞。秋生爹的臭脾气是远近闻名的，这下子可算找着了一个出气筒。不过这老头儿不记仇，每次上帝悄悄把棋子儿收拾回来再悄悄摆好后，他就又会坐下同上帝下起来，并重复上面的过程。当几盘下来两人都累了时，就已近中午了。

这时，上帝就要起来去洗菜。玉莲不让他做饭，嫌他做得不好吃，但菜是必须洗的。一会儿小两口儿下地回来，如果发现菜啊什么的没弄好，她又是一通尖酸刻薄的数落。他洗菜时，秋生爹一般都踱到邻家串门去了，这是上帝一天中最清静的时候。中午的阳光充满了院子里的每一个砖缝，也照亮了他那幽深的记忆之谷。这时，他往往开始发呆，忘记了手中的活儿，直到村头传来从田间归来的人声才使他猛醒过来，加紧干着手中的活儿，同时总是长叹一声。

唉，日子怎么过成这个样子呢——

这不仅是上帝的叹息，也是秋生、玉莲和秋生爹的叹息，是地球上五十多亿人和二十亿个上帝的叹息。

二

这一切都是从三年前那个秋日的黄昏开始的。

"快看啊，天上都是玩具耶！"兵兵在院子里大喊，秋生和玉莲从屋里跑出来，抬头看到天上真的布满了玩具，或者说，天空中出现的那无数物体，其形状只有玩具才具有。这些物体在黄昏的苍穹中均匀地分布着，反射着已落到地平线下的夕阳的光芒，每个都有满月那么亮。这些光合在一起，使地面如正午般通明。而这光亮很诡异，它来自天空所有的方向，不会给任何物体投下影子，整个世界仿佛处于一台巨大的手术无影灯下。

开始，人们以为这些物体的高度都很低，位于大气层内，这样想是由于它们都清晰地显示出形状来，后来才知道这只是由于其体积的巨大，实际上它们都处于三万多公里高的地球同步轨道上。

到来的外星飞船共有两万一千五百一十三艘，均匀地停泊在同步轨道上，形成了一层地球的外壳。这种停泊是以一种令人类观察者迷惑的极其复杂的队形和轨道完成的，所有的飞船同时停泊到位，这样可以避免飞船质量引力在地球海洋上产生致命的潮汐，这让人类多少安心了一些，因为它或多或少地表明了外星人对地球没有恶意。

以后的几天，人类世界与外星飞船的沟通尝试均告失败，后者对地球发出的询问信息保持着完全的沉默。与此同时，地球变成了一个没有夜晚的世界，太空中那上万艘巨大飞船反射的阳光，使地球背对太阳的一面亮如白昼；而在面向太阳的这一面，大地则周期性地笼罩在飞船巨大的阴影下。天空中的恐怖景象使人类的精神承受力达到了极限，因而也忽视了地球上正在发生的一件奇怪的事情，更不会想到这事与太空中外星飞船群的联系。

在世界各大城市中，陆续出现了一些流浪的老者，他们都有一些共同的特征：年纪都很老，都留着长长的白胡须和白头发，身着一样的白色长袍，在开始的那些天，在这些白胡须白头发和白长袍还没有弄脏时，他们远远看去就像一个个雪人儿似的。这些老流浪者的长相介于各色人种之间，好像都是混血人种。他们没有任何能证明自己国籍和身份的东西，也说不清自己的来历，只是用生硬的各国语言温和地向路人乞讨，都说着同样的一句话："我们是上帝，看在创造了这个世界的份儿上，给点儿吃的吧——"

如果只有一个或几个老流浪者这么说，把他们送进收容所或养老院，与那些无家可归的老年妄想症患者放到一起就是了，但要是有上百万个流落街头的老头儿老太太都这么说，那就是另一回事了。事实上，这种老流浪者在不到半个月的时间里增长到了三千多万人，在纽约、北京、伦敦和莫斯科的街头上，到处是这种步履蹒跚的老家伙，他们成群结队地堵塞了交通，看上去比城市的原住居民都多，最可怖的是，他们都说着同一句话："我们是上帝，看在创造了这个世界的份上，给点儿吃的吧——"

直到这时，人们才把注意力从太空中的外星飞船转移到地球上的这些不速之客上来。最近，各大洲上空都多次出现了原因不明的大规模流星雨，每次壮观的流星雨过后，相应地区老流浪者的数量就急剧增加。经过仔细观察，人们发现了这个令人难以置信的事实：老流浪者是自天而降的，他们来自那些外星飞船。他们都像跳水似地孤身跃入大气层，每人身上都穿着一件名叫再入膜的密封服，当这种绝热的服装在大气层中摩擦燃烧时，会产生经过精确调节的减速推力，在漫长的坠落过程中，这种推力产生的过载始终不超过4个 g，在这些老家伙的承受范围内。当老流浪者接触地面时，他们的下落速度已接近于零，就像是从板凳上跳下差不多。即使这样，还是有很多人在着陆时崴了脚。而在他们接触地面的同时，身上穿的再入膜也正好蒸发干净，不留下一点残余。

天空中的流星雨绵绵不断，老流浪者以越来越大的流量降临地球，他们的人数已接近一亿。

各国政府都试图在他们中找出一个或一些代表，但他们声称，所有的"上帝"都是绝对平等的，他们中的任何一个人都能代表全体。于是，在为此召开的紧急特别联合国大会上，从时代广场上随意找来的一个英语已讲得比较好的老流浪者进入了会场。他显然是最早降临地球的那一批，长袍脏兮兮的，破了好几个洞，大白胡子落满了灰，像一把墩布，他的头上没有神圣的光环，倒是盘旋着几只忠实追随的苍蝇。他拄着那根当作拐杖的顶端已开裂的竹竿，颤巍巍地走到大圆会议桌旁，在各国首脑的注视下慢慢坐下，抬头看着秘书长，露出了他们特有的那种孩子般的笑容：

"我，呵，还没吃早饭呢。"

于是，给他端上来一份早餐，全世界的人都在电视中看着他狼吞虎咽，好几次被噎住。面包、香肠和一大盘色拉很快被风卷残云般吃光，又喝下一大杯牛奶。然后，他又对秘书长露出了天真的笑：

"呵呵，有没有酒？一小杯就行。"

于是，给他端上一杯葡萄酒，他小口地抿着，满意地点点头，"昨天夜里，暖和的地铁出风口让新下来的一帮老家伙占了，我只好睡广场上，现在喝点儿，关节就灵活些，呵呵……你，能给我捶捶背吗？稍捶几下就行。"在秘书长开始捶背时，他摇摇头长叹一声："唉，给你们添麻烦了——"

"你们从哪里来？"美国总统问。

老流浪者又摇摇头："一个文明，只有在它是个幼儿时才有固定的位置，行星会变化，恒星也会变化，文明不久就得迁移，到青年时代它已迁移过多次，这时肯定发现，任何行星的环境都不如密封的飞船稳定，于是他们就以飞船为家，行星反而成为临时住所。所以，任何长大成人的文明都是星舰文明，在太空进行着永恒的流浪，飞船就是它的家，从哪里来？我们从飞船上来。"他说着，用一根脏乎乎的指头向上指指。

"你们总共有多少人？"

"二十亿。"

"你们到底是谁？"秘书长的这个问题问得有道理，他们看上去与人类没有任何不同。

"说过多少次了，我们是上帝。"老流浪者不耐烦地摆了一下手说。

"能解释一下吗？"

"我们的文明，呵，就叫它上帝文明吧，在地球诞生前就已存在了很久，在上帝文明步入它的衰落的暮年时，我们就在刚形成不久的地球上培育了最初的生命，然后，上帝文明在接近光速的航行中跨越时间，在地球生命世界进化到适当的程度时，按照我们远祖的基因引入了一个物种，并消灭了它的天敌，细心地引导它进化，最后在地球上形成了与我们一模一样的文明种族。"

"如何让我们相信您所说的呢？"

"这很容易。"

于是，开始了历时半年的证实行动。人们震惊地看到了从飞船上传输来的地球生命的原始设计蓝图，看到了地球远古的图像；按照老流浪者的指点，在各大陆和各大洋底深深的岩层中挖出了那些令人惊恐的大机器，那是在过去漫长的岁月中一直监测和调节着地球生命世界的仪表……

人们终于不得不相信，至少对于地球生命而言，他们确实是上帝。

三

在第三次紧急特别联大会议上，秘书长终于代表全人类，向上帝提出了那个关键的问题：他们到地球来的目的。

"在我回答这个问题之前，你们首先要对文明有一个正确的认识。"上帝代表抚摸着胡子说，他还是半年前光临第一届紧急联大的那一位。"你们认为，随着时间的延续，文明会怎样演化？"

"地球文明正处于快速发展时期，如果没有来自大自然的不可抗拒的灾难和意外，我们想，它会一直发展下去。"秘书长回答说。

"错了，你想想，每个人都会经历童年、青年、中年和老年，最终走向死亡。恒星也一样，宇宙中的任何事物都一样，甚至宇宙本身，也有终结的那一天，为什么独有文明能够一直成长呢？不，文明也都有老去的那一天，当然也都有死亡的那一天。"

"这个过程具体是怎么发生的呢？"

"不同的文明有着不同的衰老和死亡方式，像不同的人死于不同的疾病或无疾而终一样。具体到上帝文明，个体寿命的延长是文明步入老年的第一个标志。那时，上帝文明中的个体寿命已延长至近四千个地球年，而他们的思想在两千岁左右就已完全僵化，创造性消失殆尽。这样的个体掌握了社会的绝大部分权力，而新的生命很难出生和成长，文明就老了。"

"以后呢？"

"文明衰老的第二个标志是机器摇篮时代。"

"嗯？"

"那时，我们的机器已经完全不依赖于它们的创造者而独立运行，能够自我维护、更新和扩展，这样的智能机器能够提供一切我们所需要的东西，这不只是物质需要，也包括精神需要，我们不需为生存付出任何努力，完全靠机器养活了，就像躺在一个舒适的摇篮中。想一想，假如当初地球的丛林中充满了采摘不尽的果实，到处是伸手就能抓到的小猎物，猿还能进化成人吗？机器摇篮就是这样一个富庶的丛林，渐渐地，我们忘却了技术和科学，文化变得懒散而空虚，失去了创新能力和进取心，文明加速老去，你们所看到的，就是这样一个进入了风烛残年的上帝文明。"

"那么，您现在是否可以告诉我们上帝文明来到地球的目的？"

"我们无家可归了。"

"可——"秘书长向上指指。

"那都是些老飞船，虽然，飞船上的生态系统比包括地球在内的任何自然形成的生态系统都强健稳定，但飞船都太老了，老得让你们无法想象，机器的部件老化失效，漫长时间内积聚的量子效应产生出越来越多的软件错误，系统的自我维护和修复功能遇到了越来越多的障碍。飞船中的生态环境在渐渐恶化，每个人能够得到的生活必需品配给日益减少，现在只够勉强维持生存，在飞船中的两万多个城市中，弥漫着污浊的空气和绝望的情绪。"

"没有补救的办法吗？比如更新飞船的硬件和软件？"

上帝摇摇头："上帝文明已到垂暮之年，我们是二十亿个三千多岁的老朽之人，其实，早在我们之前，已有上百代人生活在舒适的机器摇篮之中，技术早就被遗忘干净了。现在，我们不会维修那已经运行了几千万年的飞船，其实在技术和学习能力上我们连你们都不如，我们连点亮一盏灯的电路都不会接，连一元二次方程都不会解……终于有一天，飞船说：他们已经到了报废的边缘，航行动力系统已没有能力将飞船推进到接近光速，上帝文明只能进行不到光速十分之一的低速航行，飞船上的生态循环系统已接近崩溃，他们无法继续养活二十亿人了，请我们自寻生路。"

"以前，你们没有想到过会有这一天吗？"

"当然想到过，在两千年前，飞船就开始对我们发出警告，于是，我们采取了措施，在地球上播种生命，为养老做准备。"

"您是说，在两千年前？"

"是的，当然，那是我们的航行时间，从你们的时间坐标来看，那是在三十五亿年前，那时地球刚刚冷却。"

"这就有个问题：你们已经失去了技术能力，但播种生命不需要技术吗？"

"哦，在一个星球上启动生命进程其实只是个很小的工程，播下种子，生命就自己繁衍起来，这种软件在机器摇篮时代之前就有了，只要运行软件，机器就能完成一切。创造一个行星规模的生命世界，进而产生文明，最基本的需要只是时间，几十亿年漫长的时间。接近光速的航行能使我们几乎无限地拥有另一个世界的时间，但现在，上帝文明的飞船发动机已老化，再也不可能接近光速，否则我们还可以创造更多的生命和文明世界，这时也就拥有更多的选择。此时，我们已被禁锢在低速，这些都无法实现了。"

"这么说，你们是想到地球上来养老。"

"哦，是的是的，希望你们尽到对自己创造者的责任，收留我们。"上帝挂着拐杖颤巍巍地向各国首脑鞠躬，差点儿向前跌倒。

"那么，你们打算如何在地球上生活呢？"

"如果我们在地球上仍然集中生活，那还不如在太空中了却残生呢。我们想融入你们的社会，进入你们的家庭。在上帝文明的童年时代，我们也曾有过家庭，你知道，童年是最值得珍惜的，你们现在正好处于文明的童年时代，如果我们能够回到这个时代，在家庭的温暖中度过余生，那真是最大的幸福。"

"你们有二十亿，地球社会中的每个家庭都要收留你们中的一至两人。"秘书长说完，会场陷入了长时间的沉默。

"是啊是啊，给你们添麻烦了……"上帝连连鞠躬，同时偷偷看秘书长和各国首脑的表情，"当然，我们会给你们一定的补偿的。"他挥了一下拐杖，又有两个白胡子上帝走进了会场，吃力地抬着一个银色的金属箱子，"你们看，这是大量的高密度信息存贮体，系统地存贮着上帝文明在各个学科和技术领域的所有资料，它将使地球文明产生飞跃进化，相信你们会喜欢的。"

秘书长看着金属箱，与在场的各国首脑一样极力掩盖着心中的狂喜，说："赡养上帝应该是人类的责任，虽然这还需要世界各国进一步的磋商，但我想，原则上……"

"给你们添麻烦了，给你们添麻烦了……"上帝一时老泪纵横，又连连鞠躬。

当秘书长和各国首脑走出会议大厅，发现联合国大厦外面聚集了几万名上帝，看去一片白花花的人山人海，天地之间充斥着一片嗡嗡的话音，秘书长仔细听了听，听出他们都在用不同的地球语言反复说着同一句话："给你们添麻烦了，给你们添麻烦了……"

四

二十亿个上帝降临了地球，他们大多是穿着再入膜坠入大气层的，那段时间，天空中缤纷的彩雨在白天都能看到。这些上帝着陆后，分散进入了人类社会的十五亿个家庭中。由于得到了上帝的科技资料，人们都对未来充满了历史上从未有过的希冀和憧憬，似乎人类在一夜之间就能进入世世代代梦想中的天堂。在这种心情下，每个家庭都真诚地欢迎上帝的到来。

这天，秋生一家同村里的其他乡亲一起，早早地等在村口，迎接分配到本村的上帝。

"今儿个的天真是个晴啊！"玉莲兴奋地说。

她的这种感觉并非完全是心情使然，因为那布满天空的外星飞船在一夜之间完全消失了，天空重新变得空旷开阔起来。人类一直没有机会登上那些飞船中的任何一艘，上帝对地球人的这种愿望不持异议，但飞船自己不允许，对于人类发射的那些接近它们的简陋原始的探测器，它们不理不睬，紧闭舱门。当最后一批上帝跃入地球大气层后，两万多艘飞船同时飞离了地球同步轨道。但它们并没有走远，在小行星带飘浮着，这些飞船虽然陈旧不堪，但古老的程序仍在运行，它们唯一的终极使命就是为上帝服务，因而不可能远离上帝，当后者需要时，它们会招之即来的。

乡里的两辆大轿车很快开来，送来了分配到西岑村的一百零六名上帝。秋生和玉莲很快领到了分配给本家的那个上帝，两口儿亲热地挽着上帝的胳膊，秋生爹和兵兵乐呵呵地跟在后面，在上午明媚的阳光下朝家走去。

"老爷子，哦，上帝爷子，"玉莲把脸贴在上帝的肩上，灿烂地笑着说，"听说，你们送给的那些技术，马上就能让我们实现共产主义了！到时候是按需分配，什么都不要钱，去商店拿就行了。"

上帝笑着冲她点点满是白发的头，用还很生硬的汉语说："是的，其实，按需分配只是满足了一个文明最基本的需要，我们的技术将给你们带来好的生活，其富裕和舒适是你完全想象不出来的。"

玉莲的脸笑成了一朵花："不用不用，按需分配就成了，我就满足了。嘻嘻！"

"嗯！"秋生爹在后面重重地点点头。

"我们还能像您那样长生不老？"秋生问。

"我们并不能长生不老，只是比你们活得长些而已，现在不是都老了吗？其实人要活过三千岁，感觉和死了也差不多，对一个文明来说，个体太长寿是致命的危险。"

"哦，不用三千岁，三百岁就成啊！"秋生爹也像玉莲一样笑得合不上嘴，"想想，那样的话我现在还是个小伙儿，说不定还能……呵呵呵呵。"

这天，村里像过大年一样，家家都张罗了丰盛的宴席为上帝接风，秋生家也不例外。秋生爹很快让老花雕灌得有三分迷糊了，他冲上帝竖起了大拇指。

"你们行！能造出这所有的活物来，神仙啊！"

上帝也喝了不少，但脑子还清醒，他冲秋生爹摆摆手："不，不是神，是科学，生物科学发展到一定层次，就能像制造机器一样制造出生命来。"

"话虽这么说，可在我们眼里，你们还是跟下凡的神仙没两样啊。"

上帝摇摇头："神应该是不会出错的，但我们，在创世过程中错误不断。"

"你们造我们时还出过错儿？"玉莲吃惊地瞪大了双眼，因为在她的想象里，创造万千生灵就像她八年前生兵兵一样，是出不得错的。

"出过很多，以较近的来说，由于创世软件对环境判断的某些失误，地球上出现了像恐龙这类体积大而适应性差的动物，后来为了你们的进化，只好又把它们抹掉。再说更近的事：自古爱琴海文明消亡后，创世软件认为已经成功地创建了地球文明，就再也没有对人类的进程进行监视和微调，就像把一个上好了发条的钟表扔在那里任它自己走动，这就出现了更多的错。比如，应该让古希腊文明充分地独立发展，马其顿的征服，还有后来罗马的征服都应被制止，虽然这两个力量都不是希腊文明的对立面而是其继承者，但希腊文明的发展方向被改变了……"

秋生家没人能听懂这番话，但都很敬畏地探头恭听着。

"再到后来，地球上出现了汉朝和古罗马两大力量，与前面提到的希腊文明相反，不应该让这两大力量在相互隔绝的状态下发展，而应该让它们充分接触……"

"你说的汉朝，是刘邦项羽的汉朝吧，"秋生爹终于抓住了自己知道的一点儿，"那古罗马？"

"好像是那时洋人的一个大国，也很大的。"秋生试着解释道。

秋生爹不解地问："什么？洋人在清朝来了就把我们收拾成那样儿，你还让他们早在汉朝就同我们见面？"

上帝笑着说："不不，那时，汉朝的军事力量绝不比古罗马差。"

"那也很糟，这两强相遇要打起来，可是大仗，血流成河啊！"

上帝点点头，伸了筷子去夹红烧肉："有可能，但东西方两大文明将碰撞出灿烂的火花，将人类大大向前推进一步……唉，要是避免那些错误的话，地球人现在可能已经殖民火星，你们的恒星际探测器已越过天狼星了。"

秋生爹举起酒碗敬佩地说："说上帝们在摇篮里把科学忘了，其实你们还是很有学问的嘛。"

"为了在摇篮中过得舒适，还是需要知道一些哲学、艺术、历史之类的，只是些常识而已，算不得什么学问，现在地球上的很多学者，思想都比我们深刻得多。"

……

上帝文明进入人类社会的最初一段时间，是上帝们的黄金时光，那时，他们与人类家庭相处得十分融洽，仿佛回到了上帝文明的童年时代，融入那早已被他们忘却的家庭温暖之中，对于他们那漫长的一生来说，这应该是再好不过的结局了。

秋生家的上帝，在这个秀美的江南小村过着宁静的田园生活，每天到竹林环绕的池塘中钓钓鱼，同村里的老人聊聊天、下下棋，其乐融融。但他最大的爱好是看戏，有戏班子到村里或镇里时，他场场不误。上帝最爱看的是《梁祝》，看一场不够，竟跟着那个戏班子走了一百多里地，连看了好几场。后来秋生从镇子里为他买回一张这戏的VCD，他就一遍遍放着看，后来也能哼几句像模像样的黄梅戏了。

有一天玉莲发现了一个秘密，她悄悄地对秋生和公公说："你们知道吗，上帝爷子每次看完戏，总是从里面口袋掏出一个小片片看，边看边哼曲儿，我刚才偷看了一眼，那是张照片，上面有个好漂亮的姑娘耶！"

傍晚，上帝又放了一遍《梁祝》，掏出那张美人像边看边哼起来，秋生爹悄悄凑过去："上帝爷子啊，你那是……从前的相好儿？"

上帝吓了一跳，赶紧把照片塞进怀里，对秋生爹露出孩子般的笑："呵呵，是是，她是我两千多年前的爱。"

在旁边偷听的玉莲撇了撇嘴，还两千多年前的爱呢，这么大岁数了，真酸得慌。

秋生爹本想看看那张照片，但看到上帝护得那么紧，也不好意思强要，只能听着上帝的回忆。

"那时我们都还很年轻，她是极少数没有在机器摇篮中沉沦的人，发起了一次宏伟的探险航行，要航行到宇宙的尽头，哦，这你不用细想，很难搞明白的……她期望用这次航行唤醒机器摇篮中的上帝文明，当然，这不过是一个美好的愿望罢了。她让我同去，但我不敢，那无边无际的宇宙荒漠吓住了我，那是二百亿光年的漫漫航程啊。她就自己去了，在以后的两千多年里，我对她的思念从来就没间断过啊。"

"二百亿光年？照你以前说的，就是光要走二百亿年？乖乖，那也太远了，这可是生离死别啊，上帝爷子，你就死了那份心思吧，再见不着她的面儿喽。"

上帝点点头，长叹一声。

"不过嘛，她现在也你这岁数了吧。"

上帝从沉思中醒过来，摇摇头："哦，不不，这么远的航程，那艘探险飞船会很贴近光速的航行，她应该还很年轻，老的是我……宇宙啊，你真不知道它有多大，你们所谓的沧海桑田，天长地久，不过是时空中的一粒沙啊……话说回来，你感觉不到这些，有时候还真是一种幸运呢！"

<h1 style="text-align:center">五</h1>

岂料，上帝与人类的蜜月很快结束了。

人们曾对从上帝那里得到的科技资料欣喜若狂，认为它们能使人类的梦想在一夜之间变为现实。借助于上帝提供的接口设备，那些巨量的信息被很顺利地从存贮体中提取出来，并开始被源源不断地译成英文，为了避免纷争，世界各国都得到了一份拷贝。但人们很快发现，要将这些技术变成现实，至少在本世纪内是不可能的事。其实设想一下，如果有一个时间旅行者将现代技术资料送给古埃及人会是什么情况，就能够理解现在人类面临的尴尬处境了。

在石油即将采尽的今天，能源技术是人们最关心的技术。但科学家和工程师们很快发现，上帝文明的能源技术对现代人类毫无用处，因为他们的能源是建立在正反物质湮灭的基础上的。即使读懂所有的相关资料，最后制造出湮灭发动机和发电机（在这一代人内这基本上不可能），一切还是等于零，因为这些能源机器的燃料——反物质，需要远航飞船从宇宙中开采，据上帝的资料记载，距地球最近的反物质矿藏是在银河系至仙女座星云之间的黑暗太空中，有五十五万光年之遥！而接近光速的星际航行几乎涉及所有的学科，其中的大部分理论和技术对人类而言高深莫测，人类学者即使对其基础部分有个大概的了解，可能也需半个世纪的时间。科学家们曾满怀希望地查询受控核聚变的技术信息，但根本没有，这很好理解：人类现代的能源科学并不包含钻木取火的技巧。

在其他的学科领域，如信息技术和生命科学（其中蕴含着使人类长生的秘密）一样，最前沿的科学家也完全无法读懂那些资料，上帝科学与人类科学的理论距离目前还是一道无法跨越的深渊。

来到地球上的上帝们无法给科学家们提供任何帮助，正如那一位上帝所说，现在在他们中间，会解一元二次方程的人都很少了。而那群飘浮在小行星带的飞船，对人类的呼唤毫不理睬。现在的人类就像是一群刚入学的小学生，突然被要求研读博士研究生的课程，而且没有导师。

另一方面，地球上突然增加了二十亿人口，这些人都是不能创造任何价值的老人，其中大半疾病缠身，给人类社会造成了前所未有的压力。各国家政府要付给每个接收上帝的家庭一笔可观的赡养费，医疗和其他公共设施也已不堪重负，世界经济到了崩溃的边缘。

上帝和秋生一家的融洽关系不复存在，他渐渐被这家人看作是一个天外飞来的负担，受到越来越多的嫌弃，而每个嫌弃他的人各有各的理由。

玉莲的理由最现实、也最接近问题的实质，那就是上帝让她家的日子过穷了。在这家人中，她是最令上帝烦恼的一个，那张尖酸刻薄的刀子嘴，比太空中的黑洞和超新星都令他恐惧。她的共产主义理想破灭后，就不停地在上帝面前唠叨，说在他来之前她们家的日子是多么的富裕多么的滋润，那时什么都好，现在什么都差，都是因为他，摊上他这么个老不死的真是倒了大霉！每天只要一有机会，她就这样对上帝恶语相向。上帝有很严重的气管炎，这虽不是什么花大钱的病，但需要长期的治疗调养，钱自然是要不断地花。终于有一天，玉莲不让秋生带上帝去镇医院看病，也不给他买药了。这事让村支书知道了，很快找上门来。

支书对玉莲说："你家上帝的病还是要用心治，镇医院跟我打招呼了，说他的气管炎如果不及时治疗，有可能转成肺气肿。"

"要治村里或乡里给他治，我家没那么多钱花在这上面！"玉莲冲村支书嚷道。

"玉莲啊，按《上帝赡养法》，这种小额医疗是要由接收家庭承担的，政府发放的赡养费已经包括这费用了。"

"那点儿赡养费顶个屁用！"

"话不能这么说，你家领到赡养费后买了奶牛，用上了液化气，还换了大彩电，就没钱给上帝治病？大伙都知道这个家是你在当，我把话说在这儿，你可别给脸不要脸，下次就不是我来劝你了，会是乡里县里'上委'（上帝赡养委员会）的人来找你，到时你吃不了兜着走！"

玉莲没办法，只好恢复了对上帝的医疗，但日后对他就更没好脸了。

有一次，上帝对玉莲说："不要着急嘛，地球人很有悟性，学得也很快，只需一个世纪左右，上帝科学技术中层次较低的一部分就能在人类社会得到初步应用，那时生活会好起来的。"

"切，一个世纪，还'只需'，你这叫人话啊？"正在洗碗的玉莲头也不回地说。

"这时间很短啊。"

"那是对你们，你以为我能像你似的长生不老啊，一个世纪过去，我的骨头都找不着了！不过我倒要问问，你觉得自个儿还能活多少时间呢？"

"唉，风烛残年了，再能活三四百个地球年就很不错了。"

玉莲将一摞碗全摔到了地上："咱这到底是谁给谁养老，谁给谁送终啊？啊，合着我累死累活伺候你一辈子，还得搭上我儿子孙子往下十几辈不成？说你老不死你还真是啊！"

……

至于秋生爹，则认为上帝是个骗子。其实，这种说法在社会上也很普遍，既然科学家看不懂上帝的科技文献，就无法证实它们的真伪，说不定人类真让上帝给耍了。对于秋生爹而言，他这方面的证据更充分一些。

"老骗子，行骗也没你这么猖狂的，"他有一天对上帝说，"我懒得揭穿你，你那一套真不值得我揭穿，甚至不值得我孙子揭穿呢！"

上帝问他有什么地方不对。

"先说最简单的一个吧：我们的科学家知道，人是由猴儿变来的，对不对？"

上帝点点头："准确地说是由古猿进化来的。"

"那你怎么说我们是你们造的呢？既然造人，直接造成我们这样儿不就行了，为什么先要造出古猿，再进化什么的，这说不通啊！"

"人要以婴儿出生再长大为成人，一个文明也一样，必须从原始状态进化发展而来，这其中的漫长历程是不可省略的。事实上，对于人类这一物种分支，我们最初引入的是更为原始的东西，古猿已经经过相当的进化了。"

"我不信你故弄玄乎的那一套，好好，再说个更明显的吧，告诉你，这还是我孙子看出来的：我们的科学家说地球上三十多亿年前就有生命了，这你是认的，对吧？"

上帝点点头："他们估计的基本准确。"

"那你有三十多亿岁？"

"按你们的时间坐标，是的；但按上帝飞船的时间坐标，我只有三千五百岁。飞船以接近光速飞行，时间的流逝比你们的世界要慢得多。当然，有少数飞船会不定期脱离光速，降至低速来到地球，对地球上的生命进化进行一些调整，但这只需很短的时间，这些飞船很快就会重新进入太空进行接近光速的航行，继续跨越时间。"

"扯——"秋生爹轻蔑地说。

"爹，这可是相对论，也是咱们的科学家证实了的。"秋生插嘴说。

"相对个屁！你也给我瞎扯，哪有那么玄乎的事儿？时间又不是香油，还能流得快慢不同？我还没老糊涂呢！倒是你，那些书把你看傻了！"

"我很快就能向你们证明，时间能够以不同的速度流逝。"上帝一脸神秘地说，同时从怀里掏出了那张两千年前情人的照片，把它递给秋生，"仔细看看，记住她的每一个细节。"

秋生看那照片的第一眼时，就知道自己肯定能够记住每一个细节，想忘都不容易。同其他的上帝一样，她综合了各色人种的特点，皮肤是温润的象牙色，那双会唱歌的大眼睛绝对是活的，一下子就把秋生的魂儿勾走了。她是上帝中的姑娘，她是姑娘中的上帝，那种上帝之美，如第二个太阳，人类从未见过也根本无法承受。

"瞧你那德行，口水都流出来了！"玉莲一把从已经有些傻呆的秋生手中抢过照片，还没拿稳，就让公公抢去了。

"我来我来，"秋生爹说着，那双老眼立刻凑到照片上，近得不能再近了，好长时间一动不动地，好像那能当饭吃。

"凑那么近干吗？"玉莲轻蔑地问。

"去去，我不是没戴花镜嘛。"秋生爹脸伏在照片上说。

玉莲用不屑的目光斜视了公公几秒钟，撇撇嘴，转身进厨房了。

上帝把照片从秋生爹手中拿走了，秋生爹的双手恋恋不舍地护送照片走了一段，上帝说："记好细节，明天的这个时候再让你们看。"

整整一天，秋生爷俩少言寡语，都在想着那位上帝姑娘，他们心照不宣，惹得玉莲脾气又大了许多。终于等到了第二天的同一个时候，上帝好像忘了那事，经秋生爹的提醒才想起来，他掏出那张让爷俩想念了一天的照片，首先递给秋生："仔细看看，她有什么变化？"

"没啥变化呀。"秋生全神贯注地看着，过了好一会儿，终于看出点东西来："哦，对，她嘴唇儿张开的缝比昨天好像小了一些，小得不多，但确实小了一些，看嘴角儿这儿……"

"不要脸的，你看得倒是细！"照片又让媳妇抢走了，同样又让公公抢到手里。

"还是我来——"秋生爹今天拿来了老花镜，戴上细细端详着，"是是，是小了些。还有很明显的一点你怎么没看出来呢？这小缕头发嘛，比昨天肯定向右飘了一点点的！"

上帝将照片从秋生爹手中拿过来，举到他们面前："这不是一张照片，而是一台电视接收机。"

"就是……电视机？"

"是的，电视机，现在它接收的，是她在那艘飞向宇宙边缘的探险飞船上的实况画面。"

"实况？就像转播足球赛那样？"

"是的。"

"这，这上面的她居然……是活的！"秋生目瞪口呆地说，连玉莲的双眼都睁得核桃大。

"是活的，但比起地球上的实况转播，这个画面有时滞，探险飞船大约已经飞出了八千万光年，那么时滞就是八千万年，我们看到的，是八千万年前的她。"

"这小玩意儿能收到那么远的地方传来的电波？"

"这样的超远程宇宙通信，只能使用中微子或引力波，我们的飞船才能收到，放大后再转发到这个小电视机上。"

"宝物，真是宝物啊！"秋生爹由衷地赞叹道，不知是指的那台小电视，还是电视上那个上帝姑娘，反正一听说她居然是"活的"，秋生爷俩的感情就上升了一个层次，秋生伸手要去捧小电视，但老上帝不给。

"电视中的她为什么动得那么慢呢？"秋生问。

"这就是时间流逝速度不同的结果，从我们的时空坐标上看，接近光速飞行的探险飞船上的时间流逝得很慢很慢。"

"那……她就能跟你说话儿了是吗？"玉莲指指小电视问。

上帝点点头，按动了小屏幕背面的一个开关，小电视立刻发出了一个声音，那是一个柔美的女声，但是音节恒定不变，像是歌唱结束时永恒拖长的尾声。上帝用充满爱意的目光凝视着小屏幕："她正在说呢，刚刚说出'我爱你'三个字，每个字说了一年多的时间，已说了三年半，现在正在结束'你'字，完全结束可能还需要三个月左右吧。"上帝把目光从屏幕上移开，仰视着院子上方的苍穹，"她后面还有话，我会用尽残生去听的。"

兵兵和本家上帝的友好关系倒是维持了一段时间，老上帝们或多或少都有些童心，与孩子们谈得来也能玩到一块儿。但有一天，兵兵闹着要上帝的那块大手表，上帝坚决不给，说那是和上帝文明通信的工具，没有它，自己就无法和本种族联系了。

"哼，看看，看看，还想着你们那个文明啊种族啊，从来就没有把我们当自家人！"玉莲气鼓鼓地说。

从此以后，兵兵也不和上帝好了，还不时搞些恶作剧作弄他。

家里唯一还对上帝保持着尊敬和孝心的就是秋生，秋生高中毕业，加上平时爱看书，村里除去那几个考上大学走了的，他就是最知书达理的人了。但秋生在家是个地地道道的软蛋角色，平时看老婆的眼色行事，听爹的训斥过活，要是遇到爹和老婆对他的指示不一致，就只会抱头蹲在那儿流眼泪了。他这个熊样儿，在家里自然无法维护上帝的权益了。

六

上帝与人类的关系终于恶化到不可挽回的地步。

秋生家与上帝关系的彻底破裂，是因为方便面那事。这天午饭前，玉莲就搬着一个纸箱子从厨房出来，问她昨天刚买的一整箱方便面怎么一下子少了一半。

"是我拿的，我给河那边儿送过去了，他们快断粮了。"上帝低着头小声回答说。

他说的河那边，是指村里那些离家出走的上帝的聚集点。近日来，村里虐待上帝的事屡有发生，其中最刁蛮的一户人家，对本家的上帝又打又骂，还不给饭吃，逼得那个上帝跳到村前的河里寻短见，幸亏让人救起。这事惊动面很大，来处理的不是乡和县里的人，而是市公安局的刑警，还跟着 CCTV 和省电视台的一帮记者，把那两口子一下子都铐走了。按照《上帝赡养法》，他们犯了虐待上帝罪，最少要判十年的，而这个法律是唯一一个在世界各国都通用并且统一量刑的法律。这以后村里各家收敛了许多，至少在明里不敢对上帝太过分了，但同时，也更加剧了村里人和上帝之间的隔阂。开始有上帝离家出走，其他的上帝纷纷效仿。到目前为止，西岑村近三分之一的上帝离开了收留他们的家庭。这些出走的上帝在河对岸的田野上搭起帐篷，过起了艰苦的原始生活。

在国内和世界的其他地方，情况也好不到哪里去，城市中的街道上再次出现了成群的流浪上帝，且数量还在急剧增加，重演了三年前那噩梦般的一幕。这个人和上帝共同生活的世界面临着巨大的危机。

"好啊，你倒是大方！你个吃里扒外的老不死的！"玉莲大骂起来。

"我说老家伙，"秋生爹一拍桌子站了起来，"你给我滚！你不是惦记着河那边的吗？滚到那里去和他们一起过吧！"

上帝低头沉默了一会儿，站起身，到楼上自己的小房间去，默默地把属于他自己的不多的几件东西装到一个小包袱里，拄着那根竹拐杖缓缓出了门，向河的方向走去。

秋生没有和家里人一起吃饭，一个人低头蹲在墙角默不作声。

"死鬼，过来吃啊，下午还要去镇里买饲料呢！"玉莲冲他喊，见他没动，就过去揪他的耳朵。

"放开。"秋生说，声音不高，但玉莲还是触电似的放开了，因为她从来没有见过自己的男人有那种阴沉的表情。

"甭管他，爱吃不吃，傻小子一个。"秋生爹不以为然地说。

"呵，你惦记老不死的上帝了是不是？那你也滚到河那边野地里跟他们过去吧！"玉莲用一根手指捅着秋生的脑袋说。

秋生站起身，上楼到卧室里，像刚才上帝那样整理了不多的几件东西，装到以前进城打工用过的那个旅行包中，背着下了楼，大步向外走去。

"死鬼，你去哪儿啊？"玉莲喊道，秋生不理会，只是向外走，她又喊，声音有些胆怯了："多会儿回来？"

"不回来了。"秋生头也不回地说。

"什么？回来！你小子是不是吃大粪了？回来！"秋生爹跟着儿子出了屋，"你咋的？就算不要老婆孩子，爹你也不管了？"

秋生站住了，头也不回地说："凭什么要我管你？"

"哎，这话说得？我是你老子！我养大了你！你娘死得那么早，我把你姐弟俩拉扯大容易吗？你浑了你！"

秋生回头看了他爹一眼说："要是创造出咱们祖宗的祖宗的祖宗的人都让你一脚踢出了家门，我不养你的老也算不得什么大罪过。"说完顾自走去，留下他爹和媳妇在门边目瞪口呆地站着。

秋生从那座古老的石拱桥上过了河，向上帝们的帐篷走去。他看到，在撒满金色秋叶的草地上，几个上帝正支着一口锅煮着什么，他们的大白胡子和锅里冒出的蒸汽都散映着正午的阳光，很像一幅上古神话中的画面。秋生找到自家的上帝，憨憨地说："上帝爷子，咱们走吧。"

"我不回那个家了。"上帝摆摆手说。

"我也不回了，咱们先去镇里我姐家住一阵儿，然后我去城里打工，咱们租房子住，我会养活您一辈子的。"

"你是个好孩子啊——"上帝拍拍秋生的肩膀说，"可我们要走了。"他指指自己手腕上的表，秋生这才发现，他和所有上帝的手表都发出闪动的红光。

"走？去哪儿？"

"回飞船上去。"上帝指了指天空，秋生抬头一看，发现空中已经有了两艘外星飞船，反射着银色的阳光，在蓝天上格外醒目。其中一艘已经呈现出很大的轮廓和清晰的形状，另一艘则处在后面的深空，看上去小了很多。最令秋生震惊的是，从第一艘飞船上垂下了一根纤细的蛛丝，从太空直垂到远方的地面！随着蛛丝缓慢地摆动，耀眼的阳光在蛛丝不同的区段上窜动，看上去像蓝色晴空中细长的闪电。

"太空电梯，现在在各个大陆上已经建起了一百多条，我们要乘它离开地球回到飞船上去。"上帝解释说，秋生后来才知道，飞船在同步轨道上放下电梯的同时，向着太空的另一侧也要有相同的质量来平衡，后面那艘深空中的飞船就是作为平衡配重的。当秋生的眼睛适应了天空的光亮后，发现更远的深空中布满了银色的星星，那些星星分布均匀整齐，构成一个巨大的矩阵。秋生知道，那是从小行星带正在飞向地球的其余两万多艘上帝文明的飞船。

七

两万艘外星飞船又布满了地球的天空，在以后的两个月中，有大量的太空舱沿着垂向各大陆的太空电梯上上下下，接走在地球上生活了一年多的二十亿上帝。那些太空舱都是银色的球体，远远看去，像是一串串挂在蛛丝导轨上的晶莹露珠。

西岑村的上帝走的这天，全村的人都去送，所有的人对上帝都亲亲热热，让人想起一年前上帝来的那天，好像上帝前面受到的那些嫌弃和虐待与他们毫无关系似的。

村口停着两辆大客车，就是一年前送上帝来的那两辆，这一百来个上帝要被送到最近的太空电梯下垂点搭乘太空舱，从这里能看到的那根蛛丝，与陆地的接点其实有几百公里之遥。

秋生一家都去送本家的上帝，一路上大家默默无语，快到村口时，上帝停下了，拄着拐杖对一家人鞠躬："就送到这儿吧，谢谢你们这一年的收留和照顾，真的谢谢，不管飞到宇宙的哪个角落，我都会记住这个家的。"他说着把那块球形的大手表摘下来，放到兵兵手里，"送给你啦。"

"那……你以后怎么同其他上帝通信呢？"兵兵问。

"都在飞船上，用不着这东西了。"上帝笑着说。

"上帝爷子啊，"秋生爹一脸伤感地说，"你们那些船可都是破船了，住不了多久了，你们坐着它们能去哪呢？"

上帝抚着胡子平静地说："飞到哪儿算哪儿吧，太空无边无际，哪儿还不能埋人呢？"

玉莲突然哭出声儿来："上帝爷子啊，我这人……也太不厚道了，把过日子攒起来的怨气全撒到您身上，真像秋生说的，一点良心都没了……"她把一个竹篮子递到上帝手中，"我一早煮了些鸡蛋，您拿着路上吃吧。"

上帝接过了篮子："谢谢！"他说着，拿出一个鸡蛋剥开皮津津有味地吃了起来，白胡子上沾了星星点点的蛋黄，同时口齿不清地说着："其实，我们到地球来，并不只是为了活下去，都是活了两三千岁的人了，死有什么可在意的？我们只是想和你们在一起，我们喜欢和珍惜你们对生活的热情、你们的创造力和想象力，这些都是上帝文明早已失去的，我们从你们身上看到了上帝文明的童年。但真没想到给你们带来了这么多的麻烦，实在对不起了。"

"你留下来吧爷爷，我不会再不懂事了！"兵兵流着眼泪说。

上帝缓缓摇摇头："我们走，并不是因为你们待我们怎么样，能收留我们，已经很满足了。但有一件事让我们没法待下去，那就是：上帝在你们的眼中已经变成了一群老可怜虫。你们可怜我们了，你们竟然可怜我们了。"

上帝扔下手中的蛋壳，抬起白发苍苍的头仰望长空，仿佛透过那湛蓝的大气层看到了灿烂的星海："上帝文明怎么会让人可怜呢？你们根本不知道这是一个怎样伟大的文明，不知道它在宇宙中创造了多少壮丽的史诗、多少雄伟的奇迹！记得那是银河一八五七纪元吧，天文学家们发现，有大批的恒星加速向银河系中心运动，这恒星的洪水一旦被银心的超级黑洞吞没，产生的辐射将毁灭银河系中的一切生命。于是，我们那些伟大的祖先，在银心黑洞周围沿银河系平面建起了一个直径一万光年的星云屏蔽环，使银河系中的生命和文明延续下去。那是一项多么宏伟的工程啊，整整延续了一千四百万年才完成……紧接着，仙女座和大麦哲伦两个星系的文明对银河系发动了强大的联合入侵，上帝文明的星际舰队跨几十万光年，在仙女座与银河系的引力平衡点迎击入侵者。当战争进入白热化的时候，双方数量巨大的舰队在战斗中混为一体，形成了一个直径有太阳系大小的旋涡星云。在战争的最后阶段，上帝文明毅然将剩余的所有战舰和巨量的非战斗飞船投入了这个高速自旋的星云，使星云总质量急剧增加，引力大于离心力，这个由星际战舰和飞船构成的星云居然在自身引力下坍缩，生成了一颗恒星！由于这颗恒星中的重元素比例很高，在生成后立刻变成了一颗疯狂爆发的超新星，照亮了仙女座和银河系之间漆黑的宇宙深渊！我们伟大的先祖就是以这样的气概和牺牲消灭了入侵者，把银河系变成一个和平的生命乐园……现在文明是老了，但不是我们的错，无论怎样努力避免，一个文明总是要老的，谁都有老的时候，你们也一样。我们真的不需要你们可怜。"

"与你们相比，人类真算不得什么。"秋生敬畏地说。

"也不能这么说，地球文明还是个幼儿。我们盼着你们快快长大，盼望地球文明能够继承它的创造者的光荣。"上帝把拐杖扔下，两手一高一低放在秋生和兵兵肩上，"说到这里，我最后有些话要嘱咐你们。"

"我们不一定听得懂，但您说吧。"秋生郑重地点点头说。

"首先，一定要飞出去！"上帝对着长空伸开双臂，他身上宽大的白袍随着秋风飘舞，像一面风帆。

"飞？飞到哪儿去？"秋生爹迷惑地问。

"先飞向太阳系的其他行星，再飞向其他的恒星。不要问为什么，只是尽最大的力量向外飞，飞得越远越好！这样虽然要花很多钱死很多人，但一定要飞出去。任何文明，待在它诞生的世界不动就等于自杀！到宇宙中去寻找新的世界新的家，把你们的后代像春雨般撒遍银河系！"

"我们记住了。"秋生点点头，虽然他和自己的父亲、儿子、媳妇一样，都不能真正理解上帝的话。

"那就好，"上帝欣慰地长出一口气，"下面，我要告诉你们一个秘密，一个对你们来说是天大的秘密——"他用蓝幽幽的眼睛依次盯着秋生家的每个人看，那目光如飕飕寒风，让他们心里发毛，"你们，有兄弟。"

秋生一家迷惑不解地看着上帝，是秋生首先悟出了上帝这话的含意："您是说，你们还创造了其他的地球？"

上帝缓缓地点点头："是的，还创造了其他的地球，也就是其他的人类文明。目前除了你们，这样的文明还存在着三个，距你们都不远，都在二百光年的范围内，你们是地球四号，是年龄最小的一个。"

"你们去过那里吗？"兵兵问。

上帝又点点头："去过，在来你们的地球之前，我们先去了那三个地球，想让他们收留我们。地球一号还算好，在骗走了我们的科技资料后，只是把我们赶了出来；地球二号，扣下了我们中的一百万人当人质，让我们用飞船交换，我们付出了一千艘飞船，他们得到飞船后发现不会操作，就让那些人质教他们，发现人质也不会就将他们全杀了；地球三号也扣下了我们的三百万人质，让我们用几艘飞船分别撞击地球一号和二号，因为他们之间处于一种旷日持久的战争状态中，其实只一艘反物质动力飞船的撞击就足以完全毁灭一个地球上的全部生命，我们拒绝了，他们也杀了那些人质……"

"这些不肖子孙，你们应该收拾他们几下子！"秋生爹愤怒地说。

上帝摇摇头："我们是不会攻击自己创造的文明的。你们是这四个兄弟中最懂事的，所以我才对你们说了上面那些话。你们那三个哥哥极具侵略性，他们不知爱和道德为何物，其凶残和嗜杀是你们根本无法想象的，其实我们最初创造了六个地球，另外两个分别与地球一号和三号在同一个行星系，都被他们的兄弟毁灭了。这三个地球之所以还没有互相毁灭，只是因为他们分属不同的恒星，距离较远。他们三个都已经得知了地球四号的存在，并有太阳系的准确坐标，所以，你们必须先去消灭他们，免得他们来消灭你们。"

"这太吓人了！"玉莲说。

"暂时还没那么可怕，因为这三个哥哥虽然文明进化程度都比你们先进，但仍处于低速宇航阶段，他们最高的航行速度不超过光速的十分之一，航行距离也超不出三十光年。这是一场生死赛跑，看你们中谁最先能够贴近光速航行，这是突破时空禁锢的唯一方式，谁能够首先达到这个技术水平，谁才能生存下来，其他稍慢一步的都必死无疑，这就是宇宙中的生存竞争。孩子们，时间不多了，要抓紧！"

"这些事情，地球上那些最有学问最有权力的人都知道了吧？"秋生爹战战兢兢地问。

"当然知道，但不要只依赖他们，一个文明的生存要靠其每个个体的共同努力，当然也包括你们这些普通人。"

"听到了吧兵兵，要好好学习！"秋生对儿子说。

"当你们以近光速飞向宇宙，解除了那三个哥哥的威胁，还要抓紧办一件重要的事：找到几颗比较适合生命生存的行星，把地球上的一些低等生物，如细菌、海藻之类的，播撒到那些行星上，让他们自行进化。"

秋生正要提问，却见上帝弯腰拾起了地上的拐杖，于是一家人同他一起向大客车走去，其他的上帝已在车上了。

"哦，秋生啊，"上帝想起了什么，又站住了，"走的时候没经你同意就拿了你几本书，"他打开小包袱让秋生看，"你上中学时的数理化课本。"

"啊，拿走好了，可您要这个干什么？"

上帝系起包袱说："学习呗，从解一元二次方程学起，以后太空中的漫漫长夜里，总得找些打发时间的办法。谁知道呢，也许有那么一天，我真的能试着修好我们那艘飞船的反物质发动机，让它重新进入光速呢！"

"对了，那样你们又能跨越时间了，就可以找个星球再创造一个文明给你们养老了！"秋生兴奋地说。

上帝连连摇头："不不不，我们对养老已经不感兴趣了，该死去的就让它死去吧。我这么做，只是为了自己最后一个心愿，"他从怀里掏出了那个小电视机，屏幕上，他那两千年前的情人还在慢慢说着那三个字中的最后一个，"我只想再见到她。"

"这念头儿是好，但也就是想想罢了。"秋生爹摇摇头说，"你想啊，她已经飞出去两千多年了，以光速飞的，谁知道飞到什么地方去了，你就是修好了船，也追不上她了，你不是说过没什么能比光走得更快吗？"

上帝用拐杖指指天空："这个宇宙，只要你耐心等待，什么愿望都有可能实现，虽然这种可能性十分渺茫，但总是存在的。我对你们说过，宇宙诞生于一场大爆炸，现在，引力使它的膨胀速度慢了下来，然后宇宙的膨胀会停下来，转为坍缩。如果我们的飞船真能再次接近光速，我就让它无限逼近光速飞行，这样就能跨越无限的时间，直接到达宇宙的末日时刻。那时，宇宙已经坍缩得很小很小，会比兵兵的皮球还小，会成为一个点，那时，宇宙中的一切都在一起了，我和她，自然也在一起了。"一滴泪滚出上帝的眼眶，滚到胡子上，在上午的阳光中晶莹闪烁着，"宇宙啊，就是《梁祝》最后的坟墓，我和她，就是墓中飞出的两只蝴蝶啊——"

八

一个星期后，最后一艘外星飞船从地球的视野中消失了，上帝走了。

西岑村恢复了以前的宁静，夜里，秋生一家坐在小院中看着满天的星星，已是深秋，田野里的虫鸣已经消失了，微风吹动着脚下的落叶，感觉有些寒意了。

"他们在那么高的地方飞，多大的风啊，多冷啊——"玉莲喃喃自语道。

秋生说："哪有什么风啊，那是太空，连空气都没有呢！冷倒是真的，冷到了头儿，书上叫绝对零度。唉，那黑漆漆的一片，不见底也没有边，那是噩梦都梦不见的地方啊！"

玉莲的眼泪又出来了，但她还是找话说以掩饰一下："上帝最后说的那两件事儿，地球的三个哥哥我倒是听明白了，可他后面又说，要我们向别的星球上撒细菌什么的，我想到现在也想不明白。"

"我明白了，"秋生爹说，在这灿烂的星空下，他愚拙了一辈子的脑袋终于开了一次窍。他仰望着群星，头顶着它们过了一辈子，他发现自己今天才真切地看到它们的样子，一种从未有过的感觉充满了他的血液，使他觉得自己仿佛与什么更大的东西接触了一下，虽远未能融为一体，但这感觉还是令他震惊不已，他对着星海长叹一声，说：

"人啊，该考虑养老的事了。"

科技、人性、宇宙的三个设问和两个矛盾

——《赡养上帝》赏析

徐彦利

　　《赡养上帝》具有浓厚的乡土气息与世俗化倾向，让人倍感科幻题材与乡村叙事结合之奇妙。小说透过人类赡养外星上帝的故事，向未来科技社会提出了三个设问：一是科技能否带给人类幸福？二是人性是否可以把握？三是星际友谊是否存在？通过情节推进，给出了明确的答案，同时让我们看到这样一个冷酷而恐怖的事实：科技的终极发展带给人类的并非是幸福，很可能是毁灭；人性是连人类自己都无法把握的东西，复杂到无形无状，无可估量；而星际友谊则是一个绝无可能的童话，生存才是所有宇宙间压倒一切的主题。

　　2012 年第三期《人民文学》刊登了刘慈欣的四篇小说，其中就有《赡养上帝》。同年，《赡养上帝》获《人民文学》首届柔石小说奖。此作与《赡养人类》为刘慈欣科幻小说中少见的姊妹篇，两者问世的时间较为接近，分别为 2004 年 10 月和 2005 年 9 月；篇幅相近，均为两万多字；科幻背景相似，均以人类与外星人接触、交往为背景，一方赡养另一方；主题相似，均对技术高度发达的未来社会表现出某种忧虑，以寓言的形式描述了未来人类可能面临的困境。除了故事内容刻意安排的相反之外，两者的共通性不言而喻。两部小说似乎都在思索同一个问题：当某一文明走向衰落后，是否可以向宇宙中的同类求得帮助，使晚年不致陷入绝境。

然而，即使是姊妹篇，两者的区别依然十分明显。《赡养人类》充满了传奇色彩和浓厚的城市气息，《赡养上帝》则更为生活化、世俗化，乡土气息浓重。它们从不同的角度思考了科技、宇宙、人类未来等问题。与《赡养人类》的冷漠、残酷格调相比，《赡养上帝》的情节荒诞、轻松、幽默，对于生活细节与乡村人物表现得无比熟稔。

曾经拥有发达生产力与高度科技进步的上帝文明日渐衰落，正一步步走向灭亡，过于舒适的生活使他们越来越懒惰，忘记了曾经的努力。为确保文明殒落后的生活，他们创造了六个地球，其中的两个被其他星球消灭，只剩地球一至四号。上帝文明在四个地球上培育生命，帮它们消灭天敌，引导其进化，以形成和自己相同的种族，准备在没落的将来可以到那里颐养天年。对于四个地球而言，上帝文明是母亲，是养育者，也是施予者。在它不可挽回的没落后，20亿个三千多岁的老人（上帝）乘坐宇宙飞船降临地球，希望人类尽到对创造者的责任，予以收留和赡养，这引起了地球人类的惊愕与骚动。

于是，上帝向人类献出各种科技资料，并用事实证明他们曾经对地球的保护与养育。人们只好赡养这些超级长寿的老人，将他们分配到各家各户。开始的时候，人们以为先进的外星科技可以使地球迅猛发展，大幅度提高人类生活质量，于是对这些远方来客表示了真诚的欢迎。但当得知那些过于先进的科技只在遥远的将来或许才有意义，在当下绝无可能转化成现实生产力后，人们失望至极，曾经的好感一扫而光，代之以各种嫌弃和厌恶，并在肉体和精神上不断虐待这些风烛残年的老人，一些老人只得出走，离开收留他们的家庭。最终，上帝们重新坐上飞船，远离地球，重新回归宇宙，踏上遥远而未知的旅途。

小说虽然写了上帝文明的高科技发展与没落，但关注点却紧紧围绕底层农民对上帝的态度，将最奇幻瑰丽的宇宙遐想与最土气、封闭、落后的环境、人物结合起来，让读者深感一种奇特的张力。贯穿小说的是作者的三个设问，它们分别指向科技、人性和宇宙，如黄钟大吕，铿锵有力，回荡在读者耳畔。

一、第一个设问：科技能否带给人类幸福

小说提出的第一个设问便指向了科技，"科技能否带给人类幸福？"这是

回荡在《赡养上帝》中的第一个疑问。其中对上帝星球高科技文明陨落的描写，犹如一串此起彼伏、连绵不绝的旋律，贯穿小说始终。在这里，我们听到的是对科技的反思以及对科技发展的忧虑与批判。

一直认为，刘慈欣是一个充满矛盾的作家，有时会对某一问题显示出迥然不同的态度和观点，这也许反映了作家内心深处的迷惑或思索的复杂性。小说中所表现的观念与其访谈、随笔等文章中的观念常常背道而驰，令人颇为费解。譬如他的科技观。对于科技，刘慈欣一直持肯定态度，2013 年 9 月在接受《中国青年报》记者采访时，他曾说"科幻不应把科学技术妖魔化"，高度肯定了科技的正向作用。2015 年在与江晓原的对话中，他提到"我是一个疯狂的技术主义者，我个人坚信技术能解决一切问题""我想不出任何问题是技术解决不了的"。表达了一种对科技奉若宗教般的顶礼膜拜态度。2016 年 1 月，他在《环球科技》中又指出"人类现在根本没资格批判科学技术"，高度肯定了科技的超前性及人类认知的滞后性。也就是说，在作品之外，作家明确表示出某种"科技至上"的倾向。然而在《赡养上帝》中，我们又可以清晰地看到隐含作者对科技发展的否定，看到对于"技术恐怖"的描绘。

上帝文明中，科技已到了随心所欲的地步。人的寿命被极大地延长了，个体寿命已达到四千个地球年，他们发明的机器可以自我维护、更新，能够为上帝们提供一切所需的物质，这里的人再不需要付出任何努力，完全可以依靠机器生活，像婴儿一样只需得到照顾即可。

然而，技术不一定能给人类带来幸福，上帝文明高度发达的科技不仅没有使他们幸福，反而成为他们的桎梏，束缚了其前进的手脚，使这些人变得庸庸碌碌、无所事事。他们的思想在两千岁时就已完全僵化，创造性消失殆尽，变得懒散而空虚，失去了创新能力和进取心，在舒适的机器摇篮中，人们已遗忘了曾经的技术，于是文明加速老去。"我们不会维修那已经运行了几千万年的飞船，其实在技术和学习能力上我们连你们都不如，我们连点亮一盏灯的电路都不会接，连一元二次方程都不会解。"

在这没有危险、没有竞争、没有天敌的世界中，上帝们安享晚年，不劳而获，劳动、艰辛、奋斗、钻研这些字眼已变得毫无意义，他们需要的只是享乐，能做的也只是享乐而已。但是世界上并没有一劳永逸的技术，技术也不可能拯救一切，这种无限延伸的惰性加剧了文明的老化，致使曾经无比绚丽的上帝文明难以为继，只得漂泊地球，成为地球人同情怜悯的对象。当上帝们向人类乞讨，发出"我们是上帝，看在创造了这个世界的份上，给点儿吃的吧——"，不禁使人想到科技的终极发展会给人类带来什么，极端的幸福吗？或许不是，而是恰恰相反，是另一种从未见过的恐怖。

自然界是一个充满竞争的环境，所有生物都在与其他物种争夺生存权利、生存空间，但也正因为有天敌的存在，它们才可以跑得更快，飞得更高，或不断衍生出种种适应环境的新特征，这让人想到著名的"鲶鱼效应"。娇贵的沙丁鱼在运输过程中，为了使它们保持足够的新鲜不至于死掉，渔民们会在其中加入几条沙丁鱼的天敌——鲶鱼。于是，沙丁鱼为了躲避鲶鱼的吞食，只好拼命游动，最终保持了肌体的最大活力，可以成功地运输到目的地。上帝文明的衰落在于缺少一条这样的鲶鱼，时时悬置在头顶构成威胁。高度发达的科技给他们带来全方位的保障，但同时也养成了无可挽回的致命惰性。

世界上并不存在只产生正向价值而没有副作用的事物，科技的极端发达同样如此，人们在享受其带来的便捷生活时，也会付出某种预想不到的代价。如同我们享受了银行卡的简单便捷，但在其出现故障时也只能在提款机前望洋兴叹一样。科技不能解决一切问题，上帝文明的悲剧不是一个虚构的笑话，而有着强烈的现实可能性。科技改变生活，科技服务人类，同时科技又养成人类的惰性，这是一条清晰的、完全符合逻辑的思维链条。

透过小说的叙述，我们可以看到作者对科技的全方位审视，客观的肯定和否定，甚至否定的意味要远远大于肯定。这似乎又与他"人类没有资格批判技术"的观点背道而驰，为什么会产生如此矛盾，到底哪一个才是作者真正的想法呢？我认为这并不奇怪，文学来自于生活，是作者看到的各种生活表象的集合，许多情节可以凭借直觉完成，并不以作者的理性思维为转移。如同托尔斯泰创作《安娜·卡列尼娜》一样，托翁的初衷是要将安娜设计成一个堕落的女人，但后来又不由自主将其塑造成外形完美、遭遇令人同情的女人、对这个女人表现出明显的矛盾态度，既站在自己的贵族立场批判了安娜的出轨行为，不肯原谅她的罪孽，给了这个女子死亡的结局以作惩罚；同时，又认同了安娜女性意识的觉醒，对其追求爱情的勇气进行了赞扬。作品、人物可以扭转作者的本意，以强悍的自我跃然纸上，这便是文学的特点之一。它不同于任何数学、物理等可以凭逻辑做出推导，文学不需要推导，而需要真实、深刻，发自内心。

刘慈欣访谈中表现出的"科技万能观"与作品中的"科技批判观"表现出其内心深处的某种矛盾，这种矛盾来自于其身份的双重性。对科技的高度尊崇，体现了一个理工科背景的技术学人的理性与逻辑；而对科技的反思与批判又来自一个作家观察生活得来的感悟，两者之间的矛盾或可理解。然而，无论作者以何种方式表述自己的立场和观点，读者只会通过作品进行认知。当小说成型，变成书籍出现在读者面前时，作者已失去了对文字的解释权，"作品"也变成了独立的"文本"，用自己说明自己。

《赡养上帝》恰恰以文学的形式悖逆了作者访谈中表述的科技观，深入细致地描述了技术高度发达的恐怖。技术可以给予你一切，但在不知不觉中又可以剥夺你的一切。当人仰躺在科技之上高枕而眠时，并未想到危险已悄悄临近。醒醒吧！你的幸福即将结束。

二、第二个设问：人性是否可以把握

《赡养上帝》的第二个设问便是："人性是否可以把握？"在人性问题上，刘慈欣再次显示了观念的矛盾。

为了理清这一问题，我们不得不先回到文学的本质上来，阐述一下文学与人的关系。中国传统的文学观"诗言志"，表明了文学要反映人的思想、观念、感情、志向等。现代作家周作人"文学是人学"的论点，亦表明了文学与人的紧密联系。苏联高尔基也曾说过自己所从事的文学"不是地方志学，而是人学"。如此看来，古今中外几乎都注意到文学对人的关注，任何文学如果不反映人的生活、人的思想、人的处境，便会远离文学的本质。科幻文学亦是文学的一个类型，自然不例外，它与其他类型文学的区别仅在于：科幻更多关注人与自然、科技、宇宙的关系，而非仅仅表现人与人之间的关系，但"人"依然是其描述的重点。因此，我们可以得出这样的结论：对人的描写，是文学（包括科幻文学）的外在特征与内在使命，科幻文学同样不可能逸出对人的描写，"人性"会是它始终观照的话题。

"人性"存在于文学与现实之中，刘慈欣却明确表示了其对现实并不十分关注。在代表作《三体》的英文版后记中，他提到："作为一个科幻迷出身的科幻作家，我写科幻小说的目的不是用它来隐喻和批判现实，我感觉科幻小说的最大魅力，就是创造出众多的现实之外的想象世界。"这句话或可理解为其对现实刻意保持着某种疏离，将关注点聚焦于想象本身。在与江晓原的对话中，可以看到"你关心人性，我关心生存"的加黑标题，似乎表明了作者这样的创作态度："与人性相比，我更在乎生存的重要。"2015年9月，刘慈欣在接受澎湃新闻采访时，提出了"以科技消除人性弱点的"提法，记者问："人生下来，人性便固有一些缺陷，那么，能够依靠科学解决吗？"刘慈欣回答："科学进一步发展的话，其物质会进一步地丰富，不光是人基本的需求，很高级的需求也能一步步被满足。这就是科技消除人性弱点的途径。"对这一观点，有些学者表示不能苟同。江晓原便提出："虽然刘慈欣经常将希望寄托在科学技术上，但科学技术能改变人性吗？"[①] 以上这些资料似乎给读者传达了这样一个信息：刘慈欣的科幻作品更多地关注科技、科幻，而并不着意于揭露人性、批判人性。

然而，作品表现出来的却并非如此，在其多部作品（包括《赡养上帝》）中，我们看到的是对现实强烈的批判及对人性的无比关注。依然那句话：作者说什么并不重要，重要的是读者从作品中读到了什么，作品才是联系作者与读者的桥梁。《赡养上帝》与《赡养人类》中的科技元素很少，与《三体》相比，可以称之为软科幻。但是，两者均对人予以了高度关注，淋漓尽致地描写了人的未来、人的生存、人的忧惧，以及人性的善恶。在作者"更关心生存"的访谈叙述之外，我们在作品中看到的却是对人性细致入微的描写。如果只写生存，只对地球、宇宙这些宏大主题感兴趣，而漠视对人性的揭示，

---

① 江晓原. 刘慈欣之殊途同归：从反潮流到对人性严刑逼供［N］. 文汇报，2015–10–14.

作品也便缺乏感人至深的力量，成为教科书一样的知识普及了。事实上，《赡养上帝》中遍布复杂的人性和矛盾的人格，以许多细节性描述展示了人性的恐怖。

在与上帝们的接触中，西岑村的农民表现出不可捉摸和纠结缠绕的人性。他们贪婪、自私、愚昧、凶恶、残忍、健忘、自我欺骗，同时却又善良、真诚、自省、富于同情心。当人们看到上帝们为地球带来的各种技术资料后，心内狂喜，信誓旦旦地称赡养上帝是自己的责任，每个家庭都真诚地欢迎上帝们的到来，甚至亲热地挽着上帝的胳膊。但当他们发现这些资料在很长的时间里都不可能变成真正的生产力时，曾经的亲密立刻烟消云散。后来，人们不给上帝看病，随意花掉从政府领到的赡养费，动辄给这些老人脸色看，或者虐待他们，又打又骂，不给饭吃，最终导致双方关系恶化、破裂。

但当上帝们要乘飞船离开时，所有人又恢复了初见时的亲热，似乎从不曾嫌弃和虐待他们，还有人哭出声来，懊悔自己过去的行为，请求原谅，态度无比真诚。人类的健忘甚至能将自己成功地欺骗，当他展示善良、高尚、和蔼的一面时，会真心实意忘却自己曾经的丑恶、低俗与冷漠。上帝走后，他们又开始担心这些老人的衣食有没有着落，因忧虑而流下了眼泪。过去的虐待、嫌弃和送别时的真诚、善良就这样矛盾又统一，无比突兀又无比和谐。人性是一架摇摆的钟，非左非右，又时左时右，这是自然界中任何一种动物都无法企及的。如同秋生一家可以在牛奶中兑水出售，可以欺负年老的上帝，但又可以真诚地充满善意地同情他们，两者并不矛盾，恰恰体现出人性的多元与恐怖。

小说中似乎有一双静静的、隐藏在暗处的眼睛，在仔细观察着各色人等，他们的生或死，真或假，痛与乐，品味人性的种种纠结与矛盾，洞悉其深层的含义。这双眼睛可以穿透杂乱的表象获得最终的真实，拨开无数遮蔽还原深层的特质，并悄悄隐藏起个人的观点，不悲不喜，不嗔不怒，含而不露，清醒冷静的态度让人想起叶芝诗篇中写到的"投出冷眼，看生，看死，勇士，策马向前"。

或许我们同样可以将刘慈欣在访谈时对人性的判断看成其理性思维的结

果，再将他作品中对人性的揭示与批判看成对生活的感知。小说已用情节回答了自己提出的第二个设问：人性是不可把握的。我相信任何一位读者在阅读时都不会只停留在对外星科技的关注上，而忽略地球上的西岑村，忽略秋生一家与上帝相处过程中暴露的种种人性弱点。读者看到的不仅是外星文明的发达与衰落，更有对地球同类的审视与评判。秋生一家人所暴露出的人性不是孤立存在的，而是人类整体的缩影。它让我们更清晰地看到自己，看到他人和周遭的环境。人性是复杂的，不可操控；人是多维的，任何表述都难以穷尽，即使人类自己也未必真正了解自己。如果科幻仅仅满足于建构幻想而脱离对现实的眷顾和对人性的挖掘，那么它在当世的价值必将大打折扣。

三、第三个设问：星际友谊是否存在

小说的第三个设问是："星际友谊是否存在？"这一设问并非在《赡养上帝》中第一次出现，而是贯穿于刘慈欣的整个科幻思维，在他的其他作品中可异文互见，譬如《三体》。它体现了作家始终如一的关注：人如何在宇宙中给自己定位，给他人定位，怎样对待宇宙中的同类，怎样被宇宙中的同类对待。作者并未将此设问留给读者想象，而是迅速给出了答案：在弱肉强食的宇宙中，星际友谊绝无可能。即使上帝文明创造了地球，并给予了他们能给予的一切，像母亲对待儿子，但依然不能从地球得到无私的帮助。

在此问题上，无论作品还是访谈、随笔中，刘慈欣从未表现出丝毫的矛盾或犹豫，态度明朗一以贯之。对此设问的回答摧毁了某些迂腐的人类想象，消解了"仁者爱人"的传统观念，告诉人们宇宙间并没有友谊的存在，甚至与友谊类似的恩情、道义、怜悯、同情等都绝无可能，所有这些词汇不过是我们自己发明出来的，是人类的一厢情愿而已，对外星寄予不切实际的乐观想象无异于自欺欺人，并使自己处于星际竞争的劣势。上帝们寻找养老归宿的旅程注定是一次绝望之旅，在地球上的遭遇不过是众多遭遇中最正常的，原因在于他们并未参透这一设问的答案，而抱有侥幸的幻想。

上帝文明一共创造了六个地球，除地球一至四号外，另外两个分别与地球一号和三号在同一个行星系，两者都被他们的兄弟消灭了。剩下的之所以还没有互相消灭，只是因为分属不同的恒星，距离较远而已。星际之间连和平共处、相安无事都无法做到，更遑论友谊。人类所居住的地球面对的便是这样一个令人倍感恐怖的星际环境。因此，上帝告诫人们，"你们必须先去消灭他们，免得他们来消灭你们。"

上帝们降落地球之前，已去过另外三个自己缔造的地球，想得到三者的收留，但那些星球的做法大同小异，不但没有报答上帝的养育之恩，反而骗走科技资料，扣留人质，逼其赎回，有的干脆赶紧直接杀掉人质。他们极具侵略性，根本不知爱和道德为何物，凶残和嗜杀是地球人类无法想象的，对待自己的恩人并无一丝善意或怜悯，只有自私、凶狠、残忍。即使上帝认为最懂事的地球，同样没有张开双臂热情拥抱这些创造与保护过他们的上帝，而仅从是否利于自己的角度决定与上帝间的关系，任何曾经的施与和恩情都无法使人类跨过对当前利益的权衡。

种种情节设置说明了一个问题：残酷的宇宙生存竞争中是没有任何怜惜可言的，唯有不断进步，才能获得生存。这一观念在刘慈欣小说中不断被强调着，成为其极具代表性的科幻观点之一。它似乎在警示着人类：不可对宇宙抱有不切实际的幻想，宇宙不是一个充满温情的大家庭，而是一个无比血腥的屠宰场，弱肉强食，落后不仅意味着挨打，还意味着灭亡。

上帝在临别时给人类留下中肯的赠言："到宇宙中去寻找新的世界新的家，把你们的后代像春雨般撒遍银河系！"这句话听上去发自肺腑，是一个可供回味、语重心长的忠告。然而，当我们对照上帝在地球的经历，便会发现此语的荒诞和滑稽。即使人类把生命遍撒宇宙，即使这些后代都能在各自的星球茁壮成长，那么地球就可以得到回报或者善意的对待吗？当然不能！如果那样的话，来地球求救的上帝们也不会重新踏上遥远的旅途，飞向不可知的命运。上帝嘱咐人类要像他们一样创造更多的地球，这不仅不是一条可靠的途径，反而有可能引领地球重蹈上帝文明的覆辙。因为宇宙星际之中，本就没有任何情意可言，任何播撒生命延续后代的做法都可能是播撒了敌人，引来战争。上帝的遭遇与感慨只是让人更清楚地意识到环境的危险，并不断思索与寻觅：怎样才能在宇宙中获得永恒的生存？

在三个发人深省的设问中，我们可以看到作者沉入科幻文学的深处，超越了仅以情节吸引读者的层次。其中显示的矛盾又使我们看到其内心深处的某种疑虑与彷徨，这不得不让人感到创作的神奇，作品有时可以凌驾于作者的理性而独立存在。作者希望读者读到的与读者真正读到的从不会完全重合。亦有专家提出："刘慈欣提出'科学至上'的观点主要是为科幻小说争地位而言，是为了与主流文学提出的'文学是人学'的观点形成区别，落实到小说创作中却要符合创作规律，何况这篇小说发表在主流文学的媒体上。"[1] 这样的判断有一定道理，既反映出刘慈欣在为科幻争得一席之地的种种努力，又反映了创作活动的相对独立性，两者间产生的矛盾或可理解。

（徐彦利：文学博士，河北科技大学文法学院副教授）

---

[1] 这是汤哲声教授的观点。

赡养人类

刘慈欣

业务就是业务，与别的无关。这是滑膛所遵循的铁的原则，但这一次他遇到了一些困惑。

首先，客户的委托方式不对，他要与自己面谈，在这个行业中，这可是件很稀奇的事。三年前，滑膛听教官不止一次地说过，他们与客户的关系，应该是前额与后脑勺的关系，永世不得见面，这当然是为了双方的利益考虑。见面的地点更令滑膛吃惊，是在这座大城市中最豪华的五星级酒店中最豪华的总统大厅里，那可是世界上最不适合委托这种业务的地方。据对方透露，这次委托加工的工件有三个，这倒无所谓，再多些他也不在乎。

服务生拉开了总统大厅包金的大门，滑膛在走进去前，不为人察觉地把手向夹克里探了一下，轻轻拉开了左腋下枪套的按扣。其实这没有必要，没人会在这种地方对他干太意外的事。

大厅金碧辉煌，仿佛是与外面现实毫无关系的另一个世界，巨型水晶吊灯就是这个世界的太阳，猩红色的地毯就是这个世界的草原。这里初看很空旷，但滑膛还是很快发现了人，他们围在大厅一角的两个落地窗前，撩开厚重的窗帘向外面的天空看，滑膛扫了一眼，立刻数出竟有 13 个人。客户是他们而不是他，也出乎滑膛的预料，教官说过，客户与他们的关系还像情人关系——尽管可能有多个，但每次只能与他们中的一人接触。

滑膛知道他们在看什么：哥哥飞船又移到南半球上空了，现在可以清晰地看到。上帝文明离开地球已经三年了，那次来自宇宙的大规模造访，使人类对外星文明的心理承受能力增强了许多，况且，上帝文明有铺天盖地的两万多艘飞船，而这次到来的哥哥飞船只有一艘。它的形状也没有上帝文明的飞船那么奇特，只是一个两头圆的柱体，像是宇宙中的一粒感冒胶囊。

看到滑膛进来，那 13 个人都离开窗子，回到了大厅中央的大圆桌旁。滑膛认出了他们中的大部分，立刻感觉这间华丽的大厅变得简陋了。这些人中最引人注目的是朱汉杨，他的华软集团的"东方 3000"操作系统正在全球范围内取代老朽的 WINDOWS。其他的人，也都在福布斯财富 500 排行的前 50 内，这些人每年的收益，可能相当于一个中等国家的 GDP，滑膛现在处于一个小型版的全球财富论坛中。

这些人与齿哥是绝对不一样的，滑膛暗想，齿哥是一夜的富豪，他们则是三代修成的贵族，虽然真正的时间远没有那么长，但他们确实是贵族，财富在他们这里已转化成内敛的高贵，就像朱汉杨手上的那枚钻戒，纤细精致，在他修长的手指上若隐若现，只是偶尔闪一下温润的柔光，但它的价值也许能买几十个齿哥手指上那颗核桃大小金光四射的玩意儿。

但现在，这 13 名高贵的财富精英聚在这里，却是要雇职业杀手杀人，而且要杀三个人，据首次联系的人说，这还只是第一批。

其实滑膛并没有去注意那枚钻戒，他看的是朱汉杨手上的那三张照片，那显然就是委托加工的工件了。朱汉杨起身越过圆桌，将三张照片推到他面前。扫了一眼后，滑膛又有微微的挫折感。教官曾说过，对于自己开展业务的地区，要预先熟悉那些有可能被委托加工的工件，至少在这个大城市，滑膛做到了。但照片上这三个人，滑膛是绝对不认识的。这三张照片显然是用长焦距镜头拍的，上面的脸孔蓬头垢面，与眼前这群高贵的人简直不是一个物种。细看后才发现，其中有一个是女性，还很年轻，与其他两人相比她要整洁些，头发虽然落着尘土，但细心地梳过。她的眼神很特别，滑膛很注意人的眼神，他这个专业的人都这样，他平时看到的眼神分为两类：充满欲望焦虑的和麻木的，但这双眼睛充满少见的平静。滑膛的心微微动了一下，但转瞬即逝，像一缕随风飘散的轻雾。

"这桩业务，是社会财富液化委员会委托给你的，这里是委员会的全体常委，我是委员会的主席。"朱汉杨说。

社会财富液化委员会？奇怪的名字，滑膛只明白了它是一个由顶级富豪构成的组织，并没有去思考它名称的含义，他知道这是属于那类如果没有提示不可能想象出其真实含义的名称。

"他们的地址都在背面写着，不太固定，只是一个大概范围，你得去找，应该不难找到的。钱已经汇到你的账户上，先核实一下吧。"朱汉杨说，滑膛抬头看看他，发现他的眼神并不高贵，属于充满焦虑的那一类，但令他微微惊奇的是，其中的欲望已经无影无踪了。

滑膛拿出手机，查询了账户，数清了那串数字后面零的个数后，他冷冷地说："第一，没有这么多，按我的出价付就可以；第二，预付一半，完工后付清。"

"就这样吧。"朱汉杨不以为然地说。

滑膛按了一阵手机后说："已经把多余款项退回去了，您核实一下吧，先生，我们也有自己的职业准则。"

"其实现在做这种业务的很多，我们看重的就是您的这种敬业和荣誉感。"许雪萍说，这个女人的笑很动人，她是远源集团的总裁，远源是电力市场完全放开后诞生的亚洲最大的能源开发实体。

"这是第一批，请做得利索些。"海上石油巨头薛桐说。

"快冷却还是慢冷却？"滑膛问，同时加了一句，"需要的话我可以解释。"

"我们懂，这些无所谓，你看着做吧。"朱汉杨回答。

"验收方式？录像还是实物样本？"

"都不需要，你做完就行，我们自己验收。"

"我想就这些了吧？"

"是，您可以走了。"

滑膛走出酒店，看到大厦间狭窄的天空中，哥哥飞船正在缓缓移过。飞船的体积大了许多，运行的速度也更快了，显然降低了轨道高度。它光滑的表面涌现着绚丽的花纹，那花纹在不断地缓缓变化，看久了对人有一种催眠作用。其实飞船表面什么都没有，只是一层全反射镜面，人们看到的花纹只是地球变形的映像。滑膛觉得它像一块纯银，觉得它很美，他喜欢银，不喜欢金，银很静、很冷。

三年前，上帝文明在离去时告诉人类，他们共创造了 6 个地球，现在还有 4 个存在，都在距地球 200 光年的范围内。上帝敦促地球人类全力发展技术，必须先去消灭那三个兄弟，免得他们来消灭自己，但这信息来得晚了。

那三个遥远地球世界中的一个：第一地球，在上帝船队走后不久就来到了太阳系，他们的飞船泊入地球轨道。他们的文明的历史比太阳系人类长两倍，所以这个地球上的人类应该叫他们哥哥。

滑膛拿出手机，又看了一下账户中的金额，齿哥，我现在的钱和你一样多了，但总还是觉得少了什么。而你，总好像是认为自己已经得到了一切，所做的就是竭力避免它们失去……滑膛摇摇头，想把头脑中的影子甩掉，这时候想起齿哥不吉利。

齿哥得名，源自他从不离身的一把锯，那锯薄而柔软，但极其锋利，锯柄是坚硬的海柳做的，有着美丽的浮世绘风格的花纹。他总是将锯像腰带似地绕在腰上，没事儿时取下来，拿一把提琴弓在锯背上划动，借助于锯身不同宽度产生的音差，加上将锯身适当的弯曲，居然能奏出音乐来，乐声飘忽不定，音色忧郁而阴森，像一个幽灵的呜咽。这把利锯的其他用途滑膛当然听说过，但只有一次看到过齿哥以第二种方式使用它。那是在一间旧仓库中的一场豪赌，一个叫半头砖的二老大输了个精光，连他父母的房子都输掉了，眼红得冒血，要把自己的两只胳膊押上翻本。齿哥手中玩着骰子对他微笑了一下，说胳膊不能押的，来日方长啊，没了手，以后咱们兄弟不就没法玩了吗？押腿吧。于是，半头砖就把两条腿押上了。他再次输光后，齿哥当场就用那条锯把他的两条小腿齐膝锯了下来。滑膛清楚地记得利锯划过肌腱和骨骼时的声音，当时齿哥一脚踩着半头砖的脖子，所以他的惨叫声发不出来，宽阔阴冷的大仓库中只回荡着锯条拉过骨肉的声音，像欢快的歌唱，在锯到膝盖的不同部分时呈现出丰富的音色层次，雪白雪白的骨末撒在鲜红的血泊上，形成的构图呈现出一种妖艳的美。滑膛当时被这种美震撼了，他身上的每一个细胞都加入了锯和血肉的歌唱，这才叫生活！那天是他 18 岁生日，绝好的成年礼。完事后，齿哥把心爱的锯擦了擦缠回腰间，指着已被抬走的半头砖和两根断腿留下的血迹说：告诉砖儿，后半辈子我养活他。

滑膛虽年轻，也是自幼随齿哥打天下的元老之一，见血的差事每月都有。当齿哥终于在血腥的社会阴沟里完成了原始积累，由黑道转向白道时，一直跟随着他的人都被封了副董事长副总裁之类的，唯有滑膛只落得给齿哥当保镖。但知情的人都明白，这种信任非同小可。齿哥是个非常小心的人，这可能是出于他干爹的命运。齿哥的干爹也是非常小心的，用齿哥的话说恨不得把自己用一块铁包起来。许多年的平安无事后，那次干爹乘飞机，带了两个最可靠的保镖，在一排座位上他坐在两个保镖中间。在珠海降落后，空姐发现这排座上的三个人没有起身，坐在那里若有所思的样子，接着发现他们的血已淌过了十多排座位。有许多根极细的长钢针从后排座位透过靠背穿过来，两个保镖每人的心脏都穿过了3根，至于干爹，足足被14根钢针穿透，像一个被精心钉牢的蝴蝶标本。这14肯定是有说头的，也许暗示着他不合规则吞下的1400万，也许是复仇者14年的等待……与干爹一样，齿哥出道的征途，使得整个社会对于他除了暗刃的森林就是陷阱的沼泽，他实际上是将自己的命交到了滑膛手上。

但很快，滑膛的地位就受到了老克的威胁。老克是俄罗斯人，那时，在富人们中有一个时髦的做法：聘请前克格勃人员做保镖，有这样一位保镖，与拥有一个影视明星情人一样值得炫耀。齿哥周围的人叫不惯那个绕口的俄罗斯名，就叫这人克格勃，时间一长就叫老克了。其实老克与克格勃没什么关系，真正的前克格勃机构中，大部分人不过是坐办公室的文职人员，即使是那些处于秘密战最前沿的，对安全保卫也都是外行。老克是前苏共中央警卫局的保卫人员，曾是葛罗米克的警卫之一，是这个领域货真价实的精英，而齿哥以相当于公司副董事长的高薪聘请他，完全不是为了炫耀，真的是出于对自身安全的考虑。老克一出现，立刻显出了他与普通保镖的不同。这之前那些富豪的保镖们，在饭桌上比他们的雇主还能吃能喝，还喜欢在主人谈生意时乱插嘴，但真正出现危险情况时，他们要么像街头打群架那样胡来，要么溜得比主人还快。而老克，不论在宴席还是谈判时，都静静地站在齿哥身后，他那魁梧的身躯像一堵厚实坚稳的墙，随时准备挡开一切威胁。老克并没有机会遇到威胁他保护对象的危险情况，但他的敬业和专业使人们都相信，一旦那种情况出现时，他将是绝对称职的。虽然与别的保镖相比，滑膛更敬业一些，也没有那些坏毛病，但他从老克的身上看到了自己的差距。过了好长时间他才知道，老克不分昼夜地戴着墨镜，并非是扮酷而是为了掩藏自己的视线。

虽然老克的汉语学得很快，但他和包括自己雇主在内的周围人都没什么交往，直到有一天，他突然把滑膛请到自己俭朴的房间里，给他和自己倒上一杯伏特加后，用生硬的汉语说："我，想教你说话。"

"说话？"

"说外国话。"

于是，滑膛就跟老克学外国话，几天后他才知道老克教自己的不是俄语而是英语。滑膛也学得很快，当他们能用英语和汉语交流后，有一天老克对滑膛说："你和别人不一样。"

"这我也感觉到了。"滑膛点点头。

"三十年的职业经验，使我能够从人群中准确地识别出具有那种潜质的人，这种人很稀少，但你就是，看到你第一眼时我就打了个寒战。冷血一下并不难，但冷下去的血再温不起来就很难了，你会成为那一行的精英，可别埋没了自己。"

"我能做什么呢？"

"先去留学。"

齿哥听到老克的建议后，倒是满口答应，并许诺费用的事他完全负责。其实有了老克后，他一直想摆脱滑膛，但公司中又没有空位子了。

于是，在一个冬夜，一架喷气客机载着这个自幼失去父母，从最底层黑社会中成长起来的孩子，飞向遥远的陌生国度。

开着一辆很旧的桑塔纳，滑膛按照片上的地址去踩点。他首先去的是春花广场，没费多少劲就找到了照片上的人，那个流浪汉正在垃圾桶中翻找着，然后提着一个鼓鼓的垃圾袋走到一个长椅处。他的收获颇丰，一盒几乎没怎么动的盒饭，还是菜饭分放的那种大盒；一根只咬了一口的火腿肠，几块基本完好的面包，还有大半瓶可乐。滑膛本以为流浪汉会用手抓着盒饭吃，但看到他从进入初夏仍穿着的这件脏大衣口袋中掏出了一个小铝勺。他慢慢地吃完晚餐，把剩下的东西又扔回垃圾桶中。滑膛四下看看，广场四周的城市华灯初上，他很熟悉这里，但现在觉得有些异样。很快，他弄明白了这个流浪汉轻易填饱肚子的原因。这里原是城市流浪者聚集的地方，但现在他们都不见了，只剩下他的这个目标。他们去哪里了？都被委托"加工"了吗？

滑膛接着找到了第二张照片上的地址。在城市边缘一座交通桥的桥孔下，有一个用废瓦楞和纸箱搭起来的窝棚，里面透出昏黄的灯光。滑膛将窝棚的破门小心地推开一道缝，探进头去，出乎意料，他竟进入了一个色彩斑斓的世界，原来窝棚里挂满了大小不一的油画，形成了另一层墙壁。顺着一团烟雾，滑膛看到了那个流浪画家，他像一头冬眠的熊一般躺在一个破画架下，头发很长，穿着一件涂满油彩像长袍般肥大的破 T 恤衫，抽着 5 毛一盒的玉蝶烟。他的眼睛在自己的作品间游移，目光充满了惊奇和迷惘，仿佛他才是第一次到这里来的人，他的大部分时光大概都是在这种对自己作品的自恋中度过的。这种穷困潦倒的画家在上世纪九十年代曾有过很多，但现在不多见了。

"没关系，进来吧。"画家说，眼睛仍扫视着那些画，没朝门口看一眼，听他的口气，就像这里是一座帝王宫殿似的。在滑膛走进来之后，他又问："喜欢我的画吗？"

滑膛四下看了看，发现大部分的画只是一堆零乱的色彩，就是随意将油彩泼到画布上都比它们显得有理性。但有几幅画面却很写实，滑膛的目光很快被其中的一幅吸引了：占满整幅画面的是一片干裂的黄土地，从裂缝间伸出几枝干枯的植物，仿佛已经枯死了几个世纪，而在这个世界上，水也似乎从来就没有存在过。在这干旱的土地上，放着一个骷髅头，它也干得发白，表面布满裂纹，但从它的口洞和一个眼窝中，居然长出了两株活生生的绿色植物，它们青翠欲滴，与周围的酷旱和死亡形成鲜明对比，其中一株植物的顶部，还开着一朵娇艳的小花。这个骷髅头的另一个眼窝中，有一只活着的眼睛，清澈的眸子瞪着天空，目光就像画家的眼睛一样，充满惊奇和迷惘。

"我喜欢这幅。"滑膛指指那幅画说。

"这是《贫瘠》系列之二，你买吗？"

"多少钱？"

"看着给吧。"

滑膛掏出皮夹，将里面所有的百元钞票都取了出来，递给画家，但后者只从中抽了两张。

"只值这么多，画是你的了。"

滑膛发动了车子，然后拿起第三张照片看上面的地址，旋即将车熄了火，因为这个地方就在桥旁边，是这座城市最大的一个垃圾场。滑膛取出望远镜，透过挡风玻璃从垃圾场上那一群拾荒者中寻找着目标。

这座大都市中靠捡垃圾为生的拾荒者有 30 万人，已形成了一个阶层，而他们内部也有分明的等级。最高等级的拾荒者能够进入高级别墅区，在那里如艺术雕塑般精致的垃圾桶中，每天都能拾到只穿用过一次的新衬衣、袜子和床单，这些东西在这里是一次性用品；垃圾桶中还常常出现只有轻微损坏的高档皮鞋和腰带，以及只抽了三分之一的哈瓦纳雪茄和只吃了一角的高级巧克力……但进入这里捡垃圾要重金贿赂社区保安，所以能来的只是少数人，他们是拾荒者中的贵族。拾荒者的中间阶层都集中在城市中众多的垃圾中转站里，那是城市垃圾的第一次集中地，在那里，垃圾中最值钱的部分：废旧电器、金属、完整的纸制品、废弃的医疗器械、被丢弃的过期药品等，都被拣拾得差不多了。那里也不是随便就能进来的，每个垃圾中转站都是某个垃圾把头控制的地盘，其他拾荒者擅自进入，轻者被暴打一顿赶走，重者可能丢了命。经过中转站被送往城市外面的大型堆放和填埋场的垃圾已经没有多少"营养"了，但靠它生存的人数量最多，他们是拾荒者中的最底层，就是滑膛现在看到的这些人。留给这些最底层拾荒者的，都是不值钱又回收困难的碎塑料、碎纸等，再就是垃圾中的腐烂食品，可以以每公斤 1 分钱的价格卖给附近农民当猪饲料。在不远处，大都市如一块璀璨的巨大宝石闪烁着，它的光芒传到这里，给恶臭的垃圾山镀上了一层变幻的光晕。其实，就是从拾到的东西中，拾荒者们也能体会到那不远处大都市的奢华：在他们收集到的腐烂食品中，常常能依稀认出只吃了四腿的烤乳猪、只动了一筷子的石斑鱼、完整的鸡……最近整只乌骨鸡多了起来，这源自一道刚时兴的名叫乌鸡白玉的菜，这道菜是把豆腐放进乌骨鸡的肚子里炖出来的，真正的菜就是那几片豆腐，鸡虽然美味但只是包装，如果不知道吃了，就如同吃粽子连芦苇叶一起吃一样，会成为有品位的食客的笑柄……

这时，当天最后一趟运垃圾的环卫车来了，当自卸车箱倾斜着升起时，一群拾荒者迎着山崩似的垃圾冲上来，很快在飞扬的尘土中与垃圾山融为一体。这些人似乎完成了新的进化，垃圾山的恶臭、毒菌和灰尘似乎对他们都不产生影响，当然，这是只看到他们如何生存而没见到他们如何死亡的普通人产生的印象，正像普通人平时见不到虫子和老鼠的尸体，因而也不关心它们如何死去一样。事实上，这个大垃圾场多次发现拾荒者的尸体，他们静悄悄地死在这里，然后被新的垃圾掩埋了。

在场边一盏泛光灯昏暗的灯光中，拾荒者们只是一群灰尘中模糊的影子，但滑膛还是很快在他们中发现了自己寻找的目标。这么快找到她，滑膛除了借助自己锐利的目光外，还有一个原因：与春花广场上的流浪者一样，今天垃圾场上的拾荒者人数明显减少了，这是为什么？

滑膛在望远镜中观察着目标，她初看上去与其他的拾荒者没有太大区别，腰间束着一根绳子，手里拿着大编织袋和顶端装着耙勺的长杆，只是她看上去比别人瘦弱，挤不到前面去，只能在其他拾荒者的圈外拣拾着，她翻找的，已经是垃圾的垃圾了。

滑膛放下望远镜，沉思片刻，轻轻摇摇头。世界上最离奇的事正在他的眼前发生：一个城市流浪者，一个穷得居无定所的画家，加上一个靠拾垃圾为生的女孩子，这三个世界上最贫穷最弱势的人，有可能在什么地方威胁到那些处于世界财富之巅的超级财阀们呢？这种威胁甚至于迫使他们雇佣杀手置之于死地？

后座上放着那幅《贫瘠》系列之二，骷髅头上的那只眼睛在黑暗中凝视着滑膛，令他如芒刺在背。

垃圾场那边发出了一阵惊叫声，滑膛看到，车外的世界笼罩在一片蓝光中，蓝光来自东方地平线，那里，一轮蓝太阳正在快速升起，那是运行到南半球的哥哥飞船。飞船一般是不发光的，晚上，自身反射的阳光使它看上去像一轮小月亮，但有时它也会突然发出照亮整个世界的蓝光，这总是令人们陷入莫名的恐惧之中。这一次飞船发出的光比以往都亮，可能是轨道更低的缘故。蓝太阳从城市后面升起，使高楼群的影子一直拖到这里，像一群巨人的手臂，但随着飞船的快速上升，影子渐渐缩回去了。

在哥哥飞船的光芒中，垃圾场上那个拾荒女孩能看得更清楚了，滑膛再次举起望远镜，证实了自己刚才的观察，就是她，她蹲在那里，编织袋放在膝头，仰望的眼睛有一丝惊恐，但更多的还是他在照片上看到的平静。滑膛的心又动了一下，但像上次一样这触动转瞬即逝，他知道这涟漪来自心灵深处的某个地方，为再次失去它而懊悔。

飞船很快划过长空，在西方地平线落下，在西天留下了一片诡异的蓝色晚霞，然后，一切又没入昏暗的夜色中，远方的城市之光又灿烂起来。

滑膛的思想又回到那个谜上来：世界最富有的十三个人要杀死最穷的三个人，这不是一般的荒唐，这真是对他的想象力最大的挑战。但思路没走多远就猛地刹住，滑膛自责地拍了一下方向盘，他突然想到自己已经违反了这个行业的最高精神准则，校长的那句话浮现在他的脑海中，这是行业的座右铭：

瞄准谁，与枪无关。

到现在，滑膛也不知道他是在哪个国家留学的，更不知道那所学校的确切位置。他只知道飞机降落的第一站是莫斯科，那里有人接他，那人的英语没有一点儿俄国口音，他被要求戴上一副不透明的墨镜，伪装成一个盲人，以后的旅程都是在黑暗中度过的。又坐了三个多小时的飞机，再坐一天的汽车，才到达学校，这时是否还在俄罗斯境内，滑膛真的说不准了。学校地处深山，围在高墙中，学生在毕业之前绝对不准外出。被允许摘下眼镜后，滑膛发现学校的建筑明显地分为两大类，一类是灰色的，外形毫无特点；另一类的色彩和形状都很奇特。他很快知道，后一类建筑实际上是一堆巨型积木，可以组合成各种形状，以模拟变化万千的射击环境。整所学校，基本上就是一个设施精良的大靶场。

开学典礼是全体学生唯一的一次集合，他们的人数刚过四百。校长一头银发，一副令人肃然起敬的古典学者风度，他讲了如下一番话：

"同学们，在以后的 4 年中，你们将学习一个我们永远不会讲出其名称的行业所需的专业知识和技能，这是人类最古老的行业之一，同样会有光辉的未来。从小处讲，它能够为做出最后选择的客户解决只有我们才能解决的问题；从大处讲，它能够改变历史。

"曾有不同的政治组织出高价委托我们训练游击队员，我们拒绝了，我们只培养独立的专业人员，是的，独立，除钱以外独立于一切。从今以后，你们要把自己当成一支枪，你们的责任，就是实现枪的功能，在这个过程中展现枪的美感，至于瞄准谁，与枪无关。A 持枪射击 B，B 又夺过同一支枪射击 A，枪应该对这每一次射击一视同仁，都以最高的质量完成操作，这是我们最基本的职业道德。"

在开学典礼上，滑膛还学会了几个最常用的术语：该行业的基本操作叫加工，操作的对象叫工件，死亡叫冷却。

学校分 L、M 和 S 三个专业，分别代表长、中、短三种距离。

L 专业是最神秘的，学费高昂，学生人数很少，且基本不和其他专业的人交往，滑膛的教官也劝他们离 L 专业的人远些："他们是行业中的贵族，是最有可能改变历史的人。"L 专业的知识博大精深，他们的学生使用的狙击步枪价值几十万美元，装配起来有两米多长。L 专业的加工距离均超过 1000 米，据说最长可达到 3000 米！1500 米以上的加工操作是一项复杂的工程，其中的前期工作之一就是沿射程按一定间距放置一系列的"风铃"，这是一种精巧的微型测风仪，它可将监测值以无线发回，显示在射手的眼镜显示器上，以便他（她）掌握射程不同阶段的风速和风向。

M 专业的加工距离在 10 米至 300 米之间，是最传统的专业，学生也最多，他们一般使用普通制式步枪，M 专业的应用面最广，但也是平淡和缺少传奇的。

滑膛学的是 S 专业，加工距离在 10 米以下，对武器要求最低，一般使用手枪，甚至还可能使用冷兵器。在三个专业中，S 专业无疑是最危险的，但也是最浪漫的。校长就是这个专业的大师，亲自为 S 专业授课，他首先开的课程竟然是——英语文学。

"你们首先要明白 S 专业的价值。"看着迷惑的学生们，校长庄重地说，"在 L 和 M 专业中，工件与加工者是不见面的，工件都是在不知情的状态下被加工并冷却的，这对他们当然是一种幸运，但对客户却不是，相当一部分客户，需要让工件在冷却之前得知他们被谁、为什么委托加工的，这就要由我们来告知工件，这时，我们已经不是自己，而是客户的化身，我们要把客户传达的最后信息向工件庄严完美地表达出来，让工件在冷却前受到最大的心灵震慑和煎熬，这就是 S 专业的浪漫和美感之所在，工件冷却前那恐惧绝望的眼神，将是我们工作最大的精神享受。但要做到这些，就需要我们具有相当的表达能力和文学素养。"

于是，滑膛学了一年的文学。他读《荷马史诗》，背莎士比亚，读了很多的经典和现代名著。滑膛感觉这一年是自己留学生涯中最有收获的一年，因为后面学的那些东西他以前多少都知道一些，以后迟早也能学到，但深入地接触文学，这是他唯一的机会。通过文学，他重新发现了人，惊叹人原来是那么一种精致而复杂的东西，以前杀人，在他的感觉中只是打碎盛着红色液体的粗糙陶罐，现在惊喜地发现自己击碎的原来是精美绝伦的玉器，这更增加了他杀戮的快感。

接下来的课程是人体解剖学。与其他两个专业相比，S 专业的另一大优势是可以控制被加工后的工件冷却到环境温度的时间，术语叫快冷却和慢冷却。很多客户是要求慢冷却的，冷却的过程还要录像，以供他们珍藏和欣赏。当然这需要很高的技术和丰富的经验，人体解剖学当然也是不可缺少的知识。

然后，真正的专业课才开始。

垃圾场上拾荒的人渐渐走散，只剩下包括目标在内的几个人。滑膛当即决定，今晚就把这个工件加工了。按行业惯例，一般在勘察时是不动手的，但也有例外，合适的加工时机会稍纵即逝。

滑膛将车开离桥下，经过一阵颠簸后，在垃圾场边的一条小路旁停下，滑膛观察到这是拾荒者离开垃圾场的必经之路，这里很黑，只能隐约看到荒草在夜风中摇曳的影子，是很合适的加工地点，他决定在这里等着工件。

滑膛抽出枪，轻轻放在驾驶台上。这是一支外形粗陋的左轮，7.6毫米口径，可以用大黑星（注：黑社会对五四手枪的称呼）的子弹，按其形状，他叫它"大鼻子"，是没有牌子的私造枪，他从西双版纳的一个黑市上花三千元买到的。枪虽然外形丑陋，但材料很好，且各个部件的结构都加工正确，最大的缺陷就是最难加工的膛线没有做出来，枪管内壁光光的。滑膛有机会得到名牌好枪，他初做保镖时，齿哥给他配了一支三十二发的短乌齐，后来，又将一支七七式枪当做生日礼物送给他，但那两支枪都被他压到箱子底，从来没带过，他只喜欢"大鼻子"。现在，它在城市的光晕中冷冷地闪亮，将滑膛的思绪又带回了学校的岁月。

专业课开课的第一天，校长要求每个学生展示自己的武器。当滑膛将"大鼻子"放到那一排精致的高级手枪中时，很是不好意思。但校长却拿起它把玩着，由衷地赞赏道："好东西！"

"连膛线都没有，消音器也拧不上。"一名学生不屑地说。

"S专业对准确性和射程要求最低，膛线并不重要；消音器嘛，垫个小枕头不就行了？孩子，别让自己变得匠气了。在大师手中，这把枪能产生出你们这堆昂贵的玩意儿产生不了的艺术效果。"

校长说得对，由于没有膛线，"大鼻子"射出的子弹在飞行时会翻跟头，在空气中发出正常子弹所没有的令人恐惧的尖啸，在射入工件后仍会持续旋转，像一柄锋利的旋转刀片，切碎沿途的一切。

"我们以后就叫你滑膛吧！"校长将枪递还给滑膛时说，"好好掌握它，孩子，看来你得学飞刀了。"滑膛立刻明白了校长的话：专业飞刀是握着刀尖出刀的，这样才能在旋转中产生更大的穿刺动量，这就需要在到达目标时刀尖正好旋转到前方。校长希望滑膛像掌握飞刀那样掌握"大鼻子"射出的子弹！这样，就可以使子弹在工件上的创口产生丰富多彩的变化。经过长达两年的苦练，消耗了近三万发子弹，滑膛竟真的练成了这种在学校最优秀的射击教官看来都不可能实现的技巧。

滑膛的留学经历与"大鼻子"是分不开的。在第4学年，他认识了同专业的一个名叫火的女生，她的名字也许来自那头红发。这里当然不可能知道她的国籍，滑膛猜测她可能来自西欧。这里不多的女生，几乎个个都是天生的神枪手，但火的枪打得很糟，匕首根本不会用，真不知道她以前是靠什么吃饭的。但在一次勒杀课程中，她从自己手上那枚精致的戒指中抽出一根肉眼看不见的细线，熟练地套到用做教具的山羊脖子上，那根如利刃般的细线竟将山羊的头齐齐地切了下来。据火的介绍，这是一段纳米丝，这种超高强度的材料未来可能被用来建造太空电梯。

　　火对滑膛没什么真爱可言，那种东西也不可能在这里出现。她同时还与外系一个名叫黑冰狼的北欧男生交往，并在滑膛和黑冰狼之间像斗蛐蛐似地反复挑逗，企图引起一场流血争斗，以便为枯燥的学习生活带来一点儿消遣。她很快成功了，两个男人决定以俄罗斯轮盘赌的形式决斗。这天深夜，全班同学将靶场上的巨型积木摆放成罗马斗兽场的形状，决斗就在斗兽场中央进行，使用的武器是"大鼻子"。火做裁判，她优雅地将一颗子弹塞进"大鼻子"的空弹仓，然后握住枪管，将弹仓在她那如常春藤般的玉臂上来回滚动了十几次，然后，两个男人谦让了一番，火微笑着将"大鼻子"递给滑膛。滑膛缓缓举起枪，当冰凉的枪口吻到太阳穴时，一种前所未有的空虚和孤独向他袭来，他感到无形的寒风吹透了世界万物，漆黑的宇宙中只有自己的心是热的。一横心，他连扣了5下扳机，击锤点了5下头，弹仓转动了5下，枪没响。咔咔咔咔咔，这5声清脆的金属声敲响了黑冰狼的丧钟。全班同学欢呼起来，火更是快活得流出了眼泪，对着滑膛高呼她是他的了。这中间笑得最轻松的是黑冰狼，他对滑膛点点头，由衷地说："东方人，这是自柯尔特（注：左轮手枪的发明者）以来最精彩的赌局了。"他然后转向火，"没关系亲爱的，人生于我，一场豪赌而已。"说完他抓起"大鼻子"对准自己的太阳穴，一声有力的闷响，血花和碎骨片溅得很潇洒。

　　之后不久滑膛就毕业了，他又戴上了那副来时戴的眼镜离开了这所没有名称的学校，回到了他长大的地方。他再也没有听到过学校的一丝消息，仿佛它从来就没有存在过似的。

　　回到外部世界后，滑膛才听说世界上发生的一件大事：上帝文明来了，要接受他们培植的人类的赡养，但在地球的生活并不如意，他们只待了一年多时间就离去了，那两万多艘飞船已经消失在茫茫宇宙中。

回来后刚下飞机，滑膛就接到了一桩加工业务。

齿哥热情地欢迎滑膛归来，摆上了豪华的接风宴，滑膛要求和齿哥单独待在宴席上，他说自己有好多心里话要说。其他人离开后，滑膛对齿哥说：

"我是在您身边长大的，从内心里，我一直没把您当大哥，而是当成亲父亲。您说，我应当去干所学的这个专业吗？就一句话，我听您的。"

齿哥亲切地扶着滑膛的肩膀说："只要你喜欢，就干嘛，我看得出来你是喜欢的，别管白道黑道，都是道儿嘛，有出息的人，哪股道上都能出息。"

"好，我听您的。"

滑膛说完，抽出手枪对着齿哥的肚子就是一枪，飞旋的子弹以恰到好处的角度划开一道横贯齿哥腹部的大口子，然后穿进地板中。齿哥透过烟雾看着滑膛，眼中的震惊只是一掠而过，随之而来的是恍然大悟后的麻木，他对着滑膛笑了一下，点点头。

"已经出息了，小子。"齿哥吐着血沫说完，软软地倒在地上。

滑膛接的这桩业务是一小时慢冷却，但不录像，客户信得过他。滑膛倒上一杯酒，冷静地看着地上血泊中的齿哥，后者慢慢地整理着自己流出的肠子，像码麻将那样，然后塞回肚子里，滑溜溜的肠子很快又流出来，齿哥就再整理好将其塞回去……当这工作进行到第 12 遍时，他咽了气，这时距枪响正好一小时。

滑膛说把齿哥当成亲父亲是真心话，在他五岁时的一个雨天，输红了眼的父亲逼着母亲把家里全部的存折都拿出来，母亲不从，便被父亲殴打致死，滑膛因阻拦也被打断鼻梁骨和一条胳膊，随后父亲便消失在雨中。后来滑膛多方查找也没有消息，如果找到，他也会让其享受一次慢冷却的。

事后，滑膛听老克说将自己的全部薪金都退给了齿哥的家人，返回了俄罗斯。他走前说：送滑膛去留学那天，他就知道齿哥会死在他手里，齿哥的一生是刀尖上走过来的，却不懂得一个纯正的杀手是什么样的人。

垃圾场上的拾荒者一个接一个离开了，只剩下目标一人还在那里埋头刨找着，她力气小，垃圾来时抢不到好位置，只能借助更长时间的劳作来弥补了。这样，滑膛就没有必要等在这里了，于是他拿起"大鼻子"塞到夹克口袋中，走下了车，径直朝垃圾中的目标走去。他脚下的垃圾软软的，还有一股温热，他仿佛踏在一只巨兽的身上。当距目标四五米时，滑膛抽出了握枪的手……

这时，一阵蓝光从东方射过来，哥哥飞船已绕地球一周，又转到了南半球，仍发着光。这突然升起的蓝太阳同时吸引了两人的目光，他们都盯着蓝太阳看了一会儿，然后互相看了对方一眼，当两人的目光相遇时，滑膛发生了一名职业杀手绝对不会发生的事：手中的枪差点滑落了，震撼令他一时感觉不到手中枪的存在，他几乎失声叫出：

果儿——

但滑膛知道她不是果儿，14 年前，果儿就在他面前痛苦地死去了。但果儿在他心中一直活着，一直在成长，他常在梦中见到已经长成大姑娘的果儿，就是眼前她这样儿。

齿哥早年一直在做着他永远不会对后人提起的买卖：他从人贩子手中买下一批残疾儿童，将他们放到城市中去乞讨，那时，人们的同情心还没有疲劳，这些孩子收益颇丰，齿哥就是借此完成了自己的原始积累。

一次，滑膛跟着齿哥去一个人贩子那里接收新的一批残疾孩子，到那个旧仓库中，看到有 5 个孩子，其中的 4 个是先天性畸形，但另一个小女孩儿却是完全正常的。那女孩儿就是果儿，她当时 6 岁，长得很可爱，大眼睛水灵灵的，同旁边的畸形儿形成鲜明对比。她当时就用这双后来滑膛一想起来就心碎的大眼睛看看这个看看那个，全然不知等待着自己的是怎样的命运。

"这些就是了。"人贩子指指那 4 个畸形儿说。

"不是说好 5 个吗？"齿哥问。

"车厢里闷，有一个在路上完了。"

"那这个呢？"齿哥指指果儿。

"这不是卖给你的。"

"我要了，就按这些的价儿。"齿哥用一种不容商量的语气说。

"可……她好端端的，你怎么拿她挣钱？"

"死心眼，加工一下不就得了？"

齿哥说着，解下腰间的利锯，朝果儿滑嫩的小腿上划了一下，划出了一道贯穿小腿的长口子，血在果儿的惨叫声中涌了出来。

"给她裹裹，止住血，但别上消炎药，要烂开才好。"齿哥对滑膛说。

滑膛于是给果儿包扎伤口，血浸透了好几层纱布，直流得果儿脸色惨白。滑膛背着齿哥，还是给果儿吃了些利菌沙和抗菌优之类的消炎药，但是没有用，果儿的伤口还是发炎了。

两天以后，齿哥就打发果儿上街乞讨，果儿可爱而虚弱的小样儿、她的伤腿，都立刻产生了超出齿哥预期的效果，头一天就挣了三千多块，以后的一个星期里，果儿挣的钱每天都不少于两千块，最多的一次，一对外国夫妇一下子就给了400美元。但果儿每天得到的只是一盒发馊的盒饭，这倒也不全是由于齿哥吝啬，他要的就是孩子挨饿的样子。滑膛只能在暗中给她些吃的。

一天傍晚，他上果儿乞讨的地方去接她回去，小女孩儿附在他的耳边悄悄地说："哥，我的腿不疼了呢。"一副高兴的样子。在滑膛的记忆中，这是他除母亲惨死外唯一的一次流泪，果儿的腿是不疼了，那是因为神经都已经坏死，整条腿都发黑了，她已经发了两天的高烧。滑膛再也不顾齿哥的禁令，抱着果儿去了医院，医生说已经晚了，孩子的血液中毒了。第二天深夜，果儿在高烧中去了。

从此以后，滑膛的血变冷了，而且像老克说的那样，再也没有温起来。杀人成了他的一项嗜好，比吸毒更上瘾，他热衷于打碎那一个个叫作人的精致器皿，看着它们盛装的红色液体流出来，冷却到与环境相同的温度，这才是它们的真相，以前那些红色液体里的热度，都是伪装。

完全是下意识地，滑膛以最高的分辨率真切地记下了果儿小腿儿上那道长伤口的形状，后来在齿哥腹部划出的那一道，就是它准确的拷贝。

拾荒女站起身，背起那个对她显得很大的编织袋慢慢走去。她显然并非因滑膛的到来而走，她没注意到他手里拿的是什么，也不会想到这个穿着体面的人的到来与自己有什么关系，她只是该走了。哥哥飞船在西天落下，滑膛一动不动地站在垃圾中，看着她的身影消失在短暂的蓝色黄昏里。

滑膛把枪插回枪套，拿出手机拨通了朱汉杨的电话："我想见你们，有事要问。"

"明天 9 点，老地方。"朱汉杨简洁地回答，好像早就预料到了这一切。

走进总统大厅，滑膛发现社会财富液化委员会的 13 个常委都在，他们将严肃的目光聚集在他身上。

"请提你的问题。"朱汉杨说。

"为什么要杀这三个人？"滑膛问。

"你违反了自己行业的职业道德。"朱汉杨用一个精致的雪茄剪切开一根雪茄的头部，不动声色地说。

"是的，我会让自己付出代价的，但必须清楚原因，否则这桩业务无法进行。"

朱汉杨用一根长火柴转着圈点着雪茄，缓缓地点点头："现在我不得不认为，你只接针对有产阶级的业务。这样看来，你并不是一个真正的职业杀手，只是一名进行狭隘阶级报复的凶手，一名警方正在全力搜捕的，三年内杀了四十一个人的杀人狂，你的职业声望将从此一泻千里。"

"你现在就可以报警。"滑膛平静地说。

"这桩业务是不是涉及了你的某些个人经历？"许雪萍问。

滑膛不得不佩服她的洞察力，他没有回答，默认了。

"因为那个女人？"

滑膛沉默着，对话已超出了合适的范围。

"好吧，"朱汉杨缓缓吐出一口白烟，"这桩业务很重要，我们在短时间内也找不到更合适的人，只能答应你的条件，告诉你原因，一个你做梦都想不到的原因。我们这些社会上最富有的人，却要杀掉社会上最贫穷最弱势的人，这使我们现在在你的眼中成了不可理喻的变态恶魔，在说明原因之前，我们首先要纠正你的这个印象。"

"我对黑与白不感兴趣。"

"可事实已证明不是这样，好，跟我们来吧。"朱汉杨将只抽了一口的整根雪茄扔下，起身向外走去。

滑膛同社会财富液化委员会的全体常委一起走出酒店。

这时，天空中又出现了异常，大街上的人们都在紧张地抬头仰望。哥哥飞船正在低轨道上掠过，由于初升太阳的照射，它在晴朗的天空上显得格外清晰。飞船沿着运行的轨迹，撒下一颗颗银亮的星星，那些星星等距离排列，已在飞船后面形成了一条穿过整个天空的长线，而哥哥飞船本身的长度已经明显缩短了，它释放出星星的一头变得参差不齐，像折断的木棒。滑膛早就从新闻中得知，哥哥飞船是由上千艘子船形成的巨大组合体，现在，这个组合体显然正在分裂为子船船队。

"大家注意了！"朱汉杨挥手对常委们大声说，"你们都看到了，事态正在发展，时间可能不多了，我们工作的步伐要加快，各小组立刻分头到自己分管的液化区域，继续昨天的工作。"

说完，他和许雪萍上了一辆车，并招呼滑膛也上来。滑膛这才发现，酒店外面等着的，不是这些富豪们平时乘坐的豪华车，而是一排五十铃客货车。"为了多拉些东西。"许雪萍看出了滑膛的疑惑，对他解释说。滑膛看看后面的车厢，里面整齐地装满了一模一样的黑色小手提箱，那些小箱子看上去相当精致，估计有上百个。

没有司机，朱汉杨亲自开车驶上了大街。车很快拐入了一个林荫道，然后放慢了速度，滑膛发现原来朱汉杨在跟着路边的一个行人慢开，那人是个流浪汉，这个时代流浪汉的衣着不一定褴褛，但还是一眼就能看出来。流浪汉的腰上挂着一个塑料袋，每走一步袋里的东西就叮咣响一下。

滑膛知道，昨天他看到的那个流浪者和拾荒者大量减少的谜底就要揭开了，但他不相信朱汉杨和许雪萍敢在这个地方杀人，他们多半是先将目标骗上车，然后带到什么地方除掉。按他们的身份，用不着亲自干这种事，也许只是为了向滑膛示范？滑膛不打算干涉他们，但也绝不会帮他们，他只管合同内的业务。

流浪汉显然没觉察到这辆车的慢行与自己有什么关系，直到许雪萍叫住了他。

"你好！"许雪萍摇下车窗说，流浪汉站住，转头看着她，脸上覆盖着这个阶层的人那种厚厚的麻木，"有地方住吗？"许雪萍微笑着问。

"夏天哪儿都能住。"流浪汉说。

"冬天呢？"

"暖气道，有的厕所也挺暖和。"

"你这么过了多长时间了？"

"我记不清了，反正征地费花完后就进了城，以后就这样了。"

"想不想在城里有套三室一厅的房子，有个家？"

流浪汉麻木地看着女富豪，没听懂她的话。

"认字吗？"许雪萍问，流浪汉点点头后，她向前一指："看那边——"那里有一幅巨大的广告牌，在上面，青翠绿地上点缀着乳白色的楼群，像一处世外桃源，"那是一个商品房广告。"流浪汉扭头看看广告牌，又看看许雪萍，显然不知道那与自己有什么关系，"好，现在你从我车上拿一个箱子。"

流浪汉走到车厢处拎了一个小提箱走过来，许雪萍指着箱子对他说："这里面是 100 万元人民币，用其中的 50 万元你就可以买一套那样的房子，剩下的留着过日子吧，当然，如果你花不了，也可以像我们这样把一部分送给更穷的人。"

流浪汉眼睛转转，捧着箱子仍面无表情，对于被愚弄，他很漠然。

"打开看看。"

流浪汉用黑乎乎的手笨拙地打开箱子，刚开一条缝就啪的一声合上了，他脸上那冰冻三尺的麻木终于被击碎，一脸震惊，像见了鬼。

"有身份证吗？"朱汉杨问。

流浪汉下意识地点点头，同时把箱子拎得尽量离自己远些，仿佛它是一颗炸弹。

"去银行存了，用起来方便一些。"

"你们……要我干啥？"流浪汉问。

"只要你答应一件事：外星人就要来了，如果他们问起你，你就说自己有这么多钱，就这一个要求，你能保证这样做吗？"

流浪汉点点头。

许雪萍走下车，冲流浪汉深深鞠躬："谢谢。"

"谢谢。"朱汉杨也在车里说。

最令滑膛震惊的是，他们表达谢意时看上去是真诚的。

车开了，将刚刚诞生的百万富翁丢在后面。前行不远，车在一个转弯处停下了，滑膛看到路边蹲着三个找活儿的外来装修工，他们每人的工具只是一把三角形的小铁铲，外加地上摆着的一个小硬纸板，上书"刮家"。那三个人看到停在面前的车立刻起身跑过来，问：老板有活吗？

朱汉杨摇摇头："没有，最近生意好吗？"

"哪有啥生意啊，现在都用喷上去的新涂料，就是一通电就能当暖气的那种，没有刮家的了。"

"你们从哪儿来？"

"河南。"

"一个村儿的？哦，村里穷吗？有多少户人家？"

"山里的，五十多户。哪能不穷呢，天旱，老板你信不信啊，浇地是拎着壶朝苗根儿上一根根地浇呢。"

"那就别种地了……你们有银行账户吗？"

三人都摇摇头。

"那又是只好拿现金了，挺重，辛苦你们了……从车上拿十几个箱子下来。"

"十几个啊？"装修工们从车上拿箱子，堆放到路边，其中的一个问，对朱汉杨刚才的话，他们谁都没有去细想，更没在意。

"十多个吧，无所谓，你们看着拿。"很快，十五个箱子堆在地上，朱汉杨指着这堆箱子说："每只箱子里面装着 100 万元，共 1500 万元，回家去，给全村分了吧。"

一名装修工对朱汉杨笑笑，好像是在赞赏他的幽默感，另一名蹲下去打开了一只箱子，同另外两人一起看了看里面，然后他们一起露出同刚才那名流浪汉一样的表情。

"东西挺重的，去雇辆车回河南，如果你们中有会开车的，买一辆更方便些。"许雪萍说。

三名装修工呆呆地看着面前这两个人，不知他们是天使还是魔鬼，很自然地，一名装修工问出了刚才流浪汉的问题："让我们干什么？"

回答也一样："只要你们答应一件事：外星人就要来了，如果他们问起你们，你们就说自己有这么多钱，就这一个要求，你们能保证做到吗？"

三个穷人点点头。

"谢谢。""谢谢。"两位超级富豪又真诚地鞠躬致谢，然后上车走了，留下那三个人茫然地站在那堆箱子旁。

"你一定在想，他们会不会把钱独吞了。"朱汉杨扶着方向盘对滑膛说，"开始也许会，但他们很快就会把多余的钱分给穷人的，就像我们这样。"

滑膛沉默着，面对眼前的怪异和疯狂，他觉得沉默是最好的选择，现在，理智能告诉他的只有一点：世界将发生根本的变化。

"停车！"许雪萍喊道，然后对在一个垃圾桶旁搜寻易拉罐和可乐瓶的小脏孩儿喊："孩子，过来！"孩子跑了过来，同时把他拾到的半编织袋瓶罐也背过来，好像怕丢了似的，"从车上拿一个箱子。"孩子拿了一个，"打开看看。"孩子打开了，看了，很吃惊，但没到刚才那四个成年人那种程度。"是什么？"许雪萍问。

"钱。"孩子抬起头看着她说。

"100万，拿回去给你的爸爸妈妈吧。"

"这么说真有这事儿？"孩子扭头看看仍装着许多箱子的车厢，眨眨眼说。

"什么事？"

"送钱啊，说有人在到处送大钱，像扔废纸似的。"

"但你要答应一件事，这钱才是你的：外星人就要来了，如果他们问起你，你就说自己有这么多钱，你确实有这么多钱，不是吗？就这一个要求，你能保证做到吗？"

"能！"

"那就拿着钱回家吧，孩子，以后世界上不会有贫穷了。"朱汉杨说着，启动了汽车。

"也不会有富裕了。"许雪萍说，神色黯然。

"你应该振作起来，事情是很糟，但我们有责任阻止它变得更糟。"朱汉杨说。

"你真觉得这种游戏有意义吗？"

朱汉杨猛地刹住了刚开动的车，在方向盘上方挥着双手喊道："有意义！当然有意义！难道你想在后半生像那些人一样穷吗？你想挨饿和流浪吗？"

"我甚至连活下去的兴趣都没有了。"

"使命感会支撑你活下去，这些黑暗的日子里我就是这么过来的，我们的财富给了我们这种使命。"

"财富怎么了？我们没偷没抢，挣的每一分钱都是干净的！我们的财富推动了社会前进，社会应该感谢我们！"

"这话你对哥哥文明说吧。"朱汉杨说完走下车，对着长空长出了一口气。

"你现在看到了，我们不是杀穷人的变态凶手。"朱汉杨对跟着走下车的滑膛说，"相反，我们正在把自己的财富散发给最贫穷的人，就像刚才那样。在这座城市里，在许多其他的城市里，在国家一级贫困地区，我们公司的员工都在这样做。他们带着集团公司的全部资产：上千亿的支票、信用卡和存折，一卡车一卡车的现金，去消除贫困。"

这时，滑膛注意到了空中的景象：一条由一颗颗银色星星连成的银线横贯长空，哥哥飞船联合体完成了解体，一千多艘子飞船变成了地球的一条银色星环。

"地球被包围了。"朱汉杨说，"这每颗星星都有地球上的航空母舰那么大，一艘单独的子船上的武器，就足以毁灭整个地球。"

"昨天夜里，它们毁灭了澳大利亚。"许雪萍说。

"毁灭？怎么毁灭？"滑膛看着天空问。

"一种射线从太空扫描了整个澳洲大陆，射线能够穿透建筑物和掩体，人和大型哺乳动物都在一小时内死去，昆虫和植物安然无恙，城市中，连橱窗里的瓷器都没有打碎。"

滑膛看了许雪萍一眼，又继续看着天空，对于这种恐惧，他的承受力要强于一般人。

"一种力量的显示，之所以选中澳大利亚，是因为它是第一个明确表示拒绝'保留地'方案的国家。"朱汉杨说。

"什么方案？"滑膛问。

"从头说起吧。来到太阳系的哥哥文明其实是一群逃荒者，他们在第一地球无法生存下去，'我们失去了自己的家园'，这是他们的原话。具体原因他们没有说明。他们要占领我们的地球四号，作为自己新的生存空间。至于地球人类，将被全部迁移至人类保留地，这个保留地被确定为澳洲，地球上的其他领土都归哥哥文明所有……这一切在今天晚上的新闻中就要公布了。"

"澳洲？大洋中的一个大岛，地方倒挺合适，澳大利亚的内陆都是沙漠，五十多亿人挤在那块地方很快就会全部饿死的。"

"没那么糟，在澳洲保留地，人类的农业和工业将不再存在，他们不需要从事生产就能活下去。"

"靠什么活？"

"哥哥文明将养活我们，他们将赡养人类，人类所需要的一切生活资料都将由哥哥种族长期提供，所提供的生活资料将由他们平均分配，每个人得到的数量相等，所以，未来的人类社会将是一个绝对不存在贫富差别的社会。"

"可生活资料将按什么标准分配给每个人呢？"

"你一下子就抓住了问题的关键：按照'保留地'方案，哥哥文明将对地球人类进行全面的社会普查，调查的目的是确定目前人类社会最低的生活标准，哥哥文明将按这个标准配给每个人生活资料。"

滑膛低头沉思了一会儿，突然笑了起来："呵，我有些明白了，对所有的事，我都有些明白了。"

"你明白了人类文明面临的处境吧？"

"其实嘛，哥哥文明的方案对人类还是很公平的。"

"什么？你竟然说公平？你这个……"许雪萍气急败坏地说。

"他是对的，是很公平。"朱汉杨平静地说，"如果人类社会不存在贫富差距，最低的生活水准与最高的相差不大，那保留地就是人类的乐园了。"

"可现在……"

"现在要做的很简单，就是在哥哥文明的社会普查展开之前，迅速抹平社会财富的鸿沟！"

"这就是所谓的社会财富液化吧？"滑膛问。

"是的，现在的社会财富是固态的，固态就有起伏，像这大街旁的高楼，像那平原上的高山，但当这一切都液化后，一切都变成了大海，海面是平滑的。"

"但像你们刚才那种做法，只会造成一片混乱。"

"是的，我们只是做出一种姿态，显示财富占有者的诚意。真正的财富液化很快就要在全世界展开，它将在各国政府和联合国的统一领导下进行，大扶贫即将开始，那时，富国将把财富向第三世界倾倒，富人将把金钱向穷人抛撒，而这一切，都是完全真诚的。"

"事情可能没那么简单。"滑膛冷笑着说。

"你是什么意思？你个变态的……"许雪萍指着滑膛的鼻子咬牙切齿地说，朱汉杨立刻制止了她。

"他是个聪明人，他想到了。"朱汉杨朝滑膛偏了一下头说。

"是的，我想到了，有穷人不要你们的钱。"

许雪萍看了滑膛一眼，低头不语了，朱汉杨对滑膛点点头："是的，他们中有人不要钱。你能想象吗？在垃圾中寻找食物，却拒绝接受100万元……哦，你想到了。"

"但这种穷人，肯定是极少数。"滑膛说。

"是的，但他们只要占贫困人口十万分之一的比例，就足以形成一个社会阶层，在哥哥文明那先进的社会调查手段下，他们的生活水准，就会被当作人类最低的生活水准，进而成为哥哥文明进行保留地分配的标准……知道吗，只要十万分之一！"

"那么，现在你们知道的比例有多大？"

"大约千分之一。"

"这些下贱变态的千古罪人！"许雪萍对着天空大骂一声。

"你们委托我杀的就是这些人了。"这时，滑膛也不想再用术语了。

朱汉杨点点头。

滑膛用奇怪的目光看着朱汉杨，突然仰天大笑起来："哈哈哈……我居然在为人类造福？"

"你是在为人类造福，你是在拯救人类文明。"

"其实，你们只需用死去威胁，他们还是会接受那些钱的。"

"这不保险！"许雪萍凑近滑膛低声说，"他们都是变态的狂人，是那种被阶级仇恨扭曲的变态，即使拿了钱，也会在哥哥文明面前声称自己一贫如洗，所以，必须尽快从地球上彻底清除这种人。"

"我明白了。"滑膛点点头说。

"那么你现在的打算呢？我们已经满足了你的要求，说明了原因；当然，钱以后对谁意义都不大了，你对为人类造福肯定也没兴趣。"

"钱对我早就意义不大了，后面那件事从来没想过……不过，我将履行合同。今天零点前完工，请准备验收。"滑膛说完，起步离开。

"有一个问题，"朱汉杨在滑膛后面说，"也许不礼貌，你可以不回答：如果你是穷人，是不是也不会要我们的钱？"

"我不是穷人。"滑膛没有回头说，但走了几步，他还是回过头来，用鹰一般的眼神看着两人，"如果我是，是的，我不会要。"说完，大步走去。

"你为什么不要他们的钱？"滑膛问1号目标，那个上次在广场上看到的流浪汉，现在，他们站在距广场不远处公园里的小树林中，有两种光透进树林，一种幽幽的蓝光来自太空中哥哥飞船构成的星环，这片蓝光在林中的地上投下斑驳的光影；另一种是城市的光，从树林外斜照进来，在剧烈地颤动着，变幻着色彩，仿佛表达着对蓝光的恐惧。

流浪汉嘿嘿一笑："他们在求我，那么多的有钱人在求我，有个女的还流泪呢！我要是要了钱，他们就不会求我了，有钱人求我，很爽的。"

"是，很爽。"滑膛说着，扣动了"大鼻子"的扳机。

流浪汉是个惯偷，一眼就看出这个叫他到公园里来的人右手拿着的外套里面裹着东西，他一直很好奇那是什么，现在突然看到衣服上亮光一闪，像是里面的什么活物眨了下眼，接着便坠入了永恒的黑暗。

这是一次超速快冷加工，飞速滚动的子弹将工件眉毛以上的部分几乎全切去了，在衣服覆盖下枪声很闷，没人注意到。

垃圾场。滑膛发现，今天拾垃圾的只有她一人了，其他的拾荒者显然都拿到了钱。

在星环的蓝光下，滑膛踏着温软的垃圾向目标大步走去。这之前，他100次提醒自己，她不是果儿，现在不需要对自己重复了。他的血一直是冷的，不会因一点点少年时代记忆中的火苗就热起来。拾荒女甚至没有注意到来人，滑膛就开了枪。垃圾场上不需要消音，他的枪是露在外面开的，声音很响，枪口的火光像小小的雷电将周围的垃圾山照亮了一瞬间，由于距离远，在空气中翻滚的子弹来得及唱出它的歌，那呜呜声音像万鬼哭嚎。

这也是一次超速快冷却，子弹像果汁机中飞旋的刀片，瞬间将目标的心脏切得粉碎，她在倒地之前已经死了。她倒下后，立刻与垃圾融为一体，本来能显示出她存在的鲜血也被垃圾吸收了。

在意识到背后有人的一瞬间，滑膛猛地转身，看到画家站在那里，他的长发在夜风中飘动，浸透了星环的光，像蓝色的火焰。

"他们让你杀了她？"画家问。

"履行合同而已，你认识她？"

"是的，她常来看我的画，她认字都不多，但能看懂那些画，而且和你一样喜欢它们。"

"合同里也有你。"

画家平静地点点头，没有丝毫恐惧："我想到了。"

"只是好奇地问问，为什么不要钱？"

"我的画都是描写贫穷与死亡的，如果一夜之间成了百万富翁，我的艺术就死了。"

滑膛点点头："你的艺术将活下去，我真的很喜欢你的画。"说着他抬起了枪。

"等等，你刚才说是在履行合同，那能和我签一个合同吗？"

滑膛点点头："当然可以。"

"我自己的死无所谓，为她复仇吧。"画家指指拾荒女倒下的地方。

"让我用我们这个行业的商业语言说明你的意思：你委托我加工一批工件，这些工件曾经委托我加工你们两个工件。"

画家再次点点头："是这样的。"

滑膛郑重地说："没有问题。"

"可我没有钱。"

滑膛笑笑："你卖给我的那幅画，价钱真的太低了，它已足够支付这桩业务了。"

"那谢谢你了。"

"别客气，履行合同而已。"

死亡之火再次喷出枪口，子弹翻滚着，呜哇怪叫着穿过空气，穿透了画家的心脏，血从他的胸前和背后喷向空中，他倒下后两三秒钟，这些飞扬的鲜血才像温热的雨洒落下来。

"这没必要。"

声音来自滑膛背后，他猛转身，看到垃圾场的中央站着一个人，一个男人，穿着几乎与滑膛一样的皮夹克，看上去还年轻，相貌平常，双眼映出星环的蓝光。

滑膛手中的枪下垂着，没有对准新来的人，他只是缓缓扣动枪机，"大鼻子"的击锤懒洋洋地抬到了最高处，处于一触即发的状态。

"是警察吗？"滑膛问，口气很轻松随便。

来人摇摇头。

"那就去报警吧。"

来人站着没动。

"我不会在你背后开枪的，我只加工合同中的工件。"

"我们现在不干涉人类的事。"来人平静地说。

这话像一道闪电击中了滑膛，他的手不由一松，左轮的击锤落回到原位。他细看来人，在星环的光芒下，无论怎么看，他都是一个普通的人。

"你们，已经下来了？"滑膛问，他的语气中出现了少有的紧张。

"我们早就下来了。"

接着，在第四地球的垃圾场上，来自两个世界的两个人长时间地沉默着。这凝固的空气使滑膛窒息，他想说点什么，这些天的经历，使他下意识地提出了一个问题：

"你们那儿，也有穷人和富人吗？"

第一地球人微笑了一下说："当然有，我就是穷人，"他又指了一下天空中的星环，"他们也是。"

"上面有多少人？"

"如果你是指现在能看到的这些，大约有五十万人，但这只是先遣队，几年后到达的一万艘飞船将带来十亿人。"

"十亿？他们……不会都是穷人吧？"

"他们都是穷人。"

"第一地球上的世界到底有多少人呢？"

"二十亿。"

"一个世界里怎么可能有那么多穷人？"

"一个世界里怎么不可能有那么多穷人？"

"我觉得，一个世界里的穷人比例不可能太高，否则这个世界就变得不稳定，那富人和中产阶级也过不好了。"

"以目前第四地球所处的阶段，很对。"

"还有不对的时候吗？"

第一地球人低头想了想，说："这样吧，我给你讲讲第一地球上穷人和富人的故事。"

"我很想听。"滑膛把枪插回怀里的枪套中。

"两个人类文明十分相似，你们走过的路我们都走过，我们也有过你们现在的时代：社会财富的分配虽然不均，但维持着某种平衡，穷人和富人都不是太多，人们普遍相信，随着社会的进步，贫富差距将进一步减小，他们憧憬着人人均富的大同时代。但人们很快会发现事情要复杂得多，这种平衡很快就要被打破了。"

"被什么东西打破的？"

"教育。你也知道，在当前的这个时代，教育是社会下层进入上层的唯一途径，如果社会是一个按温度和含盐度分成许多水层的海洋，教育就像一根连通管，将海底水层和海面水层连接起来，使各个水层之间不至于完全隔绝。"

"你接下来可能想说，穷人越来越上不起大学了。"

"是的，高等教育费用日益昂贵，渐渐成了精英子女的特权。但就传统教育而言，即使仅仅是为了市场的考虑，它的价格还是有一定限度的，所以那条连通管虽然已经细若游丝，但还是存在着。可有一天，教育突然发生了根本的变化，一个技术飞跃出现了。"

"是不是可以直接向大脑里灌知识了？"

"是的，但知识的直接注入只是其中的一部分。大脑中将被植入一台超级计算机，它的容量远大于人脑本身，它存贮的知识可变为植入者的清晰记忆。但这只是它的一个次要功能，它是一个智力放大器，一个思想放大器，可将人的思维提升到一个新的层次。这时，知识、智力、深刻的思想，甚至完美的心理和性格、艺术审美能力等，都成了商品，都可以买得到。"

"一定很贵。"

"是的，很贵，将你们目前的货币价值做个对比，一个人接受超等教育的费用，与在北京或上海的黄金地段买两到三套 150 平方米的商品房相当。"

"要是这样，还是有一部分人能支付得起的。"

"是的，但只是一小部分有产阶层，社会海洋中那条连通上下层的管道彻底中断了。完成超等教育的人的智力比普通人高出一个层次，他们与未接受超等教育的人之间的智力差异，就像后者与狗之间的差异一样大。同样的差异还表现在许多其他方面，比如艺术感受能力等。于是，这些超级知识阶层就形成了自己的文化，而其余的人对这种文化完全不可理解，就像狗不理解交响乐一样。超级知识分子可能都精通上百种语言，在某种场合，对某个人，都要按礼节使用相应的语言。在这种情况下，在超级知识阶层看来，他们与普通民众的交流，就像我们与狗的交流一样简单了……于是，一件事就自然而然地发生了，你是个聪明人，应该能想到。"

"富人和穷人已经不是同一个……同一个……"

"富人和穷人已经不是同一个物种了，就像穷人和狗不是同一个物种一样，穷人不再是人了。"

"哦，那事情可真的变了很多。"

"变了很多，首先，你开始提到的那个维持社会财富平衡、限制穷人数量的因素不存在了。即使狗的数量远多于人，他们也无力制造社会不稳定，只能制造一些需要费神去解决的麻烦。随便杀狗是要受惩罚的，但与杀人毕竟不一样，特别是当狂犬病危及人的安全时，把狗杀光也是可以的。对穷人的同情，关键在于一个'同'字，当双方相同的物种基础不存在时，同情也就不存在了。这是人类的第二次进化，第一次与猿分开来，靠的是自然选择；这一次与穷人分开来，靠的是另一条同样神圣的法则：私有财产不可侵犯。"

"这法则在我们的世界也很神圣的。"

"在第一地球的世界里，这项法则由一个叫社会机器的系统维持。社会机器是一种强有力的执法系统，它的执法单元遍布世界的每一个角落，有的执法单元只有蚊子大小，但足以在瞬间同时击毙上百人。它们的法则不是你们那个阿西莫夫的三定律，而是第一地球的宪法基本原则：私有财产不可侵犯。它们带来的并不是专制，它们的执法是绝对公正的，并非倾向于有产阶层，如果穷人那点儿可怜的财产受到威胁，他们也会根据宪法去保护的。

"在社会机器强有力的保护下，第一地球的财富不断地向少数人集中。而技术发展导致了另一件事，有产阶层不再需要无产阶层了。在你们的世界，富人还是需要穷人的，工厂里总得有工人。但在第一地球，机器已经不需要人来操作了，高效率的机器人可以做一切事情，无产阶层连出卖劳动力的机会都没有了，他们真的一贫如洗了。这种情况的出现，完全改变了第一地球的经济实质，大大加快了社会财富向少数人集中的速度。

"财富集中的过程十分复杂，我向你说不清楚，但其实质与你们世界的资本运作是相同的。在我曾祖父的时代，第一地球 60% 的财富掌握在 1000

万人手中；在我爷爷的时代，世界财富的 80% 掌握在 1 万人手中；在我爸爸的时代，财富的 90% 掌握在 42 人手中。

"在我出生时，第一地球的资本主义达到了顶峰上的顶峰，创造了令人难以置信的资本奇迹：99% 的世界财富掌握在一个人的手中！这个人被称作终产者。

"这个世界的其余二十多亿人虽然也有贫富差距，但他们总体拥有的财富只是世界财富总量的 1%，也就是说，第一地球变成了由一个富人和二十亿个穷人组成的世界，穷人是二十亿，不是我刚才告诉你的十亿，而富人只有一个。这时，私有财产不可侵犯的宪法仍然有效，社会机器仍在忠实地履行着它的职责，保护着那一个富人的私有财产。

"想知道终产者拥有什么吗？他拥有整个第一地球！这个行星上所有的大陆和海洋都是他家的客厅和庭院，甚至第一地球的大气层都是他私人的财产。

"剩下的二十亿穷人，他们的家庭都住在全封闭的住宅中，这些住宅本身就是一个自给自足的微型生态循环系统，他们用自己拥有的那可怜的一点点水、空气和土壤等资源在这全封闭的小世界中生活着，能从外界索取的，只有不属于终产者的太阳能了。

"我的家坐落在一条小河边，周围是绿色的草地，一直延伸到河沿，再延伸到河对岸翠绿的群山脚下，在家里就能听到群鸟鸣叫和鱼儿跃出水面的声音，能看到悠然的鹿群在河边饮水，特别是草地和风中的波纹最让我陶醉。但这一切不属于我们，我们的家与外界严格隔绝，我们的窗是密封舷窗，永远都不能开的。要想外出，必须经过一段过渡舱，就像从飞船进入太空一样，事实上，我们的家就像一艘宇宙飞船，不同的是，恶劣的环境不是在外面而是在里面！我们只能呼吸家庭生态循环系统提供的污浊的空气，喝经千万次循环过滤的水，吃以我们的排泄物为原料合成再生的难以下咽的食物。而与我们仅一墙之隔的，就是广阔而富饶的大自然，我们外出时，穿着像一名宇航员，食物和水要自带，甚至自带氧气瓶，因为外面的空气不属于我们，是终产者的财产。

"当然，有时也可以奢侈一下，比如在婚礼或节日什么的，这时我们走出自己全封闭的家，来到第一地球的大自然中，最令人陶醉的是呼吸第一口大自然的空气时，那空气是微甜的，甜得让你流泪。但这是要花钱的，外出之前我们都得吞下一粒药丸大小的空气售货机，这种装置能够监测和统计我们吸入空气的量，我们每呼吸一次，银行账户上的钱就被扣除一点。对于穷人，这真的是一种奢侈，每年也只能有一两次。我们来到外面时，也不敢剧烈活动，甚至不动只是坐着，以控制自己的呼吸量。回家前还要仔细地刮刮鞋底，因为外面的土壤也不属于我们。

"现在告诉你我母亲是怎么死的。为了节省开支，她那时已经有三年没有到户外去过一次了，节日也舍不得出去。这天深夜，她竟在梦游中通过过渡门到了户外！她当时做的一定是一个置身于大自然中的梦。当执法单元发现她时，她已经离家有很远的距离了，执法单元也发现了她没有吞下空气售货机，就把她朝家里拖，同时用一只机械手卡住她的脖子，它并没想掐死她，只是不让她呼吸，以保护另一个公民不可侵犯的私有财产——空气。但到家时她已经被掐死了，执法单元放下她的尸体对我们说：她犯了盗窃罪。我们要被罚款，但我们已经没有钱了，于是母亲的遗体就被没收抵账。要知道，对一个穷人家庭来说，一个人的遗体是很宝贵的，占它重量 70% 的是水啊，还有其他有用的资源。但遗体的价值还不够交纳罚款，社会机器便从我们家抽走了相当数量的空气。

"我们家生态循环系统中的空气本来已经严重不足，一直没钱补充，在被抽走一部分后，已经威胁到了内部成员的生存。为了补充失去的空气，生态系统不得不电解一部分水，这个操作使得整个系统的状况急剧恶化。主控电脑发出了警报：如果我们不向系统中及时补充 15 升水的话，系统将在三十小时后崩溃。警报灯的红色光芒迷漫在每个房间。我们曾打算到外面的河里偷些水，但旋即放弃了，因为我们打到水后还来不及走回家，就会被无所不在的执法单元击毙。父亲沉思了一会儿，让我不要担心，先睡觉。虽然处于巨大的恐惧中，但在缺氧的状态下，我还是睡着了。不知过了多长时间，一个机器人推醒了我，它是从与我家对接的一辆资源转换车上进来的，它指着旁边一桶清澈晶莹的水说：这就是你父亲。资源转换车是一种将人体转换成能为家庭生态循环系统所用的资源的流动装置，父亲就是在那里将自己体内的水全部提取出来，而这时，就在离我家不到一百米处，那条美丽的河在月光下哗哗地流着。资源转换车从他的身体还提取了其他一些对生态循环系统有用的东西：一盒有机油脂，一瓶钙片，甚至还有硬币那么大的一小片铁。

"父亲的水拯救了我家的生态循环系统，我一个人活了下来，一天天长大，五年过去了。在一个秋天的黄昏，我从舷窗望出去，突然发现河边有一个人在跑步，我惊奇是谁这么奢侈，竟舍得在户外这样呼吸？仔细一看，天啊，竟是终产者！他慢下来，放松地散着步，然后坐在河边的一块石头上，将一只赤脚伸进清澈的河水里。他看上去是一个健壮的中年男人，但实际已经两千多岁了，基因工程技术还可以保证他再活这么长时间，甚至永远活下去。不过在我看来，他真的是一个很普通的人。

"又过了两年，我家的生态循环系统的运行状况再次恶化，这样小规模的生态系统，它的寿命肯定是有限的。终于，它完全崩溃了。空气中的含氧量在不断减少，在缺氧昏迷之前，我吞下了一枚空气售货机，走出了家门。像每一个家庭生态循环系统崩溃的人一样，我坦然地面对着自己的命运：呼吸完我在银行那可怜的存款，然后被执法机器掐死或击毙。

"这时我发现外面的人很多，家庭生态循环系统开始大批量地崩溃了。一个巨大的执法机器悬浮在我们上空，播放着最后的警告：公民们，你们闯入了别人的家里，你们犯了私闯民宅罪，请尽快离开！不然……离开？我们能到哪里去？自己的家中已经没有可供呼吸的空气了。

"我与其他人一起，在河边碧绿的草地上尽情地奔跑，让清甜的春风吹过我们苍白的面庞，让生命疯狂地燃烧……

"不知过了多长时间，我们突然发现自己银行里的存款早就呼吸完了，但执法单元们并没有采取行动。这时，从悬浮在空中的那个巨型执法单元中传出了终产者的声音：

"'各位好，欢迎光临寒舍！有这么多的客人我很高兴，也希望你们在我的院子里玩得愉快，但还是请大家体谅我，你们来的人实在是太多了。现在，全球已有近十亿人因生态循环系统崩溃而走出了自己的家，来到我家，另外那十多亿可能也快来了，你们是擅自闯入者，侵犯了我这个公民的居住权和隐私权，社会机器采取行动终止你们的生命是完全合理合法的，如果不是我劝止了它们那么做，你们早就全部被激光蒸发了。但我确实劝止了他们，我是个受过多次超等教育的有教养的人，对家里的客人，哪怕是违法闯入者，都是讲礼貌的。但请你们设身处地地为我想想，家里来了二十亿客人，毕竟是稍微多了些，我是个喜欢安静和独处的人，所以还是请你们离开寒舍。我当然知道大家在地球上无处可去，但我为你们，为二十亿人准备了两万艘巨型宇宙飞船，每艘都有一座中等城市大小，能以百分之一的光速航行。上面虽没有完善的生态循环系统，但有足够容纳所有人的生命冷藏舱，足够支持5万年。我们的星系中只有地球这一颗行星，所以你们只好在恒星际间寻找自己新的家园，但相信一定能找到的。宇宙之大，何必非要挤在我这间小小的陋室中呢？你们没有理由恨我，得到这幢住所，我是完全合理合法的，我从一个经营妇女卫生用品的小公司起家，一直做到今天的规模，完全是凭借自己的商业才能，没有做过任何违法的事，所以，社会机器在以前保护了我，以后也会继续保护我，保护我这个守法公民的私有财产，它不会容忍你们的违法行径，所以，还是请大家尽快动身吧。看在同一进化渊源的份儿上，我会记住你们的，也希望你们记住我，保重吧。'

"我们就是这样来到了第四地球，航程延续了3万年，在漫长的星际流浪中，损失了近一半的飞船，有的淹没于星际尘埃中，有的被黑洞吞食……但，总算有一万艘飞船，十亿人到达了这个世界。好了，这就是第一地球的故事，二十亿个穷人和一个富人的故事。

"如果没有你们的干涉，我们的世界也会重复这个故事吗？"听完了第一地球人的讲述，滑膛问道。

"不知道，也许会也许不会，文明的进程像一个人的命运，变幻莫测的……好，我该走了，我只是一名普通的社会调查员，也在为生计奔忙。"

"我也有事要办。"滑膛说。

"保重，弟弟。"

"保重，哥哥。"

在星环的光芒下，两个世界的两个男人分别向两个方向走去。

滑膛走进了总统大厅，社会财富液化委员会的 13 个常委一起转向他。朱汉杨说：

"我们已经验收了，你干得很好，另一半款项已经汇入你的账户，尽管钱很快就没用了……还有一件事想必你已经知道：哥哥文明的社会调查员已君临地球，我们和你做的事都无意义了，我们也没有更多的业务给你了。"

"但我还是揽到了一项业务。"

滑膛说着，掏出手枪，另一只手向前伸着，啪啪啪啪啪啪啪，七颗橙黄的子弹掉在桌面上，与手中"大鼻子"弹仓中的 6 颗加起来，正好 13 颗。

在 13 个富翁脸上，震惊和恐惧都只闪现了很短的时间，接下来的只有平静，这对他们来说，可能只意味着解脱。

外面，一群巨大的火流星划破长空，强光穿透厚厚的窗帘，使水晶吊灯黯然失色，大地剧烈震动起来。第一地球的飞船开始进入大气层。

"还没吃饭吧？"许雪萍问滑膛，然后指着桌上的一堆方便面说，"咱们吃了饭再说吧。"

他们把一个用于放置酒和冰块的大银盆用三个水晶烟灰缸支起来，在银盆里加上水。然后，他们在银盆下烧起火来，用的是百元钞票，大家轮流着将一张张钞票放进火里，出神地看着黄绿相间的火焰像一个活物般欢快地跳动着。

当烧到 135 万元时，水开了。

采他山之石　览别水之址

——论《赡养人类》的叙事特色

徐彦利

刘慈欣的科幻作品注重文本从内容到形式的不断创新，努力借鉴其他类别文学的优长，采取灵活的拿来主义，形成自己独树一帜的风格。《赡养人类》试图融多种叙事手段于一身，突破既有的创作风格：从科幻精英思维转变为对通俗文学趣味性、传奇性的借鉴，从对宇宙苍生的悲悯情怀到对中西纯文学叙事手法的借鉴，从纯科幻叙事到社会实验性的尝试，融合了多种叙事元素，极大地丰富了科幻文学的表现力。

《赡养人类》写于 2005 年 9 月，发表于同年 11 月，在此之前，刘慈欣的一些重要作品已陆续问世，包括《三体》的第一部也已完稿。也就是说，其创作风格已基本确定：科技含量较高、构思严谨、语言考究、思想深邃，这些成为其科幻文学的显著标志。然而，之后的《赡养人类》在其众多作品中却显得十分特别，犹如将古朴的木屐放在闪亮的高跟鞋中，将毕加索的现代派作品放在文艺复兴绘画旁，将红色的滑雪衫投掷在银白的雪野——突兀醒目。《赡养人类》无论在故事架构、叙述语言，还是人物形象、审美风格等方面都表现得非常另类，大量非科幻文学元素的植入，让人感觉作者似在尝试各种融合、嫁接、杂交，以衍生出新的混生产品。这篇作品让人惊讶地意识到，科幻小说竟可以如此广泛地借鉴其他类别文学，将多种异质元素为我所用。

小说故事情节曲折离奇，悬念丛生。杀手滑膛受十三位世界巨富的委托，被雇佣去杀掉三个人，三人分别是流浪汉、穷画家和拾荒女孩儿。令人不解的是，他们完全处于社会底层，在社会上没有任何声望，过着几乎赤贫的生活，毫无暗杀价值。滑膛受过严格训练，冷酷、残忍，技术一流，但当他看到要杀的那个拾荒女孩儿非常像自己爱怜过的一个孩子时，一定要雇主解释杀他们的理由。

原来，上帝文明共创造了六个地球，到现在为止还存在有四个，上帝敦促地球人类全力发展技术，必须先去消灭其他三个兄弟。但信息到得太晚了，第一地球的哥哥文明已派飞船泊入地球轨道，要占领人类存在的地球四号，将人类迁移至 A 国保留地，哥哥文明将赡养人类。他们会按照地球最低生活水平配给物质资料，人类获得哪种程度的赡养，完全取决于最穷的人拥有多少物质。于是，这些富人便在哥哥文明普查人类最低生活标准之前使社会财富液化，抹平贫富差距，提高最低生活水平，四处施舍穷人。但有些固执的穷人却拒绝接受施舍，于是富人决定杀死他们，滑膛要暗杀的三个穷人便属此列。滑膛在杀穷画家时，对方要求他为已经被杀的拾荒女孩儿复仇，转而去杀那些富人，滑膛答应了。

第一地球派来的调查员目睹了这一切，向滑膛讲述了自己星球上可怕的贫富差距，已经到了令人发指的地步。富人可以在大脑中植入昂贵的超级计算机提升智力，穷人则不能，退化到狗一样的地位，最后甚至连出卖劳动力的机会都没有了。社会上 99% 的财富集中在一个被称为终产者的手里，他拥有整个第一地球，为了维护自己的利益，他将 20 亿人口用宇宙飞船迁往地球。滑膛听完之后，找到了十三个委托他的富人，准备向他们下手。富人们并不惊奇，他们平静地说等吃完饭再动手，然后用百元钞票烧水煮方便面，当烧到 135 万元时，水开了，故事戛然而止。

故事并不复杂，但在叙事之中却可清晰地看到作者超越自我的努力，打破既定的叙事习惯与束缚，竭力更新着传统科幻文学的叙事规范，将许多非科幻叙事元素巧妙拿来，有机地融入作品之中。

一、从精英到通俗

在大众化与小众化、精英化与通俗化之间，科幻文学究竟更倾向于哪一方？刘慈欣在总结自己十年创作历程时曾如此表述："科幻可能是唯一一种带有精英思维的大众文学和类型文学。"① 他坦言，与侦探、武侠、言情、惊悚等类型化通俗文学相比，科幻文学有着自己独特的精英化思维。它脱离了类型文学的限定，脱离了大众化和草根化，在反映文明、文化、自然等层面的深度与广度上超越了通俗文学。正是这种精英化思维使刘慈欣非常注重文本的严肃性与深刻性。他的作品追求科技含量的丰富性、严谨性和主题的深刻性、厚重感，作品流露出一种大气与庄严，发人深省，引人反思。但这种风格并非僵化的持续，有时甚至会刻意溢出这种风格，进入新的叙事轨道，他笔下的《赡养人类》《赡养上帝》《太原诅咒》便颇具代表性。

何谓通俗文学？有学者认为，"市民视野、题材模式、媒体介入、大众互动是当下中国通俗小说创作的美学要素。"② 受众的市民化、题材的模式化与阅读的大众性是通俗文学的基本标志。而科幻文学往往不具备通俗文学的超强社会影响力与阅读普遍性。

与刘慈欣一直坚持的精英化思维相反，《赡养人类》极大地借鉴了通俗文学的叙述元素，体现着强烈的"通俗性""趣味性"和"传奇性"，为此，作家有意弱化了自己擅长的科技性与严谨程度，使读者在阅读过程中更多地体会到通俗文学的独特魅力。将通俗小说的范式引入科幻叙事，架构出新的言说方式，作者努力将科幻讲得更加生动，在科幻文学中融入其他类型文学的优长，体现了形式创新的追求。

黑帮社会的义气与残忍，背叛与忠诚；职业杀手的冷血与柔情，原则与坚守；杀手学校的神秘与技能，为女人进行的生死赌博；富人疯狂的施舍、

---

① 刘慈欣随笔《重返伊甸园——科幻创作十年回顾》。以下对刘慈欣话语的引用均来自此篇。

② 汤哲声. 论中国当代通俗小说的语境和批评标准——以近十年中国通俗小说创作为中心［J］. 文学评论，2010（3）.

暗杀穷人的秘密；穷画家自愿让滑膛杀掉，作为为拾荒女孩儿复仇的筹码。整体情节颇具黑帮小说、武侠小说的江湖气息和传奇色彩。尤其穷画家被杀的桥段，很像战国时期樊於期的传说，甘愿自刎而死，将头借与荆轲，以利行刺秦王。情节密集缠绕，出人意料，足够吸引读者的眼球，为阅读提供着持续不断的动力，以至于读者会忽略并不浓重的科幻背景。

无论科幻迷们如何推崇自己喜爱的科幻大师，有一点我们可以确认：与不多的科幻迷相比，通俗文学有着更为广泛的受众，它的读者遍布不同的年龄、不同的性别和不同的文化水平。多年的创作使刘慈欣意识到科幻文学某种曲高和寡的倾向以及与大众阅读脱节的尴尬，于是刻意在作品中加入通俗性因素。他说，"科幻中的精英思维与它的草根读者群形成了尖锐的矛盾，这可能是科幻文学日益小众化的最深层原因。"为了摆脱这种越走越窄的小众化倾向，科幻文学的通俗化是一种必要的尝试。

通俗文学的特征包括极强的娱乐性和消遣性，更加重视情节的编织、戏剧冲突的集中和人物形象的传奇色彩，而并不过多关注文学对社会的批判剖析功能、反思功能及社会思想意义。世俗化、大众化成为其特有的外在表征。以杀手完成杀人任务为叙述主线的《赡养人类》对通俗文学的借鉴已十分明显，它使作品的可读性大幅度提高，读者不禁怀着某种猎奇的心态探索下去。小说轮廓分明，情节浅显易懂，语意单纯单义，并不承载更多隐喻、暗示、象征等复杂含义，充分照顾了平民化阅读水平，重视阅读快感，极力贴近大众审美情趣。当然，小说也为此做出了某种牺牲，不仅大大弱化了科技内容的比重，甚至将作者擅长的历史厚重感、语言的哲理性等严肃特征也抛开了。

《赡养人类》被看作是另外一个短篇《赡养上帝》的续集，但其内容与叙事风格却与《赡养上帝》大相径庭，如果把《赡养上帝》看作是乡村气息与宏大叙事的结合，那么，《赡养人类》的通俗气质则使它更像一部充满现代气息的电影，让人蓦然想起一系列美国大片，如《这个杀手不太冷》《代号47》《罪恶之城》《老无所依》《刺客联盟》《终结者》《喋血双雄》《杀死比尔》《借刀杀人》等。杀手非同一般的经历，与雇佣者、暗杀目标之间的纠葛，丝丝入扣，引人入胜。与那些科技含量密集的科幻小说相比，《赡养人类》将

"科"的特质设置为模糊的背景，转而表现出对世俗生活的热衷。

《赡养人类》对通俗文学的借鉴也可称之为一种有意识的戏仿（parody），即在作品中某种程度地借用其他作品的内容或形式，以达到嘲讽、调侃或敬意的目的。例如，杜尚对达·芬奇《蒙娜丽莎》的戏仿，塞万提斯的《堂吉诃德》对骑士小说的戏仿，当代作家余华的《鲜血梅花》对武侠小说的戏仿。《赡养上帝》戏仿了通俗小说的情节、人物、戏剧冲突，将"趣味性"发挥得淋漓尽致，试图将科幻作品拉向更为普遍的大众阅读，从曲高和寡、阳春白雪的楼台上徐步而下，成为一场消费文学的狂欢。

刘慈欣曾明确承认自己对通俗小说的模仿，承认作品中有意融入的通俗性因素。"笔者在创作伊始就意识到科幻小说是大众文学，自己的科幻理念必须与读者的欣赏取向取得一定的平衡。"承认《鲸歌》和《带上她的眼睛》两篇小说"是对市场的一种被迫的妥协，特别是《鲸歌》，完全体现了通俗文学的精神，以故事为主体"。从而消弭了科幻的高冷，吸纳了通俗文学的地气。虽然作者称以后的创作中再也没有出现过类似的作品，但我们却依然可以从其后的数篇作品中发现大量通俗小说的痕迹，如 2003 年出版的《超新星纪元》依然没有忘却注入通俗性元素，作者称这部长篇"由于科幻市场低迷，不得已写出相对于纯科幻而言比较边缘化的作品"。这里的"边缘化"无疑是偏离纯科幻，转而重视通俗性阅读的另一种说法。

通俗化情节使读者的阅读动力持续增加，迫不及待地在各种悬念和谜团中迤逦前行，宛若深入丛林的探险者。主人公滑膛的人生经历，被杀者的命运，富人的恐慌与穷人的坚执，都成为超越科幻内容的独立存在。刘慈欣旧有的严肃性风格、精英化思维被逐渐消解，而滑向通俗一翼。当然，这里的通俗并不能视为肤浅，如同张爱玲的小说并没有因其通俗性而降低对社会和人性的批判力度。如果《赡养人类》仅是一个噱头式的传奇故事，缺乏深层次内涵的追求，那么它的尝试与创新便会大打折扣，最终成为刻意迎合市场的低端产品。任何没有个性特征的事物终会消失在人们的视野，成为昙花一现的过客。因此，除了加入大量通俗性元素之外，刘慈欣同时注意到语言的更新及主题的深化，使《赡养人类》在具备通俗文学特征的同时，并未滑入俗气浅显的深渊，而依然坚持着对重大社会问题的思索，在现实意义上达到了对人类未来的遥远自警。

二、从悲悯到暴力

悲悯情怀是刘慈欣小说的另一特征。这种情绪几乎遍布其作品，既针对于现实，也针对于幻想，既有对当下地球人类的同情，亦有对宇宙生命的怜惜。我们可以看到作者对人物倾尽的无限情感，《三体》中对叶哲泰无辜蒙冤的呐喊，《混沌蝴蝶》中对爱国者的崇敬与痛惜，《流浪地球》中对人类命运的哀怨，《地火》中对矿工的关切，《光荣与梦想》中对信念的赞美，《带上她的眼睛》中为孤独者扼腕，《山》中对困顿与无奈的外星人的嗟叹，都洋溢着作者无边的悲悯情怀和宇宙关怀。环顾生命延续的艰辛，哀叹辗转红尘中的苦乐，为在世的生存流下滚滚的热泪。

然而，《赡养人类》却来了一个一百八十度的大转身，从悲悯到暴力，从温情到残忍，从嗟叹唏嘘到情感零度介入，与曾经的叙事风格判若两人。这篇不长的小说中不仅刻意隐藏起曾经的怜悯与温情，而且加入了大量暴力叙事内容，并显示出某种冷漠的意味，似在端详审视那些恐怖的伤痕之美，让人倍感风格转变的决然。虽然后来的《太原诅咒》也显示出迥然不同的叙事风格，以戏谑、幽默取胜，充满了调侃味道，但《赡养人类》与《太原诅咒》相比，更多的不是调侃，而是来自对中西纯文学在叙事方面的借鉴，这也是作者打破科幻文学的形式壁垒，以"拿来主义"的精神仿效其他叙事风格的有益尝试。

小说中充斥着许多残忍的伤害及杀戮情节，数量之多、描写之具对一篇科幻小说而言显得十分抢眼，这种风格与其之前的作品大相径庭。黑社会老大齿哥对幼儿的摧残虐待，如何用锯条锯掉手下的双腿，杀手加工"工件"的过程，以一种艺术的方式向齿哥复仇等，作者似乎兴趣盎然地撕开一道道血淋淋的伤口展示给读者。这些完全可以省略的暴力情节不仅没有被压缩，反而被大书特书，无数表现精微的语词忠实地把饱含痛感的刺激传达给读者。

在这些俯拾皆是的暴力描写中，叙述者始终保持着不动声色的态度，语言冷漠、超脱，一反传统现实主义的鲜血淋漓、惊悚恐怖、呼天抢地，而是体现着某种纯粹自然主义的审美倾向，毫无同情怜悯之心，也不产生任何情感或心理上的波动，以无比冷静的态度欣赏着一个个惨烈的画面，似在欣赏一件艺术品。

多处的血腥与暴力叙事中，弥漫着无动于衷的冷漠格调，以超越人性的阴郁目光打量着世间种种的丑陋与不平，在虐害与杀戮中显示着冷酷的审美。在这里，我们看不到是非黑白，看不到对弱者的同情或对凶残的憎恶，而代之以摄影机般的机械式客观呈现，是完全剔除了人道主义与价值评判后的简单纯粹。这些让人不由产生某种疑惑：作者为何如此书写？曾经的悲悯情怀去哪儿了？

其实，这种对暴力叙事的关注及冷漠的叙事态度并非作者原创，在许多中外纯文学流派中亦可见到，只是引入科幻文学的实例并不多见。20 世纪 50 年代，法国"新小说派"主张文本不应彰显作家的主观感受，他们认为，小说的目的并非为了塑造人物或表达作者的思想情感或见解，只是为了描写一个更实在、更直观的世界。文本无须体现作者的好恶，其代表作家罗伯·葛里耶的名言便是："世界既不是有意义的，也不是荒诞的，它存在着，如此而已。"① 因此，在他的《窥视者》中，我们丝毫看不到对凶手的谴责，看不到对被奸杀少女的同情。放逐意义，放弃叙述的主观性，建立纯客观世界，成为其写作观念的内核。

20 世纪 90 年代在中国文坛盛行一时的先锋文学，在反对巴尔扎克式传统现实主义文学的态度上与"新小说派"有异曲同工之处，而"暴力叙事"恰恰是其外在表征之一。尤以作家余华为代表，他的《现实一种》《死亡叙述》《古典爱情》《一九八六年》等无不体现出全新的文学叙事策略。当一幕幕与暴力相关的情节被赤裸裸地展现出来时，旧有的写作传统被彻底颠覆了。

试比较《赡养人类》与余华小说《死亡叙述》在情节描述及叙事态度上的高度相似性。

---

① 阿兰·罗布-格里耶. 未来小说之路 [J]. 谷冰，译. 当代外国文学，1983（1）.

"滑膛倒上一杯酒，冷静地看着地上血泊中的齿哥，后者慢慢地整理着自己流出的肠子，像码麻将那样，然后塞回肚子里，滑溜溜的肠子很快又流出来，齿哥就再整理好将其塞回去……当这工作进行到第 12 遍时，他咽了气，这时距枪响正好一小时。"（刘慈欣《赡养人类》）

　　"镰刀像是砍穿一张纸一样砍穿了我的皮肤，然后就砍断了我的盲肠……于是里面的肠子一涌而出……锄头劈在了肩胛上，像是砍柴一样地将我的肩骨砍成了两半。我听到肩胛骨断裂时发出'吱呀'一声，像是打开一扇门的声音。"（余华《死亡叙述》）

　　可以清晰地看到两者在情节、语言、叙述立场上的接近，虽然没有资料明确显示刘慈欣受到了先锋作家的直接影响，但却可以得出：在前后相继的文学思潮中，刘慈欣并未闭塞地处于科幻一隅，仅以科学知识作为科幻文学的增长点，沉醉于用陈旧的叙述手法编织老套的故事。相反，他的思维是活跃的，视野是开阔的，试图渐次为科幻这一类型文学注入新的血液，从形式到内容，使其更加接近大众阅读，并与主流文学的创新相接轨。

　　那么这种暴力叙事的意义何在？难道仅仅为了呈现残忍本身吗？或者为了单纯的吸引读者？并非如此。对暴力叙事的迷恋体现着对世界的认知和与传统观念的脱离。旧有道德系统与阅读理念中，总会有正义与邪恶、正确与错误的分野，作者的责任便是引导读者加以区分，进入预设的人类认知范畴。然而在刘慈欣的观念中，自然界是没有善恶与是非之分的，浩渺的宇宙如同黑暗的森林，如果不想被其他生物消灭不仅要足够强大，还要在第一时间消灭其他生命。人类视为真理的人道主义、良知、善意、和平、共存这些并非宇宙中的普适性真理，而不过是人类的一厢情愿罢了。这些暴力描述在刺激读者感官的同时，唤起人们对"物化世界"而非"意义世界"的重新认知。是的，宇宙是零道德的存在，并不会因人心的软弱和温情而降低它的冷酷。用刘慈欣的话来说，应"重新审视人类已有的价值和道德体系，并试图描述一个由无数文明构成的零道德的宇宙。"

　　除此之外，在《赡养人类》中，我们还能看到 20 世纪 90 年代中国大陆

"新写实主义"主张的"情感零度介入"，20世纪60年代英国"黑色幽默"带泪的微笑，19世纪英国唯美主义作家们"艺术与道德无关"的论断。这些对纯文学（或主流文学）的横向借鉴，使得小说散发出别样的意味。它似乎在告诉我们：科幻文学可以有更多的叙述尝试，创作观念的更新会给读者带来全新的阅读感受。

三、从纯科幻到社会实验

如果仅是注重文本的通俗性与叙事策略的更新，而并不赋予文本更深层次的内涵，那么小说充其量只是一个令人好奇的故事而已，无法成为文学中的经典。为了回避因此而带来的浅薄化倾向，《赡养人类》将两个故事层面并置，一是现实意义上杀手滑膛的故事，这一层面更为重视小说的戏剧性及人物的传奇性、情节的通俗性，直接与我们存在的现实世界相联系，带给人强烈的阅读快感；二是对哥哥文明上恐怖的贫富分化的描述，这一层面不仅赋予了小说以科幻背景，而且也成为小说深度批判的支撑，引导读者思考下潜。因此我们可以看出，小说虽借鉴了通俗文学某些套路和纯文学的叙事手法，但并未放弃对社会深层问题的关注，这一点又使它超越了通俗文学的浅薄与桎梏。

刘慈欣曾提到自己科幻创作的三个阶段：纯科幻阶段、人与自然阶段和社会实验阶段。纯科幻阶段，即"除了科幻构思外再没有其他东西"，以早期的《微观尽头》《坍缩》为代表；人与自然阶段着重描写"人与大自然的关系"，以《流浪地球》《乡村教师》《球状闪电》和《三体》为代表；而社会实验阶段，即"致力于对极端环境下人类行为和社会形态的描写"，以《赡养人类》与《赡养上帝》为代表。

第三阶段的小说抛开了对纯科幻的热情，将科学知识压缩到最少。一般而言，科幻小说尤其是硬科幻小说与"科学知识"有着扯不断的联系，自然科学为其提供了无尽的故事资源。小说往往会深入涉及某一领域的科学成果或前沿知识，如物理学、化学、机械制造、天文学、航天学、生物遗传工程、计算机等，这一点纵观中西科幻作家的代表作便可窥见一二。脱离"科学知识"或仅将科幻色彩作为叙述背景的作品往往被认为属于软科幻类型，即科学知识含量并不密集的作品。一直以来，刘慈欣属于典型的硬科幻作家，理工大学的知识背景使他对各类科技前沿倍感兴趣，并能条分缕析地解释清楚，有些作品中甚至还引用了具体数据，显示出严谨的逻辑性与科学性。他翻译过西方科幻小说，对于未来的太空移民提出过理性的进程设计，许多文章中都显示出对科学理论与宇宙未来的热衷，体现了一个智者和学人的姿态，与许多耽于纯粹幻想而写的作品相比，其作品的硬度是显而易见的。他似乎始终牢牢把握着"科幻"的本质，努力寻找"幻"背后隐藏着的"科"的合理依据。

然而，《赡养人类》的科技含量却异常的低。虽然它的题材依然取自于人类与外星文明的接触，仿佛可以看成是从《三体》上剪裁下来的叙事碎片，然而在实际叙述中可以清晰地发现，小说对科学知识的热衷几乎降至为零，对于外星哥哥文明的描述也只是为了给更深层的社会寓言提供故事背景而已，没有像《三体》一样充满各种知识的硬块，也并不关注外星文明的科技发展。它更像一个用科幻来调色的现代社会寓言，以哥哥文明暗示地球的未来，哥哥文明正是经历了巨大的贫富差异才意识到应使人们拥有同一层次的生活，以杜绝地球再次上演他们的悲剧。在这种社会实验化写作中，刘慈欣暂时放弃了对科技的执著，转而倾向文学的批判功能，用文学的力量表现社会现实问题，并将未来问题当下化，使绝对的通俗与绝对的实验相结合，滑膛的杀人任务与外星调查员的叙述构成故事的两翼，滑膛的冷漠无情与调查员的痛彻心扉形成鲜明对比，构成批判的张力。

小说的社会实验性使其畅想出种种极端状态下人类的发展走向：一是在哥哥文明侵入地球后，地球人类的反应：富人急切地向穷人施舍，他们开着货车，车上满载现钞，在城市的大街小巷寻找穷人，甩给他们上百万的现金，条件只有一个：当外星人问起这些钱怎来的，只要承认是自己本来就有的就行。因为唯有这样，外星人才会整体提高人类的物质供给。面对贫穷，富有者竟然更加恐慌，他们害怕挨饿与流浪，害怕可能产生的物质匮乏。他们不仅一反常态地大方施舍，还要杀掉不接受施舍的穷人。而穷人对未来的贫穷却显得十分淡定，面对外星文明赡养人类的种种计划，他们依然保持着自己的节奏和信仰，穷画家害怕财富会夺走他对艺术的感知，拾荒女宁愿在垃圾中寻找食物，也不愿接受富人扔过来的 100 万元。这一层面写得阴森冷漠，充满暴力。

二是第一地球贫富差异的描写：终产者的出现，对穷人的压迫，穷人连空气和水都无权使用。调查员的父亲为了延续儿子的生命，走出密封舱把自己变成了"一桶水，一盒有机油脂，一瓶钙片，还有硬币那么大的一小片铁"。与小说现实层面的暴力叙事截然相反，哥哥文明调查员在讲述所属星球文明贫富分化时，采用了与冷漠、客观截然相反的态度，我们看到的是痛苦、悲壮、怜惜、亲情、愤怒、无奈，充斥着各种情感因素的激烈碰撞。讲述中的剧痛几乎可以透过纸背传达给读者，让你感到心脏猛烈的收缩，无数的叹惋与悲哀油然而生，既为亲情所动容，也为生存的残酷而震惊。

这不是一个简单的科幻故事，在通俗性故事的外表下包裹着一个可怕的警告：如果人类不重视资源与财富的分配，第一地球的今天便会成为我们的明天。那种夸张极致的贫富分化不过是地球人类生活的提前预演而已，它不是一个纯粹的想象，而可能是一个有着强烈现实性和针对性的谶语。

《赡养人类》摆脱了传统硬科幻中的简单化技术幻想，吸收了通俗小说的优长，更新了旧有的叙述策略，并改变了传统现实主义对世界的主观认知，主动承担起对严重社会问题的关注，其现实指涉性使文本有了更深层次的人文追求。小说中体现的种种转变表现出作家强烈的使命感和责任感，许多"拿来主义"的尝试更是值得肯定。采他山之石可以攻玉，览别水之址可以厚己，这种有意识的横向借鉴，一定会带给当代科幻文坛以有益的启示。

（徐彦利：文学博士，河北科技大学文法学院副教授）

山

刘慈欣

山在那儿

"我今天一定要搞清楚你这个怪癖：你为什么从不上岸？"船长对冯帆说，"五年了，我都记不清蓝水号停泊过多少个国家的多少个港口，可你从没上过岸；回国后你也不上岸；前年船在青岛大修改造，船上乱哄哄地施工，你也没上岸，就在一间小舱里过了两个月。"

"我是不是让你想到了那部叫《海上钢琴师》的电影？"

"如果蓝水号退役了，你是不是也打算像电影的主人公那样随它沉下去？"

"我会换条船，海洋考察船总是欢迎我这种不上岸的地质工程师的。"

"这很自然地让人想到，陆地上有什么东西让你害怕？"

"相反，陆地上有东西让我向往。"

"什么？"

"山。"

他们现在站在蓝水号海洋地质考察船的左舷，看着赤道上的太平洋，一年前蓝水号第一次过赤道时，船上还娱乐性地举行了那个古老的仪式，但随着这片海底锰结核沉积区的发现，蓝水号在一年中反复穿越赤道无数次，人们也就忘记了赤道的存在。

现在，夕阳已沉到了海平线下，太平洋异常地平静，冯帆从未见过这么平静的海面，竟让他想起了那些喜马拉雅山上的湖泊，清澈得发黑，像地球的眸子。一次，他和两个队员偷看湖里的藏族姑娘洗澡，被几个牧羊汉子拎着腰刀追，后来追不上，就用石抛子朝他们抢石头，贼准，他们只好做投降状站下，那几个汉子走近打量了他们一阵儿就走了，冯帆听懂了他们嘀咕的那几句藏语：还没见过外面来的人能在这地方跑这么快的。

"喜欢山？那你是山里长大的了？"船长说。

"这你错了，"冯帆说，"山里长大的人一般都不喜欢山，在他们感觉中，山把自己与世界隔绝了。我认识一个尼泊尔夏尔巴族登山向导，他登了四十一次珠峰，但每一次都在距峰顶不远处停下，看着雇佣他的登山队登顶，他说只要自己愿意，无论从北坡还是南坡，都可以在 10 个小时内登上珠峰，但他没有兴趣。山的魅力是从两个方位感受到的：一是从平原上远远地看山，二是站在山顶上。

"我的家在河北大平原上，向西能看到太行山。家和山之间就像这海似的一马平川，没遮没挡。我生下来不久，妈妈第一次把我抱到外面，那时我脖子刚硬得能撑住小脑袋，就冲着西边的山咿咿呀呀地叫。学走路时，总是摇摇晃晃地朝山那边走。大了些后，曾在一天清晨出发，沿着石太铁路向山走，一直走到中午肚子饿了才回头，但那山看上去还是那么远。上学后还骑着自行车向着山走，那山似乎随着我向后退，丝毫没有近些的感觉。时间长了，远山对于我已成为一种象征，像我们生活中那些清晰可见但永远无法到达的东西，那是凝固在远方的梦。"

"我去过那一带，"船长摇摇头说，"那里的山很荒，上面只有乱石和野草，所以你以后注定要面临一次失望。"

"不，我和你想的不一样，我只想到山那里，爬上去，并不指望得到山里的什么东西。第一次登上山顶时，看着我长大的平原在下面伸延，真有一种重新出生的感觉。"

冯帆说到这里，发现船长并没有专注于他们的谈话，他在仰头看天，那里，已出现了稀疏的星星，"那儿，"船长用烟斗指着正上方天顶的一处说，"那儿不应该有星星。"

但那里有一颗星星，很暗淡，丝毫引不起注意。

"你肯定？"冯帆将目光从天顶转向船长，"GPS 早就代替了六分仪，你肯定自己还是那么熟悉星空？"

"那当然，这是航海专业的基础知识……你接着说。"

冯帆点点头："后来在大学里，我组织了一个登山队，登过几座 7000 米以上的高山，最后登的是珠峰。"

船长打量着冯帆："我猜对了，果然是你！我一直觉得你面熟，改名了？"

"是的，我曾叫冯华北。"

"几年前你可引起不小的关注啊，媒体上说的那些都是真的？"

"基本上是吧，反正那四个大学登山队员确实是因我而死的。"

船长划了根火柴，将灭了的烟斗重新点着，"我感觉，做登山队长和做远洋船长有一点是相同的：最难的不是学会争取，而是学会放弃。"

"可我当时要是放弃了，以后也很难再有机会。你知道登山运动是一件很花钱的事，我们是一支大学生登山队，好不容易争取到赞助……由于我们雇的登山协同和向导闹罢工，在建一号营地时耽误了时间。然后就预报有风暴，但从云图上看，风暴到这儿至少还有二十个小时的时间，我们这时已经建好了 7900 米的二号营地，立刻登顶时间应该够了。你说我这时能放弃吗？我决定登顶。"

"那颗星星在变亮。"船长又抬头看了看。

"是啊，天黑了嘛。"

"好像不是因为天黑……说下去。"

"后面的事你应该都知道：风暴来时，我们正在海拔 8680 米到 8710 米最险的一段上，那是一道接近 90 度的峭壁，登山界管它叫第二台阶中国梯。当时峰顶已经很近了，天还很晴，只在峰顶的一侧雾化出一缕云，我清楚地记得，当时觉得珠峰像一把锋利的刀子，把天划破了，流出那缕白血……很快一切都看不见了，风暴刮起的雪雾那个密啊，密得成了黑色的，一下子把那四名队员从悬崖上吹下去了，只有我死死拉着绳索。可我的登山镐当时只是卡在冰缝里，根本不可能支撑五个人的重量，也就是出于本能吧，我割断了登山索上的钢扣，任他们掉下去……其中两个人的遗体到现在还没找到。"

"这是 5 个人死还是 4 个人死的问题。"

"是，从登山运动紧急避险的准则来说，我也没错，但就此背上了这辈子的一个十字架……你说得对，那颗星星不正常，还在变亮。"

"别管它……那你现在的这种……状况，与这次经历有关吗？"

"还用说吗？你也知道当时媒体上铺天盖地的谴责和鄙夷，说我不负责任，说我是个自私怕死的小人，为自己活命牺牲了四个同伴……我至少可以部分澄清后一项指责，于是那天我穿上那件登山服，戴上太阳镜，顺着排水管登上了学院图书馆的顶层。就在我跳下去前，导师也上来了，他在我后面说：你这么做是不是太轻饶自己了？你这是在逃避更重的惩罚。我问他有那种惩罚吗？他说当然有，你找一个离山最远的地方过一辈子，让自己永远看不见山，这不就行了？于是，我就没有跳下去。这当然招来了更多的耻笑，但只有我自己知道导师说得对，那对我真的是一个比死更重的惩罚。我视登山为生命，学地质也是为的这个，让我一辈子永远离开自己痴迷的高山，再加上良心的折磨，很合适。于是，我毕业后就找到了这个工作，成为蓝水号考察船的海洋地质工程师，来到海上——离山最远的地方。"

船长盯着冯帆看了好半天，不知该说什么好，终于认定最好的选择是摆脱这人，好在现在头顶上的天空中就有一个转移话题的目标："再看看那颗星星。"

"天啊，它好像在显出形状来！"冯帆抬头看后惊叫道，那颗星已不是一个点，而是一个小小的圆形，那圆形在很快扩大，转眼间成了天空中一个醒目的发着蓝光的小球。

一阵急促的脚步声把他们的目光从空中拉回了甲板，头上戴着耳机的大副急匆匆地跑来，对船长说："收到消息，有一艘外星飞船正在向地球飞来，我们所处的赤道位置看得最清楚，看，就是那个！"

三人抬头仰望，天空中的小球仍在急剧膨胀，像吹了气似的，很快胀到满月大小。

"所有电台都中断了正常播音并且在说这事儿呢！那个东西早被观测到了，现在才证实它是什么，它不回答任何询问，但从运行轨道看它肯定是有巨大动力的，正在高速向地球扑过来！他们说那东西有月球大小呢！"

现在看，那个太空中的球体已远不止月亮大小了，它的内部现在可以装下十个月亮，占据了天空相当大的一部分，这说明它比月球距地球要近得多，大副捂着耳机接着说："……他们说它停下了，正好停在三万六千公里高的同步轨道上，成了地球的一颗同步卫星！"

"同步卫星？就是说它悬在那里不动了？"

"是的，在赤道上，正在我们上方！"

冯帆凝视着太空中的球体，它似乎是透明的，内部充盈着蓝幽幽的光，真奇怪，他竟有盯着海面看的感觉，每当海底取样器升上来之前，海呈现出来的那种深邃让他着迷，现在，那个蓝色巨球的内部就是这样深不可测，像是地球海洋在远古丢失的一部分正在回归。

"看啊，海！海怎么了？"船长首先将目光从具有催眠般魔力的巨球上挣脱出来，用早已熄灭的烟斗指着海面惊叫。

前方的海天连线开始弯曲，变成了一条向上拱起的正弦曲线。海面隆起了一个巨大的水包，这水包急剧升高，像是被来自太空的一只无形的巨手提起来。

"是飞船质量的引力！它在拉起海水！"冯帆说，他很惊奇自己这时还能进行有效的思考。飞船的质量相当于月球，而它与地球的距离仅是月球的十分之一！幸亏它静止在同步轨道上，引力拉起的海水也是静止的，否则滔天的潮汐将毁灭世界。

现在，水包已升到了顶天立地的高度，呈巨大的秃锥形，它的表面反射着空中巨球的蓝光，而落日暗红的光芒又用艳丽的血红勾勒出它的边缘。水包的顶端在寒冷的高空雾化出了一缕云雾，那云飘出不远就消失了，仿佛是傍晚的天空被划破了似的，这景象令冯帆心里一动，他想起了……

"测测它的高度！"船长喊道。

过了一分钟有人喊道："大约9100米！"

在这地球上有史以来最恐怖也是最壮美的奇观面前，所有人都像被咒语定住了。"这是命运啊……"冯帆梦呓般地说。

"你说什么？"船长大声问，目光仍被固定在水包上。

"我说这是命运。"

是的，是命运，为逃避山冯帆来到了太平洋，而就在这距山最远的地方，出现了一座比珠穆朗玛峰还高二百米的水山，现在，它是地球上最高的山。

"左舵五，前进四！我们还是快逃命吧！"船长对大副说。

"逃命？有危险吗？"冯帆不解地问。

"外星飞船的引力已经造成了一个巨大的低气压区，大气旋正在形成，我告诉你吧，这可能是有史以来最大的风暴，说不定能把蓝水号像树叶似的刮上天！但愿我们能在气旋形成前逃出去。"

大副示意大家安静，捂着耳机听了一会儿，说："船长，事情比你想的更糟！电台上说，外星人是来毁灭地球的，他们仅凭着飞船巨大的质量就能做到这一点！飞船的引力产生的不是普通的大风暴，而是地球大气的大泄漏！"

"泄漏？向什么地方泄漏？"

"飞船的引力会在地球的大气层上拉出一个洞，就像扎破气球一样，空气会从那个洞中逃逸到太空中去，地球大气会跑光的！"

"这需要多长时间？"船长问。

"专家们说，只需一个星期左右，全球的大气压就会降到致命的低限……他们还说，当气压降到一定程度时，海洋会沸腾起来，天啊！那是什么样子啊……现在各国的大城市都陷入混乱，人们一片疯狂，都涌进医院和工厂抢劫氧气……呵，还说，美国卡纳维拉尔角的航天发射基地都有疯狂的人群涌入，他们想抢作为火箭发射燃料的液氧……唉，一切都完了！"

"一个星期？就是说我们连回家的时间都不够了。"船长说，他这时反倒显得镇静了，摸出火柴来点烟斗。

"是啊，回家的时间都不够了……"大副茫然地说。

"要这样，我们还不如分头去做自己最想做的事。"冯帆说，他突然兴奋起来，感到热血沸腾。

"你想做什么？"船长问。

"登山。"

"登山？登……这座山？"大副指着海水高山吃惊地问。

"是的，现在它是世界最高峰了，山在那儿了，当然得有人去登。"

"怎么登？"

"登山当然是徒步的——游泳。"

"你疯了？"大副喊道，"你能游上9公里高的水坡？那坡看上去有45度！那和登山不一样，你必须不停地游动，一松劲就滑下来了！"

"我想试试。"

"让他去吧！"船长说，"如果我们在这个时候还不能照自己的愿望生活，那什么时候能行呢？这里离水山的山脚有多远？"

"20公里左右吧。"

"你开一艘救生艇去吧，"船长对冯帆说，"记住多带些食品和水。"

"谢谢！"

"其实你挺幸运的。"船长拍拍冯帆的肩说。

"我也这么想，"冯帆说，"船长，还有一件事我没告诉你，在珠峰遇难的那4名大学登山队员中，有我的恋人。当我割断登山索时，脑子里闪过的念头是这样的：我不能死，还有别的山呢。"

船长点点头："去吧。"

"那……我们怎么办呢？"大副问。

"全速冲出正在形成的风暴，多活一天算一天吧。"

冯帆站在救生艇上，目送着蓝水号远去，他原准备在其上度过一生的。

另一边，在太空中的巨球下，海水高山静静地耸立着，仿佛亿万年来它一直就在那儿。

海面仍然很平静，波澜不惊，但冯帆感觉到了风在缓缓增强，空气已经开始向海山的低气压区聚集了。救生艇上有一面小帆，冯帆升起了它，风虽然不大，但方向正对着海山，小艇平稳地向山脚驶去。随着风力的加强，帆渐渐鼓满，小艇的速度很快增加，艇首像一把利刃划开海水，到山脚的20公里路程只走了40分钟左右。当感觉到救生艇的甲板在水坡上倾斜时，冯帆纵身一跃，跳入被外星飞船的光芒照得蓝幽幽的海中。

他成为第一个游着泳登山的人。

现在，已经看不到海山的山顶，冯帆在水中抬头望去，展现在他面前的，是一面一望无际的海水大坡，坡度有45度，仿佛是一个巨人把海洋的另一半在他面前掀起来一样。

冯帆用最省力的蛙式游着，想起了大副的话。他大概心算了一下，从这里到顶峰有13公里左右，如果是在海平面，他的体力游出这么远是不成问题的，但现在是在爬坡，不进则退，登上顶峰几乎是不可能的，但冯帆不后悔这次努力，能攀登海水珠峰，本身已是自己登山梦想的一个超值满足了。

这时，冯帆有某种异样的感觉。他已明显地感到了海山的坡度的增加，身体越来越随着水面向上倾斜，游起来却没有感到更费力。回头一看，看到了被自己丢弃在山脚的救生艇，他离艇之前已经落下了帆，却见小艇仍然稳稳地停在水坡上，没有滑下去。他试着停止了游动，仔细观察着周围，发现自己也没有下滑，而是稳稳地浮在倾斜的水坡上！冯帆一砸脑袋，骂自己和大副都是白痴：既然水坡上呈流体状态的海水不会下滑，上面的人和船怎么会滑下去呢？

空中巨球的引力与地球引力相互抵消，使得沿坡面方向的重力逐渐减小，这种重力的渐减抵消了坡度，使得重力对水坡上的物体并不产生使其下滑的重力分量，对于重力而言，水坡或海水高山其实是不存在的，物体在坡上的受力状态，与海平面上是一样的。

现在冯帆知道，海水高山是他的了。

冯帆继续向上游，渐渐感到游动变得更轻松了，主要是头部出水换气的动作能够轻易完成，这是因为他的身体变轻的缘故。重力减小的其他迹象也开始显现出来，冯帆游泳时溅起的水花下落的速度变慢了，水坡上海浪起伏和行进的速度也在变慢。这时大海阳刚的一面消失了，呈现出了正常重力下不可能有的轻柔。

随着风力的增大，水坡上开始出现排浪。在低重力下，海浪的高度增加了许多，形状也发生了变化，变得薄如蝉翼，在缓慢的下落中自身翻卷起来，像一把无形的巨刨在海面上推出一卷卷玲珑剔透的刨花。海浪并没有增加冯帆游泳的难度，由于浪的行进方向是向着峰顶的，反而推送着他向上攀游。随着重力的进一步减小，更美妙的事情发生了：薄薄的海浪不再是推送冯帆，而是将他轻轻地抛起来。有一瞬间，他的身体完全离开了水面，旋即被前面的海浪接住，再抛出。他就这样被一只只轻柔而有力的海之手传递着，快速向峰顶进发。他发现，这时用蝶泳的姿势效率最高。

风继续增强，重力继续减小，水坡上的浪已超过了 10 米，但起伏的速度更慢了。由于低重力下水之间的摩擦并不剧烈，这样的巨浪居然没有发出声音，只能听到风声。身体越来越轻盈的冯帆从一个浪峰跃向另一个浪峰。他突然发现，现在自己腾空的时间已大于在水中的时间，不知道自己是在游泳还是在飞翔。有几次，薄薄的巨浪把他盖住了，他发现自己进入了一个由翻滚卷曲的水膜卷成的隧道中，在他的上方，薄薄的浪膜缓缓卷动，浸透了巨球的蓝光。透过浪膜，可以看到太空中的外星飞船，巨球在浪膜后变形抖动，像是用泪眼看去一般。

冯帆看看左腕上的防水表，他已经"攀登"了一个小时。照这样出人意料的速度，最多再有这么长时间就能登顶了。

冯帆突然想到了蓝水号，照目前风力增长的速度看，大气旋很快就要形成，蓝水号无论如何也逃不出超级风暴了。他突然意识到船长犯了一个致命的错误：应该将船径直驶向海水高山，既然水坡上的重力分量不存在，蓝水号登上顶峰如同在平海上行驶一样轻而易举，而峰顶就是风暴眼，是平静的！想到这里，冯帆急忙掏出救生衣上的步话机，但没人回答他的呼叫。

冯帆已经掌握了在浪尖飞跃的技术，他从一个浪峰跃向另一个浪峰，又"攀登"了二十分钟左右，已经走过了三分之二的路程。浑圆的峰顶看上去不远了，它在外星飞船洒下的光芒中柔和地闪亮，像是等待着他的一个新的星球。这时，呼呼的风声突然变成了恐怖的尖啸，这声音来自所有方向。风力骤然增大，二三十米高的薄浪还没来得及落下，就在半空中被飓风撕碎。冯帆举目望去，水坡上布满了被撕碎的浪峰，像一片在风中狂舞的乱发，在巨球的照耀下发出一片炫目的白光。

冯帆进行了最后的一次飞跃。他被一道近三十米高的薄浪送上半空，那道浪在他脱离的瞬间就被疾风粉碎了。他向着前方的一排巨浪缓缓下落，那排浪像透明的巨翅缓缓向上张开，似乎也在迎接他。就在冯帆的手与升上来的浪头接触的瞬间，这面晶莹的水晶巨膜在强劲的风中粉碎了，化作一片雪白的水雾。浪膜在粉碎时，发出一阵很像是大笑的怪声。与此同时，冯帆已经变得很轻的身体不再下落，而是离癫狂的海面越来越远，像一片羽毛般被狂风吹向空中。

冯帆在低重力下的气流中翻滚着。晕眩中，只感到太空中发光的巨球在围绕着他旋转。当他终于能够初步稳住自己的身体时，竟然发现自己在海水高山的顶峰上空盘旋！水山表面的排排巨浪从这个高度看去像一条条长长的曲线，这些曲线标示出旋风的形状，呈螺旋状会聚在山顶。冯帆在空中盘旋的圈子越来越小，速度越来越快，他正在被吹向气旋的中心。

当冯帆飘进风暴眼时，风力突然减小，托着他的无形的气流之手松开了，冯帆向着海水高山的峰顶坠下去，在峰顶的正中扎入了蓝幽幽的海水。

冯帆在水中下沉着，过了好一会儿才开始上浮，这时周围已经很暗了。当窒息的恐慌出现时，冯帆突然意识到了他所面临的危险：入水前的最后一口气是在海拔近万米的高空吸入的，含氧量很少，而在低重力下，他在水中的上浮速度很慢，即使自己努力游动加速，肺中的空气怕也支持不到自己浮上水面。一种熟悉的感觉向他袭来，他仿佛又回到了珠峰的风暴卷起的黑色雪尘中，死的恐惧压倒了一切。就在这时，他发现身边有几个银色的圆球正在与自己一同上浮，最大的一个直径有 1 米左右。冯帆突然明白这些东西是气泡！低重力下的海水中有可能产生很大的气泡。他奋力游向最大的气泡，将头伸过银色的泡壁，立刻能够顺畅地呼吸了！当缺氧的晕眩缓解后，他发现自己置身于一个球形的空间中，这是他再一次进入由水围成的空间。透过气泡圆形的顶部，可以看到变形的海面波光粼粼。在上浮中，随着水压的减小，气泡迅速增大，冯帆头顶的圆形空间开阔起来，他感觉自己是在乘着一个水晶气球升上天空。上方的蓝色波光越来越亮，最后到了刺眼的程度，随着啪的一声轻响，大气泡破裂，冯帆升上了海面。在低重力下他冲上了水面近一米高，然后又缓缓落下来。

冯帆首先看到的是周围无数缓缓飘落的美丽水球。水球大小不一，最大的有足球大小。这些水球映射着空中巨球的蓝光，细看内部还分着许多层，显得晶莹剔透。这都是冯帆落到水面时溅起的水，在低重力下，由于表面张力而形成球状。他伸手接住一个，水球破碎时发出一种根本不可能是水所发出的清脆的金属声。

海山的峰顶十分平静，来自各个方向的浪在这里互相抵消，只留下一片碎波。这里显然是旋风的中心，是这狂躁的世界中唯一平静的地方。这平静以另一种宏大的轰鸣声为背景，那就是旋风的呼啸声。冯帆抬头望去，发现自己和海山都处于一口巨井中，巨井的井壁是由气旋卷起的水雾构成的，这浓密的水雾在海山周围缓缓旋转着，一直延伸到高空。巨井的井口就是外星飞船，它像太空中的一盏大灯，将蓝色的光芒投到"井"内。冯帆发现那个巨球周围有一片奇怪的云，呈丝状，像一张松散的丝网。它们看上去很亮，像自己会发光似的。冯帆猜测，那可能是泄漏到太空中的大气所产生的冰晶云。它们看上去围绕在外星飞船周围，实际与之相距有三万多公里。要真是这样，地球大气层的泄漏已经开始了，这口由大旋风构成的巨井，就是那个致命的漏洞。

不管怎样，冯帆想，我登顶成功了。

顶峰对话

周围的光线突然闪烁着暗了下来。冯帆抬头望去，看到外星飞船发出的蓝光消失了。他这时才明白那蓝光的意义：那只是一个显示屏空屏时的亮光，巨球表面就是一个显示屏。现在，巨球表面出现了一幅图像，图像是从空中俯拍的，是浮在海面上的一个人在抬头仰望，那人就是冯帆自己。半分钟左右，图像消失了，冯帆明白它的含义，外星人只是表示他们看到了自己。这时，冯帆真正感到自己是站在了世界的顶峰上。

屏幕上出现了两排单词，各国文字的都有，冯帆只认出了英文的"ENGLISH"、中文的"汉语"和日文的"日本语"，其他的，也显然是用地球上各种文字所标明的相应语种。有一个深色框在各个单词间快速移动，冯帆觉得这景象很熟悉。他的猜测很快得到了证实，他发现深色框的移动竟然是受自己的目光控制的！他将目光固定到"汉语"上，深色框就停在那里，他眨了一下眼，没有任何反应；应该双击，他想着，连眨了两下眼，深色框闪了一下，巨球上的语言选择菜单消失了，出现了一行很大的中文：

你好！

"你好！"冯帆向天空大喊，"你能听到我吗？"

能听到，你用不着那么大声，我们连地球上的一只蚊子的声音都能听到。我们从你们行星外泄的电波中学会了这些语言，想同你随便聊聊。

"你们从哪里来？"

巨球的表面出现了一幅静止的图像，由密密麻麻的黑点构成，复杂的细线把这些黑点连接起来，构成一张令人目眩的大网，这分明是一幅星图。果然，其中的一个黑点发出了银光，越来越亮。冯帆什么也没看懂，但他相信这幅图像肯定已被记录下来，地球上的天文学家们应该能看懂的。巨球上又出现了文字，星图并没有消失，而是成为文字的背景，或说桌面。

我们造了一座山，你就登上来了。

"我喜欢登山。"冯帆说。

这不是喜欢不喜欢的问题，我们必须登山。

"为什么？你们的世界有很多山吗？"冯帆问，他知道这显然不是人类目前迫切要谈的话题，但他想谈，既然周围人都认为登山者是傻瓜，他只好与声称必须登山的外星人交流了，他为自己争取到了这一切。

山无处不在，只是登法不同。

冯帆不知道这句话是哲学比喻还是现实描述，他只能傻傻地回答："那么你们那里还是有很多山了。"

对于我们来说，周围都是山，山把我们封闭了，我们要挖洞才能登山。

这话令冯帆迷惑，他想了半天也没想出是怎么回事。

泡世界

外星人继续说：我们的世界十分简单，是一个球形空间，按照你们的长度单位计量，半径约为3000公里。这个空间被岩层所围绕，向任何一个方向走，都会遇到一堵致密的岩壁。

我们的第一宇宙模型自然而然地建立起来了：宇宙由两部分构成，其一就是我们生存的半径为 3000 公里的球形空间，其二就是围绕着这个空间的岩层，这岩层向各个方向无限延伸。所以，我们的世界就是这固体宇宙中的一个空泡，我们称它为"泡世界"。这个宇宙理论被称为"密实宇宙论"。当然，这个理论不排除这样的可能：在无限的岩层中还有其他的空泡，离我们或近或远，这就成了以后探索的动力。

"可是，无限厚的岩层是不可能存在的，会在引力下塌缩的。"

我们那时不知道万有引力这回事，泡世界中没有重力，我们生活在失重状态中。真正意识到引力的存在是几万年以后的事了。

"那这些空泡就相当于固体宇宙中的星球了？真有趣，你们的宇宙在密度分布上与真实的正好相反，像是真实宇宙的底片啊。"

真实的宇宙？这话很浅薄，只能说是现在已知的宇宙。你们并不知道真实的宇宙是什么样子，我们也不知道。

"那里有阳光、空气和水吗？"

都没有，我们也都不需要。我们的世界中只有固体，没有气体和液体。

"没有气体和液体，怎么会有生命呢？"

我们是机械生命，肌肉和骨骼由金属构成，大脑是超高集成度的芯片，电流和磁场就是我们的血液，我们以地核中的放射性岩块为食物，靠它提供的能量生存。没有谁制造我们，这一切都是自然进化而来，由最简单的单细胞机械，由放射性作用下的岩石上偶然形成的 PN 结进化而来。我们的原始祖先首先发现和使用的是电磁能，至于你们所谓的火，从来就没有发现过。

"那里一定很黑吧。"

亮光倒是有一些，是放射性在地核的内壁上产生的，那内壁就是我们的天空了。光很弱，在岩壁上游移不定，但我们也由此进化出了眼睛。地核中是失重的，我们的城市就悬浮在那昏暗的空间中，它们的大小与你们的城市差不多，远看去，像一团团发光的云。机械生命的进化时间比你们碳基生命要长得多，但我们殊途同归，都走到了对宇宙进行思考的那一天。

"不过，这个宇宙可真够憋屈的。"

憋……这是个新词汇。所以，我们对广阔空间的向往比你们要强烈，早在泡世界的上古时代，向岩层深处的探险就开始了，探险者们在岩层中挖隧道前进，试图发现固体宇宙中的其他空泡。关于这些想象中的空泡，有着很多奇丽的神话，对远方其他空泡的幻想构成了泡世界文学的主体。但这种探索最初是被禁止的，违者将被短路处死。

"是被教会禁止的吗？"

不，没什么教会，一个看不到太阳和星空的文明是产生不了宗教的。元老院禁止隧洞探险是出于很现实的理由：我们没有你们近乎无限的空间，我们的生存空间半径只有3000公里。隧洞挖出的碎岩会在地核中堆积起来，由于相信有无限厚的岩层，那么，隧洞就可能挖得很长，最终挖出的碎岩会把地核空间填满的！换句话说，是把地核的球形空间转换成长长的隧洞空间了。

"好像有一个解决办法：把挖出的碎岩就放到后面已经挖好的隧洞中，只留下供探险者们容身的空间就行了。"

后来的探险确实就是这么进行的，探险者们容身的空间其实就是一个移动的小空泡，我们把它叫作泡船。但即使这样，仍然有相当于泡船空间的一堆碎石进入地核空间，只有等待泡船返回时这堆碎石才能重新填回岩壁，如果泡船有去无回，那么这小堆碎石占据的地核空间就无法恢复了，就相当于这一小块空间被泡船偷走了，所以探险者们又被称为"空间窃贼"。对于那个狭小的世界，这么一点点空间也是宝贵的，天长日久，随着一艘艘泡船的离去，被占据的空间也很巨大。所以，泡船探险在远古时代也是被禁止的。同时，泡船探险是一项十分艰险的活动，一般的泡船中都有若干名挖掘手和一名领航员，那时还没有掘进机，只能靠挖掘手（相当于你们船上的桨手）使用简单的工具不停挖掘，泡船才能在岩层中以极其缓慢的速度前进。在一个刚能容身的小小空洞里机器般劳作，在幽闭中追寻着渺茫的希望，无疑需要巨大的精神力量。由于泡船的返回一般是沿着已经挖松的来路，所以相对容易些，但赌徒般的发现欲望往往驱使探险者越过安全的折返点，继续向前，这时返回的体力和给养都不够了，泡船就会搁浅在返途中，成为探险者的坟墓。尽管如此，泡世界向外界的探险虽然规模很小，但从未停止过。

哈勃红移

在泡纪元 33281 年的一天（这是按地球纪年法，泡世界的纪年十分古怪，你理解不了），泡世界的岩层天空上突然出现了一个小小的洞，从洞中飞出的一堆碎岩在空中飘浮着，在放射性产生的微光中像一群闪烁的星星。中心城市的一队士兵立刻向小破洞飞去（记住泡世界是没有重力的）发现这是一艘返回的探险泡船，它在 8 年前就出发了，谁也没有想到竟能回来。这艘泡船叫"针尖号"，它在岩层中前进了 200 公里，创造了返回泡船航行距离的记录。"针尖号"出发时有二十名船员，但返回时只剩随船科学家一人了，我们就叫他哥白尼吧。船上其余的人，包括船长，都被哥白尼当食物吃掉了，事实上，这种把船员当给养的方式，是地层探险早期效率最高的航行方式。

按照严禁泡船探险的法律，以及哥白尼吃人的行为，他将在世界首都被处死。这天，几十万人聚集在行刑的中心广场上，等着观赏哥白尼被短路时美妙的电火花。但就在这时，世界科学院的一群科学家飘过来，公布了他们的一个重大发现："针尖号"带回了沿途各段的岩石标本，科学家们发现，地层岩石的密度，竟是随着航行距离的增加而减小的！

"你们的世界没有重力，怎么测定密度呢？"

通过惯性，比你们要复杂一些。科学家们最初认为，这只是由于"针尖号"偶然进入了一个不均匀的地层区域。但在以后的一个世纪中，在不同方向上，有多艘泡船以超过"针尖号"的航行距离深入地层并返回，带回了岩石标本。人们震惊地发现，所有方向上的地层密度都是沿向外的方向渐减的，而且减幅基本一致！这个发现，动摇了统治泡世界两万多年的密实宇宙论。如果宇宙密度以泡世界为核心呈这样的递减分布，那总有密度减到零的距离，科学家们依照已测得的递减率，很容易计算出，这个距离是三万公里左右。

"嘿，这很像我们的哈勃红移啊！"

是很像，你们想象不出红移速度能够大于光速，所以把那个距离定为宇宙边缘；而我们的先祖却很容易知道密度为零的状态就是空间，于是新的宇宙模型诞生了，在这个模型中，沿泡世界向外，宇宙的密度逐渐减小，直至淡化为空间，这空间延续至无限。这个理论被称为太空宇宙论。

密实宇宙论是很顽固的，它的占优势地位的拥护者推出了一个打了补丁的密实宇宙论，认为密度的递减只是由于泡世界周围包裹着一层较疏松的球层，穿过这个球层，密度的递减就会停止。他们甚至计算出了这个疏松球层的厚度是 300 公里。其实对这个理论进行证实或证伪并不难，只要有一艘泡船穿过 300 公里的岩层就行了。事实上，这个航行距离很快达到了，但地层密度的递减趋势仍在继续。于是，密实宇宙论的拥护者又说前面的计算有误，疏松球层的厚度应是 500 公里，十年后，这个距离也被突破了，密度的递减仍在继续，而且单位距离的递减率有增加的趋势。密实派们接着把疏松球层的厚度增加到 1500 公里……

后来，一个划时代的伟大发现将密实宇宙论永远送进了坟墓。

万有引力

那艘深入岩层 300 公里的泡船叫"圆刀号"，它是有史以来最大的探险泡船，配备有大功率挖掘机和完善的生存保障系统，因而它向地层深处航行的距离创造了纪录。

在到达 300 公里深度（或说高度）时，船上的首席科学家（我们叫他"牛顿"吧）向船长反映了一件不可思议的事：当船员们悬浮在泡船中央睡觉时，醒来后总是躺在靠向泡世界方向的洞壁上。

船长不以为然地说：思乡梦游症而已。他们想回家，所以睡梦中总是向着家的方向移动。

但泡船中与泡世界一样是没有空气的，如果移动身体有两种方式：一种是蹬踏船壁，这在悬空睡觉时是不可能的；另一种方式是喷出自己体内的排泄物作为驱动，但牛顿没有发现这类迹象。

船长仍对牛顿的话不以为然，但这个疏忽使他自己差点被活埋了。这天，向前的挖掘告一段落，由于船员十分疲劳，挖出的一堆碎岩没有立刻运到船底，大家就休息了，想等睡醒后再运。船长也与大家一样在船的正中央悬空睡觉，醒来后发现自己与其他船员一起被埋在碎岩中！原来，在他们睡觉时，船首的碎岩与他们一起移到了靠向泡世界方向的船底！牛顿很快发现，船舱中的所有物体都有向泡世界方向移动的趋势，只是它们移动得太慢，平时觉察不出来而已。

"于是，牛顿没有借助苹果就发现了万有引力！"

哪有那么容易？但在我们的科学史上，万有引力理论的诞生比你们要艰难得多，这是由我们所处的环境决定的。当牛顿发现船中的物体定向移动现象时，想当然地认为引力来自泡世界那半径 3000 公里的空间。于是，早期的引力理论出现了让人哭笑不得的谬误：认为产生引力的不是质量而是空间。

"能想象，在那样复杂的物理环境中，你们牛顿的思维任务比我们的牛顿可要复杂多了。"

是的，直到半个世纪后，科学家们才拨开迷雾，真正认清了引力的本质，并用与你们相似的仪器测定了万有引力常数。引力理论获得承认也经历了一个漫长的过程。但一旦意识到引力的存在，密实宇宙论就完了，引力是不允许无限固体宇宙存在的。

太空宇宙论得到最终承认后，它所描述的宇宙对泡世界产生了巨大的诱惑力。在泡世界，守恒的物理量除了能量和质量外，还有一个：空间。泡世界的空间半径只有 3000 公里，在岩层中挖洞增大不了空间，只是改变空间的位置和形状而已。同时，由于失重，地核文明是悬浮在空间中，而不是附着在洞壁（相当于你们的土地）上，所以在泡世界，空间是最宝贵的东西，整个泡世界文明史，就是一部血腥的空间争夺史。而现在惊闻空间可能是无限的，怎能不令人激动！于是，出现了前所未有的探险浪潮，数量众多的泡船穿过地层向外挺进，企图穿过太空宇宙论预言的 32000 公里的岩层，到达密度为零的天堂。

地核世界

说到这里，如果你足够聪明，应该能够推测出泡世界的真相了。

"你们的世界，是不是位于一个星球的地心？"

正确，我们的行星大小与地球差不多，半径约 8000 公里。但这颗行星的地核是空的，空核的半径约为 3000 公里，我们就是地核中的生物。

不过，发现万有引力后，我们还要过许多个世纪才能最后明白自己世界的真相。

地层战争

太空宇宙论建立后，追寻外部无限空间的第一个代价却是消耗了泡世界的有限空间。众多的泡船把大量的碎岩排入地核空间，这些碎岩悬浮在城市周围，密密麻麻，无边无际，以至于使原来可以自由漂移的城市动弹不得，因为城市一旦移动，就将遭遇毁灭性的密集石雨。这些被碎岩占掉的空间，至少有一半永远无法恢复。

这时的元老院已由世界政府代替，作为地核空间的管理者和保卫者，政府严厉地镇压了疯狂的泡船探险。但最初这种镇压效率并不高，因为当得知探险行为发生时，泡船早已深入地层了。所以政府很快意识到，制止泡船的最好工具就是泡船。于是，政府开始建立庞大的泡船舰队，深入岩层拦截探险泡船，追回被它们盗走的空间。这种拦截行动自然遭到了探险泡船的抵抗，于是，地层中爆发了一场旷日持久的战争。

"这种战争真的很有意思！"

也很残酷。首先，地层战争的节奏十分缓慢，因为以那个时代的掘进技术，泡船在地层中的航行速度一般只有每小时 3 公里左右。地层战争推崇巨舰主义，因为泡船越大，续航能力越强，攻击力也更强大。但不管多大的地层战舰，其横截面都应尽可能小，这样可以将挖掘截面减到最小，以提高航行速度。所以，所有泡船的横截面都是一样的，大小只在于其长短。大型战舰的形状就是一条长长的隧道。由于地层战场是三维的，所以其作战方式类似于你们的空战，但要复杂得多。当战舰接触敌舰发起攻击时，首先要快速扩大舰首截面，以增大攻击面积，这时的攻击舰就变成了一根钉子的形状。必要时，泡舰的舰首还可以形成多个分支，像一只张开的利爪那样，从多个方向攻击敌舰。地层作战的复杂性还表现在：每一艘战舰都可以随意分解成许多小舰，多艘战舰又可以快速组合成一艘巨舰。所以当两只敌对舰队相遇时，是分解还是组合，是一门很深的战术学问。

地层战争对于未来的探险并非只有负面作用，事实上，在战争的刺激下，泡世界发生了技术革命。除了高效率的掘进机器外，还发明了地震波仪，它既可用于地层中的通信，又可用做雷达探测，强力的震波还可作为武器。最精致的震波通信设备甚至可以传送图像。

地层中曾出现过的最大战舰是"线世界号"，它是泡世界政府建造的。当处于常规航行截面时，"线世界号"的长度达150公里，正如舰名所示，相当于一个长长的小世界了。身处其中，有置身于你们的英伦海底隧道的感觉，每隔几分钟，隧道中就有一列高速列车驶过，这是向舰尾运送掘进碎石的专列。"线世界号"当然可以分解成一支庞大的舰队，但它大部分时间还是以整体航行的。"线世界号"并非总是呈直线形状，在进行机动航行时，它那长长的舰体隧道可能形成一团自相贯通或交叉的、十分复杂的曲线。"线世界号"拥有最先进的掘进机，巡航速度是普通泡舰的两倍，达到每小时6公里，作战速度可以超过每小时10公里！它还拥有超高功率的震波雷达，能够准确定位500公里外的泡船；它的震波武器可以在1000米的距离上粉碎目标泡船内的一切。这艘超级巨舰在广阔的地层中纵横驰骋，所向披靡，消灭了大量的探险泡船，并且每隔一段时间将吞并的探险泡船空间送还泡世界。

在"线世界号"毁灭性的打击下，泡世界向外部的探险一度濒于停滞。在地层战争中，探险者们始终处于劣势，他们不能建造或组合长于10公里的战舰，因为在地层中这样的目标极易被"线世界号"或泡世界基地中的雷达探测定位，进而被迅速消灭。但要使探险事业继续下去，就必须消灭"线世界号"。经过长时间的筹划，探险联盟集结了一百多艘地层战舰围歼"线世界号"，这些战舰中最长的也只有5公里。战斗在泡世界以外的1500公里处展开，史称"1500公里战役"。

探险联盟首先调集20艘战舰，在1500公里处组合成一艘长达30公里的巨舰，引诱"线世界号"前往攻击。当"线世界号"接近诱饵，呈一条直线高速冲向目标时，探险联盟埋伏在周围的上百艘战舰沿着与"线世界号"垂直的方向同时出击，将这艘150公里长的巨舰截为50段。"线世界号"被截断后分裂出来的 50 艘战舰仍具有很强的战斗力，双方的 200 多艘战舰缠在一起，在地层中展开了惨烈的大混战。战舰空间在不断地组合分化，渐渐已分不清彼此。在战役的最后阶段，半径为 200 公里的战场已成了蜂窝状，就在这个处于星球地下 3500 公里深处的错综复杂的三维迷宫中，到处都是短兵相接的激战场面。在这个位置，星球的重力已经很明显，而与政府军相比，探险者对重力环境更为熟悉。在迷宫内宏大的巷战中，这微弱的优势渐渐起了决定性的作用，探险联盟取得了最后胜利。

海

战役结束后，探险者联盟将战场的所有空间合为一体，形成了一个半径为 50 公里的球形空间。就在这个空间中，探险联盟宣布脱离泡世界独立。独立后的探险联盟与泡世界的探险运动遥相呼应，不断地有探险泡船从地核来到联盟，他们带来的空间使联盟领土的体积不断增大，使得探险者们在 1500 公里的高度获得了一个前进基地。被漫长的战争拖得筋疲力尽的世界政府再也无力阻止这一切，只得承认探险运动的合法性。

随着高度的增加，地层的密度也逐渐降低，使得掘进变得容易了；另外，重力的增加也使碎岩的处理更加方便。以后的探险变得顺利了许多。在战后第 8 年，就有一艘名叫"螺旋号"的探险泡船走完了剩下的 3500 公里航程，到达了距泡世界边缘，也就是距星球中心 8000 公里、距泡世界边缘 5000 公里的高度。

"哇，那就是到达星球的表面了！你们看到了大平原和真正的山脉，这太激动人心了！"

没什么可激动的，"螺旋号"到达的是海底。

"……"

当时，震波通信仪的图像摇了几下就消失了，通信完全中断。在更低高度的其他泡船监听到了一个声音，转换成你们的空气声音就是"剥"的一声，这是高压海水在瞬间涌入"螺旋号"空间时发出的。泡世界的机械生命和船上的仪器设备是绝对不能与水接触的，短路产生的强大电流迅速汽化了渗入人体和机器内部的海水，"螺旋号"的乘员和设备在海水涌入的瞬间都像炸弹一样爆裂了。

接着，联盟又向不同的方向发出了十多艘探险泡船，但都在同样的高度遇到了同样的事情。除了那神秘的"剥"的一声，再没有传回更多的信息。有两次，在监视屏幕上看到了怪异的晶状波动，但不知道那是什么。跟随的泡船向上方发出的雷达震波也传回了完全不可理解的回波，那回波的性质既不是空间也不是岩层。

一时间，太空宇宙论动摇了，学术界又开始谈论新的宇宙模型，新的理论将宇宙半径确定为8000公里，认为那些消失的探险船接触了宇宙的边缘，没入了虚无。

探险运动面临着严峻的考验。以往无法返回的探险泡船所占用的空间，从理论上说还是有希望回收的，但现在，泡船一旦接触宇宙边缘，其空间可能永远损失了。到这一步，连最坚定的探险者都动摇了，因为在这个地层中的世界，空间是不可再生的。联盟决定，再派出最后5艘探险泡船，在接近5000米高度时以极慢速度上升。如果发生同样的不测，就暂停探险活动。

又损失了两艘泡船后，第三艘"岩脑号"取得了突破性的进展。在5000米高度上，"岩脑号"以极慢的速度小心翼翼地向上掘进，接近海底时，海水并没有像以前那样压塌船顶的岩层瞬间涌入，而是通过岩层上的一道窄裂缝呈一条高压射流喷射进来。"岩脑号"在航行截面上长250米，在高地层探险船中算是体积较大的，喷射进来的海水用了近一小时才充满船的空间。在触水爆裂前，船上的震波仪记录了海水的形态，并将数据和图像完整地发回联盟。就这样，地核人第一次见到了液体。

泡世界的远古时代可能存在过液体，那是炽热的岩浆，后来星球的地质情况稳定了，岩浆凝固，地核中就只有固体了。有科学家曾从理论上预言过液体的存在，但没人相信宇宙中真有那种神话般的物质。现在，从传回的图像中，人们亲眼看到了液体。他们震惊地看着那道白色的射流，看着水面在船内空间缓缓上升，看着这种似乎违反所有物理法则的魔鬼物质适应着它的附着物的任何形状，渗入每一道最细微的缝隙。岩石表面接触它后似乎改变了性质，颜色变深了，反光性增强了。最让他们感兴趣的是，大部分物体都会沉入这种物质中，但有部分爆裂的人体和机器碎片却能浮在其液面上！而这些碎片的性质与那些沉下去的没有任何区别。地核人给这种液体物质起了一个名字，叫"无形岩"。

以后的探索就比较顺利了。探险联盟的工程师们设计了一种叫引管的东西，这是一根长达200米的空心钻杆，当钻透岩层后，钻头可以像盖子那样打开，将海水引入管内，管子的底部有一个阀门。携带引管和钻机的泡船上升至5000米高度后，引管很顺利地钻透岩层，伸入海底。钻探毕竟是地核人最熟悉的技术，但另一项技术他们却一无所知，那就是密封。由于泡世界中没有液体和气体，所以也没有密封技术。引管底部的阀门很不严实，还没有打开，海水就已经漏了出来。事后证明这是一种幸运，因为如果将阀门完全打开，冲入的高压海水的动能将远大于上次从细小的裂缝中渗入的，那道高压射流会像一道激光那样切断所遇到的一切。现在从关闭的阀门渗入的水流却是可以控制的。你可以想象，泡船中的探险者们看着那一道道细细的海水在他们眼前喷出，是何等的震撼啊！

他们这时对于液体，就像你们的原始人对于电流那样无知。在用一个金属容器小心翼翼地接满一桶水后，泡船下降，将那根引管埋在岩层中。在下降的过程中，探险者们万分谨慎地守护着那桶作为研究标本的海水，很快又有了一个新的发现：无形岩居然是透明的！上次裂缝中渗入的海水由于混入了沙土，使他们没有发现这点。随着泡船下降深度的增加，温度也在增加，探险者们恐怖地看到，无形岩竟是一种生命体！它在活过来，表面愤怒地翻滚着，呈现由无数涌泡构成的可怕形态。但这怪物在展现生命力的同时也在消耗着自己，化作一种幽灵般的白色影子消失在空中。当桶中的无形岩都化作白色魔影消失后，船舱中的探险者们相继感到了身体的异常。短路的电火花在他们体内闪烁，最后他们都变成了一团团焰火，痛苦地死去。联盟基地中的人们通过监视器传回的震波图像看到了这可怕的情景，但监视器也很快短路停机了。前去接应的泡船也遭遇了同样的命运，在与下降的泡船对接后，接应泡船中的乘员也同样短路而死，仿佛无形岩化作了一种充满所有空间的死神。但科学家们也发现，这一次的短路没有上一次那么剧烈，他们得出结论：随着空间体积的增加，无形死神的密度也在降低。接下来，在付出了更多的生命代价后，地核人终于又发现了一种他们从未接触过的物质形态：气体。

星　空

这一系列的重大发现终于打动了泡世界的政府，使其与昔日的敌人联合起来，也投身于探险事业之中。一时间，对探险的投入急剧增加，最后的突破就在眼前。

虽然对水蒸气的性质有了越来越多的了解，但缺乏密封技术的地核科学家一时还无法避免它对地核人生命和仪器设备的伤害。不过，他们已经知道，在4500米以上的高度，无形岩是死的，不会沸腾。于是，地核政府和探险联盟一起在4800米高度上建造了一所实验室，装配了更长、性能更好的引管，专门进行无形岩的研究。

"直到这时，你们才开始做阿基米德的工作。"

是的，可你不要忘记，我们在原始时代，就做了法拉第的工作。

在无形岩实验室中，科学家们相继发现了水压和浮力定律，同时与液体有关的密封技术也得以发展和完善。人们终于发现，在无形岩中航行，其实是一件十分简单的事，比在地层中航行要容易得多。只要船体的密封和耐压性达到要求，不需任何挖掘，船就可以在无形岩中以令人难以想象的速度上升。

"这就是泡世界的火箭了。"

应该称作"水箭"。水箭是一个蛋形耐高压金属容器，没有任何动力设施，内部仅可乘坐一名探险者，我们就叫他泡世界的加加林吧。水箭的发射平台位于5000米高度，是在地层中挖出的一个宽敞的大厅。在发射前一小时，加加林进入水箭，关上了密封舱门。确定所有仪器和生命保障系统正常后，自动掘进机破坏了大厅顶部厚度不到十米的薄岩层，随着轰隆一声，岩层在上方无形岩的巨大压力下坍塌了，水箭浸没于深海的无形岩之中。周围的尘埃落定后，加加林透过由金刚石制造的透明舷窗，惊奇地发现，发射平台上的两盏探照灯在无形岩中打出了两道光柱，由于泡世界中没有空气，光线不会散射，这时地核人第一次看到了光的形状。震波仪传来了发射命令，加加林扳动手柄，松开了将水箭锚固在底部岩层上的铰链，水箭缓缓升离了海底，在无形岩中急剧加速，向上浮去。

科学家们按照海底压力，很容易计算出了上方无形岩的厚度，约 10000 米。如无意外，上浮的水箭能够在 15 分钟内走完这段航程，但以后会遇到什么，谁都不知道。

水箭在一片寂静中上升着，透过舱窗看出去，只有深不见底的黑暗。偶尔有几粒悬浮在无形岩中的尘埃在舱窗透出的光亮中飞速掠过，标示着水箭上升的速度。

加加林很快感到一阵恐慌，他是生活在固体世界中的生命，现在第一次进入了无形岩的空间，一种无依无靠的虚无感攫住了他的全部身心。15 分钟的航程是那么漫长，仿佛浓缩了地核文明十万年的探索历程，永无止境……就在加加林的精神即将崩溃之际，水箭浮上了这颗行星的海面。

上浮惯性使水箭冲上了距海面十几米的空中，在下落的过程中，加加林从舱窗中看到了下方无形岩一望无际的广阔表面，这巨大的平面上波光粼粼，加加林并没有时间去想这表面反射的光来自哪里。水箭重重地落在海面上，飞溅的无形岩白花花一片洒落在周围，水箭像船一样平稳地浮在海面上，随波浪轻轻起伏着。

加加林小心翼翼地打开舱门，慢慢探出身去，立刻感到了海风的吹拂。过了好一阵儿，他才悟出这是气体。恐惧使他战栗了一下。他曾在实验室的金刚石管道中看到过水汽的流动，但宇宙中竟然有如此巨量的气体存在，是任何人都始料未及的。加加林很快发现，这种气体与无形岩沸腾后转化的那种不同，不会导致肌体的短路。他在以后的回忆录中有过一段这样的描述：

我感到这是一支无形的巨手温柔的抚摸，这巨手来自一个我们不知道的无限巨大的存在，在这个存在面前，我变成了另一个全新的我。

加加林抬头望去，这时，地核文明十万年的探索得到了最后的报偿。

他看到了灿烂的星空。

山无处不在

"真是不容易，你们经历了那么长时间的探索，才站到我们的起点上。"冯帆赞叹道。

所以，你们是一个很幸运的文明。

这时，逃逸到太空中的大气形成的冰晶云面积扩大了很多，天空一片晶亮，外星飞船的光芒在冰晶云中散射出一圈绚丽的彩虹。下面，大气旋形成的巨井仍在轰隆隆地旋转着，像是一台超级机器在一点点碾碎着这颗星球。而周围的山顶却更加平静，连碎波都没有了。海面如镜，又让冯帆想起了藏北的高山湖泊……冯帆强迫自己，使思想回到了现实。

"你们到这里来干什么？"他问。

我们只是路过，看到这里有智慧文明，就想找人聊聊，谁先登上这座山顶我们就和谁聊。

"山在那儿，总会有人去登的。"

是，登山是智慧生物的一个本性，他们都想站得更高些、看得更远些，这并不是生存的需要。比如你，如果为了生存就会远远逃离这山，可你却登上来了。进化赋予智慧文明登高的欲望是有更深的原因的，这原因是什么我们还不知道。山无处不在，我们都还在山脚下。

"我在山顶上。"冯帆说，他不容别人挑战自己登上世界最高峰的荣誉，即使是外星人也不行。

你在山脚下，我们都在山脚下。光速是一个山脚，空间的三维是一个山脚，被禁锢在光速和三维这狭窄的时空深谷中，你不觉得……憋屈吗？

"生来就这样，习惯了。"

那么，我下面要说的事你会很不习惯的。看看这个宇宙，你感觉到什么？

"广阔啊，无限啊，这类的。"

你不觉得憋屈吗？

"怎么会呢？宇宙在我眼里是无限的，在科学家们眼里，好像也有 200 亿光年呢。"

那我告诉你，这是一个 200 亿光年半径的泡世界。

"……"

我们的宇宙是一个空泡，一块更大固体中的空泡。

"怎么可能呢？这块大固体不会因引力而坍缩吗？"

至少目前还没有，我们这个气泡还在超固体块中膨胀着。引力引起坍缩是对有限的固体块而言的，如果包裹我们宇宙的这个固体块是无限的，就不存在坍缩问题。当然，这只是一种猜测，谁也不知道那个超固体宇宙是不是有限的。有许多种猜测，比如认为引力在更大的尺度上被另一种力抵消，就像电磁力在微观尺度上被核力抵消一样，我们意识不到这种力，就像处于泡世界中意识不到万有引力一样。从我们收集到的资料上看，对于宇宙的气泡形状，你们的科学家也有所猜测，只是你不知道罢了。

"那块大固体是什么样子的？也是……岩层吗？"

不知道，5 万年后我们到达目的地后才能知道。

"你们要去哪里？"

宇宙边缘，我们是一艘泡船，叫"针尖号"，记得这名字吗？

"记得，它是泡世界中首先发现地层密度递减规律的泡船。"

对，不知我们能发现什么。

"超固体宇宙中还有其他的空泡吗？"

你已经想得很远了。

"这让人不能不想。"

想想一块巨岩中的几个小泡泡，就是有，找到它们也很难，但我们这就去找。

"你们真的很伟大。"

好了，聊得很愉快，但我们还要赶路。五万年太久，只争朝夕。认识你很高兴，记住，山无处不在。

由于冰晶云的遮拦，最后这行字已经很模糊。接着，太空中的巨型屏幕渐渐暗下来，巨球本身也在变小，很快缩成一点，重新变成星海中一颗不起眼的星星，这变化比它出现时要快许多。这颗星星在夜空中疾驶而去，转眼消失在西方天际。

海天之间黑了下来，冰晶云和风暴巨井都看不见了，天空中只有一片黑暗的混沌。冯帆听到周围风暴的轰鸣声在迅速减小，很快变成了低声的呜咽，然后完全消失了，只能听到海浪的声音。

冯帆有了下坠的感觉，他看到周围的海面正在缓缓地改变着形状，海山浑圆的山顶在变平，像一把正在撑开的巨伞一样。他知道，海水高山正在消失，他正在由9000米高空向海平面坠落。在他的感觉中，只有两三分钟，他漂浮的海面就停止了下降。他知道这点，是由于自己身体下降的惯性使他没入了已停降的海面之下，好在这次沉得并不深，他很快游了上来。

周围已是正常的海面，海水高山消失得无影无踪，仿佛从来就没有存在过一样。风暴也完全停止了。风暴强度虽大，但持续时间很短，只是刮起了表层浪，所以海面也很快平静下来。

天空中的冰晶云已经散去很多，灿烂的星空再次出现。

冯帆仰望着星空，想象着那个遥远的世界。真的太远了，连光都会走得疲惫。那又是很早以前，在那个海面上，泡世界的加加林也像他现在这样仰望着星空。穿越广漠的时空荒漠，他们的灵魂相通了。

冯帆一阵恶心，吐出了些什么，凭嘴里的味道，他知道是血，他在9000米高的海山顶峰得了高山病，肺水肿出血了，这很危险。在突然增加的重力下，他虚弱得动弹不得，只是靠救生衣把自己托在水面上。不知道蓝水号现在的命运，但基本上可以肯定，方圆一千公里内没有船了。

在登上海山顶峰的时候，冯帆感觉此生足矣，那时他可以从容地去死。但现在，他突然变成了世界上最怕死的人。他攀登过岩石的世界屋脊，这次又登上了海水构成的世界最高峰，下次会登什么样的山呢？无论如何，他得活下去才能知道。几年前在珠峰雪暴中的感觉又回来了，那感觉曾使他割断了连接同伴和恋人的登山索，将他们送进了死亡世界，现在他知道自己做对了。如果真要通过背叛才能拯救自己的生命，他会背叛的。

他必须活下去，因为山无处不在。

道德之何为，文明之何往
——《山》赏析

石　娟

　　《山》是刘慈欣迄今为止在《三体》之前创作的最后一部中篇小说。无论作品的内涵还是创作的手法，在刘慈欣的全部创作中，均有独特的价值。《山》由2003年获奖短篇科幻《海水高山》改写而来，两者都表达了"执著梦想"的主题。但与短篇《海水高山》相比，《山》具有更为丰富的内涵：在"末日体验"的背景下，重新追问道德之价值何为；对于人类文明与宇宙文明的未来，具有更深刻的思想实验的意味。而作品对这两方面问题的思考和分析，又与《三体》一道，共同呈现了刘慈欣科幻小说的创作特色——超越人性的宏叙事，以及对人类和宇宙关系的永恒追问。

　　作为刘慈欣科幻创作的集大成者，于2006年开始发表的《三体》可谓得尽风流。但刘慈欣还有一部科幻中篇《山》，恰恰发表于《三体》在《科幻世界》连载之前，此作承前启后，既是他迄今为止中篇创作的收官之作，又开长篇科幻也即《三体》之先河。从刘慈欣科幻小说的创作整体来看，《山》承袭了刘慈欣前期科幻创作的乐观主义、理想主义风格，却又与《三体》对于科幻创作文学意义之反思在貌似相异的外表之下殊途而同归。

一、《海水高山》VS《山》:"梦想"之同一

《山》发表于 2006 年第 1 期的《科幻世界》,由获得 2003 年《东方少年》科幻征文一等奖的科幻短篇《海水高山》改写而成,于 2005 年 10 月定稿。《山》讲述了一个近乎"闭环"的故事:酷爱登山的冯帆在一次珠峰登山事故中放弃了四位队友(包括他的恋人),独自活了下来。由于受到多方指责,倍感压力轻生未果的他听从导师建议决定活下去,代价是放弃自己最爱的登山事业,到远洋轮船上工作,一生不再登陆,更不登山。然而,一艘体型巨大的外星飞船对冯帆所在海域的入侵改变了他的决定。生死攸关时刻,冯帆激起了攀登海拔 9100 米"海山"的念头。经过科学判断、自身努力,冯帆成功登上"海山"之顶,意外获得了与外星生命对话的机会,并由此了解到这些外星生命存在于与地球人完全不同的"泡世界"中,环境如同儒勒·凡尔纳《地心游记》中的"地心",是位于圆形星球内部的独立空间。但与地球之"地心"不同的是,这个"泡世界"中没有液体和气体,全部是固体;这些智慧生命也不是有机体,而是"机械生命"——他们的肌肉和骨骼由金属构成,大脑是超高集成度的芯片,电流和磁场是血液,以地核中的放射性岩块为食物。与人类不同,他们的祖先不使用火,而是首先使用电磁能。他们被称为"地核人"。他们与人类的相同之处在于,生存于其中的智慧生命具有对外部世界的无穷好奇,经历了艰苦卓绝的努力,一代又一代努力走出"泡世界",在此过程中,经历了保守派与探险派惨烈的战争,到达地球后,重新认识液体和气体,将水视为"无形岩",将气体视为超固体。"泡世界"探险者"加加林"与冯帆对话后驾驶飞船离开了地球,继续向另一个目标飞去。但他们之间的这番对话,却使冯帆重拾登山的信念,更确切地说,帮助他找到了生的意义。

尽管《海水高山》的故事情节与《山》有较多出入,但从科幻构思角度看,其实讲述了一个与《山》相似的故事——一次意外中奖,主人公冯凡决心追随儿时梦想,变卖了房子和所有财产,由一位中学物理教师一变而为帆船选手。比赛过程中,一艘外星飞船进入比赛海域,其他对手纷纷掉头,冯凡却坚持前行。与《山》的情节相似,冯凡也借助物理学知识克服困难坚持

前行，与外星飞船相遇时有了短暂的信号交流，最后竟然意外地在众多纷纷后退的优秀选手中脱颖而出，获得了最后胜利。

无论是《海水高山》还是《山》，都借助外星生命的出现讲述了一个梦想因信念而实现的故事。不过，与《海水高山》相比，《山》对信念的坚定来自与外星生命对话后的启示，外星生命在故事中成为主角，承担了"天启者"的角色；而《海水高山》的信念来自主人公经历中的领悟，外星生命在故事中的功能是一个道具。刘慈欣很善于讲故事，他十分懂得一个好故事应该具备哪些元素，以及如何推进情节。如同他所钟爱的阿瑟·克拉克一样，外星生命是他非常喜爱的小说元素之一，从早期的《欢乐颂》到《山》，再到当下颇为红火的《三体》三部曲，都集结于地球人与外星生命之间的接触与交往。与早期的作品如《欢乐颂》中的外星生命"神"一般的存在从而可以对地球人进行指导不同，《山》中的外星生命对主人公的功能类似于"圣人"，他以自己星球人的奋斗经历使主人公受到有如"天启"般的顿悟。而到了《三体》，我们看到的是外星生命的野心和邪恶，对地球的觊觎和占有。这样一种外星生命形象脉络，似乎与金庸小说"英雄"形象脉络有着异曲同工之妙——从神到人，从完美到猥琐。这样看来，在刘慈欣的全部创作中，尽管处于中篇之尾和长篇之首，《山》却仍是一部具有正能量的作品——它讲述了冯帆从"心死"到"心活"的故事，尽管这种正能量中包含了很多残酷的因子。外星生命在故事中的功能，就在于解开了这个"心活"的密码。但是，如果仅仅从这个角度去理解《山》，是远远不够的。事实上，与《海水高山》相比，恰恰由于《山》是一部中篇，在"梦想"的光环下，它涵括了比《海水高山》更为丰富的内涵。

二、"末日"体验：道德之何为

与《海水高山》中冯凡对于梦想的执著相比，《山》的主人公冯帆一出场，就面临着道德审判：在登山事故中，危急时刻，冯帆放弃了队友的生命，其中包括他的女友，自己却活了下来。从人类的道德立场来看，这显然是一种无法原谅的自私。遭遇了精神困境和良心谴责之后的冯帆自杀未果，听从导师建议活下去，以放弃登山的梦想永不上岸为代价。因此，小说一开始，船长便与冯帆讨论抉择："最难的不是学会争取，而是学会放弃。"[1]故事的发展，则似乎一直在"放弃"中展开：无论是登山时放弃队友，事故发生后放弃登山的梦想，还是船长在"海山"出现时放弃前行……但是，人类族群中所谓的"自私"在科幻文学的"宏细节"面前，置换了环境和语境，则又另当别论。

1954年，汤姆·戈德温在《冷酷的方程式》中就曾描述过一种更惨烈的残酷：面对着整个太空舱全部探险队员一同牺牲的现实，宇航员将偷乘宇宙飞船的小女孩扔出太空舱外，并亲眼看到她的结局："一个形状丑陋的物体在他前方迅速飞行着。"[2]显然，这是与冯帆相似的困境："八个"还是"一个"？在人类的道德框架下，这样的选择并不困难：人道考量是第一要义。《拯救大兵瑞恩》中，为了找到二等兵瑞恩，八人牺牲了六人。在中国，这样的"人道主义"更是屡见不鲜，不过常常以中国式的"侠义"方式呈现，王潮歌大型室内实景剧《又见平遥》中，为保赵氏血脉，232位镖师全部殒命，换得少主人一人回乡。然而，当人类以族群和整体的面目面对其他星球时，在个体生存还是群体死亡的选择面前，人类社会所谓的道德、人道，就会面临质询。当末日来临，生存境遇改变，究竟是人类社会内部已确立的人道、人性价值重要，还是作为族群的人类整体的生存理性更为重要？无疑，《山》向读者抛出了一个残酷而冰冷的"末日"疑问。

冯帆登山时所遭遇的困境无疑具有了这样的"末日体验"意味，而他的抉择在这样的背景下，却为我们提供了另外一种评价的可能。在生与死必选其一的冷酷现实之间，人类的道德文明显得如此无力且尴尬："地核人"经历了重重苦难——认识自身，挖隧道，内部的征战，接触"无形岩"……在探索自身和宇宙的征途上，他们以种族的群体的姿态，经历了族群内部无数个体的放弃和牺牲，然而，当"地核人"第一次感受气体这只"无形的巨手温柔的抚摸"，第一次看到灿烂的星空，经过十万年探索的他们，感受到了前所未有的幸福报偿，尽管这一切，只是地球人的起点。此时，再回头来看冯帆危急时刻对队友的放弃，就不是一个单纯的自私与否的问题，从人类整体观之，恰恰是作为一个个体的生命在特殊境况中的本能和理性，属于"上帝视角"[3]。终于，在故事的结尾，冯帆"知道自己做对了。如果现在真有什么可背叛的东西来拯救自己的生命，他会背叛的。"[1]没有什么，能够比人类对未知的探索和经验的保留更为珍贵，包括生命。在这样的使命面前，冯帆的"活"就超出了所谓道德评价的维度，具有了理性的气质。而"末日"背景下的生存理性和逻辑，本身就没有温度，也不该有温度。

三、思考实验：文明之何往

《山》发表之后，得到了读者的热情肯定，很多读者来信建议将《山》改写成长篇，《山》没有继续扩写，但就在当年，《科幻世界》2006年第5期开始连载长篇科幻《三体》。从表面上看，《山》中外星生命的明亮与《三体》外星生命对地球的野心与觊觎似乎"井水不犯河水"，但是，作为刘慈欣从创作至目前为止的最后一部中篇，与中国当下如日中天的科幻代表作长篇《三体》出现的时间相隔如此之短，两者之间必然有着某种内在的同一，这种同一，就是刘慈欣想要通过科幻创作表达的某种思考，或仅仅是某种实验。2009年，刘慈欣在《超越自恋——科幻给文学的机会》一文中曾提出："在内向的、宅的文学存在的同时，能不能并存一个外向的、反映人和大自然关系的文学？能不能用文学去接触一些比人性更宏大的东西？"[4]事实上，从最初的《欢乐颂》《赡养人类》《乡村教师》《梦之海》《山》再到《三体》，刘慈欣都对外星生命观照下的人类文明予以反思，因为这种反思"能够对我展现宇宙的广阔和深邃，能够让我感受到无数个世界中的无数可能性带来的震颤"[5]。这种"无数可能性带来的震颤"，不仅是刘慈欣个人的，更是科幻迷的。对于宇宙的假设，只有科幻小说可以做到，而它们对于人类世界的观照，则需要遵循没有温度的理性和逻辑。因此，这些逻辑和理性，也就具有了某种实验性。这种实验性，在《山》中，呈现为"地核人"对于"泡世界""哈勃红移""万有引力""无形岩"的漫长探索，具有明亮的理想主义气质，却在《三体》中，表现为对地球人可以十一维展开的智子的无所不能之于地球人的科技优越感和"你们都是虫子"的主观蔑视，呈现出阴暗的色调。但是，无论明亮的还是阴暗的，理性与逻辑都成为刘慈欣为宇宙延续和文明走向选择的最终出路，从《三体Ⅱ·黑暗森林》中将罗辑（逻辑）作为三体人最强有力的对手的设定即可窥见一斑，这是刘慈欣通过科幻处理人类文明与外星文明关系的实验，更是对人类世界的未来走向做出的大胆推测。

刘慈欣是"硬科幻"的代表，也是中国当下科幻小说作家中少有的科技乐观主义者，用他自己的话说，这种世界观源于阿瑟·克拉克。2010年，他曾谦虚地说自己后来的创作都是对克拉克《2001，太空奥德赛》和《与拉玛相会》的"拙劣模仿"，却也有所依凭。在刘慈欣的小说中，克拉克的影子随处可见：无论是作为小说元素的外星生命的选择，还是对科技手段的科学阐释、对"硬科幻"的坚持，最为重要的是刘慈欣对科技所持的乐观主义态度。如同克拉克一样，他相信技术能解决或绕开人类所面对的绝大部分问题。而这一信仰，也使得他的创作有别于王晋康小说的苍凉沉郁、韩松的冷峻悲观。在《山》中，举目望去，处处可见技术对于结构小说的重要性：冯帆在"攀登""海山"时对海水浮力和高空弱地球引力的利用，"地核人"探索外部世界时"太空宇宙论"对于"密实宇宙论"的颠覆、"万有引力"的发现、三维战场的利用、"线世界号"战船的解构，甚至对水这一"无形岩"以及气体的认知……而对于专业人士而言，寻找刘慈欣小说中的物理学漏洞，也成为他们阅读刘慈欣小说的乐趣之一。① 因为漏洞在科幻小说中表现为"自洽性"[6]的缺失。但刘慈欣曾引用一位科幻大师的话来回答这个问题："到科幻小说中来找技术漏洞，那你是来对地方了。"[7] 其实，在科幻小说中，技术漏洞不可避免，即便是在以技术为核心的"硬科幻"中。问题的关键在于如何看待这些技术"漏洞"。这些漏洞的产生，有时是由于作家的疏忽，有时却是为了满足科幻构思的需要。科幻小说，文学性是根本，"科"和"幻"是手段，若本末倒置，就会成为科普说明文。科幻小说创作

---

① 通俗文学研究专家徐斯年教授曾与他学习理工科的同学（其中部分是物理学家）就刘慈欣小说（主要是《三体》）中的"硬科幻"部分进行过260次通信，主要内容都是关于小说中诸多关于物理学概念及原理的讨论。这260封通信发表于《宇宙容得下我们吗——〈三体〉争鸣》（南京师范大学出版社，2016年版）。

中，当科技原理与情节发生冲突时，为了结构情节，作家多数选择尊重情节的发展脉络，而放弃对纯科学的阐释和坚持，以漏洞来嫁接情节。在《山》中，就遇到了一些相似的情况。比如冯帆在游向"海山"时出现了缺氧的情况，他寻找生路的办法是"将头伸过银色的泡壁，立刻能够顺畅地呼吸了"。但是，在现实世界中，由于压强的关系，当人的头部接触到水中的气泡时，不要说伸进去，只要一触碰，由于增加了气泡内部的压力，当内部压力大于外部压力时，气泡一定会破，不仅不能为主人公提供充足的氧气，更不可能将主人公纳入其中，托着他上升到"海山"的顶部。因此，为化解这一漏洞，小说中的气泡破碎时会发出"清脆的金属声"，却又的的确确是水。然而，一个能载着主人公上升到顶部的"水球"，怎会轻易让主人公的头部穿破外壁而不破碎？其中的自相矛盾处，恰恰是刘慈欣在结构科幻小说时，为了满足情节发展的需要，使故事具有"自洽性"而在科学原理阐释方面或有意或无意做出的让步。

但是，刘慈欣的高明之处不在于对科技的沉溺。他的科幻小说之所以好看，能够得到如此大范围的认可，是因为他在科技之"硬"之外，还有着对中国式的浪漫主义之"软"的坚持。较为圆满地处理科幻小说中技术之"硬"与文学美感之"软"的关系，是刘慈欣科幻小说创作超越一般科幻小说作家的高明之所在，也是他的作品"好看"之所在。《山》中，无论是主人公与船长之间的理想主义对话，还是对自然景物的描摹——"他想起了那些喜马拉雅山上的湖泊，清澈得发黑，像地球的眸子"[1]，"它似乎是透明的，内部充盈着蓝幽幽的光，真奇怪，他竟有种盯着海面看的感觉，每当海底取样器升上来之前，海呈现出来的那种深邃都让他着迷，现在，那个蓝色巨球的内部就是这样深不可测，像是地球海洋在远古丢失的一部分正在回归"[1]……都呈现出一种浪漫主义的美学意味。特别值得一提的是，在《山》这部作品中，无论是理想主义对话还是浪漫主义美感，都是意味深长的，是东方式的。而刘慈欣在处理地球文明与外星文明的关系、矛盾乃至描述精神内核时，也更多地彰显了中国智慧，如"地核人"的战争场景——"探险派"打败"保守派"的战术分明就是《孙子兵法》中的"诱敌深入"和"各个击破"；如

"地核人""加加林"与冯帆的对话——"五万年太久，只争朝夕"，这当然是改写自毛主席的诗词《满江红·和郭沫若同志》中的"一万年太久，只争朝夕"，这是中国式的放眼天下的英雄主义的宏大抱负。尽管与世界一流的科幻小说经典作品相比，中国科幻小说的成就虽然仍然有限，但是，中国科幻构思中无处不在的中国智慧、中国审美乃至中国经验，使得中国科幻小说具有了鲜明的中国特色，足以在世界科幻文坛上据有一席之地。

对于科幻小说，刘慈欣有非常明确的认识："科幻小说从来不属于精英，它就是一种大众文学。"[5] 因此，刘慈欣的小说虽然以"硬科幻"为核心，同时非常注重故事的结构方式和可看性，不屑于炫技。与王晋康一样，他同样认同技巧要服务于叙事需要，"技巧刚刚够用"[3] 是一以贯之的叙事原则，追求对生命、自然、宇宙等存在意义的永恒追问。这就使得读者在读过他的小说之后，会时常停留在故事终极指向的思索和回味中。在 2004 年的访谈中，刘慈欣曾说："中国科幻长篇市场的启动需要一两本能卖出百万册的长篇，以及由这些书产生的一两部票房上亿的电影或在 CCTV 黄金时间热播的电视剧……"[7]《山》的发表恰逢其时。读者将《山》写成长篇的要求给了刘慈欣创作长篇的勇气、信心和动力，也让他看到了长篇科幻小说腾飞的契机。于是，《三体》应运而生，从《科幻世界》开始连载至今，十余年下来，热度不减反升——从单行本 50 万册的发行量再到当下电影《三体》三部曲的拍摄，都充分证实了刘慈欣对于科幻小说发展的先见之明，尽管这种"热"仍存在着某种不可复制性和偶然性①。但具备了这样的视野和眼光，了解市场和读者，掌握了丰富的科技知识，具备了丰沛的文学创作经验以及以价值追问为创作核心的科幻小说作家，应该也必然会迎来其在文学和市场中的双重成功。《山》的价值，不仅仅在于它为长篇《三体》的连载创造了无数的阅读期待和恰到好处的时机，给予了刘慈欣创作长篇科幻的信心，为中国长篇科幻小说的发展与腾飞，做好了充分的预热，更以它与《三体》貌似相异实则同

---

① 2015 年 8 月 25 日，《文汇报》发表的《〈三体〉之火背后的互联网商业文化》一文指出，《三体》的热销与其中的很多理念受到了互联网企业掌门人的追捧和青睐并进而利用互联网对其予以热情推介有着密不可分的关系。这是《三体》迅速从"小众"进入"大众"的一个重要原因。

一的关于人类"道德之何为，文明之何往"的追问与思考，确立了刘慈欣的科幻创作在中国科幻小说发展历程中的别具一格和经典地位。

参考文献

［1］刘慈欣. 山［J］. 科幻世界，2006（1）.

［2］汤姆·戈德温. 冷酷的方程式［EB/OL］. http://www.douban.com/group/topic/22794091/.

［3］陈海琳. 王晋康："我是站在过去看未来"［J］. 苏州教育学院学报，2016（1）.

［4］刘慈欣. 超越自恋——科幻给文学的机会［J］. 山西文学，2009（7）.

［5］刘悠扬. 刘慈欣：穿梭于神话与现实之间［N］. 深圳商报，2010-03-22.

［6］徐斯年. "异托邦"和"自洽性"——《三体》阅读札记二则［J］. 苏州教育学院学报，2016（1）.

［7］本刊记者. 刘慈欣专访［J］. 科幻世界，2004（8）.

（石娟：文学博士，博士后，苏州市职业大学教育与人文学院副教授）

科幻长篇赏析

魔鬼积木（节选）

刘慈欣

菲利克斯看到这里有无数间小舱室，每间舱室的金属门都紧闭着，门上都有一个不大的观察窗。奥拉领着菲利克斯来到了一间舱室的门前，菲利克斯透过观察窗向里看去，看到了里面铁青色的地板上的那个东西。他的第一个印象是：那是一大团肉，它被一层苍白的皮肤包裹着。那层皮肤很薄，可以清楚地看到皮肤下面由血管组成的密密麻麻的青黑色纹路。这个大肉团现在正松软地摊在地上，呈没有形状的一堆。菲利克斯最初以为它是死的，但后来发现那团肉的形状在缓慢地变化着，随着这形状的变化，这团软绵的东西向门的方向移来，并在地板上留下了一条宽宽的黏液的痕迹。当那团肉距门已经很近的时候，菲利克斯甚至能够看到它皮肤下面血管动脉的搏动。他注意到那苍白皮肤的表面出现了两道细长的黑缝，那缝很快张开变宽了，菲利克斯看到那竟是一双眼睛！眼睛的瞳仁呈蓝色，它一动不动地盯着菲利克斯，射出阴沉沉的冷光。菲利克斯猛然意识到了一个噩梦般的现实，他的血液一时为之凝固了。

那是他自己的眼睛。

他两腿一软，差一点儿倒下，但军人的训练和经历还是使他支撑住了自己。他转过身来背靠着门，闭着眼睛，任冷汗从额头上淌下，湿透全身。

"将军，您没事吧？"奥拉问，他的口气很是复杂，有怜悯，有嘲讽，也有悲哀，"这是一个失败的组合体，双方基因的特征都没有显示出来，但这类组合体却奇迹般地活下来不少。它们不能进食，是靠外部直接输入的养料活着的。"

菲利克斯控制住自己，又看了一眼里面的那团肉，这时他看到从上方伸下来一根塑料管，通过一个针头插到那团肉上。

奥拉说："这是您，对面是我。"

菲利克斯从对面的一个小舱室的观察窗中，看到了另一个同样大小的肉团，但它的皮肤是黑色的。奥拉说："肤色的特征我都保留下来了，这样我们可以分清彼此。"

"博士，你是个魔鬼！"菲利克斯声音颤抖地说。

"我们都一样，将军，意识到这一点，您的神经应该坚强起来，我们接着看吧。"

他们接着看下去。这一个成长室中都是活着的肉团，但越向前走，肉团渐渐具有一定的形状；再往前，肉团中开始伸出一些菲利克斯能够辨认的东西，比如一只畸形的手臂、两条长度不一的腿、一只很大的耳朵，甚至一只坚硬的牛角。最令菲利克斯恐惧的是肉团上的那些眼睛，每个肉团上都有眼睛。有一些肉团上还有较完整的五官，当他们看到菲利克斯时，那软绵绵的巨大脸庞上就显出怪诞的表情。其中一个肉团在两只阴沉的眼睛下有一条长长的黑缝，那道黑缝张开来，露出了两排雪白的獠牙，在獠牙之间一条宽大的鲜红的舌头吐了出来，又慢慢地收了回去。这些肉团分黑白两色，数量大体相当。

紧接着，沿着宽宽的通道，他们来到了另一个成长室，在那高大的穹顶下有足球场大小的空间，放着无数个透明的大玻璃缸，玻璃缸呈圆形，直径有半米，高1米多，里面盛满了水一样的透明液体，在每一个玻璃缸的液体上，都飘浮着一个人头。那些人头也分黑白两色，都放在一个小橡皮浮圈上。所有的人头都闭着眼睛，脸色惨白，似乎没有生命的迹象。

奥拉说："这些组合体都被注入了快速生长的基因，它们虽然只成长了3年多，但实际的生理年龄已相当于7到8岁。"

在那些白色长着金发的人头上，菲利克斯看到了自己的童年。

当他们走近时，脚步声使那些人头的眼睛纷纷睁开。菲利克斯不敢直视那些阴冷的目光，便向一个玻璃缸里面看去。透过缸内透明的液体，他看到那个漂浮的人头下面拖着一团纷乱的东西，那些东西看上去像是一团纷乱的水草，它和人头连在一起，像一个怪异的水母。当菲利克斯仔细地看那一团东西的时候，心里又打了一个寒战，他发现那些东西其实是一副完整的内脏，他甚至可以清楚地看到靠三分之一上方的那颗搏动的心脏！有些内脏很小，有些则很庞大，几乎塞满了整个玻璃缸，那些显然不是人的内脏。

"这也都是些不成功但生存下来的组合体，"奥拉说，"它们必须被浮在保护液中，如果把它们放到地面上，重力就会使那些暴露的内脏无法正常工作。它们可以正常地进食，但排泄也都在这些保护液中，所以这个成长室有一套庞大的保护液循环系统。"

他们慢慢向前走去，经过了一个又一个漂浮着的头颅，那些头颅的头发都已很长了，浸泡在液体中，有的同内脏缠结在一起。

"啊，快看！创造者来了！"一个白色的头颅声音细尖地喊道。他说话时，液体从嘴中喷出，使他的声音咕咕地很怪。

"哇，创造者！创造者！"别的头颅也都随声附和着。

"那个黑的是创造者，白的不是创造者！"一个黑色的头颅说道。

"对，黑的是创造者，白的不是创造者！"其他许多黑色头颅也跟着喊。

"但白的也是先祖！"一个白色头颅喊。

"对，是先祖！是先祖！"别的白色头颅附和着。

奥拉低声对菲利克斯说："它们虽会说话，但不全是人类的意识，有一半的意识和本能来自异类基因。"

"先祖有手，先祖有腿，我们没有！"一个头颅高喊。

"如果我有腿，我比他跑得快，我的另一半是猎豹！"一个内脏体积很大的头颅应声说。

"我的另一半是熊，如果我有手，我就掐死他们！"另一个内脏更大的黑色头颅高喊。

接着，大厅中响起了一片纷乱的狂笑声，这笑声使菲利克斯感到像掉进了一个布满棘刺的陷阱中，浑身已经体无完肤。

向前走去，菲利克斯看到组合体有了一些变化，它们在液体中的内脏开始被一层半透明的薄膜包裹起来，那些薄膜的表面布满了交错的血管，但内脏在薄膜内仍然清晰可见。接着，菲利克斯看到有的薄膜上长出了一些柔软的像肢体一样的东西，那些肢体内的肌肉和骨骼都呈半透明状，它们大都软弱无力地悬在液体中，只有少部分能慢慢地动作。菲利克斯看到那些肢体大部分显然不是人类的；他还看到一个组合体的薄膜下面长出了一条鱼尾一样的东西。

"先祖！先祖！先祖……"上千个组合体开始同时有节奏地齐声叫了起来，这叫声令菲利克斯头皮发麻，他不顾一切地低头快步走出了这个大厅。在通向下一个成长室的通道中，他大口地呕吐起来。

奥拉从后面走过来说："将军，您是一名军人，在执行着您提到过的国家的意志，如果没有与此相称的坚强神经，怕难以走完后面的路。将军，这一点我当初好像提醒过您，您保证过能承受这一切的。"

"十多年前在中东沙漠上，我的坦克曾被伊拉克人的坦克群包围并中了弹，更早些的时候，在越南湿乎乎的丛林中，那些幽灵般的敌人向我打冷枪；那些时候，我心里没有恐惧；但现在，我承认，我在执行着历史上最艰难的一项使命，我的精神确实不够坚强，或更准确地说，不够变态。"

"将军，我的精神也没有变态，比起你们，我不过是多了一些科学家的理性。其实您刚才看到的那些生物，同我们和地球上其他的生命并没有太大的区别，在电子显微镜下，都是一条条大同小异的DNA长链，区别只在于碱基的排列而已。就像您妻子脖子上的钻石项链，如果您把那些钻石的顺序调换一下，它有什么太大的不同呢？"

"我妻子不戴钻石项链。"菲利克斯有气无力地说。

奥拉又毫不留情地领着菲利克斯向下一个成长区走去，这个大厅中有数不清的铁笼子。

"这并不是我们虐待组合体，"奥拉指着那些铁笼子说，"这一区的组合体比前两区成功得多，它们都可以活动。由于非人物种的基因占二分之一，这些物种的性情和精神因素也在这些组合体中比较明显地表现出来，这就使得它们中的一些是十分凶猛和危险的。"

透过第一个笼子，菲利克斯看到里面的组合体是由一个人头和一对蚂蚱腿组成的，那个人头和蚂蚱腿之间几乎没有任何过渡。蚂蚱腿有人腿大小，那坚硬的外壳和利刺使它们看上去像一对危险的金属制品。

"哈，你是先祖吧！"这个组合体对菲利克斯说，"黑的先祖常常来，白的先祖是第一次来，你为什么不来？"组合体盯着菲利克斯问，脸上带着怪笑，"要是你能让黑的先祖把我放到外面，我跳一下就能跳得比这座大房子还高！"

"他说的是真话。"奥拉告诉菲利克斯，"但它不能很好地平衡自己，掉下来时会摔死的。"

菲利克斯看到在这个组合体的头和腿的交接处，有一个正方形的盒子，体积有一本书大小，显然是一个外加的人造物。从那个盒子中伸出许多根塑料管，插进它身体的各个部位。奥拉解释说："这些组合体没有发育出内脏，我们只好附加一个设备，来模拟内脏的各项功能，主要包括内循环和呼吸系统，否则这些组合体无法成活。"

下一个笼子中的组合体长着一对粗壮的蛙腿，它向菲利克斯夸耀说，自己一下就能跳二十多米远。

接下去是一个有四条腿的组合体，每条腿上都长着食草动物的蹄子，这四条腿通过一个不大的圆球连接在一起，圆球上长着皮毛，人的头颅通过脖子和圆球连在一起。

再下一个组合体在头颅的下方直接长着两支螳螂的钳臂，那双螳臂看上去锋利而危险，令人胆寒。当组合体看到菲利克斯走近时，就用一支螳臂夹住笼子的铁杆，随着一阵刺耳的金属刮擦声，那条铁杆上出现了几道长长的划痕。

所有这些组合体上，都带着那种起内脏作用的人工维持装置。

奥拉说："产生这类组合体，是因为我们在基因组合中只注意了非人类物种的肢体特征，因而身体几乎没有发育出来。但比起前两个区来，已经有很大进步了。"

后面的组合体大都有四肢，这些四肢大多是人类和非人物种肢体的组合，比如有两支人手和一对兽腿。这些组合体还不同程度地发育出了身体，但这些身体很小，看上去仿佛只是那一束肢体的连接物。

最后，菲利克斯看到了最离奇也最让他恐惧的一幕：那个组合体是由一个人的头颅和一条粗大的蜥蜴尾巴组成。那条蜥蜴尾巴在地上扭动，推动着头颅向笼子边两个人所在的方向移过来，这是一个白肤色的组合体。

"哈，先祖！"它声音嘶哑地说，双眼闪亮有神地盯着菲利克斯，"我终于见到你了！我会表演一个很好玩儿的游戏，这游戏只能表演一次，所以我留着为先祖表演。"

菲利克斯看着这个有自己一半基因的怪物，恐惧使他说不出话来。

组合体接着说："先祖肯定知道，蜥蜴有个了不起的本事，它们能够随意把自己的尾巴断开。"

"你不能那样做，那样你会死的！"奥拉厉声说。

"哈，活着干什么？哈！"组合体怪笑着反问，话音刚落，它的蜥蜴尾真的同头颅断开了，那个头颅像一个足球似的滚到了笼子的一角，洒下一串血迹，那个大蜥蜴尾则在笼子里面欢快地弹跳起来，它一弯一弯地跳得很高，周围的组合体都在笼子中为那条跳跃的尾巴欢呼起来，而那个在笼子一角已死去的头颅，则大睁着双眼看着菲利克斯。菲利克斯再也坚持不下去了，他丢下奥拉，急步走出大厅，在他身后的笼子中，那条尾巴仍然在一片怪叫声中跳着……

奥拉追了上去，跟着菲利克斯来到了成长区的中控室，这是一个四面都布满了监视屏的大厅，每个监视屏上都反映着成长区内不同位置的图像。

"将军，应该记住您刚才看到的都是基因组合研究的废品，下一阶段的组合体将要比这一批完善得多。"

"我现在考虑的是这些废品怎么处理！我想知道，照这样下去，这批组合体还能够存活多长时间？"

"你知道，它们都是功能不全的生物体，所以活不了太长时间。照现在的情况预测，他们中的大部分将在 2 至 3 年内死去。"

"等不了那么久了！这里已经引起了新闻媒体和某些民间团体的注意，随时都可能暴露。在2号基地正式启用之前，必须把1号基地完全清理干净。"

……

不知过了多长时间，菲利克斯被一种声音惊醒，醒来后那声音反而消失了。但菲利克斯知道那声音不是来自梦中，它确实存在，像远方的地震和洪水，像世界毁灭前某种力量的低沉的合唱。这种感觉他只有过一次，那是在二十多年前，他躺在中东的发着余温的沙漠上，伊拉克的坦克群正在黑夜中逼近……

克罗德上校也醒了，他们互相看了一眼，便冲出了野战帐篷。他们发现，整个防线都骚动起来，军官们大声喊着来回奔跑，每一挺机枪后面，射手都严阵以待。这时，菲利克斯再次听到了从2号基地方向传来的那种声音，他举起夜视望远镜观察那边，在那黑白底片一样的图像正中，在基地和荒原地平线的交接处，他看到了一条蠕动的白线。放下望远镜后，眼前一片漆黑，但那声音更大了，不用特别注意就清晰可闻。这时，他身后啪的一声，周围骤然亮起，所有人和物的影子都在急剧移动，一颗照明弹升上了夜空；与此同时，在防线的不同位置，更多的照明弹蜂拥着窜上夜空，低低的云层散射着照明弹的光芒，使整个天空看上去绿莹莹一片。菲利克斯再次举起望远镜，就在这发着绿光的阴森的天空下，他看到了远方的敌人。

他的第一印象就是：那是一大群马，至少有上千匹。那些马背上没有骑手，它们像潮水般冲过来，密密地覆盖了荒原。只能看到马群的前锋，后面的一切都被马群激起的遮天的尘埃遮蔽了，那尘埃在照明弹下也像云层一样发出绿莹莹的光。菲利克斯这时仿佛站在一个远古的战场上，感到了那种最原始的战争力量的雄伟和它所带来的恐惧。马群更近了，从望远镜中已经能分辨出其中的个体。这时他清楚地看到，每一匹马都长着一个硕大的人头，那些人头都留着长长的头发，在急进中像一面面黑色的旗帜那样飘动着。那些马身上的人头五官清晰，它们张开大嘴吼叫着，双眼发出凶猛的光，在发着绿光的天空下，显得狰狞可怕。只有亲眼看到才能真正体会，把一个人头放大许多倍并安放在马身上，其视觉效果是何等的恐怖。

这时，菲利克斯听到了一挺机枪的连射声，从那尖细的声音中他听出了那是一挺轻机枪，而现在，目标还没有进入重机枪的射程，显然射手是在恐惧中本能地扣动了扳机。接着，在没有命令的情况下，防线上的机枪一挺接着一挺开火了，如暴雨般密集的狂躁的射击声盖住了一切。防线在荒原上显形了，它是一条由无数急闪的光点构成的横贯荒原的弧形曲线。在马群与防线之间的宽阔地带上，出现了两条弹着带，上面尘土飞溅，如同暴雨初次落到灰地上。菲利克斯和克罗德都注意到，两条弹着带只达到机枪最远射程的一半多一点，这可能是由于这种空心子弹与普通子弹的结构不同造成的。克罗德首先清醒过来，开始沿防线阻止轻机枪的射击。在防线的各处，轻机枪的射击渐渐被制止了，轻机枪枪口火苗状的火焰消失了，只剩下 M2 重机枪十字状的喷火，弹着带也只剩下远方的一条。

马人的前锋已经冲进了弹着带，许多的马人像遇到绊索一样倒地，由于速度很快，倒地的马人身体都在向前翻滚着，难以分辨出哪些马人是中弹倒地的，哪些是被绊倒的。后续的马人群不断向前冲，使得马人的阵线不断地滚动着前进。

更多的照明弹升上了夜空，在一片刺眼的亮光中，菲利克斯和克罗德都看到，组合体的阵线中除马人外又出现了另一种个体，那是狮人组合体。那长在狮身上的人头比马人的更大，人头上的乱发愤怒地直立着，如同狮子的鬃毛。由于狮人的高度比马人低许多，所以他们中弹的比例也低，马人中弹较多，前进的速度慢了下来，使得狮人群在阵线中凸现出来。

整个组合体的阵线，如同一长根迎着狂风的树枝，不断地有树叶被吹下去。随着阵线向前的推进，机枪的火力越来越显示出威力，中弹的组合体越来越多，但后面的组合体仍踏着前面同类或异类的尸体坚定地前进。菲利克斯和克罗德觉得，他们在看着一面卷着的巨大地毯向着他们展开来，他们不知道这死亡之毯什么时候能展到头。这时，在震耳的射击声中，人们听到了另一种声音，那就是从组合体阵线中传来的马的嘶鸣声和狮子的吼声。这声音开始隐隐约约，不时被射击的巨响盖住，但随着组合体群距离的接近，它越来越响，让防线上的人们心惊胆战。

当组合体群的前锋接近轻机枪的射程时，防线中的轻机枪重新响了起来，这尖细的射击声同重机枪粗犷的巨响混在一起，构成了一曲响彻天地的死亡大合唱。轻机枪加入后的效果马上显现出来，马人和狮人成排倒下，组合体阵线推进的速度明显减慢了，它们仿佛顶着一阵突然加强的狂风在艰难地前进，每前进一步都以无数组合体的死亡为代价。菲利克斯从望远镜中看到，一个奔跑在最前面的马人的头部被一串子弹击中，那串水银子弹把它的后半个脑袋全部炸飞了，当这个马人倒地后，那飞散的血肉像泥巴一样落到它身上。整个组合体群中都纷飞着这样的细碎的血肉，其间还夹杂着整条的被那种可怕的子弹切下的肢体……

终于，在这扑面而来的弹雨中，组合体的阵线停滞了，当又一排马人和狮人倒下后，菲利克斯和克罗德看到，这张死亡之毯已卷到了头，后面只剩下了一排稀疏的马人和狮人，其中还有一些人和其他动物的基因组合体。这些组合体开始漫无目标地奔跑着，它们瞪着惊恐的眼睛扫视着这尸横遍野的战场，似乎很茫然。最后，它们几乎同时转身向着基地方向逃去。呼啸的弹雨追着它们，远去的组合体的数量在渐渐减少，最后只剩下一个马人在大片尸体间四处奔跑，这是一个强壮而敏捷的组合体，在弹雨中跳着优美的死亡之舞。有几挺打出曳光弹的机枪追踪着它，那几条明亮的弹流如鞭子一样抽打在它的前后左右，在地上激起了一串串高高的土柱，并从那些躺在地上的已死去的躯体中抽打出横飞的血肉。那个马人仍然在敏捷地迈着步子，就像在几根绊索之间跳跃一样。很快，弹流切断了它的一条腿，当它试图用剩下的三条腿站直时，又一条发光的弹流似乎无意中扫过了它那硕大的人的头颅，那头颅立刻碎了，那个马的躯体在地上滚动了几下后，隐没于那一片尸体之中。

枪声停了，整个战场沉寂下来，士兵们都无力地瘫倒在机枪后面，冷汗湿透了他们的迷彩服，他们目光呆滞，一时无法从刚才的噩梦中摆脱出来。前面的战场上，飘浮着一层正在散去的尘土，散射着照明弹的光，把整个战场罩在一层绿色的光晕中，那一大片组合体的尸体在这光晕中模模糊糊，而地上的血呈一片片黑色，使这一片荒原像一大块迷彩布。当防线上人们耳朵中的嗡嗡声平息下来后，他们听到了受伤的组合体那怪异的惨叫声回荡在战场上空，这声音使许多士兵捂住了耳朵。

菲利克斯对正在擦额头的克罗德上校说："告诉部队不要松懈，我大概统计了一下，只消灭了五千左右，还不到一半。"

克罗德突然呆住了，用手指着前方问："那是什么？"

菲利克斯向前看了看，除了一层绿莹莹的浮尘外什么也没有看到，便用询问的眼光看看克罗德。

"地上！"克罗德喊。

菲利克斯仔细地看前方浮尘下的地面，发现在那些组合体的尸体中间，似乎有种液体般的东西在流动，那东西像闪光的水银般从尸体间的缝隙中漫过来。菲利克斯举起望远镜细看，望远镜立刻从他的手中掉到地上，他惊恐地后退一步，被脚下的弹壳滑倒了，他挣扎着从那哗哗作响的弹壳堆中站起来，声嘶力竭地大叫：

"射击！全线射击！蛇人！蛇人！"

克罗德和旁边那个重机枪射手呆呆地看着菲利克斯，用了几秒钟才明白了他这话的含义。重机枪开始射击，但这挺 M2 只打了几发就卡壳了，显然枪管已经过热，两名士兵开始手忙脚乱地换枪管。防线上其他的机枪开始断断续续地响起来，显然射手们大都不太明白他们将要面对的是什么，射击恢复得有些慢。

这时，蛇人的前锋已通过了最前面的尸体堆，完全暴露在沙地上。防线前面的荒原立刻被密密麻麻的蠕动的黑色曲线覆盖了，仿佛整个地面都在蠕动。防线上的士兵这时才明白过来，射击声骤然密集起来，蛇人阵线立刻淹没于一片弹雨激起的尘土和血肉之中。许多中弹的蛇人翻滚着，它们那粗大的蟒身露出了雪白的腹部。但由于蛇人群紧贴地面前进，机枪火力对它们的杀伤力远不如对马人和狮人大。蛇人的阵线在迅速逼近。

防线上士兵们的神经开始崩溃，克罗德看到刚才换枪管的那两个士兵首先扔下机枪向后跑去，紧接着，整个防线就像洪水前溃决的堤坝一样垮掉了，所有的人都丢下了武器，没命地向后逃窜。克罗德大声制止，并掏出手枪朝天放了两枪，但连他自己都没听到枪声。这时，克罗德才真正体会到了李奇微在朝鲜战争回忆录中的名言：阻止一支溃败的军队，就如同阻止一次雪崩一样。淹没他的枪声的声音来自前方，那是无数尖细的怪叫的和声，好像有几万只利爪在同时划玻璃，那声音是正在逼近的蛇人群发出的。克罗德呆立着，看着前面那死亡的黑潮。"快，退到第二道防线！"菲利克斯抓住他喊，这时他才醒悟过来，同菲利克斯一起混入溃逃的人群向后跑去。

蛇人群的爬行速度快得惊人，它们紧咬着后退的士兵们，当从第一道防线退下来的最后一个人进入第二道防线后，蛇人距这里不到50米了。在照明弹的光芒下，那蠕动的蛇群一眼望不到头，而那蛇身上一个个人头，好像是浮在这波动的黑色洪水之上。

第二道防线的机枪一起吼叫起来，但同在第一道防线一样，阻止不了蛇人群的推进。

"火焰喷射器！"菲利克斯大喊。

300条火龙从防线上腾起，扑向蛇人群，立刻把那里变成了一片火海。无数巨蟒的躯体在烈火下疯狂地扭动，仿佛是一片在火海下沸腾的液体。恐惧使火焰喷射器的射手们不间断地喷射着，直到把所有的燃料罐用光，使那条火带向后延伸了许多，并且燃烧得更加凶猛。这时，克罗德打心眼里佩服菲利克斯的远见，蛇人们对火的恐惧立刻显示出来：火带后面的蛇人群惊恐地后退，而再往后的蛇人群由于不明情况，仍在向前涌来，于是便在距火带不远处堆起了高高的一堆。所有的轻重机枪抓住时机，对准那道蛇堆疯狂地射击着。这时，战场除了上千挺机枪射击的巨响、火焰在风中的呼啸声、被火焰吞没的蛇人们的尖叫声外，还有一阵奇怪的嗞嗞声，那是密集的子弹钻进蛇人堆中发出的声音。那道2米多高的由蛇人堆成的山脊变得血肉模糊，表面上飞溅着细碎的肉块和血浆，被切断的巨蟒的身体不时从中竖立起来，然后又软绵绵地倒下。

射击一直持续着，蛇人堆的蠕动渐渐平息下来，其中的蛇体变得支离破碎，飞溅的血花和残肉变得越来越密。菲利克斯觉得，整个蛇人堆如同一大团放在大地的案板上正在被越剁越碎的肉馅！当射击声最后平息时，蛇人堆已经变成一堆破碎的烂肉了。

打开科技的潘多拉

——《魔鬼积木》与《莫洛博士岛》比较

徐彦利

> 刘慈欣的《魔鬼积木》与威尔斯的《莫洛博士岛》在主题、人物、情节、恐怖氛围的营造等方面均有着高度相似性，两者描述了科技与伦理的冲突、人性与兽性的冲突，对未来科技的走向表现出某种隐忧。两者所预言的问题已在现实中得到了验证，显示了科幻小说的现实指涉功能。但两者对疯狂科学家的态度却不尽相同，各有侧重。

《魔鬼积木》写于 2000 年，全篇近七万字，集中体现了刘慈欣对科技与伦理关系的思考。其结局部分与作者的另一部短篇《天使时代》较为一致，可视作《天使时代》的扩充版。

奥拉博士是非洲小国桑比亚裔美国人，一位获诺贝尔奖提名的科学家。美国军方的菲利克斯将军代表国防部找到他，希望他能继续效力于国防部一个名为"创世"工程的项目，这个项目旨在用技术创造优秀士兵，如将人的基因与动物或昆虫的基因相结合，可以使士兵具备动物的某种特性，更加出色并适应战争的需求。奥拉博士同意了，他向将军要了一根头发，将自己和菲利克斯将军两个人的基因用于实验。"创世"工程在人类基因中加入了动物基因，在此过程中产生了许多令人恐怖的废品，如人头上长出蚂蚱腿、青蛙腿的生命。菲利克斯担心项目暴露后引起社会的非议，要清理 1 号基地，关掉这些生物的生命保障系统。清理之前，上万个人与动物的组合体发出恐怖凄惨的大合唱，基地成了巨大的坟墓。对于那些不宜采取这种手段的生物，菲利克斯命令使用凝固汽油弹，他和奥拉亲自动手，将有自己基因的生物统统消灭掉。

在"创世"工程的第二阶段研究中，奥拉的妻子凯西不再支持丈夫，而要独立研究基因武器，以杀死桑比亚军政府的新总统，奥拉不同意，两人分崩离析。第三阶段，生产出了具有动物优良基因的真正的人，他们有猎豹的迅捷、狮子的凶猛，这些都是自然进化的人所没有的超级特质。2号基地的组合体在奥拉的煽动下要争取人的权力，菲利克斯带人去剿杀，这些马人、狮人、蛇人、鱼人、壁虎人、螃蟹人、蜥蜴人被残忍地射杀或投毒。参与剿灭这些组合体的士兵受到了极大的刺激，心理崩溃，需要长期的精神治疗。一个漏网的蛇人约奥拉的女儿黛丽丝见面，希望作为记者的她能将真相公之于众，但黛丽丝却被这恐怖的怪物活活吓死了。

菲利克斯担心有着强烈反军队、反政府倾向的奥拉会将"创世"工程内幕公之于众，他欲说服一个蜘蛛人杀死奥拉，但蜘蛛人却被奥拉的物种平等思想所打动，不仅放走了奥拉，还企图用蛛网将菲利克斯置于死地，凯西及时赶到救了菲利克斯。凯西说事实上奥拉制造的组合体比菲利克斯知道的多得多，军队剿灭的只是其中的一小部分，还有3万个在桑比亚的丛林中。桑比亚政府向美国投降后，奥拉等物种共产主义领导者被交了出来，菲利克斯准备轰炸桑比亚的丛林。但此时无数飞人从天而降，他们是奥拉早已研究出的人与鸟的组合体，行动敏捷轻盈，擅长作战，他们用手榴弹、手枪等攻击菲利克斯的"林肯号"航空母舰，并引爆了舰上的核反应堆，"林肯号"最终沉没于大海。

书名为《魔鬼积木》，但"魔鬼积木"一词并未在小说中出现。作者大致想说明在创世工程中，奥拉博士用自己的科学知识，不断将人类基因与动物基因进行组合，以产生新的物种，这一实验如同魔鬼以人类基因为构件，按照自己的意愿随意搭建起各种各样的积木组合，而不顾由此产生的种种后果。某种意义上，它是科技的创新，又将科技逼入绝境。

通读小说，可以清晰地看到英国赫伯特·乔治·威尔斯《莫洛博士岛》

的影子。虽然《莫洛博士岛》写于 1896 年,《魔鬼积木》写于 2000 年, 两者相隔百年之久, 但时间的跨度却并未影响彼此高度的互文性。无论从篇幅、主题、情节、人物形象、科幻创意等方面, 均高度相似, 这也从侧面反映出刘慈欣科幻小说与西方科幻之间的紧密联系。在刘慈欣为科幻迷开列的阅读书单中, 威尔斯的《时间机器》《世界之战》《隐形人》赫然在列。在推荐理由中, 他写道:"威尔斯的作品在社会学方面比凡尔纳要复杂许多, 同时也颠覆了凡尔纳的技术乐观主义, 展现了对未来的忧虑。与凡尔纳相比, 威尔斯对世界科幻文学的发展有着深远的影响, 他对外星人和时间旅行等的描写、对生物科学的描写等, 都为以后的科幻小说提供了最初的范式。"这说明刘慈欣对威尔斯作品的内容及特征有着深入的了解与认同, 这种影响在《魔鬼积木》得以清晰显现。

《莫洛博士岛》以闯入者爱德华·普伦狄克为视角, 描写他所看到的莫洛博士及其研究成果。莫洛博士是杰出的生物学家, 想象力卓越, 性格直率, 因为研究的无所忌惮和残忍冷酷而被赶出英国。但他并未因此放下自己的执著, 而是来到一个无人的荒岛, 大量购进各种动物, 开始了惊世骇俗的科学研究。他将不同的动物通过器官移植手术合成在一起, 制造出如牛人、狗人、猿羊人、豹人等畸形的半人半兽的动物, 教会它们说话, 并为其灌输人类社会准则, 命令其摆脱兽性而倾向于人性。这些兽人在兽性与人性中挣扎, 与生俱来的兽性时时抬头, 但又必须按照莫洛的旨意以人性规范自己, 否则会遭到严厉的惩罚。它们不得不时时背诵律条, 不得舔水喝, 不得吃肉和鱼, 不得追赶他人, 不得抓挠树皮。莫洛的残暴最终导致兽人的反抗, 将其残忍杀害, 莫洛博士岛变成了莫洛博士的坟墓。

《莫洛博士岛》同样是关于生物科学的想象, 它既集中体现了人类在科技领域可能达到的巅峰高度, 同时也从莫洛博士身上看到高科技带来的非同寻常的危机, 令人战栗并深思。小说无疑带有强烈的反乌邦寓意, 以科幻的形式揭示了当时英国社会存在的社会矛盾, 反映了威尔斯在接受空想社会主义影响的同时对其持有的怀疑态度。小说曾在 20 世纪 90 年代被改编为电影《拦截人魔岛》(或《冲出人魔岛》), 成为美国科幻电影中的优秀作品。反观

《魔鬼积木》与《莫洛博士岛》的异同，不仅使我们看到中外科幻的联系，同时可以看出作者各自的侧重。

一、科技与伦理的冲突

《魔鬼积木》与《莫洛博士岛》存在着高度的互文性，无论主题思想、故事架构还是人物形象等方面均有着某种程度的相似。具有疯狂气质的科学家，手中掌握着高超的生物科学技术，是所属领域的顶级研究者，他们埋头于不可公之于众的"造人"计划，在自己的小天地里制造出种种人类无法想象的科技怪物。两部小说整体都洋溢着某种恐怖气氛。奥拉博士的一号基地、二号基地形同于莫洛博士的荒岛，所研究出的马人、狮人、蛇人等类似于莫洛博士的牛人、狗人、猿羊人，对组合体的虐杀与莫洛博士残忍的手术同样令人齿冷。奥拉博士因为这种研究与妻子分崩离析，女儿被活活吓死，自己成为菲利克斯追杀的罪人，而莫洛不仅丢掉了性命，苦心孤诣创造的王国也最终沦为野兽乐园，兽人们重新回到野兽的生活中。

两部小说似乎都在向读者昭示着这样的思考：科技的发展越来越撼动伦理的根基，当科技与伦理发生冲突时，人类的需要应放在第一位，还是伦理应置于首位？对伦理道德的悖逆是否会引起社会的崩塌，秩序的解体。两者均显示了对科技阴暗前景的设想，高端科技在品德端正的人手中，可以成为为众人谋取福利的有力工器，但落入毫无道德感与伦理规范的人手中，必将带来灾难性后果。两者似乎都在对科技的未来走向表现出某种忧虑。当科技将目光投向生命的创造，是否已经跨越了伦理的界限？人可以任意创造物种吗？人可以选择并决定族群的基因吗？"人造人"是否应拥有与人同样的合法权利？"人造人"是否应受到尊重并左右自己的命运？他们是人类的产品还是同类？这些，都是两部小说极欲探讨的。当科技与伦理之间发生水火不相容的激烈冲突时，该如何取舍？小说通过隐含作者和结局表达了各自的倾向。

莫洛博士虽然性格单一，但却令人印象极为深刻，他有无边的想象力，胆大、自负、无所顾忌、残忍、冷酷、无情、坚执，同时掌握着高超的生物科学技术。他对自己创造的兽人既没有爱也没有恨，只有单纯的好奇、盲目和随意。对于创造兽人这一举动，他说："直到今天，我从未纠缠过关于这样做正确与否的伦理观念。"他像一个胆大妄为的孩子将手随随便便地放在核弹引爆器上，随时可能因为任性而造成无法挽回的灾祸，殃及世人。这样一个疯狂科学家的形象，是1818年玛丽·雪莱《弗兰肯斯坦》之后最成功的类型人物，此后，Mad Scientist（疯狂科学家）便成为科幻文学中一个专有名词，代指掌握强力技术手段并妄图以此征服世界的邪恶人物。在科技与伦理之间，莫洛毫不犹豫地选择了科技，并不顾忌伦理的限制及要求。以至于普伦狄克作为一个正常人来到荒岛看到莫洛博士所做的一切时，会感到恐怖甚至发疯。小说通过普伦狄克的所见、所想及最终离开荒岛的选择，表达了对莫洛式科学家的批判；对人类违背自然法则，将"兽人"改造成人，而正常的人（蒙哥马利）却越来越带有野兽的特征表示了强烈的反对。

相比之下，《魔鬼积木》在细节描述上略胜《莫洛博士岛》一筹。1号基地、2号基地中组合体的样态，剿灭场景的惨烈，飞人对决"林肯号"时的宏大场面，均令人赞叹。但灵魂人物奥拉博士的塑造则不太成功。人物缺乏一以贯之的个性，言行充满矛盾，显示了作者在塑造人物时的迷茫。与此相应，科技与伦理的冲突的结局在《魔鬼积木》中亦没有给出十分明确的答复，态度读来暧昧不明。

奥拉博士从开始便未将伦理作为研究的障碍，他的"淘金者"系统研究的是基因组合，当被菲利克斯问及为什么不用更高等的动物作实验时，毫不讳言地表示："这与所谓的生物道德无关"，只是因为缺乏资金支持而已。他超越人类伦理底线地向菲利克斯提出近亲繁殖的建议，对人类最大禁忌——"乱伦"持肯定态度。这意味着伦理在奥拉博士这里是毫无价值的。对于实验会产生大量废品他心知肚明，但这些"大部分看起来根本不像人"的产品并没有引发他在道德或伦理上的触动。他抨击着莫洛式不负责任的科学家，批评他们"毫无顾忌地进行着种种研究以满足自己的好奇心和成就感，但是当他们的成果带来灾难的时候，却都装出一副天真无邪的样子。我不想当这种伪君子"。似乎在向人展示自己是一个负责任的科学家，绝不给人类带来任何灾难，但此后的情节恰恰成为此语的反证。

当奥拉博士主持"创世"工程，决定按照国防部的要求创造优秀人种时，遭到妻子凯西的强烈反对，妻子认为这是不尊重人类的生命，改变生命的本质，奥拉毫不理会妻子的劝告。他的理由是"想用基因技术来帮助出生的那块贫穷的大陆"。另外，"还有一个更深刻更远大的目标……要实现所有物种平等的超大同世界。"这些理由听上去伟大而崇高，超越了世人的狭隘，闪耀着至真至善的光芒，但其现实举动却是对这一口号的讽刺。

菲利克斯要清理基地时，奥拉博士亲手关闭了维持组合体的生命系统，使那些有着他基因的生命全部死亡。当菲利克斯要用凝固汽油弹解决第三类成长区中的组合体时，奥拉博士配合他放炸弹，亲眼看着自己制造的组合体被炸得稀烂。这些残忍的毁灭，与他标榜的"物种平等"难道不是前后矛盾吗？及至后来，他义正词严地拒绝妻子，说自己"不会去制造基因武器"，显然又站到了伦理道德这一边。紧接着，他煽动2号基地的组合体去争取人权，鼓动它们从基地逃出去，与菲利克斯战斗到底，他的鼓动致使一万多名组合体被剿灭，而他自己则安全地逃回祖国。在落后国家桑比亚，他利用女人的子宫发育了3万个组合体胚胎，使他们顺利降生，并将这些优化后的人用于对西方国家的战争，而并不顾忌女人们的意愿。

小说结尾，奥拉博士操纵着人、鸟组合基因造出的飞人与西方的航空母舰对决，无数飞人死于战火之中。当奥拉代表的非洲弱国战胜西方强国时，奥拉以胜者的姿态说："将军，我们的血也是红的。"这时，他的爱国主义被放大了，并借此遮盖了其在伦理道德上的肆意妄为。隐含作者对弱国的同情，对资本主义国家垄断科技对外推行强权政策的愤怒，使其对奥拉采取了某种肯定态度甚至涂上了某种悲壮色彩，而仅将批判的矛头指向以菲利克斯代表的军方和资本主义社会。纵观奥拉博士的言行，人物性格存在着较大分裂，真实性、可感性稍差，这种分裂并非来自人物内部，而是来自作者构思的缺憾。人物塑造的概念化、符号化，冲淡了原本优秀的科幻创意。小说以奥拉掌控的桑比亚飞人胜利结局，无法感知在科技与伦理发生冲突后作者的明确态度，以致使小说缺失了最为灵魂性的主题，也许这就是刘慈欣所说的"灵魂硬伤"吧！

一直以来，科技与伦理的冲突便是科幻文学关注的主题之一，科技的"能做什么"和伦理的"应做什么"越来越成为针锋相对的两极。伦理是否应为科技的进步让路？或者，科技是否应为伦理所规范？类似问题出现在众多科幻小说及电影中。电影《逃出克隆岛》中人类亲手制造出克隆人，并将他们圈养起来成为移植器官所需的备份，毫不顾忌地将其视为"产品"，随意宰割，而无视他们和自己一样有思想、有情感，是完全意义上的人。菲利普·K·迪克的《仿生人会梦见电子羊吗》（后改编成电影《银翼杀手》）中对复制人身份的思考，王晋康《类人》中类人是否应与人拥有同样的权利，都反映了对科技与伦理冲突的深入思考。现实生活中，古生物学家史蒂芬·杰伊·古尔德称："能想到的最有趣，也是伦理上最逾越的实验，就是人和黑猩猩近亲结合，得到混血儿"。有的科学家宣称已进入人类与动物基因组合的实质性研究，这到底是高科技的成就，还是人类毁灭的前奏？这种"背德实验"是否应受到法律的约束与制裁？科幻小说家们用文学的形式给出了自己的答案。

二、人性与兽性之战

人是世间最复杂的动物，究其特性，难以一言以尽述。首先人是动物中的一种，具有通常动物所具有的特性，如对食物、安全的渴望。但因同时具有他种动物不具备的智力水平、创造力及强烈的社会性，因此又显示出异于动物的特征，如强大的理性和自我约束能力。人性与兽性一直是人属性中同时存在的两面，兽性受欲望的左右，而人性则受精神的控制。弗洛伊德将人的精神世界分为三个层次：本我（id），代表着原始的本能，即动物属性的欲望，只遵循快乐原则而不接受理性的调遣；自我（ego），大部分有意识，负责处理现实世界的事情；超我（super-ego），受完美原则支配，是良知或内在的道德判断。其中，"本我"与兽性相连，"超我"则是道德伦理层面的人性。三个层次中，本我与超我保持永久的对立状态，这种对立便是人的两种属性之间的斗争。

在人性与兽性之间，中国的孟子主张"性善论"，认为人心是向善的，

"恻隐之心，人皆有之；羞恶之心，人皆有之；恭敬之心，人皆有之；是非之心，人皆有之。"荀子恰恰相反，主张"性恶论"，认为人心是向恶的。事实上，两者都强调了人两种属性中的一种，荀子看到了兽性的一面，孟子则看到了人性的一面，兽性和人性所占的比例最终决定了人的本质。人性与兽性之间的互搏是一个长期的过程，人通过伦理选择最终成为具有社会文明属性的人。

《莫洛博士岛》中的莫洛，人性扭曲，所表现出的兽性要大于人性。在他的眼中，除了自己冷漠的好奇心外，他人或动物的痛苦从不在考虑之中。他的冷酷、残忍便是荒岛上必须遵从的法则。但就是这样一个兽性的莫洛，却渴望用人性的律条要求那些兽人。他告诉它们，虽然它们是各种野兽的组合，但却不可以体现出野兽的本性，以暴力的手段控制着这些野兽必须用人性的标准要求自己，他教它们说话、英语、数数。而这些合成人内心深处的本能（兽性）与必须体现的理智（人性）无时无刻不在撕扯着它们，使其饱受折磨。"它们本身已充满痛苦，它们被习惯的兽类憎恨驱使着相互钩心斗角，而法律却禁止它们痛痛快快地厮杀一场，决一雌雄，了结心中的怨愤。"另一方面，流落荒岛的普伦狄克又必须放下正常社会陶冶出的人性面对兽性的一群，即使他最终离开小岛，对于这里的恐惧依然没有消散。它似乎喻示着这样一个道理：在自然界中，无论人与动物都应按照其本来的属性存在，任何意图通过外力扭转自然规律的幻想都会覆灭。

《魔鬼积木》中对人性与兽性的冲突也有着较为深刻的描写，这冲突将人的两种属性对人的撕扯及人的自我选择淋漓尽致地表现出来。比如菲利克斯将军，面对奥拉博士所创造的组合体时，他开始感到恐怖与恶心，甚至呕吐起来；当看到组合体身上反映出自己和奥拉博士的基因时，又被恐怖所笼罩，颤声说道："博士，你是个魔鬼！"这些表明其内心深处固有的人性和社会伦理道标准的尚未丧失。但他的军方身份又激发了其潜在的兽性，残忍地虐杀了那些可怜的生命，视它们如粪土。菲利克斯的兽性战胜了人性，隐喻着人类的整体之恶，人类不顾其他物种的生存权利，一味以自我为中心，绝对的膨胀与利己最终导致成为自己的掘墓人。

参加剿灭的士兵们面对这些有着人类特征的组合体，同样显示了内心深处人性与兽性的挣扎。他们不知所措，不知该用何种态度对待这些难以界定的生物，人性在不断的呼唤，让他们在长官的命令与伦理道德间选择。最终这些人罔顾军令，声称"没法干这事情""真的干不了了，您送我们上军事法庭好了"。最后，当精锐部队 82 空降师剿灭完 2 号基地后，所有参加行动的士兵都精神崩溃，不得不接受长期的精神治疗。这些备受人性、兽性之争折磨的人，在剿灭结束后，由自我掌控的人性得以恢复，开始震惊于刚刚的兽性所为，于是以自责、压抑、否定等方式发泄出来，以防御面临崩溃的社会人格。

对组合体的描写更为细腻，从多个侧面描述了这些因为人类的意愿被强硬带到世上的怪异生命，这种描写在同类题材的科幻文学中并不多见。它们是人与动物基因的组合，更是在人性与兽性中挣扎的怪物。它们了解自己的出身，称奥拉博士和菲利克斯将军是"先祖"，是"创造者"，同时又恨他们毫不负责地将自己带来这个世界，令自己饱受痛苦，得不到应有的权利，于是大喊："如果我有手，我就掐死他们！"它们有着人类的智慧，同时又有着动物的身体。两者的巨大反差使这些生命无法给自己定位。组合体们受到奥拉博士的煽动，争取着作为人的权利，前仆后继地迎着菲利克斯的炮火向前，一批倒下又一批冲上前去，体现着人类固有的不屈不挠的品性。壁虎人看到自己生活的无望，反问奥拉博士："活着干什么？"它为奥拉与菲利克斯表演，使头颅与尾巴断开，带有自暴自弃的自杀色彩。这里，人性的具备与野兽般的被拘禁成为一种无可测量的痛苦。小说中特别描写到蜘蛛人，它有着人类的智慧，幻想建立物种平等的大同世界，但最终却被凯西像对待动物一样击毙了。同样，当蛇人找到黛丽丝，带着明确的人类目的，希望她可以将创世工程公之于众，也死于人类的枪口之下。这些被创造出的组合体，既不能摆脱基因中的人性，像野兽那样生活，又不能以人的面目存在，因此仇恨、愤怒使它们像火一样燃烧，让人读来惊心动魄。

人性与兽性之争是文学广泛涉猎的主题，同时也是科幻文学探讨的主题之一，威廉·戈尔丁的《蝇王》中，孩子们流落荒岛后由最初的秩序社会沦落到互相残杀，兽性抬头。王晋康《蚁生》中蚁素控制下的完美人性与蚁素失效后兽性的复发，这些均显示出人类面对自我不同属性的思考。在此层面，如果说威尔斯关注的是"兽人"的兽性，那么刘慈欣则更关注组合体的人性。但笔者认为，《魔鬼积木》的结局过于乐观，且缺失必要的判断标准。如果奥拉博士创造1号基地、2号基地那些尚不拥有人类外形与智力的低级组合体，是滥用技术，违背了伦理道德的话，那么3号基地中，创造那些已拥有了人类外形并超越了人类能力的组合体——桑比亚丛林中那些人与鸟的组合体（即所谓"天使"）便是对的吗？便符合伦理道德的规范吗？那些人鸟组合体是否有着自己的意愿，是否有着人的权利与尊严？如果将组合体用于保卫国家或捍卫真理，它们的存在便是合理、合法、合乎伦理标准的吗？小说看似正义战胜邪恶的结尾实则减弱了批判的力度。

人类打破自然法则，打破人、兽之间的界限，挑战物竞天择适者生存的规律，为了科学、战争、医疗等目的进行种种骇人听闻的活体实验，这些如同打开了一只科技的潘多拉，为世界平添了无数灾祸。如果说神话中的女子潘多拉打开魔盒后还能及时关上，为人类保留了最后的希望，那么科技的魔盒一旦被打开，也许以人类之力再也不能控制。《魔鬼积木》和《莫洛博士岛》以不同的方式向读者讲述了魔盒中潜藏的秘密，以科学改变自然，使自然每个角落都完全人性化，这一点我们真的准备好了吗？

（徐彦利：文学博士，河北科技大学文法学院副教授）

球状闪电（节选）

刘慈欣

　　今天是我的生日，到晚上看到爸爸妈妈点上了生日蛋糕的蜡烛，我才想起这事，这时我们三个围着那十四个小火苗坐下来。

　　这是个雷雨之夜，整个宇宙似乎是由密集的闪电和我们的小屋组成，当那蓝色的电光闪起时，窗外的雨珠在一瞬间看得清清楚楚，那雨珠似乎凝固了，像密密地挂在天地间的一串串晶莹的水晶。这时，我的脑海中有一个闪念：世界要是那样的也很有意思，你每天一出门，就在那水晶的密帘中走路，它们在你周围发出叮叮铃铃的响声，只是，这样玲珑剔透的世界，如何经得住那暴烈的雷电呢……世界在我的眼中总和在别人眼中不一样，我总是努力使世界变形，这是我活这么大对自己唯一的认识。

　　暴雨是从傍晚开始的，自那以后闪电和雷声越来越密，开始，每当一道闪电过后，我脑海中一边回忆着刚才窗外那转瞬即逝的水晶世界，一边绷紧头皮等待着那一声炸雷，但现在，闪电太密集了，我已分不出哪声雷属于哪个闪电了。

　　在这狂暴的雷雨之夜最能体会出家的珍贵，想象着外面那恐怖危险的世界，家的温暖怀抱让人陶醉。这时，你会深深同情外面大自然中那些在暴雨和雷电下发抖的没有家的生灵，你想打开窗子让它们飞进来，但你又不敢这么做，外面的世界太可怕，你不想让一丝外面的寒冷的气息进入到家的温暖的空间里来。

　　"人生啊，人生这东西……"爸爸一口气喝干了一大杯酒，眼睛直勾勾地看着那一群小火苗说，"变幻莫测，一切都是概率和机遇，就像在一条小溪中漂着的一根小树枝，让一块小石头绊住了，或让一个小旋涡圈住了……"

"孩子还小，还不能理解这些。"妈妈说。

"他不小了！"爸爸说，"他已到了可以知道人生真相的时候了！"

"你自己好像知道似的。"妈妈带着嘲讽的口吻笑说。

"我知道，当然知道！"爸爸又干了半杯酒，然后转向我，"其实，儿子，过一个美妙的人生并不难，听爸爸教你：你选一个公认的世界难题，最好是只用一张纸和一支铅笔的数学难题，比如哥德巴赫猜想或费尔玛大定理什么的，或连纸笔都不要的纯自然哲学难题，比如宇宙的本源之类，投入全部身心钻研，只问耕耘不问收获，不知不觉的专注中，一辈子也就过去了。人们常说的寄托，也就是这么回事。或是相反，把挣钱作为唯一的目标，所有的时间都想着怎么挣，也不用问挣来干什么用，到死的时候像葛朗台一样抱着一堆金币说：啊，真暖和啊……所以，美妙人生的关键在于你能迷上什么东西。比如我……"爸爸指指房间里到处摆放着的那些小幅水彩画，它们技法都很传统，画得规规矩矩，从中看不出什么灵气来。这些画映着窗外的电光，像一群闪动的屏幕，"我迷上了画画，虽然知道自己成不了梵高。"

"是啊，理想主义者和玩世不恭的人都觉得对方很可怜，可他们实际都很幸运。"妈妈也若有所思地说。

平时成天忙碌的爸爸妈妈这时都变成了哲学家，这倒好像是他们在过生日。

"妈，别动！"我说着，从妈妈看上去乌黑浓密的头发中拔出一根白头发，只白了一半儿，另一半儿还是黑的。

爸爸拿着那根头发对着灯看了看，闪电中，它像灯丝似地发出光来："据我所知，这是你妈妈有生以来长出的第一根白发，至少是第一次被发现的。"

"干什么嘛你！拔一根要长七根的！"妈妈把头发一甩恼怒地说。

"唉，这就是人生了。"爸爸说，他指着蛋糕上的蜡烛，"想想你拿着这么一根小蜡烛，放到戈壁滩上去点燃它，也许当时没风，真让你点着了，然后你离开，远远地你看着那火苗有什么感觉？孩子，这就是生命和人生，脆弱而飘忽不定，经不起一丝微风。"

我们三个都默默无语地看着那一簇小火苗，看着它们在窗外刺入的冷酷的青色电光中颤抖，像是看着我们精心培育的一窝小生命。

窗外又一阵剧烈的闪电。

这时它来了，是穿墙进来的，它从墙上那幅希腊众神狂欢的油画旁出现，仿佛是来自画中的一个幽灵。它有篮球大小，发着朦胧的红光。它在我们的头顶上轻盈地飘动着，身后拖着一条发出暗红色光芒的尾迹，它的飞行路线变幻不定，那尾迹在我们上面画出了一条令人迷惑的复杂曲线。它在飘动时发出一种啸声，那啸声低沉中透着尖利，让人想到在太古的荒原上，一个鬼魂在吹着埙。

妈妈惊恐地用双手抓住爸爸，我恨她这个动作恨了一辈子，如果她不这样做，我以后可能至少还有一个亲人。

它继续飘着，仿佛在寻找着什么，终于它找到了，悬停在爸爸头顶上半米处，啸声变得低沉，断断续续，仿佛是冷笑。

这时，我很近地看到了它的内部，那半透明的红色辉光似乎有无限深，从那不见底的光雾的深渊中，不断地有大群蓝色的小星星飞出来，使人想起了太空中一个以超光速飞行的灵魂看到的星空。

后来知道，它的内部能量密度高达每立方厘米两万至三万焦耳，而即使是 TNT 炸药的能量密度也不过每立方厘米两千焦耳。虽然它的内部温度高达一万多度，表面却是冷凉的。

爸爸向上伸出手去，他显然并不是去摸它，而是想护住自己的头部。当他的手伸到最高点时，似乎产生了一种吸力，把它吸到手上，就像一片叶子的细尖吸下了一个露珠。

一道炫目的白色闪电，一声巨响，仿佛世界在身边爆炸。

当眼睛因强光造成的暗雾散去后，我看到了将伴随我一生的景象：像在图像处理软件的色彩模式中选了黑白一样，爸爸和妈妈的身体瞬间变成了黑白两色的，更确切地说是灰白色，黑色是灯光在皱折处照出的阴影。那是一种大理石的颜色。爸爸的手仍向上举着，妈妈仍倾身用双手抓着爸爸的另一只手臂，在这两尊雕像的面容上，那两双已石化的眼睛仍栩栩如生。

空气中有一种怪异的味道，后来我知道那是臭氧。

"爸！"我喊了一声，没有回应。

"妈！"我又喊了一声，也没有回应。

我向那两尊雕像靠过去，这是我一生中最恐惧的时刻。我以前经历过的恐惧大多在梦中，在噩梦的世界中我之所以没有精神崩溃，是因为我的一个下意识在梦中仍醒着，一个声音在我意识最偏远的角落对我喊：这是梦。我现在也在心里拼命地冲自己这样喊，这是支撑我走过去的唯一动力。我伸出颤抖的手，去触碰爸爸的身体，当我的手接触到他肩部那灰白色的表面时，感觉像是穿透了一层极薄极脆的薄壳。我听到了轻微的噼啪声，像是严冬时倒入热水的玻璃杯的爆裂声，两尊雕像在我眼前塌落下去，像一场微型的雪崩。

地毯上出现了两堆白灰，除此之外什么都没有了。

但他们坐过的木凳还在那里，上面也落了一层灰。我拂去上面的灰，看到它的表面完好无损，而且摸上去是冰凉凉的。我知道，在火葬场的炉子中，要把人体完全化为灰烬，要在 2000 度的高温下烧 30 分钟，所以这是梦。

我茫然四顾，看到有烟从书架中冒出来，有玻璃门的书架中充满了白烟。我走过去拉开书架的门，白烟散尽后，我看到里面的书约有三分之一变成灰烬，颜色同地毯上那两堆灰一样，但书架没有任何烧过的痕迹，这是梦。

我看到一股蒸汽从半开的冰箱中冒出，走过去拉开冰箱门，发现里面的一只生冻鸡已变成熟的，发出一股香味；还有那些生对虾和生鱼，都成了熟的，但冰箱完好如初，正发出压缩机启动时的声响，这是梦。

我身上有些异样的感觉，拉开夹克，一片灰烬从我的身上散落下来，我里面穿的背心被烧成了灰，外面的夹克好好的，我刚才更没感觉到什么。我翻夹克口袋的手被狠烫了一下，拿出来一看，装在里面的袖珍游戏机已变成一团熔化塑料。这确实是梦，好奇妙的梦啊！

我木然地坐回我的位子上，我看不到桌子对面地毯上那两小堆灰，但知道它们在那儿。外面的雷声弱了，闪电少了，后来雨停了，再后来月亮从云缝中探出来，把一抹神秘的银光投进窗。我仍木然地坐在那儿，一动不动，这时在我的意识中世界已不存在，我悬浮在无际的虚空中。不知过了多长时间，窗外的朝阳唤醒了我，我木然地站起身，拿起书包去上学，我要摸索着找书包，摸索着打开门，因为我的两眼一直木然地看着无限远方……

当一个星期后我的精神基本恢复正常时，记起来的第一件事就是那夜是我的生日之夜，但那个蛋糕上应该只插一根蜡烛，哦不，一根都不插，那是我的出生之夜，以后的我再也不是以前的那个我了。

像爸爸在生命的最后时刻说的那样，我迷上了一样东西，我要去经历他所说的美妙人生。

……

球状闪电

两天后的夜晚，第一次扫描开始了。两架直升机在空中排成一条直线，我和张彬坐在一架里，林云在另一端的一架里，天气很好，夜空中星海灿烂，首都的灯光在远方地平线处隐现。

两架直升机开始慢慢地相互靠近，林云乘坐的那架直九我们刚才还只能凭航标灯辨认它的位置，随着距离的缩短，它的轮廓开始在夜空中显现出来，渐渐地，我又看清了被航标灯照亮的机号和八一徽标，最后，连林云和对方飞行员那被仪表盘上的红灯照亮的面孔都能看得很清晰。

一声清脆的爆裂声之后，那架直升机突然清晰地凸现于一片刺眼的蓝光之中，我们的机舱中也充满了这种蓝色的电光。由于两机距离很近，电极又处于机身的下方，所以只能看到电弧的一小段，它那刺目的蓝光让人不敢直视。弧光中，我和林云遥遥相对地挥了挥手。

"戴上护目镜！"飞行员大声提醒我们，在这一个星期的安装和调试中，我的双眼早就被电弧光刺得红肿流泪了。我扭头看看张彬，他没戴护目镜，也没看电弧，他的双眼看着被弧光照亮的舱顶，像在等待，又像在沉思。

我戴上护目镜后，立刻除了电弧之外什么都看不见了。随着直升机间距离的渐渐拉长，电弧也在变长，这时，我戴着护目镜的眼中的宇宙十分简单，只有无际的黑色虚空和这条长长的电弧。其实这个宇宙更像我们正在探索的境界：那是一个无形的电磁宇宙，在那个宇宙中，实体世界是不存在的，只有无形的场和波……我看到的画面让我失去了最后的信心，这画面给我的直觉，很难相信这个漆黑的宇宙中除了这道电弧还能有什么别的东西。为了摆脱这感觉，我摘下护目镜，像张彬一样把目光局限在舱内，这被电光照亮的实体世界让我感到舒服一些。

100 米长的电弧带最后形成了，并开始随着两架直升机的编队以越来越快的速度向西飞行。我猜测着在地面看到这条突然出现在夜空中的长电弧的人，看着它在群星的背景前缓缓移动，会把它当成什么呢？

飞行持续了半个小时，这期间除了飞行员们在无线电中简短的对话外，我们都保持着沉默。现在，这条电弧扫过的空间，已数千倍于有史以来人工闪电扫过的空间的总和，但什么都没有发生。

这时电弧的亮度渐渐减弱，超导电池中的电能已经快耗尽了，耳机中响起了林云的声音："各机注意，熄灭电弧，相互脱离，返回基地。"从她的声音中我听出了一种对所有人的安慰。

我生活中有一个铁打的定律：对某件事如果你预感到失败，那它肯定失败。当然还有将近一个月的时间进行这样的空中搜索，但我现在已经预感到了最后的结果。

"张教授，我们可能错了。"我对张彬说，在整个飞行过程中，他几乎没看舱外，只是静静地沉思着。

"不，"他说，"我现在比任何时候都肯定你们是对的。"

我轻轻叹了口气："对以后一个月的搜索，我其实已不抱什么希望了。"

张彬看着我说："不用一个月，按照我的直觉，它在今天晚上就应该出现。能否回基地充电后再飞一次？"

我摇摇头："您该休息了，明天再说吧。"

张彬喃喃自语："很奇怪，它应该出现的……"

"直觉并不可靠的。"我说。

"不，三十多年了，我还第一次有这样的直觉，它是可靠的！"

这时，耳机中突然响起了一个飞行员的声音：

"发现目标！电弧 1 号机方向约三分之一处！"

我和张彬都浑身一震，立刻伏到舷窗上向后望去。就这样，他时隔30年，我时隔13年，再次见到了决定我们一生的球状闪电。

那个球状闪电呈橘红色，拖着一条不太长的火尾，在夜空中沿一条变幻的曲线飘行着，从那飘行的轨迹看，它完全不受高空中强风的影响，似乎与我们的世界不发生任何关系。

"各机注意，与目标拉开距离！危险！"林云大喊。事后我真佩服她的冷静，我和张彬这时已完全呆住了，不可能再想任何别的事。

两架直升机相互分离飞行，随着距离的拉大，电弧很快熄灭了，没有弧光的干扰，球状闪电在夜空中显得更加清晰，周围的一片薄云被它的光映成了红色，仿佛一次微型的日出。这被人类激发的第一颗球状闪电在空中缓缓飘行了约1分钟，突然消失了。

返回基地后，我们立刻把超导电池充电，然后重新起飞，这次飞行刚进行了15分钟，就激发了第2颗球状闪电，到50分钟时，激发了第3颗。最后这颗色彩很奇特，呈一种怪异的紫色，它生存的时间也特别长，有6分钟之久，这使我和张彬都能细细品味梦幻变为现实的感觉。

再次在基地降落时已是午夜，我、张彬和林云站在基地这一片草地上，直升机的螺旋桨完全停转后，夏虫的声音从四面八方传来，使夜更显得宁静，灿烂的夏夜星空在苍穹中照耀着，似乎是整个宇宙专为我们三人亮起的无数明灯。

"我终于喝到那酒了，此生足矣！"张彬说。林云感到莫名其妙，我却立刻想起了他给我讲过的那个俄罗斯故事。

雷 球

首次搜索成功之后，我沉浸在前所未有的狂喜之中，眼中的世界变得崭新而美丽了，似乎开始了一个新的人生。许大校和林云却在兴奋中多了一种茫然，因为对于他们的目标而言，只走完了万里长征第一步。林云说过："你的终点就是我们的起点。"这话不太准确，但也说出了一定的实情。不过，我的终点现在也还很遥远。

听到飞行员们谈起球状闪电，都管它叫"雷球"，这也许是受那部同名的007电影的启发。以前，国内雷电研究领域有人把它叫"球雷"，但"雷球"这个称呼还是第一次，比起以前的名字它简洁而传神，更重要的是，现在我们知道，这种东西被称为闪电是不准确的，所以这个名字很快被大家所接受。

在取得了第一次突破后，我们前进的步伐就停滞了。我们只是不停地在空中用闪电激发雷球，最多时一天可激发十多个，但对它的研究手段却少得很，只能使用各种远距离探测仪器，如各种波长的雷达、红外线探测器、声呐、频谱仪等。进行接触式探测根本不可能，连对雷球接触过的空气进行取样都不可能，因为空中风速很高，那些受影响的空气瞬间就被吹散了。结果半个月下来，我们对雷球的了解并没有多少进展。

但林云的失望在另外的方面，在基地的一次例会上，她对我说："球状闪电好像没有你说的那么危险，我至今没看到它有什么杀伤力嘛。"

"就是，"一名直升机驾驶员说，"这些软绵绵的火球能作为武器？"

"你非要看到有人被烧成灰才满足？"我没好气地问。

"不要这么说嘛，我们的目标毕竟是制造武器。"

"对于球状闪电，你可以怀疑它的一切，唯独不必怀疑它的杀伤力！如果你们稍不注意，它很快就会满足你们的愿望！"我说。

许文诚上校支持我的意见："现在，在工作中有一种危险的倾向：对安全越来越忽视，观测直升机与目标的距离多次小于规定的 50 米，有时甚至接近到 20 米！这是绝对不能允许的！我要提醒机组人员，特别是飞行员，以后再接到靠近雷球小于规定距离的指令，应该拒绝执行！"

谁也没有想到，我那不祥的预言，在当天晚上就实现了。

在白天和夜里对雷球的激发概率是相同的，但由于雷球在夜空中的视觉效果较好，所以多半的激发试验都是夜里进行。这天夜里，激发了 6 个雷球，对前 5 个成功地进行了探测，探测内容主要包括雷球的运行轨迹、辐射强度、频谱特征、消失点的磁场强度等。

在对第 6 个雷球进行接触探测时，事故发生了。当这个雷球被激发时，探测直升机谨慎地靠近它，并沿着它飘行的轨迹飞行，努力与它保持着 50 米左右的距离，我所乘的直升机在更远处跟随着。这样的飞行大约进行了4分钟，雷球突然消失了，但这次雷球的消失与以前不同，我们听到轻微的爆炸声，由于机舱的隔音效果很好，这爆炸声在外面听起来一定震耳欲聋。紧接着，我们看到前方的探测直升机冒出了一股白烟，同时失去控制，翻滚着下坠，很快在我们的视野中消失了。在月光中，看到下方出现了一朵白色的伞花，我们才稍微放下心来。时间不长，下面的大地上出现了一团火光，火光映红了周围的一圈地面，在深夜黑色的大地上十分醒目。我们的心立刻又抽紧了，直到接到报告，说直升机坠毁在一座荒山上，没有伤着人，我们才长出了一口气。

惊魂未定的驾驶员回到基地后回忆，当雷球在他的直升机前方爆炸时，舱内什么地方迸出了电火花，接着又冒出了浓烟，然后飞机失去了控制。坠毁的直升机已经烧得不成样子，自然无法判断它内部的哪一部分被击毁了。

"凭什么认为事故一定与雷球有关呢？也许是直升机自身的故障，只是与雷球爆炸在时间上巧合而已。"在事故分析会上，林云这样说。

驾驶员直勾勾地看着林云，眼神是那种刚从噩梦中醒来的人所特有的："少校，本来我是赞同你的看法的，但，你看……"他举起两只手，"这也是巧合吗？"

我们看到，除了右手的一个拇指和左手的一个中指上还残留着半片已经烧得焦黑的指甲外，其余手指上的指甲踪迹全无！他又脱下了两只飞行靴，脚趾甲也全部消失了！

"雷球爆炸时，我的手指有些异样的感觉，低头一看，指甲正在发出红光，那光一闪就灭，然后十片指甲全变成了不透明的白色。我以为手被烧伤了，就举起一只手向它吹气，在吹第一口气时，指甲都化作一团白灰飞没了！"

"手指没烧伤吗？"林云抓住他的手细看。

"不管你信不信，我连一点热感都没有，再说，还穿戴着厚厚的手套和靴子呢，它们好好的！"

这次事故使项目组的人们第一次领教了球状闪电的威力，他们再没人说它"软绵绵的"了，最使大家震惊的是，雷球释放的能量能对 50 米外的物体产生作用！其实在我们收集到的上万份球状闪电目击记录上，这类现象的记载是很多的。

至此，研究陷入了绝境。我们到现在为止共激发了四十八个雷球，就发生了一次重大事故，这种试验和观测是不可能再进行下去了。更重要的是大家心里都明白，就是冒险进行下去也没有意义。给我们最大震撼的不是雷球的威力，而是它那几乎是超自然的诡异，直升机驾驶员那已经消失的指甲再次告诉我们，用常规手段根本不可能解开雷球的秘密。

我想起了张彬的话："我们都是凡人，虽然我们用超过常人的努力去探寻，可我们还是凡人，只能在基础理论提供的框架中进行推演，不可能越雷池半步，否则就像步入没有空气的虚空一样，但在这个框架中，我们什么也推演不出来。"在向总装备部领导的汇报会上，我把这话转述给他们。

"对球状闪电的研究方向必须转移到现代物理学的最前沿。"林云说。

"是的，我们该请超人了。"许上校说。

去创造一个新的科幻形象

——《球状闪电》赏析

贺　江

  刘慈欣在《球状闪电》中创造了一个新的科幻形象：球状闪电，这一文学形象开拓了科幻文学表现的空间，是刘慈欣对中国科幻文学的一大贡献。刘慈欣在构建这一文学形象的同时，也建立了自己的宏宇宙观。另一方面，《球状闪电》中的创伤描写也非常出色，刻画了一批为科学研究而饱受创伤的人，"创伤"是进入这些人物内心世界的重要切口。

  《球状闪电》发表于 2004 年，是继《魔鬼积木》《超新星纪元》之后，刘慈欣发表的第三部长篇小说。刘慈欣在该书的后记中称，中国的科幻小说缺少从虚无中创造整个世界的"气魄"，但他并不灰心，认为我们可以退而求其次，先创造一个"东西"——"球状闪电"无疑就是刘慈欣代表中国科幻小说家展现给世人的"东西"，很显然，刘慈欣成功了。

一、球状闪电及其文学形象

  1981 年夏，刘慈欣在河北邯郸市中华路南头的一次大雷雨中看到了"球状闪电"，这也是诱发刘慈欣写作《球状闪电》的一个因子。球状闪电俗称滚地雷，是一种神秘且比较罕见的自然现象。它经常出现在雷雨天气，看起来像个火球，呈圆球形或椭圆形。有时它的面积有足球那么大，有时又只有一拳之小。较为常见的颜色为红色或橘黄色，有时也会出现蓝色、黄色、紫色等其他颜色。

早在 11 世纪时，我国著名科学家沈括在《梦溪笔谈》中就记述了一次发生球状闪电的经历："其堂之西室，雷火自窗间出，赫然出檐，人以为堂屋已焚，皆出避之。及雷止，其舍宛然，墙壁窗纸皆黔。有一木格，其中杂贮诸器，其漆器银扣者，银悉镕流在地，漆器曾不焦灼。有一宝刀，极坚钢，就刀室中镕为汁，而室亦俨然。"1962 年 7 月 22 日，泰山玉皇顶上也曾发生过一次球状闪电，在电闪雷鸣中，一个直径约 15 厘米的红色火球从玻璃窗缝中钻入室内，在屋里轻轻地飘动大约 4 秒钟，后来从烟囱里出去，在烟囱顶端发生爆炸。这一历史场景也被刘慈欣写进了《球状闪电》。1986 年 8 月 19 日，湖南省古丈县岩托村，有 35 个人在一间房子里躲雨，一个红色火球突然飘入房间，火花四溅，导致三女两男死亡，18 人受伤。在其他国家，也有过一些关于发现球状闪电的现象。

到目前为止，球状闪电依然是一种未解之谜。有的研究者认为，球状闪电是一种气体旋涡，有的研究者认为它是一种氮氧化合物的特殊结构，也有研究者认为它是一团密度不大的常温等离子体，还有研究者认为它是由大气放电引发土壤中石英汽化的现象。越来越多的科学家投入到球状闪电的研究中来，1988 年 7 月，首届球状闪电国际学术会议在东京召开，这标志着球状闪电已经成为一种科学研究的"实体"，被越来越多的人所关注。许多国家也都成立了球状闪电研究组织，比如俄罗斯、英国、日本等。据报道，俄罗斯科学家最近还在实验室中成功制造出了球状闪电，这一切都有助于人们对球状闪电做进一步研究。

但在《球状闪电》中，球状闪电并不是仅仅作为一种自然现象来阐释的，刘慈欣更多的是把球状闪电当成一个文学形象。"本书中对球状闪电特性和行为的描写，如其能量释放目标的选择性、其能量释放的数量级以及运动方式和穿透性等，均以真实历史记录为依据，并非作者的设定。但本书中的球状闪电是一个科幻文学形象，不应将其视为对这种自然现象的基于科学的解释。"因此，可以说，刘慈欣的"球状闪电"来源于现实，但却高于现实。

　　刘慈欣是如何创造出这个迷人的"科幻文学形象"——球状闪电的？在《球状闪电》中，刘慈欣描绘了一群让人印象深刻的科学家。小说中的主人公"我"在 14 岁生日的那天，球状闪电突然光临，父母因接触到球状闪电，不幸遇难。从那一天开始，"我"就开始了追求球状闪电之路：先是上大学攻读大气科学专业，然后师从张彬攻读硕士研究生，后来跟随高波攻读博士学位，博士研究论文就是关于球状闪电的。博士毕业后，"我"又和林云博士合作开发"球状闪电"武器。后来又有物理学家丁仪参与其中。正是由于"我"、张彬、林云、丁仪等一大批科学家投身于球状闪电的研究中，通过种种努力，终于破解了球状闪电之谜。这个球状闪电之谜的解开过程，也是一大批科学家携手合作的过程，更是刘慈欣对球状闪电所进行的"浪漫想象"。

　　小说中的"我"——陈博士在 14 岁生日时第一次看到球状闪电，读博期间也是以球状闪电作为论文的研究方向。陈博士在博导高波的建议之下，构筑出一个球状闪电的数学模型，并顺利毕业。之后，陈博士碰到了林云，并和她一起合作，试图人工产生球状闪电。通过艰苦的努力，陈博士取得了研究思维的重大突破，认为"球状闪电并不是由闪电产生的，而是自然界早已存在的一种结构"。[1] 于是，他们开始通过实验来验证球状闪电的存在，并最终激发出了它。后来，为了进一步解开球状闪电的秘密，丁仪教授开始参加到项目组中，他发现球状闪电是一种可见的"空泡"，能够通过特殊的途径收集起来，并进行研究。丁仪把球状闪电看成是宏电子。"对于宏电子来说，波粒二象性中波的形态占很大比重，所以它的大小的意义与我们常识中的完全不同。……它们是宏观尺度的电子，就叫宏电子吧。"[2] 从这里我们可以发现，刘慈欣关于"球状闪电"的解密是基于严格的科学论证的，他是在科学研究的基础上对球状闪电进行了适当的"文学化"。正是利用这种方式，刘慈欣构建了"球状闪电"这个文学形象的科学论证过程，让所有读者都"信以为真"。

　　林云利用对球状闪电的了解，尤其是它的能量与攻击性特点，研究出了球状闪电武器，并推动建立了一支会使用球状闪电武器的部队。这支部队参

　　① 刘慈欣. 球状闪电［M］. 成都：四川科学技术出版社，2004：101.

　　② 刘慈欣. 球状闪电［M］. 成都：四川科学技术出版社，2004：149.

与了营救核电厂被劫事件，并在战争中参与攻击敌舰，由于球状闪电武器的攻击距离有限，在海上伏击时，球状闪电武器部队遭受到严重的打击，但随后林云和丁仪又发现了球状闪电的原子核，通过利用两个原子核在一定速度下的碰撞，可以引起宏聚变。由于巨大的危险性，上级组织让林云停止宏聚变实验，但是林云最终却一意孤行，引发了宏聚变，自己也被巨大的宏聚变能量所吞噬。至此，"球状闪电"的文学形象正式确立。

仔细考察"球状闪电"的文学（科幻）形象，我们可以发现这是刘慈欣对中国文学的独特贡献。刘慈欣创造了一个内涵丰富、饱满生动的文学形象：球状闪电。它的意义在于，这个文学形象是一种"物体"、一种"现象"，区别于大多数作家作品中的"人物"形象。但这并不是说刘慈欣不会刻画人物形象，恰恰相反，《球状闪电》中的林云形象是很丰满的，丁仪和陈博士的性格特征也很鲜明。但以"物体"作为文学形象的表现对象，具有开创性的意义。另外，如果我们进一步考察"球状闪电"文学形象的形成机制，就会发现，刘慈欣用于构建该科幻形象的一个重要手段是大视野观，或者说宏观视角。刘慈欣通过丁仪之口，认为"球状闪电"是一个宏电子，是在宇宙空间存在的"宏观尺度的电子"，还有一个"宏原子核"。而小说最后宏聚变（核聚变）也是两个宏原子核在一定速度下碰撞引起的反应。刘慈欣还通过球状闪电建立起自己的宇宙观。"我相信存在宏世界，或者说宏宇宙，但它是什么样子，还是未知中的未知。也许与我们的世界完全不同，也许完全对应。"①而宏宇宙到底是怎么样的，刘慈欣在《三体》中给出了自己的答案。这样，也可以说《球状闪电》是《三体》的前传。

二、"创伤"中的科学探索

科学的探索充满着各种失败，在《球状闪电》中，科学家们对球状闪电的研究也经历了种种失败，但刘慈欣很显然并没有简单地写失败的经历，而是描写了一群在创伤中不断追求和探索的人们。

---

① 刘慈欣. 球状闪电［M］. 成都：四川科学技术出版社，2004：150.

创伤，本是医学用词，指外部力量给人的身体造成的损伤，后来，这个词的意义逐渐扩大到精神层面，指精神创伤。19世纪中期，英国医生约翰·埃里克森（John Erichsen）对那些经历过火车事故的人进行研究，发现这些人大都有"震惊"（shock）之后的不幸。创伤研究逐渐和"震惊"联系起来，保罗·奥本海默（Paul Oppenheim）通过研究，把这种受到"震惊"而造成人的大脑内在机能改变的现象称为"创伤性神经症"（traumatic neurosis）。后来，又有一批研究者进行创伤研究，弗洛伊德是其中的佼佼者。他在《精神分析引论》中认为，"一种经验如果在一个很短暂的时期内，使心灵受到一种最高度的刺激，以致不能用正常的方法谋求适应，从而使心灵的有效能力的分配受到永久的扰乱，我们便称这种经验为创伤的。"[①]《球状闪电》中的陈博士、张彬、林云都有心理创伤。

陈博士之所以穷其一生要研究球状闪电，是因为他的父母被球状闪电所"杀"。当时，陈博士还是一个十四岁的少年，父母正在给他庆祝生日，球状闪电突然穿墙而入，它爆炸时所发出的威力如此之大，瞬间就让陈博士的父母化为了雕像。"我向那两尊雕像靠过去，这是我一生中最恐惧的时刻。我以前经历过的恐惧大多在梦中，在噩梦的世界中我之所以没有精神崩溃，是因为我的一个下意识在梦中仍醒着，一个声音在我意识最偏远的角落对我喊：这是梦。我现在也在心里拼命地冲自己这样喊，这是支撑我走过去的唯一动力。我伸出颤抖的手，去触碰爸爸的身体，当我的手接触到他肩部那灰白色的表面时，感觉像是穿透了一层极薄极脆的薄壳。我听到了轻微的噼啪声，像是严冬时倒入热水的玻璃杯的爆裂声，两尊雕像在我眼前塌落下去，像一场微型的雪崩。"[②]突然而来的死亡和巨大的冲击给陈博士幼小的心灵造成巨大的冲击，成为他一生的心理创伤。为了摆脱创伤，陈博士决定去研究球状闪电。后来，他和林云一起研究球状闪电，发现了如何找到球状闪电的秘密，但是林云要把球状闪电运用于武器制造中，陈博士觉得这很不可取，就离开

---

①　西格蒙德·弗洛伊德. 精神分析引论［M］. 高觉敷，译，北京：商务印书馆，2009：217.

②　刘慈欣. 球状闪电［M］. 成都：四川科学技术出版社，2004：4.

了林云，转而研究如何预警龙卷风的到来。

陈博士的硕士生导师张彬也是一个饱受创伤的人。他亲历了 1962 年 7 月泰山玉皇顶上的球状闪电事件，目睹了球状闪电，在年轻的时候就立志要研究球状闪电。后来，他碰到了也是研究球状闪电的郑敏，两人结婚后继续研究球状闪电。但是在一次探测球状闪电中，郑敏不幸遇难，这给张彬留下了心理创伤。更让张彬难受的是，当他花了三十多年时间研究之后，才发现自己的研究是失败的，并最终决定放弃研究。张彬对陈博士说："我们都是凡人，虽然我们用超过常人的努力去探寻，可我们还是凡人，我们只能在牛顿、爱因斯坦、麦克斯韦这些人设定的框架中进行推演，不可能越雷池半步，否则就像步入没有空气的虚空一样，但在这个框架中，我们什么也推演不出来。"[①] 张彬的创伤心结最后被陈博士"治好"了，因为陈博士最终发现了球状闪电的秘密，并让张彬亲眼见到了球状闪电。

《球状闪电》中另一个饱受创伤的人物是林云。她的创伤经历并不是来自球状闪电，而是家庭原因。在林云还很小的时候，她妈妈在参加中越自卫反击战时不幸遇难。从小失去母爱的她和当军官的父亲生活在一起，可是由于父亲太忙，大多时候她只能自己一个人玩儿。林云从小就立志要发明出厉害的武器，给妈妈报仇。在军营里待久了，林云跟着士兵一起，也渐渐学会了射击，迷恋上了武器。虽然后来被父亲发现这样不好，让她学习音乐、艺术和文学，但林云骨子里还是迷恋武器，并在博士毕业后，留在了新概念武器研究中心，从事武器开发。利用球状闪电来制作新式武器就是林云的一个目标，她和陈博士、丁仪等人合作研究球状闪电，并制造出雷球机枪，但后来遇到了困难。最后，她不惜冒着生命的危险进行核聚变实验，并最终被巨大的能量所吞噬。

《球状闪电》中还有其他的人也受到不同程度的心理创伤，比如研究球状闪电的俄罗斯物理学家格莫夫，他的儿子就是被球状闪电"杀"死的，而他穷尽一生来研究球状闪电，也只能用失败二字形容。还有林云的父亲林峰

---

① 刘慈欣. 球状闪电［M］. 成都：四川科学技术出版社，2004：35.

将军，也同样饱受着妻子去世的痛苦。《球状闪电》打动人的地方在于，尽管这些科学家在研究中遇到那么多的困难，他们却报着探求新知和真理的决心，很少动摇。球状闪电的秘密能最终被解开，也是这些科学家们坚持不懈努力的结果。

刘慈欣自认为人类社会中的一切问题都可以用技术的进步来解决，他也被认为是坚定的技术主义者。但刘慈欣对技术的使用是有要求的，也就是说必须要合理。《球状闪电》中的陈博士和林云是两个截然不同的类型。前者主张技术的"民用化"，也就是为人民谋福利，而林云则是希望用技术来对抗邪恶。陈博士在研究中的两次退出，以及用球状闪电的相关知识进行预测龙卷风的研究都表明，技术不能滥用。这其实也是刘慈欣的态度。由此，我们可以把刘慈欣看成是一个持技术至上主义的人文主义者：他关心技术的发展，也关心整个人类的幸福。

《球状闪电》在刘慈欣的整个文学创作中都具有重要的意义。我们可以发现，"球状闪电"是刘慈欣的宏宇宙观的一个重要的支撑点，刘慈欣通过对"球状闪电"的成功塑造，不仅创造出一个经典的科幻形象，而且还为其之后的小说创作打下了坚实的基础："球状闪电"武器在之后的小说中也经常出现，而丁仪这样一个人物将会在《三体》里占据重要的位置。从另一方面来讲，小说人物的心理创伤描写也具有文化指称意义，科技是一种毁灭性与建设性为一体的力量，是一把双刃剑，在进行科学探索的同时，如何能确保科技被正确使用，是一个重大的文化命题。

（贺江：文学博士，博士后，深圳职业技术学院讲师）

三体（节选）

刘慈欣

启动游戏后，汪淼置身于一片黎明之际的荒原，荒原呈暗褐色，细节看不清楚，远方地平线上有一小片白色的曙光，其余的天空则群星闪烁。一声巨响，两座发着红光的山峰砸落到远方的大地上，整个荒原笼罩在红色光芒之中。被激起的遮天蔽日的尘埃散去后，汪淼看清了那两个顶天立地的大字：三体。

随后出现了一个注册界面，汪淼用"海人"这个 ID 注册，然后成功登录。

荒原依旧，但 V 装具感应服中的压缩机咝咝地启动了，汪淼感到一股逼人的寒气。前方出现了两个行走的人影，在曙光的背景前呈黑色的剪影。汪淼追了上去，他看到两人都是男性，披着破烂的长袍，外面还裹着一张肮脏的兽皮，都带着一把青铜时代那种又宽又短的剑，其中一人背着一只有他一半高的细长的木箱子。那人扭头看看汪淼，他的脸像那兽皮一样脏和皱，双眼却很有神，眸子映着曙光。"冷啊。"他说。

"是，真冷。"汪淼附和道。

"这是战国时代，我是周文王。"那人说。

"周文王不是战国时代的人吧？"汪淼问。

"他一直活到现在呢，纣王也活着。"另一个没背箱子的人说，"我是周文王的追随者，我的 ID 就叫'周文王追随者'，他可是个天才。"

"我的 ID 是'海人'，"汪淼说，"您背的是什么？"

周文王放下那只长方形木箱，将一个立面像一扇门似的打开，露出里面的五层方格，借着晨曦的微光，汪淼看到每层之间都有高低不等的一小堆细沙，每格中都有从上一格流下的一道涓细的沙流。

"沙漏，八小时漏完一次，颠倒三次就是一天，不过我常常忘了颠倒，要靠追随者提醒。"周文王介绍说。

"你们好像是在长途旅行，有必要背这么笨重的计时器吗？"

"那怎么计时呢？"

"拿个小型的日晷多方便，或者干脆只看太阳也能知道大概的时间。"

周文王和追随者面面相觑，然后一起盯着汪淼，好像他是个白痴，"太阳？看太阳怎么能知道时间？这可是乱纪元。"

汪淼正要询问这个怪异名词的含义，追随者哀鸣道："真冷啊，冷死我了！"

汪淼也觉得冷，但他不能随便脱下感应服，一般情况下，那样做会被游戏注销 ID 的。他说："太阳出来就会暖和些的。"

"你在冒充伟大的先知吗？连周文王都不算先知呢！"追随者冲汪淼不屑地摇摇头。

"这需要先知吗？谁还看不出来太阳一两个小时后就会升起。"汪淼指指天边说。

"这是乱纪元！"追随者说。

"什么是乱纪元？"

"除了恒纪元，都是乱纪元。"周文王说，像回答一个无知孩童的提问。

果然，天边的晨光开始暗下去，很快消失了，夜幕重新笼罩了一切，苍穹星光灿烂。

"原来现在是黄昏不是早晨？"汪淼问。

"是早晨，早晨太阳不一定能升起，这是乱纪元。"

寒冷使汪淼很难受。"看这样子，太阳要很长时间以后才会升出来。"他哆嗦着指指模糊的地平线说。

"你怎么又会有这种想法？那可不一定，这是乱纪元。"追随者说着转向周文王，"姬昌，给我些鱼干吃吧。"

"不行！"周文王断然说道，"我也是勉强吃饱，要保证我能走到朝歌，而不是你。"

说话间，汪淼注意到另一个方向的地平线又出现了曙光，他分不清东南西北，但肯定不是上次出现时的方向。这曙光很快增强，不一会儿，这个世界的太阳升起来了，是一颗蓝色的小太阳，很像增强了亮度的月亮，但还是让汪淼感到了一丝温暖，并看清了大地的细节。但这个白昼很短暂，太阳在地平线上方划了一道浅浅的弧形就落下了，夜色和寒冷又笼罩了一切。

三人在一棵枯树前停下，周文王和追随者拔出青铜剑来砍柴，汪淼将碎柴收集到一块。追随者拿出火镰，噼啪、噼啪打了好一阵，升起了一堆火。汪淼的感应服的前胸部分变暖和了，但背后仍然冰冷。

"烧些脱水者，火才旺呢。"追随者说。

"住嘴！那是纣王干的事！"

"反正路上那些散落的，都破成那样，泡不活了。如果你的理论真能行，别说烧一些，吃一些都成，与那理论相比，几条命算什么。"

"胡说！我们是学者！"

篝火燃尽后，三人继续赶路。由于他们之间交谈很少，系统加快了游戏时间的流逝速度，周文王很快将背上的沙漏翻了六下，转眼间两天过去了，太阳还没有升起过一次，甚至天边连曙光的影子都没有。

"看来太阳不会出来了。"汪淼说，同时调出游戏界面来看了一下自己的HP，它正因寒冷而迅速减小。

"你又冒充伟大的先知了……"追随者说，汪淼和他一起说出了后半句，"这是乱纪元！"

这话说完不久，天边真的出现了曙光，并且迅速增强，转眼间太阳就升了起来。汪淼发现这次升起的是一颗大太阳，当它升至一半时，直径占了视野内至少五分之一的地平线。暖流扑面而来，令汪淼心旷神怡，但他看周文王和追随者时，发现他们都一脸惊恐，仿佛魔鬼降临了似的。

"快，找阴凉地儿！"追随者大喊，汪淼跟着他们飞奔，跑到了一处低矮的岩石后面蹲下来。岩石的阴影在渐渐缩短，周围的大地像处于白炽状态般刺眼，脚下的冻土迅速融化，由坚硬如铁变成泥泞一片，热浪滚滚。汪淼很快出汗了。当大太阳升到头顶正上方时，三人用兽皮蒙住头，强光仍如利箭般从所有缝隙和孔洞中射进来。三人绕着岩石挪到另一边，躲进那边刚刚出现的阴影中……

太阳落山后，空气依然异常闷热，大汗淋漓的三人坐在岩石上，追随者沮丧地说："乱纪元旅行，真是在地狱里走路，我受不了了；再说我也没吃的了，你不分我些鱼干，又不让吃脱水者，唉——"

"那你只能脱水了。"周文王说，一手用兽皮扇着风。

"脱水以后，你不会扔下我吧？"

"当然不会，我保证把你带到朝歌。"

追随者脱下了被汗水浸湿的长袍，赤身躺到泥地上。在落日的余晖中，汪淼看到追随者身上的汗水突然增加了，他很快知道那不是出汗，这人身体内的水分正在被彻底排出，这些水在沙地上形成了几条小小的溪流，追随者的整个躯体如一根熔化的蜡烛在变软变薄……十分钟后水排完了，那躯体化为一张人形的软皮一动不动地铺在泥地上，面部的五官都模糊不清了。

"他死了吗？"汪淼问。他想起来了，一路上不时看到有这样的人形软皮，有的已破损不全，那就是不久前追随者想要用来烧火的脱水者。

"没有。"周文王说着，将追随者变成的软皮拎起来，拍了拍上面的土，放到岩石上将他（它）卷起来，就像卷一只放了气的皮球一般，"在水里泡一会儿，他就会恢复原状活过来，就像泡干蘑菇那样。"

"他的骨骼也变软了？"

"是的，都成了干纤维，这样便于携带。"

"这个世界中的每个人都能脱水吗？"

"当然，你也能，要不在乱纪元是活不下去的。"周文王将卷好的追随者递给汪淼，"你带着他吧，扔到路上不是被人烧了就是吃了。"

汪淼接过软皮，很轻的一小卷，用胳膊夹着倒也没有什么异样的感觉。

汪淼夹着脱水的追随者，周文王背着沙漏，两人继续着艰难的旅程。同前几天一样，这个世界中的太阳运行得完全没有规律，在连续几个严寒的长夜后，可能会突然出现一个酷热的白天，或者相反。两人相依为命，在篝火边抵御严寒，泡在湖水中度过酷热。好在游戏时间可以加快，一个月可以在半小时内过完，这使得乱纪元的旅程还是可以忍受的。

这天，漫漫长夜已延续了近一个星期（按沙漏计时），周文王突然指着夜空欢呼起来：

"飞星！飞星！两颗飞星！"

其实，汪淼之前就注意到那种奇怪的天体，它比星星大，能显出乒乓球大小的圆盘形状，运行速度很快，肉眼能明显地看到它在星空中移动，只是这次出现了两个。

周文王解释说："两颗飞星出现，恒纪元就要开始了！"

"以前看到过的。"

"那只有一个。"

"最多只有两个吗？"

"不，有时会有三个，但不会再多了。"

"三颗飞星出现，是不是预示着更美好的纪元？"

周文王用充满恐惧的眼神瞪了汪淼一眼，"你在说什么呀，三颗飞星……祈祷它不要出现吧。"

周文王的话没错，他们向往的恒纪元很快开始了，太阳升起落下开始变得有规律，一个昼夜渐渐固定在十八小时左右，日夜有规律的交替使天气变得暖和了一些。

"恒纪元能持续多长时间？"汪淼问。

"一天或一个世纪，每次多长谁都说不准。"周文王坐在沙漏上，仰头看着正午的太阳，"据记载，西周曾有过长达两个世纪的恒纪元，唉，生在那个时代的人有福啊！"

"那乱纪元会持续多长时间呢？"

"不是说过嘛，除了恒纪元都是乱纪元，两者互为对方的间隙。"

"那就是说，这是一个全无规律的混乱世界？"

"是的，文明只能在较长的气候温暖的恒纪元里发展。大部分时间里，人类集体脱水存贮起来，当较长的恒纪元到来时，再集体浸泡复活，以进行生产和建设。"

"那怎样预知每个恒纪元到来的时间和长短呢？"

"做不到，从来没有做到过。当恒纪元到来时，国家是否浸泡取决于大王的直觉，常常是：浸泡复活了，庄稼种下了，城镇开始修筑，生活刚刚开始，恒纪元就结束了，严寒和酷热就毁灭了一切。"周文王说到这里，一手指向汪淼，双眼变得炯炯有神，"好了，你已经知道了这个游戏的目标：就是运用我们的智力和悟性，分析研究各种现象，掌握太阳运行的规律，文明的生存就维系于此。"

"在我看来太阳运行根本就没有规律。"

"那是因为你没能悟出世界的本原。"

"你悟出来了？"

"是的，这就是我去朝歌的目的，我将为纣王献上一份精确的万年历。"

"可这一路上，没看到你有这种能力。"

"对太阳运行规律的预测只能在朝歌做出，因为那里是阴阳的交汇点，只有在那里取的卦才是准确的。"两人又在严酷的乱纪元跋涉了很长时间，其间又经历了一次短暂的恒纪元，终于到达了朝歌。

汪淼听到一种不间断的类似于雷声的轰鸣。这声音是朝歌大地上许多奇怪的东西发出的，那是一座座巨大的单摆，每座都有几十米高。单摆的摆锤是一块块巨石，被一大束绳索吊在架于两座细高石塔间的天桥上。每座单摆都在摆动中。驱动它们的是一群群身穿盔甲的士兵，他们合着奇怪的号子，齐力拉动系在巨石摆锤上的绳索，维持着它的摆动。汪淼发现，所有巨摆的摆动都是同步的，远远看去，这景象怪异得使人着迷，像大地上竖立着一座座走动的钟表，又像从天而降的许多巨大、抽象的符号。

在巨摆的环绕下，有一座巨大的金字塔，夜幕中如同一座高耸的黑山，这就是纣王的宫殿。汪淼跟着周文王走进了金字塔基座上的一个不高的洞门，门旁几名守卫的士兵在黑暗中如幽灵般无声地徘徊。他们沿着一条长长的隧道向里走，隧道窄而黑，间隔很远才有一支火炬。

"在乱纪元，整个国家在脱水中，但纣王一直醒着，陪伴着这片没有生机的国土。要想在乱纪元生存，就得居住在这种墙壁极厚的建筑中，几乎像住在地下，才能避开严寒和酷热。"周文王边走边对汪淼解释。

走了很长的路，才进入了纣王位于金字塔中心的大殿，其实这里并不大，很像一个山洞。身披一大张花兽皮坐在一处高台上的人显然是纣王了，但首先吸引汪淼目光的是一位黑衣人，他的黑衣几乎与大殿中浓重的阴影融为一体，那张苍白的脸仿佛是浮在虚空中。

"这是伏羲。"纣王对刚进来的周文王和汪淼介绍那位黑衣人，仿佛他们一直就在那儿似的，而黑衣人才是新来的，"他认为，太阳是脾气乖戾的大神，他醒着的时候喜怒无常，是乱纪元；睡着时呼吸均匀，是恒纪元。伏羲建议竖起了外面的那些大摆，日夜不停地摆动，声称这对太阳神有强烈的催眠作用，能使其陷入漫长的昏睡。但直到现在，我们看到太阳神仍醒着，最多只是不时打打盹儿。"

纣王挥了一下手，有人端来一个陶罐，放到伏羲面前的小石台上——汪淼后来知道，那是一罐调味料。伏羲长叹一声，端起陶罐喝下去，那咕咚咕咚的声音仿佛黑暗深处有一颗硕大的心脏在跳动。喝了一半后，他将剩下的调味料倒在身上，然后扔下陶罐，走向大殿角落的一口架在火上的青铜大鼎，爬上鼎沿；他跳进大鼎，激起了一大团蒸气。

"姬昌坐下，一会儿就开宴。"纣王指指那口大鼎说。

"愚蠢的巫术。"周文王朝大鼎偏了下头，轻蔑地说。

"你对太阳悟出了什么？"纣王问，火光在他的双眸中跳动。

"太阳不是大神，太阳是阳，黑夜是阴，世界是在阴阳平衡中运转的，这不在我们的控制之中，但可以预测。"周文王说着，抽出青铜剑，在火炬照到的地板上画出了一对大大的阴阳鱼，然后以令人目眩的速度在周围画出了六十四卦，看上去如同火光中时隐时现的大年轮，"大王，这就是宇宙的密码，借助它，我将为您的王朝献上一部精确的万年历。"

"姬昌啊，我现在急需知道的，是下一个长恒纪元什么时候到来。"

"我将立刻为您占卜。"周文王说着，走到阴阳鱼中央盘腿坐下，抬头望着大殿的顶部，目光仿佛穿透了厚厚的金字塔看到了星空，他的双手手指同时在进行着复杂的运动，组合成一部高速运转的计算器。寂静中，只有大鼎中的汤发出咕嘟咕嘟的声响，仿佛煮在汤中的巫师在梦呓。

周文王从阴阳图中站起来，头仍仰着，说："下面将是一段为期四十一天的乱纪元，然后将出现为期五天的恒纪元，接下来是为期二十三天的乱纪元和为期十八天的恒纪元，然后是为期八天的乱纪元，当这段乱纪元结束后，大王您所期待的长恒纪元就到来了，这个恒纪元将持续三年零九个月，其间气候温暖，是一个黄金纪元。"

"我们首先需要证实一下你前面的预测。"纣王不动声色地说。

汪淼听到上方传来一阵轰隆隆的声音，大殿顶上的一块石板滑开，露出一处正方形的洞口，汪淼调整方向，看到这个方洞通到金字塔的外面，在这个方洞的尽头，汪淼看到了几颗闪烁的星星。

游戏的时间加快了，由两名士兵看守的周文王带来的沙漏几秒钟就翻动一次，标志着八小时的流逝。上方的窗口无规律地闪烁起来，不时有一束乱纪元的阳光射进大殿，有时很微弱，如月光一般；有时则十分强烈，投在地上的方形光斑白炽明亮，使所有的火炬黯然失色。汪淼数着沙漏翻动的次数，当翻到一百二十次左右时，阳光投进窗口的间隔变得规则了，预测中的第一个恒纪元到来。沙漏再翻动十五下后，窗口的闪烁又紊乱起来，乱纪元又开始了。然后又是恒纪元，然后又是乱纪元，它们的开始和持续时间虽然有些小误差，但与周文王的预测已是相当的吻合了。当最后一段为期八天的乱纪元结束后，他预言的长恒纪元开始了。汪淼数着沙漏的翻动，二十天过去了，射进大殿的日光仍遵循着精确的节奏。这时，游戏时间的流逝被调整到正常。

纣王向周文王点点头："姬昌啊，我将为你树起一座丰碑，比这座宫殿还要高大。"

周文王深鞠一躬："我的大王，让您的王朝苏醒吧，繁荣吧！"

纣王在石台上站起身，张开双臂，仿佛要拥抱整个世界，他用一种很奇怪的歌唱般的音调喊道："浸泡——"

听到这号令，大殿内的人都跑向洞门。在周文王的示意下，汪淼跟着他沿着长长的隧道向金字塔外走去。走出洞门，汪淼看到时值正午，太阳在当空静静地照耀着大地，微风吹过，他似乎嗅到了春天的气息。周文王和汪淼一同来到了距金字塔不远的一处湖畔，湖面上的冰已融化了，阳光在微波间跳动。

先出来的一队士兵高呼着："浸泡！浸泡！"都奔向湖边一处形似谷仓的高大石砌建筑。在来的路上，汪淼不时在远处看到过这种建筑，周文王告诉他那是"干仓"，是存贮脱水人的大型仓库。士兵们打开干仓的石门，从中搬出一卷卷落满灰尘的皮卷，他们每人都抱着、夹着好几个皮卷，走向湖边，将那些皮卷扔进湖中。那些皮卷一遇到水，立刻舒展开来，一时间，湖面上漂浮着一片似乎是剪出来的薄薄的人形。每一张"人片"都在迅速吸水膨胀，渐渐地，湖面上的"人片"都变成了圆润的肉体，这些肉体很快具有了生命的迹象，一个个挣扎着从齐腰深的湖水中站立起来。他们睁大如梦初醒的眼睛看着这风和日丽的世界。"浸泡！"一个人高呼起来，立刻引来了一片欢呼声："浸泡！浸泡！"……这些人从湖中跑上岸，赤身裸体地奔向干仓，将更多的皮卷投入湖中，浸泡复活的人一群群从湖中跑出来。这一幕也发生在更远处的湖泊和池塘中，整个世界在复活。

"噢，天啊！我的指头——"

汪淼顺着声音看去，见一个刚浸泡复活的人站在湖中，举着一只手哭喊道，那手缺了中指，血从手上断指处滴到湖中。其他复活者纷纷拥过他的身边，兴高采烈地奔向湖岸，没有人注意他。

"行了，你就知足吧！"一个经过的复活者说，"有人整条胳膊腿都没了，有人脑袋被咬了个洞，如果再不浸泡，我们怕是都要被乱纪元的老鼠啃光了！"

"我们脱水多长时间了？"另一位复活者问。

"看看大王宫殿上积的沙尘有多厚就知道了，刚听说现在的大王已不是脱水前的大王了，不知是他的儿子还是孙子。"

浸泡持续了八天才完全结束，这时所有的脱水人都已复活，世界又一次获得了新生。这八天中，人们享受着每天二十个小时、周期准确的日出日落。

沐浴在春天的气息里，所有人都衷心地赞美太阳、赞美掌管宇宙的诸神。第八天夜里，大地上的篝火比天上的星星都密，在漫长的乱纪元中荒废的城镇又充满了灯火和喧闹，同文明以前的无数次浸泡一样，所有人将彻夜狂欢，迎接日出后的新生活。

但太阳再也没有升起来。

各种计时器都表明日出的时间已过，但各个方向的地平线都仍是漆黑一片。又过了十个小时，没有太阳的影子，连最微弱的晨光都见不到。一天过去了，无边的夜在继续着；两天过去了，寒冷像一只巨掌在暗夜中压向大地。

"请大王相信我，这只是暂时的，我看到了宇宙中的阳在聚集，太阳就要升起来了，恒纪元和春天将继续！"金字塔的大殿里，周文王跪在纣王端坐的石台下哀求道。

"还是把鼎烧上吧。"纣王叹了口气说。

"大王！大王！"一名大臣从洞门里跌跌撞撞地跑进来，带着哭腔喊道，"天上，天上有三颗飞星！"

大殿中的所有人都惊呆了，空气仿佛凝固了，只有纣王仍然不动声色。他转向以前一直不屑于搭理的汪淼，"你还不知道出现三颗飞星意味着什么吧？姬昌啊，告诉他。"

"这意味着漫长的严寒岁月，冷得能把石头冻成粉末。"周文王长叹一声，说。

"脱水——"纣王又用那歌唱般的声音喊道。其实，在外面的大地上，人们早已开始陆续脱水，重新变成人干以度过正在到来的漫漫长夜，他们中的幸运者被重新搬入干仓，还有大量的人干被丢弃在旷野上。周文王慢慢站起身，朝架在火上的青铜大鼎走去，他爬上鼎沿，跳进去前停了几秒钟，也许是看到伏羲煮得烂熟的脸正在汤中冲他轻笑。

"用文火。"纣王无力地说，然后转向其他人，"该 EXIT 的就 EXIT 吧，游戏到这儿已经没什么玩头了。"

洞门上方出现了发着红光的 EXIT 标志，人们纷纷向那里走去。汪淼也跟随而去，穿过洞门和长长的隧道来到了金字塔外，看到黑夜里大雪纷飞，刺骨的寒冷使他打了个冷战。天空的一角显示出游戏的时间又加快了。

十天后，雪仍在下着，但雪片大而厚重，像是凝结的黑暗。有人在汪淼耳边低声说："这是在下二氧化碳干冰了。"汪淼扭头一看，是周文王的追随者。

又过了十天，雪还在下，但雪花已变得薄而透明，在金字塔洞门透出的火炬的微光中呈现出一种超脱的淡蓝色，像无数飞舞的云母片。

"这雪花已经是凝固的氧、氮了，大气层正在绝对零度中消失。"

金字塔被雪埋了起来，最下层是水的雪，中层是干冰的雪，上层是固态氧、氮的雪。夜空变得异常晴朗，群星像一片银色的火焰。一行字在星空的背景上出现：

> 这一夜持续了四十八年，第 137 号文明在严寒中毁灭了，该文明进化至战国层次。
>
> 文明的种子仍在，它将重新启动，再次开始在三体世界中命运变化莫测的进化，欢迎您再次登录。

退出前，汪淼最后注意到的是夜空中的三颗飞星，它们相距很近，相互围绕着，在太空深渊中跳着某种诡异的舞蹈。

三体Ⅱ·黑暗森林（节选）

刘慈欣

当减速的过载消失后，穿梭机已经靠上了"螳螂号"的船体，这过程是那么快捷，在穿梭机乘员们的感觉中，"螳螂号"仿佛是突然从太空中冒出来一样。对接很快完成，由于"螳螂号"是无人飞船，舱内没有空气，考察队四人都穿上了轻便航天服。在得到舰队的最后指示后，他们在失重中鱼贯穿过对接舱门，进入了"螳螂号"。

"螳螂号"只有一个球形主舱，水滴就悬浮在舱的正中，与在"量子号"上看到的影像相比，它的色彩完全改变了，变得暗淡柔和了许多，这显然是由于外界的景物在其表面的映像不同所致，水滴的全反射表面本身是没有任何色彩的。"螳螂号"的主舱中堆放着包括已经折叠的机械臂在内的各种设备，还有几堆小行星岩石样品，水滴悬浮于这个机械与岩石构成的环境中，再一次形成了精致与粗陋、唯美与技术的对比。

"像一滴圣母的眼泪。"西子说。

她的话以光速从"螳螂号"传出去，先是在舰队，3小时后在整个人类世界引起了共鸣。在考察队中，中校和西子，还有来自欧洲舰队的少校，都是普通人，因意外的机遇在这文明史上的巅峰时刻处于最中心的位置。在这样近的距离上面对水滴，他们都有一个共同的感觉：对那个遥远世界的陌生感消失了，代之以强烈的认同愿望。是的，在这寒冷广漠的宇宙中，同为碳基生命本身就是一种缘分，一种可能要几十亿年才能修得的缘分，这个缘分让人们感受到一种跨越时空的爱，现在，水滴使他们感受到了这种爱，任何敌意的鸿沟都是可以在这种爱中消弭的。西子的眼睛湿润了，3小时后将有几十亿人与她一样热泪盈眶。

但丁仪落在后面，冷眼旁观着这一切，"我看到了另外一些东西，"他说，"一种更大气的东西，忘我又忘它的境界，通过自身的全封闭来包容一切的努力。"

"您太哲学了，我听不太懂。"西子带泪笑笑说。

"丁博士，我们时间不多的。"中校示意丁仪走上前来，因为第一个接触水滴的必须是他。

丁仪慢慢飘浮到水滴前，把一只手放到它的表面上。他只能戴着手套触摸它，以防被绝对零度的镜面冻伤。接着，三位军官也都开始触摸水滴了。

"看上去太脆弱了，真怕把它碰坏了。"西子小声说。

"感觉不到一点儿摩擦力，"中校惊奇地说，"这表面太光滑了。"

"能光滑到什么程度呢？"丁仪问。

为了解答这个问题，西子从航天服的口袋中拿出了一个圆筒状的仪器，那是一架显微镜。她把镜头接触水滴的表面，从仪器所带的一个小显示屏上，可以看到放大后的表面图像。屏幕上所显示的，仍然是光滑的镜面。

"放大倍数是多少？"丁仪问。

"100倍。"西子指指显微镜显示屏一角的一个数字，同时把放大倍数调到1000倍。

放大后的表面还是光滑的镜面。

"你这东西坏了吧。"中校说。

西子把显微镜从水滴上拿起来，放到自己航天服的面罩上，其他三人凑过来看显示屏，看到了被放大1000倍的面罩表面，那肉眼看上去与水滴一样光洁的面，在屏幕上变得像乱石滩一样粗糙。西子又把显微镜重新安放在水滴表面，显示屏上再次出现了光滑的镜面，与周围没有放大的表面无异。

"把倍数再调大10倍。"丁仪说。

这超出了光学放大的能力，西子进行了一连串的操作，把显微镜由光学模式切换到电子隧道显微模式，现在放大倍数是10000倍。

放大后的表面仍是光滑镜面。而人类技术所能加工的最光滑的表面，只放大上千倍后其粗糙就暴露无遗，正像格利弗眼中的巨人美女的脸。

"调到 10 万倍。"中校说。

他们看到的仍是光滑镜面。

"100 万倍。"

光滑镜面。

"1000 万倍！"

在这个放大倍数下，已经可以看到大分子了，但屏幕上显示的仍是光滑镜面，看不到一点儿粗糙的迹象，其光洁度与周围没有被放大的表面没什么区别。

"再把倍数调大些！"

西子摇摇头，这已经是电子显微镜所能达到的极值了。

两个多世纪前，阿瑟·克拉克在他的小说《2001，太空奥德赛》中描述了一个外星超级文明留在月球上的黑色方碑，考察者用普通尺子量方碑的三道边，其长度比例是 1∶3∶9。以后，不管用什么更精确的方式测量，穷尽了地球上测量技术的最高精度，方碑三边的比例仍是精确的 1∶3∶9，没有任何误差。克拉克写道：那个文明以这种方式，狂妄地显示了自己的力量。

现在，人类正面对着一种更狂妄的力量显示。

"真有绝对光滑的表面？"西子惊叹道。

"有，"丁仪说，"中子星的表面就几乎绝对光滑。（注：中子星的原子核都被压在一起，排列很整齐。）"

"但这东西的质量是正常的！（注：中子星物质的比重相当于水的 10 的 14 次方倍。）"

丁仪想了一会儿，向周围看看说："联系一下飞船的电脑吧，确定一下捕获时机械手的夹具夹在什么位置？"

这事情由舰队的监控人员做了，"螳螂号"的电脑发出了几束极细的红色激光束，在水滴的表面标示出钢爪夹具的接触位置。西子用显微镜观察其中一处的表面，在 1000 万倍的放大倍率下，看到的仍是光洁无瑕的镜面。

"接触面的压强有多大？"中校问，很快得到了舰队的回答：约每平方厘米 200 公斤。

光洁的表面最易被划伤，而水滴被金属夹具强力接触的表面没有留下任何划痕。

丁仪飘离开去，到舱内寻找着什么，回来时手里拿着一把地质锤，可能是有人在舱内检测岩石样品时丢下的，其他人来不及制止，他就用力把地质锤砸到镜面上，他只听到叮的一声，清脆而悠扬，像砸在玉石构成的大地上，这声音是通过他的身体传来的，由于是真空环境，其他三人听不到。丁仪接着用锤柄的一端指示出被砸的位置，西子立刻用显微镜观察那一点。

1000 万的放大倍数下，仍是绝对光滑的镜面。

丁仪颓然地把地质锤扔掉，不再看水滴，低头深思着，三名军官的目光，还有舰队百万人的目光，都集中到他身上。

"只能猜了。"丁仪抬头说，"这东西的分子，像仪仗队那样整齐地排列着，同时相互固结，知道这种固结有多牢固吗？分子像被钉子钉死一般，自身振动都消失了。"

"这就是它处于绝对零度的原因！（注：物体的温度是分子振动引起的。）"西子说，她和另外两名军官都明白丁仪的话意味着什么：在普通密度的物质中，原子核的间距是很大的，把它们相互固定死，不比用一套连杆把太阳和八大行星固定成一套静止的桁架容易多少。

"什么力才能做到这一点？"

"只有一种：强互作用力。"透过面罩可以看到，丁仪的额头上已满是冷汗。

"这……不是等于把弓箭射上月球吗？（注：强互作用力是自然界所有力中最强的一种，强度为电磁力的 100 倍，但只能在原子核内部的极短距离上起作用，原子核的尺度与原子相差很大，如果原子是一个剧场大小，原子核只有核桃大，所以，原子的尺度远超过强互作用力的作用范围，在原子间和分子间起作用的主要是电磁力。）"

"他们确实把弓箭射上月球了……圣母的眼泪？嘿嘿……"丁仪发出一阵冷笑，听起来有种令人寒战的凄厉，三名军官也同样知道这冷笑的含义：水滴不像眼泪那样脆弱；相反，它的强度比太阳系中最坚固的物质还要高百倍，这个世界中的所有物质在它面前都像纸片般脆弱，它可以像子弹穿透奶酪那样穿过地球，表面也不受丝毫损伤。

"那……它来干什么？"中校脱口问道。

"谁知道，也许它真是一个使者，但带给人类的是另外一个信息。"丁仪说，同时把目光从水滴上移开。

"什么？"

"毁灭你，与你有何相干？"

这句话带来一阵死寂，就在考察队的另外三名成员和联合舰队中的百万人咀嚼其含义时，丁仪突然说："快跑。"这两个字是低声说出的，但紧接着，他扬起双手，声嘶力竭地大喊："傻孩子们，快——跑——啊！"

"向哪儿跑？"西子惊恐地问。

只比丁仪晚了几秒钟，中校也悟出了真相，他像丁仪一样绝望地大喊："舰队！舰队疏散！"

但一切都晚了，这时强干扰已经出现，从"螳螂号"传回的图像扭曲消失了，舰队没能听到中校的最后呼叫。

在水滴尾部的尖端，出现了一个蓝色的光环，那个光环开始很小，但很亮，使周围的一切笼罩在蓝光中，它急剧扩大，颜色由蓝变黄最后变成红色，仿佛光环不是由水滴产生的，而是前者刚从环中钻出来一样。光环在扩张的同时光度也在减弱，当它扩张到大约水滴最大直径的一倍时消失了，在它消失的同时，第二个蓝色小光环在尖端出现，同第一个一样扩张、变色和减弱光度，并很快消失。光环就这样从水滴的尾部不断出现和扩张，频率为每秒钟两三次，在光环的推进下，水滴开始移动并急剧加速。

考察队的四人没有机会看到第二个光环的出现，第一个光环出现后，在近似太阳核心的超高温中，他们都被瞬间汽化了。

"螳螂号"的船体发出红光，从外部看如同纸灯笼内的蜡烛被点燃一样，同时金属船体像蜡一样熔化，但熔化刚刚开始，飞船就爆炸了，爆炸后的"螳螂号"几乎没有留下固体残片，船体金属全部变成白炽的液态在太空中飞散开来。

舰队清晰地观察到了一千公里外"螳螂号"的爆炸，所有人的第一反应是水滴自毁了，他们首先为考察队四人的牺牲而悲伤，然后对水滴并非和平使者感到失望，但对即将发生的事情，全人类都没有做好最起码的心理准备。

第一个异常现象是舰队太空监测系统的计算机发现的，计算机在处理"螳螂号"爆炸的图像时，发现有一个碎片不太正常。大部分碎片是处于熔化状态的金属，爆炸后都在太空中匀速飞行，只有这一块在加速。当然，从巨量的飞散碎片中发现这一微小的事件，只有计算机能做到，它立刻检索数据库和知识库，抽取了包括"螳螂号"的全部信息在内的巨量资料，对这一奇异碎片的出现做出了几十条可能的解释，但没有一条是正确的。

计算机与人类一样，没有意识到这场爆炸所毁灭的，只是"螳螂号"和其中的四人考察队，不包括更多的东西。

对于这块加速的碎片，舰队太空监测系统只发出了一个三级攻击警报，因为它不是正对舰队而来，而是向矩形阵列的一个角飞去，按照目前的运行方向，将从阵列外掠过，不会击中舰队的任何目标。在"螳螂号"爆炸同时引发的大量一级警报中，这个三级警报被完全忽略了。但计算机也注意到了这块碎片极高的加速度，在飞出 300 公里时，它已经超过了第三宇宙速度，而且加速还在继续。于是警报级别被提升至二级，但仍被忽略。碎片从爆炸点到阵列一角共飞行了约 1500 公里，耗时约 50 秒钟，当它到达阵列一角时，速度已经达到 31.7 公里 / 秒，这时它处于阵列外围，距处于矩形这一角的第一艘战舰"无限边疆号"160 公里。碎片没有从那里掠过阵列，而是拐了一个 30 度的锐角，速度丝毫未减，直冲"无限边疆号"而来。在它用两秒钟左右的时间飞过这段距离时，计算机居然把对碎片的二级警报又降到了三级，按照它的推理，这块碎片不是一个有质量的实体，因为它完成了一次从宇航动力学上看根本不可能的运动：在两倍于第三宇宙速度的情况下进行这样一个不减速的锐角转向，几乎相当于以同样的速度撞上一堵铁墙，如果这是一个航行器，它的内部放着一块金属，那这次转向所产生的过载会在瞬间把金属块压成薄膜。所以，碎片只能是个幻影。

就这样，水滴以第三宇宙速度的两倍向"无限边疆号"冲去，它此时的航向延长线与舰队矩形阵列的第一列重合。

水滴撞击了"无限边疆号"后三分之一处，并穿过了它，就像毫无阻力地穿过一个影子。由于撞击的速度极快，舰体在水滴撞进和穿出的位置只出现了两个十分规则的圆洞，其直径与水滴最粗处相当，但圆洞刚一出现就变形消失，因为周围的舰壳都由于高速撞击产生的热量和水滴推进光环的超高温而熔化了，被击中的这一段舰体很快处于红炽状态，这种红炽由撞击点向外蔓延，很快覆盖了"无限边疆号"的二分之一，这艘巨舰仿佛是刚刚从煅炉中取出的一个大铁块。

穿过"无限边疆号"的水滴继续以约每秒30公里的速度飞行，在3秒钟内飞过了90公里的距离，首先穿透了矩形阵列第一列上与"无限边疆号"相邻的"远方号"，接着穿透了"雾角号""南极洲号"和"极限号"，它们的舰体立刻都处于红炽状态，像是舰队第一队列中按顺序亮起的一排巨灯。

"无限边疆号"的大爆炸开始了。与其后被穿透的其他战舰一样，它的舰体被击中的位置是聚变燃料舱，与"螳螂号"在高温中发生的常规爆炸不同，"无限边疆号"的部分核燃料被引发核聚变反应，人们一直不知道，聚变反应是被水滴推进光环的超高温还是被其他因素引发的。热核爆炸的火球在被撞击处出现，迅速扩张，整个舰队都被强光照亮，在黑天鹅绒般的太空背景上凸现出来，银河系的星海黯然失色。

核火球也相继在"远方号""雾角号""南极洲号"和"极限号"上出现。

在接下来的8秒钟内，水滴又穿透了10艘恒星际战舰。

这时，膨胀的核火球已经吞没了"无限边疆号"的整个舰体，然后开始收缩。同时，核火球在更多的被击穿的战舰上亮起并膨胀。

水滴继续在矩形阵列的长边上飞行，以不到1秒的间隔，穿透一艘又一艘恒星际战舰。

这时，在第一个被击穿的"无限边疆号"上，核聚变的火球已经熄灭，被彻底熔化的舰体爆发开来，百万吨发着暗红色光芒的金属液放射状地迸射，像怒放的花蕾，熔化的金属在太空中无阻力地飞散，在所有的方向上形成炽热的金属岩浆暴雨。

水滴继续前进，沿直线贯穿更多的战舰，在它的身后，一直有十个左右的核火球在燃烧，在这些炽热的小太阳的光焰中，整个舰队阵列也像被点燃了一般熠熠闪耀，成为一片光的海洋。在火球队列的后方，熔化的战舰相继迸射开来，金属液炽热的波涛在太空中汹涌扩散，如同在岩浆的海洋中投入了一块块巨石。

水滴用了 1 分钟 18 秒飞完了 2000 公里的路程，贯穿了联合舰队矩形阵列第一队列中的 100 艘战舰。

当第一队列的最后一艘战舰"亚当号"被核火球吞噬时，在队列的另一端，迸射的金属岩浆已经因扩散和冷却变得稀疏，爆发的核心，也就是一分多钟前"无限边疆号"所在的位置，几乎变得空无一物了。"远方号""雾角号""南极洲号""极限号"……都相继化做飞散的金属岩浆消失了。当这个队列中最后一个核火球熄灭后，太空再次黑暗下来，飞散中渐渐冷却的金属岩浆本来已经看不清，在太空暗下来后，它们暗红色的光芒再次显现，像一条 2000 公里长的血河。

水滴在击穿了第一队列最后一艘战舰"亚当号"后，向前方空荡的太空飞行了约 80 公里的一小段，再次做出了那个人类宇航动力学无法解释的锐角转向，这一次转向的角度比上一次更小，约为 15 度，几乎是突然掉头反向飞行，同时保持速度不变，然后再经过一次较小的方向调整，航向与舰队矩形阵列的第二列（如果考虑刚刚完成的毁灭，这已经是第一列了）直线重合，以 30 公里 / 秒的速度向该队列在这个方向的第一艘战舰"恒河号"冲去。

直到这时，联合舰队的指挥系统还没有做出任何反应。

舰队的战场信息系统忠实地完成了自己的使命，通过庞大的监测网完整地记录了前 1 分 18 秒的战场信息，这批信息数量巨大，在短时间内只能由计算机战场决策系统来进行分析，分析得出了这样的结论：

在附近空间出现了强大的敌方太空力量，并对我方舰队发起攻击，但计算机没有给出这种力量的任何信息，能确定的只有两点：一是敌太空力量处于水滴所在方位；二是这种力量对我方所有探测手段都是隐形的。

这时，舰队的指挥官们都处于一种震颤麻木状态中，在过去长达两个世纪的太空战略和战术研究中，设想过各种极端的战场情况，但目睹 100 艘战舰像一挂鞭炮似的在一分钟内炸完，还是超出了他们的心理承受能力。面对着从战场信息系统潮水般汹涌而来的信息，他们只能依赖计算机战场决策系统的分析和判断，把注意力集中到对那个并不存在的敌隐形舰队的探测上，大量的战场监测力量开始把视线投向远方的太空深处，而忽略了眼前的危险。甚至还有相当多的人认为，这个强大的隐形敌人可能是人类与三体之外的第三方外星力量，因为三体世界在他们的潜意识中已经是一个弱小的失败者了。

舰队的战场监测系统没有尽早发现水滴的存在，主要原因在于水滴对所有波长的雷达都是隐形的，因而只能从对可见光波段的图像的分析才能发现它，但在太空战场的监测信息中，可见光图像信息远不如雷达信息受到重视。在攻击发生时，太空中飞散着暴雨般的爆炸碎片，这些碎片大多是核爆高温中熔化的液态金属，它们在从爆炸中飞出的时候大部分也呈液滴状，每艘战舰毁灭时熔化的金属达百万吨，形成巨量的液态碎片，其中相当一部分的大小和形状都与水滴相当，所以计算机图像分析系统很难把水滴从巨量碎片中分辨出来，更何况几乎所有指挥官都认为水滴已经在"螳螂号"中自毁，并没有专门的指令让系统做这样的分析。

与此同时，另外的一些情况也加剧了战场的混乱。第一队列战舰爆炸迸射出的碎片很快到达了第二队列，各舰的战场防御系统做出了反应，开始用高能激光和电磁炮拦截碎片。飞来的碎片主要是被核火球烧熔的金属，它们大小不一，在飞行途中已经被太空中的低温部分冷却，但冷却变硬的只是一层外壳，里面还是炽热的液态，被击中后像焰火一样灿烂地飞散。很快，在第二队列和已经毁灭的第一队列留下的暗淡"血河"之间，形成了一道平行的焰火屏障，它疯狂地爆发着翻滚着，像是从那看不见的敌人的方向涌来的火海大潮。飞散的碎片如冰雹般密集，防御系统并不能完全拦截它们，相当一部分碎片穿过了拦截火力并击中了战舰，这些固液混合的金属射流具有相当的冲击力和破坏力，第二队列中一部分战舰的舰壳受到严重损伤，甚至被击穿，减压警报凄厉地响起……与碎片的炫目的战斗吸引了相当的注意力，这种情况下，指挥系统的计算机和人都难以避免一个错觉：舰队正在和敌太空力量激烈交火，没有人和电脑注意到那个即将开始毁灭第二队列的小小的死神。

所以，当水滴冲向"恒河号"时，第二队列的100艘战舰仍然排成一条直线，这是死亡的队形。

水滴闪电般冲来，在短短的10秒钟内，它就击穿了"恒河号""哥伦比亚号""正义号""马萨达号""质子号""炎帝号""大西洋号""天狼号""感恩节号""前进号""汉号"和"暴风雨号"12艘恒星级巨舰。同第一队列中的毁灭一样，每艘战舰在被穿透后先是变成红炽状态，然后被核聚变火球吞噬，火球熄灭后，被熔化的战舰便化作百万吨发着暗红色光芒的金属岩浆爆发开来。在这惨烈的毁灭中，直线排列的战舰队列就像一根被点燃的长达2000公里的导火索，在剧烈的燃烧后，留下一条发着暗红色余光的灰烬。

1分21秒后，第二队列的100艘战舰也被全部摧毁。

三体Ⅲ·死神永生（节选）

刘慈欣

太空中有一双大眼睛在盯着她们。

那是两个发光的椭圆形，其结构像极了眼睛，都有白色或淡黄色的眼白和深色的眼球。

"那个是海王星，那个是天……哦不，是土星！"AA指着天空说。

两颗类木巨行星已经被二维化。天王星的轨道在土星之外，但由于前者目前正处于太阳的另一侧，首先跌落到二维的是土星。二维化后的巨行星应该是圆形，只是从冥王星上看，视线与二维空间平面有一个角度，于是它们在视野中变成了椭圆。两个二维行星呈现出清晰的环层结构。二维海王星主要有三个环区，最外层是蓝色的环，看上去十分艳丽，像这只眼睛的睫毛和眼影，那是由氢气和氦气构成的大气层；中部是白色环，这是海王星厚达两万公里的地幔，曾被行星天文学家称为水—氨大洋；中心的深色区是行星核，由岩石和冰组成，质量相当于一个地球。二维土星的结构类似，只是外侧没有蓝色环。每个大环区中还有无数更细小的环区，构成精细的结构。细看时，这两只巨眼变得像两个年轮，刚刚锯断的大树露出的那种崭新的年轮。每颗二维行星的附近都有十几个小圆形，那是它们被二维化的卫星。土星外侧还有淡淡的一个大圆，是二维化的土星环。太空中仍能够找到太阳，仍然是一个刚能看出形状的小圆盘，发出无力的黄光；而两颗行星远在太阳的另一侧，可见它们二维化后巨大的面积。

但两颗二维行星没有体积，它们厚度为零。

在两颗二维行星发出的光芒中，程心和AA搬着文物穿过白色的降落场，走向"星环号"。飞船流线型的光洁机体像一个大哈哈镜，把二维行星的映像拉成流畅的长条，这个外形本身不由让人联想到水滴，呈现出一种令人宽慰的坚固和轻捷感。在来冥王星的航程中，AA 就曾对程心说过，她猜测"星环号"的船体中可能有一定比例的强互作用力材料。当她们走近时，飞船底部的舱门无声地滑开，她们沿着舷梯把文物搬进舱里，然后摘下头盔，在这温馨的小天地中长出了一口气，感到一阵归来的慰藉，不知不觉中，她们已经把这里当成家了。

程心问飞船 AI 是否能收到海王星和土星方面的信息，她的话音刚落，信息窗口就铺天盖地地涌出来，像一场要把她们埋葬的彩色雪崩。这情景让她们想起了 118 年前的第一次误报警。但那一次涌现的信息画面，大部分都是媒体有组织的报道，而现在，新闻媒体似乎完全消失了，大部分画面没有具体内容，有的一片模糊，有的剧烈晃动，更多的是各种毫无意义的近景。但也有一部分画面被斑斓的色彩所充满，那些色彩都在变幻流动中呈现出精细复杂的结构，有可能拍摄的是二维平面。

AA 请求 AI 筛选出一些有内容的画面，AI 问她们想要哪方面的信息，程心说要太空城方面的。泛滥的窗口被瞬间清空，很快出现了有序排列的十几个窗口，其中的一个窗口放大到最前方，AI 介绍说这是 12 小时前海王星群落中欧洲六号太空城的画面，该太空城原属于一个城市组合体，打击警报公布后组合体解体。

这个画面很稳定，视野也很广阔，拍摄的位置可能是在太空城的一个极点附近，展现的几乎是城市的全景。

欧洲六号太空城已经停电，只有几束探照灯把晃动的光圈投射到对面的城区，悬浮在城市中轴线上的三个核聚变太阳都变成了月亮，发出银色的冷光，显然只是为了照明而不再发出热量了。这是一个标准的椭球构型的大型太空城，城市中的建筑已与程心在半个世纪前看到的有了很大的变化。掩体世界显然处于繁荣时代中，城市建筑不再整齐划一，而是形态各异，高度也增加许多，有很多建筑的顶端已经接近城市的中轴线。树形建筑也出现了，看上去规模与地球上的差不多，只是挂在树上的建筑叶子更为密集。可以想像城市灯海亮起时的壮丽与辉煌，但现在，照耀这一切的只有冰冷的月光，在这种月光中，树形建筑更像巨树了，投下大片的阴影，城市的其余部分则像是巨树森林中华丽的废墟。

太空城已经停止自转，一切都处于失重状态，城市的空间中飘浮着无数没有固定的物体，除了大量的杂物和车辆外，还有整幢的建筑。

城市的中轴线上有一条黑色的云带，连绵在整条中轴线上，连接着两极。飞船 AI 在画面上划出一个小方框进行局部放大，生成了一个新的窗口画面，程心和 AA 震惊地发现，那黑色的云带竟是悬浮在中轴线上的人海！失重中的人们有的联结成一团，有的手拉手联成一排长队，更多的人则单独浮在空中。人们都戴着头盔，身上的衣服也都很密实，应该是太空服，在程心上次苏醒的时代，轻便宇宙服已经很难同普通服装区分开了；每个人都有一个好像是生命维持系统的小背包，或背在背上或提在手中。不过，大部分人的头盔面罩是打开的，也能看出空中有微风吹过，说明城市中仍保留着正常的大气。聚变太阳此时发出的确实是冷光，因为在太阳周围聚集了更多的人，也许是为了得到光明和一丝温暖。已变成月光的银色阳光从密集人海的缝隙中透出，在周围的城市中洒下斑驳的光影。

据飞船 AI 介绍，欧洲六号中的 600 多万人口已经有一半乘飞船或太空艇撤离城市，剩下的 300 万人中，一部分没有条件撤离，但大多数人则明白任何形式的逃离都没有成功的希望，退一万步说，即使真的成功脱离二维跌落区逃到外太空，以现有的大多数飞船上的生态条件而言，生存也维持不了多久，能够在外太空长期生存的恒星际飞船仍然是极少数人的专利。人们选择在自己熟悉的地方等待最后的时刻。

画面的声音播放开着，却没有听到什么声音，人海和城市都处于寂静中。所有人的目光都盯着城市的一个方向，那一带现在仍同城市的其他区域一样，布满鳞次栉比的建筑和纵横交错的街道，没有什么特别的东西，人们都在等待着。在太阳或月亮如水的冷光中，人们的脸色都如鬼魅般苍白，这使得程心想起 126 年前在澳洲大陆上的那个血色黎明，像那时一样，程心又出现了居高临下看蚁穴的感觉，那黑压压的人云像极了飘浮的蚁群。

人海中突然响起一阵惊叫，在太空城赤道上的一点，就是人们目光聚焦的那个地方，突然出现了一个亮点，像是黑屋屋顶出现一个小破口透进阳光一样。

那是欧洲六号最先与二维空间平面接触的位置。

亮点迅速扩大，成为一个椭圆形的发光平面，这就是二维空间平面。它发出的光芒被周围高大的建筑群切割成许多条光柱，也照亮了中轴线上的人云。这时，太空城像一艘底部破口的巨轮，在二维平面海洋上沉下去，二维平面像船内的水面，在迅速上升，与平面接触的一切都在瞬间二维化。建筑群被上升的二维平面齐齐切割，它们的二维形体在平面上扩展开来，由于城内的平面只是二维化后的太空城很小的一部分，二维化的建筑大部分都扩展到太空城的范围之外。在升起和扩大中的二维平面上，斑斓的色彩和复杂的结构闪电般地向各个方向奔流飞散，仿佛二维平面是一个透镜，在管窥着从下面飞奔而过的色彩斑斓的巨兽。由于太空城中仍有空气，这时可以听到三维世界跌入二维时的声音，一种清脆而尖锐的碎裂声，仿佛建筑群和太空城本体都是玲珑剔透的玻璃制品，一个巨型碾滚正在轧过这个玻璃城。

随着二维平面的上升，中轴线上的人海开始向与平面相反的方向扩散，就像一道被无形的手缓缓提起的帷幔，这情景让程心想到她曾见过的由几百万只鸟组成的鸟群的图像，那巨大的鸟群像一个完整的生命体，在黄昏的天空中变幻着形状。

很快，太空城的三分之一被二维平面吞没，平面疯狂地闪耀着，不可阻挡地上升，逼近中轴线。这时已经开始有人跌入平面，他们或者是因为宇宙服上推进器的故障落在后面，或者放弃了逃跑，他们就像落在水面上的一滴滴彩色墨水，瞬间在平面扩展开来，展现出形态各异的二维人体。在飞船 AI 拉出的一个放大画面上，可以看到一对情侣拥抱着跌入平面，二维化后的两个人体在平面上并行排列，仍能看出拥抱的样子，但姿态很奇怪，像一个不懂透视原理的孩童笨拙地画出来的。还有一位母亲，高举着自己还是婴儿的孩子跌入平面，那孩子也只比她在三维世界多活了 0.1 秒，她们的形体也生动地印在这幅巨画上。随着平面的上升，落在上面的"人雨"渐渐密集起来，被定格的二维人体成群地涌现在平面上，随后大部分移出了太空城的边界。

当二维平面接近中轴线时，人海已经大部分降落到对面的城市中，此时，太空城的一半已经消失在二维空间中，二维平面的可见面积达到最大，人们抬头已经看不到昔日对面的城市，只见到一片迷乱的二维天空，向着欧洲六号仍在三维世界的部分压下来。现在，从北极的主要出口逃离已经不可能，人群聚集在赤道附近，这里有三个紧急出口，失重中的人群在出口附近拥挤成高高的人山。

二维平面通过了中轴线，吞没了空中的三个聚变太阳，但在二维化过程发出的光芒中，剩下的世界变得更亮了。

一阵低沉的呼啸声响起，这是太空城中的空气泄入太空时发出的声音，这时，赤道上的三个紧急出口已全部敞开，每个出口都有一个足球场大小，直接通向仍然是三维的太空。

飞船 AI 把另一个窗口推到最前面，这是从外部太空中拍摄的欧洲六号的画面，已经二维化的太空城沿着一个无形的平面广阔地铺展开来，太空城仍处于三维的部分在中央显得很小，且正在迅速向平面沉下去，像一头巨鲸的脊背。在三维部分的太空城上，有三团黑烟一样的东西在扩散，那是被泄漏的空气形成的狂风吹出来的人群。二维海洋中的这座三维孤岛在不断地下沉和消融，在不到十分钟的时间里，欧洲六号太空城被完全二维化。

画面上显示了二维太空城的全景，难以估计它的面积，肯定十分广阔。但这已经是一座死城，甚至可以说是城市的一张 1∶1 的图纸。在这张超级图纸上反映了城市的所有细节，小到每一颗螺丝钉、每一根纤维、每一个螨虫，甚至每个细菌，都被精确地画下来，这张图纸的精确度是原子级别的，原三维世界中的每一个原子，都以铁的规则投射到二维空间平面上相应的位置。绘制这张图纸的一个基本原则是没有重叠，没有任何被遮挡的部分，所有细节都在平面上排列出来，显露无遗。在这里，复杂代替了宏伟。读懂这张图纸并不容易，能够看出城市的总体布局，也能够认出一些宏观结构，比如二维的树形建筑仍呈现出树形结构，但二维化后的建筑结构变形很大，仅凭想象力从其二维图形推测出原来的三维形状几乎不可能，但毫无疑问，以正确的数学模型为基础的图像处理软件应该能够做到。

在画面上，还可以看到远处另外两座被二维化的太空城，它们已经不再发光，这些二维城市像飘浮在漆黑太空中的没有厚度的大陆，在无形的二维平面上遥遥相望。但摄像机（可能是在一艘无人太空艇上）也在向二维平面跌落，很快，二维的欧洲六号占据了整个画面。

那些从紧急出口逃离了欧洲六号的上百万人，此时也随着向二维跌落的三维太空坠向平面，就像在无形瀑布中的蚁群一样。磅礴的"人雨"撒落在平面上，使二维城市中的人形迅速密集起来，二维化的人体有很大的面积，但与广阔的二维建筑相比则十分微小，像这张巨画中的无数刚能看出人形的小符号。

画面中的三维太空里出现了许多更大的物体，那是更早的时候飞离欧洲六号的小型飞船和太空艇，它们的聚变发动机都开到最大功率，但仍在跌向二维的三维空间中向着平面无助地坠落。有一瞬间，程心感觉飞船和太空艇喷出的长长的蓝色烈焰能够烧穿那没有厚度的平面，但等离子体射流只是首先被二维化了。在那些区域，二维建筑物被二维火焰烧得变形扭曲，紧接着，飞船和太空艇纷纷成为巨画的一部分，按照不重叠的规则，二维城市整体扩大为它们让开位置，看上去像是在平面上激起的水波扩散开来。

摄像机继续向平面坠落，程心紧盯着越来越近的二维城市，想在城市中找出活动的迹象，但是没有，除了刚才在火焰中的变形外，二维城市中的一切都处于静止状态，那些二维人体同样一动不动，没有任何生命的迹象。

这是一个死的世界，一张死的画。

镜头继续向平面接近，坠向一个二维人体。那个四肢张开的人体很快充满了画面，紧接着闪现出复杂的血管经络和肌肉纤维，也许是幻觉，程心似乎看到那二维化的血管中还有红色的二维血液在流动，但仅仅一瞬间，图像消失了。

香中别有韵　静待百花开

——论刘慈欣《三体》系列小说

徐彦利　王卫英

　　《三体》《三体Ⅱ·黑暗森林》《三体Ⅲ·死神永生》构成了刘慈欣的《三体》系列。小说塑造了一系列极具个性的人物，在纷乱的宇宙战役中显示出各自不同的内心世界与行为准则。全篇气势恢宏，广泛涉及宏观与微观世界，科幻元素密集，创造出独特的《三体》系列定义与概念，刷新了中国科幻的叙事策略。在惊心动魄的情节展开中，亦充分注意到小说的文学性，结构复杂，语言精致，悬念丛生，与同类题材的作品相比，更注重科幻之外的思索与哲理探寻。

　　《三体》《三体Ⅱ·黑暗森林》《三体Ⅲ·死神永生》厚厚的三本著作构成刘慈欣独特的《三体》系列，它们既可以看作是一架庞大机器的三个组成部分，又可以分割开来，拥有各自独立的生命。2015年8月，《三体》获得世界最具权威和影响力的科幻类文学奖项——雨果奖，成为中国科幻界的盛事。它的意义不仅在于将刘慈欣这个土生土长的中国科幻作家推向了全世界，还在于从很大程度上促进了中国国内科幻创作的发展。可以说，《三体》成就了刘慈欣，同时也带动了21世纪的中国科幻文学。它似乎让中国科幻作家看到了某种不再遥远的希望，如同1982年，哥伦比亚作家马尔克斯的《百年孤独》获得诺贝尔文学奖一样，某种地域特色、民族特色鲜明的文学同样可以受到国际的青睐。

《三体》系列小说取材于外星文明与地球的对峙，题材算不上新颖，无论科幻小说还是电影对此都广有涉及，小说如《天渊》《严厉的月亮》《傀儡主人》《垂暮之战》《威尔历险记》，电影如《星球大战》《世界之战》《外星人入侵》《独立日》《超级战舰》等。然而，《三体》系列又是不同的，在叙事与思想深度的挖掘等方面均显示出独异的特征，远远超越了同类作品。

一、行走的人物

人物历来是小说的灵魂，没有人物，情节便无法展开，叙事也无法进行。只有人物宛转灵活，小说才能具有精彩的生命。与主流文学相比，国内许多科幻小说并不十分重视人物的塑造，形象往往性格单一或者含混不清，很难具备动人心魄的力量。人物的存在有时只是为了叙述的方便，作者更加关注的是对科学前沿的勾勒与介绍，因此，科幻小说的主人公难以给人可以触摸的真实感。作者对科学的热情淹没了人物本身。你会看到一个又一个个性并不鲜明的人物，他们的性格缺乏厚度，行为没有内在逻辑，对话亦平白如水，无法通过语言、行为感知其性别、年龄、受教育程度等有效信息，成为一颗颗大小相似的叙述棋子，他们被作者随意驱使指挥，说着与身份不符的话，做着与性格不符的事。

在这一点上，《三体》系列无疑是有超越性的。我们不仅可以看到一个个活生生的人，读到他们的性格逻辑、行为逻辑，甚至可以推测他们面对某种情境时的必然选择。他们有兴趣爱好，有自私或公义，有口头禅、小心机，有执拗，有恐惧，有理想，有悲欢离合，可以让我们佩服、尊敬、厌恶或者惋惜。这是一个个圆形的存在，而非扁平。

在中国乃至世界的科幻作品中，女主人公远少于男主人公，女性塑造的成功度更是远不如男性，或许男人偏好冒险的性格与探索的勇气更契合科幻小说的精神。这种情况在世界科幻巨头凡尔纳、威尔斯、阿西莫夫的小说中同样存在，尼摩船长、工程师赛勒斯、福克先生、登布罗克教授、格里芬、莫洛博士、亚历山大博士、谢顿等均体现着这一不成文的规律。但所幸的是，在《三体》系列中我们看到了叶文洁与程心。

叶文洁是人、女人与科学家的复杂混合体。她看到了"文革"中人类的愚昧与疯狂、暴力与残忍，看到了人性的冷漠与自私，当她向外星发送信号请求支援时，毫不介意外星文明对地球的毁灭，因为这是她所厌恶的世界。"将宇宙中更高等的文明引入人类世界，成为她坚定不移的理想。"

在叶文洁身上，有人类面对政治噩梦时的挣扎、沮丧、潦倒、失败，在历尽无数沧桑后，她变得平静淡泊，有了一种看穿一切的淡然；她有一个女人的瘦弱、温柔、胆怯、细腻、敏感，还有一个科学家的理性、坚执、求知、远见、责任，这些在她身上体现得淋漓尽致。三种角色在她身上以一种奇怪的方式统一着，她是一个女人、一个母亲，但理性的指引下却可以亲手杀死自己的丈夫；她是一个超脱于俗世的人，无意于功利的吸引，但却成为地球三体组织的精神领袖；她拒绝忘却，始终用理性的目光直视那些伤害了她的疯狂和偏执。她认识到人类的非理性和疯狂，对于人类未来本质的思考，常使她陷入沉重的精神危机。她的一生，镌刻着中国独特的历史烙印与人文思索。

2015年11月第28期《鲁豫有约》中，鲁豫问大刘"《三体》里女性角色都不太讨喜，是不是你对女性有独特的看法？"刘慈欣的回答颇让人吃惊，他说："我小说中的人物，一般我不太考虑他的性别，他只是一个符号性的东西，换句话说，你说的这些女性用男性代替也都可以成立。"个人感觉如此回答有些不妥，因为叶文洁的女性意识、女性心理如此强烈，换成男性完全不能成立。她只是她自己，说自己的话，做自己的事，演绎自己的悲欢，她的经历独特、个性独特、心理独特，绝不会和小说中其他人物混淆。网络调查证明，许多读者心目中，叶文洁都是科幻文学中少有的能给人印象深刻的人物形象。

程心，一个有着圣母情怀的女科学家。母性与智者，两种身份常常发生激烈的冲突，对一种身份的倾斜常使另一种身份遭到唾弃。和地球上大多数女性相仿，她怀有善良的爱心，企望和平与文明有序的生存环境，不忍伤害他人，甚至不忍伤害完全陌生的外星生命。作为接替罗辑、掌握对三体世界威慑力的"执剑人"，或许她并未尽到自己的责任，放弃了最后向三体威胁展开强有力反击的机会，致使人类在宇宙战役中被轻易摧毁。在读者中，程心是遭到指责与批评最多的人物。但这种指责与批评恰恰说明作者对于生活洞察的细微。她不是完人，不是超人，甚至不是叶文洁那种理性可以战胜感情的人，她按照自己的最初的选择行事，无论这种选择是否伤害到了更多的人。当程心成为执剑人后，三体世界松了一口气，因为他们了解这个女人，知道她会做出怎样的选择。她的犹豫与失败恰是我们每个普通人的犹豫与失败。

　　和上述两位女主人公不同，罗辑则极具浪漫、睿智与强悍的个性。他可以疯狂地爱上自己创作出来的人物，并在现实中四处寻找这并不存在的女孩。作为"面壁者"和人类文明的守墓人，他从不在乎世俗的目光，无论隐居或出山，活在这个世纪或下个世纪，任何一种状态下他都我行我素，只听从自己心灵的声音，用生命完成着自己的使命，从不逃离。巨大的精神压力、亲人的远去、三体的谋杀、整个地球的鄙视、嘲讽和抛弃，这一切都没有击垮他灵魂深处的责任。作为五十四年一直保持着执剑待发状态的地球文明守护者，他紧握手中的引力波发射开关，耗尽漫长岁月为人类坚守着和三体世界的对峙。他发现了黑暗森林法则，并成功运用这一法则为地球赢得了抗衡的资格。他无视所有人的误解，敢于反抗三体的安排拒绝迁居澳大利亚，做着顽强的抵抗，他是一个可以使敌人脱帽致敬的真正勇士。

　　除却上述三位主人公，其他人物的塑造同样令人印象深刻。史强外表粗俗、内里老练，正是他的建议彻底治服了"审判日号"，也是他一次次身手敏捷地救罗辑于险境。伊文斯，到中国农村荒山上植树造林，只为拯救一种濒临灭绝的燕子，用他的"物种共产主义"对"人类中心主义"进行着顽强的反抗。他反对人类动辄以自己的得失衡量整个世界，反对人类将自身置于万物之上，而将地球上所有物种生来平等作为自己的价值观。章北海，拥有坚定的信念、睿智的谋略，胆大心细、一往无前，他只"为人类的生存而战"，为此可以忽略任何个人或集体的利益；是他为地球保存了希望，是他使更多的人感受到父亲般的爱护。维德高喊着"我只能前进，不择手段的前进"，这个威慑力达到百分之百的男人，令三体闻风丧胆的强者，为达目标可以抛开一切的决绝，这一复杂多元的人物，绝不应是简单的批判或肯定便能够表述的。

这些人物多维且多义，其作用并不是为了科幻情节的进展而存在，而是每个人都在演绎自己的故事，说自己的话，做自己的事。他们之间从不会混淆，每个人都是一颗散发着光辉的星星，而每种星光又都有各自的颜色。他们是动态的、变化的，无论读者如何看待，他们只在属于自己的路上行走，步履匆匆。

对于如何塑造人物，作者曾在作品中表达过自己的看法。《三体Ⅱ·黑暗森林》中作家白蓉说："小说中的人物在文学家的思想中拥有了生命，文学家无法控制这些人物，甚至无法预测他们下一步的行为。"由此可以看出，作家十分肯定人物的独立性。他们只属于自己，拥有独立的人格和权力，有着自己的行为方式和思维方式，不是作家任意挪动的棋子和驱使对象。罗辑创造出的人物不仅能和他沟通交流，甚至可以左右他的生活，这一情节表明了刘慈欣对文学人物的认知：他在行走，而路不由你来定。

二、科幻元素

科幻文学一直有"硬科幻"与"软科幻"之分，"硬科幻"的科技知识含量较高，会对各种科学知识予以精确描述，涉及这些知识的情节合乎逻辑，绝无硬伤。而"软科幻"的知识含量则要低得多，它们多是将科技因素作为叙述的背景推向后台，为叙述及情境的设置而服务。刘慈欣的小说毫无疑问地属于"硬科幻"之列。关于这一点，在他以第一人称叙述视角写的短篇小说《太原诅咒》中有着非常明确的表述。

> "大刘和大角当初分别处于科幻的硬软两头儿……刘慈欣写硬得不能再硬的科幻版，面向男读者；大角写软得不能再软的奇幻版，面向MM们。"

而在现实中，理工科出身水电工程系毕业的刘慈欣对科学成果和科学前沿的了解远非普通作家所及，尤其是本人在现实中长期的计算机工程师身份，更使得他的科幻小说如虎添翼。他几乎从不回避与科技相关的知识，而是迎难而上，且无比熟稔。相对于某些科幻小说只顾漫天想象，并不顾及真实性与否的情况，刘慈欣的科幻或许是一种"更负责任"的想象。

可以看出，他对当前的物理学、化学、生物学、天文学、航空航天学、医学、心理学、光电、核武器等方面的研究成果以及研究动态有着较为广泛的了解。小说中无处不体现着高含量科技成分，它们密集地渗透在文本之中，形成一股排山倒海的洪流。中子星、黑洞、引力波曲率驱动飞船、恒纪元、乱纪元、凌日干扰、去物质效应、太空狼烟、三体人的脱水与浸泡、太空电梯、太空移民、衣服上的闪光图像、通过冬眠到未来医治现代医学无法医治的病、地下城市、伞形自行车、无限供电、利用基因工程和核聚变能量大规模生产粮食、各国衰落太空舰队崛起、成为独立国家等，每一个名词后面几乎都需要一个学科的支撑。

如果这股高科技语汇以一种冷硬而陌生的面孔出现在读者面前，极有可能成为打断阅读兴趣和情节关注的阻遏。为此，作者采取了不同层次的弱化手段。将较难理解的科技知识采取注释的方式，进行讲解式剥析；次之的科学词汇用较为形象的语言描述一番，使它们变得浅显而具体；更次之的一些较为普通的科学术语则通过读者的自我想象完成。

如对"水滴"型探测器和基因武器的描述。"水滴"是地球世界并不存在的东西，从它的外形的超常精妙，到其出人意料的杀伤性，小说都进行了极为形象的描摹，告知读者它并非和平使者，而是"可以像子弹穿过奶酪那样穿过地球"的武器，最终，水滴用1分18秒飞完两千公里并穿透了一百艘战舰，情节的紧张激烈、动人心魂，瞬间达到无与伦比的高潮。此时，"水滴"脱去了科幻的冷硬，变得奇特而真实，带给读者非同寻常的阅读感受。以"轻流感"面目出现的基因武器（基因导弹），通过基因改造的病毒，具有基因识别能力，能够识别某个人的基因特征，一旦这个攻击目标被感染，病毒就会在他的血液中制造出致命的毒素。但对于其他人而言，这种病毒完全不起作用。文本饱含科幻元素，但同时降低了科幻元素的刻板难懂，使之变成可以感受的客观对象，这是《三体》系列不遗余力试图达到的。

有些科幻理念的提出让人倍感宇宙世界的奇妙：雷迪亚兹设置的摇篮系统，时间老乡，二向箔，舰队的深海状态，星舰地球上人们的"N问题"（NOSTALSIA 思乡病），危机幼稚症，用纳米丝在运河上拦截，切割"审判日号"巨型油轮，在真空环境下开枪与引爆核弹可能出现的效果等，它们引领读者进入未来科技世界的神奇，走向探索的深处，带有某种别开生面的意味。似乎可以从中触摸到作者在描述这些科幻语汇时的初衷：科幻并非钢铁似的冰冷僵硬，板着脸无情地站在远处；相反，它是有生命、有温度并且有趣的，当你走近，请你聆听，它发出的悦耳之声在别处不会听到。

为了使作品更加恢宏大气，作者还编写了《三体》系列纪元，划分为危机纪元、威慑纪元、威慑后、广播纪元、掩体纪元、银河纪元等，并将其与现在通行的公元纪元一一对应。这种时间上的"求真"让读者产生一种迷离之感，若干年后，地球真的要进入书中所说的某个纪元吗？不得不说，这种纪元设置使《三体》系列的系统性、独立性、严肃性得以突显，达到了以假乱真的地步。这一点，让人联想到 20 世纪 90 年代主流文学兴起的"新历史主义"，那种"造史"式写作，颇让人感觉到某种刻意营造出的真实之感。在纪元这一手法的运用上，《三体》系列或可看作是科幻中的"新历史主义"。

有些概念或定义则是作者首次提出来的，这里，作者显示出非凡的想象力。在奇异的三体世界中，三体人没有交流器官，大脑可以把思维向外界显示出来，这是一个思维全透明的社会，没有欺骗和谎言，而它们和地球作战的失败最终缘于无法运用计谋。有些概念，是作者首次提出，如人列计算机、猜疑链、技术爆炸、思想钢印、智子、未来史学派、大低谷、"黑暗森林"法则、威慑博弈学、文化反射……如同阿西莫夫创造的"正子学""心理史学"等概念，这些新异语汇的出现，大大丰富了中国科幻的叙事，使它从个体描述走向公众想象。一个极富开创性的作家对于整个领域的贡献会在未来的某一时刻得以显现，《三体》系列之后，这些词语将汇入浩浩的科幻之河，一点一滴汇聚成坚实的基础。

三、文学性叙述

对一部小说而言，情节固然是重要的，但如何组织和设置情节、用何种语言表述情节同样重要，如同最好的丝线在蹩脚织工手里也不会变成一幅锦绣一样，小说技巧的重要性在某些时候可以超过内容本身。无论《三体》系列讲了怎样引人入胜的故事，都需要合理的结构、精美的语言、叙述的技巧，如果没有这些，那么它必将成为若干科幻创意的无序罗列与堆砌。

就三部作品而言，小说的架构较为匀称，杂而不乱。我们可以看到宏观世界与微观世界的有机交融，浩渺宇宙的无限延伸，望远镜下的星际尘埃与一只蚂蚁自顾自地爬行，恒星战舰的爆炸与某人死前的遗言，尘封的历史与眼下的庸常，大场面的气势磅礴与小场景的精微细致，众多人与事错综复杂的交结，时空的延展与跨越。它们彼此穿插、验证，相互影响，大与小、远与近、粗与细紧密结合在一起，彰显出某种运筹帷幄的视野与能力。小说广泛运用了套叠、镶嵌、拼贴等叙事结构。富于历史意味的《三体》游戏、云天明讲的几个童话、君士坦丁的陷落等镶嵌在三体与地球的现实对峙中，像一片马赛克中的异质石子，异常醒目，但又发挥着隶属于整体的作用。同一时刻不同人物、不同场景的花样拼贴，达到一种色彩纷呈的共时性存在状态。

和一些喜欢急切地奔向科技尖端、关注某项研究的现实转化的科幻小说不同，《三体》系列的叙事较为沉稳，从容不迫，小说并不急于告诉你到底发生了什么，某个谜团的终极解释究竟如何，而是始终按照自己的节奏展开、进行、收尾，不疾不徐。因此，在紧迫的外星文明进攻的庞大主题下，我们可以充分感知普通人（而非超人、科幻人）的生活与故事。叶文洁起伏的人生遭遇演绎着主流文学"伤痕"和"反思"的主题；罗辑与自己幻想出的女子情愫暗生，卿卿我我，很像地地道道的言情小说，甚至还能感受到某种扑面而来的琼瑶气息；地球与三体世界剑拔弩张互相窥视刺探的过程又很像谍战与悬疑小说。这些情节的设置或许暗示了这样一个道理：科幻可以和其他任何类别的文学进行有效嫁接，将对方的优点拿来我用，既然同属文学这一大的范畴，便没有什么不可逾越的屏障。科幻同样能做到风情万种、旖旎多姿，同样可以精雕细琢、诡谲离奇，将他山之石搬来自己的庭院。

悬念是《三体》系列挥起的利剑，更是引导读者向阅读顶峰攀爬的有力绳索。它是一片看似无路可走的丛林，但又在冥冥中为读者亮起寻路的微光。

小说无时无刻不在设置悬念，这些悬念一个个套叠起来，大大小小，纵横交错，密如蛛网，远近呼应。众多科学家蹊跷的自杀，汪淼看到的幽灵倒计时，红岸基地神秘的工作，匪夷所思的外星信号，叶文洁怎样从一个"文革"中的被迫害者变成三体组织的精神领袖，罗辑作为一个普通人为什么会成为唯一一个三体要杀的人，他的咒语到底是什么，四个面壁者中为什么唯独他没有破壁人，云天明大脑的下落，四个童话的破解过程，掩体计划最终的效果等。每一个悬念的提出都看似漫不经心，并无刻意的迹象，但每个悬念的最终解开又似水到渠成，毫无卖弄之嫌。如果剔除了这些悬念，小说的可读性则会大幅度下降。

除此之外，隐喻、暗示、影射、同一事件多角度多人称描述等手法的运用同样丰富。许多场景的描述与人物对话值得玩味，它们充满着某种不确定性、不可穷尽性，让人回味悠长。以弱小的女魔法师狄奥伦娜刺杀穆罕默德二世的失败隐喻着程心作为执剑人的失败，并不强悍的个性被命运之手推到一个急需强悍个性的位置，在把握逆转机会的一瞬，个性的柔弱却使历史改变了走向；章北海与父亲意味深长的交谈，只有在读完关于他的故事返回来再读时，才可以读出背后隐藏的暗示；叶文洁许多看似无心的谈话中暗藏机锋；罗辑的梦中人与后来的妻子庄颜之间的关系……这些，如同中国古典文论中提到的"草蛇灰线，伏脉千里"，每一句话都并非孤立的存在，而是牵扯着无数的盘根错节，如同一棵参天巨树潜伏在地下的庞大根系，想要参悟，必得用心。

刘慈欣深谙叙事技巧，能够充分体会到语言的魔力，在文字不同的排列组合中准确揣摩出不断衍生的微妙差异。这些富义的语言表达与修辞使文本具有了丰厚的意蕴，从而超越了简单的情节展示。

"小区外的沙原在橙红的夕阳下显得如奶油般柔软细腻，连绵的沙丘像睡卧的女性胴体。""没有一丝风，黑暗在寂静中变得如沥青般黏稠，把夜空和沙漠糊成一体。"

　　这种温柔甜美的叙述语调部分消解了太空战争的残酷氛围与枯燥单调，运用充满新意的比喻和通感调动出阅读中的视觉、听觉与触感，使之成为冷硬机器时代的绚丽调色板。语言在小说中起着巨大的作用，它可以营造氛围，调动情绪，传达美感，隐喻未来。科幻文学如果放弃了对语言的关注，便会沦落成一种冷冰冰的概要与简介。

　　小说对于细节同样极为重视，不惜用较多的笔墨描述某个人物内心微小的悸动。叶文洁在老乡炕头上的温暖情怀是这样的："心中的什么东西渐渐融化了，在她心灵的冰原上，融出了小小的一汪清澈的湖泊。"蛛网被破坏后它开始重新织，"网被破坏一万次它就重建一万次，对这过程它没有厌烦和绝望，也没有乐趣，一亿年来一直如此。"这些细节描写轻轻拨动着读者的心弦，让人们在感知宇宙、爆炸、舰队、外星之类宏大概念的同时，也感受到细小而轻微的震颤，抬头看到太阳的炫目，低头也能看到草叶上的露珠，这便是一个作家的敏锐。

　　用语言营造画面感，将抽象的场景具象化、色彩化、现实化，将科技的枯燥演化为蝴蝶曼舞般的轻灵美妙，这是《三体》系列在叙事中特意兼顾到的一面。典型的一个情节是山杉惠子向希恩斯用全息图像放大自己的大脑结构，大脑中瞬息万变，不时呈现各种各样的美图，"每一颗星星就是一个神经元"，读来让人如同置身星海，而忽略了那些不可触摸的神经元的抽象性，将高科技从远处拉到近前，还可驻足观望，仔细打量。

四、走向思想深处

　　一个一流的作家绝不应仅仅满足于讲好一个故事，而更在于通过故事彰显自己独特的思想。故事只是表达的手段和工具，思想才是真正的内核。让思想走得更远，沉淀得更加深厚，成为支撑故事的强硬骨骼，以达到在理性上与读者产生共鸣与沟通的效果，这才是一流作家应当做到的。从这个意义上来讲，科幻只是一种题材，一种叙事的策略，而不是终极的关注。如果科幻小说不负载思想的重任，未来的路将会越走越窄。

在思想性方面，《三体》系列显然比国内同类科幻题材更加深邃。作者不断提出一些超越性问题，并独树一帜地创造了一些令人深思的概念与定律，这些已超出了科幻题材的限制，成为一种压倒情节的深刻思索。比如小说中提到的"宇宙社会学"，它并非一个简单空泛的词语，而是一门严肃的学问，是关于某个文明生死存亡的大事，任何忽视这一学问的文明都必将遭受灭顶之灾。地球文明与其他文明如漆黑森林中四处逡巡的猎手，虽然谁也看不到谁，但首先消灭对方才是最好的保护自己的方法，而任何使自己暴露在别人视野中的做法都无异于向死亡迈进。某个文明无法判断其他文明的善恶，也无法确定其他文明对自己的态度，所有文明都仿佛在玩瞎子摸象的游戏，只是他们摸的不是象，而是对方。一旦摸到马上消灭，毫不留情，被摸到的只能处于被动位置，任人宰割。这种殊死搏斗中并无对与错、好与坏的分野，只是出于生存的需要。

对于刘慈欣的这种创见，美国报纸也表现了异常肯定的态度，"刘慈欣用他所谓的'宇宙社会学'理论来包装这个故事，这种推理路线让人联想到一些国际关系方面的经典著作。他假设了几条关键公理：宇宙间有许多文明；所有文明都要生存；而空间是有限的。按照这个逻辑，显而易见，每个文明必须将其他文明视为关乎自身存亡的威胁，一看到就攻击成为唯一的安全战略。科技落后的文明要保平安只能靠其他文明不知道其存在。"[1] 这说明宇宙社会学中的"黑暗森林"法则不仅可以自圆其说，而且有着某种科学性、合理性。

几千年来地球文明逐渐形成的道德与人性或许并不适应宇宙生存规律，而且很有可能成为一种无法突破的自我约束。人类应摒弃长久以来的自我中心主义及自恋、傲慢，既不要认为自己有了与其他文明抗衡的力量，也不要

---

[1] 斯蒂芬·贝内迪克特：《为何应读读中国最火科幻作家刘慈欣的作品》，载美国《华盛顿邮报》网站 2015 年 8 月 8 日。

妄想与其他文明和平相处甚至成为朋友。只有罗辑这种深谙宇宙生存之道、利用黑暗森林法则与三体保持威慑平衡的智者才是人类真正的守护神，任何无谓的善良与怜悯都会葬送整个地球的未来。执剑人程心的失败已充分证明了这一点。在如何应对三体世界的攻击时，作者既表现出对非人道主义的反对，反对泰勒对生命的无视，也反对希恩斯对人类思想的掌控，然而当程心因为善良的天性而忘却一个执剑人的责任时，作者无疑同样是反对的。他说"生存是文明的第一需要"。如果存在都不可保障，那么何来生命的延续与文明的进化？

《三体》系列中提出的这些法则与定律令人耳目一新，有着极强的说服力，令人回味悠长并报以首肯，成为小说思想内核中最成功的理念创新。小说虽然涉及外星题材，但却与斯皮尔伯格的《E.T.》等大相径庭，并未将外星生命设计成善良友好并可以帮助地球的超能力生命，而是科技极度发达且虎视眈眈觊觎地球的敌人，寻找着最好的出手机会，它们的存在便是地球的噩梦。刘慈欣对宇宙的描述更为残忍、冷酷，但也更为真实。《三体》系列似在引导我们冲破长久以来自我标榜的宽容、善待、慈悲、人道这些字眼，而给读者一个全新的视角打量宇宙及宇宙中的其他文明，这种超乎想象的冷静和理智在当代科幻文学中并不多见。

除对宇宙的思索外，《三体》系列亦思索了人类世界。它批判"文革"，但绝不是为了控诉和呐喊，而是从更深刻的意义上思索那场荒诞运动的本质。当年那些"红卫兵"在残酷折磨无辜的批斗对象后，自身并未获得任何好处。相反，她们同样成为时代的殉葬品，只是无人凭吊。掠夺者被掠夺，奴役者被奴役，在疯狂的浪潮中，撕碎别人的人在下个时段便成为凋零的碎片。这场畸形运动里，谁受了害，谁又受了益？它带给我们的究竟是什么？

小说思索着"人在历史中的作用"，某个伟人不出现，历史是否会与现实不同？人性与兽性的关系，两者是否一个正确一个错误，无论何时何地，人性一定优于兽性？生命对宇宙的影响，假使没有生命，宇宙会怎样？大自然真是自然的吗？爱、善良、人道主义真的是拯救危机的必由之路吗？人类所认同的某些颠扑不破的观念和信仰是否始终适用？环境破坏的终极原因一定是贫穷造成的吗？道德是好的还是坏的？它是否拥有超越一切的优先权，还是在某些特殊情境下可以暂时放弃？这些都是作者在文本中极力想表达的。正如在《三体》中他写道："我认为零道德的宇宙文明完全可能存在，有道德的人类文明如何在这样一个宇宙中生存？这就是我写'地球往事'的初衷。"作者所思索的不仅是人如何在地球上生存，还有人如何在宇宙中自处。对于人类来说，究竟什么才是第一要义？

这些设问广袤而浩渺，即使提问者本身也未必能给出最恰当的答案，但是，他的设问却开启了读者的思维，让阅读随之走向思想的纵深处。穷思极想，千思万虑，这世界，我是谁？谁又是我？生命如何产生，又如何消逝？未来的某一天，所有生命的最终结局是什么？在对这些问题的冥想中，完成与自己与灵魂的深层对话。

除了上述这些哲理性的思考，《三体》系列也表示出对科学技术本身的质疑。文本所体现出的价值观并不认为技术是拯救人类的途径，可以带领人类进入天堂般的美好。相反，巨大的科技进步所衍生出的种种弊端已经浮现。三体世界中，无论已经达到了怎样的科技水平，但这里"没有文学，没有艺术，没有对美的追求和享受，甚至连爱情也不能倾诉"，这样的未来，难道是地球人渴望的未来吗？地球人在不断追逐更高状态的文明，企望更加发达的科技便利，而另一个已经达到这境地的文明则已对此厌倦，三体人表示："三体世界已经让我厌倦了。我们的生活和精神中除了为生存而战就没有其他东西了。"他们绝望于"精神生活的单一和枯竭"。这让我们想起那句话："你所追逐的明天，正是无数人厌恶的今天。"世界的一切，美与丑，好与坏，是与非，无不存在着不可解释的悖论。

我们可以不看重"雨果奖"，但必须承认：刘慈欣是一位好作家。他带给我们的启示是：科幻原来可以这样写，科幻原来可以写成这样。《三体》系列这树繁花已然盛开良久，我们希望会有更多的树随之绽放，一起带来一幅更美的春天。

（徐彦利：文学博士，河北科技大学文法学院副教授；
王卫英：文学博士，双博士后，中国科学技术出版社副研究员）

附 录

附录 1：

对宏大宇宙与微渺个体的探索
——刘慈欣访谈

姚利芬

2015 年 8 月，刘慈欣凭借《三体》一举拿下"雨果奖"最佳长篇小说奖，成为亚洲获此殊荣的第一人。《三体》三部曲也被普遍认为是中国科幻文学创作的里程碑，备受读者与媒体的赞誉，获得了众多奖项的肯定。在国内，其超过百万册的销量也表明它经得起市场检验，"将中国科幻文学提升至世界级水平"。2016 年 10 月，刘慈欣带着他的英文、德文、西班牙文版《三体》，先后抵达了格拉斯哥、伦敦、巴塞罗那、法兰克福四大城市举办活动，多语种《三体》风靡欧洲。

现实中的刘慈欣是个低调、谦逊，甚至略显羞涩的工科男，似乎显得不够科幻：一如既往的平头，黑框眼镜，刚刚好的体态，多年不曾走样，这要拜他多年坚持锻炼所赐；不用微信，不开微博，与社交媒体保持着距离；精烁而从容的眸光印证着严谨缜密的思考力；谈及科幻话题滔若江河，层层道来，让你不得不惊诧他身上的富矿——这是一个偏居一隅（山西省阳泉娘子关），内心蕴藏着浩渺宇宙的男人。

一、"科幻对我意味着爱好、事业、精神寄托"

姚利芬：先来谈谈您对科幻内涵的理解吧，怎样看待当下幻想文学类型的发展？

刘慈欣：各种类型幻想文学互相融合是发展的一个趋势。在科幻与一部分奇幻和魔幻作品融合的同时，传统意义上特点很鲜明的科幻小说仍然存在。举一个例子，《火星救援》是销量很好的一部美国科幻小说，后来拍成电影也取得了很好的票房，它是一部极其传统、十分纯正的科幻小说，也取得了成功。其他美国科幻电影，大部分好莱坞的大片里的科幻电影比如《地心引力》《星际穿越》，都没有多少魔幻的色彩，是很纯正的科幻，也取得很大的成功。我的观点是不要把科幻和其他的幻想文学对立起来，它们完全可以共存，相互吸收对方的长处，甚至相互融合。但就我自己而言，我写的肯定是那种比较传统纯正的科幻小说。我认为应该有一批人去坚持这种小说的写作，就是有科幻内核的科幻小说。有一个作者说得很好，"你不能因为黄昏和清晨不黑不白的状态就否认白天和黑夜的存在，它有相互交叠的部分，也有特别鲜明的带有自己特色的部分"。这一特点不光是在科幻小说里，在奇幻小说里也会出现，所以说我觉得这是一个幻想文学发展的趋势吧。

姚利芬：您觉得科幻写作的精髓是什么？就是科幻写作跟您个人生活的关系，它对您意味着什么？

刘慈欣：每个作者的创作理念和写科幻的目的都不一样，我常说假如科幻是一个广场的话，人们来到这个广场是通过不同的路来的，有人是通过文学的路来的，有人是通过科学这条路来的，有人是想来演绎和批判现实，像我就是从科幻里头来的，大家都不一样。你说科幻意味着什么，它对每个作者都不一样，对我来说刚开始意味着爱好，因为我是中国第一代科幻迷，对科幻的爱好，发展到现在仍然是一种爱好但同时它也演变成一个事业，当然它对于我来说也是一种精神寄托。至于写作科幻的精髓，对我来说是想象力，用想象力以科学原理为基础构架出一个想象中的世界，在这个世界中把渺小的人类跟宏大的宇宙中联系起来，这个是我写作科幻最核心的一个东西。对于别的作家那就不一样了，有的人把科幻作为主流文学中所没有的一个角度用它来观察和批判现实，有的人可能把科幻作为一个平台来进行文学上的一些表现等。

姚利芬：您曾在一次讲座中提到美学在科学和故事资源中的地位，并指出科学美学的构成有四点：和谐、简洁、对称还有新奇，能否依此对您作品的美学风格做一个概括？

刘慈欣：科幻小说毕竟是小说，它和科学美学还是不一样的，它和传统的文学有一定重叠的地方但也有它自己的一些特色。科幻小说的美学风格我也没有想过，里面有比较宏大的、广阔的一些东西，再将这些宏大浩渺的宇宙和渺小的人类个体相联系，我的创作都是朝这个方向努力的，这也是我创作努力的核心，就是将宏大与渺小联系起来，把人的个体与整个宇宙联系起来。当然这种联系不是那种哲学的形而上的联系，也不是我看到天空有什么感悟，那不是科幻小说，本质还是现实主义，我所寻找的那种宏大的宇宙与渺小的个体的联系是真正的联系、实实在在的联系。宇宙的演化真正关系到我们每个人的命运，当然找到这种联系是非常困难的，因为按照常识来说这种联系是不存在的，但是现在不存在也不等于未来不存在。我努力去想象我们个体与宏大的宇宙之间有什么联系，这就是我所有科幻小说创作的一个核心，一个最本质的东西。

姚利芬：您的作品常会表现出对现实叙事的偏爱，无论是长篇《三体》《球状闪电》，还是短篇《乡村教师》，都从现实生活徐徐铺开，再嫁接科幻想象。有一条隐约的"现实＋科幻"的创作路径。同时，也表现出希望通过科幻视阈来述说一段历史的愿望与冲动。像《三体》第一部以文革开篇，试图以另外一种方式去回望历史，您对此是怎样考虑的？

刘慈欣：这个我不否认，我的小说里面有很强的现实元素,《三体》《球状闪电》均有，还有我一些短中篇，与现实都贴合得很紧，但这个都不是我写作的目的。我写作的目的不是要用科幻去反映现实去演绎实现去推翻现实，有很多的作家是这个目的，并朝这个方向去写，而且这个方向上也会产生很多经典的作品，像对我影响最大的一部科幻小说《1984》就是这样一部作品，但是我自己写作的最终目的不是为了反映现实，小说中有那么多现实可能是因为故事的需要。因为中国读者读科幻小说和西方读者的阅读习惯是不一样的，中国读者习惯从现实渐渐走向未来，而不像西方那样一下子把读者拎起来扔到未来。一点点的把世界设定通过情节表现出来，中国的读者是不适应这个方法的。正是由于这个原因，我的很多小说都从现实起步，虽然是从现实起步，但最终的还是在远离现实的那个幻想世界之中，而不是在现实世界之中。当然，除极个别的小说例外，比如像《赡养人类》可能现实感就特别强，其他的小说不是这样的。当然，我只是指我自己的创作理念，科幻现实主义肯定是有自己的创作理念和方向的。

姚利芬：阅读您的作品有一个比较突出的感受，里面塑造的形象反差特别大，这也呼应了您刚才说的将个体跟宇宙做关联。具体到作品，比如像《白垩纪往事》的蚂蚁和恐龙，《乡村教师》里的外星舰队跟西北穷乡僻壤的乡村教师和几个连学都上不起的孩子的这种对比，类似可以举出很多，能否说这是您作品比较突出的一个特色？

刘慈欣：这个不能算特色，而是作品中一个很本质的东西，刨去那些细枝末节最本质的去努力的一个方向，它比特色更根本一些，是创作中奉行的最核心的理念。

姚利芬：我们通常会把一位作家在同一时期创作的作品称之为一个系列，很多系列作品有统一的风格、相近的主题。系列中的每一篇又都是完整、独立的作品，就像多胞胎兄弟。您之前在接受《异度空间》的采访的时候曾说过有地球系列、太阳系列、普通人系列、人民战争系列、大艺术系列，能谈谈您对系列创作的想法吗？

刘慈欣：你说的这些系列有的只有一篇作品，有的一篇都没有。当时我确实说过这个系列，但只是一个计划，最后没有成为现实。往往一个系列只写了一两部，整个看我以前的作品基本没有系列的特点。现在来看，除了"大艺术系列"有三篇《梦之海》《诗云》和《欢乐颂》，还有《三体》三部以外，剩下的不成系列，都很零散。

姚利芬：您怎么看作品之间拓展互补或者说是重述式的创作？例如阿西莫夫写《基地》就是这种方式。同一个科幻构思可以演绎出不同的故事，放在主流小说中这不能想象，具体到您的作品，比如说《诗云》跟《人和吞食者》，《人和吞食者》实际上是《诗云》的前传；还有《魔鬼积木》和《天使时代》，《天使时代》是减料版。

刘慈欣：在世界科幻中是有这种创作范式，像丹尼尔·凯斯写的《黄昏》后来就拓展成一个长篇，但是不多见，至少我自己不喜欢这种做法。这也不是我的创作范式，我的作品除了"魔鬼系列"之外再举不出第二个例子来。我认为把一个创意来回地用是一种懒惰的方法。我将科幻看作创意文学，我的每一部作品都是建立在一个新的创意之上，不会用过去的创意，至少在目前阶段不会把过去的创意扩写成长的创意。

姚利芬：美国亚马逊网站《三体》第一部的读者评价中有一个读者写下了这样的评价："叶文洁是一个封闭的女人，隐藏了深刻的秘密，然而我最喜欢的是大史，与科学家不同的是，他是一个不操心主义理论的实用者，他看起来如此鲜活，而他的常识是这部书最令人耳目一新的部分之一。"您在很多文章里都提到科幻小说里的人物形象跟主流文学中的人物形象并不相同，也无意于在人物形象塑造方面下功夫。但是，大史这个形象在美国的阅读圈，包括在中国的科幻圈里反响都非常不错，就是实际上你在写作过程中是否突破了您无意着墨人物形象创作意图的限制，您怎么看待这种不一致？

刘慈欣：一般来说，像我这种类型的科幻小说中经常出现的人物都是一些故事背景需要的科学家、工程师、国家元首等类型，在我们生活中不太常见的这些人物。大史这个角色是一个特例，是我们生活中最常见的普通人，所以说他的性格也相应的比较接地气，有些普通人的性格，但是他这种人物在我这种题材的科幻小说里不可能很多，因为这种人物很多的话就不能讲故事了，在那样一个构架之下讲一个故事，只能从社会最底层用以小见大的方法去讲故事，那肯定不是《三体》这本书讲故事的方式了。

大史这个人物并不生动，没有多少层次，你觉得生动是因为把大史作为一个平民英雄来塑造，这种塑造可能让人感觉人物形象丰满。大史是不管好莱坞电影还是中国的通俗文学里面都常见的一个人物，这种人物常常是固定模式，多得很。大史的形象是缺乏层次和变化的，给人印象深刻只是因为在一大群科学家工程师里面突然出现这个人，就容易觉得这个人物塑造得很鲜活，其实你要真跟那些有层次的有立体感的人物相比，这个人物和其他人也没有本质的区别，也是一个二维式的人物、平面化的人物。我补充一点，短篇小说里面讲究人物的性格鲜明，长篇小说里面比较看重人物性格的变化，有些人物比如说罗辑这个人物他前后的性格是有变化的，在第二部和第三部是不一样的，他的性格肯定随着故事发生变化，但是大史这个人的性格几乎一直没变，从头到尾都是这个样子，说明他不是一个很有层次的人物。

姚利芬：您的作品里经常出现那类有点悲壮气的英雄形象，像《地火》里的刘欣，还有《全频带阻塞干扰》里的孤胆英雄，这一类人物身上笼罩着一层知其不可为而为之的理想化色彩；还有一类就是小人物形象的塑造，像《光荣与梦想》里跑步的那个小女孩辛妮，还有《乡村教师》这种类似的描写。您也认为这些人物形象是缺乏变化的，更多是理念的一种承载？

刘慈欣：是这样的。另外关于人物塑造，我不认为人物塑造在小说中不重要，我认为它是很重要的，但是就我自己而言，确实没有把主要的精力放在上面，因为精力和能力是有限的，只能倾注在其中的一方面。如果科幻小说有好的故事同时又有好的人物那是最好的，它有能够和主流文学相媲美的人物又有科幻小说中最精彩最震撼的故事，这是一个理想的状态。但是说句实在话，到目前为止我还没有看到这样的作品，有的人物形象、文学性方面很好但是科幻方面不行，有的科幻方面很好，但人物方面又不行，很难两全其美，所以说我还是期望未来的作家能够写出文学性和科幻创意都俱佳的作品。

姚利芬：您的作品里有那么一类形象有种戏耍反讽的意味，以致在阅读的过程中时时会觉得好像不是在看科幻小说，更像是在看寓言故事。尤其对话写得非常精彩，像《梦之海》的艺术家跟颜冬的对话，读的时候有种读寓言故事的感受；《太原诅咒》把潘大角这个人物植入到作品里了，还有《西洋》是架构历史的小说，《纤维》《命运》《赡养人类》这一类的作品甚至体现在人名的设计上，像大牙、滑膛等这种有点滑稽色彩的名字，不知您给小说里的人物起名字的时候有没有特殊的考虑？

刘慈欣：这个不同的作品可能不同吧，像大牙作为恐龙的名字可能比较形象，但大部分的名字取得比较随意，并没有什么特别的含义，比如说像《三体》这本书里的名字，没有太多的含义。

二、镣铐式写作与透明化语言

姚利芬：您觉得自己写作科幻的感觉是轻松愉悦还是沉重凝滞？

刘慈欣：几乎所有的评论者包括我自己都认为我的写作是相当困难的，很沉重的，以至于国内有个科幻评论家说我和别人相比，别人是在轻松地写，而我是在咬牙切齿地写。按照自己的感觉来说，写每一部作品都是很吃力很沉重的，感觉我写作很轻松肯定是错觉，除了极少数作品以外。多数情况下都像是带着镣铐前行的一种写作，是很吃力的那种写作方式。

姚利芬：您怎么看科幻小说中的对话描写？对话其实是小说里特别难写的，有时候对话嵌入的知识太多了，就容易有"用钢管倒知识"的倾向。

刘慈欣：我并不擅长写对话，我小说中的对话中并没有充分表现出人物的性格，这个不是我擅长的。至于说作品中的对话，首先我尽可能减少对话，尽可能用故事场景来推动，因为在科幻小说中用大量的对话来交代故事有一定的问题，可能这是比较省力的做法，读者是不是认同就很难说。但是也有那种做法，像阿西莫夫的《基地》就是用大量的对话推进情节，但我自己还是尽量避免那样做，尽量减少对话吧，用故事本身来讲故事。

姚利芬：王安忆曾提起阅读您的小说的感觉：刘慈欣的语言"还行"，您怎样看科幻小说的语言文笔？

刘慈欣：我本人受过的文学训练并不多，只是一个工科出身的作者，而且我写科幻是因为热爱科幻，不是因为热爱文学，所以我的文学经历并不多，这方面可能在语言文笔上会表现出来。语言可能是比较透明的那种，只是作为讲故事的一个工具，而不是作为文学本身的一种表现。尽量把语言做到透明，不让读者觉察到语言的存在，只觉察到故事的存在，这是我尽量做的，也只能做到这一步。所以说小说中的语言和文笔个人认为可能不是我所擅长的，这种语言风格就是很典型的讲故事的风格，在美国黄金时代小说作品中的语言风格，文学色彩相对较少，只是把故事讲清楚，尽量简洁、透明一些。

姚利芬：俄国形式主义文艺理论家什克洛夫斯基将语言分为文学语言和

实用语言，实用语言倾向简练、经济，而文学语言则追求"陌生化"效果，我想您说的"尽量把语言做到透明"大概是介于文学语言与实用语言之间的一种状态。

您在很多地方都提到科普型的科幻，将之形容为"消逝的溪流"，认为这种类型的科幻实际应当在中国继续发展下去。据称，您的作品《地火》就是模仿这种小说风格的作品，向那些在"消逝的溪流"上载舟前行的科幻前辈致敬的作品。但是在实际的写作过程中，一方面科普型的科幻对科学的要求可能更要严格一些，作者也在写作过程中有点儿束手束脚，不太容易出高质量的作品；另外一方面，科幻究其根本还是文学，如果将科普冠在科幻的前头，工具化的标签容易减弱它的文学性，能谈谈这方面的想法吗？

刘慈欣：其实这个讨论从 20 世纪 70 年代末开始一直讨论到现在，这个问题大家都有一个误区，讨论的根本前提都不存在。你说的都对，包括科幻的工具化我也是完全反对的，科普让科幻的文学性降低也是事实，但是我们在讨论这些东西的时候预设了一个前提，就是科幻只有这些选项——根本没必要这样，科幻可以有科普型的科幻，可以有文学型的科幻，也可以有科幻型的科幻同时存在，各种各样的种类都要容其发展。"科普型"只是作为科幻的一个种类，甚至是比较边缘化的一个种类，它有它存在的意义。

美国科幻有相当多的科幻小说，甚至包括美国科幻三巨头的阿瑟·克拉克和阿西莫夫的很多作品都有很强的科普色彩，也不妨碍它成为一个经典的作品。所以说，科幻如果都像 20 世纪 50 年代那种百分之百成为科普型的，就会出现你说的这种状况，但是科幻现在是丰富多彩的文学题材，各种各样的可以同时并存。所以"科普型"是科幻中的一种，它完全可以存在，不影响别的，它现在完全消失了本身是一件很遗憾的事。如果说因为科普型科幻的存在就妨碍了主流科幻小说的文学性，那我不同意，你可以表现自己的文学性，这跟科普型科幻没有什么关系。世界上有很多有名的科普型科幻一直都在流传，它并不影响现在世界主流科幻的经典作品。

姚利芬：有科幻研究者指出，中国科幻当前面临的一大问题是过于精英化，不大会通俗化叙事。日本科幻在通俗化叙事方面似乎比我们做得要好，而中国科幻生态链最缺失的也是这一环，您对此怎么看？

刘慈欣：我基本同意，科幻小说从历史看是从欧洲发源的，然后流传到美国，但是美国对待科幻文学的态度和欧洲是不一样的。欧洲是将科幻作为一种精英文学来对待，而美国把它作为一种大众文学来看待，发展到今天，欧洲和美国的科幻差别我们都是有目共睹的。在通俗化叙事方面，真正做得好的是美国科幻。我觉得最理想的状态就是将它和刚才我们讨论的科普型科幻一样对待。为什么要把它对立起来？精英型的科幻可以存在，同时通俗型的科幻也可以存在，不是一种有你无我的关系，它们都可以存在。美国科幻就是一个很好的例子，在美国那样一个庞大的文学体系中，各种各样品类都有，有的作品很通俗很大众化，而有的作品很精英化，这个我们都能看得到。

我认为"通俗化"是科幻一个正确的发展方向，各种各样的类别百花齐放，各种风格都应该宽容，中国这么大的国家，都应该允许它们的存在。当前，国内科幻的状况有些精英化，毕竟科幻文学的这个作家群是目前国内所有文学体裁的作家群体中受教育程度最高的，虽然科幻作者人数很少，但是很精英化，很多作者只考虑自己的表达而不考虑读者，这个是目前的一个倾向，当然还有相当多的作者还是考虑了读者，但是总的主流倾向确实是有一种精英化的倾向，所以我还是刚才那句话，中国科幻要真正发展起来，比较理想的状态是：作为大众文学通俗化的科幻和作为精英文学的科幻并存，都充分地发展，这是一个最理想的状态。

三、通过大力发展科幻影视带动科幻文学的发展

姚利芬：韩松曾说中国科幻作家绝大多半出生在乡、镇，县级，我不知道您怎么看待这种现象，地域跟科幻作家的产出及成长有什么关系吗？

刘慈欣：科幻作家还是集中在大城市，韩松本人在北京，其他的作者大部分也都是在大城市里，像我在阳泉，王晋康在南阳，这是一个个例吧，这是少数，像我熟悉的大概二三十位科幻作家有百分之九十都在北上广，说到出身就复杂了。现在不光是写科幻的，其他的白领阶层出身也都是小地方，

科幻作家所处的地理位置，大部分还都是在大城市，我能想出来在小城市的作家有，我是在比较小的城市，王晋康所居住的城市也比较小，何夕也在比较小的城市，就这三个了，剩下的你看北京的一大批，还有上海的，广州的很少，还有在西安的，都是一线城市。

出生地就比较复杂了，这不光是科幻，任何一个部门也好一个行业也好，它的人员你要找到最初上中学的出生地那就复杂了，哪个单位的人我看大部分也都出生在小地方，这是个常识问题。而且你从科幻的出生地来说，这种趋势并不是太明显，根据我所统计的科幻小说作家大部分也都是出生在大城市，像韩松本人在重庆出生的，剩下的几位作家也都不会出生在很偏僻的地方，我本人是在北京出生的，这是大城市，我觉得这个特点不是那么明显。

姚利芬：那您觉得地域对作家的成长、写作、幻想的特质有无影响？

刘慈欣：应该会有影响的，从目前来看可能出生在大都市的作家，他的创作理念和风格和出生在比较偏僻的小城市的科幻作家是不太一样的。出生在大城市的科幻作家的写作可能更前卫更时尚一些，往往更文学，我的感觉是这样。而出生在小地方的科幻作家更接近美国黄金时代的那种比较传统的写作方式，可能和他周围的环境有关系。还有一点我想韩松想表达的意思是目前国内最有影响力的作家都是出现在小城市，王晋康、何夕，包括我自己，这三个人目前是影响力比较大的作者，确实，都是身处比较小的城市，像何夕在自贡、王晋康在南阳、我在阳泉，这都是比较小的城市。这可能有一定的内在原因，因为处在这样一个地方的话，可能正好处在中国社会不上不下具有代表性的一个地带，这三个城市确实是中国最有代表性的城市，处在这种地方，我们作为作者可能更能理解中国最广大的读者群，他们的欣赏倾向，这样的话能使自己的作品变得更有影响力，可能会有这方面的关系。但总体觉得从地域上来考察国内的科幻作者是一个有待于进一步研究的一个问题，现在很难看出什么明显的趋势来。

姚利芬：您在《诗云》里表达了这样的一个观点，技术最终敌不过艺术。我知道您是"计算机诗人"，会编一些代码让计算机写诗，这是一个有趣的尝试。我不知道您怎么看技术时代下艺术与科学的关系？

刘慈欣：我感觉技术和艺术不是敌对的关系，无所谓谁敌得过谁，它是两个领域，所面对的使命也是不同的，相互之间并不矛盾，当然随着技术的发展可能会催生出新的艺术形式来，旧的艺术形式会被技术的发展所消灭掉的，会推出新的艺术形式，在这里不存在竞争关系，更不能把技术和艺术对立起来。现在的艺术更多关注一些传统的艺术美学，对与科学技术有关的美学因素关注度不够，但这种情况正在改变。比如纯粹的艺术，就越来越多地开始呈现科学技术中的美学元素，当然在这方面文学做得是比较差的，不光是中国文学，西方文学也一样，离现在科学还是有一定距离，除了个别例外。科幻小说承担了把文学和科学联系起来的桥梁作用，但在真正的主流文学中，对科技美学给予的注意较少。我在《诗云》里表达的观点是这样，就是说科技和艺术之间是不能互相替代的，艺术肯定代替不了科学，这是常识，同时科学也代替不了艺术。

姚利芬：在《全频带阻塞干扰》里，您写了这样一句题记：深深的敬意献给俄罗斯人民，他们的文学影响了我一生。能谈谈您接触认识俄罗斯文学的历程及喜爱作家的作家和作品有哪些吗？

刘慈欣：受俄罗斯文学的影响对我们这个时代来说是一个普遍的现象，尤其20世纪60年代初出生的这批人相对来说读的俄罗斯文学是比较多的，读的书基本上也都差不多，俄罗斯文学影响中国最深的也就那么几本，像托尔斯泰的《战争与和平》、陀思妥耶夫斯基的《罪与罚》、阿·托尔斯泰的《苦难的历程》等。俄罗斯文学分为三个时代，它有黄金时代、白银时代以及后来社会主义时代的俄罗斯文学。其实对我影响最深的还是被称为黄金时代的文学作品，也就是列夫·托尔斯泰那个时期的俄罗斯文学。说起影响，人们总是误会说影响都是好的影响，其实未必都是好的影响，也有可能是负面的影响，比如说俄罗斯文学的特点就是很沉重很厚实，它的语言也是那种很沉重很励志的语言，对我的语言表达可能会有一些负面的作用，它的语言不一定完全适合于科幻小说。但是总的来说，俄罗斯文学对我的影响确实是很大，这种影响不是有意而为之，而是那个时代你能看的东西很少，找到的东西就这么多。要说影响最大的三本书，第一本肯定就是《战争与和平》，第二本是《静静的顿河》，第三本就不太好举了，第三本有很多，比如像《罪与罚》对我的影响也是比较大的，主要是这三本书，还有其他的一些作品，像俄罗斯社会主义时代的《钢铁是怎样炼成的》《青年近卫军》《毁灭》等，这些都有影响。

姚利芬：您对自己作品的读者群有没有特定的预期？

刘慈欣：目前主要读者群还是学生吧，中学生、高中生和大学一年级学生，主要我觉得读者群还是这些，当然近年来有了些变化，就是我的小说读者群多少可能越出了科幻读者圈这个范围，扩散到其他行业。比如互联网 IT 行业和航天系统，这两个系统我的读者群比较多，但从数量上来说绝大部分还是在学校，在社会各界各个系统年纪比较大的读者数量在增多，但是总的来说比起学生读者来还是少数。但是我的书到了美国翻译成英文，他们的读者构成是怎么样的，我不太清楚，这个没有调查过。

姚利芬：其实少儿科幻在中国发展得并不是很好，我不知道您有没有想过在这一块做一些努力？

刘慈欣：首先我认为像你说的少儿科幻在中国是很有意义的一个科幻题材，中国的少儿科幻确实是大有可为的，是一个几乎比较空白的状态，目前国内从事少儿科幻的作家像杨鹏这样的数量真的很少，比起现在从事主流科幻的作家的数量都少很多。自己来说的话，我不打算写少儿科幻，不是说我不想写，首先一点你的精力问题，另外一个最重要的是能力问题，少儿科幻并不是那么容易写的，一个作者需要有相应的文学能力才行，不过你根本不了解孩子的欣赏取向，你对孩子本身不了解是没有能力去写少儿科幻的，这确实是很难的一个科幻题材，所以说我没有这个计划去写，但是我希望国内能有越来越多的作者去写少儿科幻。

姚利芬：《超新星纪元》开篇有一句题记，"这本书献给我的女儿"，您当时写作这本书的考虑是怎样的？

刘慈欣：一部写孩子的作品不等于就是少儿科幻。举个例子，比如像《蝇王》这本书，它完全就是孩子，一个大人都没有，但是它不是给小孩看的。我写《超新星纪元》的时候不是面对孩子的，它里面全部都是孩子只是因为它的故事走到那儿了，它不是一本严格意义上的少儿科幻，因为它的叙述方式和思维方式还是面向成人读者，真正的少儿科幻是面向少儿的思维方式，说献给我的女儿只不过是因为写这本书的时候我的女儿刚刚出生，这是唯一的原因，并不是说它就是少儿科幻，其实我觉得我的科幻小说里面其他短中篇像《球状闪电》都比《超新星纪元》更适合孩子看，当然《超新星纪元》孩子看了也行，但是总感觉没有在严格意义上面向小读者。

姚利芬：郝景芳在您斩获雨果奖之后成为第二个获得雨果奖的作家，不知您有没有考虑过获奖折射出的海外传播的危机。比如说，可能国内作家写的一些作品很不错，但实际上没有传播出去，不知您怎么看中国科幻小说海外传播的问题？

刘慈欣：首先中国科幻在写作的时候，我认为大部分的作家在写作的时候他所面向的预设读者群是中国本土的读者群，不是西方英语世界的读者群，这个作品写出来被翻译传播出去当然是一件好事，但是这确实也有一个过程，因为这本身还是一个刚刚起步的过程。科幻小说的翻译要向美国输出的话和别的文学输出还不太一样，它的差别在哪呢，别的文学输出是往一个空白地带输出的，比如输出中国的乡土小说或者中国武侠小说，它面向的输出的地域几乎是空白的。而科幻小说就不同，美国本身就是世界科幻文学的中心地带，美国本身就是一个科幻小说大国，你再向它输出自己的科幻小说就增加了一层困难，就是说美国的读者也好还是科幻界也好，它肯定理所当然对非英语的科幻小说抱着一种天然的轻视，这种轻视我不是一种指责的意思，我觉得是理所当然的，现在科幻就是在美国发展起来的，它的量太大了，几乎占了世界科幻小说的百分之七八十，它理所当然对非英语世界的科幻小说不太重视。目前，非英语的科幻小说的作家能真正在美国取得地位的也就那么一个人，是波兰的莱姆，其他的还都不行，所以说在美国输出中国科幻确实还有很长的路要走，面临很多的困难。比如翻译问题、出版问题和宣传问题等，但是最近呈现出一个好的开端，其实目前中国科幻在美国受到重视，说句实话也不完全是科幻本身的原因，它和大的时代背景有关。一方面就是说美国科幻本身经历了将近一个世纪的发展，它发展到现在可能和它各方面的原因有关，比如说读者老化的原因有关，它本土的科幻文学渐渐出现了生命力降低的迹象，所以从美国科幻文学本身发展来说，它也希望吸收其他的非西方文化的科幻小说，这个不光是中国，像如今在美国取得影响的作家除了华裔的作家以外，还有其他非英语民族的，像越南的、菲律宾的和巴基斯坦的都有它们的作家在美国取得影响，获得星云奖、雨果奖，另外像美国本土作家也把他的注意力转向东方文化，描写的文化背景不再是纯西方的了。比如像获雨果奖的一部作品，文化背景就放在东南亚泰国，这可能也是中国科幻文学这两年在美国受到注意的一个原因。所以从这个趋势上来看，我认为虽然面临很多的困难，但是中国的科幻小说向美国输出还是会进一步发展，还会有很多兴起的东西。

姚利芬：据说您经常看电影，几乎科幻电影都看完了，能谈谈科幻电影对您创作的影响吗？

刘慈欣：科幻电影我看了很多，最多的时候几乎一天看一部，科幻电影几乎我都看过了。科幻电影对我的写作影响很大，讲故事的方式和小说画面感的书写都受到了科幻电影的影响。但另一方面，科幻电影和科幻文学不是一回事，科幻电影滞后于科幻文学的发展。以美国为例，科幻电影的表现方式还处于美国科幻黄金时代时的表现方式，加上科幻电影的高成本性，对电影中出现的科幻创意会格外小心，以致不会轻易在电影中运用最前沿的创意和表现方式。而现在的科幻小说特别是我创作的这些科幻小说，则需要一些新颖的创意和表现方式，这也意味着在科幻创意和表现方式方面，科幻电影对我的创作影响又是有限度的。

姚利芬：您有没有写过完全不科幻的作品？

刘慈欣：几乎没有，因为我刚才说过我写科幻就是出于对科幻本身的兴趣和热爱，不是出于对文学的兴趣，所以我也写不了别的，我的兴趣只是在科幻上，在别的方面我没有太大的兴趣，所以在我的印象里没有写过科幻以外的东西，除了一些评论文章之类的，其他的没有写过。

姚利芬：我看就是您的作品涉及的领域特别广，能谈谈您取材领域的长处与短板吗?

刘慈欣:我比较熟悉的领域在物理、宇宙学这方面,比较生的领域在生物学和经济学,知道的很少,所以我的小说里面涉及的很少也不敢涉及这两方面的东西,我不是知识面很广的人,比如说历史吧,我对西方的历史比较熟悉,但中国历史碰都不敢碰。

姚利芬:您有没有想过将科幻和中国文化做一个融合?

刘慈欣:这是一个很有意义的方向,但我没有这个能力,中国历史我知道的不多,也不敢去写,我的小说中基本上不涉及中国的历史。

姚利芬:您在写作过程中遇到困惑的时候会跟别人交流吗?

刘慈欣:完全不交流。我很忌讳那种把自己正在思考的作品拿出来让别人提意见,绝对不会做这种事的,可能把自己的构思给别人讲一讲,但是这个是很有保留的,而且那个构思绝对不是我目前正在写的。至于为什么会这样我也不太清楚,总的来说在科幻创作这个领域我不太喜欢跟人交流,跟人交流也很少,当然我不是说所有的领域,仅限科幻创作这个领域本身,我不太习惯跟别人交流,也没有交流的需要。

姚利芬:《三体》电影预期什么时候上映,是什么原因让它一再推迟?

刘慈欣:我本人是作为《三体》电影的制作团队的一个成员,《三体》电影制作团队有统一的对媒体发言的人。现在来看如果顺利,2017 年夏天会上映。推迟它上映的原因很多,因为电影和写小说不一样,受到方方面面的制约,市场的制约、投资的制约、审查的制约等,还包括项目之间的管理和各个团队之间的合作,这些比较复杂,不是一两句话能说清楚的。大成本的科幻片不断地推迟是很正常的现象,像《阿凡达》推迟了两年,它可能受各方面的制约,方方面面的因素都会让它推迟,这个是很正常的现象。电影,就是说国内的科幻电影,现在处于一个开端和起步阶段。不能有那种心态,就是拍出的第一部电影就是科幻经典那是不太可能的,还是抱着平常心去看待吧。

姚利芬:您对中国科幻产业的发展,包括出版,从杂志到图书到电影到海外传播这些产业链的发展有什么具体的看法和建议?

刘慈欣：中国科幻近两年来正受到媒体的广泛注意，也得到了政府的大力支持，这个都是很明显的趋势，但是从另一方面来说，科幻文学本身并没有在受到注意和得到政府大力支持的情况下快速发展起来。在很热闹的表象背后，其实中国科幻文学的状况和前几年相比，差别也不是太大，可能有所进步，但这种进步和它所受到的注意和它所受到的支持相比是不成比例的，这是科幻文学的状况。另一个科幻电影和科幻影视的状况还不好说，因为在这方面有大量的资金在投入，也运作很多年了，目前我们还没有看到第一批的成品出现，而且第一批的成品比如科幻电影进入院线会得到中国观众和中国市场什么反映目前还是未知数，所以说这个领域的前景确实不好说。

至于对科幻文学的建议，我个人认为科幻产业的出路还是在于科幻影视的发展，通过科幻影视大力的发展来带动科幻文学的发展，而不是说反过来像这样，指望着从科幻小说中去改编电影来带动科幻影视的发展，我觉得这个比较困难。目前，科幻影视的发展还需要一定的储备，包括科幻编剧的储备，新一代的科幻导演和制片人应给他们足够的机会，加强国内科幻影视界和国外科幻影视界的合作，这些都是我们迫切需要去做的。

科幻文学出版方面现在最大的问题就是中国科幻作家的数量太少，写的就那么二三十个人，应该扩大中国科幻作家的基数，当然，方方面面也都在努力，但怎么做到这一点确实不易。各部门像出版系统需要他们去做这些事情，总的来说，国内科幻发展出现了一个很好的势头和局面，但如何利用这个局面让中国的科幻真正地发展起来还有很长的路要走。

刘慈欣冷静睿智，思维缜密，对很多问题都有深刻的见解。言谈之中，他直述对科幻本身的热爱，可能与文学无关，与语言技巧无关，与批判现实无关，他更关心科技层面上的可能性。"好的科幻就是能让你在下夜班的途中仰望星空"。刘慈欣帮助读者打开了别有洞天的世界，而在此之前的世界，于你、我、他而言，常显得过为局促、逼仄和狭小。文学评论界常将科幻作为一种类型文学与"主流文学"相提，何谓主流与支流？在当今这样一个跨界的时代，诚如各类幻想文学边界渐趋模糊，主流文学也应当广开怀抱，将科学的视阈容纳进来，而这种融合，也必将为主流文学打开另一扇窗，就像"眼睛被施过了魔法一般"，会觉得世界陡然变得大而新奇。对于刘慈欣接下来的创作，借用一位科幻迷的话来做结：希望你能继续拉着我们的手在太空中飞行，在时间中看未来和过去，带着我们仰望星空，带我们聆听宇宙中最深邃的思想。

（姚利芬：文学博士，博士后，中国科普研究所助理研究员）

附录 2：

刘慈欣科幻创作年表

创作年表（一）

小说篇名	发表刊物及期号（作品集或网站）	备 注
《鲸歌》	《科幻世界》1999（6）	
《微观尽头》	《科幻世界》1999（6）	
《坍缩》	《科幻世界》1999（7）	原名《宇宙坍缩》
《带上她的眼睛》	《科幻世界》1999（10）	获第十一届中国科幻银河奖一等奖
《地火》	《科幻世界》2000（2）	
《流浪地球》	《科幻世界》2000（7）	获第十二届中国科幻银河奖特等奖
《乡村教师》	《科幻世界》2001（1）	获第十三届中国科幻银河奖读者提名奖
《微纪元》	《科幻世界》2001（4）	
《全频带阻塞干扰》	《科幻世界》2001（8）	获第十三届中国科幻银河奖
《纤维》	《科幻世界·惊奇档案》（霹雳与玫瑰号）2001	
《命运》	《科幻世界·惊奇档案》（太阳舞号）2001	
《信使》	《科幻大王》2001（11）	
《西洋》	《2001年度中国最佳科幻小说集》	四川人民出版社2002年出版
《中国太阳》	《科幻世界》2002（1）	获第十四届中国科幻银河奖
《梦之海》	《科幻世界》2002（1）	
《朝闻道》	《科幻世界》2002（1）	获第十四届中国科幻银河奖读者提名奖

小说篇名	发表刊物及期号（作品集或网站）	备　注
《混沌蝴蝶》	《科幻大王》2002（1）	
《天使时代》	《科幻世界》2002（6）	
《人和吞食者》	《科幻世界》2002（11）	获第十四届中国科幻银河奖读者提名奖，原名《吞食者》
《诗云》	《科幻世界》2003（3）	获第十五届中国科幻银河奖读者提名奖
《光荣与梦想》	《科幻世界》2003（8）	
《地球大炮》	《科幻世界》2003（9）	获第十五届中国科幻银河奖
《思想者》	《科幻世界》2003（12）	获第十五届中国科幻银河奖读者提名奖
《圆圆的肥皂泡》	《科幻世界》2004（3）	获第十六届中国科幻银河奖读者提名奖
《球状闪电》	《科幻世界·星云2》（2004）	长篇小说，2005年出版单行本
《镜子》	《科幻世界》2004（12）	获第十六届中国科幻银河奖
《赡养上帝》	《科幻世界》2005（1）	获第一届柔石小说奖短篇小说金奖
《欢乐颂》	《恐龙·九州幻想》（贪狼号）2005（8）	
《赡养人类》	《科幻世界》2005（11）	获第十七届中国科幻银河奖
《山》	《科幻世界》2006（1）	
《三体》	《科幻世界》2006（5–12）	长篇小说，获第十八届中国科幻银河奖特别奖、《当代》长篇小说2011年度五佳、第一届西湖·类型文学双年奖金奖、第六届全球华语科幻星云奖最高成就奖、星云奖（美国）最佳长篇小说提名、雨果奖（美国）最佳长篇小说奖、坎贝尔奖最佳小说提名等
《月夜》	《生活》2009（1）	
《太原之恋》	《九州幻想·贲书铁卷》2010（1）	又名《太原诅咒》
《人生》	收录于《时光尽头》	花山文艺出版社2010年出版

小说篇名	发表刊物及期号（作品集或网站）	备　注
《2018 年 4 月 1 日》	收录于《时光尽头》	花山文艺出版社 2010 年出版
《时间移民》	收录于《微纪元》	沈阳出版社 2010 年出版
《烧火工》	果壳网 2012（1）	
《圆》	Carbide Tipped Pens 2014（12）	

<h1>创作年表（二）</h1>

小说单行本或结集名称	出版时间	出版社	备　注
《魔鬼积木》	2002 年 9 月	福建少年儿童出版社	作品集，含：《黛丽丝之死》《淘金者》《大火》《血洗 2 号基地》《桑比亚之战》等
《超新星纪元》	2003 年 1 月	作家出版社	
《当恐龙遇上蚂蚁》	2004 年 6 月	北京少年儿童出版社	
《带上她的眼睛》	2004 年 6 月	人民文学出版社	作品集，含：《地火》《带上她的眼睛》《全频带阻塞干扰》《乡村教师》《中国太阳》《朝闻道》等
《球状闪电》	2004 年 7 月	四川科学技术出版社	
《三体》	2008 年 1 月	重庆出版社	
《三体Ⅱ：黑暗森林》	2008 年 5 月	重庆出版社	
《流浪地球》	2008 年 11 月	长江文艺出版社	作品集，含：《中国太阳》《乡村教师》《全频带阻塞干扰》《流浪地球》《带上她的眼睛》《地球大炮》《镜子》《赡养上帝》（附录一《从大海见一滴水：对科幻小说中某些传统文学要素的反思》）（附录二《作品年表》）（附录三《刘慈欣经典语录》）等
《魔鬼积木·白垩纪往事》	2008 年 11 月	长江文艺出版社	作品集，含：《白垩纪往事》《魔鬼积木》（附录一《从大海见一滴水：对科幻小说中某些传统文学要素的反思》）（附录二《作品年表》）（附录三《刘慈欣经典语录》）等
《全频带阻塞干扰》(漫画版)	2009 年 3 月	中国文联出版社	
《微纪元》	2010 年 4 月	沈阳出版社	作品集，含：《微纪元》《时间移民》《微观尽头》《坍缩》《天使时代》《诗云》《思想者》《赡养人类》《纤维》《信使》《圆圆的肥皂泡》等
《三体Ⅲ：死神永生》	2010 年 11 月	重庆出版社	

小说单行本或结集名称	出版时间	出版社	备 注
《时光尽头》	2010 年 1 月	花山文艺出版社	作品集，含:《2018 年 4 月 1 日》《朝闻道》《地火》《光荣与梦想》《欢乐颂》《混沌蝴蝶》《鲸歌》《梦之海》《人和吞食者》《人生》《山》《命运》等
《天使时代》	2012 年 7 月	人民邮电出版社	作品集，含:《天使时代》《鲸歌》《坍缩》《微纪元》《混沌蝴蝶》《梦之海》《人和吞食者》《光荣与梦想》《圆圆的肥皂泡》等
《乡村教师》	2012 年 9 月	长江文艺出版社	作品集，含:《镜子》《流浪地球》《梦之海》《全频带阻塞干扰》《人和吞食者》《赡养人类》《赡养上帝》《诗云》《思想者》《坍缩》《微纪元》《乡村教师》《中国太阳》等
《中国太阳》	2014 年 1 月	辽宁少年儿童出版社	作品集，含:《中国太阳》《纤维》《山》《微纪元》《人和吞食者》等
《2018》	2014 年 12 月	江苏凤凰文艺出版社	作品集，含:《2018 年》《赡养人类》《诗云》《地火》《鲸歌》《白垩纪往事》《人生》《超新星纪元》《圆圆的肥皂泡》《纤维》《信使》《混沌蝴蝶》《光荣与梦想》等
《时间移民》	2014 年 12 月	江苏凤凰文艺出版社	作品集，含:《坍缩》《思想者》《西洋》《吞食者》《镜子》《微纪元》《朝闻道》《天使时代》《命运》《梦之海》《山》《微观尽头》《时间移民》《欢乐颂》等
《带上她的眼睛——刘慈欣科幻短篇小说集Ⅰ》	2015 年 6 月	四川科学技术出版社	作品集，含:《鲸歌》《微观尽头》《宇宙坍缩》《带上她的眼睛》《地火》《流浪地球》《乡村教师》《混沌蝴蝶》《微纪元》《全频带阻塞干扰》《纤维》《命运》《信使》《中国太阳》《朝闻道》《天使时代》《人和吞食者》等

小说单行本或结集名称	出版时间	出版社	备　注
《梦之海——刘慈欣科幻短篇小说集Ⅱ》	2015年7月	四川科学技术出版社	作品集，含：《梦之海》《西洋》《诗云》《光荣与梦想》《地球大炮》《人生》《思想者》《圆圆的肥皂泡》《镜子》《赡养上帝》《欢乐颂》《赡养人类》《山》《太原之恋》《2018年4月1日》《时间移民》《烧火工》《圆》等
《镜子》	2015年12月	中国工人出版社	作品集，含：《镜子》《山》《诗云》《流浪地球》《中国太阳》《带上她的眼睛》《地球大炮》《思想者》《朝闻道》《乡村教师》等
《人和吞食者》	2016年1月	现代出版社	作品集，含：《赡养人类》《地球大炮》《人和吞食者》《中国太阳》《全频带阻塞干扰》《流浪地球》《带上她的眼睛》《命运》《赡养上帝》《太原诅咒》《2018年4月1日》《鲸歌》《微观尽头》等
《刘慈欣少年科幻科学小说系列》（丛书）	2016年1月	广西师范大学出版社	系列丛书，包括：《动物园里的救世主》《爱因斯坦赤道》《孤独的进化者》《第三次拯救未来世界》《十亿分之一的文明》等
《蝴蝶》	2016年3月	中国工人出版社	作品集，含：《混沌蝴蝶》《吞食者》《全频带阻塞干扰》《地火》《梦之海》《赡养上帝》《赡养人类》《微纪元》《天使时代》《超新星纪元》等
《赡养人类》	2016年7月	中国华侨出版社	作品集，含：《地火》《鲸歌》《镜子》《人和吞食者》《太原诅咒》《赡养上帝》《赡养人类》《坍缩》《天使时代》《乡村教师》等
《信使》	2017年4月	中国工人出版社	作品集，含：《信使》《坍缩》《纤维》《西洋》《微观尽头》《2018年》《命运》《光荣与梦想》《鲸歌》《太原诅咒》《圆圆的肥皂泡》《白垩纪往事》等

小说单行本或结集名称	出版时间	出版社	备　注
《刘慈欣谈科幻》	2014 年 1 月	湖北科学技术出版社	
《最糟的宇宙，最好的地球》	2015 年 12 月	四川科学技术出版社	

作品获奖明细

获奖年度	获奖作品	获奖名称	奖项类别	备注
1999	《带上她的眼睛》	第十一届中国科幻银河奖	一等奖	
2000	《流浪地球》	第十二届中国科幻银河奖	特等奖	
2001	《乡村教师》	第十三届中国科幻银河奖	读者提名奖	
2001	《全频带阻塞干扰》	第十三届中国科幻银河奖	银河奖	
2002	《朝闻道》	第十四届中国科幻银河奖	读者提名奖	
2002	《中国太阳》	第十四届中国科幻银河奖	银河奖	
2002	《人和吞食者》	第十四届中国科幻银河奖	读者提名奖，原名《吞食者》	
2003	《思想者》	第十五届中国科幻银河奖	读者提名奖	
2003	《诗云》	第十五届中国科幻银河奖	读者提名奖	
2003	《地球大炮》	第十五届中国科幻银河奖	银河奖	
2004	《镜子》	第十六届中国科幻银河奖	银河奖	
2004	《圆圆的肥皂泡》	第十六届中国科幻银河奖	读者提名奖	
2005	《赡养人类》	第十七届中国科幻银河奖	银河奖	
2006	《三体》	第十八届中国科幻银河奖	特别奖	
2010	《三体Ⅲ：死神永生》	第二十二届中国科幻银河奖	特别奖	
2010		第一届全球华语科幻星云奖	最佳科幻/奇幻作家奖	人物奖
2010	《超新星纪元》	2007—2009年度赵树理文学奖	儿童文学奖	
2011		第二届全球华语科幻星云奖	最佳科幻作家奖金奖	人物奖
2011	《三体Ⅲ：死神永生》	第二届全球华语科幻星云奖	最佳长篇科幻小说奖金奖	
2011	《三体》	《当代》长篇小说年度五佳	2011年度五佳	
2012	《赡养上帝》	第一届柔石小说奖	短篇小说金奖	
2013	《三体》	第一届西湖·类型文学双年奖	金奖	
2013	《三体Ⅲ：死神永生》	第九届全国优秀儿童文学奖	科幻文学奖	
2015	《三体》	第六届全球华语科幻星云奖	最高成就奖	
2015		第二十六届中国科幻银河奖	特别功勋奖	人物奖

续　表

获项年度	获奖作品	获奖名称	奖项类别	备　注
2015	《三体》	星云奖	最佳长篇小说提名奖	
2015	《三体》	雨果奖	最佳长篇小说奖	
2015	《三体》	坎贝尔奖	最佳小说提名奖	
2016		影响世界华人盛典	影响世界华人大奖	人物奖
2017	《三体Ⅲ：死神永生》	轨迹奖	最佳长篇科幻小说奖	
2017	《三体》	伊格诺特斯奖	最佳国外长篇小说奖	
2017	《三体》	库尔德·拉西茨奖	最佳翻译小说奖	
2017	《三体Ⅲ：死神永生》	雨果奖	最佳长篇小说提名奖	

　　说明：《创作年表（二）》主要统计了刘慈欣在大陆首次出版的单行本和作品集，再版作品或在港澳台地区及海外出版的作品未纳入统计。在统计创作年表及获奖明细的过程中难免出现疏漏，恳请作者和广大读者批评指正。

（马俊锋　整理）

（马俊锋：文学博士，中国科普研究所博士后）

后　记

　　《中国科幻的探索者——刘慈欣科幻小说精品赏析》为中国科普研究所与中国科普作家协会联合资助的项目图书。作为项目研究成果，自 2015 年立项，到与广大读者见面，历时三年。在科普科幻界和文学界，这是一件值得关注的事情。

　　中国科普研究所于 1980 年由中国著名科学家、科普作家高士其先生提议，经国务院批准成立。它是直属于中国科学技术协会的中央级公益性科研院所，是中国唯一国家级从事科技传播和科普理论研究的机构，是中国科普作家协会的挂靠单位。

　　中国科普作家协会成立于 1979 年 8 月，它是以科普作家为主体，并由科普翻译家、评论家、编辑家、美术家、科技记者、热心科普创作的科技专家、企业家、科技管理干部及有关单位自愿组成的全国性、学术性、非营利性的社会组织。

　　2006 年，刘慈欣的《三体》在《科幻世界》杂志连载，立刻受到科幻读者的追捧。2008 年，《三体》与《三体Ⅱ：黑暗森林》相继出版。2010 年《三体Ⅲ：死神永生》出版，受到更多读者的喜爱，其粉丝从科幻圈扩展到大众读者。2015 年 8 月 23 日，《三体》获第 73 届世界科幻大会颁发的"雨果奖"最佳长篇小说奖。2015 年 9 月 14 日，刘慈欣作为科普科幻创作者代表受邀在中南海参加座谈会，会议高度赞扬了刘慈欣的《三体》，指出，刘慈欣同志创作的《三体》荣获世界科幻大会"雨果奖"，是中国科普科幻事业发展的一个标志性事件，也是中华民族自立于世界民族之林在科普科幻创作领域的一个具体表现。2016 年 9 月 8 日，在首届中国科幻大会开幕式上，与会中央领导强调："科普科幻承载着科技的未来和希望，科普科幻工作者肩负着提升全民科学素质、建设世界科技强国的时代使命。"这极大地鼓舞了中国的科普科幻工作者，中国科幻迎来了最好的发展时机。在国家倡导创新驱动发展战略的时代背景下，科幻不仅受到国家的重视，还被列入义务教育教科书。刘慈欣的《带上她的眼睛》入选 2016 年教育部审定的人教版初中语文教材（具体为七年级下册第 23 课，属于第六单元，本单元主要选取探险与科幻方面的文章。在文后阅读提示中，建议学生阅读一些科幻小说名作，如刘慈欣的《朝闻道》、阿瑟·克拉克的《星》、弗诺·文奇的《真名实姓》等，还将凡尔纳的《海底两万里》选为该单元名著导读文章）。

《三体》已经成为家喻户晓的科幻作品，它仿佛是一部横空出世的"神书"，刘慈欣就像是中国杀向世界科幻文坛的一匹黑马，这些传奇构成了"刘慈欣现象"，成为文化热点。理解即尊重，没有人能够随随便便成功，刘慈欣之所以获得巨大成功，是因为在创作道路上，他寂寞前行，辛勤耕耘，日积月累，从短篇处女作《鲸歌》到中篇《流浪地球》《中国太阳》《天使时代》《光荣与梦想》《地球大炮》《赡养上帝》等，再到长篇《三体》系列，这些构思奇绝、想象力超群的作品共同铸就了刘慈欣创作的辉煌。

作为长期从事科幻创作研究与出版的工作者，我们的责任担当和文化使命就是要把优秀的科幻作品推介给广大读者。本项目研究的目的是从作家作品入手，通过对刘慈欣的创作道路、创作风格、创作流变进行系统研究，全面深入把握作家的创作风貌，了解作品创作的成因，由此对作品做出公允的、切中肯綮的评介。这不单是对科幻本身的推广，也是贯彻落实中央关于繁荣发展社会主义文艺精神的具体体现。

《中国科幻的探索者——刘慈欣科幻小说精品赏析》一书首先对刘慈欣的作品进行梳理，遴选 40 篇（部）科幻精品（选录作品基本涵盖其所有的短中长篇小说），然后在细读文本的基础上进行深度赏析，凸显刘慈欣小说的创作特色和风格，挖掘其科学文化内涵和文学审美价值，为科幻作家的创作提供理论支持，为科幻的深入研究搭建理论平台，进而通过研究推动中国科幻创作的健康发展，促进中国科幻事业的繁荣。

《中国科幻的探索者——刘慈欣科幻小说精品赏析》分上下两册，共百万余字，能够出版，实属不易，感谢中国科协各级领导的大力支持。

感谢编委会各位学术委员和专家顾问在项目的研究及出版过程中所提出的宝贵意见，尤其是著名科幻作家王晋康老师、科幻研究专家汤哲声教授、科幻媒体人杨枫编审、中国科普研究所王康友所长、原中国科普作家协会秘书长石顺科译审和中国科普作家协会秘书长陈玲研究员的大力支持。

承担此次项目的研究者主要是中国科普作家协会科幻创作研究基地的研究人员，他们是王卫英、徐彦利、贺江、高亚斌、姚利芬、张志敏、胡用琼、任美衡、刘军、王晓勇、宋俊宏、文玲、张懿红、薛钦文、姜振宇、杨琼、黄灿、王家勇、范轶伦、汤哲声、乔世华、王玥、马俊锋，感谢他们的辛苦付出。作为项目主持人和编者，我们深知项目从研究到出版，困难重重，周期漫长，是大家的理解与支持给了我们不断前行的力量，使我们不畏艰辛，克服困难，锐意进取。感谢中国科普研究所、中国科普作家协会和中国科学技术出版社（暨科学普及出版社）各位同仁的鼎力支持；感谢中国书法家协会张克锋教授为封面题字；感谢新华社摄影记者李一博先生为封面提供刘慈欣肖像照；感谢吕建华、徐彦利、张志敏、姚利芬、马俊锋、符晓静、鞠强、郭秋霞、司马国辉、张英姿、杨京华、焦宁对书稿的审校；感谢张晓红、巩英莉、谭轶珊、李翠、朱晓燕、路世英、王燕君、黄登茜、李英、王可骞、王丽娜、董秀英、王卫华、王建华、王丽云、范永忠、王改花、申志刚、王得宝、者琴等同仁的具体支持和帮助；感谢王吉山对该项目的大力支持，他从项目研究思路的架构到书稿的审校，都付出了很大心血。感谢所有为该项目提供帮助的科普科幻界及文学界同仁。

由于水平所限，书中难免有疏漏之处，恳请大家指正。

编　者

2018 年 3 月